L'ÉVOLUTION MORALE DE GOETHE

LES ANNÉES DE LIBRE FORMATION
1749-1794

THÈSE POUR LE DOCTORAT ÈS LETTRES

PRÉSENTÉE A LA FACULTÉ DES LETTRES DE L'UNIVERSITÉ DE PARIS

Par H. LOISEAU

Maître de conférences à la Faculté des Lettres de l'Université de Toulouse.

PARIS

FÉLIX ALCAN, ÉDITEUR

LIBRAIRIES FÉLIX ALCAN ET GUILLAUMIN RÉUNIES

108, BOULEVARD SAINT-GERMAIN, 108

1911

L'ÉVOLUTION MORALE DE GŒTHE

PREMIÈRE PARTIE

LES ANNÉES DE LIBRE FORMATION

1749-1794

L'ÉVOLUTION MORALE DE GOETHE

LES ANNÉES DE LIBRE FORMATION
1749-1794

THÈSE POUR LE DOCTORAT ÈS LETTRES

PRÉSENTÉE A LA FACULTÉ DES LETTRES DE L'UNIVERSITÉ DE PARIS

Par H. LOISEAU

Maître de conférences à la Faculté des Lettres de l'Université de Toulouse.

PARIS

FÉLIX ALCAN, ÉDITEUR

LIBRAIRIES FÉLIX ALCAN ET GUILLAUMIN RÉUNIES

108, BOULEVARD SAINT-GERMAIN, 108

1911

A MON MAITRE

M. Ernest LICHTENBERGER

Hommage d'affectueuse reconnaissance.

AVANT-PROPOS

Le beau livre de F. Baldensperger sur *Gœthe en France*[1]
nous dispense de montrer avec minutie dans quelle mesure
et de quelle façon Gœthe a été jusqu'à ce jour étudié et compris chez nous.

Ses 383 pages nous imposent par contre l'obligation de
justifier notre propre « Essai ».

Malgré les innombrables articles et les quelques livres
parus, en France, sur Gœthe, il est certain, comme le disait
E. Faguet, rendant compte de l'ouvrage de F. Baldensperger[2], que l'idée que le public français a de Gœthe reste
« flottante, indécise ». Si, en effet, on s'accorde, généralement, de confiance, à reconnaître les grands mérites du
poète et du *penseur*, les jugements qu'on porte sur *l'homme*
sont infiniment variés et troubles.

Les uns représentent Gœthe comme le « Pontife du dilettantisme allemand[3] », comme un « Olympien » égoïste,
impassible[4], comme le « Talleyrand de l'art[5] », « sans chaleur ni entrailles[6] », « au cerveau brûlant, mais au cœur de
glace[7] » comme le « phraseur de Werther qui posa pour
l'amoureux et ne connut d'autre passion que celle des

---

1. F. Baldensperger, *Gœthe en France*, Paris, 1904. — 2. *Annales pol. et
lit.*, 10 avril 1904. — 3. G. Deschamps, cit. F. Baldensperger, *Bibliographie
critique de Gœthe en France*, Paris, 1907, p. 224. — 4. Ed. Rod., *Essai sur
Gœthe*, Paris, 1898, p. 19 et sq. — 5. Sainte-Beuve, cit. Baldensperger, *Bibl.
crit.*, p. 203. — 6. E. Quinet, cit. *ibid.* — 7. J. Janin, cit. *ibid.*, p. 205.

titres[1] » ; les autres en revanche montrent qu'il fut et est encore un des plus grands maîtres d'énergie morale[2], de sagesse active[3], de vraie culture[4], « un type achevé d'humanité[5] ». Entre ces affirmations contradictoires, les esprits insuffisamment informés hésitent inquiets.

D'intéressants aperçus comme ceux de J.-J. Weiss sur *Hermann et Dorothée*[6], de P. Stapfer sur *Iphigénie* et *Hermann et Dorothée*[7], d'E. Montégut sur *Werther* et *Wilhelm Meister*[8]; de magistrales études partielles comme la *Philosophie de Gœthe* d'E. Caro[9], l'*Etude sur les poésies lyriques de Gœthe*[10] et le *Götz von Berlichingen*[11] d'E. Lichtenberger, le *Gœthe en Italie*[12] de Th. Cart ou les chapitres si pleins consacrés par A. Chuquet dans ses *Etudes de littérature allemande*[13] à *Götz von Berlichingen, Hermann et Dorothée, Gœthe en Champagne* — pour parler seulement des ouvrages devenus classiques — ne présentent que des aspects isolés du poète ou du penseur et la figure de l'homme n'en ressort pas avec un relief suffisant. L'*Essai sur Gœthe*[14], si tendancieux et souvent si injuste d'Ed. Rod, est plutôt fait pour égarer le jugement que pour l'éclairer; tout en prétendant suggérer une vision complète de Gœthe, il n'en présente, au reste, lui aussi, que quelques reflets.

Les seules études d'ensemble que nous possédions sur Gœthe sont celles d'A. Bossert[15], d'Alf. Mézières[16], de J. Fir-

<hr>

1. V. Ryté, cit. *ibid.*, p. 225. — 2. P. Lasserre, cf. Baldensperger, *Gœthe en France*, p. 349. — 3. C. Mauclair, *ibid.*, p. 350. — 4. M. Arnauld (*la Sagesse de Gœthe*) *ibid.*, p. 352. — 5. M. Muret, cit. Baldensperger, *Bibl. crit.*, p. 232.

6. J.-J. Weiss, *Sur Gœthe*, Paris, 1892 (L'essai sur *Hermann et Dorothée* n'est autre chose que la thèse de doctorat de l'auteur et date de 1856).

7. P. Stapfer, *Gœthe et ses deux chefs-d'œuvre classiques*, Paris, 1882. — 8. E. Montégut, *Types littéraires et Fantaisies esthétiques*, Paris, 1882. — 9. Paris, 1866. — 10. Paris, 1878. — 11. Paris, 1885 (Collection d'éditions savantes de Hachette). — 12. Paris, 1881. — 13. Paris, Première série 1902, Deuxième série 1902. — 14. Paris, 1898. — 15. A. Bossert, *Gœthe, ses précurseurs et ses contemporains*, Paris, 1872; *Gœthe et Schiller*, Paris, 1873. — 16. Alf. Mézières, *Gœthe, les œuvres expliquées par la vie*, Paris, 1872.

mery[1]. Mais l'ouvrage de ce dernier par son caractère volontairement populaire et les deux autres par leur ambition à traiter « tout » Gœthe, comme par le souci de haute vulgarisation qu'ils révèlent, ne peuvent prétendre à amener le lecteur jusqu'au centre même de la « sagesse » de Gœthe; ils en dégagent sans doute les grandes lignes extérieures, mais ils n'en marquent pas avec une netteté suffisamment probante les délicates et instructives nuances.

Michel Arnauld a bien cherché, il y a quelques années, dans *l'Ermitage*[2], à définir avec précision les éléments de cette « sagesse ». Comme le souligne F. Baldensperger, ces brillants articles sont assurément ce qui a été écrit en France de plus pénétrant et de plus juste sur Gœthe, mais, outre que l'auteur n'a pas réalisé son dessein jusqu'au bout et que son essai est resté à l'état de fragment, par leur généralité même ses études ne donnent pas tous les arguments qu'il faudrait pour emporter la conviction; elles demandent trop souvent au lecteur un acte de foi.

L'heure nous a donc paru opportune pour tenter — entreprise périlleuse entre toutes — un nouveau portrait plus fouillé et, partant, plus exact peut-être de l'auteur de *Werther* et de *Faust*[3].

*
* *

Disons-le tout de suite, d'ailleurs, ce qui nous a avant tout attiré dans Gœthe et ce que nous avons essayé de faire revivre, c'est l'*Homme*. Montrer comment Gœthe a résolu le problème de l'existence, comment, avec une inlassable

---

1. J. Firmery, *Gœthe*, Paris, 1890 (Collection des classiques populaires de Lecène et Oudin). — 2. *L'Ermitage*, sept.-oct. 1900, mars 1901, fév.-juin 1903.

3. « La grande lacune de notre histoire littéraire, en matière allemande, disait récemment M. Ch. Andler, est que nous n'avons aucune monographie présentable de Gœthe et de Schiller » (*Bulletin des Bibliothèques populaires*, janvier 1908, p. 2).

volonté et une conscience toujours plus nette, il s'est élevé par une lente et pénible ascension des abîmes obscurs de l'individualisme le plus fougueux aux régions sereines de la « pureté », comment, après avoir affiché un insolent dédain des règles et des limitations, il en est venu à vénérer la loi et à en proclamer la sainteté, comment il a fait servir à son enrichissement moral, au développement de sa personnalité ses expériences les plus diverses, comment, en un mot, il a réussi à monter toujours plus haut la « pyramide de son existence », voilà le but que nous nous sommes proposé.

Aussi est-ce aux documents où nous trouvons l'écho le plus direct et le moins affaibli de sa pensée, à ses *Mémoires*, à ses *Journaux*, à sa *Correspondance* surtout, que nous avons puisé de préférence nos renseignements. Nous ne nous sommes intéressé à l'écrivain que dans la mesure où son œuvre pouvait nous aider à mieux apercevoir le sens de son évolution, la genèse de son caractère.

*
* *

Nous avons abordé l'étude de Gœthe avec l'unique souci de laisser agir sur nous sa propre parole et nous nous sommes efforcé loyalement de n'apporter à l'interpréter aucun parti-pris de quelque nature qu'il fût.

Pour que notre exposé et nos conclusions donnent l'impression de l'objectivité et de l'impartialité, renonçant à notre plan primitif d'après lequel nous voulions étudier la « sagesse » de Gœthe en classant les résultats de nos recherches sous les rubriques ordinaires de la morale théorique, nous nous sommes astreint à respecter, aussi sévèrement qu'il se pouvait, l'ordre chronologique, et nous avons rigoureusement distingué entre les données que nous fournissaient la vie ou les documents directs et celles que nous tirions des œuvres.

Nous savions à l'avance les inconvénients de cette méthode et nous ne nous dissimulons pas qu'elle nous a entraîné parfois à un fâcheux morcellement du sujet et à des répétitions dont on pourra nous blâmer.

Mais il nous a semblé que le plus urgent pour nous était d'éviter ou de chercher à éviter jusqu'à l'apparence de la « construction *a priori* », de la « thèse ».

C'est pourquoi nous avons cru inutile de nous appliquer à obtenir un parallélisme rigoureux entre les divisions intérieures de nos livres ou de nos chapitres. Nous avons voulu que notre plan donne déjà par lui-même une idée de la souplesse du développement de Gœthe.

C'est pour la même raison que nous n'avons pas craint de rappeler, avec un certain détail, les faits biographiques que nous aurions pu supposer connus. Les idées et les actes de Gœthe se mêlent et s'entre-croisent de si étroite façon qu'il est toujours dangereux ou au moins factice d'en traiter isolément, de les séparer arbitrairement.

C'est encore le souci d'objectivité qui nous a dicté notre attitude vis-à-vis de la critique gœthéenne allemande.

Nous avons fait notre profit de son énorme labeur et nous avons marqué par nos notes au bas des pages ce que nous lui devions. Mais nous avouons que nous nous sommes fait une loi de ne nous préoccuper de ses conclusions qu'autant qu'elles portaient sur des faits, qu'autant qu'elles nous aidaient à voir et à formuler les « problèmes ». Nous avons toujours visé à soustraire notre jugement à son influence.

Lorsque nous avons fait allusion à ses polémiques, cela a été pour attirer l'attention sur la gravité de telle ou telle question litigieuse, plutôt que pour marquer notre position vis-à-vis des opinions étrangères.

Ce que Gœthe a dit nous importait plus que ce qu'on a dit sur lui.

*
* *

Notre intention première était d'étudier l'évolution morale de Gœthe à travers toute sa carrière.

Des nécessités matérielles nous forcent de ne donner pour le moment que la première partie de l'ouvrage projeté. Mais nous n'avons pas renoncé à notre dessein primitif. Le livre présent appelle une suite; nous la publierons.

Pourquoi nous sommes-nous arrêté, pour l'instant, en 1794 plutôt qu'en 1800 ou en 1805?

La raison en est que cette date de 1794, point de départ de la liaison de Gœthe et de Schiller, nous semble marquer la limite extrême de la première partie de la vie de Gœthe, la véritable conclusion de ses années de « libre apprentissage ».

Jusque-là, Gœthe s'est développé selon une courbe qui lui est bien personnelle. Il a subi assurément plus d'une influence, dont certaines, comme celle de Herder, à Strasbourg au moins, peuvent sembler, à première vue, avoir donné à sa pensée une orientation nouvelle; il a accueilli mainte idée d'apparence étrangère, mais en réalité les influences qu'il a éprouvées, les idées qu'il a acceptées répondaient à un besoin secret de sa nature, à son sentiment intime; elles ne faisaient guère que confirmer ses propres conceptions ou préciser le sens de ses aspirations. Ses engouements ont toujours été réglés, jusqu'à cette date, par l'instinct sûr de ce qui lui convenait. De Herder, de Spinoza, de Jacobi, de Kant, il a négligé ce qu'il ne comprenait pas ou ce qui lui était antipathique. Quand il lui est arrivé de vouloir se faire violence pour saisir ce qui lui échappait ou pour triompher d'une répugnance, il ne s'y est jamais acharné longtemps, sentant vite la vanité de ses efforts.

La pensée de Schiller au contraire pèse, dès l'abord, lourdement sur la sienne. A la suite de son nouvel ami, Gœthe se lance à corps perdu à travers le domaine de la spéculation philosophique et, durant des années, malgré l'aversion qu'il y éprouve[1] et malgré ses doutes sur les profits qu'il en retire[2], il s'obstine à suivre la pensée abstraite de Schiller aux régions arides du kantisme; en dépit de son peu de goût pour les « grisailles » de la théorie, au moins de celle qui ne repose pas sur la base solide de la « vision », de l'« intuition »[3], il disserte interminablement avec lui sur les principes de l'esthétique, sur la nature du roman, de la tragédie, sur leur technique, et nous constaterons comment, visiblement, il s'applique à adapter son réalisme à l'idéalisme de son émule, à résoudre dans le sens le plus favorable à Schiller les antithèses qu'il aperçoit entre ses façons de voir et de sentir et celles du poète philosophe.

Sa production elle-même n'a plus au même degré l'allure libre et capricieuse qu'elle a eue jusqu'alors. C'est Schiller qui la règle, la dirige, en stimulant sa verve créatrice, en excitant son zèle, en l'empêchant de se vouer tout entier à ses recherches scientifiques.

Bref, Gœthe n'est plus son seul maître. Pour la première fois, depuis qu'il pense vraiment par lui-même, il suit une impulsion étrangère, il se soumet à une discipline qu'il ne s'est pas imposée spontanément.

Cette date de 1794 est donc plus qu'une halte commode sur la route où nous accompagnons Gœthe dans sa marche

---

1. Cf. A. Klaar, *Schiller und Gœthe*, Gœthe-Jahrb. 1898, p. 220. — 2. Cf. à W. v. Humboldt, 3 déc. 1795; à Schiller, à Meyer, 8 fév. 1796; surtout à Sömmering, 28 août 1796.

3. En ce sens, et avec cette restriction, il ne désavouerait certes pas, dans les environs de 1795, ce qu'il faisait dire à son Méphistophélès vingt ou vingt-deux ans plutôt :

> « Grau, theurer Freund, ist alle Theorie
> Und grün des Lebens goldner Baum. »   (*Urfaust*, v. 432 et 433.)

à l'idéal, elle marque un tournant du chemin et ce sont des horizons nouveaux qui nous apparaîtront quand nous l'aurons dépassée.

***

Est-il besoin de nous excuser de ne pas joindre une bibliographie à notre étude?

Nous ne pouvions certes songer à être plus complet que le *Grundriss* de Gœdecke ou les *Jahresberichte für neuere deutsche Literaturgeschichte*, et il nous a paru inutile d'en donner un résumé.

Nous nous sommes borné à indiquer dans nos notes les ouvrages de critique dont nous avons retiré quelque profit.

***

L'édition des œuvres de Gœthe dont nous nous sommes le plus constamment servi est l'édition Hempel (*Gœthes Werke*, Berlin, 1868-1879, 36 vol.).

Nous avons également utilisé, surtout pour les *Lesarten* et *Paralipomena* ou les premières versions des œuvres de jeunesse, l'*édition de Weimar*, et, pour les « introductions » qu'ils contiennent, certains volumes de la *Jubiläumsausgabe* en 40 volumes (Cotta), ou de l'*édition Kürschner*. Les citations empruntées à la *Correspondance* ou aux *Tagebücher* sont faites d'après l'édition de Weimar.

LIVRE I.

L'enfant. — La première éducation.
Francfort, 1749-1765.

———

I.

Les circonstances qui accompagnèrent la naissance de Gœthe sont, pourrait-on dire, symboliques de sa destinée.

Malgré le visage noir qu'il devait à la maladresse de la sage-femme, Jupiter et Vénus l'accueillirent d'un sourire à son entrée dans le monde, le 28 août 1749, et ceci lui présageait une vie radieuse et ensoleillée ; mais, d'autre part, l'hostilité de la lune qui, trois jours durant, avait retardé son apparition à la lumière, signifiait qu'il aurait à lutter pour conquérir la part de félicité qui lui était réservée [1].

En fait, si au cours de sa longue existence il fut donné à Gœthe de goûter plus complètement peut-être qu'aucun autre mortel la plupart des joies de la terre, il dut presque toujours les acheter au prix de luttes opiniâtres contre lui-même et trop souvent aussi, dans sa jeunesse au moins, au prix du bonheur des autres.

En attendant, le jeune Jean Wolfgang eut cette première et inestimable bonne fortune de naître dans une grande ville et dans une famille aisée, sinon riche, de parents intelligents et bons.

La figure de sa *Mère* est maintenant populaire grâce à la

1. Cf. *Mémoires*, éd. Hempel, Bd 20, I, 1, p. 7, et Bettina von Arnim, *Gœthes Briefwechsel mit einem Kinde*, éd. Reclam, pp. 383, 388.

publication de sa délicieuse correspondance [1], où elle révèle si ingénument les qualités adorables de son cœur et de son esprit. Il suffit de lire ses lettres si prime-sautières pour voir apparaître avec un relief saisissant la physionomie de cette petite bourgeoise à l'esprit prompt, au jugement avisé et naturellement sain, à l'imagination alerte et à la sensibilité toujours en éveil. Grâce à une douce résignation, elle sait changer en sourires les tristesses de la vie et goûter pleinement avec une pieuse reconnaissance les joies qu'il plaît à son Créateur de lui accorder. Elle ne cesse de répéter que la vie est belle malgré ses imperfections et elle en paraît sincèrement convaincue. Son optimisme peut, au premier abord, sembler banal et facile, mais à l'examen, on s'aperçoit vite que derrière cet épicurisme bon enfant se cache une réelle grandeur d'âme ; il y a de l'héroïsme dans sa volonté d'être heureuse malgré les deuils et les épreuves, et ce n'est point seulement parce qu'elle est la mère de Gœthe qu'elle mérite de figurer en bonne place dans la galerie des Femmes illustres.

Si quelqu'un, vers le mois d'août 1749, lui avait prédit que, cent ans encore après sa mort, dans tous les coins de l'Allemagne, des chœurs de femmes, de jeunes filles noueraient à son buste des couronnes de feuillages et de fleurs avec un pieux amour, tandis que de graves professeurs célébreraient à l'envi, en discours souriants et sonores, sa sagesse et sa gloire, elle lui eût sans doute ri au nez et fait une révérence ironique ; car, en vraie fille de Francfort, elle aimait à rire, elle était tout à fait exempte de prétentions et elle avait la langue vive, la

---

1. Cf. A. Köster, *Die Briefe der Frau Rat*, Leipzig, 1908 ; Heinemann, *Gœthes Mutter*, Leipzig, 1895 ; H. Loiseau, *La mère de Gœthe* (Revue des langues vivantes, 1900) ; P. Bastier, *La mère de Gœthe* d'après sa correspondance, Paris, 1902 ; E. Mentzel, *Frau Rat Gœthe*, Frankfurt am Main, 1908 ; E. Schmidt, *Charakteristiken*, Berlin, 1886 ; Düntzer, *Frauenbilder aus Gœthes Jugendzeit*, Stuttgart, 1852 ; Arvède Barine, *Bourgeois et gens de peu*, Paris, 1894 ; Bettina, *Briefw. m. e. Kinde*. Cf. aussi le résumé qu'avait fait Gœthe, sous le titre *Aristeia der Mutter*, des renseignements fournis par Bettina pour le dix-huitième livre des *Mémoires*, Weimarische Ausgabe I, Bd 29, p. 231 et sq.

jeune Elisabeth Textor, qui, un an plus tôt, avait quitté la
spacieuse et patriarcale maison, le gai jardin de son père le
bourgmestre et la joyeuse société de sa mère et de ses sœurs
pour entrer dans la demeure austère et sombre du conseiller
impérial Jean-Gaspard Gœthe. Elle avait grandi jusqu'alors en
princesse « heureuse », assez étrangère aux soucis du ménage et
fort peu préoccupée de science. Elle savait mal l'orthographe,
ignorait le français, et si elle avait un joli talent de brodeuse
et de dentellière [1], elle ne jouait qu'assez médiocrement du
piano. Elle aimait surtout à rire et à lire ou à dire des contes.
C'était en 1749 une enfant encore, tout étourdie de sa destinée
nouvelle, à peine habituée au milieu sévère où la volonté de
ses parents l'avait brusquement transportée, et nous nous la
représentons tout d'abord assez timide et effarouchée entre les
trente-neuf ans de son mari, dont la tendresse grave avait quelque chose de paternel et de méthodique, et les quatre-vingts
ans sonnés de sa belle-mère, dont la placidité et l'esprit d'ordre [2]
devaient gêner sa pétulance et son insouciance naturelles. Aussi,
lorsqu'avec son premier-né Wolfgang la jeunesse entra bruyante
dans la vieille maison, elle sentit, ainsi qu'elle le dira elle-
même bien plus tard à Bettina, son cœur engourdi se réveiller,
et le rire qu'elle était en train de désapprendre lui remonta aux
lèvres. Tout naturellement, sans effort, dès que son fils sut
parler et marcher, elle se retrouva enfant pour partager ses
jeux et mêler son rire aux éclats de sa joie. Elle fut pour lui
moins une mère qu'une sœur aînée très tendre et très indulgente, incapable de se fâcher des espiègleries et des colères
mauvaises [3] de son chéri, se faisant très tôt son complice pour

1. E. Mentzel, *Frau Rat Gœthe*, p. 16.
2. Le médecin Senckenberg note dans son journal, à la date du 26 mars 1754,
la mort de la mère du conseiller Gœthe, et ajoute en guise d'oraison funèbre :
« Elle vécut doucement et mourut aussi tranquillement qu'elle avait vécu —
toujours égale à elle-même, toujours diligente, bienfaisante à sa manière, économe, menant une vie simple, étroite, mesquine, sans fierté... Elle ne se
réjouissait ni ne s'affligeait de rien... Cité dans Kriegk, *Die Brüder Senckenberg*, Frankfurt a/M., 1869, pp. 317-8.
3. E. Mentzel, *op. cit,* p. 29.

lui éviter les remontrances paternelles. Elevée elle-même selon les principes d'une pédagogie aimable [1], elle ne concevait pas d'autre système d'éducation que celui qui laisse l'enfant se développer selon sa nature et, d'instinct, elle appliquait à l'avance les théories que l'*Emile* allait bientôt proclamer. Ainsi qu'on l'a remarqué [2], il semble que Gœthe, en composant son *Erwin et Elmire*, se soit souvenu des charmes de l'éducation maternelle quand il fait faire par Olympia [3] la satire de l'éducation moderne qui, sous prétexte de respecter les convenances mondaines, affuble les enfants de vêtements grotesques, leur impose une gouvernante française, revêche et gourmée, met mille entraves ridicules à la libre expansion de leur nature et les fait ressembler à des singes ou à des chiens savants. La véritable éducation est, selon Olympia, celle qu'elle avait reçue, c'est-à-dire celle qui permettait aux enfants, habillés de vêtements simples ne craignant ni les accrocs ni les taches, les jeux en rapport avec leur humeur et leur âge, et ne surchargeait pas les jeunes cervelles de connaissances inutiles ou funestes, bonnes pour la parade mondaine. « Laisser la jeunesse être jeune aussi longtemps qu'elle peut l'être » était le grand, l'unique principe de cette pédagogie. Elisabeth n'en savait pas d'autre. Elle mit autant de soleil qu'elle put dans les premières années du futur poète. Ce n'est pas qu'elle-même n'ait connu alors que des heures joyeuses. La période qui va de 1754 à 1761 fut pour elle riche en deuils cruels. Des cinq enfants qu'après Wolfgang elle donna à son mari, quatre moururent en bas âge ; elle ne conserva qu'une fille, Cornélie. En 1756, elle faillit même perdre son aîné de la petite vérole. Sans doute, elle prodigua à tous, les mêmes soins et les mêmes tendresses qu'à son Wolfgang, mais il est bien naturel de penser qu'à chaque perte nouvelle son affection croissait pour ceux qui restaient, et ainsi Wolfgang et Cornélie furent d'autant plus passionnément aimés qu'ils avaient seuls échappé à la mort impitoyable. Comme

1. E. Mentzel, *op. cit.*, p. 11. — 2. E. Schmidt, *Charakteristiken*, p. 259, et Weissenfels, *Gœthe im Sturm und Drang*, Halle, 1894, I, p. 22. — 3. *Erwin u. Elmire*, première rédaction, Hempel, Bd 11. pp. 139, 140.

Cornélie [1], de nature ingrate et d'humeur mélancolique, répondit moins à la tendresse de sa mère que son frère, celui-ci devint, par la force même des circonstances, le favori, l'idole de la jeune Conseillère. Il fut sa consolation et elle reporta sur lui toute son affection sans emploi. Quoi d'étonnant qu'elle n'ait su user vis-à-vis de lui que d'une pédagogie toute de sourires et de pardons? Elle ne lui apprit pas, d'ailleurs, que la joie de vivre. Tout en jouant avec lui, presque sans s'en douter, elle contribua dans une large mesure à la formation de son esprit et de son cœur.

Par ses contes merveilleux, elle ouvre à l'enfant, dont les grands yeux noirs dévorent les paroles sur ses lèvres [2], le monde enchanté du rêve et de la poésie ; elle fournit à son imagination, que la pédagogie rationaliste du Conseiller risquait de laisser inactive, une inépuisable matière. Elle se plaît à lui lais-

---

1. Cf. Witkowski, *Cornelia, die Schwester Goethes...* Frankfurt a/M., 1903 ; P. Besson, *Goethe, sa sœur et ses amis*, Grenoble, 1898. — On pourra s'étonner que nous n'ayons pas cherché à esquisser au moins un profil perdu de la sœur de Goethe. La raison en est que, ne visant pas à donner une biographie complète du poète, nous ne nous sommes préoccupé des gens qui croisèrent sa route ou marchèrent à ses côtés, qu'autant qu'ils exercèrent sur lui une action directe. Or, Cornélie ne nous a pas paru avoir joué un rôle actif dans la formation du jeune homme. Elle ne fut guère que la confidente affectueuse de ses pensées ou de ses sentiments. Elle ne semble avoir cherché à agir vraiment sur lui qu'en deux occasions : en 1771 quand elle l'excite à écrire son *Götz*, en 1775 quand elle s'efforce de le détacher de Lili.

Pour la même raison, il ne nous paraît pas utile d'essayer de déterminer ce qui revient dans la formation morale du jeune Goethe à ses lointains ancêtres, que Düntzer (*Goethes Stammbäume*, Gotha, 1894), Fr. Schmidt (*Goethes Vorfahren in Sangerhausen, Artern*, Sangerhausen, 1900), R. Knetsch (*Goethes Ahnen*, Leipzig, 1908) nous ont fait connaître. Nous savons, en somme, trop peu de chose sur eux pour pouvoir arriver à des conclusions précises sur ce qu'ils ont légué à leur glorieux petit-fils. Tout ce que nous serions autorisés à dire, c'est que si, d'une part, le jeune Goethe ne semble pas avoir hérité du goût et des aptitudes de ses ancêtres maternels, les fonctionnaires et les juristes, pour le droit et l'administration, il n'est pas impossible, par contre, de reconnaître, dans sa volonté toujours plus ferme et toujours plus nette de monter toujours plus haut « la pyramide de son existence », l'énergie de la forte race de ses aïeux paternels, les forgerons obscurs de Thüringe, l'aubergiste-tailleur de Francfort qui, par degrés, s'étaient affinés, élevés dans l'échelle sociale et avaient atteint à la considération que donne la richesse.

2. Bettina, *Briefwechsel m. e. Kinde*, p. 389.

ser trouver lui-même le dénouement d'histoires dont elle remet la fin au lendemain, et développe ainsi ce don précieux d'invention qui va bientôt se révéler avec une puissance inattendue chez le garçonnet quand, par la générosité de sa grand'mère [1], il sera maître de tout un petit monde de marionnettes. Elle cultive soigneusement en lui ce besoin instinctif de beauté qui, s'il faut en croire le récit de Bettina [2], le fait, à l'âge de trois ans, hurler de colère à la vue d'un enfant laid et qui le fait pleurer quand ses héros favoris ont un sort qui ne répond pas à celui qu'il avait espéré pour eux. Involontairement, en lui faisant voir dans l'air, l'eau, la terre, de belles princesses enchantées [3], en l'habituant à donner un sens et une vie à tous les phénomènes de la nature, elle jette dans son âme les premiers germes de ce panthéisme poétique qui, aux années de sa riche adolescence, le fera sympathiser si aisément avec les théories de G. Bruno et de Spinoza. — Elle ne se contente pas de nourrir sa fantaisie de beaux contes mensongers, elle lui révèle telle qu'elle la sent, c'est-à-dire avec un sentiment religieux profond mais simple et en l'accommodant à son âge, la poésie de la Bible. Elle lui communique son goût pour les poètes du sentiment, surtout pour Klopstock [4], dont elle raffole, et il est probable que c'est elle qui lui donne la passion des « livres populaires [5] ».

Bref, par tous les moyens en son pouvoir, elle travaille, sans doute sans en avoir toujours une conscience bien nette, à développer en lui le sentiment. Et instinctivement, mais peut-être aussi à dessein, elle exagère cette éducation sentimentale pour faire contrepoids à l'éducation paternelle. Plus tard, ses complaisances, ses complicités mêmes [6] pour le jeune homme seront peut-être moins l'effet de son excessive tendresse et de

---

1. Noël, 1753. Cf. *Mémoires*, I, 12. — 2. Bettina, p. 387. — 3. *Ibid.*, p. 389. — 4. *Mémoires*, I, 2, pp. 73 et sq. — 5. Weissenfels, *Gœthe im Sturm. und Drang*, p. 24.

6. Lors de l'aventure de son fils avec Gretchen, elle ferme les yeux sur ses rentrées tardives dans la nuit et les dissimule de son mieux. Cf. *Mémoires*, I, 5, p. 184.

son indulgence naturelle que de la nécessité sentie ou nettement reconnue par elle d'atténuer l'impression fâcheuse des rudesses du Conseiller sur l'âme facilement irritable et toujours prête à se cabrer de son fougueux enfant.

Si Elisabeth Gœthe se présente à la postérité parée de tant de séductions que l'un de ses biographes les plus sympathiques et les plus récents éprouve le besoin de protester contre les portraits trop flatteurs et inexacts dans leur excessive idéalisation qu'on a fait d'elle et croit bon de rappeler discrètement qu'elle aussi avait ses défauts et ses côtés faibles [1], la figure de son mari le Conseiller apparaît, par contre, maussade et sombre. Tandis que la mère est la bonne fée rieuse, le *Père*, pour presque tous les biographes de son fils, est une sorte de croque-mitaine sinistre et rude. Sans doute on lui reconnaît des qualités réelles, un remarquable esprit d'ordre, un certain souci des choses de la littérature et de l'art, une honnêteté foncière d'homme et de citoyen, un amour sincère pour sa femme et ses enfants, mais c'est pour, l'instant d'après, marquer avec d'autant plus de vigueur ses peu aimables défauts, son humeur atrabilaire, sa lésinerie, son pédantisme invétéré, la médiocrité de son jugement, l'égoïsme de son affection de mari et de père qui ne voit dans ses enfants et dans sa femme que des sujets commodes et qu'il veut dociles pour ses expériences de pédagogue à courte vue. Bref, malgré quelques jugements plus favorables [2] et quelques tentatives de réhabilitation [3], le Conseiller incarne pour la grosse masse des admirateurs de son fils le type déplaisant du bourgeois mesquin, du « philistin rationaliste » [4] du dix-huitième siècle, et il l'incarnera sans doute longtemps encore, car la sévère caractéristique du fils pèse lourdement sur la mémoire du père. C'est lui qui a

1. E. Mentzel, *op. cit.*, p. 4. — 2. Gœdecke, *Gœthes Leben u. Schriften.* Stuttgart, 1874; Bielschowsky, *Gœthe, sein Leben und seine Werke*, München, 1902; E. Mentzel, *der Frankfurter Gœthe*, Frankfurt a/M, 1900. — 3. Fel. Ewart, *Gœthes Vater*, Leipzig, 1899; E. Krüger-Westend, *Gœthe und seine Eltern*, Weimar, 1904. — 4. Weissenfels, *Gœthe in Sturm und Drang.*, p. 8.

fourni aux portraitistes du Conseiller la plupart des traits défavorables dont ils ont combiné la physionomie peu sympathique transmise par la tradition.

Parmi les défauts irritants de son père, deux surtout semblent l'avoir frappé et fait souffrir, car ce sont ceux qu'il souligne avec le plus de complaisance : la manie pédagogique et l'entêtement. Presque au début de ses *Mémoires*, nous lisons la moquerie entre les lignes, quand il nous montre le Conseiller, nouveau marié, forçant sa jeune femme à faire des exercices d'écriture et à prendre des leçons de piano, de chant et d'italien comme une petite pensionnaire en jupes courtes[1]. Mais dès qu'il est lui-même en jeu, le ton devient âpre. Après les maladies, pour regagner le temps perdu et rester fidèle au programme qu'il s'est tracé, le pédagogue impitoyable donne des tâches doubles et ne s'aperçoit pas qu'il gêne par là le développement spontané de l'enfant[2] (un enfant de sept ans !). Le passage le plus caractéristique peut-être est, à cet égard, celui du huitième livre, où il dénonce avec une indignation non déguisée la tyrannie dont son père se rendit coupable vis-à-vis de Cornélie, après son propre départ pour Leipzig[3]. Il nous le montre, tyran accompli, claustrant la pauvrette, ne lui laissant aucune distraction, la bourrant de français, d'italien, d'anglais, la forçant, dans les intervalles des leçons, à travailler, pour l'assouplir, son grand piano neuf de Frederici[4], dirigeant même sa correspondance avec son frère pour la faire dégénérer en leçons de morale[5]. Et Gœthe d'ajouter avec une perfide ironie : « Personnellement, mon père se trouvait très bien, il vivait d'une vie agréable, employait ses journées à faire travailler ma sœur, à rédiger la relation de son voyage en Italie, et passait plus de temps à accorder son luth qu'à en jouer[6]. » — Quant aux exemples de l'entêtement et du mauvais caractère paternels, le tendre fils ne se lasse pas de les multiplier. Si Jean-Gaspard Gœthe est resté, rentier maussade, à l'écart

1. *Mémoires*, I, 1, p. 11. — 2. *Ibid.*, I, 1, p. 32. — 3. *Ibid*, II, 8, pp. 114, 115. — 4. *Ibid.*, I, 4, p. 113. — 5. *Ibid.*, II, 8, p. 121. — 6. *Ibid.*, II, 8. p. 115.

du gouvernement de la Cité, alors que par sa fortune et ses connaissances il aurait pu aspirer aux premières charges, s'il s'est contenté de jouir dans un isolement revêche de son vain titre de conseiller impérial, c'est par un sot et orgueilleux entêtement, pour n'avoir pas voulu, lorsqu'il briguait une fonction municipale, se soumettre à l'épreuve traditionnelle de l'élection[1]. Quand il fait transformer de fond en comble l'aménagement intérieur de sa maison, il s'obstine, en dépit des plus fâcheux inconvénients pour lui-même et pour sa famille, à continuer d'y habiter[2]. Lorsque le lieutenant du roi de France, le comte de Thoranc, lui fait l'honneur d'occuper pendant de longs mois une bonne moitié de sa maison, il a le mauvais goût de n'en être pas ravi ; il adopte une attitude hargneuse, reste insensible aux manières courtoises et aux goûts artistiques de son hôte. Pourtant, insinue Gœthe[3], « s'il avait voulu prendre la chose par le bon côté, comme il parlait bien le français et savait se comporter dans la vie avec dignité et grâce, il aurait pu nous épargner et s'épargner à lui-même plus d'un mauvais moment ». Il a, à tout instant, des fantaisies déplaisantes pour ses enfants ; il les astreint impitoyablement, tantôt à soigner et à nourrir de répugnants vers à soie[4], tantôt à nettoyer de vieilles gravures enfumées[5]. Ayant eu un jour la malencontreuse idée d'occuper leurs soirées d'hiver à leur faire lire la fastidieuse *Histoire des Papes* de Bower, il s'acharne à leur infliger ce supplice jusqu'au bout, malgré l'ennui qu'il en éprouve lui-même[6].

Gœthe ne perd pas une occasion de prouver quel abîme le séparait, lui l'enfant génial, de ce père philistin[7].

Sans doute, de temps à autre il souligne ce qu'il appelle une fois « les bonnes et excellentes qualités » du Conseiller ; il le montre bon citoyen[8], se réjouissant de la conclusion de la paix d'Hubertsbourg au point d'en prendre prétexte pour faire cadeau à sa femme d'une magnifique tabatière[9]. Il s'attendrit

1. *Mémoires*, I, 2, p. 68. — 2. *Ibid.*, I, 1, p. 13. — 3. *Ibid.*, I, 3, p. 78. — 4. *Ibid.*, I, 4, p. 113. — 5. *Ibid.*, I, 4, p. 115. — 6. *Ibid.*, I, 4, p. 135. — 7. Cf. *Ibid.*, II, 6, pp. 13, 14. — 8. *Ibid.*, I, 2, p. 71. — 9. *Ibid.*, I, 4, p. 141.

presque au souvenir de son père s'appliquant, malgré son âge, à dessiner d'après des modèles pour encourager les efforts de ses enfants[1], ou leur donnant des leçons de danse en dansant lui-même et en s'accompagnant sur sa flûte[2]. Il relate avec une certaine complaisance le soin du Conseiller à conserver et à classer méthodiquement les moindres essais artistiques ou poétiques de son fils[3], son étonnement joyeux d'avoir un enfant si précoce; de même qu'il n'oublie pas plus tard de noter l'admiration du vieux juriste, consciencieux mais lent, pour la facilité au travail du jeune avocat[4]. Il ne cache pas que son père ne négligea rien pour lui donner une éducation complète et le préparer dignement au brillant avenir qu'il rêvait pour lui. Il reconnaît même, une fois, que les efforts du Conseiller pour mettre de l'ordre dans ses dessins et leur donner un aspect régulier et propre eurent sur lui une influence heureuse[5]. Il va même jusqu'à évoquer à nos yeux l'image d'un père indulgent, ouvrant, malgré son souci d'économie et son amour de la paix domestique, sa maison et sa table aux bruyants et voraces amis de son fils, et s'amusant des joutes oratoires et des paradoxes où se complaît la verve du jeune avocat dans le cercle de ses admirateurs[6].

Mais pour si nombreux que soient les traits de ce genre, — on pourrait d'ailleurs facilement en allonger la liste, et avec un peu d'application et d'ingéniosité « sauver » la mémoire du Conseiller avec les seules indications fournies par *Poésie et Vérité*, — il faut avouer que ces notes élogieuses sont singulièrement discrètes et pâles en regard des critiques et des blâmes. L'impression totale qui se dégage des différents passages des *Mémoires* où il est question du Conseiller est nettement défavorable. Celui-ci ne nous apparaît pas seulement comme un pédant sévère et sec, têtu et maniaque[7], mais comme un esprit borné, obstinément attaché au passé, uniquement sensible aux côtés pratiques et mesquins des choses. Il a pour Klops-

---

1. *Mémoires*, I, 4, p. 108. — 2. *Ibid.*, II, 9, p. 161. — 3. *Ibid.*, I, 4, p. 133; II, 8, p. 123. — 4. *Ibid.*, III, 13, p. 111. — 5. *Ibid.*, II, 6, p. 14. — 6. *Ibid.*, IV, 16, p. 20. — 7. *Ibid.*, I, 1, p. 28.

tock une irréductible aversion, parce qu'il se refuse à admettre la possibilité d'une poésie sans rimes[1]. Quand le peintre Junker lui présente deux tableaux de mérite inégal, ce qui détermine son choix, ce n'est pas la valeur artistique des deux œuvres, mais une considération toute utilitaire : celui pour lequel il se décide est peint sur une bonne planche qu'il sait solide et bien sèche, car il l'a fournie lui-même à l'artiste[2]. Dans l'invitation que le duc de Weimar fait à son fils d'aller le voir en ses domaines, il n'aperçoit que perfide calcul pour humilier un jeune bourgeois qui ne sait pas rester dans sa sphère[3].

Si donc la figure du Conseiller est jusqu'ici restée comme une sombre antithèse à la radieuse physionomie de sa femme, la faute initiale en retombe bien sur son fils. Et il nous semble que celui-ci en est d'autant moins excusable qu'à l'âge où il écrivit ses *Mémoires*[4], il aurait pu montrer plus d'impartialité et reconnaître avec plus de justice tout ce qu'en réalité il devait à son père.

Du peu que nous savons du Conseiller en dehors de ce que les *Mémoires* nous disent, il ressort d'une façon indéniable, à coup sûr, que le père de Gœthe n'avait rien de génial, que sa pédagogie n'était pas exempte de pédantisme et de lourdeur, que son esprit d'ordre était poussé jusqu'à la manie et que la fermeté de son caractère dégénérait souvent en entêtement. Le fragment que nous connaissons de la Relation de son voyage en Italie[5] nous montre un observateur scrupuleux, méthodique, mais aux idées étroites, et un touriste plus sensible aux vexations des aubergistes et des voituriers qu'à la beauté des paysages. Nous le voyons suivre la comédie italienne de son œil peu indulgent de protestant facilement effarouché, et nous l'entendons la juger avec une sévérité excessive. Les bals masqués, le jeu, la licence des couvents, les modèles nus dans les Aca-

---

1. *Mémoires*, I, 2, p. 73. — 2. *Ibid.*, I, 4, p. 144. — 3. *Ibid.*, III, 15, p. 186.
4. La première partie des *Mémoires* paraît en 1811, la seconde en 1812, la troisième en 1814, la quatrième en 1831.
5. *Gœthes Vater in Venedig*, von P. von Bojanowsky, *Weimars Festgrüsse*, 1899.

démies de dessin, les superstitions et les pratiques catholiques
excitent tour à tour sa verve railleuse ou son indignation, et il
exprime l'une et l'autre avec quelque naïveté et non sans gaucherie. Ses notes sur les musées ne dénotent pas un sens artistique très avisé ; en face d'un tableau représentant la Vierge,
il pense à la fille perdue qui a posé devant le peintre et s'écrie,
scandalisé : « Quelle école de turpitude ! ». Toutefois, si ses
jugements manquent le plus souvent de pénétration et de
finesse, ils sont frappés au coin de l'honnêteté la plus édifiante
et d'un bon sens réconfortant. Au reste, ainsi qu'on l'a remarqué[1], le fait même d'avoir eu l'idée de compléter sa culture
universitaire par un voyage à l'étranger, et nous ajoutons la
persistance de son culte pour les choses d'Italie, ainsi que le
souci, une fois installé dans la vie, de se créer un milieu d'art,
la protection qu'il accorda aux peintres ses compatriotes, le
soin qu'il apporta à enrichir sans cesse sa bibliothèque[2], prouvent au moins un esprit accessible aux intérêts supérieurs. Il
vit dans son temps, il est abonné aux *Annonces savantes de
Francfort,* aux *Annonces françaises de Cologne*, au *Mercure
allemand.* La passion même avec laquelle il admire la personne
de Frédéric II et, malgré son titre de conseiller impérial, défend contre son beau-père la politique de son héros[3], démontre
qu'il était capable d'enthousiasme et d'indépendance de jugement. Si son attitude dans l'affaire du comte de Thoranc
témoigne surtout de la raideur de son caractère, elle peut
aussi en prouver la fermeté et même l'héroïsme. Sa pédagogie
elle-même n'apparaît pas à l'examen si dépourvue de libéralisme que veut bien nous le dire son fils. Il a, nous l'avons vu
déjà, le souci de donner à ses enfants une éducation complète
et de développer leur corps aussi bien que leur esprit. Il a pour
les langues vivantes une estime toute moderne : la méthode
qu'il applique ou permet aux précepteurs de son fils d'appliquer
pour les langues anciennes, l'acquisition par l'usage pratique

---

1. Fel. Eward., *op. cit.*, p. 20. — 2. Ruland, *Haushaltungsbuch des Herrn
Rath. Weimars Festgrüsse*, 1899. — 3. *Mémoires*, I, 1, p. 42.

plus que par la grammaire, l'ingéniosité des exercices qu'il propose[1] à Wolfgang ou les leçons de choses qu'il s'attache à lui procurer en l'envoyant faire de nombreuses visites aux ateliers des artisans ou des artistes dénotent un esprit éclairé. En admettant que le Conseiller se soit inspiré des principes pédagogiques que la *Méthode nouvelle* de Basedow (1752) ou l'*Isagoges* de J.-M. Gesner (1756) s'efforcent alors de répandre en Allemagne[2], cela prouverait du moins de sa part un souci louable des idées nouvelles et une curiosité intelligente. Il est possible que dans la pratique il ait eu parfois la main un peu lourde et qu'il ait mis un entêtement excessif à forcer ses enfants à aller jusqu'au bout des tâches entreprises, mais pourquoi ne pas admettre qu'en même temps qu'il avait reconnu la précocité de son fils, il s'était aussi rendu compte qu'une nature fougueuse et prime-sautière comme celle de Wolfgang avait besoin d'apprendre de bonne heure à se plier à une règle?

Sa tyrannie domestique elle-même et son esprit de lésinerie semblent presque légendaires depuis la publication de son « Livre de comptes ». Le chapitre des cadeaux à sa femme et à ses enfants n'y est pas moins important que celui des aumônes et des secours[3]. Elisabeth y figure en bonne place, et la liste est longue des grandes et petites attentions pour celle que le grave Conseiller appelle « caja, dilecta, carissima, suavissima, amicissima, chara, costa ». Et la pauvre Cornélie elle-même a sa large part de vêtements et de parures de prix; pour chaque réunion d'amies elle reçoit un « Conventionsthaler », et après sa confirmation, elle aura régulièrement comme argent de poche quatre, puis sept florins. Quand Wolfgang, à l'âge de quatorze ans, jouait au jeune homme et faisait des parties fines avec ses amis, les cousins de Gretchen, il pouvait lui paraître cruel de n'avoir pas toujours la poche aussi bien garnie qu'il lui eût été agréable, mais il nous est difficile de le plaindre et

---

1. Cf. les *Labores juveniles* dans Weismann, *Aus Gœthes Knabenzeit.* Frankfurt a/M, 1846, ou M. Morris, *Der junge Gœthe*, I, Leipzig, 1909. — 2. Pinloche, *La Réforme de l'éducation en Allemagne au dix-huitième siècle.* Paris, 1889, p. 184. — 3. Cf. Ruland, *op. cit.*, p. 64.

de croire à l'avarice de son père quand nous le voyons, jeune étudiant de seize ans, inscrit au budget domestique pour la somme respectable de cent florins par mois et quand nous parcourons d'autre part la liste des subsides qu'il obtient de son père, surtout après son retour de Strasbourg, pour ses incessants voyages dans les environs[1]. Si le Conseiller n'aimait pas les prodigalités inutiles, il ne semble pas qu'il ait jamais hésité sur les dépenses qui lui paraissaient nécessaires. Il donne à ses enfants les meilleurs maîtres, les maîtres à la mode, comme le calligraphe Thym, le maître de français Rolland, le peintre et graveur Eben, le musicien et professeur de chant Bismann....., et il leur paie des honoraires élevés[2]. Il achète fréquemment des tableaux, de la vaisselle d'argent, de beaux meubles. L'épisode de la grand'mère Gœthe qui, sentant sa fin prochaine, donne à sa belle-fille deux cents ducats en secret, pour qu'elle ait moins à souffrir de la parcimonie mesquine de son mari[3], n'a guère que la valeur d'un on-dit malveillant en face des précisions du Livre de comptes. Celui-ci de même réfute le passage des *Mémoires* où Gœthe nous dit que son père ne pouvait se résoudre à dépenser de l'argent pour des plaisirs fugitifs, et que par exemple, il n'a pas conservé le souvenir de promenades en voiture ou de collations dans des lieux publics[4]. Nous voyons, en effet, mentionnés, à la rubrique des plaisirs, les frais occasionnés par les abonnements aux concerts d'hiver, les promenades en voiture à Offenbach, Hanau, Darmstadt, Mannheim, des séjours réguliers à Wiesbaden, — une visite à un bateau sur le Main où on pouvait voir un éléphant, une séance de lanterne magique...

Le Conseiller n'était donc ni si morose, ni si fermé aux joies de la vie que son fils nous le laisse entendre. Il ne semble pas davantage avoir été le père bourru qu'on est convenu de voir en lui d'après *Poésie et Vérité*. Il a aimé aussi tendrement ses

1. Cf. *Mémoires*, I, 4, p. 141. — 2. E. Menzel, *Wolfgang und Cornelia Gœthes Lehrer*. Leipzig, 1909. — 3. Heinemann, *Gœthes Mutter*, p. 23. — — 4. *Mémoires*, I, 4, p. 141.

enfants que sa femme[1]. La joie qu'il laisse paraître des dons
naturels de Wolfgang, l'orgueil qu'il éprouve à lire ses premières productions poétiques, la peine qu'il se donnera après
le succès de *Götz* pour alléger la tâche du jeune avocat et lui
permettre de se livrer avec une liberté presqu'entière à ses travaux littéraires[2], plus encore le pardon qu'il lui accorde si facilement après l'aventure avec Gretchen, le souci qu'il prend de
sa guérison morale, la vivacité de ses inquiétudes quand il le
voit se risquer dans l'inconnu de Weimar nous en sont d'irréfutables preuves. Et ce serait montrer un singulier parti-pris
que de lui faire grief de son mécontentement et de sa mauvaise humeur, quand il voit son fils fréquenter contre sa
défense les peu édifiantes coulisses du théâtre français, se
compromettre dans une société de jeunes vauriens et se faire,
à quatorze ans, fabriquer une fausse clef pour échapper, le soir,
au contrôle paternel ; ou encore quand il le voit revenir de
Leipzig malade sans avoir rempli le programme d'études qu'il
lui avait tracé ; ou, enfin, quand il peut craindre, qu'en partant
pour Weimar et en se laissant séduire par l'apparence trompeuse de la vie de cour, le jeune avocat ne se détourne de la
carrière honorable et solide qu'il avait rêvée pour lui. Quand
nous lisons le récit des premières expériences théâtrales du
jeune Gœthe ou quand nous songeons aux détails de sa première équipée amoureuse, loin de nous indigner de la tyrannie
du Conseiller, nous serions plutôt tentés de nous étonner des
libertés qu'il laissait à son fils.

Au lieu donc d'avoir été un obstacle au développement du
jeune Gœthe, le conseiller impérial nous semble, au contraire,
avoir travaillé de façon fort efficace à la formation morale du
futur poète. Non seulement il lui donna une culture étendue
qui, par son caractère encyclopédique et son apparent dilettan-

---

1. Cf. ce qu'en dit Bettina, *op. cit.*, p. 406, d'après les récits de Fran Aja
elle-même : « ... il était très aimable avec toi, l'entretenant des heures durant
de tes voyages futurs et te dépeignant un avenir aussi brillant que possible. »

2. *Mémoires*, IV, 17, p. 29.

tisme, convenait merveilleusement à l'esprit prime-sautier et curieux du jeune homme, à sa nature ardente, mais il lui légua sa ferveur pour l'Italie, la curiosité, sinon l'intelligence des choses de l'art, le goût des collections, l'amour de l'ordre et de la clarté, l'esprit d'économie, le besoin de travailler sans cesse à son propre développement[1], et il lui enseigna par son exemple la valeur d'une vie digne et probe. En faisant sans cesse appel à sa raison, en le forçant à se plier à une règle, il contre-balança d'heureuse et utile façon l'influence, qui facilement eût pu devenir funeste, de la mère trop tendre et trop complaisante qu'était Elisabeth. Sans doute, il irrita d'abord l'impatience du génie naissant, frémissant sous le frein et s'indignant du joug ; mais qui sait si le jeune « Stürmer » se serait aussi bien gardé des excès de l'individualisme et aurait si vite reconnu la valeur et la nécessité de la mesure et de la loi, si son père ne lui en avait dès l'enfance inspiré le respect? On l'a souvent remarqué[2] : plus Gœthe vieillira, plus s'accentuera sa ressemblance physique et morale avec le Conseiller, et s'il semble que le côté féminin de sa nature, le côté sentimental, domine en lui jusque vers la trente-cinquième année, c'est la raison virile qui l'emporte après l'Italie. Au reste, cet instinct pédagogique de son père, dont il voudrait nous faire croire qu'il eut tant à souffrir, apparaît chez lui de très bonne heure. Il se montre naïf et pédantesque dans les lettres du jeune étudiant de Leipzig à sa sœur Cornélie ; nous le retrouverons dans plus d'une des lettres ou des billets d'amour du Ministre d'Etat à Mme de Stein, et le Conseiller aurait pu signer la plupart des lettres que Gœthe adresse à son fils Auguste, étudiant à Heidelberg[3]. Lui-même d'ailleurs, dans la fameuse *Xénie appri-*

<hr>

1. R. M. Meyer, *Gœthe.* Berlin, 1895, p. 7. — 2. Cf. notamment Krüger-Westend, *Gœthe und Seine Eltern*, p. 13.

3. A propos de ces lettres, F. Ewart, *op. cit.*, p. 66, dit, non sans raison : « Si les lettres du Ministre d'Etat avaient été découvertes dans les archives de quelque bibliothèque avec la signature du conseiller impérial, on n'aurait sans doute pas manqué d'y puiser de nouveaux arguments pour montrer la tutelle pédagogique, les entraves ennuyeuses et mesquines apportées à la joie de vivre et à l'individualité du jeune homme... »

voisée[1], où il fait le départ de ce qu'il doit à ses parents, rend un plus juste hommage à la vérité que dans *Poésie et Vérité*, quand il dit que s'il doit à sa « petite mère » la joie de vivre et de conter, il doit à son père « le sérieux dans la conduite de la vie ». Or, comme nous le verrons, ce qui fait la vraie grandeur de Gœthe, c'est moins encore son génie poétique que la façon grave dont il comprit la vie et le sérieux avec lequel il envisagea les problèmes qu'elle pose.

Dans la spacieuse maison de ses grands-parents maternels, où l'enfant allait si volontiers jouer et manger les groseilles du jardin à la belle saison[2] et où, en sa qualité de filleul, il était invité à dîner chaque dimanche[3], il rencontrait une autre personnalité qui toujours faisait sur lui une forte impression, son *Grand-père* Textor, le bourgmestre. Gœthe nous a laissé de lui dans ses *Mémoires* une rapide mais très vivante esquisse où chaque trait révèle le respect et l'affection. Il nous le montre tour à tour également grave et digne dans l'éclat de ses hautes fonctions, présidant aux importantes cérémonies qui marquaient l'ouverture des grandes foires d'automne[4], recevant au nouvel an les congratulations de ses collègues et des employés de la ville, ou soignant lui-même avec une attention méticuleuse ses arbres et ses fleurs[5]. Ce vieillard peu parleur et d'humeur toujours égale[6] lui enseigne, non seulement peut-être cet amour des arbres et du jardinage qui sera un des traits essentiels du caractère du ministre de Weimar, mais aussi et avant tout le prix d'une vie admirablement réglée, où rien n'est laissé à l'arbitraire et dont un sentiment rigoureux du devoir dirige les moindres actes. Mais ce vénérable grand-père avait encore à ses yeux un autre prestige que celui qui lui venait de la dignité calme de sa vie ou de la majesté de son rôle public ; il avait, disait-on dans la famille, le don de seconde vue. Des rêves ou des pressentiments mystérieux l'avaient prévenu du

---

1. *Lyr. Gedichte*, Hempel, B^d 2, p. 396. — 2. *Mémoires*, I, 1, p. 33. — 3. *Ibid.*, I, 1, p. 42. — 4. *Ibid.*, I, 1, 20; I, 3. — 5. *Ibid.*, I, 1, 33 — 6. *Ibid.*, I, 1, p. 34, et Bettina, *op. cit.*, p. 397.

résultat des diverses élections qui, par degrés, l'avaient amené
à la magistrature suprême. Les récits circonstanciés que la
Conseillère, qui elle-même avait hérité dans une certaine mesure de ce don de son père[1], ne dut pas manquer d'en faire à
l'enfant, ne purent qu'accroître son admiration un peu craintive pour l'auguste vieillard et jetèrent peut-être en lui les premiers germes de ce penchant au mysticisme, de cette croyance
instinctive aux forces démoniaques cachées dans la nature ou
dans l'homme, qui, ainsi que nous le verrons, apparaîtront
de bonne heure à son horizon moral. Pour atténuer la force
et la pureté du sentiment du jeune Wolfgang à l'égard de son
grand-père, il ne faudra rien moins que la désillusion que
celui-ci lui causera en attaquant devant lui, avec une âpreté en
contradiction avec son calme habituel, son héros favori Frédéric II et en le froissant dans son admiration instinctive du génie[2]. Mais il est probable que ce trouble dans les rapports du
petit-fils et du grand-père ne fut pas de longue durée ; il est
bien vraisemblable de supposer que, s'il fut assez sensible pour
qu'elle s'en aperçût, la Conseillère n'eut pas de peine à le dissiper rapidement. Comment l'enfant aurait-il pu bouder longtemps à ce bon grand-père, qui avait toujours dans la poche
pour son petit-fils quelque carte d'entrée pour le théâtre ou
les cérémonies du Römer[3], et qui ne semble pas avoir eu
grand'chose à lui refuser, si l'on en juge par la bienveillance
avec laquelle, sur sa simple recommandation, il accueillit au
temps de l'aventure Gretchen, la candidature d'un jeune homme
inconnu à un poste avantageux dans l'administration municipale[4] ?

La fierté que le jeune Wolfgang éprouvait de la haute
situation de son grand-père[5] dut être pour beaucoup, à l'origine au moins, dans l'intérêt qu'il porta très tôt à sa *Ville
natale*. Les spectacles modernes et les antiquités de Francfort eussent peut-être moins excité sa curiosité, si son grand-

<hr>

1. Bettina, *op. cit.*, pp. 399, 400. — 2. *Mémoires*, I, 1, p. 41. — 3. *Ibid.*,
I, 3, p. 87. — 4. *Ibid.*, I, 5, p. 165. — 5. *Ibid.*, I, 2, p. 63.

père n'avait en quelque sorte personnifié l'âme de la vieille ville.

D'abord, quand la reconstruction de la maison, en 1755, force son père à moins s'occuper de lui, il muse timidement avec ses petits camarades à travers les rues étroites, si pittoresques avec les façades surplombantes et toutes enluminées de leurs vieilles maisons, dans les antiques quartiers entre la place de la Cathédrale et le Marché aux chevaux, ou dans le dédale des tortueux corridors du Römer ; puis il s'enhardit peu à peu ; avec les années, il agrandit le cercle de ses investigations, il arrive jusqu'au Main, pousse jusqu'à l'industrieux faubourg de Sachsenhausen, ou, accoudé sur la balustrade du pont, il ne se lasse d'admirer le mouvement des bateaux, l'activité du port et le beau coq doré qui, dominant l'arche centrale, brille splendide et fier les jours de gai soleil. Grâce à son titre de petit-fils du bourgmestre, il réussit une ou deux fois l'an, avec quelques compagnons préférés, à faire l'excursion si amusante du « tour des remparts ». Il faut passer par un nombre incalculable de portes, de poternes et, du chemin de ronde, le regard plonge dans les jardins grands ou petits qui viennent y expirer, et saisit dans son intimité la vie des bons bourgeois qui ne soupçonnent pas la présence des jeunes yeux indiscrets[1]. Mais, pour si intéressant que fût ce spectacle, il ne valait pas celui qu'offrait à la curiosité éveillée de l'enfant l'arrivée du bateau le jour du marché, ou la cohue des acheteurs et des marchands autour de l'église Saint-Barthélemy, ou surtout les foires qui faisaient affluer à Francfort tant d'étrangers et de produits divers et étaient une source inépuisable d'impressions nouvelles ainsi que de féconds enseignements sur le vaste monde inconnu, soupçonné au-delà de la ceinture hérissée de bastions et de tours de la glorieuse cité. Avec leurs foules bariolées et les cérémonies traditionnelles si pittoresques, les foires ramenaient aussi chaque année les

---

1. Cf. *Mémoires*, I, 1, p. 13 et sq. Cf. aussi Stricker, *Gœthe und Frankfurt am Main, die Beziehungen des Dichters zu seiner Vaterstadt*. Berlin, 1876.

théâtres de marionnettes dont tous les Francfortois, grands et petits, raffolaient. Le jeune Wolfgang était particulièrement friand de ces naïfs spectacles, et nous nous le représentons volontiers au premier rang des spectateurs des baraques du « Liebfrauenberg », se passionnant aux histoires mirifiques de « David et de Goliath », de « Judith et d'Holopherne », à la tragédie de l'enchanteresse « Medea, princesse de Colchide », ou à la représentation tragi-comique de la vie infâme et de la fin effroyable du sorcier le docteur Johann Faust[1]... Et à côté de ces divertissements que de précieuses leçons de choses lui procuraient les longues stations chez les artisans ou les peintres à qui il allait porter les commandes paternelles[2]! Il y acquérait non seulement des notions utiles sur les métiers, les industries, les matières premières, les procédés d'exécution artistique, il y apprenait en même temps, dans la fréquentation de gens simples et travailleurs, à aimer le peuple et à estimer le travail manuel: l'auteur de *Wilhelm Meister* s'en souviendra.

Au point de vue social, Francfort offrait au jeune Gœthe des spectacles non moins instructifs. Quand, au sortir du Marché aux chevaux ou de la « Zeil », où déjà se dressaient de somptueuses maisons patriciennes, il s'aventurait dans la sombre rue des Juifs, grouillante et sale, ou qu'il voyait quelque jeune chrétien cracher impunément à la figure d'un juif qui n'avait même pas le droit de porter un bâton pour se défendre[3], ou quand il contemplait le « tableau d'infamie » sous la tour du pont, perpétuant en plein « siècle des lumières » l'antique haine du Moyen-âge pour le juif, il restait songeur et s'indignait sans doute en secret de cette iniquité sociale[4]. Lors de l'incendie de la rue des Juifs, en mai 1774, le jeune avocat sera le premier à organiser les secours, car il ne pouvait s'em-

---

1. Cf. Mentzel, *Der junge Gœthe und das Frankfurter Theater. Festschrift zu Gœthes 150 Geburtstagsfeier*. Frankfurt a/M. — 2. Cf. *Mémoires*, I, 4, pp. 140, 141. — 3. Dechent, *Frankfurt in Gœthes Jugendzeit*. Didaskalia (*Unterhaltungsblatt des Frankfurter Journals*, 5 mars 1890). Frankfurt a/M, 1890. — 4. Cf. *Mémoires*, I, 4, p. 139.

pêcher de trouver ces réprouvés, actifs, aimables, touchants même dans leur inébranlable attachement à leurs traditions. Et quand, d'autre part, il assistait, le dimanche, au long défilé des voitures portant les calvinistes à Bockenheim, son obscur instinct de justice et de tolérance religieuse devait s'étonner de voir dénier à tant de braves citoyens le droit d'adorer leur Dieu à leur guise dans la cité luthérienne[1].

A Francfort d'ailleurs, le passé et le présent, le progrès et la superstition de la coutume se mêlaient d'étrange façon. Les vieux couvents avec leurs airs féroces de citadelles, les vieilles demeures aux murs de châteaux-forts voisinaient avec les maisons et les boutiques modernes, les usages surannés comme le « jour de l'escorte » ou « l'audience des fifres », inauguraient les foires d'automne[2]. Et peu à peu, en même temps que la vie contemporaine se présentait à lui sous mille aspects variés, des rues étroites, des édifices noircis par le temps, des remparts et des cloîtres, de tous les coins familiers du Römer, comme des vieilles chroniques imprimées sur du mauvais papier à chandelle et achetées pour quelques sous aux boutiques de la foire ou des documents sur l'histoire de la ville, dont son père possédait une riche collection, se dégageait pour l'enfant grandissant l'image d'un passé glorieux, dont les récits des parents et des amis interrogés avidement achevaient de préciser la physionomie pittoresque[3]. Avant de quitter sa ville natale pour se rendre à l'Université, le jeune homme eut la bonne fortune de voir en une grandiose synthèse ressusciter tout ce passé vieillot dans les pompes éblouissantes du couronnement d'un roi des Romains, et ce spectacle fit sur lui une telle impression qu'à près de cinquante ans de distance il sut nous en donner un résumé merveilleux de fidélité et de vie[4].

Non seulement par les mille spectacles de sa vie quotidienne et par ses splendeurs, mais par ses infortunes mêmes, Francfort servit au développement du plus illustre de ses

1. Dechent, *Frankfurt in Gœthes Zeit,* op. cit. — 2. *Mémoires,* I, 1, p. 14. — 3. *Ibid.,* I, 1, p. 17. — 4. Cf. *Ibid.,* I, 5.

enfants. Le deuxième jour de janvier 1759, vers midi, tandis
que le gardien du « Pfarrturms » était occupé à récolter ses
étrennes dans la ville, sept mille hommes de troupes françaises
parties de Darmstadt et d'Offenbach envahissaient la ville sous
le prétexte de la traverser et s'y établissaient, peut-être avec la
complicité d'une partie du conseil municipal, après avoir
désarmé sans coup férir les postes des portes et de la grand'
garde[1]. L'occupation dura près de quatre ans et la ville eut
fort à souffrir des lourdes charges qui en résultèrent pour elle.
La majorité des bourgeois s'accommoda fort mal de la présence
de ces étrangers turbulents et de mœurs légères, qui non seulement compromettaient la moralité de la ville, mais qui, par
leurs hôpitaux d'une saleté repoussante, redoutables foyers de
dangereuses épidémies, menaçaient la santé publique.

Nulle part les récriminations et les lamentations ne durent
être plus amères et plus fréquentes que chez le Conseiller
Gœthe. Profondément attaché à la cause de Frédéric II,
celui-ci souffrait de voir installés en maîtres dans sa ville et
dans sa maison neuve les alliés de l'empereur. Il était un de
ceux qui croyaient et criaient à la trahison des édiles, allant
jusqu'à accuser le premier bourgmestre d'avoir reçu de l'argent des Français pour faciliter leur coup de main. Le médecin
Senckenberg raconte[2] comment un jour, au cours d'une dispute
chez le pasteur Starck, le grave Conseiller se laissa emporter
par la passion au point de lancer cette accusation à la face de
son beau-père; ce dernier ayant dans son indignation jeté un
couteau dans sa direction, le père de Gœthe avait déjà tiré son
épée et le brave pasteur eut grand'peine à empêcher le bourgmestre d'en venir aux mains avec son gendre. On peut aisément
se représenter avec quels sentiments celui-ci avait vu le lieutenant du roi[3] prendre ses quartiers chez lui, et de quels commen-

---

1. Cf. Kriegk, *Die Brüder Senckenberg*, pp. 129, 134, 138, et *Mémoires*,
I, 3, pp. 77, 78. — 2. Kriegk, *op. cit.*, p. 136. — 3. Cf. M. Schubart, *François
de Theas, comte de Thoranc, Gœthes Königsleutnant*. München. 1896;
H. Grotefend, *Der Königsleutnant Graf Thoranc in Frankfurt*, Frankfurt
a/M., 1904; M. Bréal, *Deux études sur Gœthe*, Paris, 1898.

taires acrimonieux il devait accompagner ses récits quotidiens des vexations ou des brutalités françaises, et avec quelle âpreté il devait critiquer et juger les moindres faits et gestes de son hôte abhorré. Il ne semble pas, nous l'avons vu plus haut par le blâme à peine déguisé qu'il inflige à son père à propos de son attitude en général et en particulier le soir de la bataille de Bergen[1], que le jeune Wolfgang ait le moins du monde partagé son antipathie et son indignation. Ses *Mémoires* nous le montrent, au contraire, séduit par les yeux de braise ardente, les manières dignes et courtoises du comte de Thorane[2], et nous y cherchons vainement un écho des souffrances endurées par sa ville natale. C'est que l'occupation française n'avait pour lui que des avantages. D'abord, elle avait eu pour résultat inespéré de forcer le conseiller, en déprimant son humeur[3], à prêter une attention moindre à la minutieuse observance de son plan d'éducation. L'enfant ne pouvait que bénir les Français qui lui valaient cet adoucissement inattendu de ce qu'il considérait comme sa triste destinée et qui, par surcroît, procuraient à son inlassable curiosité tant de spectacles militaires ou civils si attrayants par leur nouveauté[4]. Dans sa propre maison, les fonctions juridiques du comte amenaient une foule de gens de toutes les conditions, depuis les généraux français et les notables de la ville jusqu'aux bourgeois et aux plus humbles artisans, et, du haut du grand escalier, il assistait, amusé, à l'incessant et pittoresque défilé des visiteurs, des plaignants ou des quémandeurs. Dans son œil, des figures et des attitudes se gravaient, et les récits que l'interprète du comte se plaisait à faire des sentences originales rendues par celui-ci l'initiaient insensiblement aux mystères de la psychologie. Mais la présence du comte avait pour lui un autre avantage plus immédiat. Le comte était un grand amateur de tableaux et la vue du petit musée du Conseiller lui avait, dès le premier jour, donné l'idée de faire travailler les artistes francfortois

1. *Mémoires*, I, 3, p. 93. — 2. *Ibid.*, p. 79. — 3. *Ibid.*, p. 81. — 4. *Ibid.*, p. 90.

pour l'embellissement du château familial en sa lointaine Provence[1]. L'enfant avait dû céder sa jolie chambre mansardée, si claire, pour en faire un atelier, mais il l'avait fait sans regrets, car le comte, dont il était vite devenu le petit favori, l'y laissait pénétrer à sa guise et là il pouvait voir, ravi, le pinceau habile des Seekatz, Junker, Trautmann, Hirt réaliser en belles couleurs et en contours gracieux les idées du lieutenant du roi, quelquefois les siennes propres[2]. Son œil et son goût se formaient et il ne se sentait d'aise quand quelqu'un des peintres ou le comte lui-même lui demandaient son avis et lui faisaient parfois l'honneur d'en tenir compte. Si peut-être il faut chercher ici l'origine de l'illusion qui lui fit si longtemps croire qu'il avait en lui les aptitudes d'un peintre et si longtemps aussi soutenir une lutte opiniâtre et vaine contre la matière rebelle, on ne doit pas oublier qu'une notable partie de la grandeur de Gœthe, poète et savant, vient de l'acuité de sa vision, de la luminosité de son regard, et il est bien permis de supposer que ses longues séances auprès des chevalets des peintres contribuèrent dans une large mesure au développement précoce de son œil, cet organe précieux avec lequel, selon une de ses expressions favorites, il saisira le monde.

Peu après les régiments français, les bons bourgeois de Francfort avaient vu, en secouant la tête, arriver avec les bagages, en même temps que les marchands de modes et les cireurs de souliers, une troupe de comédiens français[3]. C'était pour le jeune Gœthe une précieuse aubaine. Grâce au billet de faveur permanent que lui avait donné son grand-père, il avait ses entrées libres à la salle du « Junghof » où jouaient les acteurs étrangers, et, malgré les objections et les reproches du Conseiller[4], il en fut un des hôtes les plus assidus. Là, il apprit à connaître une bonne partie du répertoire français de l'époque, les comédies de Destouches, Marivaux, N. de la Chaussée, l'*Hy-*

---

1. *Mémoires*, I, 3, p. 82. — 2. *Ibid.*, p. 83. Cf. V. Valentin, *Frankfurter Maler im Gœthe-Hause zu Frankfurt*, Gœthe-Jahrb., 1896, pp. 195-206. — 3. Kriegk, *op. cit.*, p. 132. — 4. *Mémoires*, I, 3, pp. 84, 99.

permnestre de Lemierre, le *Devin du Village* de Rousseau, *Rose et Colas* de Sedaine, *Annette et Lubin* de Mme Favart, le *Père de famille* de Diderot, les *Philosophes* de Palissot. Les quelques tragédies classiques qu'il y entend lui inspirent le désir de s'enquérir des autres, et il est ainsi amené à lire la plupart des œuvres de Corneille, de Racine, sans doute aussi de Voltaire, et après l'échec lamentable auprès de son grand ami le jeune acteur Derones d'une pièce mythologique de sa composition sur laquelle il avait fondé de grands espoirs, il va même, s'il faut l'en croire, jusqu'à lire et méditer la *Dissertation* de Corneille sur les trois unités[1].

Ici encore la fortune bienveillante fournissait au futur poète dramatique de précieux enseignements dont il profitera avant qu'il soit longtemps. Au point de vue moral, elle lui donnait l'occasion, un peu prématurée sans doute mais en tout cas utile, d'augmenter en se jouant sa connaissance précoce de la vie, des passions humaines, non seulement par les spectacles de la scène mais aussi par celui des coulisses. Sous la protection de son ami Derones, il pouvait, en effet, pénétrer dans les recoins les plus secrets du théâtre, et là il voyait s'agiter le monde factice et naïf des gens de théâtre. Les déshabillages sans gêne, les manèges amoureux entre les jeunes officiers de la garnison et les actrices lui donnaient des leçons de choses qui ne convenaient assurément pas à son âge, mais qui lui apprenaient la vie et surexcitaient sa sensibilité précoce.

Si nous ajoutons, enfin, qu'à force d'entendre jouer des pièces françaises et de causer avec son ami Derones ou de prêter l'oreille aux conversations des domestiques et des soldats, il avait fait de rapides progrès en français, nous pourrons conclure que l'occupation de Francfort par les Français n'eut vraiment pour Wolfgang que de bons effets ; elle avait

---

1. *Mémoires*, I, 3, p. 101. En fait, le *Ur-Meister* découvert cette année même à Zürich semble justifier cette affirmation, puisqu'il contient au IIe livre, 1er et 11e chap., une longue discussion entre Wilhem Meister et son ami Werner sur la dissertation de Corneille. Cf. G. Billeter, *Gœthe, Wilhelm Meisters theatralische Sendung*. Zürich, 1910.

agrandi son horizon intellectuel et accéléré sa formatiou morale.

A côté des occasions extérieures et accidentelles d'enrichissement de sa jeune personnalité, Francfort en offrait au jeune Gœthe de plus intimes et de moins imprévues mais de non moins utiles. Bien qu'elle ne fût pas, à proprement parler, un centre intellectuel et que les soucis matériels y jouassent un rôle prépondérant, elle renfermait dans ses murs un certain nombre d'hommes remarquables qui, selon l'aveu de Gœthe lui-même, exercèrent par leur originalité une influence appréciable sur le développement de son esprit[1]. Nous ne parlerons pas des hommes qui, comme ce von Lœn[2], le beau-frère de sa grand'mère Textor, ou Karl Friedrich von Moser, ou le Dr Orth[3], le distingué connaisseur des antiquités locales, n'agirent guère sur lui que par leurs écrits, et cela sans doute seulement vers la fin de son séjour à Francfort, ni même de ces Francfortois curieux, à des titres divers, comme l'amateur de musique Uffenbach[4] ou le collectionneur et philanthrope baron von Hæckel, ou encore du Dr Senckenberg et de ces frères Ochsenstein, les instigateurs de la fameuse scène des pots cassés, car ni les uns ni les autres n'exercèrent sur l'enfant, semble-t-il, une influence personnelle directe. Les noms qu'il nous importe de retenir sont ceux sur lesquels Gœthe lui-même insiste dans ses *Mémoires*. Ce sont d'abord les amis de son père, comme ce conseiller Schneider[5] qui introduit en cachette Klopstock et la poésie séraphique dans la maison du Fossé-aux-Cerfs, ou le conseiller de légation Moritz[6] qui essaie de lui inspirer le goût des mathématiques, ou von Olenschlager[7] le savant commentateur de la Bulle d'Or qui, s'étant épris de l'enfant éveillé, s'amuse à faire voyager son imagination dans les temps lointains du Moyen-âge germanique ou lui donne, avant les comédiens du Roi de France, le goût du vrai théâtre en le faisant participer à des représentations d'enfants où l'on

---

1. *Mémoires*, I, 4, p. 146. — 2. 3. 4. 5. 6. 7. *Ibid*, I, 2, pp. 69, 70, 68, 74; I, 4, pp. 108, 146.

joue *Britannicus*. Mais ce sont surtout les trois figures quelque
peu méphistophéliques du directeur Albrecht, de Reineck et
de Hüsgen qui valent qu'on s'y arrête. Ces trois originaux
représentaient, à des titres et à des degrés divers, l'esprit de
négation et de critique.

Le premier[1]. directeur du Collège municipal, ami du Conseiller et du bourgmestre, sorte d'Ésope en soutane et perru-
que poudrée, au sourire sardonique, sans cesse attentif à
dénoncer les travers ou les faiblesses de ses contemporains, à
l'exemple de Lucien, son auteur préféré, tout en donnant des
leçons d'hébreu à Wolfgang, l'initia, par « ses rires creux » et
ses réticences plus encore que par ses commentaires prudents, à
la critique biblique. Le second[2], vieux noble fantasque, dont
les malheurs domestiques avaient encore assombri le caractère
naturellement atrabilaire, trouvait un perfide plaisir à instruire
l'enfant, dont il s'était épris, de l'histoire universelle et de la
politique, du monde et des affaires, et à faire de lui le confident de ses crises de pessimisme, de sa misanthropie ou de sa
haine des gens de justice. Mais son grand maître en scepticisme fut le conseiller de cour Hüsgen[3], habile juriste sans
emploi officiel à cause de son calvinisme. Cet étrange vieillard,
que la petite vérole avait laissé borgne, s'amusait à faire à son
jeune ami un tableau grimaçant de la société et des hommes;
il lui donnait à lire le *De incertitudine et vanitatæ omnium
scientiarum et artium liber* d'Agrippa de Nettesheim et avait
coutume de terminer ses diatribes en disant de sa voix nasillarde et en fixant son élève du regard aigu de son œil unique :
« En Dieu aussi, je trouve des défauts. » Selon l'aveu de
Gœthe lui-même, l'Agrippa, et plus encore sans doute les
commentaires de Hüsgen, jetèrent, un instant au moins, un
grand trouble dans son jeune cerveau. Il est vrai qu'il ajoute
aussitôt que la joie de vivre naturelle à la jeunesse, ses bons
rapports avec la divinité et la constatation que, somme toute, le

1. 2. 3. *Mémoires*, I,4, pp. 117, 118, 147, 149. Cf. aussi Kriegk, *die Brüder
Senckenberg*.

bien et le mal se font équilibre dans le monde, le ramenèrent bien vite à une vue plus optimiste des choses. Il est certain, toutefois, que si les leçons de misanthropie et de scepticisme de ses vieux amis ne réussirent pas à détruire le fonds de santé morale qui lui était naturel, elles affinèrent, avant le temps, son jugement en le rendant plus avisé et moins naïf et elles déposèrent en lui des germes morbides que nous verrons bientôt s'épanouir dans ses premières aventures sentimentales et dans ses premières œuvres.

Sa misanthropie après la fin tragique de ses amours avec Gretchen eût été peut-être moins vigoureuse, ses jugements si amers sur la société dans *Götz* et dans *Werther* eussent aussi sans doute été moins informés et moins précis, sa foi religieuse aurait été assurément moins tôt ébranlée, sans les enseignements d'un Albrecht, d'un Reineck ou d'un Hüsgen.

Tel était dans ses traits essentiels le milieu où l'enfant peu à peu grandissait, surprenant son entourage par sa précocité. Comme nous le disions au début de cette étude, il est indéniable que la fortune l'avait bien servi en l'y faisant naître. Il est difficile d'en imaginer un qui lui eût offert à la fois tant de ressources diverses pour sa formation spontanée. Les oppositions y abondent. Au sein de sa propre famille, dans les rues et les institutions de sa ville natale, dans le cercle des amis ou des connaissances de ses parents, il voit partout antithèses et contradictions. Se heurtant à tout instant à des contrastes violents, son regard devient très tôt perspicace et son jugement pénétrant. Il a la sagesse prématurée des enfants qui vivent dans la société de gens âgés. En fait, le Wolfgang des *Mémoires* a bien un air un peu vieillot; il donne l'impression d'un petit personnage raisonneur et très tôt pénétré de son importance. Les scènes enfantines sont rares dans les premiers livres de *Poésie et Vérité* et aucune figure de camarade de jeux ne se détache avec vigueur du tableau que le poète esquisse de son enfance. Le jeune Wolfgang y apparaît en opposition avec les enfants de son âge : ils le froissent par la brutalité de leurs manières comme ses condisciples de l'Ecole élémentaire dirigée par le sévère Schellhafter où il fréquente d'avril 1755 à janvier 1756, ou le jalousent pour sa situation privilégiée et cherchent à l'humilier, tels ceux qui lui reprochent la modestie de ses ancêtres et vont jusqu'à insinuer qu'il lui serait fort malaisé de connaître son grand-père. Très vite, le souci littéraire apparaît au bout de ses jeux, et ses courses vagabondes à travers la ville ressemblent plus à des promenades archéologiques qu'à de joyeuses escapades ou à d'insouciantes flâneries d'enfant. Nous n'oublions certes pas que les *Mémoires* sont l'œuvre d'un vieillard qui a peine à retrouver la naïveté de ses lointaines impressions de jeunesse et qui, consciemment ou involontairement, a introduit dans le pêle-mêle de ses premières années un ordre et une méthode factices; lui-même nous en prévient loyalement dans l'avant-propos de son autobiographie[1]. Mais il n'en reste pas moins vrai que, par sa nature et par son éducation, le jeune Gœthe dut avoir de très bonne heure le sentiment qu'il était un « enfant prodige[2] » et que ce sentiment dut rapidement lui donner une gravité extérieure et des soucis qui n'étaient guère en harmonie avec son âge.

Un des facteurs essentiels de la culture intellectuelle et morale d'un enfant est la *Lecture*. Or, le jeune Gœthe semble avoir été un grand lecteur. Dans la bibliothèque paternelle, où il puisait librement, il trouvait, à côté de la série sans doute complète des classiques latins[3], de nombreux ouvrages de droit et d'une riche collection de dissertations juridiques, les principaux poètes italiens, parmi lesquels le Tasse occupait une place d'honneur, des ouvrages sur les antiquités romaines, des récits de voyage, des encyclopédies, les *Annonces de Francfort*; la littérature allemande contemporaine, malgré quelques

---

1. *Mémoires*, Vorwort, p. 5.

2. Son maître de latin, Scherbius, ne lui faisait-il pas faire à neuf ans des exercices qu'au collège on ne proposait guère qu'aux élèves de première? Cf. E. Mentzel, *Wolf u. Corn. Gœthes Lehrer*, p. 135, et aussi Bettina, *op. cit.*, p. 393.

3. Cf. Hering, *Der Einfluss des klassischen Altertums auf den Bildungsgang des jungen Gœthe*, Jahresberichte des freien deutschen Hochstifts. Jahrg., 1902.

exclusions systématiques comme celle de Klopstock, y était représentée abondamment. Canitz, Hagedorn, Gessner, Drollinger s'y rencontraient avec Gellert, Creuz, Haller; le rayon des traductions était très fourni. Goethe lui-même nous dit, à propos de cette dernière série d'ouvrages, qu'il les avait tous lus et relus dès sa tendre enfance et qu'il en savait une bonne bonne partie de mémoire[1]. Les bibliothèques des maisons parentes et amies où il fréquentait durent lui fournir le moyen de compléter les lacunes des collections paternelles. Nous savons, par exemple, que c'est chez sa tante, la femme du pasteur Stark, qu'il fit la connaissance d'Homère dans une adaptation en prose[2]. Le directeur Albrecht le laisse fureter parmi ses livres, et il est probable que le Dr Orth et Olenschlager se montrèrent aussi libéraux à son endroit. S'il pouvait trouver dans la bibliothèque du Conseiller les écrits de von Lœn, c'est sans doute chez ses vieux amis qu'il lut les écrits politiques de K. von Moser, qui, à en croire son propre récit, firent sur lui une si grande impression : *Daniel dans la fosse aux lions, L'honnête homme à la cour ou les aventures du comte von Rivera,* les *Mémoires d'un gentilhomme au sujet de ce qui se passa de plus remarquable à la diète de Francfort,* ou encore *La seule vraie religion*[3]. Ces dernières lectures se rattachent vraisemblablement aux années de l'adolescence. Pour si précoce qu'on se plaise à imaginer le jeune Wolfgang, il est évident qu'elles eussent difficilement excité et retenu son intérêt avant la treizième année. Les premières lectures spontanées de l'enfant purent être d'abord les descriptions de voyages, comme celle qu'avait éditée von Lœn, le *Robinson Crusoe,* l'*Ile Felsenburg,* les *Aventures de Télémaque, prince d'Ithaque,* l'*Orbis Pictus* de Comenius, le seul livre pour enfants qui existât de son temps, nous dit Goethe, l'*Acerra Philologica,* recueil des plus belles fables mythologiques de l'antiquité, les *Métamorphoses* d'Ovide, le *Pantheon Mythicum* de Pomey.

1. *Mémoires,* I, 4, p. 147. — 2. *Ibid.,* I, 1, p. 36. — 3. *Ibid.,* I, 1, pp. 72, 73.

Mais le poète nous le déclare lui-même, les livres qui le pas-
sionnent avant tous les autres, ce sont les vieux livres populaires ; ils étaient grossièrement imprimés, mais ils contenaient
toutes les vieilles légendes prestigieuses du Moyen-âge : *Till
l'Espiègle, les Quatre fils Aymon, la Belle Mélusine, l'Empereur Octavien, l'Histoire de la belle Maguelone, Fortunatus avec
son sac enchanté et sa baguette magique, le Juif errant* et tant
d'autres, entre lesquelles, sans doute, *l'Histoire du docteur
Faust*[1]. L'occupation française l'amène tout naturellement à
lire les auteurs français; il lit Racine, Molière, une bonne
partie des pièces de Corneille, et il n'est pas douteux qu'il ait
en outre promené sa curiosité à travers les œuvres des auteurs
dont le répertoire des comédiens du roi lui révèle les noms.
C'est ainsi qu'il apprit à connaître non seulement quelques-
unes des pièces de Piron, dont les gracieuses allégories excitent son émulation, mais encore Destouches, Marivaux, N. de
La Chaussée, Diderot[2]. A la tragédie française classique aux
héros pompeux, à la pastorale conventionnelle, il voit s'opposer le drame bourgeois, la comédie larmoyante où des gens du
commun expriment dans une langue journalière des sentiments terre à terre, et sans doute il s'étonne de ces antithèses.
La littérature anglaise, à laquelle son maître d'anglais le candidat Schade et un jeune Anglais de la pension Pfeil l'initient,
le fait pénétrer dans le monde du sentiment[3]; Young, Thom-
son, Richardson complètent son éducation mais contribuent
à inquiéter son jugement. Vers l'âge de quatorze ans, guidé
par le mentor que son père lui a donné pour le distraire de
la mélancolie où l'a jeté l'épilogue de son idylle avec Gretchen,
il pénètre dans le domaine aride de la philosophie. Peut-être
lit-il Leibnitz, Wolff; mais il ne réussit pas à se convaincre de
l'intérêt et de l'utilité de la philosophie, car toute philosophie
lui paraît contenue dans la religion et la poésie[4]. Il ne com-

1. *Mémoires*, I, 1, pp. 29, 30. Notes Lœper, à I, 1, p. 262 et sq., et E. Jenny,
Gœthes altdeutsche Lektüre. Diss. Basel, 1900. — 2. *Ibid.*, I, 3, pp. 85, 99, 102.
— 3. E. Mentzel, *Wolf und Corn Gœthes Lehrer*, p. 273. — 4. *Mémoires*,
II, 6, p. 9.

prend rien aux subtilités des philosophes grecs : la dialectique d'Aristote et de Platon le laisse indifférent, mais il lit avec intérêt et profit, nous dit-il, les stoïciens et surtout Épictète, à cause de leur doctrine morale.

Cette rapide énumération, dont les *Mémoires* nous ont fourni presque tous les éléments, nous laisse une impression de décousu et de fâcheux dilettantisme. Le hasard, bien plus que la volonté du Conseiller, semble en fin de compte avoir présidé aux lectures du jeune Wolfgang. Nous rendons hommage à la bienveillance de la mystérieuse puissance qui semble si attentive à fournir au futur poète, au meilleur moment, des occasions fécondes de culture et d'enrichissement de son être moral et intellectuel, qui lui fait connaître en même temps que la littérature rationaliste, la littérature sentimentale et, en lui présentant des antithèses commes celles que symbolisaient Gottsched et Klopstock, Corneille et Diderot, Young et les anacréontiques, empêche son goût de se figer prématurément en une formule rigide. Mais nous sommes forcés de nous dire que, malgré le souci d'ordre et de méthode qui la dominait, la pédagogie du Conseiller ne laissait pas d'être périlleuse[1]. A voir son fils vagabonder ainsi librement à travers tant de domaines divers, exposé à subir tant d'influences contradictoires, nous serions presque tentés, au lieu de l'accuser d'entêtement tyrannique, de le taxer de faiblesse et d'incohérence.

Constatation singulière : c'est du côté de la mère que nous trouvons le plus d'esprit de suite ; c'est son influence qui semble dominer avec le plus de constance la vie morale et même la vie intellectuelle du jeune Gœthe. En effet, non seulement, comme nous l'avons signalé déjà, elle lui inspire le goût de Klopstock et de la littérature populaire, mais elle lui communique sa

---

1. De l'aveu de Gœthe lui-même (*Mémoires*, II, 6, pp. 24, 25), la lecture fiévreuse d'ouvrages encyclopédiques comme les *Primæ lineæ isagoges in eruditionem universalem* de Gesner, le *Polyhistor* de Morhof, et surtout celle du *Dictionnaire historique et critique* de Bayle, jettent en son cerveau une masse de connaissances confuses, dont il retire d'abord plus de trouble que de profit.

passion pour la Bible et son amour de Dieu. Or, de toutes les tendances de l'enfant, la plus égale, la plus consciente, la plus personnelle est la *Tendance religieuse;* c'est elle qui fait l'unité de cette première période de sa vie, et, ainsi que Gœthe nous le déclare lui-même la Bible a été un des ferments les plus actifs de sa culture[1].

II.

Nous n'avons guère de renseignements précis sur les sentiments religieux du Conseiller, et par suite nous ne pouvons que difficilement juger de l'influence qu'il exerça sur la pensée religieuse de son fils. Il est probable que le Conseiller, tel que nous le connaissons, en toutes choses ami de l'ordre et respectueux du principe d'autorité, devait tenir à l'observance exacte des règles extérieures de la vie religieuse. Nous savons par la scène fameuse de la fin du deuxième livre de *Poésie et vérité*[2], où Klopstock aurait pu innocemment coûter la vie au Conseiller, que celui-ci avait coutume de se faire raser tous les samedis soirs, afin d'avoir le dimanche matin tout le temps de s'habiller à son aise pour se rendre à l'église. Dans la luthérienne Francfort, les libres-penseurs étaient d'ailleurs mal vus et un bourgeois honorable se fût déconsidéré à ne point satisfaire ostensiblement à ses devoirs religieux. Le Conseiller attachait-il aux questions religieuses une importance particulière? Cela est peu probable[3], sans cela Gœthe l'eût évidemment souligné. S'il avait pris aux discussions religieuses que devaient soulever dans la famille les controverses alors courantes sur les problèmes religieux une part aussi active et aussi passionnée que celle qu'il prenait aux discussions politiques, il est évident que nous en trouverions un écho dans *Poésie ou Vérité*. Il est plutôt vraisemblable que le Conseiller, d'après ce que nous savons par ailleurs de son esprit pratique, estimait qu'il avait rempli tout son devoir d'honnête homme quand il avait satis-

---

1. *Mémoires,* II,7, p. 58. — 2. *Ibid.,* I,2, p. 75. — 3. J. Burggraf, *Gœthe und Schiller im Werden der Kraft.* Stuttgart, 1902, p. 11.

fait aux règles de l'Eglise. Une preuve de sa. tolérance ou de son indifférence religieuse nous est donnée, en tout cas, par le choix même des maîtres qu'il donne à ses enfants. Il est en effet à remarquer que, sans se soucier de l'antipathie que la plupart de ses concitoyens professaient pour les réformés, il n'hésite pas à faire appel à des calvinistes pour diriger l'éducation de Wolfgang et de Cornélie.

Mme Hoff, leur première institutrice, le Français Rolland. Mme Gachet, la maîtresse de français et de travaux manuels, étaient des hérétiques[1]. En cela d'ailleurs, le Conseiller était d'accord avec son beau-père le bourgmestre, qui, en 1736, comme le Conseil avait refusé d'accorder à un soldat réformé, malade, l'assistance d'un pasteur de sa religion, avait noté : « Sat quidem orthodoxe juxta opinionem vulgi, sed contra naturalem æquitatem et charitatem[2]. » — Pratiquant par principes plutôt que par un sentiment religieux profond, tolérant par indifférence ou par raison, le conseiller fait donner à Wolfgang et à Cornélie l'enseignement traditionnel[3], mais il s'en remet au pasteur du soin de les guider dans les voies du salut. Si le dimanche, après les offices, il demande à son fils de réciter, de traduire et d'expliquer les épîtres et évangiles du Nouveau Testament, ou l'encourage à rédiger les sermons qu'il a entendus, c'est beaucoup plutôt, sans doute, pour exercer sa mémoire ou sa plume que dans un but d'édification[4, 5].

1. Cf. E. Mentzel, *Wolf. u. Corn. Gœthes Lehrer.* — 2. *Berichte des fr. d Hochstifts*, Neue Folge, 7, 204. — 3. *Mémoires*, I, 1, p. 37. — 4. *Ibid.*, IV, pp. 116, 134.

5. Le conseiller ne fut peut-être pas toujours aussi tolérant qu'il le paraît à l'époque qui nous occupe. Dans sa propre jeunesse, au temps de son voyage en Italie, son protestantisme s'affirme vigoureusement en face du catholicisme. A Venise, il raille le trafic des indulgences, les fondations pieuses par des courtisanes, il s'indigne d'une prise de voile par deux belles jeunes filles, les manifestations de la piété populaire ne lui en imposent pas, il les trouve tièdes et hypocrites, il note, non sans un malin plaisir, le proverbe italien qui dit de se méfier des quatre P. (Pietra blanca, Putane, Preti et Pantalone); au point de vue social, il regrette l'incessant accroissement des biens de mainmorte, et nous avons déjà signalé qu'il est grandement choqué par la licence qui règne dans les couvents de femmes : il croyait n'y trouver que des Lucrèces, il n'y voit que des Phrynés. Cf. P. v. Bojanowski. *Gœthes Vater in Venedig*, pp. 27, 38-40, 43.

La religion de la Conseillère nous est plus connue. Ce n'est pas que son fils nous en ait beaucoup plus parlé que de celle du Conseiller. Tout ce que les *Mémoires* nous font savoir de façon précise, c'est l'enthousiasme clandestin d'Elisabeth Gœthe pour la *Messiade*, son amour pour la Bible et sa crise passagère de mysticisme aux plus beaux jours de ses relations avec Mlle de Klettenberg. Mais sa correspondance nous sera un précieux supplément d'informations. Elle nous y apparaît profondément pénétrée de l'esprit de la Bible ; les citations bibliques y abondent, qui témoignent d'une fréquentation constante du livre saint. C'est là qu'aux heures de tristesse elle va chercher conseils et consolations. Quand, en décembre 1768, son Wolfgang est si malade qu'on désespère de le sauver, elle ouvre la Bible, au hasard, pour y trouver un refuge dans sa détresse ; ses yeux tombent sur la parole : « On plantera de nouvelles vignes sur les montagnes de Samarie et on jouera de la flûte. » Aussitôt elle se sent réconfortée et elle renaît à l'espoir[1]. A la mort de Cornélie, elle écrit à Lavater, le 23 juin 1777[2] : « Sans ma croyance inébranlable en Dieu, en ce Dieu qui compte les cheveux et qui sait le nombre des moineaux, qui jamais ne dort ni ne sommeille, qui n'est jamais en voyage, qui connaît les pensées de mon cœur avant qu'elles y soient nées, qui m'exauce sans que j'aie besoin de me faire des balafres sanglantes... Sans ma croyance en ce Dieu qui, pour tout dire en un mot, est l'amour même, un malheur aussi affreux me serait insupportable. » En 1806, ayant appris que, dans la nuit tragique du 14 juin, Gœthe a échappé comme par miracle aux soudards qui pillèrent Weimar, elle écrit à son fils[3] : « Dès que j'eus reçu ta lettre je me jetai à genoux pour dire ma reconnaissance au Dieu tout-puissant. Allons ! Remerciez tous Dieu, de votre cœur, de votre bouche, de vos mains. Oui, mon cher fils, une fois de plus il t'a sauvé comme en 1769, en 1801, en 1805, où tu as été à deux doigts de la mort. Ne

---

1. Gœthe à Ch. v. Stein, 9 déc. 1777. — 2. Funck, *Gœthe und Lavater*. Weimar, 1901, p. 262. — 3. 27 octobre 1806.

l'oublie jamais, pas plus que je ne l'oublierai. Lui, le grand
refuge de toutes les détresses, continuera à veiller sur nous ; je
suis tranquille comme un enfant sur le sein de sa mère, car je
crois et j'ai confiance en lui. »

Nous pourrions multiplier les citations de ce genre ; rappelons
seulement encore le mot de Gœthe à son ami Zelter dans une
lettre du 9 janvier 1824 : « Ma mère a vécu, ainsi qu'un personnage du Vieux Testament, dans la crainte de Dieu, avec
une absolue confiance dans le Dieu immuable des peuples et
des familles », et nous pourrons conclure en toute assurance
que plus que le pasteur elle exerça une influence profonde sur
la religiosité de Wolfgang. Non seulement elle lui donna le
goût de lire et de relire la Bible, mais elle lui inspira l'amour
de Dieu.

Pas plus que son mari, au reste, quoique pour des raisons
différentes, elle ne dut beaucoup se préoccuper des querelles
religieuses de l'époque. Sa foi était trop sereine, trop inébranlable et trop simple pour qu'elle pût s'inquiéter des questions
de nuances et des controverses. Sans doute, nous la voyons,
vers 1760[1], fréquenter assez assidûment les cercles Moraves où
l'a introduite sa grande amie de Klettenberg. Mais, étant donnés
sa santé morale, le bel équilibre de ses facultés, la clarté absolue
de sa raison, il est peu probable qu'elle ait jamais été très
sympathique au mysticisme exalté et quelque peu superstitieux
des Moraves. Ce qu'elle devait le plus goûter dans leur doctrine, c'était le sentiment sincère dont elle dérivait et le besoin
qu'elle révélait d'avoir avec Dieu des rapports immédiats et
affectueux. En tout cas, si nous pouvons admettre qu'elle mit
un instant sa petite barque à la remorque de celle de sa mystique amie, il paraît bien que ce dut être à partir du moment
où le départ de Wolfgang pour Weimar laissa des loisirs à son
cœur. L'honnête affection de son mari et la tendresse un peu
rugueuse de Cornélie ne suffisent pas à satisfaire son besoin
d'amour. Ses lettres à Lavater nous la montrent en effet,

1. Heinemann, *Gœthes Mutter*, pp. 56, 57.

vers 1777, en train de traverser une crise de sentimentalisme religieux un peu maladif[1].

Mais, outre que, même à cette époque, son bon sens et son optimisme ne perdent pas leurs droits chez elle, nous la voyons bientôt se ressaisir complètement, proclamer la bonté de la vie malgré ses tristesses et ses amertumes, et dire l'inutilité des lamentations. Dès 1781, elle trouve que la vie est une belle chose ; « seulement, il ne faut pas être trop prétentieux : il faut savoir se contenter des joies modestes et n'en pas vouloir d'extraordinaires[2]. » Sa vraie morale est laisser faire ce qu'on ne peut empêcher : « Laissons le monde aller comme il peut ; ne nous faisons pas de mauvais sang à l'avance, vivons aussi contents que possible, car nous ne pouvons pourtant pas arrêter la roue du destin sans être écrasés[3]. » Et un an avant sa mort[4], le 27 octobre 1807, elle résume en ces quelques lignes touchantes toute sa sagesse et sa théodicée : « Je prendrai plaisir à la vie tant que brillera ma petite lampe. Je ne cherche pas les épines ; j'attrape au passage les petites joies. Quand les portes sont trop basses, je me baisse. Si une pierre est dans mon chemin, je l'enlève ; si elle est trop lourde, j'en fais le tour. Ainsi, je trouve chaque jour quelque occasion de me réjouir. Pour couronner l'édifice, ma croyance en Dieu rend mon cœur joyeux et mon visage aimable. »

Ce n'est pas, évidemment, cette philosophie un peu mélancolique dans son optimiste résignation que la Conseillère enseignait à son fils, lorsqu'elle avait vingt-deux ans et qu'il en avait quatre. Son rire frais lui disait qu'il fallait aimer la vie parce qu'elle est belle et remercier Dieu de l'avoir faite ainsi. Dans le domaine religieux comme dans les autres, tandis que le père s'adressait à la raison de l'enfant et lui montrait son devoir, sa mère faisait d'instinct appel à son cœur.

Et le jeune Wolfgang, suivant l'impulsion de sa mère, cherche lui aussi, inconsciemment, dans l'enseignement reli-

1. Cf. Funck, *Gœthe und Lavater*. — 2. A Gœthe, 17 juin 1781. — 3. A Gœthe, 6 février 1794.

4. Elle s'éteignit doucement le 13 septembre 1808.

gieux qu'on lui donne, des raisons d'aimer Dieu et sa religion. Aussi est-il douloureusement surpris et profondément troublé quand il apprend, en novembre 1755, qu'une grande ville superbe, Lisbonne, vient d'être subitement détruite de fond en comble par un horrible tremblement de terre[1]. Tandis que le Pape prescrit un jeûne général, que des messes de *Requiem* sont chantées dans toutes les églises ; tandis que les prêtres expliquent la catastrophe à grand renfort de subtilités dialectiques et cherchent à prouver que la justice divine reste entière, que les croyants bénissent en gémissant la main qui a châtié si rudement l'humanité coupable, et que Voltaire profite de l'occasion pour railler amèrement, dans son *Poème sur le désastre de Lisbonne*, l'optimisme fade de Leibnitz et de Pope[2], l'enfant se demande avec anxiété comment ce Dieu qu'on lui a dépeint et qu'il se plaisait à croire si sage et si bon peut s'être montré si barbare. Pourquoi cette cruauté envers son œuvre, pourquoi ce châtiment qui s'abat indistinctement sur les bons et les méchants ? Les discussions passionnées qu'il entend autour de lui sur les raisons de ce stupéfiant cataclysme, les contradictions qu'il y remarque ne font qu'augmenter son trouble. Il finit pourtant, d'après le récit de Bettina[3], par retrouver sa confiance en Dieu un instant ébranlée, et à conclure que, si Dieu a frappé à la fois les méchants et les bons, c'est qu'il sait bien que les infortunes terrestres ne peuvent causer de dommage à l'âme immortelle. Mais moins d'un an après, dans l'été de 1756, un nouveau malheur, une épouvantable grêle qui cause de grands ravages à Francfort et endommage de façon sensible la maison de la rue du Fossé-aux-Cerfs, vient porter un nouveau coup à sa foi en la bonté divine et évoquer à ses yeux l'idée affligeante d'un Dieu qui châtie et qui tue[4]. Nul doute pourtant que sa mère n'ait réussi à calmer ses scrupules par quelqu'un de ces raisonnements optimistes qui lui étaient familiers, et il se remit bien vite à aimer Dieu de tout son cœur d'enfant, qui connaît

---

1. *Mémoires*, I, 1, p. 25. — 2. *Ibid.*, cf. notes à I, 1, ,p. 256. — 3. *Briefwechsel m. e. Kinde*, p. 391. — 4. *Mémoires*, I, 1, p. 26.

par les tendresses maternelles combien il est bon d'aimer et d'être aimé[1].

Son besoin d'affection pour Dieu ne trouvait malheureusement pas un aliment suffisant dans l'enseignement religieux qu'il recevait. Le luthéranisme officiel lui apparaissait comme une sorte de sèche morale où ni l'âme ni le cœur ne trouvaient leur compte. Entre Dieu et lui, il voyait se dresser tout un appareil redoutable de maximes et de règles de conduite pratique qui réprimaient son élan et disciplinaient fâcheusement sa ferveur. Et il savait qu'il n'était pas seul à en éprouver de l'impatience. Il entendait parler autour de lui de séparatistes, de piétistes, de frères et de sœurs moraves, de pacifiques; et, sans peut-être savoir quelles nuances précises séparaient ces petites coteries, il avait compris, aidé par sa mère ou par Mlle de Klettenberg, que toutes, malgré leurs désaccords, se ressemblaient par une aspiration commune : avoir avec Dieu des relations plus étroites, plus personnelles que celles que permettait l'église orthodoxe. Hérétiques pour les uns, saints pour les autres, ces dissidents étaient pour tous intéressants ; ils durent exciter à un haut degré la curiosité et la sympathie du jeune Wolfgang, non seulement à cause de ses rapports avec Mlle de Klettenberg, mais parce qu'il reconnaissait vaguement son désir dans leurs tendances[2].

Et, un beau jour, il lui vint l'idée d'honorer, lui aussi, Dieu à sa façon, sans en rien dire à personne, pas même à sa mère. On connaît la scène, à la fois puérile et touchante, de la fin du premier livre de *Poésie et Vérité*[3]. Pour rendre hommage à ce Dieu que, d'après certains passages des Évangiles, il s'imagine accessible aux hommes de bonne volonté et soucieux de leurs intérêts personnels autant que du mouvement des astres et de la succession des saisons, il se réfugie dans sa mansarde, et là, sur un beau pupitre à musique en laque rouge avec des fleurs d'or qui lui sert d'autel, il dresse une pyramide de pierres empruntées à la collection minéralogique de

1. *Mémoires*, I, 1, p. 37. — 2. *Ibid.* — 3. *Ibid.*, p. 38.

son père. Ces pierres symboliseront la nature, l'œuvre divine ; une flamme, celle d'une bougie de cire odoriférante brûlant au sommet de la pyramide, figurera, au soleil levant, l'esprit humain aspirant du sein de la nature à rejoindre Dieu. La première expérience réussit à souhait, et l'enfant se perdit en une délicieuse extase. Mais une seconde tentative se termina par un désastre. Le beau pupitre fut gravement endommagé par la cire brûlante, et la crainte des reproches de son père le guérit — pour l'instant au moins — de ses velléités de communication directe avec Dieu.

D'ailleurs, l'occupation française et les mille distractions qu'elle lui apporta le détournèrent pour un temps des expériences et des préoccupations religieuses. Mais bientôt le temps de la Confirmation l'y ramena naturellement. Cet acte, considérable à ses yeux, eut lieu, d'après les *Mémoires*, vers Pâques 1761 [1]. Il s'y était préparé avec ardeur. De ses premiers doutes religieux, il lui était resté une vague inquiétude ; il espérait que la Confirmation la dissiperait [2]. Il savait à fond son catéchisme, s'était bourré la tête des citations bibliques les plus probantes. Or, le vieux pasteur, vulgaire d'esprit et de pensée, qui lui fit subir son examen d'instruction religieuse, au lieu d'éprouver à fond sa jeune science religieuse, se contenta de l'interroger selon un questionnaire traditionnel sans vie et sans intérêt. La Confession lui causa une désillusion encore plus amère. Il comptait que son confesseur lui donnerait des éclaircissements qui calmeraient ses scrupules. Aussi, le protestantisme ne lui permettant pas une confession personnelle et de détail, s'était-il ingénié à rédiger une confession générale par la

---

1. Cette date a donné lieu à de longues controverses. Tandis que Lœper, dans les notes de son édition des *Mémoires*, p. 305, soutient la date indiquée par Gœthe lui-même et croit que le pasteur mis en question fut Fresenius, le confesseur attitré de la famille et l'un des adversaires les plus acharnés des moines, Dechent prétend au contraire que Gœthe ne fut confirmé qu'en 1763 par le pasteur Schmitt. Cf. pour cette question, d'ailleurs tout à fait accessoire à nos yeux, le *Gœthe-Jahrbuch*, 1890 : H. Dechent, *Die Seelsorger der Gœtheschen Familie*, pp. 159, 164.

2. *Mémoires*, II, 7, p. 74.

forme, mais où un homme intelligent devait, à son sens, reconnaître l'accent personnel et deviner son angoisse. Hélas ! lorsqu'il se vit enfermé dans l'étroit confessionnal et qu'il entendit la voix débile et nasillarde du vieux pasteur lui dire un amical bonjour, il sentit tout à coup peser lourdement sur ses épaules la froide et machinale tradition, son élan se brisa, son cœur se serra et les paroles où il voulait dire son aspiration à la clarté s'arrêtèrent sur ses lèvres. Il ouvrit au hasard son livre de prières, et, la tête vide de pensée, il lut la première formule de confession qui lui tomba sous les yeux. Il reçut l'absolution et sortit, indifférent et attristé, du confessionnal où il était entré avec une si grande soif de vérité[1].

L'annonce que le successeur du pasteur Fresenius, le professeur Plitt, allait faire, le dimanche, un cours de religion sous forme de sermons le remplit d'aise. Il espère que cet homme, jeune encore, d'aspect imposant et sympathique, va apporter à l'exposé des questions religieuses plus de chaleur et de personnalité[2]. Il écoute le premier sermon avec tant d'attention qu'il est capable, une fois rentré chez lui, de le reproduire intégralement par écrit ; son père, le conseiller Schneider applaudissent à ce tour de force, et, l'amour-propre aidant, Wolfgang continue quelque temps cet exercice. Pendant les trois premiers mois, il y apporte une grande conscience, mais peu à peu le plaisir et l'intérêt qu'il y trouve diminuent par degrés, à mesure surtout qu'il s'aperçoit que les exposés de Plitt ne lui apportent d'éclaircissements suffisants ni sur la Bible, ni sur le dogme, et il en arrive à ne plus présenter à son père que le plan des sermons[3].

Il comprend qu'il n'a décidément rien à attendre ni de l'enseignement officiel, ni de ceux qui le donnent ; il se replie sur lui-même et va s'adresser directement à la source, à la Bible, et dans la Bible surtout au Vieux Testament, parce que, dit-il, le Nouveau Testament devenu lieu commun trivial par l'abus qu'on en fait dans les sermons et les séances de catéchisme, ne

1. *Mémoires*, II, 7, p. 75. — 2. *Ibid.*, I, 4, p. 134. — 3. *Ibid.*

lui offrait aucun intérêt[1]. Mais ayant entendu dire que pour bien comprendre la Bible la connaissance des langues originales était nécessaire, il demande à son père de lui faire donner des leçons d'hébreu[2]. Nous connaissons son maître, le Directeur Albrecht. L'alphabet avec ses infinies et subtiles complications lui causent de l'impatience, l'étude de la grammaire ne lui plaît guère; mais, malgré les ironiques réflexions de son maître, le vieux texte exerce sur lui une séduction profonde et excite vivement sa curiosité. Depuis longtemps déjà, les invraisemblances et les obscurités du Vieux Testament l'ont surpris[3]. Très tôt, il a posé à ses précepteurs d'insidieuses questions sur l'arrêt du soleil à Gibeon et de la lune dans la vallée d'Ajalon. Il dit à nouveau ses scrupules au Directeur Albrecht. Celui-ci cherche bien au début à esquiver les questions gênantes, mais peu à peu il s'en amuse, tout en se gardant bien d'y répondre directement et se tirant d'affaire, quand l'enfant devient très pressant, par un : « Oh! le fou! Oh! le petit fou! ». Enfin, touché de l'acharnement que met Wolfgang à chercher la vérité et à dire ses doutes, Albrecht lui prête la traduction allemande de la grande Bible anglaise avec commentaires et éclaircissements par Seb. Schmid. Il laisse d'ailleurs son élève se perdre dans le labyrinthe des opinions contradictoires qui y étaient méthodiquement et scrupuleusement exposées. Il est donc bien probable que celui-ci ne trouve pas dans cette étude tant désirée de la Bible et de l'hébreu les clartés escomptées. Mais il y gagne au moins une vision plus nette des personnages et des paysages de l'Ancien Testament; il s'enthousiasme pour les récits de la Genèse, pour les héros et les prophètes; les figures d'Abraham, d'Isaac, de Jacob lui deviennent de plus en plus familières, et c'est en leur compagnie qu'il se réfugie quand son imagination, surexcitée et troublée par les études si diverses auxquelles il se livre, demande grâce et aspire au repos[4]. Une des figures bibliques surtout

---

1. *Mémoires*, I, 1, p. 29. — 2. *Ibid.*, I, 4, p. 116. — 3. *Ibid.*, p. 119. — 4. *Ibid.*, I, 4, pp. 130, 131.

l'attire par sa douce énergie, sa calme grandeur et son silencieux dévouement, c'est celle de Joseph, le fils de Jacob. Seulement, il trouve qu'elle n'occupe pas dans la Bible une place en rapport avec la sympathie qu'elle lui inspire et, dès 1762, il rêve d'en donner une image plus détaillée[1]. L'exemple de la *Messiade*, et surtout celui de l'épopée en prose de Karl von Moser *Daniel dans la fosse aux lions*, l'encouragent à tenter l'entreprise. Il se met résolument à l'œuvre et réussit, en fait, non sans quelque surprise, à achever une épopée : *Joseph et ses frères*. Ce ne fut pas le seul essai inspiré au jeune Gœthe par la Bible. Les lettres de Leipzig à Cornélie font allusion à d'autres œuvres analogues : *Jésabel, Ruth, Selima, Balthazar* (7 décembre 1765, 12, 14 octobre 1767). En l'absence de tout texte et de tout renseignement précis sur ces premières œuvres[2], nous ne pouvons malheureusement pas juger de leur esprit et de leur valeur. Mais il est vraisemblable qu'elles ne devaient pas contenir de bien profondes réflexions sur la religion. N'oublions pas que, en 1763, Gœthe a quatorze ans, et si la précocité de son esprit lui a fait voir dans l'enseignement religieux courant, et même dans la Bible, bien des lacunes et des incohérences, il n'a pas su encore trouver la solution à ses doutes.

Il hésite encore entre les formes diverses de religiosité dont il a fait l'expérience. La religion froide de son père ou du pasteur ne lui suffit pas, non plus d'ailleurs que la religion confiante et calme de sa mère, puisqu'il cherche en dehors des voies qu'elle lui trace. Malgré son désir de se rapprocher de Dieu et son besoin d'amour divin, il ne paraît pas avoir été à cette

---

1. *Mémoires*, I, p. 131.

2. Le court fragment de *Balthazar* qu'il communique à sa sœur dans sa lettre du 7 décembre 1765 est trop insignifiant pour nous autoriser à en tirer quelque conclusion. Cf. l'article de Geiger, Gœthe-Jahrb., 1886. *15 Briefe Gœthes an seine Schwester*. La *Wilhelm Meisters theatralische Sendung* (*Billeter*, pp. 89, 90) vient de nous en faire connaître un autre fragment, mais les vingt-cinq vers inédits qui le composent ne nous renseignent guère que sur l'habileté de Gœthe à manier l'alexandrin, et encore, à supposer que ces vers qui célèbrent la toute-puissante divine et l'infirmité humaine, datent vraiment de sa jeunesse, resterait-il à montrer que Gœthe ne les a pas « polis » en les incorporant à son roman.

époque attiré par le piétisme, car le Christ qui jouait un si grand rôle dans les préoccupations des dissidents ne semble pas l'avoir alors beaucoup touché. Est-ce, comme il le dit[1], l'enseignement officiel et l'étude pédante et méthodique du Nouveau Testament qui le lui ont gâté, ou est-ce le symbolisme abstrait, la pénurie d'images concrètes des récits de cette partie de la Bible qui le rebutent, toujours est-il qu'on a la sensation qu'il ne prit qu'un intérêt médiocre à la figure du Sauveur. Les *Pensées poétiques sur la descente du Christ aux enfers* ne sont pas faites pour prouver le contraire. Le jeune Goethe y chante en des strophes fort peu poétiques, bourrées de mots sonores et d'épithètes convenues les rancunes et les tourments de l'Enfer, la colère et le jugement du Christ: on n'y sent nulle part la trace d'un sentiment personnel, l'écho d'un sentiment vrai. Au reste, nous savons que Goethe ne les écrivit que sur le désir de « quelqu'un », sans doute Mlle de Klettenberg[2].

D'ailleurs, sans qu'aucun document ne nous le prouve d'une façon absolue, il apparaît comme très vraisemblable que depuis la grande désillusion que lui a apportée la confirmation, le jeune Goethe a peu à peu senti diminuer en lui l'ardeur religieuse. De nouvelles études, de nouveaux intérêts sollicitent son attention vers d'autres voies, et les distractions de sa vie agitée rendent plus rares les heures de méditation. Il s'est résolu à accepter le monde tel qu'il est, il a cessé de chercher querelle à Dieu pour les imperfections de la création et il se laisse aller à un mol optimisme[3]. Ce n'est pas qu'il ait renoncé aux pratiques extérieures de l'Église[4]; il est encore sous la tutelle de son père et celui-ci ne l'eût pas supporté. Il va donc aux offices et remplit ses devoirs religieux avec exactitude, mais c'est sans conviction intime, bien plus, c'est avec une sorte d'aversion. La communion lui avait de tout temps causé une sorte d'épouvante qui croît avec les années. S'exagérant la

---

1. *Mémoires*, I, 1, p. 37. — 2. Cf. Riemer, *Mittheilungen über Goethe*. Berlin, 1841, II, 540, et *Gespräche mit Eckermann*, 16 fév. 1826. — 3. *Mémoires*, I, 4, p. 150. — 4. *Ibid.*, II, 7, p. 76.

maxime que celui qui participe indignement à la Cène, mange
et boit sa condamnation, très frappé par ce qu'il avait lu dans
les vieilles chroniques sur les jugements de Dieu et dans la
Bible elle-même sur la source, salutaire aux bons, mortelle aux
méchants, terrifié aussi par la pensée que, selon l'enseignement
de l'Église, le pardon des péchés est soumis à tant de conditions que personne n'est sûr de s'approcher du sacrement
l'âme pure, il éprouvait chaque fois qu'il communiait des scrupules toujours plus angoissants. Ces scrupules augmentent à
mesure que sa vie extérieure devient moins édifiante ; la
contrainte qu'il doit s'imposer lui est chaque jour plus pénible ; aussi, un des premiers actes par lesquels il affirmera son
indépendance une fois à Leipzig sera de s'affranchir tout à fait
des liens de l'Église[1].

Le protestantisme d'ailleurs le satisfait de moins en moins
comme religion positive et il nous en dit tout au long les raisons. Il est peu probable qu'il les ait aperçues, à quinze ans,
avec la lucidité qu'il met à les exposer vers 1810 dans son autobiographie. Mais il n'est pas impossible assurément que,
dès 1765, il ait eu le sentiment que le culte protestant a « trop
peu d'ampleur et de liaison pour tenir en un seul corps la
communauté », d'où le grand nombre de sectes dissidentes ; il
manque de sacrements[2]. Le sacrement de la cène par exemple
n'a pas pour le protestant toute l'importance qu'il devrait avoir,
parce que « le sens symbolique ou sacramentel n'est pas
nourri dans son cœur » et qu'il n'est pas accoutumé à considérer la religion intérieure du cœur et celle de l'église extérieure comme parfaitement identiques. Combien différente et
plus logique est la religion catholique, avec son ensemble imposant de sacrements qui s'enchaînent et se coordonnent, de
sorte que, si loin que le sort place le berceau et la tombe l'un
de l'autre, ils sont unis d'une chaîne consolante ! Combien
plus grande est la puissance du prêtre catholique[3] qui, une fois
consacré, disparaît derrière son office, qui n'est plus qu'un

1. Cf. *Mémoires*, II, 7, pp. 75, 76. — 2. 3. *Ibid.*, pp. 70, 72, 73.

instrument aux mains du libérateur suprême et qui, même par une conduite coupable et dépravée, ne pourrait ôter à la bénédiction qu'il dispense sa force et sa vertu!

Il serait imprudent de conclure de cette apologie des sacrements catholiques que le jeune Gœthe ait éprouvé une sympathie plus réelle pour le catholicisme que pour le protestantisme en tant que religion positive. Il est à remarquer, en effet, qu'il n'examine pas la question de principes; il se contente de critiquer en artiste naissant plutôt qu'en penseur les formes extérieures de la religion protestante, et il trouve seulement le culte catholique supérieur par son unité et sa conséquence.

Au terme de la première période de son évolution, ce qui ressort avec netteté de ses tentatives diverses pour se réconcilier avec la religion positive, c'est qu'il n'y réussit pas. Il garde le besoin de croire, mais il a le souci de fonder sa croyance sur d'autres bases que celles que lui fournit l'enseignement officiel.

Son premier chagrin d'amour va, par un effet inattendu, et tout en paraissant d'abord le jeter dans les bras du scepticisme et du désespoir, lui procurer ce que sa raison est incapable à lui donner, une croyance nouvelle, la religion de la Nature. Le Dieu qu'il ne peut saisir dans le Verbe va se révéler à lui épars dans les choses.

III.

L'épisode des amours du jeune patricien Wolfgang pour l'humble *Gretchen* est trop connu pour qu'il soit nécessaire d'y insister longtemps ici[1]. L'aventure est d'ailleurs banale. Entraîné par un de ses camarades, sous le prétexte d'un service poétique à rendre, dans une société de jeunes gens d'une condition et d'une moralité inférieures à la sienne, leurs manières et leurs propos l'offusquent, mais, au moment où le

____

1. Cf. *Mémoires*, I, 5.

dégoût l'envahit, il voit apparaître une jeune fille dont les charmes et l'attitude réservée font sur lui une impression si vive que son aversion pour le milieu disparaît comme par enchantement, et que, pour rester près de Gretchen, il se fait le compagnon inséparable des jeunes gens suspects qui l'entourent. Il prête à leurs louches mystifications l'aide de sa plume fertile et boit avec eux, sans scrupules, le produit de leurs indélicates combinaisons. Il ne vit plus que pour Gretchen. Dans les premiers temps de leurs relations, comme il ne peut la voir à son aise, il s'ingénie à multiplier les occasions de la rencontrer. Il va à l'Eglise par amour d'elle, afin de pouvoir repaître ses regards de sa chère image et tenter la chance de pouvoir la saluer et la frôler discrètement à la sortie de l'office. Nous avons déjà eu occasion de marquer comment, lorsqu'il put fréquenter son idole plus librement, il se fit fabriquer une fausse clef de la maison de ses parents pour avoir la liberté de rester plus longtemps auprès d'elle, le soir. Gretchen, bonne fille, à ce qu'il semble, et meilleure que son entourage, lui fait, à l'occasion, de la morale et, amusée par cette naïve passion d'un enfant de quinze ans à peine, se laisse adorer, mais garde une réserve qui irrite son adorateur. Celui-ci connaît tour à tour la joie et les déceptions des innocentes faveurs, la tristesse des crises de dépit amoureux, les morsures de la jalousie. Par amour de sa belle et afin de la mieux initier aux splendeurs des fêtes qui se préparent pour le couronnement du roi des Romains, il se prête sans maugréer aux recherches historiques que son père lui fait faire sur les élections impériales précédentes et les derniers couronnements. La liberté des fêtes lui permet, à la faveur de la nuit, de promener Gretchen à son bras dans les rues de Francfort. Gretchen reconnaissante lui donne un soir, en le quittant, un chaste baiser sur le front. Hélas ! ce premier baiser devait être le dernier. Le lendemain de cette journée mémorable lui apporte un effroyable réveil. Sa mère vient lui apprendre, tout en larmes, que le jeune homme que, sur la foi de ses indignes amis, il a recommandé à son grand-père pour un emploi au Römer, est un faussaire, que toute la bande de ses compagnons, y compris Gretchen, est sous les verrous, et que lui-même est suspect de complicité.

Sa douleur est navrante, non point pour lui-même, car il a conscience de son innocence, mais pour ses amis et surtout pour Gretchen. L'enquête, en effet, le met bientôt hors de cause, mais les inquiétudes mortelles qu'il éprouve, l'isolement farouche où il se renferme le rendent malade au point que ses parents alarmés doivent avoir recours au médecin. Une fois rassuré sur le sort de Gretchen et de ses compagnons, il guérit physiquement, mais il reste inconsolable d'être séparé de son idole, qui a quitté Francfort. Il traverse une période de jours sombres où son âme endolorie connaît les tristesses infinies et muettes des douleurs honteuses. Ni la tendresse de sa sœur et les caresses de sa mère, ni les remontrances du mentor que la sagesse paternelle lui a donné ne réussissent à le distraire. Pour le guérir, il faudra qu'on lui rapporte le passage de la déposition de Gretchen le concernant. Quand il apprit qu'elle avait déclaré ne l'avoir jamais considéré que comme un enfant et que jamais elle n'avait éprouvé pour lui d'autres sentiments que ceux d'une sœur aînée, il se sentit cruellement mortifié dans son amour et dans son jeune orgueil. Sa raison ne vit plus en elle qu'une perfide coquette, mais son cœur conserva longtemps en un coin douloureux l'image de son premier amour; ce n'est point par hasard, sans doute, que l'héroïne de *Faust* porte le nom de la jeune Francfortoise[1]. En attendant, il cherche à calmer sa souffrance qui reste vive, malgré son apparente résignation. Comme nous l'avons déjà indiqué, il trouve dans l'étude de l'histoire de la philosophie un dérivatif, mais non une consolation. Bientôt il s'en lasse, non

---

1. On n'a, sur ce premier amour de Gœthe, d'autres renseignements que ceux que nous fournissent les *Mémoires*. Sont-ils de tout point véridiques ou, comme le pensent Minor (*Gœthes Faust*, I, Stuttgart, 1901, p. 33) et Weissenfels (*op. cit.*, p. 29), la Gretchen de Faust a-t-elle influé sur la Gretchen des *Mémoires*? La question est insoluble et force nous est de nous en tenir au récit des *Mémoires*. Cf., pour la question de l'identité de Gretchen, la polémique W. Schérer (*Aufsätze über Gœthe*, Berlin, 1886, p. 29) et Düntzer (*Abhandlungen zu Gœthes Leben und Werken*, I, Leipzig, 1885, p. 32).

moins que de la société de son docte compagnon. Pour échapper à l'obsédante présence de ce dernier, il se réfugie, sous prétexte de dessiner, dans la profondeur des forêts voisines[1], et là, il sent, au milieu du silence, se dégager des vieux chênes et des vieux hêtres le sublime, le divin de la Nature, tels que les ont éprouvés, avec leurs sentiments vagues et leurs aspirations immenses, les peuples primitifs. Et il s'écrie : « Pourquoi ce lieu admirable n'est-il pas au fond d'un désert? Pourquoi ne pouvons-nous élever une haie autour pour le consacrer, et nous avec lui, et nous séparer du monde? Certainement il n'est pas de culte plus beau que celui qui se passe d'images, qui naît dans notre cœur et de nos entretiens avec la Nature. » La paix divine des choses agit sur lui; à écouter les voix de la forêt, il se déshabitue peu à peu d'épier celle qui se lamente en lui sur son amour perdu. Une religion nouvelle s'ébauche en même temps dans les ténèbres de sa conscience, qui plus tard, quand elle se sera précisée et confirmée, lui sera une source intarissable de lumière et de réconfort : la religion de la Nature.

Pour l'instant, ce n'est pas dans la Nature seule qu'il trouve des raisons de se consoler de la fin douloureuse de ses premiers amours, il en aperçoit d'autres dans le sentiment de sa propre valeur, dans l'orgueil de son jeune talent, s'affirmant chaque jour avec plus d'énergie.

IV.

Très tôt, nous avons déjà eu occasion de le signaler, l'enfant avait montré à s'acquitter des tâches que lui donnait son père ou ses maîtres une facilité surprenante. Les exercices divers, surtout les dialogues que nous trouvons dans les *Labores juveniles*, sont vraiment remarquables par leur ingéniosité, par la rapidité et la vie, par l'habileté qu'y fait voir le

1. *Mémoires*, II, 6, pp. 10, 11.

petit écolier de sept ans à adapter le ton au caractère des personnages[1]. Lui-même, d'ailleurs, nous dit[2] que, pour tout ce qui concernait les exercices de rhétorique, il ne redoutait, au moins par l'invention, aucun de ses camarades, que, bien vite, il s'était rendu compte que ses petits essais poétiques étaient supérieurs à ceux que ses concurrents produisaient à côté des siens dans les réunions enfantines du dimanche. De bonne heure, son invention s'était exercée dans le domaine dramatique. L'unique pièce qui constituait le répertoire du théâtre de marionnettes donné par la grand'mère n'avait bientôt plus suffi à sa curiosité et à celle de ses camarades; il s'était institué le régisseur et le fournisseur de la scène en miniature[3], jusqu'au jour où, las d'agiter et de faire parler des marionnettes, il organise de vraies représentations dont lui et ses camarades sont les acteurs et dont sans doute il fournit les naïfs scénarios[4]. Peu à peu, avec son aptitude grandit son ambition. Il ira même, au temps où il fréquente le théâtre français, jusqu'à composer une pièce à grand spectacle, à la fois allégorique et mythologique, où il fait grande dépense de filles de roi, de princes et de divinités olympiennes[5]. L'échec de ce premier essai auprès du jeune censeur français, son ami Derones, le décourage pour un temps. Mais bientôt, la fureur dramatique le reprend et nous l'avons vu tirer de la Bible toute une série de drames édifiants. Les autres genres littéraires, d'ailleurs, l'attirent également; il cherche à utiliser ses connaissances linguistiques dans un roman en six langues[6]: suivant l'exemple de sa mère, il pratique déja l'art du conte; le *Nouveau Paris* du deuxième livre de ses Mémoires[7] nous donne jusqu'à un certain point une idée de son talent ou au moins du sens où celui-ci s'exerçait pour la plus grande joie de ses camarades. Mais le domaine où il se montre le plus fécond est

---

1. Bielschowsky, *Gœthe*, I, p. 32. — 2. *Mémoires*, I, 1, pp. 28, 29. — 3. 4. *Ibid.*, I, 1, pp. 44, 45.

5. *Ibid.*, I, 3, p. 99. Peut-être était-ce cette *Königliche Einsiedlerin* dont la *Theatralische Sendung* nous apporte un discret écho. Cf. Billeter, p. 76 et sq.

6. *Ibid.*, I, 4, p. 115. — 7. *Ibid.*, I, 2, p, 47.

celui de la poésie lyrique. Dès 1763, il a dans ses papiers une telle quantité de poésies de tout genre : odes religieuses imitées d'Elias Schlegel[1], édifiantes méditations poétiques inspirées par les psaumes chantés à l'église, poésies anacréontiques, qu'après l'achèvement de sa grande épopée en prose *Joseph* il a l'idée d'en faire un choix et de les porter au relieur qui les réunit en un imposant in-quarto. Sa facilité est telle qu'il compose pour les amis de Gretchen autant de poésies d'amour, de chants nuptiaux, d'éloges funèbres qu'ils en veulent.

Cette fécondité le grise : il sent en lui une source vive ; il a hâte de pouvoir y puiser sans contrainte. Entre les lignes du Compendium juridique de Hoppe que son père lui fait apprendre par cœur[2], il voit apparaître, resplendissants, les noms de Haller, de Hagedorn, et il se dit que son nom fera un jour bonne figure à côté du leur[3]. Depuis longtemps déjà, tandis que, en même temps que son père, ses vieux amis faisaient pour lui des plans d'avenir et le voyaient, l'un homme de cour, l'autre diplomate, le troisième juriste, mais que tous et surtout Reineck cherchaient à le détourner de la poésie, lui, au contraire, dans ses rêves de destinée glorieuse, ne voyait rien de plus séduisant que la couronne de laurier au front du poète[4]. Tout au plus, à la veille de commencer ses études universitaires, fait-il à l'esprit pratique au nom duquel son père prétend diriger sa vocation cette concession tacite, qu'il se préparera à la carrière académique[5], où déjà un de ses ancêtres, Jean Wolfgang Textor, s'est illustré, ayant enseigné le droit à Heidelberg vers 1680[6]. Plus son père met d'insistance à lui montrer par avance quelle sera sa vie dans la carrière juridique, plus, malgré son hypocrite soumission, il se répète en son for intérieur que cet idéal de vie ne sera jamais le sien. Il est né, croit-il, pour la poésie ; il s'est juré de vivre pour elle.

En attendant, il est fier du monde qu'il sent en lui ; il se

---

1. *Mémoires*, I, 4, p. 133. — 2. *Ibid.*, II, 6, p. 24. — 3. 4. 5. *Ibid.*, II, 6, p. 26 ; I, 4, p. 151 ; II, 6, p. 26. — 6. Cf. Witkowski, *Gœthe* (*Dichter und Darsteller*), Leipzig, 1899, p. 8.

croit supérieur à son entourage. On connaît l'anecdote rapportée par Bettina[1], qui, s'il faut l'en croire, l'aurait cueillie sur les lèvres de la Conseillère elle-même. Un jour que cette dernière se trouvait à sa fenêtre avec quelqu'une de ses amies, le jeune Wolfgang avait paru, traversant la rue en compagnie de plusieurs garçonnets de son âge ; la gravité de sa démarche faisait un amusant contraste avec le laisser-aller des autres enfants. On lui fit remarquer, quand il rentra, que par cette façon de marcher droit et raide il se distinguait étrangement de ses camarades ; et lui, de répondre : « Ceci n'est qu'un commencement ; plus tard, je me distinguerai d'eux bien autrement encore. » Si le mot n'est pas vrai, il n'est pas invraisemblable, et le propos de son ami Moors, disant plus tard : « Nous étions toujours ses laquais », semble, en tout cas, le confirmer.

Dans les deux lettres qu'il écrit, le 23 mai et le 2 juin 1764, à Louis Ysenburg de Buri, malgré les précautions oratoires et les protestations d'humilité, on voit s'étaler son jeune orgueil dans toute sa naïveté présomptueuse. Il a quinze ans à peine, il vient de traverser sa première crise amoureuse ; l'ambition lui est venue de se faire admettre dans la ligue vertueuse que Buri a fondée sous le nom de « Société arcadienne, Philandria ». Le représentant de la Société à Francfort, Alexis, de son vrai nom Charles de Schweitzer, sans doute en raison du scandale auquel le jeune candidat vient d'être si fâcheusement mêlé, résiste aux sollicitations de Gœthe qui le prie instamment de le mettre en relations avec Buri. Alors Wolfgang prend le parti de s'adresser directement à ce dernier. Il souligne lui-même ses défauts : il se dit violent, mais sans rancune ; autoritaire, mais capable de se plier aux règles qu'il reconnaît justes ; il déteste les vaines formalités et est peu patient. Buri lui ayant laissé entrevoir qu'il serait sans doute agréé après un supplément d'enquête, d'un ton dégagé, le candidat le loue de cette prudence. Il se sentirait humilié d'entrer dans une Société qui

1. Bettina, *op. cit.*, p. 393.

serait ouverte au premier imbécile venu. Après tout, il est peut-être un de ces imbéciles comme il y en a tant à Francfort, et il comprend qu'un président sage se méfie et prenne ses précautions. Mais il insinue à Buri qu'il voudrait bien que celui-ci prît la peine de l'examiner lui-même, car il a conscience de ressembler à un « caméléon », et il doute que le bon Alexis ait la pénétration nécessaire pour se reconnaître dans l'écheveau compliqué de ses qualités et de ses défauts[1].

En dépit des formules de déférence, le ton est fier, presque hautain. On sent que les défauts qu'il accuse lui paraissent des titres à l'estime d'une âme bien née ; l'insistance qu'il met à réclamer l'enquête montre qu'il s'y croit supérieur ; le fait enfin qu'il veut un pair pour le juger prouve la haute opinion qu'il a de lui et le dédain où il tient la masse des jeunes gens de son âge.

Le jour de ses seize ans, il inscrit dans l'album de Moors une poésie où se traduit, en même temps que son précoce désabusement, l'outrecuidante conscience de sa supériorité : « Voilà ce qu'est ce monde qu'on prétend le meilleur ; on dirait une caverne de brigands, ou la chambre d'un étudiant, ou un opéra, ou un banquet de maîtres d'école ; on dirait une assemblée de cerveaux poétiques, ou une lanterne magique, ou de la monnaie hors de cours. Le voilà ce monde qu'on prétend le meilleur ! » Au reste, s'il dédaigne le monde, il ne le fuit pas.

---

1. Le jeune Gœthe éprouva d'ailleurs la grande mortification, dont il a garde de parler dans ses *Mémoires*, de voir sa demande définitivement repoussée. Alexis sut si bien démontrer l'indignité du candidat et mettre ses « vices » en lumière que, malgré une troisième lettre pressante de Gœthe à la date du 6 juillet 1764 et une démarche auprès du musicien André pour obtenir de Buri une entrevue à Offenbach, celui-ci se décida à l'évincer sans appel. Le 1er septembre Buri écrivait à Schweitzer : « M. Gœthe se tient coi et j'espère bien qu'il ne donnera plus signe de vie. Si d'aventure il était assez impertinent pour s'adresser à moi, je suis résolu à ne même pas lui faire l'honneur d'une réponse. » Dix ans plus tard, la Société, transformée en loge, devait rechercher l'adhésion de l'auteur de *Werther*, mais celui-ci, à son tour, dédaigna de s'y affilier. Cf. J. R. Dieterich, *Phylandria, ein Culturbild aus Gœthes Jugendzeit* (*Beil. zur Allg. Zeitg.*, 8, 10 avril 1902 ; G. Deile, *Gœthe als Freimaurer*, Berlin, 1908 ; L. Geiger, *Gœthe und die arkadische Gesellschaft* (Gœthe-Jahrb.; 1903, pp. 248-252 ; enfin, *Mémoires*, IV, 17, p. 40.

Dans les derniers temps de son séjour à Francfort, une fois que, grâce à l'étude, aux rêveries solitaires au sein de la Nature, à l'hygiénique distraction de nombreuses excursions dans le Taunus et jusque sur les bords du Rhin[1], il a triomphé de sa langueur d'amour, nous le voyons, en fait, l'âme, le boute-en-train d'une bande joyeuse de jeunes gens et de jeunes filles dociles à sa voix[2]. Les premières lettres qu'il écrira de Leipzig à Cornélie ou à ses amis Riese et Trapp sont, à cet égard, plus caractéristiques encore que les *Mémoires*. Les allusions qu'elles contiennent à celles qu'il appelle « ses fillettes », c'est-à-dire à la belle Charitas Meixner de Worms, à Lisette Runkel, la fille du maître de manège, aux sœurs Gerock, aux sœurs Krespel, nous le font apparaître sous les traits d'un jeune don Juan vaniteux paradant avec complaisance au milieu d'un cercle de jolies admiratrices[3].

C'est donc une figure singulièrement compliquée déjà que celle du jeune Gœthe aux environs de 1765. Grâce au milieu qui l'a vu naître et où il a grandi, il est plus mûr de cœur et d'esprit qu'on ne l'est d'ordinaire à son âge. Il a déjà pris, en quelque sorte, contact avec tous les domaines où s'exercera plus tard sa prodigieuse activité. Langues anciennes et modernes, littérature, histoire, politique générale et histoire locale, mathématiques, sciences naturelles, droit, philosophie, théologie même, il a tout étudié ou au moins tout entrevu. Il dessine, il monte à cheval, il fait des armes, il danse, il joue du piano et de la flûte, il a une plume alerte et féconde, il a déjà une réputation d'auteur. Le hasard bienveillant l'a fait assister à des événements considérables comme l'occupation française et le couronnement du roi des Romains ; les propos de ses vieux amis, les discussions au sein de sa famille, les menus faits de la vie quotidienne lui ont montré la diversité des opinions humaines aussi bien en politique qu'en religion. Il a traversé

---

1. 2. *Mémoires*, II, 6, p. 13. — 3. Cf. à Cornélie, 14 mars ; à Riese, 28 avril ; à Trapp, 2 juin, 1er oct. 1766.

lui-même plusieurs crises religieuses et une crise d'amour dont il est sorti profondément troublé et cruellement meurtri, sceptique avant l'heure, mais aussi prématurément avisé des problèmes douloureux de la vie et convaincu que l'optimisme à la Leibnitz n'est qu'une formule creuse[1]. Dans son jeune cerveau, toutes les contradictions morales, politiques, littéraires et religieuses, toutes les antithèses de cette époque de transition ont laissé une trace. Comme son temps, il oscille entre le sentiment et la raison, entre le principe d'autorité et l'individualisme, entre la règle et la nature ; à son propre foyer, son père et sa mère ne symbolisent-ils pas l'antagonisme qui domine le siècle à son déclin? De tout cela, assurément, il n'a encore qu'une conscience vague et trouble ; mais il est une chose, en tout cas, dont il certain, c'est qu'il est déjà « quelqu'un », il sait qu'il émergera de la foule. Il a hâte de se le prouver à lui-même et de le prouver aux autres ; aussi, lorsque le moment désiré arrive pour lui d'échapper à la tutelle paternelle, il quitte sans le moindre déchirement ses parents, ses amis, ses adoratrices. C'est le cœur léger, l'œil sec, sans un regret pour la ville où il vient de passer sa première jeunesse, que le 29 septembre 1765, le jour de la Saint-Michel, il monte dans la voiture de louage qui l'emmène, sous la protection du libraire Fleischer et de sa femme, vers Leipzig, c'est-à-dire, à son sens, vers la liberté, vers la vie[2].

1. Cf. Weissenfels, *op. cit.*, p. 38. — 2. Cf. *Mémoires*, II, 6, p. 27.

LIVRE II.

L'Etudiant. — La seconde éducation.

PREMIÈRE PARTIE : LEIPZIG.

(Octobre 1765 - août 1768.)

I.

A peine arrivé à Leipzig, il écrit à sa sœur ; et cette première
lettre, d'allure folle[1], nous le montre grisé de grand air, d'indépendance ; il est fier de son nouveau titre d'étudiant, de sa
chambre où il va pouvoir, à l'abri du contrôle de son père,
vivre à sa guise. Dans son orgueil de jeune génie, il appelle sa
sœur « une petite fille », il adresse quelques baisers et saluts
protecteurs, à la ronde, à ses adoratrices ou admiratrices de
Francfort, la petite Schmidt, la petite Runkel, les trois fillettes
de Stocküm, Mlle de Breviller, — mais grâce à Dieu, ajoute-t-il
avec une pointe d'insolence, il n'en connaît point de cette espèce
à Leipzig. Cela ne veut pas dire que dès les premiers jours il
n'ait pas eu de relations avec le beau sexe ; il serait fâché qu'on
puisse le croire et, bien qu'il n'ignore pas que sa lettre passera
sous les yeux austères du Conseiller, il ne peut s'empêcher, par
un point de suspension qui veut en dire long, d'aguicher la cu-

---

1. 12, 13 oct. 1765.

riosité de Cornélie. Dans un post-scriptum à son père il dit que, muni de ses lettres de recommandation, il est allé faire une tournée de visites chez le conseiller Lange, chez le D' Franken et le professeur Böhme. « Quelle belle chose qu'un professeur, s'écrie-t-il, vous ne le croiriez jamais. Je suis ravi d'avoir vu quelques-uns de ces personnages dans toute leur splendeur. *Nil istis splendidius, gravius, ac honoratius. Oculorum animique aciem ita mihi perstrinxit, autoritas, gloriaque eorum, ut nullos præter honores Professuræ alios sitiam.* »

Ce premier enthousiasme pour ses *Professeurs* pouvait être sincère, en tout cas il fut de courte durée. Sans doute, au début, il est fort assidu au cours d'histoire du Droit et à celui sur les Institutions[1] qu'il s'est décidé à suivre, après avoir, sur les instances du professeur Böhme et de sa femme, renoncé à déserter le droit[2]. Mais bientôt il se lasse de prendre des notes, d'abord parce qu'il lui répugne de ressasser les éléments qu'il possède déjà et surtout parce que les professeurs se montrent inférieurs à son attente. Les uns, les jeunes, songent avant tout à s'instruire en enseignant et en traitant les sujets qu'il leur importe d'étudier, sans se soucier de l'intérêt des étudiants ; les autres, les vieux, vivant sur leur passé, se contentent de répéter éternellement leurs cours monotones, sans se donner la peine de les rajeunir[3]. Il ne leur pardonnera pas cette première désillusion, et l'amertume de ses jugements ira croissant. Il écrit le 14 octobre 1767 à Cornélie qu'ils font leurs cours avec une lenteur désespérante ; la fin du trimestre les trouve encore à l'introduction. « Les imbéciles, dit-il, fatiguent jusqu'au dégoût les oreilles de leurs auditeurs sur le premier livre et ils n'ont rien à dire sur les derniers », et il ajoute que cela vient de ce que ces messieurs n'ont pas pris la peine d'étudier leur auteur jusqu'au bout. — Le cours d'Ernesti sur l'*Orateur* de Cicéron, que, sur ses prières pressantes, le professeur Böhme lui a permis de suivre et dont il s'était promis monts et merveilles, ne lui apprend que des détails sans valeur et ne lui donne pas la norme esthé-

1. A Riese, 21 oct. — 2. *Mémoires*, II, 6, p. 33. — 3. *Ibid.*

tique qu'il en attendait[1]. Gellert lui-même, l'idole de la jeunesse. le froisse par ses jérémiades contre la poésie et le peu de cas qu'il fait des essais littéraires qu'il lui soumet[2]. Il avait espéré trouver au cours de philosophie du professeur Winckler des éclaircissements sur les problèmes de métaphysique qui l'avaient tant préoccupé à Francfort, mais il se rend bientôt compte que, sur les choses essentielles, sur le monde et sur Dieu, il en sait autant que son maître. Aussi, son zèle ne peut-il résister aux séductions des crêpes chaudes[3] qui, aux environs du Mardi-gras, se vendent à la porte de l'Université. Son ardeur s'éteint par degrés ; elle disparaît avec la neige qui fond aux premières brises printannières. Très rapidement, il devient un étudiant irrégulier et maussade. Il assiste aux cours que les convenances ou son intérêt le plus immédiat lui font un devoir de suivre, comme ceux du professeur Böhme ; mais, au lieu de prendre des notes, il illustre les marges de son cahier de caricatures qui distraient ses voisins[4]. Il se plaint que ses études le rendent sot[5]. « Lundi, nous allons nous remettre vigoureusement au travail. J'ai maintenant tout juste assez de sottise en l'esprit pour faire un bon étudiant[6]. » — Ce n'est donc point par son Université que Leipzig influa sur le développement du jeune Gœthe. Pour celui-ci, la vie vivante est, aux bords de la Pleisse, ce qu'elle lui a déjà été à Francfort, le meilleur des maîtres, l'enseignement le plus fécond.

La *Ville* en elle-même n'offrait pas à sa curiosité autant de spectacles intéressants et instructifs que sa cité natale. Elle est d'aspect moderne ; les maisons y sont régulières, quelques-unes sont immenses et ressemblent à des villes. De l'ensemble il se dégage une impression de richesse et d'élégance, mais rien n'y retient l'œil ni n'incite à penser[7]. Par contre, les glacis des remparts forment de belles promenades ; les nombreux et splendides jardins de la banlieue, le bois de la ville, la « Vallée des

1. *Mémoires*, II, 6, p. 41. — 2. *Ibid.*, p. 40. — 3. *Ibid.*, p. 33. — 4. *Ibid.*, II, 7, p. 69. — 5. A Cornélie, 14 oct., 1767. — 6. A Behrisch, 17 oct. — 7. *Mémoires*, II, 6, p. 30.

Roses » sont des asiles merveilleux pour la rêverie ; les environs, Gohlis, Reudnitz, Sellerhausen, avec leurs riantes maisons de campagne, offrent l'occasion de délicieuses et nombreuses excursions ou promenades. Le jeune étudiant y promènera souvent sa mélancolie ou ses méditations[1].

Leipzig avait pourtant au moins une nouveauté pour le jeune citoyen de Francfort, c'était les manières recherchées et le ton distingué de la bonne *Société.* On s'y habillait avec soin et on y affectait le beau langage. Les étudiants eux-mêmes, si grossiers de mœurs et de propos dans les Universités voisines, devaient, en arrivant à Leipzig, s'ils voulaient trouver accès dans les familles, s'appliquer à dépouiller leur rudesse et leur barbarie[2]. Le jeune Gœthe fit à ses dépens l'expérience de la délicatesse leipzigoise et, quelque mortifié qu'il en fût dans son orgueil de Francfortois, il dut échanger sa garde-robe de bon drap, mais de coupe surannée, pour des habits plus « galants », bannir de sa langue les images expressives, mais vieillottes, auxquelles la lecture des vieilles chroniques l'avait accoutumé, s'interdire l'usage des proverbes savoureux, mais souvent rudes, dont ses compatriotes aimaient à émailler leur langage sans façon[3]. Il y réussit d'ailleurs à merveille et même au-delà de la mesure, selon les dires de son ami Horn qui, étant venu le rejoindre à Leipzig, s'indigne avec une sincérité comique de sa fatuité, de l'affectation ridicule et insupportable de ses manières et de sa tenue[4]. Dans les premiers mois de son séjour, il fréquente beaucoup dans le monde où l'ont introduit ses lettres de recommandation ; il y trouve plaisir et profit, et c'est pour y être supporté et y faire honnête figure qu'il se prête docilement aux leçons de bonnes manières que lui donne Mme Böhme

1. Cf. à Cornélie, 12 déc., 1765. Cf. encore J. Vogel, *Gœthes Leipziger Studentenjahre*, Leipzig, 1900, p. 28, et Biedermann, *Gœthe u. Leipzig*, Leipzig. 1865, I, p. 9 et sq. — 2. Cf. le *Renommist* de Zachariä. Kürschner, B^d 44, et Wustmann, *Der Leipziger Student vor. 100 Jahren*, Leipziger Neudrucke, I, 1897. Cf. en outre sur Leipzig au 18e siècle : Biedermann, *Deutschland im XVIII. Jahrhundert*, Leipzig, 1880, et G. Belouin, *De Gottsched à Lessing*, Paris, 1909, chap. III. — 3. *Mémoires*, II, 6, pp. 34, 35. — 4. Horn à Moors, 12 août 1766 (Morris,. *Der j. G.*, I, p. 286).

et mérite que celle-ci l'appelle « son fils obéissant[1] ». Pourtant, sur deux points il reste rebelle aux efforts que fait sa patiente conseillère pour le civiliser : il se refuse à danser et ne peut se résigner à jouer sérieusement aux cartes. Cela indispose bien des gens contre lui. On ne sait que faire de lui dans les salons. Lui-même, sa première curiosité satisfaite, aperçoit vite tout ce que cette société brillante a de conventionnel et de vain. Il s'irrite d'être traité en provincial par des gens qui ne le valent pas. Non seulement, en effet, on a raillé sa langue et ses vêtements, mais on heurte avec violence ses opinions les plus chères, on s'acharne à démolir son idole Frédéric II, et il en enrage d'autant plus qu'il ne trouve à opposer aux griefs précis de ses contradicteurs saxons que des raisons de sentiment dont il sent lui-même la vanité[2]. Il se fait amer et dit souvent son opinion avec une franchise brutale qui lui aliène bien des sympathies[3]. Les jeunes filles elles-mêmes, qui d'abord l'avaient tant intéressé, qu'il avait étudiées avec curiosité, dont il s'était appliqué, au début, à faire plaisamment et sans indulgence la psychologie à la fois puérile et compliquée[4], ne l'attirent plus. Sans doute, il ne lui déplait pas de voir papillonner autour de lui « une troupe coiffée, frisée, galonnée, babillarde », mais la satisfaction d'amour-propre qu'il y trouve ne l'empêche pas de voir que ce sont de singulières « creatures » « que ces filles saxonnes ! Une quantite en est folle, la plus part n'en est pas trop sage, et toutes sont coquettes », « elles parlent trop sans savoir trop », elles prennent des « soins extravaguants » de leur extérieur sans être « gueres plus belles[5] ». Peu à peu les portes de plus d'une maison se ferment devant lui. Lui qui, peu après son arrivée, ne savait comment s'y prendre pour répondre à toutes ses obligations mondaines, lui qui, dans la plénitude de sa joie de vivre, écrivait naguère à Riese : « Je vis comme l'oiseau, qui, se balançant sur une branche dans la plus belle des forêts, aspire la liberté à longs traits,

1. A Cornélie, 11 mai 1767. — 2. *Mémoires*, II, 7, pp. 77, 78. — 3. A Cornélie, 18 oct. 1766. — 4. 5. A Cornélie, 14 mars, 30 mars 1766 (lettres en français).

jouit sans entraves de la douceur de l'air et, de ses ailes étendues, s'élance en chantant d'arbre en arbre, de bosquet en bosquet[1] », il passe le jour de Pâques dans la solitude d'un beau jardin et, non sans mélancolie, il songe à la fête de famille qui là-bas, à Francfort, réunit tous les siens autour de la table du grand-père[2]. Il est tout seul, tout seul, absolument seul, écrit-il à Riese. Il est à la fois heureux et mélancolique. Quand il songe à la vanité de la vie de société qu'il a menée jusqu'ici, il se prend à regretter ses camarades et ses petites amies de Francfort, et en songeant à eux son cœur se gonfle de chagrin, ses yeux se mouillent de larmes[3]. C'est dans une de ces heures d'attendrissement et de regrets qu'il écrit à son ami Trapp, le jeune oncle de la belle Charitas Meixner, pour qu'il rappelle à sa nièce de quels feux il brûle pour elle[4]. Mais bientôt sa solitude va cesser[5]. Au début de l'automne de 1766, le hasard met sur son chemin deux êtres qui vont transformer sa vie : un ami, le précepteur du comte de Lindenau, le sarcastique Behrisch, et l'aimable fille de l'aubergiste Schönkopf, Kätchen.

II.

Behrisch, dont les *Mémoires* campent avec tant de netteté et de malicieux humour la silhouette grise, eut, de l'aveu même de Gœthe, une grande influence sur lui. De onze ans plus âgé, depuis six ans déjà à Leipzig, Behrisch fut séduit par l'esprit prime-sautier et inquiet du jeune étudiant, et il semble s'être attaché à lui d'une sincère amitié. Sinon misanthrope avéré, du moins observateur impitoyable des travers humains, il s'ap-

---

1. A Riese, 21 oct. 1765. — 2. A Cornélie, 30 mars 1766. — 3. A Riese, 28 avril. — 4. 2 juin 1766.

5. Sa solitude, d'ailleurs, ne fut jamais si complète qu'il veut bien le dire et il semble certain que les maisons Breitkopf et Reich, au moins, lui restèrent toujours largement ouvertes, ainsi d'ailleurs que celle du graveur Stock, en attendant qu'Œser l'admette en son intimité. Cf. Biedermann, *Gœthe und Leipzig*, I, chap. vii.

pliqua à détruire chez Wolfgang ce que celui-ci pouvait encore avoir d'illusions sur les gens de Leipzig et sur les hommes en général[1]. Sans s'en douter, il continue l'œuvre du conseiller Hüsgen. Il fait oublier à son disciple, par des plaisirs faciles, les dédains de la bonne société ; il lui fait connaître des beautés moins maniérées que les demoiselles des salons. Dans ses *Mémoires*, Gœthe ne souligne que les bons côtés de l'influence exercée par Behrisch sur lui. Il montre comment celui-ci continue et complète l'œuvre de Mme Böhme et du professeur Morus, en éclairant son goût, encore incertain, par la critique à la fois souple et acerbe de ses défauts, et affirme, qu'en calmant habilement l'inquiétude fiévreuse de tout son être, Behrisch eut sur lui une action morale très salutaire[2]. Ses lettres nous font apercevoir sous un jour moins idéal les relations des deux amis. Behrisch y apparaît comme un maître en libertinage et en persiflage. De la fenêtre de l'auberge d'Auerbach[3] où il habite, il exerce Wolfgang à voir et à noter les ridicules des passants ; ou, dans la taverne basse, tout en l'entraînant à boire, il s'applique à lui montrer les défauts de ses professeurs ou les faiblesses des grandeurs du jour, ou encore achève de l'initier aux séductions de la vie galante de Leipzig. Les lettres que le jeune Gœthe adresse à Behrisch lorsque celui-ci a quitté la ville sont très caractéristiques à cet égard : « J'ai pu causer à ma Jetty, sans témoins..... Oh ! Behrisch, il y a du poison dans ses baisers ! Pourquoi faut-il qu'ils soient si doux ! Vois, c'est à toi que je dois cette félicité, à toi, à tes conseils, à tes ins- tructions. Que sont vis-à-vis d'une telle heure mille de ces soirées mortelles, maussades, où l'ennui creuse des rides au front ! Et dire que c'est à toi que je suis redevable de cette heure... Dieu te bénisse ! Je prie souvent pour toi quand je suis au ciel, et je suis au ciel quand je suis dans ses bras...[4] » Plus loin, dans la même lettre, il lui raconte qu'il est allé voir

----

1. 2. 3. *Mémoires*, II, 7, pp. 79-80. Cf. sur Behrisch : W. Hosäus, *E. W. Behrisch*, 1738-1809, *Ein Bild ans Gœthes Freundeskreise*, Dessau, 1833 ; c'est une sorte de « Rettung » du mentor de Gœthe. — 4. 7 nov. 1767.

Mlle « Fritzgen », l'amie d'un de leurs camarades, Avenarius ; il l'a trouvée fort changée en bien ; elle est devenue modeste d'allures et vertueuse de mœurs ; elle n'a plus le cou nu et porte toujours un corset, ce qui est parfaitement ridicule, et il ajoute que s'il n'y avait quelques inconvénients, il aimerait à tenir le rôle du diable et à détruire l'œuvre du bon Avenarius. « Bref, conclut-il, je me comporte, Monsieur, comme vous pouvez l'espérer du plus docile et du plus appliqué de vos élèves. » Faisons la part de la forfanterie juvénile et admettons que Gœthe ne fut ni si débauché ni si dépourvu de scrupules qu'il le dit, admettons même qu'il faille prendre à la lettre le passage des *Mémoires* où il nous dit que, jusqu'à la connaissance de Kätchen, il n'avait pas eu depuis son aventure avec Gretchen l'occasion d'échanger des regards aimables avec une jeune fille[1] ; ou encore ajoutons foi à ses déclarations, quand nous l'entendons dire à sa sœur : « J'aime les filles toutes ensemble quoique je puisse souvent chanter : Au milieu des froids philosophes, je chante l'amour brûlant, je chante le doux jus de la treille et souvent je ne bois que de l'eau » ; nous sommes pourtant bien forcé de constater que s'il peut se glorifier auprès de Behrisch de son dévergondage amoureux, c'est que celui-ci lui avait, en cette matière au moins, enseigné une morale peu austère. Et, en songeant au rôle méphistophélique que Behrisch semble avoir joué auprès de Gœthe dans le domaine sentimental, nous serions tenté de croire que, si, dès le début, le jeune étudiant considère son grand amour pour Kätchen avec un sens pratique qui nous étonne chez lui, c'est dans les conseils prudents de son mentor qu'il faut en chercher la raison.

En effet, pour si spontané et si sincère que nous apparaisse le sentiment qui, vers Pâques 1766, attira Gœthe vers *Anne-Catherine Schönkopf*, pour si profonde et tourmentée que fut la passion dont les *Mémoires* ne nous ont transmis qu'un écho bien affaibli, mais qui s'étale toute frémissante de fièvre dans

---

1. *Mémoires*, II, 7, p. 53.

les lettres qu'il écrit à Behrisch en novembre 1767, nous savons que, avec une conscience d'une surprenante netteté, il prévoit l'issue de l'aventure, au moment même où il s'y engage. Après avoir, en des termes qui rappellent les tendances égalitaires de l'époque, annoncé fièrement à son ami Moors qu'il aime une jeune fille du peuple, sans fortune, et que celle-ci l'aime en retour d'un amour désintéressé, il ajoute ces paroles caractéristiques : « L'excellent cœur de ma S. m'est garant qu'elle ne me quittera que lorsque le devoir et la nécessité nous ordonneront de nous séparer. Si seulement tu connaissais cette jeune fille parfaite, tu me pardonnerais la folie que je commets en l'aimant. Oui, elle est digne du grand bonheur que je lui souhaite, sans jamais pouvoir espérer d'y contribuer[1]. » Les lettres de Horn à Moors confirment d'indéniable façon les dires de Gœthe. Soit crainte du ridicule, soit crainte, en affichant des amours au-dessous de sa condition, de se fermer les rares relations mondaines qui lui restent encore, Gœthe avait, dans les premiers temps où il fréquentait chez les Schönkopf, affecté de faire la cour à une demoiselle prétentieuse, de mine coquette avec un air hautain. Horn, comme les autres camarades de Gœthe, en avait été dupe et nous l'avons vu traduire à Moors son indignation et sa tristesse[2]. Mais bientôt, au moins vis-à-vis de ses intimes, Gœthe avait jeté le masque et leur avait révélé son secret. Le brave Horn se hâte de l'annoncer tout joyeux à l'ami de Francfort[3].

Après avoir vanté les charmes physiques et moraux de Kätchen et souligné qu'elle est du peuple, il ajoute que Gœthe l'aime tendrement « avec les intentions parfaitement honnêtes d'un homme vertueux, bien qu'il sache qu'elle ne pourra jamais être sa femme », et dit plus loin : « il est plus philosophe et moraliste que jamais, et si innocent que soit son amour il ne le blâme pas moins ». Ces scrupules honoraient Gœthe, mais ils ne l'empêchèrent pas de s'abandonner à sa passion, insouciant des suites qu'elle pourrait avoir pour Kätchen.

1. 1er oct. 1766. — 2. 12 août 1766. — 3. 3 oct. 1766 (Morris, *Der j. G.*, I, pp. 288-9).

Behrisch sut sans doute trouver dans sa philosophie facile de bonnes raisons pour l'aider à vaincre ses hésitations, ses préjugés de « philistin » et pour l'engager à jouir du présent, sans s'inquiéter d'un avenir encore lointain. En fait, nous voyons le jeune étudiant échanger la table d'hôte du professeur Ludwig pour celle des Schönkopf et passer, sous les prétextes les plus divers, le plus clair de ses journées et de ses soirées auprès de l'accorte et aimable Kätchen[1]. La présence d'un rival dédaigné rehausse par contraste les faveurs dont il est l'objet : « C'est une chose très agréable à voir, digne de l'observation d'un connaisseur, un homme s'efforçant à plaire, inventieux, soigneux, toujours sur ses pieds, sans en remporter le moindre fruit, qui donneroit pour chaque baiser deux louis aux pauvres, et qui n'en aura jamais, et de voir après cela, moi immobile dans un coin, sans lui faisant quelque galanteries, sans dire une seule fleurette, regardé de l'autre comme un stupide qui ne sait pas vivre, et de voir à la fin apportés à ce stupide des dons pour les quels l'autre feroit un voyage à Rome. » En partant pour la comédie « sa petite » lui a laissé « deux belles pommes, présent de son rival », et, avec une délicieuse ironie, l'heureux amant ajoute : « Je les ai mangées elles étoit d'un gout excellent[2]. » Il chante, tandis que Kätchen l'accompagne au piano, les chansons de Zachariä. Le père Schönkopf, grand amateur de comédie, fait jouer chez lui le *Duc Michel* de Krüger et les deux amoureux y tiennent les rôles principaux[3]. Ainsi se passent délicieusement l'été et l'hiver de 1766 ainsi que le printemps de 1767. Le cœur de l'étudiant est si plein de sa mie, qu'il ne peut s'empêcher de parler d'elle à Cornélie. Il le fait avec une plaisante hypocrisie, il présente Kätchen à sa sœur comme une brave fille dont il utilise pour sa garde-robe, l'esprit d'ordre et les facultés de bonne ménagère. « La petite Schönkopf merite ne pas être oubliée entre

---

1. *Mémoires*, II, 7, pp. 53, 66. — 2. A Behrisch, 8 oct. 1766 (lettre en français). — 3. *Mémoires*, II, 7, p. 66.

mes connoissances vivantes. C'est une tres bonne fille, qui, a
sa droiture de cœur, joint une naivete agreable, quoique son
education ait eté plus sévère que bonne. Elle est mon œco-
nome, quand il s'agit, de mon linge, de mes hardes, car elle
entend tres bien cela, et elle sent du plaisir de m'aider de son
savoir, et je l'aime bien pour cela. » Et, quelques lignes plus
loin, il ajoute négligemment, sans doute pour détourner les
soupçons de Cornélie ou de son père : « Je trouve entre tout
entretien, l'entretien d'une fille le plus agreable, si seulement
je lui trouve du bon sens, ie les aime touttes. sans m'attacher
a aucune, touttes me veulent bien, aucune m'aime, voila tout
ce qui me faut, et me voila content[1]. »

Il chante son amour sur le mode badin et selon la tradition
de l'anacréontisme. Mais, hélas ! quand arrivent les froides
journées d'automne, la flamme qui a brûlé si pure et si
joyeuse commence de se troubler et de vaciller. Soit par lassitude de son bonheur tranquille, mais monotone, soit par un
effet de la nervosité que lui font éprouver l'insuccès de ses
productions littéraires, les incertitudes de tout genre où se
débat son être moral[2], soit encore par suite de l'humeur noire
où l'a jeté la disgrâce et le départ de Behrisch[3], le tendre
soupirant devient maussade, acariâtre et surtout jaloux. Il
prend ombrage de tous les jeunes gens qui approchent de
Kätchen, et il fait à celle-ci des scènes de jalousie dont ses
lettres à Behrisch, d'octobre 1767 à mai 1768, nous laissent
entrevoir la fréquence et l'âpreté[4]. Annette supporta d'abord,
avec une patience résignée, ses accès d'humeur et ses reproches
injurieux ; mais un jour arriva où, malgré les apparences de la
réconciliation, Gœthe sentit qu'à force de le torturer sans
répit, il s'était aliéné à jamais le cœur de son amie[5]. Lorsqu'il
s'en aperçoit, par une contradiction naturelle il n'a plus qu'une
pensée, reconquérir le cœur qui s'est, par sa faute, détaché

---

1. 11 mai 1767 (en français). — 2. *Mémoires*, II, 7, p. 66. — 3. Cf. Bielschowsky, *Gœthe*, I, p. 68. — 4. Cf. surtout celles du 13 oct. et du 10 nov. —
5. *Mémoires*, II, 7, p. 66.

de lui. A défaut du bonheur qu'il doute pouvoir lui donner, il est prêt à lui donner sa main et sa fortune, si elle veut les accepter, et il jure de ne pas lui causer la douleur de le voir dans les bras d'une autre avant qu'il ait lui-même souffert de la voir à un autre homme[1]. En réalité, il a d'autant moins de mérite à faire ces redoutables serments qu'il sait probablement à cette époque que Kätchen a accueilli favorablement les avances d'un de ses amis, l'avocat Kanne. Son trouble n'est pas aussi douloureux qu'il veut bien le dire. Il éprouve, assurément, du dépit amoureux et souffre dans son orgueil de se voir traiter avec indifférence par celle qu'il s'était habitué à trouver craintive et tendre ; mais au fond il est très heureux de voir se dénouer au mieux de ses intérêts une liaison dont il redoutait la conclusion naturelle, tout en affectant de la désirer. Son sentiment vrai éclate dans sa lettre du 26 avril 1768. Avec quelques précautions oratoires qui dissimulent mal sa joie, il annonce à Behrisch qu'il a définitivement rompu avec Kätchen : « Oh ! Behrisch, j'ai commencé de vivre !... Annette et moi nous sommes séparés et nous sommes heureux. Ç'a été un rude travail, mais maintenant je suis comme Hercule, une fois sa tâche accomplie ; je promène un regard satisfait sur mon glorieux butin. J'ai vécu des journées terribles jusqu'à l'explication — mais enfin elle est venue cette explication, et maintenant — maintenant, pour la première fois, je sais ce que c'est que vivre... Nous avons commencé par l'amour, nous finissons par l'amitié. » Solution heureuse, sinon pour son orgueil, du moins pour sa conscience et ses intérêts et qui devait être dans le goût de Behrisch. Les regrets élégiaques dont, une fois rentré à Francfort, il illustrera ses lettres à Kätchen, la douleur qu'il manifestera quand il apprendra les fiançailles officielles de son ancienne amie et du Dr Kanne[2], seront sans doute sincères, mais leur sincérité ne sera assurément pas plus grande que celle du cri de délivrance que nous

1. Cf. à Behrisch, mars 1768.
2. Les fiançailles du Dr Kanne et de Kätchen furent célébrées au début de mai 1769. Cf. Biedermann, *Gœthe und Leipzig*, I, pp. 285-291.

venons de l'entendre pousser. Déjà Gœthe met en pratique, d'instinct et avec une juvénile maladresse, la morale égoïste du génie. Cette fois, il ne brise pas lui-même ses chaînes, mais il se félicite que son destin, même au prix de quelques meurtrissures, se charge de l'en délivrer.

Pour étourdir ses regrets, il n'a d'ailleurs qu'à suivre les conseils et à se rappeler les exemples de Behrisch ; il semble qu'il ne s'en soit pas fait faute. Il se livre à toutes sortes d'excès, nous dit-il lui-même dans ses *Mémoires*[1], et la crise physique de juillet, où il verra la mort de près, en sera la conséquence directe.

L'influence de Behrisch ne s'exerça pas seulement sur la morale et les amours de Gœthe ; elle fut aussi sensible et plus bienfaisante, semble-t-il, sur son *Esthétique*, s'il est permis d'employer ce mot ambitieux pour les tâtonnements littéraires d'un jeune homme qui n'a pas encore vingt ans.

Dans ses bagages, l'étudiant avait apporté les meilleures de ses productions de jeunesse et, malgré un triage, sévère à son sens, le paquet en était volumineux[2]. Il se croyait modestement un grand talent et un goût très sûr. Au reste, nous le savons, sa famille et ses amis ne lui avaient pas ménagé les éloges et ses lettres à Cornélie nous révèlent de façon naïve son orgueil et ses prétentions de jeune auteur fêté. « Vous autres fillettes, ne pouvez voir aussi loin que nous poètes », dit-il dans sa première lettre à sa sœur[3]. Il émaille ses épîtres de vers faciles, passant sans transition et comme en se jouant de la prose à la poésie[4]. Il travaille avec ardeur à son *Ballhazar*[5]. Mais six mois se sont à peine écoulés, qu'il fait à Riese[6] — en vers d'ailleurs — l'aveu attristé qu'il s'est mépris sur son talent poétique. Il lui rappelle ses fières illusions ; il s'imaginait que les Muses et Apollon l'aimaient, que les vers qui coulaient si

<hr>

1. *Mémoires*, II, 7, p. 67. — 2. *Ibid.*, II, 6, p. 41. — 3. 12 oct. 1765. — 4. Cf., par exemple, à Cornélie, 7 déc. 1765. — 5. A Riese, 30 oct. 1765. — 6. 28 avril 1766.

faciles de sa plume féconde pouvaient soutenir la comparaison
avec ceux des meilleurs maîtres ; il se croyait des ailes et
s'imaginait pouvoir voler. Mais, hélas ! à peine arrivé à Leipzig,
il a dû se rendre compte que son vol, qu'il croyait sublime,
n'était que les vains efforts du ver de terre qui, de la poussière où il rampe, voyant l'aigle s'élever vers le soleil, aspire
comme lui à monter dans l'azur ; il se dresse, tend anxieusement toutes les forces de son être misérable, et... il reste dans
la poussière ; soudain, un coup de vent soulève la poussière et
l'emporte dans un tourbillon ; du coup, le ver se croit grand
et se compare à l'aigle, il exulte de joie dans son orgueilleuse
folie. Mais le vent s'apaise, la poussière retombe, et avec elle
le ver qui se remet à ramper.

D'où vient le changement d'opinion sur son propre talent,
que trahit cette transparente allégorie ? C'est qu'il avait entendu
d'abord M{mo} Böhme et le professeur Morus passer au crible
d'une impitoyable critique les auteurs que jusqu'alors il avait
admirés, et qu'il avait eu la douleur de voir, après Mme Böhme,
Gellert lui-même lui démontrer l'insuffisance de ses premiers
essais[1]. Si bien qu'un beau jour, dans la conviction qu'ils
avaient raison, au risque de mettre le feu à la maison, il avait
jeté dans le foyer de la cuisine tout ce qu'il possédait d'œuvres
en prose ou en vers, de plans, d'esquisses et de fragments[2].
Et il s'était trouvé les mains vides au milieu des prairies
dévastées du Parnasse allemand, incertain de la voie où il
devait s'engager, n'ayant plus foi en ses guides accoutumés et
n'en apercevant pas tout d'abord de nouveaux. Gottsched ne
lui inspire pas le moindre respect. Quand il l'a vu, il décrit à
Riese[3], en vers burlesques, son physique imposant, son emphase
et sa vantardise. Il se fait l'écho complaisant des jugements
sévères qu'on porte, à la ville, sur son second mariage. « Tu
sais, n'est-ce pas, dit-il, qu'il est en puissance de femme ? Il

----

1. *Mémoires*, II, 6, pp. 39-40. — 2. *Ibid.*, p. 42.
3. 30 oct. 1766. Cf. aussi la fameuse scène des *Mémoires* où il décrit plaisamment sa première entrevue avec lui, II, 7, p. 52.

s'est remarié, le vieux bouc ; tout Leipzig le méprise ; personne
ne le fréquente. » Les ouvrages du grand homme déchu ne
trouvent pas plus grâce à ses yeux que sa personne. Ne lui
a-t-on pas démontré qu'avec leurs règles froides et leurs prétentions à ramener à quelques formules étroites l'inspiration
poétique, ils étaient responsables de la platitude générale dont
souffrait la poésie allemande[1]? Gellert, dont il avait attendu
de précieux enseignements, le désespère par ses diatribes
contre la poésie, l'étroitesse de ses jugements, le caractère
purement négatif de sa critique[2]. Chez les Suisses, malgré
l'ambition qu'ils affichaient d'apporter une formule nouvelle
pour remplacer celle de Gottsched, il ne trouve pas davantage
d'enseignement fécond ; ils recommandent bien l'imitation de
la Nature, mais ils négligent de dire et ne réussissent pas à
montrer avec précision, par leur exemple, ce qu'on doit imiter
dans la Nature[3]. Comme la plupart de ses contemporains, le jeune
Goethe voit bien ce qu'il faut éviter, mais il ne trouve personne
qui soit en état de lui dire avec netteté ce qu'il doit faire.

Pendant quelque temps, au moins dans ses lettres, sa muse
se tait ou ne s'exprime plus qu'en français ou en anglais[4]. Mais
à la pension Schönkopf, où sa bonne fortune le conduit, il
trouve à la fois une matière et une méthode poétiques. Un de
ses commensaux, le conseiller de cour Pfeil, homme d'un
goût éclairé, l'aide à apercevoir où sont les germes du renouveau[5]. Avec lui, entre deux œillades à Kätchen, le jeune étudiant
passe en revue la littérature contemporaine et il s'aperçoit
qu'une réaction bienfaisante s'annonce contre le conventionnel
et l'emphase creuse. Des poètes comme Haller, Ramler,
Lessing, Gerstenberg et Klopstock lui-même, mais surtout
Wieland, les uns par nature, les autres volontairement, par
système, visent à la concision et au naturel. Les juristes eux-
mêmes, au moins quelques-uns d'entre eux comme von Moser

1. *Mémoires*, II, 7, p. 46. — 2. *Ibid.*, II, 6, p. 40. — 3. *Ibid.*, II, 7, p. 47.
— 4. Cf. à Cornélie, 11 mai, 13 oct.; à Trapp, 2 juin ; à Behrisch, 12 oct. 1766.
— 5. *Mémoires*, II, 7, p. 53.

et Pütter, s'efforcent de raisonner et d'écrire avec clarté[1]. Il n'est pas jusqu'aux philosophes qui, comme Garve et Mendelssohn ne renoncent au galimatias de l'école et n'aient l'ambition de se faire comprendre de tous. Ainsi, de toutes parts apparaît le besoin de naturel et de sérieux, et Gœthe est amené à conclure avec le conseiller Pfeil que les deux qualités essentielles de toute bonne poésie sont : « l'importance du contenu et la concision de la forme[2] ».

Or, comme ni les gens, ni les choses qui l'entourent, ni la Nature même des environs de Leipzig ne fournissent au jeune poète des sujets dignes d'être chantés, il est tout naturellement amené à chercher en lui-même la matière de ses chants ; il la trouve dans son amour pour Annette. Ainsi, selon sa propre expression, naît en lui cette tendance qui deviendra une des caractéristiques essentielles de sa création poétique : transformer en poésies ses douleurs et ses joies[3]. Il ne trouve pas encore une forme originale qui soit à lui, et, pour chanter Annette, il emprunte à l'anacréontisme expirant ses formes surannées, de même qu'il s'attarde parfois à badiner selon les modes et sur les thèmes chers à Gleim et à Uz ; mais le sentiment personnel, le fait vécu l'emportent visiblement déjà sur la fiction : la Nature dont, au cours de « ses chasses aux images[4] », il apprend à voir le détail exact, commence à n'être plus pour lui un vain décor, — il l'associe à ses sentiments et lui prête un sens symbolique. De la source ainsi renouvelée les poésies recommencent de couler abondantes et saines.

Avec le goût d'écrire, son ancienne ardeur dramatique s'est vite réveillée[5] ; mais au lieu, comme à Francfort, d'aller cher-

---

1. *Mémoires*, p. 60. — 2. 3. *Ibid.*, II, 7, p. 65. — 4. *Ibid.*, p. 61.

5. Bien que Gœthe — fait étrange — ait négligé de nous renseigner dans ses *Mémoires*, avec quelque détail, sur ses expériences théâtrales de Leipzig, ce qu'il dit dans son article *Leipziger Theater* (Hempel, Bd 28, p. 623 et sq.) sur Koch et sa troupe, sur Mlle Schulze, sur la Mara-Schmeling, sur Corona Schröter, ce qu'il nous laisse entrevoir dans les *Mémoires* eux-mêmes de l'intérêt qu'il prend à la construction du nouveau théâtre (II, 8, p. 91) et à la décoration du rideau par Œser, de même que ses discrètes allusions aux applaudissements qu'il ne ménage pas aux *Poètes à la mode* de Chr. Weisse (II, 6, p. 39) et à

cher ses sujets très loin, dans les vieilles légendes bibliques, c'est à sa propre vie, à son expérience personnelle qu'il va les emprunter. Ainsi, c'est des observations pessimistes qu'il a pu faire sur les sombres dessous de la société de Francfort et de Leipzig et des scènes de jalousie qu'il fait à Kätchen, que sortiront les *Complices* et le *Caprice de l'amant*[1]. Le cadre en sera français encore, mais le fond en sera vécu[2]. Ainsi, tout en restant attaché au passé par mille liens, il tend à s'en dégager autant par un instinct obscur que par le raisonnement.

Plus qu'aucun autre de ses amis, Behrisch, par ses conseils et son originale pédagogie, seconde et dirige ses efforts. Par ses railleries mordantes, il achève de ruiner en son esprit le crédit des autorités littéraires qui, comme Gellert et Clodius, pourraient, par leurs critiques mesquines et leurs préceptes surannés, paralyser sa verve poétique ou inspirer à sa muse une excessive timidité[3]. Loin de le décourager comme les autres, il l'excite à produire. Mais pour réagir contre sa trop grande facilité, il lui fait habilement jurer de ne rien faire imprimer ; en revanche, il s'engage à copier lui-même, avec tout le soin désirable, les poésies qu'il jugera dignes de cet honneur[4]. Et ainsi, d'une façon plaisante mais efficace, il l'oblige à se surveiller, à redouter les développements vides et oiseux, à faire un effort précis pour atteindre toujours davantage au naturel et à la vérité. Peut-être, est-ce à son influence prudente qu'il faut attribuer l'insuccès des tentatives du jeune Gœthe pour mener à bonne fin les œuvres à visées ambitieuses comme ce *Yakele et Yariko*, ce *Successeur de Pharaon*, ce *Miroir de la Verta*, auxquelles font allusion les lettres

la part qu'il prit aux polémiques soulevées par le *Medon* de Clodius (II, 7, p. 84), nous prouvent que le théâtre fut une de ses distractions favorites. Cf. Biedermann, *Gœthe und Leipzig*, I, chap. IV, et Vogel, *Gœthes Leipziger Studentenjahre*, chap. II.

1. *Mémoires*, II, 7, p. 67.

2. « Copier d'après la Nature est le premier devoir du poète dramatique », écrit-il à Cornélie en lui parlant de son *Amine* (titre primitif du *Caprice de l'Amant*), 12 octobre 1767.

3. *Mémoires*, II, 7, p. 79. — 4. *Ibid.*, p. 80.

à Cornélie. Ce sont des travaux de géants trop lourds pour le nain qu'il est encore[1]. Mais, dans le domaine de la poésie lyrique, Behrisch lui a rendu confiance en lui-même. Un peu plus d'un an après qu'il a avoué à Riese qu'il s'était trompé sur ses aptitudes poétiques, nous l'entendons déclarer à Cornélie[2] qu'une voix intérieure lui dit qu'il a en lui quelques-unes des qualités qui font le poète et qu'avec de l'application il réussira à en devenir un. Parlant des critiques paralysantes de Gellert, il s'écrie : « Qu'on me laisse donc aller ; si j'ai du génie, je saurai bien devenir un poète, même sans que personne me corrige, et si je n'en ai pas, toutes les critiques du monde n'y feront rien. » Mais, encore que cette déclaration fasse déjà pressentir le « Stürmer » qui bientôt va s'insurger contre la critique, il veut ici parler surtout de la critique inintelligente, incapable, selon lui, de rendre justice à ses intentions, car il soumet de bonne grâce au tribunal littéraire de ses amis présidé par Behrisch « toutes les poésies sorties de sa plume, depuis qu'il rôde autour de la douce Pleisse. » « Fut conclu que le tout seroit condamné à l'obscurité éternelle de mon coffre, hormis douze pièces, qui seroit écrites en pleine magnificence, inconnue jusque lors au monde, sur 50 feuilles in octavo minore, et que le titre seroit Annette[3]... »

L'influence de Behrisch sur le jeune poète semble donc bien avoir été décisive et féconde. Il l'aida de façon efficace sinon à trouver du moins à appliquer la norme de jugement que les professeurs n'avaient pu lui donner, il lui rendit confiance en son talent tout en lui faisant apercevoir, à travers ses facéties, la nécessité de la limitation et du renoncement.

Par des moyens fort différents, avec un esprit radicalement opposé, le directeur de l'Académie de peinture, ŒSer[4], chez qui le jeune Gœthe prenait des leçons particulières de dessin,

---

. 1. A Cornélie, 11 mai 1767. — 2. *Ibid.* — 3. A Cornélie, août 1767.

4. Sur Œser, cf. A Dürr, *A. Fr. Œser. Ein Beitrag zur Kunstgeschichte des 18 Jahrhunderts*, Leipzig, 1879, et Biedermann, *Gœthe und Leipzig*, I, chap. VI.

exerça sur lui une action analogue. Ce que Gœthe apprit de lui, c'est moins la technique du dessin qu'OEser n'était peut-être pas assez bon maître pour enseigner avec sûreté et qu'il ne se souciait peut-être pas non plus d'inculquer à un amateur, qu'un certain nombre de principes d'esthétique où il retrouve la justification de ses propres aspirations. Si les œuvres d'OEser, pour la plupart froides et nébuleuses allégories, prouvent que chez lui la pratique ne répond pas à la théorie, celle-ci du moins est féconde en suggestifs enseignements. C'est qu'il en puise les éléments à la même source que le grand maître d'esthétique du temps, son ancien élève Winckelmann. Il répète volontiers à ses disciples que « la noble simplicité et la calme grandeur » sont les conditions de la vraie beauté, de cette beauté idéale que les Grecs ont si merveilleusement réalisée. Il leur enseigne aussi que la beauté est non seulement la simplicité dans la grandeur, mais aussi quelque chose d'indéfinissable qui échappe aux formules abstraites, un je ne sais quoi d'aimable qui se se sent et ne s'explique pas[1]. Il ne se contente pas de laisser le jeune Gœthe contempler à loisir les œuvres d'art qu'il a réunies chez lui, il lui procure l'entrée de quelques galeries particulières, intéressantes, comme celles de Winckler, de Richter, de Kreuchhauff. C'est lui, sans doute, qui lui inspire l'idée, pour compléter l'éducation de son œil et de son goût, d'aller en mars 1768 visiter à Dresde les galeries de peinture déjà célèbres.

L'influence d'OEser complète fort heureusement celle de Behrisch. Elle fortifie le besoin de naturel et de simplicité que celui-ci lui avait inspiré, elle le légitime et l'élève en le rattachant à la grande tradition grecque que, à des degrés et par des moyens divers, Winckelmann et Wieland s'efforcent de faire revivre.

OEser qui s'était pris d'affection pour son élève, le recevait souvent chez lui ou dans sa maison de campagne de Dölitz en dehors des heures de leçons, et le jeune étudiant trouva une

1. Cf. Weissenfels, *Gœthe im Sturm u. Drang*, I, p. 79.

amie sincère et une confidente dévouée dans Frédérique, l'aînée des filles. Nourrie des théories paternelles, celle-ci exerça sur l'âme et sur l'esprit du jeune homme, au moins après le départ de Behrisch et surtout après la maladie de l'été de 1768, une action infiniment salutaire. Tandis que son père révèle à Gœthe les secrets de la beauté esthétique, elle s'ingénie à le convertir à son idéal de beauté morale qu'elle aperçoit dans la paix du cœur et la joie de vivre. Elle accueille avec une indulgence amusée et souvent railleuse ses soupirs d'amoureux déçu, ses réflexions alambiquées et naïves de moraliste prétentieux qui, selon les impressions de l'heure présente, oscille entre l'épicurisme sans vergogne de l'*Inconstance* et la mélancolie résignée du *Papillon* ou de l'*Ode à Vénus*. Indirectement elle collabore à l'œuvre de son père, elle jette comme lui dans l'âme trouble du jeune étudiant des germes de beauté et d'apaisement. Gœthe, une fois de retour à Francfort, eut une conscience très nette de ce qu'il devait à cette aimable fille qui, tout en le consolant, semble par sa fermeté malicieuse lui avoir épargné la folie de l'aimer ; il lui dit toute sa gratitude dans sa longue épître en vers du 6 novembre 1768 ; « Je ne connais personne qui, comme toi, sache apaiser si vite la peine de la douleur et qui d'un seul regard rende la paix à l'âme. »

Mais c'est surtout la reconnaissance qu'il éprouve pour Œser lui-même qu'il ne se lasse de redire avec une insistance et une chaleur qui nous en garantissent la sincérité[1]. « Quelle reconnaissance ne vous dois-je point, mon cher maître, pour m'avoir montré le chemin du vrai et du beau, pour avoir rendu mon cœur sensible à la « Grâce ». Jamais je ne pourrai assez vous remercier pour ce que vous avez fait pour moi. N'est-ce pas à vous que je dois mon goût du beau, mes connaissances, mes idées ? Comme elle m'apparaît évidente et d'une vérité lumineuse la maxime étrange, si obscure au premier abord, que l'atelier d'un grand artiste est plus propre pour développer les

1. A Œser, 9 nov. 1768.

penseurs ou les poètes en herbe que les salles de cours des philosophes ou des critiques. La doctrine est importante, mais l'encouragement est essentiel. Quel autre de mes professeurs, à part vous, m'a jamais jugé digne d'un encouragement ? Ou blâmes ou éloges sans mesure, or rien n'est plus funeste au talent. L'encouragement après le blâme, c'est le soleil après la pluie, c'est la promesse des moissons fécondes. Oui, cher maître, si vous n'aviez pas soutenu mon amour pour les Muses, c'en était fait de moi. Vous savez ce que j'étais quand je suis venu à vous et ce que j'étais quand je vous ai quitté — la différence est votre œuvre. » Comme, dans cette même lettre, il confesse quelques lignes plus haut l'insuffisance des résultats qu'il obtient le crayon à la main, le doute n'est pas possible. Gœthe a pleine conscience du caractère des progrès qu'Oeser lui a fait faire : celui-ci a formé et purifié son goût et déposé en son âme les premières assises de cette religion de la beauté d'où dériveront toute sa morale et toute son esthétique. En lui apprenant la valeur et la mesure en art, il lui a du même coup inspiré un idéal de vie morale, auquel il devra, quelques années plus tard, de triompher plus facilement que ses compagnons de « Sturm-und Drang » de l'individualisme exclusif qui l'a entraîné avec eux aux voies du désordre et auquel, en tout cas, il devra d'arriver plus vite et plus sûrement qu'eux à donner à l'expression de ses géniales passions une forme classique.

C'est à lui sans doute que le jeune Gœthe dut de reconnaître dans *Wieland* le guide à la main duquel il pourrait sortir des voies battues de l'anacréontisme. OEser avait une grande admiration pour Wieland ; il lui semblait voir réalisé dans ses œuvres l'idéal de vérité « gracieuse » auquel il aspire lui-même. Il communique son enthousiasme à son jeune disciple et se fait lire par lui les bonnes feuilles de *Musarion*[1]. Gœthe y trouve, comme il l'a déjà trouvé dans *Agathon*, les *Contes comiques* ou *Don Sylvio de Rosalva*, non seulement l'expression de cet aimable et facile eudémonisme qui enseigne

---

1. *Mémoires*, II, 8, p. 91.

avec un scepticisme souriant et une sagesse frivole, où le souvenir de Socrate et d'Horace voisine avec l'influence d'Helvétius et de Shaftesbury[1], la joie de vivre en beauté, mais il y trouve aussi de précieux modèles d'une forme aisée, naturelle, qui par sa facilité, sa plasticité, son habileté à exprimer avec une audace parfois effrontée, mais toujours voilée de grâce, toutes les nuances de l'amour, fait revivre, en la modernisant, la beauté antique, ou, du moins, ce que l'on prend alors pour la beauté antique. Les *Nouveaux chants* en fournissent d'évidentes et abondantes preuves[2].

C'est à OEser que très vraisemblablement Gœthe dut de faire à Leipzig, pour la première fois, connaissance sérieuse avec *Shakespeare*. Bien qu'en apparence tout semblait devoir l'éloigner du grand dramaturge anglais, OEser avait, par un éclectisme tout à son honneur, reconnu son incomparable grandeur. Il avait souligné, de façon très expressive, son admiration toute particulière pour lui, en le montrant, traversant, sans se soucier d'eux, les groupes formés, devant le temple de la gloire, par les poètes dramatiques anciens et modernes et marchant d'un pas ferme et par ses propres forces vers le temple où l'attend la couronne de l'immortalité[3]. Le jeune Gœthe qui a assisté à la naissance de ce rideau symbolique partage sans peine l'enthousiasme de son maître pour l'auteur d'*Hamlet*; il lit la traduction de Wieland, après avoir été mis en goût par les extraits de Dodds : *Beauties of Shakespeare*, et il s'éprend du grand Will au point d'apprendre par cœur et de déclamer ses monologues[4]. Il est remarquable pourtant que, dans ses *Mémoires*, il renvoie au onzième livre ce qu'il comptait dire au septième de Shakespeare et de ses sentiments pour lui[4]. C'est que, sans doute, il a plus ou moins consciemment

1. Cf. Weissenfels, *op. cit.*, I, p. 72. — 2. Cf. Seuffert, *Der junge Gœthe und Wieland.* Zeitschrift für deutsches Altertum, B^d xxvi, p. 252; Weissenfels, *op. cit.*, p. 71 et sq.; E. Wolff, *der junge Gœthe*, Oldenburg, 1907, pp. 275-338. — 3. *Mémoires*, II, 8, p. 91. — 4. *Mémoires*, III, 11, p. 44.

5. Cf. Ed. Weimar. 27e vol., p. 387, le schème détaillé du VIIe livre. Cf. aussi, sur les rapports de Gœthe et de Shakespeare, l'ouvrage récent de Böthlingk, *Gœthe und Shakespeare*, Leipzig, 1909.

voulu marquer par là qu'à Leipzig, son enthousiasme pour
Shakespeare n'était encore ni très personnel, ni très profond.
Pour le goûter complètement, il est encore trop engagé dans
la tradition française. La meilleure preuve en est que, si dans
ses lettres les allusions au dramaturge anglais sont assez fréquentes, elles sont rapides et sans intérêt. S'il se fût vraiment
passionné à la lecture de ses pièces, comme il le fera plus tard
à Strasbourg, il n'eût pas manqué d'en écrire à Cornélie, longuement et pédantesquement.

Parmi les influences que Gœthe note dans ses *Mémoires*,
comme s'étant exercées sur lui, nous remarquons celle de
Lessing[1]. Sans doute, il salua aussi joyeusement qu'il le dit
l'apparition du *Laocoon*. Il vit avec plaisir Lessing, par les précisions lumineuses qu'il apportait sur les rapports et les
limites des différents arts, mettre fin à la confusion qu'avait
engendrée la formule fatale d'Horace « Ut pictura poesis », et
condamner à jamais le genre faux de la poésie descriptive. Sans
doute, il fut fort aise de lire les éloges décernés à Shakespeare
par Lessing, mais le fait qu'il ne tenta aucune démarche pour
voir le grand homme, quand celui-ci vint en 1768 à Leipzig
dans l'intention de voir Winckelmann[2], le fait aussi que dans
sa lettre à Reich du 20 février 1770, il ne nomme point Lessing à côté de Wieland, de Shakespeare et d'Œser comme un
de ses vrais maîtres, nous sont une preuve que malgré toute
son admiration pour l'auteur de *Minna von Barnhelm*, celui-ci
n'exerça pas sur lui, à cette époque au moins, une action sensible. Peut-être est-il plus choqué qu'édifié par l'âpreté des
attaques que Lessing dirige contre les Français ; lui-même ne
subit-il pas leur charme à travers Wieland, n'emploie-t-il pas
leur alexandrin dans ses *Complices*[3] ? N'est-il pas dès cette date
un disciple de *Rousseau* ?

Ses *Mémoires* nous indiquent parmi les raisons qui provo-
quèrent l'hémorragie qui en juillet 1758 faillit l'emporter, les

____

1. *Mémoires*, II, 8, p. 95. — 2. *Ibid.*, p. 106. — 3. Cf. Böthlingk, *Gœthe u.
Shakespeare*, p. 6.

excès physiques, l'abus des bains froids en toute saison, l'habitude de dormir à peine couvert sur un lit dur. Or, ces manies et autres folies du même genre provenaient, nous dit Gœthe lui-même, d'une fausse interprétation des doctrines de Rousseau[1]. Avait-il lu à cette époque le *Discours sur l'origine et les fondements de l'inégalité*, la *Nouvelle Héloïse*, *Émile*, le *Contrat social?* Rien ne permet de l'affirmer, mais la chose est très vraisemblable. En tout cas, comme beaucoup de ses jeunes contemporains, il a été séduit par les paradoxes de Rousseau qui circulent sous forme de « mots ailés », ainsi que des proverbes à travers l'atmosphère de l'époque On peut aisément, nous semble-t-il, en retrouver un écho dans ces déclamations contre la vanité des distinctions sociales que nous rencontrons dans la lettre où il fait à Moors l'aveu de son amour pour Kätchen : « Pense en philosophe, et si tu veux être heureux ici-bas, tu ne peux penser autrement... Qu'est-ce que la condition? Une vaine couleur que les hommes ont inventée pour en badigeonner des gens qui ne le méritent pas. Et l'argent, est-il autre chose qu'un misérable avantage aux yeux d'un homme qui réfléchit[2]? » Ou encore dans sa pompeuse déclaration à Cornélie[3] : « Ne ris pas de cette philosophie si peu sensée en apparence. Les phrases qui semblent si paradoxales sont les plus belles vérités, et la corruption du monde actuel vient de ce qu'on les méconnaît. Elles se fondent sur la vérité la plus respectable : plus que les mœurs se raffinent, plus les hommes se dépravent. » L'évangile de la Nature que prêche Rousseau était fait pour lui plaire, car il répondait à un de ses instincts.

III.

Non seulement, nous le voyons pendant son séjour à Leipzig, aller, comme il l'a fait déjà à Francfort, demander à la *Nature*, aux heures de mélancolie ou de crises sentimentales, consola-

1. *Mémoires*, II, 8, p. 108. — 2. 1 oct. 1766. — 3. 12 oct. 1767.

tion ou apaisement[1], mais, ainsi que nous l'avons déjà indiqué, il commence de l'associer consciemment à ses sentiments, il lui prête une âme :

Finds tongues in trees, books in the running brooks,
Sermons in stones and good in every thing[2].

« Many time I become a melancholical one... Then I go in woods, to streams, I look on the pyed daisies on the blue violets, I hear the nightingales, the larks, the rooks and daws, the cuckow ; And then a darkness comes down my soul ; a darkness as thik as fogs in the October are[3]. » Déjà nous croyons entendre Werther quand nous lisons dans la lettre du 26 avril 1766 à Riese : « Je regrette mes camarades et mes petites amies, et quand je sens que mes soupirs sont vains, alors mon cœur se gonfle de chagrin, mon œil se trouble davantage. Le ruisseau qui jadis bruissait si doucement passe devant moi en torrent déchaîné ; les oiseaux se sont tus dans leurs bosquets, les arbres verts se dessèchent, le zéphir qui me rafraîchissait de son haleine légère devient un aquilon furieux et emporte avec lui les fleurs qu'il arrache aux arbres. Tout frissonnant, je fuis ces tristes lieux, je fuis et je cherche entre des murs désolés une solitude endeuillée. » Une lettre à Cornélie du 27 septembre nous avertit d'ailleurs, hâtons-nous de le dire, que nous ne devons pas prendre ces lamentations à la lettre. « Ce qui regarde ma melancholie, elle n'est pas si forte ; comme je l'ai depeinte, il y a quelque fois des manieres poetiques dans mes descriptions qui aggrandissent les faits. » Mais quelle que soit la part de « littérature » que ce passage nous autorise à souligner dans les déclamations élégiaques que nous avons citées, il n'en est pas moins vrai qu'elles révèlent un sentiment vif et original des rapports de l'homme et de la Nature, **un sens nouveau de la vie des choses.**

Être naturel est un des soucis dominants de l'esthétique du

___

1. A Riese, 28 avril 1766 ; à Cornélie, 30 mars. — 2. *Ibid*. — 3. A Cornélie, 11 mai 1766.

jeune poète. Malgré le caractère souvent factice du cadre et le conventionnel de l'expression, le sentiment *vrai* joue dans ses poésies lyriques un rôle déjà considérable. A côté de pièces qui, comme *les Amants, Ziblis, Pygmalion,* le *Souhait d'une petite fille* ne sont guère que des exercices de rhétorique et de style dans le goût anacréontique, nombreuses sont, dès maintenant, les poésies qui, comme l'*Ode au Sommeil,* le *Triomphe de la vertu,* la *Vraie Jouissance* ou la *Relique* nous prouvent par l'exactitude de leur réalisme amoureux qu'elles sont l'écho sincère et naturel de joies et de tristesses vécues.

Être naturel est un des conseils que répète le plus volontiers le jeune auteur dans ses lettres sermonneuses à Cornélie. « Ecris comme tu parlerais, et ainsi tu écriras une bonne lettre[1]. » La félicitant d'une longue lettre « si joliment, si poliment écrite », il ajoute : « J'aurois attendu une lettre plus naïfe, plus vive. Tout ce que j'en puis dire : | je ne suis pas trop connaisseur de la langue : | c'est qu'elle est grammaticalement bien ecrite. On y trouvera peu de fautes mais aussi peu de beautés. Il y en a quelques traits il est vrai, mais tu te contrains trop, tout sent le premedite[2]. » Le naturel, c'est ce qu'il estime le plus dans sa petite hôtesse. « C'est une bien bonne petite fille et je l'aime bien. Sa grande qualité est d'avoir un bon cœur où trop de lecture n'a point encore jeté le désordre[3] ; » et c'est le manque de naturel, l'affectation maniérée qui lui ont fait très tôt, pour son propre compte, trouver insupportables les jeunes dames « lipsiennes » et fuir leur société[4].

C'est le désir de connaître un milieu « naturel », de passer quelques jours auprès d'un homme dont il avait entendu vanter le bon sens naïf et l'esprit ingénu qui, lorsqu'il va à Dresde, lui fait préférer à l'hospitalité confortable que lui auraient aisément procurée ses amis de Leipzig, l'humble logis du cordonnier, le parent de son voisin de chambre, le théologien Limprecht[5]. Et c'est encore sans doute l'amour du natu-

---

1. 6 déc. 1765. — 2. 28 mai 1766 (en français). — 3. A Cornélie, 12 oct. 1767. — 4. A Cornélie, 14 mars 1766. — 5. *Mémoires,* II, 8, pp. 97, 98.

rel qui au Musée le fait s'attarder plus longtemps devant les tableaux de l'école néerlandaise que devant ceux de Raphaël et de la Renaissance italienne [1].

Ce n'est pas d'ailleurs qu'il ait une confiance aveugle en la vertu de la Nature. Pas plus que Rousseau, il ne méconnaît la nécessité et les bons effets d'une éducation de la Nature ; pas plus que lui, il ne songe « à restaurer en nous l'orang-outang » : il a comme lui, à un haut degré, *le Souci pédagogique*. Il tient encore par trop de racines à son siècle rationaliste pour songer à nier l'importance de l'éducation morale. Eduquer sa sœur et ses amies est même un de ses grands soucis. « C'est une si jolie creature qu'une fille, que je ne puis souffrir a en voir des gatèes ; ie voudrois cepourquoi les pouvoir rendre toutes bonnes. On prend apresant tant des soins pour ammeliorer les ecoles, pourquoi ne penset on pas aux ecoles de filles. Qu'en pense-tu ? J'ai eu la pensee, de devenir maitre d'une ecole du beau sexe après mon retour en ma patrie. Ce ne seroit pas si mauvais, qu'on pense, toutefois, je serois plus utile a ma patrie qu'en faisant l'avocat [2] ». Il ne se lasse pas de donner à sa sœur des conseils d'un pédantisme souvent amusant pour diriger ses lectures, car elle n'est plus une enfant et elle doit lire non seulement pour son plaisir, mais pour former son intelligence et sa volonté. Il lui indique la bonne méthode et lui dresse une liste de lectures à faire, où, dans un amusant pêle-mêle, le *Spectateur* et les *Lettres de Pline* en français voisinent avec les *Magasins* de Mme de Beaumont, les *Lettres* de Cicéron, la *Jérusalem délivrée* et les *Comédies* de Molière... en extraits [3]. Le manque de naturel du style dans le *Télémaque* le lui fait considérer comme une lecture dangereuse pour qui veut acquérir « un stile naturel, ordinaire ». « Un jeune homme, amoureux d'un tel language, meprisera toute maniere de parler naturellement, il ira la tete gonflee d'un Phœbus, emailler les prairies : | et fut ce la prairie de Bornheim : | d'Amarantes et de Violets,..... [4] »

1. *Mémoires*, p. 100. Cf. Weissenfels, *op. cit.*, p. 88. — 2. A Cornélie, 14 mars 1766 (en français). — 3. A Cornélie, 6 déc. 1765. — 4. A Cornélie, 27 sept. 1766.

L'influence de l'*Emile* n'explique pas seule les soucis pédagogiques et moraux du jeune étudiant; l'action du rationalisme ambiant qui s'impose à lui dans les leçons de Gellert[1] n'y suffit pas davantage. L'instinct pédagogique lui était naturel et il est piquant de voir comment à peine échappé à la discipline paternelle contre laquelle il avait si souvent pesté, il rêve d'en appliquer une semblable à sa sœur. Elle ne devra lire que les romans qu'il l'autorisera à lire; il veut d'elle une obéissance absolue[2]. Il désire qu'elle écrive beaucoup, qu'elle étudie les langues, la cuisine, le ménage, le piano « car ce sont choses qu'une fille qui doit devenir mon élève doit nécessairement savoir »; il *veut*, en outre, qu'elle se perfectionne dans l'art de la danse, qu'elle s'initie aux jeux de cartes les plus courants et qu'elle apprenne à s'habiller avec goût[3].

Qu'on ne dise pas qu'il n'émaillait ses lettres à Cornélie de si verbeuse pédagogie que parce qu'il savait que ces lettres devaient être lues en famille et qu'il voulait plaire au Conseiller; assurément il serait téméraire de prétendre que cette préoccupation lui était étrangère. N'ajoute-t-il pas à la suite de la liste des lectures qu'il recommande à sa sœur : « Papa sera content de ce plan » ? Mais la meilleure preuve que le calcul seul ne lui dictait pas ses conseils, c'est qu'il exerce ses facultés de pédagogue, non seulement sur Cornélie, mais aussi sur les jeunes filles qu'il rencontre dans les salons de Leipzig, et même sur sa chère Annette. « Elle est susceptible d'être éduquée, écrit-il à Cornélie, et me fera honneur. Elle a déjà appris à écrire des lettres très acceptables et parfois même gentiment tournées, mais elle ne veut pas mordre à l'orthographe. » Quand, à près de cinquante ans de là, il rappelait dans ses *Mémoires*, avec une ironie mauvaise, les efforts de son père, nouvellement marié, pour compléter l'éducation de sa jeune femme, il avait perdu le souvenir des leçons d'orthographe et de style que lui-même donnait, à dix-huit ans, à son amie!

1. *Mémoires*, II, 7, p. 76. Cf. aussi Hélène Herrmann, *Die psychologischen Anschauungen des jungen Gœthe.* Diss. Berlin, 1904, pp. 16, 31. — 2. A Cornélie, 6 déc. 1765; 14 mars 1766. — 3. 12 oct. 1767.

Si le souci pédagogique qui s'étale si complaisamment dans tant de lettres de 1766 et de 1767 s'atténue au point de disparaître à peu près complètement de sa correspondance à partir de 1768, c'est que l'étudiant est alors trop occupé de lui-même pour se soucier des autres ; il cesse d'écrire à sa sœur, il ne correspond plus qu'avec Behrisch, son confident et son maître, pour le tenir au courant des péripéties du drame où se débat son amour pour Kätchen. Ses lettres, plus encore que ses poésies, deviennent des confessions, et les aveux et les cris de passion qu'elles contiennent n'étaient pas faits pour les yeux d'une sœur ou d'un père. Le trouble moral dont elles témoignent ne lui permettait plus de jouer au moraliste.

IV.

Pour si abondants que soient les renseignements que les lettres de Leipzig nous fournissent sur la vie intellectuelle et morale du jeune Gœthe, elles présentent une lacune : elles ne nous disent rien de sa *Vie religieuse*. Nous n'en retrouvons guère par ailleurs d'échos précis dans ses poésies lyriques et dramatiques de l'époque. Est-ce à dire que la préoccupation des questions religieuses, si intense dans la première partie de sa vie, ait disparu complètement de son horizon ? Les *Mémoires* nous montrent que si, en fait, elle a passé au second plan de sa pensée, elle n'a pourtant point cessé d'exister en lui, sinon de le hanter.

En arrivant à Leipzig, il avait, nous l'avons vu, trouvé que les mœurs y étaient relativement délicates et décentes[1] ; on affectait le bon ton et le respect des conventions sociales. Au premier rang de celles-ci se plaçait, comme à Francfort, l'observance exacte des règles extérieures de la religion[2]. Or, le jeune Gœthe, dont nous avons marqué, dans les derniers temps de son séjour au foyer paternel, le détachement de toute croyance

---

1. 2. *Mémoires*, II, 6, pp. 37, 38.

orthodoxe, et qui n'allait plus à l'église que parce que son père n'aurait pas souffert qu'il s'en abstînt, n'a rien de plus pressé, une fois libre de ses actes, que de renoncer aux pratiques religieuses[1]. Une des raisons qui lui font bientôt fuir Gellert, malgré la sympathie réelle dont il ne peut se défendre pour l'homme, sinon pour l'écrivain, c'est que le maître qui prenait au sérieux son rôle de directeur de conscience avait coutume de demander à ses étudiants s'ils allaient régulièrement à l'église, quel était leur confesseur, et s'ils communiaient[2]. Ces questions indiscrètes ne laissaient pas de gêner beaucoup le jeune homme, car il ne pouvait pas leur faire de réponse satisfaisante. Tout à la joie de vivre il rejette la religion et les scrupules qu'elle inspire, comme des entraves gênantes. En jeune libertin, en bon élève du sceptique Behrisch, il trouve d'ailleurs quelque peu ridicule le souci religieux. Annonçant à sa sœur[3] l'holocauste qu'il a fait de *Balthazar, Jezabel, Ruth et Sélima,* il ajoute que *Joseph* a subi le même sort à cause du grand nombre de prières que ce brave homme a faites au cours de sa vie. « C'est un livre fort édifiant et Joseph n'a rien à faire qu'à prier. — Nous avons, ici, ri plus d'une fois de la naïveté de l'enfant qui a pu écrire un livre si pieux ». Un peu plus haut, dans la même lettre, il disait qu'il regrettait fort d'avoir laissé à Francfort, entre autres œuvres de sa jeunesse qui pourraient le compromettre, la *Descente du Christ aux Enfers ;* la pensée que cette œuvre ridicule pourrait, par la malice de bons amis, paraître imprimée dans quelque maudite revue, le met hors de lui. Avec quelle joie il l'enverrait aussi au feu s'il l'avait sous la main ! — Cet holocauste que les *Mémoires* nous présentent comme uniquement inspiré par des scrupules esthétiques le fut donc non moins peut-être par des raisons religieuses. Gœthe considère ces premières œuvres nées de sa piété comme des naïvetés d'enfant et il en rougit.

S'il est très vraisemblable que l'influence de Behrisch fut à cette époque prépondérante sur la pensée de Gœthe, il ne fau-

1. *Mémoires*, II, 7, p. 76. — 2. *Ibid.*, II, 7, p. 70. — 3. 12 oct. 1767.

drait pourtant pas la rendre exclusivement responsable de sa disposition antireligieuse du moment. Dès son arrivée à Leipzig, l'étudiant raille [1] l'air confit en dévotion, les regards en dessous, les vêtements sévères et les bonnets de nonnes d'une famille de commerçants moraves, pour laquelle il avait une lettre de recommandation. Sans doute, il ne faut pas attacher à une boutade de ce genre une excessive importance. Rien de plus naturel que le jeune Wolfgang, frais débarqué de Francfort, plein d'orgueil, de pétulance, d'envie de vivre et de rire, ait peu goûté une maison qui ressemblait à un temple ; mais le passage prend toute sa signification quand nous le rapprochons de ce que nous savons de ses relations avec Gellert et de son abstention de toute pratique religieuse. — Non seulement il ne fréquente plus les offices, mais il n'éprouve plus le besoin, si marqué en lui à Francfort, de s'adresser à Dieu ; il ne prie plus. Dans la crise du 10 novembre 1767, une des plus violentes de celles où le jette sa passion pour Annette, criant au milieu de la nuit sa douleur et sa rage à Behrisch, il lui dit : « Si ma folie te fait peur, prie, je dirai *Amen;* moi, je ne puis pas prier ». Quand il a besoin de consolations, c'est à la Nature qu'il s'adresse et celle-ci a cessé de lui parler de Dieu. — A Francfort, même après avoir perdu le respect de l'Eglise, il avait gardé à peu près intacte sa vénération pour la Bible, bien que, depuis longtemps, nous l'avons marqué, il en ait aperçu les inégalités et les points faibles. Mais ici, placé en quelque sorte au centre de l'arène où se débattent le plus ardemment les questions bibliques, tout en regrettant de voir ce livre auquel il avait dû presque toute sa culture morale d'enfant devenir un objet de railleries impitoyables ou d'attaques injustes et perfides, et tout en suivant avec sympathie les tentatives des Bengel et des Crusius pour justifier par des conjectures et des combinaisons ingénieuses les parties prophétiques du Livre saint, il ne peut s'empêcher d'applaudir aux efforts du parti des exégètes qui à l'aide de la raison et de la science veulent

1. A Cornélie, 12 oct. 1765.

dissiper les ténèbres de la superstition. Comme artiste, il déplore que le contenu poétique des « Prophéties » s'évanouisse en même temps que leur valeur religieuse, mais comme « philosophe », il est du côté du parti de la lumière[1].

Pourtant, au moment même où il paraît le plus éloigné de la religion, sa crise physique de 1768 l'y ramène. Quand il entre en convalescence, il s'aperçoit que non seulement l'intérieur de son corps est dégagé, mais il se paraît un autre homme ; il lui semble avoir retrouvé sa sérénité[2] d'esprit. D'abord, il éprouve de la surprise et une vraie joie à voir un grand nombre d'hommes excellents qu'il croyait s'être aliénés à tout jamais par ses manières fantasques lui prodiguer les marques de leur sympathie et s'ingénier à le distraire. Le plus dévoué fut précisément le successeur de Behrisch dans le poste de précepteur du jeune comte de Lindenau, *Langer*[3]. Attiré vers Gœthe, d'abord par la curiosité, car le père de son élève lui avait imposé comme condition formelle à son acceptation de n'avoir aucune relation avec l'ami de son prédécesseur, Langer s'était pris d'une sincère amitié pour l'étudiant suspect ; il fut un des plus assidus à son chevet et il s'ingénia de son mieux à calmer et à satisfaire la soif maladive de connaissances nouvelles que montrait le convalescent. Bientôt leur amitié fut assez solide pour qu'ils pussent quitter le terrain des discus-

1. Förster rapporte, d'après un récit que lui fit, en mai 1809, une des filles du maître graveur Stock, chez qui Gœthe prenait des leçons, que le jeune étudiant, assistant, de la table où il s'appliquait à graver une plaque, à une leçon de lecture donnée aux deux fillettes de Stock par un magister, correcteur de l'imprimerie Breitkopf, s'indigna d'entendre lire par les enfants un chapitre du livre d'Esther qui ne convenait pas à leur âge. Se saisissant de la Bible, il se mit à lire lui-même le Sermon sur la Montagne, et il le fit avec une émotion si communicative et des commentaires si édifiants que le brave magister, émerveillé, finit par demander si le jeune monsieur n'était pas étudiant en théologie et lui prédit qu'avec l'aide de Dieu il deviendrait un pieux ouvrier dans les vignes du Seigneur et un bon pasteur. Cette scène ne prouve rien pour les sentiments religieux du jeune homme ; elle prouve tout au plus qu'il souffrait de voir faire un mauvais usage de la Bible et qu'il savait, ainsi qu'il le dit lui-même au magister qui proteste, qu'elle contient du bon grain et de l'ivraie. Cf. Biedermann, *Gœthes Gespräche*, I. p. 11 et sq.

2. *Mémoires*, II, 8, p. 109. — 3. *Ibid.*, p. 109 et sq.

sions littéraires ou des confidences amoureuses et pour se parler de leurs sentiments religieux, c'est-à-dire de ces affaires de cœur qui, comme nous le dit le Gœthe de 1812, en son style pédant, « ont rapport à l'impérissable et qui affermissent la base de l'amitié comme elles en décorent le sommet ». Entouré de sympathies qui réconcilient avec les hommes son âme endolorie et à demi-révoltée, dans la chaude atmosphère de sa chambre close, et dans cet attendrissement spécial aux malades qui gardent un frisson d'avoir vu la mort en face et se sentent faibles vis-à-vis de la raison, le jeune Gœthe revient sans efforts et comme instinctivement au souci religieux. — Langer, ennemi du déisme et ne pouvant concevoir un rapport immédiat avec le Dieu de l'Univers, était, malgré les scrupules que son érudition avait pu faire naître en lui, partisan décidé de la religion positive. La Bible lui paraissait le document unique d'où nous pouvons déduire notre généalogie morale et spirituelle. Il ranima l'enthousiasme de l'étudiant sceptique pour le Livre des Livres, et tout en le mettant en garde contre les excès du sentiment appliqué aux choses de la religion, il l'amena à renier les conclusions sur la Bible où l'avait conduit sa raison, à croire par un nouvel acte de foi à l'origine divine du Livre saint, à goûter l'Évangile qui jusqu'alors l'avait laissé indifférent. Le terrain est prêt pour l'action de Mlle de Klettenberg.

Cependant, les trois ans fixés par le Conseiller pour le séjour de son fils à l'Université de Leipzig sont révolus. Et après avoir assisté en spectateur pacifique, à un conflit bruyant entre soldats et étudiants, sans avoir le courage de revoir une dernière fois Annette[1], Wolfgang reprend, le 28 août 1768, le chemin de Francfort.

Lui-même nous dit quels sentiments l'agitent pendant le long voyage du retour. Il songe aux rêves, aux espérances qu'il caressait quand, trois ans auparavant, il avait fait la route

1. A Chr. Gotth. Schönkopf, 1er oct. 1768.

en sens inverse, et malgré la paix relative que les conversations
de Langer ont ramenée en son âme, il a la conscience pénible
de revenir à la maison paternelle comme un « naufragé[1] ».

En fait, il peut sembler qu'il a gaspillé sans profit son
temps et les ducats du Conseiller. Il a fait passer ses études
de droit au dernier plan de ses soucis, et au bout de six
semestres, il ne peut songer encore à affronter le moindre
examen. Il était jadis fier de son talent de poète, orgueilleux
des trésors qu'il sentait en lui, de ses cartons bourrés d'œuvres
achevées ou ébauchées ; il a dû reconnaître que les premiers-
nés de sa muse étaient mal venus et il les a sacrifiés ; il ne
rapporte guère avec lui, à côté d'un nombre bien modeste de
poésies lyriques, qu'un ou deux essais dramatiques qui n'étaient
peut-être même pas complètement achevés. Il se méfie de ses
forces et de son jugement, il n'a plus la joyeuse et insolente
ardeur de 1765. Lui qui se suffisait, a besoin d'un appui ; il
revient à la Bible, et ce qui l'y séduit ce n'est plus comme
autrefois l'Ancien Testament, mais le Nouveau[2] ; son âme
blessée va non plus au Dieu sévère des vieilles prophéties, mais
à celui qui a prêché la loi d'amour et de pardon. En dépit de
son outrecuidance de jeune génie, il avait, en arrivant à Leipzig,
des admirations ferventes et le respect des grands noms ; il a
vu ses idoles traînées dans la poussière et il a pu lui-même
juger de la vanité des réputations glorieuses. Il avait naguère
la certitude que la vie le traiterait en enfant gâté et qu'il n'aurait
qu'à étendre la main pour en cueillir les fruits dorés ; or, le
monde qu'il jugeait si orgueilleusement à Francfort l'a souvent
froissé et traité sans égards, la réalité l'a douloureusement
meurtri, l'amour lui a fait une blessure d'autant plus cruelle
que son amour-propre y est intéressé ; sa santé physique elle-
même est gravement compromise.

Et pourtant, malgré tous les regrets qu'il peut avoir et les
reproches qu'il doit se faire, malgré le trouble moral qu'il sent
en lui, une voix secrète lui dit que le mal est moins grand

1. *Mémoires*, II, 8, p. 114. — 2. *Ibid.*, II, 8, p. 112.

qu'il ne le paraît[1]. Il revient à Francfort plus riche qu'il n'en
est parti. Son horizon intellectuel et moral s'est élargi ; les
expériences qu'il a faites, les connaissances nouvelles qu'il a
acquises dans les différents domaines de la pensée et du sentiment compensent dans une large mesure les illusions qu'il a
perdues. Il a une connaissance plus exacte et plus critique de
la littérature contemporaine et il a appris à juger d'un œil moins
complaisant ses propres œuvres. Si ses principes littéraires sont
encore troubles, si son goût oscille de Boileau à Shakespeare,
de l'opérette de Weisse au drame de Lessing, de l'anacréontisme
conventionnel au naturisme de Rousseau, de Klopstock à
Gessner, s'il hésite encore sur la définition de la beauté, il a
du moins compris que la Nature et l'expérience personnelle
sont les seules bases solides de toute création poétique. En art,
il a entrevu quelques vérités fécondes qui réagiront de façon
heureuse sur sa production littéraire et même sur sa conception de la vie ; son œil s'est formé à la vue des chefs-d'œuvre
du musée de Dresde. Il a appris aussi à voir la Nature en
artiste, et il a découvert en elle une amie fidèle et compatis-
sante. Il a enfin retrouvé Dieu qu'il avait perdu. Il connaît
surtout mieux les hommes et le cœur humain ; des amis dévoués
l'ont formé à la vie ; un amour aux multiples nuances a affiné
sa sensibilité. Tout un monde de pensers nouveaux et d'aspirations ardentes s'agite en lui, confus, mais riche de promesses.
Bref, il a le droit de se dire que, tout compte fait, en dépit des
apparences, les trois années qu'il vient de passer à Leipzig
n'ont pas été perdues pour l'accroissement et le développement
de sa personnalité.

V.

Pour nous d'ailleurs, à côté des faits et des témoignages de
ses Lettres et de ses Mémoires, les *OEuvres* de cette période
nous en sont une preuve certaine.

1. *Mémoires*, II, 8, p. 114.

Ainsi que nous l'avons entendu le marquer lui-même, ces œuvres sont en effet, dès à présent, pour la plupart au moins, des « fragments de confession », des échos souvent très fidèles de ses joies, de ses tourments ou simplement de ses préoccupations de l'heure présente. Sans peine, dans ce qui nous reste de ses poésies lyriques et de ses essais dramatiques d'alors, nous retrouvons la trace des facteurs essentiels de sa vie morale. Sous les formes convenues du badinage souriant et sceptique de l'anacréontisme apparaît une conception de la vie personnelle et sincère[1]. La Nature n'est pas seulement pour lui le cadre ensoleillé où, au bord de ruisseaux murmurants, sur des prairies émaillées de tendres fleurettes, qu'effleurent de caressants zéphirs, des bergers galants et des bergères enrubannées échangent des propos futiles et des baisers d'un sensualisme factice. La Nature vit; il lui prête une âme qui se révèle mystérieuse et troublante dans l'ombre lumineuse, dans le clair-obscur énigmatique des nuits lunaires et des sous-bois profonds, dans la lumière indécise des brouillards matinaux[2].

Les contes ou récits, *Ziblis, l'Art de prendre les prudes*, nous montrent encore, sous un vêtement de convention, dans toute leur puérile naïveté, les prétentions du jeune étudiant raisonneur à connaître, jusque dans les replis les plus cachés, le cœur des jeunes filles, ainsi que son besoin de les guider de ses conseils, de leur faire la leçon; mais déjà des allusions précises, des détails que l'on sent vécus nous avertissent qu'en les écrivant, le poète songeait à son Annette. Ce ne sont plus, en effet, de vagues Doris et des Phyllis éthérées que chante le jeune Gœthe; c'est son amour pour la fille de l'aubergiste, que nous racontent tout au long *le Triomphe de la vertu*,

---

1. Cf. J. Minor et A. Sauer, *Studien zur Gœthe-Philologie*, Wien, 1880, chap. i, Gœthes älteste Lyrik; E. Lichtenberger, *Étude sur les Poésies lyriques de Gœthe*, Paris, 1882, chap. i; A. Strack, *Gœthes Leipziger Liederbuch*, Giessen, 1893; R. Weissenfels, *Gœthe im Sturm und Drang*, chap. ii; E. Wolff, *der junge Gœthe*; A. Kutscher, *Das Naturgefühl in Gœthes Lyrik*, Leipzig, 1906, chap. i.

2. *Die Nacht*; *an den Mond*; Cf. Weissenfels, *op. cit.*, pp. 70, 76, et le commentaire d'Eug. Wolff, *op. cit.*, pp. 341, 373.

l'ode *au Sommeil*, les *Prétendants*, *A un jeune Fanfaron*, les *Joies*, *le Tombeau de l'amour*, l'*Inconstance*, le *Papillon*, *Lyde*. Nous y retrouvons l'écho fidèle des premiers assauts que livre l'impétueux étudiant à la réserve d'Annette Schönkopf et des défenses touchantes que celle-ci lui oppose[1]. Nous voyons les deux amants attendant, le soir, avec une impatience mal contenue, que le sommeil vienne dérober aux yeux de la mère prudente les tendres baisers et les doux enlacements[2]. Les railleries à l'adresse des prétendants malheureux[3] nous rappellent la joyeuse assurance de l'amour confiant telle qu'elle s'exprimait dans la lettre à Riese, que nous avons citée, et la *Vraie jouissance* nous dit les joies de l'amour heureux, de cet amour sincère dont les princes, malgré leur or, ne connaissent qu'un pâle et mensonger reflet. Mais, bientôt, les premiers signes de lassitude, les nuages menaçants apparaissent à l'horizon radieux[4], les scènes de jalousie éclatent, se multiplient[5] et nous entendons le poète maudir sa manie funeste de disséquer ses joies[6]. Puis, par une sorte de forfanterie bien juvénile, il brave l'amour qui le quitte[7] ; il vole ou fait semblant de voler à d'autres aventures[8] ; il s'essaie même, en guise de consolation, à railler l'esprit léger et changeant des filles des villes[9] et à rejeter tous les torts sur son amie. Mais cette injustice ne lui réussit guère ; l'ennui et le remords l'emportent sur sa volonté de s'étourdir[10]. Il s'attarde à contempler, les larmes aux yeux, la boucle de cheveux, relique du passé, seul vestige des jours heureux[11]. Malgré lui, son cœur reste fidèle à celle qui l'a tant aimé. « Comme j'aimerais à être délivré de mes douleurs[12] », soupire-t-il, mais la blessure est trop profonde, et la raillerie même est impuissante à chasser le souvenir d'amour. C'est que cet amour tient ou a tenu à tout son être. Ce n'est pas un amour de commande, un amour de tête,

---

1. *Triumph der Tugend.* — 2. *An den Schlaf, Lyde.* — 3. *Die Liebhaber.* — 4. *Lyde.* — 5. Cf. surtout, pour cette question de la jalousie, *die Laune des Verliebten.* — 6. *Die Freuden.* — 7. *Amors Grab.* — 8. *Unbeständigkeit.* — 9. *Kinderverstand.* — 10. *Der Misanthrop.* — 11. *Die Reliquie.* — 12. *Die Liebe wider Willen.*

comme celui que se complaisent à chanter les anacréontiques.
C'est un amour vécu, et, pour le peindre, le jeune Gœthe a
recours à des traits d'une précision réaliste à laquelle, avant
lui, seuls peut-être, Haller et Ch. Günther avaient atteint [1].

C'est surtout d'amour que nous parlent les chants de Leipzig,
car, en effet, l'amour fut la grande affaire de l'étudiant. Mais
ils nous montrent aussi la trace des premiers mouvements de
révolte du futur « Stürmer » contre la société. Ce n'est plus une
déclaration, vague et puérile d'outrance, comme celle que nous
l'avons vu inscrire dans l'album de Moors, c'est une satire
âpre et précise des « philistins » de Leipzig [2]; c'est une protestation passionnée contre la tyrannie des princes qui veulent
soumettre à leurs lois cruelles les cœurs et l'amour sacré [3].
De même que le *Caprice de l'Amant* complète le tableau
poétique des amours du jeune Gœthe, le drame des *Complices*
achève de préciser les contours de l'image que Gœthe, dans ses
poésies lyriques, a esquissée de la société telle qu'elle lui apparaît à travers le voile déformant de son précoce pessimisme [4].
L'honnêteté, l'amour, l'honneur ne sont que de vains mots ;
entre le bien et le mal, la frontière est indécise ; chacun doit
être tolérant pour les vices ou les crimes du voisin, car il a

---

1. Cf. Weissenfels, *Gœthe im Sturm und Drang*, p. 74, et *Gœthe-Jahrbuch*,
1883, p. 364 : Note de J. Schröer sur les traces d'influence de Günther dans
Unbeständigkeit.

2. Cf. *Die Oden an meinen Freund* (Behrisch). — 3. *Elegie auf den Tod
des Bruders meines Freundes*.

4. La date de la première rédaction en un acte des *Complices* est indécise.
Dans ses *Mémoires* (II, 7, p. 68), Gœthe la place vers la fin de son séjour à
Leipzig; Weissenfels (*op. cit.*, p. 448 et sq.) conteste l'exactitude des souvenirs
du poète et cherche à prouver que cette première rédaction ne peut appartenir
qu'à l'année 1769. Pour si ingénieuse que soit l'argumentation du critique,
nous n'y voyons pas des raisons suffisantes de mettre en doute l'affirmation du
poète. Pourquoi ne pas admettre que Gœthe introduisit, après coup, dans la
copie qu'il fit en 1769 de la première rédaction de son drame, les détails
empruntés à l'*Idris* de Wieland, — qu'il ne lut qu'en 1769, — et les
allusions aux événements politiques contemporains de la fin de 1768 et
du début de 1769? Comme l'a fait justement remarquer Köster (*Jubiläums-
Ausgabe*, Bd 7, p. 315), le sombre pessimisme sans nuances de la première
rédaction semble bien plutôt le fait du Gœthe de Leipzig que du Gœthe de
Francfort.

besoin lui aussi, sans doute, de la même indulgence. « Commencez par ne pas mériter vous-mêmes la corde, si vous voulez nous pendre, dit Söller le voleur au gentilhomme Alceste [1]. » Pour si outrées que soient les conclusions des *Complices* et pour si incomplète et puérile que soit la conception de la société qui s'en dégage, le drame ne nous est pas moins un document précieux sur l'état d'âme de son auteur. Si, nous rappelant ce que le jeune poète disait à sa sœur de l'exagération de ses lamentations poétiques, nous pouvons conclure que, selon toute vraisemblance, la réalité ne devait pas apparaître à Gœthe aussi sinistre qu'il la dépeint dans son drame, il n'en reste pas moins vrai que celui-ci reflète de façon instructive sa tendance au pessimisme, à la misanthropie, et son trouble moral. Après les *Odes à Behrisch*, les *Complices* nous font pressentir les révoltes prochaines.

Ce ne sont pas seulement les propres sentiments de Gœthe qui nous apparaissent dans les œuvres de Leipzig, ce sont aussi les influences littéraires ou morales qui ont agi sur leur contenu ou sur leur forme. C'est à côté des influences anacréontiques, l'influence des précurseurs du Sturm und Drang ; celle de Wieland qui, en dépit du vêtement de « grâce » dont il pare ses romans ou ses *Contes comiques*, lui apprend à voir le monde tel qu'il est et même un peu plus mauvais qu'il est, et qui l'invite à ne pas bouder aux appels de sa sensualité ; celle de Klopstock qui proclame la sainteté mystérieuse de l'amour [2] ; celle des poètes anglais, Richardson, Young, qui lui enseignent comment on peint les passions tragiques ou les mélancolies de l'amour et qui lui révèlent le sens du mystère dans la Nature ; celle de Rousseau surtout qui fortifie et précise son besoin de naturel et l'instinct qui le pousse à croire en son cœur plus qu'en sa raison, qui fournit des arguments nouveaux à sa haine des « philistins [3] ».

---

1. *Die Mitschuldigen*, III, 9. — 2. Cf. le Commentaire à l'*Elegie auf den Tod des Bruders meines Freundes* dans E. Wolff, *op. cit.*, p. 267. — 3. Cf. Weissenfels, *op. cit.*, p. 72 et sq.

Ainsi, les premières œuvres du poète sont déjà comme une illustration précieuse de sa vie morale. Sans doute, l'image qu'elles nous en donnent n'est pas toujours exacte ni complète, — ainsi ni les préoccupations artistiques, ni les soucis religieux n'y sont reflétés, — mais à côté des *Lettres* et des *Mémoires*, elles achèvent de préciser la personnalité bien trouble encore, mais déjà si vigoureuse du jeune Gœthe.

Lui-même n'avait pas assurément au même degré que nous conscience de l'importance qu'avait pour son évolution son séjour à Leipzig. Pourtant, il semble bien qu'il l'ait soupçonnée, s'il faut l'en croire, quand il nous dit, dans ses *Mémoires*, que, n'ayant pas en somme trop de reproches à se faire, il sut, au moment de retrouver les siens, recouvrer un calme relatif [1]. S'il est forcé d'avouer qu'il aurait dû mieux employer son temps, du moins pourra-t-il dire qu'il ne l'a pas perdu.

1. *Mémoires*, II, 8, p. 114.

LIVRE II *(Suite)*

DEUXIÈME PARTIE : FRANCFORT.

(Août 1768-mars 1770.)

I.

Les inquiétudes que, malgré l'absolution qu'il s'était donnée à lui-même, l'étudiant avait conçues sur l'accueil que lui ménageait son père n'étaient pas chimériques. Le Conseiller ne fit rien pour lui cacher le dépit qui lui causait l'échec de ses espérances. Des scènes violentes se produisirent que la nervosité maladive et l'esprit de bravade du jeune homme rendirent plus pénibles encore. Wolfgang trouvait, d'ailleurs, un appui auprès de sa sœur, aigrie par ce qu'elle appelait la tyrannie paternelle. En entendant Cornélie lui dire[1] le long martyre de ces trois dernières années, ses goûts contrariés, ses études forcées, les lettres mêmes qu'elle lui écrivait de Leipzig passées au crible de la critique de son père, il oubliait ses propres torts et en venait à se considérer comme une victime du Conseiller, au même titre que sa sœur. La pauvre Elisabeth Gœthe avait fort à faire pour empêcher ou atténuer les froissements et remettre les choses au point. Pas plus que son époux, elle ne devait assurément se réjouir de voir son « Hätschelhans » revenir malade de corps et d'esprit ; mais sa douce philosophie l'empêchait de s'arrêter longtemps aux regrets superflus. Elle mit tout en œuvre pour panser les blessures de son favori, pour réconforter son âme endolorie ; elle l'entoura comme jadis de chaude

1. *Mémoires*, II, 8, p. 114 et sq.

affection et... tout naturellement elle chercha à le faire user du remède qui lui avait toujours si bien réussi : du secours de la religion.

Durant l'absence de son fils, sous l'influence de cette « fervente du Christ » qu'était sa grande amie de Klettenberg, elle avait peu à peu glissé sur la pente douce de ce piétisme renforcé qu'était la doctrine des Moraves, rénovée en 1727 par le comte de Zinzendorf[1]. Mlle de Klettenberg multiplia sans doute ses visites à la maison du Fossé-aux-Cerfs, lorsqu'elle y trouva une occasion de pratiquer un des principaux préceptes de sa foi : la charité active. Elle écrivait le 16 mars 1769 : « Le Seigneur n'est pas inactif dans notre ville, non plus; il souffle de mille façons sur les petites étincelles et les rallume. Un grand et nouvel exemple que j'ai devant les yeux m'est une preuve précieuse de l'importance qu'il attache aux conquêtes faites par sa croix et de la puissance qu'il déploie pour recueillir le fruit de ses douleurs. Il n'a cesse jusqu'à ce qu'il ait trouvé la dernière de ses brebis[2]. » Le fils de son amie Gœthe était pour elle une de ces brebis égarées.

Tandis que Cornélie s'efforçait de distraire son frère en lui amenant ses compagnes[3] et n'y réussissait d'ailleurs qu'à moitié, — car d'après l'épître en vers que l'étudiant adresse à Frédérique Œser[4], l'esprit tout plein encore du souvenir des belles de Leipzig, il ne trouve guère de plaisir à la société des jeunes Francfortoises qui affectent une pudeur farouche à la moindre plaisanterie, manquent de raison pour faire de bonnes amies et de cœur pour être de bonnes amantes, — Mlle de Klettenberg s'efforçait par de pieuses exhortations de ramener le calme dans l'âme trouble du jeune homme[5]. Elle lui expliquait la vanité de ses efforts pour retrouver la paix perdue et l'angoisse de ses incertitudes par le mauvais état de ses relations avec Dieu.

---

1. Cf. Rietschl, *Geschichte des Pietismus*, Bonn., 1880-86; Julian Schmidt, *Geschichte des geistigen Lebens von Leibnitz bis auf Lessings Tod*, Berlin, 1886-96. — 2. Cit. Dechent, *Gœthes schöne Seele. S. K. v. Klettenberg*. Gotha, 1896, p. 157. — 3. *Mémoires*, II, 8, p. 115. — 4. 6 nov. 1768. — 5. *Mémoires*, II, 8, p. 116 et sq.

Quand il lui disait que Dieu était en reste avec lui et ne tenait
pas assez compte de sa bonne volonté, elle lui montrait l'orgueil impie de telles pensées et lui prêchait la soumission et
l'humilité. Wolfgang ne laissait pas de se rebeller contre ces
conclusions et les deux amis se querellaient doucement. Pourtant, ils finissaient toujours par s'entendre en se faisant de
mutuelles concessions, et lui, éprouvait, dans son aspiration à
la félicité, un grand charme à tenter, sous cette lénifiante
direction, de résoudre le grave et douloureux problème des
rapports de la raison et de la foi.

Dans la tiédeur des coussins où il passait ses journées, sous
l'influence pénétrante de cette sainte femme, toujours sereine
malgré ses souffrances physiques, il se laissait insensiblement
gagner par la torpeur religieuse ; il oubliait les révoltes récentes de sa raison, et son cœur inclinait chaque jour davantage
au mysticisme. Le chirurgien phtisique et le médecin qui le
soignaient, tous deux piétistes convaincus [1], contribuaient, chacun de leur côté et à des degrés différents, à l'œuvre entreprise
par Mlle de Klettenberg. Le médecin surtout, le Dr Metz,
paraît avoir exercé sur le jeune homme une action prépondérante. La réputation de « cet homme inexplicable, au regard
malin, à la parole caressante », était grande dans le monde
dévot. Il avait inventé, se répétait-on tout bas, un remède merveilleux, et bien que personne n'en eût encore éprouvé les
effets, on chantait ses vertus. Le jeune Gœthe, dans sa curiosité ardente, voulait à tout prix pénétrer le mystère, et il y était
d'autant plus excité que l'énigmatique médecin déclarait dans
le secret aux plus crédules de ses patients que par l'étude de
certains livres mystiques, qui apprenaient à connaître dans
leur enchaînement les mystères de la Nature, on pouvait parvenir à se mettre soi-même en possession de cette universelle
panacée. De tout temps, nous l'avons déjà constaté, Gœthe
avait été plus ou moins consciemment attiré par les problèmes
de la Nature. Tout enfant, il s'était amusé à des expériences

1. *Mémoires*, II, 8, 117. Cf. note et références Lœper, *ibid.*, p. 347.

de magnétisme et d'électricité; à Leipzig un des rares cours qu'il ait suivis avec assiduité était celui du professeur Winckler sur l'électricité, et c'est d'une oreille fort intéressée qu'il avait écouté à la table d'hôte du conseiller Ludwig, les conversations des jeunes médecins ou naturalistes, ses commensaux[1]. Aussi, quand Mlle de Klettenberg lui dit un jour ses vains efforts pour se reconnaître dans l'*Opus mago-cabalisticum*, de Welling, dans la lecture duquel elle s'est engagée sur les conseils du Dr Metz, se met-il à étudier avec une grande ardeur ce livre redoutable. N'arrivant pas à en pénétrer le sens à son gré, toujours de compagnie avec son amie et souvent même, durant les longues soirées d'hiver, en présence de sa mère, il remonte aux sources de Welling et se plonge à corps perdu dans les œuvres de Théophraste Paracelse, de Basile Valentin, de van Helmont et de Starckey, le faiseur d'or[2]. Mais l'œuvre qui l'attire le plus, c'est l'*Aurea Catena Homeri*, parce qu'il y trouve la Nature présentée « dans un bel enchaînement[3] ». La synthèse l'attire déjà plus que l'analyse, et, dès cette époque, il n'étudie le détail des phénomènes que pour en découvrir l'unité et l'harmonie supérieures. Ce qui aussi le séduit dans tous ces mystiques ou alchimistes, c'est leur conception même de la Nature; ils peuplent l'univers de sylphes, d'ondines, de pygmées, de salamandres qui l'animent et le spiritualisent, et le jeune chercheur est heureux de trouver dans ces naïves représentations une justification de ses obscurs instincts panthéistes.

Une nouvelle crise physique violente amenée par un embarras gastrique particulièrement grave, et qui lui fait de nouveau voir la mort face à face[4], n'ayant dû son heureuse solution qu'au remède mystérieux du médecin, le jeune homme n'en a que plus de zèle à poursuivre ses études et ses expériences sur les « sels moyens ». Dans la mansarde où jadis il avait fait sa première et puérile tentative de culte direct, il installe

---

1. *Mémoires*, II, 6, p. 41. — 2. Cf. *Ibid.*, II, 8, pp. 118-119, et Commentaire Lœper, pp. 348-349. — 3. *Ibid.*, p. 119. — 4. 7 déc. 1768.

un fourneau, des ballons, des cornues, prépare du *liquor sili-cum* avec les beaux silex blancs du Main, il fait des observa-tions sur les phénomènes de cristallisation et il étudie le *Com-pendium chimique* de Boerhave. Si toutes ces recherches ne lui font pas trouver le sel magique, elles ont au moins pour résultat pratique de préciser son goût pour les études naturelles et de lui fournir sur la magie et l'alchimie des données dont il se souviendra en écrivant son *Faust*.

Cependant, tandis qu'il errait ainsi au domaine de la spécu-lation occulte, il continuait de saisir avec avidité tout ce qui avait trait aux « choses suprasensibles ». Le hasard lui ayant mis entre les mains l'*Histoire de l'Église et des Hérésies*, d'Ar-nold[1], il se passionne pour cette lecture et, nous dit-il, en tire grand profit. L'orthodoxie lui avait fait éprouver trop de déboires pour que sa sympathie n'allât pas tout naturellement à ceux qu'elle avait poursuivis de ses rigueurs. Avec Arnold, il voit dans ces hérétiques qu'on lui avait présentés comme des fous et des impies, des frères qui, comme lui et avant lui, mécontents du dogmatisme étroit et sec, ont cherché une for-mule religieuse qui répondît mieux aux besoins de leur cœur ou de leur esprit. Ses amis de l'heure présente, piétistes ou moraves, ne sont-ils pas dans un certain sens et bien qu'ils s'en défendent, des hérétiques aux yeux du luthéranisme offi-ciel? Toutes les opinions d'ailleurs ne sont-elles pas permises? N'est-ce pas un des articles essentiels de la pure doctrine pro-testante que « dans les choses qui regardent l'honneur de Dieu et le salut des âmes, chacun n'est responsable que de lui-même? »

Ses propres expériences religieuses devaient, au reste, l'amener fatalement à chercher dans la spéculation person-nelle le principe de foi que ni l'orthodoxie, ni le rationalisme ne lui avaient donné, l'un méconnaissant les droits du cœur, l'autre ceux de la raison. La doctrine des Moraves elle-même ne le satisfait pas de tous points. Ainsi qu'il nous le dit lui-

---

1. *Mémoires*, II, 8, p. 126.

même au quinzième livre de ses *Mémoires*[1], il avait mis pourtant « un zèle excessif et un amour passionné » à vouloir s'y attacher, et, au temps qui nous occupe, il est encore sous le charme qu'exerce sur lui cette doctrine à ses débuts, qui a tous les attraits d'une religion nouvelle, tous les caractères, l'inspiration fraîche et directe de la primitive église des apôtres. Il goûte fort « l'union inséparable des constitutions religieuse et civile », et la paix admirable dont témoignait l'état extérieur de la société aveuglément soumise à son chef, à la fois instituteur et maître, père et juge. Mais déjà, instinctivement, il se révolte contre la doctrine du péché originel et de la grâce, et aussi contre la passivité morave[2]. Dès ses premiers entretiens avec Mlle de Klettenberg, il a placé très haut sa bonne volonté et trouvé que Dieu n'y répondait pas comme il aurait dû, et, malgré son apparente docilité à suivre son amie dans les voies où elle cherche à l'entraîner, il ne s'y engage pas à fond. Mlle de Klettenberg et les autres initiés ne s'y trompent pas ; bientôt le temps viendra où Gœthe apprendra d'eux-mêmes que jamais, dans la communauté, on n'a fondé de sérieuses espérances sur sa conversion.

En attendant, il s'intéresse prodigieusement aux hérétiques, et l'histoire d'Arnold ne fait que confirmer en lui son désir de se composer une religion qui lui fût propre et surtout qui lui convînt.

Suivant ses propres expressions, cette religion ou plutôt cette cosmogonie était un mélange singulier de néo-platonisme et de doctrines hermétiques, mystiques et cabalistiques[3]. Ce qui semble le préoccuper avant tout, c'est d'établir l'unité absolue de la création. C'est d'abord à l'explication de la Trinité qu'il s'attache. Sans s'attarder à une démonstration de l'existence de Dieu, qu'il accepte comme une indiscutable nécessité, il montre la Divinité se produisant elle-même de toute éternité ; mais

---

1. *Mémoires*, III, 15, p. 176. — 2. Cf. Beyschlag, *Protestantisches in Gœthe* (aus den deutsch-evangelischen Blättern, April 1899), p. 220. — 3. *Mémoires*, II, 8, p. 126 et sq.

comme la production suppose la diversité, elle se manifeste aussitôt comme une seconde essence de tous points pareille que nous reconnaissons sous le nom du fils — et ces deux essences, par un acte également nécessaire, objectivent en quelque sorte leur idendité en une troisième aussi réelle et éternelle qu'elles-mêmes. Le cercle de la divinité étant fermé et l'impulsion productive continuant toujours, une quatrième essence en résulta, absolue comme les trois premières, mais en même temps contenue en elles et limitées par elles, c'est-à-dire portant en elle un principe de contradiction. Cette quatrième essence, Lucifer, dotée de la puissance créatrice, avait charge de continuer l'œuvre commencée. Lucifer créa les anges, mais, en voyant sa puissance, il en arriva à oublier sa haute origine, il crut trouver en lui la source de son pouvoir. Plus il se concentrait en lui-même, plus il se sentait mal à l'aise, et les esprits dont il gênait par son influence et son exemple l'inspiration instinctive à tourner leurs regards en arrière vers leur source première éprouvèrent une souffrance analogue. Les uns s'en accommodèrent ; oubliant qu'ils n'étaient qu'une émanation de Dieu, ils restèrent fidèles à leur créateur et maître apparent et formèrent la catégorie des anges déchus ; les autres remontèrent à leur source première. Mais Lucifer, en se concentrant en lui-même, en reniant Dieu, avait perdu du même coup la force créatrice, la force d'expansion, et le monde qu'il avait ébauché, la matière, restait à l'état de chaos. Les Elohim, ne voulant pas que l'œuvre de Lucifer, la leur, compromise par sa défection, restât informe et s'anéantît peu à peu par une incessante concentration, donnèrent à la matière le pouvoir de s'étendre et de se mouvoir vers eux. C'est alors qu'une fois le courant de la vie rétabli parut la lumière et que commença l'œuvre proprement dite de la création, où, malgré eux, Lucifer et les siens conservèrent leur place. Pourtant l'œuvre n'était pas complète. Le courant de la vie avait bien pu être rétabli dans la création et celle-ci pouvait bien se diversifier graduellement par la force vitale, le monde, du fait qu'il était l'œuvre de Lucifer et que celui-ci continuait d'y exister, restait en quelque sorte sans union intime avec la Divinité. Alors, les Elohim résolurent de produire un être qui fût propre à rétablir l'union primitive, et l'homme fut créé, semblable et égal en tout à la divinité, puisqu'il en est une émanation, mais, étant comme Lucifer limité en même temps qu'absolu, il devait souffrir de la même contradiction et être fatalement amené à jouer lui-même tout le rôle de Lucifer. La chute allait s'accomplir pour la deuxième fois, lorsque les Elohim résolurent de la prévenir par la rédemption. « Ainsi l'homme se trouve dans une situation qui paraît l'abaisser et l'écraser, mais qui lui fait un devoir de s'élever et de remplir les vues de la Divinité en ne négligeant pas, tout obligé qu'il est d'un côté à s'enfermer dans son moi, d'en sortir d'un autre côté par une activité régulière. » L'histoire de toutes les religions et de toutes les philosophies nous est une preuve de la vérité de la rédemption ; la création entière n'est pas et n'a pas été autre chose qu'une réparation et un retour à la source divine[1].

Tels sont, d'après les *Mémoires*, les traits essentiels de cette religion que le jeune Gœthe aurait combinée pour son usage, dans le silence méditatif de sa chambre de malade.

On a douté de la sincérité de ce récit des *Mémoires* et insinué que le système qui s'y trouve exposé était une invention du vieux Gœthe[2]. Il n'est pas impossible assurément, il est même très vraisemblable que le vieillard, ayant pris quelque teinture de l'illuminisme de Saint-Martin et des théosophies de Bœhme et de Swedenborg, exprime ses théories avec une précision de termes et une rigueur logique qu'il n'aurait peut-être pas su leur donner à dix-neuf ans. Mais rien, nous semble-t-il, ne nous empêche de croire qu'il n'ait été assez familier déjà, aux environs de sa vingtième année, avec les idées théosophiques pour concevoir la construction qu'il nous présente. N'a-t-il pas déjà, quatre ans plus tôt, étudié avec ardeur l'histoire de

---

1. *Mémoires*, II, 8, p. 128. — 2. Lewes, *Gœthe. Trad. Frese.*, Berlin, 1858, p. 113.

la philosophie et ne lit-il pas précisément en ce moment l'*Histoire des hérésies*, d'Arnold, avec passion ? N'oublions pas, d'ailleurs, qu'il ne prétend pas à l'originalité ; il nous indique ses sources. Il ne fait que combiner des matériaux étrangers, et vraiment la construction n'est pas à ce point géniale qu'on ne puisse se l'imaginer comme l'œuvre d'un jeune homme.

L'intérêt de cet essai de cosmogonie est, d'ailleurs, moins dans sa valeur propre et dans son originalité que dans les tendances qu'il révèle chez son auteur. L'aspiration de l'homme à un idéal suprasensible lui dit qu'il y a derrière les phénomènes de la matière un principe vivant, une puissance génératrice qu'il appelle encore Dieu. C'est ce Dieu qui fait l'unité du monde ; tout émane de lui et tend à revenir vers lui. Et, en prêtant à l'homme cet incoercible besoin de remonter vers sa source, Dieu lui a donné quelque chose de plus précieux que l'existence, il lui a donné l'instinct de l'action. Besoin d'unité et besoin d'action apparaissent donc, dès l'origine, comme les principes fondamentaux de la philosophie du jeune poète.

Un passage des *Ephémérides*, sur la date duquel il n'est pas permis d'avoir de doutes[1], nous prouve d'ailleurs à quel point sont chères au jeune Gœthe les conceptions qu'il a mises en œuvre dans sa tentative de cosmogonie. Dans le *Dictionnaire de Bayle*, il a trouvé la condamnation d'un passage de Giordano Bruno, où celui-ci déclare ne voir dans la multitude des choses que les manifestations extérieures d'une substance unique. Bayle a déclaré ce passage impie et absurde. Gœthe, tout en laissant entendre qu'il « n'applaudit pas entièrement » aux idées de Bruno, proteste contre le jugement de Bayle et montre sa sympathie pour les idées du penseur italien qu'il croit « profondes et peut-être fécondes pour un observateur judicieux[2]. » Or, ce qui devait le séduire dans ces idées, ce sont les efforts dont elles témoignent pour démontrer que le

----

1. 1770. Cf. Gœthes, *Ephemerides und Volkslieder*, hrg. von E. Martin. Heilbronn, 1883 (*Deutsche Litteraturdenkmale des 18ten u. 19ten Jahrhunderts*, hrg. von Seuffert. — 2. *Ibid.*, pp. 3-4.

monde n'est pas soumis aux lois aveugles de la mécanique, mais est un organisme vivant, dont les forces individuelles se développent librement en vue d'une harmonie supérieure ; c'est aussi et surtout la théorie de l'identité de Dieu et de la Nature [1]. Ne note-t-il pas soigneusement à quelques jours de là un passage de la *Bibliographie antique* de Fabricius où il est dit qu'il est difficile et dangereux de parler séparément de Dieu et de la nature des choses, comme si nous pouvions penser à part sur l'âme et sur le corps ? « Nous ne connaissons l'âme que par l'intermédiaire du corps et Dieu que par l'étude de la Nature. Aussi me paraît-il absurde d'accuser d'absurdité ceux qui par un raisonnement au plus haut point philosophique ont uni Dieu au monde..... ».

Incontestablement, le jeune Gœthe tend d'instinct au panthéisme.

Mais avant de s'y convertir consciemment, il a encore bien des étapes à franchir. Pour l'instant, si sa pensée se risque dans le domaine de la spéculation pure à des vols audacieux, en fait, il est pratiquement encore engagé dans les mille liens du piétisme où l'ont conduit la maladie et l'amitié. Il vit toujours dans le commerce intime de Mlle de Klettenberg et des Frères. Il prend part, sans doute, à leurs réunions pieuses et chante avec eux les cantiques mystiques du comte de Zinzendorf ; en septembre 1769, il assiste au Synode de Marienborn. Il est assez au courant des doctrines, de l'origine et du développement de la communauté morave pour pouvoir en rendre compte et s'en entretenir avec les adeptes, et il éprouve tant de respect pour les « personnes excellentes » dont il fait connaissance, qu'il n'aurait tenu qu'à elles, dit-il, de l'enrôler dans leur société. Mais la communauté se refuse à le prendre au sérieux ; on le suspecte de pélagianisme [2], et ainsi le jeune Gœthe garde entière sa chère indépendance.

<hr>

1. Cf., pour les rapports de Gœthe et de G. Bruno, Brunnhofer, *G. Brunos Einfluss auf Gœthe* (Gœthe-Jahrbuch, 1886, pp. 241-250) ; L. Kuhlenbeck, *G. Brunos Einfluss auf Gœthe und Schiller*, Leipzig, 1907. — 2. *Mémoires*, III, 15, p. 177.

II.

A ne lire que les *Mémoires*, on pourrait croire que la pensée de Gœthe est, à cette époque, exclusivement attachée aux questions religieuses. En réalité, elles sont au premier plan de ses soucis ; mais les lettres qu'il écrit à ses amis de Leipzig nous le montrent occupé en même temps de bien d'autres intérêts.

Dans sa correspondance avec les Œser et Annette Schönkopf, il nous apparaît passant les interminables journées où la maladie le retient au lit ou dans un fauteuil, à revivre inlassablement et à regretter les bonnes heures trop courtes de Leipzig. Alors qu'en vérité il mène à Francfort une vie intellectuelle et morale très intense et nouvelle, il se donne l'air vis-à-vis de ses amis lointains de n'exister que par leur souvenir.

C'est d'abord *Annette* qui revient hanter sa pensée, avec le plus d'insistance, aux heures de méditation solitaire. La distance, le sentiment de l'irréparable avivent son chagrin et ses remords d'avoir perdu son amie, par sa faute. Dans la première lettre qu'il lui écrit[1], il affecte bien un ton badin et dégagé, mais dès la seconde[2], Annette lui ayant répondu sur le même mode, il laisse voir son vrai sentiment, fait de regret et de dépit : « C'est la destinée habituelle des morts que les survivants et leurs héritiers dansent sur leur tombeau... ». Quand il apprend les fiançailles d'Annette avec son ami le Dr Kanne, tout en la félicitant, il ne peut s'empêcher de laisser voir l'amertume de son âme. « Je ne suis plus qu'un poisson pas frais (*ein abgestandener Fisch*)... C'est un horrible sentiment que de voir mourir son amour... Un amant éconduit est moins à plaindre qu'un amant délaissé... Quiconque a jamais éprouvé ce que c'est que d'être chassé

1. Sept. 1768. — 2. 1er nov. 1768.

d'un cœur qui lui appartenait n'aime pas à y penser, encore
moins à en parler. » Il ne lui écrira plus avant octobre, dit-il,
« car, ma chère amie, bien que vous m'appeliez votre cher
ami et maintes fois votre meilleur ami, c'est une chose bien
ennuyeuse que le meilleur des amis. Personne n'aime les
haricots en conserve, tant qu'il peut en avoir de frais. Les
brochets frais sont toujours les meilleurs, mais quand on
redoute qu'ils puissent se gâter, on les sale... Cela doit vous
amuser de penser à tous les soupirants grands et petits, bossus
et droits que vous avez mis dans la saumure de l'amitié. Moi-
même, en y pensant, je ne puis m'empêcher d'en rire. Pourtant, ne cessons pas tout à fait de nous écrire, je fais tout de
même encore un gentil hareng-saur »[1]. Et jusqu'à la veille de
son départ pour Strasbourg, en dépit de la lente poussière du
temps qui peu à peu estompe et voile les traits de l'absente
aux yeux de l'esprit[2], la pensée d'Annette viendra souvent le
torturer. Il se dit heureux à l'idée de la savoir aux bras d'un
homme qu'il estime, mais au fond la jalousie le tenaille. Il n'a
plus envie de la revoir, il ne veut plus avoir de ses nouvelles
avant que le temps tout-puissant n'ait enfin transformé son
amour infortuné en une inoffensive et calme amitié[3]. En fait,
après une dernière lettre du 23 janvier 1770, où il dit à
Annette ses projets pour l'avenir prochain, l'achèvement de
ses études à Strasbourg, un séjour probable à Paris, et où il lui
laisse entendre qu'elle a eu tort de le dédaigner, car entre
Mme la doctoresse C(anne) et Mme la doctoresse G(œthe), il y
aurait tout de même une petite différence », observe-t-il
modestement, il cesse de lui écrire, sinon de penser à elle[4].

Tandis que les lettres à Annette nous font assister aux dernières convulsions d'un amour auquel l'amour-propre a re-
donné une illusion de vie et qui, par orgueil, s'obstine à ne
pas mourir, les lettres à *Frédérique OEser* nous révèlent que
Gœthe, dans le temps même où l'affection d'Annette lui échap-

---

1. 1er juin 1769. — 2. 12 déc. 1769. — 3. *Ibid.* — 4. Cf. Biederman, *Gœthe und Leipzig*, I, p. 295.

pait, avait trouvé ou du moins cherché une consolation et une
compensation auprès de la fille de son maître de dessin. A en
croire, d'ailleurs, la longue épître en vers qu'il adresse à celle-ci
le 6 novembre 1768, il semble bien, qu'au point de vue sentimental au moins, il ait été déçu. Parlant de la maison de
campagne des OEser, il dit que c'est un lieu qui lui a causé
maint tourment, et il s'évoque lui-même, parcourant inquiet
les prairies qu'aimait Frédérique, soupirant en vain après sa
venue, souffrant par elle et contant douloureusement aux flots
fugitifs ses peines d'amoureux incompris. En réalité, la sage
Frédérique, comme Gretchen jadis, s'était refusée à voir autre
chose qu'un enfant dans le pauvre soupirant blessé et languis-
sant qui voulait la forcer à la tendresse. Au lieu de le plaindre
et de verser sur ses plaies le baume d'amour qu'il implorait
d'elle, elle avait raillé sa mélancolie, son sentimentalisme
maladif, et s'était attachée à rendre à son âme amollie un peu
de calme et de force. Elle n'accueille pas, au reste, avec plus
d'indulgence les plaintes que le convalescent lui adresse de
Francfort. Elle se moque de ses lamentations, n'y voit que des
exagérations ou des mensonges poétiques, pour le plus grand
dépit du jeune Gœthe qui, très vexé de ne pas être pris au
sérieux, proteste en pages interminables et s'indigne[1]. Mais
force est au poète de se résigner. Bientôt il cesse de se lamenter. Si Frédérique n'a pas pour être parfaite l'âme assez compa-
tissante[2], elle a du moins une intelligence avisée et éclairée,
et, renonçant à regret à lui parler de ses sentiments[3], il fait
d'elle la confidente de ses pensées. Il lui rend compte en détail
de ses lectures, de ses impressions, et c'est ainsi que les longues

---

1. 8 avril 1769. Combien Frédérique avait raison de se méfier de l'imagination du poète, c'est ce que prouvent un certain nombre de passages de ce dernier, où il souligne — peut-être en l'exagérant un peu — la sérénité de son
humeur, malgré la maladie. Cf. notamment ce passage de sa lettre d'août 1769
à Gottlob, le frère d'Annette : « Je mène une vie fort supportable. Je suis content et calme. J'ai une demi-douzaine d'angéliques jeunes filles que je vois souvent et ne suis amoureux d'aucune d'elles ; ce sont d'aimables créatures qui me
rendent la vie extrêmement agréable... »

2. 3. 13 février 1769.

missives que le jeune homme adresse à cette lointaine amie nous renseignent plus complètement encore que les lettres à OEser lui-même sur l'évolution que, dans l'isolement de Francfort, subissent les idées morales et esthétiques qu'il a rapportées de Leipzig.

Dans tous les domaines où elles nous font pénétrer — fait digne de remarque, elles sont muettes sur la crise religieuse — elles nous montrent que la *Tendance révolutionnaire* s'accentue chaque jour chez le jeune Gœthe.

III.

L'hostilité latente ou déclarée de ses relations avec son père, l'énervement qu'il éprouve à devoir garder si longtemps le lit ou la chambre et à voir se succéder accidents nouveaux et rechutes qui retardent sa guérison contribuent[1], pour une bonne part, à accroître l'acrimonie du « Stürmer » naissant. « Vieux de corps, jeune par les années, à moitié valétudinaire et à moitié valide, voilà qui est bien pour rendre mélancolique. Un malade ne peut jouir du monde, » écrit-il à Frédérique[2]. Replié sur lui-même dans la lumière atténuée de sa mansarde, il ne revit pas seulement les heures sentimentales de Leipzig, il revit aussi celles où il écoutait les leçons d'OEser. Il oublie les applications imparfaites que le maître lui-même faisait de ses théories, la timidité froide de sa technique et l'insuffisance de son enseignement pratique ; il ne veut retenir ou ne retient instinctivement que la tendance générale de la théorie du peintre : le besoin de vérité et de naturel, et il commence d'en outrer les conséquences. Il s'indigne de la passion que montrent les dames de Francfort pour l'extraordinaire et du peu de goût qu'elles font paraître pour le beau, le naïf, le comique[3] ; il déteste la poésie grandiloquente et monotone du

1. *Mémoires*, II, 8, pp. 117-124. — 2. 6 nov. 1768. — 3. A OEser, 24 nov. 1768.

barde Rhingluff. Ses tableaux sont forcés parce qu'il n'a pas
vu la Nature ; or, « le manque de vérité est ce qu'il y a de
plus insupportable dans un tableau [1] ». — Déjà se montre en
lui le dédain de la science livresque, qui sera une des caractéristiques du « Sturm und Drang ». « Ma vie présente est
vouée à la philosophie. Claquemuré, solitaire, des compas, du
papier, une plume, de l'encre et deux livres, voilà tout mon
attirail. Et par ces moyens simples, je vais dans la connaissance
de la vérité souvent aussi loin et même plus loin que les autres
avec leur science puisée aux bibliothèques. Un grand savant
est rarement un grand philosophe ; celui qui à grand'peine a
feuilleté tant de livres méprise le simple livre de la Nature, si
facile à lire, et pourtant rien n'est vrai que ce qui est simple [2] ».
— L'expérience, voilà la véritable source de connaissance,
ainsi que Behrisch et un vieil officier le lui avaient déjà enseigné
en termes plaisants ou énigmatiques à Leipzig [3]. « Ce que j'ai
vécu moi-même, cela je le sais, car je tiens l'expérience pour
la seule vraie science [4]. » Un jugement naïf de femme lui
paraît, dans les choses du bon goût, bien supérieur à celui
des critiques [5], car, ainsi qu'il l'écrivait à OEser, « une vaste
érudition, une sagesse aux pensées subtiles et profondes, un
esprit alerte et une science scolaire ne sont nullement synonymes de bon goût [6] ». Si nous rapprochons ces déclarations
de son aversion pour l'orthodoxie et de ses plaintes sur la
morale prude et factice des jeunes Francfortoises, nous ne
pouvons douter que la révolte est prochaine qui le fera jeter
le gant à la tradition appuyée sur la règle.

Son propre goût pourtant est encore plus timide que sa
pensée. Il continue de rester sous l'influence de *Wieland*.
Quand il reçoit de Leipzig les *Dialogues de Diogène*, il les
dévore et se refuse à les juger, car, dit-il, « pour parler des
grands hommes, il faut être de leur taille. Un petit homme,

---

1. A Frédérique, 13 fév. 1769. — 2. A Frédérique, 13 fév. 1769. — 3. *Mémoires*, II, 7, pp. 86, 87, 88. — 4. A Frédérique, 8 avril 1769. — 5. *Ibid*. —
6. 24 nov. 1768.

s'il se met trop près d'eux, ne voit bien que des parties isolées ; l'ensemble lui échappe, et s'il veut embrasser l'ensemble, alors il doit trop se reculer et son regard ne peut saisir le détail[1]. » Il déclare au libraire Reich qu'après OEser et Shakespeare, Wieland est le seul qu'il puisse reconnaître pour son maître, et il ajoute : « Si vous écrivez ou avez occasion de parler à ce grand auteur, votre ami, soyez assez aimable pour lui parler de moi comme d'un homme qui n'est pas encore de taille à apprécier ses mérites à leur juste valeur, mais qui pourtant a un cœur assez sensible pour les honorer ». La « Grâce » est encore pour lui l'idéal du bon goût, car elle lui semble se confondre avec la vérité et la Nature. C'est pour cette raison que le fracas, les hurlements guerriers, le clinquant de Rhingluff lui sont si antipathiques[2]. Il commence bien d'éprouver quelque plaisir aux productions du barde *Ossian* et il ne demande pas mieux que de se donner quelque peine pour le comprendre, mais son admiration est timide et discrète. *Gerstenberg* le déroute ; s'il ne veut pas juger son *Ugolino* et reconnaît en lui un grand esprit, un penseur original, il trouve que son « pathos » est inconciliable avec la « Grâce ». « Plutôt trop que trop peu » est le principe de Gerstenberg ; or, c'est un principe que Gœthe ne peut encore admettre. Il s'inquiète, d'ailleurs, de ne pas penser comme lui, car penser autrement qu'un grand homme est d'ordinaire la marque d'un petit esprit, et lui ne voudrait être ni l'un ni l'autre. Un grand esprit se trompe aussi bien qu'un petit, si celui-ci prend son horizon pour le monde ; l'autre ne connaît pas de limites. La vérité est entre les deux extrêmes, et Gœthe conclut par cette déclaration essentielle qui jette sur toute sa vie intellectuelle et morale de cette époque une vive clarté : « O mon amie, la lumière est la vérité, mais le soleil n'est pas la vérité dont pourtant jaillit la lumière. La nuit est le contraire de la vérité. Qu'est-ce donc que la beauté ?

---

1. A Herrmann, 6 fév. 1770. Cf. Seuffert, *der junge Gœthe und Wieland,* op. cit., pp. 256-259. — 2. Cf., pour tout le passage suivant, la lettre à Frédérique du 13 fév. 1769.

Ce n'est ni la lumière, ni la nuit, c'est le crépuscule, enfant de
la vérité et du mensonge. »

Le *crépuscule*, le « clair-obscur », voilà le mot magique
qui nous donne la clef de la pensée du Gœthe de 1769. Il
est à la limite de deux mondes, à un carrefour où aboutissent
les voies battues et claires du passé, mais d'où partent aussi
les voies obscures et redoutables de l'avenir. Un instinct secret
l'avertit qu'il a mieux à faire qu'à marcher sur les traces de
ses devanciers, mais il hésite à s'aventurer sur les routes nouvelles, à peine ébauchées.

En poésie, l'anacréontisme, la poésie morale du rationalisme
lui fournissent encore leurs formes extérieures, et même quelques-unes de leurs conceptions ; toutefois il renouvelle déjà
leur contenu en faisant dans sa propre production une part de
plus en plus large quoique timide encore au sentiment personnel, à l'élément vécu et à la Nature. Les grands génies originaux, Shakespeare, Ossian l'attirent, mais il n'ose pourtant
s'abandonner à eux ; leurs audaces l'effraient ; il imite encore la
technique du drame français, il emploie son vers, et à Leipzig
il s'est même exercé à traduire le *Menteur* de Corneille. Il a
toujours pleine confiance en l'aimable guide qu'est Wieland ;
toutefois, ce qui le séduit tant en ce poète, ce n'est pas seulement la délicatesse aisée et spirituelle de la forme, c'est bien
plutôt l'atmosphère morale de ses œuvres, la légère ironie avec
lequel l'auteur d'*Agathon*, de *Musarion*, de *don Sylvio de
Rosalva* raille la vaine spéculation, l'éducation pédantesque ;
c'est l'éloge de l'activité, de la formation individuelle par
l'expérience personnelle, par les leçons directes de la Nature ;
c'est la reconnaissance des droits de la sensualité et le souci de
naturalisme discret et de vérité, c'est encore l'immoralisme, le
scepticisme moral qui en souriant s'insurge contre l'étroitesse
et la rigidité des formules de sagesse du rationalisme [1]. En fait,
ces nouveautés renferment en germe tout le « Sturm und
Drang » ; c'est pourquoi elles ont tant d'attraits pour Gœthe ;

---

1. Cf. Weissenfels, *op. cit.*, p. 94.

celui-ci, toutefois, n'en voit encore ni toute là valeur, ni toutes les conséquences. La clarté crue du rationalisme l'offusque, mais les ténèbres du sentiment l'inquiètent; il s'arrête hésitant au seuil de l'ombre, il s'attarde aux demi-teintes, aux indécisions et aux imprécisions morales, comme jadis, à Dresde, son œil s'était complu aux clairs-obscurs de l'école néerlandaise.

En attendant de franchir délibérément sous une impulsion vigoureuse, la frontière du nouveau domaine qu'il pressent, il y pousse quelques pointes hardies; il explore les abîmes de son propre cœur; par ses études d'alchimie et ses incursions aux régions du piétisme, il prend contact avec le monde de l'Indéfini. Mais il reste à mi-chemin et refuse de se laisser entraîner au delà des limites où il lui faudrait abjurer toute raison et rompre décidément avec la tradition.

Ainsi, le passé et l'avenir se disputent son esprit et son cœur, mais les signes se multiplient qui font prévoir que bientôt l'avenir l'emportera.

Le nouvel autodafé auquel il condamne celles de ses œuvres qu'il avait laissées à Francfort en partant à Leipzig et la plupart de celles qu'il avait composées aux bords de la Pleisse ou depuis son retour de l'Université n'en est pas un des moins caractéristiques.

A la veille de partir pour Strasbourg, il fait une revision de tous ses manuscrits. Et ce ne sont pas seulement ses lettres à Cornélie qui lui paraissent ridicules avec leur pédagogie pédante et souvent inopportune, mais ce sont ses ébauches de drames, ses poésies qui lui paraissent trop froides, trop sèches, trop superficielles au regard de son nouvel idéal. Sans pitié, n'exceptant que son *Caprice de l'Amant*, ses *Complices* qu'il a remaniés et développés, un nombre restreint de poésies lyriques, — celles que Behrisch avait copiées avec tant de soin, — il jette le tout au feu[1]. Si les lettres échappent à l'holocauste, c'est sans doute que le Conseiller les considère comme sa propriété.

1. *Mémoires*, II, 8, p. 125.

Quelle superbe confiance en l'avenir il fallait à ce jeune homme de vingt ans pour anéantir ainsi sans regrets et de son propre mouvement les premiers fruits de son génie! Plus que toutes les autres preuves, cet héroïque sacrifice nous montre que, malgré le trouble et les incertitudes du présent, le jeune Gœthe comprend qu'avec la santé revenue, la source de la poésie s'apprête à jaillir en lui plus féconde que jamais. Au bout de ses spéculations cosmogoniques et des ténébreux arcanes de l'alchimie où il s'est aventuré, il a entrevu la raison profonde de la vie universelle : la loi de l'action. De même qu'il devine que la Nature fourmille de forces cachées qui tendent à se manifester, ainsi Gœthe sent bouillonner sourdement en lui l'instinct de création. Il n'a plus la présomptueuse ardeur d'il y a cinq ans ; il ne se croit plus en possession de la vérité, il ne sait même pas encore de façon certaine où il la trouvera, mais il a le sentiment obscur qu'il la trouvera, car il a pour diriger sa recherche deux principes sûrs, qu'il n'avait pas jadis : l'expérience et la foi en la Nature.

On s'accorde communément à dire que cette période de vingt mois que Gœthe passa à la maison paternelle, entre Leipzig et Strasbourg, est une période de recueillement, où il ne fit guère que classer et élaborer les résultats de ses expériences de Leipzig. Si cela peut être exact du point de vue littéraire ou esthétique, il nous semble qu'à considérer le développement général du poète, elle a une portée plus grande. A Leipzig, une des citadelles du rationalisme, c'est à sa raison que s'étaient adressés tous les gens qui, de près ou de loin, volontairement ou non, avaient exercé une action sur lui. Sans doute, nous avons vu que dans la vie pratique le jeune Gœthe avait suivi plus souvent la voix de son cœur ou de son instinct que celle de sa raison, et que dans sa poésie il avait commencé de faire au sentiment naturel une assez large place; mais la morale des *Complices* et les jugements que nous lui avons entendu porter dans ses lettres à Frédérique Œser sur Gerstenberg et Ossian nous ont montré aussi combien solides encore étaient les racines par lesquelles il tenait au rationalisme. Nous pouvons penser que si, au retour de Leipzig, il s'était brusquement trouvé en face de Herder, l'apôtre du sentiment, sa sagesse encore respectueuse des règles, éprise de l'idéal souriant de Wieland, se fût offusquée de la fougue et de l'intransigeance de l'auteur des *Sylves*. Mais à Francfort, sous l'influence de la maladie, surtout au contact du piétisme des Moraves, les éléments sentimentaux de sa nature se sont développés, il s'est penché sur les abîmes troubles du mysticisme et son œil a commencé de s'habituer aux ténèbres. Il ne sera pas étonné par les enseignements de Herder, il subira sans révolte son influence.

Pour l'instant, le futur « génie » passe des jours mornes à rêver, à dessiner, à lire dans les chambres où il a tant souffert et qui lui sont devenues odieuses. Il attend avec une impatience fébrile le printemps qui doit lui ouvrir les portes de la maison paternelle. Des scènes pénibles, où maladroitement il blesse son père dans son amour-propre d'architecte, précipitent son départ[1]. Avec l'espoir de pouvoir jouir pleinement de la vie joyeuse qu'on lui a promise à Strasbourg, il quitte pour la seconde fois sa ville natale avec un sentiment d'allégresse et de délivrance.

1. *Mémoires*, II, 9, p. 131.

LIVRE II (*Suite*)

TROISIÈME PARTIE : STRASBOURG.

(Avril 1770-août 1171).

I.

Après les longs mois qu'il venait de passer, replié sur lui-
même, le jeune Gœthe éprouve, à se retrouver en pleine vie,
un sentiment de joyeux renouveau. Nous en avons la preuve
dans la première lettre qu'il écrit de Strasbourg à son ancien
garde-malade de Leipzig, l'étudiant en théologie Limprecht.
« Me voici de nouveau étudiant, et j'ai maintenant, grâce à
Dieu, autant de santé qu'il m'en faut et de la gaieté en excès[1]. »
La ville elle-même ne lui produit pas une impression très favorable. « Voilà quinze jours que je suis ici et je trouve que
Strasbourg n'est ni mieux ni pire que ce que je connais
du monde, c'est-à-dire très médiocre[2]. » Toute sa curiosité
semble absorbée par la cathédrale. A peine débarqué à l'auberge de « l'Esprit », il avait couru voir de près le monstre
dont ses compagnons de voyage lui avaient montré, dès qu'elle
avait paru à l'horizon, la flèche orgueilleuse. Sans s'attacher à
chercher le mot de l'impression trouble que le « colosse » lui
avait faite au premier abord, il avait vite gagné la plate-forme
de la tour pour prendre en quelque sorte, d'un coup d'œil, possession du pays nouveau où il allait vivre. L'aspect de la plaine
féconde l'avait enchanté, et, dominant le pêle-mêle pittoresque

---

1. 13 avril 1770. — 2. A Limprecht, 19 avril 1770.

des toits pointus, devant les forêts et les prairies, les villages
et les lointaines montagnes, il avait rêvé à l'énigme des jours
qu'il allait passer sur cette terre étrangère et s'était attendri à
la pensée des joies et des douleurs qui en surgiraient pour
lui [1].

Malgré l'allégresse de sa liberté retrouvée, il nous apparaît,
en effet, inquiet et un peu las. La vie l'a malmené assez rudement et il se sent petit devant la destinée. Ses premières lettres
n'ont pas l'allure conquérante de celles qu'il écrivait naguère
de Leipzig. Le mysticisme pèse sur sa pensée et son humeur.
« Je suis toujours le même, avec cette différence que je suis en
meilleurs termes avec Notre-Seigneur et son cher Fils, Jésus-
Christ. Il en résulte que je suis un peu plus sage, ayant appris
la valeur du précepte : « La crainte du Seigneur est le commencement de la sagesse [2] ». Il fréquente les cercles piétistes
et s'acquitte même avec conscience de ses devoirs religieux [3].
Quatre mois après son arrivée, il souligne encore la dépendance
où il se sent vis-à-vis de Dieu. « Au regard de Notre-Seigneur,
nous ne sommes que de pauvres diables : nous parlons et lui
agit ; quand nous nous attardons indécis sur le chemin à choisir, il nous prend par le bras et nous en fait suivre un auquel
nous n'avions pas pensé. » Ou encore : « Les réflexions sont
une marchandise de peu de valeur, mais la prière, par contre,
est un trafic qui rapporte gros ; un seul élan du cœur au nom
de celui que nous appelons le seul Dieu en attendant de pouvoir l'appeler notre Dieu et nous sommes comblés de bienfaits [4]. » L'état encore précaire de sa santé contribua sans doute
à le maintenir dans cette mollesse mystique. « J'ai tout juste
assez de santé pour supporter un travail modéré et faire le

---

1. *Mémoires*, II, 9, pp. 131-132. Cf., sur le séjour de Gœthe à Strasbourg :
J. Leyser, *Gœthe zu Strassburg. Ein Beitrag zur Entwickelungsgeschichte
des Dichters*, Neustadt, 1871 ; E. Martin, *Gœthe in Strassburg*, Berlin, 1871 ;
A. Lange, *De Gœthio, quo tempore Argentorati vixit*, Paris, 1878 ; J. Froitzheim, *Zu Strassburg Sturm-und Drangperiode, 1770 bis 1776*, Strassburg,
1888. — 2. A Limprecht, 13 avril 1770. — 3. A Mlle de Klettenberg, 28 août
1770. — 4. A Trapp, 28 juillet 1770 (brouillon). Cf. M. Morris, *der j. G.*, II,
p. 9, ou Ed. Weimar, IV Abt., B[d] I, p. 279.

nécessaire, et pour me rappeler à l'occasion que je ne suis un géant ni de corps ni d'esprit », écrit-il à Mlle de Klettenberg[1]. Pourtant, il marque déjà à cette date (26 août) que ses rapports avec les piétistes ne sont plus aussi fréquents qu'ils l'ont été au début et qu'ils se relâchent chaque jour.

C'est que d'autres influences ont commencé d'agir sur lui, qui contre-balancent les effets pessimistes de la religiosité qu'il a apportée de Francfort. Nous verrons plus tard les raisons plus profondes de son changement d'humeur. — A la pension des demoiselles Lauth, rue des Merciers, où il prend ses repas, comme jadis chez le professeur Ludwig à Leipzig il rencontre principalement des étudiants en médecine dont les conversations positives ramènent par degrés son esprit aux réalités terrestres[2]. Il trouve surtout dans le président de la table, *Salzmann*, le greffier de la Chambre des tutelles, un homme de grand bon sens et de longue expérience, un affectueux et dévoué Mentor[3]. Celui-ci lui fait comprendre, par ses conversations et les exemples mêmes de sa vie, que nous sommes au monde pour lui être utile, que nous pouvons nous en rendre capables, que l'homme le plus utilisable est le meilleur, que l'honnêteté, la fermeté du caractère sont les fondements de la vraie religion, qu'il faut enfin se méfier de la vaine sentimentalité qui a sa source dans les régions troubles de l'âme. Le jeune Gœthe, avec cet instinctif besoin d'appui qui, aux heures obscures de sa vie, lui faisait chercher un guide et qui, à Leipzig, l'avait soumis à l'influence de Mme Böhme et de Behrisch, comme il vient de le rendre sensible à celle de Mlle de Klettenberg, s'était tout de suite attaché à lui, avait modelé ses manières sur les siennes et s'était montré docile à ses conseils. Pour lui plaire et pour plaire aux cercles où il était introduit par lui, il fait effort pour vaincre les répugnances que lui causaient les cartes, il apprend le whist et, ayant par surcroît fait arranger ses cheveux à la mode stras-

---

1. 26 août 1770. — 2. *Mémoires*, II, 9, p. 136. Cf. Froitzheim, *op. cit.*, chap. III. — 3. A Klettenberg, 26 août 1770. Cf. *Mémoires*, II, 9, pp. 141-146, et A. Stöber, *der Aktuar Salzmann*, Francfort, 1855.

bourgeoise et pris des leçons de danse, il réussit à faire bonne figure dans le monde ; son Mentor ne se lasse, d'ailleurs, de redresser avec indulgence, mais fermeté, ses incorrections.

Comme Gœthe nous le dit lui-même, l'influence qu'exerçait Salzmann sur lui rappelait celle de Mme Böhme. Pour que le parallélisme avec Leipzig fût complet, il rencontra une sorte de Behrisch dans la personne d'un de ses commensaux, un vieil officier retraité, chevalier de Saint-Louis [1]. Celui-ci, hypocondre et maniaque, lui narrait la chronique scandaleuse de la ville et le troublait par ses commentaires sophistiques. Mais l'influence de Salzmann restait pourtant la plus forte et la plus féconde. Gœthe arrivait à Strasbourg avec l'intention ferme d'en finir, cette fois, avec ses études de droit. Salzmann, très informé des choses de l'Université, le mit au courant des habitudes françaises et lui indiqua les moyens de se tirer d'affaire le plus rapidement possible et avec un minimum d'efforts [2]. Dirigé par un répétiteur de droit, Gœthe se mit, en effet, résolument à l'œuvre ; il précisa dans le sens pratique ses vagues connaissances encyclopédiques, il prit même quelque goût à ces études nouvelles. « La jurisprudence commence à me plaire beaucoup. Il en est en fin de compte de tout comme de la bière de Mersebourg : la première fois, elle vous répugne, et quand on en a bu huit jours, on ne peut plus s'en passer [3]. » Dès le 10 septembre, il subit un premier examen qui le dispense de suivre les cours de l'Université et le rend libre de donner tout son temps à préparer sa dissertation [4]. En réalité, il ne prend pas très au sérieux ses études de droit, il les considère comme une comédie où il doit tenir son rôle honorablement, mais il n'y met aucun enthousiasme. La chimie est toujours sa passion secrète [5]. En effet, pendant le semestre d'hiver 1770-71, nous le voyons profiter de ses loisirs pour fréquenter assidûment la Faculté de médecine [6]. Il va aux cours d'anatomie de Lobstein, il étudie la chimie chez

---

1. *Mémoires*, II, 9, p. 151. — 2. *Mémoires*, II, 9, p. 134. — 3. A Mlle de Klettenberg, 26 août 1770. — 4. A Engelbach, 10 sept. 1770. — 5. A Mlle de Klettenberg, 26 août. — 6. *Mémoires*, II, 9, p. 136.

Spielmann, il suit les cliniques des professeurs Ehrmann père
et fils, et paye à ce dernier les honoraires élevés de six louis
d'or pour participer à son cours pratique d'accouchement[1]. Ces
études lui donnent, outre des connaissances médicales précises,
dont il se souviendra plus tard dans son Wilhelm Meister,
l'occasion de se débarrasser de la nervosité morbide que lui
a laissée sa dernière maladie. De même qu'il se guérit de son
horreur physique du bruit en marchant, le soir, à côté des
tambours de la retraite et qu'il triomphe du vertige en passant
de longs moments au sommet de la flèche de la cathédrale, suspendu au-dessus du vide angoissant, ou encore
qu'il combat la peur en se contraignant à visiter, la nuit, les
cimetières, il voit dans la fréquentation des cliniques un
remède contre son aversion instinctive pour les spectacles
répugnants[2].

Gœthe commence donc à pratiquer, avec une conscience
claire, l'art de faire servir à son perfectionnement ses études
et ses expériences, même celles qui, en apparence, semblent le
plus éloignées du but qu'il poursuit. Nous l'avons vu d'ailleurs
à Leipzig et à Francfort reconnaître et souligner la valeur de
l'expérience, comme principe d'enrichissement de la personnalité. La sagesse de Salzmann, puisée aux sources fécondes
de l'expérience, ne fait que renforcer son désir de voir et
d'apprendre à voir. C'est, sans doute, pour ne pas en rester
aux notions vagues qui lui venaient de ses conversations
avec les étudiants qu'il suit les cours de médecine; ce sont
peut-être les préoccupations presque exclusivement pratiques
des juristes français qui le réconcilient avec l'étude du droit;
c'est à coup sûr pour apprendre à connaître de ses yeux les
gens et les choses de l'Alsace que, non content de porter à ce
beau pays de joyeux toasts du haut de la plate-forme de la
cathédrale[3], à plusieurs reprises il l'explore en touriste attentif[4]. Dans le récit détaillé de la longue excursion de l'été

---

1. *Mémoires*, II, 9, note Lœper, p. 375. — 2. *Ibid.*, pp. 147-148. — 3. *Mémoires*, II, 10, p. 185. — 4. *Ibid.*, p. 189.

de 1770 qu'il rapporte dans ses *Mémoires*[1], ce qui nous frappe, en effet, c'est que le spectacle de l'industrie humaine que lui offre l'active Lorraine attire et retient son attention autant sinon davantage que les aspects pittoresques des contrées ou des villes qu'il traverse; les mines, les alunières, les verreries, les forges de la vallée de la Saar lui fournissent des leçons de choses, instructives; on en trouvera la trace dans ses œuvres et son activité futures.

Ces voyages eurent encore un autre résultat, non moins appréciable; ils contribuèrent à effacer les derniers vestiges de sa mélancolie et de son mysticisme maladif de Francfort. « Qu'on se sent heureux d'avoir le cœur léger et libre; dès que notre cœur s'attendrit, il devient faible », écrit-il de Saarbrück à Cath. Fabricius[2]. Pour l'instant, il se sent la tête aussi libre que le cœur, et, à en juger par les conseils qu'il adresse à un de ses jeunes amis et admirateurs qui va débuter dans la vie, son indifférentisme moral reparaît aussi vigoureux qu'au temps de Leipzig : « Pour voir le monde comme il convient, il ne faut le tenir ni pour trop mauvais, ni pour trop bon; la haine et l'amour sont frères, et l'un et l'autre troublent notre regard. » Voir les choses aussi bien que possible, les inscrire en notre mémoire, être attentif à ne point laisser passer un seul jour sans un gain, s'adonner à ces sciences qui procurent à l'esprit une direction ferme, comparer les choses, les cataloguer avec justesse, en déterminer la valeur, voilà la vraie philosophie, voilà de bonne et solide science, voilà en quoi doit consister notre activité. Ajoutons que nous ne devons pas vouloir *être* quelque chose, mais que nous devons vouloir *devenir* tout, et que nous n'avons le droit de nous arrêter et de nous reposer qu'autant que l'exige la fatigue de notre corps et de notre esprit[3]. »

Cette sagesse un peu pédante et l'harmonie dont elle témoi-

---

1. Cf. aussi à Cath. Fabricius, 27 juin 1770; pour la controverse au sujet de ce voyage, cf. Ed. Weimar, IV, 1, p. 278, et Froitzheim, *op. cit.*, chap. 1. — 2. 27 juin. — 3. A Hetzler le cadet, 24 août 1770 (brouillon); M. Morris, *der j. G.*, II, p. 10.

gne, si elles furent jamais aussi réelles que semble l'indiquer cette lettre édifiante, ne devaient pas être en tout cas de longue durée.

II.

Un jour d'octobre, son ami Weyland, compagnon et guide habituel de ses excursions, l'emmena chez le pasteur de Sesenheim, avec lequel il était quelque peu apparenté. Là, dans un décor d'idylle, le jeune Gœthe, dont le cœur était inoccupé, s'éprit de la fille cadette de la maison, *Frédérique*, si gracieuse dans son costume alsacien, avec ses lourdes tresses blondes. Nous n'avons pas à retracer ici, après Gœthe, cette nouvelle aventure d'amour dans tous ses détails. Les *Mémoires* nous la content tout au long avec une émotion communicative[1]. Ce qui nous importe plus que les dates, le nombre, la durée des visites à Sesenheim et le plus ou moins d'exactitude des faits rapportés, c'est l'état d'esprit du héros lui-même. Or, si les *Mémoires* arrangent et enjolivent arbitrairement le détail, il semble bien qu'ils reflètent avec une suffisante vérité les étapes et les nuances essentielles de la passion du jeune étudiant pour la fille du pasteur. La *Correspondance* nous permet d'ailleurs de contrôler et de compléter le récit des *Mémoires*.

Ce qui, au premier abord, avait fait sur le poète une impression très forte. c'était la grâce naturelle, la simplicité, la vivacité et la bonté de Frédérique. Au premier regard il est séduit. A peine de retour à Strasbourg il éprouve le besoin d'exprimer tout haut la joie profonde qu'il ressent de sa trouvaille. Il écrit le 14 octobre à Cath. Fabricius que sa vie est comme une partie de traîneau magnifique et retentissante du bruit joyeux des grelots. Il déclare bien que si elle est riche en enseignements pour ses yeux et ses oreilles, elle ne fournit pas d'aliments à son cœur ; mais il se dément lui-même en ajoutant qu'on ne pense à écrire à ses amis qu'aux heures où le cœur

1. 11ᵉ livre.

est ému. Dès le lendemain, au reste, il adressait à sa « nouvelle et chère amie » une lettre bien tendre pour lui dire sa joie d'avoir fait sa connaissance, le regret qu'il éprouve d'être loin d'elle dans le « bruyant Strasbourg » et lui faire entendre qu'il espère qu'une amitié si bien commencée ne restera pas à mi-chemin de l'amour. En réalité, les visites se multiplièrent et s'allongèrent bientôt sous des prétextes divers. Ainsi qu'à Leipzig, chez les Schönkopf, Gœthe finit par être considéré par la famille Brion comme un des siens[1], et comme Annette, avec plus de naïveté seulement, Frédérique s'abandonna à la douceur d'aimer, sans arrière-pensée. Gœthe lui aussi, avec l'insouciance de la jeunesse, se donne tout entier à sa passion. Un instant, prétend-il, il avait hésité à suivre l'élan de son cœur. Une fougueuse Française, Lucinde, l'aînée des deux filles de son professeur de danse, qui s'était prise d'un amour violent pour lui, avait, dans une crise de désespoir, outrée de se voir dédaignée, imprimé sur ses lèvres de furieux baisers mêlés de larmes et maudit l'infortunée qui, la première après elle, baiserait la bouche de l'ingrat[2]. Gœthe avait été fort impressionné par cette scène et par ces malédictions, et, par une superstition dont il rougissait sans pouvoir en triompher, il s'était longtemps ingénié à échapper aux baisers imposés par les jeux de société où on se complaisait à Sesenheim. Mais un jour il n'avait pu résister à la tentation et avait embrassé Frédérique. Dès lors, le charme était rompu, et, après un dernier sursaut de sa conscience qui lui avait valu un cauchemar angoissant, il avait cédé à son inclination et s'était mis à aimer Frédérique de toute son âme[3]. Encouragé par la confiance en l'avenir que montraient Frédérique et ses parents, il s'était laissé aller à la dérive le long du fleuve d'amour sans se demander à quel port il aborderait. Mais à mesure que les mois passaient, le terme de son séjour à Strasbourg approchant, Gœthe sentait

---

1. *Mémoires*, III, 11, p. 19. — 2. *Ibid.*, II, 9, p. 168. Cf. Sur cet épisode sans doute inventé : K. Jahn, *Gœthes Dichtung u. Wahrheit;* Halle, 1908, pp. 323-324. — 3. *Ibid.*, III, 11, pp. 10, 15.

une angoisse monter en lui à la pensée du départ et de la
séparation. Les lettres qu'il écrit de Sesenheim à Salzmann, en
juin 1771, nous font voir à quel point il est troublé. Il vit dans
l'indécision, ne sachant s'il doit rester ou partir; il pleut dans
son cœur comme il pleut sur la plaine, les vilains vents du soir
secouent et froissent sous sa fenêtre les feuilles de la vigne, et
son « anima vagula » tourne éperdûment comme la girouette
au bout du clocher[1]. Quelques jours plus tard[2] : il serait grand
temps qu'il regagne la ville, mais comment se séparer de ce
beau pays, de ces gens qui l'aiment, de ce cercle de joies?
N'a-t-il pas ici le bonheur? Tous les rêves de son enfance ne
sont-ils pas réalisés? Ne sont-ce pas les jardins féeriques auxquels il aspirait? — « Oui, ce sont eux, cher ami, ce sont eux,
je le sens, et je sens aussi qu'on n'est pas plus heureux quand
on a ce qu'on désirait. » Il est resté[3], mais il fait gris en lui et
autour de lui. Sa toux n'est pas encore guérie, la « petite » est
malade et sa propre conscience, qui, hélas! ne voit pas clair,
le tourmente. Il a dansé follement, avec abandon de tout son
être pour s'étourdir. Si seulement il pouvait dire qu'il est heureux! Mais sa tête est comme une girouette à l'approche d'une
tempête, elle bat la campagne. Le monde est si beau, si beau!
Heureux qui saurait en jouir! « Souvent, je suis furieux d'en
être incapable et je me tiens de beaux discours édifiants sur
l'art de jouir du présent, sur cet art qui est si indispensable à
notre bonheur, que tant de professeurs de morale ne comprem-
nent pas et qu'aucun ne sait bien exposer[4]. »

Ainsi son âme est trouble, il se sent malheureux. Il l'est
d'autant plus que Frédérique est toujours aussi souriante et
bonne. « Elle paraissait ne pas penser ou du moins ne pas vouloir penser que son bonheur pût sitôt finir », nous dit Gœthe
dans ses *Mémoires*. Une fois de retour à Strasbourg, lui-même
retrouve un peu de calme; il s'étourdit par une activité fébrile;

---

1. 2. 3. 4. Ed. de Weimar, IV, 1, nᵒˢ 73, 74, 75, 76. La chronologie de ces
lettres est d'ailleurs incertaine. Cf. A. Baier, *Das Heidenröslein*, Heidelberg,
1877; Bielschowsky, *Friederike und Lili*, München, 1906; Siebs, *Preuss. Jahrbücher*, April-Juni 1897.

il fait une dernière excursion dans la Haute-Alsace ; il se prépare à l'examen suprême. Si ses lettres à Frédérique sont toujours tendres, ses visites à Sesenheim s'espacent. Le 6 août il soutient ses thèses de licence, et, plus courageux que jadis à Leipzig, il va faire ses adieux à Frédérique. Il passe près d'elle encore quelques jours pénibles, dont, prétendent les *Mémoires*, il a perdu le souvenir exact ; tout ce qu'il se rappelle, c'est qu'au moment où, du haut de son cheval, il tendit pour la dernière fois la main à Frédérique, celle-ci avait les yeux pleins de larmes et que lui-même se sentait fort mal à l'aise. Mais tandis qu'il chevauchait tristement par le sentier qui menait au village voisin, il eut, assure-t-il, une de ces visions prophétiques, comme celles dont son grand-père Textor était coutumier : il aperçut distinctement, venant à sa rencontre, un cavalier vêtu d'un habit gris-bleuâtre avec quelques broderies d'or — et se reconnut. Il y vit le présage que tout n'était pas fini entre lui et Frédérique ; il s'en trouva rasséréné, et c'est le cœur assez allègre qu'il quitta Strasbourg[1].

L'attitude de Goethe a été très diversement jugée et il y a peu d'actes de sa vie qui aient donné lieu à des polémiques plus ardentes[2]. La question en elle-même ne paraît pourtant pas très compliquée. Pour qui n'a cure d'attaquer ou de défendre Goethe, il n'est guère douteux que, du point de vue de la morale commune, toute sa conduite vis-à-vis de Frédérique est condamnable. Ainsi, d'ailleurs, qu'il nous le donne à entendre dans ses *Mémoires*, en s'abandonnant sans résistance à l'amour que lui inspirait Frédérique, en faisant naître et en développant dans le cœur de celle-ci une inclination qui la prit toute, en la quittant ensuite, sans rien tenter pour remplir vis-à-vis d'elle l'engagement moral que, par son attitude même, il avait

1. *Mémoires*, III, 11, p. 49.
2. La littérature sur Frédérique est très riche. Cf. particulièrement A. Düntzer, *Frauenbilder aus Goethes Jugendzeit*, Stuttgart, 1852, chap. 1 ; *Friederique im Lichte der Wahrheit*, Stuttgart, 1893 ; F. Lucius, *Friederike Brion*, Strassburg, 1904, 3te Auflage ; Bielschowsky, *Friederike and Lili*, op. cit. ; A. Metz, *Nochmals die Geschichte von Sesenheim*, Progr. des Johanneums, Hamburg, 1894.

pris tacitement de lui consacrer sa vie, il joua un piteux personnage[1]. Il était d'autant moins excusable que, bien moins encore que pour Annette, il ne pouvait à ses propres yeux légitimer sa trahison par le souci d'éviter une mésalliance. Le Conseiller n'aurait probablement pas fait sur ce point une opposition irréductible à son fils. Sans doute, Frédérique ne devait pas avoir de fortune, mais lui-même avait épousé Elisabeth Textor sans une grosse dot — il est vrai que celle-ci avait apporté en compensation dans sa corbeille son titre prestigieux de fille du premier bourgmestre de Francfort — au reste le pasteur était alors un personnage considéré et le petit-fils du tailleur-aubergiste pouvait, sans déchoir, tendre la main à une fille de pasteur. Sans doute aussi, Frédérique, par son éducation, ses façons d'être, comme par son costume était plus près de la paysanne que de la bourgeoise; mais elle avait tant de qualités, de distinction et de finesse naturelles, qu'elle se serait mise rapidement au ton du monde des salons de la ville. N'en avait-elle pas donné la preuve lorsque avec sa sœur et sa mère elle était venue, vraisemblablement dans le courant de l'hiver, passer quelques semaines à Strasbourg[2]? Tandis que sa sœur se sentait dépaysée sur les parquets cirés et gênée au milieu des toilettes brillantes des jeunes filles de la ville, et se démenait « ainsi qu'un poisson sur le sable », Frédérique, bien qu'elle fût aussi peu faite que son aînée pour ce milieu si différent de celui auquel elle était accoutumée, s'y était trouvée tout de suite à l'aise, « tel un oiseau sur la branche », et avait organisé les divertissements avec la même bonne grâce souriante et le même naturel séduisant qu'à Sesenheim. Elle n'eut donc point fait tache dans le salon de la Conseillère. Au fond, elle était, avec moins d'humour, de la même race qu'Elisabeth Gœthe, et celle-ci l'eût accueillie avec joie à son foyer. La question de santé à laquelle le onzième livre fait allusion[3] ne peut pas avoir pesé sur l'esprit de Gœthe, puisqu'il y souligne lui-même que la faculté que Frédérique avait de courir avec la légèreté et la

<hr>

1. *Mémoires*, III, 11, p. 49. — 2. *Ibid*. III, 11, pp. 23, 25. — 3. *Ibid*., p. 10.

rapidité du chevreuil sans s'essouffler prouvait l'exagération des craintes que ses parents laissaient paraître sur la fragilité de sa poitrine[1].

Entre Gœthe et Frédérique, il n'y avait donc, en réalité, aucune barrière matérielle ou morale qui ne pût facilement s'abaisser. Pourquoi donc recula-t-il devant la conclusion si naturelle à la délicieuse idylle qu'il venait de vivre? Pourquoi délibérément s'est-il mis au nombre des amants indélicats? *Faust*, semble-t-il, nous donne la réponse à cette délicate question. Pourquoi Faust abandonne-t-il Marguerite après avoir, plus conséquent ou moins timide que Gœthe, été jusqu'au bout de la séduction? C'est parce qu'il sent s'agiter en lui tout un monde confus d'idées et de désirs, qui aspirent à se réaliser et qui ne le peuvent que dans la pleine liberté d'une vie sans entraves. Comme la pauvre femme et les enfants du magicien de la tradition populaire, Marguerite est sacrifiée au génie de son amant. Celui-ci, malgré la sincérité de son amour, ne peut résister à l'invincible attrait qu'exerce sur lui l'énigme du monde, dont il cherche le mot. Or, Faust n'est qu'un Gœthe aux traits grossis, aux instincts outrés, qui va jusqu'à l'extrême limite de ses actes et de ses pensées.

En 1771, Gœthe sentait aussi gronder en son âme tout un fourmillement de forces qui tendent à se faire jour. Il a l'obscur pressentiment qu'une destinée peu commune l'attend[2]. On se souvient de son mot à Hetzler : « Ne vouloir *être* rien, mais vouloir *devenir* tout. » Qu'est-ce à dire si ce n'est qu'un jeune homme ne doit pas s'immobiliser, se lier dès son entrée dans la vie, se déclarer, dès l'abord, content de la première situation venue, mais qu'il doit garder toute sa liberté pour monter sans cesse plus haut, pour aller toujours plus loin? Et, pour son compte, il n'ose s'enchaîner dans les liens du mariage, si séduisants qu'ils lui paraissent. Dans la rédaction primitive de *Kleine Blumen, Kleine Blätter*, il avait bien dit : « O destin, bénis

---

1. *Mémoires*, p. 15. — 2. Cf. R. Saitschick, *Gœthes Charakter*, Stuttgart, 1898, p. 14, et E. Elster, *Friederike. Berichte des fr. d. Hochstiftes*, 1896, pp. 17, 18.

notre inclination, laisse-moi à elle, laisse-la à moi, fais que la
vie de notre amour, ne soit pas éphémère comme celle des
roses. — Fillette, dont le cœur bat à l'unisson du mien, tends-
moi ta chère main et que le lien qui nous unit ne soit pas un
faible lien de roses ». Mais au moment où il n'a qu'à tendre le
cou à la douce chaîne, il s'effraie et se dérobe. Il craint qu'il
ne lui arrive le sort du héros de sa *Nouvelle Mélusine*, que le
mariage ne fasse de lui un nain et que, en dépit de son bonheur, un jour ou l'autre il ne vienne à regretter sa forme
ancienne et ne soit pris du désir de limer l'anneau magique
qui l'aurait retenu dans une condition au-dessous de son idéal.
Il veut pouvoir déployer à sa guise les ailes qui lui ont poussé
à Strasbourg, il veut pouvoir voler insouciant vers les vastes
horizons qu'il a découverts. Avec une cruauté à demi-consciente
seulement, mais avec une fermeté qu'effleure à peine l'ombre
d'un scrupule, il sacrifie le présent à l'avenir, la réalité au rêve,
Frédérique à son génie.

N'est-ce pas là, nous ne disons pas l'excuse, mais l'explication la plus vraisemblable de sa trahison ?

III.

En effet, dans le temps même où son cœur, « son cher petit
cœur[1] » s'attardait aux délices de Sesenheim, son esprit avait
traversé une crise décisive, et sous la rude direction de Herder,
il avait forgé ses dernières armes pour la conquête de la gloire.
En marquant à grands traits les moments essentiels de cette
crise, nous comprendrons mieux, jusqu'à un certain point au
moins, que sa félonie envers Frédérique ait pu paraître nécessaire.

En art, en littérature, dans le domaine moral comme dans le
domaine religieux, il commence à discerner avec netteté l'idéal
nouveau qu'il n'a fait qu'entrevoir jusqu'ici : la libération de

____

1. A Fried. Brion, 15 octobre 1770.

toutes les règles et formules impératives imposées par une tradition surannée, l'épanouissement radieux des personnalités
fortes, et il aspire ardemment à le réaliser.

La *Cathédrale* domine la partie des *Mémoires* consacrée à
Strasbourg, comme elle domine la ville et la campagne voisine.
Tout d'abord, ainsi qu'il nous le raconte lui-même dans son
Essai *sur l'Architecture allemande*[1], il s'était approché du monstre avec méfiance. Il avait la tête farcie des règles du soi-disant
bon goût; il croyait, parce qu'on le lui avait enseigné, que
l'harmonie des masses et la pureté des formes étaient des
conditions absolues de la beauté, et il détestait l'art gothique.
Pour lui, gothique était synonyme de vague, de désordonné,
de contre-nature, de confusion, de rapiéçage, de surcharge. Il
s'attendait, en abordant la cathédrale, à voir un monstre contre-
fait et hirsute. Or, la première entrevue lui avait procuré une
surprise joyeuse. Le monstre ne l'avait pas repoussé, et de sa
masse confuse il avait senti se dégager une mystérieuse et pre-
nante beauté, faite de l'alliance imprévue du sublime et du gracieux. Peu à peu l'œuvre géante avait exercé sur lui une action
profonde. Il l'avait étudiée longuement, de près, de loin, sous
toutes ses faces, à tous les moments du jour, aux heures intimes du crépuscule, où l'ombre envahissante, noyant les détails,
fait mieux ressortir les masses. Il avait passé par des crises de
doute sur l'utilité et la beauté de telle ou telle disposition
étrange; mais, par degrés, il avait compris la nécessité de ce qui
d'abord lui avait semblé fantaisie dévergondée, il avait saisi la
parfaite convenance des moindres ornements, l'enchaînement
logique des éléments si divers de cette apparente confusion,
l'harmonie splendide de la masse totale. « Comme dans les
œuvres de l'éternelle Nature, jusqu'à la fibre la plus ténue,

---

1. Cf. Ed. Weimar, I, 37, p. 144 et sq., et *Mémoires*, II, 9, p. 155. Bien
que cet essai n'ait été rédigé qu'en novembre 1772 (cf. *Von deutscher Art und
Kunst*, Deutsche Litteraturdenkmale hgg. von Seuffert, 40/41, p. xxxi), nous
croyons pouvoir, sans scrupules, en tirer parti dès maintenant, puisque les
idées et les sentiments qui y sont exprimés sont nés de la contemplation de la
Cathédrale.

tout a sa forme précise, tout est proportionné à l'ensemble ».
Il se pénètre à tel point de l'esprit de la Cathédrale qu'il en
arrive à reconstituer avec exactitude les détails qui manquent
à l'unique flèche, tels que les avaient prévus les plans primitifs[1].
Alors il rejette toutes les définitions abstraites de la beauté.
A contempler le chef-d'œuvre d'Erwin de Steinbach, il sent
qu'il y a quelque chose de supérieur à la beauté gracieuse que
lui avait enseignée OEser, dont il avait tant goûté la réalisation
littéraire dans Wieland et dont le principe suprême est l'embellissement, l'idéalisation de la Nature. Il y a la beauté qui réside
dans toutes les grandes et fortes manifestations de la Nature et
aussi dans celles de l'esprit humain quand il suit la voie de la
Nature. Peu importe que cette beauté apparaisse farouche, sauvage, elle est vraie, et l'art qu'elle inspire, fût-il informe comme
celui des hommes primitifs, est beau d'une beauté supérieure,
car il est « caractéristique »; il est le seul vrai. Quand sous l'impulsion d'un sentiment profond, original, l'artiste crée, insouciant ou ignorant des règles qu'il ne tire pas de lui-même, que
son œuvre soit inspirée par une grossière sauvagerie ou une
sentimentalité raffinée, elle sera en tout cas pleine et vivante.

L'art vrai, expression d'un caractère fort, c'est-à-dire original
et naturel, voilà donc le nouvel idéal esthétique de Gœthe. Mais
ce qu'il est essentiel de remarquer, c'est qu'il ne sépare pas
l'architecte de la Cathédrale. L'œuvre ne fut si grande que parce
que l'individualité qui l'a conçue était gigantesque; la rhapsodie
enthousiaste du poète sur l'édifice aboutit à l'exaltation d'une
puissante personnalité.

Il y a plus; cette personnalité est allemande et son œuvre est
nationale. Gœthe s'offusque d'entendre appeler gothique l'art
d'Erwin, cet art est allemand, bien allemand. Ni les Italiens,
ni les Français ne peuvent se targuer d'avoir un art national à
mettre en regard. « Quel goût mesquin, dit l'Italien, passant,
dédaigneux! Enfantillages, balbutie, après lui, le Français, en
tapotant d'un air important sa tabatière à la grecque. » « Qu'avez-

1. *Mémoires*, III, 11, p. 51.

vous donc fait », s'écrie Gœthe, « pour avoir le droit d'être méprisants? » « Est-ce que, quand tu l'as réveillé de son tombeau, le génie des Anciens n'a pas enchaîné le tien, o Welche! Tu as rampé le long des ruines gigantesques pour leur mendier l'art des proportions; des débris sacrés, tu as, tant bien que mal, édifié tes villas et tu te crois le gardien des secrets de l'art, parce que tu connais avec une rigoureuse exactitude les mesures des édifices gigantesques. Si, au lieu de mesurer, tu avais *senti*, l'esprit des masses que tu admires bouche bée serait passé en toi et tu ne te serais pas contenté d'imiter leurs œuvres parce qu'elles étaient d'eux et qu'elles sont belles. Tu aurais créé selon les lois de la nécessité et de la vérité, et c'est de la beauté vivante que tes artistes auraient tirée d'elles. » L'art d'Erwin, lui au moins, ne s'est pas épuisé à chercher à adapter à nos besoins d'homme du Nord la colonne, qui ne se justifie que sous les cieux éclatants d'Italie et de Grèce; il a nettement pris son parti des quatre murs, surmontés d'un toit, et il en a tiré un chef-d'œuvre incomparable d'art national. Plutôt que l'art faux des Français, fait de compromis aussi subtils qu'étranges, comme leur Madeleine, où la voûte allemande se marie à la colonne grecque, plutôt que l'art fardé et criard des peintres à la mode, le personnage le plus gauche et le plus raide du viril A. Dürer! Les meilleurs critiques nuisent au génie. Celui-ci ne veut être porté par aucune aile étrangère, fût-ce par les ailes de l'Aurore; ses propres forces lui suffisent, ses forces qui, comme des boutons en fleur, ont commencé de s'ouvrir dans ses rêves enfantins et se sont développées pendant les années de l'adolescence, jusqu'au moment où, fort et agile, tel que le lion des montagnes, il s'élance sur sa proie. Que le génie ne se soucie donc pas des règles et des préceptes de l'école, car les principes lui sont plus nuisibles que les exemples, ils enchaînent sa libre activité et lui cachent la vérité. Qu'il suive donc son instinct et la Nature; il fera œuvre forte et vivante.

En faisant de ce qu'il appelait l' « art allemand » un tel éloge, Gœthe ne renie pas, d'ailleurs, l'admiration qu'OEser et Winc-

kelmann lui avait inspirée pour l'art antique. Il veut seulement
protester contre la fausse interprétation et les maladroites et
puériles applications qui en ont été faites par les Italiens et les
Français. Les épithètes dont il caractérise les ruines et la colonne
antiques dans son Essai nous prouvent déjà la persistance de
l'influence des leçons de son maître de dessin de Leipzig. Quand
il quitte Strasbourg, il ne manque pas d'aller visiter à Mannheim la salle si vantée des Antiques. Il passe de longues heures
au milieu de la forêt des statues ; il s'enivre du spectacle de
leur beauté blanche, et la vue de quelques feuilles d'acanthe,
merveilleuses d'élégance, le plonge dans un ravissement qui,
nous dit-il, ébranle quelque peu sa foi toute neuve en l'architecture septentrionale. Il a besoin de réagir contre l'impression forte qu'elles lui laissent[1]. Par un instinct secret, et quoiqu'il s'en défende, il est dès maintenant attiré par l'art grec ;
pourtant, il résiste à son appel, car cet art, avec sa calme grandeur, son apparente impassibilité, son impersonnalité hautaine,
ne correspond pas à son état d'âme actuel où tout est fermentation et bouillonnement. Il a besoin de vie grondante, débordante, marquée à une puissante empreinte, et cette vie il croit
la trouver dans l'œuvre d'Erwin ; c'est pourquoi il l'exalte.

Shakespeare, *Ossian*, le *Chant populaire*, dans le domaine
littéraire, l'attirent pour les mêmes raisons. Il retrouve en eux,
ce qui l'a fait s'éprendre passionnément de l'architecte génial
de la Cathédrale : l'originalité, la vie grouillante et pourtant
simple, la Nature.

Nous savons qu'à Leipzig il a lu Shakespeare dans les extraits
de Dodds, puis dans la traduction de Wieland et nous l'avons
entendu récemment déclarer que Shakespeare était son maître
au même titre qu'Œser et Wieland. Mais, à Strasbourg, son
admiration se change en culte. Lui et ses amis étudient avec
passion le dramaturge anglais, ils apprennent ses pièces par
cœur, imitent ses calembours, ses coq-à-l'âne[2]. Quand dans le

1. *Mémoires*, III, 11, p. 53. — 2. *Ibid.*, III, 11, pp. 46, 47.

salon des tantes de Frédérique, à Strasbourg, celle-ci prie son ami de faire une lecture à la société rassemblée, c'est *Hamlet* qu'il choisit et il le lit d'une traite[1]. Ce n'est pas qu'il pénètre très profondément encore dans les secrets du génie de Shakespeare. Le discours pompeux qu'il prononce une fois rentré à Francfort, à l'occasion de l'anniversaire du grand poète anglais, nous en est une preuve. Pas plus que ses compagnons, il ne cherche ou plutôt ne réussit à comprendre et à juger l'art de Shakespeare, mais il s'abandonne joyeusement comme eux à la forte impression qu'il reçoit de ses œuvres. « Jusqu'ici, dit-il, dans son panégyrique[2], j'ai peu pensé sur Shakespeare ; le plus que j'ai pu faire aux heures de ravissement, ç'a été de le pressentir, de le sentir. » Et il a senti en lui une force monstrueuse, prométhéenne. Semblable au Titan de la fable, Shakespeare a créé des hommes de proportions gigantesques, il les a animés de son propre esprit ; c'est lui qui parle par leur bouche, et c'est la Nature qui s'exprime par sa voix. « Et je m'écrie, Nature, Nature, rien n'est si Nature que les hommes de Shakespeare ». « Quelle impudence de la part de notre époque de vouloir juger de ce qui est Nature, ou non ! D'où connaîtrions-nous la Nature, nous autres qui depuis notre jeunesse sentons que tout en nous et chez les autres est contraint et affecté ? Souvent une honte me vient en face de Shakespeare, car je me surprends parfois à penser au premier abord que j'aurais fait autrement que lui, puis je reconnais que je ne suis qu'un pauvre diable, que c'est la Nature qui prophétise par la bouche de Shakespeare et que mes hommes à moi ne sont que des bulles de savon, nées de romanesques caprices. » Son théâtre est comme une lanterne magique où l'histoire du monde se déroule devant nos yeux, le long du fil invisible du temps. Ses plans ne sont pas des plans au sens commun du mot, mais ses pièces ont toutes pour centre le point mystérieux où la soi-disant liberté de notre volonté vient se heurter à la nécessité qui régit le monde. .

Ainsi, ce qui lui en impose chez Shakespeare, c'est, pour

1. *Mémoires*, III, 11, p. 26. — 2. Ed. Weimar, I, 37, p. 130 et sq.

l'instant, avant tout une personnalité surhumaine, par l'intermédiaire de laquelle la Nature nous parle avec force et naïveté.

Les Grecs, eux aussi, ont été d'ailleurs de fidèles interprètes de la Nature et leur théâtre non moins que celui de Shakespeare a su élever les âmes, car il était « totalité et grandeur ». « Des âmes grecques! Je ne puis préciser ce que cela veut dire, mais je le sens, et pour ne pas m'étendre, je me contente de renvoyer à Homère, à Sophocle, à Théocrite qui m'ont appris à le sentir ». Il cherche bien à déchiffrer Homère sans l'aide d'une traduction dans la paix de Sesenheim[1], mais son âme est trop trouble encore pour qu'il puisse en pénétrer la vraie grandeur. Il cherche d'instinct la beauté là où il croit pouvoir plus facilement l'étreindre, dans Shakespeare d'abord, mais aussi dans les lamentations d'Ossian et dans le Chant populaire.

Déjà, à Francfort, il avait, ainsi que nous l'avons marqué, pris goût à Ossian. A Strasbourg, son intérêt redouble pour le poète des brumes et des clairs de lune mystérieux. Dans ce chantre de la nature ténébreuse, toute frissonnante de vie obscure, il voit l'antithèse vivante de l'anacréontisme, et en attendant de s'exercer à le traduire il lui emprunte ses accents et ses images[2]. Il ne s'arrête d'ailleurs pas à Ossian, il s'enfonce plus avant dans le monde touffu et trouble de la vieille poésie nordique, et ses *Ephémérides* nous ont gardé la trace des incursions qu'il fit ou comptait faire dans ce domaine à peu près vierge alors de la littérature skalde[3]. Le Chant populaire, d'autre part, exerce sur lui une séduction chaque jour plus grande. Il lit un recueil de vieilles ballades écossaises qu'on vient de publier (1770) d'après un manuscrit de 1568[4], et surtout, au cours de ses voyages ou de ses flâneries à travers l'Alsace, il s'applique à recueillir sur les lèvres des plus vieilles bonnes femmes des villages les vieux chants indigènes[5]; sa Frédérique ne peut lui faire de plus grand plaisir que de lui chanter les

1. A Salzmann. Ed. Weimar, IV, 1, n° 73. — 2. Cf. *Willkommen und Abschied*. Commentaire Eug. Wolff, *op. cit.*, pp. 414, 415. — 3. *Ephemerides*, Ed. Weimar, I, 37, p. 108. — 4. *Ibid.*, p. 111. — 5. A Herder, automne 1771.

vieux lieds alsaciens ou suisses, car ils lui conviennent bien mieux que les « prétentieuses chansons modernes »[1].

Pourquoi cet engouement? C'est que dans la vieille poésie naïve, qu'elle soit née dans les brouillards scandinaves, aux bords des lacs d'Ecosse ou le long des riantes rivières de l'Alsace, l'âme du peuple se révèle sans apprêts, gauche souvent, parfois grossière, mais toujours sincère, forte et originale[2]. Comme dans Shakespeare, c'est la voix de la Nature qui se fait entendre, et Gœthe lui prête une oreille ravie.

Par contre, à mesure que le goût ou plutôt la passion de l'originalité et du naturel s'affirment avec plus de force en lui, Gœthe, par une conséquence logique, sent grandir son aversion pour tout ce qui est ou lui paraît contre la *Nature*.

Cette aversion, nous avons déjà eu l'occasion de le souligner à plusieurs reprises, était déjà vieille. Enfant, il avait souffert de ce qu'il y avait de conventionnel et de figé dans l'orthodoxie protestante ; à Leipzig, il s'était vite lassé des manières sucrées des jeunes filles de la bonne société; dans ses lettres pédagogiques à Cornélie, il n'avait cessé de protester contre le factice et l'apprêté, et dans ses propres poésies il avait fait un louable effort pour y échapper. S'il avait trouvé tant de charmes d'abord aux leçons d'ŒEser et aux œuvres de Wieland, c'est que l'un comme l'autre, en des genres différents, prêchaient le retour à la simplicité et au naturel. Ses premiers amours étaient allés à des filles du peuple ou de la petite bourgeoisie. C'est le désir de se rapprocher de la Nature qui lui avait inspiré son intérêt pour les recherches alchimiques, comme c'est le sentiment que les Moraves étaient plus près que les orthodoxes de la façon naturelle d'adorer Dieu, qui l'avait attiré tout d'abord vers eux, avant qu'il ait reconnu qu'ils blasphémaient contre la Nature en tenant obstinément à la doctrine du péché originel, du mal initial. Ici, à Strasbourg même, au contact de Frédérique si simple, dans l'atmosphère idyllique de la cure

1. *Mémoires*, II, 10, p. 202. — 2. Cf. Herders, *Auszug aus einem Brief-wechsel über Ossian...* D. Litteraturdenkmale 40/1, p. 29.

de Sesenheim, son amour du naturel s'était encore accru ; à la douceur de vivre au sein des prairies et des bois, il avait opposé, non point par jeu, mais par conviction sincère, l'énervante agitation de la ville[1] ; enfin, les influences combinées de Shakespeare, d'Ossian, du Chant populaire, d'Homère lui-même, de Rousseau enfin qu'il lit ou relit, ainsi qu'en témoignent les citations des *Ephémerides*, exaspèrent son instinct d'indépendance et de sincérité.

Aussi s'était-il mis rapidement à détester de toute son âme les diverses manifestations de l'*Esprit français*, car celui-ci, avec ses prétentions insupportables à tout juger au nom du bon goût, symbolisait, à ses yeux, la convention étroite, la règle asservissante, le manque de spontanéité et de fraîcheur[2].

D'abord, les incessantes corrections faites à sa langue par les Français avec qui il s'appliquait à parler français l'avaient agacé. Il avait la prétention de parler et d'écrire le français avec une certaine facilité ; c'est en français qu'il avait correspondu le plus souvent de Leipzig avec Cornélie. Il croyait sa langue riche, l'ayant puisée non seulement aux sources classiques de Corneille, de Racine, de Molière, ou aux sources plus modernes de Voltaire et Rousseau, mais encore dans les bons vieux auteurs du seizième siècle, Montaigne, Amyot, Rabelais, qu'il avait trouvés si savoureux[3]. Il avait de plus la prétention de dire des choses intéressantes qui valaient par elles-mêmes et non seulement par l'expression, et, d'être arrêté à chaque mot sous prétexte d'incorrection, l'irritait au delà des limites de sa patience. Ce formalisme lui était odieux. Lors du passage à Strasbourg de la dauphine Marie-Antoinette il s'était avisé de composer un beau poème français en son honneur ; or, ses amis Français l'avaient impitoyablement critiqué et il s'était juré de ne plus écrire de vers français[4]. Il s'était encore obstiné quelque temps à parler français — le souci de se perfectionner dans la pratique de cette langue avait été une des

1. A Frédérique, 15 octobre 1770. — 2. Cf. *Mémoires*, III, 11, pp. 32-44. — 3. *Ibid.*, pp. 32-34. — 4. *Ibid.*, 9, p. 139.

raisons qui l'avaient attiré à Strasbourg — mais bientôt il en était arrivé à la conviction que si un Alsacien, comme l'illustre Schöpflin, n'était point parvenu à parler le français au gré des Français, lui-même n'y réussirait jamais, et il renonce à vouloir imposer à sa pensée la contrainte d'une forme étrangère ; il se décide à ne plus user que de sa langue maternelle[1].

C'était la première révolte de son individualité contre le joug français ; ce ne fut ni la seule ni la plus violente.

En terre française, il entendait chaque jour critiquer avec âpreté le gouvernement de Louis XV, maudire le régime de la du Barry, déplorer les abus, les illégalités, et son estime pour la France en diminuait ; en voyant sur l'esplanade les soldats français faire l'exercice à la prussienne, il sentait monter en lui l'orgueil d'appartenir à un pays, dont, en dépit de l'apparente confusion, les destinées étaient menées par la main ferme de Frédédic II. Il se prenait à rire de pitié quand il entendait les Français railler le manque de goût de ce grand prince, comme au reste de tous les Allemands. Qu'était-ce donc que ce goût français, critérium suprême de la beauté ? En réalité, une vaine chimère se disait Gœthe, puisqu'un Français, Ménage, avait déclaré lui-même que les Français avaient toutes les qualités, sauf le goût, et qu'il était convenu, à l'heure présente, à Paris, qu'aucun des écrivains vivants n'avait de goût, pas même Voltaire malgré ses prétentions[2]. Où d'ailleurs se manifestait ce fameux goût français ? Ce n'était pas assurément dans la littérature actuelle, car cette littérature apparaissait « vieillotte et aristocratique ». Longuement, Gœthe montre dans ses *Mémoires* que la littérature française avait tous les caractères d'une littérature de décadence et que des jeunes gens allemands, épris de joie de vivre et de liberté, ne pouvaient y trouver que bien peu d'enseignements féconds pour l'enrichissement de leur personnalité. Rousseau et Diderot, qui à des titres et à des degrés divers, trouvaient grâce aux yeux de Gœthe et de ses amis, étaient fort attaqués dans leur propre pays. C'était

1. *Mémoires*, 11, p. 34. — 2. *Ibid.*, XI, p. 35.

pour Rousseau une grande faveur que de pouvoir vivre à Paris, ignoré. Quant à Voltaire, il représentait l'esprit français dans toute sa frivolité, dans son désir de plaire coûte que coûte, son scepticisme et sa mauvaise foi, sa mobilité factice, son ingratitude dédaigneuse pour le passé[1] ; Gœthe et ses compagnons, qui avec leur soif de naturel et de vérité considéraient la probité envers soi-même et envers les autres comme le meilleur guide dans la vie et dans la science, sentaient croître chaque jour leur aversion pour lui. Même la grande lutte soutenue par les philosophes français contre le clergé leur semblait peu intéressante. Jamais livre, nous dit Gœthe, ne lui parut plus « ténébreux et cadavéreux » que le fameux *Système de la Nature*. Il y voit la « quintessence de la sénilité » ; il le déclare « insipide, bien plus, inepte », et pour longtemps ce « factum » le dégoûte de toute philosophie et surtout de toute métaphysique.

Ainsi Gœthe juge la civilisation française méprisable, parce qu'elle lui apparaît factice, en dehors de la Nature et de la Vérité. Toutes les forces jeunes de son être, avides de vie fraîche et vraie, sa probité, sa conscience, sa sentimentalité germaniques s'insurgent contre l'indigne domination d'un rationalisme vieilli, stérile et malhonnête[2]. Il ne veut plus puiser son inspiration qu'à une source : la Nature ; il ne reconnaît plus d'autres maîtres que ceux qui, comme Shakespeare ou les poètes anonymes des Chants populaires, y ont avant lui vivifié leur génie.

Ce n'est pas d'ailleurs par patriotisme, au sens moderne du mot, qu'à la frontière de France, Gœthe affirme son « germanisme[3] ». Quand il porte ses regards vers Potsdam, ce n'est pas avec une arrière-pensée politique, c'est par sympathie morale pour la grande personnalité qui y règne ; s'il jette l'anathème à la culture française, c'est uniquement parce qu'elle lui semble veule et morbide en face du passé germanique si riche en leçons d'énergie et de santé morales.

1. *Mémoires*, pp. 37-39. — 2. *Ibid.*, III, 11, pp. 34, 39. — 3. Weissenfels, *op. cit.*, p. 242.

C'est pour la même raison, autant morale qu'esthétique, qu'à mesure qu'il s'éloigne des Français il s'éloigne aussi de *Wieland*. Lui qui, il y a un an à peine, se refusait à le juger, parce qu'il le trouvait trop grand, il le range maintenant à la suite des Français et des Allemands gâtés par les Français. Suprême injure, il rapproche son attitude vis-à-vis de Shakespeare de celle de Voltaire. Ayant de tout temps fait profession de blasphémer contre toutes les majestés, Voltaire s'est, à l'égard de Shakespeare, conduit en vrai Thersite; Wieland n'a guère été plus respectueux. En vrai disciple des Français, il a affadi Shakespeare, il a reculé devant ses crudités et ses jeux de mots de charretier, il l'a civilisé[1]. Gœthe ne peut le lui pardonner, et tandis que dans ses lettres de Francfort à ses amis de Leipzig, le jeune poète cite son nom souvent et toujours avec vénération, il n'est pas question une seule fois de lui dans les lettres de Strasbourg. L'individualité de Wieland est trop mesquine; son naturel paraît factice et emprunté auprès de celui de Shakespeare.

Ainsi Gœthe a trouvé en art et en littérature le principe directeur qu'il avait en vain demandé à ses maîtres de l'Université de Leipzig. Un instant, il avait cru qu'il pouvait se fier à celui que lui avait enseigné OEser et qu'il trouvait appliqué chez Wieland; pendant tout son séjour à Francfort, après son retour de l'Université, il avait vécu sur cette foi. Il croyait que l'expérience, ce principe mystérieux de toute sagesse, était vraiment le fondement des théories de son ancien professeur de dessin et des œuvres de Wieland. Par moments, nous l'avons vu, un instinct secret l'avait averti qu'il était dupe d'une illusion, et sa pensée avait déjà eu quelques vols audacieux. Mais à Strasbourg, par ses études de médecine, par la fréquentation de Salzmann, en découvrant le génie populaire et surtout en pénétrant plus avant qu'il ne l'avait fait jusqu'alors dans le génie de Shakespeare, il comprend que la véritable expérience,

1. Cf. *Zum Schäkespears Tag,* Ed. Weimar, I, 37, p. 133.

ce n'est pas une sorte de sublimation timide de la vie, mais l'observation de la vie intégrale, de la vie totale. Shakespeare n'est si grand que parce qu'il peint toute la vie; il est le « grand voyageur » qui ne laisse inexploré aucun coin de la vie[1]. L'idéal pour l'artiste, c'est donc de reproduire à son exemple la vie dans toute sa plénitude; mais pour cela, il ne lui suffit pas de la *voir*, il faut qu'il la *sente*. « La vue est le plus froid des sens », dit Gœthe; jamais on ne pourra être vraiment ému par ce qui ne vise qu'à plaire à nos yeux[2].

IV.

Si sentir et rendre toute la vie est le but du poète, vivre sa vie dans toute sa plénitude, avec toutes les forces et facultés de son être, la vivre selon le sens de son individualité est le premier devoir de l'homme sain. Déjà à Francfort, Gœthe avait écrit à Annette[3] : « Moi, je resterai toujours Gœthe; vous savez ce que cela veut dire. Quand je nomme mon nom, je me nomme tout entier »; et à Trapp[4] il disait : « Quand je fais quelque chose, je m'y mets tout entier ». Aussi avait-il dû lire avec émotion la phrase magique de Hamann : « Tout ce que l'homme veut faire, que ce soit par l'action ou par la parole ou autrement, il doit le faire avec toutes ses facultés réunies, car tout ce qui est isolé est condamnable[5] ». N'était-ce pas la justification de son sentiment intime? L'homme doit tendre à se développer dans toutes les directions où le portent ses facultés et ses instincts. Ses qualités et ses défauts sont également légitimes et nécessaires, car ils sont également naturels. Gœthe remercie Dieu de ne pas être ce qu'il devrait être; Luther n'a-t-il pas dit : « J'ai plus peur de mes bonnes actions que de mes péchés[6] »? Ne demandons pas, tant que nous sommes jeunes,

1. *Zum Schäkespears Tag, op. cit.*, p. 130. — 2. *Fragment eines Romans in Briefen*, Ed. Weimar, I, 37, p. 62. — 3. 23 janvier 1770. — 4. 28 juillet 1770 (brouillon). Cf. Ed. Weimar, IV, 1, Lesarten, p. 279. — 5. *Mémoires*, III, 12, p. 65. — 6. A Limprecht, 19 avril 1770.

de trouver une voie également éloignée des extrêmes[1] ; selon le mot de Quintilien, qu'il note dans ses *Ephémérides* : « un enfant dont, dès l'abord, les membres sont également parfaits, risque beaucoup, une fois grand, d'être maigre et sans force ». Et, insouciant des conséquences de ses instincts, parce qu'il les juge nécessaires, les sentant sincères, il va où ils l'entraînent, sans leur résister ; — il aime et — abandonne Frédérique !

Dès lors, et par une conséquence toute naturelle, à quoi bon les règles générales qui ne servent qu'à entraver le libre jeu des individualités? En morale, comme dans la vie, il n'y a que des cas particuliers. A son ami Trapp qui lui demandait s'il devait ou non se marier, alors qu'étudiant à Leipzig il prodiguait si complaisamment ses avis grandiloquents à Cornélie, il répond modestement qu'il ne peut lui donner de conseil, car ce cas particulier dépasse son expérience ; il ne veut pas, d'autre part, examiner la question, *à priori*, car les considérations générales n'ont jamais rendu quelqu'un plus sage[2]. Dans cette même lettre, à propos du jeu, sur la moralité duquel Trapp l'avait interrogé, il dit : « Ne jouez pas si vous estimez que c'est mal, mais laissez jouer les gens qui veulent jouer. »

Et non seulement il n'y a pas de morale unique, mais il n'y a même pas de principes de morale absolus. La distinction brutale entre le bien et le mal est arbitraire et ne répond à rien de réel. Ce que nous appelons le mal n'est que l'autre face du bien, et cette face est aussi nécessaire qu'il est nécessaire que la zone torride brûle, que la Laponie gèle, et qu'il y ait une zone tempérée[3]. Être soi pleinement, voilà l'essentiel. « Allons, Messieurs, debout ! embouchez vos trompettes et chassez de l'Elysée du soi-disant bon goût, tous les nobles héros ; somnolents, dans une languissante pénombre, ils y mènent une demi-vie, avec des passions au cœur, mais pas de moelle dans les os, et, pas assez las pour se reposer, trop paresseux pour être actifs, ils passent, à flâner et à bailler, une ombre d'existence au milieu des myrtes et des buissons de lauriers[4] ».

<hr>

1. A Hetzler jun. 24 août 1770. — 2. 28 juillet 1770. — 3. *Zum Schäkespears Tag, op. cit.*, p. 134. — 4. *Ibid.*, p. 135.

Le passage est caractéristique ; il résume admirablement la morale du Gœthe de Strasbourg aussi bien que son esthétique, et nous donne la raison de la contradiction apparente qui nous frappe entre le sentimentalisme un peu efféminé de l'amoureux indécis de Frédérique et l'aspiration à la force active et à l'originalité de l'admirateur de Shakespeare. Depuis longtemps deux âmes habitent dans la poitrine du jeune Gœthe. Nous l'avons vu, dans sa déjà lointaine enfance et à travers toute son adolescence, se débattre entre des contradictions tant internes qu'extérieures et chercher vainement le moyen de les concilier. Le principe de l'égale légitimité des éléments divers qui constituent l'individualité, reconnu et accepté avec toutes ses conséquences, lui offre la solution. Les antinomies disparaissent ou du moins cessent de se combattre et de se faire échec dès qu'elles semblent nécessaires au même degré. La force et la faiblesse, la féminité et la virilité sont, comme le bien et le mal, deux aspects d'un même tout. Aussi, dans le temps même où il vibre à toutes les passions des héros de Shakespeare, Gœthe trouve tout naturel de languir d'amour tendre aux pieds de Frédérique. Il est tout lui, cela lui suffit.

L'évolution de sa morale dans le sens de l'individualisme conscient et fort, nous donne également le mot du changement de son *Attitude religieuse*.

Nous l'avons vu à son arrivée à Strasbourg, continuant de subir l'influence de Mlle de Klettenberg, fréquenter les cercles piétistes avec assiduité. Ses lettres à Limprecht et à Trapp nous l'ont montré plein d'humilité chrétienne, de confiance en Dieu et même en la vertu de la prière. Après avoir déclaré à Trapp[1] qu'il ne pouvait lui donner de conseils sur la question du mariage, il l'avait renvoyé à Dieu : « Cette affaire est de celles où notre prudence, notre sagesse, notre réflexion la plus subtile ou notre incrédulité sont le plus impuissantes. Quiconque ne peut suivre l'exemple d'Eliézer, s'abandonner

______
1. 28 juillet 1770.

avec une résignation absolue à la sagesse partout agissante de *son* Dieu et croire qu'en abreuvant les chameaux, il travaille, sans le savoir, aux destinées d'un monde futur, est en mauvaise posture et on ne peut le tirer d'embarras. Comment aider quelqu'un qui ne veut se laisser aider par Dieu? » « Quant à moi, disait-il dans la même lettre quelques lignes plus haut, je vis au *jour le jour et remercie Dieu*, maintes fois aussi son Fils, quand j'en suis digne, de ce que les circonstances semblent m'imposer la vie que je mène ».

Soupçonnant que l'inquiétude pessimiste de Trapp vient d'un mauvais état de sa santé, il lui donne le conseil de ne pas dédaigner son corps et ajoute : « Il fut un temps où le monde me paraissait aussi plein d'épines, qu'à vous, en ce moment. Mais le médecin céleste a ranimé en mon corps le feu de la vie, et l'ardeur et la joie ont reparu en moi. »

Pourquoi donc, malgré cette disposition d'esprit si édifiante, s'est-il, ainsi que nous l'avons marqué, si rapidement lassé de fréquenter les piétistes? En annonçant à Mlle de Klettenberg[1] son refroidissement religieux, Gœthe en avait du même coup indiqué les raisons les plus immédiates. D'abord, la vivacité de son caractère ne peut s'accommoder, à la longue, de l'ennui qui se dégage d'eux : « Ce ne sont que gens d'intelligence médiocre, qui eurent en même temps que le premier sentiment religieux, leur première pensée raisonnable, et qui s'imaginent qu'il n'y a rien en dehors de la religion, parce qu'ils ignorent tout le reste. » Il les trouve aussi trop intolérants, leur hostilité à l'égard du comte de Zinzendorf le choque; ils sont trop enclins, dans leur religiosité méticuleuse, à vouloir façonner le nez des autres sur le leur et à confondre les affaires de Dieu avec leurs intérêts. L'étroitesse de leurs vues et leur intolérance, voilà donc ce qui avant tout lui gâte le commerce des piétistes. Du moment qu'il retrouve en eux des défauts qui lui rappellent ceux de l'orthodoxie, ils cessent de lui paraître intéressants. Pas plus qu'il ne peut souffrir une

----

1. 26 août 1770.

religion autoritaire et figée, il ne veut d'une religion mesquine, timorée qui fait de tout comme du jeu de cartes, par exemple, une question de salut éternel. « Vous craignez Dieu », dit-il à Trapp, « voilà justement le malheur. Son omniprésence doit alors vous gêner autant que si vous aviez toujours le Grand-Électeur à vos côtés. Croyez-moi, si vous aviez un sentiment juste de l'omniprésence de l'amour, vous ne vous lamenteriez pas ainsi[1]. »

Son éloignement des piétistes ne vient pas, en fait, d'une diminution réelle de son sentiment religieux. Les attaques de Voltaire contre la religion et les Livres saints lui sont odieuses ; il s'indigne de le voir, par fanatisme religieux, afin de pouvoir nier le déluge, prétendre que les coquilles de mer trouvées sur le Mont Cenis y ont été laissées par des pèlerins se rendant à Jérusalem[2]. Il ne peut imaginer un monde sans Dieu. « Tout est nécessaire, et pour cette raison il n'y aurait pas de Dieu ; pourquoi n'y aurait-il pas nécessairement un Dieu? » « Sans doute, nous devions reconnaître que nous ne pouvions guère nous soustraire aux nécessités des jours et des nuits, des saisons, des influences du climat, des circonstances physiques et animales, et pourtant nous sentions en nous quelque chose, quelque chose qui nous apparaissait l'arbitraire absolu et quelque chose d'autre aussi qui cherchait à se mettre en équilibre avec cet arbitraire. Nous ne pouvions renoncer à l'espoir de devenir toujours plus raisonnables et de nous rendre toujours plus indépendants du monde extérieur et de nous-mêmes. Le mot liberté est si séducteur, qu'on ne pourrait s'en passer, même s'il désignait une erreur[3]. » Très vigoureusement, Gœthe souligne sa répulsion pour ce triste athéisme qui ne laisse subsister qu'une matière livrée au hasard de combinaisons mécaniques sans direction et sans forme[4]. Il a le besoin instinctif d'affirmer son individualité en proclamant celle de Dieu et l'existence de la liberté.

1. A Trapp. Ed. Weimar, IV, 1, Lesarten, p. 279. — 2. *Mémoires*, III, 11, p. 38. — 3. *Ibid.*, III, 11, pp. 42, 43. — 4. *Ibid.*, p. 43.

Aussi, tandis qu'il trouve insupportable le piétisme rigide, ne peut-il se défendre d'une certaine sympathie pour le sentimentalisme religieux de son ami, le doux poète Jung-Stilling. Il aimait en lui, nous dit-il, la croyance invincible en Dieu et en son aide immédiate. Il pouvait sourire de sa foi au miracle continu, qu'impliquait l'idée d'une intervention divine de tous les instants et d'un secours toujours prêt dans la détresse, mais il respectait cette douce illusion, et il la respectait non pas seulement comme Salzmann, à cause de la sympathie personnelle que lui inspirait Jung-Stilling, mais aussi et surtout peut-être pour son caractère individualiste.

Lui-même, tout en n'attendant pas de Dieu une protection aussi efficace et aussi directe, ne le considérait pas comme une abstraction lointaine et vague; il voyait en lui une sorte d'individualité, la plus formidable qui soit, dont chacun, quand il est arrivé au degré voulu de connaissance ou plutôt de sentiment religieux, dessine les traits selon l'idéal propre qu'il s'en est fait. N'est-ce pas là le sens des passages déjà cités de cette lettre de juillet 1770, où nous l'avons entendu prêcher à son ami Trapp la confiance dans le Dieu qu'on doit tendre à faire *sien*, qu'on doit pouvoir appeler *son* Dieu et non seulement Dieu.

Une fois convaincu de la légitimité de la croyance personnelle et, par une suite naturelle, persuadé de la nécessité de la tolérance, Gœthe en vint à penser que pour mettre fin aux querelles constantes qui dérivaient de l'intolérance de l'Eglise vis-à-vis de l'Etat ou des particuliers, le meilleur moyen était de convenir que l'Etat, le législateur, auraient non seulement le droit, mais le devoir de régler les conditions extérieures du culte officiel et de déterminer avec précision l'attitude et l'enseignement du clergé; les laïques devraient observer avec exactitude en public les devoirs imposés par ce culte, chacun, d'ailleurs, restant souverain maître et juge de sa pensée et de sa croyance intimes.

Ce sont ces idées, qu'il eut la hardiesse d'exposer dans la dissertation *De legislatoribus* que, sur le désir formel de son père, il présenta à la Faculté pour en obtenir le bonnet de docteur en droit. La Faculté, nous dit-il lui-même, goûta fort peu ses déductions historiques ou logiques, et le Doyen, avec quelques ménagements flatteurs, refusa *ex capite religionis et prudentiæ*[1], ce travail qui prouvait chez son auteur l'impertinence du demi-savant, un mépris extravagant de la religion et même, aux yeux de beaucoup, un grain de folie dans le cerveau, nous dit le brave professeur Elias Stœber[1]. La Faculté, ne pouvait, sous peine de se déconsidérer, donner le permis d'imprimer à une dissertation où l'auteur, « enflé de son érudition et principalement de quelques chicanes de Monsieur de Voltaire », allait jusqu'à avancer « entre autres que Jésus-Christ n'était pas le fondateur de notre religion, mais que quelques autres savants l'avaient faite sous son nom, que la religion chrétienne n'était autre chose qu'une saine politique[1] ».

Cette dissertation, quelles qu'aient pu être sa valeur et son originalité, nous intéresse surtout par la nouvelle preuve qu'elle nous fournit de la conception toute individualiste que Gœthe se fait de la religion et du peu d'importance qu'il accorde au culte lui-même, aux manifestations extérieures du sentiment religieux. Il reconnaît la nécessité, du point de vue public, d'une religion officielle et accepte la formule du traité de Westphalie *cujus regio, ejus religio ;* il la trouve même de bonne police. Mais l'important à ses yeux est la liberté de conscience individuelle ; comme Frédéric II, il veut que chacun soit libre de gagner le ciel à sa façon[2].

Ainsi se continue et s'accélère l'évolution du jeune Gœthe vers l'individualisme. Lente, irrégulière et à peine voulue dans les périodes précédentes, elle s'est décidément précisée durant ces mois féconds de Strasbourg. Gœthe a pris définitivement conscience de ses forces et de ses tendances ; il ne dou-

---

1. Cf. *Mémoires*, III, 11, pp. 26, 27 ; cf. surtout Elias Stöber, *an einen Freund in Karlsruhe*, 4-5 juillet 1771, et Professor Metzger, *an Ring*, 7 Aug. 1771, cit. Max. Morris, *der j. G.*, II, p. 103. Cf. notes Lœper, *Mémoires*, III, 11, pp. 248-249. — 2. Cf. Weissenfels, *op. cit.*, p. 173.

tera plus de son génie. Au reste, son originalité s'affirme aux yeux de tous. Si elle n'est pas du goût de ses professeurs prudents, elle les a pourtant frappés ; les lettres de Metzger et de Stöber en font foi ; en la déplorant, ils la soulignent. Quant à ses camarades d'Université, les Jung-Stilling, les Lerse, les Wagner, les Lenz, au dire de Gœthe lui-même[1], ils reconnaissent sa supériorité et se groupent autour de lui comme d'un chef[2]. Il leur fait partager son enthousiasme pour Shakespeare, Ossian, Fielding, Sterne. En leur confiant ses rêves, ses aspirations, il leur ouvre des horizons nouveaux et les entraîne à sa suite à la conquête de son nouvel idéal[3].

C'est d'ailleurs bien plutôt par son ascendant moral que par ses productions qu'il leur en impose, car si quelques fleurs surgissent aux rameaux où bouillonne la sève fraîche, l'heure de l'épanouissement n'est pas encore venue. Les promesses d'*Œuvres* sont nombreuses sans doute, mais les œuvres réalisées sont rares en cette période de fermentation. S'il n'est pas impossible qu'il ait conçu son *Götz* dès Strasbourg et qu'il y ait esquissé déjà son *Faust*, les seules œuvres qu'on puisse de façon certaine rattacher à son séjour en Alsace sont les quelques poésies lyriques nées de son amour pour Frédérique.

Mais ces poésies, en revanche, sont au plus haut point caractéristiques des progrès accomplis. Elles nous montrent d'abord que Gœthe a délibérément renoncé à écrire de gracieux badinages et de moralisantes futilités dans le goût anacréontique comme il en a encore commis à Leipzig. C'est en son cœur, en ses amours vécus qu'exclusivement il puise maintenant la matière de ses chants. Bien que ceux-ci ne soient pas très nombreux, c'est, avec plus de précision encore que dans les poésies

---

1. *Mémoires*, III, 11, p. 46.

2. Cf. dans l'*Autobiographie* de Jung-Stilling le récit de la première rencontre de celui-ci avec Gœthe ; la scène permet de juger de l'impression que produisait le jeune génie sur ses compagnons et des sentiments qu'il leur inspirait (*J. H. Jung's Lebensgeschichte*, Ed. Reclam, p. 243).

3. *Ibid.*, p. 250.

consacrées à Annette et sans aucun mélange d'éléments étrangers, toute l'histoire de son amour pour Frédérique qu'ils nous évoquent. Nous entendons le poète nous dire sa première émotion dans l'incertitude de son cœur encore hésitant[1], puis du sein des jeux innocents, il voit jaillir la flamme d'amour, brusque, irrésistible[2] ; bientôt il est sûr de ne pas être seul à aimer[3]. De la ville, il promet sa venue prochaine et dépeint les joies ingénues qui l'attendent auprès du foyer[4] où flambe gaiement le grand feu d'hiver[5]. Une autre fois, nous le trouvons à son chevalet dans sa chambre d'étudiant, en train, le cœur débordant de douces pensées d'amour, de peindre des roses sur des rubans qu'il destine à sa bien-aimée[6], ou bien, pris d'un subit désir de revoir son amie, il nous entraîne au galop de son cheval sur la route le long de laquelle l'ombre s'épaissit fantastique, presque angoissante ; nous assistons à l'accueil radieux, aux adieux mouillés de larmes[7], et nous revenons avec lui, le soir, lentement au pas de son cheval, par le chemin accoutumé ; nous nous arrêtons à l'auberge modeste du bord de la grand'route et nous nous amusons à le voir manger de bon appétit deux œufs à la coque et une tranche de poisson[7]. Jamais encore, dit un critique[8], on n'avait rencontré en Allemagne, dans la poésie lyrique, savante, une telle fidélité dans la peinture de la vie réelle avec ses plus accidentels détails. Comme les sujets, le ton devient franchement individuel. Non seulement la langue se simplifie, se précise, mais les images convenues, les expressions traditionnelles de la poésie anacréontique deviennent de plus en plus rares. C'est que le poète, de plus en plus, *voit* des images au lieu de les *penser* ; il décrit la Nature comme il la voit, et il la voit vivante, animée, personnifiée.

Le soir n'est pas pour lui seulement l'ombre qui s'étend sur la campagne et la paix qui descend sur la terre, c'est la

---

1. *Ob ich dich liebe.* — 2. *Stirbt der Fuchs, so gilt der Balg.* — 3. *Jetzt fühlt der Engel, was ich fühle.* — 4. *Ich komme bald, ihr goldnen Kinder.* — 5. *Kleine Blumen, Kleine Blätter.* — 6. *Es schlug mein Herz.* — 7. *Nun sitzt der Ritter an dem Ort.* — 8. Weissenfels, *op. cit.*, p. 133.

mère qui se penche sur son enfant fatigué et qui l'endord d'un lent et doux bercement ; dans les ténèbres épaisses des bois qui bordent le chemin, son œil qui les sonde, perçoit, apeuré, des milliers de regards sombres[1]. Et s'il *voit* si bien la vie cachée dans la Nature, c'est que la Nature est devenue vraiment pour lui une amie, une fidèle compagne, qui s'associe à ses joies, « qui lui parle par mille voix diverses et répond à toutes les nuances de ses pensées et de ses sentiments[2] », comme, si éloquemment, en témoigne l'admirable *Chant de Mai*. Il individualise la Nature à son image[3].

Le fragment que nous possédons d'une tragédie sur *Jules César*, et qui date vraisemblablement de 1770 ou 1771, est trop menu pour que nous puissions nous faire une idée, même lointaine, de l'intention de l'auteur ; mais le propos de Sylla sur le jeune César : « C'est un malheur que de voir un jeune blanc-bec grandir à vos côtés, dont on sent qu'il vous passera par-dessus la tête », autorise, semble-t-il, à conclure que Gœthe voulait montrer dans le jeune César les aspirations et les ambitions d'un génie, dont l'individualité puissante s'impose à la masse par l'ascendant de sa volonté, jusqu'à l'heure où elle succombe sous les coups de ses ennemis victorieux[4]. Quoi qu'il en soit du détail de l'œuvre, le fait intéressant à retenir est que le premier drame projeté par Gœthe devait être consacré à une grande personnalité. L'*Individualisme* domine sa poésie comme il domine sa religion et sa morale.

1. Cf. A. Kutscher, *Das Naturgefühl in Gœthes Lyrik*, Leipziz, 1906, p. 51. — 2. E. Lichtenberger, *Étude sur les Poésies lyriques de Gœthe*, Paris, 1882, p. 34.

3. Sur la question si compliquée et si discutée de la paternité et de la chronologie des Poésies à Frédérique, cf., en particulier, les développements d'E. Lichtenberger ; Weissenfels, *op. cit.*; Düntzer, *Gœthes Strassburger lyrische Gedichte*, Grenzboten, 1892 ; Bielschowsky, *Über Echtheit u. Chronologie der Sesenheimer Lieder*, Gœthe-Jahrb., 1891 ; Eug. Wolff, *op. cit.*

4. Cf. Biedermann, *Gœthe-Forschungen*, Neue Folge, Leipzig, 1886, pp. 164-174.

V.

Assurément, cette tendance à l'individualisme était instinctive chez le jeune Gœthe, comme elle l'est en tout génie original. Pourtant, il est bien probable qu'elle ne se serait sans doute pas affirmée en lui avec tant de netteté et de force si les influences extérieures ne l'avaient soutenue et précisée. Des germes de renouveau flottaient depuis quelque temps déjà dans l'atmosphère morale et intellectuelle de l'Allemagne. Ils y avaient été lancés d'une main inégalement hardie et vigoureuse par le Silésien Günther, le Hambourgeois Hagedorn, le Suisse Haller, les Saxons Lessing et Klopstock, le Poméranien Ew. von Kleist. Les uns et les autres avaient, par le précepte et par l'exemple, prêché la nécessité de revenir à la Nature, de suivre le sentiment plutôt que la raison, ou affirmé l'originalité du génie germanique en face du génie latin. Déjà la grande figure de Shakespeare avait paru à l'horizon, comme pour montrer la voie à suivre, mais personne n'avait répondu à son appel ; ainsi que sur le rideau du théâtre de Leipzig, il restait isolé. Des bords du lac de Genève, tout récemment, une voix nouvelle s'était élevée, qui avait proclamé avec âpreté et force l'évangile de la Nature, dénoncé sans pitié les tares de la civilisation humaine, les violations du droit naturel et revendiqué très haut les droits du sentiment et de l'individu. Les succès prodigieux de la Prusse pendant la guerre de Sept ans avaient secoué la torpeur de la conscience nationale ; des Allemands s'enorgueillissaient d'être Allemands et d'avoir vu naître sur leur terre un héros tel que Frédéric II. A côté du rationalisme encore tout-puissant, le piétisme entretenait dans le domaine religieux la tradition du mysticisme, c'est-à-dire du sentiment ; en morale, le gracieux et délicat sensualisme de Wieland rappelait aux orthodoxes et rigoristes de toutes nuances que les Grecs avaient su jouir de la vie en beauté et semblait inviter la génération présente à tenter de faire revivre ce séduisant idéal. Bref, de toutes parts, un esprit nouveau avait pénétré par les fentes du vieil édifice rationaliste et y avait fait circuler, par bouffées, un air frais et vif.

Le jeune Gœthe avait respiré à pleins poumons ces bienfaisants effluves; ses inclinations spontanées en avaient été, à bien des égards, encouragées et favorisées. Mais ainsi qu'il l'a marqué lui-même avec soin, dans ses *Mémoires*[1], au début de son séjour à Strasbourg, il oscillait encore entre les différentes conceptions de l'art et de la vie qui le sollicitaient, il hésitait à s'aventurer dans les voies où son instinct le poussait; son sens critique manquait de fermeté: il avait l'admiration trop facile, et le milieu où il vivait était trop prompt à lui décerner des éloges. Or, à cet instant précis, son destin favorable mit sur sa route, pour lui servir de guide et changer ses pressentiments, ses aspirations encore troubles, en données claires et conscientes, en desseins fermes, un homme qui avait sur lui une avance considérable moins par les années[2] que par la science et la maturité d'esprit : le théologien et critique *Herder*.

Comme il l'a fait pour l'idylle de Sesenheim, Gœthe a raconté dans ses *Mémoires*, avec un grand détail, sa rencontre, sa liaison avec Herder, et souligné la signification pour son propre développement de ce hasard heureux. Il nous paraît inutile de refaire après lui l'histoire extérieure des rapports des deux jeunes gens; qu'il nous suffise d'en rappeler à grands traits le sens et la portée[3].

Le jeune Gœthe, séduit, dès le premier abord, par la puissante individualité du critique déjà célèbre, très fier de l'amitié que celui-ci lui avait tout de suite témoignée, et cédant à son penchant naturel aux confidences, avait ouvert son cœur, dit ses aspirations, ses projets, révélé ses manies. Herder, naturellement caustique et en outre aigri par les soucis et les souffrances que lui causait la fistule lacrymale dont le chirurgien Lobstein cherchait vainement à le guérir, quitta vite le ton poli

1. *Mémoires*, II, 10, pp. 172, 173.
2. Herder, né en 1744, n'avait que cinq ans de plus que Gœthe.
3. Cf., pour tout ce qui suit : *Mémoires*, II, 10.

des premières relations et exerça, sans ménagements, sa verve railleuse aux dépens de son jeune ami. Il se moque de ses puérilités de collectionneur, de sa ferveur pour les auteurs latins qui, prétend-il, s'arrête aux belles reliures, de son engouement superficiel pour Domenico Fetti, ou de son enthousiasme pour la mythologie d'Ovide. Et Gœthe, tout en étant, la plupart du temps, forcé de reconnaître qu'Herder a raison, est si souvent froissé cruellement dans son amour-propre et son jeune orgueil, qu'il cache à son nouvel ami non seulement sa passion naissante pour Frédérique, mais aussi les projets d'œuvres dramatiques qui le hantent, et surtout ses sympathies pour les spéculations alchimiques. Pourtant, il avait conscience qu'en dépit des coups de boutoir, les longues heures qu'il passait à écouter le Maître dans la pénombre de sa chambre mi-close étaient les plus riches et les plus fécondes qu'il ait vécues jusque-là. Il en arrive bientôt à distinguer « la critique justifiée de l'invective injuste » et ainsi il ne s'écoule pas de jour qui ne lui apporte un enseignement nouveau. — L'œuvre de Herder, à la date où nous sommes, n'était pas encore considérable et Gœthe n'en connaissait vraisemblablement que les premières *Sylves critiques*[1]. Mais, par les conversations quotidiennes où il exposait ses idées en fermentation, Herder exerçait une influence profonde sur son jeune disciple. Gœthe lui-même souligne avec une absolue netteté ce que fut cette influence quand il dit : « Pour donner une idée de la plénitude des quelques semaines que nous passâmes ensemble, je puis dire que tout ce que Herder a fait peu à peu, par la suite, me fut indiqué ici en germe, et que par là je me trouvai dans l'heureuse situation de compléter, de rattacher à un principe plus élevé, d'accroître mes idées, mes connaissances, mes acquisitions[2]. »

Gœthe s'était, ainsi que nous l'avons vu, détaché par degrés de l'imitation anacréontique, et déjà à Leipzig il s'était efforcé

---

1. A Œser, 14 fév. 1769. Gœthe ne lit les *Fragmente über die neuere deutsche Litteratur* qu'en juillet 1772. Cf. à Herder.

2. *Mémoires*, II, 10, p. 189.

d'exprimer avec simplicité et sincérité ses propres sentiments. Herder l'encourage à persévérer dans cette voie en lui faisant voir dans la Bible, dans Homère, dans la Chanson populaire, dans Shakespeare lui-même, ce qu'il n'avait fait qu'y entrevoir, d'incomparables modèles de poésie primitive, où des poètes, ignorants des règles artificielles, ont traduit leurs sentiments et leurs pensées dans une langue originale, individuelle, sans autre esthétique que celle qu'ils puisaient aux spectacles de la Nature, sans autre morale que celle qu'ils trouvaient en eux-mêmes [1]. — Être fort, être lui-même, développer toutes les forces de son moi, était l'aspiration suprême vers laquelle convergeaient les tendances diverses du jeune Gœthe. Or, par toute sa personne et par tous ses enseignements, Herder est un apôtre d'individualisme et de totalité. Il ne veut pas juger les auteurs, les périodes, les littératures d'après des principes rigides et uniformes; il essaie de pénétrer, de dégager leur individualité, et il les estime d'autant plus que leur originalité est plus marquée [2]. Devant son auditeur, attentif et ravi de voir ses instincts les plus chers légitimés, il commente avec feu les maximes de son ancien maître et ami, le Mage du Nord, Hamann, sur la nécessité de se mettre tout entier dans tout ce qu'on entreprend. Il fait plus, il lui montre qu'au delà des individus il y a les grandes personnalités qui sont les peuples, et il lui fait apercevoir l'intérêt qui s'attache à l'étude de ces personnalités gigantesques et des manifestations diverses de leur esprit; en même temps, il lui fait comprendre que la poésie n'est pas le privilège de quelques lettrés délicats, mais quelque chose de sacré, le patrimoine et l'héritage du monde et des peuples, « comme la langue elle-même, un produit de la Nature vivante, de la Nature dans son activité spontanée [3] ».

Dans son ardeur de vivre intégralement, Gœthe aspirait d'instinct à se libérer des règles de la morale étroite qui puise

---

1. Cf. *1*^{stes} *Krit. Wäldchen, Mitte Juli* et *Reisejournal.* Cf. aussi E. Jenny, *Gœthes altdeutsche Lektüre*, Diss. Basel, 1900, p. 17 et sq. — 2. Cf. *Fragmente* (Jugements sur Klopstock). — 3. Cf. *Der Torso* et Haym, *Herder*, I, p. 409.

ses principes absolus dans une raison timorée. Herder l'y encourage, en lui disant que lui aussi voit un abîme entre la morale naturelle et la morale conventionnelle, et que la vraie moralité qui vient du cœur est, à ses yeux, à cent coudées au-dessus de la morale courante ; celle-ci ne cache-t-elle pas souvent le plus choquant immoralisme ? De même qu'il ne croit pas aux règles esthétiques valant pour tous les temps et tous les lieux, il ne croit pas davantage à une morale unique [1] ; vouloir juger de la pudeur de Virgile d'après le sentiment moderne que nous exprimons par ce mot est absurde. Le premier devoir de l'homme bien équilibré est de vivre et de jouir de la vie, de donner à ses sens les satisfactions saines qu'ils réclament, bref, de se développer selon toutes les tendances de sa nature [2].

Il n'est pas jusqu'à son individualisme religieux, à son aversion pour l'orthodoxie et la scolastique, mais aussi pour le rationalisme sec et plat et le matérialisme grossier des philosophes français dont Gœthe ne trouve la confirmation chez Herder [3]. S'il juge, enfin, avec tant de sévérité la littérature française et s'en détache aussi promptement, il est bien probable qu'ici encore l'influence de Herder n'y fut pas étrangère. Celui-ci revient précisément de son voyage en France et nous savons par son *Journal de route* combien la littérature et la société françaises lui avaient paru factices et vieillies. Partout il n'avait vu que décadence et que ruines ; la « politesse » lui avait semblé la seule originalité française ; des écrivains contemporains, seul Montesquieu avait trouvé grâce à ses yeux. En terre française, à Nantes ou à Paris, Herder avait senti s'affirmer en lui avec plus de force et de netteté qu'auparavant le sentiment de sa nationalité allemande [4]. Pouvons-nous croire qu'il y ait une simple coïncidence, quand nous voyons Gœthe, de son côté, prendre conscience de son « germanisme » à Strasbourg, et, quand nous l'entendons nous dire qu'il renonce à écrire en français, n'avons-nous pas le droit de supposer que

---

1. Cf. 2tes u. 4tes *Krit. Wäldchen.* — 2. Cf. *das Reisejournal.* — 3. *Ibid.* — 4. Cf. Haym, *op. cit.*, I, 338, pp. 339, 344, 415, 416.

c'est Herder qui l'y décide? Herder n'a-t-il pas déjà souligné que la langue et la pensée sont aussi inséparables que le corps et l'âme et qu'un vrai poète doit écrire dans sa langue[1].

Dans tous les domaines de son activité morale et intellectuelle, Goethe voit donc ses idées, ses aspirations, ses pressentiments, légitimés, éclairés par Herder. Sans doute, il serait exagéré de prétendre que sans Herder, Goethe ne fût pas devenu ce qu'il sera bientôt et il est évident que, selon un trait de son individualité, qui ira toujours s'accentuant davantage, Goethe ne fut si sensible aux leçons de Herder que parce qu'elles répondaient à un secret appel de sa nature et qu'il n'en retint et n'en comprit que ce qui lui convenait. Mais il n'en est pas moins indéniable que Herder aida puissamment le jeune Goethe à prendre définitivement conscience de lui-même, à dégager sa personnalité des gangues où elle était encore à demi-enserrée.

C'est, en effet, justement en cela que consiste pour Goethe l'importance de sa rencontre fortuite dans l'escalier de l'auberge « de l'Esprit » avec le précepteur du prince d'Holstein-Eutin. Herder agit sur lui moins par les nouveautés qu'il lui enseigna que par l'ascendant de son propre génie. Au contact de sa forte individualité, celle du jeune poète, encore timide, prend courage et confiance. Ses mentors de Leipzig avaient plutôt découragé qu'excité sa verve créatrice ; par leurs critiques, surtout négatives, ils avaient refoulé en lui la flamme de l'admiration. Au début, Herder lui aussi, lui avait, par ses impitoyables et amers sarcasmes, produit un effet analogue, mais, aux heures d'abandon, le railleur avait montré le fond de son âme : le jeune étudiant y avait aperçu toute une riche floraison d'ardents enthousiasmes pour les sublimes beautés de la Bible, d'Homère, d'Ossian, de Shakespeare, du Chant populaire, une forêt de passions vigoureuses ; l'ardeur sacrée du Maître avait passé en lui, et, sans plus résister, encouragé par ce rassurant exemple, **il s'était abandonné au courant qui l'entraînait vers un nouvel idéal de vie et d'art.**

1. Herders *Fragmente*, IIIᵗᵉ Sammlung. Ed. Suphan, I, pp. 394, 400. Cf. Haym, *op. cit.*, I, 338, pp. 138, 158.

Au reste, ce ne sont pas seulement les *Mémoires* qui nous l'attestent ; nous en avons un témoignage plus direct et plus probant dans une lettre que Gœthe écrivit à Herder peu de temps sans doute après avoir quitté Strasbourg[1] : « Tout mon moi est ébranlé (par une lettre « à l'ellébore » de Herder)... Apollon du Belvédère, pourquoi te montres-tu à nous dans ta nudité, pour nous forcer à rougir de la nôtre... Herder, Herder. Restez pour moi ce que vous êtes. Si je suis destiné à être votre satellite, eh bien, soit, je le serai, je le serai volontiers et vous resterai fidèle... Mais, — comprenez-le bien, — je préférerais être Mercure, la dernière, la plus petite des sept planètes, qui avec vous tournerait autour du même soleil que d'être la première des cinq qui escortent Saturne... » Herder est la première grande personnalité vivante qui croise sa route, et cette rencontre à un tournant grave de sa vie est décisive. Il est comme grisé d'allégresse ; il exulte. Lerse, le plus fidèle de ses amis, le plus cher confident des ravissements où le jettent Ossian et Shakespeare en arrive à s'inquiéter parfois de son ton inspiré, de ses allures extatiques et à redouter qu'il n'ait le cerveau quelque peu fêlé[2].

Gœthe n'emporte pas de Strasbourg le bonnet de docteur qu'il était venu y chercher, mais il y a trouvé mieux, il s'est trouvé lui-même. L'ère des premiers tâtonnements est définitivement close, la première moisson est prochaine ; à l'horizon, qu'estompe seulement encore une brume légère, s'ébauche à côté des silhouettes de Götz et de Faust la douloureuse mais puissante et symbolique figure de Prométhée[3].

---

1. M. Morris, *der j. G.*, II, pp. 116, 117. Cette lettre ne se trouve pas dans l'édition de Weimar. Morris la place vers la fin octobre.

2. Böttiger nach Lerses Erzählung. Cit. M. Morris *der j. G.*, II, p. 104.

3. Pour l'histoire des premiers rapports de Gœthe et de Herder et la question controversée de la gravité de l'influence exercée par Herder, cf. spécialement : Haym, *Herder*, I, p. 395 et sq ; Weissenfels, *op. cit.*, p. 140 et sq ; Minor und Sauer, *Studien zur Gœthe-Philologie*, Wien, 1880 ; Julius Gœbel, *Herder und Gœthe*, Gœthe-Jahrb., 1904, pp. 156-170 ; Tomaschek, *Gœthe unter Herders Einfluss in Strassburg* (Chronik des Wiener Gœthe-Vereins X. Bd, nos 8-9, 25 oct. 1896.

LIVRE III.

L'Avocat et le Poète. – En plein « Sturm und-Drang ».

Francfort (Août 1771-Octobre 1775.)

PREMIÈRE PARTIE : FRANCFORT.

(Août 1771-Mai 1772.)

I.

Gœthe n'était pas rentré seul au foyer paternel. En passant
à Mayence, il avait été séduit par la figure d'un jeune harpiste
ambulant et, suivant son précoce instinct de bienfaisance, il
l'avait ramené avec lui à Francfort dans l'intention de l'installer
chez ses parents et de l'aider à gagner sa vie pendant la foire
prochaine[1]. Le trait est curieux, non seulement parce qu'il est
le premier signe de cette tendance de Gœthe, qui, ainsi qu'il le
dit lui-même[2] et que nous le verrons mieux par la suite, le
fera s'occuper toute sa vie du sort de jeunes gens plus ou moins
dignes de sa confiance et de ses bontés, mais aussi parce qu'il
nous paraît en quelque sorte symbolique de son état d'esprit,
au retour de Strasbourg. Le harpiste est un « type », un sur-
vivant du temps passé, un descendant attardé de ces chanteurs
errants qui, le long des routes, recueillaient et transmettaient

---

1. *Mémoires*, III, 12, p. 55. — 2. *Ibid.*, III, 12, p. 155.

les vieux lieds primitifs ; c'est un être naïf, tout près de la Nature, une personnalité caractéristique. C'est pourquoi Gœthe, passionnément épris de poésie populaire et vibrant à toutes les manifestations de l'individualisme, s'enthousiasme pour le jeune musicien ambulant.

Sa mère eut, d'après lui, beaucoup de peine à lui faire comprendre que le Conseiller ne pourrait s'accommoder de la présence chez lui de cet hôte suspect, aux allures de vagabond. Pourtant, il finit par entendre raison, le harpiste fut installé confortablement dans une auberge voisine, et lui-même s'occupa d'organiser sa vie nouvelle.

Le Conseiller voyait son rêve se réaliser. En dépit des craintes légitimes qu'il avait pu concevoir, il était rassuré sur l'avenir de son fils. Celui-ci avait, à vingt-deux ans, terminé ses études, il avait conquis sinon le grade de docteur, du moins un titre équivalent et il allait pouvoir jouer un rôle actif dans la vie de la cité[1]. Sans perdre de temps, le 28 août, il se faisait inscrire comme avocat, et, dès le 3 septembre, devant le bourgmestre Olenschlager, son vieil ami, il prêtait un double serment comme avocat et citoyen de la ville libre de Francfort[2].

Il est bien vraisemblable que, dès le début, il ne montra qu'un enthousiasme fort modéré pour son métier d'avocat[3]. Son père, assisté d'un secrétaire, prépare les causes, et lui n'a qu'à les plaider. Il y apporte, d'ailleurs, comme à tout ce qu'il fait, une impétuosité qui l'entraîne à des intempérances de langage telles que le tribunal est, une fois, forcé de l'inviter à se modérer[4]. Mais quelle que soit l'ardeur qu'il montre à soutenir devant les juges les intérêts de ses clients, quel que soit même l'intérêt qu'il peut prendre aux tendances libérales et humanitaires qui, sous l'influence française, se manifestent dans le Droit[5], quelque plaisir qu'il éprouve en artiste aux joutes oratoires, son métier n'est pour lui que l'accessoire[6].

1. Cf. à Salzmann, fin août 1771. — 2. Cf *Mémoires*, II, 13, note Lœper, p. 288. — 3. Cf. *Ibid.*, III, 13, p. 111, et 17, p. 30. — 4. Cf. dans l'édition de Weimar, I, vol. 38. Lesarten zu Bd 37, deux plaidoyers conservés. — 5. *Mémoires*, III, 13, p. 112. — 6. Cf. sur Gœthe avocat : Scherer, *Aufsätze über Gœthe* (Gœthe

A peine a-t-il débuté, qu'il écrit à Salzmann qu'il en a assez de la pratique et qu'il ne fait son devoir que pour sauver les apparences; peu après, il lui avoue ne consacrer à sa profession que ses heures de loisir. Son grand, son vrai travail, c'est tout ce qui aux yeux de son père n'est qu'amusement et passe-temps agréable, louable même, mais secondaire, c'est-à-dire son activité littéraire, le développement de sa personnalité.

Tandis que le Conseiller lit et classe avec une curiosité bienveillante les notes et manuscrits divers qu'il a rapportés de Strasbourg [1], il recopie et envoie à Herder [2] les poésies populaires qu'il a recueillies en Alsace et qu'il a jalousement gardées contre son cœur comme un trésor précieux; il traduit des passages d'Ossian, poursuit ses études sur la Cathédrale et rédige pour la fête de Shakespeare, qu'il veut célébrer avec éclat, le fameux discours que nous connaissons déjà, appel vibrant à la liberté, à la passion, à la Nature.

Il redevient le centre, le dieu du cercle d'aimables jeunes filles qui continuent de former la cour de sa sœur, les demoiselles Münch, Krespel, Gerock; il retrouve ses bons amis Horn et Riese et se lie intimement avec les frères Schlosser [3]. Mais, malgré toutes ces occupations et ces distractions, il se trouve à l'étroit à Francfort, il regrette Strasbourg. Les Schlosser ont beau être des amis sûrs, d'un commerce agréable et utile, Riese a beau être de bon conseil [4], ni les uns, ni les autres ne remplacent pour lui Salzmann et Herder [5]. Il se sent isolé. Francfort est un trou; la vie qu'il y mène lui paraît fade quand il la compare à l'existence agitée et excitante de Strasbourg. Il se replie sur lui-même, il revit les jours passés en Alsace et si vite écoulés. Mais, hélas! des pensées bien douloureuses se mêlent aux souvenirs heureux! Strasbourg et

als Rechtsanwalt), p. 40 et sq.; et Kriegk, *Kulturbilder aus dem 18ten Jahrb.* (Anhang : *Gœthe als Rechtsanwalt*), Leipzig, 1874. — 1. *Mémoires*, III, 12, p. 56. — 2. A Herder, automne 1771 (sept., oct.), Ed. Weimar, IV, 2, nos 80, 81. — 3. Cf. *Mémoires*, III, 12, pp. 56, 57. — 4. *Ibid.*, p. 56. — 5. A Salzmann, 28 nov. 1771.

Sesenheim sont indissolublement liés en son esprit, et à Sesenheim, Frédérique pleure et souffre en silence par sa faute [1]. La réponse mélancolique et digne de son amie à une lettre d'adieux lui avait déchiré le cœur [2]. Pour la première fois, il se sentait vraiment coupable. On lui avait ôté Gretchen, Annette l'avait quitté, mais, cette fois, c'était lui l'infidèle et il en éprouvait « un sombre repentir [3] ». Aussi cherche-t-il à s'étourdir par une activité physique fiévreuse.

Il fait de l'escrime, il pratique avec passion le patinage, ce nouveau sport recommandé par Klopstock comme un plaisir divin ; il promène aux environs sa mélancolie en de lentes flâneries pénibles et sans but, puis, quand ses amis, les Schlosser, lui ont fait faire la connaissance du trésorier-payeur militaire Merck, de Darmstadt, que celui-ci l'a introduit dans la société des petites cours de Darmstadt et de Hombourg et que, sous le coup de fouet de ces relations nouvelles, il sent sa tristesse s'atténuer par degrés, c'est à cheval qu'inlassable il court de Hombourg à Darmstadt, de Darmstadt à Hombourg. Souvent, il ne fait que traverser Francfort, ne prenant même pas le temps d'aller saluer ses parents, dînant à la hâte dans une des auberges de la Fahrgasse [4]. Il se grise de grand air, de libre Nature et y trouve l'apaisement. On l'appelle le « Pèlerin » ; on l'appelle aussi le « Confident », parce que, souffrant lui-même d'amour, il est pitoyable aux amoureux et s'ingénue à les tirer d'embarras pour « leur épargner son propre sort ».

A Darmstadt, d'ailleurs, il trouve un milieu où son cœur endolori et désœuvré trouve tout de suite des consolations. La sentimentalité la plus langoureuse y sévit. La maladive Mᶫᶫᵉ de Roussillon, dame de compagnie de la Duchesse des Deux-Ponts, et son amie Louise von Ziegler [5], elle-même dame de compagnie de la Landgrave de Hesse-Hombourg, promènent leurs rêveries pastorales et leur amitié amoureuse sous les om-

<hr>

1. *Mémoires*, III, 12, p. 71. — 2. *Ibid.*, p. 70. — 3. *Ibid.*, p. 71. — 4. *Ibid.*, p. 72. — 5. Cf. E. Schmidt, *Richardson, Rousseau und Gœthe*, Iéna, 1875, pp. 281-289.

brages discrets, au bord des eaux murmurantes, escortées de
la fiancée de Herder, Caroline Flachsland, suspendues aux
lèvres de Leuschenring, le grand-prêtre du culte sentimental.
Le jeune Gœthe, avec ses grands yeux noirs et son intéressante
mélancolie de jeune génie blessé par la vie, fut tout de suite
l'hôte fêté [1], le « cher pèlerin ». Il ne conduit pas comme Lila
(Louise von Ziegler) un mouton enrubanné de rose, mais,
selon la coutume, il fait choix dans la forêt d'un rocher qui
devient son refuge préféré [2] et il traduit en vers, qui se font
langoureux, sa tendresse pour ses muses nouvelles, « les Saintes ». Il partage leur enthousiasme pour Klopstock et il y a un
écho des manières de sentir et des procédés du poète de l'ode *A
la guérison* ou du *Lac de Zürich* dans les odes qu'il leur dédie [3].

II.

Heureusement pour sa santé morale, au sein même de ce
cercle affadissant de Darmstadt, Gœthe avait trouvé en *Merck* [4]
un esprit vigoureux, dont l'influence saine et forte rendit
inoffensive l'action débilitante des tendres bergères. Très instruit, très au courant des littératures modernes et des questions
d'art, Merck était doué d'un jugement vif et pénétrant. Raisonnable, calme et bon le plus souvent, en général d'un commerce agréable, il pouvait, à l'occasion, devenir brutal, mor-
dant et malfaisant au point de gâter à plaisir les joies les plus
naïves de ses amis. C'est que, malgré des dons naturels peu
communs et la considération ou l'amitié que lui témoignaient
les grands, il était aigri. Il n'avait pas trouvé dans son union
avec Mlle Charpentier, une jolie et spirituelle Française, le

1. Böttiger nach mündlichen Berichten, cit. M. Morris, *der j. G*, II, p. 288.
— 2. Caroline Flaschland à Herder, fin avril 1772; cit. M. Morris, *ibid.*, p. 287.
— 3. O. Lyon, *Gœthes Verhältnis zu Klopstock*, Leipzig, 1882, p. 19 et sq.
4. *Mémoires*, III, 12, pp. 57, 59. Cf. Commentaire Lœper, *ibid.*, pp. 292,
296, pour la question de l'excessive sévérité du jugement de Gœthe sur son
ami.

bonheur domestique qu'il avait rêvé, et il souffrait, d'autre part, nous dit Gœthe, « du caractère négatif et destructeur de ses propres travaux, de l'excès de son sens critique qui paralysait sa verve créatrice et en altérait les produits ». — Gœthe, pourtant, ne semble pas avoir eu personnellement à pâtir de l'« amertume digne de Swift » et de l'« humeur morose » de son nouvel ami. Celui-ci avait pour lui, pour sa fécondité, sa spontanéité, une admiration mêlée de respect. « Mlle Z. et Mlle de R. te font mille amitiés, écrit-il à sa femme, aussi bien que Gœthe dont je commence à devenir amoureux sérieusement. C'est un homme comme j'en ai rencontré fort peu pour mon cœur [1]... » — Gœthe déclare lui-même que Merck a exercé sur sa vie une influence profonde ; il ne nous dit pas malheureusement avec précision quelle fut la nature de cette influence. Il ne peut assurément pas être question d'une action semblable à celle de Herder, mais Merck aida sans doute Gœthe à achever de voir clair en lui-même. S'il ne lui fait pas apercevoir d'horizons nouveaux, il explore avec lui de son regard aigu les contrées récemment découvertes, il lit probablement avec lui les *Reliques of ancient poetry* et peut-être aussi le *Shaftesbury* qu'il est en train de traduire [2] ; il le fait profiter de son expérience des choses de l'art, mais surtout il lui rend le grand service de l'exciter à donner à ses idées une forme précise [3]. Il l'enrôle bientôt au nombre des collaborateurs des *Annonces savantes de Francfort* et lui fournit ainsi le moyen commode d'exposer au public ses idées sous le voile de l'anonymat, en même temps qu'il l'amène à vaincre sa répugnance à se voir imprimé. « Je ne saurais dire combien je fus animé et soutenu par cette société, nous dit Gœthe dans ses *Mémoires*, parlant de ses amis de Darmstadt. On écoutait avec

---

1. Merck an seine Gattin (Francfort, 1771). *Briefe aus dem Freundeskreise von Gœthe, Herder, Höpfner und Merck*, hrg. von Wagner, Basel, 1847. — 2. Merck an Nicolaï, 2 avril 1772, *ibid.*

3. Il est heureux, dit-il à Herder (fin 1771), d'avoir trouvé en Merck un homme dans le commerce duquel « les sentiments se développent et les idées se précisent ».

plaisir la lecture de mes ouvrages achevés ou en voie d'exécution ; on m'encourageait quand j'exposais sans réticences
et en détail ce que je méditais ; on me grondait quand, à
chaque projet nouveau, je remettais à plus tard l'œuvre en
train [1]. »

III.

Or, Gœthe sent alors en lui tout un monde tourbillonnant
d'idées et de plans qui aspirent à se manifester. Sa tête est fiévreuse comme sa vie. « Mon désir de marcher de l'avant est si
violent, que je ne réussis que bien rarement à me forcer à
reprendre haleine et à jeter un regard en arrière[2] ». « Il n'est
point de scribe, si rapide qu'il soit, qui puisse tenir au courant le journal de ma vie[3]. » Pourtant, en cette fin d'année 1771, il vient de se faire une grande violence. Cédant aux
instances de Cornélie, il s'est décidé à fixer définitivement, dans
un drame, l'enthousiasme que lui a fait éprouver la lecture de
la biographie du vaillant chevalier Götz von Berlichingen, à
la main de fer, ce type héroïque de « brave homme », ce
représentant symbolique d'une époque à laquelle l'ouvrage de
Datt sur la paix publique de 1495 l'avait déjà vivement intéressé à Strasbourg[4]. Il se met à dessiner cette curieuse figure
avec tant de ferveur, qu'il en oublie Homère, Shakespeare et le
reste[5], et, piqué au jeu par les doutes de Cornélie sur sa persévérance, il achève sa pièce en moins de six semaines. Bien
qu'en envoyant son manuscrit à Herder il déclare modestement que « le fruit de sa solitude » n'est qu'une esquisse
et qu'il sait, « qu'avant de pouvoir entrer dans la vie, son
drame devra subir une transformation radicale », cette première preuve qu'il vient de se donner à lui-même de la puissance de son génie lui donne confiance en ses forces[6]. Il se

1. *Mémoires*, III, 12, p. 59. — 2. A Salzmann, 28 nov. 1771. — 3. Au même,
3 février 1772. — 4. *Mémoires*, III, 12, p. 74. et *Ephémérides*, pp. 25 et 26. —
5. A Salzmann, 28 nov. 1771. — 6. Au même, 3 fév. 1772.

met, sur-le-champ, à étudier « la vie et la mort d'un autre héros », de Socrate, « le héros de la pensée philosophique » ; il espère arriver à débarrasser son idole de la dorure dont Platon l'a défigurée et de l'encens dont Xénophon l'a noircie, et au lieu du « Saint », il compte voir apparaître le grand homme, qu'il pourra serrer contre sa poitrine, en disant : « Mon ami, mon frère »[1]. Mais, avec le printemps, ses voyages et ses séjours à Hombourg et à Darmstadt se multiplient et se prolongent, sa vie redevient hachée et décousue, ses forces se consument, inutilement éparpillées. La sagesse de Merck ne l'empêche pas de s'éprendre chaque jour davantage de Lila[2]. Une nouvelle crise sentimentale s'annonce. Par bonheur, le départ à Wetzlar, dans la deuxième quinzaine de mai, y met brusquement fin ; quand Gœthe reviendra quelques mois plus tard, le souvenir d'une passion plus profonde, des intérêts moins futiles occuperont son âme et la garderont de s'égarer aux rives du Tendre.

1. A Herder, fin 1771. — 2. Cf. lettres de Caroline à Herder, cit. M. Morris, *der j. G.*, II, pp. 285-288.

LIVRE III *(Suite)*

DEUXIÈME PARTIE : WETZLAR.

(Mai-Septembre 1772.)

I.

Gœthe arriva à Wetzlar vers le milieu du mois de mai ; il y restera jusque vers le 10 septembre. Il y venait, selon le désir de son père, pour s'y perfectionner dans la pratique du Droit, auprès de la Chambre impériale. Bien qu'il ne se promît pas à l'avance de grandes joies dans ce milieu qu'il imaginait morose [1], il y venait sans répugnance, car il n'était pas fâché de changer d'air ; malgré ses incessants déplacements, celui de Francfort, commençait déjà à lui paraître étouffant. Or, il eut la grande surprise de trouver à la pension où il prenait ses repas un cercle joyeux de jeunes attachés de légation qui lui firent le meilleur accueil et lui donnèrent l'occasion inattendue de vivre, selon sa propre expression, « une troisième vie universitaire [2] ». Ils formaient une sorte de société chevaleresque, aux rites puérilement mystérieux, et l'auteur de *Götz,* avec son goût inné des fictions romanesques et des mascarades, ne pouvait qu'y tenir un premier rôle. D'ailleurs, à l'en croire, il se lassa vite de ces enfantillages et bientôt le regret lui vint de ses amis de Darmstadt et de Francfort.

Dans ses *Mémoires,* Gœthe ne semble attacher qu'une importance médiocre à son séjour à Wetzlar : « Ce qui m'y arriva, dit-il, n'est pas d'un grand intérêt [3] ». Ce jugement ne laisse pas de surprendre quand on songe à l'épisode de Lotte Buff,

1. *Mémoires,* III, 12, p. 80. — 2. *Ibid.,* p. 81. — 3. *Ibid.,* p. 74. Cf. sur le séjour de Gœthe à Wetzlar, W. Herbst, *Gœthe in Wetzlar,* Gotha, 1881.

et qu'on suit attentivement les traces de son évolution pendant ces quelques mois. Sans doute, le spectacle peu édifiant et peu réconfortant de toute la boue remuée par le tribunal impérial ne faisant que renforcer son antipathie instinctive pour la Justice et ses tortueux procédés; son séjour dut à ce point de vue lui paraître vain et le fut en effet.

Mais il ne perd pourtant pas son temps. Il continue de chercher la solution des problèmes d'esthétique et de morale sur lesquels son jugement est encore hésitant. De son aveu, il tâtonne encore dans les demi-ténèbres. « Je continue de voguer en pleine mer dans ma petite barque, et, quand les étoiles se cachent, je me sens suspendu au-dessus de l'abîme dans la main du destin ; le courage, l'espoir, la crainte, le calme alternent en mon cœur[1]. » Or, Wetzlar lui offre, à cet égard, des ressources qu'il n'avait pas tout d'abord soupçonnées. Parmi les jeunes gens qu'il fréquente, le secrétaire de légation *Goller*[2], une manière de poète assez versé dans la littérature française et même dans la littérature anglaise, est pour lui un confident et un auxiliaire utile. Non seulement il stimule son ardeur poétique, mais en lui procurant l'occasion de faire insérer plusieurs de ses poésies dans l'Almanach de Boïe, il le met en rapports avec le cercle des poètes de Göttingen, enthousiastes disciples de Klopstock : les comtes de Stolberg, Voss, Bürger, Hölty. Sans doute, Gœthe ne se laissa guère entamer par l'esprit de révolte contre les institutions politiques, qui animait le groupe ; la poésie bardique, qui y était fort en honneur, ne lui paraît guère plus sympathique que du temps où il disait à Frédérique OEser l'aversion que ce genre lui causait ; sans doute aussi il ne réussit pas davantage à se passionner vraiment pour la mythologie scandinave dont Klopstock faisait si grand usage dans ses *Odes*, non plus que pour les figures monstrueuses, informes, colossales des légendes indiennes qui sont en faveur à Göttingen[3]. Mais, outre qu'en prenant contact avec ces domaines

---

1. A Herder, milieu juillet 1772. — 2. *Mémoires*, III, 12, p. 82. — 3. *Ibid.*, pp. 84, 85.

nouveaux pour lui son horizon intellectuel s'élargit, Gœthe, par contraste, sent se renforcer en lui le double instinct ou plutôt, ainsi qu'il le croit avec son temps, l'instinct unique qui le porte vers la Nature et vers l'Antiquité.

L'énervement qu'il éprouve à lire les pompeuses déclamations des bardes affermit chez lui le besoin de ne faire servir la poésie qu'à exprimer ses propres sentiments et ses propres rêveries; les images nébuleuses des légendes nordiques lui font goûter plus complètement la plasticité et la belle nature des dieux de la Grèce et les héros d'Homère[1]. Mais, en même temps, il s'aperçoit, au cours des spéculations esthétiques auxquelles il se livre en compagnie de Gotter, que, pour si vaste et éclectique qu'elle soit, sa connaissance des anciens est toute livresque et scolaire, et, que pour comprendre Aristote, Cicéron, Quintilien, Longin, pour pénétrer le sens de leurs œuvres, puisées aux sources mêmes de la vie, il manque d'expérience personnelle[2]. « Pour apprendre à connaître ses propres talents et ceux des autres, il faut commencer par produire et même s'être égaré[3]. » Et sa lettre à Herder de juillet 1772, complétant ici d'heureuse façon les renseignements des *Mémoires*, nous le montre plongé dans la lecture des Grecs : Homère, Xénophon, Platon, Théocrite, Anacréon, Pindare. Ce dernier surtout l'enthousiasme, car il trouve en lui un maître incomparable d'énergie; un guide sur les vagues où le destin promène capricieusement sa barque fragile. Il sent la valeur des mots στήθος et πραπιδες (poitrine et cœur); un nouveau monde s'est ouvert à lui dans son propre sein. Bien pauvre celui que son seul cerveau mène! A la lecture des nobles *Olympiques* toutes les forces actives de son être se réveillent. Il comprend maintenant, pour la première fois, ce que voulait dire Herder lui reprochant sa nature « d'oiseau bleu » futilement agité, et il saisit le sens profond de la formule du Maître qui aimait à lui répéter : « Tout en vous n'est que regard ». Pouvoir dominer (επικρατειν δυνασθαι)[4], pouvoir domi-

---

1. *Mémoires*, III, 12, p. 85. — 2. *Ibid.*, p. 88. — 3. *Ibid.*
4. Les mots grecs ne sont pas accentués dans la lettre de Gœthe.

ner la matière, comme le conducteur du char gouverne à sa
guise son impétueux quadrige, voilà l'idéal nouveau que lui a
révélé Pindare[1]. Assez de vaines flâneries, de dilettantisme
passif; saisir, étreindre, voilà l'essence de toute virtuosité; tant
que l'artiste ne donne point de forme à la matière, tout son
travail est vain. Et dans la conscience de sa jeune vigueur, tout
en demandant à Herder son alliance, il affirme fièrement vis-
à-vis de lui les droits de sa propre personnalité. En songeant
aux jours de Strasbourg, il dit : « L'enfant, accoutré d'une cuirasse, voulut prématurément vous suivre, et votre allure était
trop vive pour lui. C'est bon, je ne veux pas rester oisif, je
suivrai mon chemin, je ferai ce que je pourrai, et si nos chemins se rencontrent à nouveau, alors nous verrons ce qui
adviendra. » S'il reconnaît encore la supériorité du génie critique de Herder, s'il avoue que les railleries que celui-ci a adres-
sées à son *Götz* sont justifiées et s'il lui promet indirectement
d'en tenir compte, en tant qu'homme, dans le sentiment de sa
propre force, il se campe hardiment devant celui dont récemm-
ment encore il recevait sans se rebeller les rudes corrections et
le traite d'égal à égal. Il ne redoute plus ses coups de boutoir,
il les sollicite même, car à l'occasion il les rendra. « Si vous
avez quelque chose sur le cœur contre moi, n'hésitez pas à
me le dire en toute franchise et gravité, ou méchamment et en
grimaçant, selon votre humeur du moment. » De son côté, il
lui dira sa pensée sans ménagements et, pour commencer, il
lui confesse la colère qu'il a éprouvée à lire sa diatribe à propos
d'une poésie que lui-même avait adressée à Caroline et il ne lui
cache pas qu'il l'a traité de « calotin intolérant ».

Rien ne marque mieux que cette attitude nouvelle de Gœthe
vis-à-vis de son ancien maître, les progrès de sa personnalité
et la conscience qu'il a de ces progrès. Il n'est plus d'humeur
à se laisser mener à la lisière.

1. Sur les libertés que Gœthe prend vis-à-vis du texte de Pindare et les contresens caractéristiques qu'il commet, cf. W. Herbst, *Gœthe in Wetzlar*, chap. IX ;
cf. aussi R. Hering, *Der Einfluss des Klassischen Altertums auf den Bildungsgang des jungen Gœthe*, Jahrb. des fr. d. Hochstiftes, Frankf. a/M, 1902,
pp. 220, 221.

Résolu plus que jamais à suivre sa nature, Gœthe, quand il s'était lassé des enfantillages artificiels de la *Table ronde* de Wetzlar, s'était abandonné au charme très doux des environs de la petite ville, et, seul ou en compagnie de ses amis, il s'était grisé de Nature[1]. C'est l'amour de la Nature qui le fait se passionner aux gravures de Gessner, dont un de ses anciens condisciples de Leipzig, actuellement secrétaire de la légation de Brunswick à Wetzlar, se fait l'apôtre[2], et c'est encore cet amour qui lui inspire l'idée de traduire, en émulation avec Gotter, le *Village abandonné* de Goldsmith[3]. Il est couché dans l'herbe, sous un arbre, à Garbenheim, quand Kestner fait sa connaissance[4]. Il laissait les choses peser sur lui, il se livrait à leur action, et « il en résulta », dit-il[5], « une merveilleuse parenté avec chaque objet de la Nature, un accord intime, une si parfaite harmonie avec l'ensemble, que tout changement, qu'il eût pour objet les lieux, les heures et les saisons ou tout ce qui pouvait arriver, m'affectait profondément. »

C'est dans cet état d'esprit attendri, qu'un jour, le 9 juin, dans un bal champêtre, à Wolpertshausen, il rencontra la fiancée de Kestner, *Charlotte Buff*[6], la seconde fille de l'intendant de l'Ordre teutonique à Wetzlar. Ainsi qu'il l'explique, depuis qu'il avait quitté le cercle de famille de Sesenheim et ses amis de Francfort et de Darmstadt, il lui restait au cœur un vide qu'il ne pouvait remplir. Dès qu'il vit Lotte il fut, comme jadis pour Frédérique, séduit par sa franche et saine gaîté, sa simplicité naturelle[7]; il se sentit porté vers elle par une tendre inclination et il s'y abandonna avec d'autant plus de confiance qu'il n'y aperçut d'abord aucun danger. La confiance absolue que lui montrèrent dès l'abord les deux fiancés, l'aisance parfaite avec

1. *Mémoires*, III, 12, p. 89; cf. Herbst, *Gœthe in Wetzlar*, chap. 11. — 2. 3. *Ibid.*, p. 93. — 4. Biedermann, *Gespräche*, I, p. 21. — 5. *Mémoires*, III, 12, p. 89. — 6. Sur Lotte. Cf. en outre : Herbst, *Gœthe in Wetzlar*, chap. vi et vii; Düntzer. *Abhandlungen zu Gœthes Leben und Werken*, chap. iii. — 7. Cf. A. Kestner, *Gœthe und Werther*, Stuttgart, 1855, p. 40 (Fragment eines Brief-Entwurfs aus Kestners Papieren...).

laquelle Charlotte le traitait. semblaient devoir le préserver des atteintes d'une passion périlleuse. Mais tandis que dans la douce somnolence d'un été magnifique qu'il associe à sa joie, il devient le compagnon inséparable de Lotte et se promène, le plus souvent seul avec elle, à travers les blés mûrs, se récréant à la fraîcheur matinale, s'enivrant de la ravissante musique que leur sont le chant de l'alouette ou le cri de la caille, la suivant dans le potager, l'aidant dans les travaux du ménage, vivant insouciant au fil des jours, peu à peu, le poison d'amour s'insinue à nouveau en son âme sans défense[1]. Il s'aperçoit soudain qu'il aime Charlotte ardemment et il se sent chaque jour moins maître de sa passion ; l'avenir lui fait peur, l'idylle devient douloureuse. Comme au temps de Leipzig, il a des accès de jalousie ; il est irritable, nerveux, fait des scènes dont Kestner nous a transmis l'écho[2]. Une nouvelle crise est imminente, infiniment plus redoutable que celle à laquelle son départ pour Wetzlar l'a fait échapper. Par bonheur, son fidèle Merck survient à temps, qui lui ouvre les yeux sur le danger où il court dans une demi-inconscience. Merck avait, lui aussi, été séduit par le charme prenant de la fiancée de Kestner. « Dans ce moment, je reviens de Mr. Pfaff, où j'ai trouvé aussi l'amie de Gœthe de Wetzlar, cette fille dont il parle avec tant d'enthousiasme dans toutes ses lettres. Elle mérite tout ce qu'il pourra dire de bien sur son compte[3] ». Mais, en ami prudent et clairvoyant, il ne laisse pas paraître ses vrais sentiments ; il joue l'indifférence et s'efforce de détourner l'attention de l'amoureux sur une amie de Lotte, une superbe fille aux formes de Junon, d'autant plus désirable, disait-il, qu'elle était libre et sans attachement[4]. Il ne réussit d'ailleurs pas à diminuer l'enthousiasme de Gœthe pour Lotte, mais, par ses exhortations, il parvient pourtant à le convaincre de la nécessité de ne pas laisser se prolonger une situation si équivoque et si grosse de dangers. Toutefois, Gœthe ne peut se résoudre à quitter Wetzlar en même

1. *Mém.*, III, 12, p. 92. — 2. Kestner, *op. cit.*, p. 80 (Lettre de Kestner à v. Hennings, du 18 nov. 1772). — 3. Wagner, *Briefe aus dem Freundeskreise...*, Merck an seine Gattin, 28 août 1772. — 4. *Mémoires*, III, 12, p. 101.

temps que lui. Il y passe encore quinze jours dans une cruelle indécision ; de terribles combats se livrent entre son cœur et sa raison. Enfin, après une soirée particulièrement émouvante, il réussit à triompher de ses douloureuses hésitations, et il fuit sans avoir le courage de dire les suprêmes paroles d'adieu[1].

Une fois de plus, il doit renoncer au bonheur entrevu. Mais, cette fois, il ne fuit pas honteux de commettre une trahison que, même à ses propres yeux, il ne peut que difficilement excuser ; il le fait avec la conscience d'accomplir un devoir impérieux, il se sacrifie pour le bonheur d'amis qui lui sont chers. C'est une victoire de son honnêteté sur son égoïsme ; il peut en être fier, car maintenant ce renoncement est volontaire. Il a mis à profit les enseignements de Pindare, il a appris à se dominer, ἐπικρατεῖν δύνασθαι !

Le séjour de Gœthe à Wetzlar ne fut donc pas aussi indifférent que les *Mémoires* le prétendent. Il y a vécu dans la Nature plus qu'il ne l'avait jamais fait jusque-là et en a pénétré plus profondément la simplicité, la beauté et la sagesse ; l'étude plus attentive des Grecs a renforcé les impressions qu'il recevait de la Nature et il en a retiré de précieuses leçons d'énergie morale ; l'amour, enfin, lui a fourni l'occasion de se prouver à lui-même qu'il était, quand il le fallait, capable de vivre ses théories et de triompher de ses passions à la minute décisive. Ces quelques mois de Wetzlar sont bien vraiment pour lui comme une troisième vie universitaire, moins au sens joyeux que lui-même donne à cette expression dans ses *Mémoires* que parce que, en toute liberté, sans soucis matériels, loin de la tutelle et du contrôle paternels, loin de l'influence tyrannique d'une individualité trop marquée, comme celle de Herder, il commence l'éducation de sa volonté et célèbre sa première victoire sur lui-même.

Le bon Kestner, qui — pour cause — avait appliqué toute sa perspicacité à le bien définir, nous a laissé de lui un portrait

1. Kestner, *op. cit.*, p. 81 (Kestner à Hennings, 18 nov. 1772).

curieux[1] qui nous donne une idée assez nette de l'impression que produisait le jeune Gœthe d'alors sur un observateur de sens rassi, que n'aveuglait ni l'enthousiasme, ni l'esprit de dénigrement. Retenons-en les traits les plus saillants.

Après avoir déclaré que c'était un vrai génie, un homme de caractère doué d'une imagination extraordinairement vive, Kestner note : « Il est très violent dans toutes ses passions et pourtant il a souvent beaucoup d'empire sur lui-même. Sa manière de penser est noble. Libre de préjugés, il agit selon son humeur, sans se préoccuper de savoir si cela plaît aux autres, si ses actes sont conformes à la mode et au bon ton. Toute contrainte lui est odieuse. Il aime les enfants et sait s'occuper d'eux. Il est bizarre, et, dans sa conduite, dans son extérieur, il y a maints détails qui pourraient le rendre désagréable. Mais il plaît pourtant aux enfants, aux femmes et à bien d'autres gens. Il tient le sexe faible en très haute estime. Il n'a pas jusqu'ici des principes très fermes et il en est encore à chercher un système assuré. Il a un grand respect pour Rousseau, sans cependant se ranger parmi ses adorateurs fanatiques. Il n'est pas ce qu'on appelle orthodoxe, mais ce n'est ni par orgueil, ni par caprice, ni pour se distinguer. Sur certaines matières capitales il ne dit son opinion qu'à un très petit nombre de gens et il n'aime pas à troubler les autres dans la quiétude de leurs idées. Il déteste le scepticisme, s'efforce d'atteindre la vérité et la certitude en quelques matières essentielles, il croit d'ailleurs être fixé sur les plus importantes, mais, autant que je l'ai remarqué, il se fait illusion. Il ne va pas à l'église et ne communie pas ; car, selon sa propre expression, il n'est pas assez menteur pour cela… Il respecte la religion chrétienne, mais pas dans la forme sous laquelle nos théologiens la représentent. Il croit à une vie future, à un état meilleur. Il aspire à la vérité mais croit qu'il est plus urgent de la sentir que de la démontrer. Il a beaucoup écrit déjà ; il a des connaissances étendues et beaucoup de lecture, mais il a encore plus pensé et raisonné. C'est aux beaux-

---

1. Kestner, *op. cit.*, pp. 35-39) Fragment eines Brief-Entwurfs aus Kestners Papieren…);

arts et aux belles-lettres qu'il veut consacrer sa principale activité, ou plutôt toutes les branches du savoir humain l'attirent sauf les sciences-gagne-pain. »

Si à cela nous ajoutons encore ce que Kestner dit, d'une part, du peu d'enthousiasme de Gœthe pour le Droit, de son goût déclaré pour l'étude des Grecs, de sa résolution de suivre dans ses études les inspirations de son génie, de son sentiment, de son cœur, et, d'autre part, de son attachement à la Nature au sens physique et moral du mot[1], nous avons certes un portrait aussi complet que possible du jeune Gœthe. De la confusion des touches successives qui le composent ressort une figure singulièrement originale : c'est une personnalité vigoureusement accusée ; tous les traits n'en sont pas encore également marqués mais l'ensemble s'impose à l'attention et la retient.

Nous en apprécions davantage la vertu de Lotte et pouvons convenir qu'il lui fallut une réelle vertu et un rare esprit de sagesse pour résister aux séductions du jeune génie, d'autant plus que les larmes que, de l'aveu même de son fiancé, elle versa à la nouvelle du brusque départ de Gœthe[2], nous prouvent qu'elle avait été plus sensible à son attrait qu'elle n'avait voulu le laisser paraître.

Tandis que Lotte lisait son triste billet d'adieu, lui, à la fois libre et captif, « libre par la volonté, enchaîné par le sentiment[3] », descendait lentement, accompagné quelque temps par son ami Born, la riante vallée de la Lahn. Il allait à Coblence, où Merck devait venir le rejoindre chez Mme de La Roche. Tout le long de la route, dans la disposition d'esprit élégiaque où il était, il s'abandonnait avec ravissement à la douceur du paysage. Devant la splendeur des rochers parés de verdure, des cimes lumineuses, des profondeurs humides, des châteaux altiers et des lointaines montagnes bleuâtres, il sent renaître en lui, plus ardent que jamais, son désir de fixer par le dessin la beauté des choses. Poussé par une superstition

---

1. Kestner, *op. cit.*, p. 79 (Lettre à Hennings, 18 nov. 1772). — 2. *Ibid.*, pp. 13, 14, 15 (Aus einem Tagebuchsblatt Kestners, 10-11 sept. 1772). — 3. *Mémoires*, III, 13, p. 103.

puérile, il jette son couteau dans le fleuve ; si, malgré les branches surplombantes qui lui cachent l'eau, il aperçoit son couteau plonger, il est décidé à y voir un signe du destin l'encourageant à se consacrer à l'art. Il devait, hélas ! éprouver par lui-même l'ambiguïté des oracles, car s'il ne vit pas le couteau plonger, il vit du moins l'eau rejaillir sous le choc comme une forte fontaine. La réponse du destin était équivoque ; seize ans encore Gœthe hésitera sur sa vraie vocation.

Chez le Conseiller de La Roche, il reçut un accueil très amical. Il apprit à connaître dans la personne du chef de famille un élève du comte de Stadion, un adepte des doctrines de Voltaire, un adversaire décidé du sentimentalisme et du monarchisme. Par un des caprices les plus étranges de la destinée, la femme du Conseiller était un des représentants les plus enthousiastes du sentimentalisme à la mode, l'auteur de l'histoire fameuse de Mlle de Sternheim, et elle avait fait de sa maison, malgré son mari, le lieu de rendez-vous des apôtres du cœur. Gœthe s'amusa fort à ce contraste, mais ce qui, plus que les originales figures de ses hôtes et même que la lecture par Leuschenring des lettres de Julie Bondeli, excita son intérêt, ce furent les yeux noirs de la fille aînée de la maison, Maximiliane. En évoquant le souvenir des heures aimables qu'il passa chez les La Roche, le vieillard écrira[1] avec une pointe de cette ironie souriante qu'on lui a reprochée comme de la sécheresse de cœur : « C'est un sentiment très agréable que celui d'une passion nouvelle qui s'éveille en nous, avant que l'ancienne soit tout à fait assoupie » et, dans un style digne de celui de Mme de La Roche, il ajoute : « C'est ainsi qu'on aime à voir, quand le soleil se couche, la lune se lever au point opposé, et qu'on jouit du double éclat des deux flambeaux célestes. » Il se console de Lotte auprès de sa nouvelle amie, et de nouveau son cœur s'enflamme. Mais Merck donne à propos le signal du départ et dans un bateau qui remonte le vieux Rhin, s'enivrant du spectacle des rives charmeuses, dessinant et devisant de l'avenir, les deux amis regagnent Francfort.

1. *Mémoires*, III, 13, p. 108.

LIVRE III *(Suite)*

TROISIÈME PARTIE : FRANCFORT.

(Septembre 1772-Octobre 1775.)

I.

A contre-cœur Gœthe reprend son métier d'avocat ; mais il donne à ses occupations favorites le meilleur de son temps. Il dessine, collectionne des plâtres d'après l'antique, va au théâtre, il écrit des comptes rendus pour les *Annales savantes de Francfort*, il lit beaucoup, étudie avec suite la littérature anglaise, il vit dans Young, Gray, Ossian, Shakespeare[1], et à ces lectures, son âme, disposée à la mélancolie, s'assombrit encore. Il se sent ou se croit très malheureux. L'image de Lotte le hante. Le désir qu'il avait su contenir, tant qu'il était auprès d'elle, s'exaspère à distance. Il est fâché que Lotte n'ait pas rêvé de lui[2]. Une lettre d'elle le jette en un ravissement extatique. Il choisit avec amour des étoffes pour elle[3]. La nouvelle fausse du suicide de son ami Goué l'émeut, et la nouvelle vraie de la mort tragique de Jérusalem[4] l'impressionne d'autant plus péniblement qu'elle lui fait faire un retour sur lui-même et lui montre, en un exemple terrifiant, jusqu'où aurait pu le conduire une passion sans issue[5]. Et pourtant cet avertissement ne calme pas sa fièvre pas plus qu'un court séjour à Wetzlar, en novembre. Au contraire, il semble que sa passion ait été avivée par l'accueil aimable qu'il a reçu. Sur le canapé de Lotte, il a eu des pensées de suicide[6], et, d'après le récit des *Mémoires*[7], ces idées le poursuivent quelque temps. Il cherche à

---

1. *Mémoires*, III, 13, p. 127. — 2. A Kestner, 25 sept. 1772. — 3. A Charlotte, 8 oct. — 4. 30 oct. — 5. A Kestner, début nov. — 6. A Charlotte, 10 nov. — 7. *Mémoires*, III, 13, pp. 128, 129.

se familiariser avec l'idée du suicide et médite sur les différentes façons de se tuer. Il s'essaie souvent à enfoncer de quelques pouces la pointe d'un poignard dans sa poitrine. Mais comme il le faisait sans conviction, nous dit-il, il se guérit vite de ces ridicules folies et prit le parti de continuer à vivre malheureux. Les distractions d'un séjour d'un mois à Darmstadt, la pensée de Maximiliane de La Roche, le commerce quotidien de Merck [1] ne réussissent pourtant pas à chasser de son cœur le souvenir de Lotte. Qu'il soit à Francfort ou à Darmstadt, la silhouette de la fiancée de Kestner est toujours accrochée à la tête de son lit, il lui souhaite le bonjour et le bonsoir et lui tient des discours [2]. Mais cette silhouette ne lui suffit pas, il voudrait avoir d'elle quelque chose de plus matériel qu'il pût tenir dans ses mains. La joie turbulente d'une partie de campagne, la veille de Noël, ne détourne pas sa pensée de Wetzlar ; c'est à écrire à Kestner qu'il passe la nuit sainte [3]. Et, bien qu'il s'occupe à parer, à faire danser les amies de sa sœur ou même à leur traduire Homère [4], malgré son activité littéraire, — il remanie *Götz*, écrit le *Jahrmarkt* — bien qu'en février le sort lui ait donné au jeu du mariage une « chère petite femme » son âme ne s'égaie point [5]. Il se trouve dans un état trouble, dans lequel, comme on dit, il n'est pas avantageux pour les âmes de sortir du monde [6]. C'est que l'instant fatal approche où Lotte va pour toujours appartenir à Kestner. Quoiqu'il en ait et bien que, par une sorte de raffinement de cruauté envers lui-même, il ait tenu à choisir lui-même les bagues de ses amis [7], cette pensée lui est infiniment douloureuse. Le jour du mariage, il décrochera la silhouette de Lotte et ne la replacera au mur de sa chambre que lorsqu'elle sera mère et qu'il pourra reporter sur ses enfants l'amour qu'il n'a pas le droit d'avoir pour elle. Il se félicite que Kestner et elle ne doivent pas venir à Francfort, car il se sentirait forcé d'en

<hr>

1. A Herder, 5 déc. 1772. — 2. Cf. lettres 25 sept., 8 oct., 15 déc. 1772, 11 janv. 1773. — 3. A Kestner, 25 déc. — 4. 5. A Kestner, 28 janv., 11 fév. 1773. — 6. A Joh. Fahlmer, mars 1773. — 7. A Kestner, mars-7 avril 1773.

partir[1]. Quand Lotte et Kestner sont mariés, plus tôt qu'il ne s'y attendait, il écrit au mari[2] : « Je vais dans des déserts où il n'y a pas d'eau, mes cheveux sont mon ombre et mon sang est ma fontaine ». Son lit lui apparaît aussi stérile qu'un champ de sable, et, après coup, il se demande comment il a pu faire cette chose à la fois si simple et si monstrueuse, quitter Lotte. « Je ne sais ce qui se passe au-dessus des nuages, mais ce que je sais, c'est que Notre-Seigneur Dieu doit être un homme bien froid pour qu'il ait pu vous laisser Lotte. Si je meurs et que j'aie quelque chose à dire là-haut, je viendrai vous la prendre, je vous en donne ma parole ». Son dépit se dissimule mal sous le voile de l'humour. Il va garder jalousement la bague aux grenats de Lotte jusqu'au jour où il pourra la faire porter par sa fille. Il a reçu avec des transports de joie le bouquet de mariée de Lotte et veut le mettre à son chapeau pour aller à Darmstadt[3]. Il accueille avec une curiosité fiévreuse les moindres nouvelles de Wetzlar, et il a demandé à Hans, le jeune frère de Lotte, de lui écrire une fois toutes les semaines[4]. Comme Kestner lui a reproché sa jalousie, il proteste avec véhémence ; il objecte que la correction de son attitude tant qu'il était à Wetzlar devrait le garder d'un tel soupçon[5]. Il n'est pas jaloux humainement, mais il est envieux, comme on l'est d'un bien céleste et pour ne pas l'être, il faudrait qu'il soit un ange « sans foie ni poumons ». Mais encore qu'il s'en défende, la pensée du bonheur dont jouit Kestner le hante comme un mauvais cauchemar. Il se sent solitaire ainsi qu'un rocher désert, et c'est avec effroi qu'il songe qu'après le départ prochain de Merck et de sa femme, de Cornélie, de Caroline Flachsland, il restera seul avec sa douleur. « Si je ne prends pas femme ou si je ne me pends pas, vous pourrez dire que j'aime bien la vie ou quelque chose d'autre, si vous voulez, qui me fait plus honneur[6] ».

Peu à peu pourtant le calme semble se faire en lui. Le ton

1. A Kestner, mars-7 avril 1773. — 2. A Kestner, 10 avril 1773. — 3. A Kestner, 14 avril. — 4. 15 mars. — 5. 14 avril. — 6. 21 avril.

des lettres à Kestner devient moins fiévreux, les préoccupations étrangères à Lotte y tiennent plus de place et les signes d'apaisement se multiplient. On dirait que le départ des Kestner pour Hanovre lui est un soulagement. Cependant, à tout instant, la passion assoupie se réveille. Il rêve encore de Lotte et se voit à son bras ; il se la représente en camisole de nuit rayée de bleu, dans l'intimité de la chambre conjugale [1]. Il lui écrit même maintenant plus souvent qu'à son mari. Il l'assure que son amour pour elle reste aussi fort qu'au premier jour [2]. Il tient à ce que le premier-né de son union avec Kestner s'appelle Wolfgang [3]. Il est fou de joie d'avoir entendu dire par une amie de Lotte que celle-ci pense toujours à lui [4] et encore en août, la visite de son ancienne blanchisseuse de Wetzlar, qui lui parle longuement de Lotte, l'ayant soignée enfant, lui fait retrouver des accents d'une tendresse extatique. « Tu peux t'imaginer ce qu'est pour moi cette femme et comme je veux m'occuper d'elle. Si les ossements des saints et les chiffons sans vie qui touchèrent le corps des saints méritent qu'on les vénère et qu'on les garde précieusement, pourquoi ne mériterait-elle pas un pareil traitement la créature qui t'a touchée, qui t'a portée enfant dans ses bras, qui t'a conduite par la main, la créature dont tu as peut-être sollicité tant de choses ! Penser que tu as pu demander quelque chose en priant, ma Lotte ! ». Il se souvient avec attendrissement que deux ans plus tôt, à pareille date, il était resté assis près d'elle, presque tout le jour, à écosser des haricots... et il espère que jamais pour eux le souvenir des jours passés ne s'évanouira. « Il serait vraiment trop triste que le temps l'emporte aussi sur nous [5]. » Mais c'est comme la dernière poussée de flamme d'un foyer mourant. Brusquement les relations s'espacent et cessent. La publication de *Werther* froisse les Kestner comme une indélicatesse. Gœthe s'en afflige, proteste de la pureté de ses intentions [6]. Le pardon accordé par les deux époux le rassure.

---

1. A Kestner, juin 1773. — 2. A Lotte, mars 1774. — 3. A Kestner, 11 mai. — 4. A Lotte, 15 juin. — 5. A Lotte, 26-31 août. — 6. A Kestner, oct.

En termes d'un lyrisme débordant[1], il les remercie, s'efforce de leur démontrer la vanité de leur peur des commérages et de les persuader qu'ils devraient en tout cas trouver une compensation dans l'illustration que l'œuvre va jeter sur leur nom. D'ailleurs, il leur promet de dissiper, avant qu'une nouvelle année se soit écoulée, toutes les équivoques qui pourraient subsister. Et, après cette lettre suprême, sa passion semble s'éteindre à jamais. Les Kestner disparaissent à peu près complètement de son horizon.

Depuis plus d'un an d'ailleurs, Lotte avait cessé, en fait, de dominer exclusivement son cœur et sa pensée[2].

---

1. 21 nov.

2. La sincérité de l'amour de Gœthe pour Charlotte Buff a été mise en doute. On a voulu en voir une preuve dans la froideur des passages qu'il lui consacre dans les *Mémoires,* froideur qui apparaît surtout quand on la compare au ton ému du récit de son idylle avec Frédérique ou aux accents douloureux de son roman avec Lili[1]. On a même dit que l'indéniable passion dont débordent ses lettres aux Kestner est de « parti pris » et toute littéraire, et on est allé jusqu'à prétendre que, à comparer la vie qu'il mène dans le temps même où il écrit ses épîtres ou ses billets désespérés, on a la sensation « qu'il possède un jardin pour rire et l'autre pour pleurer, et qu'il se transporte de l'un à l'autre avec désinvolture et facilité, comme si c'était la chose la plus simple de passer ainsi de la douleur à l'insouciance, du mal d'aimer à la joie de vivre[2]. » Ces conclusions nous paraissent arbitraires. Il n'est pas impossible que, dans ses lettres, Gœthe se soit plus d'une fois laissé entraîner par son imagination poétique, et, qu'à la façon sentimentale de l'époque, il ait exagéré quelque peu l'expression de ses sentiments. Mais c'est, nous semble-t-il, injustement suspecter la spontanéité de sa nature et méconnaître la richesse de tons de sa sensibilité que de ne voir dans ces lettres si fiévreuses qu'un jeu vain, qu' « enfantillage d'âme désemparée ». Quant à la froideur des *Mémoires,* elle surprend moins quand on songe que cette autobiographie est un habile amalgame de poésie et de vérité, et que, si, en général, les faits sont exacts, leur arrangement est souvent peu conforme à la réalité. On a remarqué[3] que, tout en ne se ménageant pas, quand il raconte l'abandon de Frédérique, il s'efforce d'atténuer indirectement ses torts en en montrant la nécessité fatale. Pourquoi ne pas admettre qu'il ne s'est pas soucié de se montrer en toute naïveté sous la figure un peu ridicule qu'il fait dans la réalité vis-à-vis de Lotte et de Kestner? Comment, si on peut supposer qu'il ait eu ce souci, expliquer qu'il n'ait fait, dans les *Mémoires,* qu'une si discrète allusion à ses relations avec Maximiliane Brentano, alors que, ainsi que nous allons le voir, elles lui inspirent le besoin d'écrire *Werther?*

1. Cf. Gnad, *Litterarische Essays,* Wien, 1891; Grimm, *Gœthe Vorlesungen,* Berlin, 1882, p. 115 et sq. — 2. E. Rod, *Essai sur Gœthe,* Paris, 1898, pp. 113, 119. — 3. Bielschowsky, *Gœthe,* p. 136.

Du milieu de sa vie agitée où les soucis de son métier d'avocat, les préoccupations littéraires, le dessin, le patinage, les relations mondaines, les parties de plaisir, se mêlent et s'entrecroisent en un tourbillon bigarré, un nouvel amour a surgi fort troublant. La grâce et les yeux noirs de *Maximiliane de La Roche* avaient fait sur lui, nous l'avons vu, grande impression ; il emporte avec lui son image à Francfort, et dans le temps même où il écrivait aux Kestner ses lettres les plus ardentes, il demandait à Mme de La Roche la permission de correspondre avec sa fille[1]. Nous n'avons pas les lettres qu'il lui adressa, mais nous comprenons la vivacité de son inclination, quand nous lisons dans une lettre d'octobre 1773 à Kestner : « La chère Max de La Roche épouse un notable commerçant : Beau, très beau ! » Après le mariage de Max avec Pierre-Antoine Brentano[2], il devient un des assidus de la maison et d'abord se félicite d'y avoir trouvé un nouveau cercle d'amis aimables. « Max, écrit-il à une nouvelle amie, Betty Jacobi[3], est toujours l'ange qui avec les qualités les plus simples et les plus précieuses attire tous les cœurs à elle ; le sentiment que j'éprouve pour elle, et où son mari ne trouvera jamais matière à jalousie, fait le bonheur présent de ma vie. » Il ajoute que Brentano est un brave homme, d'un caractère ferme et franc ; il a une intelligence pénétrante et montre une grande activité dans ses affaires. Il voit dans la présence de Max à Francfort une compensation heureuse que le sage et bon Destin lui accorde pour le départ de sa sœur[4]. Merck, de son côté, écrit à sa femme[5] : « Gœthe est déjà l'ami de la maison, il joue avec les enfants et accompagne le clavecin de madame avec la basse. M. Brentano, quoique assez jaloux pour un Italien, l'aime et veut absolument qu'il fréquente la maison. » A quelque temps de là[6], après avoir dit que Gœthe, grisé par le succès de son drame, se détache de tous ses amis et n'existe que pour les compositions qu'il prépare pour le public, il

1. 20 nov. 1772. — 2. 9 janv 1774. — 3. 1er fév.
4. Mariée avec Schlosser en nov 1773.
5. 29 janv 1774. — 6. 14 fév.

ajoute non sans perfide malice : « A côté de cela, il a la petite Mme Brentano à consoler de l'odeur de l'huile, du fromage et des manières de son mari. » Très tôt Gœthe fut forcé de reconnaître qu'il s'était fait illusion sur le degré de patience de Brentano. Dès le mois de mars, il souligne discrètement, dans une lettre à Mme de La Roche, les premières dissonances. « Je n'ai pas vu depuis quelque temps les êtres qui vous sont chers. J'avais donné de mauvaises habitudes à mon cœur. » Et comme Mme de La Roche, ne se rendant pas compte à distance, du danger, l'avait sans doute prié de ne pas fuir la maison de Max, il lui fait une réponse qui en dit long : « Croyez que le sacrifice que je fais à votre Max de ne plus la voir a plus de prix que les assiduités du plus fougueux amant... Je ne veux pas calculer ce qu'il m'en a coûté, car c'est un capital dont tous deux nous touchons les intérêts[1]. » Il évite donc Max, mais, chaque fois qu'il la rencontre, elle lui est comme une apparition céleste. En septembre, en octobre, tous ses billets à Mme de La Roche portent la trace de conflits : « J'ai parlé hier à la chère Max au théâtre, j'ai revu ses yeux, je ne sais ce qu'il y a dans ses yeux. » Le 20 novembre, il est plus explicite encore : « J'ai parlé à votre Max au théâtre, j'ai parlé aussi à son mari; il avait ramassé toute son amabilité entre la pointe de son nez et sa mâchoire. » Ce que les lettres à la mère ne nous laissent qu'entrevoir, les *Mémoires*, malgré leur discrétion, nous le montrent avec plus de netteté. Moins conciliant que Kestner, Brentano, remarquant que sa femme ne pouvait s'accommoder de sa nouvelle vie et de son nouveau milieu, avait eu rapidement le soupçon que le sentimental confident de Max était en même temps son allié contre lui et il le lui avait sans doute fait comprendre de façon un peu rude. Soit par nécessité, soit par le désir de ne pas compliquer la situation difficile de son amie, Gœthe avait cessé de fréquenter chez les Brentano; mais sa pensée revenait sans cesse à sa chère Max, et, de nouveau, il avait souffert de se voir obligé

1. 16 juin 1774.

de laisser un autre jouir en paix d'un bien dont il se croyait plus digne. Il en souffrait d'autant plus que, s'il savait que le brave Kestner n'était pas, somme toute, incapable de faire le bonheur de Lotte, il avait dû se persuader que Brentano, le marchand de fromage et d'huile, n'avait rien, ni dans ses manières, ni dans son esprit borné, qui pût consoler l'aristocratique Max de l'odeur des tonneaux de harengs et des cinq enfants qu'il lui avait apportés dans la corbeille de mariage. Quoi qu'il en soit, la meilleure preuve de l'intensité de la passion que Max lui faisait éprouver nous est donnée par le fait même qu'il paraît à peu près certain que c'est le souci de se délivrer de l'état d'esprit où elle l'avait jeté, autant au moins, sinon plus, que le désir de se libérer du souvenir de Lotte, qui lui donna l'idée et lui inspira le besoin d'écrire *Werther*[1].

Selon sa propre expression, une fois son roman achevé, comme après une confession générale, Gœthe se sentit de nouveau libre et joyeux et en droit de commencer une vie nouvelle[2]. La libération ne fut peut-être pas, en fait, aussi réelle, ni surtout aussi radicale et aussi rapide que le prétendent les *Mémoires*. Les lettres nous ont prouvé que, longtemps, le poète garda le frisson des douleurs passées. Pourtant, il semble bien que, du jour où il eut allumé dans le monde l'incendie de *Werther*, Gœthe sut tempérer et, extérieurement au moins, régler sa

---

1. « Cette situation (vis-à-vis de Brentano) ne tarda pas à me devenir insupportable; tous les ennuis qui résultent à l'ordinaire de ces demi-liaisons pesèrent sur moi au double et au triple, et il me fallut de nouveau une violente révolution pour m'en affranchir. — La mort de Jérusalem, causée par sa passion malheureuse pour la femme d'un ami, m'arracha à mon rêve; et, comme j'ouvrais les yeux sur ce qui lui était arrivé ainsi qu'à moi, que *même ce que j'éprouvais alors de semblable* me plongeait dans une agitation violente, je dus nécessairement répandre dans l'ouvrage que j'entreprenais alors toute la flamme qui ne permet aucune distinction entre la poésie et la réalité... » Si ce passage des *Mémoires* (III, 13, p. 131) pouvait laisser quelques doutes sur le rapport étroit entre ses relations avec les Brentano et la naissance de Werther, résisteraient-ils à la lecture d'un des schèmes relatifs au chapitre consacré à Werther « Max. La Roche mariée. Tœdium vitæ. Wertherianisme. La vie à charge. Pessimisme. Retour périodique. Résolution de vivre. *Werther* écrit et imprimé »? Ed. Weimar, I, 28, *Lesarten 13tes Buch.*, p. 370.

2. Fév. 1774.

passion assez pour que Brentano cessât d'en prendre ombrage.
Une lettre du 15 mars 1775 à Sophie de La Roche nous montre la reprise des relations cordiales avec le mari. Il souhaite,
ajoute-t-il le 21, que l'amitié et la confiance que Brentano lui
témoigne soient sincères, et il espère qu'ainsi, à l'avenir, sans
plus causer d'ennuis à Max, il pourra peut-être lui procurer de
temps à autre une heure agréable. En effet, en juillet, Brentano n'étant plus jaloux, ainsi que Gœthe l'assure lui-même,
non sans une pointe de scepticisme, à M^mo de La Roche [1], il
reprend ses séances de musique chez la bonne Max [2].

Il apparaît, d'ailleurs, que l'honnêteté de ses intentions envers
Max, la volonté de ne pas entrer en conflit avec Brentano, l'action calmante de *Werther*, ne furent pas effectivement les seules raisons qui firent que Gœthe put, pendant une longue
année, se tenir éloigné de Max. Il trouva à Francfort même, à
côté de ses distractions littéraires ou autres, maints dérivatifs
à sa passion, qui lui rendirent le renoncement ou la résignation plus faciles.

Au printemps 1774, c'est d'abord le jeu du mariage qui, sur
l'initiative de son ami Krespel, remplace le jeu des fiancés [3]. Avec
une obstination singulière, le sort, qui devait, tous les huit
jours, changer la composition des couples, lui accorda à trois
reprises une des plus charmantes parmi les amies de sa sœur,
Anna Münch [4], et Krespel ayant décidé qu'il fallait considérer
ce hasard comme un arrêt du ciel, Gœthe et Anna restèrent unis
tant que dura le jeu. Ils faillirent le demeurer pour la vie; car,
par degrés, la tendresse feinte s'était changée en affection réelle.
Sans éprouver de passion pour la jeune fille, Gœthe s'était peu
à peu laissé prendre par l'harmonie qui se dégageait de sa
nature calme, mais merveilleusement équilibrée. Par lassitude
des crises passionnelles qu'il venait de traverser, l'idée de se lier
à elle ne lui répugnait pas. Comme les parents d'Anna, aussi

---

1. A Mad. de La Roche, 26 juillet 1775. — 2. A la même, 1er août. —
3. *Mémoires*, III, 15, p. 201. — 4. Cf. Düntzer, *Frauenbilder aus Gœthes
Jugendzeit*, chap. III : Anna Sibylla Münch.

bien que les siens, voyaient avec joie la possibilité de cette
union, honorable et avantageuse pour les deux partis. Gœthe
finit par croire et laisser croire que l'austère maison du Fossé-
aux-Cerfs allait bientôt s'égayer d'un jeune babil.

Mais c'est en vain que la bonne Conseillère passa en revue
le linge domestique et s'en alla au galetas rêver devant le grand
berceau de noyer incrusté d'ivoire et d'ébène où jadis elle
avait bercé Wolfgang ; il ne devait pas se réaliser l'espoir qu'elle
avait un instant caressé de voir le mariage mettre un terme à
l'agitation sans but où vivait son fils et à l' « hospitalité littéraire » dont il abusait et dont elle portait tout le poids.

Après la publication et le grand succès de *Werther*, la maison natale de Gœthe était en effet devenue un lieu de pèlerinage
pour les âmes sensibles ou les curieux. A partir du mois de
juin, lés visites se succédèrent rapidement rue du Fossé-aux-
Cerfs. Lavater donna le signal, Basedow suivit, puis ce furent
Klopstock, Boïe, les Princes de Weimar, le médecin Zimmermann, pour ne parler que des gens de marque.

Quoi d'étonnant déjà que dans le tourbillon toujours plus
rapide qui l'entraîne, Gœthe ait moins goûté qu'au sortir de
l'isolement où l'avait laissé le départ de Merck, de sa sœur, et la
rupture de ses relations avec Max, le charme bourgeois de la
douce Anna. Mais, par surcroît, les environs du 1er janvier 1775
devaient lui donner une raison plus grave et plus décisive de se
détacher de celle-ci, en lui faisant faire la connaissance de *Lili
Schönemann*. Sous l'influence du coup de foudre qu'il ressentit
le premier soir où, introduit chez elle par un ami, il eut l'occasion d'admirer la virtuosité de son jeu au clavecin, la grâce
enfantine et l'aisance de ses manières dans un salon tout bruis-
sant d'une nombreuse compagnie, Charlotte Kestner, Max
Brentano, Anna Münch s'en allèrent soudain rejoindre dans le
coin des souvenirs les images déjà pâlies de Frédérique Brion,
d'Annette Schönkopf, de Gretchen. Lili seule occupe son cœur
et sa pensée.

A près d'un demi-siècle de là[1], Gœthe a retracé en détail et

1. En 1821.

avec une sincère émotion, dans son *Autobiographie,* l'histoire
de sa liaison avec la fille de la veuve du banquier Schönemann[1].
Mais c'est dans ses lettres du temps que cette histoire est vraiment inscrite, sinon avec une rigoureuse précision, du moins
avec le plus de vérité. On a pu dire que ces lettres étaient la
mélodie dont les *Mémoires* sont le texte[2].

Lili, habituée depuis longtemps aux hommages et, malgré ses
seize ans, habile à en discerner les nuances, se sentit, à l'origine, portée vers l'auteur de *Werther* autant par curiosité que
par un intérêt sentimental, et, peut-être, éprouva-t-elle, encore
que rien ne le prouve, un plaisir un peu perfide à exercer sur
ce délicat connaisseur du cœur féminin une séduction qu'elle
savait irrésistible. Ce n'est pas lui faire injure que de supposer qu'elle fut coquette comme le sont presque toutes les
jeunes filles de sa condition sociale. Mais cela ne veut pas dire
qu'elle fut une coquette frivole et rusée[3], une « reine de bal »,
une sorte de « petite maîtresse », de « reine de salon rouée[4] ».
Tout ce que Gœthe nous dit d'elle et ce que nous savons du
caractère de Lili, mère de famille, dément cette interprétation
tendancieuse[5]. Quoi qu'il en soit, si, au début, elle put « s'amuser » du jeune poète, très tôt, sous l'influence de la passion
tout de suite brûlante de son adorateur, son cœur s'émut et
elle dut reconnaître que, si elle avait tendu des filets, elle s'y
était prise elle-même[6]. Mais, hélas ! Gœthe s'aperçut, sans tarder, qu'une Lili Schönemann, pour si sincère qu'elle fût, ne
pouvait aimer, en toute simplicité, comme une Frédérique Brion.
Le monde brillant qui faisait un cadre doré à son amour lui
imposait mille contraintes et limitations dont rapidement il
souffrit cruellement. Il avait beau être charmé de voir sa Lili
montrer dans la société la plus nombreuse et dans toute la
splendeur de ses somptueux atours un naturel, un esprit et un

<hr>

1. *Mémoires*, IV, 16. — 2. Eugen Joseph, *Gœthe und Lili, Strassburger
Gœthe Vorträge*, Strassburg, 1899, p. 78. — 3. Grimm, *Gœthevorlesungen,*
p. 205. — 4. Baumgartner, *Gœthe*, Freiburg i. B., 1886, I, pp. 166-167. —
5. Cf. Eug. Joseph (*op. cit.*), Bielschowsky, *Gœthe*, I, et surtout *Frederique
u. Lili*, p. 112 et sq. — 6. *Mémoires*, IV, 17, p. 24.

tact qu'il ne pouvait se lasser d'admirer ; quelque ravissement qu'il éprouvât à constater que c'était à lui qu'allaient les meilleurs regards de la jeune fille et ses plus tendres sourires, il ne pouvait se résigner à ne la rencontrer le plus souvent que dans son salon, et ce n'était pas sans une irritation secrète qu'il se condamnait, pour jouir de sa présence, à passer de longues soirées, assis à une table de jeu en face de visages insupportables. Dès sa seconde lettre[1] à la mystérieuse inconnue qui a voulu entrer en correspondance avec l'auteur de *Werther*, et que tout de suite il prend pour confidente, il donne libre cours à son dépit. « Si, ma chère, vous pouvez vous représenter un Gœthe en habit galonné, et assez galant de la tête aux pieds, au milieu de l'éclat banal des candélabres et des lustres, mêlé à toutes sortes de gens, retenu à la table de jeu par de beaux yeux, puis qui, changeant de distraction, quitte le salon pour se laisser mener au concert, au bal, et fait la cour à une jolie blondine, vous avez là une image du Gœthe de carnaval que je suis pour l'instant, de ce Gœthe qui n'a nulle envie de vous écrire, qui souvent vous oublie, parce que, en votre présence, il se sent parfaitement insupportable. »

Et pour lui mieux faire comprendre combien le personnage qu'il joue lui est étranger et antipathique, il ajoute : « Mais il y en a aussi un autre qui, en habit de castor gris, avec un foulard en soie marron et en bottes, pressent le printemps dans la caresse de l'air de février, qui va bientôt voir se rouvrir devant lui les libres espaces de sa chère Nature, qui toujours vivant d'une vie intérieure intense, tourmenté de désirs, et en travail, cherche à exprimer, comme il le peut, tantôt les sentiments innocents de sa jeunesse dans de modestes poèmes, tantôt dans maints drames divers les sucs forts de la vie, ou s'essaie à fixer à la craie sur du papier gris les silhouettes de ses amis, les formes des paysages où il vit, ou celles de ses chers meubles, qui ne demande ni à droite, ni à gauche ce qu'on pense de ce qu'il fait, parce qu'en travaillant il s'élève toujours d'un degré,

---

1. A Aug. von Stolberg, 13 fév. 1775.

parce qu'il ne veut point chercher à atteindre l'idéal d'un bond, mais qu'il veut, en luttant et en jouant, laisser ses sentiments devenir normalement des talents. Voilà celui qui vous a sans cesse présente à l'esprit, qui, tout d'un coup, le matin, se sent pris du besoin de vous écrire, dont la plus grande félicité est de vivre avec les meilleurs hommes de son temps. » Plus sûrement que de longs commentaires, ces deux citations nous font comprendre que, dès l'origine, malgré toute sa grâce, sa fraîcheur et sa sincérité, l'amour de Gœthe et de Lili portait en lui un germe de mort. Même quand, au printemps, la famille Schönemann se rendit, selon sa coutume, à Offenbach et que Gœthe « dans sa chère Nature » put voir Lili avec plus de liberté et un souci moindre des conventions mondaines, sa passion, en dépit des fêtes intimes qui rompaient fréquemment la monotonie des jours, en dépit des joies idylliques[1], garde quelque chose d'inquiet, de tourmenté. « Chère, chère ! conservez-moi votre faveur, écrit-il à Auguste le 7 mars, je voudrais pouvoir me reposer sur votre main, faire halte sous votre regard. Grand Dieu ! quelle chose étrange que le cœur de l'homme ! — Bonne nuit ! Je pensais que de vous écrire cela, me calmerait. — Mais je me faisais illusion. — Ma tête est surexcitée... » C'est que, malgré l'enchantement du présent et « malgré le sentiment d'un bonheur mutuel sans bornes et la conviction absolue qu'une séparation était impossible », la pensée de l'avenir était venue très vite, plus qu'il ne voulait se l'avouer, tourmenter l'esprit du jeune homme[2]. Il ne pouvait se cacher que ses assiduités avaient fait de lui le soupirant déclaré de Lili et « qu'une liaison si publique ne se pouvait continuer plus longtemps sans malaise ». Allait-il donc, malgré son aversion pour les chaînes du mariage, être forcé de se lier pour toujours ? En vain cherchait-il à s'étourdir par une application inusitée à ses devoirs professionnels, ou, en se laissant bercer par des rêves de brillante carrière, à se faire illusion

1. Cf. le détail dans les *Mémoires*, IV, 17. — 2. Cf. *Mémoires*, IV, 17, p. 36 et sq.

sur l'insuffisance de sa situation présente ; la pensée de la
résolution à prendre bientôt le hantait, angoissante. Remerciant,
le 21 mars, son nouvel ami Jacobi pour l'accueil qu'il a fait à
Stella, il ajoute : « Mon cœur et mon esprit sont maintenant occupés par des intérêts si différents, que ma propre chair
et mon propre sang me sont presque étrangers. Je ne puis rien
te dire, car qu'est-ce qu'on peut dire ? D'ailleurs, je ne veux
pas penser à demain, ni à après-demain non plus... » et, quelques jours plus tard, il écrit à Herder[1] en termes peu équivoques : « On dirait que les fils auxquels est suspendu mon
destin et que depuis longtemps je tortille et détortille, veulent
enfin se nouer. »

Une vieille fille, amie de la famille Schönemann, Mlle Delph.
de Heidelberg, ayant le goût des décisions viriles, précipite les
événements. Dès les premiers jours d'avril, elle obtient le consentement au moins tacite des deux familles à l'union des
jeunes gens, et, un beau matin, Gœthe et Lili furent tout surpris
de se trouver fiancés. Gœthe ne fut pas le moins étonné. Il
trouva d'abord un grand charme à goûter les émotions de sa
nouvelle condition. Mais bientôt il sentit toute l'étendue de son
imprudence ; tous ses instincts de liberté se révoltèrent contre
le joug qu'il venait d'accepter. Une fois la première ivresse
passée, il comprit que le milieu bourgeois, un peu étriqué, où
il était appelé à vivre ne conviendrait pas à une jeune fille
habituée au luxe et au monde. Les deux familles montraient
peu de sympathie l'une pour l'autre ; les différences de religion[2]
et de mœurs ne leur permettaient pas un rapprochement
sincère. Dès le 14 avril, Gœthe écrit à Knebel : « Je tombe
d'une confusion dans une autre, et me voici — en réalité —
moi et mon pauvre cœur, au moment où je m'y attendais le
moins, de nouveau engagé en plein dans les soucis humains
dont je venais à peine de me sauver » ; et, en mai, il avoue à
Herder : « Je pensais récemment m'approcher du port du bon-

---

1. 25 mars 1775.
2. La famille Schönemann était calviniste.

heur domestique et prendre vraiment pied dans les vraies joies
et les vraies douleurs de la vie, mais me voici de nouveau, de
fort désagréable façon, rejeté vers la haute mer. » Aussi accueille-
t-il avec des transports d'allégresse l'annonce que les frères de
« sa chère Inconnue », les jeunes Comtes de Stolberg, vont venir
à Francfort dans l'intention de l'entraîner avec eux dans le
voyage qu'ils méditent de faire en Suisse. « Ah! Dieu, vos frères viennent, nos frères. — Chère sœur, l'être aimable qu'on
appelle Dieu, ou autrement, prend vraiment soin de moi. Je
suis dans une étrange surexcitation et cela me fera du bien de
les avoir[1]. »

En fait, il partit avec eux. Bien que leurs manières fussent
excentriques et leurs propos déconcertants, le Conseiller fut
ravi de voir son fils les accompagner. Cette excursion, qu'il
comptait voir se prolonger par un voyage en Italie, lui semblait
sans doute le meilleur moyen de couper court à une liaison
qui, chaque jour, lui était plus antipathique[2]. De son côté,
Gœthe en se séparant de Lili ne croyait pas s'éloigner vraiment
d'elle. Il pensait bientôt revenir et ne fit même pas d'adieux
formels à sa fiancée. Il nous dit dans ses *Mémoires*[3], qu'en se
condamnant à ne pas voir Lili pendant quelque temps, il voulait se rendre compte s'il ne pouvait pas se passer d'elle et s'il
réussirait à s'arracher à cet état d'esprit inquiet qui le rendait
impropre à tout travail précis. Sa lettre du 5 juin à Joh. Fahlmer
semble confirmer cette indication : « Jusqu'à présent, je le
sens, le but essentiel de mon voyage est manqué, et quand je
reviendrai, le sort de l'ours ne sera pas amélioré. Je sais bien
que je suis fou, mais cela ne m'empêche pas de l'être, — et
pourquoi d'ailleurs faudrait-il éteindre la petite lampe qui vous
éclaire si gentiment sur le chemin de la vie d'une lueur discrète? » Cornélie, qu'il voit à son passage à Emmendingen,
forte de son expérience des longues fiançailles, des désillusions
que lui causait son exil dans la morosité d'une ville minuscule,

---

1. A Aug. von Stolberg, 15 avril. — 2. *Mémoires*, IV, 18, p. 55. — 3. *Ibid.*,
IV, 18, p. 55.

le pressa, lui commanda même de renoncer à Lili[1]. Gœthe, sans rien promettre, dut s'avouer convaincu, mais en son cœur, tout en donnant raison à la sagesse de sa sœur, il gardait le secret espoir que l'événement démentirait le pessimisme de Cornélie. C'est que, nous dit-il, en son style pesant des *Mémoires*, « cet enfant que l'on appelle Amour se cramponne encore avec obstination au vêtement de l'Espérance, quand elle prend déjà sa course pour s'éloigner à grands pas. » En réalité, cet espoir, douloureux par les doutes qui s'y mêlent, l'accompagne dans ses courses, à travers tout son voyage. L'image de Lili l'obsède.

En face du lac de Zürich, il écrit dans son carnet de notes : « Chère Lili, si je ne t'aimais pas, quelle volupté je goûterais à ce spectacle ! — Et pourtant Lili, si je ne t'aimais pas, que serait mon bonheur?[2] » A la chapelle du monastère d'Einsiedeln, dans la chambre du Trésor, tenant entre ses mains une couronne d'or qu'on lui fait admirer, un bijou d'orfèvrerie, il pense à l'effet gracieux qu'elle ferait sur la brillante chevelure de Lili. Sur le sommet du Saint-Gothard, à la naissance du sentier d'Italie, malgré l'autorisation, pour ne pas dire l'ordre de son père, malgré l'insistance passionnée de son compagnon, Passavant, malgré son secret désir de descendre au pays dont il a si souvent rêvé, il ne peut se décider à s'éloigner davantage de Lili. Il prend un petit cœur d'or que celle-ci lui a donné aux premiers temps de leur amour, il l'embrasse avec ferveur, et, précipitamment, il reprend la route de l'Allemagne et de la servitude[3]. Un mois après, il était de retour à Francfort.

Son absence avait duré dix semaines ! Tandis qu'il errait à travers la Suisse, on avait travaillé à détacher Lili de lui. On lui avait non seulement montré combien choquante était cette fugue, indécemment prolongée, au bout de cinq semaines de fiançailles, mais, surtout, on lui avait fait voir tous les obstacles ou les inconvénients graves qui s'opposaient à son union

1. *Mémoires*, IV, 18, pp. 61, 62. — 2. *Ibid.*, p. 68. — 3. *Ibid.*, IV, 19, p. 77.

avec le jeune bourgeois, bel esprit sans situation stable. Sans doute, Lili avait su trouver des excuses à l'étrange conduite de son fiancé et répondu qu'elle l'aimait assez pour être capable de renoncer pour lui à sa position et à son monde, et que, s'il le fallait, elle le suivrait en Amérique. Mais cela même, pour si touché que Gœthe ait pu en être, lui avait été une révélation : il avait compris que jamais Lili ne s'accommoderait, sans effort, de la situation qu'il pourrait lui offrir; son amour était décidément frappé au cœur. Dès lors commença un long supplice, « un état maudit, comparable, dans un certain sens, à l'enfer, à la société de ces morts à la fois bienheureux et infortunés[1]. » En face de Lili, sous le charme de sa présence, ses doutes se taisent, mais loin d'elle, ils renaissent d'autant plus violents. Cornélie ne cesse de le harceler par lettres pour qu'il renonce à un bonheur chimérique. Bientôt les deux amants arrivent à s'éviter. Gœthe passe pourtant encore à Offenbach une grande partie des mois d'août et de septembre ; mais une lettre du 3 août, écrite du bureau même de Lili à Auguste von Stolberg, nous montre son état d'esprit. C'est une lamentation désordonnée, à la Werther. « Ici, dans la chambre de la jeune fille, qui me rend malheureux sans qu'il y ait de sa faute, car elle a l'âme d'un ange. Dire que c'est moi qui trouble la sérénité de ses jours... Ange, c'est un effroyable état que l'égarement. Tâtonner dans la nuit, c'est le ciel auprès de la cécité... Quelle destinée infortunée que la mienne qui ne me permet pas un état moyen. Ou rester en une place que j'embrasse de mes deux bras, où je me cramponne, ou divaguer à tous les vents... Sur la table, ici un mouchoir, une crinoline, par-dessus un fichu; là sont suspendues les bottines de la chère enfant. — *N.-B.* Aujourd'hui nous allons nous promener à cheval. Ici est étalé un vêtement, une montre est accrochée là-bas, quantité de boîtes, de cartons à bonnets et à chapeaux. — J'entends sa voix. — Je puis rester, elle va s'habiller. » — S'il écrit à Rahel d'Orville[2],

1. *Mémoires*, IV, 19, p. 92. — 2. A Rahel d'Orville, août 1775, Ed. Weimar, IV, 2, nº 346.

une parente de Lili : « Voici du fromage, chère Madame, met-
tez-le sans tarder à la cave. Le gaillard me ressemble ; tant
que lui ne voit pas le soleil et que moi je ne vois pas Lili,
nous sommes tous deux fermes et vaillants. Aussi, qu'on le
mette vite à la cave, tout comme moi, qui suis pour l'instant
à Francfort, ainsi que dans une glacière », il dit d'autre part à
Merck[1] : « Me voici de nouveau misérablement échoué, et je
voudrais me donner des milliers de gifles pour n'être pas
parti au diable quand j'étais en état de voguer. Je guette une
nouvelle occasion de filer... En tout cas, au prochain Congrès,
tu devrais t'arranger pour démontrer à mon père qu'il faut
qu'il m'envoie au printemps en Italie, ou plutôt qu'il faut que
je parte à la fin de cette année. » De son côté, Lili se lasse.
« Hier, un mauvais esprit m'a conduit chez Lili à une heure
où elle pouvait si bien se passer de moi, qu'il m'a semblé
qu'on écrasait mon cœur sous un cylindre et je me suis sauvé
au plus vite[2]. » Chaque jour le lien se relâche entre les deux
amants. « J'ai vu aujourd'hui Lili après dîner, je l'ai vue au
théâtre, je n'ai pas eu un mot à lui dire et ne lui ai rien dit !
Si je pouvais être délivré de ce tourment ! Et pourtant, je
tremble à la pensée du moment où elle pourrait m'être
indifférente et où moi je serais sans espoir... Je me laisse
pousser par les vagues et ne tiens le gouvernail que pour ne
pas échouer au rivage... Et pourtant je suis échoué, je ne puis
me détacher de cette enfant. Ce matin, je sens de nouveau
mon cœur me parler en sa faveur[3]. » Mais ces retours de flamme
se font de plus en plus rares, l'amour se meurt en une lente
et douloureuse agonie. La foire de la Saint-Michel, ramenant
dans la maison Schönemann la foule des amis de la famille,
parmi lesquels se trouvaient beaucoup d'adorateurs impertinents
de Lili, provoqua la crise suprême[4]. Gœthe comprit que ne
pouvant et ne voulant plus lier son sort à celui de Lili, il
n'avait pas le droit d'être un obstacle à son établissement, et,

1. 8 août 1775. — 2. A Rahel d'Orville, fin août, Ed. Weimar, IV, 2, n° 352.
— 3. *An. Aug. von Stolberg*, 18-19 sept. 1775, Ed. Weimar, IV, 2, p. 294.
— 4. *Mémoires*, IV, 19, p. 94.

pour mettre fin à une situation sans issue, il se résolut, pour la seconde fois, à fuir[1], mais avec la volonté maintenant de rompre sans retour possible. Le 8 octobre, il annonce à Merck qu'il est décidé à se rendre à l'invitation du nouveau Duc de Weimar et, le même jour, faisant part de cette grande nouvelle à Auguste von Stolberg, il ajoute : « Mon cœur est en piteux état. Il y fait un temps d'automne, ni chaud, ni froid. » Il part sans dire adieu à Lili! Une dernière fois, il était allé, un soir, rôder sous ses fenêtres. La voix de sa fiancée chantant une des poésies qu'il avait composées pour elle, l'ombre de son élégante silhouette sur les stores baissés l'émurent jusqu'aux larmes; mais il se fit violence et... il s'éloigna pour toujours[2].

Toutefois, il emportait avec lui l'impérissable souvenir[3] de celle dont il dira à Eckermann, avec une exagération significative, qu'elle avait été son premier et dernier grand amour[4].

Quelqu'absorbant qu'ait été l'amour de Gœthe pour Lili, il n'épuise pas l'histoire de sa vie sentimentale, à l'époque qui nous occupe. Nous en avons la preuve non seulement dans le passage d'une lettre du 19 septembre 1775 à Auguste, où il dit aller au bal par amour d'une « chère enfant » qui n'est pas Lili, et qui n'est peut-être pas la même que celle dont,

---

1. *Mémoires*, IV, 20, p. 104. — 2. *Ibid.*, p. 107.

3. La pensée de Lili le poursuivit comme un remords pendant les premiers mois de son séjour à Weimar. Mais rapidement l'apaisement se fit en lui; d'autres intérêts et un autre amour lui firent oublier la jeune Francfortoise. Quand le 9 juillet 1776 il apprit les fiançailles de Lili, cette nouvelle le laissa froid. « La tête pesante, je lis que Lili est fiancée!! Je me retourne et me rendors (à Mme de Stein.). Deux ans plus tard, ces nouvelles fiançailles ayant été rompues encore, Lili épousait M. de Türckheim et le suivait à Strasbourg. C'est là que Gœthe la revit en 1779. Plus tard, Gœthe montrera toujours de l'émotion quand il parlera d'elle. C'est à elle, aimait-il à dire, qu'il devait d'être venu à Weimar. Cf. Eckermann, 5 mars 1830. — Lili de son côté, d'après un récit de la comtesse d'Egloffstein, aurait gardé à Gœthe un souvenir attendri et reconnaissant. En 1794, chassée d'Alsace par la Révolution, elle disait à la jeune comtesse qu'elle considérait Gœthe comme l'artisan de son existence morale et que c'est à sa noblesse qu'elle devait son développement intellectuel. Cit. Eug. Joseph, *op. cit.*, p. 85. Cf. Commentaire Lœper, IV, 19, p. 214.

4. 5 mars 1830.

quelques lignes plus haut, il écrivait : « J'ai passé quelques heures à deviser d'amour avec une jeune fille dont tes frères pourront te parler, une étrange créature », mais encore et surtout dans sa correspondance avec *Auguste von Stolberg* elle-même.

Encore qu'elle n'ait pas trouvé d'écho dans les *Mémoires*, c'est une des pages les plus curieuses de l'histoire amoureuse de Gœthe que celle, où, dans ses lettres, sont inscrites ses relations avec la sœur de ses compagnons du voyage en Suisse[1].

Celle-ci, au lendemain de la publication de *Werther*, avait proposé à Gœthe, sans se faire connaître, d'entretenir avec lui une de ces correspondances à la fois littéraires et sentimentales, dans le genre de celles qui faisaient alors fureur et dont nous avons vu Leuschenring se faire le colporteur. Sans se faire prier, Gœthe avait accepté l'offre de l'inconnue, et tout de suite, dès la première lettre[2], avec sa merveilleuse souplesse, il avait trouvé le ton qui convenait. « Ma chère, je ne veux pas vous donner de nom, car que sont les noms, amie, sœur, amante, fiancée, épouse ou un nom qui en serait comme la synthèse, vis-à-vis du sentiment pur — que —. Je ne puis vous en écrire plus long, votre lettre m'a surpris dans une heure singulière. A peine ai-je commencé qu'il faut que je vous dise adieu. — Me voici pourtant revenu — je sens que vous pouvez la supporter cette expression hachée, balbutiante, quand l'image de l'Infini retourne le fond de notre être. Et qu'est cela, si ce n'est l'Amour ? S'il fut forcé de faire des hommes à son image, une race qui lui ressemble, que devons-nous sentir, nous, quand nous trouvons des hommes, notre image, notre double... Ayez de la patience avec moi, bientôt vous aurez une réponse. En attendant, voici ma silhouette ; envoyez-moi la vôtre, je vous prie, mais pas une silhouette réduite, c'est une silhouette grandeur nature que je vous demande. Adieu, un adieu du cœur.

1. Cf. Düntzer, *Frauenbilder aus Gœthes Jugendzeit*, chap. IV (*Lili u. Aug. L. von Stolberg*). — 2. 26 janv. 1775.

...La lettre est de nouveau restée sur ma table, ô ayez de la patience avec moi. Ecrivez-moi, et, dans mes meilleures heures, je veux penser à vous. Vous me demandez si je suis heureux ? Oui, ma très chère, je le suis, et si je ne le suis pas, du moins, le sentiment profond de toutes les joies et de toutes les souffrances est en moi. Rien d'extérieur ne me dérange, ne me tourmente, ne m'est une entrave. Mais je suis comme un petit enfant, Dieu le sait. Encore une fois, adieu. » — Rapidement, l'incognito de l' « inconnue » avait été trahi ; dès le 13 février, Gœthe lui écrit : « Qu'au reste votre secret n'en soit plus un pour moi : qui et où vous êtes, peu importe, quand je pense à vous je ne sens qu'égalité, amour, présence ! » Le ton des lettres n'en est que plus intime, plus tendre. Sa « chère Auguste », sa « petite Auguste » qu'il tutoie souvent, devient la confidente de son amour pour Lili. Il ne lui fait pas grâce d'un de ses états d'âme, il lui conte sans fausse honte, par le menu, ses joies, ses angoisses, ses désespoirs, dans un style haletant, hérissé de points d'exclamation, coupé de points de suspension[1]. Nous avons pu y suivre, pour ainsi dire, au jour le jour, les étapes de sa passion pour la fille du banquier. Ces lettres donnent l'impression « d'instantanés d'âme[2] ». Mais, par une sorte de perversité morale étrange, la confidente de ses sentiments les plus secrets, devient à ses yeux une sorte d'amante idéale, dont l'image le hante même à côté de Lili. Sa silhouette ne lui suffit pas. Il veut avoir des détails précis sur sa vie, sur la vie de ceux qui l'entourent ; il lui demande leur silhouette et en tapisse sa chambre. Elle est l'ancre de salut à laquelle il se raccroche éperdûment. « Ne m'abandonne pas, noble âme, aux temps de la détresse qui pourraient venir, si je te fuyais toi et tous les êtres qui me sont chers. Alors poursuis-moi, je t'en supplie, poursuis-moi de tes lettres et sauve-moi de moi-même[3] ». Aux approches de la crise décisive qui va le détacher de Lili, son désir d'elle,

1. H. Grimm y voit une influence du style de Lavater, *op. cit.*, p. 2o3.
2. Eug. Joseph, *op. cit.*, p. 77. — 3. 25 mars 1775.

son besoin de la voir, de lui parler, deviennent plus impérieux. « Quand mon âme est bien douloureuse, je tourne mes regards vers le Nord... Hier soir, mon ange, j'ai éprouvé un infini désir d'être couché à vos pieds, de tenir vos mains... Il faut que j'erre encore beaucoup — et puis un instant contre votre cœur ! — C'est toujours mon rêve, mon espoir à travers tant de souffrances. Je me suis si souvent trompé sur le compte des femmes. — O petite Auguste, si je pouvais plonger mon regard dans vos yeux[1] !... » « Je me suis souvent tourné vers le Nord. La nuit, sur la terrasse qui borde le Main, mes yeux te cherchent dans le lointain et je pense à toi ! Pourquoi es-tu si loin, si loin !... Dans vos frères, je vous avais, ma bien chère petite Auguste !... Maintenant, je n'ai que vos lettres... Que cela me fait du bien de pouvoir parler avec vous, que cela me fait du bien de penser : elle tiendra cette feuille de papier dans sa main ! Elle ! cette feuille ! que je touche, encore blanche en partie. Délicieuse enfant. Non, je ne serai pourtant jamais malheureux[2]... » « Si je pouvais aller vers vous. Récemment je partais pour aller vous joindre. En chevalier de la triste figure, je traversais l'Allemagne, ne regardant ni à droite, ni à gauche ; j'allais à Copenhague, j'arrivais, j'entrais dans votre chambre et je tombais tout en larmes à vos pieds et m'écriais : « Ma petite Auguste, c'est toi... ». « ...Laisse mon silence te dire ce qu'aucune parole ne peut exprimer... Bonne nuit ! Comme ça ! — je me retourne, c'est la troisième fois déjà ; c'est comme si j'étais amoureux de toi ! et que je prenais toujours mon chapeau et le reposais. Comme je voudrais que tu puisses huit jours seulement sentir mon cœur contre le tien, mon regard dans le tien[3] ». « Bon courage donc, ma petite Auguste. Nous ne voulons pas nous leurrer l'un l'autre de l'espoir de l'autre vie pour nous rencontrer. Il faut que nous soyons heureux ici-bas, c'est ici-bas qu'il faut que je voie ma petite Auguste. La seule jeune fille dont je sente le cœur battre complètement dans ma poitrine[4]. »

---

1. 25 juillet. — 2. 3 août. — 3. 14 sept. — 4. 16 sept. 1775.

Le désir passionné de Gœthe ne fut pas réalisé ; Auguste devait rester pour lui la « chère inconnue [1] ».

Il est assurément difficile de démêler avec certitude quelle part réelle eut le cœur du poète dans cet amour à distance. On peut aisément n'y voir qu'une sorte de jeu littéraire, un moyen pour Gœthe de se libérer, sur l'heure, de ses tortures morales ; mais il ne paraît pourtant pas impossible d'admettre que Gœthe ait été capable d'aimer à la fois Lili et Auguste, — Lili pour sa grâce et sa séduction, Auguste pour son esprit, son âme vibrant à l'unisson de la sienne, pour son influence apaisante. Ce qui l'attire tant dans la jeune Comtesse, c'est l'intelligence profonde de sa propre nature. Dès le premier jour, il a senti qu'Auguste était capable de le suivre à travers tous les détours de sa pensée et de descendre avec lui jusqu'aux abîmes les plus secrets de son cœur. C'est ce qui lui inspira, au premier abord, une absolue confiance en elle et le fit la traiter d'égal à égal. Est-ce faire injure à Lili que de supposer que pour si délicat qu'ait été son esprit et pour si capable qu'elle ait pu se montrer de « sentir » les poésies de son soupirant, elle n'était pas de taille à pénétrer aussi intimement la nature de Gœthe que pouvait le faire la sœur des Stolberg ? Ni ses seize ans, ni son éducation mondaine ne devaient le lui permettre. Gœthe le comprit sans doute d'autant plus clairement qu'il souffrait davantage du milieu brillant, mais superficiel, dans lequel elle vivait. Quoi de plus naturel que, peu à peu, le regret lui soit venu de n'avoir pas plus tôt rencontré Auguste sur sa route ? Nous soupçonnons même qu'il fut plus d'une fois sans doute effleuré par le désir de faire d'elle la compagne de sa vie, quand nous l'entendons dire à ses frères : « Petite Auguste est un ange. Quelle damnation qu'elle soit Comtesse d'Empire [2] ! »

1. Le départ pour Weimar ne mit pas fin à cette étrange correspondance, à cet « amour d'âmes ». De temps en temps, Gœthe écrit encore à Auguste avec l'ancienne intimité. Encore en mai 1776, il lui adresse une longue lettre-journal. Mais peu à peu les relations s'espacèrent et cessèrent. Gœthe n'avait-il pas en Mme de Stein la plus chère et la plus intelligente des confidentes ?

2. Cf. Ed. Weimar, IV, 2, n° 358, p. 298.

Rien donc ne nous semble s'opposer à ce que l'on croie à la sincérité de la passion dont débordent les lettres de Gœthe pour sa lointaine et énigmatique amie. L'amour de Lili pouvait se concilier avec l'amour d'Auguste von Stolberg. N'avait-il pas aimé déjà — et pour des raisons analogues — Annette Schönkopf et Frédérique Œser? Le cœur de Fernando ne se dédouble-t-il pas sans effort entre Stella et Cécile [1]?

II.

L'amour, d'après ce que nous venons de voir, occupe une telle place dans la vie sentimentale de Gœthe qu'il paraît difficile qu'un autre sentiment puisse partager avec lui le cœur du jeune avocat. En réalité, l'*Amitié* y joue un rôle à peine moins considérable et on peut même dire plus essentiel au point de vue de l'évolution morale du poète.

Herder, exilé à Bückebourg, n'est plus pour lui que l'ami lointain, auquel il garde assurément toute son affection reconnaissante [2], mais dans le sein duquel il n'éprouve plus le besoin de s'épancher. Pendant les années 1773, 1774, les deux amis cessent de s'écrire [3]. Peut-être Gœthe rougit-il de révéler à son sarcastique mentor de Strasbourg le trouble de son âme et l'agitation maladive de sa vie.

Ce n'est qu'en 1775 que, sur l'initiative de Herder, les relations se renouent. Gœthe en montre une joie sincère [4]; mais, malgré la cordialité du ton, les courts billets qu'il écrit [5] ne peuvent se comparer aux longues effusions que, dans le même temps, il adresse à la Comtesse de Stolberg. Il se contente de donner à son ami retrouvé quelques indications fugitives sur son état d'esprit, ses projets ou ses lectures. Gœthe, que, déjà durant le séjour à Wetzlar, nous avons vu affirmer, non

<hr>

1. Cf. Metz, *Gœthes Stella*. (Preuss. Jahrb., 1906. Bd 126, 1tes Heft., p. 62). — 2. A Herder, 5 déc. 1772. — 3. Cf. Haym, *Herder*, I², p. 736 et sq. — 4. A Herder et Caroline, 18 janv. 1775. — 5. Cf. 25 mars, 1er avril, mai.

sans hauteur, sa personnalité vis-à-vis de celle de Herder, est maintenant, moins encore qu'à cette époque, d'humeur à tendre le dos aux coups de férule. Il observe à l'égard de son ancien maître une prudente réserve qui nous frappe d'autant plus qu'elle fait un contraste marqué avec l'exubérance sentimentale de ses relations avec ses autres amis.

Au premier rang de ceux-ci demeure Merck. « Nous nous mirons l'un dans l'autre, nous nous appuyons l'un sur l'autre et partageons les joies et les ennuis de cette vie [1] ». A peine revenu de Wetzlar, Gœthe s'était en toute hâte rendu à Darmstadt, et là, dans l'intimité de Merck, il passe près d'un mois à dessiner. C'est sur les encouragements pressants de Merck que le poète hésitant se décide à publier la seconde rédaction de son *Götz* [2]. Gœthe n'aura qu'à fournir le papier, Merck se charge de l'impression. Dans la circonstance, l'aide de l'homme d'affaires avisé, sinon toujours heureux qu'était Merck, lui était éminemment utile et nous pouvons sans peine nous représenter combien le départ de celui-ci pour Saint-Pétersbourg [3] dut le laisser désemparé en face des difficultés pratiques que présentaient la distribution et la mise en vente de la première édition de *Götz*. Merck semble donc avoir été pour Gœthe avant tout un ami dévoué et utile. Son amitié paraît avoir pris très tôt un caractère viril et pratique qui la fait singulièrement ressembler à celle de Herder. La raison y joue un plus grand rôle que le sentiment.

C'est, par contre, le sentiment, et même le sentimentalisme, qui semble dans les autres amitiés du jeune poète donner la note dominante. Nous ne retiendrons de ces amitiés que celles qui importent réellement pour le développement de Gœthe, négligeant à dessein ses relations avec les Lenz, les Wagner, les Klinger, où il donna plus qu'il ne reçut ; nous ne parlerons pas davantage de son fougueux mais bien passager engouement pour les frères Stolberg [4].

---

1. A Herder, 5 déc. 1772. — 2. *Mémoires*, IV, 13, p. 118. — 3. Milieu juin 1773. — 4. Cf. *Mémoires*, IV, 18, pp. 56 et 64.

Mlle de Klettenberg continue de figurer en bonne place parmi ses amis. Comme il nous le dit lui-même [1], il ne l'oubliait pas au milieu des agitations les plus folles de sa vie ; il revenait toujours vers elle, et c'est à elle, surtout après le départ de Cornélie, qu'il confiait le plus volontiers ses grands et ses petits secrets ; en sa présence, il sentait s'apaiser les passions tumultueuses de son âme. Dans les occasions graves de sa vie, il allait lui demander conseil. Aussi, lorsque les princes de Weimar l'invitent à les suivre à Mayence pour aller y passer quelques jours en leur société, et que le Conseiller, se méfiant des têtes couronnées, lui refuse d'abord l'autorisation de se rendre à leur appel, comme son amie est malade et qu'il ne peut aller la consulter lui-même, il lui envoie sa mère pour savoir son opinion. La bonne demoiselle ayant donné un avis favorable, le Conseiller dut s'incliner et Gœthe s'en fut à Mayence [2]. Mais pour celui-ci Mlle de Klettenberg reste avant tout la conseillère spirituelle. C'est sur les questions religieuses que roulent de préférence les entretiens qu'il a avec elle ; — nous aurons occasion d'y revenir.

Nous nous imaginons volontiers, toutefois, que, en dehors des occasions exceptionnelles comme celles qu'offrit la visite de Lavater, ces haltes reposantes auprès de la « Belle-Ame », durent, à cette époque si agitée de sa vie, être fort intermittentes. Pour apaiser sa soif d'épanchements, Gœthe a des confidentes moins austères. Nous connaissons déjà Auguste von Stolberg, mais elle n'est pas la seule. Depuis près de deux ans déjà, Johanna Fahlmer prête à ses doléances ou à ses confessions une oreille d'une inépuisable indulgence.

En outre, à l'heure où, soit par suite de l'éloignement de ses anciens amis, soit parce que leur influence sur lui cesse d'être sensible, il court le risque de se trouver isolé, sa fortune bienveillante lui procure de nouvelles amitiés qui, en même temps qu'elles donnent un aliment savoureux à son besoin d'expansion, déposent en lui des ferments nouveaux, infiniment pré-

---

1. *Mémoires*, III, 15, p. 175. — 2. Cf. *Ibid.*, III, 15, pp. 186-189.

cieux. L'année 1774 lui fait faire, en effet, la connaissance de
Lavater, de *Basedow*, de *Jacobi*, du jeune *Duc de Weimar*.
Cette dernière est d'importance capitale puisqu'elle décide du
sort matériel de sa vie entière; mais la rencontre de Lavater et
surtout celle de Jacobi, qui en est la conséquence indirecte, ne
sont pas moins essentielles. Sa vie morale en reçoit une orientation nouvelle.

C'est le 23 juin 1774 que Lavater et Gœthe se virent pour la
première fois à Francfort. En réalité, leurs relations s'étaient
établies vers le mois de mai de l'année précédente. Gœthe
avait, dans les *Annonces savantes de Francfort* de novembre 1772, rendu compte des *Perspectives dans l'Éternité* (*Aus-
sichten in die Ewigkeit*); bien qu'il l'ait fait en termes d'un
enthousiasme très modéré, Lavater, tout en soulignant que le
critique s'était complètement trompé sur ses intentions, avait
déclaré que ce compte rendu était un des meilleurs qui aient
été écrits sur son œuvre[1]. Le désir de connaître Gœthe lui
était venu, d'autant plus vif, qu'il avait de son côté sympa-
thisé sincèrement aux idées exprimées par celui-ci dans sa
Lettre du pasteur[2]. Il avait demandé à Deinet, l'éditeur des
Annonces, le portrait de Gœthe[3]. Ce dernier, flatté, lui avait
fait envoyer un exemplaire de son *Götz*, et, dès le mois de
décembre, la correspondance qui s'est engagée entre eux est si
cordiale que Lavater, ravi, écrit à Herder[4] : « Gœthe m'appelle
son frère, comment dois-je l'appeler lui, l'unique? » Sur le conseil de Herder, qui sait la passion de Gœthe pour le dessin,
Lavater demande à celui-ci des silhouettes pour son grand ouvrage physiognomonique[5] et, le 4 février, il peut annoncer
tout joyeux à Herder que Gœthe lui a envoyé douze silhouettes,
notamment, une silhouette du Christ. Les deux nouveaux

---

1. Lavater à Zimmermann, 4 mai 1774. — 2. Lavater à Gœthe, 1er sept. 1773,
cit. dans *Gœthe u. Lavater*, hrg. von H. Funck. — 3. Lavater à Deinet, 11 juil.;
ibid., p. 382. — 4. Lavater à Herder, fin déc. (*Herders Nachlass*, p. 78), cit.
Lœper, *Mémoires*, III, 14, p. 406. — 5. Lavater à Gœthe, nov. 1773, 5 fév.
1774. Cf. Ed. von der Hellen, *Gœthes Anteil an Lavaters Physiognomischen
Fragmenten*, Frankfurt a/M, 1888, p. 13.

amis ne pouvaient que se réjouir de l'occasion d'une rencontre que devait leur offrir le voyage à Ems projeté par Lavater[1]. Le pasteur de Zürich était d'autant plus impatient de connaître personnellement Gœthe, que le portrait de celui-ci ne l'avait pas entièrement satisfait[2], et que Gœthe avait montré une aversion très nette pour ses tentatives de conversion[3]. La bonne opinion que la *Lettre du Pasteur* lui avait fait concevoir pour son auteur lui avait sans doute inspiré l'espoir que le jeune homme serait moins rebelle à la séduction de sa personne et à ses arguments directs qu'à ses exhortations écrites.

Leur première entrevue fut des plus touchantes[4]. « Est-ce toi? — Oui, c'est moi! » et les deux amis tombèrent aux bras l'un de l'autre. Ils s'étonnèrent de ne pas se trouver ressemblants à l'image qu'ils s'étaient faite l'un de l'autre. mais leur surprise ne fut pas une désillusion. Très tôt, il est vrai, Gœthe se rendit compte que l'abîme, que les lettres de Lavater lui avaient fait apercevoir entre leurs façons de voir et d'agir, était plus béant encore qu'il ne se l'était figuré à distance; mais pourtant il prenait aux entretiens. trop rares à son gré, que la curiosité des Franfortois lui permettait d'avoir avec lui, grand plaisir et grand profit. Les conversations et les discussions de Lavater et de Mlle de Klettenberg surtout l'intéressèrent au plus haut point, et furent pour lui « d'une grande valeur et d'une grande conséquence ». Aussi, les cinq jours que Lavater passa à Francfort, ayant fui avant qu'il ait eu le temps de lui poser toutes les questions qu'il méditait, Gœthe se décida-t-il sans peine à accompagner le pasteur lorsqu'il partit pour Ems. En chemin, une fois enfermés dans la voiture et séparés du monde importun, ils pourraient raisonner en toute liberté sur les matières qui leur tenaient à cœur, à tous deux. Son attente, d'ailleurs, fut trompée. Ce voyage lui servit plutôt à approfondir le caractère de Lavater qu'à régler et à former le sien. Au reste,

<hr>

1. Gœthe à Sophie v. La Roche, 16 juin; à Boie, 22 juin 1774. — 2. Lavater à Gœthe, nov. 1773. — 3. Cf. lettres Lavater à Gœthe, 30 nov., 28 déc. 1773, 19 janv. 1774, surtout printemps 1774 (Funck n° 14) et la lettre de Gœthe à Pfenninger et Lavater, 26 avril. — 4. Cf. *Mémoires*, III, 13, p. 154.

Gœthe ne fit qu'aller et revenir, ses occupations présentes ne lui permettant pas de s'absenter longtemps de Francfort. Pourtant, il est, à tout prendre, heureux du résultat de cette première rencontre avec Lavater et il en exprime sa joie à son ami Schönborn, d'Alger[1].

Quelques jours plus tard, arrivait à Francfort l'antithèse vivante de Lavater, le réformateur Basedow. Autant Lavater était doux et distingué, autant Basedow était brutal et vulgaire. Il fumait de mauvais tabac, il battait sa femme, s'habillait de façon peu décente et affectait un langage cynique. Avec Lavater il n'avait guère de commun que l'enthousiasme pour les causes qu'ils voulaient faire triompher. Mais tandis que Lavater avait à son service toutes les ressources d'une insinuante diplomatie, Basedow compromettait le succès de son œuvre, en blessant, par d'inconvenantes boutades contre la religion, les gens qu'il venait de gagner à ses idées philanthropiques. Tout de suite, Gœthe, en dépit de la grossièreté des manières du pédagogue et de la rudesse paradoxale de sa pensée, s'attacha à lui, attiré par la vigueur de sa personnalité. Tout frémissant encore des discussions qu'il avait eues avec Lavater sur les questions les plus graves de la religion et au cours desquelles il avait joué le rôle du sceptique, il lui paraissait piquant d'avoir à défendre les principes essentiels de la religion contre les attaques furibondes de Basedow. Il avait d'ailleurs fort à faire, car celui-ci apportait à la controverse une chaleur, qui n'était pas inférieure à la sienne, et une incomparable puissance de dialectique. Mais il y prenait un tel intérêt que lorsque Basedow alla rejoindre Lavater à Ems, il ne sut se résoudre à le laisser partir seul, « ne pouvant, dit-il, laisser échapper une si belle occasion de s'instruire ou au moins de s'exercer »[2]. Peut-être aussi était-il curieux

----

1. 4 juillet 1774. Cf. sur les rapports de Gœthe et Lavater, outre l'ouvrage de Funck déjà cité : Düntzer, *Freundesbilder*, chap. 1; J.-C. Moriköfer, *Lavater im Verhältnis zü Gœthe*, Im neuen Reich, 1877; Steck, *Gœthe und Lavater*, Basel, 1884.

2. Pour les détails de ce voyage, cf. *Mémoires*, III, 13, pp. 156-164, et Lavater, *Die Emser Reise (Aus Lavaters Tagebüchern)*, dans Funck, *op. cit.*, pp. 279-318.

de voir face à face et aux prises le mysticisme onctueux de
Lavater et le rationalisme cynique de Basedow. Quoi qu'il en
soit, il décida son père et ses amis à se charger de ses affaires
les plus urgentes et, le 15 juillet, il partit pour Ems. Il y vécut
trois jours très occupés et très joyeux. La société était nombreuse. Les journées se passaient en causeries passionnées, ou
en visites aux châteaux du voisinage, où Lavater et Basedow
se rendaient dans l'espoir de recruter parmi les nobles dames
sentimentales, des adeptes, l'un pour sa *Physiognomonique*,
l'autre pour ses plans pédagogiques. Le soir, on dansait, et
Gœthe laissait souvent passer une danse pour aller, malgré l'atmosphère empestée de la chambre étroitement fermée où se
tenait Basedow, discuter avec cet infatigable polémiste. Quand
le 18, les deux apôtres quittèrent Ems pour se diriger, de concert, vers le Nord, Gœthe les suivit, rivalisant d'impertinence
avec Basedow, se plaisant, comme à Coblence, à scandaliser
par l'excentricité de ses manières et l'outrance de ses propos
les bons bourgeois ébahis et se faisant l'effet « d'un mondain
entre deux prophètes. »

A Cologne, les voyageurs se séparèrent[1], et Gœthe, déçu
d'avoir le long de ce voyage trouvé moins d'éléments pour son
cœur et pour son âme qu'il ne l'avait espéré, poussé par le
désir de faire la connaissance des frères Jacobi, poursuivit seul
sa route jusqu'à Düsseldorf.

Il avait longtemps partagé la violente antipathie que Merck
professait pour les Jacobi. Il détestait en eux les collaborateurs du *Mercure* qu'il ne pouvait souffrir[2]. L'*Iris*, revue
pour dames, fondée par Georges Jacobi, lui paraissait une
entreprise puérile, une vulgaire spéculation, voisine de l'escro-
querie. Quand il avait fait la connaissance de la femme de
Fritz, Betty, il l'avait trouvée fort brave femme, mais il s'était
arrangé pour faire comme si elle n'avait ni mari, ni beau-frère[3].

1. Basedow les avait quittés déjà à Mülheim.
2. Cf. à Soph. von La Roche, fin août 1773 ; Fr. Jacobi à Wieland, 10 juillet
1773 et cit. *Gœthe-Jahrb.*, 1881, p. 377. — 3. A Kestner, 15 sept. 1773. Cf.

Il avait fait la sourde oreille aux efforts qu'elle avait tentés
pour le réconcilier avec eux,. car il ne tenait pas, disait-il, à
leur amitié. « Qu'ils me forcent à les estimer autant que je les
méprise actuellement et alors je les aimerai. » Vers le milieu
de février 1774, il écrivait à Mme de La Roche : « Je ne puis
aller à Düsseldorf et n'en ai nullement l'envie. Vous savez que
pour ce qui est de certaines connaissances, il en est à mes yeux
comme de certains pays : je pourrais voyager cent ans sans
éprouver le besoin d'y aller » ; et, en mars, il dit à Kestner qu'il
se soucie fort peu de l'opinion que les Jacobi peuvent avoir
sur son compte. Pourtant, il ne lui semble pas indifférent que
grâce à Lotte, qui leur a parlé de lui, ils soient forcés d'avouer
qu'on peut être un fort brave homme sans pouvoir les souffrir.
— Toutefois, peu à peu, sous l'influence combinée de Johanna
Fahlmer, la jeune tante des Jacobi, de Betty avec laquelle il
correspond de très amicale façon, de Mme de La Roche enfin,
une grande amie de la famille Jacobi, son antipathie pour les
deux frères avait perdu de son âpreté. Il avait même supprimé
une farce violente : le *Malheur des Jacobi*[1], où, selon l'expression de Höpfner, il avait vigoureusement fouetté Fritz et
Georges[2]. En se trouvant si près d'eux, à Cologne, il avait
cédé à un mouvement instinctif de son cœur et voulu voir, lui-
même, jusqu'à quel point il avait été injuste en ses jugements.
C'est ainsi que, le 21 juillet, il était arrivé à Pempelfort sans
crier gare : « Sans être introduit, cérémonieusement annoncé,
excusé, tombé droit du ciel devant Fritz Jacobi! Et lui et moi,
et moi et lui[3]! » Dès les premiers entretiens et les premières
effusions, il se sent violemment attiré par Fritz; il lui semble
qu'eux deux sont vraiment faits pour se comprendre. Tous deux
se sentent également soucieux d'apporter la clarté et le calme
dans leurs confuses aspirations, de donner à leur être moral le

F. Deycks, *Fr. H. Jacobi im Verhältnis zu seinen Zeitgenossen, besonders zu
Gœthe*, Frankfurt a/M, 1848, chap. III. — 1. Cf. Ed. Weimar, *Lesarten zu
B^d 38*, pp. 420-421 ; cf. aussi l'amusante conversation de Gœthe avec Joh.
Fahlmer, rapportée par celle-ci à Jacobi, Cf. Jacobi à Wieland, 8 mai 1774,
cit. *Gœthe-Jahrb.*, 1881, p. 383. — 2. Viehoff, *Gœthes Leben*, Stuttgart, 1877,
II, p. 61. — 3. A Betty Jacobi, fin juillet 1774, Ed. Weimar, IV, 2, n° 236.

plus grand développement possible ; mais tous deux aussi ont la
même horreur des controverses, persuadés qu'ils sont que, si la
controverse peut exercer l'esprit, elle ne l'instruit pas, et tous
deux cherchent la vérité à la lumière de leur propre cœur. Ils
ouvrent l'un à l'autre les plus secrets replis de leur pensée et
de leur âme. Pour la première fois, Gœthe rencontre un véritable confident, un frère spirituel capable de le comprendre.
Jusqu'ici, en dehors de Merck, peut-être, il n'a eu pour amis
que des compagnons de plaisirs ou d'études, inférieurs à lui,
comme les Langer, les Jung-Stilling, les Wagner, les Klinger,
auxquels il dédaigne ou n'éprouve pas le besoin de se communiquer, ou des mentors plus ou moins hautains comme Behrisch
ou Herder, dont il redoute la raillerie, ou encore des fanatiques
comme Lavater et Basedow, tous deux trop entichés de leurs
idées, sinon trop intolérants, tous deux en tout cas trop différents de lui, pour que, malgré la cordialité des relations extérieures, il se livre complètement à eux. Jacobi, au contraire, à
peine plus âgé que lui, est comme lui en pleine fermentation
intellectuelle et morale, et comme lui c'est dans son cœur plus
que dans sa raison qu'il cherche la solution des problèmes qui
le tourmentent. Dans l'âme toute vibrante de Fritz, le jeune
Gœthe retrouve plus d'une de ses idées les plus chères, et il
s'y attache d'autant plus qu'il les voit partagées par un homme
chez qui tout lui en impose, non seulement l'abondance du
cœur et la sincérité de la pensée, mais aussi l'existence simple
et vaillante, et une expérience des hommes et des choses puisée à même la vie.

Jacobi, en effet, a eu une jeunesse peu heureuse [1]. Médiocrement aimé et traité avec rudesse par son père dont toutes les tendresses et les espoirs vont à l'aîné, après avoir reçu une éducation
sommaire et mal dirigée, il a été jugé indigne de l'Université et
mis à seize ans dans une maison de commerce de Francfort, où
sa jeune âme mystique de piétiste est froissée par les brutales

1. Cf., pour les détails biographiques qui suivent, Lévy-Brühl, *La philosophie de Jacobi*, Paris, 1894, chap. i, et Biedermann, *Deutschland, im 18.
Jahrh.*, II, p. 852.

réalités de la chasse aux écus. Par bonheur pour lui, il obtient d'aller à Genève et là finissent ses épreuves; tout un monde nouveau s'ouvre à lui. Avec l'air salutaire des montagnes voisines, il y respire l'enthousiasme ambiant pour Rousseau, il se passionne pour la *Profession de foi du vicaire Savoyard,* il voit Voltaire, est distingué par le physicien et mathématicien Bonnet, qui est en même temps un apologiste fougueux du christianisme, il lit les écrivains français du dix-septième et du dix-huitième siècles : Pascal, Fénelon, les Encyclopédistes. Aussi, quand au bout de trois ans il revient à Düsseldorf ayant pris conscience de sa propre valeur, son père le reconnaît à peine et n'hésite pas à lui confier la direction de son importante maison de commerce et à le marier. Riche, indépendant, Jacobi donne le plus qu'il peut de son temps à la littérature et à la philosophie. Il offre dans sa ravissante campagne de Pempelfort une large hospitalité à tous ceux que le hasard lui amène. Ainsi, il fait la connaissance d'une foule d'hommes intéressants dont le commerce personnel ou épistolaire enrichit sa propre individualité. Quand Gœthe vient à son tour à Pempelfort, Jacobi n'est d'ailleurs plus négociant; depuis deux ans, il est membre du Conseil d'administration des duchés de Berg et Juliers, et ses fonctions nouvelles, les études d'économie politique auxquelles elles l'ont forcé, ont étendu encore le cercle de ses intérêts et donné plus d'ampleur à son horizon. Avec cela, pas la moindre trace de pédantisme. Bon et sentimental, il est enclin à la confidence, et il a déjà déversé son âme dans une foule d'âmes sœurs : Hamann, Claudius, Lavater, Wieland, la princesse Gallitzin, Sophie von La Roche... — Gœthe, avec son enthousiasme juvénile, son ardeur géniale, lui devient d'un coup plus que tous les autres; il se livre, il s'abandonne avec volupté. « Ce que Gœthe et moi devions être l'un pour l'autre, ce qu'il était nécessaire que nous soyons, fut décidé en un clin d'œil : chacun crut recevoir de l'autre plus qu'il ne pouvait lui-même donner; la pauvreté et la richesse s'étreignirent, et l'amour naquit entre nous[1]. »

1. Jacobi à Wieland, 27 août 1774, cit. Deycks, *op. cit.*, p. 42.

14

« Gœthe est l'homme dont mon cœur avait besoin, celui qui peut soutenir et supporter le feu d'amour qui embrase mon âme. C'est maintenant seulement que mon caractère va vraiment avoir sa fermeté naturelle et personnelle, car d'avoir vu Gœthe face à face, cela a donné à mes meilleures idées, à mes meilleurs sentiments une certitude invincible. Cet homme est indépendant de la tête aux pieds[1]. » Les heures du jour passent trop vite au gré des nouveaux amis ; ils se relèvent, la nuit, pour reprendre les conversations interrompues ; « le reflet de la lune tremblait sur le large Rhin, et nous, à la fenêtre, nous nous abandonnions avec délices aux épanchements naturels, qui jaillissent avec tant d'abondance de ces heures merveilleuses de l'épanouissement[2] » ; ils parlent, inlassables, de leurs projets d'avenir, de leurs ambitions littéraires, de leurs idées et de leurs croyances, de Spinoza... Ni l'un, ni l'autre, malgré les graves divergences qui les diviseront par la suite, n'oublieront ces moments uniques. C'est le cœur gros que les deux amis se quittèrent. Au lendemain de la séparation, Gœthe écrit[3] : « Tu as senti, mon cher Fritz, quelles délices j'ai éprouvées à être l'objet de ton amour... Qu'il est beau de croire qu'on reçoit de son ami, plus qu'on ne donne soi-même. O amour ! amour ! la pauvreté de la richesse ! et quelle force je sens en moi à la pensée que j'étreins dans mon ami ce qui me manque à moi-même et que, en revanche, je lui donne ce que j'ai[4]... Crois-moi, dès maintenant nous pourrions être muets l'un envers l'autre, et quand nous nous retrouverions, ce serait comme si nous n'avions pas cessé de marcher la main dans la main[5]... » Jacobi, de son côté, disait à Gœthe, un an

_____

1. Jacobi à Sophie von La Roche, 10 août, cit. *ibid.*, p. 41. — 2. *Mémoires*, III, 14, p. 169. — 3. 13 août 1774.

4. Gœthe avait conseillé à Jacobi d'user du moyen dont lui-même s'était servi pour se délivrer des troubles qui l'avaient obsédé, c'est-à-dire d'exposer, sous une forme quelconque, tout ce qui fermentait en son esprit. A peine son ami parti, Jacobi avait suivi son conseil, et dès le 26 août il pouvait lui annoncer qu'en son honneur il avait fait le plan d'un roman en lettres et qu'il en avait même commencé l'exécution ; ce sera le fameux roman d'*Alwill*.

5. Par la suite, il devait se montrer que cet espoir était vain et qu'il y avait,

plus tard[1] : « Je me promène de nouveau sur le même sol, entre les mêmes murs, par les mêmes portes, où j'ai appris à t'aimer, où après notre première séparation je te cherchais en vain et où j'allais, silencieux et recueilli, te suivant par la pensée et m'attachant à t'aimer du plus profond de mon âme. »

Le 27 juillet, Gœthe retrouvait à Ems Basedow et Lavater. Celui-ci partit le même jour, mais Basedow y étant resté jusqu'au milieu d'août, Gœthe lui tint compagnie et ne revint à Francfort que le 13 août.

III.

Ce n'est pas seulement par leur côté pittoresque et sentimental que les relations de Gœthe avec Lavater et Jacobi méritaient de retenir notre attention ; ainsi que nous l'avons déjà laissé entrevoir, elles marquent une étape essentielle de son évolution morale et religieuse.

Nous savons le rôle qu'avaient joué dans son enfance et sa première jeunesse les préoccupations religieuses. Au début de la période que nous étudions, les problèmes de cet ordre ne sont plus parmi ceux qui l'intéressent au premier chef, car il est satisfait, pour l'instant, de la solution qu'il leur a donnée. Nous nous souvenons que, dans la caractéristique qu'il avait esquissée de son rival, Kestner avait souligné que celui-ci croyait être fixé sur les matières les plus importantes, et que tout en n'allant pas à l'église, en ne communiant pas et en priant rarement, il croyait pourtant à une vie future et

en réalité, entre leur façon de penser et de sentir un abîme que leurs yeux éblouis n'avaient pas d'abord aperçu. Mais jamais, pourtant, le souvenir des heures bénies de Pempelfort ne s'effacera de leur mémoire, et leur amitié survivra à leurs dissentiments. « Nous nous aimions sans nous comprendre » dira Gœthe. Cf. *Biographische Einzelnheiten, Jacobi*, Hempel, 27, p. 322; cf. *Mémoires*, III, 14, p. 169; Caro, *La philosophie de Gœthe*, Paris, 1880, et encore la lettre de Jacobi à Gœthe, 28 déc. 1812.

1. 10 mars 1775.

respectait la religion chrétienne, sans toutefois accepter la forme que les théologiens lui avaient donnée. Il a donc, ainsi qu'il y visait, un christianisme pour son usage personnel et il s'en contente. Toutefois le caractère même de ses relations non seulement avec Mlle de Klettenberg mais aussi avec Lavater et Jacobi, sinon avec Basedow, devait le forcer à réfléchir à nouvéau et plus profondément encore qu'il ne l'avait fait jusqu'ici aux questions de la foi et de la vie morale.

Par la nature même de sa profession et par l'instinct le plus profond de son être, le pasteur Lavater ne voyait rien de plus essentiel que le souci religieux[1]. Mais la spéculation abstraite lui semblait vaine ; il ne comprenait pas la théologie pour elle-même, il ne la reconnaissait utile et légitime que dans la mesure où elle tendait à exercer une action directe sur le cœur des hommes. Il avait la passion du bonheur humain, mais il ne concevait pas de félicité réelle en dehors de la religion, et c'est pour répandre et faire triompher cette vérité qu'il se fit écrivain, qu'il devint un propagandiste passionné[2]. Toutefois, sa religion avait un caractère très spécial : elle se renfermait dans la Bible, « le document primitif de la révélation divine », le livre le plus cher; le plus clair, le plus inépuisable en enseignements ; et, dans la Bible même, le Nouveau Testament était pour lui comme le sanctuaire le plus précieux, car c'est là qu'il trouvait dans toute sa pureté l'image de son vrai Dieu, de Jésus[3]. Être chrétien, c'est avant tout croire à la souveraineté absolue de Jésus sur le monde visible et invisible, c'est concentrer sur lui toute son adoration et tout son amour du Divin[4]. L'Evangile ne nous dit-il pas lui-même que notre vrai Dieu n'est pas le Dieu des Juifs, le Maître sévère d'Israël,

1. La plupart des données du développement suivant sont empruntées à Bodemann, *Joh. Casp. Lavater* (Gotha, 1877, Ier Teil, p. 123 et sq., chap. vi; *Lavater als bibelgläubiger Schriftsteller*). Cf. aussi Ch. Andler, *Interprétation nouvelle de la scène de la Profession de foi dans le Faust de Gœthe* (Revue germanique, mai-juin 1905, pp. 312-319.

2. Bodemann, *op. cit.* p. 106. — 3. *Ibid.*, p. 123. — 4. *Ibid.*, p. 126.

mais Dieu tel qu'il se montre dans le Christ[1]. Dieu n'est pas connaissable en dehors de Jésus, ce n'est que par la création que nous atteignons le créateur, ce n'est que par le Fils que nous arrivons au Père[2]. « Un christianisme dont Jésus n'est pas le centre, qui considère comme une folie l'adoration de sa personne et comme fanatique la croyance absolue en lui, un tel christianisme, pour si ingénieusement qu'il puisse être construit, n'est qu'un anti-christianisme[3] ». Bref, pour lui, le seul dilemme possible est « Christ ou désespoir[4] », « chrétien ou athée[5] ». Il écrit : « Dès que je cesse d'être un chrétien selon l'Evangile, je ne suis plus en bonne logique qu'un athée » car « quiconque, raisonne logiquement doit en venir à l'athéisme, quand il ne croit plus au Christ[6]. » « Je comprends bien mieux un athée qu'un déiste[7]. »

Et ce n'est pas par le raisonnement qu'il est arrivé à cette persuasion, c'est par l'intuition de la foi, c'est par le cœur, par le sentiment[8]. « La divinité de toutes les choses divines doit être sentie[9]. » L'imagination lui paraît un danger pour la foi, car souvent elle peut nous tromper sur nos vrais sentiments[10]. « Le sens d'un mot est pour nous nul et vain tant que nous ne considérons que son aspect extérieur et que nous regardons comme des signes les lettres dont il se compose. Il n'en est pas autrement de l'objet sublime de notre foi. L'image « imaginative » du Christ doit disparaître et disparaît, en fait, dans notre âme au moment où nous croyons en lui. Lui-même, sans métaphore, devient vivant, devient esprit et force en notre âme, il devient en quelque chose une partie de nous-même[11]. » La religion qui a sa source dans le cœur ne se laisse jamais chasser du cœur ; la religion qui a sa source dans l'imagination peut être chassée par une représentation plus forte, ou par la persuasion ou par la passion. La religion du

---

1. Bodemann, *op. cit.* p. 124. — 2. *Ibid.*, p. 125. — 3. *Ibid.*, p. 128. — 4. *Ibid.*, p. 130. — 5. *Ibid.*, p. 133. — 6. *Ibid.* — 7. Cf. Lavater à Gœthe, 1er mai 1774. Funck, *op. cit.*, pp. 26-27. — 8. Bodemann, *op. cit.*, p. 136. — 9. Cit. Ch. Andler, *Rev. Germ.* Mai-juin 1905, p. 316. — 10. Bodemann, p. 137. — 11. *Ibid.*

cœur est indestructible comme le cœur; elle sourd d'un besoin
de Dieu, instinctif, profond, inséparable de notre nature[1]. Et à
lui, Lavater, cette religion du cœur enseigne que le Christ
n'est pas seulement celui qui fut et qui sera[2], mais celui qui
est, qui est toujours présent, qui n'est séparé de nous ni par
l'espace, ni par le temps, qui est toujours aussi près de nous,
bien plus, qui est toujours en nous, comme il l'était pour les
Apôtres, qui est toujours aussi bon qu'il l'était il y a des siècles, qui est toujours aussi puissant qu'il l'était le jour de la
Pentecôte et qui, comme jadis, est le souverain dispensateur du
pardon et de la grâce[3]. Il ne répugnait nullement à cet amant
du Christ de croire aux miracles. Non seulement la Divinité
se manifeste à tous les instants dans la Nature, qui n'est que
son reflet, que le langage dont elle se sert pour communiquer
avec nous; mais, de même qu'elle a pu se révéler jadis, en
dehors des conditions normales, à des hommes privilégiés,
elle le peut encore aujourd'hui, à toute heure, si tel est son
bon plaisir. Lavater était toujours dans l'attente du miracle;
l'extraordinaire ne le surprenait pas, car il n'y voyait que des
manifestations imprévues du Divin. Et c'est ainsi que tour à
tour il s'enthousiasme pour tous les grands charlatans de
l'époque qu'ils s'appellent Gassner, Cagliostro, Mesmer, Leuschenring ou Kaufmann[4].

Avec une foi si vive et si personnelle, Lavater ne pouvait
qu'être intolérant vis-à-vis de ses amis. Il a bien la volonté
d'être indulgent à toutes les croyances pourvu qu'elles soient
sincères. Quiétistes passifs, piétistes actifs à obtenir la grâce
par leurs œuvres, mystiques ennemis des images, moraves à
l'amour sensuel, sociniens et déistes, athées renforcés, tous,
dit-il, ont accès près de lui, pourvu qu'ils paraissent avec
leur visage vrai, et un athée ou un déiste déclaré lui est moins
antipathique qu'un chrétien qui, dans le cœur, dément ce que
dit sa bouche[5]. Mais comme il ne pouvait imaginer de vraie

---

1. Bodemann, p. 138. — 2. *Ibid.*, p. 139. — 3. *Ibid.*, pp. 141-143. — 4. Cf.
Hettner, *Gœthe und Schiller, Litteraturgesch.*, III, 1, p. 327, et Ch. Andler,
op. cit., p. 315. — 5. Bodemann, *op. cit.*, pp. 208-209.

félicité en dehors de sa propre croyance, en dépit de ses maximes indulgentes, il était tout naturel qu'il s'efforçât de convertir à sa religion, pour leur bien, ceux de ses semblables qui
touchaient de plus près à son cœur. N'écrivait-il pas à son
ami Hess : « L'amitié n'est pour moi vraiment douce que lorsque le christianisme en est l'âme », ou encore : « J'aime beaucoup de choses, je jouis de plus d'un bien, je trouve mon
plaisir à des formes très diverses de beauté, mais je ne sais
pas de joie plus grande que de voir un chrétien éclairé par la
grâce, un chrétien profondément honnête et énergique. Ce
que sont les anges pour les saints, un vrai chrétien l'est pour
le vrai chrétien[1]. »

Aussi, lorsqu'il se fut pris d'une amitié enthousiaste et en
même temps, semble-t-il, un peu craintive pour Gœthe,
n'avait-il eu rien de plus pressé que d'essayer de le conquérir
à ses idées. Il insiste pour avoir de lui une tête de Christ des-
sinée de sa propre main[2], et quand il a arraché à Gœthe l'aveu
qu'il n'est pas chrétien, il s'en étonne, s'en attriste[3], il le
somme de lui dire ses raisons, il lui pose des questions urgentes pour le forcer à préciser sa foi et à la justifier[4]. Nous
n'avons pas les premières réponses de Gœthe à ces lettres
« indiscrètes » de Lavater, mais la lettre commune que, le
26 avril 1774, il adresse à Lavater et à son ami Pfenninger
marque son point de vue avec une suffisante netteté. Il remercie ses deux amis de s'inquiéter aussi chaudement de son
salut, et il espère qu'un temps viendra où ils le compren-
dront; ils ont tort de le prendre pour un incrédule, sans
expérience religieuse. C'est une erreur grossière, et le manuscrit de *Werther* qu'il leur envoie le leur démontrera. En
réalité, il est aussi sceptique qu'eux à l'égard de la raison et
de la preuve en matière de religion. Au fond, entre leurs idées
et les siennes, il n'y a qu'une différence de mots. A quoi bon
vouloir invoquer des témoignages pour tenter de le convaincre ?

<hr>

1. Bodemann, *op. cit.*, p. 205. — 2. Lavater à Gœthe, 19 nov. 1773, cit.
Funck, p. 8. — 3. Lavater à Gœthe, 30 nov. 1773, *ibid.*, p. 9. — 4. Lavater à
Gœthe, 28 déc. 1773, *ibid.*, p. 10.

A ses yeux, les témoignages n'ont de valeur qu'en tant qu'ils lui prouvent que d'autres ou un seul ont, avant lui, en face du mystère des choses, éprouvé, comme lui, une émotion féconde. La parole des hommes cherchant à exprimer leur sentiment du Divin est pour lui parole divine. Peu lui importe qu'elle sorte de la bouche des prêtres ou de celle de femmes perdues, qu'elle soit condensée en un système rigoureux ou éparpillée en fragments divers. Sa sympathie va à l'effort, à tous ceux qui sont ses frères dans la recherche de la vérité, qu'ils s'appellent Moïse, Prophètes, Evangélistes, Apôtres, Spinoza ou Machiavel. La réponse attristée de Lavater[1] à cette lettre, diplomatique dans sa sincérité, prouve qu'il ne fut pas dupe des formules évasives et conciliantes de Goethe. Entre lui et son ami, il y a plus qu'une querelle de mots, il y a opposition radicale de principes.

Sans doute, au premier abord, il pouvait paraître qu'il y avait entre eux de nombreux points de contact. Tous deux sont également épris de Divin et, convaincus de la nécessité de la foi, tous deux croient que la foi est affaire de cœur; tous deux sont tolérants ou prétendent l'être pour toutes les croyances sincères, et, également ennemis du rationalisme et de l'athéisme, tous deux vénèrent la Bible avec la même dévotion apparente. Leur rencontre fait même découvrir à Goethe de nouvelles raisons de sympathie. A distance, en effet, et sans doute sous l'influence des efforts obstinés de Lavater pour l'amener à sa propre foi, Goethe avait, malgré qu'il se sentît attiré par l'individualité de Lavater, porté sur lui des jugements sévères. Il se le représentait faible de corps et inquiet d'esprit, tourmenté à l'excès par le problème de la destinée humaine, ignorant la joie la plus belle qui soit, celle que donne la vie intérieure. « On ne peut s'imaginer à quel point il est faible et combien, encore qu'il ait la plus belle et la plus naïve intelligence qui soit, le langage qu'on lui tient lui paraît énigmatique et mystérieux quand on lui parle la langue du

1. Lavater à Goethe, 1er mai 1774.

cœur vivant et agissant en soi et par lui-même[1]. » Mais après les cinq premières journées passées en sa société, il doit avouer qu'il s'est grossièrement trompé sur le compte de Lavater. « Je n'ai jamais vu personne qui ait de plus belles énergies que lui ; dans sa sphère, il est infatigablement actif et prompt ; il a une âme débordante d'amour et d'innocence. Je ne l'ai jamais pris pour un illuminé et il a encore moins d'imagination que je ne me le représentais... C'est du fond du cœur qu'il parle et agit[2]. » L'attitude de Lavater en société, son habileté à répondre à ses adversaires, à déjouer la malveillance, l'inépuisable trésor de son expérience intérieure et extérieure, le charme qui émane de toute sa personne donnent à Gœthe le sentiment d'une forte individualité, d'un être unique « tel qu'on n'en a point vu et qu'on n'en verra plus[3]. » Leur rencontre aurait donc dû, semble-t-il, rapprocher les deux amis et contribuer à dissiper les malentendus nés de leur correspondance. Or, si, en réalité, elle affermit et développa la sympathie personnelle qui les avait portés l'un vers l'autre, elle ne fit qu'accentuer avec plus de netteté l'antagonisme de leurs idées.

Lavater croit aveuglément à la Bible ; il l'accepte dans son intégrité et ne veut pas entendre parler des interprétations rationalistes, des accommodations et explications modernes. Bible et Nature sont pour lui synonymes, car toutes deux sont des manifestations directes de la divinité[4]. Or, Gœthe, depuis longtemps, avait accepté, sinon les conclusions, du moins les principes de la critique rationaliste[5]. Il avait éprouvé un secret orgueil à exercer vis-à-vis de la Bible son sens critique et à la traiter en ouvrage historique, et, encore que, dans ses tentatives d'exégèse, il se laissât guider par son sentiment plus que par sa raison, son point de vue était aussi éloigné que possible de celui de Lavater. Il était d'autant moins disposé à faire des concessions à ce dernier qu'il était persuadé que, si celui-ci s'en tenait aussi étroitement à la lettre de la Bible, c'était par insuffi-

---

1. A Schönborn, 8 juin 1774, éd. Weimar, IV, 2, p. 174. — 2. Au même, 4 juillet, *ibid.*, p. 175. — 3. *Mémoires*, III, 14, p. 154. — 4. Bodemann, *op. cit.*, p. 123. — 5. *Mémoires*, III, 12. p, 60.

sance de pénétration du texte, par son ignorance de l'hébreu, qui le forçait à se contenter de lire la Bible dans une traduction [1].

Mais bien plus encore que la foi aveugle de Lavater dans la Bible, son adoration exclusive du Christ devait provoquer la contradiction de Gœthe. Bien que lui-même ait, ainsi que nous le verrons, parlé du Christ dans sa *Lettre du Pasteur* et ses *Deux questions bibliques* avec respect et qu'on ait pu établir un parallélisme certain entre les expressions qu'il emploie et celles de Mlle de Klettenberg elle-même [2], il ne faudrait pas oublier qu'il fait dire avec une perfide innocence à son pasteur : « Je ne subtilise pas sur la matière, car, puisque Dieu s'est fait homme pour que nous autres, pauvres créatures, esclaves de nos sens, nous puissions l'étreindre et le saisir, il faut bien se garder de faire de lui de nouveau un Dieu. » Le Christ n'est pour lui, comme au temps où il composait sa dissertation subversive *De legislatoribus*, qu'un homme très sage, et il réprouve aussi bien la christolâtrie de Lavater que celle de Mlle de Klettenberg [3]. Celle-ci s'attachait à son Sauveur comme à un amant, auquel on se livre sans réserves, dans lequel on met toute sa joie et tout son espoir, et à qui on abandonne sans hésiter, sans balancer, le destin de sa vie. Lavater, de son côté, traitait son Christ comme un ami, sur les traces duquel on marche avec dévouement et sans envie, dont on exalte les mérites et que l'on s'efforce par conséquent d'imiter et même d'égaler. Leur amour pour le Christ était aussi ardent mais la nuance que chacun y apportait était si différente qu'ils ne pouvaient s'entendre [4]. Ils n'étaient d'accord que pour refuser à Gœthe le droit de donner à son Christ la figure qu'il lui avait prêtée. Ils voulaient l'entraîner dans leur superstition ; il s'y refusait.

---

1. *Mémoires*, III, 14, p. 153. — 2. Dechent, *Gœthes schöne Seele*, pp. 162, 163. — 3. Cf. *Mémoires*, III, 14, pp. 156, 157 ; cf. aussi *ibid.*, IV, 19, pp. 83, 84.

4. Cf., sur cette question des nuances entre la foi de Mlle Klettenberg et de Lavater, *Zehn Briefe von S. Kath. von Klettenberg an J. K. Lavater,* hrg. von H. Funck, Gœthe-Jahrb., 1895. Mlle de Klettenberg reproche à Lavater de trop *voir* et de ne pas assez *sentir,* p. 85, d'être froid, p. 88.

Il ne pouvait pas davantage admettre la prétention qu'avait
Lavater de démontrer sa foi. Tout en protestant, en effet, que
la religion se sent, et ne se prouve pas scientifiquement, celui-
ci avait essayé dans ses *Perspectives*, à l'exemple de Bonnet,
l'auteur de la *Palingénésie philosophique ou idées sur l'état passé
et sur l'état futur des êtres vivants*, d'asseoir sur une base
scientifique l'édifice chancelant de ses rêves mystiques[1]. Pour
prouver la survivance de l'âme et décrire son existence future,
il avait amalgamé les idées de Bonnet, de Leibnitz, de Haller
et de Buffon, et en avait tiré une fantastique histoire naturelle
du Ciel, où la science, le rationalisme, la théologie et le mysticisme voisinaient en des rapprochements inattendus et criards.
Déjà, dans un compte rendu des *Annonces de Francfort*[2],
Gœthe avait blâmé l'arbitraire de cette méthode faussement
scientifique et il nous dit dans ses *Mémoires*[3] qu'il en discuta
de nouveau à Francfort avec Lavater et Mlle de Klettenberg.
Il leur soutenait qu'il est superflu et vain de vouloir légitimer la foi par la science, car elles sont en contradiction absolue. En fait de science, l'essentiel n'est pas le savoir en soi,
mais l'objet, la qualité, le degré du savoir; la science peut se
rectifier, s'étendre, se resserrer, elle est sans limites, sans
forme. En matière de croyance, au contraire, l'essentiel est de
croire; peu importe l'objet de la croyance, l'essentiel est que
la foi soit ferme; quant à la manière dont nous nous représentons l'être tout-puissant et impénétrable qui préside à notre
destinée, elle dépend de nos facultés, des circonstances, et
elle est indifférente. Pour Lavater comme pour Mlle de Klettenberg, la forme de la foi et la foi elle-même sont indissolublement liées; il ne conçoit pas d'autre foi possible que la foi en
Jésus. « Toute théologie, tout christianisme, l'espérance même
de la vie future et la croyance en Dieu ne sont sans le sentiment immédiat de Christ », que vaine illusion, songe creux,
non-sens, idolâtrie, athéisme et fanatisme, « ou athée, ou

---

1. Cf. Haym, *Herder*, I, pp. 506, 507. — 2. *Recensionen in den Frankf.
gel. Anzeigen*, Hempel 29, p. 62. — 3. *Mémoires*, III, 14, p. 157.

chrétien », « je n'ai pas de Dieu, en dehors de Jésus-Christ[1] ». Rien ne pouvait être plus antipathique à Gœthe que cet exclusivisme obstiné, que cette spécialisation outrée du Divin[2], alors que lui-même se refusait, par la bouche de Faust, d'en donner à Gretchen une définition, si vague fût-elle, et qu'il avait déjà peut-être entrevu dans Spinoza la formule religieuse qui convenait le mieux à son propre sentiment : l'adoration de Dieu ou plutôt du Divin dans la Nature, le désintéressement de l'amour divin.

Quoi d'étonnant dès lors que Gœthe n'ait pas trouvé dans le commerce direct de Lavater des raisons de changer de foi, et que cette rencontre n'ait pas eu les effets que l'un et l'autre des deux amis en attendaient? Ils restaient tous les deux sur leurs positions. Gœthe pourtant en retira un profit réel. Il y trouva l'occasion de faire en quelque sorte une revision de ses opinions religieuses à un moment décisif de sa vie[3], à la veille du jour où, grâce à Jacobi, il allait pénétrer, plus avant qu'il ne l'avait fait jusqu'alors, dans la pensée de Spinoza et y découvrir des raisons péremptoires de renoncer pour jamais aux aventures du mysticisme ou du sentimentalisme religieux. C'est en ce sens, croyons-nous, que Gœthe a pu écrire avec raison, dans ses *Mémoires*, que les entretiens de Lavater et de Mlle de Klettenberg furent pour lui d'une grande valeur et d'une grande conséquence[4]. A voir deux chrétiens décidés, animés du même esprit, nuancer si diversement leur croyance, il acheva de se convaincre que rien n'était plus légitime que sa prétention à reconnaître et à adorer son Dieu à sa guise, rien de plus sage que son détachement de toute formule religieuse.

1. Lavater à Gœthe, lettre citée, 1er mai 1774.
2. Gœthe et Lavater peuvent être d'accord tant qu'ils ne font que parler en termes généraux du sentiment religieux (cf. Ch. Andler, art. cité), mais ils ne s'entendent plus dès qu'il s'agit d'en préciser l'objet.
3. J. Schmidt, *Gœthes Stellung zum Christentum*, Gœthe-Jahrb., 1881, p. 57.
— 4. *Mémoires*, III, 14, p. 156.

IV.

Ce résultat était appréciable, mais il était en somme négatif, et il nous explique que, en quittant Lavater à Cologne, Gœthe ait emporté le regret d'avoir moins gagné à sa fréquentation qu'il ne l'avait espéré. Par contraste, cette désillusion devait lui faire d'autant mieux goûter la fraternité qu'il crut découvrir entre sa pensée et celle de *Jacobi*.

Au point de vue religieux, un premier trait commun le séduisit, dès l'abord, en Jacobi. Comme lui-même, celui-ci cherche la réponse aux énigmes du monde et de l'homme, non dans les systèmes de philosophie, ni même, malgré une foi sincère, dans les dogmes des orthodoxies, mais dans son propre cœur, et comme lui il ignore les subtilités théologiques d'un Lavater. Pour n'avoir pas passé par les Universités, Jacobi ne connaît qu'assez médiocrement les systèmes philosophiques courants ; il a échappé à l'influence de la doctrine wolfienne, et il a une horreur instinctive du rationalisme[1], car il est convaincu que, si la raison est capable de former des concepts, des jugements, des raisonnements, de classer et de ramener à l'unité la multiplicité des phénomènes sensibles, elle est impuissante à rien révéler par elle-même. Entre le monde sensible et le monde de l'absolu, il y a un abîme infranchissable pour l'entendement. Toutes les tentatives faites par la raison pour y jeter un pont ont échoué et toutes celles qu'on pourra tenter sont vouées à un échec certain. Le sentiment que, plus tard, par un artifice de langage audacieux, il appellera la raison intuitive[2], est seul capable de faire le *salto mortale* qui nous transporte du monde des idées-concepts dans celui des réalités, c'est-à-dire dans l'absolu, le Divin. Jacobi n'a pas encore, en 1774, édifié sa « philosophie de la croyance »,

1. Cf. Lévy-Brühl, *op. cit.*, chap. ii, *Jacobi et la philosophie des lumières.*
— 2. *Ibid.*, chap. iii, *La théorie de la Raison*, p. 56.

mais il en a déjà aperçu dès lors les idées principales; dans leur généralité, ces idées attirent Gœthe, parce que, dans un sens, elles répondent aux siennes. Gœthe ne s'est-il pas fait lui aussi, dans ses premières œuvres, l'apôtre du sentiment? Il se réjouit de trouver en Jacobi, au lieu de l'esprit mesquin, attaché aux petites vanités de ce monde, que les apparences lui avaient fait voir à distance, un esprit ardent, pénétré de Divin, dont le plus grand souci est de fortifier sa foi en la soustrayant aux hasards de la spéculation débile. Certes, il y a entre la foi des deux amis des différences fondamentales; mais ils n'en ont point alors une pleine conscience; du moins, l'ardeur première de leur enthousiaste amitié les atténue assez pour qu'ils n'en soient point frappés ou offusqués.

Tandis que Gœthe a rompu avec toute religion positive et qu'il n'a gardé que la croyance au Divin qui, suivant ses dispositions du moment, oscille entre la notion de Providence et une représentation déjà voisine du panthéisme, Jacobi est un dévot, qui tient fermement à l'hypothèse d'un Dieu personnel, conscient, voulant, agissant librement, plein de sagesse et de miséricorde[1]. Mais, si sur cette question primordiale ils sont en désaccord, la façon même dont Jacobi pose le problème, son refus de vouloir définir et limiter Dieu par la raison, ne sont pas faits pour déplaire à Gœthe. Jacobi d'ailleurs ne montre pas la moindre intolérance; il ne prétend pas imposer sa foi, il nie seulement qu'on puisse l'attaquer ou la détruire au nom de l'entendement. Il soulignera même plus tard, et sans doute il pense dès maintenant que toutes les théologies se valent, que toutes, également vraies par leur côté mystique, sont également fausses par leur côté non mystique[2]. Peut-être même dit-il déjà qu'il est fou de vouloir, sans tenir compte de l'origine historique des croyances, les rejeter au nom de la saine raison, en se contentant de les appeler superstitions et de les attribuer à la sottise, à la fourberie et à la cupidité[3]. Le langage de ce

<hr>

1. Lévy-Brühl, chap. IV, *La Science et la Métaphysique*, p. 90. — 2. *Ibid.*, p. 93. — 3. *Ibid.*, pp. 110, 111.

qu'on appelle la superstition peut être ridicule et son contenu d'idées étrange, mais le sentiment d'où elle est née était juste, puisque c'était le sentiment du Divin, et, de ce point de vue, l'illusion qui est à la base des religions primitives est respectable. La superstition philosophique des concepts absolus est-elle donc tellement supérieure à la superstition des images de bois? Ce qui importe, c'est moins la forme du sentiment religieux que sa sincérité et sa profondeur. Gœthe qui dans sa *Lettre du Pasteur* venait de revendiquer les droits du cœur et de prêcher la tolérance en religion, ne pouvait que souscrire à de telles idées. Peut-être concédait-il à Jacobi qu'il n'y a pas de morale individuelle possible sans religion[1] ou plutôt en l'absence du sentiment de l'au-delà; en tout cas, il ne pouvait que se réjouir d'entendre son ami affirmer, qu'en morale l'homme n'a qu'à suivre son instinct inné du bien, ou encore qu'on ne peut réduire la loi morale à un concept, à une loi universelle qui commande au cœur. Il n'y a dans la vie que des cas particuliers, professait le philosophe de Pempelfort; c'est le cœur seul qui doit décider si, dans telle ou telle occasion, il doit agir dans tel sens plutôt que dans tel autre. L'homme pourra parfois prendre la voix de son intérêt pour celle de son cœur, mais s'il est bon et s'il a le sentiment de Dieu, il s'apercevra vite de son erreur. L'ordre suprême de la moralité est d'être soi-même et non de chercher à réaliser un type vague et abstrait de vertu toute faite[2]. Ne sont-ce pas là des idées chères à Gœthe, telles qu'elles nous sont apparues déjà dans sa *Correspondance* et dans les faits mêmes de sa vie? Ne sont-ce pas, à beaucoup d'égards, les idées directrices du « Sturm-und Drang »?

Ses longues conversations avec Jacobi ne donnaient pas seulement à Gœthe ces pures joies d'âme qu'on éprouve à retrouver sa pensée chez un ami qui nous est cher, elles lui procurèrent des clartés nouvelles sur une grande personnalité

---

1. Lévy-Brühl, chap. iv, *La Science et la Métaphysique,* p. 117. — 2. Cf. *Ibid.,* chap. v, *Théories morales,* pp. 122, 123.

qu'il n'avait fait qu'entrevoir, dont il n'avait fait que pressentir la majesté et l'importance, mais qui l'avait vivement attiré : *Spinoza*[1].

Il est assurément indéniable que Gœthe connaissait Spinoza avant de parler de lui avec Jacobi. Si du passage des *Ephéméri-des* où il déplore que de la belle doctrine représentant le monde comme une émanation divine ait pu naître le spinozisme, ce « méchant frère », on ne peut guère conclure à une connaissance précise de Spinoza, on peut, sans trop d'invraisemblance, supposer que pour sa dissertation *De legislatoribus* il a consulté le *Traité politico-théologique*[2]; il paraît même légitime de penser qu'il y a puisé l'idée de cette étude sur les *Tables de la loi* qu'il publia dans les *Annonces de Francfort*[3]. Mais, en réalité, c'est seulement sa lettre du 7 mai 1773 au professeur Hœpfner de Giessen qui nous fournit la preuve qu'il fréquente directement Spinoza. Et encore, à proprement parler, cette lettre ne témoigne-t-elle que de son intention de tenter l'étude sérieuse du philosophe juif; il veut voir jusqu'à quel point il pourra le comprendre. Il sait le maître, obscur et ténébreux, par ouï dire sans doute; il emprunte pour le caractériser ses images à la langue des mineurs, il s'attend donc à un travail fécond sans doute, mais pénible. Pénétra-t-il bien avant à ce moment dans les arcanes de l'*Ethique*? Y trouva-t-il l'apaisement de ses passions, la « grande et libre perspective sur le monde sensible et le monde moral ». dont il parle au quatorzième livre des *Mémoires*[4]? Il n'est certes pas impossible que, malgré la vie trépidante qu'il mène à

---

1. Sur le spinozisme de Gœthe, cf. Danzel, *Uber Gœthes Spinozismus*, Hamburg, 1843; Jellineck, *Die Beziehungen Gœthes zu Spinoza*, Wien., 1878; B. Suphan, *Gœthe und Spinoza*, 1783-86 (*Festschrift zur Sakülarfeier des Friedrich-Werderschen Gymnasiums in Berlin*, 1882; G. Schneege, *Gœthes Verhältnis zu Spinoza und seine philosophische Weltanschauung*, Pless, 1890; R. Hering, *Spinoza im jungen Gœthe*, Diss. Leipzig, 1897; Fr. Warnecke, *Gœthe, Spinoza und Jacobi*, Weimar, 1908; E. Caro, *La philosophie de Gœthe*, Paris, 1880; V. Delbos, *Le problème moral dans la philosophie de Spinoza et dans l'histoire du Spinozisme*, Paris 1893.

2. Cf. R. Hering, *Spinoza im jungen Gœthe*, *op. cit.*, p. 12. — 3. *Ibid.*, p. 13. — 4. *Mémoires*, III, 14, p. 168.

cette époque, il ait réussi à lire l'*Ethique,* — nous savons par ses
Ephémérides qu'il avait une grande puissance de lecture, — mais
il est bien peu vraisemblable qu'il en ait approfondi la doctrine.
Ne nous le laisse-t-il pas entendre lui-même quand, au seizième
livre des *Mémoires*[1], il dit qu'excité par un pamphlet contre Spinoza, trouvé dans la bibliothèque paternelle, il avait lu Spinoza,
mais seulement « à la dérobée »? S'il l'avait lu autrement, et
si cette lecture lui avait réellement fait éprouver alors le sentiment d'apaisement qu'il souligne au quatorzième et au seizième
livres de son *Autobiographie*, il l'aurait évidemment marqué
dans sa *Correspondance*, où, au moins par voie d'allusions,
il tient ses amis si exactement au courant de ses études et de
ses sentiments. Sa vie morale même en eût témoigné par plus
d'équilibre. Or, nous avons marqué que précisément l'année 1773 fut une des plus troubles, des plus inquiètes de
cette période. Il « vit » *Werther* avant de l'écrire. Sans doute,
au mois de mai, c'est-à-dire, d'après sa lettre à Hœpfner, au
moment même où il lit Spinoza, il parle bien à Kestner de son
calme, du bonheur qu'il éprouve de sa solitude, de sa résignation[2]; mais outre qu'il serait bien surprenant que, à première
lecture, le penseur juif ait exercé sur lui une action si profonde, ne connaissons-nous pas à sa résignation une autre
raison moins lointaine et plus naturelle? Lotte s'est mariée à son
insu, et cette nouvelle, en le surprenant, lui a causé un grand
soulagement; l'irréparable s'est accompli, il s'y soumet presque joyeusement; c'est la fin d'une exaspérante hantise.

Si donc il est certain que Spinoza n'était pas pour lui, en
juillet 1774, un inconnu, tout porte à croire que les relations qu'il
avait eues avec le philosophe étaient superficielles, et n'avaient
point encore eu en son esprit un retentissement profond. Nous
en avons une dernière preuve, qui peut paraître décisive, dans
la façon même dont Gœthe parle de lui à Lavater. Celui-ci
note dans son *Journal de voyage* que dans la voiture qui l'emporte en compagnie de Gœthe de Francfort à Ems, le 28 juin,

1. *Mémoires*, IV, 16, p. 6. — 2. 8 mai 1774.

Gœthe lui parle beaucoup de Spinoza et de ses écrits. Mais Lavater, dont pourtant le journal est si minutieux, ne rapporte rien de précis sur la doctrine même du philosophe en dehors de l'affirmation vague que personne, plus que Spinoza, n'a parlé de la Divinité en termes qui rappellent davantage ceux dont le Christ s'est servi. Ce qui l'a frappé surtout dans ce que Gœthe lui a dit, ce sont les détails que celui-ci lui a donnés sur l'admirable moralité, sur la vie exemplaire, l'influence salutaire, la modération, le désintéressement, la bonté humaine du pauvre polisseur de verres de lunettes, et sur l'intérêt tout spécial de sa *Correspondance* « le livre le plus intéressant qu'on puisse lire sur la sincérité et sur l'amour des hommes [1] ». Plus que le penseur, c'est l'homme qui a séduit Gœthe en Spinoza. Lui, qui n'est que trouble, inquiétude, aspiration désordonnée, est frappé par la sérénité de pensée et de vie du solitaire d'Amsterdam ; il l'admire, il l'envie, il aspire à l'imiter et peut-être, selon la prétention des *Mémoires*, trouve-t-il vraiment dans ce désir d'atteindre à la sagesse spinoziste l'illusion bienfaisante d'un apaisement de ses propres passions.

Quoi qu'il en soit, la personnalité de Spinoza a fait une forte impression sur lui, et on ne peut douter qu'il n'ait été ravi de trouver en Jacobi un connaisseur informé de l'auteur de l'*Éthique*, un guide capable de le mener vers les hautes cimes sereines qu'il s'est contenté jusqu'ici d'admirer du fond de la vallée. Pour Jacobi, Spinoza était de tous les philosophes rationalistes le penseur le plus merveilleux et le plus redoutable. Le combattre et triompher de lui va être l'ambition de sa philosophie et de sa vie ; c'est pourquoi il s'est mis à l'étudier avec avidité [2].

Plus tard, comme nous le verrons, Gœthe se fera du spinozisme une conception très différente de celle de Jacobi. Mais, pour l'instant, si déjà, sans doute, il se rebelle contre les conclusions de son ami sur le prétendu athéisme de Spinoza, il doit surtout être frappé et charmé par l'hommage

1. *Die Emser Reise*, cit. Funck, *op. cit.*, pp. 291, 292. — 2. Cf. Lévy-Brühl, *op. cit.*, chap. vi, *Jacobi et le Spinozisme*, p. 154 et sq.

que Jacobi rend à la merveilleuse logique, à la perfection intrinsèque du système spinoziste, à l'impression de nécessité qui s'en
dégage comme d'une grande œuvre de la Nature. La sympathie
instinctive qu'il éprouve pour cette fière doctrine se trouve renforcée quand il entend son ami avouer qu'il n'a pas d'autre
raison pour ne pas s'y rallier que son irrésistible besoin de croire
en un Dieu personnel, sage et bon. Quand il quitte Jacobi, il est
définitivement conquis à Spinoza ; grâce aux éclaircissements que
lui a donnés son hôte, il a commencé de se faire un spinozisme
à son usage. Voici, à notre sens, quels pouvaient en être les
articles essentiels : l'unité absolue de Dieu et de la Nature[1], qui
justifie aux yeux de Gœthe l'amour instinctif qui le porte vers
la Nature et sa foi en son propre génie, divin comme la Nature
entière ; l'impossibilité de définir Dieu sans risquer de le limiter et de le fausser[2] ; l'inéluctable nécessité des lois de la Nature-
Dieu[3] ; la sagesse de la résignation à ces lois et du renoncement
à la poursuite des biens contraires à ces lois ; l'altier désintéressement et la foi en l'action sereine que nous prêche l'activité
indifférente de la Nature, ou, en d'autres termes, l'impassibilité
et le désintéressement de Dieu, supérieur à l'amour et à la
haine[4] ; l'affirmation que « le véritable original de la loi de Dieu
est dans le cœur des hommes et non dans la Bible elle-même,
où la parole de Dieu est viciée, tronquée, altérée, pleine de
discordances, et fragmentaire[5] » ; la proclamation de la nécessité de la tolérance, en vertu du principe que le vrai fidèle est
celui dont les œuvres sont bonnes, quelle que soit l'opinion
qu'il professe[6] ; l'absurdité de la doctrine du péché originel[7], et
la négation du dualisme moral de l'homme, reposant sur la distinction entre le bien et le mal[8] ; l'égale légitimité des passions,
qui, en soi, dans l'état naturel, sont nécessaires et qui ne sont

1. *Éthique*, trad. Boulainvilliers, Paris, 1907, I, Propo. xiv et xv. —
2. *Traité théologico-politique* (trad. E. Saisset, Paris, 1861), chap. i, p. 29;
chap. ii, p. 48; chap. xiii, p. 228. — 3. *Éthique*, I. Propo. xi, xvii, xviii,
xxix, xxxiii; *Traité*, chap. iii, pp. 55-56. — 4. *Éthique*, V. Propo. xvii, xix.
— 5. *Traité*, chap. xii, p. 210. — 6. *Ibid.*, ch. xiv, p. 233. — 7. *Traité*,
ch, ii, p. 358. — 8. *Traité*, ch. xiv, p. 234; *Éthique*, III, Propo. xxxix et
Préface à iv, p. 207 et sq.

bonnes ou mauvaises que par rapport à nous, c'est-à-dire, selon qu'elles augmentent ou diminuent notre puissance d'agir ; enfin et surtout cette joyeuse et virile invitation à la vie : « l'homme libre ne pense à rien moins qu'à la mort ; sa sagesse est une méditation, non de la mort, mais de la vie[1]. »

Le spinozisme séduit Gœthe par son contenu moral beaucoup plus, assurément, que par son contenu philosophique[2]. La meilleure preuve, que le jeune poète ne pénètre pas jusqu'au cœur même du système, c'est qu'il semble ne pas voir le dédain du philosophe pour l'individu[3]. Tandis que pour lui, l'individu est tout, pour Spinoza l'homme disparaît dans la Nature[4], il n'a pas plus d'importance à ses yeux que les autres manifestations matérielles de la Divinité. Peut-on douter que, si vraiment il avait aperçu cette conséquence de la théorie spinoziste, il ne se fût pas, lui, dont l'individualisme était alors si vigoureux, révolté contre cette doctrine dédaigneuse des êtres particuliers ?

Qu'importe, au reste, qu'il n'ait pas pénétré vraiment la pensée spinoziste, qu'il soit resté au seuil du sanctuaire ? Pour lui, l'essentiel n'est pas de philosopher, mais de vivre. Il lui suffit, pour l'instant, d'avoir, en promenant sa course vagabonde à travers le domaine embroussaillé du philosophe, trouvé quelques points de repère nouveaux, ou semblables à ceux qu'il avait lui-même marqués déjà le long de sa route ; cela lui donne l'assurance qu'il n'est pas sur un mauvais chemin, et, sans avoir le souci timoré de marcher docilement sur les traces exactes de Spinoza, il va droit devant lui à travers les fondrières et par-dessus les rochers.

La visite de Gœthe à Pempelfort fut donc de toute première importance. En lui faisant connaître avec une certaine préci-

---

1. *Ethique*, IV, Propo. LXVII et v, Propo. XL. — 2. Cf. Caro, *La philosophie de Gœthe*, Paris, 1880, pp. 46-51. — 3. Cf. H. Siebeck, *Gœthe als Denker*, Stuttgart, 1902, p. 79.

4. Tandis que Spinoza ne semblé pas croire à l'immortalité (Cf. L. Brunschwigg, *Spinoza*, Paris, 1894, p. 189), Gœthe ne pourra renoncer à la foi en la survivance du moi. Cf. W. Beste, *Gœthes u. Schillers Religion*, Gotha, 1873, p. 45.

sion les lignes les plus générales de la morale spinoziste, Jacobi
lui fournit, sans le vouloir d'ailleurs, les formules essentielles
où, pendant longtemps, il croira voir synthétisés les principes
fondamentaux de son propre idéal de sagesse. Il n'avait pas à
se repentir d'avoir suivi Lavater à Ems. On pourrait dire de
lui ce qu'il dira lui-même plus tard de son Wilhelm Meister :
« Il lui est arrivé une aventure analogue à celle de Saül qui,
parti pour chercher les ânesses de son père, a trouvé un
royaume [1]. »

V.

En attendant qu'il reconnaisse les vraies limites et les richesses inépuisables de ce royaume, il continue de vivre après cette
découverte comme il vivait avant, et nous ne voyons pas qu'il
s'essaie dès maintenant, ainsi que les *Mémoires* tendraient à
nous le faire croire, à réaliser pratiquement l'idéal entrevu.

Si, en effet, comme le dit Spinoza, la joie est le critérium
de la perfection morale [2], ce n'est certes pas la joie qui semble
dominer l'humeur de Gœthe rentré à Francfort. Il reste tourmenté, inquiet de l'avenir, mécontent du présent. Il est toujours le Caïn fuyant sous la malédiction divine dont il parlait
un an plus tôt à Kestner [3]. « Je suis en proie à la tempête et à
confusion », écrit-il au début d'octobre à Mme de La Roche, et,
de son propre aveu, les trois premiers trimestres de 1775
comptent parmi les plus troublés, les plus dispersés, les plus
pleins, les plus vides, les plus forts et les plus futiles de sa
vie [4]. A tous ses amis, il demande de lui conserver leur amitié
comme un soutien, comme une ancre de salut [5]. Il n'est bon
à rien [6], il est insupportable, il sent qu'il finira mal [7] ; s'il
n'écrivait pas ses drames, il sombrerait [8]. La joie, la tristesse,

---

1. *Lehrjahre*, VIII, 10 ; Hempel B[d] 17, p. 570. — 2. *Ethique*, III (Définitions des affections, II, p. 188). — 3. Juin 1773. — 4. A Bürger, 18 octobre
1775. — 5. A Bürger, 17 fév. 1775 ; à Fritz Jacobi, 21 mars ; à Aug. von Stolberg, 7, 10, 25 mars. — 6. A Soph. von La Roche, 17 fév. — 7. A Joh.
Fahlmer, mars. — 8. A Aug. von Stolberg, 7, 10 mars.

la résignation alternent en lui avec une rapidité déconcertante[1]. Son voyage en Suisse ne réussit pas à ramener le calme en son cœur et son esprit ; sa folie, c'est-à-dire le trouble où l'a jeté son amour pour Lili, le suit partout. C'est en vain que, trois mois durant, il a circulé dans la libre Nature, et aspiré en lui, par tous ses sens, des impressions nouvelles ; il se retrouve à Offenbach aussi « simplifié qu'un enfant », aussi « peu libre qu'un perroquet sur son perchoir[2] », et nous savons qu'en août il songe à la fuite[3] pour sortir de l'insupportable situation où il s'épuise, pour échapper au naufrage où il court[4].

Aussi, nous sentons-nous soulagés quand, en octobre, nous l'entendons annoncer à ses amis son départ prochain pour Weimar.

Et pourtant, en dépit de tous les cris de détresse, en dépit des lamentations grandiloquentes ou des plaintes discrètes, nous ne pouvons nous y tromper et Gœthe ne s'y trompe pas lui-même, il n'est pas un désespéré sincère. Pour si vraies que puissent être ses souffrances d'amour, pour si angoissants que soient par instants ses doutes sur l'avenir, un sentiment vit en lui qui, malgré tout, lui fait aimer la vie et lui arrache parfois des cris de joie et de confiance au milieu même de ses déclamations les plus élégiaques : c'est le sentiment toujours plus fort de sa propre *Personnalité*.

Depuis la lettre de juillet 1772, où il disait à Herder qu'il vivait en Pindare et que, tout en étant incapable de lancer comme celui-ci ses traits vers le but placé dans les nuages, il avait senti se révéler tout ce qu'il y avait en lui de forces vives, la voix de son génie n'avait cessé de retentir à son oreille. A tout instant, même aux heures les plus sombres, il souligne son ardeur au travail et la joie ou l'apaisement qu'il en res-

1. A Aug. von Stolberg, 25 mars ; à Klopstock, 15 avril, 3 août. — 2. A Aug. von Stolberg, 3 août. — 3. A Merck, 8 août. — 4. A Aug. von Stolberg, 19 sept.

sent [1]. Après avoir annoncé à Kestner qu'il écrit un roman et un drame, afin de prouver à MM. les critiques qu'il est capable, s'il le veut, d'observer les règles, il ajoute : « Encore un mot entre nous. Mon idéal d'écrivain croît chaque jour en beauté et en grandeur, et, si ma vivacité et mon amour ne m'abandonnent pas, mes amis auront encore de quoi lire et le public en prendra sa part [2] ». Il montre une joie naïve à annoncer l'apparition prochaine de ses œuvres et à les recommander à ses amis. « Et maintenant, mon brave Götz ! j'ai confiance en sa bonne nature, il fera son chemin et durera ! C'est un enfant né d'un homme, avec beaucoup de défauts et pourtant c'est un des meilleurs [3]. La seconde édition de *Götz* est de tous points semblable à la première. C'est mon coup d'essai ; il doit rester ce qu'il est. Si jamais j'écris un nouveau drame allemand, ce dont je doute fort, alors les âmes sincères pourront juger du progrès que j'aurai fait [4] ».

Le dédain ou la haine de la critique montent en lui à mesure qu'il prend une conscience plus nette de sa propre valeur. Il veut s'adresser directement au cœur du peuple. Sans se préoccuper des recettes de la critique [5], il écrit uniquement pour les « jeunes âmes vibrantes qui ne sont point encore enlisées dans la vase de la théorie et des littératures [6] ». C'est dans le cœur du génie que sont les vraies règles et les vraies théories. C'est pourquoi il salue avec un enthousiasme lyrique *Le plus ancien document de l'Humanité* de Herder et la *République des Savants* de Klopstock, qui chacun, à leur façon, proclament le mépris des règles édictées par la critique. Herder a retrouvé, en descendant au fond de lui-même, la grande force sacrée de la Nature simple, et il a su la rendre en une sorte de chant orphique merveilleux, où dans la lueur crépusculaire passent parfois de larges éclairs ou des sourires aux douceurs d'aurore. Et, du même coup, il a mis en déroute toute la race maudite des esprits modernes, des déistes et des athées, des philolo-

1. Cf. lettres à Kestner, 12, 15 déc. 1772; 25 fév. 1773. — 2. A Kestner, 15 sept. 1773. — 3. A Kestner, 21 août 1773. — 4. A Langer, 6 mai 1774. — 5. A Langer, 27 oct. 1773. — 6. A Röderer, automne 1773.

gues, des correcteurs de textes, des orientalistes[1]. Quant à l'ouvrage de Klopstock, il lui verse aux veines une vie nouvelle.
Il lui paraît la poétique unique de tous les temps et de tous
les peuples, il contient les seules règles possibles. Pourquoi? si
ce n'est parce que, ainsi qu'il le dit, tout y sort des replis les
plus profonds du cœur et des leçons de l'expérience la plus personnelle[2]. « Il serait bien à plaindre le jeune homme que
son malheur a affilié à la bande des critiques et qui, lisant ce
livre, ne jetterait pas sa plume et ne jurerait pas de s'abstenir
de toute critique et critiquaillerie ». « Académie est Académie,
que ce soit à Bohlheim, à Berlin ou à Paris, partout où
MM. les repus sont commodément assis, se curent les dents et
ne comprennent pas qu'il ne puisse se trouver de cuisinier pour
leur préparer un plat de leur goût[3] ». Aussi, n'est-il pas d'humeur à expliquer ses œuvres au public. « Vois-tu, mon cher[4],
ce qui est, en somme, le début et la fin de toute composition,
la reproduction du monde qui m'entoure, par mon monde
intérieur, qui saisit, unit, recrée, pétrit toute la matière étrangère et la remet debout, après lui avoir imprimé sa forme et sa
manière, cela reste, grâce à Dieu, un éternel secret que je ne
veux pas non plus révéler aux curieux et aux bavards. » Il a
d'ailleurs le sentiment qu'il n'a pas besoin de défendre ses
enfants. L'essentiel est qu'ils vivent, ils se faufileront bien à
travers la vie. Au reste, qui se soucierait de faire des enfants
pour le public, afin d'entendre dire « que ce cul est tiré en
partie du Huron de M. de Voltaire[5]. » Il suit donc sa route, sans
regarder ni à droite ni à gauche, et il trouve qu'il ne perd pas
son temps. En janvier 1775, classant sa correspondance de
l'année qui vient de s'écouler, il dit à Sophie de La Roche :
« Quand on a ainsi poussé devant soi, une année de plus, la
boule de neige morale de son moi, on trouve qu'elle s'est,
malgré tout, sensiblement augmentée[6] » ; nous nous souvenons de la lettre si caractéristique que, vers la même époque,

1. A Schönborn, 8 juin 1774. — 2. Au même, 10 juin. — 3. A Jacobi,
21 août 1774. — 4. *Ibid.* — 5. *Sic* (en français). — 6. 3 janvier 1775.

il adressait à Auguste von Stolberg[1]. En même temps qu'il s'y présentait sous son double aspect de mondain domestiqué et de jeune génie impétueux, il soulignait son indépendance et la constance de son ascension vers un idéal sans cesse croissant. C'est ce sentiment toujours plus conscient et plus fort en lui, qui, — dans ces dernières journées d'Offenbach, où, dans une crise suprême, s'éteint son amour pour Lili, — le fait s'écrier à la fin d'une de ses lettres-journal toutes frémissantes de fièvre et de folie[2] : « Adieu, je suis un pauvre être égaré, perdu. Le soir, à huit heures, je sors de la Comédie; maintenant habillons-nous pour le bal ! O Auguste, quand je relis cette feuille, quelle vie ! Dois-je la continuer ou y mettre fin à tout jamais ? Et pourtant, ma très chère, quand je sens qu'au milieu de tout ce néant, tant et tant de peaux mortes se détachent de mon cœur, que la nervosité maladive de ma folle nature se calme, que mon regard domine le monde avec plus de sérénité, et que mes relations avec les hommes prennent chaque jour plus de sûreté, de force et d'étendue... je ne puis que continuer à laisser les choses aller leur train... »

C'est que jamais encore son génie poétique ne s'est révélé à lui plus vigoureux, plus fécond, plus démonique.

En une succession haletante, coup sur coup, à côté des articles dans les *Annonces savantes*, des *Dissertations sur les questions bibliques*, de sa *Lettre du pasteur*, du remaniement de *Götz*, naissent le *Concerto dramatico*, l'article sur *Falconnet*, le *Jahrmarktsfest zu Plundersweilern*, *Pater Brey*, *Hanswursts Hochzeit*, *Satyros*, *Dr Bahrdt*, *Götter, Helden und Wieland*, *Claudine von Villa Bella*, *Werther*, *Clavigo*, *Erwin und Elmire*, *Stella*, sans compter le *Prométhée*, le *Juif-errant*, *Mahomet*, *Faust*, *Egmont*, ni les *Poésies lyriques* et les contributions à la *Physiognomie*, de Lavater...

« Depuis quelques années, dit-il lui-même dans ses *Mémoires*, ma verve productrice ne m'abandonnait jamais; souvent ce que j'observais à l'état de veille se disposait même pendant la

1. Cf. pp. 188-189. — 2. A Aug. v. Stolberg, 19 sept.

nuit en songes réguliers, et, au moment où j'ouvrais les yeux, m'apparaissait un ensemble merveilleux et nouveau ou une partie d'une œuvre commencée. D'ordinaire, j'écrivais tout, de grand matin ; mais le soir encore, et bien avant dans la nuit, quand le vin et la compagnie excitaient mes esprits, on pouvait me demander ce qu'on voulait[1]... » N'est-ce pas ainsi que sur le désir de sa femme d'une saison au jeu du mariage, il avait composé son *Clavigo* en huit jours[2] ? Ce don génial lui apparaît comme la base même de son existence et il sent que ni les hommes ni les choses ne pourront le lui ravir.

Son attitude même vis-à-vis des grands noms de la littérature antique ou contemporaine nous est une autre preuve, indirecte mais non moins éloquente, du développement orgueilleux de sa personnalité.

C'est uniquement aux fortes et originales individualités que va son admiration. Après Shakespeare, qui lui a enseigné que dans le drame l'essentiel est la peinture des passions élémentaires de l'âme, c'est-à-dire de ce qu'il y a de plus spécifique dans l'homme, c'est Pindare, qui lui montre le monde héroïque des actions nobles, des volontés énergiques concentrées sur un but sublime, des pensées vigoureuses, exprimées dans une langue hardie ; ce sont les tragiques grecs et surtout Eschyle à qui il emprunte la gigantesque figure du Titan Prométhée, la plus grande des individualités antiques, puis Platon et Xénophon, chez qui il cherche le secret du « démon » de Socrate ; c'est naturellement encore Homère, qui depuis Wetzlar n'a cessé d'être un de ses auteurs favoris. Il le traduit librement à ses jeunes amies de Francfort[3] et, le soir du 28 juin, à Wiesbaden, il résume l'*Iliade* à Lavater[4] ; il l'indique, par l'intermédiaire de Mme de La Roche au baron de Hohenfels, comme lecture essentielle pour apprendre le grec et il lui recommande de l'étudier suivant une méthode minutieuse dont il lui donne

1. *Mémoires*, III, 15, p. 181. — 2. *Ibid.*, p. 202. — 3. *Ibid.*, 12, p. 99. — 4. *Tagebuch der Emser Reise*, Funck, *op. cit.*, p. 293.

le secret, en même temps qu'il l'incite à en apprendre des passages, de mémoire, avec la ferveur que met un bon chrétien à apprendre ses prières[1].

Mais bien plus caractéristique encore est l'évolution de ses sentiments à l'égard de *Wieland*. Depuis qu'à Strasbourg, Herder lui a fait voir l'insuffisance de la traduction de Shakespeare et la puérilité des remarques qui l'accompagnent, son admiration pour l'auteur des *Dialogues de Diogène* a bien baissé de ton. Il attend l'apparition du *Mercure* avec plus de curiosité que de sympathie, si l'on en juge par la sévérité de son jugement sur le premier numéro[2]. Il n'y a trouvé que « vent et verbiage enfantin ». Wieland s'y est « prostitué ». Son *Götz* y était d'ailleurs assez malmené, ainsi que son article sur l'*Architecture allemande*, et l'irritation de Gœthe contre son ancien maître préféré est telle que, bien que celui-ci ait, dans une note à la suite du premier article, cherché à atténuer les rigueurs qu'il contenait et qu'il n'approuvait pas[3], il écrit de verve, un dimanche après-midi, en vidant une bouteille de bon Bourgogne[4], sa fameuse farce : *Dieux, Héros et Wieland*. Il y exhale à cœur franc sa mauvaise humeur contre l'auteur d'*Alceste* et des *Lettres sur Alceste*, le représentant attitré de la culture gallo-antique, si fausse, en dépit de ses trompeuses séductions. Il le montre non seulement incapable de comprendre Shakespeare, — ainsi que le prouvent sa traduction sans nerfs et ses notes, scandaleuses de caprice, de parti pris, d'étroitesse d'esprit, — mais aussi dénaturant et aveulissant les héros d'Euripide jusqu'à en faire de maigres et falotes marionnettes. L'injustice même de Gœthe pour les mérites réels de Wieland, l'ignorance qu'il montre en plus d'un endroit de la véritable pensée d'Euripide, les contresens qu'il fait sur l'idéal grec et sur le caractère d'Hercule ne font que souligner plus nettement encore avec quel esprit il admire les Grecs. Il voit en eux des

---

1. 20 nov. 1774. — 2. A Kestner, 15 sept. 1773. — 3. Seuffert, *Der Junge Gœthe und Wieland*, op. cit., p. 268 et sq., et Dalmeyda, *Gœthe et le Drame antique*, Paris, 1908, p. 80 et sq. — 4. Fin sept. ou début d'oct 1773. Cf. *Mémoires*, III, 15, p. 191.

êtres selon la Nature, et la Nature primitive ne peut être que puissante et rude ; leur vertu est le brutal instinct de vie et de jouissance des héros du temps béni où régnait la loi sainte du plus fort, où « les robustes géants des âges fabuleux[1] », débordants de puissance fécondante, ignoraient la sensiblerie, les conventions timorées et l'imaginaire vertu des âmes modernes ; il cingle de son âpre ironie les hommes dégénérés de son temps qui ne voient dans la grandiose vitalité des colosses de jadis que vices honteux et excès condamnables. Wieland a imaginé les Grecs à sa taille menue, et quand il les voit brusquement surgir à ses yeux effarés, que ce soit Alceste ou Hercule, il ne les reconnaît pas ; son bonnet de nuit s'effarouche de leur vigoureuse virilité, sa délicatesse ne sent pas leur force ; parce que, sous leur nom, il a fait grimacer de pâles fantoches dans une pièce habilement construite selon des règles étroites et des formules artificielles, il s'imagine, le naïf, qu'il les a ressuscités.

Ce que Gœthe attaque donc avec tant de fougue, c'est moins le talent et le caractère de Wieland, auquel il rend indirectement hommage, que son inintelligence des grandes individualités antiques, son attitude timorée en face de ce que, lui, considère comme la vraie Nature. Il le fait dire expressément à Wieland par Hercule : « Si tu n'avais pas trop longtemps soupiré sous le joug de ta morale, tu aurais pu devenir quelqu'un[2] ». Or, cette morale est celle des faibles, des timides, la morale qui courbe tous les fronts sous la même loi factice et contre nature, qui rend les corps efféminés et les âmes veules. C'est parce que Wieland est le porte-voix le plus autorisé de cette conception de la vie, que Gœthe, reniant son admiration et son affection passées, se détourne de lui et le voue au ridicule public[3].

Ses maîtres de l'heure présente sont des hommes qui, à ses yeux, sont de plus haute taille, ce sont *Klopstock* et *Hamann*.

1. A Schönborn, 1er juin 1774. — 2. Ed. Weimar, I, 38, p. 35.
3. Sur les regrets que Gœthe aurait éprouvés après coup, cf. Jacobi à Wieland, 8 mai 1774, d'après la conversation déjà mentionnée (cf. p. 207, note 1) entre Gœthe Joh. Fahlmer. Cit. Gœthe-Jahrb., p. 379.

Si, vers 1758, Klopstock avait été un de ses premiers enthousiasmes et de ses premiers modèles littéraires, il semble bien que ni à Leipzig, ni à Strasbourg, Gœthe ne se soit beaucoup soucié de lui. Les *Mémoires*, au moins, ne signalent pas la trace d'une action sensible du poète de la *Messiade* sur lui à cette époque. Ce n'est qu'en 1772 que, sous l'influence du cercle sentimental de Darmstadt, il revient à Klopstock[1]. Ici, comme à la Cour de Bade, Klopstock était le Dieu vénéré. La landgrave de Hesse-Darmstadt, la margrave de Bade, les jeunes demoiselles de Roussillon et de Ziegler, Caroline Flachsland, lui avaient voué un véritable culte; elles formaient une sorte d'association de nobles âmes, visant à réaliser l'idéal klopstockien. Gœthe avait eu d'autant moins de peine à se mettre à l'unisson de ses nouveaux amis, qu'il sentait ou croyait sentir entre sa propre nature et celle de Klopstock des affinités réelles, qu'il retrouvait chez l'auteur des *Odes* quelques-unes des idées les plus essentielles de son *credo* littéraire et moral.

Nous savons qu'il ne connaissait guère alors qu'une règle de morale pratique : goûter la vie dans toute sa plénitude, laisser librement s'épanouir toutes les forces physiques et morales de son être, cueillir, sans scrupules, toutes les fleurs d'amour à portée de sa main, se donner tout entier aux douceurs de l'amitié. Tout son effort littéraire, d'autre part, avait tendu jusqu'ici à se libérer des formules toutes faites, des entraves conventionnelles de la poésie et de la pensée, presque toutes d'importation française. Son idéal positif était : puiser la poésie aux sources mêmes de la vie, c'est-à-dire dans la Nature et dans le cœur, où le génie parle tout bas; n'exprimer que des sentiments vécus, des idées inspirées par l'expérience personnelle et non par les lectures, l'étude ou la froide réflexion, et les exprimer sans souci des formes traditionnelles, dans une langue qui vienne du cœur comme les pensées; traiter la poésie comme un art sacré, dont la mission est d'agir sur les hommes, en les formant à un idéal de force virile, en faisant agir sous leurs yeux de

1. Cf. Lyon, *Gœthes Verhältnis zu Klopstock*, Leipzig, 1882, p. 17 et sq.

nobles ou au moins de vigoureuses individualités qui vivent toute leur vie sans se soucier des conséquences de leurs passions et légitiment leurs passions par la sincérité avec laquelle ils s'y abandonnent.

Or, sur tous les points, Gœthe trouvait en Klopstock un précurseur et un maître. Longtemps avant lui, Klopstock avait montré, en réaction contre l'hypocondrie sentimentale de son temps, que l'homme devait aimer la vie, et que pour chanter dignement les délices célestes, il n'était pas nécessaire de dédaigner les petites et les grandes joies de la terre[1]. Lors de son séjour à Zürich, en 1750, il avait scandalisé les braves Suisses par sa gaîté bon enfant et la liberté de ses allures[2]; sa chère Meta avait été fort étonnée, lorsqu'elle l'avait rencontré pour la première fois, alors qu'elle s'attendait à ne trouver en lui qu'un pur esprit, de voir ses regards s'attarder complaisamment à son « tour de gorge[3] ». Malgré qu'en 1772 il fût bien près de la cinquantaine, il aimait encore passionnément le patinage et il montait de préférence des chevaux fougueux[4]. Lui aussi avait, par son exemple, prouvé que le sentiment, le sentiment sincère était la seule source de la poésie et que toute l'ambition de celle-ci devait être de traduire le moins imparfaitement possible, et le plus sincèrement, les émotions et les inspirations de l'âme, de dire l'union de l'âme et de la Création où apparaît réalisée la pensée divine. Il avait montré la Nature s'associant en quelque sorte, par l'éclat ou la mélancolie de ses couleurs, aux joies et surtout aux tristesses de l'homme[5]. Avant Werther, Abbadona avait confié ses douleurs à la « Nature-mère », « à la terre, tombe éternelle dont la mort gonfle sans cesse les entrailles[6] ». Klopstock avait fait revivre la poésie personnelle, vécue, dont le dix-septième siècle allemand avait à peu près complètement perdu la tradition[7]. Il avait réhabilité l'amour en poésie, en mettant autant de sérieux à chanter ses

1. Cf. Lyon, *op. cit.*, p. 28. — 2. *Ibid.*, p. 30. — 3. Lettre de Meta Moller à Giseke, 4 avril 1751, cit. Lyon, p. 30. — 4. Lyon, p. 32. — 5. Bailly, *Etude sur la vie et les œuvres de F.-G. Klopstock*, Paris, 1888, p. 126. — 6. *Messiade*, IX, v. 430. — 7. Lyon, p. 74.

amours qu'à proclamer les louanges de Dieu; il en avait fait
quelque chose de sublime, d'immortel, de divin, et, si le mysticisme jouait dans ses peintures d'amour un plus grand rôle
que la Nature, c'est que la vie même de l'amour lui apparaissait
comme une fonction sacrée[1]. Il avait, par ailleurs, déchaîné le
culte de l'amitié en en disant les délices[2]. Il avait mis fin à
cette conception, dont les écoles artificielles de Silésie avaient
assuré le triomphe, que la poésie n'était qu'un jeu trompeur et
futil, sans portée et sans influence sur la vie. Par l'illustre
exemple de la *Messiade* et non moins par ses *Odes*, il avait
enseigné que la poésie pouvait et devait s'intéresser aux questions les plus hautes de l'humanité, à la religion, à la liberté,
à la patrie. La *Messiade* n'avait-elle pas puissamment contribué
à arracher les âmes religieuses à l'étreinte étouffante du formalisme étroit des dogmes religieux, en replaçant Dieu dans le
cœur de l'homme et dans la Nature, et surtout en affirmant
qu'on n'arrive à Dieu que par l'amour, qu'on doit le considérer comme un père, capable de pardonner à Abbadona,
et non comme un juge impitoyable. Et il avait dit bien haut
encore que ce n'est pas seulement dans le domaine des idées
que doit intervenir le poète, mais aussi dans celui de la vie
pratique, de la politique. N'avait-il pas invité les princes à
collaborer avec les poètes à l'œuvre du relèvement moral et
social[3] et ne venait-il pas de faire auprès de Joseph II une tentative directe pour l'inviter à organiser, d'après un plan qu'il
lui proposait, la *République des lettres de l'empire allemand*[4]? Il
avait donné ce spectacle nouveau et réconfortant d'un poète
traitant les grands de pair à égal, et affectant même de leur
parler avec hauteur pour leur faire comprendre que la noblesse
du génie vaut bien l'autre[5]. C'est que le génie était pour lui
une puissance mystérieuse, d'où émanait cet acte merveilleux

1. Lyon, *op. cit.*, pp. 94-95. Cf. *An Fanny, an Cidli, der Abschied, das
Rosenband, An Sie, Gegenwart der Abwesenden.* — 2. Cf. *Wingolf, An
Giseke, An Ebert.* — 3. Cf. Odes, *Friedrich V, Die Königin Luise.* — 4. *Die
deutsche Gelehrtenrepublik*, Hamburg, 1774. — 5. Cf. *Mémoires*, II, 10,
pp. 170-171.

de la création poétique qui fait en quelque sorte participer le
poète au grand œuvre de la création totale, qui le fait le colla-
borateur, sinon l'égal de Dieu[1]. Le génie crée comme la Nature
d'après les lois qui lui sont propres et il est supérieur aux règles,
aux codes littéraires que les esprits médiocres, les critiques ont
inventés pour soutenir leur faiblesse. Il disait : « Ne te laisse
égarer par aucun code, si imposant qu'il soit, malgré toute l'assurance que puisse donner la préface, que, sans un tel guide, il
n'est pas de poète capable de faire un seul pas sûr. Interroge
l'esprit qui est en toi et les choses que tu vois et que tu entends
autour de toi et la nature de l'objet que tu te proposes de
chanter, et suis la réponse que tu en obtiendras. Et quand
tu seras au bout de ta tâche, et que le feu puissant qui t'aura
aidé à forger ton œuvre se sera refroidi, alors examine encore
une fois tous les pas que tu auras faits, et là où tu les trouveras indécis et glissants, refais le même chemin et donne à ton
allure force et solidité[2] ». Enfin, en face de la domination de
l'esprit français, Klopstock avait célébré les mérites de la langue et de la poésie allemande et montré la grandeur de
l'Allemagne.

C'était donc toute sa morale et toute sa poétique que le jeune
Gœthe pouvait retrouver en Klopstock, et ceci nous explique
comment, fermant les yeux aux étrangetés, aux naïvetés de
la *République des savants*, il lui fit l'accueil exalté que nous
savons[3].

Klopstock était pour lui, avant tout, l'apologiste de l'individualisme souverain, du génie, interprète de la Nature, prêtre
et prophète. Devant lui son sens critique se tait ; il pare l'auteur
de la *Messiade* d'une auréole, il éprouve devant ses œuvres une
sorte de respect religieux qui lui ôte jusqu'à l'idée de les examiner, il ne veut que les sentir. Et, pendant un temps, il s'abandonne à lui sans résistance, il imite ses mètres, les procédés de
sa langue, parfois même il lui emprunte ses images, jusqu'à ses
mots favoris[4], il mêle son nom aux extases de Werther et de

1. Cf. Lyon, *op. cit.*, pp. 50-51. — 2. *Gelehrtenrepublik*. — 3. Cf. p. 232.
— 4. Cf. Lyon, *op. cit.*, pp. 19-22.

Lotte[1], comme il a communié en lui avec les âmes sensibles de Darmstadt en vouant des rochers moussus au culte de l'amitié et en versant des larmes attendries en des embrassements élyséens[2]. Mais, hâtons-nous de le dire, sa propre originalité est déjà trop forte, trop accentuée pour qu'il se laisse dominer longtemps par cette influence. L'imitation reste toute formelle. Tandis que Klopstock perd à tout instant contact avec la réalité dont il part, pour s'égarer aux régions éthérées où trop souvent l'emporte son imagination exubérante, Gœthe conserve toujours sous ses pieds le sol ferme de la vie, son œil plastique saisit avec netteté les contours des choses ou les nuances des sentiments et des pensées, et sa langue souple, vivante et concrète les fixe sans effort. Plus tard, à Weimar, Gœthe apercevra toute la distance qui, en fait, le sépare de Klopstock ; pour l'instant, il ne voit en lui que ce qui l'attire, c'est-à-dire la génialité. *Werther* marque l'apogée de son admiration pour l'auteur de la *République des savants* comme *Götz* avait marqué l'apogée de son enthousiasme pour Shakespeare.

De même qu'en écrivant *Götz* il s'était délivré de la domination tyrannique de Shakespeare, en écrivant *Werther* il se libère de celle de Klopstock[3]. C'est peut-être la raison pour laquelle il éprouva un évident désenchantement lorsque, vers la Saint-Michel 1774, il vit pour la première fois le chantre de la *Messiade* à Francfort[4]. Derrière le génie, ses yeux déçus aperçurent le bourgeois ; il le trouva compassé et diplomatique, il s'en étonna et s'en affligea. Le silence qu'il observe sur Klopstock dans sa *Correspondance* du temps est, à cet égard fort caractéristique. La seconde entrevue qu'il eut avec le grand poète au mois de mars de l'année suivante, lorsque celui-ci traversa une seconde fois Francfort en regagnant Hambourg, fut, semble-t-il, plus cordiale[5]. Gœthe lui lut quelques scènes de son *Faust* et lui confia sans doute les tourments où le jetait l'amour de Lili. Klopstock, de son côté, accueillit

---

1. *Werther*, 16 juin. — 2. Cf. Kutscher, *Das Naturgefühl in Gœthes Lyrik*, pp. 72-77. — 3. Cf. Lyon, *op. cit.*, p. 100. — 4. Cf. le récit de cette entrevue dans les *Mémoires*, III, 15, p. 194. — 5. *Ibid.*, IV, 18, p. 58.

16

avec indulgence le *Faust* et la confession de l'amoureux[1]. Pourtant, il ne s'établit pas entre eux de relations durables. Il est permis de croire que Gœthe fut froissé par les manières prophétiques et condescendantes de Klopstock, et que celui-ci, par contre, comprit qu'il avait devant lui une individualité trop forte pour pouvoir l'enrégimenter, comme il l'avait vraisemblablement espéré, dans le groupe de ses admirateurs béats de Göttingen. Deux personnalités aussi marquées et aussi différentes ne pouvaient s'entendre qu'à condition de ne pas se rencontrer. Le réalisme de Gœthe ne pouvait s'accommoder que pour un temps bien court, et à distance, du séraphisme de Klopstock vieilli. Ce que le jeune poète aimait dans le prophète du Nord, c'était l'image qu'il s'était faite de lui; il dut constater que l'original ne répondait pas, ou, du moins, ne répondait plus au portrait qu'il avait imaginé, et, si son respect pour le « génie » demeura intact, son enthousiasme pour « l'homme » en fut sensiblement diminué.

Hamann, par contre, garda à ses yeux tout le prestige que lui donnait son éloignement nébuleux. Plus encore que Klopstock, d'ailleurs, Hamann apparaissait à Gœthe et à ses compagnons de « Sturm-und Drang » comme l'incarnation du vrai « génie », car, par sa vie, comme par ses œuvres, il avait proclamé avec plus de vigueur et de conséquence encore que l'auteur de la *Messiade* les droits des grandes individualités, le mépris des règles et la suprématie du cœur[2].

Gœthe connaissait Hamann depuis Strasbourg. Herder lui avait raconté, assurément, la vie étrange de son maître[3], son enfance miséreuse, maladive, ses études manquées, son aversion, une fois à l'Université, pour toute application régulière, ses fâcheuses expériences de précepteur en Livonie et en Cour-

---

1. Cf. à Klopstock, 15 avril 1775. — 2. Cf. J. Minor, *J. G. Hamann, in seiner Bedentung für die Sturm-und Drangperiode*, Frankfurt a/M., 1881. — 2. Cf., pour les détails suivants, Hamann, *Gedanken über meinen Lebenslauf*, dans Unger, *J. G. Hamann. Sibyllinische Blätter des Magus* (*Erzieher zu deutscher Bildung* B^d V, Iena, 1906), passim.

lande, son incapacité à profiter de l'aide désintéressée d'amis
dévoués pour se créer une situation dans le commerce, ses
vagabondages sans but comme sans résultats à travers l'Allemagne du Nord, son séjour à Londres, qui prouve une fois
pour toutes son inaptitude à s'occuper sérieusement d'affaires,
ses débordements, sa détresse morale et matérielle, sa chute
finale dans le désespoir et le mysticisme, puis son retour à
Riga, son hypocondrie croissante, son séjour à Königsberg, ses
nouvelles pérégrinations à la recherche d'une position sociale,
enfin sa nomination de commis à l'administration des octrois
de Königsberg, où, depuis 1767, il végétait misérablement en
d'obscurs labeurs. Et Gœthe y avait vu peut-être avec admiration un illustre exemple de cette incapacité du génie à se plier
aux exigences de la vie pratique, qu'il ressentait personnellement en songeant à l'avenir. Mais ce que Herder lui avait surtout dit, c'était son enthousiasme et sa reconnaissance pour les
enseignements que lui-même avait reçus de son fantasque et
génial maître. La curiosité une fois éveillée du jeune disciple
ne s'était point calmée avant d'avoir fait la connaissance des
écrits mystérieux du « Mage du Nord ». Il avait lu ainsi
les *Mémorables de Socrate,* les *Croisades d'un Philologue,* ces
essais ou articles que Hamann répandait à profusion dans la
Gazette de Königsberg, et que Herder, selon le témoignage des
Mémoires[1], ne se faisait pas faute de communiquer à ses jeunes
amis. — Encore en novembre 1775, nous le voyons demander
au libraire Reich de lui envoyer tout un lot d'ouvrages de
Hamann[2]. — Et Gœthe y avait lu que, ainsi que l'a proclamé
Socrate, la science est vaine vis-à-vis du sentiment et de la
croyance, que les Homère, les Socrate n'ont que faire des
règles, car ils ont en eux un génie, un « démon » qui, quelle
que soit sa nature, qu'il soit ange ou lutin, les guide, les conseille, déchaîne en eux l'instinct créateur[3]. Il y avait lu aussi
que ce génie individuel se trouve dans la langue des nations

1. *Mémoires*, III, 12, p. 64. — 2. A Reich, 2 nov. 1775. — 3. Cf. Hamann,
Sokratische Denkwärdigkeiten, Unger, *op. cit.*, pp. 84-85.

comme dans celle des écrivains, et que plus une langue est individuelle, plus elle est riche en idiotismes, en inversions, en expressions dialectales ou provinciales, plus elle est géniale, mieux elle exprime l'âme d'un peuple ou d'un individu[1]; que, de même, c'est dans la poésie populaire que se retrouve avec le plus de pureté et de vigueur le caractère primitif, l'originalité des peuples, car, disait Hamann, « la poésie est la langue maternelle du genre humain », elle est une sorte de prophétie[2]. Il y avait démêlé les traces d'un effort inlassable à poursuivre le rationalisme français, le voltairianisme, la philosophie wolfienne et toute la critique étroitement pédante qui en dérive. Comme le jeune génie devait lire avec ravissement des passages comme celui-ci : « Quiconque veut enlever aux beaux-arts le caprice et la fantaisie est un charlatan qui connaît encore moins les règles de son art que la nature des maladies... Quiconque veut enlever aux beaux-arts le caprice et la fantaisie, attente à leur vie et à leur honneur comme un vulgaire assassin[3] »; ou encore cet aphorisme de la *Lettre au Salomon de Prusse* : « Les grappillages du génie ne sont-ils pas meilleurs que toute la vendange d'une imitation servile et précaire[4] », ou enfin cette profession de foi religieuse d'un si vigoureux optimisme : « si on suppose que Dieu est la cause de tous les grands et de tous les petits effets dans le ciel comme sur la terre, chacun des cheveux de notre tête est aussi divin que le Behemoth, ce point de départ des voies divines... Tout est divin, et la question de l'origine du mal aboutit en fin de compte à un jeu de mots et à un bavardage d'école. Mais, en revanche, tout ce qui est divin est aussi humain, parce que l'homme ne peut souffrir et agir que d'après l'analogie de sa nature, qu'elle soit la plus simple ou la plus compliquée des machines... »![5]

1. Cf. Unger, (*op. cit.*), *Philologische Einfälle. und Zweifel*, an J. G. Lindner, 1759, p. 122. — 2. Cf. Unger, *Aesthetische Fragmente* (*Biblische Betrachtungen*), p. 111. — 3. Unger, op. cit.. *Aesthetische Fragmente* (*Leser und Kunstrichter*), p. 114. — 4. *Ibid.*, p. 115 (en français). — 5. Ibid., *Babel und Golgotha* (*Rosenkreuz*), p. 135.

Toute sa vie, Gœthe se souviendra de l'impression forte qu'il reçut alors de Hamann. Il continuera de collectionner avec soin les publications du Mage du Nord, et on sait que, vers 1813, il n'a pas encore renoncé à l'idée de publier une édition des ouvrages de celui-ci ou du moins d'encourager une entreprise de ce genre[1].

Pour le moment, il prend dans les *Mémorables socratiques* l'idée de son *Socrate*[2], et ce sont les articles théologiques de Hamann, ses attaques contre le rationalisme, sans doute le *Supplément aux Mémorables par un pasteur de Souabe*, qui lui inspirent ses *Questions bibliques*. On a montré comment il emprunte à Hamann plus d'une de ses expressions typiques, comme ce « lallen » dont il se sert si souvent pour dire l'imprécision de ses sentiments, ou cet « animala vagula » dont il désigne son âme hésitante et désemparée, ou le « Homo sum » de la scène populaire du *Faust*, ou le « nichts wissen » de la scène de l'écolier[3]. C'est Hamann, bien plutôt que Herder, qui aurait amené Gœthe à renoncer à se servir du français et de l'anglais, et l'aurait convaincu qu'un écrivain ne peut être vraiment original qu'en se servant de sa langue maternelle.

Ces menues traces de l'influence de Hamann sur le jeune Gœthe sont intéressantes à suivre, mais elles n'ont guère d'importance au regard de l'action totale qu'exerça le Mage du Nord sur le poète-avocat de Francfort. Par sa théorie du génie, du démon individuel, Hamann est pour lui l'apôtre par excellence de l'individualisme, de la « totalité », le symbole vivant de la surhumanité à laquelle il aspire lui-même de toutes les forces de sa nature. C'est pourquoi il le vénère à l'égal d'un dieu.

Sans doute, le jeune Gœthe n'avait pas besoin de Hamann pas plus que de Klopstock, non plus que de Shakespeare ou de Pindare, ni de Herder, de Lavater ou de Jacobi, ni même de Spinoza pour prendre conscience de la force mystérieuse, de la source féconde qu'il portait en lui et pour en avoir l'orgueil. Mais de voir tant d'esprits si divers proclamer par leurs

1. *Mémoires*, III, 12, p. 65. — 2. A Herder, fin 1771. — 3. Minor, *op. cit.*, pp. 24-25.

écrits, leurs théories ou l'exemple de leur vie, le droit pour les puissantes individualités de se manifester en toute liberté et en toute sincérité, sa confiance en lui-même et sa volonté de puissance se trouvent encouragées et renforcées ; son ardeur créatrice en reçoit l'élan que nous avons déjà marqué.

C'est bien là, semble-t-il, la vraie signification et la réelle portée des admirations littéraires ou morales de Gœthe en cette période unique de sa vie[1].

Il trouve dans les hommes ou les doctrines qui croisent sa route bien plutôt la confirmation, la légitimation des instincts profonds de sa propre nature que des sentiments ou des pensers qu'il n'a pas encore eus, au moins confusément. Dans son commerce avec les grandes individualités du temps présent ou de l'antiquité, sa propre individualité se précise et se justifie, plus encore qu'elle ne s'enrichit. Les héros qui excitent son émulation l'aident à découvrir, à reconnaître toutes les ressources qu'il a en lui ; ils lui enseignent à se servir, avec plus d'assurance et d'habileté, des armes qu'il a en mains ; mais ces armes c'est à la Nature seule qu'il les doit ; son génie, ainsi qu'il en a la conscience chaque jour plus nette, est son bien propre. Ce qu'il doit à ses maîtres, quels qu'ils soient, ce sont des encouragements et des formules ; la façon même dont il interprète librement leurs enseignements, dont il n'aperçoit ou ne veut retenir d'eux que ce qui lui convient, prouve son indépendance foncière à leur égard et l'étendue de son originalité.

Quand son sort se décide à Heidelberg par l'arrivée de l'ex-

---

1. Nous ne parlons pas ici de Rousseau parce que nous n'avons pas de documents *directs* suffisants pour marquer avec précision ce que fut son influence sur Gœthe à cette époque. Nous ne trouvons dans la *Correspondance* que deux allusions sans importance à Rousseau : 19 janv. 1773 (il lit *Pygmalion*) ; 23 déc. 1773 (il est frappé de retrouver dans un exemplaire de *Werther*, qu'il avait prêté, le « Tais-toi, Jean-Jacques... » qui lui avait toujours fait grande impression). Mais, que cette influence était réelle, qu'il était pénétré de la pensée de Rousseau, les nombreux échos de la *Nouvelle Héloïse* dans *Werther* nous en sont une preuve indiscutable. Cf. E. Schmidt, *Richardson, Rousseau und Gœthe*, Iena, 1875, p. 123 et sq.

près qui le rappelle à Francfort, où l'attend le landau qui doit l'emporter à Weimar vers une destinée nouvelle, il s'écrie dans un élan d'allégresse confiante, comme son Egmont : « Enfant ! enfant ! Plus un mot ! Comme aiguillonnés par des esprits invisibles, les chevaux du soleil emportent le char léger de notre destinée, et il ne nous reste qu'à tenir bravement les rênes d'une main ferme, et à détourner les roues, tantôt à droite, tantôt à gauche, ici d'une pierre, là d'un précipice. Où nous allons... qui le sait? A peine si on se souvient d'où l'on est venu[1] ! »

Si Gœthe ne prononça pas ces mots, qu'il n'avait peut-être pas encore mis alors dans la bouche d'Egmont, ils traduisent bien en tout cas sa situation d'esprit en cette fin d'année 1775. Il ne sait d'où il vient, il ne sait où il va, mais il a confiance en son destin, il a foi en sa propre personnalité, en son propre génie.

1. *Mémoires*, IV, 20, p. 112.

LIVRE III *(Suite)*

QUATRIÈME PARTIE : LES ŒUVRES.

Le sentiment croissant de sa personnalité qui fait l'unité de la vie de Gœthe entre son retour de Strasbourg et son départ pour Weimar fait également l'unité de son *OEuvre* en cette même période.

Plus peut-être que pour aucun autre moment de son activité littéraire, il est vrai de dire des œuvres qui jaillissent alors spontanément de sa plume féconde qu'elles sont réellement le réceptacle des joies et des douleurs de sa vie[1]. Toutes naissent d'un besoin intime et irrésistible de traduire au dehors ses sentiments ou ses pensées, et, les traduisant, de les préciser et de s'en libérer. Quand il arrive que l'idée première lui en est inspirée par une occasion extérieure à sa propre vie ou un modèle étranger, il fait passer tant de lui-même dans les développements qu'il lui donne, il marque d'une empreinte si particulière les personnages qu'il puise à ses sources, que la question des emprunts qu'il fait semble n'avoir plus qu'un intérêt de vaine curiosité. Que nous importent le Jérusalem de la réalité ou le Clavigo des *Mémoires* de Beaumarchais?

Cette tendance à se mettre tout entier dans ses œuvres, que nous avons vue s'annoncer timide dans ses poésies lyriques et ses premiers drames de Leipzig, s'affirmer avec vigueur dans les poésies à Frédérique, devient souveraine, à Francfort, à partir du moment où ayant écrit *Götz* avec une facilité qui le surprend, il reconnaît la mesure de son génie.

Dès lors, non seulement dans ses poésies lyriques, mais

---

1. Cf. à Aug. von Stolberg, 13 février 1775.

dans ses drames, dans ses farces comme dans les articles de critique qu'il insère dans les *Annonces savantes*, ou dans son *Werther*, il ne cesse de se dépeindre sous tous ses aspects, il ne se lasse de nous dire ce qu'il pense, ce qu'il sent, soit directement, en parlant en son propre nom, soit indirectement, par la bouche de ses héros préférés, ou en poursuivant de sa satire tantôt âpre, tantôt finement moqueuse, les tendances qui lui sont odieuses ou seulement antipathiques.

Et, ainsi, nous retrouvons dans son œuvre un écho fidèle de ses amours, de ses rapports avec les hommes, de ses vues sur la Religion, la Nature, l'Art, le Génie. On peut même dire, en un certain sens, que ses œuvres nous renseignent sur son idéal mieux encore que les faits mêmes de sa vie, car, si les faits nous montrent comment il a vécu la vie, les œuvres nous laissent souvent apercevoir comment il aurait voulu la vivre, ou, au moins, comment il conçoit qu'elle doit être vécue.

I.

L'*Amour* fut, nous nous en souvenons, un des facteurs les plus essentiels de la vie morale du jeune avocat. Il revient de Strasbourg l'âme angoissée par le remords d'avoir abandonné Frédérique ; c'est pour fuir Lili que quatre ans plus tard il accepte avec tant d'empressement l'invitation du Duc de Weimar. Dans l'intervalle, il a souffert par Lotte Buff, et il a fait souffrir sans doute plus d'une de ces amies de sa sœur, qui, fascinées par l'éclat génial de ses yeux noirs, purent, comme Antoinette Gerock, Franziska Krespel, Anna Sibylla Münch et tant d'autres dont nous ignorons les noms, espérer un instant unir leur destinée à la sienne. Si ces derniers amours, secondaires, n'ont guère laissé de traces dans l'œuvre de Gœthe, par contre, les figures de Frédérique, de Lotte, de Lili nous apparaissent à chaque pas, à travers le voile léger des fictions poétiques. Or, par elles Gœthe connut plutôt la douleur que la joie d'aimer, et c'est, en effet, la détresse d'amour que disent la majorité des poésies lyriques dont l'amour est le thème, et qui s'incarne dans la plupart des types d'amoureux de ses drames ou dans le héros de *Werther*.

Fait digne de remarque, la femme est presque toujours la victime infortunée de l'égoïsme de l'homme. C'est la sœur de Götz, la douce et pâle Marie, que l'inconstant Weislingen abandonne sinon sans remords, du moins sans pitié ; c'est la naïve Marguerite, dont Faust brise lamentablement la jeune vie ; c'est Marie Beaumarchais qui meurt prématurément, victime pitoyable de l'ambitieux Clavigo ; c'est Cécile et c'est Stella qui, jusqu'au dénouement imprévu qui règle leur sort, souffrent cruellement d'avoir rencontré sur leur route l'égoïste jouisseur qu'est Fernando ; c'est Claudine de Villa-Bella que seul un hasard sauve des bras de Crugantino, le génial séducteur, ou la crédule Lenore qui, sans le retour opportun de son fiancé, serait la dupe du Pater Brey ; c'est l'innocente Psyché que le lubrique Satyros entraîne avec lui aux profondeurs mystérieuses des halliers ; c'est Lotte, dont la vie paisible est profondément troublée par la passion de Werther ; c'est Clairette elle-même qui meurt pour avoir dédaigné la simple et bonne affection de Brackenbourg et pour avoir vécu le beau rêve d'être l'amante de l'insouciant Egmont.

Seules l'Adelaïde du *Götz* et Elmire font par leur faute souffrir leurs amants. Elmire désespère Erwin par ses froideurs et ses caprices. Adelaïde de Walldorf affole ses soupirants de ses charmes ensorceleurs ; quand elle a tiré d'eux tout ce qu'elle en attendait, qu'ils lui sont devenus inutiles et gênants, elle les rejette ou les supprime sans scrupules. Encore faut-il remarquer que, si Adelaïde ne souffre pas d'amour, elle périt pour s'être jouée criminellement de l'amour, et qu'Elmire expie par la douleur de l'abandon la joie médiocre d'avoir lassé la fidélité de son amant.

Quant à l'homme, pour peu qu'il n'appartienne pas à la classe des monstres comme Pater Brey et Satyros, il ne souffre pas moins, d'ordinaire, que ses victimes ; il souffre même plus

douloureusement qu'elles, car il est torturé par le remords du
mal qu'il cause. Weislingen est faible, irrésolu, il aime Marie
sincèrement ; quand il a cédé à la fascination du regard d'Adélaïde, il voudrait revenir à sa fiancée, mais il ne le peut, et il
se sent profondément malheureux d'être incapable de volonté.
Plus que ce débile héros, Faust connaît dans toute sa cruauté le
remords d'avoir abandonné Marguerite et de l'avoir précipitée
dans la voie du crime. La pensée de la détresse de son amante,
la vue de sa victime dans la prison lui causent une douleur
indicible qui tenaille atrocement son cœur avide d'émotions
humaines. Le remords de sa trahison ne torture pas l'amant
de Marie Beaumarchais de façon moins poignante, et c'est avec
une joie âpre que Clavigo voit son sang racheter sa faute. Fernando goûte lui aussi l'amertume du parjure. Le regret d'avoir
quitté sa femme et son enfant le poursuit jusque dans les
bras de Stella et l'en chasse ; c'est par fidélité au souvenir de
Cécile qu'il trahit Stella à son tour. Mais, en ses courses
errantes, la pensée de sa double infidélité, de la double douleur qu'il a laissée derrière lui, le hante comme un esprit ven-
geur qui ne lui laisse ni repos, ni trêve. Crugantino lui-même,
malgré son cynisme, s'émeut des souffrances qu'il inflige à
Claudine, et son cœur endurci éprouve l'angoisse de la mauvaise
action. C'est le remords qui ramène de France, en un galop
sans répit de sept jours et de sept nuits, l'amant infidèle de la
pauvre fillette de la ballade que Crugantino chante lui-même à
Claudine et à son père.

Et Gœthe, qui a exprimé ainsi sous tant de masques divers
son douloureux regret d'avoir manqué de foi à la pauvre Frédérique, nous l'a confessé directement, au lendemain même de
sa trahison, en termes d'une touchante mélancolie : « Un matin
gris et trouble couvre la campagne qui m'est chère. Le monde
disparaît à mes yeux derrière un épais brouillard. O douce
Frédérique, si je pouvais retourner vers toi, dans un seul de
tes regards je verrais le soleil et la joie[1]. »

1. Cf. *Ein grauer trüber Morgen.*

Pourtant, tous les types d'amants infidèles que Gœthe nous a présentés dans les œuvres de la période qui nous occupe semblent plus dignes de pitié que de condamnation, et leurs victimes leur pardonnent presque toujours ; elles se lamentent sur leur destinée, mais n'en rendent point responsable celui qui en paraît l'auteur.

Si ce sentiment ne se montre pas avec force chez la sœur de Götz, c'est que son amour pour Weislingen n'avait point jeté en son âme sans énergie de bien profondes racines. Quand, devenue, après une décente mais courte hésitation, la femme de Sickingen, elle va tenter auprès de son ancien fiancé une démarche suprême pour sauver de la mort le malheureux Götz et trouve Weislingen agonisant, empoisonné par Adelaïde, son cœur s'émeut à ce douloureux spectacle ; mais son pardon est celui d'une créature angélique, supérieure aux passions, plutôt que celui d'une femme sensible qui a vraiment souffert d'être délaissée ; elle a depuis longtemps oublié ses griefs, et, si, en face du parjure luttant avec la mort, les larmes lui montent aux yeux, c'est moins de voir mourir un homme qu'elle a aimé que de songer qu'il va paraître devant le tribunal de Dieu, sans s'être repenti de ses fautes. Marguerite, par contre, bien que Faust lui fasse connaître la détresse humaine dans ce qu'elle a de plus lamentable, ne prononce pas, au milieu de ses plaintes les plus déchirantes, une seule parole de reproche pour celui qui l'a précipitée dans la honte et le crime. Lorsque, pour la dernière fois, à travers le nuage de folie qui obscurcit sa raison, elle aperçoit Faust dans sa prison, tout son être se porte vers lui en un élan de passion fougueuse ; seule la froideur des lèvres de son amant est capable de la ramener au sentiment de la réalité, seule l'apparition odieuse de Méphistophélès peut lui faire éprouver un sentiment de répulsion pour Faust ; mais l'appel désespéré qu'aussitôt après, elle adresse à celui-ci, quand il disparaît à ses yeux, entraîné par son diabolique compagnon, nous dit que ce sentiment d'horreur pour Faust n'a fait qu'effleurer son âme et que, jusque dans la mort, elle reste toute à lui. Marie Beaumarchais, de son côté, ne sait pas résister aux supplications de Clavigo repentant, et la seule vue de l'ingrat fait remonter à son pauvre cœur brisé tout l'amour passé. Ni Cécile, ni Stella ne tiennent rigueur à Fernando de les avoir trahies toutes deux ; sa présence leur fait oublier les tortures morales qu'elles ont endurées par lui. Lotte supplie Werther de ne point s'obstiner à vouloir d'elle ce qu'elle ne peut lui donner[1], mais elle ne sait lui montrer de colère. Gœthe lui-même ne se flatte-t-il pas de l'espoir que Frédérique ne lui garde pas rancune de sa fuite? Ne se la représente-t-il pas lui apparaissant dans une sorte de vision céleste et lui disant de ne plus la pleurer, car elle n'a cessé et ne cessera jamais de lui appartenir[2]?

Cette indulgence, cette abnégation, n'ont pas seulement leur source dans la noblesse ou la faiblesse de cœur des femmes de Gœthe; elles s'expliquent par une raison plus profonde. Si les délaissées pardonnent avec tant de facilité à leurs infidèles amants, c'est qu'elles se sentent inférieures à eux ; la reconnaissance qu'elles éprouvent pour le bonheur qu'elles leur doivent, les rend moins sévères pour les souffrances qu'ils leur ont infligées. Vis-à-vis de Faust, Gretchen se sent toujours l'humble fille, indigne de l'amour dont un grand seigneur, un esprit élevé l'honore; elle redoute de paraître trop niaise à Faust, de l'importuner par son babillage enfantin, et jusque dans son abandon suprême, il y a de la soumission craintive. A peine indiqué dans les propos de Marguerite parce que son âme, si simple, se révèle plutôt par ses gestes et ses regards que par ses paroles, ce sentiment apparaît plus nettement chez Marie Beaumarchais, chez Cécile et Stella. Marie dit qu'elle n'a guère le droit de se plaindre, car l'amour de Clavigo lui a causé à elle-même plus de joies qu'elle n'a été capable d'en rendre; si elle peut par instants haïr l'ingrat, elle ne saurait le mépriser. Quand elle le revoit, elle est frappée du changement qui s'est fait en lui; les grandes qualités qui étaient

1. *Werther*, II^{tes} Buch, Ed. Hempel, B^d 14, p. 107. — 2. *Freundin aus der Wolke*. Cf., pour la question de la paternité de Gœthe, E. Wolff, *Der j. Gœthe*, p. 457 et sq.

en germe en lui se sont développées, il est devenu un autre homme, et plus que jamais elle comprend qu'elle n'était pas faite pour lui. « Non, ma sœur, je n'étais pas digne de lui, et je le suis bien moins encore maintenant[1] ». Cécile avoue à Fernando qu'elle n'était pas la compagne qui lui convenait, que son propre esprit de ménagère diligente, mais aux soucis mesquins, ne pouvait suivre la pensée de son mari dans son vol hardi ; elle comprend qu'il l'ait quittée, elle l'excuse et va même jusqu'à déclarer qu'il n'est pas coupable. Stella ne parle de son côté que du bonheur que Fernando lui a donné aux jours bénis de leur union ; elle a été comblée par lui, et des « milliers d'années de larmes et de douleurs[2] » ne sauraient lui faire oublier les délices qu'il lui a fait connaître, les sentiments et les espoirs inconnus qu'il lui a révélés aux heures d'extase où, abandonné sur son sein, il lui laissait apercevoir le fond de son âme. Elle aussi, malgré quelques révoltes passagères, comme celle qu'elle éprouve à l'annonce de la seconde trahison de son amant, semble dire que celui-ci ne lui devait rien et qu'elle n'a pas le droit de lui faire un crime de sa perfidie. Il n'en est pas responsable, car Dieu l'a ainsi fait, à la fois « volage et fidèle[3] ».

Cette remarque de Stella nous donne la vraie raison de son indulgence et de celle de ses sœurs infortunées pour les hommes qui leur font connaître, dans une succession rapide, à la fois les félicités les plus rares et les pires douleurs. Avec plus ou moins de netteté, selon qu'elles sont plus ou moins capables de réflexion constante, elles sentent que des hommes comme Faust, Clavigo, Fernando, comme Werther, comme Crugantino même ne sont pas maîtres de leur imagination ou de leurs sens, de leur génie. Ils sont toujours sincères sous l'empire de la passion du moment ; ils sont à eux-mêmes leurs premières dupes ; dans leur amour, comme dans toutes les autres manifestations de leur être intime, il y a quelque chose de démonique qui les pousse irrésistiblement au mal comme au bien ;

---

1. *Clavigo*, IV Aufz., Ed. Hempel, B^d 6, p. 162. — 2. *Stella*, II Aufz., Ed. Hempel B^d 8, p. 103. — 3. *Stella*, IV Aufz., p. 108.

ils veulent vivre toute la vie. Or, les sensations neutres, la
tiédeur molle des affections calmes ne satisfait pas plus leur
soif de jouissance, que les tâches ordinaires de la vie ne suffisent
à leur besoin d'activité. La liberté leur est une nécessité impérieuse. Malgré la sincérité de son amour pour Claire, Egmont ne
pouvait voir en elle qu'une maîtresse agréable que son destin
propice lui a donnée pour le distraire; son véritable amour va
à la vie. Et ainsi, tous les amants infidèles de Gœthe[1], de
quelque nom qu'ils s'appellent, aiment avant tout la vie. Ce
n'est point par pure perversité qu'ils rompent les chaînes où
s'est un instant complu leur génie, c'est en quelque sorte par
instinct de conservation.

Fernando le disait à son intendant[2] : « François, il faut que
je parte; je serais fou de me laisser enchaîner; cet état étouffe
toutes les forces de mon être, enlève toute énergie à mon âme ».
Pour se développer, pour monter toujours plus haut, on a
besoin d'avoir toute sa tête, dit Clavigo; or, avec les femmes,
on perd trop de temps en vaines futilités. C'est bien là le sentiment le plus intime de Gœthe lui-même, et c'est lui qui nous
parle par la bouche de Carlos, disant à Clavigo[3] : « Se marier
juste à l'âge où la vie doit prendre son essor! Se mettre en
ménage, se claquemurer quand on n'a pas encore parcouru la
moitié de sa route, pas fait encore la moitié de ses conquêtes!
Que tu aies aimé Marie, rien de plus naturel, que tu lui aies
promis le mariage, ce fut folie, mais si tu lui avais tenu parole,
c'eût été la pire des extravagances. »

Gœthe est certes capable d'apprécier et de goûter tous les
genres d'amour, depuis l'amour idyllique et d'un sentimenta-

---

1. Werther ne peut naturellement être rangé parmi les « infidèles ». Toute
sa pensée, toutes ses aspirations se concentrent sur Lotte. C'est de ne pouvoir
la posséder que sa passion s'exaspère et il en meurt. Mais dans cette impossibilité de renoncer à son désir il y a quelque chose de morbide, de démonique, un
égoïsme fatal que Lotte souligne en le déplorant (cf. *Werther, op. cit.*, p. 107)
et qui le classe parmi les victimes du « génie ».

2. *Stella*, III Aufz., première rédaction. Bernays, *Der junge Gœthe*, Leipzig,
1875, Bd III, p. 654.

3. *Clavigo*, I Aufz., Hempel Bd 6, p. 130; Cf. Ch. Semler, *Gœthes Clavigo
und die sittliche Weltanschauung des Dichters*, Dresden, 1885, pp. 17-18.

lisme un peu mélancolique comme celui de Frédérique jusqu'à l'amour joyeux et sensuel qui s'exprime discrètement dans la chanson matinale de l'artiste[1], ou s'étale, non sans cynisme, dans les professions de foi du Carlos de Clavigo; il est également sensible à la saveur un peu fade des « baisers célestes » des Lila et des Uranie[2], et à l'ardente et saine passion des embrassements de Marguerite. Il sait que l'amour est le bien suprême, la source de toute joie et de toute consolation[3], mais il veut être libre de cueillir à sa fantaisie toutes les fleurs qui séduisent son regard. S'il est susceptible de s'attendrir en songeant au bonheur paisible des âmes simples qui ne connaissent que l'amour tranquille, exempt d'orages, de l'intimité conjugale[4], il ne peut s'en contenter pour son propre compte. Il fuit Frédérique, et toute l'histoire de sa liaison avec Lili, discrètement inscrite en ses poésies, nous offre le spectacle de sa personnalité se débattant entre les chaînes de roses que l'aimable enfant lui a imposées.

A peine se sent-il prisonnier qu'il regrette sa liberté perdue[5]. Il voudrait rompre le fil magique au bout duquel la chère et folâtre fille le tient captif; il souffre de ne plus pouvoir vivre à sa guise. Il gémit sur cette folle passion qui l'a fait déserter sa chambrette solitaire où il faisait si bon rêver sous la pâle clarté de la lune, et qui le retient de longues heures à la table de jeu, à la lumière crue des lustres[6]. Au milieu même de la libre Nature, il se sent comme un oiseau échappé qui traîne après lui un bout de lacet, signe honteux de sa captivité, preuve qu'il a connu un maître[7]. Dans la foule des adorateurs de Lili qui, ainsi que des animaux bien apprivoisés, se disputent les miettes de pain qu'elle leur distribue de ses belles mains, il est l'ours, mal léché, indocile, toujours grondant, toujours fuyant et revenant toujours pourtant se coucher aux pieds de l'ensorcelante dompteuse. Quand elle l'honore d'une caresse ou paraît s'amu-

---

1. *Künstlers Morgenlied.* — 2. Cf. *Pilgers Morgenlied; Elysium.* — 3. *Rettung; Es is so viel Heimweh.* — 4. *Der Wanderer; dem Passavant.* — 5. *Neue Liebe, neues Leben.* — 6. *An Belinden.* — 7. *An ein goldnes Herz, das er am Halse trug.* Cf. *Mémoires,* IV, 19, p. 77.

ser de sa sauvagerie, il sent son cœur farouche déborder d'allégresse. mais, en même temps, il s'indigne, en secret, de voir sa force servir de passe-temps à une capricieuse enfant, et il demande aux dieux de lui donner le courage de secouer son joug et de fuir[1]. Et les dieux exaucèrent la prière du pauvre ours captif. Un jour, qu'un regard de défi moqueur lui avait montré la porte ouverte, il se sauva pour ne plus revenir.

La poésie de Gœthe nous confirme donc bien dans notre sentiment sur la raison de son inconstance amoureuse. C'est par fidélité à son génie qu'il est infidèle à ses amantes.

Sinon pour attirer, du moins pour retenir son cœur, il aurait fallu qu'il trouvât sur sa route la jeune fille idéale dont il trace le portrait, tel qu'il l'a rêvé, dans son compte-rendu des *Poésies d'un Juif polonais*[2], une jeune fille dont l'âme fût toute bonté et le corps paré de toutes les grâces, dont l'esprit fût sérieux et la vertu naturelle, dont le cœur cherchât d'instinct un cœur jeune et ardent comme le sien, capable de goûter pleinement les félicités les plus rares de cette terre. Gœthe eut peut-être un instant l'illusion de l'avoir rencontrée en Lotte, mais il eut aussi la grande douleur de la voir aux bras d'un autre qu'il jugeait indigne d'elle. Ainsi son génie ne put connaître par expérience l'union éternelle, l'indestructible et fécond amour auquel il aspirait de tout son être. Suivant l'expression pittoresque et mélancolique que nous avons déjà rencontrée dans une de ses lettres à Kestner, « son lit resta stérile comme un champ de sable ».

Entre toutes ses œuvres de jeunesse, où Gœthe pose le problème de l'amour[3], *Stella* est assurément la plus troublante. En effet, tandis que partout ailleurs, dans les conflits où la person-

---

1. *Lilis Park.* — 2. *Recensionen in d. Frankf. gel. Anzeigen*, Hempel Bd 29, p. 40.

3. On pourra s'étonner que nous n'ayons pas fait à Werther une place plus considérable parmi les héros d'amour du jeune Gœthe. C'est qu'il nous paraît que le problème essentiel du roman n'est pas un problème d'amour, mais bien le problème des rapports du « génie » avec la société qui l'entoure. S'il semble mourir d'amour, en réalité il meurt des obstacles que la « convention » oppose à ses désirs. Nous allons bientôt le montrer.

nalité du héros se trouve aux prises avec les forces de l'amour, ce dernier est sacrifié, ici, la solution donnée par le poète, dans la première rédaction de son œuvre, semble indiquer qu'il a entrevu une conciliation possible entre les droits du cœur et les devoirs que le génie a envers lui-même.

Fernando n'a rien assurément, au premier abord, d'un génie, au sens commun du mot. Dans la pièce, il fait piteuse figure, et on a pu dire qu'il avait tous les dehors d'une canaille, d'un vulgaire criminel[1]. Mais il nous faut bien croire sur parole les femmes qui ont subi son charme et admettre que sa personnalité est à la fois véhémente et ensorceleuse. Son génie donc l'a poussé à quitter sa femme Cécile et sa fille Lucie pour échapper à la monotonie de la vie conjugale. Il a séduit Stella, une jeune fille sentimentale, et a vécu près d'elle de longues heures de passion sans nuages, puis, au bout de trois ans, il a abandonné Stella pour aller retrouver sa femme légitime et son enfant. Celles-ci avaient disparu. Torturé par le remords de sa double trahison, il erre à travers le monde, essaye d'étourdir la voix de sa conscience dans le fracas des batailles, puis, un beau jour, il revient auprès de Stella. Un malicieux hasard le met, chez son amante, en face de Cécile et de Lucie. Cécile, qui porte le deuil de son bonheur et a appris l'art du renoncement, veut fuir et le laisser jouir en paix du renouveau de bonheur qu'il attend dans les bras de Stella. Fernando, malgré le déchirement qu'il éprouve à la pensée de quitter celle-ci une seconde fois, au moment où il vient de lui ouvrir la perspective d'une nouvelle vie de délices, ne veut pas consentir à ce sacrifice héroïque, il se dispose à suivre Cécile et Lucie. Mais devant la douleur avouée de Stella et la douleur mal dissimulée de Fernando, Cécile qui, d'ailleurs, comprend qu'elle ne pourra plus donner qu'un triste bonheur à son mari, propose à ce dernier et à Stella de suivre l'exemple fameux du comte de Gleichen de ne pas désunir trois vies que la séparation doit infaillible-

---

1. « *Ein verbrecherischer Lump.* » Cf. Hettner, *Gesch. der deutschen Lit. im 18ten Jahrh.*, III, p. 168.

ment briser. Fernando et Stella acceptent et le rideau tombe sur l'étrange spectacle présenté par le héros serrant contre son cœur ses deux femmes et disant de chacune d'elles, au comble du ravissement : « Elle est à moi; elle est à moi! »

Que signifie ce singulier dénouement? Faut-il le prendre à la lettre et y voir vraiment l'expression de l'opinion intime de Gœthe, conclure avec la majorité de ses contemporains que *Stella* n'est qu'une audacieuse et indécente apologie de la polygamie[1]? On a essayé, dans le but d'atténuer le scandale d'une telle solution, de montrer que Gœthe n'avait fait que transporter au théâtre soit l'histoire de la bigamie du doyen Swift[2], soit celle des relations des époux Jacobi avec Johanna Fahlmer[3], à moins qu'il ne les ait combinées, prenant le point de départ de son drame à Swift et le dénouement au spectacle que lui offrait la famille Jacobi[4] ou plutôt encore au récit que Jacobi lui aurait fait d'une faute de sa propre jeunesse et de ses conséquences[5]. On a dit aussi que peut-être il n'avait voulu qu'exprimer de façon synthétique les conceptions morales d'une époque qui, secrètement éprise de vie libre, de vie selon l'instinct et la Nature, faisait volontiers bon marché des lois de la morale vulgaire et voyait, sans s'en indigner, les erreurs amoureuses d'un Bürger ou d'un Sprickmann[6].

Mais, étant donné le caractère éminemment personnel des œuvres du jeune Gœthe, préciser les sources où il a pu puiser les données matérielles de son drame, ne suffit pas pour donner la clef du problème. Aussi n'a-t-on pas manqué de rappeler que Gœthe avait plus d'une fois déjà fait l'expérience d'un

1. Citons à titre d'exemple cette opinion d'un critique du temps : « Von der Moral des Stücks wollen wir nichts sagen. Es ist schon bekannt genug, dass Herr Dr. Göthe sich über diese Kleinigkeit fast immer wegsetzet. Sein Roman die Leiden des jungen Werthers ist eine Schule des Selbstmordes; seine Stella ist eine Schule der Entführungen und Vielweiberey. » *Beytrag zum Reichs-Postreuter*, Altona, 1776, 8 februar., cit. Braun, *Gœthe im Urteile seiner Zeitgenossen* (1773-1786), Berlin, 1883, p. 229.

2. W. Scherer, *Aufsätze über Gœthe*, Berlin, 2te Aufl, 1900, p. 123 et sq. — 3. L. Urlichs, *Deutsche Rundschau*, 1875. — 4. A. Metz, *Gœthes Stella*, Preussische Jahrbücher, 1906, Bd 126, I, Heft., p. 57. — 5. Scherer, *op. cit.*, p. 153. — 6. Scherer, *op. cit.*, p. 136; Metz, *op. cit.*, p. 57.

double amour simultané, et que dans le même temps, où il écrivait Stella, son cœur était partagé entre Lili Schönemann et Auguste von Stolberg, comme plus tard son Wilhelm Meister hésitera entre Natalie et Thérèse[1].

Toutefois, si l'une ou l'autre de ces interprétations ou toutes à la fois peuvent expliquer l'étrangeté de la solution de Stella, elles ne parviennent pas à légitimer l'audace des conclusions qu'elle paraît imposer. On s'est ingénié à démontrer que Cécile, en offrant à Fernando et à Stella de rester à leurs côtés, ne songe nullement à partager le lit de son mari avec sa rivale[2]. Elle sera pour eux une confidente, une amie, elle épargnera à Fernando, par sa présence, le remords qu'il pourrait éprouver de la savoir solitaire et mal résignée ; tandis que Stella prodiguera son jeune amour à l'heureux Fernando, elle lui donnera, sans compter, la seule chose qu'il est encore en son pouvoir de lui donner : une sympathie attendrie et fidèle. Pour si ingénieuse que soit cette interprétation, elle ne nous paraît guère satisfaisante. On a peine à s'imaginer ce que pourra être la vie côte à côte de ces trois êtres de si étrange moralité. Comment supposer que malgré tout son désintéressement et son pouvoir de renoncement, Cécile, la femme légitime, qui n'a même pas, comme la comtesse de Gleichen, la ressource de voir en Stella la femme qui a sauvé son mari, puisse, à la longue, supporter que son mari et sa rivale s'aiment sans contrainte, sous ses propres yeux, comment croire que ceux-ci, eux-mêmes, en dépit de l'inconscience et de la lâcheté de leur égoïsme pourront jouer longtemps le rôle d'amants insouciants devant leur victime volontaire ? Cette interprétation soulignerait bien plus qu'elle ne l'atténuerait la monstruosité du dénouement.

Que le jeune Goethe ait pu être, à certaines heures, hanté par le désir de réunir en un même amour Frédérique et Lili ou Lili et Auguste, la chose n'est pas assurément impossible,

1. C. Schrempf, *Gœthes Lebensanschauung*, 1, *Der junge Gœthe*, Stuttgart, 1905, p. 106 ; Metz, *op. cit.*, p. 62 ; Scherer, *op. cit.*, pp. 136, 140. — 2. Metz, *op. cit.*, p. 57.

elle est même vraisemblable ; ses lettres à Auguste, écrites du bureau de Lili, peuvent en paraître la preuve. Mais à supposer que des idées de polygamie l'aient effectivement effleuré ou séduit, il n'est guère admissible qu'il ait pu avoir l'insolence de les exprimer si ouvertement dans un drame destiné malgré tout au public, en dépit de ses scrupules du moment[1].

Pour nous, nous inclinerions à croire qu'il a simplement voulu porter à la scène, objectiver en quelque sorte les conclusions de son compte rendu des *Poésies d'un juif polonais*, sans se soucier des conséquences qu'on en pouvait déduire, sans même peut-être les pressentir. La vie ne lui avait pas encore offert l'idéal féminin auquel aspirait son âme de poète. Il n'avait rencontré que d'aimables, de tendres ou de futiles jeunes filles, dont aucune n'était capable de comprendre dans leur plénitude et leur complexité les aspirations multiples de sa puissante individualité ; aussi aucune n'avait-elle pu le retenir. Mais il ne pouvait s'empêcher de rêver de la compagne qui réunirait les qualités de l'épouse modèle et de l'amante d'élite, qui saurait, tout en lui assurant le bonheur matériel, vibrer à l'unisson de son âme ardente de poète, qui serait à la fois une Frédérique ou une Lotte et une Auguste von Stolberg, une Betty Jacobi et une Johanna Fahlmer, une Cécile et une Stella, et qui saurait être tour à tour l'une ou l'autre, au moment opportun, toujours prête à se donner ou à s'effacer, à se prodiguer ou à se sacrifier, qui serait à la fois une source de joies intimes et de fécondes énergies, bref, qui réaliserait le type de femme idéale, que tout artiste désire rencontrer sur sa route. Et ce serait là, nous semble-t-il, un sens symbolique acceptable du dénouement de *Stella*. Fernando, le génie, ne peut trouver le bonheur absolu dans les bras de la poétique et sensible Stella pas plus que dans l'affection calme de la pratique et raisonnable Cécile, mais il le trouvera en les unissant toutes deux en un unique amour.

1. Si Gœthe, en effet, écrit à Aug. von Stolberg qu'il ne veut pas faire imprimer son drame, ce n'est nullement, semble-t-il, à cause de son contenu ; c'est parce qu'il est écœuré des polémiques soulevées par *Werther* (lettre 7-10 mars 1775).

Stella pourrait donc, somme toute, n'avoir été dans l'esprit de Gœthe que l'expression concrète d'un désir, d'un vœu séduisant mais irréalisable, et ce qu'il faudrait reprocher à l'œuvre c'est moins l'immoralité de sa conclusion qui n'est qu'apparente, que l'insuffisance esthétique de ce dénouement qui par son vague et sa gaucherie a permis de croire à sa perversité.

En tout cas, quelle que soit l'interprétation qu'on admette, il ne nous semble pas qu'on puisse douter que Gœthe ait voulu dans le plus troublant de ses drames exprimer son idéal présent de l'amour. Dans *Faust*, dans *Egmont*, dans *Clavigo*, il a montré que l'amour normal ne pouvait suffire au génie ; dans *Stella*, il nous laisse entrevoir, sous le déguisement d'une fiction hardie, ce que devrait être la femme qui serait capable de retenir le poète. Les hommes du vulgaire peuvent se contenter d'une part de l'idéal ; le génie aspire à étreindre tout l'idéal qu'il conçoit.

II.

Si le génie ne peut s'accommoder des formes ordinaires de l'amour, il ne peut davantage se soumettre, au moins sans révoltes, au joug des lois qui régissent la société.

Presque tous les héros du poète, ceux à qui visiblement va sa sympathie, sont des insurgés contre l'ordre social. — Götz ne peut se résigner au régime moderne de l'Allemagne que les princes et les villes ont accepté et qui limite les droits de l'ancienne féodalité. Il regrette le temps où les chevaliers, ne reconnaissant d'autre pouvoir au-dessus d'eux que l'autorité lointaine de l'empereur, vivaient indépendants et n'admettaient d'autre justice que celle qu'ils rendaient eux-mêmes dans la liberté de leur conscience, où les individualités pouvaient s'épanouir sans contrainte et où, l'épée et la lance au poing, les seigneurs ne remettaient à personne le soin de défendre leurs intérêts et de faire valoir leur droits. Son dernier mot est : « Vive la liberté ! » ; mais la liberté à laquelle il songe est

la liberté individuelle. Il s'inclinerait volontiers devant l'autorité de l'empereur, si celui-ci ne prétendait pas restreindre ses
privilèges et le maintenir dans les bornes du nouveau droit
commun. Le régime moderne ne lui est si odieux, il ne l'aperçoit et ne le dépeint sous des couleurs aussi sombres que parce
qu'il s'y sent à l'étroit. parce que à chaque détour des routes
où se promenait si gaiement, jadis, son humeur aventureuse,
il se heurte à des barrières gênantes, à d'irritantes « défense de
passer ». — Adelaïde, elle aussi, bien qu'elle vive et brille dans
cette société que Götz abhorre, déteste, à sa manière, les limitations que l'ordre général impose à ses désirs. Plus avisée,
plus souple que Götz, elle en accepte les formes, mais elle
prétend s'en libérer quand elles ne servent plus ses desseins.
Elle a épousé Weislingen parce qu'elle le jugeait capable de
l'aider à réaliser ses ambitions; mais quand elle le trouve
inférieur aux espérances qu'elle avait mises en lui, elle charge
le poison de lui rendre sa liberté. Le mariage n'a d'autre valeur
à ses yeux que celle d'une association qu'elle entend rompre,
dès qu'elle cesse d'en tirer profit. — Clavigo n'aspire à jouer un
rôle considérable dans la société que pour la dominer et, pour
mieux parvenir à ses fins, il foule aux pieds, sans excessifs
scrupules, deux des sentiments essentiels sur lesquels elle est
fondée, l'honneur et la fidélité à la parole donnée. — Fernando,
sous prétexte de suivre la voix de son cœur, fait fi des règles
de la morale vulgaire. Faust, pour satisfaire sa soif ardente de
science et de jouissances surhumaines, se met hors la loi, en
s'unissant aux puissances infernales. La sphère d'activité, qui
lui est normalement ouverte, ne lui suffit pas ; son individualité
étouffe dans des limites qui paraissent larges à son famulus
Wagner ou aux bons bourgeois qui promènent leur mol optimisme aux sons joyeux des cloches de Pâques. — Mais c'est chez
Crugantino et chez Werther que se montre le plus visiblement
l'incapacité de vivre de la vie commune des mortels. Crugantino est un cadet de bonne famille, égaré en un milieu de gens
sans aveu ; il ignore les scrupules, il vit au jour le jour, mettant toute sa gloire à donner le plus de coups d'épée et à

séduire le plus de filles qu'il peut. C'est le type du vagabond génial. S'il s'est ainsi lancé hors des voies battues, ce n'est point d'ailleurs par simple caprice, ni par perversité, car sa nature est noble et généreuse ; c'est, ainsi qu'il le dit lui-même, parce que son indépendance se heurtait de toutes parts trop rudement aux barrières sociales. La vie quotidienne ne peut lui offrir de scène assez vaste où puisse se déployer librement son impétueuse activité. La société bourgeoise lui est insupportable, car le travail et les amusements qu'elle lui offre ne vont jamais sans la servitude ; or, rien n'est plus odieux à un cœur jeune, aux aspirations infinies. Crugantino est le révolté joyeux ; il se met au-dessus des lois, il les méprise, mais il ne perd pas son temps à se lamenter sur leur tyrannie. —Werther n'éprouve guère moins que Crugantino le besoin d'agir, et, comme lui, il connaît les désirs infinis, comme lui, il aspire à vivre complètement sa vie ; il admire les enfants, les gens du peuple, les simples, qui se mettent tout entiers dans leurs passions[1] ; mais, nature rêveuse et méditative, timide devant l'action, il n'a pas en lui la force nécessaire pour rejeter les conventions qui le meurtrissent, il en souffre cruellement et il épuise son activité à ruiner en lui-même, par de vains regrets, les sources mêmes de la vie[2]. Il entre en conflit avec son chef, bureaucrate pédant, aux vues étroites, qui lui impose des tâches mesquines et inutiles, inférieures à ses capacités ; il ne voit partout autour de lui, qu'ambition sans grandeur et orgueil injustifié, dédain puéril de tout ce qui n'est pas rang et titres. Conscient de sa propre valeur, fier de son cœur ardent qu'il sent supérieur à celui des gens qui l'environnent, il prétend jouer dans le grand monde une figure en proportion avec ses mérites ; mais, le grand monde lui fait l'affront de le considérer comme un intrus et le lui donne brutalement à comprendre[3]. Son orgueil de bourgeois susceptible en est profondément blessé[4] et il s'exile volontairement d'un milieu incapable de le com-

---

1. *Werther*, 21 juin. — 2. *Ibid.*, 29 juin. Cf. aussi 15, 26, 27 mai, 4 août, 4 sept. — 3. Cf. *Ibid.*, 24 déc., 8 janv., 15 mars, 15 mai. — 4. Cf. E. Montégut, *Types littéraires et Fantaisies esthétiques*, Paris, 1882, p. 135.

prendre, il se condamne à l'inaction plutôt que d'agir contre sa conscience. Les convenances sociales, d'autre part, lui interdisent d'aimer la femme vers qui le porte son instinct, car la société ne reconnaît que l'amour sage, ordonné, prudent, capable de régler ses effusions comme ses cadeaux ; elle ignore ou veut ignorer l'amour qui, comme une puissance démonique, prend tout l'être et lui fait oublier tout ce qui n'est pas lui. Et ainsi, voyant la société, au nom de ses préjugés, lui refuser la considération qu'il se croit due et la femme qu'il s'imagine lui être destinée par la Nature, voyant celle-ci même, fidèle à la morale de la classe à laquelle elle appartient, appliquer toute sa raison à refouler la passion qui gronde sourdement en elle, le pauvre Werther se sentant irrémédiablement seul dans la vie, prend le parti désespéré de montrer son mépris à la société en la quittant pour un monde qu'il escompte meilleur ; il se résout à laisser la place à la médiocrité, aux natures prosaïques qui, comme son rival Albert, ne demandent à la vie et à l'amour que des joies sans parfum.

Le génie donc, quelle que soit sa nuance, ne peut vivre de la vie sociale ; ou il en sort en la bravant, ou il meurt des conflits où il entre avec elle. Cela veut-il dire qu'il n'y ait point de place pour lui sur terre ? Non, assurément. Gœthe, qui avait l'orgueil de son génie, qui aimait la vie, ne pouvait dénier au génie le droit à l'existence. Il avait témoigné trop de sympathie aux vigoureuses personnalités qu'il avait créées ou à celles que l'histoire lui fournissait pour que nous puissions croire qu'il ne voyait pour le génie que deux solutions aux problèmes de la vie : la mort ou le crime. Ceux de ses héros qui succombent dans la lutte contre la société, comme Götz ou Adelaïde, ou Werther, ont eu le tort de vouloir composer avec le monde, de vouloir le forcer à leur faire place et à accepter leur loi, alors qu'ils méprisent la sienne. Faut-il en conclure que, pour vivre, le génie doit imiter le cynisme du vagabond Crugantino ou l'égoïsme de Fernando ? Le jeune Gœthe, ennemi des théories, ne s'est sans doute pas posé la question sous cette forme, mais il y a répondu pourtant, non seulement par la façon même dont il vivait sa vie sentimentale, mais par les définitions qu'il a données du génie dans le compte rendu des *Poésies d'un Juif polonais* et dans ses propres poésies.

Le génie, tel qu'il souhaite à l'Allemagne d'en produire[1], devrait déborder de force juvénile, de joie de vivre ; il devrait être séduisant, irrésistible, avoir un cœur sensible capable de goûter toute la gamme des charmes féminins, mais non moins capable de se détacher de ses conquêtes dans l'instant même où il s'aperçoit qu'elles sont, dans la réalité, inférieures à l'illusion poétique qu'il avait mise et aimée en elles ; il devrait avoir assez de franchise naïve pour nous confesser, en les raillant lui-même, ses joies, ses victoires, ses défaites, ses repentirs. Et son inconstance nous réjouirait, dit Gœthe, car nous y verrions la preuve qu'il ne saurait se contenter d'un amour vulgaire et imparfait.

Ardeur, originalité, indépendance, voilà les seules règles que puisse reconnaître le génie en amour ; il n'a pas besoin d'en chercher d'autres pour se conduire dans la vie. Il n'aura pas de peine à les découvrir, car elles sont en lui-même ; il n'a qu'à écouter la voix de son cœur, de son démon intérieur, et il pourra sans crainte braver les tempêtes et les périls[2]. Insouciant des souches et des pierres du chemin, il pourra hardiment se lancer dans la vie ; il trouvera des côtes lentes à gravir, de séduisants asiles de repos, mais ceux-ci ne le retiendront pas plus que les autres ne le rebuteront ; il ira toujours droit devant lui, avec l'unique souci de fournir toute sa course et de la terminer par une entrée triomphale dans la mort[3]. Sans doute, il connaîtra les déboires, les tristesses, mais la Nature lui donnera, aux heures troubles, par le spectacle de sa propre vie féconde et joyeuse, des raisons nouvelles d'espoir et de confiance ; elle lui montrera comment le jardinier, à peine les neiges fondues, confie, d'un cœur tranquille, les semences à la terre, avec la certitude de la moisson future[4]. Si la vue des

<hr>

1. *Recensionen in den Frankf. gel. Anzeigen*, Hempel, Bd 29, p. 39. —
2. *Wanderers Sturmlied*. — 3. *An Schwager Kronos*. — 4. *Ein zärtlich*

ruines du passé peut l'attrister en le faisant songer que l'œuvre qu'il édifie périra à son tour et qu'il n'en restera que des débris, c'est encore la Nature qui le consolera en lui donnant le spectacle de l'alouette attachant son nid où germe la vie, au bord d'une architrave, ou encore celui d'une jeune femme allaitant son enfant au milieu des colonnes brisées d'un temple antique[1].

La *Nature* sera d'ailleurs pour le génie le grand livre toujours ouvert, où, quand il aura appris à y lire, il pourra à tout instant trouver un secours et une leçon, car si c'est un livre incompris de la foule, il n'est pas incompréhensible pour le poète[2], et quand celui-ci communie avec la Nature, il sent son étroite et éphémère existence s'accroître et participer de l'éternité. La Nature n'est pas seulement pour lui un spectacle simplement aimable ou réconfortant; elle est à ses yeux un être vivant, et pénétrer jusqu'à la vie intense qui palpite sous l'apparence impassible des choses, c'est le désir le plus cher du génie; par désespoir de n'y point parvenir, Faust vend son âme à Méphistophélès. Et même, quand il n'est pas tourmenté par les titanesques aspirations du séducteur de Marguerite, le génie puise dans le commerce intime avec la Nature joie et courage. Il a avec la Nature des rapports personnels, intimes. Werther se sent heureux au milieu de la Nature comme sur le sein de son amante[3], il est son bien-aimé; dans les arbres, dans les sources, dans les vents qui bercent les nuages au ciel, dans les rivières au cours lent, dans les roseaux qui chuchotent, dans les essaims d'insectes, dans les dernières rougeurs du couchant[4], il voit, comme dira Faust[5], des frères qui lui sourient, qui se réjouissent de ses allégresses et sympathisent à ses souffrances. Pour qu'il blasphème contre la Nature, qu'il ne voie plus en elle qu'un bourreau impassible, il faut que son œil se trouble sous l'empire d'une funeste passion[6]. Mais pour le poète dont la vision reste

jugendlich Kummer. — 1. *Der Wanderer.* — 2. Cf. An. Merck, Epître en vers, 5 déc. 1774 (Mein altes Evangelium). — 3. *Werther*, 10 mai. — 4. *Ibid.*, 6 juillet, 18 août. — 5. *Faust :* Wald und Höhle. — 6. *Werther*, 18 août.

claire, la Nature est toujours ce qu'elle a été pour son héros aux heures où son âme s'épanouissait aux chauds rayons de son amour, un baume souverain [1], une mère d'une inépuisable fécondité [2], d'une inlassable bonté [3], une bien-aimée, un père [4], l'amour partout présent [5]; il sait que, même lorsque son âme est assombrie par le deuil d'amour, la Nature lui prodigue toujours avec la même sérénité ses sourires les plus doux et les plus réconfortants, et il regrette amèrement de n'y être plus aussi sensible [6].

Ainsi, avec la Nature pour guide et pour soutien, le poète, le génie peut vivre sans autre souci que celui de donner un libre essor à toutes les forces de sa personnalité. Que lui importent dès lors les conflits possibles, inévitables même avec la société et les opinions du jour? Il ne doit de comptes à personne; il ne relève que de lui-même et n'a que faire des règles et des préceptes que les « philistins » prétendent imposer à sa vie, à son activité créatrice, à sa façon même d'interpréter l'énigme de l'univers. En *art*, en *morale*, en *religion*, il sera son propre législateur, son souverain juge.

Les critiques sont les ennemis nés du génie. Sous prétexte d'esthétique, — comme le vieux renard de la fable, qui plume et met en pièces la gracieuse tourterelle que lui montre l'enfant naïf, — au nom de leurs principes infaillibles, ils dissèquent sans pitié les œuvres du poète et ne lui laissent que la ressource de pleurer sur les débris de ses rêves [7]. Uniquement préoccupés de ramener toutes choses à leur étroite mesure, ils sont incapables de sentir la Beauté et la Vérité [8]. Les meilleurs peuvent bien montrer à l'artiste les défauts de son œuvre, mais ils sont impuissants à lui donner un conseil qui le guide dans les ténèbres où il tâtonne [9]. Quelle valeur auraient dès lors les règles

---

1. *Wanderers Sturmlied.* — 2. *Ein zärtlich jugendlich Kummer.* — 3. *Der Wanderer.* — 4. *Ganymed.* — 5. *Pilgers Morgenlied.* — 6. *Erwin und Elmire,* II, 6 (Mit vollen Athemzügen...). — 7. *Ein Gleichnis* (*Dilettant und Kritiker*). — 8. *Der Kenner* (*Kenner und Enthusiast*). — 9. *Kenner und Künstler.*

qu'ils édictent et que, d'ailleurs, en parasites éhontés, ils puisent aux œuvres mêmes qu'ils dénigrent[1]? On peut dire en faveur des règles à peu près ce qu'on peut avancer pour louer la société bourgeoise, déclare Werther : l'homme qu'elles ont formé ne produira jamais rien d'insipide ou de mauvais, tout comme un citoyen qui se soumet aux lois et à la bienséance ne deviendra jamais un voisin insupportable, ou un criminel de marque[2] ; mais en revanche, et quoi qu'on prétende, les règles empêcheront toujours de sentir vraiment la Nature et de l'exprimer avec sincérité. — La seule règle que doive s'imposer le génie, c'est de s'abandonner, sans résistance, à ses impressions ou à ses sentiments, et de les traduire avec naïveté, c'est de ne décrire que ce qu'il aime, ce qui l'a fait vibrer[3] ; c'est surtout de ne pas demander le secret de la beauté à d'autres maîtres qu'à la Nature ou aux rares génies qui, avant lui, ont su la comprendre et s'inspirer d'elle. Alors, il verra à chaque pas le monde magique de la beauté s'ouvrir plus large devant lui, il apercevra la beauté aussi bien dans l'atelier d'un cordonnier, dans une étable, que sur le visage de sa bien-aimée, dans ses bottes ou les œuvres de l'art antique. Le monde s'étalera à ses regards comme il s'étale sous les yeux de son Créateur. Il comprendra que la vraie beauté ne réside pas dans les palais pompeux ou les jardins fastueux des grands, mais là seulement où il y a abandon, nécessité, intimité. Malheur à l'artiste qui sacrifierait à la mode et au faux clinquant du monde moderne, il verrait infailliblement se tarir en lui toutes les sources du sentiment naturel. Mais, si rendre la nature avec sincérité est une des conditions essentielles de la grandeur de l'artiste, son premier devoir est de reconnaître, sans chercher à se faire illusion, les limites de son talent. La Nature elle-même lui en donne l'exemple ; dans sa création, pour des provinces entières, elle n'a usé que d'*une* physionomie. Vouloir être universel, c'est se condamner à la stérilité ; « la limita-

1. *Der unverschämte Gast (der Rezensent)*. — 2. *Werther*, 26 mai. — 3. *Nach Falconnet und über Falconnet*, Hempel, Bd 28, p. 348 et sq.

tion est aussi nécessaire à l'artiste qu'elle l'est à quiconque aspire à la grandeur morale[1] ». C'est pour l'avoir compris d'instinct, pour être restés eux-mêmes et n'avoir reconnu d'autres lois que celles de leur nature, d'autres limites que celles de leurs forces que Shakespeare, Ossian, Homère, Pindare, Erwin von Steinbach sont de si grands maîtres de beauté. Leur génie devait tout à la Mère-Nature ; ils ont créé comme crée la Nature, et le secret de leur production est aussi mystérieux que celui de l'activité de la Nature[2].

L'idée de la nécessité, de la loi interne qui préside aux œuvres de la Nature n'apparaît pas encore nettement au jeune Gœthe, comme il la verra plus tard, sans doute sous l'influence de la lecture de Shaftesbury[3], mais déjà il la pressent quand il parle de la nécessité et de l'harmonie des détails qui fait de l'œuvre grandiose d'Erwin von Steinbach un tout vivant, incomparable de beauté et de vérité[4]. Pourtant, il en reste au pressentiment. Quand en 1775 il se retrouve devant la cathédrale de Strasbourg, après son contact prolongé avec la grande nature suisse, il éprouve une émotion profonde ; il se sent pris d'émulation comme devant les grandes pensées de la Création, comme devant la chute du Rhin, les neiges éternelles des Alpes, le lac de Zürich et le Saint-Gothard au fier sommet perdu dans les nuages ; il sourit de pitié au souvenir des pages brûlantes où il avait jadis célébré le merveilleux édifice, comme une énigme, comme un poème. Et cependant, bien que, dit-il, plus d'une écaille soit depuis lors tombée de ses yeux, il doit avouer qu'il n'est guère plus avancé qu'au temps où son admiration ne savait que balbutier[5].

Il reconnaît bien que ce qui fait l'artiste créateur, c'est le sentiment des proportions, des mesures, du nécessaire ; mais

1. *Nach Falconnet...*, p. 353. — 2. *Recensionen in. d. Frankf. gel. Anzeigen* (*Robert Woods Versuch über das Originalgenie des Homer*), Hempel, B^d 29, pp. 86-87. — 3. Cf. *Jubiläums-ausgabe*, B^d 36, Introd. Walzel, p. 25. —4. *Von deutscher Baukunst*, Hempel, B^d 28, p. 339. — 5. *Dritte Wallfahrt nach Erwins Grabe im Juli*, 1775, ibid., p. 354.

l'œuvre de l'artiste lui reste en réalité aussi incompréhensible,
aussi individuelle que l'œuvre de Dieu. Sans doute, la création
de l'artiste n'est pas arbitraire, la forme qu'il donne à son
œuvre sort nécessairement de cette œuvre même et cette
« forme intérieure » est aussi différente de la forme extérieure que le sens intérieur l'est du sens extérieur, mais cette
forme interne demeure énigmatique. Elle ne se laisse point saisir avec les mains, elle veut être sentie et seuls les privilégiés,
les génies en sont capables [1].

Le génie est un don individuel, mystérieux, démonique. Si
l'on peut imaginer que l'artiste créateur obéit, comme la Nature,
à des lois profondes, il leur obéit pour ainsi dire, sans en
avoir conscience; il est une force de la Nature; il n'a qu'à se
laisser emporter par l'inspiration du moment, sans se soucier
des digues et des barrières esthétiques que les critiques s'efforcent d'opposer à sa fougue.

Il n'a pas davantage à se préoccuper des distinctions dont
vit la morale vulgaire. Ainsi que le dit Werther [2], les prescriptions morales sont comme les digues et les canaux de dériva-
tion, qu'édifient et creusent les riverains d'un fleuve impétueux, pour garder de ses débordements leurs coquets pavil-
lons de jardin, leurs plates-bandes de tulipes et leurs carrés de
choux. C'est déjà trop que le génie ait, comme le fleuve, à
souffrir des mesures prises par cette sagesse timorée. Il n'a
pas à en tenir compte, sa course à l'idéal ne doit pas en être
arrêtée. Les « philistins » veulent le contenir au nom de la
vertu, au nom de leurs subtiles distinctions entre le bien et le
mal. Le génie a-t-il à se soucier des cris d'effroi que pous-
sent les petits hommes sans nerfs et sans expérience qui, à
chaque sauterelle inconnue qu'ils rencontrent sur leur chemin,
s'exclament : « Seigneur, elle va nous manger ! [3] »? On parle
de Vertu? Mais qu'est-ce que la Vertu? Hercule, dans ses cour-

1. *Aus Gœthes Brieftasche*, Bernays, *der j. G.*, III, p. 686. — 2. *Werther*,
26 mai. — 3. *Zum Shakespearestag*, Hempel, B^d 29, p. 104.

ses à travers le monde, ne l'a jamais rencontrée, et personne aux enfers, même ceux qui en parlaient, n'a pu la lui définir[1]. La vertu courante est un monstre qui ne répond à rien de réel dans la Nature. Certes, la vertu a existé au temps des demi-dieux et des héros, mais elle signifiait alors richesse, exubérance, joie de vivre et de créer. Tout cela aujourd'hui passe pour vices — et entre le vice et la vertu l'homme moderne, pour son malheur, ne voit pas de milieu, il ne comprend pas que la vraie vertu, la seule, consiste à ne pas se demander ce qu'elle est, mais à vivre selon la Nature, selon l'Instinct, comme le font aujourd'hui encore les gens ignorants des règles et des conventions, les paysans, les valets et les filles de ferme, qui, sans vergogne, obéissent à l'appel de leurs rudes désirs. A la prendre à la lettre, la morale que prêche Hercule ne diffère guère de celle d'un reître de la guerre de Trente ans, et Gœthe pouvait, sans fausse pudibonderie, écrire à Lavater qu'il ne fallait pas lui prêter les sentiments qu'il faisait exprimer à son Hercule[2]. Mais si on fait abstraction de la brutale grossièreté des propos, on ne peut méconnaître que la conception de vie qu'ils laissent transparaître est bien celle du jeune Gœthe.

Le génie ne doit pas s'embarrasser des scrupules des âmes timorées, se laisser effrayer par les grands mots creux de vice et de vertu ; il doit vivre selon son instinct.

Nulle part peut-être Gœthe n'a plus clairement exprimé son génial amoralisme de « Stürmer » que dans *Egmont*. Bien que nous ne connaissions cette œuvre que sous la forme définitive qu'il lui donna à Rome et que nous ne puissions déterminer avec la même certitude que pour le *Faust* quelles parties du drame Gœthe composa à Francfort, durant les longues journées de réclusion volontaire qui précédèrent son départ à Weimar, il saute néanmoins aux yeux que par son inspiration et par ses développements essentiels, *Egmont* date bien de

---

1. *Götter, Helden und Wieland*, Hempel, Bd 8, pp. 272-273. — 2. A Lavater, 20 mai 1774.

l'automne de 1775[1]. Egmont n'est-il pas le type le plus séduisant du génie, au sens où nous avons entendu Gœthe le définir ? Il est beau, brave, généreux jusqu'à la prodigalité ; il exerce sur tous ceux qui l'approchent, sur ses ennemis mêmes un charme irrésistible et inconscient ; il ignore les froids calculs de la politique, il ne veut point songer aux conséquences de ses actes et dédaigne les interprétations malignes qu'on en donne ; les sages conseils de ses amis l'irritent ; il n'a qu'un souci, vivre gaiement ; il ne reconnaît qu'une loi, celle que lui dicte son cœur ; selon un mot heureux, il cueille des fleurs sur le bord de l'abîme. « Mon bonheur à moi, c'est d'être joyeux, de prendre les choses légèrement, de vivre comme à la course..... Ne devrais-je vivre que pour penser à la vie ? Dois-je renoncer à jouir du moment présent pour être assuré de celui qui va suivre, et celui-ci le consumer encore dans les soucis et les rêves vains ?[2] ». « Le soleil m'éclaire-t-il aujourd'hui pour que je rêve à ce qui était hier ; pour deviner et combiner ce qui ne se laisse ni deviner, ni combiner : le hasard du jour qui va venir ?[3] » « Je suis placé bien haut, mais je puis et je dois monter plus haut encore, je me sens plein d'espoir, de courage et de force. Je n'ai point encore atteint le faîte de ma croissance, et si j'y atteins un jour, je m'y tiendrai ferme, ignorant l'angoisse. S'il est dans ma destinée de tomber, que ce soit un coup de tonnerre, un tourbillon ou même un faux pas qui me précipite dans l'abîme.....[4] » Il a foi en sa fortune, il va sans regarder ni à droite ni à gauche, ni en arrière, comme poussé par la force démonique, mystérieuse, qui est en

---

1. Minor, *Entstehungsgeschichte and Stil des Egmont*, Grenzboten, 1883 ; E. Zimmermann, *Gœthes Egmont*, Halle a. S., 1909, II[er] Teil, § 23 : *Der Frankfurter Gœthe*, p. 101 et sq. La question de l'*Ur-Egmont* est un des problèmes provisoirement insolubles de la critique gœthéenne. Les démonstrations de Minor et de Zimmermann sont ingénieuses, mais n'emportent pas la conviction. Leurs solutions sur la chronologie des différentes scènes, d'ailleurs souvent contradictoires, restent problématiques. Aussi, ne nous faisons nous pas scrupule d'utiliser dès maintenant la scène de l'acte II entre Egmont et son secrétaire, dont tous deux placent la naissance à Weimar.

2. *Egmont*, II, 2. — 3. *Ibid.* — 4. *Ibid.*

lui et qui n'est autre chose que son génie. En fait, il est condamné à succomber, comme a succombé Götz, comme doit succomber tout génie qui entre en lutte avec son milieu, avec les puissances occultes de la vie vulgaire. Mais son refus de se courber devant l'arbitraire tyrannie, pour si fou qu'il ait pu être aux yeux de la froide raison politique, pour si irréfléchi même qu'il ait été, ne sera pas inutile. Sa mort est féconde, la liberté d'un peuple en sera le fruit glorieux. Le génie a beau se soumettre aux règles de la vie commune, et souvent être victime de son indépendance, son activité est plus utile à l'humanité que celle des esprits que guide la mesquine sagesse de la grande foule.

III.

Et ce n'est pas seulement dans les domaines de l'art et de la morale que le génie a le droit et même le devoir de suivre les voies qui lui sont propres. En face même de l'énigme de la destinée, du Divin, son indépendance et son originalité s'affirment invinciblement. Tandis que le commun des hommes s'incline apeuré sous le joug des religions et des dogmes, lui lève hardiment la tête vers le ciel et son œil contemple, sans effroi, le mystère.

Gœthe a montré les effets de la religion sur les âmes molles ou vulgaires. Les unes, comme la sœur et le fils de Götz, manquent de ressort moral, sont craintifs devant Dieu comme devant la vie ; les autres, tels les membres du clergé qui paraissent dans *Götz*, dans le *Juif errant* ou dans les *Farces*, ne voient dans la religion qu'un moyen de vivre grassement aux dépens des fidèles crédules qu'ils exploitent. — Marie songe plus à la vie future qu'à la vie présente, c'est pour le ciel qu'elle veut élever son neveu et, au lieu de lui narrer les beaux exploits des chevaliers sans peur, elle lui dit des contes bleus tout parsemés d'anges et de miracles. Elle prie avec volupté et attend de Dieu qu'il lui inspire en tout la conduite qu'elle doit tenir. Elle n'ose pas suivre l'élan de son cœur; quand Weislingen lui demande un baiser, elle se rappelle que l'abbesse qui l'a élevée dans la crainte du Seigneur lui a enseigné en même temps la méfiance de l'homme et de l'instinct[1]. Quant au fils de Götz, il est insensible aux hauts faits, aux mâles leçons de son père; il ne rêve que de mener la vie contemplative dont sa tante lui a vanté les charmes indicibles, et nous apprenons à la fin du drame, sans étonnement, qu'il va entrer au monastère. Les hauts dignitaires de l'Eglise, que nous voyons dans *Götz*, ne sont pas dupes des règles sévères qu'ils prétendent imposer au bas clergé. Tandis que le frère Martin traîne une existence misérable, sans joies, boit de l'eau et s'abstient de viande, eux vivent dans l'opulence. L'évêque de Bamberg a une cour somptueuse où s'agite tout un monde de courtisans frivoles, de juristes intrigants et retors, d'abbés d'une ignorance scandaleuse, comme l'abbé de **Fulda**, et de grandes belles dames peu farouches; il est uniquement préoccupé de ses intérêts matériels et assez indifférent à la moralité des moyens dont il use, pour arriver à ses fins. Le curé qui accapare sans scrupules les cadeaux de Faust à Marguerite, personnifie la cupidité de l'Eglise. Mais c'est dans le *Juif errant* que nous trouvons la satire la plus mordante de l'esprit de lucre et de la médiocrité morale de ceux qui ont charge d'enseigner la religion.

Le Christ, invité par son Père à aller voir ce qui se passe sur la terre, y revient après de longs siècles; trois mille ans se sont écoulés depuis que, du haut de la colline d'angoisse, il a, pour la dernière fois, promené sur le monde terrestre son regard humain voilé par la mort. Dès qu'il se retrouve parmi les hommes, son cœur s'émeut; tout son être divin se sent repris par le charme douloureux de la terre où l'humanité s'agite confusément, éternellement ballottée entre la joie et la douleur, l'erreur et la clarté, tourmentée d'un désir obscur,

---

1. Cf. *Geschichte Gottfriedens von Berlichingen...*, Morris, *der j. G.*, II, pp. 167-168.

jamais assouvie. Il veut voir si la semence a germé qu'il a jadis si généreusement jetée à pleines mains, si la moisson est mûre. Hélas! il ne peut en croire ses yeux. L'orgueilleux prince des ténèbres lui paraît toujours y régner en maître; la lumière céleste que lui-même y avait versée à flots ne brille plus, le fil par lequel il avait rattaché la terre au ciel est rompu, ou peu s'en faut; ses apôtres ont passé sans laisser de traces; son esprit ne souffle plus. La sordide avarice des particuliers, la tyrannie des princes, l'égoïsme des prêtres éclatent au plein jour. Le mal est grand dans les pays catholiques où partout pourtant se dressent des croix et où sans cesse résonne son nom, mais il n'est pas moindre dans les pays protestants. Les pasteurs n'ont cure que de leurs enfants et de leurs dîmes; ils affichent un grand respect pour le nom du Christ, mais cela leur suffit; leur religiosité est toute de surface, elle vient de la tête et non du cœur. Tout en conversant sur le chemin qu'il suit avec un pauvre diable de pasteur qui, candidement, lui dévoile son indigence morale, Jésus-Christ arrive aux portes de la ville où siègent les grands chefs de l'Eglise, sortes de fermiers qui traitent la religion comme une entreprise d'eau minérale et l'expédient dans tous les coins du pays en bouteilles dûment cachetées. Au corps de garde, quand il donne son nom, le Fils de l'Homme, le scribe qui doit le noter reste bouche-bée, il ne comprend pas; les soldats présents ne comprennent pas davantage et se creusent en vain la tête, jusqu'à ce que le caporal inspiré sans doute par la boisson, dit sentencieusement, faisant un grossier calembour : « Que vous creusez-vous la tête? Son père s'appelait sans doute « Mensch »! Ainsi Jésus doit constater qu'on a perdu jusqu'au sens de son nom. L'âme endeuillée, il se fait conduire par son naïf compagnon de route chez le pasteur en chef, le surintendant. Mais celui-ci est au « Convent », ainsi que Jésus l'apprend de la bouche de la cuisinière occupée à préparer une succulente soupe au choux. Jésus s'y rend... — Le fragment s'arrêtant ici, nous ne pouvons faire que des suppositions sur le résultat de sa visite. Il est probable que le Christ aurait trouvé le prélat et

les pasteurs en train de discuter d'oiseuses questions de dogme
ou engagés en de misérables et futiles querelles intestines[1].
Peut-être Gœthe nous les aurait-il fait voir, par un souvenir
des démêlés des *Annonces savantes de Francfort* et du clergé
Francfortois, occupés à s'indigner en commun des libertés de
pensée et de plume de quelque écrivain libéral, et s'appliquant
à forger des armes pour le combattre ou à nouer des intrigues
pour l'accabler sournoisement. Mais, assurément, le Christ
aurait eu la grande douleur de se voir aussi méconnu de l'aristocratie religieuse qu'il l'avait été des pasteurs de campagne et
du peuple, des prêtres catholiques, des grands et des princes ;
la conclusion eût été sans doute celle des nombreux romans
de satire religieuse de l'époque comme le *Menoza* du pasteur
danois Pontopiddan (1742) ou le *don Quichotte ecclésiastique*
de l'anglais Graves (1772), c'est-à-dire la constatation de l'état
de décadence où, sous les coups du rationalisme, étaient tom-
bées l'Eglise et la Religion[2]. Peut-être le Christ, après avoir
constaté la faillite de sa doctrine, aurait-il, en rencontrant le
Juif errant, pris pitié de la misère de l'éternel voyageur,
moins coupable en somme que ses propres ministres, et lui
aurait-il remis sa peine, à moins qu'il n'ait trouvé dans la
visite chez Spinoza, où Gœthe projetait de l'amener[3], les vraies
raisons de pardon, en s'apercevant que c'était encore chez ce
philosophe décrié, ce juif honni que le plus pur de sa pensée
s'était réfugié. Ce qui nous porte à croire à une issue de ce
genre, c'est la façon même dont Gœthe nous présente le Juif
errant. Ce n'est pas la sombre figure de la légende, c'est un
brave homme de cordonnier, bien connu jadis en Judée par sa
piété, dont le seul crime est d'être un sectaire, un original, ni
plus ni moins fou d'ailleurs que les autres. Remarquons en
passant, sans nous arrêter aux anachronismes que commet
Gœthe quand il fait du Juif errant un étrange complexe d'essé-
nien, de méthodiste, de morave, de séparatiste, que cette carac-

---

1. Cf. J. Minor, *Gœthes Fragmente vom ewigen Juden...*, Stuttgart, 1904,
p. 145. — 2. *Ibid.*, p. 20 et sq. — 3. *Mémoires*, IV, 16, p. 8.

téristique de son héros ne répond en aucune façon au rôle
que le poète semblait lui destiner d'après le récit des *Mémoires*[1]. Quoi qu'il en soit, si le cordonnier de Jérusalem est sectaire, la faute en est beaucoup moins à lui-même, car sa piété
est sincère et vient du cœur, qu'à l'état de corruption de
l'Eglise, où du bas en haut de l'échelle règnent souverainement
l'esprit de cupidité et l'indifférence religieuse. Et ceux qui
crient au scandale, qui s'en vont clamant que Sion est malade
et réclament pour ses ministres indignes tous les feux de l'enfer, ne valent pas mieux; s'ils veulent chasser les vendeurs du
Temple, c'est pour s'installer à leur place. Dès qu'à leur tour
ils seront fonctionnaires, vautrés en de grasses prébendes,
leur belle ardeur ne tardera pas à s'éteindre, leur vertu s'évanouira; ils oublieront vite l'esprit dont ils se réclamaient, ils
s'en tiendront anxieusement à la lettre qui leur vaut honneurs
et privilèges.

La religion tue l'esprit religieux. L'histoire dramatisée de
Mahomet devait nous en donner une autre preuve.

Ce n'est pas ici le lieu de chercher jusqu'à quel point il est
possible d'admettre, ainsi que le prétend le poète, que c'est la
vue des agissements de Lavater et de Basedow qui lui donnèrent l'idée de son drame, ou si au contraire la figure de Mahomet
ayant de bonne heure attiré l'attention du jeune « Stürmer »
au même titre et pour les mêmes raisons que celles de Götz,
César, Faust, Socrate, Prométhée, et la lecture de la *Vie de
Mahomet*, par le Français Turpin (1773), ayant ravivé son intérêt, il projeta le drame et en commença l'exécution avant de
connaître les deux prophètes. Ceci supposerait que le récit de
Poésie et Vérité[2] repose sur une erreur de mémoire; après coup
seulement, Gœthe, trompé par ses souvenirs et par une certaine analogie entre les faits et gestes de son héros et ceux de
ses anciens amis, leur aurait attribué à tort, vers 1813, l'inspiration première de son œuvre[3]. La question, en réalité, est

1. *Mémoires*, III, 15, p. 180. Cf. J. Minor, *op. cit.*, p. 194. — 2. *Mémoires*,
III, 14, pp. 172-173. — 3. Cf. J. Minor, *Gœthes Mahomet*, Iena, 1907, pp. 46-51,
et R. Hering, *Spinoza im jungen Gœthe*, p. 23; cf. aussi Biedermann, *Gœthe-*

sans intérêt pour nous. La seule chose qui nous importe, c'est
l'idée même que le poète voulait exprimer dans son œuvre. Il
avait l'intention, nous dit-il, de montrer comment l'homme
éminent éprouve le désir de répandre au dehors l'idée du Divin
qui est en lui, mais comment ensuite il entre en contact avec
le monde et comment, pour agir sur lui, il doit se mettre à sa
mesure. Par là, il sacrifie une grande partie de sa supériorité,
et, à la fin, il s'en dessaisit tout à fait : le Divin s'abaisse et
s'incorpore en des intérêts terrestres et il est entraîné avec elle
en des vues passagères.

Gœthe voulait donc traduire ici à nouveau, sous une forme
plus élevée seulement, l'idée du *Juif errant* : « l'Eglise tue le
Divin. » Malgré la pureté de ses intentions et la hauteur de son
esprit, Mahomet ne put échapper à cette inéluctable conséquence, lorsqu'il voulut concrétiser pour son peuple son idéal
du Divin. Sa propre mère ne le comprit pas ; elle ne vit qu'une
idole dans le nouveau Dieu qu'il voulait proclamer et elle sus-
pecta son fils d'avoir perdu la raison. Sans doute, si Gœthe
avait achevé son drame, eussions-nous vu son prophète,
comme il advint en réalité au Mahomet historique, avoir
recours à des moyens mesquins et violents pour imposer son
nouvel évangile[1].

La conclusion naturelle de ces diverses satires est que toutes
les religions et les Eglises sont imparfaites et caduques par leur
côté terrestre. La vraie religion, celle qui ne s'altère ni ne
meurt, est celle qui ne se traduit pas par des cérémonies et des
symboles, celle qui n'a besoin ni de ministres, ni de législa-
teurs, celle que toute âme géniale porte en elle et adapte sans
effort aux besoins de son individualité.

Chez le brave frère Martin du *Gölz* elle n'est encore que
vague aspiration. Martin est mécontent de se sentir si faible,
si désarmé en face de la vie, condamné à l'inaction et à une
existence falote par ses vœux de chasteté, d'obéissance et de

Forschungen, Frankfurt, 1879, p. 65 et sq., et *Neue Folge,* Leipzig, 1886,
p. 68. — 1. J. Minor, *op. cit.,* p. 55.

pauvreté. En face de Götz, symbole de la force virile, il se sent dégénéré ; il a honte de lui-même, et si, à porter des bannières et à brandir l'encensoir, ses bras n'avaient pas perdu toute vigueur, il n'hésiterait pas à rentrer dans l'ordre naturel, « celui que le Créateur a fondé » ; il est rongé par l'amer regret de ne pouvoir être homme dans toutes les acceptions du mot, et la pensée de la femme que Götz va retrouver à son foyer en rentrant de son expédition guerrière fait passer dans sa pauvre chair aux désirs refoulés un douloureux frisson. C'est moins d'ailleurs la raison que l'instinct qui se révolte en lui contre l'ascétisme ; il n'a pas un sens affiné du Divin, et toute religion lui conviendrait, qui lui permettrait de vivre selon l'obscur besoin de sa nature. Götz et sa femme, la vaillante Elisabeth, ne sont guère davantage portés à réfléchir sur le Divin, mais ils ont de la religion une conception en rapport avec leur énergique personnalité ; ils n'admettent qu'une religion qui prêche l'action. C'est celle-là qu'Elisabeth voudrait voir enseigner au petit Charles, au lieu de la religion énervante que lui insinue sa belle-sœur Marie. Elle ne comprend pas la prière passive, car elle n'y voit qu'une forme de la paresse et elle n'imagine pas que Dieu puisse y être sensible. Pour que Dieu nous écoute, dit-elle, il faut que d'abord nous ayons mis tout en œuvre pour nous acquitter de la tâche qui nous est imposée, et nous ne devons nous adresser à lui que lorsque nous sommes sûrs de ne pas en venir à bout sans son aide[1]. Götz a lui aussi une piété simple mais forte ; il invoque volontiers Dieu comme un Père céleste et il émaille son langage d'expressions bibliques. Lorsque devant Landshut il perd sa main droite et s'en fait fabriquer une en fer, il a confiance que Dieu lui tiendra compte de sa bonne volonté ; à l'heure de sa mort, il se soumet docilement à l'arrêt de la Providence, « celui que Dieu abat ne se relève pas tout seul[2]. » Mais tant qu'il sent en lui sourdre toujours vive la source de l'action, il lutte, et il est tellement per-

---

1. *Geschichte Gottfriedens...* II^{ter} Aufz., Morris, *der j. G.*, II, pp. 187-188.
— 2. *Ibid.*, V^{ter} Aufz., p. 252.

suadé qu'en luttant il suit la loi de Dieu, que lorsqu'il est abattu il se sent effleurer par la pensée d'une révolte contre Dieu ; il est tenté de l'accuser de forfaiture[1].

Cette religion simple ne suffit pas aux individualités plus compliquées que sont Werther et Faust.

Werther n'est pas une nature religieuse au sens étroit du mot ; quand son ami Wilhelm lui conseille de chercher un secours dans la Religion, il lui répond : « J'honore la Religion, tu le sais, je sens qu'elle est pour beaucoup un bâton aux heures de fatigue, un réconfort dans l'épuisement ; seulement, peut-elle et doit-elle forcément être pour tous le même soutien? En fait, le spectacle du monde nous montre bien qu'elle ne l'a pas été, et qu'elle ne le sera pas pour des milliers d'êtres humains, qu'on la leur ait prêchée ou non. Pourquoi le serait-elle pour moi? Le Fils de Dieu n'a-t-il pas dit lui-même que ceux-là seraient à ses côtés, que son Père lui a donnés? Qui sait si je lui ai été donné, si le Père céleste ne veut pas me conserver pour lui. comme mon cœur me le dit[2]? » Que signifie ce dualisme, cette subtile distinction entre la religion du Père et celle du Fils, si ce n'est qu'il y a deux religions profondément différentes. l'une, la religion commune, extérieure, le Christianisme fondé par Jésus ou tel qu'il est sorti de sa doctrine, par voie de déformation, l'autre, la religion naturelle, la religion du Divin? Werther invoque souvent le nom de Dieu dans sa détresse ; il l'invoque comme un Dieu personnel : « Père que je ne connais pas, s'écrie-t-il, Père qui jadis emplissait toute mon âme et qui maintenant détournes ta face de moi, appelle-moi à toi, ne te tais pas plus longtemps[3] » ; il le nomme « l'amour universel[4] » et ajoute que la confiance que nous avons dans la vertu bienfaisante d'une racine ou dans les larmes de la vigne n'est pas autre chose qu'une forme de notre confiance en lui[5]. Mais les mots dont il se sert ne dépassent-ils pas sa pensée ou plutôt n'y a-t-il pas recours, simplement par

---

1. *Geschichte Gottfriedens...*, IV[ter] Aufz., Minor, p. 221. — 2. *Werther*, II, 15 nov. — 3. *Ibid.*, II, 30 nov. — 4. *Ibid.*, I, 10 mai. — 5. *Ibid.*, I, 18 août, II, 30 nov,

une vieille habitude de langage, parce que ces mots, ses lèvres d'enfant les ont balbutiés avant de les comprendre, et qu'ils reviennent et s'imposent à lui inconsciemment quand il cherche à exprimer son obscur besoin du divin secours. En tout cas, ils sont imparfaits, trop étroits, car le mot de Dieu n'épuise pas son concept du Divin. Ce Dieu, il le sent épars dans la Nature, ainsi que nous l'avons déjà noté, il le sent éternellement actif, joyeux de son incessante création[1]. Il est vrai qu'aux heures sombres, où sous l'action de la souffrance d'amour son âme et son œil se voilent, de même que le monde lui apparaît comme un vaste champ de carnage où la créature, poussée par un instinct fatal, s'acharne à détruire l'œuvre de la création, où la Nature lui semble un monstre dévorant, il ne voit plus en Dieu qu'un être inaccessible, égoïste, qui n'aime que lui-même et exclut l'homme de sa félicité[2]; mais jusque dans ces moments de pessimisme aigu, il affirme indirectement le principe divin de la vie agissante, puisque l'incessante destruction suppose l'éternelle création. La mort n'est qu'apparente, elle n'est qu'une autre forme de la vie. Un pressentiment obscur, plus puissant que son pessimisme, lui dit que lui-même ne peut disparaître tout entier[3]. Si Werther tourne encore les yeux vers le ciel, c'est donc par une inconsciente habitude, ce n'est pas, en dépit de la terminologie qu'il emploie, pour y chercher un Père céleste sur un trône de gloire; il sait que ce Père n'est pas extérieur au monde, mais qu'il se confond avec lui, qu'il est dans les plantes, dans les vents, dans les eaux. C'est pourquoi son amour de la Nature a un caractère religieux et c'est pourquoi aussi, quand il sent tout crouler autour de lui, il désespère en même temps de la Nature et de Dieu.

La religion de Faust n'est pas plus orthodoxe, mais elle est plus profonde que celle de Werther. Tandis que celui-ci fait de sa personnalité maladive le centre du monde et ne s'intéresse aux choses, à la Nature, à Dieu, que dans la mesure où

1. *Werther*, I, 10 mai; cf. A. Biese, *Gœther dichterischer Pantheismus. Berichte d. fr. Hochstiftes*, 1893, Frankf. a/M., pp. 14-17. — 2. *Werther*, I, 18 août, II, 3, 30 nov. — 3. Cf. *ibid.*, I, 10 sept.

son moi en est affecté, Faust veut héroïquement arracher à l'univers le mot de son énigme, et pour tenter d'y parvenir, il se livre pieds et poings liés à l'esprit infernal qui lui offre son concours. Il achète au prix de son âme l'espoir de pouvoir enfin, après tant de vains efforts, d'amères déceptions, entrevoir les sources profondes de la vie dont les esprits vulgaires ne saisissent que l'illusoire apparence. Lui aussi, a, par moments, le désir de jouir simplement de la Nature, en poète, en amant ; il voudrait dans la clarté de la lune, sa douce et mélancolique amie, la fidèle compagne de ses nuits studieuses, aller au sommet des montagnes planer avec les esprits de la nuit au-dessus des sombres cavernes, danser avec eux dans les pâles prairies à la lueur argentée de l'astre nocturne, retremper dans la fraîche rosée ses forces usées par la science[1]. Mais il n'est pas capable de s'arracher à la torture de la pensée pour jouir, insouciant, au sein de la Nature. Comprendre est pour lui un besoin impérieux, et c'est pour « comprendre » qu'avec l'aide de Nostradamus il implore le secours des puissances surnaturelles. Il prend donc le grimoire magique où sont encloses les formules qui contraignent les esprits. Celui-ci s'ouvre de lui-même à la page où se trouve le signe de l'énigme la plus redoutable, le signe du Macrocosme. Ce signe qu'il a souvent considéré, sans en saisir le sens, lui apparaît sous un jour nouveau, en cette minute solennelle ; à ses yeux éblouis, il évoque le mystérieux enchaînement des forces de la Nature. Faust voit tout s'agiter et concourir à l'universelle harmonie. « Les puissances célestes montent et descendent en se passant de main en main les seaux d'or ; de leurs ailes frémissantes se répand une rosée bienfaisante qui pénètre le monde et ils remplissent la terre d'une suave harmonie ». Ce grand mystère de la vie universelle, il le voit, il en devine la sublime beauté ; mais, hélas ! le sens profond, l'enchaînement caché lui en échappent. La clarté qui, à la vue du signe, l'avait brusquement illuminé n'était

____

1. *Gœthes Faust in ursprünglicher Gestalt*, hrsg. von E. Schmidt, Weimar, 1905, v. 33-44. — 2. *Ibid.*, v. 96-100.

qu'un aveuglant mais fugitif reflet. Un moment, il avait cru voir se soulever le voile, il s'était imaginé apercevoir la face de la Divinité et, dans la première extase, il s'était écrié orgueilleusement : « Suis-je donc un Dieu[1]? » Mais le reflet s'est brusquement évanoui, le voile est retombé, le mystère reste entier, et le Titan se retrouve homme misérable, écrasé par l'auguste mystère du monde.

Pourtant le signe de l'Esprit de la Terre lui rend courage. Si son propre esprit est incapable, dans son infirmité, de saisir la Nature infinie, peut-être pourra-t-il au moins en comprendre une partie, celle à laquelle il appartient, où s'agite l'humanité dont il est. Il n'a pas osé invoquer l'Esprit du monde parce qu'il le sentait trop supérieur à lui; il n'hésite pas à appeler l'Esprit de la Terre, le croyant plus près de lui. Celui-ci, en effet, lui apparaît. La vision en est effroyable et Faust ne peut d'abord la supporter, mais sous les railleries de l'Esprit, il se ressaisit, il se redresse; il se sent son égal, car lui aussi est immortel, comme la Nature, puisqu'il vit. Qu'est-ce, en effet, que l'Esprit de la Terre, tel d'ailleurs qu'il se définit lui-même, sinon la Nature agissant sans trêve, éternellement occupée à l'œuvre de la vie et à l'œuvre de la mort, tissant sans relâche la robe vivante de la Divinité? Faust se sait un fragment de cette Nature infinie et il se croit le frère de cet Esprit qui n'en est que le symbole. Mais celui-ci, dédaigneusement, rejette cette parenté et laisse entendre à Faust que l'Esprit qu'il conçoit est à la mesure de son intelligence et ne ressemble pas à l'Esprit de la réalité.

Qu'est-ce à dire, si ce n'est que Faust est encore indigne de pénétrer le mystère de la Nature terrestre, *parce qu'il veut y arriver par le seul entendement?* Sa recherche restera abstraite et vaine, tant que son activité toute théorique ne s'exercera que dans l'air étouffé de son cabinet de travail, tant que, prisonnier de sa propre pensée, il ne cherchera pas la vérité, avec son cœur autant qu'avec sa raison, dans la Nature vivante et agis-

---

1. *Urfaust*, v. 86.

sante[1]. Faust, malgré son désespoir d'être dédaigné par l'Esprit de la Terre, après n'avoir même pas pu approcher l'Esprit du Monde, entrevoit cette vérité. En effet, lorsque son disciple Wagner vient le distraire de ses sombres réflexions, il se met à railler amèrement les procédés rationnels qu'emploient les hommes, pour persuader leurs semblables, dont lui-même a si longtemps usé en vain ; il dit son mépris pour les vieux grimoires, sources vulgaires et souvent trompeuses de la sagesse et de la science humaines.

A deux reprises, il souligne la valeur du sentiment : « Si votre cœur n'est pas ému, vous ne trouverez pas le chemin du cœur des autres[2]. » « Est-ce donc dans les antiques parchemins que vous rencontrerez la source sacrée, où s'apaisera la soif qui vous dévore? Descendez au fond de votre cœur et ne demandez qu'à vous-mêmes ce que vous ne trouvez pas ailleurs[3] ». La leçon obscure de l'Esprit n'a donc pas été perdue pour lui ; il a fait un pas en avant dans la voie de la vérité. Pour pénétrer le sens caché des choses, pour atteindre au Divin, il ne faut pas s'adresser aux sciences débiles nées de la raison humaine, ni même à la théologie, la plus vaine, la plus creuse, la plus décevante des créations de l'intelligence, la moins honnête aussi, il faut renoncer à vouloir « comprendre », il faut s'efforcer de « sentir ». Par la science on peut saisir l'apparence et la loi extérieure, — à cet égard Faust en sait plus long que tous les pédants, docteurs, professeurs, écrivains ou curés, — mais c'est par le sentiment seul que l'homme peut espérer d'arriver à la substance, à la loi organique, au Divin[4].

N'est-ce pas ce que nous dit encore, en termes non équivo-

---

1. Cf. les différentes interprétations de cette énigmatique figure de l'Erdgeist dans : E. Lichtenberger, *Étude sur quelques scènes du Faust de Gœthe.* Paris, 1899, pp. 1-18. — 2. *Urfaust*, v. 191-192. — 3. *Urfaust*, v. 213-216.
4. Cf., pour le détail de l'interprétation de cette scène et de la suivante particulièrement : J. Collin, *Gœthes Faust in seiner ältesten Gestalt*, Frankfurt a/M. 1896, et surtout J. Minor, *Gœthes Faust*, Stuttgart, 1901, I^ter Bd. — Cf. en outre, pour la part d'éléments spinozistes qu'on peut reconnaître dans ces deux scènes, R. Hering, *Spinoza im jungen Gœthe*, pp. 32-38.

ques, la fameuse scène de la catéchisation dans le jardin de dame Marthe[1]?

Marguerite, sur le point de tomber dans les bras de Faust, se sent profondément troublée; sa calme insouciance de jadis l'a quittée; toutes ses pensées, toutes les aspirations de son être l'entraînent vers Faust; elle est mûre pour la chute; pourtant, un secret instinct, une voix sourde la mettent en garde contre le séducteur. Il lui apparaît d'une essence supérieure à elle, il est pour elle l'inconnu mystérieux et menaçant, et bien qu'elle le croie aussi bon que beau, elle le redoute confusément. Elle serait moins inquiète, si elle savait qu'il y a entre eux un lien moins fragile que l'amour, si une même croyance les réunissait. Si Faust partageait sa foi naïve en Dieu, cela le rapprocherait un peu d'elle et cela sans doute aussi la rassurerait sur les conséquences de la faute où elle s'apprête à glisser. Elle lui demande donc où il en est de la Religion. La question paraît importune à Faust; devinant le souci de Marguerite, il l'assure de la sincérité et de l'énergie de son amour et lui donne à entendre que la question religieuse est une de celles qui ne se peuvent discuter; il laisse chacun libre de croire ce qu'il veut et de pratiquer sa religion comme il l'entend. Cette tolérance de Faust ne touche pas Marguerite; elle n'y voit qu'une preuve de son irréligiosité. Avec une certaine violence, elle lui dit que la croyance n'est pas une chose qu'on doive abandonner à la libre initiative de chacun. Il faut croire, s'écrie-t-elle. Grave parole qui fait sourire le philosophe. Si seulement Faust pratiquait les sacrements, allait à la messe, à confesse! Suivant la croyance catholique, Marguerite pourrait espérer que par leur vertu secrète les sacrements feraient, sans qu'il s'en doute, passer Faust de l'indifférence à la foi. Faust ne peut que répondre qu'il a du respect pour les sacrements. Marguerite a bien entendu dire qu'il y avait des gens qui, sans aller à l'église et sans se soumettre aux pratiques religieuses, conservaient pourtant la foi en Dieu; tout alors n'est pas perdu

---

1. *Urfaust,* Marthens Garten.

pour eux et la grâce divine peut un jour les toucher. Elle se
rattache à ce dernier espoir et, poussant Faust dans ses derniers retranchements, lui pose anxieusement la question
suprême : « Crois-tu en Dieu? » « Qui peut dire : je crois en
Dieu, » lui répond Faust, dont la sincérité l'emporte ici sur
l'amour qui pourrait lui inspirer un mensonge pieux pour
mettre fin à cette scène pénible et calmer l'angoisse de son
amante. « Qui peut dire : je crois en Dieu. Interroge les
prêtres, les sages et leur réponse semblera une raillerie à ton
adresse[1] ». Marguerite ne comprend naturellement pas le sens
profond de la réplique de Faust, elle n'y voit que la confirmation de ses soupçons et elle soupire douloureusement : « Ainsi,
tu ne crois pas. » Faust proteste; il lui explique qu'il ne croit
certes pas en un Dieu qu'on puisse nommer, dont on puisse
enfermer le concept dans de vains mots qui ne sont que bruit
et fumée, qui cachent la splendeur des cieux. Mais, quand il
jette les yeux sur le monde et qu'il aperçoit l'ensemble des
lois merveilleuses qui le régissent, quand il sent l'amour le
pénétrer des mystérieuses effluves qui se dégagent de l'aimée,
quand l'émotion qu'il éprouve vis-à-vis de ces spectacles ou
sous l'empire de ces sentiments emplit son âme jusqu'à la
faire déborder et qu'il n'entend plus que les battements de son
cœur, alors il *sent* le Divin et il ne peut pas dire « Je ne crois
pas ». Peu lui importe le nom qu'on donne à ce sentiment
mystérieux, qu'on l'appelle bonheur! cœur! amour! Dieu! Le
mot est sans valeur, l'essentiel c'est le sentiment lui-même, c'est
la croyance. Faust, le philosophe, sait, pour exprimer ces idées
qui lui sont chères, trouver des mots de poète inspiré[2]. Marguerite éblouie, étourdie par cette profession de foi, vibrante de
lyrisme passionné, ne sait trop ce qu'elle doit en penser; il lui
semble démêler à travers ce flot de paroles magiques un écho
lointain des sermons de son curé; pourtant il lui paraît que,
dans ce beau langage, il reste « quelque chose de louche[3] », et

1. *Urfaust*, v. 1118-1122. — 2. *Ibid.*, v. 1159.
3. Cf., pour les rapprochements possibles entre les termes mêmes dont se

sa conclusion mélancolique est que, si Faust croit peut-être en Dieu, ce dont elle n'est pas sûre, c'est en tout cas en un Dieu qui n'est pas semblable au sien. Or, comme elle n'en connaît qu'un, le dieu chrétien, cela revient à dire pour elle que Faust n'est pas chrétien. Cette fois, Faust ne trouve rien à lui répondre. Marguerite ne peut pas le comprendre; elle est vis-à-vis de lui une enfant naïve et crédule; son Dieu est le Dieu de l'Eglise, le Dieu révélé que l'homme a revêtu de sa propre forme et paré de ses propres vertus; elle croit aveuglément aux enseignements du curé, au point que la parole de l'amant qui d'ordinaire la séduit et l'ensorcelle, sans qu'elle puisse résister, ne peut, malgré son éloquence, entamer sa foi et calmer ses soupçons.

Non, certes, Faust n'est pas chrétien au sens qu'elle voudrait. Il y a longtemps qu'il a perdu ses illusions sur la valeur de la théologie, sur la sincérité des prêtres, et l'histoire de son premier cadeau à Marguerite l'aurait édifié sur leur désintéressement, s'il avait eu besoin de l'être. Depuis longtemps, il a renoncé à user des pratiques religieuses, qui ne sont que procédés habiles pour tenir les âmes humbles dans l'asservissement ou au moins pour leur donner l'aliment matériel dont a besoin leur appétit de croyance.

De ce point de vue d'ailleurs, il ne méconnaît pas leur utilité, et c'est là le sens de son « je les respecte[1] ». Mais lui n'en a pas besoin, car le Dieu qu'il professe n'est pas un Dieu de chair qui trône au plus haut des cieux en même temps qu'il habite les tabernacles des palais somptueux que les hommes lui ont édifiés, qui parle par la bouche des prêtres imposteurs ou dupes. Son Dieu, à lui, c'est ce qu'il y a de mystérieux dans la Nature et dans l'homme, c'est l'énigme de la vie universelle, de l'activité inlassable de l'Univers. Ce mystère, il ne peut le comprendre, le réduire en une formule, mais il le sent.

sert Faust et la terminologie habituelle à Lavater, Ch. Andler, *Rev. Germ.*, art. cité, pp. 315-318.

1. *Urfaust*, v. 1116.

Il sent qu'il y a autre chose dans la Nature que de la matière brutale régie par des lois aveugles, il y sent quelque chose de monstrueux, d'inconcevable pour l'intelligence humaine, quelque chose qui ressemble à une pensée et à une volonté, mais qui échappe aux définitions et aux limitations de la pensée ou de la volonté humaine, et ce quelque chose d'innommable, d'inaccessible, il le sent et il y croit. Il voudrait franchir la barrière qui en tient l'homme éloigné; c'est pourquoi il s'est livré à la magie et qu'à l'heure présente il se trouve emporté à travers le monde par l'esprit de négation.

Mais Faust est encore trop engagé dans les liens de l'esprit pour comprendre les grandes leçons de la Nature, il ne sait pas encore ou il ne sait plus sentir avec naïveté. Il peut bien, par instants, éprouver ce désir de se fondre dans la Nature, que Gœthe exprime si éloquemment dans son *Ganymède*. Dans les souffles amoureux du printemps, dans le parfum des fleurs et le chant du rossignol, il peut bien entendre comme autant de voix qui l'attirent, qui l'appellent, il ne sait où tourner les yeux, où tendre les bras pour répondre à cet appel. Il ne fait qu'entrevoir la source de la vérité. Son individualité est encore trop forte pour qu'il se résigne à la voir disparaître dans le grand Tout. Malgré ses aveux d'impuissance, il a encore, à un trop haut degré, l'orgueil de la force qu'il sent en lui. Comme son frère Prométhée, le Titan, sa foi la plus profonde est la foi qu'il a en son génie.

De toutes les œuvres de la jeunesse de Gœthe, le fragment de *Prométhée* nous paraît celle qui, malgré ses lacunes et ses obscurités, nous révèle le mieux la vraie pensée religieuse du poète, celle où s'affirme avec le plus d'audace et de netteté sa volonté de se libérer de toutes les entraves qui pourraient gêner le libre jeu de ses forces, des entraves religieuses comme des autres.

Son Prométhée n'a d'ailleurs plus rien du Titan rusé de la tradition antique qui, par pitié ou par dépit, arme les hommes contre Jupiter en leur fournissant les moyens d'asservir les forces encore indomptées de la Nature. Ce n'est plus un Dieu inférieur, en lutte sournoise avec les puissances supérieures de l'Olympe. Comme dans la tradition plus moderne d'Apollodore ou d'Hygin, telle que Gœthe a pu la trouver dans Ovide, un de ses auteurs favoris, Prométhée est un fier révolté, un démiurge créateur des hommes et des animaux[1]. Il est fier de son œuvre, et l'orgueil de sa création, le sentiment de sa fécondité lui font paraître insupportable de servir plus longtemps les Olympiens ; il s'estime leur égal. C'est en vain que Mercure lui rappelle qu'il leur doit la vie. Prométhée n'en éprouve vis-à-vis d'eux aucune gratitude. Son obéissance les a payés de leurs soins à guider ses premiers pas, à assurer ses premières années. N'est-ce pas d'ailleurs à le former égoïstement au gré de leurs caprices qu'ils se sont appliqués? Ils songeaient plus à eux qu'à lui-même; les dangers contre lesquels ils l'ont mis en garde étaient ceux qu'ils redoutaient pour eux-mêmes, et ils n'ont pas su voir les serpents qui secrètement rongeaient son cœur. Son vrai maître, c'est le Temps, et les Dieux y sont soumis comme lui. Ces Dieux qui se prétendent tout puissants, infinis, sont infirmes et limités; ils sont autant que lui les vassaux de la Destinée. Pourquoi servirait-il des esclaves? Jupiter voudrait partager le pouvoir et lui ferait la part belle, vient lui dire son frère Epiméthée. A quoi bon? Ce qu'il a est bien à lui, les Dieux ne peuvent le lui ravir; c'est le cercle que remplit son activité. Il ne demande rien autre chose, ni au-dessus, ni au-dessous. En vain, Epiméthée lui représente-t-il qu'à s'isoler ainsi orgueilleusement, il ne connaîtra pas les délices de l'harmonie suprême où les Dieux, lui Prométhée et ses créatures, le monde et le ciel se sentiraient unis et se fondraient en un tout grandiose. Il sait de quel prix il lui faudrait acheter cette illusoire félicité, il y perdrait l'indépendance. Le monde

---

1. Cf. Düntzer, *Gœthes Prometheus and Pandora*, Leipzig, 1854; O. Mann, *Der Prometheus-Mythus in der modernen Dichtung*, Frankfurt a/O., 1878; E. Schmidt, *Gœthes Prometheus*, Gœthe-Jahrbuch, 1899; R. Hering, *Spinoza in jungen Gœthe*, pp. 43 à 53; Caro, *La Philosophie de Gœthe*, pp. 204-216; G. Dalmeyda, *Gœthe et le drame antique*, Paris, 1908, pp. 65-77.

de statues qu'il a créé lui suffit; il y a mis toute son âme, il y a
appliqué toutes ses facultés, il y a incorporé tous ses désirs,
c'est pour lui la plus belle harmonie. Après avoir dit son
orgueil à Mercure et à Epiméthée, Prométhée le redit à
Minerve. Longtemps, avant d'avoir pris conscience de ses propres forces, il s'est soumis aux Dieux, il s'est incliné devant
leurs ordres, parce qu'il croyait que dans le présent ils
voyaient le passé et l'avenir, qu'il s'imaginait que leur sagesse
était de toute éternité et désintéressée. Mais il se sent maintenant éternel comme eux et aussi puissant qu'eux, puisqu'il a
créé comme eux et que de l'argile il a su tirer Pandore, la
femme, vase sacré où il a rassemblé toutes les richesses du
monde et déposé ses plus tendres et ses plus pures aspirations.
Pourtant il ne peut se dissimuler que cette œuvre, dont il est
si fier, est incomplète ; à ses créatures, il manque l'essentiel,
la vie. Par l'intermédiaire de Minerve, Jupiter offre à Prométhée de la leur donner, s'il se soumet; mais le Titan la refuse,
car lui et les siens devraient payer ce don de l'esclavage.
Qu'ils restent sans vie, s'ils doivent l'acheter de leur liberté !
Minerve, touchée de cette héroïque obstination, de ce sublime
orgueil, viole, telle que la Walkyrie de la légende nordique[1], la
défense de son père Jupiter et conduit le Titan rebelle à la
source de la vie.

Au début du deuxième acte, la trahison de Minerve est
consommée; les créatures de Prométhée vivent. Jupiter pourtant ne s'en émeut pas ; comme il le dit à Mercure, il sait que
ces êtres nouveaux ne feront qu'augmenter le nombre de ses
esclaves; ils peuvent l'ignorer dans l'ivresse de leur première
jeunesse, la vie leur apprendra à tourner leurs regards vers lui.
En attendant, le monde nouveau sorti des mains créatrices du
Titan s'organise et fait, guidé par lui, son apprentissage de la
vie.

Tels sont résumés à grands traits les deux premiers actes
du Fragment de *Prométhée?* Quelle est l'idée qui s'en dégage ?

1. R. M. Meyer, *Gœthe*, Berlin, 1895, p. 107.

Est-ce vraiment, ainsi qu'on le prétend assez communément, une profession de foi d'athéisme ou de panthéisme?

Prométhée ne nie pas les Dieux, il refuse seulement de se soumettre à eux. Il symbolise le génie, nous semble-t-il, qui, dans l'ivresse des premières créations, ne veut point accepter de tutelles qui paralyseraient ses efforts en les dirigeant. Pour qu'il puisse s'épanouir en toute liberté, le génie a besoin de se savoir indépendant de toutes les puissances morales, de toutes les superstitions qui, si lourdement, pèsent sur les esprits de tout le poids de la tradition. Au temps où, dans sa débilité première, l'homme se sentait isolé et perdu au milieu du mystère du monde, il attendait des Dieux ordres et conseils; il continue de croire en eux et de s'adresser à eux dans sa détresse, comme au premier jour. Mais pourquoi le génie créateur qui sait féconder la matière que lui fournit le monde aurait-il besoin, lui, de ces « béquilles » ? Pourquoi lèverait-il les yeux vers les étoiles, pour y chercher des guides? La clarté de son propre génie n'éclaire-t-elle pas assez vivement sa route? Ce génie qui lui appartient, pourquoi l'asservirait-il à une puissance extérieure à lui?

D'où vient donc que Prométhée pactise avec une des divinités de l'Olympe, avec Minerve? D'où vient que lui, qui se dit l'égal des dieux, qui prétend insolemment ne rien leur devoir, reconnaisse l'influence de Minerve sur lui, souligne lui-même l'harmonie, l'identité qui, de tout temps, a existé entre l'esprit de la déesse et le sien ? « Tu es à mon esprit ce qu'il est à lui-même », lui dit-il. Est-ce seulement parce que la tradition mythique soulignait la collaboration du Titan et d'Athénée [1], que Gœthe a marqué leur accord dans son drame? Ne serait-ce pas plutôt parce que, tandis que les autres dieux et surtout Jupiter représentent la tyrannie divine, Minerve symbolise, à ses yeux, la Sagesse, la raison supérieure, non pas cette raison vulgaire, au nom de laquelle le rationalisme du dix-huitième siècle rétrécit le domaine de l'esprit humain, mais cette raison

1. Cf. Dalmeyda, *op. cit.*, p. 74.

idéale[1] synthèse harmonieuse de toutes les facultés, de la sensibilité aussi bien que de l'entendement, celle à laquelle le génie s'efforce, d'instinct, de s'élever, à laquelle il doit ses plus belles créations, car c'est elle qui, en leur insufflant leur âme, les dégage des gangues de la matière?

Les deux actes de *Prométhée* étaient-ils terminés quand Gœthe connut Jacobi? Longtemps on crut le contraire et on se plut à voir dans ce drame fragmentaire une des premières et des plus éclatantes manifestations de son jeune spinozisme[2]. Or, on sait maintenant de façon certaine que le drame était achevé, tel que nous le possédons sans doute, en octobre 1773[3], Les idées qu'il exprime ne peuvent donc pas être le résultat des conversations de Gœthe avec Jacobi. Ce dernier, d'ailleurs, ne semble pas avoir vu tout d'abord dans le *Prométhée* autre chose que ce que nous y avons vu nous-même, c'est-à-dire l'affirmation hautaine de l'instinct d'indépendance du génie. En renvoyant à Gœthe, le 6 novembre 1774, le manuscrit du drame, il ne marque en aucune façon qu'il y a aperçu une déclaration d'athéisme ou de panthéisme. Il y a démêlé uniquement une protestation contre les entraves extérieures apportées au libre développement de l'esprit, et un appel chaleureux en faveur du cœur, du génie[4]. Il fait un retour sur lui-même; il se promet de raconter à son ami, quand il sera à Francfort, comment dès sa plus tendre enfance, son cœur et son esprit ont été chargés de chaînes, comment on a tout mis en œuvre pour disperser ses forces et déformer son âme, mais comment aussi, grâce au ciel, il a triomphé des obstacles accumulés sur sa route en n'écoutant qu'une voix, celle de son cœur. « Entendre, démêler, comprendre cette voix, voilà pour

---

1. Raison divine, symbole de la causalité éparse dans le monde, source de toute vie, dit Burggraf, *Gœthe u. Schiller im Werden der Kraft*, op. cit., p. 180.

2. Cf. Hettner, *Litteraturgesch.* III, 1, p. 179 : « Das Prometheusdrama ist der erste dichterische Erguss dieser neuen (spinozistichen) Denk-und Empfindungsweise » ; E. Filtsch, *Gœthes religiöse Entwickelung*, Gotha, 1894, p. 65.

3. Cf. Hering, *op. cit.*, p. 43. — 4. *Briefwechsel zwischen Gœthe und Jacobi*, hsgb. von Max Jacobi, Leipzig, 1846, p. 44.

moi la sagesse; lui obéir courageusement, voilà pour moi la vertu. De cette façon, je suis libre, et comme une telle liberté a plus de charmes que les molles commodités du repos, de la sécurité, de la sainteté! »

Jacobi applaudit donc Gœthe réclamant pour le génie le droit de suivre son cœur; il ne songe nullement à voir en lui un impie, un athée, un sectateur du clair et impitoyable rationaliste qu'était, à ses yeux, l'auteur de *l'Ethique*.

Et pourtant, c'est lui qui, quelques années plus tard, déchaînera un des plus grands scandales du siècle, en révélant que Lessing avait reconnu dans le monologue de Prométée la doctrine panthéiste de Spinoza et y avait souscrit.

Tandis que le drame ne fut imprimé qu'en 1830, le monologue parut pour la première fois en 1785, donné, à l'insu de Gœthe, par Jacobi, comme supplément à son ouvrage « *De la doctrine de Spinoza. Lettres à M. Moses Mendelsoshn* ». Gœthe l'incorpora lui-même, comme poésie détachée, à la première édition complète de ses œuvres, établie par ses soins en 1789[1], Ce monologue fut-il vraiment, à l'origine, destiné par Gœthe, ainsi qu'il le dit lui-même[2], à faire partie du drame et à former le début du troisième acte; ou bien, renonçant à achever le drame ébauché, le poète a-t-il voulu commencer un nouveau drame en résumant en quelques vers nerveux le motif essentiel du fragment[3]; ou a-t-il cherché simplement à condenser dans une poésie indépendante la substance intime des deux actes restés en suspens[4]? Questions impossibles à résoudre avec certitude.

Au premier abord, il peut paraître que de ces diverses hypothèses, les deux dernières sont les plus vraisemblables, car la répétition non seulement des mêmes motifs, mais des mêmes expressions, mais encore et surtout la conclusion du monologue ne permettent pas de croire que ce monologue ait

---

1. Cf. Ed. Hempel, B^d 8, p. 281. — 2. Lettre à Zelter, 11 mai 1820; cf. aussi *Mémoires*, III, 15, p. 182. — 3. Düntzer, *op. cit.*, p. 42. — 4. Cf. W. Scherer, *Geschichte der deutschen Litteratur*, 5te Aufl., Berlin, 1889, p. 488; E. Lichtenberger, *Etude sur les poésies lyriques de Gœthe*, p. 82.

pu jamais être composé par le poète avec l'intention d'en faire le début d'un troisième acte. Tandis, en effet, que le drame nous montre la création achevée, le monolgue nous fait voir Prométhée, dans son atelier, en train de « pétrir » les hommes. Ajoutons à cela que nous trouvons dans l'Ode un motif dont il n'est pas question dans le fragment, celui du feu excitant la jalousie de Jupiter.

Nous pensons d'ailleurs que Gœthe, en composant son Ode[1], avait un autre dessein que de condenser les deux actes de son fragment pour en mieux dégager le contenu essentiel; il avait un autre sentiment à y exprimer. Un fait nous frappe. Si le drame peut être considéré comme une sorte de manifeste révolutionnaire disant l'orgueil de l'artiste créateur et sa volonté d'indépendance, l'Ode semble avoir un caractère plus nettement religieux.

C'est moins le chant de triomphe du génie, fier de son œuvre qu'il croit avoir spontanément conçue et exécutée, et qui affirme ne rien devoir qu'à lui-même, que le cri de révolte d'un esprit qui, après avoir longtemps souffert de la tyrannie religieuse, secoue brusquement ses chaînes et, par un mouvement bien humain, insulte les fantômes qui l'ont fait trembler. Nous avons marqué que, dans le drame, Gœthe ne nie pas l'existence des dieux; ajoutons qu'il ne nie pas davantage leur puissance; il se refuse seulement à admettre plus longtemps que cette puissance soit supérieure à la sienne, car ils sont comme lui les esclaves du Destin. Il laisse aux dieux leur part de pouvoir; qu'ils gardent ce qu'ils possèdent, dit-il, mais il prétend que, de leur côté, ils le laissent user de son lot, comme il l'entend[2]. Bref, tout ce qu'il réclame, c'est l'indépendance, la liberté, et s'il y a quelque irritation dans le ton de ses revendications ou de ses protestations, si Minerve peut lui reprocher sa « haine » pour les dieux[3], c'est que les efforts de Jupiter pour le contraindre à reconnaître son pouvoir exaspèrent sa

1. Automne 1774. — 2. *Prometheus*, Hempel, B^d 8, p. 287. — 3. *Ibid.*, p. 289.

patience. Si les dieux ne se mêlaient pas de ses affaires, il ne songerait pas à s'occuper d'eux, ils lui seraient indifférents. Dans l'Ode, au contraire, le ton est agressif; Prométhée brave Jupiter, il raille la vanité de sa foudre[1], se gausse de la misère des dieux qui en seraient réduits à mourir de faim « si les enfants et les mendiants, pauvres fous, qui se repaissent d'espérances » n'étaient pas là pour les nourrir d'offrandes et d'encens[2]. Avec d'autant plus d'âpreté qu'il se rappelle qu'il a été leur dupe dans son enfance, il reproche aux dieux leur impuissance à apaiser les douleurs de l'opprimé, à essuyer les larmes de l'affligé. Comme dans le fragment, il dit aussi que tout ce qu'il est, il ne le doit qu'à son propre cœur, au temps et au Destin. Il crée des hommes à sa propre image, une race semblable à lui « pour souffrir, dit-il à Jupiter, pour pleurer, pour jouir et te dédaigner comme moi[3] ». Cette fin énergique de l'Ode se trouve déjà dans le fragment, mais noyée dans l'ensemble. Ici, elle prend un singulier relief, et il nous paraît que dans le drame le « dein nicht zu achten » a moins de force que dans le monologue; là, il n'a guère que le sens de « vivre insouciants de toi »; ici, il signifie vraiment « te dédaigner, te mépriser »,

Donc, Prométhée se révolte contre la tyrannie des dieux, vains fantômes, bons pour faire trembler les enfants. Pas plus dans l'Ode au reste que dans le drame, il ne nie leur existence, — on n'insulte pas le néant, — mais il dit leur inutilité, au moins pour l'homme supérieur. Le génie, car c'est bien le génie humain ou plus exactement le génie des hommes de l'élite que, à travers les gaucheries de la fiction gœthéenne indirectement tyrannisée par les formes traditionnelles du mythe, Prométhée représente, le génie, disons-nous, n'a pas besoin de l'intermédiaire des fantoches divins qui si longtemps ont fait trembler l'humanité et qui terrifient encore les esprits débiles; il se suffit à lui-même; il saura bien, avec l'aide de la Sagesse, trouver les moyens d'asservir les forces

____

1. *Prometheus, op. cit.,* p. 297. — 2. *Ibid.,* p. 298. — 3. *Ibid.,* p. 299.

de la Nature, les orgueilleux Titans[1], dont parle Prométhée
oublieux de son origine, et il les enseignera aux foules humaines qui marcheront après lui dans la voie qu'il aura tracée
selon les volontés du maître suprême, le seul qu'il reconnaisse :
le Destin.

L'homme n'a donc au-dessus de lui, en dernière analyse,
que cette puissance mystérieuse qui, à ses yeux, résume et
symbolise l'ensemble des fatalités dont se compose la Nature,
ces lois mécaniques et physiques, qu'il voit fonctionner impitoyables et dont le redoutable secret lui échappe. Son activité
et sa liberté ne connaissent d'autres limitations que celles que
le Destin leur impose.

Gœthe, voilà ce qu'il importe de dégager des développements qui précèdent, ne nie donc pas l'existence d'un Inconnaissable qui justifie l'incompréhensible nécessité de l'ordre
de la Nature, mais sa raison se refuse à admettre sinon la réalité, du moins la domination de ces dieux anthropomorphisés,
dont les religions étroites veulent imposer le joug déprimant à
la pensée humaine. Entre sa pensée et la Nature, il ne veut pas
d'intermédiaires, il rejette toutes les interprétations orthodoxes
de la divinité ; le sentiment du Divin lui suffit.

Cela doit-il signifier que, selon l'opinion devenue courante
depuis la sensationnelle interprétation de Lessing, l'inspiration
de l'Ode de Prométhée, soit vraiment spinoziste? La puissance
inconnaissable et souveraine que Prométhée proclame supérieure aux Dieux serait-elle la substance de Spinoza; la nouvelle foi que Gœthe aurait voulu affirmer serait-elle le panthéisme? Nous ne le croyons pas, car Gœthe est alors encore
trop profondément individualiste, trop « Stürmer », pour s'élever jusqu'à la conception de la substance impersonnelle de Spinoza. Son Destin, pour être radicalement différent du Dieu
humanisé de la religion courante, n'en est pas moins quelque
chose de concret, qu'il sent peser sur sa vie, c'est le « démonique » d'*Egmont*, dont il subit les irrésistibles effets et qu'il

---

1. *Prometheus, op. cit.*, p. 298.

devine non seulement en lui, mais épars et agissant dans la Nature. Gœthe n'est panthéiste qu'autant que panthéisme peut être synonyme de négation d'un Dieu personnel, limité, et peut paraître légitimer indirectement la foi du génie en lui-même, en la nécessité du libre épanouissement de ses forces, de ses instincts [1].

Gœthe put se réjouir de trouver, après coup, dans ce qu'il entrevoyait de la doctrine spinoziste, la justification de sa croyance spontanée et trouver dans son accord avec Spinoza de nouvelles raisons de s'attacher à ses propres idées; mais ces idées lui sont bien personnelles, elles jaillissent du plus profond de son être.

De même qu'il n'a pas attendu de lire Spinoza pour apercevoir la relativité du bien et du mal [2], de même il était persuadé avant de feuilleter *l'Ethique* qu'agir selon sa nature est pour l'homme de génie agir selon la sagesse, car c'est agir selon la nécessité supérieure qui, peu importe le nom qu'on lui donne, dirige les actes des hommes, comme elle préside aux moindres manifestations de la vie de l'Univers.

Il est possible que les hommes du vulgaire n'arrivent jamais à s'élever à cette idée abstraite et grandiose du Divin et que, selon l'assurance qu'en donne ironiquement Jupiter [3], ils continuent d'être les esclaves des dieux qu'ils conçoivent à leur image et à leur taille; mais les Prométhée savent qu'il y a une religion supérieure et plus féconde, celle qui prêche la foi en l'action du génie humain, libre dans les limites des lois nécessaires, et c'est celle-là qu'ils professent. Vraiment, nous ne voyons pas comment Gœthe, ainsi qu'on l'a prétendu, aurait pu, vers 1774 au moins, avoir la pensée de réconcilier Prométhée et Jupiter à la fin de son drame [4]. Entre Jupiter qui symbolise la tyrannie religieuse, et Prométhée qui personnifie le besoin de liberté et l'individualisme farouche du génie [5], il y a

---

1. Cf. Hering, *Spinoza im jungen Gœthe*, p. 46 et sq. — 2. Cf. *Die Mitschuldigen*, III, 9, Hempel, Bd 8, p. 76. — 3. *Prometheus*, Hempel, Bd 8, p. 292. — 4. Cf. Dalmeyda, *op. cit.*, pp. 69-70. — 5. Cf. B. Hœning, *Glaube und Genie in Gœthes Jugend*. (*Forschungen zur neueren Litteraturgesch.*, Weimar, 1898, p. 213.

aux yeux du jeune Gœthe un abîme infranchissable. Ici encore
d'ailleurs, nous semble-t-il, on pourrait faire une distinction
entre l'Ode et le drame.

Bien qu'elle nous paraisse invraisemblable, nous reconnaissons que l'hypothèse de la réconciliation finale peut, dans une
certaine mesure, trouver des points d'appui dans le drame. On
peut croire que Minerve ira jusqu'au bout de son rôle de médiatrice et qu'elle réussira à convaincre Prométhée qu'Epiméthée avait raison quand il cherchait à lui démontrer la beauté
de l'harmonie totale qui résulterait de l'union des Dieux, de
Prométhée et de ses créatures, du monde, du ciel. Dans l'Ode,
au contraire, nous ne trouvons pas la moindre indication de ce
genre; par tous ses détails elle souligne l'irrémédiable scission
entre les dieux et Prométhée. Ceci nous confirme dans l'opinion que nous exprimions plus haut, à savoir que, entre le
drame et l'Ode, il n'y a pas seulement une différence de forme,
mais qu'il y a une différence d'inspiration : la volonté de dédaigner, d'ignorer les Dieux s'est changée en âpre hostilité.

La raison, à notre sens, en est qu'entre le temps où Gœthe
composait son drame et celui où il écrivit l'Ode s'est placé le
voyage à Ems et à Düsseldorf. Il a passé plusieurs semaines dans
la société de Lavater, de Basedow, de Jacobi; il a subi avec impatience les assauts que Lavater n'a pas dû manquer de livrer
à son indépendance religieuse; il s'est amusé mais s'est choqué
aussi du fanatisme antireligieux de Basedow, de la grossièreté
de ses attaques contre la foi; il a vu avec tristesse un bel esprit
comme celui de Jacobi, si digne à tant d'égards d'être le frère
du sien, hanté par le souci de démontrer l'athéisme de Spinoza; en tout cela, il a aperçu les effets infiniment fâcheux de
l'esprit religieux mesquin; il s'indigne de voir de nobles intelli-
gences se perdre en de vaines et puériles spéculations, il éprouve
le besoin de crier son irritation à la face de celui qui lui en
apparaît comme l'auteur responsable, du tyran Jupiter, et de
lui dire bien haut que lui, pour son compte, a secoué son joug,
a reconquis son indépendance. Le Divin subsiste pour Gœthe,
mais il ne veut plus de « divinités ».

Avec non moins de netteté et presque avec autant de fougue dans la pensée et de pittoresque dans l'expression, ce qu'on peut appeler les *Écrits théologiques* de Gœthe, y compris sa *Lettre du pasteur*, nous laissent apparaître le même idéal de foi individualiste.

Dans la faillite de ses croyances religieuses, Gœthe avait gardé intact son amour pour la Bible; il avait pu varier d'opinion sur sa valeur documentaire au point de vue religieux, mais il était toujours resté sensible à son charme et toujours il revenait avec plaisir, de temps à autre, à ses anciennes études bibliques.

La Bible l'a séduit enfant par ses « belles histoires », il l'a étudiée adolescent pour les vérités religieuses qu'il croyait y trouver, maintenant il y voit et y admire une des manifestations de cette poésie primitive où le génie des peuples s'exprime avec naïveté et force. Aussi ne l'étudie-t-il plus avec le souci d'en résoudre rationnellement ou historiquement les difficultés et les contradictions de détail. Laissant la critique s'évertuer à distinguer les interpolations par des considérations compliquées sur la langue, le dialecte, les idiotismes, le style, l'écriture, il s'applique, guidé par son seul sentiment personnel, à pénétrer l'esprit du Livre Saint, à rechercher les passages qui répondent le mieux à l'idée qu'il s'en fait et qui éveillent le plus d'échos en lui, et il les déclare les seuls vrais. De même que nous l'avons vu se faire, avant son départ pour Strasbourg, une cosmogonie et une théodicée à son usage, il se bâtit une théorie propre de la Bible[1]. Il étudie particulièrement les livres de Moïse, et il arrive à des conclusions personnelles, à ses yeux au moins, sur les dix commandements, sur le temps passé par les Hébreux dans le désert; il explore dans le même esprit le *Nouveau Testament*, et il conclut : « Peu importe que les Évangélistes se contredisent, si l'Évangile est conséquent[2]. »

1. Cf. *Mémoires*, III, 12, p. 62.
2. *Ibid.*, p. 63. Sur l'originalité réelle de l'attitude de Gœthe vis-à-vis de la Bible et sur son indépendance à l'égard de l'exégèse rationaliste, cf. Hempel, B^d 20, Comment. Lœper, p. 327 et sq.

Nous avons un écho direct de ces études bibliques, et surtout une marque précieuse de l'esprit qu'il y apportait, dans la dissertation sur : « *Deux importantes questions bibliques, jusqu'ici inexpliquées et résolues pour la première fois à fond par un pasteur de campagne souabe*[1]. » Nous y voyons comment il comprend l'exégèse biblique.

Dans la deuxième des questions : « *Qu'entend-on par le don des langues?* » il cherche à montrer que l'expression ne doit pas être prise au sens littéral, mais bien au sens symbolique[2]. Elle ne signifie pas que des ignorants surent brusquement parler des langues qu'ils ignoraient, mais elle doit faire comprendre que, sous le coup des émotions les plus sacrées et les plus intenses, ils furent transportés en des régions supérieures aux contingences ordinaires et parlèrent la langue des Esprits, langue inspirée, passionnée, annonçant le règne du Christ, langue que tous ceux qui partageaient la même émotion entendaient sans comprendre, parce que tous l'interprétaient dans le sens de leur attente et de leurs espoirs. Et ceux qui ne sentaient pas, qui n'étaient pas émus, n'entendaient ni ne comprenaient et ils disaient que les apôtres étaient pleins de vin doux. La meilleure preuve de la justesse de cette interprétation est que cet instant prophétique ne dura qu'un court moment et que Paul dut bientôt, dans son Epître aux Corinthiens, montrer que l'action divine ne se manifestait pas par le fait de parler des langues étrangères, mais par celui de savoir communiquer aux autres la foi, l'amour de Dieu par le don de prophétie, c'est-à-dire d'interprétation. La première langue merveilleuse dont il s'agit dans les Actes des Apôtres ne fut pas faite de signes, ne fut pas une langue de l'esprit, ce fut une langue inarticulée, la langue des cœurs. Cette langue, dont la vraie nature était déjà méconnue du temps de saint Paul, paraît incompréhensible de nos jours; « c'est comme un ruisseau qui s'est perdu

1. Hempel. B^d 27, p. 98 et sq.
2. Herder en fera plus tard la preuve avec plus de rigueur dans sa Dissertation *Von der Gabe der Sprachen am ersten christlichen Pfingstfest* (1793). Cf. Haym, *Herder*, II, p. 528 et sq.

dans les marais et dont s'écartent soigneusement les gens bien habillés » ; çà et là, il irrigue secrètement un bout de prairie, il faut se garder toutefois de le dire trop haut, il est prudent d'en remercier Dieu en silence, car les théologiens, en bons administrateurs, ont pour principe que ces marais doivent disparaître, qu'il faut y faire passer des routes et y établir des jardins publics. Mais il nous reste la consolation de nous dire : « Endiguez, refoulez tant qu'il vous plaira ; en refoulant l'eau vous ne faites que lui donner plus de force et, chassée par vous, elle n'en coulera vers nous qu'avec plus d'impétuosité[1]. »

L'étude sur le *Contenu des Tables de la Loi*[2] cherche à prouver, de son côté, que ces tables ne contenaient pas les dix commandements qui sont actuellement la base de la doctrine chrétienne, mais qu'elles renfermaient uniquement des prescriptions rituelles ou morales spéciales au peuple juif.

L'intérêt de ces deux études est moins dans les démonstrations de détail que dans l'esprit dont elles dérivent. Elles nous montrent Goethe cherchant la vérité en dehors des voies tracées, et, surtout dans l'étude sur le *Don des langues*, la cherchant avec son cœur et avec son imagination plus qu'avec la raison. C'est dans les considérations générales qui précèdent les deux études particulières que cet esprit se marque avec le plus de netteté[3]. L'auteur y souligne que la science en religion ne suffit pas pour persuader, et que les prédicateurs les plus érudits ne sont pas les meilleurs. Ceux qui pénètrent le mieux le sens des livres saints ce sont ceux qui s'efforcent, dans la pratique, de retrouver le don de prophétie, qui savent émouvoir et convaincre. La seule religion utilisable doit être simple et chaude, c'est-à-dire : elle n'a que faire des interprétations subtiles qui ne touchent que l'esprit, elle doit s'adresser au cœur et lui parler une langue

---

1. *Zwo biblische Fragen*, éd. Hempel, B[d] 27, II, p. 106.

2. D'après Böttiger (*Literarische Zustände*, I, p. 60), rapportant un propos de Lerse, un des compagnons de Goethe à Strasbourg, cette étude n'aurait pas été autre chose que la dissertation que Goethe aurait proposée à la Faculté de Strasbourg comme thèse de doctorat et qui aurait été repoussée pour son contenu « hérétique ». Cf. Hempel, B[d] 22, p. 303.

3. Hempel, B[d] 27, II, p. 98.

qui n'ait pas besoin de commentaires. A quoi bon perdre son
temps en controverses vaines sur la vraie religion? Toutes les
religions sont bonnes parce qu'elles viennent à leur heure,
semble dire Gœthe, quand il déclare : « La connaissance de la
vérité croît lentement dans l'homme, et le maître ne doit ni ne
peut la précipiter ; celui-là me paraîtrait le plus habile jardinier
qui s'entendrait à donner à la plante les soins qui conviennent
à chaque phase de son développement[1]. » C'est donc folie que
de vouloir donner à la Bible une portée universelle, comme
c'en est une autre d'ailleurs de prétendre n'y voir qu'une histoire purement locale ; elle est juive par le Vieux Testament,
elle est mondiale par le Nouveau. Le peuple juif était, en effet,
comme un arbre sauvage et stérile au milieu de bien d'autres ;
le jardinier céleste l'a choisi pour y greffer le noble rameau
Jésus-Christ, et c'est là qu'on est venu chercher, par la suite,
des greffes pour bonifier les autres arbres[2]. L'apologue est clair :
ce qui importe dans la Bible, c'est son contenu moral universel, c'est l'idéal d'humanité supérieure qui s'y trouve exprimé ;
le reste n'a qu'un intérêt historique.

Ces idées, présentées en un vigoureux raccourci dans l'introduction aux *Deux questions bibliques*, se retrouvent copieusement développées et plus finement nuancées dans le plus
important des « écrits théologiques » du jeune Gœthe, dans
sa *Lettre du pasteur de *** au nouveau pasteur de ***, traduit
du français*[3]. Gœthe imagine qu'un vieux pasteur écrit à un
jeune confrère, nommé à une cure du voisinage, pour lui
souhaiter la bienvenue et lui donner, au nom de son expérience, quelques sages conseils. Il commence par le mettre en
garde contre l'esprit de fanatisme et d'intolérance qui animait
son prédécesseur. Ce dernier tenait ferme à la doctrine de la
damnation des païens ; lui, passe sur cette question comme sur
un fer rouge, car les années lui ont appris que Dieu et amour
sont synonymes. Sa tolérance n'est pas d'ailleurs de l'indifférence ; il a une foi robuste en Dieu et en son fils Jésus-Christ,

1. Hempel, B^d 27, II, p. 99. — 2. *Ibid.*, p. 100. — 3. *Ibid.*, p. 87 et sq.

'mais la foi, dit-il, n'exclut pas la tolérance. Comment admettre en effet qu'il n'y ait qu'une voie qui mène au ciel, comment vouloir assigner des limites à la bonté de Dieu? Nous ne
sommes pas responsables du péché originel, pas plus que de
nos fautes réelles, le péché est aussi naturel à l'homme que de
marcher; aussi Dieu ne nous juge-t-il pas sur nos actes, mais
sur nos intentions et notre foi. Est-ce que nous admettons que
les enfants puissent être damnés, eux pour lesquels pourtant
il ne peut être question de foi consciente? Pourquoi donc vouloir à tout prix damner les païens? La vérité est que nous ne
savons pas ce que Dieu fait de nous après notre mort, et s'il
faut parler de l'enfer, puisqu'il est convenu que le prêtre doit
en parler, ne cherchons pas à approfondir et à préciser ce mystère. Un bon pasteur a assez à faire ici-bas, il peut laisser à
Dieu le soin de régler notre vie future à son gré. — Jésus-
Christ s'est fait homme, pour que nous puissions le saisir et le
comprendre, gardons-nous de faire de lui de nouveau un
Dieu. — Aimons Dieu, croyons qu'il nous aime, voilà la vérité, et c'est de cette conviction que naîtra la vraie tolérance,
qui n'a du reste rien de commun avec la soi-disant tolérance
des philosophes. Ceux-ci parlent pompeusement au nom de
leur raison, alors qu'ils agissent selon des préjugés, et malgré
qu'ils aient toujours à la bouche le mot de tolérance, ils ne
peuvent souffrir qu'on ait une opinion différente de la leur.
La foi ne s'impose pas. Heureux ceux qui croient, mais espé-
rons que ceux qui ne croient pas, ou qui croient autrement que
nous, jouiront pourtant de la grâce divine, éprouveront
comme nous l'amour divin. Que de vaines querelles et de dissensions funestes nous seraient épargnées, si nous étions plus
tolérants! N'est-ce pas de l'intolérance que sont sorties toutes
les divisions dans le sein de l'Eglise chrétienne? Que signifient
Augsbourg et Dordrecht[1]? Nous sommes tous chrétiens et les
divisions nées des différences de formules ne changent rien à

1. Allusions à la « Confession d'Augsbourg » de 1530, qui contient le for-
mulaire de la foi protestante, et au Synode de Dordrecht de 1619, qui con-
damna dans les Arminiens les adversaires de la prédestination calviniste.

notre nature, pas plus que le fait d'être Allemand ou Français
ne change rien à la nature humaine. Luther n'a pas prévu toutes les conséquences de la Réforme, née d'ailleurs d'un hasard ;
son grand mérite, c'est d'avoir rendu au cœur sa liberté et en
même temps la faculté d'aimer. Mais qu'on ne s'imagine pas
que la vieille église soit du même coup devenue indigne et
méprisable. Laissons donc les catholiques célébrer leur messe
en paix ; leur culte est excessif, soit, mais laissons-les faire, et
surtout ne parlons pas d'idolâtrie. Ne cherchons même pas à
abolir les divisions ; elles sont peut être bonnes, elles sont une
garantie de la liberté de conscience, et, en fin de compte,
croyons que Dieu saura récompenser chacun en proportion de
ses mérites. Parmi les hommes, les uns « sentent » la religion,
les autres la « pensent », les uns ont la grâce, les autres ne
l'ont pas ; pourquoi? Nous ne le savons pas. Laissons donc
chacun servir Dieu à sa guise. Réjouissons-nous plutôt de voir
la semence divine fructifier de tant de façons diverses. Quelle
étrange illusion que de vouloir exprimer tout le contenu de la
religion chrétienne en une seule formule de credo! Comme si
tout était clair et évident dans la doctrine chrétienne! L'apôtre
Pierre trouvait déjà que Paul avait bien des obscurités! Les
philologues modernes peuvent-ils se flatter d'être plus perspi-
caces que Pierre? Imposer à quelqu'un des façons de voir est
déjà cruel, mais vouloir lui imposer des façons de sentir qu'il
ne peut avoir est folle tyrannie. Certes, il y a dans tous les
sens des excès. Les dissidents font assurément la part trop
grande au sentiment et s'illusionnent sur sa valeur, mais prenons garde, nous autres Luthériens, de ne pas tomber dans
l'égarement contraire et de vouloir comprendre la Bible grâce
aux commentaires savants. Prêchons de notre mieux la religion
du Christ, c'est-à-dire la religion d'amour, telle qu'elle se dégage des Ecritures. Faisons lire la Bible, tâchons d'en faire
sentir à chacun le caractère divin sans essayer d'en expliquer
trop minutieusement les difficultés ou les invraisemblances.
Chacun, avec l'aide de Dieu, y trouvera ce qu'il y cherche et
ne verra pas ce qui pourrait lui causer du trouble. Prêchons

l'amour et nous récolterons l'amour. Si tout notre effort de pasteur a tendu vers ce but : faire comprendre à nos ouailles que l'essence de la religion est l'amour, nous pourrons paraître sans crainte devant le tribunal du Pasteur suprême, qui seul a le droit de juger les pasteurs et les brebis.

Il ne faut certes pas prendre à la lettre toutes les expressions de cette lettre et y voir en tous les points une profession de foi de Gœthe. Quand le pasteur semble admettre la doctrine du péché originel, nous savons qu'il n'exprime pas la pensée du poète. Le pasteur est comme un personnage dramatique : par certains aspects, il représente les vues de l'auteur, mais par d'autres il tient le langage qui lui est imposé par son rôle. Or, en tant que pasteur, il doit parler du péché originel, de la résurrection, de la vie éternelle, et il en parle, mais il en parle le moins possible, parce qu'il n'aime pas parler des choses dont on ne peut rien dire avec certitude, et ici c'est Gœthe qui intervient pour définir le rôle du pasteur, tel qu'il le conçoit, — tel qu'il le concevra encore quand il écrira *Hermann et Dorothée*, — avant tout charitable, se considérant comme le ministre d'une religion d'amour, également ennemi des théologiens orthodoxes, des philosophes orgueilleux et des illuminés qu'aveuglent le fanatisme ou le sentiment[1].

---

1. Il est bien probable que l'idéal que Herder se faisait de la prédication et de son rôle a influé sur celui que Gœthe nous présente ici en son propre nom. En effet, ce n'est pas seulement dans sa dissertation de Riga sur l'*Orateur de Dieu* (1765)[1], — que Gœthe ne connaissait sans doute pas, — que Herder avait marqué avec précision sa conception de l'apostolat ; tout récemment, dans ses comptes rendus des *Annonces de Francfort*, il venait encore de la souligner nettement. Vantant la simplicité de pensée et de forme des sermonnaires anglais[2], il ajoutait que les lieux communs sur la pénitence, la foi, le péché, la damnation, ne servent de rien, qu'il faut s'adresser au cœur des fidèles et leur montrer les conséquences immédiates de leurs vices et les avantages de la vertu ; les plus beaux raisonnements dogmatiques du monde ne valent pas les preuves tirées de la vie pratique[2]. Si l'on veut essayer de prouver la vérité divine de la religion, dit-il, il faut s'adresser au cœur plutôt qu'à la raison[3].

1. Cf. Haym, *Herder*, I, p. 90 et sq. — 2. *Bb. der vorzüglichsten englischen Predigten.* (M. Morris, *Gœthes u. Herders Anteil an dem Jahrg. 1772 der Frankfurter gelehrten Anzeigen*, Stuttgart, 1909, p. 169) et *Onyramint fürs Christentum*, (ibid., p. 186.) — 2. *Agathokrator...* (ibid., p. 46) — 3. *Hern G. Lyttletons Anmerkungen über die Bekehrungen u. das Apostelamt Pauli*, (ibid., p. 110). Cf. en outre Minor u. Sauer, *Studien zur Gœthe-Philologie*, p. 103 et sq.

Les méfaits du raisonnement dans les choses de la religion, c'est ce qui déjà avait frappé Gœthe quand il avait lu les *Perspectives dans l'Eternité* de Lavater et ce qu'il s'était efforcé de mettre en lumière dans le compte rendu qu'il en avait fait en novembre 1772 pour les *Annonces de Francfort*[1]. Il avait raillé Lavater pour sa prétention à vouloir, après tant d'autres, préciser l'image de la vie future, mais il avait surtout dit la déception que l'ouvrage du pasteur de Zürich lui avait causée en ne lui offrant que subtils raisonnements, arbitraires déductions au lieu des effusions intimes, des pressentiments qu'il s'était attendu à y trouver. Où est dans tout cela, disait-il, l'amour que le Christ et saint Paul ont déclaré supérieur à la connaissance? Quand Lavater parle de l'amour, ses périodes grandiloquentes restent sans effet sur le cœur. Rien dans son œuvre, même dans les passages où il y a le plus de chaleur, comme dans les Lettres « sur les joies de société au ciel » ou sur « la langue parlée au ciel », ne part vraiment du cœur, tout y est froid raisonnement. Pourquoi le prophète, au lieu de vouloir prouver, ne se contente-t-il pas de dire ce qu'il sent[2]?

« Sentir » et exprimer son sentiment avec sincérité, voilà donc le dernier mot de la méthode religieuse de Gœthe entre 1771 et 1775. L'individualisme est bien, comme nous le disions, la base de sa religion, ainsi qu'il l'est de sa morale et de son esthétique; la tolérance dont nous avons entendu le

---

1. Hempel, Bd 29, pp. 60-64.

2. C'est à dessein que nous n'utilisons pas les comptes rendus d'ordre religieux qui jusqu'ici avaient été généralement attribués à Gœthe dans la répartition des articles entre les différents collaborateurs des *Annonces savantes de Francfort* (*Briefe über die wichtigsten Wahrheiten der Offenbarung*; — *Eden..*; — *Bekehrungsgeschichte des Grafen von Struensee...*), M. Morris ayant récemment fait la preuve (*Gœthes u. Herders Anteil...*) que ces comptes rendus sont en réalité sortis de la plume de Herder. Outre M. Morris, cf., pour cette question si controversée de la paternité des articles des *Annonces*, Minor et Sauer, *Studien zur Gœthe-philologie*; Biedermann, *Gœthe-Forschungen*; Schérer, *Aufsätze über Gœthe*; *Einleitung zu Seufferts Neudruck*; Dechent, *Die Streitigkeiten der Frankfurter Geistlichkeit mit den Frankf. Gel. Anzeigen*, Jahrb., 1889.

jeune critique faire l'apologie si convaincue dans la *Lettre du Pasteur* n'en est que la suite naturelle. Pour être conséquent avec lui-même l'individualiste ne doit-il pas, en effet, reconnaître aux autres le droit, qu'il réclame pour lui, de penser et de vivre selon l'idéal qu'ils ont adopté?

IV.

Pourtant, quand nous jetons les yeux sur la liste des œuvres de Gœthe, qui virent le jour dans la période qui s'étend de Wetzlar à Weimar, nous y trouvons plus d'une œuvre satirique où, avec un comique souvent âpre, il dit son fait à la société ou à des personnalités de marque. Y aurait-il contradiction, à ce point de vue, entre la théorie et la pratique du jeune poëte? Aurait-il été incapable de montrer vis-à-vis des autres la patience qu'il demandait pour lui-même et pour ses idées ou ses sentiments?

Nous connaissons déjà la « farce impie » dirigée contre Wieland; elle est la plus mordante et la plus spirituelle, mais elle n'est pas la plus violente; c'est dans *Satyros* et dans *Pater Brey* que se montre avec le plus de rudesse la verve caustique de l'auteur de *Werther*. *Satyros* et *Pater Brey* sont, de toute évidence, les caricatures de deux personnalités précises. Or, si tout le monde est d'accord pour voir dans Leuschenring le modèle de Brey, les avis sont infiniment divers en ce qui concerne Satyros. Est-ce Kaufmann, Heinse, Merck, d'Alembert, Herder ou Basedow que Gœthe a voulu railler[1]? Celui-ci s'étant bien gardé de nous le dire, on ne le saura jamais, sans doute, avec certitude et on ne peut faire que des conjectures plus ou moins vraisemblables. Il est d'ailleurs infiniment pro-

---

1. Cf. W. Biedermann, *Gœthe-Forschungen*, I, pp. 9-20, et *Neue Folge*, pp. 13-84, pour le détail de la polémique, dirigée surtout contre Schérer qui voit dans *Satyros* une parodie de *Herder*; cf. aussi G. Bäumer, *Gœthes Satyros*, Berlin, 1905.

bable que la plupart de ces personnages ont, chacun, livré quelques détails pour la figure de Satyros. Herder pourrait bien, selon la séduisante démonstration de Scherer, avoir fourni à Gœthe le plus de traits individuels ; pourtant, par sa physionomie totale Satyros nous paraît plutôt rappeler le cynique Basedow que le « galant » Herder. L'argument le plus fort à nos yeux est que le faune avec son ingratitude, son orgueil impie, son débraillé physique et moral est nettement antipathique. Or, pour si amer qu'ait pu être à Gœthe le souvenir des coups de boutoir que Herder lui avait infligés à Strasbourg[1], pour si ridicule qu'ait pu lui paraître la susceptibilité de Herder prenant ombrage de ses assiduités auprès de Caroline[2], il respectait trop l'homme et admirait trop sincèrement le génie en Herder pour le ridiculiser de si odieuse façon. Dans ses *Mémoires*, Gœthe nous donne d'ailleurs lui-même une indication précieuse, qui a plus de poids, nous semble-t-il, que les hypothèses les plus ingénieuses. « Nous observions avec une attention un peu inquiète, et même jalouse, dit-il, ces gens qui se donnent la mission de courir à droite et à gauche, de jeter l'ancre dans chaque ville, et de chercher, du moins, à prendre de l'influence dans quelques familles. J'ai représenté un membre délicat et doux de cette confrérie dans *Pater Brey* et un autre, plus vigoureux et plus vert, dans un divertissement de carnaval, sous le titre de *Satyros*[3]... » Il ne nous paraît vraiment pas possible de reconnaître Herder à ce signalement. Quoi qu'il en soit d'ailleurs de cette question, ce qui ne peut être mis en doute c'est que, dans *Satyros* aussi bien que dans *Pater Brey*, Gœthe veut persifler les déformations et l'abus du génie. Brey est le génie doucereux qui, sous le couvert de la religion, s'insinue dans le cœur des femmes et cherche à les séduire, Satyros est le génie cynique qui, foulant aux pieds tout respect humain et toutes les conventions sur lesquelles repose la société, prétend pour son compte vivre

---

1. Cf. lettre à Herder, fin 1771, *Weimar-Ausg.*, IV, 2, p. 12. — 2. A Herder, milieu juillet 1772, *Ibid.*, p. 18. — 3. *Mémoires*, III, 13, p. 109.

selon la nature ; pour mieux établir sa domination cupide et orgueilleuse sur les hommes, il cherche à les ramener à l'état primitif. Comme Brey, Satyros sait que le meilleur moyen d'en imposer aux hommes, c'est d'agir sur eux par le Divin ; c'est pourquoi il parle à la foule sur un ton prophétique et se laisse adorer par elle comme un dieu. Tous deux emploient pour arriver à leurs fins des moyens hypocrites, et c'est ce que Gœthe dénonce et fustige en eux. Leur originalité, même dévergondée, trouverait grâce à ses yeux, car le génie a le droit d'être fort et d'étonner, mais à la condition qu'il soit sincère ; il ne doit pas se payer de mots, et il doit encore moins abuser les hommes de propos trompeurs. Gœthe admet le crime — nous nous souvenons de sa visible indulgence pour Adélaïde et Crugantino — mais il veut qu'il soit franc, cynique même, et ne prétende pas se masquer des apparences de la vertu.

De même dans sa *Foire de Plundersweilern*[1] il poursuivait de ses épigrammes les charlatans et hypocrites de toute espèce qui circulent dans la foule bigarrée et l'exploitent, moralistes, philanthropes à l'eau de rose qui inondent le pays de leurs catéchismes campagnards, pasteurs doucereux et médiocres, rationalistes secs qui déchiquètent la Bible à pleines dents, fanatiques de toutes nuances qui veulent impérieusement, sans trêve et sans pitié, convertir le genre humain à leur intransigeance.

C'est ainsi encore qu'il dénonce, dans son *Prologue aux plus récentes révélations divines mises en allemand par le docteur K. F. Bahrdt*, l'outrecuidance de ce faux prophète du rationalisme, qui a modernisé et dilué la forte pensée des vieux Evangélistes aussi odieusement que Wieland l'avait fait pour celle d'Euripide. Et il avait sans doute l'intention, dans sa *Noce d'Arlequin*, de donner une sorte de satire générale de la Société ; par la bouche du butor, Kilian Brustfleck, la Nature aurait avec une liberté toute rabelaisienne, protesté contre les fausses pruderies sociales.

---

1. Cf. M. Herrmann, *Jahrmarktfest zu Plundersweilern. Entstehungs- und Bühnengeschichte*, Berlin, 1900.

Comme Gœthe le dit lui-même dans ses *Mémoires*[1], c'est une
« vertueuse tendance » qui se fait jour à travers les bouffon-
neries ou les satires de toutes ses comédies ou farces : « La
volonté sincère lutte avec la prétention, la nature avec la
routine, le talent avec la forme, le génie avec lui-même, la
force avec la mollesse, le mérite encore en germe avec la médiocrité épanouie. »

Les satires de Gœthe ne sont donc pas la conséquence de
son intolérance ; elles prennent leur source dans son respect
pour le génie. C'est parce qu'il se fait une très haute idée des
droits et des devoirs des grandes individualités qu'il poursuit
avec tant de vigueur la médiocrité et le charlatanisme. Au cours
de la période que nous venons d'étudier, Gœthe a senti sa
propre personnalité « se développer », s'affirmer avec une
surprenante rapidité et une rare vigueur ; il a l'orgueil de sa
force et confiance en son génie ; il se sait sincère, il veut des
autres la même franchise. Être tout entier ce que l'on prétend
être, voilà sa suprême exigence pour lui et pour autrui.

Et pourtant si, aux environs de 1775, le jeune Gœthe nous
apparaît débordant de vie puissante, de passion, d'orgueil ; si,
dans tous les domaines où il pénètre, il marque sa volonté de
marcher par les voies qui lui plaisent, sans se soucier si ce
sont de grands chemins battus ou de petits sentiers embrous-
saillés que la foule ignore, nous pouvons déjà pressentir à
certains signes caractéristiques qu'il n'ira pas jusqu'aux dernières limites de l'individualisme.
Ses héros favoris, Götz, Werther, ne succombent-ils pas
impitoyablement broyés par les rouages de la société, dont ils
refusent de reconnaître les lois ou les conventions ? Mahomet,
César, peut-être même Prométhée, auraient sans doute eu aussi
le dessous dans la lutte qu'ils soutiennent contre des puissances

1. *Mémoires*, IV, 18, p. 51.

supérieures ou inférieures à eux, mais qui représentent la force de la tradition; Faust reconnaît que, pour avoir quelque chance de voir ses aspirations satisfaites, il doit les modérer et les préciser. Gœthe lui-même, nous l'avons vu, a dans son article sur Falconnet, proclamé la nécessité de la limitation pour l'artiste; des témoignges les plus directs de sa pensée, de ses lettres, surtout de celles qu'il adresse à Herder et à Auguste von Stolberg, il ressort avec évidence qu'il tend de tout son désir non seulement à développer mais à perfectionner sa nature. De tout cela, nous semble-t-il, nous avons le droit de conclure que déjà il a, dans une certaine mesure au moins, compris la nécessité pour l'individu, s'il veut vivre, de reconnaître la loi, de s'adapter au milieu où le sort l'a placé, d'apprendre à se limiter et à renoncer.

Les changements considérables que Gœthe apporte à son *Götz* en 1773, dix-huit mois après l'avoir composé, nous semblent symboliques de son évolution vers la mesure[1]. Avec une énergie admirable chez un jeune auteur, il sacrifie sans pitié des scènes entières de la première esquisse. Non seulement il s'applique à simplifier l'action, à mieux justifier les scènes, à mieux enchaîner les événements, à motiver avec plus de finesse les actes des personnages, à donner plus de souplesse et de tenue littéraire à leur langue, mais il élague tout ce qui lui paraît forcé, outré, contre nature; il fait disparaître l'épisode où Metzler, le chef des paysans, étalait avec cynisme sa soif de sang, et, ce qui est assurément le plus typique, il a le courage de faire rentrer au second plan le personnage d'Adelaïde dont, dans la première rédaction, il s'était épris au point d'en oublier presque que le héros principal de son drame était Götz. Quelle que soit la part qu'il faille attribuer dans ces changements à l'influence des critiques de Herder ou à la lecture d'*Emilia Galotti*, ils n'en sont pas moins symptomatiques du nouvel

---

1. Cf. E. Lichtenberger, *Götz von Berlichingen*, Paris, 1885; A. Chuquet, *id.;* Minor und Sauer, *Studien zur Gœthe-Philologie* (Die zwei ältesten Bearbeitungen des Götz von B.), pp. 117-236; R. Weissenfels, *Gœthe im Sturm und Drang*, pp. 373-392.

état d'esprit de Gœthe. Il a la conscience de son génie, mais il n'en a pas la superstition ; il s'admire lui-même et a l'orgueil de ses œuvres, mais chaque fois qu'il fait un pas en avant il aperçoit mieux le chemin qui lui reste à parcourir, et, sans s'attarder complaisamment à jouir des conquêtes présentes, il en médite de plus glorieuses. « Chaque jour mes idéals grandissent et deviennent plus beaux », écrit-il à Kestner[1]. Il sait reconnaître ses fautes et, ainsi qu'il le dit une fois à Johanna Fahlmer, il espère que la suite de ses œuvres en donnera la preuve[2].

Cependant il ne faudrait pas, croyons-nous, s'exagérer l'importance de ces premiers indices de la volonté de perfectionnement et de limitation, qui sera la caractéristique essentielle des années qui vont suivre. Cette volonté est chez le jeune Gœthe plutôt encore un instinct qu'une connaissance claire. Ce qui domine en lui dans les derniers mois de 1775, c'est le désir de vivre, de jouir de sa jeunesse et de sa force. C'est pourquoi il s'arrache avec fermeté aux liens dont l'amour menace d'enchaîner sa vigueur, et pourquoi aussi il ne se laisse point détourner de répondre à l'appel du duc de Weimar par les objections timorées de son père. Il ne redoute ni les embûches, ni les humiliations, il se sent à l'avance supérieur au nouveau milieu qu'il va connaître, et, quoi qu'il arrive, il sait qu'il a en lui un bien que ni les choses, ni les hommes ne pourront lui ravir : son génie.

Même au moment où il quitte Francfort avec la croyance qu'il lui faut renoncer à sa visite à Weimar, il ne perd pas confiance. Sur la première page de son Journal de voyage, il écrit à Eberstadt, le 30 octobre : « Lili, adieu Lili, pour la seconde fois ! Quand je t'ai quittée la première fois, j'espérais encore que nos destinées s'uniraient ! Le sort en est jeté —

1. A Kestner, 15 sept. 1773.
2. Dialogue entre Gœthe et Joh. Fahlmer, rapporté par celle-ci à F. Jacobi. Cf. *Gœthe-Jahrb.*, 1881, p. 382.

nous sommes condamnés à jouer notre rôle, chacun de notre côté. En cet instant je n'ai peur ni pour toi ni pour moi, en dépit de l'apparente confusion[1] !... »

1. *Journal*, éd. Weimar, III, 1, p. 8.

LIVRE IV.

L'homme d'État. — La troisième éducation. — L'apprentissage du renoncement à l'école de la vie. — Weimar (novembre 1775; septembre 1786).

PREMIÈRE PARTIE : FAITS ET IDÉES.

I.

En roulant sur la route de Weimar dans le landau ducal, tout flambant neuf, à côté du gentilhomme de la chambre, von Kalb, Gœthe se sentait-il emporté vers une destinée nouvelle? Avait-il l'obscur pressentiment, en s'éloignant de sa ville natale, pour la troisième fois, qu'il la quittait pour la vie? Ce n'est pas certain, mais ce n'est pas non plus invraisemblable. — Il n'est pas impossible que le nouveau duc de Weimar, en l'invitant à venir le voir en sa lointaine Thuringe, ait songé qu'il serait glorieux et profitable pour lui d'avoir à sa jeune cour l'illustre auteur de *Götz* et de *Werther*. La duchesse Amélie, sa mère, avait bien Wieland; lui, aurait Gœthe! — Celui-ci, de son côté, mécontent de sa situation présente[1] mé-

------

[1]. Depuis longtemps Gœthe avait le désir de quitter Francfort, de trouver un champ plus vaste pour son activité. N'était-il pas, du fait de la présence de son oncle Textor au Conseil de la ville, exclu pour longtemps de l'administration municipale? Dès le 25 déc. 1773, nous le voyons dire à Kestner qu'il ne lui déplairait pas de chercher fortune hors de sa ville natale, encore qu'il se méfie

diocre et sans issue, lui avait sans doute dit ses inquiétudes
pour l'avenir, confessé son peu de goût pour le métier d'avocat
auquel il semblait condamné, et donné à entendre qu'il ne lui
répugnerait pas de prendre du service auprès d'une cour étrangère. Est-ce par hasard que, lors de sa première entrevue avec
le duc, à Francfort, en décembre 1774, le poète avait fort peu
parlé de ses œuvres[1] et s'était au contraire longuement étendu
sur les *Fantaisies patriotiques* de J. Möser, se montrant tout à
fait partisan de la théorie de l'historien-philosophe sur les avantages qu'offrait, pour le développement de la civilisation allemande, le morcellement de l'Allemagne en une infinité de petits
États? N'est-ce pas aussi avec une intention secrète qu'il s'était
appliqué à dissiper la fâcheuse impression qu'avait produite sur
les amis weimariens de Wieland sa farce insolente *Dieux, Héros
et Wieland*, et qu'il était allé jusqu'à écrire à sa victime une
lettre d'humoristiques excuses[2]? Le souci que, par ailleurs,
il prend de l'opinion que le comte Görtz, le précepteur de
Charles-Auguste, a de lui[3], la hâte qu'il met à prouver que la
farce médiocre *Prométhée, Deucalion et ses critiques*, qu'on lui
a généralement attribuée, n'est pas de lui, mais de son ami
Wagner[4], la préoccupation qu'il montre de rester en rapports
avec la cour de Weimar par l'intermédiaire de Knebel, nous
semblent autant de preuves que, dès l'origine, Gœthe avait espéré trouver à Weimar ce que Francfort ne pouvait lui fournir,
une situation honorable et à sa convenance. Le duc ne lui
avait sans doute pas donné d'assurances précises, mais il lui
avait vraisemblablement laissé entrevoir qu'il méditait plus
d'un changement dans le gouvernement qui lui était transmis.
Fatigué de la longue tutelle où l'avaient tenu sa mère et Görtz,
orgueilleux de son rang, violent, peu accessible aux conseils,
peu respectueux pour le cérémonial et la tradition, Charles-
Auguste s'était probablement promis de rajeunir son entou-

---

de ses talents juridiques et surtout de son esprit d'indépendance qui lui rendrait
pénible l'apprentissage de la subordination politique.

1. *Mémoires*, III, 15, p. 185. — 2. *Ibid.*, III, 15, p. 190. — 3. A Knebel,
28 déc. 1774. — 4. Au même 14 avril 1775.

rage ; il n'avait pas dû le cacher à Gœthe, et celui-ci pouvait croire, étant donnée la bonne impression qu'il avait produite sur l'esprit du jeune prince, qu'il lui serait réservé un rôle à la nouvelle cour. Le peintre Kraus, un compatriote, actuellement professeur de dessin à Weimar, en lui décrivant les choses et les gens de ce coin de Thüringe, lui avait tout récemment assuré qu'on désirait l'y voir [1].

En attendant que l'avenir justifie ce qui était peut-être son espoir secret, le futur ministre se conduit, dès son arrivée, en étudiant et scandalise comme à plaisir les vieilles perruques et les bourgeois arriérés de la petite capitale du duché de Weimar [2]. Sans paraître éprouver la moindre surprise à se trouver soudain transporté de la grande ville riche et si vivante qu'il quittait dans ce gros bourg de six mille âmes, aux maisons basses, aux rues étroites, sans industrie et presque sans commerce, à l'écart des grandes routes où les nouvelles allaient vite, il s'abandonne tout entier aux joies de l'heure présente. Inconsciemment, il jette sur la réalité mesquine le tissu léger de l'illusion poétique ; il se déclare ravi, il s'accommode sans effort au milieu de la cour, ou plutôt il l'accommode à son goût. Le duc adopte le costume à la Werther de son nouvel ami et force ses courtisans à l'imiter [3] ; à l'exemple de Gœthe il se met à patiner, et ce jeu, dédaigné jusqu'alors par la noblesse de Weimar, comme vulgaire, fait bientôt fureur [4].

La duchesse Louise, malgré la fraîcheur de ses dix-huit ans,

---

1. *Mémoires*, IV, 20, p. 20. — 2. Sur les débuts de Gœthe à Weimar et sur Weimar, cf. particulièrement : A. Schöll, *Gœthe in Hauptzügen seines Lebens und Wirkens*, Berlin, 1882 ; Düntzer, *Gœthes Eintritt in Weimar*, Leipzig, 1883, — *Gœthe und Karl-August*, Leipzig, 1888 (2te Aufl.) ; K. von Beaulieu-Marconnay, *Anna Amalia, Carl-August und der Minister von Fritsch*, Weimar 1874 ; H. Burkhardt, *Aus Weimars Culturgeschichte* (1750-1880), Die Grenzboten, 21-28 avril 1871 ; A. Diezmann, *Gœthe und die lustige Zeit in Weimar*, Weimar, 1900 ; W. Bode, *Amalie Herzogin von Weimar*, Berlin, 1909, I Das vorgœthische Weimar, II Der Musenhof der Herzogin Amalie ; El. von Bojanowski, *Louise Grossherzogin von Sachsen-Weimar*, Stuttgart, Berlin, 1905 ; A. Bossert, *Essais sur la littérature allemande*, 2e série, Paris, 1910. — 3. Diezmann, *op. cit.*, p. 10. — 4. Riemer, *Mittheilungen über Gœthe*, Berlin, 1841, II, p. 20.

était froide, hautaine ; elle avait conservé de son long séjour à
la cour de Russie auprès de sa sœur, la grande-duchesse Paul,
un amour excessif de l'étiquette et des convenances mondaines ; elle était peu rieuse, rien moins qu'expansive et, par nature, elle était portée à la mélancolie. Par contre, sa belle-
mère la duchesse Amélie, qui, à trente-six ans, venait de
déposer la régence que depuis 1759 elle exerçait au nom de
son fils, n'avait, en se démettant du pouvoir, rien abdiqué
de son influence ; elle restait le centre de la société weima-
rienne. Ennemie de toute contrainte, indifférente à l'étiquette,
elle était passionnée de toilettes brillantes, de beaux bijoux, de
bals masqués, de musique, de théâtre, surtout d'opéra, et si
sa belle-fille se montra tout de suite effarouchée et choquée par
la pétulance du jeune poète, elle, en fut charmée. Le duc était
fougueux, rude, grossier de mœurs et de langage, avide de
plaisirs violents, et plus dédaigneux encore que sa mère des
entraves de l'étiquette ; il s'enthousiasma, dès l'abord, pour
l'exubérance géniale de son invité. Son frère, le prince Constantin, maladif, marqué de bonne heure du sceau de la mort,
était moins impétueux, mais il aimait la joie de toute l'ardeur
d'un poitrinaire. Autour d'eux se groupait un essaim bour-
donnant de courtisans, de nobles dames ou demoiselles, de
beaux esprits[1] qui, par tempérament ou par devoir, faisaient
chorus avec leurs maîtres.

Sauf la duchesse Louise et quelques grincheux ou envieux,
tout le monde, au moins dans l'entourage immédiat des princes, fut vite gagné par l'entrain inépuisable, la bonne humeur
débordante du jeune Docteur, ainsi qu'on l'appelait, par son
inlassable ingéniosité à trouver toujours quelque divertissement

---

1. Ce sont : Wieland, l'ancien précepteur de Charles-Auguste et de son frère,
l'auteur de *Don Sylvio de Rosalva* (1764), de *Musarion* (1768-70), de l'*Idris*
(1768), du *Nouvel Amadis* (1771), du *Miroir d'or* (1772, des *Abdéritains*
(1774), le directeur du *Mercure allemand* ; Bertuch, qui vient de traduire *Don
Quichotte* (1775) ; von Einsiedel, musicien et poète d'un talent superficiel, mais
aimable et souple ; le baron de Seckendorf, compositeur et auteur dramatique ;
von Knebel, précepteur du prince Constantin, traducteur estimable des classiques latins. Cf. Bode. *op. cit.*, chap. III.

nouveau ou à rajeunir les anciens, par sa surprenante fécondité poétique, par son étonnante endurance physique. C'est
une ronde endiablée de bals, de parties de traîneaux, de mascarades, de danses aux flambeaux sur la glace, de chasses, de
chevauchées nocturnes, où Gœthe tient le premier rang. Le
brave Wieland lui-même avait, dès qu'il avait vu Gœthe,
oublié ses rancunes et lui avait cédé de grand cœur la place
de grand favori qu'il occupait à la cour; « Je suis relevé de
mon poste » écrit-il à Merck, l'année suivante[1]. Il se déclare
ébloui, fasciné et moins de huit jours après l'arrivée de son
génial adversaire il dit à Fritz Jacobi : « Mon âme est pleine
de Gœthe comme une goutte de rosée l'est du soleil levant[2]. »

Dans ce tourbillon de fêtes et de visites aux cours voisines,
où le duc produit complaisamment l'auteur de *Werther*, Gœthe,
de son côté, se sent comme le poisson dans l'eau. Dès le
22 novembre, il écrit à Johanna Fahlmer : « Ma vie est comme
une partie de traîneau; mes jours fuient rapides, au bruit
joyeux des clochettes, ainsi qu'en une délicieuse promenade.
Que me réserve l'avenir ? Dieu le sait qui me soumet à ces
épreuves… j'ai foi que tout s'arrangera pour le mieux. » De
temps à autre la pensée de Lili et de Max traverse son esprit ;
« Ecrivez-moi donc ce que devient cette malheureuse Max »,
demande-t-il à Johanna Fahlmer[3], et il confesse au duc, dans
une lettre qu'il lui écrit fin décembre de Waldeck[4], que, tout
en chevauchant dans la nuit, il s'est surpris à penser au passé,
à sa destinée, à ses amours, et qu'il s'est écrié, en songeant à
Lili : « Douce Lili, tu fus si longtemps toute ma joie et tout
mon chant. Hélas ! tu es maintenant toute ma douleur, mais tu
es toujours tout mon chant. » Pourtant, au moment où il exhale
cette plainte, une nouvelle inclination s'est déjà insinuée en
lui, qui bientôt fera pâlir et s'effacer les silhouettes de ses amies
de Francfort. Il a fait connaissance et s'est épris de la baronne
de Stein, la femme du grand-écuyer de la cour, dame d'honneur de la duchesse Amélie.

1. 27 mai 1776. — 2. 10 nov. 1775. — 3. 22 nov. — 4. 23-26 déc.

D'ailleurs, à mesure que les jours et les semaines passent, la perspective d'un retour possible à Francfort lui paraît de moins en moins vraisemblable. Comment le duc, qui le tutoie, qui ne peut se passer de lui, qui, souvent, dans les parties de chasse, lui fait partager sa couche, le laisserait-il partir ? Si ce n'est qu'au milieu de février 1776 que Charles-Auguste annonce à son premier ministre Fritsch son intention de faire entrer dans le Conseil secret le D[r] Gœthe à titre d'assistant, il est fort probable qu'il a dit bien plus tôt à celui-ci sa volonté de le retenir. En effet, dès le début de janvier, Gœthe écrit à Merck[1] : « J'espère que tu apprendras bientôt que je sais jouer mon rôle sur le *Theatro mundi* et que je me comporte assez bien dans toutes les farces tragi-comiques » ; et quelques jours plus tard[2] : « Me voici engagé à fond dans toutes les affaires de la cour et de la politique, et j'aurai maintenant grand'peine à partir. Ma situation est avantageuse et les duchés de Weimar et d'Eisenach sont, à tout prendre, une scène suffisante pour quelqu'un qui veut voir quelle figure il peut faire dans la politique. » Déjà son influence sur le duc s'est utilement exercée. Il a décidé celui-ci à appeler Herder et, malgré l'opposition très vive des courtisans et du Consistoire, il réussit en effet à le faire nommer, dans le courant de février, surintendant général. La présence de Herder à Weimar ne pouvait que lui rendre plus désirable d'y rester lui-même. Tout, d'ailleurs, lui paraît préférable au retour à Francfort. Annonçant à Joh. Fahlmer[3] la nomination de Herder, il ajoute : « Il est bien probable que moi aussi je resterai ici ; je jouerai mon rôle de mon mieux, aussi longtemps que j'y trouverai plaisir et que le Destin le voudra. Quand cela ne devrait durer que quelques années, cela vaudra toujours mieux pour moi que la vie oisive que je menais à la maison, où, malgré la meilleure volonté, je ne puis pas travailler. Ici, j'ai en somme deux duchés pour m'agiter. En ce moment, je me contente d'apprendre à connaître le pays et j'y prends grand intérêt. » Enfin, le 19 février, le sort

1. 5 janvier, 1776. — 2. 22 janvier. — 3. 14 février.

en est jeté, il reste. Le 6 mars, il le mande à Lavater : « Me voici maintenant pour tout de bon embarqué sur la mer du monde, fermement résolu à faire des découvertes, à en tirer profit, à lutter, à échouer, où à me faire sauter avec toute la cargaison. » Le même jour il charge sa « bonne tante » Fahlmer de réclamer, pour lui, à son père la dot que celui-ci lui doit pour son établissement. Le 16, son compagnon de voyage de Francfort à Weimar, von Kalb, demandait solennellement, au nom du duc, aux parents de Gœthe la permission pour leur fils de rester à Weimar[1]. Il leur disait que le duc ne pouvait renoncer à son nouvel ami, qu'il voulait, avec leur consentement, le retenir près de lui comme Conseiller secret de légation au traitement de 1.200 Thalers et qu'il lui laissait la liberté pleine et entière d'abandonner son service, quand il le voudrait. Gœthe n'avait pas, en effet, voulu se lier de façon irrévocable. A la veille de s'engager, il avait spécifié à Merck[2] qu'il ne le ferait qu'à la condition de pouvoir, à toute heure, reprendre son indépendance. Après avoir échappé aux chaînes de l'amour et du mariage, il redoute celles non moins tyranniques de l'amitié et de la politique. Nous le verrons, par la suite, souligner souvent que seul le sentiment que sa liberté dépend de sa propre volonté lui donne le courage nécessaire pour supporter le fardeau dont il s'est chargé. Le 22 avril, le duc met le comble à ses vœux en achetant et en faisant arranger pour lui une humble maisonnette isolée, avec jardin, aux bords de l'Ilm, hors ville. Le jour suivant, le ministre Fritsch et le Conseil apprenaient officiellement la résolution du duc de s'attacher définitivement le D[r] Gœthe. Fritsch fit des objections, offrit sa démission, les vieux courtisans, les fonctionnaires de carrière protestèrent ; mais soutenu par sa mère, le duc tint bon : il refusa la démission de son ministre, imposa silence aux mécontents, nomma définitivement son favori membre du Conseil par décret du 11 juin et l'installa le 25 juillet en ses nouvelles fonctions. Gœthe, ravi, écrit aux Kestner[3] : « Le duc avec

____

1. Cit. Riemer, *op. cit.*, II, p. 25. — 2. 22 janvier. — 3. 9 juillet 1776.

lequel depuis près de neuf mois je vis en intime et sincère communion de sentiments, m'a enfin attaché à son gouvernement. Nos amourettes ont abouti à un mariage ; que Dieu le bénisse ! » Sûr de l'appui du duc, Gœthe peut dédaigner les jaloux ; sa barque aventureuse l'a mené plus rapidement au port qu'il ne pouvait l'espérer.

Ses ennemis pourtant ne désarmaient point ; ils propageaient secrètement les bruits les plus fâcheux sur les rapports du duc et de son favori et s'évertuaient à montrer combien était funeste l'influence de Gœthe sur son maître. Dès le mois de mai, Klopstock, se faisant le porte-voix du parti hostile au poète, lui écrivait une lettre à la fois véhémente et triste, pour lui reprocher d'aider le duc à ruiner sa santé, d'être la source indirecte des tourments de la duchesse Louise, de faillir à la noble mission d'éducateur de prince que le hasard lui a confiée. Gœthe, oubliant sa déférence passée pour l'auteur de la *République des Savants*, lui répond, par un laconique mais expressif billet, qu'il n'a que faire de ses reproches et qu'il ne lui convient pas plus de se justifier que d'entonner un « Pater, peccavi[1] ». Avait-il le droit de repousser de si hautaine façon l'appel touchant qu'adressait à sa conscience le vénérable chantre de la *Messiade* ?

En fait, le *Journal* et les *Lettres* de 1776 nous le montrent menant une vie extrêmement agitée et en apparence fort dissipée. Sa grande affaire paraît toujours être d'amuser le duc et la cour. Il est le directeur, régisseur et premier acteur du théâtre d'amateurs, et il montre un zèle inlassable à organiser des représentations non seulement à Weimar, mais dans les châteaux ou rendez-vous de chasse de Belvedère, Ettersbourg, Tiefurt. Il est l'inséparable compagnon du duc ; on se dit tout bas à l'oreille que les deux amis s'enivrent souvent de compagnie ; on va même jusqu'à insinuer qu'ils ont une maîtresse commune. Selon un mot de Wieland à Merck[2], il fait la pluie et le beau temps et, comme il le dit lui-même : « la

----

1. 21 mai. — 2. 27 mai 1776, cit. Riemer, *op. cit.*, II, p. 27.

chaîne des joies se déroule à travers les cinquante-deux semaines[1]. »

Mais ceci n'est que l'apparence ; Wieland nous en fournit le
précieux témoignage quand il écrit à Merck[2] : « Sans doute,
Gœthe, dans les premiers mois, a souvent scandalisé la plupart
des gens (moi, jamais) par ses manières et donné prise au diable. Mais depuis longtemps déjà et dès le moment où il a été
décidé de se vouer au service du duc et à ses affaires, il s'est
conduit avec une sagesse parfaite et assez d'habileté. » Une
fois pris dans l'engrenage et après avoir reconnu que le génie
seul ne tient pas lieu des connaissances nécessaires à un
homme d'affaires, Gœthe, en effet, s'était mis sérieusement à
l'œuvre. Il n'avait pas tardé à reconnaitre qu'elle était plus
rude qu'il ne se l'était imaginé ; ses lettres et billets à sa
grande confidente, Mme de Stein, ainsi que son *Journal*, nous
en donnent maintes preuves. De jour en jour son activité
d'abord vague et amusante, se précisait ; aux folles chevauchées
entreprises à travers le pays sous prétexte d'apprendre à le
connaître, agrémentées de chasses et de danses avec les jeunes
paysannes, aux travaux de plein air pour l'établissement du
parc, à l'organisation des représentation du théâtre d'amateurs,
ou aux intéressantes expériences pour la reprise de l'exploitation de la mine d'argent d'Ilmenau, avaient succédé les longues séances dans les bureaux, les fastidieuses lectures d'actes,
les pénibles vérifications de comptabilité, et c'est souvent bien
las et découragé qu'il avait cherché un refuge dans sa maisonnette solitaire ou dans le boudoir de Mme de Stein. Par
degrés, la direction générale des affaires du duché passait
entre ses mains. En octobre 1776 il était nommé officiellement
directeur du théâtre de la Cour ; en février 1777 le duc lui
confiait la présidence de la Commission d'architecture pour la
reconstruction du château ; en janvier 1779 il prenait la direction de la Commission de la guerre ; quelques jours après celle
de la Commission des ponts et chaussées, ce qui le fait appeler

1. *Die Lustigen von Weimar*, Lyr. Ged. Hempel, B^d I, p. 95. — 2. 24 juillet.

par Herder « Pontifex maximus[1] » ; enfin, le 11 juin 1782, après l'avoir fait anoblir par l'empereur Joseph II[2], le duc lui donnait la présidence effective sinon nominale du département des finances, le plus difficile et le plus important. Moins de sept ans après son arrivée à Weimar, le voilà donc en réalité le premier fonctionnaire du duché après le duc ; selon le mot de Knebel, il en est « l'épine dorsale ».

Au moins au point de vue extérieur, il a tenu la promesse qu'il s'était faite à lui-même dans sa lettre du 20 septembre 1780 à Lavater : il a élevé aussi haut que possible la pyramide de son existence. Quatre années encore il continuera de mener cette vie prodigieusement active et riche en soucis, et il y trouvera tour à tour toutes les griseries, mais aussi tous les désenchantements de l'activité publique. Peu à peu, en effet, à mesure que l'ardeur de son sang se calmait, que ses relations avec le duc devenaient moins intimes, que s'émoussait sa curiosité des choses de la politique, que l'intérêt nouveau qu'il prenait aux recherches scientifiques le ramenait indirectement mais sûrement aux soucis littéraires, le fardeau dont ses épaules étaient chargées lui semblait plus lourd, sa belle humeur première s'assombrissait, son entrain disparaissait et, un beau jour de septembre 1786, las d'user ses forces en tâches qui, maintenant, lui semblent vaines, il rejette résolument ses chaînes volontaires et s'enfuit en Italie.

Cette période de la vie de Gœthe, dont nous venons de rappeler les grandes lignes extérieures, est, du point de vue de l'évolution morale du poète, assurément la plus riche et la plus tragique des phases diverses de sa longue existence. A certains égards, elle mériterait, bien plus que la période précédente d'être appelée une période d'« orage et de lutte », car Gœthe, au prix de nombreuses et pénibles épreuves, y apprend l'art difficile de se vaincre.

---

1. Cf. Riemer, *op. cit.*, II. p. 81. — 2. Cf. à Ch. v. Stein, 18 nov. 1781, 4 juin 1782.

II.

En dépit des petits déboires de son enfance, des crises de
sentiment ou de pensée de son adolescence, Gœthe n'a eu, en
somme, avant son arrivée à Weimar, qu'à se louer de l'existence. A l'âge où les jeunes hommes commencent à peine de
s'éveiller à la pensée personnelle, il a connu déjà toutes les
joies et tous les orgueils de la création poétique. Il domine la
vie, car des blessures qu'elle lui inflige, il sait faire jaillir des
œuvres immortelles et, comme son Egmont, il exerce sur les
hommes un irrésistible attrait. Ne vient-il pas encore de faire
l'expérience de son action « démonique » sur ses semblables,
dès son arrivée à Weimar? Tous ceux qui l'approchent y sont
sensibles ; ceux-là même qui lui résistent rendent involontairement hommage à sa puissance de séduction, en en déplorant
les effets. Il semble un jeune dieu, et sa marche triomphale ne
paraît pas connaître les obstacles ; sa destinée est radieuse et
surprenante.

Aussi, au début, tout à l'ivresse de son prodigieux succès à
la cour de Weimar, ne se lasse-t-il pas de dire sa joie et
laisse-t-il voir naïvement l'orgueil qu'il en éprouve. « Je suis
ici comme au milieu de ma famille, tout va au mieux de mes
désirs » écrit-il à Lavater[1] ; à Anna-Louise Karsch il déclare que
sa situation est la plus heureuse qu'une imagination humaine
puisse se représenter[2] ; dans une lettre collective à sa mère,
à Joh. Fahlmer et à l'ami Bölling, il se dit aussi heureux et
content qu'un homme peut l'être[3] ; le duc et lui s'aiment chaque jour davantage[4] ; tous ses désirs se réalisent d'eux-
mêmes[5] ; le Destin l'a traité comme un enfant, en lui donnant
petit à petit toutes sortes de joies et en lui laissant le temps de
les goûter à fond[6]. Le 2 avril 1780, après avoir longuement

1. 21 déc. 1775. — 2. 11 sept. 1776. — 3. 6 nov. — 4. A Merck, 22 nov. —
5. A Lavater, 8 janv. 1777. — 6. A Ch. v. Stein, 7 nov. 1777.

causé avec von Kalb, le président du département des finances, qui, inférieur à sa tâche et pressentant sa disgrâce prochaine, lui a laissé voir son accablement, il note dans son *Journal* qu'il a le vertige en se voyant si haut, au faîte du bonheur, et qu'il lui vient souvent l'envie de jeter comme Polycrate son bijou le plus précieux à la mer. En 1781 encore, il assure à sa mère[1] qu'en dépit des jugements pessimistes de Merck et des autres, sa situation est la meilleure qu'il puisse rêver. On ne voit que ce qu'il sacrifie, on ne voit pas ce qu'il gagne. A Francfort, il n'aurait rien fait qui vaille, car il y avait entre l'étroitesse du milieu et l'ampleur de ses aspirations une trop grande contradiction. En décembre 1783[2], il lui affirme de nouveau qu'il ne peut s'imaginer de place qui lui convienne mieux que celle qu'il occupe.

Mais la piété filiale, le désir de faire croire à sa mère qu'il est heureux, peut-être la volonté de s'illusionner lui-même guident sa plume plus que sa conviction intime, car en 1783, et même déjà en 1781, il y a longtemps qu'il a perdu sa belle humeur primitive et qu'il a connu les désillusions amères.

Dès novembre 1776, dans cette même lettre où nous l'avons entendu dire son bonheur à sa mère et à tante Fahlmer, il ne peut dissimuler qu'il a déjà fait plus d'une expérience fâcheuse, qu'il a eu déjà fort à souffrir des passions, des sottises et des faiblesses de l'humanité en raccourci qui l'entoure. Ses lettres de février 1777 nous le montrent se réfugiant dans la solitude de sa maisonnette pour échapper à la vie sotte et folle qui s'agite autour de lui. Un voyage à Berlin en mai 1778, le spectacle d'une grande ville et d'une grande cour augmentent sa misanthropie. Jusqu'ici, écrit-il à Mme de Stein[3], son âme a été comme une ville ouverte, mais maintenant il la fortifie, car il sent chaque jour se flétrir davantage en lui la fleur de la confiance, de la sincérité et de l'amour désintéressé ; quelques mois plus tard[4], il dit à son amie qu'il se sent à l'aise dans ses fonctions à peu près autant que les poissons dans la

---

1. 11 août. — 2. 7 déc. — 3. 17-24 mai. — 4. 28 sept.

poêle. En février 1779 commencent d'apparaître dans ses lettres, avec régularité, les plaintes sur le poids des charges qu'il a assumées ; elles sont d'abord discrètes comme dans cette lettre du 2 à Mme de Stein, où il demande à Dieu de pouvoir jouir pleinement des joies printanières que lui donne son jardin, loin de la poussière de la cour et des paperasses. Mais après sa fugue en Suisse avec le duc[1], elles se font plus précises, plus fréquentes et plus âpres. Ses genoux semblent souvent vouloir plier sous lui, tant la croix, qu'il est presque seul à traîner, est lourde[2]. Dieu lui donne, en expiation de ses propres péchés, les péchés des autres à porter[3] ; il est comme le bouc qui doit porter dans le désert les péchés de la communauté[4]. Sans doute il peut dire à Lavater, le 3 novembre 1780 : « Le duc se développe chaque jour davantage et c'est pour moi la plus grande des consolations » ; mais à Mme de Stein, il répète sur tous les tons qu'il a besoin de tout son amour pour ne pas succomber sous son fardeau[5]. En décembre 1781, nous l'entendons commencer à se plaindre du duc. Trouver le bon chemin pour soi, se lamente-t-il, n'est pas encore trop difficile, mais le trouver pour les autres et en commun avec d'autres est presque impossible[6]. Il est fatigué de divertir autrui, il soupire après la fin du carnaval[7]. Les tournées d'inspection à travers le duché lui montrent partout la misère, il se désole de son impuissance[8] ; les folies dispendieuses et inutilement harassantes du duc ne lui en semblent que plus déplorables. A côté de son amour pour Mme de Stein, seule la conscience qu'il est toujours en son pouvoir de secouer le joug est capable de lui faire prendre son mal en patience. Malheur à celui qui se laisse attirer par la faveur d'un grand seigneur, hors des voies battues, sans avoir assuré sa retraite[9] !

Sa nomination, en 1782, à la présidence de la Chambre lui rend de l'entrain et quelque confiance. La difficulté de la tâche

---

1. 12 sept. 1779, 7 janv. 1780. — 2. A Ch. v. Stein, 30 juin 1780. — 3. A Ch. von Stein, 18 sept. 1780. — 4. A Knebel, 28 oct. — 5. 16 déc. — 6. A Ch. v. Stein, 20 janv. 1782. — 7. A Ch. v. Stein, 12 fév. — 8. Cf. lettres avril. — 9. A Ch. v. Stein, 12 avril.

stimule son ardeur. Son prédécesseur a laissé un beau gâchis, il lui faudra bien sacrifier deux ans de sa vie pour remettre les affaires en ordre ; pourtant, il se sent l'âme joyeuse parce qu'au moins maintenant il est seul responsable et qu'il n'en sera plus réduit à souhaiter le bien et à ne le faire qu'à moitié, à détester le mal et à être forcé de le supporter[1]. Mais le premier enthousiasme dure peu. Dès le mois qui suit sa nomination, les plaintes recommencent. Pendant toute l'année 1783, il se lamente sur la sottise des gens, sur la difficulté de changer les dissonances en harmonie[2]. De temps à autre, un rayon de soleil vient égayer la tristesse de ses jours, il a des sursauts d'optimisme[3], mais ils se font de plus en plus rares, et, comme un leit-motif, revient dans les lettres à Mme de Stein l'assurance que sans elle il secouerait son joug[4]. En septembre 1785, il confesse à Jacobi que tout son travail n'a guère de résultats : « C'est une maudite navigation que celle où, à chaque instant, on rencontre des places sans eau, où il faut descendre et tirer après soi le bateau qui devrait nous porter[5] » ; et, en juillet 1786, il écrit à Mme de Stein que celui qui s'occupe de politique sans être prince régnant, doit être un imbécile, un fripon ou un fou[6].

En fait, il est bien forcé, d'avouer, aux heures de sincérité et de calme examen, que ce vaste effort de près de onze années est loin d'avoir porté les fruits, qu'il s'était flatté de lui faire produire.

Sans doute, il a pris quelques mesures utiles, il a réussi à forcer le duc à réduire les dépenses exagérées de la cour, à diminuer son inutile et coûteuse petite armée ; il a amélioré le système des eaux et des routes, il a enrichi et perfectionné les établissements artistiques et scientifiques placés sous sa direction[7], mais vraiment les résultats pratiques qu'il a obtenus ne sont pas en rapport avec ses ambitions, et il est loin d'avoir

---

1. Cf. à Knebel et à Merck, 16-27 juil. — 2. A Ch. v. Stein, 23 avril 1783. — 3. A Knebel, 21 avril ; à Ch. v. Stein, 16 juin. — 4. Cf. par ex. 23 nov. — 5. 26 septembre 1785. — 6. 9 juillet 1786. — 7. Cf. Düntzer, *Gœthe und Karl-August, passim,* et surtout A. Schöll, *Gœthe in Hauptzügen seines Lebens und Wirkens,* chap. III (*Gœthe als Staats-und Geschäftsmann*).

réalisé tous ses espoirs. Il n'a pas réussi à fonder à Weimar cette Académie de haute culture dont il avait rêvé[1] ; il a vu échouer ses projets de meilleure distribution de la propriété foncière. Le duc lui-même en qui il avait espéré trouver un élève docile et un soutien assuré, a bientôt échappé à son influence. Si, à diverses reprises, il a pu se faire illusion[2], il s'est bien vite rendu compte que le duc avait une nature trop personnelle, trop passionnée, pour s'accommoder longtemps d'une tutelle, fût-elle aussi habile et souple, aussi déguisée que la sienne. D'année en année, Charles-Auguste s'est montré moins disposé à accepter les remontrances de son favori, et celui-ci se voit obligé d'assister impuissant à ses débordements amoureux et à ses expériences de grande politique. Tandis que mûri par l'expérience des affaires et des hommes, par les épreuves de son amour pour la baronne de Stein, par l'étude de la Nature et la réflexion philosophique, Gœthe s'achemine lentement vers la sagesse, le duc reste l'homme du premier mouvement, le prince brutal, impérieux, qui ne sait ni ne veut renoncer à satisfaire un désir ou un caprice, fût-ce au prix du bonheur des autres, au prix même de son propre bonheur domestique[3].

Dans le premier mouvement d'enthousiasme, Wieland s'était promis jadis de si beaux résultats de la présence de Gœthe à Weimar, qu'il avait pu dire : « Si jamais Weimar doit devenir quelque chose de convenable, ce sera grâce à lui[4] » ; maintenant il écrit à Merck, au début de 1784[5], que Gœthe fait bonne figure à mauvais jeu, mais qu'il souffre de sa situation et qu'on dirait qu'un ver secret le ronge. Il voyait juste. Un ver secret rongeait en effet Gœthe : c'était le sentiment que cette activité politique, qui lui prenait le meilleur de son temps et de ses forces, était non seulement vaine en ses résultats tangibles,

---

1. Cf. Schöll, pp. 113-114. — 2. Cf. à Merck, 24 juillet 1776, et Tagebuch, 8 oct. 1777 (der Herzog wird mir immer näher und näher...); 2 août 1779. — 3. Cf. à Ch. v. Stein, 10 mars 1781, 12 nov., 27 août 1782, 21 nov., 26 déc. 1784, août 1786. — 4. A Jacobi. 10 nov. 1775. — 5. Cit. H. Viehoff, *Gœthes Leben*, Stuttgart, 1877, III[ter] Theil, p. 46.

mais surtout qu'elle n'était pas celle qui lui convenait. Dès
1780, il écrivait à Mme de Stein[1] : « Aujourd'hui, je me com-
parai à un oiseau qui, dans un but louable, s'est précipité à
l'eau et dont, comme il était en train de se noyer, les dieux
changent peu à peu les ailes en nageoires. Les poissons qui
l'entourent ont mal à comprendre comment il ne se trouve pas
tout de suite à l'aise dans leur élément. » Deux ans plus tard,
la plainte est plus nette : « Comme je me sentirais mieux, si,
loin des conflits politiques, je pouvais appliquer mon esprit
aux sciences et aux lettres qui sont ma destinée[2] ! » Il n'est pas
né pour être un homme d'état, il est né pour écrire[3]. Ce sentiment va s'accentuant en lui à mesure que les années passent,
et, quand au printemps de 1786 il se décide à réunir ses œuvres
et à en donner une édition complète, de quelle mélancolie ne
dût-il pas se sentir envahir en constatant à quoi se réduisait sa
production poétique depuis son arrivée à Weimar ! Lui qui
jadis, à Francfort, avait senti en lui une source de poésie
si abondante qu'il en avait été presque effrayé, qui avait écrit
son *Götz*, son *Werther* en quelques semaines, qui concevait
presque dans le même instant un *Jules César*, un *Mahomet*, un
Juif errant, un *Prométhée*, qui composait, comme en se jouant,
son impérissable tragédie de Marguerite, qui chantait ainsi que
les autres parlaient, il n'a réussi dans ces dernières années à
mettre au jour que des œuvres médiocres et de courte haleine,
comme *le Frère et la Sœur*, *Lila*, *les Oiseaux*, *Jery et Bätely*,
la Pêcheuse, *le Triomphe de la Sensibilité*, ou d'insignifiantes
comédies-ballets et mascarades. Ses grands drames commen-
cés avant Weimar, *Faust*, *Egmont*, sont restés à l'état de fragments ; les efforts qu'il a tentés pour les achever ont échoué. Il
en a entrepris d'autres, *Tasso*, *Elpenor*, *Iphigénie*, mais il n'a
réussi qu'à terminer *Iphigénie*, et encore n'a-t-il pu trouver
pour ce drame une forme satisfaisante. Il a mis sur le métier un
grand roman, *Wilhem Meister*, mais l'œuvre n'a avancé qu'avec
une extrême lenteur ; une épopée amorcée, les *Mystères*, n'a

1. 13 sept. 1780. — 2. 4 juin 1782. — 3. A Ch. v. Stein, 10 août.

reçu qu'un commencement d'exécution. Son inspiration lyrique, elle-même, n'a donné que des fruits peu abondants, et la valeur de poésies comme le *Chant nocturne du voyageur*, la *Navigation*, le *Voyage dans le Harz en hiver*, les *Bornes de l'humanité*, ma *Déesse*, *Ilmenau*, la *Mission de Hans Sachs*, le *Chanteur*... ne peuvent faire oublier qu'elles s'espacent à travers dix longues années. Et l'on comprend sans peine l'impatience fébrile avec laquelle Gœthe, une fois décidé à renoncer à la politique, attendit, en 1786, le moment de pouvoir de nouveau vivre pour la poésie et pour lui-même, pour sa vraie mission.

III.

A travers les épreuves de tous genres de cette période à la fois si vide et si pleine, Gœthe n'a pas, en effet, perdu de vue l'idéal qu'il avait aperçu déjà à Francfort : enrichir, autant qu'il est en son pouvoir, sa puissante individualité. La conscience plus ou moins nette, selon les moments, que son activité politique, pour si vaine qu'elle puisse paraître aux autres et que parfois il la juge lui-même, sert à son développement total, n'est pas une des moindres raisons parmi celles qui si longtemps lui firent supporter, avec une relative patience, les graves inconvénients de sa situation officielle.

Suivre dans le menu détail, au jour le jour, la marche capricieuse de sa lente ascension vers le mieux serait captivant et instructif mais nous entraînerait à d'excessifs développements ; nous n'en retiendrons que les faits les plus saillants et les plus typiques.

Pendant les premiers mois de son séjour à Weimar, Gœthe n'a ni le temps ni le souci de méditer sur lui-même et sur le monde. Il s'abandonne, nous l'avons vu, au tourbillon des plaisirs, sans résister et, semble-t-il, avec une joyeuse complaisance. L'inquiétude que trahissent ses lettres du début de 1776 vient assurément bien moins des scrupules qui peu-

vent naître de la vie qu'il mène que de l'incertitude où il est
sur la question de savoir s'il restera ou non à Weimar. Mais
dès qu'il est décidé qu'il ne retournera pas à Francfort, nous
l'entendons dire sa volonté de jouer sérieusement son nouveau
rôle et d'en tirer le plus grand profit possible pour lui-même.
Il a le sentiment qu'il commence de vivre une nouvelle existence, non seulement au point de vue matériel, mais aussi au
point de vue moral.

Jusqu'ici, en effet, il a vécu en marge de la vraie vie, sans
soucis pratiques urgents. Grâce aux conditions sociales favorables où sa naissance l'a placé, il a pu mener, à peu près à
sa guise, l'existence qui lui convenait ou du moins qui était
le plus propice à son libre développement. Pourtant, nous
l'avons vu, à Francfort déjà, reconnaître que tous ses rêves
n'étaient pas réalisables et concevoir la nécessité de la limitation et de la mesure. A Weimar, il se rend très vite compte
de lui-même, et grâce aussi aux leçons de son amie, la baronne
de Stein, que la cour était un milieu où on ne peut impunément, à la longue, mépriser les règles de l'art de vivre, et il
les apprend. Le spectacle des excès du duc et de leurs funestes
conséquences lui montre, par ailleurs, qu'il est fou et dangereux de vouloir se mettre au-dessus de la loi. L'obligation que
ses fonctions officielles lui imposent de s'astreindre à un travail
suivi et méthodique, de se soumettre à une discipline rigoureuse, lui inspirent le respect et lui donnent le goût de la règle.
Il n'est pas jusqu'à son étroite maisonnette des bords de l'Ilm,
à ses modestes travaux de jardinage, qui ne lui donnent le
sentiment de la stabilité, et ne contribuent à lui enseigner la
vertu de la patience et le charme de la médiocrité. Sa lettre
du 22 juillet 1776 à Mme de Stein semble marquer son premier
pas vraiment conscient dans la voie de la modération : « Se
limiter, borner ses besoins réels à un objet ou au moins à un
petit nombre d'objets... cela seul fait le poète, l'artiste,
l'homme. » Il ne peut se soustraire aux obligations mondaines,
il participe à la vie folle dont le tourbillon l'entraîne, mais
très tôt il marque que c'est à son corps défendant qu'il hurle

avec les loups; il souffre du trouble où il est, il aspire à la
pureté[1]. Sous le prétexte d'aller voir un malheureux candidat
en théologie de Wernigerode, le jeune Plessing, qu'il soutenait de sa bourse et de ses bons avis, il entreprend en plein
hiver un voyage pénible dans le Harz; il va demander apaisement et conseil à la Nature. Il y rencontre des gens simples
menant dans un milieu borné une vie active et utile, invaria-
blement réglée; cela le convainc de la sagesse de son désir de
limitation et lui produit, dit-il, l'effet d'un bain réconfortant[2].
Son aversion pour le monde augmente à proportion que s'accroît son besoin de pureté. La société berlinoise, nous l'avons
déjà signalé, le froisse, l'irrite; la farce de la vie lui paraît
d'autant plus écœurante que la scène où elle se joue est plus
grande, et, malgré tout ce que ce voyage à Berlin lui apporte
d'enseignements, il est impatient de retrouver sa calme demeure[3]. L'apaisement se fait peu à peu en lui; chaque jour il
apprend à se replier davantage sur lui-même et s'en trouve
bien. « Je vis avec les hommes de cette terre, je mange, je
bois, je plaisante aussi à l'occasion avec eux, écrit-il à
Mme de Stein[4], mais je m'aperçois à peine de leur présence,
car ma vie intérieure suit sa courbe, sans que rien puisse l'en
détourner. » « C'est une belle chose que la solitude, quand on
vit en paix avec soi-même et qu'on a une tâche précise[5]. » En
septembre il s'en va en Suisse avec le duc et il se promet,
pour son maître et pour lui, les meilleurs effets de la vie qu'il
compte vivre, loin de la cour, au sein de la Nature[6]. Il revoit
les lieux où il a passé sa tumultueuse jeunesse, il revoit aussi
les femmes qu'il a aimées et qu'il a fait souffrir, Frédérique,
Lili; il est délicieusement surpris de les trouver bonnes et
accueillantes, de lire son pardon dans leurs yeux, et il les quitte
ravi à l'idée qu'il pourra désormais penser sans remords au
coin de terre où elles vivent[7]. Une fois en Suisse, la vue des
montagnes, sereines dans leur immobile majesté, fait entrer à

1. Cf. *Journal*, nov. 1777, éd. Weimar, III, 1, p. 52. — 2. A Ch. v. Stein,
9 déc. 1777. — 3. A la même, 21 mai 1778. — 4.-5. A la même, 2, 4 mars 1779.
— 6. A la même, 24 sept. — 7. A la même, 26-27 sept.

flots le calme en son âme ; le pressentiment de la simple et
grandiose formation des masses gigantesques lui fait une bienfaisante impression de solidité et d'éternité : « Ici, on le sent profondément, rien n'est capricieux, tout est loi éternelle aux lents
effets[1]. » Les quelques jours qu'il passe avec Lavater, à Zürich,
lui sont comme une cure morale et il espère qu'il en ressentira
longtemps les bons effets. Jamais il n'a éprouvé aussi vivement
le vide et la vanité du monde que dans le cercle de famille de
ce pasteur aux allures de patriarche[2]. Aussi, au sortir de cette
atmosphère à tous égards si vivifiante, trouve-t-il étouffant l'air
des cours de Darmstadt et de Hombourg, par où il passe au
retour ; le peuple des courtisans lui semble plus odieux que
jamais et, une fois pour toutes, il ne veut plus rien avoir de
commun avec lui[3]. Rentré à Weimar, il reprend sa lourde
tâche avec une résignation presque joyeuse, car, en dépit de ses
accès de découragement, de ses crises de pessimisme[4], malgré,
selon sa propre expression, ses oscillations encore fréquentes
entre le mal et le bien[5], il a la conscience qu'il progresse dans
la voie de la sagesse. Le 11 août 1780 il répond à Kraft, un de
ses protégés qui s'est inquiété de son état de santé, qu'habitué
à faire chaque jour ce que réclament les circonstances, ce que
lui permettent ses connaissances, ses facultés et ses forces, il
s'inquiète peu du temps que cela durera, et qu'il se répète souvent la parole du sage qui disait que trois heures bien employées
sont suffisantes. — Être sage, c'est donc pour lui maintenant
avoir une exacte connaissance de ses forces et savoir en faire un
judicieux emploi ; c'est apprendre à limiter ses aspirations, c'est
vivre dans le présent et pour le présent, c'est aspirer à la mesure, à l'harmonie ou, suivant un des mots qu'il affectionne à
cette époque, à la pureté[6]. Il veut élever la pyramide de son
existence aussi haut que possible, dit-il à Lavater[7] ; c'est là son
souci dominant ; il n'a pas de temps à perdre car il n'est plus

---

1. A Ch. v. Stein. 3 oct. 1779. — 2. A la même, 30 nov. — 3. A la même,
1, 3 janvier, 1780. — 4. Cf. sept. 1780. — 5. A Lavater, 23 août. — 6. Cf. Ew.
A. Boucke, *Wort und Bedeutung in Gœthes Sprache*, Berlin, 1901, pp. 81,
98-99. — 7. 20 sept.

jeune, et peut-être le destin l'abattra-t-il au milieu de sa course, laissant tronquée et inachevée la tour orgueilleuse ; mais il voudrait, au moins, qu'on puisse dire que le plan en était hardi.

Gœthe ne songe-t-il, ainsi qu'on l'a prétendu[1], en faisant cette audacieuse déclaration, qu'à sa tâche quotidienne, à ses ambitions politiques ? Assurément non. Gœthe a en vue son existence totale. Il veut exploiter toutes les richesses de sa nature, développer tous les éléments de sa personnalité, enrichir son moi par tous les moyens qui sont en son pouvoir. Certes, l'image symbolique de la tour babylonienne est orgueilleuse, et orgueilleux aussi l'esprit qui l'a conçu, mais ce n'est pas un orgueil vulgaire que celui qui tend à réaliser la plus grande perfection où un homme puisse atteindre.

Cette ambition, l'auteur de *Prométhée* l'a eue, sans doute, bien avant 1780 ; mais tandis qu'en 1773 il ne concevait pas de bornes à sa puissance et que, nouveau Titan, il voulait étreindre tout l'univers par ses seules forces, maintenant c'est dans les limites de son pouvoir qu'il veut réaliser l'idéal où il aspire. « La nécessité est chose dure, mais c'est en se soumettant à la nécessité que l'homme peut montrer sa valeur morale. Vivre sans règle est à la portée de tout le monde », écrit-il à Kraft, le 31 janvier 1781. A lui aussi il lui en coûte souvent de se soumettre à la nécessité et il lui faut beaucoup de courage pour ne pas quitter la place et se retirer sous sa tente[2] ; mais il se résigne à porter sa croix, dans le sentiment qu'il le doit et qu'il est utile aux autres. Toute activité probe porte ses fruits[3]. C'est pourquoi il se console de faire le maître de ballet et de perdre tant de temps aux répétitions des mascarades ; tout en semblant badiner, il trouve l'occasion de faire le bien[4]. Grâce à son invincible ténacité, dit-il, il réussit chaque jour davantage à faire œuvre profitable.

Si le succès, à ce point de vue, ne répond pas toujours à son attente, il trouve une compensation à ses déboires dans la

1. A Baumgartner, S. J. *Gœthe, Sein Leben und seine Werke*, Freiburg i. B., 1885, p. 444. — 2. Cf. au duc, 1er juillet 1781. — 3. Cf. à Knebel, 3 déc. 1781. — 4. A Ch. v. Stein, 14 janv. 1782.

pensée que tout ce qu'il fait sert du moins à son propre développement. « Je traite toutes choses comme un exercice,… et comme je suis en veine, tout m'arrive à point,… comme d'autre part je m'applique à tirer le meilleur parti possible de ce que ma fortune me fournit, mon gain quotidien s'accroît et j'en use en bon économe. Si ce que je gagne était de l'argent, j'aurais bien vite ramassé un million[1]. » Il commence à savoir se comporter avec les hommes, il ne leur demande pas plus qu'ils ne peuvent lui donner et ne s'impose pas à eux plus qu'ils ne le veulent[2]. Quand, après avoir reçu la présidence de la Chambre, il s'aperçoit bientôt qu'il s'est fait des illusions sur les résultats pratiques qu'il pourrait obtenir[3], il y puise une nouvelle leçon de renoncement. « Tout favorisé par la fortune que je puisse être, je vis dans un perpétuel renoncement », dit-il à Plessing[4]. Malgré les mille obstacles qu'il trouve sur sa route, la conscience se fortifie en lui qu'il est en bonne voie. « Quelle différence avec les aspirations folles et troubles, avec la recherche inquiète d'il y a quatre ans ! » lisons-nous dans sa lettre du 7 juin 1784 à Mme de Stein. Son aversion pour le trouble, la confusion, son désir d'arriver à la clarté sont si grands, qu'il décline l'invitation que le duc lui adresse de venir le rejoindre à Francfort en décembre de la même année. Comme raison profonde de son refus, il donne qu'il a besoin de calme, de repos pour mener à bien plusieurs tâches et études entreprises, et qu'il se méfie des idées nouvelles qui ne rentrent pas dans le cercle d'intérêts que la destinée lui a assigné. Ainsi que nous le verrons plus en détail, c'est à cette époque qu'il se met à étudier la Nature avec une véritable passion ; il y trouve non seulement un élargissement de son horizon intellectuel, mais aussi de nouvelles ressources et de nouveaux enseignements pour sa moralité[5]. La lecture de Spinoza en compagnie de Mme de Stein[6] contribue puissamment à fortifier

---

1. A Ch. v. Stein, 12 mai. — 2. A la même, 13 mai 1782. — 3. A la même, 11 juillet ; à Knebel, 27 juillet. — 4. A Plessing, 26 juillet. — 5. A Knebel, 2 avril 1785 ; à Ch. v. Stein, 14 avril. — 6. Cf. lettres novembre 1784, février 1786, à Ch. v. Stein.

en lui la conviction, malgré les doutes qui à chaque instant l'assaillent, qu'en apprenant à se vaincre, à se soumettre à la nécessité, en cherchant à tirer profit de ses désillusions elles-mêmes, il est vraiment sur la voie de la sagesse. C'est le sentiment que ses expériences, même les plus fâcheuses, aident à sa formation morale[1], qui lui donne la patience de porter son fardeau si longtemps. Mais un jour vint enfin où il se rendit compte qu'il avait tiré de la politique et du maniement des affaires toutes les leçons qu'il en pouvait tirer, et où il comprit que, pour l'instant au moins, il n'avait plus rien à apprendre à Weimar ; c'est alors qu'il part pour Rome.

Ce qui l'y décide, ce n'est pas seulement le désir devenu maladif de voir le pays béni dont il a si souvent rêvé depuis son enfance, d'échapper pour un temps à la tristesse du ciel gris de la Thüringe, de remettre, au soleil, sa santé ébranlée, d'aller demander aux Anciens, sur leur sol même, le secret de leur esthétique, ce n'est pas seulement le besoin, presque physique, de déposer le fardeau politique que ses épaules se refusent à porter plus longtemps, ou la nécessité d'avoir du calme et des loisirs pour achever l'édition de ses œuvres en voie de publication ; ce n'est peut-être même pas le désir secret, qu'il s'avoue à peine à lui-même, de fuir Mme de Stein, c'est, croyons-nous, à côté de tout cela, le sentiment que le moment décisif est venu pour lui d'achever l'éducation de son moi. Il ne fait sans doute que pressentir vaguement comment il s'y prendra pour mener à bien cette tâche essentielle, mais nous ne pouvons douter que le souci de son propre perfectionnement n'ait été une des raisons principales de son voyage, quand nous l'entendons dire au duc, dans la dernière lettre qu'il lui écrit avant son départ de Carlsbad, qu'il s'en va « pour corriger toutes sortes de défauts et combler toutes sortes de lacunes[2] ». Plus d'une de ses lettres d'Italie nous fera voir que ce n'était point là une formule de commande.

____

1. A Knebel, 30 déc. 1785. — 2. 24 juillet 1786.

Peut-être serait-on tenté de croire qu'en ramassant ainsi, en un faisceau compact, des témoignages épars à travers une longue suite d'années, nous leur avons donné un relief et par suite une portée qui en faussent la vraie signification, et on pourrait objecter que nous avons exagéré la valeur absolue d'expressions qui pouvaient n'être que le reflet d'impressions fugitives, d'états d'âme passagers. Mais nous trouvons une preuve irrécusable que nous n'avons point, pour les besoins de notre démonstration, altéré la pensée de Gœthe, dans les examens de conscience périodiques que, aux environs de son anniversaire de naissance ou de l'anniversaire de son arrivée à Weimar, le poète a coutume de faire pour mesurer les progrès réalisés d'une année à l'autre.

Il note dans son *Journal* en février 1778 : « Belles lumières sur moi-même et notre administration, calme et pressentiment de la sagesse... Beau calme dans mes affaires au regard de l'an dernier. Sentiment plus net de la limitation et par là de la véritable expansion. » Le 7 août de l'année suivante, il est plus explicite encore : « ... calme regard en arrière sur la vie, sur la confusion, l'activité, la curiosité d'esprit de la jeunesse, comment elle cherche en tous sens à l'aventure pour trouver quelque chose qui la satisfasse. Comment moi, particulièrement, j'ai trouvé une volupté dans les mystères, dans les états d'âme obscurs. Comment j'ai fait de la science en dilettante et sans esprit de suite ; comme il y a dans tout ce que j'ai écrit une sorte de présomption mêlée d'humilité ; comme, dans les choses divines et humaines, j'ai tourné en un cercle sans horizon. Comme il y a peu de mes actes, peu de mes pensées ou de mes productions poétiques qui aient un caractère de réelle opportunité ; combien de jours j'ai perdus en une sentimentalité vaine, en passions fugitives comme des ombres ; combien j'en ai retiré peu de profit, et comment, au moment où j'ai dépassé la première moitié de ma vie, je n'ai point encore fait de chemin appréciable ; comment je suis là, bien plutôt, tel qu'un homme échappé à la noyade et que le soleil bienfaisant commence de sécher. Je n'ose encore chercher à embrasser du

regard mon activité depuis octobre 1775, où je suis mêlé aux
affaires du monde. Dieu veuille guider mes pas dans l'avenir
et qu'il m'éclaire pour que je ne me sois pas à moi-même un
si gros obstacle en mon propre chemin! Puissions-nous faire
du matin au soir ce qui convient, et puissions-nous avoir une
idée claire des conséquences des choses! Que nous ne soyons
pas tels que des gens qui tout le jour se plaignent du mal de
tête, prennent des remèdes contre le mal de tête et qui chaque
soir s'enivrent de vin. Puisse l'idée de la pureté, qui s'étend
jusqu'au morceau que je porte à la bouche, devenir toujours
plus lumineuse en moi! » Le 7 novembre 1780, il trouve,
en faisant la somme de sa vie au cours des cinq années qui
se sont écoulées depuis qu'il a quitté Francfort, que c'est un
sentiment réconfortant de constater que par degrés on s'approche du bien et que le mal tombe un peu chaque jour comme
des peaux et des écailles[1]. Le mal d'ailleurs est opiniâtre. Il
sent encore en lui maint obstacle. Les défauts humains sont
comme des vers solitaires; on réussit de temps à autre à en
arracher un morceau, mais le corps même reste, tenace. « Je
veux pourtant en devenir maître, s'écrie Gœthe; celui-là seul
qui fait abnégation de lui-même est digne de dominer et peut
réellement dominer[2]. » Le 28 août 1780, il note dans son
Journal que, tout en se promenant le matin dans le parc, il a
réfléchi à ce qui lui reste de défauts. « Journellement plus
d'ordre, de précision, de conséquence en tout », écrit-il en
octobre 1781. Le *Journal* s'arrête malheureusement en juin
1782 pour ne reprendre qu'en Italie, mais les *Lettres* y sup-
pléent dans une certaine mesure et nous montrent à tout moment que Gœthe reste fidèle à son habitude de marquer les
étapes parcourues. Le 21 novembre 1782, il écrit à Knebel
qu'il revise ses lettres et papiers depuis 1772 : « Quel spectacle! Plus d'une fois je sens mon front se mouiller de sueur,
mais je ne me décourage pourtant pas, je veux voir ces dix
années à mes pieds, comme du haut d'une colline on domine

1. A Ch. v. Stein. — 2. *Journal*, 13 mai 1780.

du regard la longue vallée qu'on vient de remonter. Mon état d'esprit actuel me rend cette opération possible et profitable; j'y vois un signe du Destin; de toute façon cela fera époque en moi. » Il se décide, ajoute-t-il, à séparer le Conseiller secret de son moi intime, comme jadis dans la maison paternelle il avait fait deux parts de sa vie, l'une pour la poésie, l'autre pour son métier d'avocat. D'ailleurs, tout au fond de lui-même, dit-il encore de façon très significative, tout au fond de lui-même, dans le mystère de son moi, il se reste fidèle et réunit par un même nœud secret sa vie mondaine et politique à sa vie morale et poétique.

Point n'est besoin, nous semble-t-il, de multiplier ces témoignages; le doute n'est plus possible. Une idée domine toute la vie morale de Gœthe à cette époque, toujours plus consciente et plus impérieuse : amener son moi, par un effort voulu et constant, à toujours plus de pureté et de perfection.

IV.

Est-ce à dire que Gœthe en soit revenu à son idéal individualiste du temps de Francfort? La longue expérience d'activité altruiste qu'il vient de faire n'a-t-elle abouti qu'à faire revivre et à exaspérer en lui son ancien égoïsme?

Le croire serait, pensons-nous, faire un contresens grossier sur la portée de son évolution. Une des caractéristiques les plus curieuses de ces dix années de Weimar, c'est précisément que son amour des hommes et son souci de leur être utile s'est développé, en un constant parallélisme, avec la purification et l'élargissement de sa propre personnalité.

En réalité, l'instinct de bienfaisance s'était révélé très tôt chez le jeune Gœthe. A Strasbourg, il avait prêté un appui moral et pécuniaire fort efficace à Jung-Stilling[1]; au retour, nous nous souvenons qu'il avait ramené avec lui à la maison

---

1. Cf. M. Morris, *Der junge Gœthe,* II, pp. 101-102.

paternelle un jeune harpiste et que sa mère avait dû assurer au protégé de son fils le vivre et le couvert. Il avait fait jouir de la large hospitalité de la maison du Fossé-aux-Cerfs la longue théorie de ses faméliques compagnons du « Sturm-und Drang »; il avait même, de sa propre poche, aidé Klinger à poursuivre ses études, il lui avait abandonné le *Jahrmarkt* pour l'éditer à son profit[1]. Mais à Weimar cet instinct s'affirme et devient un besoin de sa nature.

En février 1776, il fait une collecte en faveur de Bürger pour lui permettre de continuer sa traduction d'Homère[2]. Il publie de sa propre autorité l'auto-biographie de Jung-Stilling, pour aider celui-ci à sortir des graves embarras pécuniaires où il se débat sans espoir[3]. Il tâche de procurer à Lenz et même à Klinger une situation à Weimar, et supporte avec patience les ennuis que lui causent leurs excentricités[4] Quand il fait nommer Herder à Weimar, il s'applique à lui obtenir les conditions morales et matérielles les plus avantageuses; malgré l'attitude souvent injuste, haineuse même, de Herder et de sa femme à son égard, il ne cessera de s'intéresser à leur sort et de travailler à l'améliorer autant qu'il sera en son pouvoir. Il soutient de ses encouragements un de ses amis de jeunesse, le musicien Kayser; il cherche par tous les moyens à mettre son talent en évidence et décide Charles-Auguste à lui donner un subside important qui lui permet d'aller étudier à Vienne sous la direction de Gluck[5]. Il prodigue les meilleurs conseils au peintre Fréd. Müller[6]; il cherche à provoquer une sous-cription en sa faveur, et, grâce à son insistance, le duc lui accorde une pension régulière.

Et ce n'est pas seulement le sort de ses amis qui le préoccupe. Nous le voyons recommander chaudement à Dalberg le

1. Riemer, *Mittheil. über Gœthe*, Berlin, 1841, I, p. 102, et *Mémoires*, Hempel, Bd 22, note Lœper, p. 402. — 2. Cf. à Bürger, 2 fév. 1776, et Hempel, I, Introd., p. cxvii. — 3. Hempel, I, *ibid.* — 4. *Ibid.*, et Düntzer, *Gœthe u. Karl-August, op. cit.*, pp. 42. 53-57.   5. Riemer, *op. cit.*, II, p. 127; à Knebel, 18 nov. 1785; à Kayser, 28 nov., 23 déc. 1785. — 6. Cf. à Einsiedel, sept. 1778; à Müller, 12 juin, 6 nov. 1780, 21 juin, 9 août 1781; au duc, 19 janv. 1780.

sculpteur Klauer[1], à Fritsch un maître d'escrime[2], à son oncle Textor un juif de Francfort[3]. Il s'intéresse d'une façon très immédiate et très personnelle au sort de trois infortunés, vers lesquels rien ne l'attire que la sympathie humaine : Plessing, le fils du pasteur de Wernigerode; l'orphelin Peter Imbaumgarten, et Kraft de Berka.

Malgré que la visite qu'il rend au premier, en plein hiver, lui fasse apparaître ce jeune homme moins intéressant, en réalité, qu'il ne se l'était imaginé à distance, il s'attache à lui donner les moyens de se guérir de son hypocondrie[4]. — Le second, Peter, était un jeune pâtre suisse qui avait sauvé la vie à un ami de Gœthe, le baron de Lindnau, et que celui-ci avait adopté par reconnaissance[5]. A la mort du baron en Amérique, Gœthe se fit nommer tuteur de l'enfant et il s'occupa de lui avec un dévouement très vigilant. Il le fait venir à Weimar et, pendant plusieurs années, il s'ingénie à éduquer cette nature rebelle; il règle jusqu'au nombre de pipes que Mme de Stein, à qui il le confie pendant ses absences, doit lui laisser fumer. En 1779 et 1780, nous le voyons entretenir avec la famille du baron et différents hommes d'affaires une correspondance étendue pour le règlement du petit héritage que le baron avait laissé à son pupille. — Plus touchante et plus méritoire encore est la façon dont il s'occupe du sort de Kraft, ce pauvre diable de Gera, qui tombé dans une profonde misère et dans une grande détresse morale, s'était adressé à lui pour lui demander un secours en octobre 1778[6]. Il lui envoie des vêtements, des chaussures, des bas, de l'argent en même temps que de bons conseils. « Je sais ce que cela veut dire : ajouter aux charges que l'on a déjà le souci de la destinée d'un homme, mais je veux vous sauver », et, comme cette

---

1. 1er juin 1779. — 2. 24 juin 1781. — 3. 8 août 1782. — 4. Cf. lettre du 26 juillet 1782, et *Campagne de France*, Hempel, Bd 25, p. 142. — 5. Cf. Viehoff, *Gœthes Leben*, Stuttgart, 1877, 2ter Theil., p. 168, et les lettres à Lavater, 14 août, à Ch. v. Stein, 27 août 1777. Cf. en outre les lettres des 26 avril 1779, 18, 20 fév., 31 mars 1780, et Muthesius, *Gœthe ein Kinderfreund*, Berlin, 1903, pp. 39-44. — 6. Cf. Viehoff, *op. cit.*, p. 205, et lettres du 2 nov. 1778.

phrase a irrité la susceptibilité du malheureux, il lui répond
avec une noble délicatesse : « Ne croyez pas que vous soyez
pour moi un fardeau; au contraire, vous me rendez service
en m'apprenant à mieux employer mon argent; je gaspille
une grosse part de mes revenus, que je pourrais épargner
pour secourir ceux qui en ont besoin. Croyez-vous donc que
vos larmes et votre bénédiction ne soient rien pour moi? Celui
qui possède ne doit pas se contenter de distribuer de bonnes
paroles, il doit donner..... » Et nous le voyons user d'une
inlassable patience vis-à-vis de ce déshérité de la fortune, rendu
nerveux et irritable par le malheur; il accepte de lui voir
repousser son conseil d'aller à Iéna, bien qu'il se soit déjà
employé à lui trouver dans cette ville un logement et une pension [1]. Il l'installe à Ilmenau, s'ingénie à lui fournir des occasions de lui payer, par de menus services, les bienfaits dont il
le comble. Il lui confie l'éducation du jeune Pierre Imbaumgarten [2], et il l'assure que les soins qu'il donne à l'enfant le
dédommagent avec usure de ce qu'il a pu faire pour lui [3]; il lui
constitue une pension de cent thalers, qu'il double par la suite;
à tout moment il lui fait parvenir des suppléments d'argent de
poche, des livres, du papier, de la cire, des plumes [4], et,
jusqu'à la mort de ce malheureux, il s'efforcera de dissiper
par de sages conseils ou des encouragements son humeur
toujours plus sombre et plus inquiète [5].

Nous ne voulons pas retenir comme autre preuve de sa bienfaisance les soins paternels qu'il donne au jeune Fritz, le fils
cadet de Mme de Stein, dont il fait son enfant adoptif; on pourrait trop facilement objecter, en se servant des mots de Gœthe
lui-même, qu'il y trouvait un plaisir égoïste. L'amour qu'il
témoignait à Fritz peut être interprété comme une forme déguisée de celui qu'il éprouvait pour la baronne. Par contre, la sollicitude qu'il ne cesse de montrer aux enfants de Herder, même
aux mauvais jours de cette période qui va de 1780 à 1784 où

1. 14 déc. 1778. — 2. 13 juillet, 9 sept. 1779. — 3. 3 janvier 1780. —
4. 22 mai, 12 juin, 13 juillet 1779. — 5. 11 août 1780, 31 janv. 1781, 3 sept.
1783, 26 août 1785.

Herder et Caroline le traitent avec méfiance et ingratitude, est toute désintéressée et offre un indiscutable témoignage de sa générosité autant que de son amour des enfants[1].

Le bien que Gœthe pouvait sembler jadis faire par caprice romantique d'artiste, ou pour le plaisir d'avoir autour de lui une cour de jeunes gens toujours prêts à chanter ses louanges, il le fait maintenant par humanité, par charité raisonnée. La charité doit lui apparaître comme une des plus belles formes du renoncement, comme une des vertus qui apprennent le mieux à s'oublier soi-même, à triompher de ses instincts égoïstes.

C'est le souci de *charité sociale* qui domine toute son activité d'administrateur. De tout temps il s'était complu dans la société des humbles. Nous l'avons vu jeune enfant courir pour le compte de son père les ateliers d'artisans et s'y attarder complaisamment ; à Dresde, c'est chez un modeste cordonnier qu'il prend ses quartiers ; en Alsace, il observe avec une vive sympathie les mœurs des paysans, sur les lèvres desquels il saisit au vol les vieux chants populaires ; à Francfort, le jeune avocat cossu se trouve parfaitement à l'aise dans l'étroit logis de la pauvre repasseuse Klinger ; Werther-Gœthe éprouve quelques-unes de ses joies les plus pures dans le commerce des gens simples de la campagne de Wetzlar. Mais la curiosité naturelle à l'enfant, son engouement pour les peintres néerlandais, son culte littéraire, à la Rousseau, pour la Nature et les paysans ou le peuple, sont, bien plutôt qu'une sympathie profonde et consciente, les vraies raisons de l'intérêt qu'il prend à la vie des gens du commun. A Weimar, au contraire, mis par ses fonctions en contact direct avec les classes inférieures de la société, il se sent pris pour elles d'une tendresse un peu sentimentale encore, mais sincèrement ardente.

Dès le mois de décembre 1775, il se déguise en paysan pour recevoir le duc à Kochberg chez Mme de Stein, et il lui pré-

---

1. Cf. pour l'attitude de Gœthe vis-à-vis de Fritz von Stein et des enfants de Herder : Muthesius, *op. cit.*, pp. 44-77 et 83-102, et Ad. Langguth, *Gœthe als Pädagog*, Halle a. S., 1887.

sente une sorte de placet poétique, où il l'assure de l'attachement des paysans à sa maison et le prie, après lui avoir montré
que leur sang est son bien le plus précieux, de s'intéresser à
eux plus encore qu'à ses chevaux et à ses haras[1]. Au cours
de son premier voyage dans le Harz, en décembre 1777, il
écrit de Goslar à Mme de Stein[2] qu'il sent son cœur de nouveau attiré par cette classe d'hommes qu'on appelle la classe
inférieure et qui est certainement la plus haute aux yeux de
Dieu. « Ici on trouve réunies toutes les vertus, limitation, goûts
modestes, sens droit, fidélité, joies naïves, candeur, résignation... » Il est profondément ému par la misère des tisserands
d'Apolda, qui vivent au jour le jour et que le moindre chômage
jette aux bras de la famine[3]. Le ravissement qu'il éprouve à
ses premières études minéralogiques ne ferme pas ses yeux à
la détresse des mineurs d'Ilmenau. « Nous avons découvert de
grandes et merveilleuses choses, écrit-il à Mme de Stein, qui
donnent de l'élan à l'âme et lui ouvrent plus large le domaine
de la réalité ; si seulement nous pouvions fournir aux pauvres
taupes d'ici du travail et du pain[4] ! » La vue de toutes les misères
qu'il y aurait à soulager et qu'on est impuissant à secourir
attriste ses tournées à travers le duché[5]. Il lui est douloureux
de penser que les paysans peinent tant et ne récoltent pas pour
eux le fruit de leurs sueurs. « Tu sais, écrit-il, à Knebel[6], quand
les pucerons installés sur les branches des rosiers sont devenus
bien gras et bien verts à en sucer la sève, alors surviennent les
abeilles qui leur extraient du corps le suc tout filtré. Et ainsi
de suite et nous autres nous sommes arrivés à ce point qu'en
haut de l'échelle on consume toujours plus en un jour qu'on
ne produit en bas dans le même temps. » Le 24 décembre de la
même année, il n'hésite pas à risquer d'exciter la colère du duc
en lui adressant une courageuse remontrance au sujet des san-
gliers, dont celui-ci a fait établir une colonie aux portes même

1. Hempel, B{d} 3 (*Gedichte*), p. 317 ; cf., pour la date, Schöll-Fielitz, *Gœthes
Briefe an Frau von Stein*, Frankfurt a/M., 1883, Introd., p. 5. — 2. 4 déc. —
3. *Journal*, mars 1779 ; à Ch. v. Stein, 6 mars. — 4. 7 sept. 1780. — 5. A
Ch. v. Stein, 3, 5, avril 1782. — 6. 17 avril 1782.

de Weimar et qui dévastent toute la campagne environnante.

Il ne se contente pas de constater et de déplorer la misère de la classe laborieuse, il s'efforce d'y remédier dans la mesure des moyens qui sont à sa portée, autant que lui permet la voracité des mille intermédiaires qui se dressent entre le peuple et sa bonne volonté[1]. Non seulement il a le souci, que nous avons déjà signalé, de diminuer, par une administration financière plus sévère, par une réduction des dépenses inutiles, les charges du pays, mais il s'ingénie à améliorer les méthodes d'agriculture, les procédés de fabrication du drap, à établir sur une base plus équitable le système du fermage, les impôts, la répartition de la propriété foncière; il appelle des agronomes distingués, comme l'Anglais Batty, et ne se lasse de demander des conseils à l'expérience économique de Merck. Il avait à ses débuts rêvé de réformes radicales, mais d'année en année il montre toujours plus vif le souci de ne s'attacher qu'aux améliorations immédiatement réalisables[2]; *Wilhelm Meister* lui offrira un asile pour ses utopies. Il réussit à pratiquer la sagesse à laquelle il aspirait dès 1778[3] : ne pas perdre de temps à essayer de corriger, dans les gens ou dans les choses, ce qui ne peut se corriger; borner son ambition à rendre le mal inoffensif ou à tâcher d'y faire contrepoids. Il en arrive même à écouter avec une patience résignée les stériles bavardages des États d'Eisenach[4]. Il sait pour son compte qu'il y aurait mieux à faire que de rédiger des propositions et de prendre des résolutions qui n'aboutiront « qu'à arroser copieusement un jardin, tandis qu'on est incapable de procurer au pays entier la pluie dont il aurait besoin », mais tant qu'il peut espérer faire œuvre utile, en dépit des sots, il veut rester à son poste.

De toutes les façons de travailler au bien de son pays d'adop-

----

1. Cf. Schöll, *Goethe in Hauptzügen seines Lebens u. Wirkens*, p. 107 et sq. (*Goethe als Staats-und Geschäftsmann*). Cf. aussi Düntzer, *Goethe u. Karl August*, notamment pp. 80, 110; Riemer, *op. cit.*, II, pp. 118-119. — 2. Cf. à Ch. v. Stein, 7 juin 1784, et Schöll, *op. cit.*, p. 237. — 3. *Journal*, 14 déc. — 4. A Ch. v. Stein, 9 juin 1784.

tion, Gœthe semble avoir vu très tôt que la meilleure était encore de s'appliquer à inspirer à *Charles-Auguste* le souci de ses devoirs envers ses sujets.

Il serait sans doute excessif de prétendre, ainsi qu'on l'a fait[1], que Gœthe eut, dès le début, un plan pédagogique arrêté vis-à-vis du duc, qu'il ne partagea avec tant d'entrain les folies de celui-ci que pour mieux le dominer et qu'il ne participa à tous ses dérèglements que pour être en situation de les mieux régler. Nous croyons que tout d'abord il s'abandonna, sans arrière-pensée, à la joie de vivre une vie si nouvelle et si attrayante pour lui, qu'il s'amusa franchement pour son propre compte, au moins durant les premiers temps de son séjour à Weimar, et il nous paraît bien invraisemblable qu'une des raisons qui le décidèrent à rester à Weimar ait pu être la pensée de jouer auprès du jeune Charles-Auguste le rôle d'un sage mentor. Mais, en revanche, nous pensons qu'il est tout à fait légitime d'admettre que, du jour où il fut décidé à rester, il comprit qu'il était de son intérêt et non moins de son devoir d'essayer d'user de son influence pour tourner au bien la vitalité débordante du duc. En fait, nous l'avons déjà entendu, à Kochberg, faire, dès le mois de décembre, la leçon au duc, avec une méritoire franchise. En mai, nous le voyons le gourmander pour sa trop grande vivacité qui souvent l'entraîne à prendre des mesures inutiles sinon injustes[2]. Le langage qu'il lui tient en ces deux occasions n'est pas assurément celui d'un courtisan, uniquement préoccupé de ses propres intérêts. Mme de Stein, d'ailleurs, qui, dès cette époque, était bien au courant de ses intentions, écrit à son ami le médecin Zimmermann, qu'à son avis, si Gœthe fait le fou ce n'est par goût, mais qu'il y est forcé pour gagner le duc et faire ensuite œuvre bonne[3].

Gœthe s'aperçoit bientôt, au reste, que l'entreprise est malaisée; il montre à Joh. Fahlmer tout ce que sa tâche a d'ingrat, du fait de l'opinion publique, qui secrètement et ou-

---

1. Par ex. Mézières, *Gœthe, les œuvres expliquées par la vie*, Paris, 1895, I, p. 243, et Bielschowsky, *Gœthe*, op. cit., I, p. 284. — 2. 4 mai 1776. — 3. 6 mars 1776, cit. *Wartburgstimmen*, 1904. I Maiheft,

vertement le rend responsable des excentricités du duc, du fait surtout du caractère difficile de Charles-Auguste[1]. Celui-ci est plein de bon vouloir, mais il n'agit qu'à sa tête, sans se soucier de l'avis des autres, et il ne sait pas voir qu'un feu d'artifice en plein midi ne peut être brillant[2]. Sa nature est aventureuse, indisciplinée[3]. Il n'a ni l'esprit de suite, ni la patience qui conviennent à un souverain[4]; il voudrait voir les arbres tout poussés avant de les avoir plantés[5], et il arrache ce qui ne grandit pas assez vite à son gré[6]. Longtemps Gœthe espéra pourtant qu'il réussirait, par ses prudents avis, à corriger le caractère indompté du duc[7]. Il ne se lasse de répéter qu'il est bon et brave; il l'excuse de ses défauts, car il les tient de naissance, et ce sont eux qui lui rendent si difficile de vivre selon la sagesse[8]. Il s'efforce d'agir sur lui en tirant directement, sur-le-champ, la morale des faits de l'heure présente, comme le 1er février 1779, à la suite d'une séance du Conseil, où le duc a trop parlé et tenu dans la chaleur de la discussion des propos inconsidérés[9], ou indirectement, par ces longues conversations « morales » dont le *Journal* porte souvent la trace et souligne la bienfaisante influence[10]. Dans les cas graves, il le force à regarder les faits en face et à prendre des résolutions dignes de lui; plus d'une fois nous voyons Gœthe noter dans son *Journal* qu'il a eu avec le duc « une explication radicale[11] ». Il note avec complaisance les moindres signes de progrès moral chez son fougueux élève[12]. Il est heureux de constater qu'à Weimar, au retour du voyage en Suisse où il a, contre l'avis général, audacieusement entraîné le duc, en plein hiver, tout

---

1. 19 fév. 1776. — 2. A Ch. v. Stein, 10 déc. 1781. — 3. A la même, 9 déc. 1777. — 4. *Journal*, avril 1780. — 5. —6. A Knebel, 21 avril 1783, 21 nov. 1782.

7. Wieland eut lui aussi cet espoir. Après avoir revu le duc et Gœthe, en juin 1778, à leur retour de Berlin, il écrit à Merck : « Plus je vais, plus je suis persuadé que Gœthe l'a bien dirigé et qu'en fin de compte il récoltera de son soi-disant favoritisme gloire et honneur devant Dieu et devant les hommes. » Cit. Riemer, *op. cit.* II, 62.

8. A Lavater, 28 nov. 1783. — 9. Cf. *Journal*, Weim. Ausg., III, 1, p. 78. — 10. Cf. 18 mars 1777, 2 août 1779, 3 avril 1780, 27 janv. 1782... — 11. *Journal*, 10 janv. 1779, 11 janv. 1782... — 12. Cf. *Journal*, déc. 1778, mars, juin, juillet 1779; à Knebel, 3 nov. 80.

le monde trouve Charles-Auguste changé à son avantage[1], et encore, le 16 juin 1783, il écrit à Mme de Stein que le duc est en bonne voie, que la lumière se fait en lui sur beaucoup de choses et que certainement il finira par être plus heureux en lui-même et plus bienfaisant vis-à-vis des autres. Mais, en réalité, à cette date, son optimisme est plus voulu que sincère; le temps de la belle confiance de Gœthe est passé. Si le duc est capable de bons mouvements, d'idées généreuses, dans l'ensemble sa nature reste encore inquiète et trouble. Il étouffe dans les limites étroites de son petit domaine; il aime les parades militaires, et le temps est proche où il donnera à la bonne tenue de son régiment de cuirassiers prussiens d'Aschersleben plus de soins qu'aux affaires de son propre duché; il aspire à jouer un rôle dans la grande politique. A la grande tristesse de Gœthe, il passera de longs mois loin des siens, il fera de fréquents et coûteux voyages, dépensant à organiser la Ligue des Princes une activité fiévreuse, qu'il aurait pu plus utilement employer dans ses propres États. Comme Gœthe, il a bien, sans doute, le souci de développer les ressources de son pays, mais c'est moins dans l'intérêt de ses sujets que dans le sien propre. Il a besoin de beaucoup d'argent, et, s'il consent de temps à autre à quelques-unes des économies que lui propose son ministre, il est incapable de renoncer aux chasses dispendieuses qui ruinent le pays. « C'est dans la société de ses bruyants compagnons et en compagnie de ses chiens de chasse qu'il se sent le plus à l'aise », écrit Gœthe mélancoliquement à Mme de Stein[2].

Et le duc a donné à Gœthe, comme homme privé, comme mari, de non moins graves soucis et d'aussi amères désillusions.

Dès son arrivée à Weimar, Gœthe avait pu constater qu'entre le duc et sa jeune femme il y avait incompatibilité d'humeur. La duchesse Louise, dont nous avons déjà souligné l'austérité de pensée et de mœurs, la froideur et la réserve hautaine, s'était

---

1. *Journal*, janv. 1780. Cf. à Lavater, fin nov. 1779, Weim. Ausg., n° 870, p. 141; cf. aussi, dans Riemer, *op. cit.*, II, pp. 105-106, les témoignages de Wieland et du duc lui-même. — 2. 5 sept. 1785.

tout de suite sentie froissée par les manières d'étudiant de son mari et l'exubérance de sa belle-mère; elle leur avait boudé à tous deux, et son attitude, où se lisait le blâme, avait blessé Charles-Auguste et l'avait rebuté. Gœthe avait cru d'abord qu'un rapprochement serait possible entre les deux époux, et il s'était sincèrement employé à l'opérer. Il s'était efforcé d'atténuer autant que possible l'éclat des aventures amoureuses du duc; il avait essayé de contenir dans les limites de l'esthétique l'admiration de son maître pour la belle actrice Corona Schröter[1]; il avait favorisé ses relations avec la comtesse de Werther, dans l'espoir que la comtesse, dont lui-même appréciait beaucoup la grâce et la distinction, aurait une action bienfaisante sur lui[2], mais ses efforts avaient été vains. Le duc restait impétueux et peu raffiné en amour, insensible aux charmes discrets et mélancoliques de la duchesse, et celle-ci avait dû se résigner à tenir dans le cœur de son mari une place aussi effacée que celle qu'elle occupait dans l'État et la société. Gœthe n'avait eu d'autre ressource, après que la duchesse fut revenue de ses premières préventions contre lui, que de s'ingénier à égayer par mille attentions délicates la tristesse de cette épouse délaissée. Il s'y employait d'ailleurs d'autant plus volontiers que, disons-le en passant, un temps au moins, son cœur semble avoir éprouvé pour l'infortunée princesse plus de sympathie que la simple pitié ne le lui commandait[3].

A un autre point de vue encore, le duc l'avait déçu. Il avait espéré que Charles-Auguste s'intéresserait vraiment à l'art et à la poésie et que son horizon intellectuel s'en élargirait, pour son plus grand bien et celui de son Etat. Or, si, dans les premières années, le duc avait complaisamment écouté la lecture des œuvres de son ami et tenu même avec un évident plaisir le rôle de Pylade dans son *Iphigénie*, s'il avait paru partager son

1. Cf. *Journal.*, 8-9 février 1777. — 2. Cf. Düntzer, *Gœthe und Karl-August*, p. 112.

3. Cf., dans les lettres de 1776 et 1777, à Lavater et Wieland, les expressions passionnées qu'il emploie en parlant de la duchesse. Cf. aussi El. von Bojanowski, *op. cit.*, chap. II.

engouement pour les dessins et les gravures, au point de faire, lors du voyage en Suisse et sur le Rhin, d'importants achats de tableaux, il semble bien que ce beau feu n'ait pas duré plus longtemps que l'ardeur même de son amitié pour Gœthe. Comme on l'a dit très justement[1], le commerce de Gœthe haussa le duc, un instant, au-dessus de lui-même. Mais les illusions que Gœthe put se faire sur la parenté de l'esprit de son maître avec le sien furent de courte durée. En 1782, il est tout surpris de trouver dans le duc de Gotha des connaissances et une curiosité intellectuelle dont on n'a pas l'idée à la cour de Weimar[2]. Le 13 août 1784, il dit à Mme de Stein qu'en dehors d'elle, de Herder et de Knebel, il n'a pas le moindre public. Quand il apprend qu'au cours de son voyage diplomatique sur le Rhin le duc paraît s'intéresser aux études scientifiques, l'étonnement qu'il en laisse voir prouve combien il avait lui-même rencontré peu de sympathie auprès de son prince pour ses premières, incursions aux champs de la science[3].

Bref, le rêve que Gœthe avait conçu de faire du jeune Charles-Auguste un régent modèle, curieux des choses de l'esprit, soucieux de ses devoirs de chef de famille, préoccupé avant tout du bien public, s'était, par degrés, tristement évanoui. Le duc ne l'avait pas suivi dans son évolution. Il n'avait pas appris, comme lui, à faire le sacrifice de ses chimères ou de ses désirs, à faire abnégation, quand cela était bon, de sa propre personnalité[4]. Il aimait son peuple, mais il lui préférait ses chiens. Il sympathisait aux efforts de son ministre pour le bien public, dans la mesure où sa fantaisie n'en était point gênée, mais il ne les secondait guère, et, tandis que l'auteur de *Werther* usait son génie à mettre de l'ordre dans le désordre, il prenait des leçons de chasse à courre et se pâmait d'aise à des concerts de cors de chasse[5].

---

1. V. Hehn, *Gedanken über Gœthe*, Berlin, 1895, 3te Aufl., p. 76 (Gœthe und das Publicum). — 2. A Ch. v. Stein, 23 sept. — 3. A Knebel, 15 déc. 1784. — 4. Cf. Schöll, *op. cit.*, pp. 228-230. — 5. Cf. Charles-Aug. à Knebel, 9 oct. 1785, 26 déc., cit. Schöll, *op. cit.*, p. 266, et Gœthe à Ch. v. Stein, 16 janv., 12 fév. 1786.

Pourtant, l'échec des tentatives de Gœthe pour entraîner son prince à sa suite dans les voies du perfectionnement moral ne doit pas nous faire oublier la persistance et la sincérité de ses efforts. Non moins que sa lutte contre lui-même, ils témoignent de son souci croissant de moralité toujours plus haute et, de même que les preuves que nous avons données de son besoin de bienfaisance active, ils montrent la vanité de l'accusation d'égoïsme qu'on lui a souvent adressée.

Quand, en 1786, il déserte son poste, il peut se rendre cette justice qu'il a payé, et au delà, sa dette envers le prince qui l'a si généreusement accueilli, et envers la société auprès de laquelle il avait à se faire pardonner sa surprenante fortune; il a le droit, au bout de dix ans d'oubli de soi-même, de vivre à nouveau pour lui.

Il est d'ailleurs bien vraisemblable qu'il n'eût peut-être pas encore cédé à l'appel de son instinct de conservation et déposé ses charges, si les désillusions qu'il avait éprouvées dans tous les domaines de son activité publique ne l'avaient forcé de se rendre compte de l'inutilité relative de ses longs efforts pour travailler directement au bien des autres. Au reste en se décidant à reprendre toute sa liberté pour continuer à sa guise et sans pesantes entraves sa marche au progrès, il n'est pas en réalité infidèle à sa mission. Selon son mot du 7 mai 1781[1], il s'appelle « légion ». Les autres profiteront de ce qu'il gagnera. Cette pensée, qu'en cherchant à se perfectionner il sert la cause commune, ne le quitte pas pendant tout son voyage en Italie; ses lettres nous en fourniront maintes preuves éloquentes. Sa première pensée, une fois arrivé à Rome, sera pour ceux qu'il a laissés derrière lui; il espère qu'il reviendra meilleur et que tous ceux qui lui sont chers en retireront autant de profit que lui-même[2]. L'altruisme où, peu à peu, il s'est élevé à travers tant d'épreuves et de déboires reste intact.

Des régions obscures de l'égoïsme individualiste où il errait encore en 1775, Gœthe est parvenu insensiblement aux claires

1. A Lavater. — 2. A Charles-Auguste, 3 nov. 1786.

contrées où règne le souci d'une activité consciemment utile à tous, à la fois féconde pour la communauté et pour l'individu. C'est là, nous semble-t-il, au point de vue de la moralité générale du poète, le gain le plus essentiel de ces dix premières années de Weimar. Gœthe peut hésiter encore sur la meilleure façon dont il pourra servir ses propres intérêts et ceux de ses semblables, sur sa vraie vocation, mais il sait que, quoi qu'il entreprenne, il n'a pas le droit de se considérer comme le centre du monde ; il sait, à n'en plus douter, que le génie n'a pas seulement que des droits, mais qu'il a aussi, et surtout même, des devoirs envers l'humanité.

Le progrès de sa pensée dans les domaines de la *Religion* et de l'*Esthétique* n'est guère moins sensible.

V.

Nous avons vu quel était, en matière de religion, son idéal aux environs de 1775. Détaché de tout dogme, de toute formule confessionnelle, il ne croit plus au Dieu personnel de l'Église, mais il continue de croire au Divin. Il sent planer autour de lui, palpiter dans la vie du monde, un je ne sais quoi de mystérieux, une puissance énigmatique redoutable, qu'indifféremment il appelle Dieu, les Dieux, le Divin, le Destin, la Providence, dont il se préoccupe ou se désintéresse suivant son humeur du moment, selon que domine en lui le sentiment de sa liberté ou celui de sa dépendance. Aux heures troubles où les raisons de ses actes lui échappent, où il se sent entraîné malgré lui en des voies inconnues, comme dans ces journées d'angoisse qui précèdent son départ pour Weimar ou dans ces mois inquiets qui suivent son arrivée dans la petite capitale de Charles-Auguste, son individualisme est bien près de croire qu'une Providence bienveillante dirige elle-même la barque incertaine qui porte sa fortune. « L'être cher que vous appelez Dieu, peu importe son nom d'ailleurs, prend vraiment bien soin de moi », écrivait-il le 26 avril 1775 à Auguste von Stolberg, et le 3 juillet il disait à Lavater que depuis quelque temps il sentait renaître la piété en lui. A peine arrivé à Weimar, dans le premier étourdissement que lui cause sa vie nouvelle, il se demande vers quel but inconnu il est emporté, pourquoi il lui faut passer par cette école, mais il ajoute que la pensée, que Dieu le sait le rassure[1]. Il ne reconnaît pas le sens du mouvement qui lui est imprimé[2], mais il s'y abandonne avec une résignation confiante. Il parle d'un Destin bienveillant[3]; il dit que les Dieux sont visiblement avec lui[4]. « Si je pouvais te raconter de vive voix ce que la plume ne peut rendre, tu te prosternerais la face contre terre et tu adorerais Celui qui est, qui était et qui sera. Mais crois à ma parole comme je crois à l'Éternel », écrit-il à Lavater[5]. Ses affaires vont selon la volonté des Dieux[6]; « les Dieux seuls savent ce qu'ils veulent et ce qu'ils veulent faire de nous, que leur volonté s'accomplisse[7] »; Dieu en use avec lui, dit-il, comme avec ses vieux saints[8]... C'est aux Dieux qu'il rend grâce d'avoir échappé à un éboulement qui aurait pu le tuer; il reconnaît là un signe de la faveur qu'ils lui témoignent, analogue à celui qu'ils donnèrent à sa mère neuf ans plus tôt, quand, le voyant en danger de mort, elle ouvrit la Bible au hasard et qu'ils la firent tomber sur la promesse des vendanges futures aux coteaux de Samarie[9]. Il va même jusqu'à leur rapporter le mérite de ses progrès en dessin[10]. C'est encore leur bonté qu'il reconnaît dans les pluies bienfaisantes et les tièdes zéphirs du printemps[11]. C'est à eux qu'il doit, à Berlin, au milieu du spectacle déprimant et desséchant de la comédie humaine, de conserver son égalité d'humeur et sa pureté[12]. Il espère en leur assistance pour tirer de son voyage en Suisse, du specta-

---

1. A Joh. Fahlmer, 22 nov. 1775. — 2. Cf. à Ch. v. Stein, 30 mars 1776; à Aug. v. Stolberg, 17-24 mai. — 3. A Ch. v. Stein, 9 juillet. — 4. A Merck, 24 juillet. — 5. A Lavater, 16 sept. — 6. Au même, 10 mars 1777. — 7. A Ch. v. Stein, 4 déc. 1777. — 8. A la même, 10-11 déc. — 9. A la même, 9 déc. — 10. A Merck, 11 janvier 1778. — 11. A Ch. v. Stein, 30 mars. — 12. A la même, 17-24 mai.

cle des beautés sublimes de la Nature, tout le profit qu'il en
escompte. Quand il constate que son espoir s'est réalisé, que
ses vœux les plus ambitieux ont été comblés, il en remercie
ardemment les Dieux. Il a le sentiment que, durant tout ce
voyage entrepris un peu follement et mené non sans témérité,
un bon esprit a guidé ses pas et ceux de son duc et éclairé
leur route; il voudrait en témoigner sa reconnaissance en élevant un monument commémoratif dans le genre de ceux par
lesquels, dit-il, les hommes ont, dans tous les temps, exprimé
leur adoration de Dieu[1]. — Encore en 1784, il souligne que
la fortune lui veut tant de bien qu'il ne peut même pas profiter de tout ce qu'elle lui offre[2]. « Dès qu'on se lève de sa
chaise, ou qu'on va à la porte pour sortir, dès qu'on aborde
la moindre entreprise, on voit qu'il y a un bon Destin qui
prend en mains nos intérêts[3]. »

Il ne se contente pas de constater les bienfaits divins, il lui
arrive même de les solliciter directement. Le 30 décembre 1778
il rappelle à Mme de Stein qu'il y a un an à pareille époque,
sur le Broken, il demandait au ciel beaucoup de choses qui lui
ont été consenties. Le 8 mars de l'année suivante, il prie Dieu
de lui donner à lui et au duc la paix intérieure et la paix
extérieure[4]. Le 30 novembre 1780, il écrit à Knebel qu'il prie
Dieu de lui accorder de renforcer et d'épurer en lui le sentiment
de l'amitié.

Mais qu'on ne se laisse pas illusionner par l'apparente orthodoxie de la plupart des formules dont il use pour marquer son
besoin de croire à une destinée bienveillante, pour exprimer
en termes saisissables la conscience qu'il a de l'enchaînement
et de la nécessité des faits surprenants de sa vie. Sa terminologie est trompeuse; le fond de sa pensée reste identique à ce
qu'il était en 1775; il n'a nul souci de faire des concessions à
la religion vulgaire, il ne 'songe en aucune façon à rétablir en

1. A Lavater, fin nov. 1779, Weim. Ausg., n° 870; cf. aussi à Knebel,
30 nov. — 2. A Ch. v. Stein, 30 août 1784 (en français). — 3. A Jacobi,
18 oct. 1784. — 4. A Ch. v. Stein.

son cœur les idées qu'il a honnies par la bouche de son Prométhée.

L'opposition que le clergé du duché fait à la nomination de
Herder l'exaspère et accroît son irritation contre ce qu'il
appelle dédaigneusement « la prêtraille[1] » ; les manifestations
extérieures du culte provoquent sa nervosité. « J'habite en face
de l'église, écrit-il le 12 mai 1782 de Meiningen à Mme de
Stein ; c'est une situation terrible pour un homme qui ne prie
sur aucune montagne, et qui n'a pas d'heures fixées à l'avance
pour honorer Dieu » ; il ajoute que les sonneries des cloches
et les grondements de l'orgue l'empêchent d'écrire.

Il garde entière sa conviction que la religion ou plutôt la
formule religieuse à laquelle il s'est rallié est la seule qui lui
convienne et, à tout instant, il souligne le caractère personnel
de sa foi. « J'ai offert, sur l'autel du diable, mes plus chers
remercîments à mon Dieu[2]. » « Mon Dieu, à qui je suis toujours
resté fidèle, m'a comblé de ses bienfaits, mais en secret, car
ma destinée est ignorée des hommes[3]. » Et il tient à ce Dieu,
qui est sien. Au moment de se retrouver à Zürich avec Lavater, se souvenant des tentatives de conversion de 1774, il prend
ses précautions pour que le prophète ne livre pas de nouveaux
assauts à sa foi ; il lui écrit que si lui, Lavater, croit être en
possession de la vérité, lui aussi, Goethe, s'imagine la posséder ;
seulement, la sienne repose sur ses cinq sens. S'il est dans
l'erreur, que Dieu lui témoigne la même patience que celle
qu'il lui a montrée jusqu'ici[4]. Ni les idées, ni les écrits de
Lavater, ni le sentiment de la majorité ne peuvent ébranler son
sentiment intime[5]. Lavater et lui sont comme deux tireurs qui,
adossés l'un à l'autre, visent des buts différents[6].

Fait remarquable, d'ailleurs, on dirait que les quelques
journées qu'il a passées à Zürich avec Lavater ont à nouveau,
comme en 1774, provoqué en lui une crise de mauvaise
humeur à l'égard des formes courantes de la croyance. A par-

1. A Herder, 2, 15 janvier 1776. — 2. A Ch. v. Stein, 11 déc. 1777. —
3. A Lavater, 8 oct. 1779. — 4. 28 oct. — 5. 6 mars 1780. — 6. A Lavater,
24 juillet 1780.

tir de 1780, il parle moins de religion dans ses lettres, les expressions religieuses se font rares sous sa plume et surtout sa tolérance paraît diminuer. Sa pensée et son style deviennent âpres, quand il touche aux questions de la religion. Les croyances de la majorité des hommes lui semblent les « singeries d'une farce grossière[1] ». « Ton Christ, dit-il en substance, non sans rudesse, à Lavater est une image où tu t'es transporté tout entier, et, t'y mirant, tu peux t'y adorer toi-même » ; il lui reproche d'avoir, pour parer son oiseau du paradis, arraché aux milliers d'autres oiseaux qui vivent sous les cieux leurs plumes rares, comme s'ils les avaient usurpées[2]. Le *Pilate* du prophète de Zürich l'irrite fort, par l'intolérance étroite qui s'y révèle pour toutes les croyances qui ne dérivent pas strictement de la foi au Christ, et parce que aussi la figure de ce dernier y apparaît déformée d'insupportable et très gauche façon. « L'histoire du Christ, écrit-il à Mme de Stein[3]; a fait complètement perdre la tête à ce pauvre Lavater, complexe, subtil et indissoluble mélange de l'intelligence la plus avisée et de la superstition la plus grossière. » Pour lui, il n'est ni antichrétien, ni païen, mais il est un non-chrétien décidé[4] et il ne cesse de souligner l'antithèse de sa conception avec celle de Lavater. Autant il aime l'homme doux et bon qu'est le pasteur de Zürich, autant l'apôtre intolérant et crédule lui est insupportable. Il n'est pas de voix céleste qui lui fera admettre, comme le voudrait Lavater, que l'eau brûle et que le feu éteint, qu'une femme peut enfanter sans avoir conçu, et qu'un mort peut renaître; de telles absurdités sont à ses yeux de véritables blasphèmes[5]. Il espère, d'ailleurs, que bientôt Lavater et lui sauront assez à quoi s'en tenir sur leur credo respectif pour ne plus se tourmenter l'un l'autre au sujet de la question religieuse. « Mon emplâtre reste sans effet sur toi, le tien ne prend pas sur moi, mais dans la pharmacie de notre père il y a beaucoup de remèdes. Nous devrions écrire, un jour, nos

1. A Lavater, 18 mars 1781. — 2. Au même, 22 juin 1781. — 3. 6 avril 1782; cf. Bodemann, *J. G. Lavater*, op. cit., II, p. 212 et sq. — 4. A Lavater, 29 juillet 1782. — 5. Cf, au même, 9 août.

deux professions de foi sur deux colonnes parallèles et édifier
là-dessus un pacte de paix et de tolérance[1]. »

Si Gœthe parle ici encore de tolérance, c'est qu'il tient à
ménager en Lavater un ami qui lui a été cher ; mais peu à peu,
à mesure que lui-même s'éloigne de l'état d'esprit du « Sturm-
und Drang », où, un instant, ils avaient communié dans le sentiment, tandis que Lavater s'enfonce toujours davantage dans
son mysticisme inquiet, et que, dans sa soif maladive de sur-
naturel, il montre chaque jour plus de crédulité puérile vis-
à-vis des charlatans divers qui croisent sa route[2], qu'ils s'appellent Kaufmann ou Cagliostro, l'abîme s'élargit entre les deux
anciens « frères ».

Lorsqu'en juillet 1786 Lavater a annoncé sa visite à Weimar, Gœthe écrit le 12 à Mme de Stein : « Comme j'aurais
aimé à éviter de rencontrer l'Apôtre... que puis-je avoir à faire
avec l'auteur de *Ponce-Pilate* ? ». Le 21, il l'a vu et il écrit à
son amie : « Les Dieux savent mieux que nous ce qui nous est
bon, c'est pourquoi ils m'ont forcé de le voir ; il a logé chez
moi ; nous n'avons pas échangé une seule parole cordiale ou
intime et j'ai dépouillé à tout jamais vis-à-vis de lui la haine
comme l'amour. Dans les quelques heures que nous avons
passées ensemble, il s'est montré à moi, tel qu'il est avec
ses qualités et ses bizarreries ; mon âme était comme un verre
plein d'eau pure. J'ai fait un grand trait sous son existence et
je sais, *per saldo*, ce qui me reste de lui. » Quand Lavater,
dans la naïveté de son âme, se risque encore à lui dédier son
Nathaniel, Gœthe veut lui répondre avec une brutalité qui
nous surprend : « Tu t'adresses mal avec ton verbiage pleu-
rard. Je n'ai rien d'un Nathaniel et s'il se trouve des Natha-
niels dans mon peuple je me charge de me moquer d'eux,
comme il convient... Ainsi, décampe, sophiste, ou gare aux
coups ![3] » Après le voyage en Italie, la vieille sympathie,
devenue indifférence hostile, se changera en antipathie décidée.

---

1. A Lavater, 4 oct. — 2. Cf. C. Schrempf, *op. cit.*, II, p. 90 et sq. —
3. Funck, *Gœthe und Lavater*, pp. 375-376, ou Weimar-Ausg., IV, 8, p. 415.

La raison profonde en est que le pressentiment que nous avons vu poindre en Gœthe dès le temps de Francfort, que c'est dans la Nature, et non hors de la Nature, qu'il faut chercher le Divin, est devenue ici, sous l'influence de ses premières études scientifiques, conviction intime, certitude absolue. En 1776 déjà, il avait dit à Lavater[1] : « Tous tes idéals ne m'empêcheront pas d'être vrai, d'être bon et mauvais comme la Nature. » C'était jadis rendre un service aux hommes que de tourner leurs regards vers le Ciel, c'est aujourd'hui leur en rendre un plus grand que de les ramener à la terre, écrit-il à Knebel le 17 novembre 1784. Et c'est précisément cette foi, confirmée encore en lui par la lecture plus attentive de Spinoza, qui le rend de moins en moins patient aux efforts obstinés d'un Lavater pour entraîner ses semblables toujours plus avant aux voies du mysticisme.

Il continue de se servir des termes courants du langage religieux, comme s'il croyait à une Providence. Laissant entendre à Mᵐᵉ de Stein, en juillet 1786[2], qu'il va s'absenter pour quelques semaines, il dit : « si c'est toutefois la volonté des Dieux du ciel qui, depuis quelque temps, dirigent mes destinées avec une si bienveillante violence »; quand, le 24, il remercie le duc pour le congé que celui-ci a bien voulu lui accorder et lui dit qu'il s'en va pour corriger toutes sortes de défauts, combler mainte lacune, il ajoute : « que l'esprit de sagesse qui gouverne le monde daigne m'assister. » Mais cet Esprit du monde n'est plus pour lui ce qu'il était dix ans plus tôt, un Esprit dont la bienveillance a quelque chose de capricieux et de personnel, de spécial aux individus. Cet Esprit, c'est celui qui est épandu dans l'univers, que l'homme sent flotter invisible et toujours présent dans le mystère des choses, qui se révèle dans l'harmonie totale du monde, dont l'activité nécessaire apparaît peu à peu à ceux qui, par l'étude désintéressée et patiente de la Nature, cherchent sans fièvre la solution de l'énigme de la Création. Le Divin, c'est pour lui de plus en plus la Nature et

1. 22 fév. 1776. — 2. 21 juillet.

ses lois. Étudier la Nature, reconnaître ses lois, se soumettre à leur nécessité, s'efforcer dans sa vie morale d'en reproduire l'ordre impassible, c'est pour le Gœthe de 1786 faire acte de piété. Croire en Dieu n'a plus de sens pour lui, car l'acte de foi, tel qu'il est demandé par Jacobi et ces chrétiens fervents, comme la princesse Gallizin et Hemsterhuis, qui sont venus le voir et peut-être tenter de le convertir l'année précédente [1], n'est à ses yeux qu'un pari hasardeux, désespéré, presque un blasphème. Les gens qui *croient* en Dieu ne sont que de pauvres aveugles qui ne le *voient* pas. Or, Gœthe a foi en la vertu de l'intuition [2], il *voit* Dieu, il le voit mal encore parce que sa vue est faible, insuffisamment exercée, mais il a confiance qu'il le verra chaque jour avec plus de netteté. A chaque pas en avant qu'il fera dans l'étude de la Nature, à chaque loi qu'il découvrira ou dont il pénétrera mieux le sens, il se rapprochera davantage du Divin. Cette assurance le remplit d'une joyeuse confiance et lui donne, dit-il à Jacobi [3], le courage de consacrer toute sa vie à l'étude des choses de la Nature. Le sentiment, qu'en étudiant les phénomènes du monde extérieur, il ne satisfait pas une vaine curiosité, mais fait œuvre pieuse et utile, communique à sa vie et à sa pensée, à mesure qu'il devient toujours plus conscient en lui, un caractère de sérénité et de sérieux que ni l'un ni l'autre n'avaient au temps où il se laissait aller aux capricieuses suggestions de son génie. Peu à peu, tout lui apparaît mesquin en regard de la Nature ; il s'éloigne des hommes à mesure qu'il se rapproche d'elle. On s'explique mal, autour de lui, le changement de son attitude ; ses allures nouvelles semblent énigmatiques et on attribue la froideur qu'il montre à l'orgueil qu'il éprouve de son élévation [4]. En réalité, cette froideur n'est que de la sérénité. Le tumulte de son esprit, le bouillonnement de ses passions s'apaisent par degrés, à proportion qu'il prend davantage conscience de l'identité de la Nature et du Divin.

1. En septembre 1785. — 2. Cf. à Jacobi, 5 mai 1786. — 3. *Ibid.* — 4. Sophie Becker, *Vor hundert Jahren* ; cf. cit. dans Ad. Schöll-W. Fielitz, *Gœthes Briefe an Fr. von Stein,* Frankfurt a/M., 1885, II, p. 596.

Il y a donc corrélation intime entre l'évolution de ses idées religieuses et l'évolution de ses conceptions morales. Si Gœthe a renoncé à embrasser la vie entière, s'il a appris l'art difficile de modérer ses désirs, s'il a compris la nécessité de reconnaître les limites de sa personnalité et s'il a senti la haute valeur de l'action utile, de l'altruisme, c'est qu'il a commencé d'apercevoir la beauté de la loi dans la Nature.

Jadis, il cherchait les manifestations du Divin surtout dans les grandes individualités où il apparaissait démonique et déconcertant ; maintenant, il s'efforce d'en saisir le reflet sur la face des choses et dans les lois profondes qui régissent l'univers.

VI.

L'évolution du sentiment esthétique de Gœthe à Weimar est moins aisée à suivre que son évolution morale et religieuse, parce qu'en cette période d'activité pratique Gœthe n'a guère eu le temps de réfléchir aux problèmes d'esthétique qui l'avaient préoccupé lorsqu'il collaborait aux *Annonces savantes de Francfort*; du moins il n'a pas pris le loisir ou n'a pas eu le souci de noter ses impressions ou ses idées nouvelles.

Son attitude vis-à-vis d'œuvres comme le *Pilate* de Lavater ou le *Woldemar* de Jacobi ne nous prouve, en effet, que peu de chose pour son esthétique ; elle ne nous fait guère voir que son antipathie profonde pour les idées et les sentiments qu'il y trouve exprimés, pour le vague, l'équivoque et la fausseté de l'idéal qui s'y révèle. Il déteste autant les subtilités psychologiques et la vaniteuse prétention de *Woldemar* que le mysticisme dévergondé, la christolâtrie malsaine et intolérante du *Ponce-Pilate*[1]. Au reste, il n'est guère plus indulgent pour son *Werther*. Comme par hasard, un jour, avant dîner, son roman lui tombe sous la main, tout lui en paraît nouveau et étranger[2]. Aux Français qui, à Genève, se montrent enthousiastes de son

1. Cf. à Lavater, 7 mai 1781, 9 août 1782. — 2. A Ch. v. Stein, 28 avril 1777.

roman et lui demandent s'il n'écrira pas d'autres ouvrages du même genre, il répond qu'il serait désolé de se retrouver jamais dans la disposition d'esprit nécessaire pour en écrire un second[1]. Si, en 1782, il lit avec curiosité une traduction en italien de *Werther*, c'est, semble-t-il, uniquement par intérêt pour l'italien[2]. Mais cette lecture paraît toutefois l'avoir persuadé qu'il devait refondre son œuvre, car, à la fin de l'année, nous l'entendons annoncer à Knebel qu'il fait copier *Werther*, afin de l'avoir en manuscrit et de pouvoir le remanier. Délicate et périlleuse entreprise, ajoute-t-il, mais que son calme présent lui permet de tenter[3] ; il espère le « hausser de quelques crans[4] » et notamment rendre plus sympathique le caractère d'Albert. Le 25 juin 1786, il écrit à Mme de Stein que, tout en corrigeant son *Werther*, il se dit que l'auteur a eu tort de ne pas se faire sauter la cervelle après avoir achevé son roman.

Ce n'est qu'une boutade, mais elle nous prouve à quel point le sentiment de Gœthe a évolué vers la sagesse.

Son *Egmont*, quand il le reprend, ne l'étonne pas moins. Il ne l'écrirait plus s'il avait encore à l'écrire, ou il l'écrirait autrement, et s'il se résigne à ne pas sacrifier ce qu'il en a écrit, il veut du moins chercher à faire disparaître ce qu'il y a « de trop déboutonné, d'étudiantesque, tout ce qui est en contradiction avec la dignité du sujet[5] ». Ceci est, à certains égards, plus caractéristique et peut déjà nous faire entrevoir le nouvel idéal de beauté que conçoit Gœthe. L'expression brutale de sentiments violents le choque ; à la modération et à la pureté de la pensée doit correspondre la beauté calme, la beauté plastique de la forme.

Fait digne de remarque, il se réconcilie avec la manière de Wieland. Tant que la poésie sera poésie, que l'or et le cristal seront or et cristal, l'*Oberon*, dit-il à Lavater[6], restera un

---

1. A Ch. v. Stein, 2 nov. 1779. — 2. A Michäel Salmon, 20 fév. 1782 ; à Ch. v. Stein, 12 déc. 1781. — 3. A la même, 21 nov. 1782. — 4. A Kestner, 2 mai 1783. Cf. M. Lauterbach, *Das Verhältnis der zweiten zur ersten Ausgabe von Werthers Leiden*, Strasburg, 1910. — 5. A Ch. v. Stein, 20 mars 1780 ; cf. E. Zimmermann, *Gœthes Egmont*, II Teil, chap. ii, § 24 et 25. — 6. 3 juillet 1780.

chef-d'œuvre d'art poétique. Il n'admet pas qu'on puisse
refuser le génie à Wieland, et il va jusqu'à dénier à la critique
le droit de disséquer ce qu'elle appelle dédaigneusement et
injustement son talent[1], car pour lui, entre le génie et le
talent, il n'y a point d'antithèse, le talent n'étant que la langue
du génie.

Le lent et patient travail d'épuration formelle qu'il fait subir
à son *Iphigénie*[2] nous est une preuve précieuse que son goût
évolue vers la mesure en même temps que sa moralité. Les
conseils qu'il donne au peintre Fried. Müller nous le montrent plus clairement encore. Il lui recommande[3] de s'inspirer de Dürer et de Raphaël, de fuir l'arbitraire, d'étudier
avec une patiente application les Anciens en même temps que
Raphaël et la Nature, de renoncer à peindre des personnages
imaginaires, dieux, anges, diables et prophètes, et de borner
son ambition à travailler des têtes et des personnages isolés,
avec le souci de rendre le caractère individuel et la vie intérieure, d'aspirer à la vérité sans prétentions, à la noble simplicité. Les sujets importent peu par eux-mêmes ; qu'il s'attache
à des sujets bornés, mais riches d'humanité, et il en retirera
plus de gloire et de profit qu'à peindre d'ambitieux et vains
sujets, comme la lutte de l'Ange et du Malin sur le cadavre
de Moïse, ou le serpent d'airain.

Gœthe n'a pas encore trouvé sa théorie de la manière et du
style, mais il l'entrevoit déjà. L'artiste n'a pas besoin de chercher à créer la beauté. de toutes pièces, par un effort démesuré
de son imagination, il n'a qu'à regarder autour de lui, il la
trouvera dans la Nature, mais — et c'est en quoi le naturalisme présent de Gœthe diffère essentiellement de celui qu'il
professait vers 1772 — à la condition qu'il ne s'en tienne pas
seulement aux apparences des choses et des êtres, mais qu'il
cherche à en pénétrer l'esprit, à en saisir la vie intime et l'harmonie nécessaire, et, pour peu qu'il ait du métier, son œuvre

1. A Lavater, 24 juillet. — 2. Cf. Düntzer, *Die drei ältesten Bearbeitungen
von Gœthes Iphigenie*, Stuttgart, 1854, et J. Bächtold, *Gœthes Iphigenie auf
Tauris, in vierfacher Gestalt*, Freiburg, 1887, 2ᵗᵉ Aufl. — 3. 21 juin 1781.

sera grande ; nulle part, au reste, la beauté simple et vraie ne se montre mieux que dans la figure humaine, fût-ce celle d'un mendiant sous le porche d'une église !

Pour son compte, Gœthe se met à étudier la figure humaine ; il étudie l'anatomie, l'ostéologie, il l'enseigne même à l'école de dessin de Weimar ; il fait faire sous ses yeux une statuette de Fritz von Stein par le sculpteur Klauer[1] et, abandonnant peu à peu les paysages, il se met lui-même à dessiner d'après le nu[2]. Tous ses essais en art ont pour but, dit-il, de l'aider à se dégager toujours davantage du vague et de la pénombre[3].

Insensiblement, Gœthe semble revenir à son idéal artistique du temps de Leipzig ; nous venons de l'entendre parler à nouveau de noble simplicité. Ce qu'il goûte maintenant chez les Anciens, ce n'est plus le puissant individualisme, la nature naïve qu'à l'époque du « Sturm-und Drang » il croyait apercevoir en eux, c'est, comme jadis, leur sentiment de la beauté sereine, telle qu'elle se montre triomphante dans cet Apollon du Belvédère dont, à sa grande joie, le duc de Gotha lui a fait cadeau[4], dans ces moulages d'après l'antique qu'il a achetés à Leipzig, dans ces chapiteaux de colonnes grecques qu'il copie d'après les planches du cours d'architecture de Blondel[5], telle qu'elle transparaît à travers les analyses de Mengs, le théoricien de l'art classique, dont il lit les œuvres avec attention et profit dans les premiers mois de 1782[6]. De nouveau il est tout respect pour son maître Oeser qui, le premier, l'a initié à l'art antique ; sans doute, il n'est plus d'accord avec lui sur tous les points[7], — il continue vraisemblablement à le trouver trop froid, — mais il admire son talent probe et précis, sans « envolées supra-lunaires[8] ».

Ce n'est pas que son goût soit exclusif ; il s'intéresse toujours aux vieux maîtres de l'école néerlandaise, aux Everdingen[9], aux Rembrandt[10], aux Dürer, Martin Schöns, Lucas de

---

1. Cf. *Journal*, 15 déc. 1778, 30 janv. 1779. — 2. A Merck, 7 avril 1780. — 3. *Ibid.* — 4. A Ch. v. Stein, 16 janv. 1782. — 5. *Journal*, déc. 1778. — 6. A Knebel, 26 fév. 1782. — 7. A Œser 15 juin 1778. — 8. A Ch. v. Stein, 25 déc. 1782. — 9. A la même, 20 fév., 28 déc. 1782. — 10. A la même, 30 nov., 3 déc. 1778.

Leyde[1] ; il collectionne les vieilles gravures avec passion, mais Phidias, et Raphaël lui apparaissent pourtant comme les représentants de l'idéal suprême. Ne dit-il pas de ce dernier qu'il sera toujours l'idole plutôt que le modèle de ses successeurs[2]? Il envie le peintre Müller de vivre à Rome au milieu des chefs-d'œuvres dont lui, dans son pauvre pays, ne peut avoir qu'un nuageux pressentiment[3].

Il se dédommage de son mieux, et, puisqu'il ne lui est pas donné de se réconforter au spectacle des œuvres de la plastique des Anciens, il continue de butiner à travers leur littérature. Il lit avec un vif plaisir les *Perses* d'Eschyle et son *Agamemnon*[4] ; dans son voyage d'inspection de septembre 1780, qu'il fait en compagnie du duc, il emporte son Euripide et les épigrammatistes grecs. Leur lecture, dit-il, l'aide à se laver et à se purifier des impressions fâcheuses que lui laisse le spectacle de la misère humaine[5]. Tandis que le duc, indifférent à son enthousiasme pour la Nature et la poésie, essaie des pistolets et des fusils, lui, trompe son ennui dans la société de ses chers Grecs[6]. Il lit encore Longin, Plutarque, Platon[7] ; il reste fidèle à Homère. A Waldeck, où il excursionne joyeusement, il cherche à se procurer à tout prix l'*Odysée,* car, dit-il, il est impossible de s'en passer dans ce monde d'une simplicité homérique[8]. C'est Homère qui le console d'être loin de Mme de Stein[9] ; sur le lac de Thun, il lit la traduction de Bodmer, et quelques jours plus tard son domestique Seidel note dans son propre Journal que son maître lit le passage d'Homère sur les sirènes[10]. Nous savons d'autre part son commerce avec Aristophane par son imitation des *Oiseaux.* Aristote lui-même l'attire et nous le voyons s'arracher avec regret à lui pour aller s'occuper d'affaires de fermage et de pacage[11]. Bien

---

1. A Lavater, 7 fév., 6 mars, 1er mai 1780; à Merck, 7 avril. — 2. A Fr. Müller, 21 juin 1781. — 3. 9 août 1781. — 4. A Ch.-Auguste, 4 nov. 1781; *Journal*, 9 fév. 1782. — 5. A Ch. v. Stein, 7 sept. 1780. — 6. A la même, 12 sept. — 7. A la même, 28 mars, 28 août 1782, 5 fév. 1781. — 8. A Ch.-Auguste, 24 déc. 1775. — 9. A Ch. v. Stein, 15-16 janv. 1776. — 10. *Journal*, Weim.-Ausg., IV, 4, p. 82. — 11. A Ch. v. Stein, 10 oct. 1782.

que les Latins semblent avoir moins d'attraits pour lui, il ne les
néglige pourtant pas : il lit Horace dans la traduction de Wieland[1].
il lit Virgile[2], et ses allusions fréquentes à Marc-Aurèle nous
prouvent qu'il a fait des *Pensées* une lecture attentive — au
moins dans une traduction, sinon dans le texte grec[3]. — Pindare par contre et Théocrite semblent délaissés. On dirait qu'il
ne demande plus aux Anciens des exemples de vertu héroïque
ou de vie idyllique, et que ce qui l'intéresse le plus en eux,
c'est la façon dont ils ont compris la solution des problèmes
courants de la destinée humaine, dont ils ont saisi et peint la
réalité ; il leur demande des leçons de beauté simple et de vie
normale.

Si donc en esthétique les idées de Gœthe ne paraissent pas
avoir subi une transformation aussi radicale que dans les autres
domaines de sa pensée ou de son activité pratique, l'évolution
n'en est pas moins sensible. Ici comme ailleurs se révèle l'aspiration de Gœthe à la pureté et à la clarté.

Ainsi, ces années de Weimar qui, vues de loin, peuvent
sembler uniquement remplies par les préoccupations du plaisir
ou de l'intérêt personnels, que beaucoup de ses amis et plus
d'un critique à leur suite affectèrent de considérer comme des
années gaspillées en vaines expériences politiques ou écono-
miques où le dilettantisme eut plus de part que le souci des
intérêts supérieurs de la communauté, ces années nous apparaissent, en réalité, à l'examen, infiniment riches et fécondes
pour le développement total de la personnalité de Gœthe.
Suivant une image qu'il employait lui-même, un jour, dans
une lettre à Jacobi, il a, tout en remplissant avec une indéniable conscience les multiples devoirs de ses innombrables charges, travaillé, avec une inlassable énergie et une
conscience de plus en plus claire, à débarrasser son être moral
des scories qui l'alourdissaient et l'enlaidissaient[4] ; il a soumis

1. A Ch. v. Stein, 1er mai 1782. — 2. A Knebel, 17 avril 1782. — 3. Cf. à
Ch. v. Stein, 13 sept. 1780, 11 mars 1781, 19 nov. 1784. — 4. 17 nov. 1782.

son moi à une refonte complète et il sortira bientôt du creuset, mûr pour la vie supérieure à laquelle il aspire et dont le séjour en Italie l'aidera à achever de préciser les principes et les conditions.

LIVRE IV *(suite)*.

DEUXIÈME PARTIE : LES FACTEURS ÉTRANGERS
DE L'ÉVOLUTION DE GŒTHE.

Ni l'âge, ni le maniement des affaires et l'expérience des hommes ne suffisent à expliquer complètement la transformation morale de l'auteur de *Werther*. Des influences diverses s'exercent sur lui, qui ne déterminent pas sans doute de tous points, mais qui hâtent ou facilitent sa marche à la sagesse ; ce sont celles de *Mme de Stein*, de ses *Études scientifiques*, de ses *Lectures*. Nous avons déjà eu plus d'une fois l'occasion de le souligner au passage ; nous allons essayer de le montrer dans le détail.

I.

C'est une longue et tragique histoire que celle des rapports de Gœthe et de la baronne de Stein[1], bien qu'elle ait commencé ainsi qu'une banale intrigue d'amour. Lorsque Gœthe arriva à Weimar, précédé du renom de sa gloire précoce, au-

---

1. Cf. particulièrement Düntzer, *Ch. von Stein, Gœthes Freundin*, Stuttgart, 1874, et *Ch. v. Stein und Corona Schröter*, Stuttgart, 1876 ; Ed. Höfer, *Gœthe und Ch. von Stein*, Stuttgart, 1878 ; Heinemann, *Die Bedeutung, der Frau von Stein für die deutsche Litteratur*, Hochstiftsberichte, 1885-86 ; Ed. Engel, *Gœthe der Mann und das Werk*, Berlin, 1910, pp. 209-225 ; W. Bode, *Charlotte von Stein*, Berlin, 1910 ; cf. aussi Schöll-Fielitz, *Gœthes Briefe an Frau von Stein*, op. cit., Introduction, et R. Saitschick, *Gœthes Charakter*, op. cit., pp. 21-30.

réolé de toutes les séductions du génie et de la jeunesse, la baronne de Stein, âgée alors de trente-trois ans, regarda assurément d'un œil curieux et complaisant le fougueux auteur de *Werther* à qui, d'après ce que lui avait écrit son ami, le médecin Zimmermann, sa silhouette avait, quelques mois auparavant, coûté trois nuits d'insomnie[1]. Gœthe, de son côté, ne demandait qu'à vérifier les conclusions physiognomiques qu'il avait envoyées à Lavater sur la silhouette de la baronne[2]. Son cœur, encore tout endolori de son aventure avec Lili, est avide de consolations et tout prêt à brûler d'une nouvelle flamme. Or, l'amour dont tout de suite il entrevoit la possibilité dans les regards bienveillants de la femme du grand-écuyer lui paraît d'autant plus séduisant qu'il est plus flatteur pour son amour-propre. Quel honneur pour le petit bourgeois d'être aimé d'une baronne! Pour si conscient que Gœthe ait pu être, à cette époque, de sa valeur comme poète, et quel qu'ait été son orgueil de citoyen de la ville libre de Francfort, de même qu'il nous semble comme grisé par l'honneur d'être « le frère et le tout » d'un prince, de même il est bien permis de supposer qu'il ait été capable de se réjouir naïvement d'avoir, dès son arrivée à Weimar, fait impression sur une des plus grandes dames de la cour, et que la fierté qu'il en éprouva lui fit paraître plus désirable d'entreprendre sa conquête.

Il pouvait lui sembler que jusqu'ici ses amours avaient été symboliques de sa destinée. Comme sa fortune, ils ont grandi par degrés. A l'humble ouvrière de Francfort a succédé l'accorte petite bourgeoise de Leipzig; puis sont venues la fille, si distinguée dans sa naïveté, du pasteur de Sesenheim et Lili, l'élégante fille de banquier; enfin, comme pour le prendre par la main et l'introduire dans le grand monde, c'est la gracieuse baronne de Stein qui s'offre à lui. La baronne a d'ailleurs pour séduire le jeune homme autre chose que son rang; malgré les sept enfants qu'elle a donnés à son mari en neuf ans de

---

1. Schöll-Fielitz, *op. cit.*, p. 8. — 2. A Lavater, août 1775, Weimar-Ausg., IV, 2, n⁰ 347. Cf. v. d. Hellen, *Gœthes Anteil an Lavaters Physiognomischen Fragmenten*, pp. 236-239.

mariage, ses charmes sont réels. Elle a de très grands yeux noirs, la voix douce, sa carnation est italienne comme ses cheveux, de toute sa personne se dégage une élégante simplicité[1]; elle est naturelle, sans la moindre affectation, bien équilibrée, également éloignée de la sentimentalité et de la froideur[2]. Bref, elle est encore fort désirable et le jeune docteur s'éprend d'elle sur l'heure et met tout de suite, avec l'impétuosité qui lui est naturelle, le siège devant son cœur.

La longue série des billets ou lettres d'amour où, pendant dix ans, Gœthe va chanter sa passion sur les modes les plus variés, ne commence à vrai dire qu'en janvier 1776, mais le ton exalté et la forme décousue des premiers billets nous prouvent qu'il n'en est pas à ses premières déclarations. Le fait même que Mme de Stein accepte ses lettres et ses confidences nous montre, d'autre part, qu'elle n'a pas repoussé les hommages du jeune poète. Très tôt d'ailleurs, elle s'était aperçue combien Zimmermann avait eu raison de lui dire[3] qu'elle était bien imprudente en désirant voir l'auteur de *Werther* et qu'elle ne se doutait pas à quel point cet homme aimable et charmant pourrait devenir dangereux pour elle. Elle avait compris que cette fougueuse passion allait menacer sa tranquillité personnelle et, dès qu'elle avait vu le péril, elle avait essayé d'y porter remède. Elle s'était efforcée d'endiguer le flot montant de cet amour désordonné[4]. Dès le 15 janvier, les let-

---

1. Zimmermann à Lavater, 25 nov., 12 déc. 1774, cit. Bode, *Ch. v. Stein*, p. 53, ou H. Funck, *Ein neuer Fund über die Persönlichkeit der Frau von Stein*, Westermanns Monatshefte, mai 1900, pp. 182-187. — 2. *Knebels Briefw. mit seiner Schwester Henriette*, Hrsg. von Düntzer, p. 81, cit. W. Bode, *Amalie...*, op. cit., II, p. 119. — 3. Janv. 1775, cit. Schöll-Fielitz, p. 8.

4. Les lettres de Mad. de Stein au médecin Zimmermann nous montrent à quel point elle était inquiète de la passion du poète. Elle conte à son ami comment Gœthe, malgré ses observations, la tutoie et comment, un jour qu'elle lui reprochait cette liberté dont le monde pourrait tirer de fâcheuses conclusions, il avait brusquement quitté le canapé où il était assis, s'écriant qu'il fallait qu'il parte, courant comme un fou à travers la chambre pour chercher sa canne et se sauvant sans l'avoir trouvée et sans lui dire bonsoir. Elle ajoute que déjà, à plusieurs reprises, il lui a causé les plus graves ennuis, mais qu'il n'en a rien su et n'en saura jamais rien (6 mars). Deux jours plus tard elle écrit : « Je devais aller hier soir chez Wieland avec la duchesse mère, mais comme je

tres de Gœthe, qui a eu vite fait de franchir les barrières de
la convention et qui, au bout de quelques semaines, en est
arrivé au tutoiement, nous le montrent soupirant de la contrainte qu'elle lui impose, contenant mal son impatience,
usant même du procédé vulgaire de la jalousie pour triompher
des rigueurs de la baronne, oscillant entre le désespoir et l'espérance. La moindre faveur lui arrache des cris de reconnaissance éperdue[1] ; il se déclare satisfait de ce qu'elle veut bien
accorder ; il se résigne à ne voir en elle qu'une sœur et se promet de la laisser en repos[2] ; il reconnaît qu'elle a raison de
vouloir s'éloigner de lui[3], mais cette résignation n'est qu'apparente ; il maudit le monde qu'elle invoque pour le rappeler à
la retenue[4], et sa destinée qui veut qu'il ne soit jamais aimé
quand il aime[5]. Il prend parfois la résolution de ne plus la
voir, car les tourments qu'il endure sont excessifs et il se rend
compte que, de son côté, il la fait souffrir[6]. Mais quand il la
voit partir pour sa terre de Kochberg, où elle se réfugie quand
il devient trop pressant, elle lui apparaît comme la Vierge
montant au Ciel, et il se compare au pauvre mortel qui, restant sur la terre, tend en vain ses bras vers elle et mendie
d'elle un regard[7]. Il ne peut pas renoncer à son amour, car
son sentiment intime lui dit que, malgré sa froideur, elle ne

craignais d'y rencontrer Gœthe, je me suis abstenue. C'est étonnant tout ce que
j'ai sur le cœur contre ce monstre et il faut que je le lui dise. Il n'est pas possible qu'avec ses façons il réussisse dans le monde... Pourquoi ses éternelles
pasquinades? Les hommes sont pourtant bien tous créatures du grand Être qui,
lui, les a supportés! Ajoutez à cela sa manie inconvenante d'user d'expressions
plébéiennes et grossières. Peut-être cela n'aura-t-il pas d'influence sur sa propre
moralité. Mais en attendant, il gâte les autres. Le duc a étonnamment changé.
Hier, il était chez moi, et prétendait que tous les gens de bonne tenue et de
manières distinguées ne pouvaient prétendre au nom d'honnête homme... et il ne
peut souffrir que ceux qui ont quelque chose du rustre. Et tout cela, c'est à Gœthe qu'il le doit, à cet homme qui a pourtant plus de cœur et de tête que tant
d'autres, qui voit toutes choses d'un regard si clair, sans idées préconçues
quand il le veut, qui peut dominer tout ce qu'il veut... Je sens que Gœthe et
moi ne serons jamais bons amis. Sa façon de se comporter vis-à-vis de notre
sexe ne me plaît pas,... (Wartburgstimmen, Mai-heft. 1904).

1. 23 fév. 1776. — 2. 16 avril. — 3. 1er mai. — 4. 24 mai. — 5. 24 juillet.
— 6. 1er sept. — 7. 7 oct.

peut pas ne pas l'aimer[1]. Comme elle s'obstine à rester sur la
défensive, il affecte de se résigner, il parle moins de son amour
ou en parle avec plus de calme, il renonce au tutoiement,
mais toutes ses lettres de l'année 1778 sont frémissantes de
dépit mal contenu. De menues aventures amoureuses, les
coquetteries des belles dames ne peuvent le distraire de cette
pensée torturante qu'il doit renoncer au bonheur rêvé[2].
Quelle ironie douloureuse dans ce passage d'une lettre du
2 mars 1779 où, faisant allusion à un gilet qu'elle lui a donné,
il dit : « Si vous étiez une « Misel » je vous aurais prié de
mettre le gilet, la première, toute une nuit, afin de le transsubs-
tancier, mais comme vous êtes une femme pleine de sagesse,
je suis forcé de me contenter du sacrement de Calvin. »

Le voyage en Suisse, pourtant, semble calmer un peu sa
fièvre. Devant les spectacles sublimes de la Nature son âme
s'élève, se purifie ; ses lettres à son amie changent de caractère.
Ce n'est plus la longue et monotone litanie de plaintes, de
soupirs, de protestations amoureuses où se mêlent étrangement
le parfum des bouquets que Gœthe envoie à la baronne et le
fumet des plats dont celle-ci pourvoit, en échange, presque
quotidiennement la table de son adorateur ; ce sont de grandes

1. 16 sept. 1777. — En réalité, Gœthe avait raison de le croire. Les rigueurs de
Mad. de Stein n'étaient plus sincères à cette date. Elle n'avait pu résister longtemps à la contagion de la tendresse, seulement elle avait été assez habile pour
ne pas l'avouer au poète. Dès le 10 mai 1776 elle dit à Zimmermann, lui écrivant en allemand : « Notre cher Gœthe m'a, comme vous voyez, fait prendre
goût à écrire en allemand (comme la duchesse Amélie, Mad. de Stein écrivait
et parlait de préférence français) et je lui en sais gré. *Qui sait ce qu'il fera
encore de moi?* » Elle ajoute que, quand Gœthe est à Weimar, il est toujours
autour d'elle ; elle l'appelle son saint — ce qui le met en fuite —; elle a servi
de marraine, en même temps que Gœthe de parrain, à une fille de Wieland ; elle
a déjà goûté une fois dans le jardin de Gœthe et mangé des asperges qu'il a
lui-même déterrées et lavées de ses propres mains à sa fontaine. Le 17 juin,
c'est avec une joie à peine dissimulée qu'elle annonce à son ami que Gœthe
reste décidément à Weimar : « Pour vous dire du nouveau, sachez, mon cher
Zimmermann, que Gœthe est enfin fixé ici... Pourtant je me méfie toujours de
son inconstance, quoique je lui souhaite de grand cœur qu'il puisse trouver le
repos en quelque petit coin du monde. » On sent qu'elle serait désolée que ce
petit coin ne fût pas Weimar !

2. 3 nov. 1778

lettres, toutes frémissantes de la joie saine éprouvée aux enchantements de la Nature ; un air vivifiant y circule, la pensée prend son vol. Devant les grandes montagnes hautaines et impassibles, Gœthe sent et dit combien misérable est notre agitation, combien vaines sont nos angoisses[1]. Il n'est pas, ainsi que nous l'avons déjà signalé, jusqu'au commerce avec Lavater et à la vue de sa vie patriarcale qui ne contribuent à ramener l'équilibre en son âme[2]. Aussi, ne se répand-il pas, comme on aurait pu s'y attendre, en regrets sur l'éloignement ; il trouve même que l'absence a ses avantages[3]. Après son retour à Weimar, il semble ne plus vouloir forcer Mme de Stein à lui accorder ce qu'elle lui refuse : ses billets quotidiens quoique très tendres sont exempts de passion et de récriminations. Mais au mois de mai toute l'ardeur passée renaît avec les fleurs nouvelles ; il supplie son amie de l'aimer ; « aimez-moi » revient comme un refrain douloureux dans presque tous ses billets. « Quand, en secret, je ne suis pas content de moi, vous m'apparaissez comme le serpent d'airain, je lève les bras vers vous du fond de l'abîme du péché et de la faute et je me sens guéri[4]. » C'est là un ton nouveau, et il importe de le souligner. Malgré la recrudescence des déclarations amoureuses, il semble, en effet, qu'il y ait quelque chose de changé entre Gœthe et son amie. Aux supplications d'amour il commence de mêler les protestations de reconnaissance ; il souligne l'influence morale que Mme de Stein exerce sur lui.

Il prie le Dieu aux cent têtes de continuer à le rendre plus digne de lui et d'elle[5]. Il voudrait être purifié à un triple feu pour être digne de son amour[6]. Mme de Stein a remplacé peu à peu, pour lui, sa mère, sa sœur, ses bien-aimées ; entre elle et lui s'est formé un lien comme ceux de la Nature, écrit-il à Lavater[7]. Pourtant, le feu couve toujours sous la cendre et, de temps en temps, il jette une flamme dévorante qui menace de ruiner le bel équilibre, si laborieusement édifié, de

1. Cf. surtout lettre du 3 octobre 1779. — 2. Cf. à Knebel et à Ch. v. Stein, 30 oct. — 3. 16 oct. — 4. 5 juin 1780. — 5. 6 sept — 6. 21 sept. — 7. 20 sept. 1780.

leurs relations[1]. Alors, la crise passée, il demande humblement pardon ; il ne sait s'il le mérite, dit-il, en tout cas il mérite de la pitié[2]. Son amie s'étant montrée généreuse et lui ayant laissé entrevoir qu'elle aussi éprouve pour lui autre chose que de l'amitié, il se sent renaître à la vie[3], il redevient élégiaque, il dit son amour à ses arbres : « Vous savez combien je l'aime, celle qui me paie si bien de retour et qui me rend encore purifié le plus pur de mes instincts[4]. »

L'année 1781 est, semble-t-il, pour les rapports de Gœthe et de Mme de Stein, une année décisive ; elle leur donne la physionomie qu'ils conserveront jusqu'à la fuite de Gœthe en Italie.

Le 7 mars, Gœthe écrit à son amie, de Neuheiligen, à dix heures du soir : « Jamais je ne vous ai tant aimée et jamais encore je n'ai été si près d'être digne de votre amour. » Le lendemain, il lui dit que, en songeant à l'histoire de leur amour, il lui a semblé que son cœur était comme une caverne de brigands dont elle s'est emparée et dont elle a chassé toute la canaille. Un peu plus loin, il la compare à une Commission impériale : elle lui a appris à user de son cœur en meilleur économe et il la prie de continuer à jouer vis-à-vis de lui son rôle bienfaisant. Il reconnaît qu'elle l'aime d'une façon plus belle que celle dont les hommes sont capables, mais il ne désespère pas de parvenir à rivaliser avec elle[5]. « Mon âme est solidement attachée à la tienne[6] ; je n'ai pas besoin de faire des phrases, tu sais que je suis indissolublement lié à toi et que rien ne pourra m'en séparer. Je voudrais qu'il y ait un sacrement quelconque, qui marque ouvertement que je suis à toi et qui sanctionne mon servage. Les juifs ont des cordons, dont ils s'entourent les bras, quand ils prient. Ainsi, j'entoure mon bras de ton cher ruban, quand je te fais ma prière et quand je demande de sentir descendre en moi un peu de ta bonté, de ta sagesse, de ta modération et de ta patience. » « Je t'en prie à

---

1. Cf. 10 oct. — 2. 29 oct. — 3. 7, 13 nov. — 4. Epitre en vers, 16 déc., *Sag' ich's euch, geliebte Bäume.* Schöll-Fielitz, I, p. 295. — 5. 12 mars 1781. — 6. *Ibid.*

genoux, achève ton œuvre, rends-moi vraiment bon. » « Je suis en train de me guérir grâce à vous de vieux péchés et de vieux défauts[1]. » « Ton amour est pour moi comme Vénus ou l'étoile du berger, elle se couche après le soleil et se lève avant lui ; ou plutôt encore, il est comme une de ces étoiles du pôle, qui jamais ne se couchent et qui tressent au-dessus de nos têtes une guirlande éternellement vivante. Je prie les dieux de ne jamais me la voiler sur le chemin de ma vie[2]. » « Si je pouvais dire tout ce que je te dois[3]. »

Toutes ces expressions, à côté de tant d'autres non moins caractéristiques, que nous ne pouvons citer, nous donnent bien l'impression que l'amour de Gœthe pour la baronne est fait de renoncement, de passion refoulée.

Or, le 23 mars, le poète clôt un billet insignifiant où il dit son regret de ne pouvoir dîner avec son amie et lui annonce l'envoi d'un morceau de gibier rôti, par ces mots significatifs : « Adieu, *ma nouvelle*. »

Que veut dire cette expression lourde de sens ? On a voulu y voir une preuve qu'un fait nouveau était intervenu dans les relations de Gœthe et de la baronne de Stein, et on en a conclu que ce fait nouveau ne pouvait être que la capitulation de cette dernière[4]. La conclusion est séduisante et paraît logique. Les lettres qui suivent semblent la légitimer. Son bonheur est si grand, écrit-il le lendemain, qu'il veut passer la journée et même la soirée dans la solitude pour que rien ne vienne le froisser, et aussi, ajoute-t-il, dans un billet écrit quelques heures plus tard, pour ne pas donner prise aux médisances. Mais que penser, si l'on admet cette hypothèse, de la lettre du 27 : « Je veux que la franchise et le repos de mon cœur, que tu m'as rendus, soient pour toi seule et que tout le bien qui en résultera pour moi et pour les autres t'appartienne. Crois moi, je me sens tout autre, mon vieil instinct de bienfaisance renaît en moi, et avec lui, ma joie de vivre. Tu m'a appris à faire le

1. 19 mars. — 2. 22 mars. — 3. 25 mars. — 4. Cf. par ex. E. Lichtenberger, *Étude sur les poésies lyriques de Gœthe*, p. 150 et sq.

bien avec plaisir, et c'est un sentiment que j'avais tout à fait
perdu ; je le faisais instinctivement et je n'en éprouvais pas de
joie..... »? Ce serait, il faut l'avouer, une bien singulière et
bien discrète façon de traduire les joies de la possession! Assurément, les billets qui suivent cette lettre sont particulièrement tendres, mais d'une tendresse émue, sans éclat. Gœthe y
parle posément de sa santé, de celle de son amie, du *Compte
rendu* de Necker, du livre des *Erreurs et de la Vérité* de Saint-
Martin ; ils nous prouvent que les deux amants se voient tous
les jours, et qu'ils sont dans une parfaite harmonie de sentiments, mais rien de plus. Ils continuent de souligner l'influence morale de Mme de Stein : « Que votre bon génie reste
toujours à mes côtés et que la présence de la chère loi me
rende heureux et bon[1]! » Quand même on croirait devoir
appliquer uniquement à son amour ce qu'il dit de l'envie qu'il
a eue une nuit de jeter, comme Polycrate, son anneau à la mer,
car, faisant la somme de son bonheur, il la trouve immense,
cela ne voudrait pas encore dire, sans conteste, que Mme de Stein
lui a cédé, pas plus d'ailleurs, nous semble-t-il, que la formule
d'adieu qui clôt cette même lettre : « Adieu mon bien le plus
cher, toi qui as exaucé tant et tant de mes vœux. » Gœthe ne
dit pas que Mme de Stein a exaucé *tous* ses vœux ; la nuance
n'est pas indifférente. « Aide-moi à traverser la contrée sèche
de la clarté, puisque tu m'as accompagné à travers le pays des
brumes », écrit-il le 3 mai.

Mme de Stein l'a donc amené à la clarté. Cela veut dire assurément qu'elle a remporté une victoire sur les instincts troubles de son ami ; ce serait une étrange façon de marquer qu'elle
a subi elle-même une défaite! La victoire morale de Mme de
Stein nous paraît, au contraire, nettement soulignée par cette
phrase du billet du 14 mai : « Crée-moi et forme-moi de façon
que je reste digne de toi. » C'est à quelques semaines de là
que se place l'envoi de ces deux poésies où on a voulu voir la
preuve décisive de la chute de la baronne : *Pensées Nocturnes* et
la Coupe[2].

1. 18 avril. — 2. 20 sept. et 1er

Sans doute, on peut trouver bien équivoques des vers comme ceux qui terminent la première de ces deux poésies : « Quel voyage n'avez-vous pas déjà achevé, dit-il, s'adressant aux étoiles qu'il plaint de ne pas connaître l'amour, depuis que moi, je m'attarde dans les bras de ma bien-aimée, oubliant et vous et minuit? » ou ces deux strophes de *la Coupe*. « Oh! Lida, comme il (l'amour) a bien tenu sa parole, lorsqu'il t'a donnée, par une douce sympathie, à moi qui depuis longtemps aspirais à l'amour! » « Lorsque j'entoure de mes bras ton corps chéri, et que sur tes lèvres uniquement fidèles je savoure le baume de l'amour que si longtemps tu gardas jalousement en toi, je dis alors, dans mon enchantement, à mon âme : « Non, jamais un autre que le Dieu d'amour n'a fait, ni possédé une coupe pareille. »

« La confession », est-elle vraiment aussi « claire » et aussi « concluante » qu'on l'a prétendu[1]? Faut-il, à tout prix, y voir une sorte de chant de triomphe de l'amour physique satisfait? Faut-il nécessairement prendre, dans leur sens le plus matériel, « l'oubli de l'heure de minuit », les « doux enlacements et les tendres baisers »? Certes, nous ne songerions pas à le contester et à refuser « d'adopter une conclusion trop conforme à la faiblesse humaine, aux mœurs du siècle et à la nature sensuelle de Gœthe[2] », si nous considérions ces deux poésies en elles-mêmes. Mais il nous semble, en les rapprochant des lettres du début de l'année et de celle du 18 avril où le poète ne se lasse de demander à son amie de continuer et de mener à bonne fin l'œuvre d'épuration et d'apaisement qu'elle a entreprise vis-à-vis de lui, qu'elles ne peuvent avoir la portée qu'on leur prête, et nous achevons d'en être convaincus, quand nous lisons dans une lettre que Gœthe adresse, plus tard, de Rome à son amie[3] : « Oui, je tiens à toi par toutes les fibres de mon être; le souvenir du passé me torture d'effroyable façon. Ah! ma chère Lotte, tu ne sais pas quelle violence je me suis faite

---

1. E. Lichtenberger, *Poésies lyriques de Gœthe*, op. cit., p. 156. — 2. *Ibid.*, p. 157. — 3. A Ch. v. Stein, 17 fév. 1781.

et je me fais encore, tu ne sais pas à quel point la pensée de ne pas te posséder, quelque raisonnement que je me fasse, m'use et me consume. Quelque forme que je donne à mon amour pour toi, toujours cette pensée…, toujours… Pardonne-moi de te redire encore une fois ce qui, depuis si longtemps, était enseveli dans le silence. »

Ce qui nous paraît le plus vraisemblable, c'est que, après une lutte longue et âpre, Gœthe s'est résigné à aimer Mme de Stein, sagement, comme elle voulait l'être; il a promis de modérer sa passion et a sans doute prouvé qu'il serait capable de tenir sa promesse. Mme de Stein, alors, cesse, de son côté, de se tenir sur la défensive, elle finit par lui avouer son amour, sans y mettre les réticences et les réserves coutumières; elle lui accorde le droit aux tendres caresses, aux douces privautés, maintenant qu'elle peut croire qu'il ne tentera plus d'en abuser, maintenant qu'elle a remporté sur sa sensualité une victoire qui peut lui paraître définitive.

C'est pour Gœthe une défaite plus encore qu'une victoire, mais il oublie ou veut oublier ce à quoi il doit renoncer, en exaltant ce qu'il obtient. De là, le lyrisme débordant et équivoque des *Pensées nocturnes* et de *la Coupe*.

Cette interprétation, à défaut du mérite de l'ingéniosité, a, au moins, nous semble-t-il, le grand avantage de ne pas forcer à voir une contradiction entre les poésies et les lettres mêmes de Gœthe à son amie. Ce ne sont pas seulement, en effet, les lettres antérieures aux poésies qui soulignent l'influence morale de Mme de Stein, mais celles qui suivent ne la marquent pas avec moins de netteté.

Dès le 9 octobre nous lisons : « Je suis tout à toi, j'ai une nouvelle vie et j'ai une attitude toute nouvelle vis-à-vis des hommes, depuis que je sais que tu en es persuadée (du changement qui s'est fait en lui). » « Mon âme, dit-il quelques semaines plus tard[1], est solidement liée à toi, ton amour est la belle lumière de mes jours, ton approbation est ma meilleure gloire,

____

1. 29 oct.

et quand je m'estime heureux d'avoir un bon renom c'est à cause de toi, pour que tu n'aies pas à rougir de moi. » Son amie est pour lui la ceinture de liège qui le tient au-dessus de l'eau et l'empêcherait de se noyer même s'il en avait envie[1]. Depuis qu'il a trouvé dans son amour un asile calme et sûr, le monde lui apparaît lumineux et aimable[2]. Il s'efforce de mettre en pratique dans le monde tout ce dont ils ont convenu en ce qui concerne la tenue, la façon d'être, les bonnes manières et la distinction en société[3]. La pensée qu'il pourrait la perdre le met hors de lui, car pour tous les malheurs qui pourraient l'atteindre il a en lui un contrepoids, mais il n'en a pas pour celui-là[4]; elle est sa raison de vivre; il lui doit tout; même si elle ne l'aimait pas d'un amour exclusif, si elle ne faisait que le tolérer à côté d'autres, il serait forcé quand même de lui vouer toute son existence. A supposer que sans elle, de lui-même, il ait pu jamais renoncer à ses manies, à ses erreurs, jamais il n'aurait pu voir le monde avec tant de lucidité, ni s'y comporter avec tant de bonheur[5]. C'est à elle qu'il doit l'art de ne pas demander aux hommes ce qu'ils ne peuvent donner[6]. Aussi, veut-il se montrer digne d'elle de tous points, afin, puisqu'elle s'est chargée de lui, que chacun puisse dire ce que lui chuchotait la comtesse de Warstenleben : « Pour celui-là, on vous le pardonne[7]. »

Nous avons déjà eu l'occasion de marquer comment, lorsque Gœthe a pris la direction des finances, et surtout en a vu toutes les conséquences fâcheuses pour lui, c'est l'amour de Mme de Stein qui, en même temps et plus sans doute que le sentiment du devoir accompli, lui donne le courage de porter sa croix. Quand il ne reçoit pas, le matin, le billet auquel il est accoutumé, toute sa journée en est gâtée[8]; il retrouve, pour se plaindre, des accents werthériens quand un malentendu amène une brouille[9]; son être tout entier en est ébranlé, son âme s'est recroquevillée sur elle-même, il ne peut pas pleurer, il n'est

1. A Knebel, 3 fév. 1782. — 2. A Ch. v. Stein, 22 mars. — 3. 31 mars 1782. — 4. 9 avril. — 5. *Ibid.* — 6, 13 avril. — 7. 10 avril. — 8. 8 juillet. — 9. Du 18 au 23 juillet.

même plus maître de sa pensée[1]. Et dès que le ciel est redevenu serein, la litanie d'amour reconnaissant reprend plus ardente que jamais. Elle est pour lui le refuge unique, l'ancre de salut[2], un calmant pour ses souffrances. Pour avoir toujours quelque chose d'elle à côté de lui, il prend à son foyer solitaire son fils Fritz[3]; ce sera un nouveau gage d'amour, qui le rassurera, car il se sent parfois inquiet; il a peur que cet amour, base même de sa vie, vienne à lui manquer[4]. Se trouvant à Cassel en octobre, il résiste au désir d'aller voir sa mère, tant sa hâte est grande de revenir à Weimar[5].

Quoi qu'il fasse et quoi qu'il dise, il reste de la fièvre dans son amour; la flamme est mal assoupie, à tout instant elle menace de se réveiller, ses sens ont des révoltes que sa raison a peine à calmer. Mme de Stein sent le danger toujours présent et de nouveau elle prend des précautions. C'est ainsi que nous entendons Gœthe lui promettre en mars (1784) de ne pas venir la voir avant onze heures du matin pour ne pas la trouver les cheveux défaits[6]. Ce printemps de 1784 semble d'ailleurs amener une crise nouvelle, une recrudescence de passion chez l'amant mal résigné. Loin de Weimar, il écrit à Charlotte des lettres de plus en plus brûlantes où son amour apparaît de nouveau, comme au temps de sa première ardeur, tourmenté, impétueux. Il envie Mme de Stein de ce qu'elle peut l'aimer d'une façon bien plus calme et bien plus heureuse que lui[7]: lui l'aime, plus qu'il ne serait bon pour son propre repos[8]. Il éprouve un besoin maladif de la revoir[9], car loin d'elle, loin de son influence protectrice, il se sent faible, exposé au péril[10]. Il a des moments de révolte contre la contrainte qu'il s'impose. « Nous faisons si bien notre devoir, ma chère Lotte, qu'à la fin on pourrait douter de notre amour. Je suis mécontent de toi et de moi que nous sommes si raisonnables » (sic)[11]. Comme malgré ses soupirs, ses supplications, elle s'attarde plus que de coutume à Kochberg, il lui écrit avec une

1. 24 juillet. — 2. 17 nov. — 3. 25 mai 1783. — 4. 4 mai. — 5. 2 oct. — 6. 31 mars 1784. — 7. 14 juin. — 8. 17 juin. — 9. 24 juin. — 10. 28 juin. — 11. 20 sept. (en français).

fermeté inaccoutumée : « Pour toi, j'ai fait passer à l'arrière-
plan ma mère et ma patrie, et maintenant, je dois vivre de
longs jours dans la solitude. Il ne peut rien en sortir de bon.
Sans toi, la vie ne m'apparaît que comme une trompeuse illusion [1]. »

Cependant cette crise se dénoue pacifiquement, le calme
revient en lui, il semble s'être résigné au renoncement définitif. De nouveau son amie est pour lui la bonne fée bienfaisante dont le contact apaise la fièvre mauvaise; il l'appelle sa
« directrice d'âme [2] ». Il lit avec elle *l'Éthique* de Spinoza, et
bien que l'esprit de ce philosophe soit infiniment plus profond
et plus pur que le sien, il se sent pourtant assez près de lui [3].
Et, en fait, à partir de ce moment nous voyons le nombre des
lettres diminuer et leur ton baisser par degrés. Les formules
de tendresse se font rares, le monotone « aime-moi » remplace
les ingénieuses variations de jadis. Tandis que, il y a quelques
mois encore, l'idée de la séparation lui était si insupportable,
il éprouve le besoin, en février 1785, d'aller faire une cure de
solitude à Iéna. Mme de Stein s'aperçoit sans doute du refroidissement et s'en inquiète; il doit la rassurer, mais il le fait
non sans sécheresse : « Nous resterons toujours ensemble,
mon amour; ne te fais pas de soucis à ce sujet [4]. »

Elle n'est plus l'objet unique de son affection; ses amis
recommencent d'occuper sa pensée; les lettres à Knebel notamment deviennent plus nombreuses et plus tendres. Il songe à
fuir en Italie; en envoyant à son amie le chant où Mignon
dit, en termes si ardents, son désir du pays des fruits d'or et
des salles de marbre, il ne lui cache pas que c'est bien aussi
son propre sentiment qu'il y a exprimé [5]. Et malgré qu'il
trouve encore, durant les derniers mois de 1785 et les premiers de 1786, des accents lyriques pour assurer à Mme de
Stein qu'elle est la « seule sûreté de sa vie [6] », son refuge le
plus cher, qu'il sait inventer de nouvelles formules pour lui
dire et lui redire son amour et le besoin qu'il a d'elle [7], la pen-

1. 28 oct. — 2. 9 nov. — 3. 11 nov. — 4. 20 avril 1785. — 5. 20 juin. —
6. 18 août. — 7. Cf. 11, 17 sept.; 13, 14 nov. 1785; janv. 1786.

sée de l'Italie le tourmente, l'obsède et il se prépare secrètement au voyage. « J'ai hâte de partir, écrit-il le 6 juillet 1786 ;
je suis presque trop mûr, j'attends avec fièvre le moment où
je me détacherai. » Mme de Stein n'y voit naturellement que le
besoin pour son amant d'aller se retremper à Carlsbad, car,
elle ignore le « grand projet ». Malgré ses protestations de tendresse éternelle et d'aveugle dévouement, Gœthe, tait à celle
pour qui naguère son âme n'avait pas de secrets, sa pensée la
plus chère. Il est résolu, plus sans doute qu'il ne veut se
l'avouer à lui-même, à reprendre sa liberté. C'est du moins ce
que nous lisons entre les lignes de la dernière lettre qu'il
adresse de Carlsbad à la baronne : « J'ai supporté jusqu'ici
bien des choses, sans rien dire, mon désir le plus vif a été que
notre liaison prenne un caractère tel qu'aucun pouvoir ne
puisse rien sur elle. Si cela n'est pas possible, je ne veux plus
demeurer près de toi et je préfère vivre dans la solitude du
monde, où mes pas vont me conduire[1]. » Qu'est-ce à dire, si
ce n'est que son amour n'est plus l'amour sans réticences,
l'amour humble et soumis que, malgré quelques crises passagères et les révoltes du début, il a été, durant les dix années
qui viennent de s'écouler. Il est las des situations fausses, des
équivoques en amour, comme en politique. Sans doute il s'est
résigné à renoncer aux joies de la possession, il a cru qu'une
chaude amitié serait capable de lui tenir lieu de l'amour. Mais
peu à peu il a senti, confusément d'abord, puis chaque jour
plus clairement, qu'il se leurrait d'une vaine illusion, qu'à la
longue, pour une nature saine, il était non seulement puéril,
mais dangereux de jouer la comédie de l'amour[2]. Il a surtout

1. 1er sept.
2. La question de la nature des rapports de Mme de Stein et de Gœthe est
une de celles qui divisent le plus la critique gœthéenne. Nous ne pouvons songer
à entrer ici dans le détail des controverses qu'elle a provoquées. Disons seulement que la plupart des critiques allemands croient, avec Düntzer, que Gœthe
atteignit « les limites extrêmes de ce qui est permis, mais ne les dépassa pas » ;
que d'autres, après Lewes, pensent que les amours de Gœthe et de la baronne
furent très réalistes (Cf. notamment Ad Stahr, *Weimar u. Iena*, 1852 ; Keil,
Corona Schröter, 1875 ; Höfer, *Gœthe u. Charl. v. Stein*, 1878 ; Baumgartner,

senti, sans doute, avec son instinct sûr de ce qui lui convenait, qu'il a tiré du « capital précieux » que si longtemps avait été

Gœthe, 1885); que d'autres enfin, comme Grimm, se refusent à se prononcer sur cette délicate question. Nous avons marqué de quel parti nous nous rangions. Aux raisons que nous avons données, nous voudrions ici en ajouter quelques-unes qui, moins essentielles, ne nous paraissent pourtant pas dénuées de valeur. D'abord il nous semble possible de tirer profit pour notre thèse de l'attitude du mari vis-à-vis de Gœthe. C'est un fait que M. de Stein ne fit rien pour couper court aux relations de sa femme avec Gœthe, que même il servit plus d'une fois d'intermédiaire entre les deux amants pour leur faire parvenir leur correspondance. Pour si indifférent qu'on puisse le supposer à son honneur et quelle qu'ait pu être à cette époque l'indulgence de la morale courante en matière de fidélité conjugale, il ne nous paraît guère possible d'admettre qu'il eût toléré une situation qui, même en cette fin de dix-huitième siècle, l'eût couvert de ridicule, et il est encore plus invraisemblable qu'il ait pu consentir à jouer le rôle odieux d'entremetteur, avec la conviction que les rapports de Gœthe et de sa femme étaient coupables. Pour que nous acceptions de croire à la bassesse de caractère qu'une telle conduite eût supposé de la part du baron de Stein, il faudrait qu'elle fût prouvée, par ailleurs, par des faits irréfutables. Or, les témoignages contemporains ne nous en fournissent pas. Gœthe, à plusieurs reprises, parle du baron avec estime; il l'invite à dîner avec sa femme, s'inquiète de sa santé (cf. lettres 9, 11 déc. 1780; 12 juin 1784; 11 sept. 1785; 11 janv. 1786). Nous savons bien que ces marques de sympathie, venant de Gœthe, pourraient être interprétées dans un sens plus humain que celui que nous voulons y voir. Il nous semble pourtant qu'elles aussi ne sont pas sans intérêt, précisément parce qu'elles sont de Gœthe dont nous connaissons l'honnêteté foncière; Gœthe pouvait avoir quelque chose de don Juan, il n'avait rien d'un Lovelace. D'autre part, pas plus que le mari, la société de Weimar ne semble avoir pris vraiment ombrage des relations de Gœthe et de Mme de Stein. Comment supposer que les malveillants, les ennemis de Gœthe eussent complaisamment fermé les yeux sur une liaison coupable qui leur aurait donné barre contre le favori, contre le parvenu? Et comment croire que des amours illicites eussent pu rester cachés dans le grand village qu'était Weimar? Or, le 12 août 1787, Schiller écrit à Körner, en parlant de Mme de Stein : « Cette femme possède plus de mille lettres de Gœthe, et d'Italie il lui écrit encore chaque semaine. *On dit que leur commerce doit être tout à fait pur et irréprochable.* »

Une des principales objections faites à l'hypothèse du platonisme est que, étant donnée la sensualité bien connue de Gœthe, il est humainement inadmissible qu'il ait pu supporter aussi longtemps la chasteté que lui imposait la baronne. Difficile à admettre, soit, mais pourquoi inadmissible? Est-il besoin d'ajouter que, d'ailleurs, cette chasteté ne force pas à conclure à un renoncement absolu, de la part de Gœthe, aux joies de l'amour. Ne parle-t-il pas lui-même, dans ses lettres à son amie, de ses « Miseleien »?

Un problème tout voisin et non moins obscur est celui des rapports de Gœthe avec *Corona Schröter*. On a conclu de la grande intimité entre Corona et Gœthe, telle que la révèle le *Journal,* que Gœthe avait éprouvé pour la belle actrice, dont il s'était jadis épris à Leipzig, une passion très vive et que Corona,

Mme de Stein pour lui tout le profit qu'il pouvait en espérer, et de même qu'il dépose avec joie ses charges officielles, lorsqu'elles ne peuvent plus rien lui rapporter, il n'hésite pas à sacrifier son amie lorsqu'il comprend que, après avoir été l'agent le plus actif de son évolution récente, elle risque d'être un obstacle à son développement futur.

Gœthe, au reste, savait clairement ce qu'il devait à son amie; c'est ce qui nous explique qu'il ait pu, sans la moindre hypocrisie, jusqu'à la minute suprême de la séparation, continuer de lui prodiguer les marques de son affection, qu'il ait même cherché à les rendre plus expressives que de coutume, comme s'il voulait atténuer pour celle qu'il laissait derrière lui l'amertume de l'abandon, et qu'une fois en Italie il ait pu lui écrire, ainsi que par le passé, des lettres débordantes de tendresse. S'il l'abandonne, — avec l'espoir d'ailleurs de la retrouver, — c'est en vue d'un but supérieur à atteindre, ce n'est pas par un banal égoïsme, encore moins par ingratitude.

Nous avons assez souvent, au cours des pages précédentes, entendu Gœthe lui-même nous dire l'influence morale de Mme de Stein sur lui, pour que nous ayons besoin de faire ici longuement la preuve de cette influence; qu'il nous suffise d'en préciser brièvement les principales nuances.

Mme de Stein lui apprit d'abord à faire figure dans le monde aristocratique où, malgré ses relations, d'ailleurs fugitives, avec les cours de Darmstadt et de Bade, on peut dire qu'il fit vraiment son entrée à Weimar; elle lui enseigna par là même l'art de surveiller ses actes et ses propos, de se rendre maître de ses premiers mouvements, de renoncer à faire valoir, envers et contre tous, les droits de sa personnalité. Elle offrit

de son côté, avait témoigné de façon fort humaine au poète l'intérêt qu'il lui inspirait. Comme pour Mme de Stein, d'autres critiques ont affirmé que les rapports de Gœthe et de Corona avaient été d'une absolue pureté. La question nous paraissant indifférente pour le but que nous poursuivons, nous la négligeons à dessein. (Cf. Keil, *op. cit.*; Düntzer, *Charl. von Stein u. Cor. Schröter*; Hohenhausen, *Aus Gœthes Herzensleben*, Leipzig, 1855; Stümcke, *Cor. Schröter*, Leipzig, 1903.)

l'asile calme de sa chaude et intelligente sympathie à sa pensée fatiguée ou à sa volonté lasse, après les journées de lutte contre le mauvais vouloir ou la sottise des hommes; par là, elle l'aida à supporter la charge trop lourde qu'il avait assumée, elle lui donna la force de faire son devoir jusqu'au bout. Mais surtout, en le forçant à lutter si longtemps et si obstinément contre l'impétuosité de sa passion, en lui montrant, par son propre exemple, comme se pratique l'art difficile de vaincre ses désirs, elle lui apprit à se résigner à l'inévitable, à renoncer à l'inaccessible. Dans le temps même où son activité pratique commençait de lui révéler la nécessité de la loi, avant que l'étude de la Nature ait achevé de l'en convaincre, elle le contraignit à en reconnaître la puissance et à se courber sous son empire.

Gœthe n'avait pas seulement rencontré, dans la baronne, une « *directrice de conscience* », une confidente et une consolatrice, une maîtresse de maintien, il avait aussi trouvé, ou il avait cru trouver une digne compagne de sa pensée. Pour la première fois, la femme qu'il aimait était capable de suivre le vol de son esprit et de s'intéresser profondément à ses œuvres. Il la tient au jour le jour au courant des progrès de son *Iphigénie*, de son *Wilhelm Meister*, de ses *Mystères*; elle partage avec lui ses premiers enthousiasmes pour l'étude scientifique de la Nature, qu'il s'agisse d'ostéologie, de botanique ou de minéralogie; non seulement elle l'écoute avec une attention éveillée quand il lui lit les *Époques de la Nature* de Buffon[1], le *Tableau de Paris* du Français Mercier[2], les *Confessions*, les *Entretiens botaniques* ou la *Correspondance* de Rousseau[3], les *Mémoires* de Voltaire[4], le *Hamlet* de Shakespeare[5], l'*Histoire de la philosophie des Indes* de l'abbé Raynal[6], Cervantès[7], mais elle ne craint pas de s'aventurer à sa suite au domaine redoutable de la philosophie, elle lit avec lui Hemsterhuis[8], Saint-Martin[9], Spinoza[10], Herder[11].

1. 13 avril 1780. — 2. 19 sept. 1781. — 3. 19 fév. 1782; à Ch.-Auguste, 16 juin; à Ch. v. Stein, 26 août. — 4. 17 juin. — 5. 8 janv. 1786. — 6. 5 mai 1782, à Knebel. — 7. 9 août 1782. — 8. Nov. 1784. — 9. Avril 1781. — 10. Nov. 1784; janv., juin 1785. — 11. Déc. 1783; mars, nov. 1784.

En toute sincérité Gœthe pouvait donc dire qu'il n'avait
jamais été aimé comme il l'était alors. Ses autres amantes
n'avaient eu que leur cœur à lui donner ; elles avaient rayonné
de son éclat. Mme de Stein était, ou put lui donner l'illusion, un
moment au moins, qu'elle était son égale. Selon le mot de
Grimm, « c'était une force qui possédait un feu qui lui était
propre[1] », et à ce feu l'esprit et le cœur de Gœthe s'étaient
purifiés des éléments troubles que le « Sturm-und Drang »
y avait laissés[2].

1. Grimm, *Gœthe-Vorlesungen*, Berlin, 1882, p. 235.

2. La question de l'influence réelle de Mme de Stein sur Gœthe n'a guère été
moins discutée par la critique que celle du caractère plus ou moins platonique
de leurs relations. Nous n'avons pas ici à montrer les nuances d'opinion des
critiques sur cette question. Signalons seulement, à titre de curiosité, une des
opinions les plus typiques, celle du dernier en date des biographes de Gœthe :
Engel, *Gœthe, der Mann u. das Werk*, Berlin, 1910. Engel cherche à démontrer que Mme de Stein ne mérita en aucune façon le culte ardent que Gœthe lui
voua. Ni par son intelligence, ni par sa moralité, dit-il, elle n'était digne du
rôle qu'elle joua dans la vie du poète. Il en fait une femme médiocre, à l'esprit
étroit, d'un égoïsme vulgaire, parfois bassement perfide, d'une vertu pharisaïque,
d'une culture rudimentaire, d'un goût borné et faux, qui jamais ne comprit ni
ne goûta vraiment les œuvres de Gœthe. Celui-ci l'éleva un instant au-dessus
d'elle-même, mais une fois abandonnée par lui, elle retomba lourdement sur la
terre, « comme un ballon dégonflé ». Engel collectionne avec soin tous les jugements négatifs ou défavorables des contemporains sur l'idole du poète ; il fait
témoigner les fils contre la mère pour arriver à conclure que Mme de Stein a été
« la plus grande illusion de Gœthe », qu'elle est « une création de poète » et que
toute la vie que son amant a trouvée en elle, c'est lui qui l'y avait mise
(cf. pp. 213, 224).

Il n'est pas impossible, il est même probable que Gœthe ait prêté à son amie
plus de qualités d'esprit qu'elle n'en avait et qu'il l'ait vue réellement avec les
yeux grossissants de l'amour. Mais, sans même parler de l'opinion nettement
favorable de Schiller, pourtant hostile à Gœthe à cette date (1787), il paraît
bien invraisemblable que cette femme ait pu si longtemps jouer la comédie de
l'intelligence et de la noblesse d'âme sans que Gœthe l'ait percée à jour. Les
quelque mille cinq cents billets ou lettres que lui adressa le poète sont la plus
éloquente des protestations contre cette hypothèse. C'est d'ailleurs sur des documents à peu près tous postérieurs à la rupture, qu'Engel a fondé son fougueux
réquisitoire, et ceci, nous semble-t-il, en diminue singulièrement la valeur.
L'âge, la maladie, le dépit de se voir délaissée ont pu changer l'âme de Mme de
Stein et altérer son jugement. On a souvent peine à démêler, sous les rides du
vieillard morose, la fraîcheur, la grâce et la gaîté des jeunes années. D'ailleurs
Mme de Stein nous intéresse, en somme, moins par ce qu'elle fut en réalité que
par ce qu'elle parut à Gœthe. Or, il est indéniable, et Engel lui-même ne peut

II.

La *Nature* fut dans cette œuvre d'apaisement et de clarification, la précieuse auxiliaire de la baronne de Stein.

Dans l'*Histoire de mes études botaniques*[1], Gœthe nous dit expressément que, né et élevé dans une grande ville, sa première culture fut toute intellectuelle et morale ; il y apprit à lire dans les livres de la littérature et dans celui du monde, mais le livre de la Nature lui resta fermé jusqu'à son arrivée à Weimar. Sans doute, ajoute-t-il en substance, il est possible de trouver dans ses premiers essais poétiques quelques traces d'un attachement passionné à la Nature et de son désir naissant de pénétrer le grand mystère de la Création, mais ce désir avait sa source dans une vague et inquiète mélancolie plutôt que dans un amour sincère et raisonné de la Nature.

En réalité, nous l'avons vu déjà, Gœthe a subi l'influence de la Nature plus tôt et plus profondément qu'il ne semble le dire ici. A Leipzig, à Strasbourg, à Wetzlar, à Francfort, la Nature lui a déjà donné des leçons de calme et d'harmonie, mais ce qui est vrai, c'est que, jusqu'à Weimar, il n'a pas considéré la Nature d'un œil désintéressé, c'est toujours lui et ses états d'âme qu'il avait cherchés et retrouvés en elle ; c'est un souci sentimental plutôt qu'une curiosité scientifique qui l'avait attiré vers les alchimistes et l'avait fait s'attarder dans les cliniques. Pendant son premier voyage en Suisse, s'il avait considéré avec étonnement les formes étranges des minéraux et des fossiles, il n'y avait pas pris assez garde pour se décider à en alourdir ses bagages[2].

En Thuringe, au contraire, la Nature s'impose de toutes parts

y contredire, que Gœthe vit en elle son bon génie et crut fermement à l'efficacité de son influence. C'est là ce qui nous importe avant toute autre chose. — Cf. encore sur cette question K. Heinemann, *Bedeutung der Frau von Stein für die deutsche Litteratur*, Berichte des fr. d, Hochstiftes, 1886, p. 210 et sq.

1. Hempel, Bd 33, p. 57 et sq. — 2. *Mémoires*, IV, 18, p. 73.

à ses regards. La montagne, la forêt servent de cadre constant à ses équipées aventureuses avec le duc ou à ses tournées
administratives.

Sa sensibilité à la beauté des paysages reste aussi aiguë qu'au
temps où il vivait son *Werther*, et nous trouvons dans ses
Lettres plus d'un passage qui nous prouve qu'il continue de
goûter en artiste et en poète la magie des grands spectacles de
la Nature[1]. Sur tous les modes, à travers une longue série
d'années, il nous dit le ravissement qu'il éprouve de vivre dans
la solitude chaque printemps plus ombreuse de sa maisonnette
des bords de l'Ilm. Autant que par le passé, la Nature exerce
sur lui une influence salutaire et une action consolatrice[2]. Il
semble même qu'à mesure qu'il vit davantage dans la libre
Nature, son être physique entre en communion plus intime
avec elle ; à tout instant il souligne l'influence de la température
sur sa santé et son humeur[3]. Mais, presque dès le début de son
séjour à Weimar, c'est du côté pratique, plutôt que du point de
vue sentimental, que la Nature retient son attention.

Sans parler de son activité de jardinier qui, dans son petit
domaine qu'il embellit et cultive de ses propres mains, le fait
suivre d'un œil attendri les progrès des arbres qu'il a plantés
ou la croissance des fleurs qu'il a semées, la préoccupation du
parc à créer de toutes pièces, qui est une des premières qui
s'impose à lui, le force à s'intéressser de façon précise aux
arbres, à leurs essences, à leur culture, aux plantes de la forêt,
aux mousses ; il interroge les forestiers, les chasseurs, les cher-
cheurs de racines, il prend grand plaisir à s'instruire auprès du
pharmacien Buchholtz, que le duc a chargé d'organiser un
jardin botanique[4]. Toutefois, ce n'est pas la botanique qui,
tout d'abord, le sollicite le plus directement.

Le désir de tirer le meilleur parti des ressources minières du

---

1. Cf. notamment les lettres 13, 17 sept. 1777; 5 août 1778; 14, 24, 28 oct.;
14 nov. 1779. — 2. Cf. 3 oct. 1779; 13 août 1780; 9 avril 1781. — 3. Cf.
15 fév. 1775; 1er mai 1777; 13 nov. 1780; 18 janv. 1781; 28 mars 1781. —
4. Cf. *Gesch. m. bot. Studiums*, op. cit., pp. 59-60. — Cf. aussi *Tages-und
Jahreshefte*, Hempel, B^d 27, p. 23.

duché l'avait amené à s'occuper tout de suite, avec minutie, de géologie et de minéralogie. Les soucis pécuniaires étaient les plus urgents et les plus impérieux à la cour de Weimar; le duc s'irritait de savoir que le sous-sol d'Ilmenau était riche en argent inutilisé. Aussi, un des premiers efforts de l'administration de Gœthe avait-il tendu à reprendre l'exploitation des vieilles mines d'argent de la pittoresque vallée d'Ilmenau, qu'une inondation avait rendues inutilisables depuis 1739. Malgré le temps qu'il y consacra, et l'argent qu'il y enterra, Gœthe ne réussit pas à forcer à nouveau la terre à livrer l'accès du trésor qu'elle gardait, mais il en retira pour lui, outre les joies saines d'innombrables séjours dans un des plus beaux sites de Thuringe, le goût et la passion de l'étude du sol[1].

Avec la téméraire audace du dilettante, malgré son ignorance de la physique et de la chimie, il se lance à corps perdu dans la géologie, il collectionne, inlassable, pierres et minéraux[2]. Son deuxième voyage en Suisse nous le montre observant avec une attention avertie l'infinie variété des couches géologiques du Jura; en face des formations géologiques de la vallée de Münster, il a le pressentiment des lentes et régulières évolutions qui ont présidé à leur naissance. Dès lors, la notion de la loi, que jusqu'à ce moment il n'avait fait qu'entrevoir, se dégage toujours davantage des spectacles naturels et s'impose à son esprit à jamais. Nous nous souvenons de son mot à Mme de Stein : « Ici, on a le sentiment profond que rien n'est arbitraire[3] » ; les révolutions violentes, dont les bouleversements visibles témoignent, n'ont été que des perturbations isolées et apparentes : tout est, dans la Nature, loi, évolution lente. — Il comprend aussi, il *voit*, ce dont il avait eu depuis longtemps déjà l'intuition poétique : l'inlassable activité de la Nature. Les rochers eux-mêmes, en dépit de leur immobilité, de leur impassibilité, subissent sans répit l'action de l'air, de l'eau, et leurs formes se modifient lente-

<hr>

1. Cf. à Merck, 11 oct. 1780; à Ch. v. Stein, 8, 11, 14 oct. 1780; au duc de Gotha, 27 déc. 1780. — 2. Cf. à Charpentier, 4, 31 juillet; à Sophie v. La Roche, 1 sept. 1780. — 3. A Ch. v. Stein, 30 oct. 1779.

ment mais sûrement. — Aussi, maintenant, a-t-il soin de visiter toutes les collections de minéraux ou de pierres qu'il peut atteindre, comme celle du pasteur Wyttenbach à Berne ou celle de Sprüngli[1], et, une fois de retour à Weimar, il se remet avec une ardeur nouvelle à l'étude méthodique de la géologie. Ses amis ramassent des pierres pour lui ; un jeune étudiant de l'Académie des mines de Freiberg l'aide à les classer[2] ; c'est pour se mieux orienter dans ce vaste domaine qu'il lit les *Epoques de la Nature*[3] ; il fait dresser un catalogue des pierres des régions de Weimar, Iéna, Eisenach[4] ; il lit les livres de Faujas de Saint-Fond sur *les Volcans* et son *Essai sur la minéralogie des Pyrénées*[5] ; il médite un roman sur l'univers[6] et il projette une carte géologique de l'Europe entière[7]. Il souligne en mai 1783 que ses nouvelles fonctions de président de la Chambre lui enlèvent le temps, mais non le goût de se livrer à ses chères études[8], et, dès que l'occasion s'offre à lui de les reprendre, il la saisit avec avidité. Le 24 septembre il écrit à Mme de Stein, au cours de son deuxième voyage dans le Harz, qu'il s'est gavé de pierres, et il espère que, comme le gravier aide le coq de bruyère à digérer, les pierres qu'il a recueillies l'aideront à s'assimiler la lourde nourriture de l'hiver ; pour ne rien perdre des observations qu'il fait journellement, il rédige soigneusement un journal géognostique de son voyage[9].

Mais si Gœthe ramasse des pierres et accumule les faits d'observation avec tant d'ardeur, ce n'est pas pour la joie vaine de collectionner. Les pierres ne l'intéressent que dans la mesure où elles contribuent à lui faire entrevoir le mystère et les lentes étapes de la formation du monde, à le mettre sur la voie du principe d'unité, dont la recherche commence de lui paraître le but suprême de toute étude scientifique[10]. Suivant

1. A Merck, 17 oct. 1779. — 2. Au même, 11 oct. 1780. — 3. Au même, 7 avril. — 4. Au même, 3 juillet. — 5. Au même, 14 nov. 1781. — 6. A Ch. v. Stein, 7 déc. 1781. — 7. A Merck, 1er nov. 1782. — 8. Au même, 19 mai 1783. — 9. *Geognostisches Tagebuch der Harzreise*, Hempel, Bd 33, p. 438. — 10. Kalischer, *Gœthes Verhältnis zur Naturwissenschaft*, Hempel, Bd 33, p. CLVI.

son mot à Jacobi, il cherche le Divin *in herbis et lapidibus*[1]. Il
croit, écrit-il à Herder[2], avoir découvert un principe très simple, ou plutôt il croit l'avoir appliqué de telle sorte qu'il se
rend parfaitement compte de la formation des grandes masses
rocheuses. — Quelques semaines plus tard, il déclare à Mme de
Stein qu'il espère être bientôt en possession du fil d'Ariane
qui permettra de sortir de l'apparente confusion[3]. En octobre,
il expose à son jeune ami, Fritz von Stein, les deux premières époques de la formation de l'Univers d'après son nouveau
système[4].

Pourtant, à cette date, l'ardeur de ses recherches s'est un
peu ralentie ; il est arrêté par son ignorance de la chimie, qui
reste réelle malgré les leçons qu'il a prises auprès de Buchholz
et de Gotteling d'Iéna[5], et puis, d'autres études ont, dans l'intervalle, sollicité son attention en d'autres sens.

Vers 1781, il s'était mis à s'occuper avec suite d'anatomie.
La part très active qu'il avait prise à la rédaction et à la publication de la *Physiognomie* de Lavater[6], l'avait fait s'intéresser tout particulièrement à l'anatomie et surtout à l'ostéologie. L'expression du visage étant déterminée par le jeu des
muscles et ceux-ci dépendant du système osseux, Gœthe avait
été tout naturellement amené à étudier le squelette et spécialement le crâne. Dans les derniers mois de 1781, nous le trouvons en train de travailler avec le professeur Loder, d'Iéna,
qui lui explique en détail l'ostéologie et la myologie[7]. Pour
mieux comprendre ce qu'il apprend, il s'institue lui-même professeur d'anatomie, et, deux fois par semaine, il fait un cours
aux élèves de l'école de dessin de Weimar[8].

Comme dans le domaine du monde minéral, il se heurte ici
à des distinctions, à des classifications impératives, qui irritent

1. 9 juin 1785. — 2. 20 juin 1784. — 3. 14 août. — 4. A Ch. v. Stein,
5 oct. — 5. Cf. Kalischer, *op. cit.*, p. XLI. — 6. Cf. Ed. v. d. Hellen, *Gœthes
Anteil an Lavaters physiognomischen Fragmenten*, *op. cit.*, et Weimar-
Ausg., I, B[d] 37, p. 327. — 7. Cf. à Ch.-Auguste, 3 nov. 1781; à Lavater,
13 nov.; à Merck, 14 nov. — 8. Cf. à Ch. v. Stein, 29 oct.; à Ch.-Auguste,
4 nov. 1781.

son besoin d'unité. Son instinct d'artiste répugne à admettre une solution de continuité dans l'échelle des êtres, un abîme béant entre l'animal et l'homme. La science de son temps, encore, à bien des égards, esclave des conceptions religieuses et de l'orgueil humain, prétend que l'homme, non seulement domine la création par la force de son esprit, mais qu'il diffère physiquement des animaux, même de ceux qui lui ressemblent le plus, comme le singe, par un détail essentiel, par l'absence de l'os intermaxillaire. Or, après de longues recherches, faites en grande partie avec Loder, Gœthe a, en mars 1784, la grande joie de découvrir dans le crâne humain des traces évidentes de cet os[1]. Cette trouvaille l'enthousiasme, le « remue jusqu'aux entrailles[2] », moins pour l'importance intrinsèque qu'elle peut avoir, que parce qu'elle vient confirmer scientifiquement une idée déjà entrevue par Herder et qu'il avait adoptée d'enthousiasme, la parenté absolue de l'homme et des animaux. « Ainsi, écrit-il à Knebel en lui envoyant sa dissertation traduite en latin par Loder, chaque créature n'est qu'un ton, une nuance d'une grandiose harmonie qu'il faut étudier dans son ensemble, sous peine de ne voir que lettre morte dans les phénomènes individuels[3] ».

Cette préoccupation de l'unité de la Nature se retrouve encore plus marquée peut-être dans les études de botanique auxquelles il se livre avec ferveur en 1785. Il cherche à s'orienter dans les innombrables variétés du régime végétal au moyen de la *Terminologie* de Linné, qu'il porte partout avec lui[4] ; il fait de la *Philosophie de la botanique* de ce savant son livre de chevet[5] et lit avec passion sa dissertation *De seminibus musco-*

---

1. *Dem Menschen wie den Thieren ist ein Zwischenknochen der obern Kinnlade zuzuschreiben*, Hempel, Bd 33, p. 221. Cf. aussi à Herder et à Ch. v. Stein, 27 mars. — 3. 17 nov.; cf. outre Kalischer, *op. cit.* : R. Steiner, Einleitungen zuzu Bd 33-36 in Kürschners National-litteratur, et *Gœthes Weltanschauung*, Weimar 1897; R. Virchow, *Göthe als Naturforscher*, Berlin, 1861; H. Siebeck, *Gœthe als Denker*, Stuttgart, 1902. — 4. A Ch. v. Stein, 8 nov. 1785. — 5. A la même, 9 nov., et *Gesch. m. b. Stud.*, op. cit., p. 61.

rum[1]. Le fils d'un herboriste de Ziegenhain, Dietrich, l'étudiant en sciences naturelles Batsch, l'ancien professeur de Göttingen Büttner, l'aident de leurs conseils et de leur expérience[2]. Il sympathise surtout avec les deux derniers[3], parce que ceux-ci, comme Rousseau déjà dans ses *Rêveries d'un promeneur solitaire*, ne se contentent pas de se reconnaître dans le labyrinthe des classifications et de constater la diversité, mais en cherchent la raison et aspirent à trouver un principe d'unité. Car lui aussi, — bien qu'il rende pleinement justice au mérite de Linné, qu'il déclarera plus tard[4] avoir été le penseur qui, après Shakespeare et Spinoza, exerça la plus grande influence sur son développement intellectuel, — s'impatiente de l'impitoyable analyse, des implacables distinctions du botaniste suédois; son propre besoin de synthèse, d'harmonie, le pousse à réunir et à enchaîner, là où le maître sépare et distingue[5]. Ce souci, de trouver l'unité dans le monde végétal, le poursuit, le hante partout où il se transporte, que ce soit à Iéna, à Ilmenau ou à Carlsbad; il a le ferme espoir qu'il la découvrira. Il sent qu'il est sur la bonne voie[6]; chaque jour il lit mieux le livre de la Nature; il a mis longtemps à l'épeler, mais, maintenant, il commence à y voir clair et il en éprouve une joie indicible. Ce qui le ravit par-dessus tout, c'est que plus il fait de découvertes, plus il se rend compte que rien dans la Nature n'est imprévu, que tout s'y engrène[7]. Il écrit, le 9 juillet 1786, avec un accent de triomphe, que le monstrueux empire de la Nature se simplifie toujours davantage à ses yeux. « Ce n'est pas un rêve, une imagination; je vois de

1. A Knebel, 2 avril 1785. — 2. *Gesch. m. bot. Stud.*, op. cit., pp. 62, 63, 64. — 3. *Ibid.*, p. 64. — 4. *Ibid.*, p. 61.

5. « Tout en cherchant à m'approprier sa méthode pénétrante et ingénieuse d'isolement, ses lois justes, utiles, mais souvent arbitraires, je sentais un instinct secret protester en moi : ce qu'il cherchait à séparer violemment, un besoin intime de ma nature me poussait à le réunir. » *Ibid.*, p. 61 — Cf. M. Büsgen, *Ueber Goethes botanische Studien*, Goethe-Jahrb., 1890, et A. Hansen, *Die angebliche Abhängigkeit der Goethischen Metamorphosenlehre von Linné*, Goethe-Jahrb., 1904.

6. A Ch. v. Stein, 8 mars 1785. — 7. A la même, 15 juin 1786.

mes yeux la forme-mère qui, pour ainsi dire, n'est qu'un jouet aux mains de la Nature et dont celle-ci, sans efforts, tire la vie infiniment variée. » Il ajoute qu'il regrette que l'existence soit si courte, car il voudrait appliquer à la Nature entière le principe d'unité, qu'il aperçoit pour le monde végétal.

Découvrir l'ordre qui règne dans le monde physique, démêler les lois secrètes de cette harmonie, arriver jusqu'aux principes d'unité et de continuité qui en sont la base, voilà donc à quoi, très nettement, tendent, dès maintenant, les aspirations scientifiques de Gœthe.

Sans doute, ses spéculations ont pu paraître puériles aux spécialistes de son temps[1] et on comprend l'ironie du sourire des savants comme Sömmering et Camper, au spectacle de ce poète homme d'Etat, qui, sans discipline rigoureuse, sans éducation scientifique sérieuse, prétendait faire des découvertes dans leur propre domaine et avait l'indécente ambition de révolutionner leur science. Mais Gœthe, de son côté, n'avait pas tort de déclarer que les savants de métier ne savent pas se servir de leurs cinq sens et, qu'esclaves des formules toutes faites et de la lettre écrite, ils passent à côté de la vie sans la voir[2].

D'ailleurs, la valeur scientifique des recherches de Gœthe nous est indifférente pour notre dessein. Ce qu'il était pour nous essentiel de souligner, c'était le sérieux avec lequel il les avait poursuivies et l'esprit qui y avait présidé, car c'était, du même coup, marquer la portée de leur influence sur son développement total.

Quand il étudie les phénomènes naturels et s'attache à essayer de reconnaître, sous leur face changeante aux aspects multiples, les principes secrets qui expliquent l'harmonie qui se dégage du spectacle de l'univers, il se pénètre de la nécessité et de la beauté de la loi, de la mesure, de cette mesure à laquelle il avait commencé d'aspirer dès 1776 et à laquelle aussi Mme de

----

1. H. v. Helmholtz, *Gœthes Vorahnungen kommender naturwissenschaftlicher Ideen*, Berlin, 1892. — 2. A Knebel, 8 avril 1785.

Stein s'obstine à l'amener. Mais tandis que les leçons de Mme de Stein tendent surtout à le convaincre de la légitimité des règles sociales, des convenances mondaines, qu'elles peuvent paraître risquer de rétrécir son âme en la domestiquant et qu'on peut dire qu'elles ne lui enseignent la sagesse du renoncement que de façon indirecte et en vue de fins dont l'égoïsme n'est pas exclu, la Nature lui parle d'une loi plus haute, d'une nécessité plus noble. En lui montrant que les anomalies, les irrégularités, que les yeux non avertis croient découvrir en elle, ne sont que l'apparence, en lui faisant comprendre qu'une loi unique se retrouve sous les variations les plus capricieuses de sa fantaisie créatrice, elle lui dit que l'individu n'existe pas pour lui-même, qu'il n'existe que pour l'ensemble, et qu'il doit s'y subordonner, car, dans la société humaine comme dans la Nature, le type, l'espèce, importent seuls.

Gœthe comprendra mieux plus tard cette grande vérité et il en apercevra mieux toutes les conséquences esthétiques et morales, mais, dès maintenant, il en voit la haute valeur et nous avons constaté déjà qu'il s'efforce d'agir, dans sa vie pratique, selon les principes qui en dérivent.

Le renoncement que Gœthe apprend à l'école de Mme de Stein est douloureux et mêlé de regrets ; celui que lui enseigne la Nature est austère mais serein. *Spinoza* lui en fait apercevoir un autre qui est joyeux.

III.

Depuis l'année 1774, où Jacobi l'avait initié à Spinoza, jusqu'en décembre 1783[1], il n'est plus question de ce philosophe ni dans la *Correspondance* de Gœthe, ni dans son *Journal*. Ce silence nous inclinerait à croire que, durant cette période, Spinoza a presque complètement disparu de son horizon. Mais à cette époque son attention est ramenée à l'auteur de *l'Ethi-*

---

1. Cf. à Ch. v. Stein, 4 déc.; à Jacobi, 3o déc. 1783.

que par la querelle qui s'élève entre Mendelssohn et Jacobi au sujet du soi-disant aveu de spinozisme que ce dernier aurait reçu de Lessing en juillet 1780. Mendelssohn se refusant à admettre que son ami ait pu jamais avoir la moindre sympathie pour une doctrine qui, à ses yeux, était synonyme d'athéisme, Jacobi avait essayé de le lui prouver et il avait mis Herder au courant de ses démêlés avec le philosophe de Berlin[1]. Herder avait communiqué à Gœthe les lettres de Jacobi et, pour être mieux en état de suivre la querelle, le poète s'était remis à lire *l'Éthique*. Pourtant, ce n'est guère qu'après le séjour que fit Jacobi à Weimar en septembre 1784 et après avoir assisté à ses entretiens avec Herder, qu'humilié d'avoir été traité en profane par ses deux amis[2], il la lit avec suite et avec la volonté d'en pénétrer le sens profond. Nous avons vu qu'il associa Mme de Stein à ses efforts[3]. Il rapporte d'Iéna une *Éthique* en latin et il lui semble qu'il la comprend mieux; le système lui apparaît « plus distinct et plus beau[4] ». Herder trouve lui-même qu'il fait des progrès; il écrit à Jacobi que, depuis son départ, Gœthe a lu Spinoza et qu'il le comprend comme lui-même l'entend[5]. Aussi, pour récompenser son ami de son beau zèle, lui donne-t-il un Spinoza pour Noël, et, par une délicate pensée, il charge Mme de Stein de le remettre elle-même à l'ami commun. Les vers qu'il adresse à cette occasion à la baronne nous donnent une indication précieuse sur la façon dont Herder et par suite Gœthe comprennent l'athéisme de Spinoza. Herder appelle Spinoza un saint et il marque qu'il n'y a pas contradiction à ses yeux, pour Mme de Stein, à être à la fois élève de Spinoza et sœur de Christ. L'amour du Christ et celui de Spinoza peuvent se concilier[6].

Le cadeau et l'expression employée par Herder firent grand plaisir à Gœthe. N'avait-il pas lui-même jadis souligné, vis-

1. Cf. Haym, Herder, II, p. 276 et sq. — 2. Cf. Ital Reise, Hempel, Bd 24, p. 419, 23 oct. 1787. — 3. A Knebel, 11 nov. 1784. — 4. A Ch. v. Stein, 19 nov. — 5. Herder à Jacobi, 20 déc. — 6. Cf. cit. Suphan, *Gœthe und Spinoza*, op. cit., et, du même, *Aus der Zeit der Spinozastudien Gœthes*, Gœthe-Jahrb., 1891.

à-vis de Lavater, la religiosité profonde de Spinoza[1]? « J'ai lu notre saint », écrit-il le 27 décembre à son amie.

Quelques jours plus tard, il mande à Jacobi[2] qu'il lit et relit Spinoza et qu'il attend avec impatience le commencement de la bataille qui va s'engager sur le cadavre du philosophe. Il s'abstient, pour l'instant, de tout jugement et se contente d'affirmer à Jacobi qu'il est tout à fait d'accord avec Herder, c'est-à-dire, sinon de tous points, du moins dans l'ensemble, très sympathique à la doctrine du philosophe réprouvé. Quand Jacobi lui a envoyé ses *Lettres sur la doctrine de Spinoza*, Gœthe lui répond par cette lettre devenue classique, où il définit lui-même sa position vis-à-vis de Spinoza[3]. Spinoza ne cherche pas à démontrer l'existence de Dieu, il n'en a pas besoin, car l'existence est Dieu, et si d'aucuns en concluent qu'il est athée, lui, Gœthe, aimerait à l'appeler, pour la même raison, le plus religieux et le plus chrétien des hommes. Assurément, il y a entre sa façon de voir et celle de Spinoza une différence fondamentale : aux yeux de Spinoza, dont le regard est fixé sur la matière, les phénomènes individuels semblent disparaître ; lui, au contraire, n'aperçoit le Divin que dans les choses particulières, mais personne n'est plus que Spinoza capable de l'exciter à en étudier le détail. Sans doute, il ne peut pas dire qu'il ait lu avec suite les œuvres de cet « homme excellent » et que jamais il ait aperçu d'une vision d'ensemble parfaitement nette tout l'édifice de ses pensées. La constitution de son esprit ne le lui permet pas plus que les conditions mêmes de sa vie. Mais chaque fois qu'il le lit, il lui semble qu'il le comprend ; tout en lui lui paraît d'une absolue logique, et il en retire, tant pour sa pensée que pour la conduite pratique de sa vie, de salutaires leçons. Pour finir, après avoir critiqué les déformations que, à son sens, Jacobi fait subir à la doctrine de Spinoza, quand il le traduit, il s'excuse modestement sur sa gaucherie à manier le langage philosophique et ajoute que, sans aucun doute, Her-

---

1. Lavater, *Die Emser Reise*, 22 juin 1774, dans *Gœthe und Lavater*, Funck, *op. cit.*, p. 291. — 2. 12 janvier 1785. — 3. 9 juin.

der saura bien mieux traduire leur pensée commune. Cette lettre si importante est complétée par celle du 21 octobre où, de nouveau, il souligne que, pour lui, spinozisme et athéisme sont deux choses fort différentes et où il marque que, bien que sa propre conception de la Nature diffère de celle de Spinoza, s'il lui fallait indiquer le livre dont les idées s'accordent le plus avec les siennes, il devrait nommer *l'Ethique*.

Ces deux lettres ne nous laissent aucun doute sur les rapports réels de Gœthe et de Spinoza aux environs de 1785.

D'abord, elles nous prouvent que si, après avoir fait de Spinoza une étude assidue en la société de Mme de Stein et avec l'aide des lumières de Herder, il peut dire qu'il ne l'a pas lu en entier, avec méthode et suite et qu'il ne peut se flatter de dominer son système, nous avions bien raison de dire qu'il faut se garder de conclure des déclarations des *Mémoires*, qu'il était spinoziste éclairé et conséquent dès 1774. Elles nous montrent ensuite avec une indéniable netteté que, sur deux points essentiels au moins, il est en contradiction avec Spinoza et que cette fois il en a conscience. Tandis que pour Spinoza le fait individuel n'offre d'intérêt qu'autant qu'il est une émanation, une manifestation du grand Tout, pour lui l'individu a une existence propre, qui l'intéresse pour elle-même. Spinoza plane au-dessus du monde des phénomènes particuliers, il ne descend qu'à regret, semble-t-il, du Tout aux parties; lui, Gœthe, part des parties pour chercher à arriver jusqu'au Tout, ses pieds reposent solides sur le terrain ferme des réalités concrètes. Tandis que Spinoza est indifférent à la Nature en elle-même, puisqu'à ses yeux elle n'a pas d'existence propre en dehors de Dieu, et que la seule chose qui lui importe, c'est Dieu, Gœthe, qui est trop artiste, trop épris de beauté visible, pour s'élever jusqu'à la hauteur d'abstraction de l'auteur de *l'Ethique*, s'attache passionnément à l'étude des phénomènes, des apparences. C'est à cela, sans doute, qu'il pense quand il souligne vis-à-vis de Jacobi la différence entre sa conception de la Nature et celle de Spinoza, à moins qu'il n'ait déjà vu alors qu'entre le panthéisme auquel il incline et celui de son maître, il y a la diffé-

rence qui sépare le panthéisme statique du panthéisme dyna-
mique[1]. Tout est en Dieu[2], dit Spinoza, rien n'est inachevé en
Dieu, sa puissance est toujours réalisée entièrement[3] : donc il
n'y a point de place en son système pour l'idée d'évolution ; or,
pour Gœthe, cette idée même de vie sans cesse agissante et se
transformant par voie d'évolution est dès maintenant le fil conducteur, le fil d'Ariane, comme il disait à Mme de Stein, qui
guide ses pas incertains à travers les broussailles de la science
de la Nature.

Mais à l'époque où nous sommes, tout en ayant dans une
certaine mesure conscience des divergences profondes qui existent entre sa pensée et celle de Spinoza, il est particulièrement
frappé par ce qui l'attire dans l'œuvre du philosophe, il est
surtout sensible à l'écho qu'il y retrouve de ses propres sentiments, aux encouragements qu'il croit y découvrir de persévérer dans sa conception de la vie. L'affirmation de l'unité absolue de la Nature, l'apologie de la méthode intuitive[4], la seule
qui lui convienne, le rejet du finalisme[5] et de toutes les formes
anthropomorphiques de la croyance au Divin, étaient autant
de conséquences de la doctrine de Spinoza auxquelles il se
ralliait d'enthousiasme. Mais ce qui le séduisait surtout dans
l'*Ethique*, c'en était la partie morale ; c'était la nécessité qu'il y
trouvait proclamée pour l'individu, de se soumettre à l'ensemble, dès qu'il a reconnu qu'il n'est qu'un maillon de cette
chaîne sans fin qui relie étroitement tous les êtres de l'univers,
dès qu'il s'est élevé à la conception de la loi, qu'il a appris à
discerner l'ordre nécessaire et éternel des choses, qu'il s'est
habitué à ne se considérer lui-même que par rapport à cet
ordre universel ; c'était l'assurance que donne Spinoza, que
nos passions, notre incapacité de renoncement, nos tristesses
viennent d'une connaissance insuffisante de notre nature vraie,
d'un contresens fondamental sur les droits et les devoirs de
notre individualité, c'était l'affirmation que la joie est le fruit

1. Cf. Jellineck, *Die Beziehungen Gœthes zu Spinoza*, Wien, 1878, p. 21
et sq. — 2. *Ethique*, I, Prop. xv. — 3. *Ibid.*, Prop. xxxiii. — 4. *Ibid.*, II,
Prop. xl, Scholie 2, p. 108. — 5. *Ibid.*, I, Appendice, p. 56 et sq.

naturel d'une vie vécue selon les principes de la raison sereine et non selon les indications troubles de l'imagination [1].

Bref, de Spinoza il apprend à se libérer des dernières chaînes de l'individualisme, à comprendre les raisons profondes qui imposent au sage le renoncement et en font pour lui une source intarissable de félicité. Quoi d'étonnant, dès lors, qu'après avoir vécu de longs mois dans son intimité, non seulement il se soit senti puissamment encouragé à vouer sa vie à l'étude de la Nature, mais qu'il ait aussi fini par trouver en lui l'énergie nécessaire pour briser les liens où sa passion « imaginative » pour Mme de Stein le retenait prisonnier?

Deux autres philosophes de moindre envergure contribuent, vers le même temps, par les intentions de leurs œuvres, sinon par leurs doctrines mêmes, à achever de libérer sa pensée et à lui fournir des armes contre ses passions ; ce sont *Saint-Martin* et *Hemsterhuis*.

En 1781, il lit avec Mme de Stein le livre *des Erreurs et de la Vérité*, de Saint-Martin [2] et cette lecture lui est profitable, encore que, comme il le déclare à Lavater, le livre lui paraisse un mélange monstrueux de vérité et d'erreur, où « les mystères les plus profonds de l'humanité sont rattachés les uns aux autres par les cordes de l'erreur et de l'étroitesse d'esprit ». Le choix de l'ouvrage est caractéristique ; son titre avait dû séduire Gœthe qui cherche, nous l'avons vu, à se dégager des liens de l'erreur et aspire à la vérité. Il fut sans doute déçu quand il en vit le détail [3]. Au lieu d'une étude pénétrante, philosophique, sur la Nature et les sources du vrai, il n'y trouva guère qu'une apologie du christianisme, un manifeste virulent contre le ma-

---

1. *Éthique*, II, IV, surtout V ; cf. Prop. xxv, xxvii, xxxviii ; cf. A. Biese, *Goethes dichterischer Pantheismus*, Berichte des fr. d. Hochstiftes, 1893, Frankf. a/M., p. 8. — 2. Cf. à Ch. v. Stein, 7 avril, 18 juillet ; à Lavater, 9 avril 1781. — 3. Cf. Caro, *Essai sur la vie et les doctrines de Saint-Martin, le philosophe inconnu*, Paris, 1852 ; M. Matter, *Saint-Martin, le philosophe inconnu, sa vie et ses écrits, son maître Martinez et leurs groupes*, Paris, 1862 ; A. Franck, *La Philosophie mystique en France à la fin du dix-huitième siècle*, Paris, 1866.

térialisme du dix-huitième siècle. Toutefois, s'il devait être peu sensible à la défense d'une religion qui ne lui importait plus, il pouvait ne pas lui déplaire d'y voir attaqué ce matérialisme qui, nous nous en souvenons, avait excité son antipathie de très bonne heure, et surtout il pouvait sympathiser à l'esprit général de la théorie de Saint-Martin. La doctrine de l'émanation, l'essai d'explication à la fois moniste et évolutionniste de l'Univers [1] ne pouvaient que le séduire en lui rappelant son premier et déjà lointain enthousiasme pour le néo-platonisme et les doctrines qui en dérivent. Mais il devait surtout s'intéresser aux déclamations du « Philosophe inconnu » contre l'orgueil humain qui a égaré l'homme, lui a fait faire un mauvais usage de sa liberté, lui a fait concevoir « une pensée contre la loi suprême [2] » et qui le maintient « abîmé dans ses propres ténèbres [3] ». Ne contiennent-elles pas implicitement la condamnation de l'individualisme outré, qui s'insurge contre les lois saintes de l'ordre universel?

C'est un encouragement analogue à lutter contre la passion et l'orgueil qu'il pensait trouver dans les ouvrages d'Hemsterhuis. Peut-être son attention avait-elle été attirée sur le platonicien hollandais, depuis longtemps déjà, par Herder qui, dès 1772, s'étant pris d'enthousiasme pour le philosophe de la Haye, avait projeté de traduire ses œuvres et qui venait en effet de faire paraître, en 1781, dans le *Mercure* de Wieland, la traduction de la *Lettre sur les désirs* [4]. Quoi qu'il en soit, Jacobi qui, depuis 1781, est devenu un fervent d'Hemsterhuis, lui envoie [5] les œuvres du philosophe, que la princesse Galli-

1. Cf. Franck, *op. cit.*, p. 72; Matter, *op. cit.*, p. 69.

2. *Des Erreurs et de la Vérité*, ou *les Hommes rappellés* (sic) *au principe universel de la science. Par un Ph... Inc...*, Edimbourg, 1782, I, p. 34.

3. *Ibid.*, p. 30; cf. Caro, *op. cit.*, p. 90. Il est possible que, mis en goût par la lecture du *Traité des Erreurs*, Gœthe ait lu aussi le *Tableau naturel des raoports qui existent entre Dieu, l'Homme et l'Univers*, Edimbourg, 1782. Toutefois, il semble bien qu'il n'ait pris à Saint-Martin qu'un intérêt de sympathique mais passagère curiosité, car nous ne trouvons plus mention du philosophe inconnu après 1781.

4. Cf. Haym, *Herder*, I, pp. 638, 689. — 5. En novembre; cf. à Jacobi, 12 janv. 1785.

zin lui a confiées. Gœthe et Mᵐᵉ de Stein lisent en commun, — et avec d'autant plus de curiosité, sans doute, qu'ils devaient être au courant de la liaison platonique du philosophe et de la princesse, — les dissertations qu'elles contenaient sur l'amour et l'amitié, sur l'union idéale des âmes, les méfaits du désir physique et de l'instinct matériel[1]. Ce fut uniquement le côté moral de la doctrine d'Hemsterhuis qui, assurément, intéressa Gœthe, car il est bien invraisemblable qu'à l'époque même où il se passionnait pour Spinoza, il ait pu prendre goût aux spéculations métaphysiques de l'auteur de l'*Aristée*, car celui-ci admet à peu près tout ce que rejette l'auteur de *l'Éthique* : la vertu de l'imagination, le dualisme entre le monde et Dieu, les preuves sentimentales et populaires de l'existence de Dieu, les causes finales[2]. Il est d'ailleurs remarquable qu'en renvoyant les œuvres de Hemsterhuis à Jacobi, il se refuse à porter tout jugement sur la doctrine même du philosophe, donnant pour raison qu'avant d'écrire sur la métaphysique, il est nécessaire de mieux connaître la physique[3]. Nous avons vu qu'il était moins réservé et moins circonspect quand il s'agissait de Spinoza. Quant à la morale même d'Hemsterhuis, elle l'intéressa probablement plutôt qu'elle ne le séduisit. Il dut suivre avec curiosité les efforts du philosophe pour déterminer la nature et les applications pratiques de cet instinct inné du bien qu'il appelle « l'organe moral ». Mais à cette époque de sa vie, où toute son activité morale tend à refouler en lui l'instinct et à apprendre à se soumettre à la loi, il devait se méfier d'une théorie qui met la morale dans une telle dépendance du tempérament individuel, que, quoi qu'en ait son auteur, la liberté et la responsabilité humaines sont presque réduites à néant, que la volonté devient, ou peu s'en faut, l'esclave de l'instinct, et que la conscience individuelle qui n'est en dernière analyse que l'instinct, l'aspiration au bien, aspiration spontanée sans doute, mais infiniment variable et inégale selon les individus, devient le seul juge

1. Cf. E. Grucker, *F. Hemsterhuis, sa vie et ses œuvres*, Paris, 1866, p. 104. — 2. Grucker, *op. cit.*, pp. 252, 225. — 3. A Jacobi, 12 janv. 1785.

légitime de nos actions[1]. Cette morale, malgré la noblesse et
la pureté de ses intentions, n'était en somme que la morale
individualiste du « Sturm-und Drang » idéalisée et ennoblie.
Or, nous savons que, rejeter tous les ferments de trouble que
le « Sturm-und Drang » lui a laissés en héritage, est l'aspiration suprême de Gœthe pendant les années de lutte de Weimar. Il ne pouvait donc sympathiser à la doctrine même
d'Hemsterhuis[2], mais il ne pouvait rester insensible aux
efforts du philosophe pour s'élever à une moralité plus haute;
il y voyait une excitation à persévérer dans son propre désir
de perfectionnement.

Si donc Gœthe ne trouva, en réalité, pas plus dans Hemsterhuis que dans Saint-Martin, les clartés nouvelles qu'il avait
peut-être espéré y découvrir, s'il nous semble difficile, surtout
en ce qui concerne Hemsterhuis, de parler d'une influence
appréciable de leurs œuvres sur sa pensée morale, il n'en reste
pas moins caractéristique qu'il les ait lues avec le souci évident
d'en tirer profit pour sa propre évolution; ce qui nous importe, c'est moins ce qu'il rencontra, en eux, que ce qu'il y
avait cherché.

Peut-il être question, à côté de ces influences diverses et inégalement importantes, d'une action parallèle de *Herder* sur le
développement du poète? Cela paraît, à priori, bien vraisemblable, quand on songe au rôle si considérable que Herder a
joué dans la formation du jeune Gœthe, à Strasbourg. Pourtant, la réponse n'est pas, dans la réalité, celle qu'on attendait.

A Strasbourg, Herder dominait Gœthe, non seulement par
l'âge, mais par son expérience, par ses écrits, par sa situation
même. Pour lui, Gœthe était l'étudiant, le disciple; il n'avait pas
besoin, vis-à-vis de lui, d'imposer de contrainte aux sarcasmes

1. Cf. Grucker, *op. cit.*, chap. VIII.
2. Ajoutons que le dédain pour la science que montrait Hemsterhuis en
écrivant : « L'homme paraît fait pour pour contempler et pour jouir et non pour
savoir » (*Lettres sur l'homme et ses rapports*, cit. Grucker, p. 84), n'était pas
de nature à plaire à Gœthe qui, précisément à cette époque goûte ses premières ivresses scientifiques et n'aperçoit pas d'idéal plus élevé que de *savoir*.

de son esprit acerbe ou aux fantaisies de son humeur atrabilaire. A Weimar, les rôles sont presque renversés. Le disciple
est devenu à son tour un maître dont le nom rayonne à travers
l'Allemagne entière ; le jeune étudiant dont les étrangetés
pouvaient faire paraître l'avenir incertain est devenu le favori,
le ministre d'un duc. C'est à lui que Herder doit sa situation
actuelle ; Herder est à son tour l'obligé, à certains égards
même le subordonné, et, avec son esprit chagrin, enclin à la
jalousie, il s'accommode mal de cette situation[1]. Moins d'un an
après son arrivée à Weimar, nous le voyons, lui et sa femme,
du parti des mécontents. Gœthe est pour eux la « bête noire » ;
ils estiment que l'auteur de *Werther* n'a aucune qualité pour
être le mentor du duc et ils interprètent avec malveillance ses
moindres actes. Gœthe, de son côté, quelque sincère que soit
la reconnaissance qu'il sait devoir à Herder pour les leçons de
Strasbourg et quelque profonde que soit son affection pour lui,
est moins d'humeur encore qu'au temps de Wetzlar à se laisser
régenter ; il n'est pas plus disposé à endurer les représentations
du Surintendant et à s'inquiéter des criailleries ou des insinuations de Caroline, qu'il n'a voulu accepter les critiques de
Klopstock. Aussi, bien qu'il en éprouve un ennui réel, ses
relations avec les Herder sont-elles, de 1777 à 1783, à part une
courte période de rapprochement en 1781, rares et dépour-
vues de cordialité. A plusieurs reprises il se plaint, et quelquefois en termes très vifs, de l'attitude de Herder à son égard[2].
Mais en 1783, ayant perdu ses premières illusions sur les joies
du pouvoir, ayant compris qu'il est plus facile à un homme
d'Etat de souhaiter le bien que de le faire, mal résigné à l'amitié
amoureuse que lui impose Mme de Stein, ramené enfin aux
préoccupations intellectuelles par ses études scientifiques, il
éprouve le désir de sentir auprès de lui un compagnon de
pensée plus capable de le comprendre que Wieland ou Mme de
Stein elle-même. Il regrette son éloignement moral de Herder,
et se décide à faire les premières avances[3] ; Herder y répond

<hr>

1. Cf. Haym, *Herder*, II, p. 14 et sq. — 2. Cf. lettres 30 juin, 8, 20 sept.
1780. — 3. A Herder, 29 août 1783 ; cf. Haym, *Herder*, II, p. 189 et sq.

aimablement, les relations se rétablissent entre eux plus
cordiales qu'autrefois même[1], et, pendant trois ans, jusqu'au
départ de Gœthe pour l'Italie, ils vivent côte à côte en une
douce et bienfaisante intimité. Gœthe trouve chez les Herder
non seulement un foyer ami où il aime à venir s'asseoir pour
y entendre de joyeux rires d'enfants, mais aussi un milieu
sympathique à ses idées. Herder s'intéresse d'autant plus aux
recherches scientifiques de Gœthe qu'elles procèdent du même
esprit que celui qui l'anime lui-même, et qu'il voit dans l'effort
déjà marqué de Gœthe pour arriver au « type » dans les différents domaines des sciences naturelles l'application concrète
du principe d'évolution qu'il a lui-même de son côté commencé
de dégager de l'histoire de l'humanité[2]. Gœthe, en retour, se
réjouit de voir les hardies abstractions de Herder légitimer ses
intuitions, d'entendre Herder marquer qu'il n'y a pas de solution de continuité entre les êtres vivants, que l'infinie diversité
dérive d'une forme primitive. L'homme n'est que l'aboutissant
de l'évolution : dans l'être le plus élémentaire, le plus éloigné
de l'homme, on reconnaît le rayon qui part d'un centre unique[3].
Ses études de morphologie trouvent leur pendant métaphysique
dans les *Idées ;* les unes et les autres se complètent, se soutiennent, se légitiment mutuellement. Mais, ainsi qu'on l'a montré,
Herder reçoit cette fois au moins autant qu'il ne donne[4]; il
retire de la lecture de la *Dissertation* de Gœthe *sur l'os intermaxillaire* plus d'enseignements que Gœthe n'en trouve dans
les *Idées.* Lui-même souligne, peut-être sans le vouloir, le
respect qu'il a maintenant pour son ancien élève, quand il
écrit à Jacobi[5] que Gœthe a lu *Spinoza* et que c'est pour lui
une garantie sûre, de voir que le poète comprend Spinoza,
comme il le comprend, de son côté.

Il y a donc alors entre Herder et Gœthe parallélisme et
action réciproque, et non comme jadis influence prépondérante de l'un sur l'autre. Herder est pour Gœthe plutôt un

1. Cf. à Lavater, 30 déc. 1783. — 2. Cf. Haym, *op. cit.,* II, pp. 203-206.
— 3. Cf. Herders *Ideen,* IIe livre (chap. IV) et IIIe livre. — 4. Cf. Haym, *op.
cit.,* II, pp. 206-207. — 5. 20 déc. 1784.

compagnon qu'un maître de pensée. C'est pourquoi on ne peut guère, nous semble-t-il, parler d'une action profonde de Herder sur Gœthe de 1783 à 1786. Gœthe trouve chez son ami la confirmation de ses idées; il en est visiblement heureux[1], il en éprouve plus de confiance en leur valeur, mais, cette fois, il ne retire pas de son commerce avec lui des enseignements vraiment nouveaux, capables de contribuer à accélérer son évolution morale.

IV,

En ce sens, on peut dire que, dans une certaine mesure, son affiliation à la *Franc-Maçonnerie* eut plus d'importance pour lui que la reprise de ses relations avec Herder. Nous nous rappelons qu'en 1775, sollicité d'entrer dans une Loge de Francfort, il avait refusé par esprit d'indépendance. — A Weimar, il s'était trouvé tout de suite en relations étroites, officielles ou amicales, avec des francs-maçons de marque, comme le ministre Fritsch, Christophe Bode, Wieland. La sympathie que marquait le duc à la Loge dont sa mère était la patronne l'avait amené lui-même, très tôt, à s'y intéresser[2]. Mais, soit par crainte d'annihiler sa liberté, soit parce que Herder l'avait mis en méfiance contre les défauts et les abus de l'institution[3], soit tout simplement peut-être par antipathie pour Fritsch, le Vénérable de la Loge, il n'avait pas répondu aux sollicitations dont, sans aucun doute, il avait dû être l'objet. — Ce n'est qu'en 1780, au retour du voyage en Suisse, qu'après des conversations sur la Maçonnerie avec Bode et Wieland[4], il se décide à demander à Fritsch de l'admettre dans la Loge[5]. Il déclare au Vénérable que depuis longtemps il n'attendait que l'occasion d'entrer dans la Franc-Maçonnerie, et qu'au cours de son voyage en Suisse, son désir en est devenu plus vif, quand il a pu se rendre compte que le titre

---

1. Cf. à Ch. v. Stein, 8 déc. 1783, 27 mars 1784; à Knebel, nov. 1784, et *Zur Morphologie*, Hempel, B^d 33, p. 13. — 2. Cf. *Journal*, 2 avril 1777. — 3. Haym, *Herder*, II, p. 789. — 4. *Journal*, 17 janv. 1780. — 5. 13 fév. 1780.

de Maçon lui eût permis de pénétrer, plus avant qu'il n'a pu le faire, dans l'intimité de gens qu'il a appris à estimer. Il assure Fritsch que c'est uniquement ce sentiment de sociabilité qui le pousse à frapper à la porte de la Loge. — La raison invoquée par Gœthe peut, au premier abord, paraître vulgaire et d'un utilitarisme mesquin. La preuve en est que les critiques qui se sont occupés de la maçonnerie de Gœthe[1], ne se contentant pas du motif indiqué par lui, se sont demandé, sans du reste pouvoir y faire de réponse satisfaisante, quelle avait pu être la cause vraie qui le détermina au pas décisif devant lequel il avait si longtemps reculé.

Nous inclinerions, pour notre compte, à croire qu'à côté de raisons extérieures possibles — pression exercée sur lui par ses amis les Maçons, désir d'amélioration de ses rapports avec Fritsch, — la raison qu'il indique lui-même est la vraie. Seulement, nous pensons qu'il faut y voir moins la marque du souci que Gœthe pouvait avoir d'étendre et de faciliter ses relations sociales, que la preuve qu'il s'était rendu compte que l'activité de l'homme, pour être vraiment féconde, doit s'appuyer sur celle des autres. Son entrée dans la Loge Anna Amalia signifie, à nos yeux, la défaite définitive de son individualisme, sa volonté de se soumettre à la règle, sa conversion à la religion de la solidarité.

Sans doute, Gœthe n'avait pas attendu d'être Maçon pour pratiquer les vertus dont volontiers les « frères », en leurs discours, se réservaient l'apanage[2] ; sa soif de lumière et de plus haute moralité, son désir de travailler au bien commun et d'affirmer, par une charité active, son besoin de bienfaisance, ne datent pas, nous l'avons marqué, du 23 juin 1780, jour de sa réception par Bode, et il est puéril d'attribuer, comme on l'a fait[3], à l'influence de la morale maçonnique son attitude, voisine de l'héroïsme, dans l'incendie qui, le 25 juin, ravagea

---

1. Cf. particulièrement J. Pietsch, *J. W. Gœthe als Freimaurer*, Leipzig, 1880 ; Wernekke, *Gœthe und die königliche Kunst*, Leipzig, 1905 ; G. Deile, *Gœthe als Freimaurer*, Berlin, 1908. — 2. Cf. le discours du Vénérable Fritsch, cit. Deile, *op. cit.*, p. 81, et note, p. 290. — 3. Pietsch, *op. cit.*, p. 12.

le bourg de Grossbrembach[1]. Mais ce qui paraît certain, en tout cas, c'est que Gœthe apprit dans la Loge à pratiquer la vertu qui semblait le plus antipathique à sa nature : la discipline. Lui, le tout-puissant favori du duc, avait été forcé d'attendre plus de quatre mois (13 fév.-14 juin) que la Loge ait statué sur sa demande d'admission ; et quand, moins d'un an après son affiliation, il émit la prétention d'avancer dans la hiérarchie maçonnique plus rapidement que ne le prévoyaient les statuts de la Loge[2], il se vit refuser cette faveur et dut se contenter d'être nommé « ouvrier » ; il devait attendre jusqu'au 2 mars 1782 pour être nommé « maître ».

L'activité maçonnique de Gœthe ne devait d'ailleurs pas durer longtemps, puisque, à la suite de querelles intestines et de dissensions sur le but même et les formes de la Maçonnerie, la Loge Amalia dut fermer ses portes à la fin de l'année. Gœthe, qui s'était docilement soumis aux rites les plus pédants, au point même qu'il avait trouvé que les « frères » en prenaient trop à leur aise avec les formes extérieures[3], dut éprouver une grande déception à voir que l'intérêt personnel, les préoccupations mesquines, la superstition ou même le fanatisme contrastaient singulièrement, et de bien fâcheuse façon, avec la noblesse et la pureté des professions de foi[4]. Les abus de l'institution ne l'aveuglent pourtant pas sur l'excellence du principe qui en est la base. Il continue de s'intéresser aux destinées de la Franc-Maçonnerie ; il se laisse enrôler par Bode, en février 1783, dans l'ordre des « Illuminés » de Weishaupt[5], et, plus tard, en 1808, quand il aura acquis la conviction qu'un esprit nouveau, plus sain que l'ancien, anime la Maçonnerie réformée, il sera un des artisans les plus actifs de la réouverture de la Loge Amalia[6]. La lettre qu'à cette occasion il écrit à la Loge de Rudolstadt, nous prouve la persistance de sa foi dans la Maçonnerie : « Nous ne sommes pas restés inactifs (depuis la fermeture de la Loge de Weimar), nous avons

1. Cf. à Ch. v. Stein, 26 juin. — 2. A Fritsch, 31 mars 1781. — 3. A Ch.-Auguste, 26 juin 1781. — 4. Wernekke, *op. cit.*, p. 94. — 5. *Ibid.*, pp. 105-106. — 6. Cf. Deile, *op. cit.*, p. 50 et sq.

en silence observé le monde et les hommes, l'esprit du temps et les résultats de son action, les progrès de la Maçonnerie dans le sens de son perfectionnement, et, tout en étant sans connexion avec les Loges, nous n'en avons pas moins cherché, dans la mesure du possible, à remplir fidèlement nos devoirs de Maçons[1]. »

Si donc, comme nous le disions plus haut, Gœthe n'a pas attendu de s'affilier à une Loge pour pratiquer les vertus essentielles que recommandait la Maçonnerie idéale, si, par conséquent, il serait peut-être exagéré de prétendre que la Maçonnerie exerça sur sa moralité une influence décisive, il n'en est pas moins significatif qu'il ait cru qu'il ferait mieux tout son devoir d'homme en coordonnant ou même en subordonnant ses efforts à ceux d'une communauté.

Cette marque de sa volonté de perfectionnement moral après tant d'autres achève de donner à cette période de Weimar sa physionomie propre.

Aucune phase de la vie du poète n'est plus intéressante et plus féconde en enseignements, pas même celle où nous avons vu sa personnalité, après son retour de l'Université de Strasbourg, s'affirmer de façon si puissante et si originale. Plus qu'à aucun autre moment de sa longue carrière, Gœthe nous y apparaît sous l'aspect du lutteur, d'un lutteur aux prises avec l'adversaire le plus redoutable qu'un homme puisse avoir à combattre : sa propre nature.

Il n'a certes pas encore triomphé de tous ses instincts; l'harmonie entre sa volonté et ses désirs n'est pas parfaite. Il y a encore des recoins d'ombre dans son âme, comme il reste des brumes autour de sa pensée; sa fuite de Carlsbad n'est guère moins fiévreuse que son départ de Francfort. Mais quelle différence pourtant entre le Gœthe de 1775 et celui de 1786 ! Le conquérant de jadis, à la mine insolente, au rire dominateur, était secrètement inquiet. Il allait au-devant d'une desti-

----

1. 7 mai 1808; cf. Deile, *op. cit.*, Anhang, II, p. 183.

née inconnue ; tout frissonnant encore des orages qu'il venait de traverser, il ne sentait pas en lui le ferme soutien de convictions arrêtées, de principes solidement établis. Le Gœthe de 1786, en dépit des hésitations apparentes de l'heure présente, sait ce qu'il veut et où il va. Il s'est conquis une place notable dans le monde et il a établi, avec sûreté et une claire conscience du but à atteindre, les bases fondamentales de sa moralité.

L'étude des *Œuvres* qui appartiennent à cette période va achever de nous en convaincre.

LIVRE IV *(Suite)*.

TROISIÈME PARTIE : LES ŒUVRES.

I.

Dans la période précédente, nous avons vu, par le rôle que joue *l'Amour* dans son œuvre lyrique et dramatique, que ce sentiment n'avait pas occupé une place moins importante dans sa pensée que dans sa vie. Le problème des rapports de l'homme et de la femme était au premier rang de ses soucis pratiques. Sans doute, il l'avait résolu dans le sens de son instinct plutôt que de sa raison réfléchie, mais il n'en avait pas moins été tourmenté assez pour qu'il en fît le centre de presque toutes ses créations poétiques.

Or, jamais, ce problème ne s'était posé à lui de façon plus troublante, plus angoissante même que dans ses relations avec Mme de Stein. Jamais l'emprise d'une femme sur lui n'avait été si profonde, si complète. Ce n'est plus son cœur seul, c'est son être entier qui est suspendu à son amour ; son désir ne connaît, cette fois, d'autres obstacles que ceux que lui oppose son amie, et ses douleurs comme ses joies d'amour viennent toutes d'elle. Nous l'avons entendu, dans sa *Correspondance*, dire sur tant de modes divers ses espoirs, ses regrets, ses bonheurs, ses tristesses, ses révoltes et ses soumissions, que nous nous attendons, tout naturellement, à trouver ses œuvres, surtout ses *Poésies lyriques*, toutes frémissantes d'amour, comme au temps de Frédérique et de Lili.

En fait, les poésies d'amour sont rares dans l'œuvre lyrique de Weimar. Tout au début de son séjour, quand son cœur est encore tout meurtri de la rupture avec Lili, et son esprit hanté par le souvenir des douces heures passées dans la société de la jolie Francfortoise, il dit, comme nous l'avons souligné déjà, sa mélancolie à la pensée du bonheur perdu : « Chère Lili, toi qui fus si longtemps toute ma joie et l'unique objet de mes chants[1]... » Mais dans le *Chant du soir du chasseur*[2], où il montre que l'image de Lili le poursuit dans ses courses silencieuses et farouches à travers champs, il laisse voir que la douleur d'amour qu'il a emportée de Francfort s'atténue, à la pensée que celle pour laquelle il souffre est déjà consolée. Une douceur lunaire descend en lui et il sent une paix secrète, inexplicable, envahir son cœur. C'est que ses yeux se sont emplis de la clarté du nouvel astre qui s'est levé à son horizon. Comme jadis, après Wetzlar, la radieuse apparition de Max a rejeté momentanément dans l'ombre la figure de Lotte, ainsi l'image de Lili pâlit soudain quand la délicate et élégante silhouette de la baronne de Stein surgit devant son regard prévenu.

Mais, dès l'abord, l'impétuosité et le caractère tragique de sa nouvelle passion transparaissent à travers les rares poésies qu'il lui consacre. Le premier *Chant de nuit du voyageur* nous dit le trouble cruel de son âme que la joie et la douleur se partagent sans harmonie et agitent profondément[3]. Il envie le sort de ces hommes du vulgaire, qui vivent dans une demi-inconscience, ballottés sans résistance entre les sentiments les plus divers, mais aussi rapides à saisir allégrement les joies qui se présentent, qu'ils sont prompts à se laisser abattre par la douleur. Il regrette que son amie et lui ne puissent s'aimer ainsi, tout simplement, sans se comprendre, et qu'ils aspirent à réaliser un rêve impossible, attendant follement de l'avenir le bonheur que pourrait leur donner l'heure présente[4]. C'est un écho des tris-

---

1. A Ch.-Auguste, 23 déc. 1775. — 2. *Jägers Abendlied.* — 3. *Wandrers Nachtlied.* — 4. *Warum gabst du uns die tiefsten Blicke?* épître en vers à Ch. v. Stein, 14 avril 1776.

tesses de son amour sans espoir que nous entendons dans *Consolation dans les larmes*. Il aime et souffre, car son amour est trop haut ; il plane brillant, ainsi que l'étoile inaccessible, dont l'éclat attire vainement le regard avide ; mais pour si douloureuse que soit cette stérile contemplation, il se refuse à s'en laisser distraire par les efforts de ses amis ; aux plaisirs que ceux-ci lui offrent, il préfère la douce volupté des larmes[1]. C'est le regret des baisers refusés qu'exprime la poésie « *Aux mânes de Joh. Secundus* » actuellement intitulée *Besoin d'aimer*[2], et c'est le désir de voir la fin de son tourment qui lui arrache le triste soupir du *Souci* : « Accorde-moi, accorde-moi mon bonheur. Dois-je fuir ? Dois-je le saisir ? C'est trop longtemps hésiter, être dans le doute ! Si tu ne veux pas que je sois heureux, Souci, rends-moi sage[3]. » On devine ses efforts pour fléchir sa rigoureuse amie quand on lit la délicate allégorie *A sa cruelle* : « Vois-tu cette orange, elle est encore suspendue à l'arbre ; déjà mars est passé et voici de nouvelles fleurs. Je vais à l'arbre et je dis : « Orange, orange mûre, douce orange, « je secoue l'arbre, sens, je secoue l'arbre. Oh ! tombe dans « mon sein[4] ! » Et pourtant, malgré les angoisses qu'elles lui causent, ces douleurs lui sont chères, elles sont divines[5], car l'amour, en dépit de son cortège de tortures, est la couronne de la vie ; il est fatal, on ne peut lui échapper[6].

Son amour d'ailleurs lui est précieux, parce qu'il en sent l'action bienfaisante ; très tôt le poète l'a reconnu et l'a dit. Mme de Stein est pour lui plus qu'une amante ordinaire, il lui semble que leur amour était prédestiné, voulu par la puissance mystérieuse qui dirige sa vie. Il se demande ce que leur sort leur réserve en les unissant d'un lien si étroit et il incline à

---

1. *Trost in Trähnen.* — 2. *Liebebedürfnis.* — 3. *Sorge.* — 4. *An seine Spröde.*

5. *Alles geben die Götter*, poésie intercalée dans la lettre du 17 juillet 1777 à Aug. von Stolberg. Malgré l'allusion à la mort de Cornélie que contient cette lettre, nous croyons être en droit de voir dans la poésie même un écho des souffrances que cause à Gœthe son amour pour Mme de Stein. Ne parle-t-il pas de *toutes* les douleurs ?

6. *Rastlose Liebe.*

croire qu'elle a été jadis sa sœur ou sa femme, il lui semble revivre le temps béni. Alors, elle connaissait son être jusqu'en ses replis les plus profonds, elle lisait, comme à livre ouvert, dans son cœur fermé aux yeux des autres mortels, elle versait le calme dans sa nature impétueuse, dirigeait sa course désordonnée; dans ses bras angéliques, à ses pieds, sous le charme de son regard, il trouvait le repos, l'apaisement. Hélas! ce n'est qu'un rêve du temps passé! Mais, malgré les tristesses, les malentendus douloureux de l'heure présente, le souvenir de ces heures d'extase imaginaire hante le cœur du poète et il espère qu'il verra un jour fleurir pour lui les joies qu'il s'imagine avoir éprouvées jadis[1]. En attendant, il se débat dans les liens où, chaque jour, cet amour qui se refuse à lui tout en l'attirant, l'enlace plus étroitement; il cherche à fléchir la bien-aimée par tous les moyens en son pouvoir, par l'aveu répété de son amour, en cherchant à exciter sa jalousie, en lui montrant l'amour volant de conquête en conquête dans la Nature en fleurs[2].

Enfin, un jour, les doux rêves que, dans sa confiance obstinée en la puissance de l'amour, il avait faits pour l'avenir, se sont réalisés, de même qu'ont poussé en son modeste jardin les arbres grêles qu'il avait plantés jadis avec l'espoir de l'ombre future[3]. Ces arbres, ces chers confidents de ses soupirs voient maintenant le bonheur de leur maître. Il aime ardemment et il est payé de retour par celle qui lui rend encore purifié le plus pur de ses instincts[4]. Et c'est à quelques mois de là, qu'en termes d'un gracieux anacréontisme, mais, nous l'avons vu, d'une fâcheuse ambiguïté, il célèbre, dans les *Pensées nocturnes* et dans *la Coupe*[5], sa joie d'avoir enfin obtenu de la baronne de Stein un aveu d'amour sans réticences. Aussi, avec quelle

---

1. *Warum gabst du uns die tiefsten Blicke?* — 2. *Nach dem Wiedersehen* (à Ch. v. Stein, 8 août 1776), *Anrufung* (Von mehr als einer Seite verwaist), *Frühlingsgruss* (Deine Grüsse hab'ich wohl erhalten; à Ch. v. Stein, 19 avril 1779). — 3. *Hoffnung*, titre primitif : *An mein Glück*; cf. *Journal*, 1er nov. 1776. — 4. *An meine Bäume*, 16 déc. 1780. — 5. *Nachtgedanken, der Becher*.

joie s'abandonne-t-il tout entier à elle, comme elle le lui demande[1]. Il dit son bonheur aux rochers[2], il demande aux nymphes des arbres et des pierres d'être propice et secourable à son amour[3], il sent son cœur se gonfler d'orgueil à la pensée que celle que la naissance avait placée si haut au-dessus de lui, que la Nature a parée libéralement de tant de dons, est à lui, est son bien[4]. C'est son amie qui retient à Weimar son humeur vagabonde, car sa destinée est suspendue à la sienne[5]. C'est elle qui lui a appris à voir clair en lui-même ; elle est le but de tous ses désirs, de tous ses efforts ; elle est sa vie. C'est elle qu'il célèbre sous les traits de la Vérité, dans la *Dédicace*[6] qu'il devait mettre en tête de ces *Mystères* où, selon sa propre expression, il se proposait de parler d'elle, de son amour pour elle, sous mille formes diverses, sans que personne l'entende, qu'elle seule[7]. Si, en fait, dans le court fragment que nous possédons des *Mystères* nous ne pouvons guère découvrir les traces du dessein primitif de Gœthe, du moins séntons-nous, dans les stances de la *Dédicace*, palpiter sous chaque vers le frémissement de son amour[8]. Cette déesse, qui versa maintes fois le baume le plus pur dans les blessures de sa vie, qui lui donna le repos quand les orages de la passion bouleversaient sans cesse son âme juvénile, qui, du frôlement de son aile divine, rafraîchissait son front, qui le rappelait à son devoir et lui disait : « Apprends à te connaître et vis en paix avec toi-même », dans les yeux de laquelle il lisait ce qu'il avait fait de bien et de mal, et qui rendait à son esprit la sérénité et à son regard la clarté[9], n'est-ce pas Mme de Stein ?

Mais, pour si caractéristiques que soient ces diverses effusions lyriques, comme nous le disions en débutant, leur nombre n'est pas en rapport avec l'intensité et la durée de la passion d'où elles sont nées. Ce sont des notes isolées, qui marquent les grandes étapes de l'amour de Gœthe, en donnent

---

1. *An Lida*, 9 oct. 1781. — 2. *Erwählter Fels*. — 3. *Einsamkeit*. — 4. *Erkanntes Glück*. — 5. *Oktave*, 24 août 1784. — 6. *Zueignung*. — 7. A Ch. v. Stein, 24 août, 30 août, 9 nov. 1784. — 8. Cf. Bielschowsky, *Gœthe*, I, p. 307. — 9. *Zueignung*, cf. Strophes, 5 et 6.

la tonalité générale, mais qui à elles seules ne nous renseigneraient que de façon bien imparfaite sur ses nuances délicates et surtout sur sa véritable portée. Elles n'en font guère apparaître — à l'exception des stances — que le côté trouble, l'aspect morbide ou inquiet, elles n'en dégagent pas la signification morale.

Les autres œuvres, dramatiques ou épiques, dont Gœthe s'occupe à cette époque, nous fournissent à cet égard des renseignements bien plus précis. Nous dirions même volontiers que ces œuvres nous donnent une idée plus exacte que la *Correspondance* elle-même, de l'importance et de la valeur de l'action de Mme de Stein, parce qu'elles ne nous en montrent que l'essence la plus pure ; en la dégageant des contingences du moment, elles lui donnent la portée d'une sorte de philosophie de l'amour.

Le Faucon, ce drame où, d'après sa lettre du 8 août 1776, Gœthe voulait mettre beaucoup de Lili, mais aussi « quelques gouttes de la nature » de sa nouvelle amie, à en juger par la nouvelle du *Décaméron* qui l'a sans doute inspiré[1], aurait probablement montré comment le héros, en sacrifiant à la belle Giovanna son bien le plus précieux, son faucon chéri, fléchit le cœur de son altière idole. Il est assez naturel de penser que Gœthe, s'identifiant avec son héros, comptait attendrir la résistance de Mme de Stein en lui faisant entendre que, lui aussi, était prêt à tous les sacrifices.

Le Frère et la Sœur est si bien et si complètement écrit pour Mme de Stein qu'on se demande avec étonnement comment on a pu y voir l'écho d'autres relations féminines ou une sorte de monument à la mémoire de Cornélie[2]. Il n'est pas impossible assurément que, selon sa coutume, Gœthe ait emprunté à d'autres femmes que Mme de Stein, à Amélie Kotzebue, par exemple, quelques traits extérieurs pour sa délicieuse Marianne[3],

1. Cf. A. Luther, *Gœthe. Sechs Vorträge*, Leipzig, 1905, p. 81. — 2. Cf. Hempel, B^d 6, Lœper, Introd. aux « *Geschwister* », p. 177. — 3. Cf. *Ibid.*, p. 176, prétention de Böttiger, *Lit. Zustände und Zeitgenossen*, I, p. 52.

et que, dans le tableau de la tendresse de Marianne pour Wilhelm, il y ait un souvenir de l'affection passionnée et jalouse de Cornélie, mais il nous paraît indéniable que la véritable héroïne de la pièce est Mme de Stein.

Est-il besoin de rappeler que c'est précisément vers le temps où il écrit son petit drame que Mme de Stein veut obtenir de son ami qu'il la considère comme une sœur[1] et se défend d'avoir pour lui d'autres sentiments que ceux que permet une bonne affection fraternelle? De même que Gœthe ne supporte qu'avec une résignation peu sincère la contrainte que lui impose son amie, de même Wilhelm attend avec impatience le moment où il pourra déclarer à Marianne qu'il n'est pas son frère et lui dire sans détours les vrais sentiments dont son cœur déborde pour elle. Si le dénouement que Gœthe donne à sa pièce ne pouvait, du fait de la présence de M. de Stein, s'appliquer à son propre cas, du moins exprime-t-il indirectement et discrètement le désir caché de l'amant qui rêve de voir disparaître tous les obstacles qui s'opposent à la réalisation de son vœu de possession complète. C'est ce désir et c'est ce rêve que nous disent tout au long *le Frère et la sœur*. Le souhait ardent de Gœthe serait que, après avoir fait de lui un autre homme, comme Charlotte, la mère de Marianne, a transformé Wilhelm, Mme de Stein se changeât à son tour en Marianne et lui donnât le bonheur domestique, le calme bonheur auquel il aspire. Quand on examine dans le détail les personnages du drame, il semble que Wilhelm ne soit pas l'unique, ni même le véritable représentant des sentiments de Gœthe. Sans doute, il symbolise son désir présent, son regret de sa vie passée. Quand Wilhelm se lamente à la pensée que Marianne a donné son cœur à Fabrice et qu'il voit dans cette épreuve un châtiment pour son inconstance passée[2], on croit entendre Gœthe avouer que les rigueurs de Mme de Stein lui apparaissent comme une sorte de punition qu'un Destin justicier lui impose pour la légèreté

---

1. Cf. à Ch. v. Stein, 16 avril 1776 (Adieu liebe Schwester, weils denn so sein soll). — 2. Hempel, B^d 6, p. 196.

de son attitude vis-à-vis de ses amantes d'antan. Mais c'est,
à notre avis, bien plutôt Marianne qu'il a chargée d'exprimer
ses sentiments les plus intimes pour son amie. Si Marianne,
en effet, représente d'un côté ce que Gœthe voudrait que
Mme de Stein devienne un jour pour lui, elle représente aussi,
à certains égards, ce qu'il est dans le présent pour la baronne.
Les menues attentions de Marianne pour Wilhelm, les soins
délicats et tendres dont elle l'entoure ne rappellent-ils pas
l'ingéniosité déployée par Gœthe pour plaire à Mme de Stein,
pour prévenir ses moindres désirs, pour trouver mille prétextes,
afin d'être auprès d'elle ou de l'attirer chez lui? Les humeurs
de Wilhelm, ses rebuffades blessantes pour la sensibilité de
Marianne nous font souvenir, d'autre part, des accès de mélancolie et des froideurs de Mme de Stein, si douloureux au
cœur épris de Gœthe. Il n'est pas jusqu'à l'affection idolâtre
de Marianne pour l'enfant du voisin qui ne puisse trouver son
pendant dans la tendresse de Gœthe pour les enfants de Charlotte de Stein et surtout pour son petit favori Fritz. N'est-ce
pas Gœthe qui parle, quand Marianne déclare à Fabrice son
aversion à la pensée d'une union possible avec un autre que
Wilhelm, et surtout quand elle s'écrie : « Si je ne l'avais pas,
je ne saurais qu'entreprendre dans le monde. Je fais assurément tout pour moi, et il me semble que je fais tout pour lui,
parce que, même dans ce que je fais pour moi, je pense toujours à lui[1] » ?

Le Frère et la sœur n'illustrent pas seulement par une gracieuse allégorie l'histoire réelle des rapports de Gœthe et de
Mme de Stein, ils nous montrent encore, et c'est ce qui nous
intéresse avant tout, que, déjà en 1776, l'idéal que Gœthe se
fait de l'amour a commencé d'évoluer.

L'amour n'est plus pour lui, dès maintenant, ce qu'il était
au temps tout proche encore où il écrivait *Werther* ou *Stella* :
la passion impétueuse, insouciante des lois, supérieure aux
conventions sociales, qui vit dans le domaine du rêve et de

---

1. Hempel, B^d 6, p. 191.

l'absolu[1]. C'est encore de la passion, mais une passion assagie qui ne demande qu'à se courber sous la loi commune du mariage, qui aspire à la paix du foyer domestique embelli par l'espièglerie de l'enfant, qui a le souci des nécessités concrètes) de la vie.

C'est cette conception de l'amour « normal », de l'amour « bourgeois » que nous retrouvons fortement soulignée encore dans deux des drames les plus caractéristiques pour l'assagissement de Gœthe, dans *Lila* et le *Triomphe de la Sensibilité*.

Les égarements amoureux du mari de Lila[2] viennent du désordre de son imagination ; c'est en réveillant la conscience de la vie réelle dans l'âme du malade que le docteur Verazio le guérit de son amour fantasque pour un vain fantôme et le ramène aux bras de sa femme.

Dans le *Triomphe de la Sensibilité*, la leçon est plus évidente encore. La sentimentalité amoureuse qui se nourrit de chimères creuses, et perd en un puéril dévergondage le sens et le goût de la réalité, y est solennellement condamnée tandis que les droits et les vertus de l'amour sain et naturel y sont attestés par la guérison de Mandandane, qui se traduit par son aversion soudaine pour l'extravagance de son soupirant, le songecreux Oronaro, et par son retour aux réalités du foyer domestique.

Les *Opérettes*, elles-mêmes, célèbrent, à leur façon, l'amour raisonnable. C'est, dans un certain sens, par le fait d'un entêtement où l'imagination a plus de part que la réflexion froide, par méconnaissance de la loi naturelle qui veut que la femme s'appuie sur l'homme, que Bätely s'obstine à refuser la main du loyal Jery[3]. Elle veut vivre sans contrôle et sans maître, de

1. Le poète ne conçoit plus l'amour compliqué et pervers, « l'amour à trois », qu'il s'était imaginé possible en écrivant *Stella*. Des deux soupirants de Marianne, Wilhelm et Fabrice, l'un des deux doit se sacrifier, se résigner. L'idée qu'elle pourrait partager son cœur entre deux amours n'effleure même pas l'esprit pur de l'héroïne.

2. Dans la première rédaction de la pièce (1777), c'était le mari qu'il s'agissait de guérir. Cf. Weimar-Ausg., I, 12, pp. 353, 367. — 3. *Jery und Bätely.*

la vie libre des hauteurs ; mais du fond de la vallée, la réalité brutale monte avec Thomas et la guérit de sa dangereuse illusion. Elle apprend à ses dépens à reconnaître la valeur pratique du mariage et la nécessité du joug d'amour.

Il n'est pas jusqu'à la pêcheuse Dortchen [1], la revêche fiancée qui, malgré son aversion pour le mariage, dont elle n'aperçoit à l'avance que les ennuis, ne finisse par se résigner au sort commun.

Dès maintenant, sans doute, au nombre des écoles que Gœthe est décidé à faire traverser à son Wilhelm Meister, l'école de la passion doit occuper une place prépondérante. A travers les Marianne et les Philine et les nobles dames au cœur sensible, c'est vers Thérèse et Natalie qu'il veut conduire son héros [2]. S'il tient à lui faire connaître les séductions et les ivresses des sens, les égarements de la sentimentalité, c'est pour lui apprendre à goûter le charme et à apprécier la valeur d'une union calme basée sur la préoccupation des réalités de la vie, sur la conformité des caractères ou au moins sur la communauté des aspirations, pour lui faire reconnaître le prix d'un amour sage, fidèle, ennemi des passions désordonnées, C'est d'un tel amour que, dans son ballet de 1782, *l'Esprit de la Jeunesse*, Gœthe donnait la poétique définition ; il le montrait comme la source de tout vrai bonheur et comme le moyen le plus sûr de rendre au monde vieilli et morose la joie et la jeunesse [3].

Dans *Iphigénie*, l'amour, à première vue au moins, ne joue pas un rôle de premier plan. Nous ne rencontrons qu'un amoureux, et cet amoureux, le bon roi Thoas, paraît aimer Iphigénie avec sa raison plus encore qu'avec son cœur. Il n'est certes pas insensible au charme pénétrant qui se dégage de toute la personne morale et physique de la belle mais austère et mé-

---

1. *Die Fischerin.*

2. La *Theatralische Sendung* ne semble pas devoir nous apporter sur ce point les éclaircissements escomptés.

3. *Pantomimisches Ballet,* untermischt mit Gesang und Gespräch, zum 3o janv. 1782, Hempel, B^d 11, p. 281.

lancolique prêtresse de Diane; les années et la tristesse des deuils qu'il porte n'ont pas à ce point tempéré son ardeur naturelle qu'il ne puisse encore connaître le désir et ses tourments. Mais les raisons pour lesquelles il s'efforce de toucher le cœur d'Iphigénie sont politiques encore plus que sentimentales; il redoute la vieillesse solitaire et les suites fâcheuses que pourrait avoir, pour sa propre sécurité de roi, son veuvage sans enfants. C'est moins, semble-t-il, par inclination spontanée que par crainte du mécontentement que lui témoigne son peuple de le voir sans héritiers qu'il se décide à la tentative suprême que nous le voyons faire auprès d'Iphigénie, pour l'amener à ses fins. Pourtant, chez lui aussi, il n'est pas impossible de démêler l'aspiration à la paix du foyer, au bonheur domestique. Peut-être, si Gœthe n'avait été forcé, par le personnage même que joue Thoas, de souligner sa timidité et sa gaucherie de Barbare inhabile à traduire les secrets sentiments de son âme, eût-il mieux marqué cette nuance de son désir, et son drame se serait-il plus évidemment rattaché à la série des œuvres que nous venons de parcourir et dont nous avons vu que le mariage était la conclusion naturelle.

Quant à Iphigénie, elle n'éprouve pour le roi qu'une reconnaissance affectueuse, un respect tout filial, et, si un destin hostile la forçait à céder aux sollicitations de Thoas, nous savons qu'elle ne se résignerait qu'avec peine à cette extrémité.

Mais si elle ne peut prendre place parmi les héroïnes d'amour de Gœthe, plus qu'aucune autre, peut-être, elle symbolise l'action possible d'un amour noble sur une nature d'élite. Non seulement elle force Thoas, par son ascendant moral, à renoncer à elle, mais, ainsi que nous allons bientôt le voir plus en détail, elle calme la fièvre d'Oreste, elle purifie son âme trouble, elle le guérit de la passion farouche qui l'a jeté aux griffes de la folie, elle le rend à la vie normale.

N'avons-nous pas là, toutes proportions gardées, et une fois faite la transposition nécessaire, une image fidèle de l'action exercée au point de vue de l'amour par Mme de Stein sur Gœthe lui-même? Le Gœthe de 1775 avait souffert surtout de l'amour, parce qu'il n'avait pu ou su s'accommoder des formes ordinaires de ce sentiment, parce qu'il avait de l'amour une conception sentimentale, à laquelle n'avait répondu aucune des jeunes femmes qu'il avait rencontrées. En contraignant Gœthe à modérer l'expression et à jeter un voile discret sur les manifestations de son amour pour elle, en lui faisant apprécier les charmes de l'intimité de son foyer, en lui faisant goûter la douceur des mille petits soins d'une femme tendre, d'une ménagère avisée, non moins qu'en lui donnant le sens et le goût de la mesure, en lui enseignant le renoncement nécessaire, elle avait contribué puissamment à l'amener à se plaire aux régions moyennes de l'amour, elle l'avait converti au mariage. C'est, indirectement sans doute, mais clairement pourtant, ce qu'après *le Frère et la Sœur* ou *le Triomphe de la sensibilité* nous répète *Iphigénie*.

Entre la conception amoureuse du jeune « Stürmer » arrivant à Weimar et celui du Gœthe de 1786, il y a une différence profonde. Vers 1775, Gœthe ne concevait que l'amour qui prend tout l'être et toute la vie, et c'est pourquoi, sentant qu'il avait une autre mission que celle de vivre pour l'amour, il n'avait pas voulu laisser enchaîner à jamais sa liberté par le mariage. A la veille de partir pour l'Italie, il ne redoute plus le mariage, il paraît même regretter de n'en pas porter les chaînes. C'est qu'il a appris à considérer dans l'amour autre chose que la passion, et dans le mariage autre chose qu'un esclavage ; il commence à voir dans l'amour une force morale et dans le mariage une force sociale, dont il serait aussi puéril de méconnaître que d'exagérer la valeur.

Ces idées se préciseront et s'assagiront encore davantage par la suite, mais, dès maintenant, il apparaît que pour Gœthe l'amour n'est plus qu'un des facteurs et non le ressort unique de la vie humaine ; il doit être réglé par la raison et ne point absorber toutes les forces de l'individu. C'est ce qui explique qu'il n'est plus l'âme unique des œuvres d'alors, et que, dans les œuvres mêmes dont il est encore le centre, il se montre, par degrés, plus sage et plus pratique.

Fait hautement significatif d'ailleurs, dans le temps même où il se débattait le plus douloureusement dans les liens à la fois trop lourds et trop lâches à son gré, que lui avait imposés Mme de Stein, alors qu'il pouvait encore espérer vaincre les résistances de celle-ci, comme si, dès ce moment, il avait pressenti que Mme de Stein ne lui donnera pas le vrai bonheur, auquel il aspirait, Gœthe avait, dans son poème de *Hans Sachs*[1], discrètement dit son désir d'amour simple, tel qu'il le concevait obscurément dans le mystère de son âme. Il avait montré comment la Muse ajoute un bienfait suprême aux libéralités dont les déesses propices de l'Art et de la Poésie viennent de combler le Maître-chanteur, en le conduisant, secrètement, par la main, dans l'intimité du petit paradis, derrière sa maison, auprès d'une gracieuse jeune fille qui, à l'abri des regards, ignorant le monde, assise près du ruisseau, sous un pommier en fleurs, pensive, le sein gonflé d'un vague mais tendre espoir, tresse une couronne de roses. Jadis, dans le *Compte rendu des poésies d'un Juif polonais*, nous avions entendu le poète rêver d'une jeune fille dont l'esprit égalerait le sien ; à celle qu'il appelle maintenant de ses vœux, il ne demande plus que d'accroître pour lui la douceur de vivre.

II.

A côté de l'amour, un des agents essentiels de l'évolution de Gœthe à Weimar a été, nous l'avons marqué, la *Politique*. Quelles traces en trouvons-nous dans son œuvre ?

Egmont nous montre les espoirs qui devaient animer le jeune Gœthe, quand il se vit appelé à jouer son rôle sur le théâtre du monde, et nous dit aussi ses premières désillusions.

Dans *Götz*, le poète avait déjà fait voir la faillite d'un idéal

---

1. *Hans Sachsens poetische Sendung*, Hempel, B^d 1, *Lyr. Ged.*, p. 113.

politique. Le chevalier à la main de fer était mort pour avoir
refusé de marcher avec son temps. Mais la satire politique et
sociale que cachait *Götz* était dirigée contre une époque si
lointaine et était si générale, si abstraite, que Gœthe, mûri par
les lectures d'ouvrages politiques comme ceux de J. Möser,
pouvait croire qu'un petit Etat tel que celui de Weimar devait,
par son exiguïté même, échapper facilement aux maux qu'il
avait dénoncés dans son *Götz*. En tout cas, il pouvait se flatter
de l'espoir qu'un prince plein de bonne volonté, comme le
jeune Charles-Auguste, entouré de sages conseillers, trouverait,
sans peine, les remèdes nécessaires et saurait les appliquer.
L'enthousiasme que nous lui avons vu montrer pour sa nouvelle activité dès son entrée au Conseil, l'ardeur avec laquelle
il s'était mis à la tâche, nous ont donné la mesure de ses illusions.

L'Egmont dont nous avons déjà souligné jadis l'insouciance,
la légèreté, l'insolente et naïve confiance en sa fortune, le
dédain altier pour les conventions et les apparences, la joie
d'exister, la volonté de vivre pour l'heure présente, d'ignorer
les périls qu'elle peut recéler et de fermer les yeux aux menaces de l'avenir, l'Egmont qui, même lorsque l'orage qu'il a
défié, auquel il se refusait à croire, a éclaté sur sa tête et
menace de le foudroyer, ne veut pas désespérer de la bonté,
du dévouement et de la justice des hommes, cet Egmont-là
nous rappelle, à beaucoup d'égards sinon de tous points, non
seulement le jeune avocat partant de Francfort à la conquête
du monde, mais même le Gœthe des premières années de
Weimar, croyant que son génie et sa bonne volonté lui tien-
draient lieu d'expérience et de savoir-faire[1]. — Mais, bientôt,
la condamnation impitoyable de l'optimisme de son héros par
la brutale réalité, la justification par les faits, de la plainte
mélancolique de la régente qui déplore que la politique ban-
nisse de notre cœur la franchise, la bonté, la tolérance, et sur-

---

1. Cf. E. Zimmermann, *Gœthes Egmont,* op. cit., II Teil, ch. ii (der Egmont
in Weimar).

tout la justification des craintes et des sombres défiances
d'Orange, nous disent que Gœthe, à l'école de la vie, a appris
à reconnaître que l'homme d'État qui entre dans l'arène politique sans autres armes que la foi dans la bonté de la nature
humaine et dans le triomphe définitif de l'idéal, qui ne sait
composer avec l'heure présente, doit inévitablement succomber
dans la lutte avec l'égoïsme, la lâcheté ou la sottise des hommes. Egmont paie donc de sa tête sa généreuse folie, son
téméraire somnambulisme ; Gœthe le sacrifie, non seulement
parce que l'histoire l'y obligeait, mais aussi, sans doute, — les
aveux de sa *Correspondance* sur ses désillusions politiques
nous l'ont abondamment prouvé —, parce qu'il avait acquis
la conviction, à ses dépens, que l'idéalisme absolu en politique
est aussi fou que le sentimentalisme excessif en amour[1]. Le
comte Oliva, Orange, le duc d'Albe, par l'inévitable logique
des choses, devaient avoir raison contre Egmont dans l'action
idéale du drame, non moins que dans la réalité historique. —
Mais nous comprenons, à la sympathie dont, jusqu'au dernier
moment, il entoure son héros, combien il dut lui en coûter de
lui donner tort. Auprès de la régente timorée et impuissante,
malgré sa bonne volonté, auprès d'Orange lui-même, si sage,
si pondéré qu'il en paraît mesquin, auprès du duc d'Albe surtout, le sinistre représentant du calcul froid, Egmont est le
personnage à qui vont toutes nos sympathies et dont nous
aimons les folies, tout en les déplorant. A côté de lui, les
autres personnages pâlissent, semblent fades et nous nous irri-
tons de voir que leur sagesse vulgaire l'emporte sur ses généreuses illusions. Gœthe a si bien voulu nous laisser sous cette
impression, qu'il a pris soin de nous montrer comme tous
ceux qui gravitent dans le rayonnement de son héros ne peu-

---

1. Il nous paraît fort légitime d'admettre que c'est précisément à cause du
caractère politique d'*Egmont,* qui lui permet d'y traduire ses propres sentiments et d'y incorporer le résultat de ses expériences d'administrateur de 1778
à 1782, que Gœthe s'efforça d'achever ce fragment de préférence aux autres
qui sommeillaient amoncelés dans ses tiroirs. Cf Gräf, *Gœthe über seine Dichtungen,* II, 1, pp. 199-205.

vent échapper à sa séduction. Non seulement le fils du duc d'Albe subit son ascendant, au point que, s'il le pouvait, il trahirait son père pour lui, mais le duc lui-même ne peut se défendre d'une poignante émotion quand il voit sa victime marcher insouciante et joyeuse au-devant du piège qu'il lui tend[1]. Bien plus, malgré qu'il le condamne, et par une contradiction caractéristique avec le pessimisme qui règne dans toute l'œuvre, le poète semble vouloir prouver par l'apothéose finale et par les paroles d'espoir qu'il fera prononcer par Egmont au seuil du tombeau, qu'il ne peut se résigner à croire que la défaite et la mort de son héros signifient la faillite de l'idéal qu'il représentait. En tant qu'individu, en tant que génie, Egmont succombe parce que, ainsi que nous l'avons fait voir, son idéalisme était fou, et son mépris des réalités de la vie injustifiable du point de vue de la sagesse pratique, mais les principes qu'il incorporait gardent toute leur valeur.

Comme Egmont, comme Machiavel lui-même, Gœthe, en dépit de ses propres désillusions, a foi au progrès[2]. Ce n'est pas seulement à la libération historique des Pays-Bas qu'il veut nous faire penser dans la conclusion de son Egmont, c'est au triomphe définitif de l'idéal que l'humanité travaille obscurément mais sûrement à réaliser.

Sans cet optimisme foncier, — que les déboires des années prochaines pourront atténuer mais non détruire, — Gœthe eût-il d'ailleurs mis tant d'ardeur à essayer, dans sa propre sphère, de porter remède aux maux dont on souffrait autour de lui, se fût-il si longtemps obstiné à la tâche la plus urgente et la plus difficile : ramener la paix, rétablir la concorde au foyer ducal ?

Nous avons montré que ce souci avait été un des premiers

1. IV, 2.

2. Remarquons d'ailleurs qu'en 1782, c'est-à-dire à l'époque probable de l'achèvement de l'*Egmont* « weimarien », de l'*Uregmont*, Gœthe n'a pas encore fait ses expériences politiques les plus fâcheuses et qu'il a encore l'espoir de faire œuvre bonne.

qui s'étaient imposés à Gœthe au début de sa carrière administrative. *Lila*, le *Triomphe de la Sensibilité*, les *Epoux mal assortis* [1] témoignent de ses efforts, à des degrés divers et avec une inégale évidence.

Il peut paraître, au premier abord, invraisemblable que, dans ces divertissements ou ces hommages offerts à la duchesse Louise pour son anniversaire de naissance, Gœthe ait voulu vraiment, comme on l'a prétendu [2], donner au couple ducal, en face de la cour assemblée, des leçons de conduite. Qu'on se souvienne pourtant qu'il n'avait pas hésité jadis à transporter dans son *Werther* l'histoire de ses rapports avec ses amis Kestner, sans même prendre le soin élémentaire de déguiser les noms et de dissimuler la vérité sous le voile d'une ingénieuse fiction. — Plus récemment encore, les Jacobi auraient pu — suivant une des hypothèses que nous avons signalées — se reconnaître dans *Stella*. La hardiesse montrée par Gœthe dans l'utilisation pour ses œuvres poétiques des données de la vie ne connaissait guère de limites, et il n'est assurément pas inadmissible que, par l'intimité de ses relations avec Charles-Auguste, par la situation privilégiée qu'il occupait à Weimar, il ait pu se croire autorisé à des audaces qu'on n'eût point tolérées d'un autre que lui. Il est certain même, qu'à condition de ne pas vouloir établir un parallélisme trop absolu entre tous les détails de la réalité et ceux de la poésie, on est frappé par la ressemblance qui apparaît, sinon entre les faits extérieurs de l'action de Lila et ceux qui marquaient les rapports du duc et de sa femme, du moins entre la situation morale des époux ducaux et celle de Lila et de son mari.

En 1776, Gœthe peut croire encore qu'entre le duc et la duchesse il n'y a qu'un malentendu qui pourrait se dissiper [3]. Dans la première rédaction de *Lila*, c'était, nous le savons, le mari, le baron de Sternthal, qu'il s'agissait de guérir de l'erreur qui le tenait éloigné de son épouse. Gœthe aurait donc

1. *Die ungleichen Hausgenossen.* — 2. Cf. par ex. M. Morris, *Gœthe-Studien*, Berlin, 1902, II (Die Herzogin Luise von Weimar in Gœthes Dichtung).
3. Cf. à Lavater, 16 sept. 1776.

exprimé ainsi son opinion intime que la conduite du duc était la première cause de la mésintelligence où il vivait avec la duchesse. Pourquoi Gœthe, quelques mois après la première représentation, transforma-t-il sa pièce et fit-il de Lila la malade?[1] La duc avait-il trouvé la leçon peu de son goût et demandé ou exigé ce changement? Gœthe s'était-il de lui-même, ou sur les observations de son maître, rendu compte que le mal, en réalité, venait de l'humeur morose de la duchesse Louise plus encore que de la légèreté de Charles-Auguste? Quoi qu'il en soit de cette question insoluble, ce qu'il est essentiel de retenir c'est que, dans la première comme dans la seconde version, Gœthe, sous le masque du docteur Verazio, en guérissant un malade dont le mal est tout imaginaire, a pu vouloir réellement montrer de façon indirecte au duc et à la duchesse que leur mauvais accord venait d'un malentendu que l'amour et une bonne volonté active pouvaient faire disparaître. L'un comme l'autre ils sont sous l'empire d'un charme fatal, ils ne croient pas pouvoir y échapper, mais Gœthe leur prouve par l'exemple de *Lila* qu'il ne dépend que d'eux-mêmes de s'en délivrer.

Si les traits essentiels de Lila peuvent avoir été empruntés par Gœthe à la duchesse Louise, il nous semble par contre bien osé de prétendre que celle-ci ait posé pour la Madandane du *Triomphe de la Sensibilité*[2]. Que le roi Andrason rappelle Charles-Auguste, de même que la sœur d'Andrason, Feria, la jeune veuve pétulante, ait quelque ressemblance avec Anna-

---

1. Cf. Hempel, B^d 9, Introd. Strehlke, p. 102 et sq. La première rédaction est vraisemblablement de déc. 1776 ou janv. 1777, le premier remaniement de fév. 1778. Cf. Düntzer, *Neue Gœthe-Studien*, 1861, pp. 62-69.

Si on songe à ce que dans la *Lila*, que nous possédons, il est dit de l'amour de l'héroïne pour la solitude, de son indifférence pour ce qui se passe autour d'elle, de la volupté même qu'elle finit par trouver à son propre malheur, et si on rapproche ce passage de la lettre de Gœthe à Mme de Stein, du 12 avril 1782, où il déclare à son amie que la pauvre duchesse lui fait pitié, mais qu'il ne voit point de remède à son mal et où il ajoute que, pour si aimable qu'elle soit, son amabilité ne sait s'épanouir et que sa froideur engendre la froideur, il faut avouer que cette hypothèse paraît bien vraisemblable.

2. Cf. M. Morris, *op. cit.*, p. 9 et sq.

Amalia, la chose paraît soutenable, mais il ne s'ensuit pas que Mandandane soit Louise, et le prince Oronaro, Gœthe[1]. La lettre du 14 février 1776, où ce dernier dit à Joh. Fahlmer qu'il y a entre lui et la duchesse Louise une sorte d'accord tacite pour ne point exprimer ce qu'ils ressentent, est assurément grosse de sous-entendus, mais si elle nous confirme dans ce que nous savons déjà, par ailleurs, des sentiments qu'un instant la duchesse inspira à Gœthe, cela ne veut point dire que la duchesse ait de son côté pu éprouver pour le poète autre chose que de l'amitié. La contradiction serait trop grande avec tout ce que nous savons de la fierté, de la froideur de la duchesse, des raisons aussi qu'elle avait, encore à cette date, de se méfier du compagnon de son mari. Gœthe peut, dans un moment d'aberration amoureuse, avoir interprété comme un aveu de tendresse un regard mélancolique, qui n'était peut-être même pas à son adresse, et avoir follement rêvé de pouvoir jouer auprès de Louise le rôle de consolateur attendri qu'il avait tenu récemment près de Max Brentano, mais cela ne prouve rien pour les sentiments réels de la duchesse. En tout cas, même si Gœthe avait pu, un instant, avoir l'illusion qu'il était aimé de la femme de son duc, comment supposer qu'il eût osé livrer à la malignité publique un aussi redoutable secret et qu'il eût eu l'impudence de souligner ouvertement que si la duchesse s'était détachée de son mari, c'était par amour de lui, comme Mandandane oublie un temps Andrason pour Oronaro?

Tout ce que nous croyons sage d'admettre, c'est que, en poursuivant de sa satire, si acerbe, en dépit de ses dehors folâtres, les excès de la sentimentalité, Gœthe pouvait avoir l'arrière-pensée de faire une impression salutaire sur l'esprit de la duchesse. En lui montrant comment son héroïne est guérie de sa chimère, il lui indiquait discrètement qu'à elle aussi il pouvait être donné de connaître le bonheur, si elle

1. L'hypothèse de Köster qui voit dans l'intrigue du *Triomphe* un écho des « âneries » de Lenz est bien plus vraisemblable (cf. Gœthe, *Jubiläums - Ausgabe*, VII, p. 374 et sq.

renonçait à regretter vainement de n'avoir pas rencontré dans la vie l'idéal qu'elle s'était forgé.

Les *Époux mal assortis*, par contre, semblent très directement inspirés par le cas de Charles-Auguste et de la duchesse Louise. Comme le baron et la baronne dont parlent Flavio et Rosette, le duc et la duchesse étaient mécontents l'un de l'autre ; ils se plaignaient l'un de l'autre, tout en éprouvant l'un pour l'autre une sincère affection. Comme Flavio, Gœthe s'était demandé ce qui pouvait bien produire entre ces deux époux un désaccord si grave, puisque « rien d'humain » ne l'expliquait, ni ne le justifiait[1]. Le rapprochement nous paraît d'autant plus légitime que lorsque, en 1785, Gœthe annonce à Mme de Stein qu'il travaille à son opérette, il souligne que c'est un vieux sujet qu'il ne fait que reprendre et développer[2]. En tout cas, par le thème fondamental du rapprochement de deux époux désunis, cette œuvre semble bien se rattacher à l'inspiration d'où est sortie *Lila*, et plus d'un des détails que renferment les courts fragments que nous en possédons[3] paraissent vraiment empruntés par le poète à la réalité. L'amour de la baronne pour la solitude, son aversion pour la chasse, pour les chiens et les farces peu délicates auxquelles se complaît son mari, ses regrets élégiaques sur ses illusions perdues, sur son bonheur évanoui, autant de traits qui peuvent avoir été empruntés à la duchesse Louise. Si, en 1785, Gœthe ne réussit pas à achever cette opérette[4], c'est peut-être parce qu'alors il ne croyait plus à la possibilité d'une réconciliation profonde entre la duchesse et Charles-Auguste.

Les efforts de Gœthe pour rétablir la concorde au sein de la famille ducale furent donc vains, et ses « suggestions » poétiques n'eurent pas plus d'effet que ses essais d'intervention directe. Mais l'insuccès de ses tentatives n'en diminue en rien le mérite et l'intérêt. Comme nous le disions plus haut, l'obstination et l'ingéniosité qu'il y déploie montrent la sincérité de

1. Cf. la lettre déjà citée, à Lavater, du 16 sept. 1776. — 2. 7 nov. 1785. — 3. Cf. Hempel, B[d] 9, p. 240. — 4. Cf. *Tag-u. Jahreshefte*, 1789, Hempel, B[d] 27, p. 8.

sa foi en la perfectibilité de la nature humaine, en même temps aussi que les progès de son altruisme actif. Au lieu de se borner à déplorer les maux dont il est témoin et dont il peut redouter les effets funestes pour le bien général, il s'applique sincèrement à y porter remède.

Le *Poème d'Ilmenau*[1] nous montre de façon plus évidente encore son souci d'exercer sur le duc une influence utile, sa préoccupation de l'éduquer en vue du rôle qu'il rêve de lui voir jouer.

Après avoir modestement confessé ses erreurs passées, comme pour se faire pardonner à l'avance les libertés qu'il va prendre, après avoir avoué qu'il n'a pas encore lui-même trouvé l'équilibre qu'il désire atteindre, il rappelle, non sans courage, au duc, ses anciennes folies, quand, impatient de son sort étroit, jeune prince débordant de vie, il promenait, en de furieuses chevauchées à travers son domaine resserré, sa fièvre de mouvement, son « exaltation douloureuse », son « agitation inquiète », son humeur fantasque, sa passion de l'erreur. Mais s'il lui rappelle ces jours troubles, c'est pour lui mieux faire mesurer du regard le chemin parcouru. Le temps a fait son œuvre ; la chrysalide, gisant sur le sol et qu'aucun secours extérieur n'était capable d'aider à percer sa tendre enveloppe, s'est dégagée d'elle-même et s'est envolée. Le duc s'est assagi, son peuple prospère en un labeur paisible, sur un sol où règnent à nouveau l'ordre et la justice. Mais, mieux que personne, Gœthe qui a travaillé, avec un inlassable dévouement, à réaliser ce progrès, sait combien son œuvre est encore incomplète et fragile. Il affecte une confiance en l'avenir qu'il n'a peut-être pas lui-même et il a soin de montrer discrètement au duc que la folie, chassée du logis, rôde devant la porte, prête à y rentrer sournoisement ; il lui rappelle les devoirs austères de son rang suprême. Celui qui a charge de conduire les autres doit savoir imposer des bornes à ses désirs et pratiquer le renoncement,

---

1. Hempel, B^d I, *Lyr. Ged.*, p. 108; cf. R. Hildebrand, *Zu dem Gedichte Ilmenau*, Gœthe-Jahrb., 1894, pp. 140-147.

quand le bien de tous l'exige. Il ne doit pas se contenter de vouloir le bien, à la façon du semeur qui livre son grain au caprice des vents, mais il doit jeter la semence féconde d'une main ferme dans le sol soigneusement labouré, et attendre avec une sereine confiance que germe la moisson espérée.

Combien Gœthe avait raison de ne pas s'abandonner sans arrière-pensée à son optimisme présent, sa *Correspondance* des années qui suivent nous en a donné la preuve. Le duc est loin encore, en 1783, d'avoir atteint à la sagesse dont le poète lui trace une si séduisante image, et sa conduite causera à son mentor plus d'une désillusion, lui arrachera plus d'une plainte.

Pourtant, en dépit des découragements passagers, Gœthe conservera toujours la foi dans l'avenir qu'il avait délicatement exprimée dans son poème. Il avait la secrète assurance que les bons germes déposés par lui d'une main prudente dans l'âme et dans l'esprit de Charles-Auguste, donneraient un jour des fruits savoureux.

III.

Cette certitude, il la puisait dans la conscience de ses propres progrès. Dès cette époque l'optimisme apparaît comme le fond véritable de sa conception de la vie. Il n'est certes pas aveugle aux misères des hommes, pas plus qu'il n'est sourd à leurs plaintes ; il note les unes, dénonce les autres comme par le passé, mais jamais plus il ne désespérera sincèrement de l'avenir, car il a senti, en lui-même et par lui-même, que l'homme aspire instinctivement au mieux et qu'il y arrive forcément, même par les voies de l'erreur, s'il fait un effort sincère pour y atteindre.

Cette foi, qu'exprimera bientôt si éloquemment son *Faust*, et dont la *Correspondance* ainsi que le *Journal* nous ont permis de suivre la formation progressive, a laissé des traces visibles dans les œuvres du moment,

Dans sa poésie *Courage*[1], c'est encore sa joyeuse ardeur, sa confiance altière en sa destinée géniale, qu'il affirme avec une pointe d'insolence, comme il l'a fait jadis dans *l'Ode à Kronos*, dans le *Chant d'orage*, dans *l'Aigle et la Colombe*. La voie où il se lance n'est pas encore frayée; elle est périlleuse peut-être, mais si la glace où il s'aventure témérairement craque, il espère qu'elle ne se brisera pas, et, même si elle se brise, il a le ferme espoir qu'elle ne l'engloutira pas avec elle. La *Navigation*[2] nous dit sous une autre forme et avec plus de force encore sa foi en l'avenir. Ses amis qui l'ont vu, avec un sentiment mêlé de joie et de crainte, s'embarquer sur le navire de la fortune, assistent du rivage, le cœur serré par l'angoisse, à sa lutte contre les vents perfides qui contrarient sa marche, à ses efforts pour échapper à la tempête qui l'a surpris en route. Déjà ils le croient perdu, mais lui, ne tremble pas; quand il semble céder aux éléments, ce n'est qu'une ruse pour mieux en triompher; il tient le gouvernail d'une main ferme, le vent et les flots qui jouent avec la barque qui le porte n'ont point prise sur son cœur, son regard impérieux mesure sans crainte l'abîme en fureur, et qu'il échoue ou qu'il aborde, il se fie à ses dieux. Il y a ici déjà plus que l'affirmation impertinente de sa foi en son étoile. S'il croit qu'il triomphera des obstacles qui surgissent sur sa route, c'est qu'il sent en lui la volonté ferme de lutter et de vaincre.

Mais très tôt il prend conscience que les obstacles les plus redoutables ne sont pas ceux que peuvent lui opposer les hommes ou les choses, mais bien ceux qu'il trouve en lui-même, en son cœur, où les passions se livrent encore de furieux combats.

Dès février 1776, c'est-à-dire dans le temps même où il contribuait le plus activement à rendre plus folle la vie de plaisirs où il était entraîné et entraînait les autres, en une heure de mélancolie où il avait fait un retour sur lui-même il s'écrie déjà[3] : « A quoi tendent toutes ces joies et toutes ces douleurs?

----

1. *Muth;* titre primitif, *Eislebenlied*, n° de fév. 1776 du *Mercure*. — 2. *See-fahrt*, 11 sept. 1776. — 3. *Wandrers Nachtlied*, 12 fév. 1776.

Douce paix, viens, ah! descends en moi! » Et, à quelques mois de là, en soulignant l'étrangeté de la destinée, qui, pour des fins inconnues, le retient par des liens aimables dans le petit monde étroit de Weimar, il laisse voir son regret de ne pas avoir encore trouvé l'équilibre. « Oh! si la juste mesure était trouvée », s'écrie-t-il[1]. C'est l'idéal qu'il voudrait réaliser, que nous l'entendons définir, dans son *Hans Sachs*. « Je t'ai choisi entre mille autres dans le chaos du monde, fait-il dire au poète par la Vérité, pour te donner une claire intelligence des choses et t'inspirer l'aversion de ce qui est contraire à la raison. Quand les autres iront, courant pêle-mêle, tu découvriras leur folie d'un œil sûr; quand les autres se lamenteront, tu conteras plaisamment ton histoire; tu tiendras pour l'honneur et la justice; en toute chose tu seras simple et droit; tu sauras, comme il convient à un honnête homme, louer la piété et la vertu et appeler le mal par son nom. Sans adoucir et sans subtiliser, sans enjoliver et sans défigurer la réalité, tu la verras comme A. Dürer l'a vue; tu apercevras la vie forte et virile, la force intérieure et la stabilité du monde[2] ». C'est assurément plus qu'un programme esthétique, c'est tout un système de morale dont Gœthe marque ici les lignes essentielles. C'est celui qu'il rêve d'appliquer lui-même. Voir la vie d'un regard clair, telle qu'elle est, dans sa vérité profonde, ne point se laisser troubler par le spectacle des misères ou des sottises humaines, s'efforcer de les dominer pour les mieux éviter, en rire à l'occasion et en faire rire les autres pour les aider à s'en guérir, est-il un rêve plus séduisant?

Une des raisons les plus certaines d'erreur et d'aveuglement pour lui-même et son époque, c'était la sentimentalité[3]. Aussi est-ce contre cette folie qu'il dirige tout d'abord ses traits les plus acérés. Il y apporte d'autant plus d'ardeur que son *Werther*, par une conséquence qu'il n'avait pas prévue, a fâcheusement contribué à développer chez ses contemporains cette ten-

---

1. *Einschränkung*, 3 août 1776, titre primitif : *dem Schicksal;* cf. à Lavater, 25-30 août 1776. — 2. V. 39-56. — 3. Cf. Waldberg, *Gœthe und die Empfindsamkeit*, Ber. d. fr. deutsch. Hochstifts, 1899.

dance morbide qui alanguit les volontés et fait les âmes veules
devant la vie. Comme il le disait dans *Ilmenau*[1], il avait apporté
de l'autel une flamme pure, mais le feu qu'il avait allumé était
impur. Dans *Lila* et le *Triomphe de la sensibilité*, il poursuit
de son impitoyable raillerie la fausse sentimentalité. En dénonçant le ridicule et le danger du dévergondage sentimental, il
espérait en dégoûter ses auditeurs, comme il croyait s'en être
guéri lui-même. Non content de mettre au pilori les périlleu-
ses illusions de l'imagination, la folie du clair de lune et des
entretiens doucereux avec les rossignols, l'amour maladif d'une
nature de convention, la passion de l'erreur et d'une beauté
factice, qui ferme les yeux aux charmes de la vérité et de la
réalité, il n'hésitait pas à mettre ouvertement son *Werther* au
nombre des plus dangereux parmi les livres malsains. Mais en
même temps qu'il signalait le mal, il indiquait le remède. Pour
faire s'évanouir, ainsi que des bulles creuses, les chimères nées
dans les imaginations faussées par le *Voyage sentimental*, *Sieg-
wart*, la *Nouvelle Héloïse* ou *les Souffrances du jeune Werther*,
il suffit de les faire se heurter à la réalité, et pour guérir les
esprits qui en sont hantés, il faut, en les mettant aux prises
avec la vie vraie, les forcer à agir. C'est en faisant un effort
personnel pour sortir d'eux-mêmes qu'ils retrouveront la santé
et l'énergie nécessaires pour triompher de la folie qui les égare.
« Les lâches pensers, les peureuses hésitations, les craintes
de femmes, les plaintes anxieuses n'ont jamais détourné le
malheur, ni rendu la liberté perdue[2] », mais affirmer sa volonté
d'exister en dépit des forces hostiles, ne jamais se courber, faire
preuve de virilité vraie, voilà, comme le dit le Mage à Lila, comment on appelle l'aide des dieux. Et quand Lila, apprenant de
la fée Almaide qu'il dépend d'elle de libérer son époux, s'effraie
à la pensée de la tâche qui lui incombe et demande à la fée de
l'aider, celle-ci lui répond par ces mots lourds de sens[3] : « Je
ne puis ni t'accompagner, ni t'aider. C'est en lui-même que
l'homme trouve le secours le plus efficace. Il doit aller à tra-

<hr>

1. V. 108-109. — 2. *Lila*, acte II, Hempel, B^d 9, p. 119. — 3. *Ibid.*, pp. 121-2.

vers la vie à la recherche de son bonheur ; c'est de sa propre main qu'il doit le saisir. Tout ce que peuvent faire les dieux, quand ils lui sont favorables, c'est de lui montrer la voie, de lui donner leur bénédiction. Mais c'est en vain que l'indolent demande un bonheur inconditionné ; s'il l'obtient, c'est pour son châtiment. »

La guérison d'une idée fausse, d'une chimère morbide, par le retour à la réalité, n'est-ce pas en dernière analyse le problème fondamental *d'Iphigénie?*

Iphigénie elle-même est assurément au premier plan de l'œuvre, et c'est avec un intérêt presque passionné que nous suivons le drame qui se joue en sa conscience, la lutte tragique entre son besoin instinctif de vérité et la tentation du mensonge qui cherche à s'imposer à elle au nom d'une apparente nécessité.

Mais, en réalité, au moins dans les deux tiers du drame, n'est-ce pas autour d'Oreste et de sa guérison que pivote l'action? Du moment où Oreste paraît en scène jusqu'à celui où nous le voyons délivré de la poursuite des Furies, notre intérêt se concentre sur lui et ne s'attache à Iphigénie que dans la mesure où nous sentons que le sort du héros dépend de l'attitude de sa sœur.

Depuis le jour où, obéissant à l'ordre formel des dieux[1], il a sacrifié la criminelle Clytemnestre aux mânes d'Agamemnon odieusement immolé par elle, Oreste est hanté par le remords de son acte. L'idée fixe de son forfait s'est implantée en lui et, sans répit, le torture. Il va dans la vie, comme une ombre, avec l'unique désir de la mort libératrice. Quand avec son fidèle Pylade il débarque en Tauride et peut croire que c'est aux rivages de la Mort que leur destinée les a amenés, c'est avec une joie profonde qu'il s'apprête à descendre aux Enfers. En vain Pylade s'efforce de faire renaître en lui le goût de la vie, lui rappelant les beaux rêves héroïques de leur enfance ; il ne réussit qu'à accroître sa mélancolie et à lui faire paraître

---

1. *Iphigenie auf Tauris.* Erste Bearbeitung in Prosa (nach der Strassburger Handschrift), Hempel, Bd 11², II, 1, p. 231.

plus misérable le sort que les dieux lui ont réservé. Il est mort pour l'espoir; entre la vie et lui, il y a le sang de sa mère, il y a les crimes accumulés de la race maudite dont il est le dernier et le plus lamentable représentant. Le récit qu'il fait de son crime à Iphigénie[1] exaspère sa soif du néant, et quand, dans la prêtresse qui doit l'immoler sur l'autel de Diane, il retrouve sa sœur, l'excès de l'horreur qu'il éprouve à la pensée du nouveau crime qui se prépare lui ravit la conscience. Dans une crise de délire, il se croit transporté aux Enfers[2]. Mais là, une vision inattendue surprend son regard; il trouve réunis par l'amour ceux que la volonté des dieux cruels avait, dans la vie, jetés l'un contre l'autre et fait s'entre-déchirer comme des fauves altérés de sang. Ce que ni l'amitié de Pylade, ni les douces paroles d'Iphigénie n'avaient réussi à faire, cette vision apaisante le produit. Oreste se sent pardonné, le remords cesse de tenailler son âme, il croit entendre les Erynnies s'enfuir au Tartare, et le tonnerre assourdi des portes d'airain qui se referment sur elles retentit à ses oreilles comme l'annonce joyeuse d'une vie nouvelle[3]. Lui qui croyait éternelle la malédiction divine, qui, en dépit des efforts de Pylade, s'obstinait à penser que sa seule présence était une souillure pour tous ceux qui l'approchaient, proclame en un hymne d'allégresse la bonté des dieux et serre son ami contre sa poitrine; il renaît à la vie.

La question de la guérison d'Oreste et des conditions où elle s'opère, est une des plus délicates, parmi toutes celles que soulève l'*Iphigénie*.

Oreste est-il délivré de la poursuite des Furies par une intervention divine dont Iphigénie serait l'agent plus ou moins passif[4]; ou bien se libère-t-il lui-même en passant par toute la gamme des sentiments moraux qui peuvent soulager un coupable du poids de sa faute, le repentir, l'aveu, la volonté d'expier, fût-ce par la mort[5]; ou Iphigénie, la créature sans

---

1. III, 1. — 2. III, 2. — 3. III, 3, p. 242. — 4. Cf. O. Frick, *Wegweiser durch die klassischen Schuldramen*, Leipzig, 1892, I; K. Fischer, *Gœthes Iphigenie* (Festvortrag), Heidelberg, 1888. — 5. Cf. M. Wohlrab, *Die Entsähnung in Gœthe's Iphig. auf Tauris*, Neue Jahrb. für Pädagogik, 1899,

tache, le purifie-t-elle par une sorte d'exorcisme autant physique que moral? Sa guérison est-elle d'ordre religieux, moral ou psycho-physiologique? Des réponses infiniment diverses et subtilement nuancées ont été faites à ces points d'interrogation. Nous ne pouvons ici songer à examiner et à discuter ces réponses. Contentons-nous d'indiquer la solution qui nous paraît la plus simple et surtout la plus conforme à l'esprit de Goethe.

Disons d'abord que, selon nous, elle ne doit pas être cherchée, avec une conscience trop scrupuleuse dans les mots ou les faits mêmes de l'œuvre. Les conceptions antiques et modernes, chrétiennes ou pseudo-chrétiennes et païennes se croisent et se confondent de telle façon dans le drame de Goethe, que s'en tenir à la lettre pour expliquer les difficultés qu'il soulève nous paraît une méthode aventureuse pour saisir la vraie pensée du poète. La variété des interprétations de la critique en est une preuve évidente. Si l'on s'attache au contraire à l'idée générale du drame, surtout si on ne perd pas de vue l'état d'esprit du poète quand il le composait, il nous semble qu'il est moins malaisé, qu'il ne peut le paraître au premier aspect, de trouver des réponses satisfaisantes aux prétendues énigmes posées par l'œuvre.

La première étape de la guérison d'Oreste est, dit-on communément, le récit détaillé qu'il fait à Iphigénie de son crime et de ses tourments. En réalité, cette confession semble tout d'abord n'avoir d'autre résultat que d'exaspérer le désespoir qui le tenaille. Sa certitude de la libération prochaine par la mort, avait, à son arrivée en Tauride, assoupi sa souffrance; une sérénité qu'il ne connaissait plus depuis longtemps était descendue en lui. Son récit réveille brusquement sa détresse.

pp. 86-93, et A. Metz, *Die Heilung des Orestes in Gœthes Iphigenie*, Preuss. Jahrbücher, oct. 1900; R. Gneisse, *Wie wird Orestes in Gœthes Iphig. geheilt?* Zeits. f. d. deutschen Unterricht, 1897; Primer, *Die Heilung des Orestes in Gœthes Iphigenie*, Progr. Frankfurt a/M., 1894; Stier, *Orests Entsühnung*, Wernigerode, 1881, et particulièrement H. Lœhr, *Die Heilung des Orest*, Berlin, 1902.

De ses yeux agrandis par la terreur, il voit à l'orée du bois sacré qui le protège les Furies qui le guettent ainsi qu'une proie, il est insensible aux paroles d'espoir que prononce Iphigénie et, dans cette prêtresse si douce, il découvre un nouveau bourreau que lui suscitent les dieux. Il l'écoute, sans la comprendre, lui dire qu'elle est Iphigénie ; quand elle lui tend les bras, il ne voit en elle qu'une bacchante animée d'impurs désirs ; enfin, quand l'insistance d'Iphigénie et l'évidence des preuves qu'elle lui donne l'arrachent à son illusion, et ne lui permettent plus de douter qu'il a bien devant lui la sœur qu'il croyait à jamais perdue, quand il comprend que cette sœur, qui lui dit des paroles aimantes, est la prêtresse qui doit l'immoler sur l'autel de Diane, il y voit seulement la preuve que l'horreur de sa destinée et de celle de sa race a atteint le dernier degré du possible. Un nouveau crime va s'ajouter à la liste si longue des exécrables forfaits des Tantalides et ce sera le plus monstrueux de tous, car ni la haine, ni la soif de vengeance n'en seront la cause ; une sœur, qui n'a que des paroles et des pensées d'amour, doit, pour obéir à une monstrueuse nécessité, enfoncer le poignard meurtrier dans le sein de son frère ! Oreste croit déjà sentir le fer pénétrer dans sa chair et il s'évanouit. Quand il revient à lui, il ne retrouve qu'une demi-conscience, il se croit aux Enfers. Mais soudain, son âme qui y était descendue, pliant sous le poids de la malédiction ancestrale, se sent plus légère ; un spectacle inattendu s'offre à ses regards surpris. Thyeste et Atrée, Agamemnon et Clytemnestre, vont, réconciliés, la main dans la main et accueillent d'un sourire où se lit l'amour le dernier homme de leur race. Seul le grand ancêtre, Tantale, est exclu du pardon général qui a réuni les meurtriers et les victimes. Oreste s'en afflige et peut-être, si son esprit avait le temps de s'attarder à chercher la raison de cette exclusion de Tantale, retomberait-il à son désespoir. Mais la vue d'Iphigénie et de Pylade viennent l'en distraire. Il les croit, eux aussi, descendus au royaume de Pluton. Iphigénie et Pylade se désespèrent de le voir toujours en proie à la folie. Iphigénie supplie Diane et Apollon, en une ardente prière, de déchirer le voile d'erreur qui obscurcit le regard d'Oreste et d'achever l'œuvre de libération qu'ils semblent vouloir. Pylade, avec son réalisme pratique, ayant plus confiance en lui-même qu'en l'intervention divine, rappelle Oreste à la réalité d'une voix forte et sans doute d'un geste énergique. Et Oreste, brusquement, sort de son rêve extatique, il se réveille ; les ténèbres qui assombrissaient sa raison se sont évanouies, — il sent se dissiper la malédiction qui pesait sur lui. L'espoir, la joie de vivre, le désir de l'action qu'il avait désappris reviennent à la surface de sa conscience.

A s'en tenir à l'apparence, le geste de Pylade serait essentiel pour la guérison d'Oreste ; mais il est évident que s'il y contribue, il n'en est pas la cause première. Bien des fois déjà, Pylade a essayé par ses propres moyens de ramener son ami au sentiment de la réalité. N'est-il pas allé jusqu'à lui dire que les Furies devant lesquelles il fuyait, tremblant, étaient en son propre sein et n'avaient d'autre existence que celle qu'il leur prêtait[1] ? Mais toujours jusqu'ici ses efforts avaient été vains. Si donc Oreste est cette fois sensible à son appel, c'est qu'un grand changement s'est fait en lui, et c'est de toute évidence, dans son entretien avec Iphigénie, qu'il faut en chercher la cause.

En provoquant la confession d'Oreste, Iphigénie a donné à celui-ci une occasion qui, semble-t-il, lui a manqué jusque-là. d'« extérioriser » son remords ; si nous nous souvenons de l'apaisement que Gœthe lui-même ressentait après chacun de ses aveux poétiques, nous pouvons bien penser qu'Oreste éprouve une sorte de soulagement intime après le récit de son parricide. Son âme est trop agitée, dans le moment, pour qu'il puisse en avoir conscience, et nous avons marqué nous-même, que son aveu, tout d'abord, ne fait que raviver ses terreurs : toutefois, ce germe d'apaisement, tombé en son sein, ne sera pas perdu, il aidera secrètement à sa guérison.

D'autre part, et ceci est plus évident, la façon même dont

1. II, 1, p. 231.

Iphigénie accueille son récit a surpris Oreste. Au lieu de la voir se détourner de lui avec horreur, ainsi qu'il s'y attendait sans doute — son éloignement spontané après son aveu en paraît la preuve — il ne lit que pitié douloureuse en ses regards si purs, il n'entend sortir de sa bouche que des paroles d'espoir et de consolation. Dans l'état de trouble profond où il est, il ne s'en rend, sans doute, pas compte tout de suite; il se méprend sur le sens des supplications et des gestes tendres de la prêtresse; mais l'action produite sur lui par l'attitude de celle-ci, surtout après qu'il a trouvé qu'elle était sa sœur, n'en a pas moins été très profonde. Un sourd travail s'opère, durant son évanouissement, dans les replis obscurs de sa conscience. Iphigénie, l'immaculée prêtresse de Diane, l'unique descendante de Tantale, qui n'ait pas, en grandissant, respiré l'atmosphère lourde de haines et de crimes du palais de Mycènes, à qui donc un crime aussi affreux que celui d'Oreste devrait inspirer une invincible répulsion, Iphigénie n'a même pas adressé une parole de regret ou de blâme au parricide, Elle lui a pardonné, tacitement, sans le juger. Et cette idée de la possibilité du pardon inespéré a agi si fortement sur l'âme d'Oreste, à son insu, son secret instinct de vie s'y est si ardemment raccroché, que c'est une scène de pardon et de réconciliation que lui représente sa vision infernale. C'est sous cette impression qu'il revient au sentiment de la réalité et c'est à elle qu'il doit de renaître à l'espoir.

Cette explication toute morale et psychologique de l'action d'Iphigénie sur Oreste séduit par sa simplicité et sa vraisemblance. Il en est une autre pourtant qui, malgré son apparente subtilité, nous paraît plus près encore de la vérité.

Lorsqu'Oreste aborde en Tauride, sa pensée est, comme elle l'a été depuis qu'il fuit éperdu devant les Erynnies, concentrée, jusqu'à la folie, sur son crime. De tous les spectacles que lui présente le monde, il ne voit que la trace du sang maternel qu'il a versé; de toutes les voix qui s'adressent à son oreille, il n'entend que la voix de sa conscience qui lui reproche son forfait. Quand il apprend que la prêtresse de Diane qui doit le sacrifier est Iphigénie, sa propre sœur, et que celle-ci, malgré son innocence absolue, va être contrainte au plus affreux des meurtres, sa pensée se porte sur un malheur qui n'est pas le sien[1]. Il aperçoit la possibilité d'une destinée plus pitoyable encore que la sienne. Les dieux ne semblent avoir gardé Iphigénie de toute souillure que pour rendre plus abominable le crime qu'ils lui imposent, et cette idée lui fait presque oublier sa hantise. Il invite Iphigénie à le suivre dans l'empire des ombres, afin qu'elle ne vive pas, ainsi qu'il l'a fait lui-même jusqu'ici, pour le remords et la douleur. En la voyant pleurer, il s'efforce de la consoler; il lui représente qu'elle est innocente du sang qu'elle va verser, et que lui, la victime, n'a jamais aimé personne depuis son enfance comme il sent qu'il pourrait l'aimer. N'y a-t-il pas dans ce conditionnel comme un regret involontaire de la vie qui, au seuil de la mort, lui envoie ce sourire, le premier, depuis la minute tragique où il a tué sa mère? En cet instant suprême, il n'y voit sans doute que cruelle ironie, et son désir de la mort n'en est que plus âpre, plus passionné. Mais qui sait si cette pensée altruiste, si la vision, si rapide qu'elle ait été, de la possibilité d'un avenir où il pourrait aimer, n'entrent pas pour une grande part dans l'apaisement qui se fait en lui?

En fait, après sa vision de pardon et son retour à la conscience, quand il a compris que la vie est redevenue possible pour lui, c'est à sauver Iphigénie, plus encore qu'à se sauver lui-même, qu'il appliquera toute son énergie reconquise.

Cette solution nous plaît d'autant plus que, combinée avec la précédente, elle nous paraît concilier heureusement l'hypothèse d'une action directe d'Iphigénie sur Oreste et celle d'une réaction personnelle de la conscience d'Oreste.

Le contact de la pureté physique et morale d'Iphigénie, l'idée du pardon possible de son crime, l'excès de la douleur que lui cause la pensée du fratricide qui est imposé à Iphigénie, le sourd regret de ne pouvoir vivre, maintenant qu'il pour-

---

1. Cf. Læhr, *op. cit.*, p. 73 et sq.

rait, dans sa propre famille, recevoir et donner de l'amour, se mélangent, se complètent et provoquent la crise salutaire d'où il sort rajeuni et purifié. Il renonce aux remords stériles après en avoir constaté l'exagération maladive; au lieu de tenir les yeux obstinément fixés sur le passé, il regarde vers l'avenir; la passion de l'action le ressaisit tout entier, maintenant qu'il sait que son activité aura non seulement son propre bonheur mais celui des autres, celui d'Iphigénie et de sa race, pour but dernier.

N'est-ce pas d'ailleurs, à plus d'un égard, comme un résumé symbolique de l'évolution morale de Gœthe à Weimar, sous l'influence de Mme de Stein? De même qu'il n'y a point d'analogie possible entre le crime d'Oreste et les fautes du jeune Gœthe, il n'y a guère de ressemblance, assurément, entre la pureté d'Iphigénie et celle de Mme de Stein ; mais il est indéniable que l'action d'Iphigénie sur Oreste rappelle étrangement celle de la baronne sur Gœthe.

Mme de Stein avait, par degrés, calmé la passion qui grondait dans le jeune poète, elle l'avait forcé à sortir de lui-même, à ne plus se considérer comme le centre et la fin du monde. Sans doute elle n'avait pu l'empêcher de la considérer elle-même comme l'unique objet de ses pensées, de ses désirs, de ses efforts. Mais peu à peu elle l'avait amené à prendre un intérêt profond à sa propre activité, elle l'avait guéri de son individualisme outrancier. Grâce à elle, sinon exclusivement par elle, du jeune génie exalté, égoïste qu'il était à son arrivée à Weimar, s'était dégagé l'homme posé et bon que nous savons.

Ainsi, nous pouvons croire qu'Oreste, après avoir consacré sa première activité au salut de sa sœur, travaillera ensuite à la purification du foyer ancestral, pour — cette tâche pieuse achevée — faire œuvre de citoyen et d'homme.

N'y a-t-il même pas une dernière ressemblance entre Oreste et Gœthe dans leur attitude même vis-à-vis de la femme à laquelle ils doivent le retour aux voies du bonheur? Délivré par Iphigénie, Oreste la délivre à son tour, la ramène aux

rivages de la Grèce, la rend à la vie, à cette vie dont, en termes si touchants, elle se plaignait jadis à Arkas de ne connaître que le pâle reflet.

Apaisé, assagi, guéri de ses chimères par Mme de Stein,
Gœthe, de son côté, redonne à son amie la joie de vivre
qu'elle n'avait plus, il lui fait retrouver un charme nouveau à
son foyer, il lui donne l'illusion d'une seconde jeunesse. « Si
je te dois beaucoup, tu ne me dois guère moins », lui avait-il
dit un jour.

Ainsi, il nous semble que, sans avoir besoin de recourir aux
tortueuses interprétations, simplement en ne perdant pas de
vue que, plus peut-être qu'aucune des autres œuvres de Gœthe,
Iphigénie est une confession, on peut trouver à la guérison
d'Oreste, qui est le centre de l'œuvre et le problème le plus
délicat qu'elle pose, une solution satisfaisante.

Mais pour si importante que soit la question de la guérison
d'Oreste, elle n'épuise pas tout l'intérêt de l'œuvre. Ce premier problème résolu, il en reste un autre non moins grave,
celui du retour en Grèce.

Pour Oreste et Iphigénie, ce retour ne signifie pas seulement
rentrer en une patrie aimée. Une tâche sacrée les y attend ;
Pylade lui-même le dit à Iphigénie. La flamme est morte au
foyer ancestral, la vie s'est éteinte dans les hautes salles souillées
de sang. Il appartient à Iphigénie de ranimer le foyer, de purifier le palais, de dissiper la malédiction qui pèse sur la race[1].
Après avoir réconcilié Oreste avec la vie et avec la justice divine,
elle doit obtenir des dieux le pardon de sa race entière. C'est
du crime initial de l'ancêtre que dérivent tous les maux des

---

1. Ce motif, nous devons le dire, n'est que discrètement indiqué dans la première rédaction, mais Gœthe en tirera tout ce qu'il contient dans la version
définitive. Cf. Baechtold, *Gœthes Iphig. in vierfacher Gestalt*, op. cit.,
pp. 92, 93. Mais que cette pensée soit essentielle, c'est ce que nous disent suc-
cessivement Iphigénie elle-même (IV, 5, Hempel, p. 247) et Oreste (v. 7, *ibid.*,
p. 255.)

Tantalides ; c'est pour châtier le traître jusque dans les géné-rations les plus éloignées qui sortiront de lui que les dieux ont encerclé le front de ses descendants d'un bandeau d'airain. Iphigénie elle-même, malgré sa foi, redoute que l'indulgence qu'ils viennent de lui témoigner en leur accordant la guérison d'Oreste ne cache quelque nouveau piège. Sa joie est mêlée d'inquiétude ; elle craint que les Furies ne s'apprêtent à repren-dre la proie qui vient de leur échapper. Quand elle se débat contre la nécessité du mensonge à laquelle elle croit d'abord ne pas pouvoir se soustraire, il lui semble qu'elle aussi est la victime de l'antique malédiction, puisqu'elle, qui espérait res-ter sans souillure, doit, à son tour, acheter d'un mensonge, c'est-à-dire d'un crime au regard de sa conscience délicate, ces bienfaits inespérés des dieux : la guérison d'Oreste, le retour en Grèce. Elle sent le doute en la bonté divine envahir son âme si confiante et le vieux chant haineux des Parques qui dit l'orgueilleuse folie des Titans, mais surtout la cruauté des Olympiens, monte involontairement à ses lèvres, d'où, jus-qu'alors, n'étaient sorties que des paroles d'amour et de piété [1].

Nous sentons quel danger nouveau menace la race des Atrides dans ses derniers survivants. Qu'Iphigénie cède à la tentation du mensonge et perde ainsi sa pureté immaculée ; que, poussée par l'esprit d'orgueil et de révolte qui a égaré jadis l'Aïeul, elle résiste à la voix secrète qui lui défend de tromper Thoas, et sans doute la guérison d'Oreste sera vaine et vain aussi le retour au foyer paternel. La race des Tantali-des restera maudite. Iphigénie ne remplira jusqu'au bout sa mission purificatrice que si elle-même reste pure.

Ce que nous savons de l'antipathie de Gœthe pour la doc-trine chrétienne du péché originel ne nous permet pas d'ad-mettre un seul instant que la faute première de Tantale en soit l'équivalent à ses yeux. Pour le croire, il faudrait être aveugle au soin qu'il a pris de faire souligner par le personnage qui,

1. Cf. IV, 1, *ibid.*, p. 5.

dans la pièce, représente à la façon du chœur antique, la sagesse vulgaire, la raison commune, par Pylade, que « les dieux ne vengeaient pas sur le fils le méfait de ses pères », et que les parents pouvaient léguer leur bénédiction, mais non leur malédiction[1] ».

Ce n'est pas le crime de Tantale en lui-même qui a voué sa race au malheur, c'est l'esprit d'orgueil et d'égarement d'où il est sorti[2]. En d'autres termes, l'humanité, — dont les Tantalides représentent, en un raccourci symbolique, les aspects divers, — l'humanité est sollicitée sans cesse par l'esprit d'erreur qui égare son jugement et l'entraîne au mal malgré son secret désir du bien.

La raison qui la rend supérieure au reste de la Nature, est sa perte en même temps que son plus beau titre de gloire. Au lieu de s'en servir pour reconnaître la loi et s'y soumettre joyeusement, elle n'y voit trop souvent qu'un moyen de s'élever au dessus de l'ordre de la Nature ; elle perd le sentiment de la mesure, le sens de la subordination à la nécessité générale ; elle prend ses désirs pour les seules lois devant lesquelles elle doive s'incliner ; les passions l'aveuglent, elle s'acharne à poursuivre d'inaccessibles chimères, avilit sa dignité en de mesquins ou coupables et stériles efforts. C'est là la grande faiblesse de l'humanité, l'infirmité primordiale d'où sortent tous les maux qui l'accablent.

Il n'y a qu'un moyen pour elle de remonter le courant fatal qui la maintient dans l'erreur, c'est de reconnaître que son premier devoir comme son intérêt suprême est de vouloir, comme Iphigénie, la vérité, fût-ce au prix de ce qui peut lui paraître son bonheur immédiat. Le salut pour elle est, comme pour la prêtresse de Diane, dans la soumission aux lois divines, c'est-à-dire, au sens de Gœthe, aux lois éternelles de la Nature, dans la résistance aux suggestions de la passion qui l'excite à se révolter contre ces lois incommodes, dans le renon-

---

1. II, 1, p. 231. — 2. Cf. sur la « *Tantalusfrage* » M. Evers, *Gœthes Iphigenie auf Tauris*, Leipzig, 1906, p. 183 et sq.

cement à l'orgueil. Le jour où elle y parviendra la vieille malédiction cessera de peser sur elle, Tantale sera réconcilié avec
l'ordre divin du monde[1].

Telle est, à notre sentiment, la portée symbolique de la « morale » qui se dégage des deux derniers actes d'Iphigénie. Quand
l'homme s'est libéré de ses passions personnelles, il lui reste à
lutter contre les instincts inférieurs de sa race, à triompher de
la faiblesse inhérente à sa nature d'homme; il y réussira, si,
comme Iphigénie, il parvient à n'écouter d'autre voix que celle
de l'instinct du bien qui veille invisible au fond du sanctuaire
de sa conscience. C'est, croyons-nous, ce que Gœthe a voulu
exprimer dans les vers, si discutés, qu'il inscrivait sur l'exemplaire d'Iphigénie qu'en 1827 il dédiait à l'acteur Krüger :

> Alle menschlichen Gebrechen
> Sühnet reine Menschlichkeit.

Par sa ferme volonté de résister à l'appel du mensonge, c'est-
à-dire en luttant contre le mal que l'hérédité a déposé en elle
et en en triomphant, Iphigénie s'est élevée à l'humanité idéale
et a montré la voie à suivre pour y parvenir.

Sa pureté, gardée intacte, est la promesse d'une vie nouvelle
et féconde pour la race régénérée de Tantale. — Ainsi, l'humanité pourra espérer un avenir meilleur le jour où elle aspirera,
à l'exemple d'Iphigénie, sincèrement à la pureté. En attendant
que, dans son ensemble, elle atteigne à cet idéal, il faut que les
individus qui par leur naissance ou les circonstances de leur vie

---

1. Que le pardon de Tantale soit une conséquence nécessaire de l'œuvre de
purification finale que doit accomplir Iphigénie une fois de retour à Mycènes,
cela nous paraît évident. Comment imaginer que Gœthe aurait pu vouloir un
châtiment éternel pour un crime si humain que celui de Tantale — lui qui sait,
et proclame si haut dans son *Faust* que la vérité est au bout de l'erreur? — On
peut, nous semble-t-il, supposer, sans invraisemblance, que la suite de l'*Iphigénie en Tauride*, cette *Iphigénie à Delphes* que nous verrons Gœthe nous
esquisser en Italie, nous eût montré ou au moins fait entrevoir comment la
réconciliation de Tantale avec les dieux aurait couronné la glorieuse série des
actes libérateurs d'Iphigénie : le foyer ancestral lavé de ses souillures, Electre
réconciliée avec la vie et la justice divine (cf. Evers, *op. cit.*, p. 188 et sq.

semblent prédestinés à guider leurs frères vers le bien ou à les y ramener, s'efforcent, comme la prêtresse de Diane, d'approcher le plus près possible de la perfection, leur exemple sera contagieux et fécond.

Voilà, à notre avis, le grande leçon que nous donne *Iphigénie*, la plus pure des œuvres de Gœthe, celle où il a déposé le meilleur de lui-même et le plus clairement exprimé le sentiment qui domine, dès cette époque, toute sa vie morale et qui fera l'unité des différentes formes de sa longue activité : l'ardent désir de devenir meilleur pour lui-même, mais aussi pour les autres.

« Je m'appelle légion, écrivait Gœthe à Lavater le 7 mai 1781, la foule profitera du bien que tu me feras. » « C'est pour d'autres que s'accroît le noble trésor, disait-il d'autre part dans la dédicace de ses *Mystères* vers 1784, je ne puis et ne veux plus le tenir enfermé au fond de moi comme en une tombe. Pourquoi chercherais-je avec tant d'ardeur le chemin, si ce n'est pas pour le montrer à mes frères ? »

IV.

L'explication que nous venons de tenter des problèmes principaux d'*Iphigénie* ne tient compte, qu'accidentellement, de l'élément religieux de la pièce. Cet élément, pourtant, semble, à première vue, occuper une place considérable dans l'œuvre : pour certains critiques même, il en est la partie essentielle, à tel point qu'*Iphigénie* apparaît à plusieurs d'entre eux[1] comme une sorte de mystère chrétien qui montre appliquée à une légende typique de l'antiquité la doctrine du rachat des fautes

---

1. Cf. K. Fischer, *op. cit.*, p. 45, et Frick, *op. cit.*; Heinzelmann, *Gœthes Iphigenie*, ein Vortrag, Erfurt, 1891 ; Hasenclever, *Gœthes Iphig.*, *eine christliche Dichtung*. Deutsch. evang. Blätter, 1890; Ad. Matthias, *Die Heilung des Orest in Gœthes Iphig.*, Düsseldorf, 1887; G. Schlosser, *Gœthes Iphig. nach ihrem religiös-sittlichen Gehalt*, Frankf. a/M., 1875.

du genre humain par le sacrifice du Christ et célèbre les effets
mystérieux de la grâce.

Il est, certes, indéniable qu'Iphigénie paraît avoir une foi
sincère dans la toute-puissance et la bonté des Dieux. Elle doit
bien s'avouer, en rougissant, qu'elle éprouve de l'aversion à
servir, en Tauride, Diane qui l'a sauvée ; mais ce sentiment,
qui n'est que trop justifié par l'exil rigoureux qui, depuis si
longtemps, la tient loin des siens, n'entame pas sa piété profonde. Sans doute, quand elle dévoile à Thoas l'histoire de ses
ancêtres, la façon dont elle souligne la faute de Tantale contient bien un blâme à l'adresse des Dieux ; ceux-ci, en l'élevant jusqu'à eux, ne lui ont-ils pas donné l'occasion de pécher
par orgueil? Comment, dès lors, ont-ils pu, oubliant cette circonstance pourtant atténuante, le frapper sans pitié[1], et pourquoi continuent-ils, par la bouche de leurs prêtres, à proclamer
son orgueil insensé, sa perfidie et son ignominieux châtiment?
Mais ce blâme est fugitif et discret — la rédaction en vers
l'atténuera encore — ; il est plutôt l'expression d'un timide et
involontaire regret que l'indice d'un sentiment de révolte contre l'injustice divine. La preuve en est que, l'instant d'après,
Iphigénie adresse à Diane une touchante et très humble prière,
où elle affirme sa confiance dans la bonté des Dieux qui
aiment la race des hommes qui leur est soumise[2]. Lorsque,
après avoir, frissonnante d'horreur, écouté les étrangers, jetés
à la côte de Tauride, lui conter les malheurs effroyables qui ont
accablé sa famille, elle reconnaît dans l'un d'eux Oreste, son
frère, alors sa foi et sa reconnaissance éclatent triomphantes.
Son hymne d'actions de grâces est d'autant plus ardent qu'elle
sent comme le besoin d'implorer des Dieux leur pardon pour
avoir douté d'eux quand, ne sachant encore qu'une partie de
la vérité, elle leur a reproché de l'avoir réservée pour de telles
douleurs. « Ainsi qu'on reconnaît le roi à ses présents, car il
est riche entre tous, ainsi on reconnaît les Dieux aux dons
qu'ils ont préparés de longue date et longtemps réservés, car

1. I, 3, p. 224. — 2. I, 3, p. 228.

leur sagesse connait seule l'avenir que le voile étoilé de la nuit
cache aux yeux des mortels, Ils entendent, impassibles, des
supplications qui, puérilement, leur demandent de hâter l'heure
de leurs bienfaits ; mais jamais une divinité ne cueille avant
qu'ils soient mûrs les fruits dorés de la réalisation, et malheur
à l'homme qui, dans son impatience, veut les arracher avant le
temps marqué. C'est la mort qu'il mange avec le fruit amer.
Du sang d'Hyacinthe sortit la fleur la plus belle ; les larmes
des sœurs de Phaeton se changèrent en un aimable baume ;
ainsi, du sang de mes parents s'élève pour moi un rameau de
salut dont les boutons et la tige promettent un arbre à l'ombre
vaste[1]... » Non moins confiante et déférente est la prière qu'elle
adresse à Diane et Apollon quand elle implore d'eux la guérison définitive d'Oreste. Pour que sa foi hésite vraiment, il faudra qu'elle se croie forcée au mensonge par un calcul divin.
Un instant, le vieil esprit de révolte qui a perdu Tantale gron-
dera en elle, nous l'avons vu, quand elle peut s'imaginer que,
malgré sa pureté, son aveugle soumission aux arrêts des Dieux,
elle va être à son tour victime de l'impitoyable haine dont ils
poursuivent sa race. — Mais, si dans la rédaction en prose elle
ne pousse pas encore l'appel désespéré : « Sauvez-moi et sau-
vez votre image en mon sein », elle réussit pourtant à triompher de son doute. Par un acte de suprême confiance elle
s'abandonne à la volonté des Dieux, et, en se refusant à men-
tir, elle remet son sort et celui d'Oreste entre leurs mains.

Iphigénie est donc bien une nature profondément religieuse ; toute sa vie morale est suspendue à son amour pour
les Dieux.

Oreste n'est guère moins pieux que sa sœur. S'il ne prie
pas les Dieux comme Iphigénie, c'est que dans l'excès de sa
détresse il ne peut plus prononcer des paroles d'espoir. Ne
connaissant des Olympiens que les effets de leur colère, il ne
croit pas en leur bonté. Mais, tout en protestant contre leur
cruauté, il se courbe passif sous leurs arrêts et obéit docile-

1. III, 1, p. 237.

ment à leurs oracles. C'est d'eux que, malgré tout, il attend la fin de ses maux, et, quand le voile d'erreur se déchire de devant ses yeux, il leur adresse, lui aussi, d'ardents remerciements. Il éprouve une joie profonde à proclamer leur sagesse et leur bonté[1].

Pylade lui-même, malgré son réalisme pratique, dénué de toute sentimentalité maladive, respecte les Dieux. Il a foi en la parole d'Apollon qui a promis à Oreste consolation et secours dans le temple de Diane et il ne croit pas en l'ambiguïté des promesses divines. Il est persuadé que si les Dieux ont fait échapper Oreste au sort de son père, c'est qu'ils l'ont réservé pour de grandes choses ; il a le ferme espoir que s'ils lui confient la tâche sacrée et périlleuse de ramener Diane aux rivages de Grèce, c'est qu'ils sont décidés, après cette épreuve, à lui accorder le pardon auquel il aspire, à le délivrer du cortège des Furies.

L'élément religieux ne se retrouve pas moins d'ailleurs dans le thème principal que dans les sentiments des principaux personnages. A ne considérer que l'action extérieure, il est incontestable que, comme dans la vieille légende, comme chez Eschyle, elle paraît tout entière dépendre de la volonté des Dieux[2]. Ce sont eux qui ont voulu les malheurs des Tantalides, qui ont sauvé Iphigénie, Oreste, pour des destinées mystérieuses ; c'est sur leur ordre qu'Oreste a tué Clytemnestre, et c'est sur leur ordre encore qu'il est venu en Tauride. C'est de la soumission d'Iphigénie à leurs oracles que semble dépendre le salut des derniers descendants de Tantale. Comme nous l'avons dit, on a pu voir une analogie entre la mission d'Iphigénie rachetant sa race et celle du Christ rachetant l'humanité, de même qu'on a pu attribuer à une action immédiate de la grâce divine l'obscure guérison d'Oreste[3].

N'avons-nous donc pas été bien imprudents, en faisant abstraction de ces données religieuses, quand nous avons

1. Cf. III, 3. — 2. Cf. G. Dalmeyda, *Gœthe et le drame antique, op. cit.,* p. 153 et sq. — 3. Cf. Schlosser, *op. cit.,* et aussi E. Filtsch, *Göthes religiöse Entwickelung,* Gotha, 1894, pp. 113-114.

essayé de dégager le sens du drame? Nous ne le pensons pas.

D'abord, il est à peine utile de le faire remarquer, le sujet même d'Iphigénie imposait au poète la nécessité de conserver à l'ensemble de son œuvre le caractère religieux qu'il avait dans ses sources antiques.

Pour si humanisée que soit la légende d'Iphigénie chez Euripide — dont Gœthe paraît s'être le plus directement inspiré[1] — elle n'en reste pas moins, à la surface au moins, essentiellement religieuse. Tout l'appareil extérieur des oracles, des prières, ne doit donc pas retenir notre attention ; Gœthe ne pouvait s'en passer.

Quant à la religiosité d'Iphigénie et d'Oreste, elle est, elle aussi, conditionnée par la tradition et par leur situation. Il est naturel que la prêtresse Iphigénie vénère les dieux, et, malgré quelques doutes passagers, ait foi en leur bonté ; elle leur doit la vie. Oreste les redoute parce qu'il se sent leur victime et il se soumet à eux comme l'esclave au tyran. Mais l'un et l'autre sont en réalité dupes d'une illusion : ils parlent des dieux comme les Anciens l'auraient fait, mais leurs sentiments sont modernes.

Les Furies qui poursuivent Oreste sont moins les déesses infernales de l'ancienne mythologie que le remords, — d'un sentimentalisme très moderne, — qu'il éprouve de son crime au fond de sa conscience. La source de ses remords est moins dans le regret d'avoir transgressé une loi divine — puisqu'aussi bien c'est pour obéir à une autre loi des dieux qu'il a commis son crime — que dans le sentiment d'avoir commis par « une piété impie » le plus horrible des forfaits aux yeux de la conscience humaine.

Quant à Iphigénie, si elle attribue l'horreur qu'elle ressent du mensonge au souci de garder intacte en elle l'image qu'elle s'est faite de la divinité, en réalité, ce qui la garde de la faute, c'est bien plutôt une volonté de vérité et de pureté inconnue aux consciences religieuses antiques. C'est l'humanité idéale

1. Cf. Dalmeyda, *op. cit.*, p. 156 et sq.

qu'elle porte en elle qui d'instinct se révolte contre la souillure.

Sans doute, il y a entre l'acte libérateur du Christ et celui d'Iphigénie une analogie extérieure. Mais cette analogie est toute de surface. On ne peut vraiment pas dire qu'Iphigénie prend à son compte les forfaits de sa race ; elle la libère seulement de la fatalité du crime en rompant par le fait de sa pureté, par sa résistance victorieuse aux insinuations du Mal, la chaîne magique des atrocités. Elle n'expie pas, elle ne rachète pas, au sens chrétien du mot, elle met fin à un funeste enchantement, elle inaugure un nouvel état moral.

Il serait plus aisé de dire qu'Oreste est guéri par une action de la grâce. Le repentir sincère qu'il ressent de son parricide le rend digne du pardon divin, le met en quelque sorte en état de grâce. L'intervention de cette grâce divine, qui opère de façon aussi imprévue que mystérieuse, est assurément une explication commode de sa guérison. Mais, pour accepter cette solution, il faudrait oublier l'antipathie bien connue de Gœthe pour le miracle et ne pas tenir compte de ce fait caractéristique, que c'est précisément la croyance obstinée de Lavater à la grâce divine, qui a le plus contribué à détacher Gœthe de cet ami longtemps si cher à son cœur.

La « pure humanité » dont Gœthe semble parler lui-même comme de l'idée fondamentale de son œuvre, ne saurait en aucune façon être assimilée à la grâce[1]. La théorie de la grâce fait, quoi qu'elle en ait, bon marché de la volonté humaine ; or, Gœthe avait une trop haute idée de cette volonté, il avait une foi trop ferme dans l'efficacité de l'effort personnel en vue de réaliser le bien, pour ne pas leur accorder le pouvoir rédempteur que la doctrine chrétienne ne reconnaît qu'à la mystérieuse intervention de Dieu.

Cela veut-il dire qu'il ne faut voir dans le contenu religieux d'*Iphigénie* qu'une sorte de décor purement extérieur, où rien

1. Cf. Laehr, *op. cit.*, p. 61.

ne transparaît de la pensée intime du poète sur le Divin? Nous ne le pensons pas. Nous croyons, au contraire, qu'il est possible de trouver dans le drame la vraie pensée de Gœthe des environs de 1780 sur le Divin, si, au lieu d'essayer de la découvrir dans les faits mêmes ou dans la religiosité d'Iphigénie et d'Oreste, nous la cherchons chez le personnage qui, en quelque sorte, représente le côté sain de la nature de Gœthe, tandis qu'Oreste en symbolise l'aspect maladif, chez Pylade.

La piété de Pylade est réelle, nous l'avons déjà marqué, mais ce n'est pas la piété passive d'Iphigénie ou la piété sourdement révoltée d'Oreste, c'est une piété virile. Pylade reconnaît la puissance divine, mais ne la redoute pas parce qu'il ne la croit pas mauvaise. Il ne croit pas que les dieux vengent sur les descendants les fautes des ancêtres ; il ne croit pas que leurs oracles sont gros d'embûches cachées et il puise cette confiance dans le sentiment que les dieux, eux aussi, n'échappent pas plus que les hommes à la loi suprême qui gouverne le monde. Ainsi que Gœthe le lui fera dire dans sa rédaction en vers [1] : la main d'airain de la nécessité commande et les signes graves qu'elle fait sont une loi souveraine à laquelle les dieux eux-mêmes ne peuvent se dérober. Les oracles des dieux ne sont, à ses yeux, que l'expression de la Nécessité ; il ne faut pas chercher à y découvrir des sens subtils, il faut s'efforcer de les accomplir fidèlement. L'essentiel est d'agir, il est vain de trop raisonner ses actes. Quand il presse Iphigénie de suivre ses conseils, d'appeler la ruse à son secours, puisque la force ne paraît pas devoir réussir, il lui dit de ne pas trop chercher à peser ses actes, car « l'homme estime rarement ses actions passées et presque jamais ses actes présents à leur juste valeur [2] », et lorsqu'Iphigénie lui objecte : « mais alors il est sage d'interroger sa conscience », il lui répond par cette affir-

_____

1. IV, 4, v. 1680-1683. « C'est en vain, disait-il déjà d'ailleurs dans la rédaction en prose, que tu te révoltes contre la nécessité qui t'impose ce que tu dois faire. » Hempel, 11, 2, IV, 4, p. 247.

2. IV, 4, p. 246.

mation si caractéristique de sa foi : « quand la conscience nous montre le chemin qui mène le plus directement à l'action, alors écoutons-la, mais si elle nous immobilise par des doutes et des soupçons, prêtons l'oreille aux conseils fermes d'autrui. »

S'incliner devant la nécessité universelle, ne point discuter vainement les lois qu'elle nous impose, voir dans l'action la norme morale de nos inspirations, voilà les principes essentiels de la piété de Pylade.

Si donc nous rapprochons ce résultat de nos conclusions sur le sens de la pure humanité d'Iphigénie, il nous semble que la leçon morale qui se dégage du drame apparaît avec netteté.

L'homme n'est pas ici-bas, quoiqu'il le puisse croire souvent, le jouet d'un capricieux despotisme. La nécessité préside à sa destinée, et la sagesse, pour lui, consiste à le reconnaître et à comprendre que sa loi suprême est l'action. Quant à cette action, elle doit avoir pour but essentiel l'ascension vers le bien, le perfectionnement de notre être moral. Des instincts mauvais, legs de nos ancêtres, l'orgueil, l'esprit de présomption qui nous aveuglent sur la bonté et la beauté de la loi, sont l'obstacle le plus redoutable à notre propre amélioration et nous conduisent à l'erreur ou au crime. C'est à lutter contre eux que doit s'appliquer toute notre énergie, et, par un acte vigoureux de notre volonté, nous pouvons toujours en triompher. Les victoires que nous remportons sur le mal ou sur la tentation du mal, ne sont pas seulement une source de bien pour nous, c'est la condition même et la garantie de l'influence salutaire que nous pouvons et que nous devons exercer sur les autres. Nous n'avons pas à juger les actes des coupables, nous devons les excuser, parce qu'ils viennent de la faiblesse humaine, et nous devons nous efforcer d'offrir à ceux qui vivent dans l'égarement le moyen d'en sortir, en leur donnant l'appui de notre amour, l'exemple de notre propre pureté ou au moins de notre aspiration au mieux.

Est-ce là une interprétation arbitraire du drame de Gœthe ?

Tout ce que nous avons appris de l'évolution morale et religieuse du poète par sa *Correspondance* et les faits de sa vie, nous paraît en prouver la légitimité. Ne l'avons-nous pas souvent entendu souligner sa volonté de faire profiter les autres des progrès qu'il réalisait pour lui-même, et les exemples que nous avons donnés de sa charité active, soit comme administrateur, soit comme'homme privé, nous ont montré qu'il avait sincèrement essayé de réaliser ses intentions.

C'est donc vraiment une religion nouvelle et très personnelle dont Gœthe, dans *Iphigénie*, nous propose la séduisante formule.

Les principales poésies lyriques de l'époque ne font guère que répéter cette formule sans y rien ajouter d'essentiel, mais elles en sont un commentaire précieux.

Les *Bornes de l'humanité*[1] nous disent que l'homme doit s'incliner devant la puissance des Dieux sans chercher à s'élever orgueilleusement jusqu'à eux, car dès que ses pieds quittent la terre il devient le jouet des nuages et des vents. L'homme est petit ; debout, il ne parvient même pas à s'égaler au chêne ou au pampre. Mais ce qui fait la force et la grandeur de l'humanité, c'est que, si les générations sont tour à tour englouties par le fleuve de la vie d'où elles sont sorties, si le cercle où elles se meuvent est étroit, elles se succèdent sans relâche et forment une chaîne infinie. Les individus passent, mais l'humanité demeure et accomplit sa destinée sous l'œil des Dieux immortels, c'est-à-dire des lois immuables qui régissent l'univers.

Dans le *Divin*[2], Gœthe nous montre avec plus de précision encore quel est l'idéal que, selon lui, l'homme doit tendre à réaliser pour mériter sa supériorité sur le reste des êtres. — Ce qui fait sa grandeur au milieu de la Nature insensible qui suit aveuglément la loi qui l'entraîne, c'est que, précisément,

1. *Grenzen der Menschheit.*
2. *Das Göttliche.*

il peut « distinguer, choisir et juger », c'est qu'il est doué de raison, et cette raison il doit l'employer à être « noble, secourable et bon ». L'homme qui saura faire, sans relâche, ce qui est utile et juste, sera pour les autres une preuve que l'idéal auquel aspire l'humanité n'est pas un vain mot.

L'homme n'est plus seulement pour Gœthe, ainsi que le disait le *Chant des esprits sur les eaux*[1], le jouet du Destin, comme l'onde est le jouet des vents, qui tantôt ne font que plisser sa surface en un sourire, tantôt la troublent et la secouent jusqu'en ses profondeurs. La puissance mystérieuse qui le dirige le mène vers une noble fin, et les meilleurs d'entre les hommes s'abandonnent avec confiance à cette puissance, car ils savent ou pressentent au moins qu'en suivant le mouvement qu'elle leur imprime, ils remplissent leur mission, qui est de travailler à leur propre progrès et à celui de l'humanité.

Les *Mystères*[2], si Gœthe les avait achevés en 1785, n'auraient sans doute été qu'une sorte de grandiose synthèse de l'histoire des religions, qui nous aurait montré les lentes étapes de la pensée humaine dans sa marche à la religion idéale. Nous n'avons que les quarante-quatre premières stances[3] d'un poème qui devait en contenir trois cent soixante-cinq et nous ne pourrions assurément rien conclure de précis sur le dessein de Gœthe, si lui-même n'avait pris soin, en 1816, de donner quelques indications sur le plan et l'idée maîtresse de son œuvre[4]. — Sous prétexte de quelques inexactitudes de détail ou de quelques invraisemblances, on a soutenu[5] que Gœthe, à trente ans de distance, n'avait pas su retrouver sa pensée véritable de 1785. La conclusion nous paraît d'autant moins

1. *Gesang der Geister über den Wassern;* cf. à Ch. v. Stein, 14 oct. 1779. — 2. *Die Geheimnisse;* cf. Düntzer, *Neue Gœthe-Studien,* pp. 105-136; Rosenkranz, *Gœthe und seine Werke,* Königsberg, 1856, pp. 202-206; Baumgart, *Gœthes Geheimnisse und seine indischen Legenden,* Stuttgart, 1895; M. Koch, *Gœthe als religiöser Epiker,* Hochstiftsberichte, 1897; M. Morris, *Gœthes Fragment : die Geheimnisse,* Gœthe-Jahrb., 1906, p. 131 et sq.

3. En réalité 58 avec les 14 stances de la *Zueignung.*

4. *Ueber das Fragment : die Geheimnisse 1816,* Hempel, Bd 1, p. 133 et sq. — 5. Cf. Düntzer, *op. cit.*

s'imposer que les idées que Gœthe prétend avoir voulu déposer dans ses *Mystères* rappellent étrangement celles dont nous venons de trouver l'expression dans *Iphigénie* et ses poésies lyriques.

D'après Gœthe donc, un jeune pèlerin allant vers un but qu'il ne semble pas connaître, mais où le pousse un ordre supérieur, arrive un soir à la porte d'une sorte de monastère perdu en une haute vallée solitaire ; là, il trouve, réunis sous le signe d'une croix enguirlandée de roses et soumis à l'autorité d'un mystérieux vieillard, douze chevaliers-moines. Après avoir goûté toutes les joies et toutes les douleurs de la vie, ces hommes sont venus des diverses contrées de la terre, et, dans le calme, loin des agitations humaines, ils adorent Dieu chacun à sa façon. Représentants des races et des façons de penser et de sentir les plus différentes, malgré leurs imperfections individuelles, ils vivent dans la concorde, réunis en une même aspiration à l'idéal. Ils symbolisent les douze principales religions, et leur union signifie que toutes les religions, dépouillées des éléments malsains qui, à certaines époques, les ont rendues impures, ont un principe commun. On aurait vu, dit Gœthe, que si étrange que soit la forme de toute profession de foi religieuse et morale, celle-ci est, par son essence même, digne d'amour et de respect.

Au moment où le pèlerin Marc pénètre dans le monastère, l'heure solennelle est proche où le Maître vénéré, autour duquel sont pieusement groupés les douze chevaliers, va les quitter, « parce que son esprit, s'étant incarné dans tous ses disciples, n'a plus besoin de revêtir une forme corporelle particulière ». Mais pour qu'une si belle communauté ne reste pas sans chef et sans lien, par une décision et une révélation mystérieuses, le pauvre pèlerin, le frère Marc, prend la place d'Humanus, le vieillard. Il n'a pas une vaste science et n'aspire pas à l'inaccessible, mais il mérite, par son humilité, son dévouement et son activité dans la pieuse confrérie, de présider une société animée des sentiments les plus généreux.

Et Gœthe ajoute que cette poésie qui, il y a trente ans,

aurait exprimé une vérité en avance sur son temps, pourrait
aujourd'hui encore, malgré les progrès accomplis, rendre service à ses lecteurs en leur donnant l'occasion d'affermir en eux
des idées qui, seules, peuvent assurer à l'homme sur son
Montserrat particulier le bonheur et le repos.

Si ces éclaircissements sont insuffisants pour nous permettre
d'imaginer, avec quelque sûreté, le détail des développements
projetés par Gœthe, de voir, par exemple, comment cette œuvre eût été réellement, ainsi que le poète semble le dire à
Mme de Stein dans sa lettre du 23 août 1784, une sorte
d'hymne d'amour déguisé à son adresse, il ne nous paraît
pourtant pas impossible de préciser l'idée qui semble se dégager à la fois du fragment et des explications de 1816.

Un fait nous frappe d'abord : c'est qu'au-dessus de la porte
de cet asile où vivent côte à côte, dans la paix, tant de religions diverses, se dresse l'emblème du Christianisme, la croix.
Puisque le représentant de chaque religion continue d'adorer
Dieu à sa manière, cela veut dire, peut-on croire, que la croix
n'est plus le symbole d'une religion particulière, étroite et
jalouse ; elle ne symbolise plus que le sentiment du Divin ;
c'est pourquoi les autres croyances acceptent de vivre à son
ombre. Humanus a sans doute appris à ses chevaliers-moines que la religion, dont elle est l'emblème, ayant pour base
l'amour poussé jusqu'au renoncement, jusqu'au sacrifice, est,
de toutes celles qui ont paru sur la terre, celle qui incarne le
mieux l'idéal religieux de l'humanité ; ils se sont inclinés devant elle tout en gardant la fierté de représenter des formes
moins parfaites, mais aussi légitimes de l'aspiration à Dieu[1].

La croix, d'ailleurs, qui rayonne triomphalement à l'entrée
de la maison sainte n'est plus l'emblème sinistre qui dit plus
encore la douleur du sacrifice que la joie du rachat. Elle est
parée de roses, la raideur du bois disparaît sous la mollesse
des fleurs ; roses et croix semblent portées vers le ciel par de

---

1. Cf. A. Böthlingk, *Gœthe und das kirchliche Rom.*, Frankfurt a/M., 1902,
p. 16.

légers nuages argentés ; on dirait un hymne d'amour et d'allégresse. Elle n'est plus le signe d'une religion particulière[1], elle est le symbole de l'âme aimante qui tend vers le ciel, et tous ceux qui croient peuvent se rallier autour d'elle.

Amener ses chevaliers à cette conception aura sans doute été la mission du maître, Humanus, et maintenant que les frères ennemis de jadis vivent dans la concorde et la tolérance, sous la loi d'amour, son rôle est terminé et il peut disparaître.

Il est difficile, avec le peu d'éléments positifs dont nous disposons, de fixer les contours de l'énigmatique figure d'Humanus. Tout ce que nous savons de lui c'est qu'il a été, dès son enfance, marqué du signe des élus, que c'est un être exceptionnel. Une éducation sévère lui a appris l'humilité et l'obéissance, et après une vie active, riche en exploits glorieux, il met le comble à sa vertu en accomplissant l'exploit le plus merveilleux, en triomphant de la plus difficile des épreuves de la vie, « en se surmontant lui-même ». Il a connu la lutte contre les passions intérieures et les obstacles du dehors, il a senti « le poids de la puissance qui enchaîne tous les êtres », mais il est sorti vainqueur de la lutte, il a brisé ses chaînes. C'est pourquoi, il est le « saint, le sage, l'homme le meilleur » ; il symbolise la « pure humanité » ou plutôt l'effort de l'humanité pour atteindre à la pureté.

Pourquoi Gœthe le fait-il mourir ? Sans doute, par respect pour le principe d'évolution. Humanus a tiré du passé le plus pur de son contenu, il a préparé l'avenir, c'est à un autre, plus jeune, moins fatigué par l'effort et la lutte qu'il appartient de conduire l'humanité dans les voies nouvelles, à l'entrée desquelles Humanus l'a amenée. Il attend pour partir que son successeur, annoncé, vienne le relever de son poste. Ce successeur, c'est Marc l'humble pèlerin.

Ce choix est caractéristique. Quelles sont, en effet, les qualités qui désignent le pèlerin inconnu, pour remplacer le sage Humanus à la tête de cette société d'élite des douze chevaliers,

---

1. Cf. M. Koch, *Gœthe als religiöser Epiker*, p. 20 et sq.

qui représente l'effort séculaire de la pensée humaine? Ce sont,
nous a dit Gœthe, l'humilité, la soumission, l'activité fondée
sur l'amour. Ne sont-ce pas précisément les vertus qui ont fait
la force d'Iphigénie? Point n'est besoin pour remplir dignement
la mission humaine d'avoir un esprit vaste, de vouloir conquérir l'inaccessible, il suffit de n'être point aveuglé par l'esprit
d'orgueil, de se soumettre docilement à la loi qui mène le
monde, d'agir et d'aimer. C'est là, sans doute, l'Evangile nouveau que Marc aurait été chargé de prêcher aux jeunes géné-
rations.Ces jeunes générations, peut-être, auraient été symbo-
lisées par les trois éphèbes vêtus de blanc et parés de roses, qu'à
son réveil, après la première nuit passée sous le toit d'Humanus, Marc aperçoit par la fenêtre de sa cellule, dans le jardin
du cloître.

Cette interprétation des *Mystères* nous paraît d'autant plus
légitime que l'idée d'évolution des religions qu'elle aperçoit
comme le centre de l'œuvre se retrouve chez les deux écrivains
avec la pensée desquels Gœthe sympathise le plus à cette époque, chez Lessing[1] et Herder.

Lessing avait récemment montré dans son *Education du
genre humain* que la révélation religieuse avait progressé, comme
l'humanité elle-même, que les religions positives n'étaient que
les stades de l'évolution de la raison humaine, et que, de même
que le Nouveau Testament avait rendu inutile le Vieux Testament, on pouvait prévoir qu'un temps viendrait où l'humanité
pourrait se passer de l'Evangile[2]. Ne venait-il pas dans son
Nathan, pour lequel Gœthe avait une si grande admiration[3], de
proclamer que la tolérance est la conséquence naturelle du principe de l'évolution des religions?

---

1. Cf. sur la mort de Lessing, à Ch. v. Stein, 20 fév. 1781; à Lavater,
18 mars; cf. aussi sur Lessing, à Herder, fin mai 1785, et Biedermann, *Gœthe
und Lessing*, Gœthe-Jahrb., 1880, pp. 17-43. — 2. *Erziehung des Menschen-
geschlechts*, §§ 64-68. — 3. Biedermann, *op. cit.*, p. 27, témoignage de Knebel
à Jacobi; cf. aussi, du même, *Gœthes Gespräche*, Leipzig, 1899, I, p. 65. Conversation de Gœthe avec Leisewitz.

En 1785, Herder n'a pas encore rédigé la troisième partie de ses *Idées* qui contient le chapitre sur l'histoire des religions, mais il est évident que dans les conversations intimes où, chaque jour, Gœthe et lui, échangent leurs idées, Herder a dû exposer à son ami le plan qu'il compte suivre et au moins dans leurs grandes lignes les développements qu'il médite. Gœthe sait, très vraisemblablement, que pour Herder l'instinct religieux est un instinct primitif au même titre que la moralité, que c'est de cet instinct que sont sorties les différentes religions positives[1], et que toutes ces religions ne sont que les diverses manifestations de la tendance à une plus belle humanité, qui est le fond de la nature humaine et la raison d'être de l'homme.

Peut-être le poète ne suivait-il pas Herder sur le terrain métaphysique quand celui-ci, cherchant à se figurer ce que devient l'homme après sa mort, il inclinait à croire qu'il est destiné à mener une vie plus haute dans une planète supérieure, et que de là-haut il aide les générations qui lui succèdent sur la terre à s'élever dans leur marche vers l'idéal[2]; mais il devait applaudir sans réserves aux grands principes de la conception générale de Herder, c'est-à-dire à l'idée d'évolution, à l'idée de l'éducation de la race humaine en vue de sa destination supé-

---

1. Cf. *Ideen*, X[e] livre, et Haym, *Herder*, II, p. 207 et sq.

2. Cf. Haym, *Herder*, II, pp. 215-217.

La préoccupation de l'au delà lui paraît alors superflue. Il vit trop dans le présent pour se soucier d'un autre monde. Nous nous souvenons de la façon dont il avait raillé les hypothèses de Lavater sur l'Éternité. « La Nature m'a introduit sur cette terre, dit-il en 1780, elle m'en fera sortir ; je m'abandonne à elle, qu'elle fasse de moi ce qu'elle voudra » (*Die Natur.*, Hempel, B[d] 34, p. 73). « Sentons-nous les coudes, écrit-il d'autre part à Lavater le 3 novembre 1780, car le temps viendra bientôt où nous serons dispersés et où nous retournerons aux éléments d'où nous sommes tirés. » Quand, le 3 nov. 1781, nous le voyons, par contre, écrire au même Lavater qu'il est aussi disposé que personne à croire à un autre monde que le monde visible et qu'il sent en lui assez de force poétique et de vitalité pour agrandir son pauvre moi et y faire entrer tout un monde d'esprits à la Swedenborg, nous ne pouvons guère y apercevoir autre chose qu'une boutade en réponse à une nouvelle tentative de Lavater, car peu après, parlant à Mme de Stein des trois *Dialogues* de Herder sur *la Migration des âmes*, il lui dit (28 déc. 1781) : « Ils sont très beaux et te feront plaisir, car ils répondent à tes espérances et à tes idées. » S'ils avaient répondu à ses propres idées, il n'eût pas manqué de le souligner.

rieure, et aussi à cette idée, qui est comme le fil conducteur des *Idées*, qu'étudier les origines naturelles et morales ainsi que le développement de l'humanité, c'est étudier la marche de Dieu dans le monde. Toutes ces idées étaient chères à Gœthe ; il ne pouvait que se réjouir de les trouver éclairées et confirmées par les spéculations historiques de son ami.

Il n'est pas impossible, enfin, que l'idéal que Gœthe s'était fait de la Franc-Maçonnerie n'ait influé sur la conception et la forme extérieure des *Mystères*. La réunion de ces « frères », chargés d'années et d'expérience, qui ont appris à se dégager de l'erreur où se débat l'humanité commune et qui, dans un cadre où tout rappelle l'action, préparent l'avenir sous la conduite d'un grand Maître, fait assurément penser bien plutôt aux Loges, prétendant travailler au progrès de l'Humanité, qu'aux cloîtres, où règnent l'ascétisme et la contemplation passive. Avant d'arriver au sanctuaire où Humanus lui révélera ce que lui-même a fait et lui dira la mission qui l'attend, le frère Marc aura à passer par des degrés divers d'initiation. On peut même supposer que les *Mystères* achevés eussent indiqué la position que Gœthe prenait dans la grande querelle de l'époque sur les origines mêmes de la Franc-Maçonnerie[1] et sur ses rapports plus ou moins probables avec les Templiers et les Rose-Croix. Peut-être, en même temps qu'il y aurait formulé son rêve d'humanité supérieure, Gœthe aurait-il, du même coup, montré dans son association de chevaliers-moines la conception qu'il se faisait de la Loge idéale.

Mais à toutes ces questions le Fragment ne nous permet pas de faire de réponses sûres.

La seule conclusion légitime qu'on puisse en tirer, c'est, nous semble-t-il, qu'à côté d'*Iphigénie* les *Mystères* expriment le plus clairement l'évangile nouveau, religieux et moral, auquel Gœthe s'est converti à Weimar et dont il cherche à faire passer dans

1. Cf. Lessing, *Ernst und Falk*, et M. Morris, *Gœthes-Fragement : die Geheimnisse* G.-Jahrb., 1906, p. 132 et sq.

sa vie pratique les nobles principes, l'évangile de la « pure humanité », basé sur la tolérance, sur la volonté de voir et de faire le bien, sur l'amour des hommes et peut-être aussi sur l'amour de la Nature.

Bien que les *Mystères*, tels que nous les avons, ne contiennent aucune indication précise en ce sens, il nous paraît, en effet, bien invraisemblable, du moment où, selon toute apparence, ils étaient destinés à dire le *credo* nouveau de Gœthe, qu'ils en auraient négligé un des éléments les plus essentiels, la foi en la *Nature*.

V.

Une des évolutions les plus curieuses et les plus marquées de Gœthe en cette période de Weimar, a été, nous l'avons vu, l'évolution de son sentiment de la Nature. Du culte poétique et mystique de la Nature, il en vient au culte scientifique ; il ne cherche plus à étreindre la totalité du monde avec l'ardeur d'un amant qui serre sa bien-aimée sur son sein, il s'efforce d'en pénétrer les secrets en étudiant ses phénomènes avec la patience et la gravité du savant. Ici encore ses œuvres nous permettent de compléter ce que nous savons déjà par ailleurs de cette évolution.

Nous nous souvenons que dans la période précédente le poète avait transporté dans la Nature l'excès de vie qu'il sentait en lui et nous avait montré en elle, dans *Werther*, un grand être vivant, mystérieux, tantôt cruel, tantôt aimant comme une mère vibrant de toutes les joies de son enfant et lui offrant aux heures de tristesse et de lassitude un asile chaud où il reprenait courage et puisait des forces nouvelles. Déjà pourtant, dans la terreur que Werther éprouvait devant l'impassibilité qu'il sentait dans la Nature, quand, les yeux dessillés par la souffrance, il la voyait détruisant elle-même implacablement son œuvre, ou dans le désespoir de Faust à ne pas pouvoir étreindre le mystère de l'activité énigmatique du monde en travail, ou encore dans le malaise que Gœthe lui-même éprouve, lors de son premier voyage en Suisse, vis-à-vis de la masse écrasante des grandes montagnes, il y a comme la promesse que le poète y trouvera bientôt autre chose que l'écho de ses rires ou de ses pleurs et qu'il essaiera de la saisir là où ses forces lui permettront de l'atteindre.

Dans les premières années de Weimar, nous l'avons vu, ses rapports avec la Nature sont, à vrai dire, d'ordre à peu près exclusivement sentimental. Il l'aime pour l'amour qui se dégage d'elle et qui lui semble comme un encouragement à celui dont son propre cœur est gonflé. « L'amour vit maintenant sous mille formes; il donne à la fleur couleur et parfum; chaque matin, il traverse l'air; nuit et jour, il se joue dans les prairies et dans les bois[1] ! » Sa tendresse pour la nature calme se fait même parfois mièvre, presque anacréontique : « La fleur que je cueille, nourrie de rosée à mes côtés, laisse derrière elle sa mère silencieuse, qui se multiplie en elle-même. Longtemps sans feuilles et cachée, serrant ses enfants contre son sein, au matin du printemps nouveau, elle emplit de joie le cœur du jardinier[2]. » Il voit la Nature avec les yeux d'un amoureux. La pensée de Mme de Stein chante en son cœur quand il échenille les arbres de son jardin, l'accompagne par les routes défoncées et les campagnes désertes, le poursuit jusque sur la tête neigeuse du Brocken redouté, et celui-ci devient pour lui « l'autel de la plus tendre reconnaissance[3] ». Dans la douce clarté de la lune, dans le regard apaisant qu'elle promène sur la chère vallée de l'Ilm, il reconnaît le regard de la bien-aimée, qui verse la paix en son âme[4]. Dans le murmure de l'eau qui court, il croit entendre une voix qui dit d'irrésistibles paroles de séduction[5]. Mais en Suisse, la Nature lui apparaît trop majestueuse pour qu'il ose l'associer à son amour. La noblesse, le sublime écrasant des paysages alpestres, des hautes montagnes, l'élève au-dessus de lui-même, le fait pen-

1. Epître en vers à Ch. v. Stein, 19 avril 1779. — 2. A Ch. v. Stein, épître en vers, 25 avril 1778 (*mit einer Hiacynthe*). — 3. *Harzreise im Winter.* — 4. *An den Mond*, prem. version, à Ch. v. Stein, mai 1778 (Schöll-Fielitz, *op. cit.*, I, n° 237. — 5. *Der Fischer.*

ser à la destinée de l'homme. De même que dans les lettres qu'il écrit de Suisse à Mme de Stein il oublie de lui faire les tendres protestations accoutumées, de même sa muse se fait grave, philosophique. La majestueuse cascade du Staubbach devient pour lui un symbole de la vie humaine[1], et c'est peut-être le sentiment de petitesse angoissée qu'il éprouve en face des grandes Alpes, qui lui donne, sinon pour la première fois, du moins avec une netteté et une force inconnues jusque-là, la notion des *Bornes de l'Humanité*[2]. « On abandonne sans peine toute prétention à étreindre l'infini là où on se rend compte que notre pensée et notre œil sont impuissants à embrasser le fini », écrivait-il le 28 octobre 1779 à Mme de Stein.

Les grosses masses immobiles, impassibles, lui font apercevoir mieux encore qu'il ne l'avait vu en foulant aux pieds le granit du Brocken, la puissance de la Nature, la majesté des lois qui ont présidé à ses grandioses formations. Dès lors, il conçoit un tel respect pour la Nature qu'il cesse, consciemment au moins, de l'associer à sa mesquine fortune. Elle domine les hommes de trop haut pour être sensible à leurs destinées particulières. Tandis que naguère, dans *Ganymède*, le printemps, dans la splendeur matinale, était pour lui comme un ami bien-aimé, qui faisait passer en lui les délices de l'amour et le sentiment sacré de l'éternelle beauté, qui lui offrait, pour calmer sa fièvre, la caresse de ses fleurs et le rafraîchissement de ses brises, le *Divin*[3] proclame l'insensibilité de la Nature. Celle-ci va, superbe, hautaine, suivant sa route, indifférente au bien et au mal, dédaigneuse des ravages que causent ses éléments déchaînés. C'est que des lois d'airain, de grandes lois éternelles règlent son cours, comme elles régissent le cercle étroit de notre destinée.

Et quand, une fois revenu dans sa chère Thuringe, Gœthe mêle encore la Nature à sa vie, comme dans le poème d'*Ilmenau;* quand il demande aux arbres du doux vallon de le rece-

---

1. *Gesang der Geister über den Wassern.* — 2. *Grenzen der Menschheit;* cf. A. Kutscher, *Das Naturgefühl in Gœthes Lyrik*, op. cit., p. 140. — 3. *Das Göttliche.*

voir comme un ami sous leurs ombrages, ce n'est plus guère
que par une sorte d'artifice poétique, pour donner au tableau
son cadre naturel. Il n'aime plus la Nature pour ce qu'il y
retrouve de lui-même ou seulement pour la beauté plastique
de ses aspects, il s'intéresse à elle pour elle-même, pour sa vie
propre, pour ce qu'elle en laisse apercevoir et saisir à la surface des choses.

Et c'est dans le premier ravissement de ses études scientifiques qu'il écrit les *Aphorismes sur la Nature*, où, en accents
d'un lyrisme presque dionysiaque, il traduit superbement sa
foi nouvelle[1].

« La Nature ! elle nous entoure et nous enlace ; incapables
de dépasser ses limites, nous sommes également impuissants à
pénétrer ses secrets. Sans nous en prier et sans nous en aver-
tir, elle nous entraîne dans la ronde qu'elle mène, jusqu'à ce
que, épuisés, nous échappions à son étreinte. — Elle crée éternellement des formes nouvelles ; ce qui est n'avait jamais
existé encore et ne se reproduira pas ; tout en elle est inédit
et pourtant rien n'est nouveau. — Nous vivons en son sein et
nous ne la connaissons pas ; elle nous parle sans cesse et ne
nous révèle pas son secret ; nous ne cessons d'agir sur elle et
pourtant nous n'avons sur elle aucun pouvoir. — Tout en elle
semble fait pour l'individu et elle semble le dédaigner ; elle
construit et détruit sans cesse, mais son atelier reste inaccessible. — Elle vit dans d'innombrables enfants, toutefois elle, la
mère, reste invisible ; elle est l'artiste unique qui de la matière
la moins compliquée sait tirer les plus grands contrastes ; sans
effort apparent, elle atteint au maximum de perfection, à la

---

1. *Die Natur*. Aphoristisch. Im *Journal von Tiefurt*, 1782. Hempel, Bd 34,
p. 71 et p. 144 ; Gœthe an den Kanzler Müller, 24 mai 1828.

Pour la question obscure de la paternité de Gœthe, — les aphorismes sont-
ils vraiment de lui, ou de Tobler, ainsi qu'on l'a prétendu ? Cf. les conclusions
de Steiner, à la suite de « *Das Journal von Tiefurt* ». *Schriften der Gœthe-
Gesellschaft*, Bd VII, p. 394 et sq ; cf. aussi Ch. Schrempf, *Gœthes Lebensanschauung*, II, p. 299 et sq. ; Dilthey, *Archiv für Gesch. der Philo*, Bd VII,
p. 324 et sq. ; E. Boucke, *Gœthes Weltanschauung*, Stuttgart, 1907, pp. 230-
235.

précision la plus parfaite et toujours harmonieuse. Chacune
de ses créatures a son originalité, chacun de ses phénomènes
est aussi isolé qu'on peut l'imaginer, et pourtant son infinie
diversité est unité... — Il y a en elle une vie incessante; elle
est tout devenir et tout mouvement, et pourtant elle ne dépasse
pas ses limites; elle se transforme sans répit, jamais elle ne
s'arrête; elle a maudit l'immobilité... — Ce qui semble le
plus antinaturel est Nature et, dans le plus balourd des « philistins », il y a une étincelle de son génie. Quiconque ne la
voit pas en tous lieux ne la voit bien nulle part... — Elle
aime l'illusion; quiconque la détruit en elle-même et dans
les autres, elle le punit comme le ferait le plus impitoyable
des tyrans. Au contraire, elle serre sur son cœur, comme un
enfant, celui qui marche avec confiance dans ses voies... —
Elle fait jaillir du néant ses créatures, sans leur dire d'où elles
viennent ni où elles vont; elles n'ont qu'à marcher droit
devant elles, elle, connaît la route... — Elle enveloppe l'homme
de ténèbres et l'excite à chercher la lumière; elle a courbé
son front vers la terre, elle l'a fait paresseux et lourd et
toujours elle secoue son inertie... — On obéit à ses lois,
même quand on se rebelle contre elles; on agit avec elle,
même quand on veut agir contre elle... — Sa couronne est
l'amour. C'est par l'amour qu'on l'approche. Elle met des
abîmes entre les êtres et ceux-ci aspirent à s'enlacer. Elle a tout
isolé afin de tout réunir... — Elle est tout; elle est à elle
même sa récompense et sa punition. Elle est rudesse, douceur,
amour et terreur, impuissance et force souveraine. Tout est
toujours présent en elle. Passé et avenir sont pour elle mots
vides de sens. Le présent est pour elle éternité. Elle est bonne;
je la loue dans toutes ses œuvres; elle est sage et calme. On
ne lui arrache pas ses secrets par la force, ni ses faveurs par
l'insolence; quand elle les accorde, c'est volontairement... —
Elle m'a introduit sur cette terre, elle m'en fera sortir. Je
m'abandonne à elle. Qu'elle fasse de moi ce qu'elle voudra;
elle ne haïra pas son œuvre. Ce n'est pas moi qui ai parlé
d'elle; non, tout ce qui est vrai et tout ce qui est faux, elle l'a

dit elle-même; c'est à elle que revient toute faute et tout mérite[1]. »

On pourrait être tenté de voir une contradiction entre cette profession de foi toute frissonnante de panthéisme, qui nous montre l'homme absorbé dans la Nature au point que rien ne semble subsister de sa volonté et de sa liberté, et le *Divin* qui semblait marquer au contraire que précisément la faculté de discerner, de choisir et de juger était ce qui faisait l'homme supérieur au reste des êtres. Mais la contradiction n'est qu'apparente. En réalité, pas plus que dans ses *Aphorismes sur la Nature*, Gœthe, dans le *Divin*, ne reconnaît à l'homme une liberté absolue. Ici comme là, il dit que nous sommes tous soumis à des lois éternelles que nous ne pouvons transgresser. La Nature, tout en nous tenant dans une étroite sujétion nous laisse l'illusion de la liberté pour nous donner le goût et le besoin de l'action, du mouvement, condition de la vie. Qu'importe que notre liberté soit une illusion, une ruse de la Nature; si nous nous en apercevons, faisons comme si nous l'ignorions, car ses ruses sont bonnes, et la Nature est impitoyable pour ceux qui cherchent à détruire les illusions qu'elle a voulues. Cette faculté de discerner, de choisir, de juger, que souligne le *Divin* comme spéciale à l'homme, c'est la Nature qui nous l'a donnée. Notre liberté ou plutôt notre croyance en notre liberté fait partie de son plan. Nous ne sommes pas libres en ce sens que nous n'avons pas, pas plus que nos frères plus humbles, le pouvoir de nous soustraire aux lois de la Nature, mais nous avons une faculté qu'ils n'ont pas, celle de choisir, c'est-à-dire d'errer; nous connaissons ce qu'ils ignorent, le désir et l'attrait du mal, nous pouvons, ou nous nous ima-

---

1. Le lyrisme génial de ces aphorismes nous paraît — à défaut des preuves absolues qui font défaut — constituer la plus forte des présomptions en faveur de la paternité de Gœthe. En tout cas, comme celui-ci le dira lui-même en 1828, les idées que contient cette somptueuse déclaration concordent de tous points avec celles qu'il avait vers 1781. Cf. discussion dans Steiner et Schrempf, *op. cit.*

ginons pouvoir ce dont ils sont incapables, y résister ou y succomber. C'est ce qui fait notre grandeur et notre originalité. Employons donc notre apparente liberté à vouloir le bien, ou, au moins, à ne pas résister à son attrait. Car, encore qu'elle n'ait pas de langue pour nous parler directement, la Nature nous dit, par toutes les voix qui traduisent ses sentiments et expriment sa pensée que « sa couronne est l'amour. » C'est pourquoi soyons comme elle, ou plutôt soyons elle, car nous sommes en elle, soyons elle sans lui résister, et nous suivrons notre destination, nous serons fidèles à notre raison de vivre, qui est d'être « nobles, secourables et bons[1] ».

Il y a certes encore beaucoup de sentimentalisme et de lyrisme personnel dans cette conception de la Nature et dans l'expression surtout dont le poète la revêt. Mais sous le déguisement pompeux des mots sonores et le désordre voulu du développement, la pensée apparaît avec netteté : la sagesse suprême est pour l'homme dans la soumission à la Nature.

Mais cette Nature n'est plus la Nature capricieuse et tendre aux grandes individualités, telle qu'on la concevait au temps du « Sturm-und-Drang », c'est la Nature aux grandes lois stables, égales pour tous ; ce n'est plus la Nature qui prêche l'égoïsme, mais la Nature qui, par la notion de solidarité qui se dégage du spectacle de ses forces éternellement agissantes, nous dit que notre devoir est de ne pas nous isoler orgueilleusement, mais de travailler à nous perfectionner pour le bien commun.

Ainsi nous pouvons dire que c'est par un besoin moral autant que par une curiosité théorique ou sous l'impulsion de considérations pratiques que Goethe se mit à étudier la Nature en savant, avec la passion que nous savons.

Faust se réveille en lui, mais un Faust assagi par la pratique de la vie, qui, ayant appris à connaître les « bornes de l'humanité », ne veut plus embrasser la Nature entière, pénétrer

---

1. Sur l'influence possible de Shaftesbury et Diderot cf. Dilthey et Boucke, *op. cit.*

jusqu'en ses abîmes les plus mystérieux, mais qui se contente
de chercher à saisir sur la face des phénomènes le reflet des lois
profondes, qui dans la multiplicité des phénomènes aspire à
découvrir l'unité. Ce Faust nouveau est résigné à n'avoir du
monde qu'une idée incomplète, car il sait que l'homme limité
ne peut arriver jusqu'à l'infini, ni même le penser; mais dans
sa persuasion intime qu'existence et perfection sont synonymes, il sait être reconnaissant à la Nature de ce qu'elle lui laisse
apercevoir de sa perfection, de ce qu'il participe à cette perfection même par le fait de son existence[1].

Ce Faust, qui jadis voulait arracher ses secrets les plus
redoutables à l'Erdgeist, il ressent maintenant une joie intense
qui le remue jusqu'en ses entrailles, à soulever un tout petit
coin du voile de mystère qui entoure les choses. En face des
masses granitiques du Harz[2], il éprouve une émotion religieuse
intense à entendre ce que, dans leur langage muet, elles lui
disent de l'histoire du monde; il ne se tient pas d'aise quand il
a découvert que l'homme, que la science orgueilleuse affirmait isolé dans la série des êtres, lui était relié par un détail
insignifiant : l'os intermaxillaire.

Dans cet enthousiasme, dans le lyrisme des *Aphorismes sur
la Nature* ou de la *Dissertation sur le granit*, il y a encore un
peu de la fièvre qui poussait Werther à désirer de se fondre
dans la Nature, ou jetait Faust sous la domination de Méphistophélès, mais ces manifestations de ravissement poétique se
feront de plus en plus rares dès que Gœthe aura dépassé la
période des premiers étonnements. Bientôt le poète ne sera
plus que l'auxiliaire du savant; l'expérience remplacera
l'extase.

VI.

Il nous reste à voir comment l'évolution des idées de Gœthe
dans le sens de la sagesse et de la loi, telle que nous venons de

1. Cf. Suphan, *Aus der Zeit der Spinoza-Studien Gœthes*, Gœthe-Jahrb.,
1891, pp. 11-12. — 2. *Abhandlung über den Granit*, Hempel, Bd 33, p. clxii.

la marquer, exerce, par une conséquence naturelle, une influence directe sur l'expression de ses *Idées esthétiques*.

Aux temps du « Sturm-und-Drang », nous avons entendu Gœthe, comme tous les « Stürmer », revendiquer pour l'artiste l'indépendance absolue, le droit d'ignorer les règles qui tendent à imposer des entraves à son originalité, d'inutiles béquilles à son génie, et proclamer bien haut que l'instinct de production du poète était une force de la Nature, énigmatique, mais toute-puissante.

Très tôt, il avait, ainsi que nous l'avons marqué, reconnu la présence de la loi dans la Nature et compris que l'impression d'harmonie qui se dégageait des œuvres de la Nature venait de la parfaite conformité des plus petites parties avec le Tout. Il s'était rendu compte que si le génial architecte de la cathédrale de Strasbourg avait fait un édifice d'une impérissable beauté, c'est qu'il avait su reproduire dans son œuvre colossale cette harmonie de la Nature, et il avait invité l'artiste à demander à la Nature des leçons de beauté et de convenance. Mais Gœthe croit encore que pour comprendre ces leçons il y faut une disposition naturelle spéciale, une disposition géniale. Parlant de cette « forme intérieure » dont peut-être, ainsi que nous l'avons indiqué, il devait la notion à Shaftesbury, et dont, disait-il, la connaissance plus exacte empêcherait ces fâcheux égarements du goût qui entraînent à faire du théâtre avec le moindre fait-divers tragique et à tirer un drame de n'importe quel roman, il ajoutait ces paroles caractéristiques : « Toute forme, même la plus sentie, a quelque chose de faux; elle est une fois pour toutes le verre qui concentre en un trait de feu dans le cœur de l'homme, les saints rayons de la vaste Nature; mais ce verre, celui qui ne l'a pas aura beau essayer de le découvrir, il ne le trouvera pas[1]. »

Dans son individualisme encore souverain, Gœthe est toujours persuadé que le génie n'a pas à se soucier de chercher anxieusement la forme qui convient à son œuvre, car elle se

---

1. *Nach Falconnet und über Falconnet*, Hempel, Bd 28, p. 622.

donne à lui spontanément. Dans cette foi, il chante sans raisonner la forme de ses chants ; il les dit tels que la Nature les lui dicte ; il le fait sans crainte de chanter faux, car il sait que, tant que l'artiste véritable ne cherchera pas à créer contre ses goûts et ses aptitudes naturelles, il trouvera la note juste, Hans Sachs et Albert Dürer lui en sont garants[1] ; à leur exemple, il chante la réalité.

Mais peu à peu, à mesure que, grâce à ses lectures, ses expériences et ses réflexions, il apprend à reconnaître davantage la souveraineté de la loi et la nécessité de s'y soumettre, il s'aperçoit que les raisons profondes de l'harmonie visible de la Nature sont l'étroite convenance et la subordination des parties au tout, plus il incline à croire que la Nature est une incomparable artiste et que la beauté est, comme le dit Shaftesbury, moins dans la matière que dans la forme des choses, ou plutôt dans la conformité de leur substance et de leur apparence extérieure, dans l'exacte correspondance de leurs moindres détails à leur principe interne[2]. Reproduire la Nature n'est pas faire œuvre de beauté ; il faut l'interpréter, il faut composer, « à l'exemple de la Nature », c'est-à-dire chercher à approprier, comme elle, les parties au tout. Suivant la définition de Shaftesbury, « le vrai poète est en vérité un second créateur, un Prométhée sous les ordres d'un Jupiter. Semblable à l'architecte suprême ou semblable à la grande Nature, créatrice de formes, il fait un tout dont les moindres parties sont unies par de justes rapports et subordonnées à l'ensemble selon les lois de convenance[3] ». N'y a-t-il pas un souvenir de cette définition de l'esthéticien anglais dans cet aphorisme de la *Nature?* « La Nature est l'artiste unique ; de la matière la plus simple, elle tire les effets les plus divers, et sans sembler prendre la moindre peine, elle parvient à la perfection suprême, à la plus minutieuse précision. »

Trois ans plus tard, avec moins de lyrisme, mais avec plus

---

1. *Hans Sachsens poet. Sendung*, v. 55-58. — 2. Cf. *Jub-Ausgabe*, Bd 36, Introd. Walzel, pp. xxxi-xxxiii. — 3. Shaftesburys *Soliloquy*, cit. Walzel, p. xxxiv.

de netteté, il dit, dans son résumé de la doctrine de Spinoza[1], à quel point, pour arriver à une connaissance claire et agréable des choses et pour donner l'impression de la beauté, il est nécessaire de suivre l'exemple de la Nature, de faire un choix dans la masse des éléments que nous fournit le monde, de les ordonner selon les lois et les facultés de notre nature bornée.

L'harmonie devient donc pour Gœthe la condition essentielle de la beauté et le choix, le moyen pour y atteindre. Le véritable poète n'est plus pour lui l'artiste instinctif du « Sturm-und-Drang », c'est celui qui interprète et ordonne, il dira bientôt qui « stylise » la Nature.

La déesse qu'il célèbre n'est plus la Réalité, comme aux jours où il chantait son hymne à Shakespeare, c'est la Fantaisie mobile, la fille préférée de Jupiter, qui permet à l'homme, et à lui seul entre tous les êtres, de s'élever « au-dessus des obscures jouissances et des tristes douleurs de la vie éphémère et bornée[2] ». Le plus beau présent que puisse lui faire la divinité bienfaisante qui « si souvent a versé le baume le plus pur dans les blessures de sa vie » qui, dès son enfance, a été l'objet de ses désirs, la Vérité, c'est le voile de la Poésie, ce « radieux tissu fait des vapeurs matinales et des rayons du soleil[3] ». Ce voile est impénétrable « au souffle des soucis terrestres » ; grâce à lui, « le sépulcre se change en une molle couche de nuages, le flot de la vie s'apaise, le jour sourit et la nuit s'illumine[4] ». La poésie ne doit donc plus être un simple reflet de la vie tumultueuse ; elle doit s'élever et élever l'homme au-dessus de la réalité quotidienne, de ses mesquineries ou de ses passions.

Et, effectivement, nous voyons Gœthe conformant ses actes à ses vues nouvelles, s'efforcer, non seulement dans ses œuvres nées de l'heure présente, dans ses opérettes allégoriques, par exemple, et dans *Iphigénie*, de faire servir la poésie à l'embellissement et à l'ennoblissement de la vie de ceux qui l'entou-

1. Cf. Suphan, Gœthe-Jahrb., 1891, *art. cit.* — 2. *Meine Göttin.* — 3. *Zueignung*, v. 94-95. — 4. *Ibid.*, v. 101-103.

rent, mais s'appliquer à donner à ses œuvres passées, lorsqu'il les revise pour l'édition qu'il en médite, plus de mesure et d'harmonie. Il travaille à revêtir sa pensée d'une forme noble et pondérée. Son *Iphigénie* surtout, malgré le tragique émouvant de la fable et le caractère passionné de maints développements, marque nettement par sa belle langue souple et cadencée, déjà toute voisine du vers, à quel point, dès 1779, il avait le souci de la mesure et de la forme. Les tentatives d'achèvement de 1780 et 1781, qui portent presque exclusivement sur la forme extérieure, soulignent davantage encore cette préoccupation[1]. Mais elle nous apparaît surtout évidente dans les remaniements que Gœthe impose à ses œuvres de jeunesse.

C'est d'abord *Werther*. Non seulement, par plusieurs additions importantes, il s'efforce de mieux motiver dans le détail les caractères de Charlotte et d'Albert, en même temps qu'il cherche à donner plus de souplesse au récit, en atténuant la brusquerie des transitions, ou encore à rehausser la moralité générale de l'œuvre, en palliant l'effet fâcheux du suicide de Werther par le fait qu'il lui donne comme pendant l'histoire tragique du valet et de la fermière, mais il s'applique à corriger partout où il le peut la rudesse primitive, le laisser aller de l'expression, les incorrections ou les provincialismes de la langue[2].

C'est *Egmont*, ensuite, qu'il remet sur le métier et dont il dit, de façon très caractéristique, à Mme de Stein, le 20 mars 1782, qu'il veut chercher à en faire disparaître ce qu'il y a de trop déboutonné, de trop étudiantesque dans la manière, de trop contradictoire avec la dignité du sujet.

Ses satires littéraires elles-mêmes se font plus posées et plus

---

1. Cf. Düntzer, *Die 3 ältesten Bearbeitungen von Gœthes Iphigenie*, op. cit., et Baechtold, *op. cit.*

2. Cf. Diezmann, *Das Gœthe Schillermuseum*, Leipzig, 1858, pp. 84-112, et surtout M. Lauterbach, *Das Verhältnis der zweiten zur ersten Ausgabe von Werthers Leiden*, Strassburg, 1910, I Teil; Sprachlich-formale Umbildung, II Teil Umformung im Inhalt. — Pour les allusions à Mme de Stein introduites par Gœthe dans son *Werther*, cf. aussi K. Heinemann, *Bedeutung der Fr. v. Stein für die deutsche Litt.*, op. cit.

décentes, et ni son adaptation des *Oiseaux* d'Aristophane, ni sa comédie *Les dernières nouveautés de Plundersweilern*[1], ne peuvent se comparer, pour la verve comique et la hardiesse du style, aux satires de la période précédente. — Dans ses poésies lyriques les plus personnelles, comme *Ma déesse,* les *Bornes de l'Humanité,* le *Divin,* Gœthe ne se permet plus les licences rythmiques des grandes odes du temps de Francfort ou de Wetzlar[2]. Il demande aux tragiques grecs l'art de voiler les passions les plus intenses de vêtements aux nobles plis, et il s'essaie à la discrétion et à l'élégante simplicité des épigrammatistes de l'anthologie[3].

Götz ou *Werther, Prométhée* ou l'*Ode à Kronos* d'une part, *Iphigénie* et *Elpenor,* le *Rocher choisi,* le *Bonheur reconnu* de l'autre, ce sont des oppositions qui résument et symbolisent toute son évolution esthétique de 1770 à 1786 ; elles résument aussi et symbolisent son évolution morale. Jadis, dérèglement génial, passion fougueuse, individualisme égoïste ; maintenant, respect de la loi, de la mesure, objectivisme et altruisme,

Cela signifie-t-il que Gœthe soit, dès à présent, arrivé à la sagesse? Non moins que les circonstances et les raisons de son départ pour l'Italie, le nombre et l'importance des œuvres inachevées qu'il emporte dans ses bagages nous prouvent le contraire. En réalité, il cherche encore la vraie formule de l'art, comme il est encore hésitant, à certains égards au moins, sur le vrai sens de sa vie ; mais nous l'avons vu, pendant les dix ans qu'il vient de passer à Weimar, faire de tels progrès dans l'art de vivre comme dans celui d'écrire, et ces progrès apparaissent si conscients, si voulus, que nous pouvons être rassurés sur les suites de sa fugue au pays de l'art classique et de la Nature joyeuse. Quelle que soit la moisson qu'il doive y faire, nous savons, à l'avance, qu'elle sera de celles dont on se réjouit.

<hr>

1. *Das Neueste von Plundersweilern ;* cf. A. Schöll, *Gœthe in Hauptzügen,* op. cit., pp. 517-532. — 2. Cf. Viehoff, *Gœthes Leben,* op. cit., III, p. 36. — 3. Cf. E. Lichtenberger, *Étude sur les poésies lyriques,* op. cit., p. 214.

LIVRE V.

**L'artiste. — Libération et renouveau.
Le voyage en Italie (septembre 1786 - juin 1788).
A l'école de l'Antiquité, Gœthe apprend à vivre
selon la Nature.**

PREMIÈRE PARTIE : LES FAITS.

Lorsque, le 3 septembre 1786, au petit jour, sous le pseudonyme de Jean-Philippe Mœller, négociant de Leipzig[1], Gœthe se sauve de Carlsbad et va, à étapes forcées, le cœur gonflé d'espoirs vers la terre rêvée, il est décidé à s'abandonner sans résistance aux impressions du moment. Il veut que son œil reflète, sans les déformer, les choses et les êtres qui peuplent le monde nouveau où il va pénétrer[2].

Dès les premiers tours de roues, malgré sa hâte d'arriver à Rome et son parti pris de sacrifier en route tout ce qui le retarderait[3], il nous apparaît penché à la portière de sa chaise de poste, ou, dans les côtes, courant à pied, soucieux de noter au passage tout ce que parvient à saisir son « œil d'aigle[4] ». Sa conscience a quelque chose de pédant. On dirait qu'il s'est imposé à l'avance une méthode d'observation et qu'il a dans son carnet de notes, toutes prêtes, les rubriques austères : météorologie, climatologie, botanique, géologie, minéralogie, anthropologie[5].

1. A Seidel, 2 sept. 1786. — 2. Aux Herder, 10 nov. — 3. *Journal*, Weimar-Ausgabe, III, 1, p. 154.
4. Expression de sa mère dans une lettre du 17 nov. 1786.
5. Cf. *Journal*, notes a, b, c, d, e, pp. 162-170.

Dès l'abord, par la gravité même du ton des premières pages de son *Journal*, nous avons l'impression que ce voyage est pour Gœthe un voyage d'étude plus que de plaisir. Quand nous le voyons s'arrêter aux pierres de la route, noter minutieusement les particularités géologiques des contrées qu'il traverse, disserter gravement de l'action des montagnes sur la température, nous comprenons qu'il veut tirer de sa fugue, de son « salto mortale », comme il écrit à Herder[1], non seulement toute la joie, mais aussi tout le profit possible ; il part avec l'idée de revenir plus riche, de rapporter surtout une réponse aux doutes qu'il emporte avec lui de Weimar..

Nous avons noté que pour si féconde qu'ait été, à beaucoup d'égards, la période qu'il vient de traverser, et si certains que soient les résultats obtenus, si nettes qu'apparaissent les grandes lignes de sa morale et de son esthétique nouvelles, il n'a pourtant pas encore atteint à la certitude, à la connaissance claire et calme. Les dernières années, avec leurs crises répétées de doute, de lassitude, ont diminué sa confiance en l'opportunité de ses expériences politiques ; il se demande, au fond de lui-même, si le sacrifice quotidien qu'il fait de lui-même à l'État n'est pas un leurre. Il se demande aussi si le renoncement, dont Mme de Stein lui a fait une loi, n'est pas une inutile violence à sa nature. Quand pour préparer la première édition complète de ses œuvres, il rassemble ses papiers, il est effrayé du nombre d'esquisses, d'ébauches, de tronçons qu'il y trouve et, avec une angoisse sincère, il craint que sa veine poétique, jadis si riche, ne soit maintenant tarie. « Quand je me proposai de faire imprimer mes fragments, écrit-il de Rome à Charles-Auguste, je me considérai moi-même comme un mort[2]. » Il doute même de sa véritable vocation. Est-ce vraiment à la poésie et ne serait-ce pas plutôt aux arts plastiques qu'il devra vouer sa liberté reconquise[3] ? En esthétique, d'ailleurs, il pressent plus encore qu'il n'aperçoit avec une évidence parfaite le principe directeur de l'art ; il lui manque de l'avoir

1. 13 déc. — 2. 12 fév. 1786. — 3. A Charles-Auguste, 17 mars 1788.

vu. C'est peut-être dans le domaine scientifique, celui où il s'est engagé le plus récemment, qu'il marche avec le plus d'assurance. Il a foi en la méthode d'observation intuitive, qui déjà lui a donné la joie de faire une découverte qu'il croit fondamentale, mais il y a tout un règne de la Nature, le végétal, qui sous le ciel inclément de Thuringe, ne lui a livré que bien parcimonieusement ses secrets. Pour la conduite générale de sa vie, il a, semble-t-il, des règles de sagesse assurée, mais elles ont quelque chose d'austère, de rude, d'abstrait, qui fait qu'il ne s'y soumet pas sans une certaine révolte de son être intime.

Bref, une foule de points d'interrogation se dressent troublants en travers de sa route; il a le secret espoir que l'Italie l'aidera à les écarter.

I.

De tous les soucis qui hantent sa pensée, le *souci scientifique* apparaît, dès l'abord, comme un des plus constants, sinon comme le plus essentiel; c'est lui que son *Journal* nous révèle dès les premières lignes.

A peine en route, il note la forme des nuages, la direction du vent, la latitude, la structure du sol, les particularités du régime des eaux et leur influence sur la configuration des terrains; il étudie la constitution des pierres et des rochers qui bordent la route, les variétés de plantes qui s'offrent à ses regards[1], et il groupe soigneusement toutes ses observations, sous les rubriques dont nous parlions plus haut. Il les transforme même en des dissertations en règle, où, malgré sa volonté d'objectivité, il laisse involontairement percer sa préoccupation d'accommoder ses remarques à ses théories[2].

Bientôt, il est vrai, dès qu'il descend dans la plaine lombarde, son *Journal*, par la force des choses, devient plus souple et plus varié. Les notes sur les mœurs et les monuments

1. Cf. *Journal*, 3, 5, 11 sept. — 2. Cf. notes, pp. 162-169, 187-190.

de l'art[1] prennent le pas sur les observations scientifiques, mais la pensée de la Nature ne le quitte pourtant pas.

A Vicence, il va rendre visite à un certain Dr Turra qui a eu jadis la passion de la botanique et il regrette que celui-ci ne lui laisse pas jeter un regard dans ses collections[2]. A Padoue, au jardin botanique, il fait une riche moisson d'observations botaniques[3], et, comme il le dira dans la *Rédaction* de son voyage, au milieu de la riche végétation qui s'y épanouit et qui est toute nouvelle pour lui, la pensée s'affirme en lui que peut-être toutes les formes de la plante sortent par voie de développement d'une forme unique[4]. Ce qui à Venise, captive son attention plus que la mer elle-même, ce sont les coquillages, les algues marines, la lutte pour la vie des animaux de la mer[5]. C'est aussi l'influence de la mer sur la formation de la ville et sur la vie même des Vénitiens[6]. Le 20 octobre, il fait de Bologne une excursion géologique, à cheval, vers les Apennins tout proches, et, malgré ses serments, il se charge de pierres[7]. Tout le long de la route de Bologne à Rome, en dépit de la hâte qu'il a d'arriver au but de sa course fiévreuse, il accumule les observations sur le régime des eaux, sur la nature du sol des contrées traversées, sur l'influence que sa constitution géologique exerce sur les cultures, sur les usages, sur les mœurs des habitants[8].

A Rome même, malgré la masse d'impressions artistiques qui fond sur lui et l'étourdit tout d'abord, il n'oublie pas complètement la Nature. Dans ses premières courses à travers la campagne romaine, il ne se lasse d'admirer l'extraordinaire vitalité de cette merveilleuse végétation méridionale qui ne connaît pas le repos[9], et, de ces promenades, il rapporte toujours d'intéressantes remarques, dont il espère tirer profit pour ses idées[10]. Bientôt il se fatigue de Rome et il attend, non sans im-

---

1. *Journal*, 15 sept. — 2. *Ibid.*, 21 sept. — 3. *Ibid.*, 27 sept. — 4. *Ital. Reise*, Weimar-Ausg., B[d] 30, p. 89. — 5. *Journal*, pp. 272-288. — 6. *Ital. Reise*, B[d] 30, 29 sept. p. 103. — 7. *Journal*, p. 311; *Ital. Reise*, B[d] 30, 29 sept., p. 171 et sq. — 8. *Ibid.*, 23 déc., p. 177. — 9. A Knebel, 17 nov. 1786. — 10. Aux amis de Weimar, 2 déc.

patience, la nouvelle année pour aller à Naples se réconforter aux « splendides » spectacles de la Nature, « laver son âme de l'idée de tant de tristes ruines et adoucir l'excessive sévérité des conceptions artistiques »[1]. Dans la plupart de ses lettres, il dit sa curiosité de voir de près la nouvelle activité du Vésuve. En attendant, il s'efforce de bien profiter de toutes les joies et de tous les enseignements que peut lui donner la Nature de Rome. Il rassemble avec soin des graines et des fleurs d'arbres et les envoie avec force recommandations à Seidel[2]. Il charge Mme de Stein de dire à Herder que ses hypothèses botaniques se confirment de tout point et qu'il est en train de découvrir d'« inédites et belles relations[3] ». Enfin, le 22 février, il peut se mettre en route pour Naples[4].

Tout son voyage est un ravissement. Les nuages sur les marais Pontins, les jeux de la lumière et de l'ombre sur la mer, les figuiers de Barbarie étalant leurs feuilles grasses au milieu des myrtes, des grenadiers et des oliviers, les fleurs nouvelles, les oranges dépassant les murs des jardins, tout l'enchante, retient son regard, et, non sans mélancolie, il soupire : « Que Mignon avait raison de regretter son pays[5] ! »

Naples et son golfe, les baies, les anses, le Vésuve, le coucher du soleil vu de la grotte du Pausilipe, lui arrachent le cri : « Qu'on dise, raconte, peigne ce qu'on veut, tout ici dépasse l'imagination[6] » ; son émotion est telle qu'il donne un souvenir attendri à son père, sur qui, jadis, les mêmes spectacles avaient fait si grande impression[7]. Dans les premiers jours de mars, comme le temps se gâte, qu'il pleut et que la mer est agitée, il voit pour la première fois une grande tempête, et, à

---

1. A Ch.-Auguste, 12 déc. — 2. 19 fév. 1787. — 3. A Ch. v. Stein, 19-21 fév.,
4. Gœthe ayant brûlé tous ses papiers sur Naples et la Sicile (cf. Weimar-Ausg., B[d] 31, p, 286) et le nombre de ses lettres conservées étant très restreint, on n'a pas ici de moyen sûr de contrôler les dires de la *Rédaction* (cf. E. Schmidt, *Tagebücher u. Briefe Gœthes aus Italien...*, Schriften der Gœthe Gesellschaft, B[d] II ; A. Wauer, *Die Redaktion von Gœthes « Italienischer Reise »*, Diss. Leipzig, 1904).
5. *Ital. Reise*, 22, 23, 24 fév., B[d] 31, pp. 6, 10, 11. — 6. *Ibid.*, 27 fév., p. 17. — 7. *Ibid.*, p. 18.

31

ce spectacle, il s'écrie « que la Nature est le livre unique dont toutes les pages nous offrent un texte sublime[1] ». Trois fois il monte au Vésuve[2] en géologue plus encore qu'en touriste : il l'observe avec une téméraire insouciance du danger. Lewes remarque avec regret que la vue du monstre n'éveille pas en lui la moindre pensée poétique, et qu'il le décrit avec autant de calme que s'il se fût agi de l'Ettersberg de Weimar[3]. C'est que pour lui le mystère du volcan est particulièrement troublant. Ne contient-il pas le mot de l'énigme de la formation du monde ? Celui-ci est-il sorti de convulsions formidables et subites produites par le feu, ou a-t-il été lentement façonné par l'action de l'eau ? Le feu est-il le principe fondamental de l'univers ou simplement l'un des nombreux agents de ses transformations ? La question pour Gœthe avait plus qu'un intérêt scientifique : elle avait une portée morale. Le triomphe du vulcanisme eût été la défaite de ce principe de lente évolution, de conséquence de la Nature, qui lui est si cher et dont l'idée, selon son propre aveu, l'accompagne à travers tous ses voyages[4]. C'est pourquoi il se penche avec une curiosité si anxieuse au-dessus du Vésuve, et qu'à quelque temps de là il regrettera amèrement de ne pouvoir faire l'ascension de l'Etna[5].

Mais plus encore que le problème de la formation du monde, c'est la structure des plantes qui le passionne. D'un œil inlassable, il cherche à surprendre le secret de leur diversité ; il est de plus en plus convaincu que cette diversité n'est qu'apparente ; il a conscience qu'il s'approche du moment solennel, où il trouvera le type primitif de la plante[6].

Une des raisons qui, après beaucoup d'hésitations, le décident à écouter la voix des Sirènes[7] qui l'attirent vers la Sicile est précisément que la Sicile, devant lui donner à la fois une idée de l'Asie et de l'Afrique, il espère qu'il y trouvera des lumières nouvelles sur les problèmes qui l'obsèdent.

1. *Ital. Reise*, Bd 31, p. 34. — 2. *Ibid.*, 3, 6, 20 mars. — 3. Lewes, *Gœthes Leben und Schriften*, übers. von Frese, Berlin, 1858, II, p. 83. — 4. Cf. H. Hope, *Gœthe als Naturforscher*, Gœthe-Jahrb., 1909, pp. 141-153. — 5. *Ital. Reise*, Bd 31, 4 mai, p. 192. — 6. Cf. *Ibid.*, 13, 25 mars, pp. 48, 75. — 7. *Ibid.*, 26 mars, p. 76.

Et son espoir n'est pas déçu! La ville de Palerme, où il aborde après une traversée mouvementée, ne lui donne pas seulement l'enchantement de son site merveilleux[1], ses environs lui fournissent matière à de nombreuses et intéressantes remarques sur la formation et la constitution des couches rocheuses[2], mais surtout son jardin botanique offre à ses regards avides un champ d'études unique. A laisser son œil errer sur les végétations inconnues aux couleurs inédites, il éprouve des délices ineffables, il se croit transporté dans l'île des Phéaciens, si bien qu'il court chez un libraire acheter un Homère[3]. Mais ses yeux quittent, à tout instant, son Homère, irrésistiblement attirés par les plantes qui l'entourent. Plus il les considère, plus la certitude s'ancre en lui que son idée de la plante primitive n'est pas une imagination », que c'est une « réalité », car ainsi qu'il le dit « il faut de toute nécessité qu'il y ait une plante primitive. Sinon, comment reconnaîtrait-on que cette forme ou telle autre est une plante, si toutes n'étaient pas faites sur le même modèle[4] »?

A Ségeste, en face d'une plante de fenouil qui pousse dans les ruines du temple, il observe qu'entre les feuilles du bas et celles du haut il n'y a qu'une différence de développement et il y voit la confirmation de sa théorie que la variété sort de la simplicité. A toutes les étapes de son excursion à travers la la Sicile nous le retrouvons hanté par la préoccupation d'en saisir la preuve décisive. Il ne néglige pas d'observer la constitution géologique du sol, mais ce sont surtout les plantes qui retiennent son regard, et, à chaque remarque nouvelle, la lumière se fait plus vive.

De retour à Rome, disant à Mme de Stein les résultats de son voyage[5], c'est avec un accent de triomphe qu'il lui annonce et la prie de faire savoir à Herder qu'il est enfin sur le point de pénétrer le mystère de la naissance et de l'organisation des plantes, qu'il aperçoit avec netteté les lignes principales de sa

---

1. *Ital. Reise*, B[d] 31, 3 avril, p. 89. — 2. *Ibid.*, pp. 95, 96, et *Paralipomena*, p. 316. — 3. *Ibid.*, 7 avril, pp. 105-106. — 4. *Ibid.*, 17 avril, p. 147. — 5. *Journal*, p. 338; *Ital. Reise*, B[d] 31, 20 avril, pp. 154-155; — à Ch. v. Stein, 8 juin.

théorie et qu'il n'a plus qu'à en fixer le détail. « La plante-mère sera, s'écrie-t-il, la chose la plus singulière du monde et le monde lui-même me l'enviera. Avec ce modèle et la clef qu'il fournit, on inventera une infinité de plantes nouvelles qui doivent être conséquentes, c'est-à-dire que si elles n'existent pas, elles pourraient exister, qui, loin d'être le produit nébuleux et fictif d'une imagination d'artiste ou de poète, auront une existence vraie et nécessaire — et cette loi pourra s'appliquer à tout ce qui existe ». Il est si sûr de la vérité de ce principe d'unité qu'en annonçant le grand événement à Knebel[1], il lui dit que s'il avait dix ans de moins il irait jusqu'aux Indes, non pour découvrir quelque chose de nouveau, mais pour voir, selon sa méthode, les choses déjà connues. Il a vu de ses yeux, ajoute-t-il, avec une évidence indubitable ce qu'avec le microscope il n'avait réussi qu'à pressentir péniblement. Son « harmonia plantarum » éclairera de très heureuse façon le système de Linné et il espère qu'elle mettra fin à toutes les discussions sur la forme des plantes, car elle explique même toutes les monstruosités.

Aussi, malgré les nombreuses distractions et les soucis artistiques de son second séjour à Rome, ne cesse-t-il d'étudier la végétation italienne, car, comme il le dit, s'il est maintenant sûr de la vérité de la formule générale, il lui reste à en montrer les applications dans le détail. Il associe ses amis à ses recherches méticuleuses sur la germination des graines et le développement des boutures ; il profite de l'expérience botanique du conseiller Reiffenstein ; il explique son système à Moritz et le perfectionne en l'exposant ; il commence même déjà à fixer sur le papier les résultats de ses études[2].

Cette découverte du principe d'unité de la plante, de l'identité primitive de toutes ses parties, ou plutôt cette confirmation

---

1. A Knebel, 18 août. — 2. Cf. « Bericht » de juillet; *Ital. Reise*, B[d] 32, pp. 45-47 (Störende Naturbetrachtungen); *ibid.*, 28 sept., p. 85 ; cf. aussi lettre à Knebel, 3 oct., et *Geschichte meines botanischen Studiums*, Hempel, B[d] 33, pp. 70-75.

des pressentiments qu'il en avait, est une des plus grandes
joies de son séjour en Italie. Lui aussi a trouvé son ἓν καὶ πᾶν[1].
En fait, c'est un des gains les plus tangibles de son voyage.
Sur ce point, ses doutes sont calmés ; il sait maintenant, car
il a « vu », et il a la ferme confiance que cette loi fondamentale du règne végétal pourra s'appliquer également aux autres
règnes de la Nature[2]. Nous constaterons par la suite que toute
son activité scientifique, après son retour d'Italie, tendra à en
faire la démonstration.

A côté de la botanique et de la géologie, l'anatomie et l'ostéologie ont d'ailleurs continué de le préoccuper.

Le souci de trouver la raison du bel équilibre de la forme
humaine n'est guère moins visible en lui que celui de découvrir le principe d'unité du monde végétal. Il contemple longuement l'Ecorché de l'hôpital de San Spirito et l'admire pour
l'impression de force harmonieuse qui s'en dégage; il trouve
fort de son goût la méthode italienne, quand celle-ci, pour
étudier le squelette, ne sépare pas les os des muscles qui leur
donnent la vie et le mouvement[3].

Et de même, l'optique et la météorologie attirent son attention. Ce n'est pas seulement en artiste qu'il observe les aspects
changeants du ciel d'Italie et le jeu capricieux des nuages[4]. Ce
n'est guère que vers 1815 que les théories de Howard sur la
formation des nuages lui donneront une base solide pour
ses observations personnelles et qu'il se hasardera à formuler
ses idées[5]; mais il est remarquable que, dès 1786, il croit à
l'influence de la force d'attraction de la terre sur les changements atmosphériques, et surtout, qu'ici, comme dans les autres domaines de la Nature, il cherche à trouver la loi derrière
la mobilité infinie.

Les tons si chauds et si variés des paysages d'Italie, les discussions empiriques de ses amis les peintres sur les couleurs

1. *Ital. Reise*, Bd 32, 6 sept. p. 77. — 2. *Ibid.*, 17 mai, p. 240. — 3. *Ibid.*,
20 janv. 1787, Bd 30, p. 258. — 4. Cf. *Ibid.*, 8 sept. 1786, pp. 19-20, et *Journal*, pp. 163-166. — 5. *Zur Meteorologie*, cf. Hempel, Bd 34, pp. 3-5 (Wol-
kengestalt nach Howard).

l'entraînent à des spéculations hasardeuses sur la couleur[1]. Il a
le sentiment de son inexpérience, mais il pense qu'avec quelque exercice et de la méditation soutenue, il pourra jouir aussi
de la beauté que la Nature a mise à la surface des choses et
qu'il arrivera à la comprendre[2].

Au point de vue scientifique, l'Italie le confirme donc dans
sa foi en la loi. L'extrême variété des manifestations de la vie
terrestre, qu'elle soit végétale ou animale, s'explique par des
principes simples. L'adaptation au sol, au climat, produit la
diversité, mais sous la diversité, il est possible de découvrir
l'unité fondamentale, le type primitif, car il n'y a dans la Nature ni arbitraire, ni monstres, tout se tient, s'enchaîne, et
l'ensemble est harmonie et beauté. A Weimar, Gœthe y croyait
par un instinctif besoin de son être, sous le ciel d'Italie, le
pressentiment est devenu certitude objective ; il n'imagine plus
seulement, il *voit*.

La *Nature* italienne ne lui rend pas seulement le service de
confirmer ses hypothèses scientifiques, elle contribue à former
son œil, elle lui apprend à saisir l'harmonie des lignes[3]. En
Thuringe, les horizons sont resserrés et les lignes imprécises,
le gris et le noir dominent ; gris le ciel, noires les sombres forêts. Ici, sur le bleu intense du ciel, les montagnes, les collines
se découpent en vives arêtes ou en croupes lumineuses ; la végétation même est d'un vert plus ardent. Comme pour ses études naturelles, c'est son séjour à Naples et en Sicile qui lui
donne les joies les plus vives, les enseignements les plus féconds. A Rome, les ruines cachent la Nature, et si les villas semées autour des sept collines offrent de gracieux aspects et
des plantes rares, la campagne romaine en elle-même est
morne et désolée[4]. A Naples et en Sicile, au contraire, la
Nature est gracieuse, riante, toute frémissante de vie et bai-

---

1. *Geschichte der Farbenlehre* (Confession des Verfassers), Hempel, Bd 36,
p. 412. — 2. *Ital. Reise*, 1er mars 1788, Bd 32, p. 290. — 3. Cf. *Ibid.*, 3 avril
1787, Bd 31, p. 89. — 4. Th. Cart., *Gœthe en Italie*, Paris, 1881, p. 114.

gnée de lumière, et l'œil épris de formes pures peut jouir librement de la beauté des choses. Les nuits italiennes surtout
ont pour lui un charme sans égal[1]. Les paysages éclairés par
la lune le séduisent plus encore que les spectacles de plein soleil et lui donnent encore de meilleures leçons d'harmonie; les
lignes y apparaissent plus simples, plus fondues, l'œil y apprend mieux à dégager l'essentiel de l'ensemble des détails.
C'est sous la lune qu'il prend congé du Vésuve et de Naples[2];
c'est sous la lune aussi qu'à la veille de son départ de Rome,
la mort dans l'âme, il emplit une dernière fois ses yeux du
spectacle de la Ville éternelle[3].

La Nature donne à son regard plus d'acuité et de justesse et
ses *Études artistiques* en profitent.

II.

Nous savons que lorsque Gœthe avait pris le chemin de
l'Italie, son idéal esthétique était arrêté dans ses principes essentiels. Après avoir proclamé jadis l'absolue liberté de la forme
et la variété des classifications en art, il en était arrivé à penser qu'il doit y avoir harmonie intime entre la forme extérieure
et la forme intérieure de l'œuvre d'art, et que toute œuvre
d'art quelle qu'elle soit, devait, pour être belle, se conformer
strictement à ses lois propres. Mais de même qu'il manquait
à ses théories scientifiques la base solide de l'intuition, ses
vues nouvelles sur l'Art sont trop abstraites, trop livresques.
Seule, la *vue* des chefs-d'œuvre de l'antiquité, dans le cadre
naturel qui leur convenait, devait lui fournir la formule définitive, qu'il aurait peut-être vainement cherchée sous le ciel de
Thuringe. Depuis longtemps déjà, d'ailleurs, il en avait le sentiment. Dès 1781, ne l'avons-nous pas entendu avouer au

---

1. Cf. *Ital. Reise*, Bd 31, 2 avril, 30 mai, 2 juin, 30 juillet, 1er août 1787. —
2. *Ibid.*, 2 juin, p. 275. — 3. *Ibid.*, Bd 32, p. 336.

peintre Fr. Müller[1] combien il l'enviait de vivre au milieu des
chefs-d'œuvre dont lui et ses amis, dans leur avare pays, ne
pouvaient avoir qu'une nébuleuse idée.

De l'antiquité, il ne connaissait en réalité, qu'un pâle et
indirect reflet, celui qu'il avait aperçu à travers les leçons
d'Œser ou les livres de Mengs et de Winckelmann, ou qu'il a
pu saisir sur les plâtres froids entrevus à Dresde ou à Mannheim; il a foi en elle, mais il ne saurait se contenter d'un
credo dont il n'a pas lui-même contrôlé les articles. Il espère
que l'Italie lui en fournira les moyens,

Aussi son *Journal* trahit-il tout de suite la surprise qu'il
éprouve quand à Munich, se trouvant en face des premières
œuvres de l'antiquité qu'il rencontre sur sa route, il sent son
jugement hésiter. Il est forcé, devant les statues antiques, de
s'avouer que ses yeux manquent d'exercice et bien des choses
lui échappent, alors que, malgré qu'il ait perdu aussi l'habitude
de voir des tableaux, il sait goûter Rubens. Mais il ne s'en
afflige pas outre mesure; il se console en constatant le mauvais
aménagement de la salle, et il pense surtout que l'Italie lui fera
d'autres yeux[2]. Ne sait-il pas qu'un des buts essentiels de son
voyage est d'éprouver son esprit d'observation, de vérifier le
degré de ses connaissances et la « clarté de son œil[3] »? Quand
donc, devant les œuvres d'art qu'il voit au hasard de ses stations, il n'éprouve pas d'impressions nettes, il le reconnaît
sans chercher à se faire illusion. Il laisse les choses agir sur
lui et son œil se former de lui-même[4].

Encore qu'il s'en défende, les préventions de son jugement
influent sur sa vision. Quand en face de l'amphithéâtre de
Vérone il dit que l'artiste ancien faisait grand et beau, dès qu'il
avait du talent, parce que les fins qu'on lui proposait étaient
grandes et vraies, tandis que le plus grand artiste ne peut rien
faire qui vaille, quand le besoin qu'il doit satisfaire est mesquin et fausse la pensée qu'il doit réaliser[5], nous pouvons

---

1. 9 août. — 2. *Journal*, p. 153. — 3. *Ital. Reise*, 11 sept. 1786, Bd 30,
p. 34. — 4. *Ibid.*, 17 sept., p. 67, et *Journal*, pp. 193, 194, 200, 206. — 5. Cf.
Journal, pp. 194, 195, 197.

prévoir qu'il verra d'un œil différent les œuvres antiques et les œuvres modernes[1]. Tandis que la brise qui vient des tombeaux des Anciens lui semble chargée de parfums comme si elle avait passé sur une colline de roses[2], les églises romanes ou gothiques de Vérone le laissent indifférent, et il se trouve tout de suite choqué par les tableaux modernes, chargés de personnages et d'action bigarrée, qui les encombrent[3]. A Vicence, il s'enthousiasme pour les œuvres du grand architecte de la Renaissance, Palladio, parce que celui-ci, dit-il, a su allier en un compromis merveilleux la vérité antique au mensonge moderne[4]. C'est un Ancien qui a réalisé le tour de force d'accommoder son art sublime aux mesquines nécessités de la vie moderne! Et, comme par ses seules lumières, Gœthe ne réussit pas, en face des monuments de l'artiste, à pénétrer les secrets de son art, il achète à Padoue ses œuvres théoriques[5]. La connaissance rationnelle aidera, pour cette fois encore, la connaissance intuitive en défaut. Il lit Palladio à Venise, et il lui tombe comme des écailles de devant les yeux, le brouillard se dissipe[6]. Palladio lui donne un sentiment de vie plus libre, d'existence plus haute, de légèreté et de grâce. Les moindres des édifices sortis des mains de ce génie divin le plongent dans l'extase[7]; la raison de cet enthousiasme lyrique, qui nous rappelle l'état d'esprit où Gœthe écrivait son hymne à Erwin von Steinbach, est que Palladio lui enseigne par son œuvre et ses préceptes, qu'il est vraiment possible aux modernes d'adapter la beauté antique aux besoins du temps présent[8]. C'est ainsi qu'à un monastère il a réussi à donner la forme d'une maison antique et qu'il a su tirer de la terre cuite et du bois, des colonnes qui, achevées, eussent rivalisé d'élégance avec les plus belles colonnes de marbre de l'antiquité. Ses défauts mêmes prouvent son génie, car ils viennent du souci qu'il a eu de tirer le meilleur parti possible des circonstances défavorables où le plaçaient son temps et ses ressources[9].

1. Cf. Th. Volbehr, *Gœthe und die bildende Kunst*, Leipzig, 1895, pp. 172, 173. — 2. *Journal*, p. 199. — 3. *Ibid.*, pp. 201, 205. — 4. *Ibid.*, p. 214. — 5. *Ibid.*, pp. 238, 240. — 6. *Ibid.*, p. 250. — 7. *Ibid.*, pp. 252, 254, 255. — 8. *Ibid.*, p. 257. — 9. *Ibid.*, pp. 293, 268, et *Ital. Reise*, 2 oct., Bd 30, p. 109.

Gœthe ne s'inquiète plus pour l'instant des incertitudes de son goût ou de son jugement, car il connaît maintenant la voie qu'il faut suivre[1]. C'est Palladio qui la lui a montrée, et, du même coup, il l'a mis sur la route qui mène au cœur de tout art et de toute vie.

Tant qu'il reste à Venise, Gœthe ne se lasse pas d'étudier la Charité, Saint-Georges, l'église de la Rédemption, ces grandes pensées de Palladio, comme il les appelle, et au sortir de ces pieux pèlerinages, il va contempler les lions de marbre de l'Arsenal, les chevaux du portail de Saint-Marc, la statue colossale de Marcus Agrippa, il lit Vitruve avec dévotion, ainsi qu'un bréviaire. Peu à peu, il voit l'antiquité se lever, à ses yeux, comme un esprit du tombeau[2].

Aussi, s'il n'est pas insensible au prestigieux coloris de l'école vénitienne, s'il admire sincèrement les Titien, les Tintoret, les Véronèse[3], de façon générale, il juge avec une grande sévérité les monuments modernes. L'église de Saint-Marc lui apparaît comme un non-sens ; sa façade lui produit l'effet d'un gigantesque crabe[4] ; le palais des Doges lui semble un des produits les plus extravagants de l'esprit humain[5]. Santa Maria della Salute lui est un modèle de mauvais goût[6]. Si, en face d'un fragment de la corniche du temple romain d'Antonin et de Faustine, il ne s'écria peut-être pas, en 1786, comme dans la *Relation*[7] ; « Ah ! vraiment, c'est bien autre chose que tous nos enjolivements gothiques, que tous nos saints grimaçants. juchés les uns au dessus des autres sur de petites consoles, que toutes nos colonnes en tuyaux de pipe, nos petits clochetons pointus et nos fleurons dentelés ! De tout cela, je suis, grâce à Dieu, délivré à jamais », du moins était-ce bien là sans doute sa pensée, si l'on doit en juger par le dédain qu'il montre pour tous les monuments de l'art gothique à Venise, par exemple pour les merveilleux palais du grand Canal.

En arrivant à Venise, il pouvait encore se demander si en

<hr>

1. *Journal*, p. 261. — 2. Cf. *Journal*, pp. 289, 290 ; *Ital. Reise*, B^d 30, pp. 135, 136, 150. — 3. *Journal*, p. 278. — 4. *Ibid.*, p. 246. — 5. *Ibid.*, p. 247. — 6. *Ibid.*, p. 257. — 7. *Ital. Reise*, 8 oct., B^d 30, p. 135.

face des monuments tant vantés de l'art moderne italien il
n'allait pas être forcé de tempérer son admiration pour l'antiquité et de chercher une autre norme de jugement que celle
qu'il avait conçue dans son cabinet de Weimar; Palladio l'a tiré
du doute. Le temple grec reste le canon de la beauté architec-
turale; l'art moderne doit être une adaptation au milieu et aux
besoins contemporains des principes immuables de l'art antique. En même temps, il comprend qu'une des principales raisons de l'infériorité de l'art chrétien de la Renaissance, c'est
le mauvais goût contemporain qui imposait à de grands artistes des sujets indignes de leur art, et cela le confirme dans sa
conviction qu'il doit y avoir correspondance intime entre le
fond et la forme de l'œuvre d'art[1]. Qu'il est loin le temps où,
dans son article sur Falconnet, il exprimait avec tant de fougue
sa conviction que la personnalité de l'artiste était tout et que
la matière importait peu et qu'il devait être indifférent au véritable artiste de représenter le visage de sa bien-aimée, ses
bottes ou un sujet antique !

Dès Vicence, il avait eu le sentiment qu'il ne serait pas
obligé de renoncer aux idées qu'il s'était faites sur l'antiquité[2]; à Venise, il a la joie de les voir confirmées et précisées.

C'est dans cet état d'esprit qu'il poursuit son voyage. Il
pourra bien çà et là louer les produits de l'art chrétien, mais
ce sera seulement là où la belle humanité apparaîtra à travers
la convention ou l'ascétisme. C'est ainsi qu'à Cento il admire
le Guerchin pour la grâce morale, la liberté de sa peinture,
au moins dans quelques-uns de ses tableaux ; mais il le plaint
d'avoir souvent dû se mettre l'esprit à la torture et vainement
gaspiller les ressources de son imagination et de son pinceau
pour traiter des sujets ingrats[3]. Si à Bologne il éprouve un
ravissement sans mélange devant la sainte Cécile ou la sainte
Agathe de Raphaël, c'est que ce peintre divin, héritier de l'obscur et pénible labeur de ses devanciers, a su donner à ses personnages la grande vie antique, la vie simple et saine[4]. Mais

<hr>

1. *Ital. Reise*, 5 oct. 1786, B^d 3o, p. 122. — 2. *Journal*, p. 229. — 3. *Ibid.*,
p. 3o1. — 4. *Ibid.*, pp. 3o5-3o6.

il n'en éprouve que plus d'aversion pour ce qu'il appelle les pièces anatomiques, les figures de potence ou de voirie, pour les criminels ou les hystériques que sont la plupart des personnages dans les tableaux chrétiens et qui notamment déshonorent les œuvres du Guide[1].

Seuls, Palladio et Raphaël sont vraiment grands[2], et ils le sont parce qu'il n'y a pas en eux le moindre arbitraire, parce qu'ils ont reconnu avec une parfaite lucidité les limites et les lois de leur art et qu'ils ont su s'y mouvoir et les appliquer avec une souveraine aisance.

C'est ce naturel, cette grandeur dans le naturel, cette parfaite harmonie entre les parties et le tout, cette aisance de l'artiste à savoir, comme la Nature elle-même, s'accommoder au milieu et créer comme elle, en dépit des circonstances défavorables, quelque chose de vrai et de vivant, qui le frappent et l'enthousiasment à la vue du petit temple de Minerve à Assise[3]. Pour « ne pas se gâter l'imagination », il s'était d'ailleurs bien gardé de visiter au passage le couvent et le tombeau de Saint François. A Spolète, devant les dix arches du vieil aqueduc romain, qui porte avec tant d'impassibilité le poids des siècles, c'est de nouveau la beauté naturelle, la convenance au but, la vérité de l'ensemble qui le séduisent. Il revoit en pensée le château de Weissenstein[4], dont jadis déjà l'inutilité monstrueuse et le caractère factice l'ont frappé, et il s'écrie : « J'ai toujours cordialement détesté l'arbitraire[5] ; ce qui n'existe pas en vertu d'une nécessité intime n'est pas vivant, ne peut donner l'impression de la vie, ne peut pas être grand et ne peut pas le devenir[6]. » Sa foi en l'excellence de ses idées est telle qu'il ajoute : « Je suis sûr et j'ai le droit de dire que depuis que je suis en Italie, je ne me suis pas chargé d'une seule idée fausse.

---

1. *Journal*, p. 3o7. — 2. *Ibid.*, p. 3og. — 3. Cf. *Ibid.*, p. 323 et sq.

4. Près de Cassel ; il l'avait visité en oct. 1783.

5. Ce n'est d'ailleurs pas tout à fait exact ; ainsi que le rappelle Volbehr (*op. cit.*, p. 193), il oublie le temps où il écrivait « Qui veut enlever aux beaux-arts le caprice et la fantaisie attente comme un meurtrier à leur honneur et à leur vie ».

6. Aux amis de Weimar, 1er et 7 nov. 1786.

Cela paraît arrogant, mais je sais que je ne me trompe pas et je sais aussi ce qu'il m'en coûte de ne prendre et de ne saisir que le vrai. »

Et pourtant, ce n'est pas sans une secrète inquiétude que le 29 octobre il pénètre dans Rome par la *Porta del popolo*. Le vestibule du temple n'a pas déçu son attente, mais que lui réserve le sanctuaire?

Sans perdre une minute, guidé par le peintre Tischbein et le Conseiller Reiffenstein, il se met à parcourir les ruines de la Rome antique, les musées et les monuments de la Rome moderne[1].

Les œuvres du passé ne lui donnent guère que des joies sans mélange. L'Apollon du Belvédère l'enchante[2] et, à constater la supériorité du marbre sur le plâtre, il entrevoit déjà ce qu'il comprendra mieux plus tard, combien non seulement le sujet, mais aussi la matière a d'importance dans l'œuvre d'art[3]. Il se sent à l'aise devant les aqueducs, les bains, le Colisée, les temples, les palais des empereurs, la pyramide de Cestius. Pour éclairer son jugement quand il hésite, il a son Vitruve et son Palladio; grâce à ces bons guides, il voit le vieux phénix Rome se lever devant lui comme un esprit du tombeau[4]. Ce n'est pas d'ailleurs, dit-il, une mince, et ce n'est guère une joyeuse besogne que de dégager la vieille Rome du milieu de la Rome moderne, ni même de démêler les époques successives de la Rome antique; il n'y a ni unité, ni concordance[5]. Pourtant, il se résigne sans peine à ce labeur pénible, car, malgré tout, il sent en lui une grande clarté et un grand calme. Grâce à son habitude de voir les choses telles qu'elles sont, de laisser son œil être lumière, grâce à son absence de toute prétention, il se sent heureux[6].

Mais cette sérénité l'abandonne dès qu'il aborde les modernes. Une de ses premières visites avait été pour les « Loges »

---

1. Aux amis de Weimar, 7 nov., p. 45 — 2. *Ibid.* — 3. *Ital. Reise*, 9 nov. 1786, Bd 30, p. 212, et à Ch. v. Stein, 20-23déc. — 4. Cf. lettres aux Herder, 10 nov.; à Knebel, 17 nov. — 5. *Ibid.*; cf. aussi, aux amis de Weimar, 7 nov. — 6. Aux Herder, 10 nov..

et l' « Ecole d'Athènes » de Raphaël, et il doit avouer que le plaisir que celui-ci lui a causé au premier abord est imparfait ; il espère arriver à le mieux goûter en l'étudiant avec méthode[1]. Lorsqu'il voit les « Fresques » de la chapelle Sixtine, il reste muet de stupeur. Il ne trouve pas de mots pour exprimer l'impression de sûreté, de virilité, de grandeur que lui fait Michel-Ange[2]. A la seconde entrevue, son admiration va jusqu'à lui arracher cette sorte de blasphème : « Je suis tellement épris de lui, qu'après l'avoir vu, la Nature elle-même ne me dit plus rien, puisque je ne puis la voir avec des yeux aussi grands que les siens[3] ». Les « Loges », qu'il a l'imprudence d'aller revoir en sortant de la Chapelle Sixtine, ne lui apparaissent plus, avec leurs arabesques et leurs histoires bibliques, que comme de « spirituels amusements ». Il place les « Fresques » à côté des œuvres de l'antiquité, qu'il admire le plus, à côté de la façade du Panthéon, de l'Apollon de Belvédère, de la tête de Jupiter ; mais, avec une modestie attristée, il se déclare incapable d'en saisir toute la noblesse et la monstrueuse grandeur.

Il se sent inquiet[4] ; il se demande comment il arrivera à voir clair dans la masse d'impressions qui fondent sur lui, l'accablent et le déconcertent. En se résignant, pour l'instant, à voir sans juger, répond-il lui-même, à laisser les choses agir sur lui et à attendre patiemment le résultat. Mais il doute que celui-ci soit aussi complet qu'il le voudrait. Annonçant au duc[5] qu'il a vu à peu près tout ce qu'il y avait d'intéressant à Rome, il ajoute avec une nuance de découragement : « Que signifie voir des objets auprès desquels il faudrait s'attarder longtemps et revenir sans cesse pour apprendre à les connaître et à les juger ? » Il va même jusqu'à déclarer à la duchesse Louise[6] qu'il est plus facile, à son sens, d'observer et de juger de la Nature que de l'Art. « Le plus petit produit de la Nature est un tout parfait en soi ; il suffit d'avoir des

1. Aux amis de Weimar, 7 nov. — 2. Aux amis de Weimar, 22 nov. — 3. Aux mêmes, 2 déc. — 4. Aux Herder, 2-9 déc.; à la duchesse Louise, 12-23 déc. — 5. *Ibid.* — 6. *Ibid.*

yeux et de les ouvrir pour découvrir ses proportions… Une œuvre d'art, au contraire, ne tient pas sa perfection d'elle-même. Ce qu'il y a de mieux en elle est l'idée que l'artiste ne réalise pas, ou réalise rarement… Les lois mêmes qui président à sa naissance, bien qu'elles soient déduites de l'art et du métier, sont moins faciles à comprendre et à déchiffrer que les lois de la Nature vivante. Il y a beaucoup de tradition dans les œuvres d'art, les œuvres de la Nature sont toujours comme une parole à peine échappée des lèvres de Dieu ». Il s'attendait bien à avoir beaucoup à apprendre à Rome, mais il ne croyait pas avoir tant à désapprendre et à réapprendre. « Je suis comme un architecte qui, voulant édifier une tour et ayant construit une mauvaise assise, s'en aperçoit à temps ; il n'hésite pas à démolir ce qu'il avait déjà fait sortir de terre, il cherche à agrandir, à améliorer son plan, à consolider la base de son édifice et il se réjouit à l'avance d'avoir assuré ainsi une plus grande solidité à son édifice futur [1]. »

Ainsi Gœthe n'a plus la superbe assurance que lui a donné Palladio ; il tâtonne, il hésite. Il semble que c'est du jour où il a connu Michel-Ange que le doute est rentré en lui. Il n'a pu résister à la toute-puissante séduction du génie colossal de l'auteur du « Jugement dernier », mais sa fougue, ses déconcertantes audaces, son sublime dérèglement, lui ont rendu suspecte la mesure commune à laquelle il croyait pouvoir ramener toutes les œuvres de l'art, qu'elles fussent modernes ou antiques [2].

Rien n'est plus facile devant la masse des objets de l'art, écrivait-il à la duchesse Louise [3], de penser, de sentir, de rêver. Mais quand il s'agit de voir les choses pour elles-mêmes, de pénétrer jusqu'à la moelle de l'art, de juger les œuvres, non d'après l'effet qu'elles font sur nous, mais d'après leur valeur intrinsèque, c'est alors qu'on sent bien toute la difficulté de la tâche… « Et pourtant, ajoute-t-il, seules l'assurance et la cer-

---

1. *Ital. Reise*, 20 déc., B^d 3o, p. 237. — 2. Cf. Volbehr, *op. cit.*, p. 201 et sq. — 3. 23 déc.

titude de juger les choses à leur juste valeur, d'être capable de subordonner les unes aux autres les meilleures d'entre elles, et de considérer chacune d'elles par rapport à sa voisine, pourraient procurer la jouissance suprême. » Et c'est parce que, avec sa surhumaine individualité, Michel-Ange échappe à toute classification rationnelle, que son art ne se laisse comparer ou subordonner à aucun autre, que Gœthe, qui jadis l'eût célébré avec autant de lyrisme exalté que Shakespeare ou Erwin von Steinbach, se sent inquiet devant son œuvre gigantesque. Comme d'autre part, pourtant, il ne peut, malgré tout, douter que l'art ne soit, aussi bien que la Nature, régi par des lois souveraines, ne pouvant comprendre celles de l'art de Michel-Ange, il renonce à essayer d'en pénétrer le secret.

Dès le mois de décembre, en effet, il ne parle plus de Michel-Ange, il paraît même se désintéresser de l'art moderne. Quand, vers la fin du mois, il annonce à Mme de Stein[1] qu'il a commencé de revoir, pour la seconde fois, les « meilleures choses » de Rome, il semble bien qu'il s'agisse avant tout, sinon exclusivement, des œuvres antiques.

L'image de Rome qu'il veut fixer en lui, c'est l'image de la Rome qui dure, non celle de la Rome qui change avec chaque décade, écrit-il à Herder[2]. Quand il achète des œuvres d'art pour orner son petit logement, ce ne sont plus, comme dans les premières semaines, des gravures d'après les tableaux modernes; c'est une tête colossale de Jupiter[3] ou le « masque formidable » de Junon[4]. Il ne peut décrire à son amie la beauté de cette Junon, son premier amour à Rome; c'est, dit-il simplement, comme un chant d'Homère. Dans ses lettres à ses amis de Weimar, il n'est plus question que d'art antique. Ce qu'il s'attache à démêler avec l'aide de Winckelmann et en essayant de le compléter, ce sont les styles des différents peuples de l'antiquité et les diverses évolutions de ces styles[5]. « Quant à l'art moderne, dit-il négligemment, j'en prends ce que je peux

1. 20-23 déc. — 2. 29-30 déc. — 3. A Ch. v. Stein, 23 déc. — 4. A la même, 6 janv. 1787. — 5. Cf. lettres à Ch.-Auguste, 13-20 janv.; à Herder, 25-27 janv.

à côté », et lorsque, un peu plus loin, il ajoute « Je n'ai pas la moindre envie de voir ce qui se passe dans la Rome moderne, car je ne veux pas me gâter l'imagination », nous comprenons à quel point il est tout à ses chers Anciens. Il ne se lasse de revoir leurs œuvres et il a conscience d'être sur la bonne voie[1]. Il commence à voir clair dans Rome et à se reconnaître au milieu de l'effroyable masse des objets qu'elle lui offre ; l'antiquité s'ouvre devant lui[2].

Il se remet à ses études d'anatomie pour être mieux en état d'apprécier sainement les œuvres de la statuaire[3]. Une furie de dessin s'empare de lui. Il reprend pinceaux et crayons depuis longtemps délaissés. Sous la direction de Tischbein, il fait du paysage et il se propose de dessiner ferme pendant son voyage projeté en Sicile[4]. Ce n'est pas d'ailleurs par simple caprice qu'il revient au dessin. Il veut se débarrasser de sa facture mesquine, qu'il tient de sa nature d'Allemand ; il veut apprendre à trouver dans la Nature ce qui vaut la peine d'être copié, car, dit-il, quand on est habitué à voir avec précision le détail des objets, on s'élève plus facilement aux idées générales[5].

A Naples, il est vrai, le peintre Hackert refroidit son enthousiasme en lui déclarant que s'il a de réelles dispositions il ne sait rien faire, et qu'il lui faudrait bien dix-huit mois de travail sérieux, sous sa discipline, pour faire autre chose que du bousillage[6], et, Gœthe, comprenant la leçon, se fera accompagner dans son voyage en Sicile par Kniep, un jeune peintre napolitain, qui se chargera de dessiner pour lui les sites ou les monuments dont il voudra emporter le souvenir[7].

Il n'en est pas moins intéressant de constater les raisons qui ramènent Gœthe au dessin. Il a le sentiment que pour vraiment pénétrer les secrets de l'art, pour en dégager avec sûreté les principes fondamentaux, il faut être soi-même artiste.

---

1. Cf. à Ch. v. Stein, 25-27 janv.; à Ch.-Auguste, 13-20 janv. — 2. Aux Herder, 3 fév.; à Seidel, 3 fév.; à Ch.-Auguste, 3, 10 fév. — 3. *Ital. Reise*, 20 janv., Bd 30, p. 257. — 4. A Ch. v. Stein, 19-21 fév.; à Knebel, 19 fév. — 5. A Ch. v. Stein, 7-10 fév. — 6. *Ital. Reise*, 15 mars, Bd 31, p. 51. — 7. *Ibid.*, 19-23 mars.

N'est-ce pas à leurs connaissances techniques que les peintres, ses amis, doivent l'aisance et la sûreté de leur jugement? Dès maintenant, il est résolu, pour consolider le sien, à se mettre docilement à l'école des gens du métier, et nous verrons avec quelle conscience, après son retour de Naples, il réalisera son projet.

Ce retour de Gœthe à la pratique de l'art nous fournit une indication précieuse sur le résultat, au point de vue artistique, de son premier séjour à Rome. Le problème de l'art n'est pas encore résolu pour lui. Sans doute, il a momentanément triomphé de la crise de doute où l'avait jeté la constatation que l'art moderne, au moins dans quelques-unes de ses manifestations les plus hautes, semblait échapper aux lois de l'art antique, telles qu'elles lui étaient apparues à travers le pseudo-classicisme de Palladio; il a délibérément sacrifié l'art moderne et réservé toute son admiration aux chefs-d'œuvre de l'antiquité. Mais, en face de ceux-ci mêmes, son jugement hésite encore; il les admire d'instinct sans les comprendre profondément. Il sent, il voit leur incomparable beauté, mais les raisons de cette beauté lui échappent; il n'a pas réussi à dégager la loi qui ramènerait à l'unité la diversité des manifestations artistiques. De même qu'il cherche le type végétal, il aspire à trouver le type artistique, et de même qu'il espère trouver la plante primitive en réduisant à un schéma unique, par voie de simplification méthodique, les variétés infinies du monde végétal, de même, en s'exerçant à dégager lui-même, le crayon à la main, les lignes les plus générales des corps et des paysages, il compte arriver jusqu'au principe fondamental de la beauté plastique[1]. C'est parce qu'il a conscience que tant qu'il n'y sera pas parvenu les résultats de son séjour en Italie seront vains, du moins incomplets et insuffisants, qu'il accueille avec une joie si vive la nouvelle que, généreusement, le duc lui

1. Cf. sur le « type » et l' « aperçu » chez Gœthe, R.-M. Meyer, *Gœthes Art zu arbeiten*, Gœthe-Jahrb., 1893, p. 171 et sq., et O. Harnack, *Gœthes Kunstanschauung in ihrer Bedeutung für die Gegenwart*, Gœthe-Jahrb., 1894, p. 197 et sq.

accorde la liberté de prolonger de toute une année son absence de Weimar[1].

Il ne semble pas, au premier abord, que le double séjour à Naples et le voyage à travers la Sicile aient procuré à Gœthe des impressions artistiques très nettes. La Nature, ainsi que nous l'avons vu, occupe à peu près exclusivement sa pensée. Pourtant, nous le trouvons visitant curieusement galeries de tableaux ou d'antiques, collections de médailles ou de pierres gravées, et il constate que son goût se forme. « Là où les œuvres d'art sont rares, dit-il, leur rareté même leur donne de la valeur, mais ici on apprend à n'estimer que ce qui en vaut la peine[2]. »

Il visite Pompéi à deux reprises, puis Herculanum, Portici, le temple de Neptune à Pæstum ; mais ni les gracieuses mosaïques et les curieux vestiges de la vie antique dans les villes victimes du Vésuve, ni la simple et majestueuse ordonnance des colonnes de Pæstum ne le charment autant que le ciel bleu et la mer étincelante. La Sicile lui donne surtout des exemples du mauvais goût artistique[3]. A Palerme, il s'amuse longuement des excentricités esthétiques du prince Pallagonia et il en note avec soin le curieux détail dans son *Journal*[4]. Il visite par contre avec plaisir et profit les riches cabinets de médailles du prince Torremuzza et du prince Biscari[5]. Mais ce sont surtout les ruines de monuments antiques qui retiennent le plus longtemps son attention, le temple de Ségeste, par exemple, où, toujours préoccupé de la raison des variétés, il poursuit ses observations déjà commencées à Assise sur la disposition du socle dans les différents types de colonnes grecques[6,7].

---

1. A Ch.-Auguste, 7-10 fév.; à Fried. von Stein, 10 mars. — 2. *Ital. Reise*, 9 mars, B^d 31, p. 35. — 3. *Ibid.*, 9 avril. — 4. *Journal*, p. 334 et sq. — 5. *Ital. Reise*, B^d 31, 12 avril, 3 mai. — 6. *Journal*, p. 338 et sq.

7. Il est curieux que Gœthe, avec son ardent désir de pénétrer aussi profondément que possible les secrets de l'art antique, se soit dérobé à l'invitation que, la veille de son départ pour la Sicile, le prince de Waldeck lui avait faite de l'accompagner, après son retour, dans le voyage que lui-même médite de faire en Grèce (*Ital. Reise*, B^d 31, p. 78, 28 mars 87). Il ne nous dit pas les raisons de son refus. Mais il est permis de de supposer qu'il redoutait d'être submergé par la masse

Pourtant, il rapporte de Sicile, au point de vue artistique, autre chose qu'un goût nouveau pour les médailles et des notions plus complètes sur la disposition des colonnes antiques. Il a senti mieux qu'il ne l'avait fait jusqu'alors le charme indicible de la splendeur souveraine de la Nature et sa conception de l'art antique en a été illuminée. Pour la première fois, il a vraiment compris le génie ancien, qui lui apparaît personnifié par Homère. Il a *vu* que ces descriptions, ces comparaisons de l'*Odyssée*, qui, à distance, lui avaient paru d'aimables et de géniales fictions poétiques, étaient empruntées, avec la plus scrupuleuse fidélité, à la Nature, et, du même coup, il aperçoit l'abîme qui sépare l'art moderne de l'art antique. « Les Anciens représentent l'existence, et nous, d'ordinaire, l'effet ; ils décrivent l'horrible, et nous horriblement ; ils peignent l'agréable, nous, nous peignons agréablement... De là vient notre exagération, notre manière, nos grâces affectées, notre enflure[1]. » Devant les côtes et les promontoires, les golfes et les baies, les îles et les presqu'îles, les rochers, les bancs de sable, les collines boisées, les doux pâturages, les champs fertiles, les jardins parés, les arbres bien taillés, les montagnes aux cimes nuageuses, les plaines toujours riantes, les écueils et les récifs, et la mer qui encadre le tout de sa changeante mobilité, il lui semble qu'un bandeau tombe de ses yeux[2]. Les grandes scènes de

d'impressions nouvelles qui auraient fondu sur lui avant qu'il ait pu s'assimiler celles de Rome ; il aurait couru le risque de retomber au dilettantisme, dont tout son effort présent tendait à le débarrasser. Il n'a plus besoin d'impressions nouvelles, il veut classer celles qu'il a recueillies et en jouir (cf. R. Meyer, G.-Jahrb., 1894, p. 163). « Quand on se met à courir le monde, dit-il, et qu'on se mêle au monde, il faut bien prendre garde de ne pas se laisser écarter de sa route... » Quoi qu'il en soit des raisons qui le firent résister à l'offre séduisante du prince, et même s'il faut y voir une preuve des progrès que réalise Goethe dans l'art de renoncer, on ne peut s'empêcher de regretter qu'il n'ait pas profité de cette occasion unique pour lui d'aller à la source même de cet art dont il cherche si avidement les moindres traces en Italie. Si le reflet de cet art l'enchante dans Palladio, au point que nous savons, quel ravissement n'eût-il pas éprouvé en face des frises du Parthénon, et s'il voue un véritable culte au *Jupiter* d'Otricoli, cette pâle imitation du *Jupiter* de Phidias, comment eût-il adoré le chef-d'œuvre du temple d'Olympie? (Cf. Engel, *Goethe*, op. cit., pp. 269, 277.)

1. *Ital. Reise*, à Herder, 17 mai 1787, p. 239. — 2. *Ibid.*, pp. 238-239.

la Nature ont élargi son âme, en ont fait disparaître les plis[1]. L'*Odyssée* est pour lui parole vivante.

Et ce n'est pas seulement l'*Odyssée*, c'est l'art antique tout entier qui brusquement se révèle à lui. C'est parce que les Anciens ont suivi docilement les enseignements de la Nature, parce qu'ils ont créé selon les lois de cette Nature, qu'ils ont fait grand et simple comme elle. Si leur œuvre est si largement humaine, c'est que, comme les œuvres de la Nature, elle ne connaît que les lois nécessaires. Le sol, le climat, la matière, l'ont seuls conditionnée; elle n'est pas, comme tant d'œuvres modernes, le reflet du caprice, de l'arbitraire, d'une race ou d'un individu.

Comme Gœthe en fait lui-même l'aveu[2], ce n'était pas là une nouveauté en soi, mais c'en était une pour lui; ses pressentiments deviennent des *visions*. Réaliser le beau sera pour lui, comme ce l'a été pour les Anciens, « faire sortir des profondeurs même de la Nature les mystérieux desseins et les harmonies secrètes qu'elle ne révèle qu'à ses favoris[3] ».

Aussi, une fois de retour à Rome, se donne-t-il à peu près exclusivement à l'art. « Rome est le seul séjour au monde qui convienne à l'artiste, et, *somme toute, je ne suis qu'un artiste*[4] ».

Plus que jamais, il vit dans la société des artistes allemands de Rome, Bury, Schütz, Moritz, Meyer, Angelica Kaufmann, avec laquelle il se lie étroitement après le départ de Tischbein. Il profite d'un séjour de Hackert pour courir avec lui de nouveau les musées et s'enrichir de connaissances et d'idées nouvelles, ou plutôt pour compléter et préciser celles qu'il a déjà[5]. Il ne veut prendre de repos, déclare-t-il, avant que tout, cessant d'être parole morte et tradition, ne soit devenu pour lui idée vivante. Il aura toute la patience qu'il faut pour bien profiter de l'apprentissage auquel il se soumet. Il veut donner à ses connaissances esthétiques et à ses modestes talents le

<hr>

1. A Ch.-Auguste, 25 janv. 1788. — 2. *Ital. Reise*, B[d] 31, p. 239. — 3. Mézières, *Gœthe*, op. cit., II, 352. — 4. A Ch. v. Stein, 8 juin 1787. — 5. *Ital. Reise*, 27 juin, B[d] 32, p. 7.

développement et la maturité nécessaires, afin d'en finir avec
le dilettantisme, les aspirations vaines, les efforts lents et
pénibles. D'ailleurs, il a conscience de faire des progrès ; son
œil se forme d'incroyable façon, il ne veut pas que sa main
reste en arrière[1]. Pour y réussir, il ne se contente pas d'affiner
son goût et d'affermir son jugement ; à ses amis, les artistes,
il demande de lui révéler les secrets de leur technique. Il dessine avec passion, il se livre à de minutieuses études d'architecture ; afin que rien ne reste pour lui « abstraction et théorie
pure », il copie des modèles sans relâche[2]. Ses amis, touchés
de son zèle, l'aident de leur mieux. Angelica, surtout, dont il
vante l'œil exercé, la technique éclairée, le jugement sûr et
modeste, est pour lui un guide précieux[3].

A voir ces bons artistes si consciencieux, si travailleurs, et à
mesure qu'il se rend mieux compte des difficultés pratiques de
leur art, il comprend mieux les raisons pour lesquelles, malgré
de réelles dispositions naturelles, il a fait si peu qui vaille :
c'est qu'il a toujours jusqu'ici travaillé en dilettante, dédaignant
d'apprendre le *métier* des choses qu'il voulait faire et répugnant
à y passer le temps nécessaire pour les bien faire[4]. Il prend le
ferme propos de se corriger, et, avec une joie enfantine, il
note. le 27 juillet, que grâce aux conseils de ses amis, son
petit talent s'affermit et s'étend. En perspective, en architecture, dans le dessin de paysage, il fait des progrès sensibles.
Il ne réussit pas encore la figure vivante, mais avec du sérieux
et de l'application, il ne désespère pas d'y parvenir. Il s'est fait
un programme raisonné d'études artistiques et il en attend
les meilleurs résultats. Il compte arriver, en art, au moins au
degré de virtuosité d'un musicien amateur qui, en s'asseyant
devant sa musique, a le sentiment qu'il va se causer à lui-même
et procurer aux autres un réel plaisir[5]. Il a même, un instant,
l'idée d'aller rejoindre Hackert à Naples, car, pendant les quinze
jours qu'il a passés avec lui à la campagne, il a plus appris

1. *Ital. Reise*, Bd 32, pp. 9-10. — 2. *Ibid.*, p. 28. — 3. *Ibid.*, pp. 36-39.
— 4. *Ibid.*, pp. 58-59. — 5. A Ch.-Auguste, 11 août 1787 et 25 janv. 1788.

qu'il ne l'aurait fait en de longues années de travail solitaire[1]. Il renonce à ce dessein, mais son ardeur n'en est pas diminuée; il vit dans la joie et l'allégresse; « l'art lui est devenu une seconde nature[2] ».

Mais, malgré toute la sincérité de ses efforts, il ne tarde pas, hélas! à reconnaître que les résultats qu'il obtient ne sont pas en rapport avec ses premières espérances, et, après toute une série d'alternatives de confiance et de découragement, il est forcé de s'avouer que s'il a maintenant une vue nette de toutes les voies qui mènent aux différents arts, il n'en aperçoit que plus clairement combien elles sont vastes et longues à parcourir. « Je suis déjà trop vieux pour faire en art autre chose que du bousillage... », et il ajoute mélancoliquement qu'il en est de l'art comme de la sagesse et du bonheur. Nous en voyons flotter devant nos yeux les séduisantes images, mais nous pouvons tout au plus toucher à grand'peine le bord de leur robe[3].

Il retourne à la poésie; il veut profiter de la présence à Rome du musicien Kayser pour achever ses opérettes. Pourtant, comme la veine poétique ne se montre pas aussi féconde qu'il l'avait espéré, il revient à ses essais artistiques[4]. Avec une touchante obstination, il s'acharne à la poursuite de sa chimère. Aidé par Meyer et par Bury, il essaie de se rendre maître des différentes parties du corps humain. Il descend méthodiquement de la tête au buste, puis aux membres; il étudie le jeu des muscles sur les os[5]. « La figure humaine est, dit-il, le *non plus ultra* de toute science et de toute activité humaines[6] ». Mais c'est la dernière manifestation d'une ardeur qui s'éteint. Le 6 février 1788, il se déclare décidément trop vieux pour arriver en art à s'élever au-dessus du médiocre[7], et, le 23, il note que le profit le plus clair de son long séjour à

1. *Ital. Reise*, Bd 32, p. 56. — 2. *Ibid.*, p. 58. — 3. *Ibid.*, p. 140 (24 novembre); cf. aussi à Knebel, 21 décembre. — 4. *Ital. Reise*, Bd 32, p. 156. — 5. A Ch.-Auguste, 25 janvier 1788. — 6. *Ital. Reise*, Bd 32, p. 212. — 7. *Ibid.* p. 273.

Rome aura été de le décider à renoncer à la pratique des arts et de le ramener à la poésie[1].

Sans doute, il en éprouve quelque mélancolie, mais comme il a la rare sagesse d'ignorer les regrets superflus, il ne s'attarde pas à se lamenter sur le temps qu'il a perdu en essais infructueux ; il ne considère même pas que les longues heures passées dans les ateliers soient vraiment des heures gâchées. Il ne veut retenir que le gain qu'elles lui ont apporté.

Il a appris à *voir* les œuvres d'art et par suite à les comprendre. Angelica, avec qui, chaque dimanche après-midi, il visite galeries et villas[2], lui rend ce témoignage précieux qu'il y a bien peu de gens à Rome qui aient en art des vues plus justes que les siennes[3]. Il donne à entendre qu'il trouve le compliment trop flatteur, mais il marque lui-même qu'il a la conscience qu'au moins il ne tâtonnera plus, à la façon d'un aveugle, dans un domaine qui lui tient tant à cœur.

Dès janvier, il reprend ses excursions artistiques à travers Rome et il revoit sans fatigue, cette fois, les trésors qu'elle contient[4]. Maintenant que son regard est devenu plus pénétrant et que ses idées sont mieux assises, il ne redoute plus d'être déconcerté par l'art moderne[5]. Il ne se détourne plus des églises ; il reconnaît la beauté de Saint-Paul-hors-des-Murs, où les colonnes du tombeau d'Adrien tempèrent si heureusement de leur grâce la laideur de l'architecture chrétienne[6]. Il retourne souvent à la chapelle Sixtine où il ne se lasse d'admirer ce que peut le génie humain[7]. Mais il ne goûte pas moins le « Christ et les douze Apôtres » exécutés d'après les dessins de Raphaël dans la petite église « aux trois fontaines[8] », ou les merveilleuses fresques de la villa du peintre, dans lesquelles celui-ci a vingt-huit fois immortalisé sa maîtresse[9], ou encore, au palais Barberini, la « Madone à l'Enfant » de Léonard de Vinci[10], ou « le Christ au milieu des Pharisiens » de la galerie

---

1. *Ital. Reise*, B^d 32, p. 277. — 2. Cf. *Ibid.*, Bericht, août, p. 69. — 3. *Ital. Reise*, B^d 32, p. 277. — 4. A Ch.-Auguste, 25 janv. 1788. — 5. *Ital. Reise*, B^d 32, p. 30. — 6. *Ibid.* ; « Bericht », déc., p. 169. — 7. *Ibid.*, p. 61. — 8. *Ibid.*, p. 163. — 9. *Ibid.*, p. 293. — 10. *Ibid.*, p. 36.

Aldobrandini[1]. Il va plusieurs fois à l'Académie française de Rome[2], et, lors de sa dernière visite, il se grise du spectacle des pures statues antiques et de la beauté des formes parfaites[3].

Son calme, son objectivité sont tels, qu'il semble avoir cessé de se passionner pour la question toujours brûlante qui sépare ses amis en deux camps adverses : lequel est le plus grand de Michel-Ange et de Raphaël? S'il prend part à leurs discussions sur ce sujet délicat, c'est plutôt par manière de jeu[4]. Il est déjà si difficile, dit-il, de comprendre un grand talent que c'est folie d'en vouloir saisir deux à la fois, et il se contente de les admirer tous les deux. Lorsque les fanatiques de Michel-Ange attaquent Raphaël, il défend ce dernier avec conviction, car il sait que le génie comme la Nature a toujours raison[5].

Ainsi, à laisser son œil se complaire sans parti pris à tout ce qui est vraiment beau, il parfait son éducation, et, un matin, à la galerie Borghèse où il n'était pas retourné depuis un an, il a la joie de s'apercevoir qu'il a fait, à tous les points de vue, de grands progrès[6].

Il a appris à apprécier les manifestations les plus diverses des arts plastiques, depuis les chefs-d'œuvre les plus parfaits de la statuaire antique jusqu'aux gemmes gravées et à la peinture sur cire, en passant par les grands classiques de la Renaissance et même par les monuments de l'Orient, dont les dessins rapportés par l'architecte français Cassas lui ont donné une idée générale[7]. Il a appris à distinguer les périodes et les styles et à expliquer l'évolution des arts par l'histoire, les cas particuliers par les idées générales. Surtout, il a appris à discerner les vraies raisons de la supériorité de l'art grec qui, malgré l'éclectisme apparent de son goût, continue de rester à ses yeux l'art idéal.

Dès janvier 1787[8], il tend à croire que cette supériorité doit

---

1. *Ital. Reise*, Bd 32, p. 59 — 2. *Ibid.*, p. 64. — 3. *Ibid.*, p. 317. — 4. Cf. « Bericht », août, p. 67. — 5. *Ibid.*, « Bericht », déc., pp. 173-175. — 6. *Ibid.*, p. 290. — 7. *Ibid.*, « Bericht », sept., p. 86 et sq. — 8. *Ibid.*, p. 265; cf. aussi à Knebel, 21 déc. 1787.

être cherchée dans le fait que les Grecs créaient leurs œuvres
en suivant les lois mêmes de la Nature ; en septembre de la
même année, il n'en doute plus. Les grands artistes de la
Grèce ont eu, comme Homère, un sens profond de la Nature ;
ils ont sû démêler avec certitude, ce qui dans la Nature se
prête à la reproduction, et ils ont trouvé la véritable façon dont
il convenait de le reproduire. Ils ont suivi les lois véritables
de la Nature. Chez eux, rien n'est arbitraire, ni fausse imagination, tout est nécessaire, divin.

Sans doute, il est facile de montrer que son idéal est trop
étroit et que son admiration presque exclusive pour l'art antique, surtout pour l'art grec, le rend trop insensible, sinon
aveugle aux incontestables mérites de la peinture et de l'architecture chrétiennes[1]. En effet, il ne loue les artistes chrétiens,
que dans la mesure où ils lui semblent s'être rapprochés de
l'idéal antique et avoir créé selon les lois du génie grec. En
réalité, il ne fait pas un véritable effort pour les comprendre
et pour chercher, ainsi qu'il le tente pour les artistes anciens,
à expliquer leur manière par l'influence de leur milieu. Quand
il l'essaie exceptionnellement, comme pour Palladio, c'est plutôt pour excuser que pour justifier leurs procédés.

Mais il serait injuste de prétendre que son exclusivisme
dérive uniquement d'une déplorable insuffisance de son jugement. La raison de son engouement pour l'antiquité est plus
profonde.

S'il trouve la pureté et la précision de la forme antique infiniment supérieures à la force grossière et à l'idéalisme vague de
Rembrandt[2], si même la colossale puissance et la fougue tourmentée d'un Michel-Ange l'attirent moins que la sérénité des
œuvres grecques, ce n'est pas seulement parce que la radieuse
clarté de l'art grec, la calme beauté des formes plaisent davantage à son œil d'artiste, c'est qu'il a trouvé dans l'étude de l'art
classique une réponse décisive à l'un des problèmes les plus

_____

1. Cf. Geiger, *Jubil.-Ausg.*, Bᵈ 26, xxxvii, xlii. — 2. Cf. à Ch.-Auguste.
8 déc.

graves parmi ceux qui, à Weimar, avaient hanté sa pensée jusqu'à l'angoisse, le problème de l'équilibre, de l'harmonie des forces diverses et contradictoires de sa propre nature.

Il sait maintenant que l'incomparable beauté des œuvres antiques, vient du merveilleux équilibre qu'elles révèlent entre leur forme et leur matière, de la parfaite convenance des moyens au but réalisé, du sentiment de nécessité qui se dégage d'elles.

Lui qui, dix ans durant, s'est débattu contre les contraintes internes ou extérieures qui ne lui permettaient pas de vivre pour sa vraie destination, et qui en a cruellement souffert, retire de la contemplation intelligente de l'Antiquité une précieuse leçon de sagesse pratique.

Il cherchera désormais à faire de sa vie une œuvre d'art, c'est-à-dire qu'il s'appliquera à en bannir tout ce qui ne sera pas en conformité avec les besoins intimes de sa vraie nature. Nous verrons bientôt comment il y a réussi, comment même avant de quitter le sol italien, il conforme sa vie à son nouvel idéal.

III, 1.

Si complètement que Gœthe vécut pour l'Art et la Nature, entouré de toutes parts par la *vie italienne contemporaine*, il ne pouvait lui échapper. Quelle impression lui fit-elle?

Un fait nous frappe tout d'abord; c'est le peu d'intérêt qu'il prit à la littérature italienne moderne. Sans doute, il paraît, au début, curieux des choses du théâtre. A Vicence, à Venise, il va à l'Opéra[1]; mais le spectacle de la foule retient plus son attention que la pièce elle-même ou que les vocalises et les grands gestes de la première chanteuse. Il n'a plus la naïveté des « oiseaux » du Paradis, dit-il, pour s'amuser à ces divertissements. A Rome, il n'y prend guère plus de plaisir. Un opéra nouveau, *Alexandre aux Indes*, l'ennuie franchement[2].

---

1. *Ital. Reise,* Bd 3o, pp. 79, 115. — 2. A Fried. v. Stein, 4 janv. 1787.

Les opéras religieux qu'on donne à Naples pendant le Carême
le laissent froid[1]. L'opéra-comique, sans doute à cause de la
préoccupation de ses propres opérettes, lui est moins antipathique ; il montre même un goût marqué pour les œuvres de
Cimarosa[2]. Ce qu'il peut voir de la tragédie italienne moderne
ne l'enchante pas. Quoiqu'on ne ménage aucune peine pour
l'y intéresser, il a du mal à s'échauffer pour l'*Aristodème* de
l'abbé Monti[3]. Il note d'ailleurs que le succès de la pièce est
dû bien plus aux relations et à la belle parenté de l'auteur qu'à
son vrai mérite, et, pour son compte, ce qui l'a le plus agréablement touché, ce sont les costumes à l'antique et le jeu de
l'acteur principal, nourri de la tradition antique. La comédie
seule l'amuse vraiment[4] et encore, nous dit-il, va-t-il au théâtre bien moins pour le spectacle lui-même que pour la peinture curieuse qu'il y trouve des mœurs italiennes, pour le soin
que les acteurs doivent apporter à leur diction, sous peine de
déplaire au public, héritier du goût des anciens pour l'art ora-
toire, enfin pour l'emploi des masques.

En songeant que dans quelques jours, après les fêtes religieuses du commencement de l'année, sept scènes vont rouvrir leurs portes, il s'écrie : « Je me sens déjà frémir d'horreur à la pensée du théâtre[5] ». Et, à un mois de là, il fait à
Kayser cette déclaration qui marque bien son point de vue :
« Le théâtre à Rome ne me cause pas grande joie ; je n'y vais
presque pas. Le grand opéra est un monstre sans vie ni sève.
Les ballets sont encore ce qu'il y a de plus intéressant.
L'opéra-bouffe n'a pas l'harmonie et la perfection désirables ;
ce n'est qu'un assemblage de beautés disparates et criardes. On
a donné passablement un nouveau drame et j'ai vu quelques
comédies avec plaisir. Je ne puis pas dire que j'aie appris grand
chose ici. » Pourtant, il ajoute qu'il a sur sa table une histoire de l'opéra italien et qu'il va essayer d'en tirer quelque

---

1. *Ital. Reise*, B^d 31, pp. 34-35. — 2. A Ch. v. Stein, 25 mai 1787 ; à Kayser,
14 juillet. — 3. *Ital. Reise*, 15 janv. 1787, B^d 3o, pp. 253-254. — 4. *Ibid.*,
10 oct. 1786, p. 144. — 5. *Ibid.*, 6 janv. 1787, B^d 3o, p. 247.

profit[1]. Mais, un an plus tard, à la veille de quitter Rome, il écrit : « Les opéras ne m'amusent pas. Seul, ce qui a une vérité profonde et éternelle est capable de me plaire[2] ».

Les auteurs eux-mêmes ne le séduisent pas plus que leurs œuvres. Il ne fait guère d'exception que pour l'abbé Casti, dont il lit avec plaisir les *Contes galants*[3]. Il se laisse — malgré lui d'ailleurs — enrôler dans la Société Arcadienne[4], mais il comprend vite, à supposer qu'il ait pu s'illusionner un instant, qu'on escompte qu'il rendra au centuple, en éloges chaleureux, l'honneur qu'on lui fait. Il raille les efforts des différents partis qui cherchent chacun à l'attirer à eux pour se servir de lui comme d'un instrument[5]. On le délaisse d'ailleurs dès qu'on s'aperçoit qu'on ne pourra l'utiliser et qu'il ne se prêtera pas au rôle qu'on lui destinait; il est heureux de retourner à sa solitude. Chaque fois que le hasard le met, comme chez le comte Fries[6], aux prises avec ces fantochés de lettres et qu'il peut sonder l'étroitesse de leur jugement en les entendant discutailler éperdûment pour attribuer des rangs à Arioste ou au Tasse, il se félicite de sa sagessse.

Quels enseignements pouvait-il retirer du commerce de tous ces médiocres et du spectacle ou de la lecture de leurs œuvres sans moelle ?

La musique, par contre, surtout pendant son second séjour à Rome, l'intéresse, et ceci ne nous paraît pas moins caractéristique que son dédain du théâtre et de la littérature modernes. Il ne s'en préoccupe vraiment que du jour où il comprend qu'elle pourra lui servir et que le temps qu'il y donnera ne sera pas perdu pour lui, c'est-à-dire du jour où il a pour l'aider à la comprendre son ami le musicien Kayser. En effet, bien qu'à Venise il ait entendu avec plaisir un oratorio dans l'église des Mendiants[7] et qu'à Rome même il ait fort goûté un concert vocal auquel, le jour de la Sainte-Cécile, il assiste

---

1. A Kayser, 6 fév. 1787. — 2. *Ital. Reise*, 5 janv. 1788, B[d] 32, p. 209. — 3. Cf. « Bericht », juillet, B[d] 32, p. 50. — 4. Cf. à Ch. v. Stein, 4 janv. 1787, et *Ital. Reise*, B[d] 32, p. 214. — 5. *Ibid.*, 25 janv., B[d] 30, p. 263. — 6. *Ibid.*, B[d] 32, p. 51. — 7. *Ibid.*, 3 oct. 1786, B[d] 30, p. 113.

à Saint-Pierre [1], que lui-même organise dans l'appartement de Tischbein un grand concert avec le concours du maître de chapelle Kraus de Weimar et des chanteurs de l'Opéra-Comique pour rendre les politesses qu'on lui avait faites [2], ce n'est qu'à partir de l'arrivée de Kayser, en octobre 1787, qu'il s'occupe sérieusement de musique. Non seulement il suit avec passion les progrès du travail musical de son ami sur ses propres opérettes, mais, en sa compagnie, il court les concerts privés ou religieux et il prend grand plaisir à former son jugement aux leçons éclairées du compositeur [3].

Ce n'est donc pas de parti pris qu'il dédaigne l'art moderne [4], mais il n'en prend que ce qui lui convient, que ce qui peut servir à son enrichissement.

De même, il s'intéresse à la vie sociale ou politique des Italiens, mais dans la mesure seulement où il peut en retirer profit.

Dès qu'il a mis le pied en Italie. il note avec curiosité les particularités physiques, les détails de costume ou les traits de mœurs des populations qu'il trouve sur son chemin [5]. Ce qui le frappe, au premier abord, c'est la gaîté, le sans-gêne de la vie au grand jour et en plein air, l'insouciance apparente et l'exubérance de ces Italiens, à qui la douceur du climat fait l'existence si facile qu'ils semblent incapables du moindre effort et paraissent ignorer tous les soucis, même celui de la propreté la plus rudimentaire. Il aime à se mêler à ce peuple bon enfant, pour surprendre sur le vif son naturel, sa bonté, et il se propose d'expliquer plus tard à Mme de Stein comment ces qualités sont conciliables avec ce qu'on dit communément de sa perfidie, de sa défiance, de sa fausseté, de sa

---

1. *Ital. Reise*, 22 nov., B^d 3o, p. 223. — 2. *Ibid.*, 27 juillet 1787, B^d 32, p. 38. — 3. *Ibid.*, « Bericht », fév., B^d 32, pp. 282-283, et 7 mars, p. 291, 14 mars, p. 293.

4. Comme le lui a si âprement reproché à la suite de Niebuhr (*Lebensnachrichten...*, II, pp. 283, 291) Baumgartner, *Gœthe*, op. cit., I, pp. 587, 593.

5. Cf. *Journal*, pp. 169, 185, 191, 201, 202.

violence. Il l'étudie sur les marchés, sur les places publiques, dans les boutiques, au théâtre, au tribunal, dans les fêtes solennelles où se déploient les somptueux cortèges[1]. Malheureusement, Gœthe s'étant réservé de dire oralement à son amie[2] ses observations sur la nation, sur son caractère fondamental et sa vie propre, nous ne savons que de façon approximative l'impression vraie que fit sur lui son premier contact avec la vie italienne.

Il semble pourtant bien que, très rapidement, une fois le premier étonnement passé et dès qu'il fut blasé sur le pittoresque des costumes et l'exubérance du tempérament, Gœthe ait été plus sensible aux défauts qu'aux qualités du naturel italien. Il note à Venise, au théâtre, que le peuple est superficiel et qu'il est plus préoccupé de la musique des mots que de la profondeur des sentiments[3]. L'insouciance et la légèreté italiennes qui d'abord l'avaient séduit finissent par l'irriter. Avec leur inconcevable incurie, qui les empêche de s'organiser pour l'hiver, ils souffrent comme des chiens, remarque-t-il en voyant grelotter les paysans de l'Ombrie[4]. Son esprit d'ordre et de discipline s'indigne des rivalités et des jalousies qui divisent les villes voisines, des luttes éternelles et stériles des classes de la société; la passion même qui perce dans les moindres actes et les moindres discours des Italiens lui paraît grotesque[5]. Les désillusions enfin que lui cause la déplorable administration des Etats pontificaux et ce qu'il peut voir, même avant d'arriver à Rome, de la dégénérescence du catholicisme, contribuent à diminuer l'intérêt qu'il avait d'abord pris à la vie contemporaine de l'Italie[6].

A Rome, il semble fuir toutes les occasions qui s'offrent à lui de se mêler à la société. La populace romaine avec ses instincts sanguinaires, indifférente aux splendeurs au milieu desquelles elle vit, lui rappelle les brutes primitives qui habitaient les cavernes et les forêts[7]. Gœthe aurait peut-être trouvé

1. Cf. *Journal*, pp. 217, 226, 248, 249. — 2. *Ibid.*, p. 296. — 3. *Ital. Reise*, 6 oct. 1786, B^d 30, p. 124. — 4. *Ibid.*, p. 325. — 5. *Ibid.* p. 327. — 6. *Journal*, p. 230, et *Ital. Reise*, 24 nov., B^d 30, p. 226. — 7. À Ch. v. Stein, 24 nov. 1787.

du plaisir à les observer jadis quand son admiration allait à
la Nature brutale et déréglée, mais aujourd'hui, où il aspire à
l'équilibre et à la beauté, il n'éprouve guère que de l'antipathie pour les habitants modernes de la vieille Rome. Si malgré
son impatience d'aller à Naples, il attend pour quitter Rome
que les fêtes du Carnaval soient passées, c'est parce que cela
lui paraît, en quelque sorte, son strict devoir de voyageur,
mais il n'en attend pas grand plaisir. « C'est une farce insipide, écrit-il quinze jours après le début des fêtes, surtout
qu'au fond tous ces gens ne sont pas vraiment gais et que,
d'ailleurs, ils sont trop pauvres pour montrer le peu de joie qui
peut leur rester.[1] »

À Naples, par contre, il éprouve un réel plaisir à voir s'étaler avec naïveté, en plein soleil, la joie de vivre du peuple.
Tandis qu'à Rome une austère gravité plane sur toutes choses, à Naples tout est joie et gaieté, tout révèle qu'un pays
heureux qui produit en abondance de quoi satisfaire les premiers besoins, produit aussi des hommes d'un naturel heureux,
qui peuvent attendre sans inquiétude que le lendemain apporte ce qu'apporta le jour précédent. Satisfaction instantanée,
jouissance modérée, bonne humeur à supporter les maux passagers, ingéniosité extrême pour éviter les soucis, voilà les
traits, qui à côté de l'amour pour les couleurs brillantes, les
dorures étincelantes, le frappent le plus dans ce peuple de
sages. Les Napolitains sont sages parce qu'ils pratiquent instinctivement le grand art de s'abandonner à l'heure présente
et d'en jouir, chacun à sa guise, selon les lois de sa propre
nature, sans s'inquiéter du voisin[2]. Gœthe ne se lasse pas de
promener son regard amusé sur la foule bariolée et exubérante
qui encombre les rues. « Le peuple est si naturel, dit-il, qu'on
se sent capable de le devenir avec lui[3]. » Malheureusement,
ajoute-t-il, lui-même est trop allemand pour jouir tout simplement, et, au moment de partir pour la Sicile, il se demande si

1. A Ch. v. Stein, 1er, 13-17 fév. 1787; à Herder, 17 fév. — 2. Cf. *Ital.
Reise*, Bd 31, pp. 17, 25, 39, 40, 41, 54, 58. — 3. *Ibid.*, p. 63.

ce voyage lui apprendra à vivre autant qu'il lui enseigne à voyager. « Les gens qui savent vivre, note-t-il avec quelque tristesse, sont dans toute leur façon d'être trop différents de moi pour que je puisse espérer prétendre à leur talent[1]. »

Le peuple de Sicile lui apparaît aussi insouciant et joyeux de vivre, aussi naïf et facile à satisfaire que celui de Naples, encore que plus industrieux et plus actif, au moins dans les grasses plaines du centre de l'île ; mais il évoque surtout à ses yeux la vie patriarcale des temps homériques, et cela n'est pas indifférent pour son propre renouveau moral. En voyant à Caltanisetta[2] les notables deviser à la mode antique, sur la place publique, ou en contemplant de graves gentilshommes siciliens qui coupent des chardons et en savourent la moelle[3], il comprend, tout autant que devant les ruines des temples, la beauté simple de la vie antique. Il en oublie de pester, comme il l'avait fait sur la route de Rome, contre le caractère vraiment trop primitif des auberges du pays ; en faisant lui-même sa cuisine sommaire ou en dressant de ses propres mains son lit de planches posées sur quelques morceaux de bois grossiers, il peut se croire transporté aux jours heureux de l'Odyssée, et il éprouve un grand ravissement à vivre de cette vie sans prétentions, insouciante des conventions mesquines de notre civilisation.

Il apparaît plus indulgent encore, une fois de retour à Naples, pour la vie populaire, plus accessible aussi au charme qui s'en dégage. Il aime à se mêler à la foule bigarrée des portefaix, des cochers, des bateliers, des pêcheurs, des enfants en guenille, des petits commerçants de tous genres, marchands de limonade ou de vieilles ferrailles. Il en arrive à se convaincre que l'oisiveté de tout ce petit monde n'est qu'apparente, que la réputation de paresse des lazzaronis est tout à fait imméritée et même qu'on pourrait aisément soutenir le paradoxe que les lazzaronis sont de tous les Napolitains les plus laborieux et les plus industrieux[4]. Seulement, leur activité n'a

1. *Ital. Reise*, B^d 31, pp. 67, 77. — 2. *Ibid.*, p. 173. — 3. *Ibid.*, p. 179. — 4. *Ibid.*, pp. 253, 264.

pas le caractère inquiet et prévoyant de celle des gens du Nord. La Nature leur assurant toujours, à peu de frais, leur subsistance immédiate, ils n'ont pas besoin de prévoir et de se donner de la peine à l'avance ; ils ne travaillent pas seulement pour vivre, ils travaillent pour jouir, et le travail facile leur devient un plaisir. Ce que le vieux Pline disait de l'heureuse Campanie de jadis est toujours vrai. Le Napolitain, descendant des antiques Campaniens, sait toujours l'art de vivre et d'embellir la vie. Non seulement il aime pour lui les étoffes voyantes, les fleurs, le clinquant, mais il en égaie ses voitures, ses chevaux, ses meubles, ses étalages de comestibles ; il pare la mort elle-même de pourpre et d'or [1].

De toute cette vie méridionale, si colorée et si joyeuse, se dégage pour Gœthe la grande leçon, que la vraie sagesse consiste, pour les individus comme pour les peuples, à vivre selon leur nature et leur vraie destination.

La vie de la société mondaine elle-même trouve grâce à ses yeux, parce qu'elle lui apparaît participer de l'aisance, du naturel de la vie populaire. Lui qui, à Rome, avait fui avec tant de soin les salons, fréquente ici avec plaisir dans les cercles nobles. Il va chez l'ambassadeur anglais Hamilton et sa maîtresse, chez le duc et la duchesse d'Ursel, chez la duchesse de Giovanne, et il ne songe pas à s'offusquer de la morale facile qui y règne. Le tout, écrit-il à Mme de Stein, est de juger cette vie en elle-même et non selon les règles de la morale policière du Nord [2].

Rentré à Rome, malgré la vie studieuse qu'il y mène, il se décide à s'équiper, à se procurer un domestique, à arranger son appartement ; il se propose de faire visite aux cardinaux, et parle même de consacrer tout le mois d'avril à ses devoirs mondains. Pourtant, il semble bien que ce soit plutôt par politique que pour son plaisir ; c'est pour préparer les voies à la duchesse Amélie, laisse-t-il entendre à Charles-Auguste [3]. Le second carnaval auquel il lui est donné d'assister l'impatiente

1. *Ital. Reise*, B^d 3i, pp. 264-268. — 2. A Ch. v. Stein, 25 mai 1787. — 3. A Ch.-Auguste, 25 janv. 1788.

autant que le premier; il l'observe avec curiosité, mais sans plaisir. Son aversion primitive pour le peuple de Rome paraît subsister tout entière[1].

Nous nous imaginons qu'il faut en chercher la raison essentielle dans l'impression désagréable que lui a faite le catholicisme romain.

III, 2.

Le souci religieux n'était assurément pas un de ceux qui, en 1786, tourmentaient le plus profondément l'esprit de Gœthe. Il a depuis longtemps déjà trouvé *sa* solution du problème de la foi. Mais si la religion en elle-même ne l'occupe plus guère, les religions n'ont pas cessé de l'intéresser au point de vue historique; les *Mystères* nous l'ont prouvé. Aussi est-ce avec une curiosité éveillée qu'il se dirige vers le foyer d'où rayonne le catholicisme. Il se réjouit d'apprendre à connaître dans toute son étendue, et sur le sol où elle fleurit le plus vigoureusement, la religion du Christ.

---

1. A Ch.-Auguste, 29 déc. 1787; à Voigt, 29 déc.; *Ital. Reise*, « Bericht », fév. 1788, Bd 32, pp. 272, 274, 279.

Il ne paraît donc pas soutenable de prétendre que Gœthe ne s'est pas préoccupé des choses et des gens de l'Italie moderne. Mais il ne les envisage pas en spectateur désintéressé. Il cherche en eux ce qui peut l'éclairer sur lui-même, et ils ne retiennent son regard qu'autant qu'ils servent à sa propre culture. Il est même probable qu'il les a étudiés plus qu'il ne le dit lui-même. Car il serait bien invraisemblable que l'homme d'État qui, dix ans durant, a consacré presque toute son activité à l'administration du duché de Weimar n'ait pas eu la curiosité et le souci d'observer les mœurs politiques nouvelles qui s'offraient à lui (cf. d'ailleurs les lettres au duc du 20 oct. 1787, 17 nov., et à Fritsch, du 27 oct.). S'il ne nous donne pas avec plus de détails le résultat de ses remarques, c'est que ce résultat ne lui paraît pas essentiel. Ce qu'il nous dit au reste de la mauvaise administration des États pontificaux et sur la politique romaine dans les lettres que nous venons de citer, nous montre en réalité qu'il n'a pas dédaigné d'y regarder de près. L'indication d'un des schèmes de la *Rédaction* nous marque d'ailleurs que son intention était bien de donner un aperçu du mécanisme de l'État romain (Cf. *Ital. Reise*, Bd 32, Paralipomena, p. 443). Le fait même qu'il renonce à son dessein nous semble la preuve qu'il a tenu à conserver à son récit le caractère essentiel qu'il a voulu lui donner, celui d'une confession sur sa propre évolution.

Dès le premier jour, nous le voyons attentif à en noter, avec un évident souci d'impartialité, toutes les particularités[1]. A son entrée en Bavière, il admire le couvent de Waldsassen, « riche propriété de cette classe d'hommes qui furent éclairés avant les autres[2] ». A Ratisbonne, il est frappé par l'esprit pratique et le sens avisé du clergé, qui a compris tout le parti qu'il y avait à tirer de la belle situation de la ville et de la richesse de ses environs. Mais parmi les membres du clergé, ceux qui lui en imposent le plus ce sont les Jésuites. Il assiste dans leur collège à la représentation dramatique que les écoliers donnent chaque année, et il est forcé de s'avouer la grande habileté des maîtres. Ils ne dédaignent rien de ce qui peut produire de l'effet, et, le théâtre leur paraissant un des meilleurs moyens d'agir sur la masse, ils en usent habilement. Ce souci de faire impression sur les sens des hommes, d' « éblouir les mendiants de toutes les classes », se retrouve dans leurs édifices. Dans leurs églises, notamment, ils prodiguent l'or, l'argent, les marbres ; ils n'oublient même pas d'y laisser une assez large place au mauvais goût afin de « satisfaire et d'attirer la foule[3] ». Ils ne cherchent pas, comme les autres ordres ecclésiastiques, à « perpétuer une dévotion usée et vieillie » ; ils ont marché avec leur temps et montrant une habileté, une intelligence, un esprit de suite uniques, ils travaillent à parer la religion de tout l'éclat du luxe moderne pour l'accommoder au goût du siècle[4]. Il est intéressant de constater que Gœthe n'a pas une parole de blâme apparent pour leur esprit mondain et leur faste criard ; il les admire presque comme des virtuoses du catholicisme.

Avant d'arriver à Innsbruck, il rencontre une petite harpiste avec son père ; c'est avec un indulgent sourire qu'il écoute son babillage, le récit du pèlerinage qu'elle a fait à pied avec sa mère à Notre-Dame d'Einsiedeln et les raisons de sa dévotion à la Vierge[5]. — Il note, sans commentaires, la plainte des

<hr>

1. *Journal*, p. 149. — 2. *Ibid.*, p. 148. — 3. *Ibid.*, p. 149. — 4. Cf. *Ital. Reise*, Bd 30, p. 9. — 5. *Journal*, p. 157 ; cf. le développement dans *Ital. Reise*, Bd 30, p. 14.

habitants de Wolfratshausen, à qui Dieu ne veut pas accorder le temps qu'ils souhaitent[1], la hâte du cocher qui pousse ses chevaux pour arriver à temps à la messe et à la procession de la fête de la Mère de Dieu[2]. — A Trente même, dans l'église abandonnée des Jésuites, les imprécations funèbres du vieil ecclésiastique, qui vient chaque jour, sous les voûtes vides, se lamenter sur la chute de l'ordre et maudire le pape, ne lui arrachent pas la moindre réflexion défavorable[3]. C'est tout au plus si la légende de la maison du diable construite en une nuit lui fait hausser les épaules. « Le bon garçon, dit-il, en parlant du jeune homme qui l'instruisait de cette superstition, ne voyait pas que ce qui était à proprement parler digne de remarque dans la chose, c'est que cette maison était la seule de Trente qui fût de bon goût[4].

Pourtant, à Vérone déjà, il commence d'opposer la représentation de la vie à l'ascétisme chrétien[5]. Sur les tombeaux des anciens, dit-il, point de chevaliers engoncés en de lourdes armures, priant à genoux, avec les yeux au ciel et des gestes raides. C'est un mari et une femme, dont le buste sort d'une niche, comme s'ils étaient à la fenêtre, ou encore un père qui, assis sur son lit de repos, semble s'entretenir avec sa famille, ou un père et une mère et leur fils entre eux qui paraissent converser. C'est la pensée de la vie présente qui l'emporte sur celle de la mort ou de la vie future. Et l'on comprend, à voir la sympathie avec laquelle Gœthe s'attarde à cette conception souriante de la mort, que son esprit critique s'éveille et qu'il ne va plus pouvoir s'imposer longtemps la contrainte de voir et de décrire sans juger.

Au palais Bevi l'Aqua[6], il voit un tableau du Tintoret représentant le couronnement de Marie dans le ciel, en présence des patriarches, des prophètes, des saints, et dans son *Journal* il note : « Conception stupide exécutée avec le plus beau génie[7] », tandis qu'un des tableaux qui lui plairont le plus à

---

1. *Journal*, p. 156. — 2. *Ibid.*, p. 159. — 3. *Ibid.*, p. 178. — 4. *Ibid.*, p. 179. — 5. *Ibid.*, p. 199. — 6. *Ibid.*, p. 207.
7. Expression supprimée dans la *Rédaction*.

Vicence, ce sera celui de l'église des Dominicains, où le peintre a représenté l'enfant Jésus effrayé par la vue des rois mages et faisant la grimace ; l'idée n'en est pas très chrétienne, mais elle lui plaît par son humanité. C'est à Vicence encore, qu'à propos des édifices de Palladio, il constate combien ils ont été défigurés par les besoins mesquins et vulgaires des hommes, et combien la foule sait peu de gré à ceux qui veulent l'élever à une vie supérieure, alors qu'on est sûr de lui plaire si on la berne de contes. « C'est pourquoi, ajoute-t-il, tant d'églises sont sorties du sol, car c'est dans les églises qu'on flatte le mieux le besoin d'illusions mensongères qui est dans l'homme[1]. »

Par une contradiction qui peut paraître singulière, il s'intéresse vivement à deux malheureux pèlerins allemands qu'il rencontre sur la Brenta à bord du bateau qui le transporte de Padoue à Venise. Il écoute complaisamment leurs plaintes sur l'accueil méfiant qu'ils ont reçu du clergé catholique. Prêtres et moines les ont traités partout en vagabonds, au lieu que les protestants les ont généreusement secourus. Il traduit leur récit aux autres passagers qui, touchés, donnent quelques vivres aux pauvres diables, et, quand ceux-ci, en guise de remerciements, veulent faire une distribution d'images avec prières en latin, c'est encore Gœthe qui se fait leur interprète ; selon leur désir, il cherche à pénétrer ses auditeurs de la valeur du cadeau et y réussit si bien que le pilote promet de s'occuper de ces infortunés à Venise. L'histoire, enjolivée peut-être dans la *Rédaction*[2], mais sans doute exacte en son essence, est caractéristique. Pas plus qu'il ne s'est moqué de la harpiste crédule ou du postillon dévot sur la route d'Innsbruck, il ne raille la naïveté de ces pèlerins ; il a le respect des humbles et de leur foi ingénue.

Par contre, à mesure qu'il s'avance davantage en Italie, sa mauvaise humeur augmente contre ceux qui vivent de l'illusion populaire. Son impartialité ou son indifférence premières

______

1. *Journal*, pp. 214-215 ; supprimé dans la *Rédaction*. — 2. *Ital. Reise*, 28 sept., Bd 3o, p. 98 et sq.

se changent en ironie, souvent âpre et perfide. Quand il note à Venise qu'il a entendu des orateurs populaires, des avocats, des prédicateurs et des acteurs, et que tous ont un air de famille[1], ce n'est encore qu'une boutade sans importance. Mais nous sentons qu'il a cessé de contraindre son antipathie quand nous l'entendons déclarer à Mme de Stein que l'architecture de Saint-Marc est digne de toutes les insanités qui ont pu y être enseignées ou commises[2]. Rapportant que la confrérie de Saint-Roch doit ses richesses à la superstition qui attribue la fin d'une peste à l'intervention de la Vierge, il remarque qu'il n'est pas de bêtises qu'on ne puisse faire accepter à l'homme, pourvu qu'on s'adresse à ses sens[3]. La Vierge, très sainte pour avoir mis un fils au monde ! Conception qui ne manque ni de grâce, ni de poésie, mais qu'il faut prendre telle telle quelle sans penser, car c'est bien là une vraie conception religieuse[4]. Si le poète peut trouver à cette fable matière pour sa rêverie, par contre le peintre n'en peut rien tirer La légende de la Visitation de la Vierge n'est pas différente de celle de la Conception de Danaé, et pourtant de celle-ci le peintre peut faire beaucoup, tandis que l'autre ne lui fournit qu'un sujet ingrat[5].

Il se lasse tout de suite de visiter les églises. Même avant d'arriver à Venise, il s'était écrié : « On a vite assez des églises et des tableaux d'autel[6]. » C'est que, indépendamment de leur architecture, qui le plus souvent lui paraît monstrueuse, étant gothique, les sujets des tableaux dont elles sont tapissées lui répugnent toujours davantage. A Cente, il peste contre la blessure béante au côté du Christ ressuscité[7]. Il s'indigne des sujets absurdes où l'admirable talent des Carraches, du Guide, du Dominiquin a dû se prostituer. « C'est comme dans le temps, dit-il, où les fils de Dieu se mariaient avec les filles des hommes, il en naissait toutes sortes de monstres. Tandis qu'on est attiré par le divin génie du Guide et par son pinceau

---

1. *Ital. Reise*, p. 120. — 2. *Journal*, p. 257. — 3. *Journal*, p. 282. — 4. *Ibid.* — 5. *Ibid.*, p. 283. — 6. *Ibid.*, p. 156. — 7. *Ibid.*, p. 301.

qui n'aurait dû peindre que la perfection, on voudrait détourner les yeux des sujets horriblement stupides et que toutes les injures du monde ne sauraient assez ravaler. Partout on croit se retrouver à l'amphithéâtre, au gibet, à la voirie ; toujours les souffrances du héros, jamais d'action, jamais un intérêt présent, toujours l'attente fantastique de quelque événement extérieur, toujours des malfaiteurs ou des extatiques, des criminels ou des fous[1]. » Les seuls tableaux qui trouvent grâce à ses yeux sont ceux où il découvre une trace d'humanité pure. Ainsi, il loue une *Madone* pour l'hésitation pudique qu'elle semble éprouver à découvrir sa poitrine[2], et il admire à Bologne le célèbre tableau du Guide représentant la Vierge en train de donner le sein, à cause de l'expression tout humaine du visage de la Vierge. « On ne peut rendre, dit-il, l'expression avec laquelle Marie regarde l'enfant suspendu à son sein. On dirait une résignation douloureuse et muette. Ce n'est pas l'enfant de l'amour et de la joie, c'est quelque enfant substitué furtivement qu'elle allaite ; elle s'y prête parce qu'il le faut et que, dans sa profonde humilité, elle ne comprend pas pourquoi cela lui est arrivé, à elle[3]. »

Ce commentaire en dit long sur son état d'esprit à l'égard du catholicisme.

A Logano, il rencontre la superstition religieuse, incarnée sous les traits d'un capitaine de l'armée du pape[4], brave homme d'esprit borné, assez mécontent de son état et de la prêtraille, mais qui révèle l'empreinte qu'il a reçue par ses questions saugrenues sur l'amour libre et les mariages entre frères et sœurs chez les protestants, sur la religion de Frédéric II et la confession protestante. Devant cette ignorance, Goethe note : « J'admirai l'habileté de ce clergé qui cherche à écarter et à défigurer tout ce qui pourrait faire invasion et porter le trouble dans la sphère ténébreuse de sa doctrine traditionnelle. »

A Terni, à quelques lieues de Rome, il écrit : « Au moment

---

1. Cf. *Joarnal*, pp. 306-307. — 2. *Ibid.*, p. 301. — 3. *Ibid.*, p. 303.
4. *Ibid.*, p. 313. Un des traits les plus développés dans la *Rédaction : Ital. Reise*, 25 oct., B^d 30, pp. 179-181.

où je m'approchais du centre du catholicisme, entouré de catholiques, enfermé dans une chaise de poste avec un prêtre ; tandis que je cherchais à observer et à saisir en toute sincérité la nature dans sa vérité et l'art dans sa noblesse, je compris clairement que toute trace du christianisme primitif était effacée. Bien plus, quand je me le représentais dans sa pureté première, tel qu'il nous apparaît dans l'histoire des apôtres, je me sentais frémir en songeant à l'informe et baroque paganisme qui pèse de tout son poids sur ces naïfs commencements. » Il songe que, si Jésus revenait pour s'enquérir des fruits qu'a portés sa doctrine, il pourrait bien être crucifié une seconde fois, et le vieux thème du *Juif errant* le hante à nouveau[1]. C'est dans cet état d'esprit que, le 29 octobre, il voit se découper à l'horizon la coupole de Saint-Pierre.

Une des raisons qui, depuis son départ de Venise, lui avaient fait hâter son voyage était qu'il tenait à arriver à Rome pour la Toussaint[2]. Il espérait assister à une fête générale, se disant que puisqu'on fait tant d'honneur à un saint tout seul, ce devait être bien autre chose encore pour tous les saints réunis. Son attente fut déçue, chaque ordre célébrant pour son compte la fête de son patron. Mais le lendemain lui apporta une compensation ; il put assister à la messe que le pape dit lui-même dans sa chapelle privée du Quirinal[3]. Il espère que ce spectacle unique va lui révéler enfin le catholicisme dans toute sa splendeur rayonnante. L'instant est décisif. Va-t-il entendre sortir de la bouche du Chef de l'Eglise des paroles émues qui diront l'indicible félicité des bienheureux ? Va-t-il connaître l'extase des croyants ? Hélas ! Le pape va, vient devant l'autel, s'incline à droite, à gauche, marmotte des paroles inintelligibles comme le plus humble curé. Gœthe est déçu et s'indigne dans son protestantisme. « Ce n'est pourtant pas ainsi, s'écrie-t-il, que Jésus expliquait la loi divine. Que dirait-il s'il entrait en ce moment et voyait son représentant sur la terre en train de

---

1. *Ital. Reise,* 27 oct., B^d 30, p. 192. — 2. *Ibid.,* 3 nov., p. 200. — 3. *Ibid.,* p. 201.

marmotter et de se démener de son pas incertain? » Alors, comme sur la route de Rome, le *Venio iterum crucifigi* revient à l'esprit de Gœthe; il étouffe dans cette atmosphère d'encens et il entraîne son ami Tischbein au dehors, vers l'art libérateur.

La scène a quelque chose de tragique. Certes, Gœthe n'avait pas espéré trouver à Rome, au sein même du catholicisme, la solution des conflits qui, dans les dernières années de Weimar, lui ont rendu la vie si douloureuse; c'est de l'antiquité qu'il attend sa guérison. Mais il n'en éprouve pas moins une grande désillusion à se heurter, comme jadis au temps de sa confirmation, à la formule sèche, au rite figé. Et, comme s'il gardait rancune au catholicisme de ce nouveau désenchantement, il en juge dès lors toutes les manifestations avec une impatience et une mauvaise humeur, qui, chaque jour, vont croissant.

Voyant de nouveau, à Noël, le pape célébrer la grand'messe à Saint-Pierre, il s'écrie que malgré tout ce que ce spectacle peut avoir d'auguste et de splendide, il sent qu'il a trop vieilli dans son diogénisme pour en être touché[1]. « Comme mon pieux devancier, je dirais volontiers à ce clergé qui a conquis le monde : « Ne me cachez donc pas le soleil de l'art sublime et de l'humanité pure. » Le jour de l'Epiphanie, après avoir assisté à une messe selon le rite grec, il note que les cérémonies lui ont paru plus imposantes, plus théâtrales et pédantesques que les cérémonies du rite latin; « mais, là encore, j'ai senti, dit-il, que je suis trop vieux pour tout sauf pour la vérité. Leurs cérémonies et leurs opéras, leurs processions et leurs ballets, tout coule et glisse sur moi comme l'eau sur un manteau de toile cirée[2]. » Le même jour, au Collège de la Propagande, après un discours sur la grave question de savoir où la Vierge Marie a reçu les Rois Mages, il entend de jeunes séminaristes réciter, devant un certain nombre de cardinaux, des poésies dans leur idiome national. Les voix, les intonations

---

1. A Herder, 29 déc.; cf. *Ital. Reise*, B^d 3o, p. 247. — 2. A Ch. v. Stein, 6 janv. 1787.

étranges, faisaient rire l'auditoire immodérément; le tout apparaît à Gœthe comme une farce. Avec un plaisir évident, il rapporte l'anecdote suivante : « Le défunt cardinal Albani assistait un jour à cette cérémonie. Un des élèves, se tournant vers un des cardinaux, se mit à dire dans sa langue « *gnaia! gnaia!* » ce qui sonnait à peu près comme *canaglia! canaglia!* Le cardinal se pencha vers un de ses confrères et lui dit : « Celui-là nous connaît[1]. » — Le 2 février, il va voir bénir les cierges à la chapelle Sixtine et il écrit à Mme de Stein[2] : « Je suis resté un instant, mais, comme je te l'ai déjà écrit, je n'ai plus le moindre goût pour cet Hocuspocus. » Dans la rédaction de 1815, il supprime l'expression mais il en développe le contenu de façon caractéristique[3] : « Je suis bientôt ressorti avec mes amis, car, me disais-je, ce sont justement ces cierges qui, depuis trois cents ans, noircissent ces magnifiques tableaux, et c'est cet encens qui, avec une insolence parée de sainteté, non seulement enveloppe de ses vapeurs le splendide soleil de l'art, mais l'assombrit d'année en année et finira par le faire disparaître sous les ténèbres. » — « Les représentations théâtrales et les cérémonies religieuses, mande-t-il au duc[4], m'édifient tout aussi peu les unes que les autres. Les acteurs se donnent beaucoup de mal pour mettre en joie; les prêtres ne s'en donnent pas moins pour rendre pieux, mais ils n'agissent les uns et les autres que sur une certaine classe de gens, dont je ne suis pas. Ces deux arts sont dégénérés; tout y est vide et calculé pour l'éclat extérieur. En tout cas, de tous les acteurs qui se produisent à Rome, le meilleur c'est encore le pape. » Et si, en dépit de son antipathie, il assiste encore assez souvent à ce qu'il appelle « les mômeries cléricales », c'est uniquement pour la raison qui le fait suivre avec conscience les phases du Carnaval; ce sont, comme il l'écrit à Knebel, choses qu'il faut avoir vues[5].

Pourtant, au cours de son voyage dans le Sud, il semble

1. Aux amis de Weimar, 13 janv. — 2. A Ch. v. Stein, 2 fév. — 3. A la date du 16 fév., *Ital. Reise*, B^d 30, p. 162. — 4. A Ch.-Auguste, 3 fév.

5. A Knebel, 19 fév. « Eben so ist's mit den geistlichen Mummereien. »

moins âpre en ses jugements, sa raillerie est moins amère ; il observe et note plus qu'il ne juge. La cause en est, sans doute, dans son état d'esprit général. La douceur de vivre, dont il jouit si délicieusement, le dispose à l'indulgence. Et puis, la religion, comme les mœurs, comme la Nature, se fait, elle aussi, plus souriante sous le ciel de Naples. Les manifestations religieuses lui semblent plus enjouées ; les églises l'amusent par leurs façades peintes[1] ; il passe un bon moment à voir un capucin se démener sur la galerie qui lui sert de chaire, et représenter au peuple, à grands renforts de gestes, sa vie de pécheur. « Que n'aurais-je pas à conter là-dessus ? » dit Gœthe[2], et nous regrettons sa discrétion. A Palerme, il s'intéresse vivement à la chapelle de Sainte-Rosalie sur le Mont Pellegrino[3]. A côté de la statue représentant la sainte endormie au fond de la grotte, dans une ombre mystérieuse, ce qui lui plaît avant tout, c'est que le sanctuaire, dans sa simplicité relative et avec son caractère sauvage, lui semble en accord avec l'humilité de la sainte qui y chercha jadis un refuge. « Peut-être, dit-il, la chrétienté tout entière, qui depuis dix-huit siècles fonde son empire, sa pompe, ses solennités sur la misère de ses premiers fondateurs et de ses plus ardents confesseurs, ne saurait-elle montrer aucun lieu saint qui soit décoré et honoré d'une façon plus ingénue et plus touchante. » — Les réjouissances tumultueuses, les feux d'artifice devant les portes des églises, le son des cloches et des orgues qui, le jour de Pâques, célèbrent la résurrection du Christ, l'amusent mais l'étourdissent, lui qui « n'est pas habitué à adorer Dieu de façon si bruyante[4] ». La grande procession solennelle, au milieu d'une avenue bordée de bouc amoncelée, avec le clergé en habits de fête, la noblesse élégamment chaussée et le vice-roi en tête, lui paraît grotesque[5], et, pour que le spectacle de cette foule élégante et dévote, récitant des prières et se pavanant au milieu d'un bourbier, lui semble supportable, il faut qu'il se représente, par

---

1. *Ital. Reise*, B^d 31, p. 25. — 2. *Ibid.*, p. 26. — 3. *Ibid.*, p. 100 et sq. — 4. *Ibid.*, p. 107. — 5. *Ibid.*, p. 145.

l'imagination, les fils d'Israël, que la main de l'ange menait, à pied sec, à travers les marécages.

Le retour à Naples nous offre un pendant curieux à la scène des pèlerins sur la Brenta[1]. A la hauteur de Capri, le navire, saisi par un courant perfide, est en danger de se briser contre les écueils de l'île. Les passagers affolés, les femmes surtout, invectivent et maudissent le capitaine. Gœthe, à qui, dès son jeune âge, « l'anarchie avait toujours été plus odieuse que la mort », bien que souffrant du mal de mer, leur prêche le calme, leur rappelle la scène du lac Tibériade, et les exhorte à demander à la Mère de Dieu qu'elle intercède auprès de son Fils pour qu'il renouvelle le miracle en leur faveur. Sa voix est écoutée, et les femmes, tombant à genoux, récitent les litanies avec ferveur. Une seconde fois, il rend donc indirectement hommage à la religion des humbles.

L'humilité et la candeur joyeuse, ce sont d'ailleurs les deux vertus qu'il goûte avant toutes les autres chez Ph. Néri, le saint, dont, le 26 mai, il célèbre la fête à Naples, avec, dit-il, une confiante ferveur, selon son caractère et sa doctrine. Ce saint était un mystique, qui était en même temps plein de bon sens et pratiquait la charité la plus active. Sans appartenir à aucun ordre, sans même avoir été ordonné prêtre, il eut, à peu près à la même époque que Luther, l'idée d'unir le sacré avec le séculier, d'introduire les choses divines dans le siècle et par là de préparer lui aussi une Réforme, seul moyen, ajoute Gœthe, d'ouvrir les prisons du papisme et de rendre son Dieu au monde libre. Au milieu de la Rome fastueuse et dissolue, il prêche le renoncement et l'humilité ; il renferme sa doctrine dans une courte formule : « Spernere mundum, spernere te ipsum, spernere te sperni[2]. » Gœthe trouve la formule profonde et superbe. La belle humanité et la sincérité absolue de Néri lui font oublier les excès de son ascétisme et l'extravagance des

____

1. *Ital. Reise*, 14 mai, B^d 31, p. 230.

2. *Ibid.*, pp. 245-249, et B^d 32, pp. 180-207, l'esquisse biographique de Néri est une des plus importantes additions de la *Rédaction*. Cf. Wauer, *op. cit.*, p. 34.

épreuves qu'il imposait à ses disciples, ou du moins l'y rendent indulgent. Néri est avant tout pour lui l'adversaire du papisme dégénéré, du manque de sincérité religieuse, de la duperie organisée en grand par le haut clergé.

Dès que lui-même se retrouve à Rome, l'impatience et la mauvaise humeur qu'il avait éprouvées, lors de son premier séjour, à la vue des agissements des prêtres, le ressaisissent. Il ne sourit plus comme à Naples ou en Sicile ; la comédie lui paraît sinistre. « Hier, c'était la Fête-Dieu, écrit-il à Mme de Stein[1]. Je suis décidément incapable de trouver le moindre goût aux cérémonies de l'Eglise. Tous ces efforts pour donner l'apparence de la vérité à un mensonge me semblent misérables, et les mômeries qui en imposent aux enfants et aux hommes, esclaves de leurs sens, même lorsque je les considère en artiste et en poète, me paraissent fades et mesquines. »

Aussi, malgré l'intérêt qu'il aurait pu trouver à pénétrer dans les cercles du haut clergé, il résiste à toutes les avances qu'on fait pour l'y attirer.

Si, malgré lui, il n'est pas insensible pourtant à la pompe extérieure des cérémonies de la semaine sainte[2], ou à la grandeur symbolique du geste du pape, dépouillant tous ses ornements pour venir se prosterner, le front dans la poussière, devant la croix, dans le silence de l'église recueillie[3], le catholicisme lui apparaît toujours davantage une religion grossière, dégénérée, où tout est sacrifié à la vaine apparence, bonne tout au plus pour les enfants et les hommes naïfs que le clinquant éblouit, une religion dont le chef est un comédien consommé, qui administre mal ses Etats, mais enrichit ses neveux[4].

Avant de venir en Italie il pouvait hésiter dans son jugement sur le catholicisme en tant que religion positive et se demander si celui-ci, avec son bon sens du décor impressionnant, n'était pas, somme toute, supérieur au protestantisme sec et froid, il sait maintenant à quoi s'en tenir ; les *Epigrammes véniliennes* traduiront bientôt son anthipathie déclarée.

1. 8 juin 1787. — 2. *Ital. Reise*, B[d] 32, p. 293 et sq. — 3. *Ibid.*, p. 296. — 4. Cf. à Ch.-Auguste, 2 avril 1788; à Fritsch, 27 oct.

III, 3.

Il nous reste à nous demander si sa pensée religieuse intime, sa propre religion, n'ont pas subi le contre-coup de l'impression si défavorable que lui fit la Rome catholique. Nous avons sur ce point une indication précise : c'est l'accueil qu'il fit aux *Dialogues sur Dieu*, de Herder[1].

« Cela a été pour moi une consolation et un réconfort, dit-il, de les lire dans cette Babel, la mère de tant de mensonges et d'erreurs[2] ». Il les communique à Moritz et celui-ci datera de cette lecture une nouvelle époque de sa vie, car il y trouve comme la clef de voûte de son système[3]. Pour lui, Gœthe, il y voit un encouragement précieux à poursuivre son étude de la Nature. Et dans sa lettre du 8 octobre[4], il souligne à quel point il est d'accord avec Herder et combien grande est son aversion pour tous les faux prophètes, qu'ils s'appellent Lavater, Jacobi ou Claudius. Il raille leur croyance aveugle et naïve en un Dieu personnel extra-mondial, en un conte d'enfant, comme il appelle l'histoire de Jésus, il persifle leur outrecuidance à se poser en apôtres de l'unique vérité, de cette vaine doctrine qui, sans vergogne, confond science et croyance, révélation et connaissance rationnelle. Il nous les montre uniquement appliqués à approcher leur chaise le plus près possible du trône de l'agneau, et n'apercevant rien de la Nature, bien plus, détestant tous les efforts de ceux qui vouent leur vie à son étude. Pendant qu'ils se complaisent en leur religiosité étroite et égoïste, Herder lui, écrit ses sublimes dialogues — et ceux-ci deviennent « le plus cher évangile » de Gœthe, la planche de salut à laquelle vient se raccrocher l'indécision de Moritz[5]. — Définir le Dieu dont Herder se fait l'apôtre sera, à peu de cho-

1. *Gott*, Einige Gespräche von J.-G. Herder, 1787 ; Gœthe les reçut à Rome en août. Cf. *Ital. Reise*, B^d 32, p. 63.

2. *Ital. Reise*, 28 août, B^d 33, p. 63. — 3. *Ibid.*, 1er sept. pp. 73, 76. — 4. *Ibid.*, pp. 111, 112. — 5. *Ibid.*, p. 113.

ses près, définir celui que Gœthe accepte pour son propre
compte.

Herder avait écrit ses *Dialogues* pour répondre au livre de
Jacobi sur la doctrine de Spinoza[1]. Nous nous souvenons que
Jacobi avait conclu que spinozisme était synonyme d'athéisme
et que Gœthe avait vivement protesté contre cette interprétation. Herder, de son côté, tout en rejetant très loin l'idée d'un
Dieu personnel, en dehors de l'univers, comme une conception grossière et athée[2], ne veut pas admettre avec Jacobi que la « substance » de Spinoza soit une entité dépouillée
de toute réalité, une fatalité aveugle et mathématique, dont
les choses ne sont que des modifications passives[3]. C'est la
Force éternellement active d'où dérive toutes les forces particulières, et non une force transitoire qui, après avoir créé le
monde, se repose en une inaction impassible[4]. Car il ne faut
pas s'y tromper, si la doctrine spinoziste paraît pouvoir se résumer en de rigides formules mathématiques; si, par exemple,
Spinoza, après avoir souligné l'infini de la divinité, place l'étendue, c'est-à-dire une limitation au nombre de ses attributs,
c'est plutôt par une confusion des termes étendue et matière,
qu'il doit à Descartes, que par une contradition réelle[5]. Aban-
donnons donc le mot attribut, qui trahit la pensée de Spinoza, ne parlons plus d'étendue et de matière mortes, tradui-
sons sa conception vraie en disant que Dieu est la force même,
source de toutes forces, qu'il se manifeste dans tout l'univers
par l'activité infinie de la matière vivante[6]. Ces forces organiques, immatérielles, manifestations de la Divinité, ne sont
pas indépendantes les unes des autres, elles se pénètrent et se
combinent, et c'est de leurs combinaisons, non plus par conséquent de leurs modifications intrinsèques, que dérivent tous
les phénomènes et les changements du monde sensible. L'harmonie constatée, en dernière analyse, dans le monde, n'est
plus une harmonie préalable à la Leibnitz entre les contraires

1. Cf. Haym, *Herder*, II, p. 284 et sq. — 2 *Herders sämmtliche Werke in
40 Bänden*, Stuttgart, 1853, B^d 31, p. 133. — 3. *Ibid.*, p. 104. — 4. *Ibid.*,
p. 106. — 5. *Ibid.*, p. 109. — 6. *Ibid.*, p. 113.

de la tradition cartésienne, Esprit et Matière, mais une harmonie entre des forces infiniment diverses qui produisent et s'enchaînent par l'éternelle nécessité et la perfection suprême de la Nature[1].

Spinoza n'est donc pas athée, puisque Dieu est le point de départ et l'aboutissant de toute sa théorie. Il n'est pas davantage panthéiste, puisqu'il n'y a pas dans son système confusion entre la substance première, l'infini divin et ses manifestations, entre la nature naturante et la nature naturée[2]. Ni athée, ni panthéiste, Spinoza n'est pas davantage fataliste. comme le veut Jacobi, car son Dieu, si on interprète sa pensée, au lieu de s'en tenir aux équivoques de son langage, étant la force suprême, ne peut être que la perfection, et la perfection suppose de toute nécessité la pensée et la volonté infinies[3]. La nécessité de Spinoza n'est donc pas une nécessité aveugle, c'est une nécessité rationnelle, et si Spinoza ne veut pas soumettre l'intelligence divine aux définitions ordinaires de l'intelligence humaine, c'est pour bien marquer qu'il est inutile de vouloir chercher à attribuer à l'intelligence de Dieu les qualités de notre propre intelligence, comme la volonté et l'entendement, puisqu'elle les contient toutes, avec une plénitude que nous ne pouvons pas même concevoir. Il est donc mesquin et faux de chercher des causes finales aux phénomènes particuliers, de parler des intentions de Dieu[4]. Le monde étant la manifestation éclatante de Dieu, chaque phénomène prouve Dieu et il n'y a pas lieu de chercher Dieu dans telle ou telle manifestation spéciale. La Nature entière n'est qu'un reflet de Dieu ; étudier la Nature, c'est étudier Dieu, de la seule façon d'ailleurs dont on puisse l'étudier, car ce n'est que là que nous pouvons le saisir. La conception spinoziste du monde ne peut donc être fataliste, puisque le monde est Dieu et que Dieu ne peut se concevoir sans raison et sans volonté[5].

Ni panthéiste, ni fataliste, Spinoza est encore moins

1. *Herders Werke*, Bd 31, p. 120. — 2. Cf. Haym, *op. cit.*, p. 290. — 3. Cf. 3e Dialogue, *Herders Werke*, Bd 31, p. 126 et sq., p. 131. — 4. *Ibid.*, pp. 136, 143. — 5. Cf. *ibid.*, p. 159.

34

amoraliste. Le monde naturel, étant Dieu rendu sensible, est le meilleur possible; le mal que notre terminologie oppose au bien, n'est qu'une apparence[1]; c'est une combinaison de forces dont le sens nous échappe. La Divinité étant la sagesse, la bonté mêmes, toutes les forces vivantes du monde agissent d'après des règles éternelles de la sagesse et de la bonté[2]. Chercher à faire ressembler le monde moral au monde naturel est pour l'homme le meilleur moyen d'arriver à la perfection ou de s'en rapprocher. L'homme n'a qu'à chercher à développer dans le sens de la Nature les forces organiques qui le constituent. Il n'est pas sans doute absolument libre parce qu'il agit selon des forces internes qui lui sont innées et qui sont nécessaires, mais il ne subit pas non plus une fatalité aveugle, puisque cette fatalité n'existe pas. Les individualités ne peuvent-elles pas, au reste, s'affirmer de façons très diverses, selon qu'elles déploient plus ou moins leurs propres énergies, qu'elles arrivent à la conscience plus ou moins nette qu'en travaillant à leur développement elles travaillent dans le sens de l'harmonie qui existe entre elles et la Nature[3]?

En même temps que, sous le prétexte de rétablir la vérité sur Spinoza, Herder exposait ainsi sa propre théorie du divin dans le monde, il en faisait en quelque sorte l'application pratique à l'histoire de l'humanité dans le troisième livre des *Idées*[4]. Il montrait comment l'évolution de l'humanité est régie par des lois semblables à celles selon lesquelles agissent les forces organiques de la Nature et des individus; elle tend donc vers l'ordre, l'harmonie. Les fautes, les égarements de l'humanité ne sont que des maux apparents. Nulle force, même la plus aveugle, n'est contrariée dans son action; toutes sont subordonnées à ce principe que les résultats contraires se détruiront l'un l'autre et que le bien seul restera permanent. Le mal qui détruit un autre mal se soumettra à l'ordre ou se dévorera lui-même. Nous ne connaissons pas la fin de l'humanité, mais

---

1. *Herders Werke*, Bd 31, p. 208. — 2. *Ibid.*, p. 188 et sq., p. 207. — 3. Cf. p. 213; cf. aussi 3e Dial., p. 113. — 4. *Ideen*, IIIer Theil. 15es Buch. II.

l'ordre divin ignorant le stationnement, nous pouvons être certains que l'humanité, au moins dans son ensemble, marche vers des destinées plus hautes[1]. Notre humanité n'est qu'un état de préparation, « le bouton d'une fleur qui doit éclore[2]. »

Ces idées de Herder n'étaient pas une révélation pour Gœthe. En recevant les *Dialogues* ne dit-il pas que ce livre merveilleux lui rappelle le temps où il s'entretenait fréquemment du même sujet avec Herder[3]? Mais il a joie et profit à les voir systématisées, ramassées en un faisceau lumineux, et il y retrouve, avec un nouveau plaisir, la confirmation de ses propres idées sur la Nature-Dieu. Il y retrouve sa foi en l'identité de la perfection et de l'existence, en l'impossibilité de limiter Dieu et de parler des parties de l'Infini, en l'harmonie profonde qui se révèle dans les moindres phénomènes de la Nature, en l'unité de toutes les parties de l'être, qui prouve la présence de la loi nécessaire derrière les manifestations diverses de la vie, la réalité de l'esprit de sagesse et de bonté immanent au monde, qui se manifeste, comme une force active, aussi bien dans la feuille de l'arbre que dans le grain de sable et les plus petites fibres de notre corps.

La correspondance de ses idées avec celles de Herder est telle, sa terminologie, à cette date, est si voisine de celle de l'auteur des *Dialogues* qu'on a pu prétendre, non sans vraisemblance[4], que c'est en 1787 que se place son résumé de la doctrine de Spinoza, dont nous avons parlé au chapitre précédent. — En tout cas, l'adhésion complète que Gœthe donne en Italie aux conceptions de Herder nous prouve que son sentiment intime reste intact.

Les enseignements qu'il a retirés de la contemplation des œuvres de l'art antique et de l'étude de la nature italienne n'ont fait, au contraire, que le convaincre davantage de l'excel-

---

1. *Herders Ideen*, cf. Ier Theil. 5tes Buch. III. — 2. *Ibid.*, V. — 3. *Ital. Reise*, B[d] 32, p. 93. — 4. Fr. Brass, *Zu Gœthes philosophischem Aufsatz.*, Gœthe-Jahrb., 1897, pp. 174-181.

lence, de la vérité de sa foi en la Nature-Dieu et de la légitimité de sa confiance en la destinée de l'humanité.

En religion comme en art, comme dans le domaine des sciences de la Nature, rien ne trouble plus son regard clair ; les voies de l'avenir sont libres.

IV.

Quel fut donc le résultat total de ces gains particuliers ? En d'autres termes, *l'homme* en Gœthe s'est-il renouvelé ou affermi dans la même mesure que le penseur ?

En descendant en Italie, Gœthe avait très nettement la conscience qu'il faisait un pas décisif, et il marque lui-même qu'il est à un tournant grave de sa vie[1]. Il définit avec précision le but de son voyage ; il veut réapprendre à vivre, à voir, à sentir[2].

A peine a-t-il respiré l'air de la Lombardie qu'il lui semble « qu'il y est né et y a été élevé et qu'il revient d'un voyage au Groenland, d'une pêche à la baleine[3] ». Pourtant, tout en regrettant que cette heure bénie vienne si tard[4], avec sa grande sagesse, il reconnaît que ce voyage est « comme une pomme mûre qui se détache toute seule de l'arbre »,— il vient juste à point ; six mois plus tôt il eût été prématuré[5]. — Une fois à Rome, sûr que rien ne sera plus capable de l'empêcher de « posséder Rome », il révèle le secret de sa fuite à sa mère, au duc, à ses amis ; il leur dit sa joie débordante ; mais ce qui lui tient le plus à cœur, c'est de leur faire comprendre que, en

1. *Journal*, p. 162. — 2. *Ibid.*, p. 175. — 3. *Ibid.*, p. 177. — 4. *Ibid.*, p. 193.

5. A Seidel, 18 sept. 1786.

A être obligé de se servir lui-même et de se préoccuper des menus détails de l'existence, à écrire lui-même au lieu de n'avoir qu'à penser, à donner des ordres, à discuter, il trouve que son esprit gagne en élasticité (*Journal*, p. 176), et à errer à sa guise au milieu d'inconnus, d'indifférents, au lieu de n'avoir de rapports qu'avec des gens qui ne l'abordent qu'avec l'idée d'obtenir quelque chose de lui, il sent, dit-il, son humanité se développer (*Journal*, pp. 230-231).

faisant ce voyage, il ne satisfait pas seulement un caprice, un désir égoïste, il leur atteste qu'il est parti avec l'espoir de revenir transformé[1].

Dès maintenant il se sent calmé et sans doute tranquillisé pour la vie entière[2]. « La loi et les prophètes sont accomplis ; et je suis maintenant délivré pour la vie des fantômes romains[3]. » — Depuis sa tendre jeunesse il rêvait de Rome ; les premières images qui avaient frappé ses yeux d'enfant étaient les vues de Rome rapportées par son père, et quand il voit en réalité les monuments et les paysages qu'elles représentaient, il lui semble retrouver de vieilles connaissances[4] ; seulement, tant qu'il n'avait fait qu'en rêver ou qu'il n'en avait vu que le simulacre, elles avaient eu pour lui quelque chose de vague, de fantastique, d'angoissant. Maintenant qu'il va pouvoir les toucher de la main, qu'il les possède dans la plénitude de leurs formes concrètes, il lui semble que l'idée qu'il s'en était faite et qui si longtemps l'avait tourmenté, fuit, comme à la clarté du jour disparaissent les obsédants fantômes nocturnes. Il éprouve un sentiment inconnu de solidité[5]. L'étude sérieuse lui semble un devoir impérieux. « Il n'est pas à Rome, dit-il, pour jouir, à sa manière, en dilettante ; il veut s'appliquer aux grands objets, il veut apprendre et se développer à fond avant d'avoir atteint la quarantaine[6].

Dès le 2 décembre, il s'écrie : « Bien que je sois toujours le même, j'ai l'impression que j'ai changé jusqu'à la moelle des os[7]. » Une telle transformation ne va pas d'ailleurs sans quelque souffrance. — « Tout ceci est plutôt une peine et un souci qu'une jouissance. Le renouveau qui me transforme de l'intérieur à l'extérieur continue d'agir. » — « Tant mieux ! Je me suis abandonné pieds et poings liés, et ce n'est pas seulement mon sens artistique, c'est aussi mon sens moral qui subit un grand renouveau. » « Plus je suis forcé de me renier moi-même, plus j'en éprouve d'aise[8]. » Et c'est alors que, ainsi

<hr>

1. Cf. lettres 1, 3, 4 nov. — 2. Aux amis de Weimar, 1er nov. — 3. A Seidel, 4 nov., p. 42. — 4. Aux amis de Weimar, 1er nov. — 5. Aux Herder, 10-11 nov. — 6. *Ibid.* — 7. Aux amis de Weimar. — 8. A Ch. v. Stein, 20-23 déc.

que nous l'avons déjà vu, il se compare à l'architecte qui, reconnaissant à temps son erreur, n'hésite pas à détruire ce qu'il a commencé d'édifier pour le reconstruire sur de nouvelles bases plus solides.

Son objectif principal reste l'élargissement et l'affermissement de sa propre personnalité. Quand, en janvier 1787, il est encore incertain sur le temps qu'il doit rester en Italie et songe à regagner Weimar pour Pâques, la pensée de ne rapporter que des résultats incomplets, tout appréciables que soient ceux qu'il a déjà obtenus, lui cause un véritable malaise[1]. Il sollicite indirectement de ses amis des encouragements à prolonger son séjour, en leur exposant tout ce qui lui reste à faire et à voir. Il a la conscience, presque tragique, que le problème qui se pose maintenant à lui est un de ces problèmes vitaux, à la solution duquel tout son avenir est suspendu. Écoutons-le plutôt quand il s'excuse auprès de l'amie délaissée de ce voyage qui, si brusquement, l'a enlevé à elle[2] : « Je n'ai qu'une existence, et c'est cette existence que j'ai jouée tout entière et que je joue chaque jour encore. Si je me tire d'affaire au moral comme au physique, si ma nature, mon esprit, ma fortune triomphent de cette crise, alors je te dédommagerai au centuple de ce qui peut comporter un dédommagement. Si je sombre, tant pis ; aussi bien, n'étais-je plus bon à rien. »

Ce sentiment, que c'est tout son être qui est l'enjeu de la partie qu'il a engagée, communique à sa vie entière, à sa pensée un élan nouveau. Il ne perd pas un moment ; il travaille fiévreusement à se refaire et suit avec anxiété les progrès du renouveau[3]. Il n'est guère de ses lettres aux amis de Weimar où nous ne trouvions les traces de ce souci : « Je sens que déjà un grand changement en mieux s'est fait en moi ; j'ai déjà abandonné beaucoup d'idées auxquelles je tenais ferme et qui me rendaient malheureux, ainsi que les gens autour de moi. Je suis beaucoup plus libre. Chaque jour il me tombe

1. Aux amis de Weimar, 6 janv. 1787. — 2. A Ch. v. Stein, 20 janv. 1787. — 3. Cf. à Herder, 17 fév.

une nouvelle peau, et j'espère que quand je reviendrai je serai vraiment un homme[1]. » « Je compte une seconde naissance du jour où j'ai mis le pied à Rome, je vis une seconde jeunesse », écrit-il joyeusement au duc de Gotha[2].

Pourtant, ainsi qu'on l'a dit très justement, si « au bout du premier séjour à Rome le nouvel homme était né, il était encore faible; et ce n'est qu'au milieu de la luxuriante végétation, sous le soleil chaud et vivifiant de Naples et de la Sicile, qu'il devait devenir fort et vigoureux[3] ».

Pendant les quatre mois fiévreux qu'il vient de passer à Rome il a, en effet, ainsi que nous l'avons entendu le souligner lui-même, plus peiné que joui. Il a eu des moments de découragement, où il s'est senti écrasé par la masse des idées nouvelles qui fondaient sur lui, effrayé par tout ce qu'il avait à réapprendre et ce qui lui restait à apprendre, et où il désespérait presque d'arriver à la lumière. Il y avait de l'inquiétude dans le soin même qu'il apportait à noter ses progrès. On dirait qu'il a besoin, comme à Weimar, de les affirmer bien haut pour y croire. Dès le mois de décembre, ne disait-il pas à Charles-Auguste[4] qu'il éprouvait le désir d'aller se retremper à Naples. De même qu'à Weimar le besoin de vivre avait fini par lui rendre insupportable les jougs divers sous lesquels il peinait, de même à Rome il sent qu'il n'est pas venu en Italie seulement pour passer son temps dans les musées et dans les ruines ou dans les ateliers des peintres et des sculpteurs; c'est pour lui un devoir de promener aussi son regard sur la Nature et sur la vie. C'est pourquoi il s'en alla vers Naples et la Sicile.

Nous savons que son attente ne fut pas déçue. Naples et la Sicile lui apprirent, au delà de ses plus ambitieuses espérances, la joie de vivre et surtout l'art de vivre selon la Nature.

Sous le ciel froid et gris du Nord, la nature apparaît à l'homme le plus souvent maussade et hostile. C'est une ennemie perfide qui sème notre route d'embûches et nous force à

1. A Ch. v. Stein, 6 janv. — 2. Au duc de Gotha, 6 fév. — 3. Th. Cart, *op. cit.*, p. 72. — 4. 12 déc. 1786.

lutter pour défendre contre elle nos jours qu'elle guette sournoisement. Le philosophe peut bien discerner sous l'apparence
renfrognée, la vie intense et splendide qui s'y cache, le poète
peut saisir son sourire fugitif lorsque le printemps lui met la
parure de ses jeunes feuilles et de ses fleurs délicates. Mais ce
qui ne peut échapper au penseur, c'est que l'homme reste l'esclave de la Nature en semblant l'asservir; l'œil de l'artiste
lui-même s'attriste au spectacle des marbres dont les mousses
verdâtres rongent la frissonnante nudité, et il déplore le voile
lugubre que les intempéries jettent sur les dentelles de pierre
des cathédrales et des palais. En face de la Nature du Nord,
l'homme se sent petit et il traduit ce sentiment qu'il a de sa
servitude en peuplant de génies hostiles le monde qui l'entoure. Les natures héroïques peuvent, à certaines heures, trouver dans la lutte même un âpre plaisir, et les rares victoires
qu'elles remportent sur la Nature peuvent leur donner l'illusion
et la fierté de leur propre force. Mais ces instants sont rares
et la conscience même qu'ont les hommes de la nécessité et
de la difficulté de la lutte contre la Nature ne leur fait que
mieux sentir leur dépendance et son empire. Aux pays du gai
soleil, au contraire, la Nature est douce et bienfaisante. Toute
l'année, elle conserve son manteau de verdure et de fleurs. De
l'azur profond du ciel se déverse sur toutes choses une chaude
lumière qui donne à l'homme la joie de vivre, aux pierres
elles-mêmes la couleur de la vie, à la terre une merveilleuse
fécondité. Aux rivages de Naples et de la Sicile, Gœthe a vu
les hommes s'abandonner mollement à la douceur d'exister,
car la Nature leur apparaît comme une amie qui ne demande
qu'à leur rendre la vie légère; ils ne sentent point en elle un
despotisme impérieux et maussade, ils la regardent bien en
face avec la confiance que leur donne le sentiment de leur
liberté.

Aussi Gœthe considère-t-il ce voyage comme un trésor
indestructible, où il pourra puiser toute sa vie[1]. En même

____

1. A Seidel, 15 mai; à Ch.-Auguste, 27 mai.

temps qu'une conception plus nette de l'antiquité, il en rapporte la conviction que, selon l'exemple des Napolitains, il doit avant tout vivre pour lui. En janvier déjà, il avait écrit à Mme de Stein[1] : « Ma situation sera la plus heureuse qui se puisse imaginer, dès que je penserai à moi seul, dès que je renoncerai à ce que si longtemps j'ai considéré comme mon devoir, dès que je me serai vraiment persuadé que l'homme doit se saisir du bien qui lui arrive comme d'une proie que la fortune lui envoie, sans se préoccuper de ce qui se passe à droite et à gauche et bien moins encore du bonheur ou du malheur d'un ensemble. » Ce que la vue de la lutte pour la vie lui avait déjà fait pressentir à Rome, le spectacle de l'insouciance napolitaine achève de le lui faire voir. L'égoïsme lui apparaît comme un devoir.

Mais qu'on ne se laisse pas tromper par les mots. Il ne s'agit plus de cet égoïsme génial, dont Gœthe, à Weimar déjà, s'était efforcé, victorieusement d'ailleurs, de se délivrer ; l'égoïsme, dont il reconnaît maintenant, avec une conscience plus lucide encore, la nécessité, repose sur la claire connaissance de soi-même et sur le respect de la loi naturelle. Une de ses lettres au duc nous en fournit la preuve. Remerciant son maître[2] de ce qu'il a bien voulu consentir à lui enlever une partie du fardeau qui pesait sur ses épaules : « Je serai ainsi pour vous plus, que souvent je ne l'ai été jusqu'ici, si vous me permettez de ne faire que ce que personne ne peut faire à ma place ». Allégé de soucis pour lesquels il n'était pas né et dont seules ses relations personnelles avec le duc l'avaient amené à se charger, il pourra faire œuvre vraiment bonne et utile.

Aussi, bien que Gœthe, à cette époque, sente et souligne qu'il n'a pas encore tiré de son voyage, surtout au point de vue artistique tout le profit désirable, dès maintenant il a conscience d'un progrès immense ; il a appris à voir clair en lui-même, à faire le départ de ce qui lui appartient et de ce qui lui est étranger. Et il y revient à tout moment, ce n'est

---

1. 25 janv. 1787. — 2. 27 mai.

pas seulement sa conception de l'art qui par degrés se purifie et se précise, c'est aussi sa vie intérieure qui se développe toujours davantage, sa santé morale qui s'accroît, son idéal de vie qui, chaque jour, s'affirme avec plus de netteté[1]. « Maintenant que la vieillesse approche, je veux atteindre l'accessible, faire ce qui est faisable, après avoir si longtemps, en le méritant ou sans le mériter, supporté la destinée de Sisyphe ou de Tantale[2] ». Il espère qu'il reviendra guéri radicalement à Weimar; il se sent l'âme joyeuse et libre depuis qu'il a une conscience exacte de ses forces et qu'il a pris la résolution de ne plus les éparpiller stérilement, de ne plus s'épuiser vainement en des tâches pour lesquelles il n'est point fait[3]. Rien n'est plus caractéristique de son progrès moral que l'âpreté avec laquelle il parle de ses anciens amis Lavater et Jacobi dans sa lettre du 5 octobre 1787[4]. S'il voit en eux des sots, des aveugles ou des charlatans, c'est que lui-même a appris à haïr le mensonge, les démons, les vagues intuitions, les aspirations maladives, les capucinades apostoliques, que de plus en plus il est avide de lumière et de vérité, qu'il a reconnu, avec tous les hommes sensés, que le moment présent est tout et que c'est là un privilège de l'homme raisonnable de se conduire de telle sorte que sa vie, dans la mesure où elle dépend de lui, se compose du plus grand nombre possible de moments raisonnables et heureux[5].

S'il redoute, par ailleurs, de voir se réaliser le projet qu'a conçu la duchesse Amélie de venir le retrouver avec sa suite à Rome, c'est qu'il craint de souffrir, dans ses idées ou ses sentiments nouveaux, du contact de tous ces gens du Nord, qui apporteraient à Rome leurs préjugés, leurs ignorances, leurs vaines chimères[5]. En diplomate habile, il réussit à écarter la menace de ce danger, il hâte lui-même son retour pour y échapper plus sûrement et il peut jusqu'au bout jouir de Rome à sa guise et achever son évolution sans entraves.

1. Cf. à Ch.-Auguste, 6 juillet 1787; à Kayser, 14 juillet, et *Ital. Reise*, 16 juin, B^d 32, p. 4. — 2. *Ital. Reise*, 27 juin, *ibid.*, p. 7. — 3. *Ibid.*, 22 sept., p. 82. — 4. *Ibid.*, pp. 105-107. — 5. *Ibid.*, 27 oct., p. 116. — 1. Cf. lettres au duc, 17 nov. 1787; 25 janv. 1788; 17 mars.

Quand, enfin, le duc le rappelle, s'il peut lui répondre par un joyeux « Je viens[1] », c'est qu'il a conscience qu'il a vraiment atteint le but vers lequel il tendait quand il a quitté Weimar. « Je me suis retrouvé moi-même, mais comment? Comme artiste[2]. » Il sait maintenant que sa véritable vocation est de penser et d'écrire, et il est décidé à ne plus s'en laisser détourner. Aussi demande-t-il au duc de le recevoir comme un hôte, de lui permettre de remplir la mesure de son existence et de jouir librement de la vie à ses côtés, de le débarrasser de toutes les charges administratives. Sous l'habileté et la déférence des formules, derrière les précautions oratoires on sent sa ferme volonté de vivre désormais pour lui, selon son idéal nouveau. Il croit d'ailleurs sincèrement qu'il servira mieux les hommes en les servant à sa façon, selon les indications de sa propre nature, qu'en soumettant sa volonté à la leur, en forçant son génie à travailler pour eux dans un sens qui ne lui convient pas.

Il importe, en effet, de le remarquer : en cette période où il semble le plus exclusivement préoccupé de lui-même, Gœthe ne cesse de penser aux autres. Son *besoin de bienfaisance*, que nous avons vu s'affirmer si vigoureux à Weimar, reste entier.

V.

Il serait naïf d'attacher une trop grande importance aux innombrables passages de ses lettres à ses amis de Weimar où, sur tous les modes, il atteste que c'est pour eux autant que pour lui qu'il cherche la vérité et que les progrès qu'il fait le réjouissent, non moins pour le profit qu'ils en retireront eux-mêmes indirectement que pour celui dont il est le premier à bénéficier; l'insistance qu'il met à l'affirmer nous prouve pourtant qu'il le croyait sincèrement lui-même et qu'il ne cherchait pas seulement à se faire pardonner sa fuite et la longueur de son

1. 17 mars 1788. — 2. *Ibid.*

absence. Mais c'est surtout le dévouement qu'il montre à ses amis allemands de Rome qui nous convainc que sa philanthropie est toujours aussi active qu'à Weimar.

Lorsque son ami Moritz se casse le bras au retour d'une excursion à cheval vers la mer, non seulement il s'en afflige très sincèrement[1], mais il s'installe à son chevet, il le soigne avec un dévouement tout fraternel[2], il lui sert de confesseur, de confident, de ministre des finances, de secrétaire privé; il le console de ses chagrins d'amour et il est heureux d'exercer sur lui une influence salutaire, dont il espère que le jeune homme se ressentira toute sa vie[3]. Il demande à Herder de s'occuper de lui de son côté, de l'aider dans ses études[4]. Deux ans plus tard, il l'accueillera avec générosité à Weimar et s'efforcera, par tous les moyens, de faire sa fortune[5]. Il héberge chez lui et soigne comme un enfant Fritz Bury, un jeune peintre de Hanau[6]; il le recommande à Herder, en le priant d'intéresser à son sort le coadjuteur Dalberg[7]. Il invite Wieland[8] à ouvrir son Mercure à l'archéologue Hirt et écrit à Herder qu'il serait heureux de lui faire gagner quelque argent[9]. C'est le peintre-graveur Lips à qui il confie, pour lui venir en aide, l'illustration de ses œuvres[10]; c'est Tischbein dont il ne cesse, chaque fois qu'il en a l'occasion, de vanter le talent probe; c'est Kayser, enfin, qu'il soutient de ses conseils et de sa bourse[11]. Bref, tous ceux qui vivent près de lui éprouvent les effets de sa bienfaisance, et il les séduit plus encore par les qualités de son cœur que par son génie qu'il dérobe modestement. Son départ fera un grand vide dans la petite colonie des artistes allemands de Rome; ceux-ci ne l'oublieront pas plus qu'il ne les oubliera; tous diront tour à tour leurs regrets en termes touchants. Un de ses amis romains de la dernière heure, le peintre suisse Meyer, deviendra même, par la suite, un de ses intimes les plus

1. Aux Herder, 13 déc. 1786. — 2. A Ch. v. Stein, 14 déc. — 3: A la même, 16 déc. 1786, 6 janv., 20 janv. 1787, 7-10 fév. — 4. A Herder, 17 fév. — 5. Düntzer, Gœthe und Karl-August, op. cit., pp. 323-328. — 6. A Fried. v. Stein, 16 fév. 1788. — 7. 5 juin 1788. — 8. 17 nov. 1786. — 9. 5 juin 1788. — 10. A Göschen, 9 fév. 1788. — 11. Cf. par ex. 17 sept. 1787.

chers et le plus précieux de ses collaborateurs pour les questions d'art[1].

Ce ne sont pas d'ailleurs seulement ses amis qui éprouvent sa bienfaisance. A Palerme, il va chez les parents de l'aventurier Cagliostro, et s'il y est poussé d'abord par la curiosité, la vue de la détresse physique et morale où vit cette famille l'émeut profondément. Le silence ou plutôt les lacunes de la *Correspondance* et du *Journal* sur cette visite ne nous permettent pas de voir jusqu'à quel point il a, dans la réalité, joué le rôle qu'il s'attribue, mais il est bien vraisemblable de penser que s'il a, dans sa *Rédaction*, quelque peu enjolivé le détail[2], le fond même de son récit doit être vrai, à en juger par l'intérêt que, après son retour à Weimar, il ne cessa de porter à cette famille et par les secours pécuniaires qu'il s'ingénia à lui faire parvenir pour prolonger la généreuse erreur où il l'avait mise sur le sort de l'aventurier[3].

Pour si charitable que soit Gœthe, il ne s'intéresse pourtant aux gens que dans la mesure où il les trouve bons et animés comme lui du désir de trouver le droit chemin et de s'y maintenir. Il est impitoyable et intolérant même, de son propre aveu, pour tous ceux qui musent en route ou s'égarent et prétendent passer pour des porteurs de messages ou des voyageurs. Quand il en rencontre sur sa propre voie, il les harcèle de ses railleries, nous dit-il, jusqu'à ce qu'ils changent ou cèdent la place, et encore, pour qu'il s'occupe d'eux, faut-il qu'il les ait crus capables de s'améliorer ; car, pour ce qui est des esprits faux ou médiocres, il ne met pas de gants et s'en débarrasse sur l'heure[4].

1. Cf. O. Harnack, *Zur Nachgeschichte der italienischen Reise*, Schriften der Gœthe-Gesellschaft, Bd 5, Weimar, 1890 ; J. Vogel, *Aus Gœthes römischen Tagen*, Leipzig, 1905. — 2. Cf. Wauer, *op. cit.*, p. 34, et *Ital. Reise*, Jubil.-Ausg., Bd 27, p. 335.

3. Cf. *Ital. Reise*, Bd 31, Lesarten, pp. 299-304, et Biedermann, *Gespräche*, I, pp. 133-134, où nous lisons, d'après Böttiger, qu'en 1792 Gœthe aurait tenu en réserve avec l'espoir de la faire parvenir quelque jour à l'infortunée famille de l'aventurier une somme d'argent, montant des honoraires qu'il avait reçus de Unger pour son *Grand-Cophte*.

4. *Ital. Reise*, 25 déc. 1787, Bd 32, p. 161.

Ce langage et ces sentiments ne sont pas absolument nouveaux chez lui; nous nous souvenons que déjà, au temps de son voyage à Berlin, il a marqué qu'il prétendait ne se donner qu'à bon escient et affirmait son droit de se dérober aux fâcheux, et nous l'avons vu, en effet, chaque année, s'isoler davantage; mais, si nous rapprochons l'énergique profession de foi, que nous venons de l'entendre faire, de ses efforts pour détourner la duchesse Amélie de venir le retrouver à Rome, il semble bien que Gœthe soit résolu, avec une fermeté qui ne se prêtera plus aux accommodements, à défendre envers et contre tous l'intégrité de sa liberté reconquise.

VI.

En le voyant dans cette disposition d'esprit, on ne peut s'empêcher de se demander ici, avec une curiosité un peu inquiète, quelle place, avec cette volonté farouche d'indépendance, il va réserver, dans son existence ainsi renouvelée, à un des ennemis les plus redoutables de la liberté individuelle, à *l'Amour*.

Va-t-il, une fois rentré à Weimar, reprendre docilement le joug que la baronne de Stein a su lui imposer? Nous avons marqué naguère les phases diverses de sa servitude et nous avons vu que si, à beaucoup d'égards, cette servitude avait eu pour lui les effets les plus heureux et avait été un des agents les plus actifs de son évolution morale, pourtant elle lui était devenue peu à peu pesante et douloureuse. Malgré l'apparent renoncement où il s'était résigné, Gœthe n'avait jamais pris tout à fait son parti de l'amitié amoureuse à laquelle l'avait condamné la baronne. Il avait, par instant, beaucoup souffert de ces relations équivoques, où toutes les forces viriles de sa saine nature s'exaspéraient vainement au jeu cruel des demi-faveurs; il était visiblement las de lutter, et nous avons souligné qu'il était assez naturel de penser que cet amour « unique » était dans son esprit, vers le mois d'août 1786, un de ces maux physiques et moraux dont il disait au duc qu'il avait espéré que sa fugue le délivrerait[1].

La meilleure preuve en est que, nous l'avons dit, il réussit à taire à son amie ses projets et à lui cacher son départ. Il sentait que la baronne ne lui aurait pas permis de la quitter[2]. Il part donc sans se soucier de la douleur d'amour ou d'amour-propre qu'il va lui causer. Peut-être même, et cela nous prouverait encore plus à quel point sa passion s'est refroidie, ne se doute-t-il pas, dans l'égoïste pensée des joies qui l'attendent, de la blessure qu'il va faire à celle à qui, aux moments de tendresse, il avait si souvent déclaré que sa présence lui était aussi nécessaire que ne le sont à la plante l'air et le soleil.

Sans doute, il se met tout de suite à rédiger pour elle un journal détaillé de son voyage, mais il ne lui en adressera les premiers feuillets qu'une fois arrivé à Venise; elle ne le recevra donc que près de trois mois après sa disparition. Il ne lui donne même pas de signe de vie direct avant le 18 septembre,

1. 25 janv. 1788.

2. L'âpreté des plaintes de Mme de Stein sur sa fuite, si justifiée qu'elle puisse paraître, lui prouvera bientôt combien il avait eu raison de se méfier d'elle. Un seul être au monde était vraiment capable de le comprendre, c'était sa mère. Bien qu'en 1786 il y ait près de six ans qu'elle n'a pas vu son fils, à la première lettre qu'elle reçoit de lui, écrite de Rome, au lieu de se plaindre qu'il n'ait pas eu l'idée de venir la voir avant de partir, elle ne pense qu'au bonheur qu'il doit éprouver. « Une apparition sortie des Enfers ne m'aurait pas causé plus d'étonnement que ta lettre datée de Rome. Pour un peu, j'aurais poussé des cris de joie en songeant que ce vœu, caché au fond de toi depuis ta plus tendre jeunesse, est maintenant réalisé. Un homme comme toi, avec tes connaissances, dont le clair regard sait embrasser tout ce qui est bon, grand et beau, qui a un œil d'aigle, doit revenir d'un tel voyage heureux et content pour sa vie entière, et ce n'est pas toi seulement qui en retirera joie et profit, mais tous ceux qui ont le bonheur de vivre à tes côtés. Toujours je me rappellerai les paroles de la défunte Klettenberg, disant : « Quand ton Wolfgang va à Mayence, il en rap-« porte plus de connaissances que d'autres qui reviennent de Paris et de Lon-« dres. » (17 nov. 1786.) Et il faut l'entendre protester contre les lamentations sur la froideur et l'ingratitude du fugitif dont Fritz von Stein, stylé sans doute par sa mère, s'est fait l'écho auprès d'elle : « Un affamé qui a longtemps jeûné, quand il se trouve assis devant une table bien garnie, ne pense ni à son père, ni à sa mère, ni à ses amis, ni à sa maîtresse, tant que sa faim n'est pas apaisée. Qui pourra lui en faire un crime? Pour moi, je lui accorde de grand cœur de jouir jusqu'au bout de sa félicité présente. » (22 fév. 1788.)

et encore cette première lettre, qu'il lui écrit de Vicence, n'arrive-t-elle qu'indirectement à la baronne par l'intermédiaire de Seidel et sans qu'elle puisse savoir d'où il la lui a adressée [1]. Aussi, malgré les protestations d'amour et les excuses qu'il prodigue dans les lettres suivantes [2], et bien qu'il lui assure que s'il s'est décidé à partir c'est avec la pensée de revenir meilleur pour leur plus grand bien à tous deux, Mme de Stein ne lui cache-t-elle pas la profonde douleur et le grand dépit qu'elle a éprouvés de son départ [3]. En recevant la première réponse de la baronne, Goethe s'étonne, assez naïvement au reste, de son âpreté et de sa sécheresse. « C'est donc tout ce que tu avais à dire à un ami, à un amant qui, depuis si longtemps, attend si fiévreusement un billet de toi, qui, depuis qu'il t'a quittée, n'a pas passé un seul jour, une seule heure sans penser à toi [4]. » Il lui représente que son billet lui a déchiré le cœur, qu'il souffre cruellement de la douleur qu'il lui a causée; il avoue qu'il a gravement péché contre elle et il voit dans son silence une punition méritée; il lui raconte pour l'attendrir qu'il a rêvé d'elle [5]. Quand, le 23 décembre, il a reçu une lettre qui lui fait espérer le pardon, en termes douloureusement ardents il lui demande en même temps que son absolution la continuation de son amour.

Assurément, il ne peut pas encore imaginer la possibilité d'une rupture entre lui et Mme de Stein. Il reste persuadé qu'elle lui est toujours indispensable; il continue d'éprouver le besoin de s'adresser à elle comme à la confidente la plus chère de ses pensées et de ses espérances, surtout dans les premiers temps de son séjour à Rome, où il lutte péniblement pour se frayer un chemin à travers les broussailles des préjugés et de l'erreur. Mais il se fait illusion à lui-même quand il affirme à son amie son espoir que rien ne sera changé dans leurs rapports futurs, qu'au contraire ils seront plus joyeux [6]. Avec son sûr

---

1. Cf. Bode, *Ch. v. Stein*, op. cit., p. 243. — 2. Cf. lettres 7, 11 nov., 2 déc. 3. Cf. Bode, *op. cit.*, p. 250. Mme de Stein lui déclarait dans un court billet qu'elle ne voulait plus lui écrire et lui réclamait ses propres lettres.
4. 9 déc. — 5. 20 déc. — 6. 17 janv. 1787.

instinct de femme, Mme de Stein ne s'y trompe pas. Elle pressent que jamais plus « elle ne reverra le doux regard de son ami », qu' « éternellement elle sera solitaire[1] ».

Les relations rétablies, elle put croire, un instant, qu'elle s'était trompée. De nouveau, les lettres de Gœthe lui apportent régulièrement, comme au bon temps, la preuve qu'elle occupait toujours sa pensée et que son amour pour elle restait aussi vif.

Pourtant, par sa lettre du 20 janvier 1787, en essayant de démontrer à Mme de Stein que la fuite de Weimar était pour lui le seul moyen de se sauver du naufrage qui l'y attendait, Gœthe prouvait involontairement à son amie qu'elle ne pouvait plus, à elle seule, faire tout son bonheur. Et il avait beau protester un mois plus tard[2], à la veille de partir pour Naples, qu'il tenait à elle de toutes les fibres de son être, en lui rappelant toutes les tortures que lui a fait éprouver et que lui cause encore la pensée de ne pas la posséder, Gœthe, sans s'en douter, lui donnait à entendre qu'il ne serait plus capable de revivre les jours terribles qu'il a passés à ses côtés. Le Gœthe qui a écrit cette lettre douloureusement âpre n'est plus celui qui, deux mois plus tôt encore[3], suppliait son amie, à genoux, bien humblement, de lui pardonner, de lui faciliter le retour vers elle, pour ne pas le forcer à se sentir comme un proscrit dans le vaste monde ; c'est un Gœthe nouveau qui, dans la conscience de ses forces rajeunies, est décidé à ne plus lutter contre sa nature.

Sans doute, à Palerme, au milieu des enchantements de la Nature, dans un de ces moments de ravissement où l'excès de bonheur attendrit l'âme, Gœthe peut bien encore écrire à son amie[4] : « Mon cœur est près de toi, et maintenant que la distance, l'éloignement, l'absence, ont encore en quelque sorte

---

1. Cf. la poésie qu'elle compose sur une mélodie de Volkslied, *Ihr Gedanken, flichet mich...*, et l'adaptation qu'elle fait à son cas de la poésie de Gœthe, *An den Mond*, dans Schöll-Fielitz, *op. cit.*, II, pp. 345, 346, ou Bode, *op. cit.*, pp. 246, 249.

2. 21 fév. 1787. — 3. 23 déc. 1786. — 4. 18 avril 1787.

chassé de leur souffle purificateur tout ce qui, dans ces derniers temps, stagnait entre nous, la belle flamme de l'amour, de la fidélité, du souvenir, brûle de nouveau claire en moi »; sans doute, il lui affirme encore à son retour de Sicile[1] que les moindres signes de son amour lui sont infiniment précieux, qu'elle est toujours son génie tutélaire, à la voix duquel il continue de prêter une oreille attentive; sans doute, enfin, il lui écrit tous les dimanches[2], mais bien que nous n'ayons aucun moyen de le contrôler, il est probable que, par une sécheresse croissante, ses lettres durent peu à peu trahir le changement chaque jour plus marqué de ses idées, non seulement sur la vie, mais aussi sur l'amour[3].

Dans les premiers temps de son séjour en Italie, soit indifférence, soit sage prudence, il paraît avoir fui les aventures amoureuses. Certes, il ne faut pas prendre à la lettre un passage de sa *Correspondance* où il affirme à Mme de Stein qu'elle n'a qu'une rivale, Junon[4], mais son témoignage au duc, vis-à-vis duquel il n'avait pas besoin d'observer la même discrétion, est probant. Il confesse à celui-ci que les femmes ne jouent aucun rôle dans sa vie, et il se demande si c'est bon ou mauvais[5]. Peu à peu pourtant son humeur farouche semble s'être adoucie. Le 29 décembre, il renseigne le duc sur ses expériences d'amour, et il paraît avoir pris son parti de s'accommoder des conditions peu favorables où se trouve l'étranger à ce point de vue. Plus convaincante encore est sa lettre du 16 février 1788, où il répond au duc qui lui a reproché comme une folie ses scrupules et son abstinence : « Votre lettre est si persuasive, lui dit-il, qu'il faudrait être bien têtu pour ne pas se laisser séduire par les charmes des jardins fleuris. On dirait que vos bonnes pensées du 22 janvier ont directement produit leur effet à Rome, car je pourrais déjà vous raconter quelques

---

1. 25 mai. — 2. Cf. Ch. v. Stein à Lottchen Lengefeld, 28 déc. 1787, cit. Schöll-Fielitz, II, p. 349.

3. Ceci, au moins, expliquerait assez naturellement qu'après le pardon accordé, Mme de Stein l'ait, à son retour à Weimar, si froidement accueilli.

4. 25-27 janv. 1787. — 5. 28 sept. 1787.

délicieuses promenades. En tout cas, cela est certain, — et votre longue expérience de docteur-ès-amour a pleinement raison, — un exercice modéré de l'amour donne à l'âme une fraîcheur nouvelle et au corps un délicieux équilibre ; j'en ai fait souvent l'épreuve dans ma propre vie, de même que, par contre, j'ai senti tous les inconvénients qu'il y a à vouloir quitter la grande voie commune pour le sentier étroit de l'abstinence et de la prudence ». — En fait, il semble bien que, au moins dans les derniers mois de son séjour à Rome, l'amour ait joué dans sa vie un rôle assez considérable. Pour si arrangé qu'ait pu être par Gœthe lui-même l'idylle de la Belle-Milanaise[1] et si mal renseigné qu'on soit sur la question de la maîtresse romaine[2], il est certain qu'il connut vraiment à Rome, par une expérience directe, la douceur d'aimer[3] que nous l'entendrons bientôt chanter de façon si persuasive dans ses *Elégies romaines*. Et il ne s'agit plus ici d'un amour qui se nourrit de soupirs et vit de renoncement, mais de l'amour normal qui, sans fausse honte, suit la voie de la Nature.

Or, rien ne pouvait être plus dangereux pour les relations futures de Gœthe et de Mme de Stein que ce retour de Gœthe à la sensualité franche. On peut aisément prévoir que, quand il se retrouvera à Weimar, il continuera à vouloir user du droit à la libre virilité, qu'il a reconquis, et que, si Mme de Stein ne veut pas se contenter de jouir de son esprit et se refuse au partage tout en persistant à prétendre lui imposer le renoncement, il se révoltera et secouera sa chaîne.

Le séjour de Rome a donc achevé, peut-on dire, de convaincre Gœthe de la vérité de l'idéal amoureux que nous l'avons vu commencer de marquer dans ses œuvres avant de l'appliquer dans sa vie.

L'amour est une loi de la nature humaine, il faut lui obéir, mais non s'y soumettre en esclave. L'amour le plus noble tend à devenir tyrannique, et l'homme digne de ce nom, l'homme

---

1. Cf. Wauer, *op. cit.*, p. 34. — 2. Cf. Düntzer, *Erläuterungen zu den Gedichten Gœthes*, B^d III, p. 46 ; Baumgartner, *op. cit.*, I, pp. 582, 583. — 3. Cf. lettre à Ch.-Auguste du 17 mars 1788.

de l'élite, dont le grand souci doit être le perfectionnement de
sa propre individualité en vue de fins mystérieuses dont il est
l'obscur agent, s'il doit s'incliner devant la loi ne doit se soumettre à aucune tyrannie. En installant Christiane Vulpius à
son foyer, il va bientôt en faire la cruelle démonstration à
Mme de Stein.

VII.

Ainsi, l'Italie achevait de libérer l'homme en Gœthe, comme
elle avait achevé de dessiller les yeux du savant et de l'artiste.

C'était vraiment un Gœthe nouveau que celui qui, le 22 avril
1788, après avoir fait de douloureuses visites d'adieu aux monuments tant aimés de la Rome antique, reprenait tristement
et lentement le chemin des brumes.

Assurément, quand il est arrivé en Italie, il avait, nous
l'avons montré, des idées déjà précises sur l'art, la nature, la
religion et la vie. Lui-même ne disait-il pas, le jour même de
son entrée à Rome[1] : « Je n'ai pas eu une idée tout à fait
neuve, je n'ai rien trouvé qui m'ait étonné. » N'oublions pas
toutefois qu'il disait en même temps : « cependant, mes vieilles
idées ont pris une telle précision, une telle vie, une telle cohé-
sion, qu'elles peuvent passer pour neuves »; et surtout, souve-
nons-nous de l'insistance qu'il a mise à souligner de tant de
façons diverses sa régénérescence. Il apprend incontestablement
beaucoup de choses nouvelles et là où il n'apprend rien de
vraiment nouveau, il réapprend ce qu'il savait de telle sorte,
qu'il retire de ses expériences et de ses impressions plus qu'une
confirmation de notions anciennes, il en tire une connaissance
entièrement renouvelée, une connaissance dont il ne sera plus
tenté de douter.

Il avait jusqu'alors puisé sa conception du monde et de la vie
plus encore aux sources de la pensée abstraite qu'à celles de la

---

1. Aux amis de Weimar, 1er nov. 1786.

vie vécue. Il croyait à la grandeur de la beauté antique, à l'unité de la Nature éternellement agissante, à l'harmonie intime du monde physique et du monde moral, à l'excellence de la connaissance intuitive, à la supériorité de la religion sur les religions, à la vertu de la limitation et à la nécessité de la soumission à la loi, mais, ainsi que nous l'avons déjà indiqué, il y croyait par un acte de foi où il y avait de l'inquiétude.

En Italie, il voit vivre sa foi, il voit l'influence du sol, du climat sur la civilisation humaine et sur la végétation, il voit ou croit voir avec les yeux du corps la plante primitive, il voit les raisons de son antipathie pour les orthodoxies, il voit la beauté de l'art grec, et il voit en même temps que les raisons profondes de l'incomparable supériorité de cet art sont qu'il suit toujours les lois de la Nature et que, comme la Nature, il travaille, non au hasard et par caprice, mais selon des règles immuables, d'après un type simple et en se subordonnant à la matière sur laquelle il travaille. Il voit, à Naples surtout, le bonheur d'un peuple vivant dans le réel, selon sa destination naturelle, il voit la nécessité de la méthode et de l'application soutenue, du « métier » pour quiconque aspire à la maîtrise, la nécessité aussi du renoncement aux irréalisables ambitions, il se voit enfin lui-même tel qu'il est, fait pour l'étude de la Nature, pour la poésie et la pensée et non pour la politique et la bureaucratie, fait pour vivre pleinement sa vie, pour satisfaire tous les besoins et les instincts que la Nature lui a vraiment donnés, non pour s'user stérilement à les combattre dans le vain espoir de les refouler ; il voit la moralité de l'égoïsme supérieur, et après avoir *vu*, il ne *croit* plus, il *sait*.

C'est là le grand profit que Gœthe retira de son long séjour sur le sol classique de l'Italie. Sa connaissance de lui-même et des choses est devenue une connaissance concrète, effective ; il a *vu* réalisé le monde idéal qu'il portait en lui et du même coup il cesse d'en être tourmenté ; ce n'est plus pour lui comme une forme vague, fantastique, qui, ainsi qu'un fantôme, se laisse toucher mais non étreindre, c'est une réalité vigoureuse aux contours pleins, qu'on peut saisir et retenir.

Cette assurance donnera à sa vie nouvelle à Weimar une telle fermeté et un tel calme, à son attitude extérieure une telle noblesse, que non seulement les indifférents, à qui depuis longtemps déjà il avait su dérober les mouvements de son âme, mais que ses amis eux-mêmes, habitués à le voir lutter et souffrir, auront peine à le reconnaître et prendront pour de la froideur ce qui ne sera que paix et sérénité[1].

En février 1787, au moment où il se disposait à partir pour Naples, alors qu'il était encore en pleine crise, à ses amis de Weimar qui lui reprochaient de se contredire, il avait répondu par l'apologue suivant[2]. On raconte qu'un marin surpris, une nuit, en mer, par la tempête, gouvernait avec peine pour gagner le port. Son jeune fils, blotti contre lui dans les ténèbres, l'interrogeait : « Père, quelle est là-bas cette folle lumière que je vois tantôt au-dessus, tantôt au-dessous de nous ? » Le père lui promit l'explication pour un autre jour, et il se trouva que c'était la lumière du phare qui, à l'œil du jeune homme furieusement ballotté par les vagues, paraissait tour à tour haute et basse. Moi aussi, ajoutait Gœthe, je cingle sur une mer passionnément agitée. Mais pourvu que je tienne mon œil fixé sur la flamme du phare, quoiqu'elle me semble changer de

---

1. On a dit que le renouveau italien signifiait, à beaucoup d'égards, un retour aux tendances du « Sturm-und-Drang* ». C'est exact en ce sens que, après la période de sacrifice de soi-même que représentent pour lui les dix années de Weimar, il retrouve la pleine conscience des droits et des devoirs de son individualité. Mais entre le Gœthe de Strasbourg et de Wetzlar et celui de 1788 il y a cette différence capitale que le premier ne connaissait pas d'autres bornes à la liberté individuelle que celles que lui imposait sa propre nature, tandis que celui-ci a appris à se soumettre à la loi. S'il parle encore de « totalité », c'est d'une totalité conditionnée. L'homme doit viser à se développer intégralement, mais à condition d'avoir nettement aperçu d'abord ce qui lui est vraiment propre ou étranger ; l'artiste doit travailler à réaliser la beauté, mais seulement après qu'il aura reconnu que cette beauté est soumise à des lois aussi nécessaires et simples que celles de la Nature, quand il aura appris par l'étude scrupuleuse de la Nature et de l'art antique à dégager le durable de l'accidentel, le typique du particulier, à produire comme la Nature et non à la copier servilement.

2. *Ital. Reise*, B^d 3o, p. 279.

*. Weissenfels, *Gœthe im Sturm-und-Drang*, I, p. 485.

place, je finirai bien pourtant par atteindre heureusement le rivage. »

Quand il quitte Rome, il a le sentiment joyeux que sa barque est en sûreté[1].

1. Les critiques de Gœthe sont très divisés sur la question des résultats du voyage en Italie. Tandis que les uns, et c'est la majorité, montrent que Gœthe retira de son long séjour au pays de l'art un inappréciable profit, d'autres, comme Hettner, R. Meyer, par exemple, s'efforcent de prouver que le croire c'est être dupe des apparences et que, en réalité, Gœthe laissa en Italie le meilleur de lui-même, sa jeunesse et son sens jadis si aigu des fortes individualités. Tout récemment encore, Ed. Engel déclarait que l'Italie a non seulement été inutile, mais même nuisible au développement artistique du poète. Le Gœthe, dit-il en substance, qui, avant de fouler aux pieds le sol classique, avait pu écrire le *Voyageur* ou la *Chanson de Mignon* n'avait rien à apprendre de l'Italie. Au contraire, au contact prolongé de l'âme et de la langue étrangère son développement naturel de poète national s'est trouvé entravé à jamais; au lieu de suivre son instinct qui le porte spontanément vers l'art individuel, l'art caractéristique, il cherche dès lors à atteindre au style, c'est-à-dire à une forme d'expression artificielle qui ne convient pas à sa nature. — Il ne faudrait pourtant pas oublier, nous semble-t-il, que les *Elégies romaines, Hermann et Dorothée* peuvent être considérés comme des fruits directs du séjour d'Italie. Or, quoi de plus frais, de plus individuel que les *Elégies*, quoi de plus allemand qu'*Hermann et Dorothée?* Si, en fait, le « style » devient une préoccupation peut-être excessive du Gœthe vieillissant, il faut y voir, croyons-nous, la conséquence naturelle d'une évolution profonde et nécessaire des conceptions artistiques et surtout morales de Gœthe, plus encore que la suite exclusive de son séjour en Italie. Engel lui-même n'est-il pas forcé de marquer que bien avant d'avoir vu l'Italie, Gœthe avait commencé son évolution vers le style? Si l'Italie ne lui a rien apporté de nouveau, est-il admissible qu'elle lui ait été si nuisible? S'il était Grec avant de fouler le sol de la Grande-Grèce, en quoi cela a-t-il pu faire tort à son esprit national?

La vérité est que l'Italie, ou plutôt l'antiquité, exercent sur lui une influence considérable. Or, ceci ne peut s'expliquer que par le fait que son âme et son esprit y étaient par avance ouverts. L'intensité du désir maladif qu'il avait de l'Italie en 1786 nous prouve que l'Italie lui était nécessaire. Peut-être son développement n'eût-il pas été très différent de ce qu'il fut, s'il n'avait pas passé par la crise italienne; nous avons même souligné qu'il avait commencé dès Weimar à évoluer dans le sens de l'antiquité, mais on peut croire que ce développement n'aurait pas eu la sûreté et la sérénité qu'il présentera par la suite; s'il n'avait mûri au soleil de l'Italie, il lui aurait toujours manqué la base solide de l'*intuition*, de la vision immédiate.

Pour ce qui est du point de vue moral proprement dit, qui nous importe le plus, Engel, tout en ne pouvant nier que l'Italie ait vraiment produit une renaissance du poète, montre que l'homme, en Gœthe, ne fut pas moins fâcheusement transformé que l'écrivain. C'est de l'Italie, dit-il, que date l' « Olympisme » de Gœthe; il se sentit comme revêtu d'une sorte de dignité sacerdotale, et les plus intimes de ses amis ne le reconnurent pas à son retour. Quoi de plus injuste en vérité? Olympien, le Gœthe qui fraternise si simplement avec ses amis, les artistes de Rome, qui si modestement se met à leur école? Olympien, le Gœthe qui ne cesse de penser à ses amis de Weimar et se réjouit de ses progrès en songeant qu'ils seront les premiers à en profiter! C'est vraiment jouer sur les mots. Ici encore, d'ailleurs, il faudrait ne pas oublier que si par « olympisme » on entend froideur et réserve, il y a bien longtemps, ainsi que nous l'avons rappelé déjà, que Gœthe, pour la première fois, a dressé entre lui et les importuns et les les indiscrets une barrière protectrice. Si ses amis le trouvent si changé, quand il revient vers eux, la raison en est plus en eux-mêmes qu'en lui. Etant restés en placè, ils ne peuvent admettre qu'il ait eu raison de marcher.

LIVRE V (*Suite*)

DEUXIÈME PARTIE : LES ŒUVRES.

Sur un seul point peut-être l'Italie n'a pas répondu à l'attente de Gœthe. Nous nous souvenons qu'une des raisons qu'il s'était données à lui-même et qu'il avait données aux autres pour légitimer sa désertion était qu'il avait besoin de calme et de loisirs pour terminer la revision de ses œuvres et pour mener à bonne fin les nombreux fragments qui attendaient leur achèvement, pour, selon sa propre expression, clôre ainsi « sa première ou plutôt sa seconde période d'activité productrice » (11 août 1787, à Ch. Auguste).

Or, en janvier 1788, il écrit au duc qu'un des motifs qui lui font désirer de regagner l'Allemagne, sans plus tarder, est qu'il compte que les loisirs et le calme de Weimar lui permettront d'achever ses œuvres plus vite qu'il ne le pourrait dans un pays « où tout vous distrait et vous arrache à vous-même[1]. »

En réalité, Gœthe ne réussit qu'à terminer *Iphigénie* et *Egmont* et à remanier ses *Opérettes*. — *Tasso, Faust, Wilhelm Meister, le Juif errant* reviennent inachevés à Weimar; deux nouveaux plans, une *Iphigénie à Delphes* et une *Nausikaa* sont venus grossir la liste des promesses incertaines.

Nous ne pourrons donc pas, comme pour les périodes précé-

1. 25 janv. 1788.

dentes, suivre dans ses œuvres la trace de son évolution. C'est plus tard seulement, à Weimar, quand il aura le recul voulu, que Gœthe confessera ses impressions italiennes et fera la somme de ses gains.

Ne trouve-t-on pas déjà pourtant un reflet de l'Italie dans les œuvres qu'il y achève ou y refond?

Iphigénie, nous le savons, était achevée le 28 mars 1779. Mais, avec son souci toujours croissant de la beauté classique, Gœthe trouva sa prose de forme trop négligée pour la donner au public[1]. Dès l'année suivante, il travaille à la polir[2] et la transpose en iambes libres[3]. Mécontent de ce premier essai rythmique, il reprend en 1781, la première rédaction en prose et s'efforce de donner plus d'harmonie au style. En 1786, il emporte avec lui son œuvre à Carlsbad et là, il entreprend, avec l'aide de Herder, de la « découper en vers ». Ce pénible travail n'est guère avancé quand il part pour l'Italie, mais il est résolu à le mener, coûte que coûte, à bonne fin avant d'arriver à Rome. Avec une énergie inaccoutumée, il tâche sincèrement de tenir la promesse qu'il s'est faite. Nous le voyons s'acharner à cet ingrat labeur sur les bords du lac de Garde, à Vérone, à Vicence, à Venise, au point d'y passer des jours entiers[4]. Pourtant, il ne réussit à en venir à bout qu'à Rome; ce n'est en réalité que le 13 janvier 1787 qu'il peut envoyer son *Iphigénie* achevée à Herder.

De la confrontation de la rédaction première et de la version définitive[5], il résulte que les changements subis par l'œuvre de l'une à l'autre sont essentiellement formels. Tout l'effort de Gœthe a tendu à transformer en vers harmonieux la « prose flasque » (die schlotternde Prosa[6]) du drame de 1779. Il prévient lui-même Kayser que c'est une Iphigénie *récrite* et non

---

1. Cf. 21 juillet 1779, à Dalberg. — 2. A Lavater, 13 oct. — 3. Cf. l'hypothèse de H. Funck, *Lavater als Autor der sogenannten mittleren Fassung von Gœthes Iphigenie*, Gœthe-Jahrb., 1908, pp. 108-112. — 4. Cf., pour le détail des références, Gräf, *Gœthe über seine Dichtungen*, II, 1, p. 298 et sq. — 5. Cf. Düntzer et Bœchtold, *op. cit.* — 6. A Ch. v. Stein, 25 juin 1786; à Herder, 13 janv. 1787.

refondue qu'il trouvera dans la nouvelle édition de ses œuvres[1]. C'est, en effet, ce qui frappa les amis de Weimar, et c'est exclusivement sur son vêtement nouveau qu'ils jugèrent l'Iphigénie italienne[2]. La plupart, au grand dépit de Gœthe, ne cachèrent pas leur désillusion; ils regrettaient de ne plus retrouver la fougue et la vie qui les avaient tant séduits, lors des premières représentations de l'Iphigénie primitive à Ettersberg et à Weimar. Quand Gœthe déclare que, s'il pouvait garder son œuvre six mois encore, on y apercevrait mieux l'influence du climat méridional[3], cela veut dire uniquement qu'il lui semble que, sous l'action bienfaisante de la Nature et de l'Art, il aurait réussi à donner à son vers toute la beauté et la souplesse dont il rêve, mais qu'il n'arrive pas à réaliser à son gré[4].

Il ne peut donc être question de chercher dans *Iphigénie* la trace d'une influence profonde de l'Italie. L'œuvre reste, pour son contenu, l'expression des états d'âme du Gœthe de Weimar[5]. Il se peut que ce soit au ciel de l'Italie qu'elle doive son achèvement définitif, son vêtement de beauté actuel, mais c'est bien aux bords de l'Ilm que son âme s'est formée[6].

1. 6 fév. 1787 (umgeschrieben... nicht umgearbeitet). — 2. Cf. *Ital. Reise*, Bd 31, pp. 25, 53; à Seidel, 15 mai 1787. — 3. *Journal*, 30 sept. 1786, p. 250. — 4. Cf. à Herder, 13 janv. 1787. — 5. Cf. R.-M. Meyer, *Gœthes ital. Dramen*, Gœthe-Jahrb., 1905, pp. 126-132.

6. Si le désir qui tend douloureusement l'âme d'Iphigénie vers la Grèce peut symboliser le propre désir de Gœthe aspirant à l'Italie, c'est, nous semble-t-il, singulièrement rétrécir la signification et diminuer la portée de la guérison d'Oreste que de n'y voir que la traduction du pressentiment qu'avait Gœthe que l'Italie le guérirait lui aussi. En 1779, Gœthe n'avait assurément ni le désir maladif de l'Italie, ni le besoin vital de renouveau que supposerait cette interprétation. (Cf. R. Meyer, *Gœthe*, op. cit., p. 128.) D'ailleurs, ainsi qu'on l'a fait justement remarquer, « Gœthe ne subit pas, dans ses œuvres, l'influence italienne dès son entrée en Italie », et, dans ces premiers mois où il travaille à son Iphigénie, « il n'avait pas encore trouvé le repos, son esprit n'était pas encore tranquillisé ». (Cf. Cart., op. cit., pp. 74, 91.) Il serait donc tout à fait vain de voir dans la plus grande paix qui se dégage de l'*Iphigénie* en vers une influence de l'Italie. C'est au rythme, à la noblesse du vers que l'*Iphigénie* de 1787 doit de paraître plus sérieuse que son aînée. (Cf., pour les changements insignifiants qui portent sur le fond même, Düntzer, *Die 3 ältesten Bearbeitungen....*, op. cit., et Evers, *Iphig.*, Leipzig, 1906.)

En est-il autrement d'*Egmont*? Dans l'ignorance où nous sommes de ce qu'était cette version de 1775 que nous voyons Gœthe compléter de 1778 à 1782, nous ne pouvons juger de l'importance des changements qu'elle subit à Rome de janvier à septembre 1787. Il semble bien cependant, que, ainsi que pour *Iphigénie*, les modifications furent surtout extérieures. Il combla les lacunes qui pouvaient encore subsister, il acheva surtout d'en faire disparaître le « déboutonné et l'étudiantesque, » que nous l'avons vu s'efforcer d'en éliminer dès 1782, il donna plus d'harmonie et d'unité au style. Mais qu'il ne toucha guère au contenu même, c'est ce que nous prouve sa plainte du 3 novembre 1787. « Qu'on songe à ce que cela signifie : reprendre un ouvrage écrit douze ans plus tôt, l'achever sans le récrire[1]. »

Les deux seules nouveautés furent sans doute la fin du cinquième acte et le legs de Claire à Ferdinand, le fils du duc d'Albe, par Egmont. Ce sont du moins les deux seuls points qui étonnèrent et choquèrent ses amis et surtout ses amies de Weimar. L'apothéose de Claire, l'humble fille, déplut à leur aristocratisme et la façon dont Egmont veut assurer son sort leur sembla inconvenante.

Pour ce qui est du caractère lyrique et des allures d'opéra de la scène de la prison où agonise la joie de vivre d'Egmont, il est probable que l'idée en fut donnée à Gœthe par le souci qu'il avait de faire de son œuvre, avec l'aide de Kayser, une sorte de drame musical[2]. Mais la solution même du problème fondamental, posé par la fin du drame : comment Egmont, ivre de vie ardente, d'abord désespéré de mourir, se résigne-t-il à accepter presque joyeusement l'arrêt fatal qui brusquement vient l'arrêter dans sa course et l'arracher aux bras de l'amour, Gœthe pouvait certes l'avoir trouvée à Weimar. Egmont mourait peut-être plus prosaïquement, mais déjà, sans doute, il devait savoir renoncer à la vie du moment où,

1. Cf. E. Zimmermann, *Gœthes Egmont*, op. cit., pp. 136-139. — 2. A Kayser, 14 août 1787.

dépouillant l'égoïste désir de l'existence, il voyait la fin réelle de sa vie, où il comprenait que la trace de ses jours ne disparaîtrait pas avec lui et resterait lumineuse longtemps encore après que lui-même aurait sombré dans la nuit éternelle.

Le triomphe progressif de la volonté sur la passion, de l'altruisme sur l'égoïsme est le grand spectacle que la vie de Gœthe nous a donné de 1779 à 1786; la victoire que remporte Egmont sur son désir de vivre peut n'en paraître qu'une symbolique application.

Où il serait possible, par contre, de voir l'influence de l'Italie sur la fin du drame, c'est dans la beauté même dont Gœthe pare la mort de son héros. Depuis l'époque où il écrivait *Werther,* Gœthe a appris à aimer vraiment la vie, à trouver la consolation dans les larmes, l'harmonie sous les apparentes dissonances. Toute son activité pratique et toute son œuvre de Weimar nous ont fourni d'abondantes preuves de son invincible tendance à l'apaisement, à la concorde, à l'équilibre. Or, nous savons que cette tendance vient d'être affermie et renforcée en lui par la vie italienne elle-même, telle qu'elle s'est offerte à lui, naïve et joyeuse, sous le ciel de Naples ou en Sicile. — Il a été frappé, nous nous en souvenons, de voir la mort elle-même se faire gaie et pompeuse. Il n'est donc pas invraisemblable que sous l'influence de ces impressions Gœthe ait éprouvé, avec plus de force peut-être qu'il ne l'eût fait à Weimar, le besoin d'atténuer, autant que le permettait le tragique de la situation, la cruauté du destin de ses deux héros, en les faisant tous deux mourir en beauté dans **un rayonnement d'apothéose**[1].

Quant au legs déplaisant de Claire à Ferdinand, il peut lui aussi s'expliquer, et même plus naturellement encore, par l'idéal que Gœthe, ainsi que nous l'avons marqué, s'est fait de l'amour dès Weimar, dans ses œuvres au moins. La femme ne doit être pour l'homme d'action que le sourire de sa vie, qu'un des éléments de son bonheur présent. Egmont trouve

---

1. Cf. Th. Cart. *op. cit.*, p. 185, et Mézières, *op. cit.*, I, p. 355.

tout naturel que le charme de Claire crée encore de la joie après sa propre mort. L'idée ne lui vient pas qu'elle pourrait se refuser à lui survivre ; lui-même n'eût pas songé à se tuer pour elle.

Gœthe a beau prétendre qu'Angelica Kauffman voyait juste en disant qu'Egmont ne pouvait donner une plus grande preuve de son amour pour Claire qu'en la déifiant dans sa vision suprême[1], il n'en est pas moins certain que la Claire qui lui apparaît, parée d'une splendeur céleste, n'est pas la modeste petite bourgeoise qui levait vers lui des yeux extasiés, c'est une Claire héroïque, symbolisant la liberté de tout un peuple. C'est en pensant à la liberté et non à sa maîtresse qu'Egmont marche à la mort. Avant le dénouement italien d'Egmont, les œuvres de Weimar, la fuite même de Carlsbad, nous ont dit que pour Gœthe assagi, l'amour de la femme ne fait pas tout le prix de la vie. Seules, les âmes faibles comme Werther ou les âmes médiocres comme Brackenbourg peuvent voir dans l'amour la fin suprême de leurs désirs, le but dernier de leur vie.

Tasso nous dira bientôt les dangers d'un de ces amours morbides qui prennent tout l'être, et ce sont aussi les suites fatales de l'amour exclusif, que Gœthe songeait à peindre dans cet *Ulysse à Phäia*, dont il conçoit la première et « surprenante » idée sur la route de Rome à Giredo[2], et qui revient hanter son esprit à Palerme et à Taormine sous la forme d'une *Nausikaa*[3].

La fille d'Alcinoüs devait mourir de la passion soudaine que, par sa fatale imprudence, Ulysse a déchaînée en son âme virginale gonflée du vague désir d'aimer. Werther féminin, comme on l'a nommée[4], elle se donne toute à l'amour qui l'envahit avec l'impétuosité d'une force naturelle, et, quand elle comprend qu'elle s'est cruellement trompée, que son amour est sans espoir, elle se tue. Dans le plan que Gœthe rédige en

---

1. *Ital. Reise*, B^d 32, 3 nov. 1787, p. 136, et « Bericht », déc., p. 180. — 2. *Journal*, 22 oct. 1786, p. 315. — 3. *Ital. Reise*, 16 avril, 8 mai 1787, B^d 31, pp. 146, 198. — 4. Th. Cart., *op. cit.*, p. 154.

1816, « de mémoire »[1], l'amour-propre, la honte de s'être compromise aux yeux de son peuple et de ses prétendants en laissant publiquement paraître sa passion pour un homme qui la dédaigne, interviennent à côté du désespoir d'amour pour pousser Nausikaa au suicide. — D'après le schéma primitif d'avril 1787[2], le motif de l'honneur ne devait jouer dans la pièce qu'un rôle tout à fait secondaire ; l'amour malheureux et ses suites funestes étaient au premier plan. Comme Claire, comme Gretchen, Nausikaa devait payer de sa jeune vie l'illusion d'amour, et son sort était plus tragique encore que celui de ses sœurs du Nord, puisqu'elle mourait sans même avoir connu, comme elles, la joie de se croire aimée.

On s'est demandé pourquoi Gœthe a abandonné ce sujet de Nausikaa qui semblait tout d'abord l'avoir tant séduit. Il lui a répugné, a-t-on dit par exemple, de laisser partir, impuni, Ulysse responsable de la mort de la fille d'Alcinoüs[3]. Nous ne pouvons croire que cette raison, à supposer qu'elle se soit jamais présentée à l'esprit de Gœthe, eût été suffisante pour le faire renoncer à l'exécution de son plan. Le souci de la justice distributive ne semble pas avoir jamais pesé sur la pensée dramatique de Gœthe. C'est bien plutôt, nous semble-t-il, dans l'état d'esprit moral du poète qu'il faut en chercher la vraie cause. Par son sujet, Gœthe était fatalement amené à faire mourir son héroïne parce que, par leur nature élémentaire, les femmes qui se mettent toutes dans leur amour, comme Nausikaa ou Claire, ne peuvent plus concevoir d'autre but à leur vie que leur passion, d'autre issue que la mort, si cette passion leur échappe. Or, tout l'effort moral de Gœthe ayant, nous venons encore de le rappeler il y a un instant, visé à assurer et à marquer la victoire de la volonté sur la passion, la vertu du renoncement, comment aurait-il pu, sans répugnance, montrer une fois de plus les égarements les plus douloureux de la passion triomphante, écrire un second *Werther*,

1. *Ital. Reise*, Bd 31, p. 198 et sq. — 2. Cf. Weimar-Ausgabe, Bd 10. — 3. Bossert, *La Nausicaa de Gœthe*, Revue politique et littéraire, 11 oct. 1879, ou *Essais sur la littérature allemande*, Paris, 1905, p. 205.

alors surtout qu'aux radieux spectacles de la Nature italienne il venait de se griser d'harmonie et de goûter la joie de vivre? La peine qu'il a pour finir *Egmont*, le souci qu'il laisse voir d'en atténuer la conclusion tragique, peuvent paraître nous dire à l'évidence les raisons profondes de l'abandon du plan de *Nausikaa*[1].

Gœthe ne peut plus se décider à peindre la passion qui tue. Et c'est non seulement parce que les solutions violentes répugnent à son esthétique nouvelle, mais parce qu'il ne les comprend plus, pour l'instant au moins, de son point de vue d'homme assagi par la vie.

L'amour auquel il aspirait dès Weimar, auquel l'Italie a achevé de le convertir, c'est l'amour normal qui peut faire souffrir, mais qui n'absorbe pas tout le désir de vivre et qui sait renoncer quand il ne peut se satisfaire. Gœthe peut encore lui-même, comme dans son aventure avec la belle Milanaise, éprouver à nouveau quelques-unes des souffrances de Werther; il connaît la jalousie et le regret, mais il en triomphe.

Comme il le dit dans la gracieuse poésie qu'il met dans la bouche de Crugantino, le brigand amoureux de sa *Claudine*[2], quand le petit dieu d'amour, malicieux et fantasque, veut s'installer en maître tyrannique à son logis et y met le désordre, plutôt que de lui disputer la place au prix de son repos, il préfère la lui céder, quitter sa cabane et chercher des consolations faciles auprès des « souris » de Rome.

Il lui répugne tellement de montrer le triomphe de l'amour tragique, la victoire des puissances mystérieuses de la destinée et de l'instinct, la défaite de la volonté par des agents purement extérieurs, que, quand il remanie, avec l'aide de Kayser, ses opérettes *Erwin et Elmire*, *Claudine von Villa Bella*[3], il leur

---

1. Cf., sur cette délicate question de la *Nausikaa* : W. Schérer, *Aufsätze über Gœthe*, op. cit., pp. 177-234; Biedermann, *Gœthe Forschungen*, op. cit., pp. 124-144; Th. Cart, *op. cit.*, pp. 134-156; M. Morris, *Gœthe-Jahrb.*, 1904, pp. 89-115; G. Dalmeyda, *op. cit.*, pp. 195-211. — 2. *Cupido loser, eigensinniger Knabe*; cf. *Ital. Reise*, Bd 32, « Bericht », janv., p. 213. — 3. Cf. références Gräf, *op. cit.*, II, 1, pp. 114-125.

fait subir deux modifications essentielles qui, ainsi qu'on l'a justement marqué[1], semblent tendre à rehausser la responsabilité des personnages, au moins autant qu'à les mieux adapter aux exigences du genre. — Dans *Erwin*, il supprime la mère d'Elmire, Olympia, et Bernardo, le maître de français de la rédaction de 1775, et les remplace par un nouveau couple d'amoureux, Rosa et Valerio ; dans *Claudine*, il fait disparaître de même l'ami de la famille, don Sébastien, et des deux nièces falotes de la pièce primitive, il fait de Lucinde l'unique confidente de Claudine.

La double suppression de Bernardo et de don Sébastien peut sembler caractéristique de l'idéal actuel de Gœthe. L'un et l'autre, le premier surtout, jouaient dans la rédaction de 1775 le rôle de ce hasard démonique auquel Gœthe croyait alors fermement ; ils dirigeaient l'intrigue sans y avoir un intérêt profond, et les autres personnages, au moins dans la première des deux pièces, ressemblaient à des pantins inconscients se démenant au bout de ficelles invisibles. Dans *Claudine* même, bien que don Sébastien n'y jouât pas un rôle de premier plan, comme Bernardo dans *Erwin*, il n'en amenait pas moins, par son opportune intervention, par la reconnaissance de Crugantino, la solution du conflit d'amour entre les deux frères, qui constituait le fond de la pièce. En faisant disparaître ces deux intermédiaires, Gœthe rend aux personnages principaux leur liberté d'action, la responsabilité de leurs faits et gestes. L'amour trouve lui-même le remède aux conflits qu'il fait naître.

Les caractères doivent mener l'action et non se subordonner aveuglément aux influences venues du dehors. Déjà *Iphigénie* nous avait montré qu'une âme pure doit et peut résister à la pression des événements extérieurs ou des volontés étrangères et tirer d'elle-même la loi de ses actes. — Dans la mesure où les œuvres gracieuses, mais futiles, que sont les *Opérettes* peuvent se comparer à *Iphigénie*, elles nous donnent, au moins

---

1. Th. Cart, *op. cit.*, p. 190...

par les changements que Gœthe y apporte en 1786, une leçon analogue.

C'est peut-être de cette idée de la résistance nécessaire aux influences étrangères que dérive le dessein que conçoit Gœthe en 1787 d'arranger en opéra-bouffe la fameuse histoire du collier. — Du plan qu'il communique à Kayser[1], il ressort, à n'en pas douter, qu'il voulait ridiculiser l'indécente impudence de ces charlatans, exploiteurs de la crédulité publique, si nombreux en Allemagne, vers la fin du dix-huitième siècle, mystiques naïfs comme Lavater ou dupeurs avisés comme Cagliostro. Mais l'issue de l'opérette aurait montré surtout les conséquences funestes de l'esprit d'aveuglement qui leur amenait tant de faciles victimes, de ce besoin d'asservissement de la volonté qui faisaient se courber sous leur tyrannique et ridicule empire, tant d'esprits qui se croyaient forts.

La vue du charlatanisme romain, la constatation de l'harmonieuse unité de la vie napolitaine lui font désirer, avec plus d'ardeur que jamais, de ne plus se leurrer de vaines chimères et de vivre en beauté selon la loi de Nature.

S'il ne le montre pas aussi clairement dans ses œuvres qu'il l'a laissé paraître dans sa *Correspondance*, c'est que d'une part les œuvres anciennes qu'il reprend lui imposent un cadre et l'obligent à des compromis, à des accommodements qui gênent sa liberté d'expression et que, par ailleurs, il lui manque, pour réaliser les œuvres nouvelles qu'il conçoit sur le sol italien, le temps et le calme nécessaires.

De ces œuvres projetées, nous avons pourtant des plans qui valent qu'on s'y arrête. Pour si fugitif qu'y soit le reflet de la pensée italienne de Gœthe, il est intéressant d'essayer de le saisir.

A la suite d'une représentation de l'*Electre* de Crébillon à Venise, il lui vient l'idée de donner sous le titre d'*Iphigénie à Delphes* une continuation de son *Iphigénie en Tauride*[2]. Il en

1. 14 août 1787. — 2. Cf. à Ch. v. Stein, 18 oct. 1786.

esquisse le plan dans l'atmosphère somnolente de la voiture
qui le mène de Cento à Bologne[1]. En disant le bonheur éprouvé
par Iphigénie à fouler de nouveau le sol de la Grèce, il aurait
sans doute indirectement exprimé celui qu'il ressentait lui-
même à se trouver enfin en Italie[2]. Mais ceci n'eût été assurément qu'un motif tout à fait secondaire. Evidemment, Gœthe
devait avoir le souci de donner une suite naturelle à *Iphigénie
en Tauride*; il voulait montrer comment Iphigénie mène à bonne
fin l'œuvre de purification qui l'attend à Mycènes. De même
qu'elle a chassé le démon du remords de l'âme d'Oreste, elle
aurait chassé celui de la haine impure de l'âme trouble d'Electre. Elle aurait ramené la foi et l'amour au foyer si longtemps
maudit.

Pourquoi Gœthe renonça-t-il tout de suite à son projet? Aucune indication du poète ne nous permet d'en apercevoir la
raison vraie. Peut-être l'ampleur du sujet l'effraya-t-elle, alors
qu'il lui restait encore tant d'œuvres inachevées à mener à
terme; peut-être le thème d'*Ulysse chez les Phéaciens* lui sem-
bla-t-il plus actuel, plus commode pour l'expression de ses
sentiments présents. Quoi qu'il en soit, tandis qu'il abandonne,
pour ne plus la reprendre, l'idée d'une *Iphigénie à Delphes,*
nous le voyons revenir, en Sicile, à *Ulysse.* La tragédie fut,
sans doute, dans sa conception première, ainsi que nous
l'avons indiqué, une sombre tragédie d'amour, mais il est probable que les impressions si vives que firent sur Gœthe la
Nature méridionale et les vestiges de l'art et de la vie antiques
y eussent tenu un rôle très important. La preuve nous en semble dans la place même qu'occupent dans les indications du
« schéma » les descriptions naturelles ou les traits de mœurs
antiques. La troisième scène du premier acte nous aurait dépeint les splendeurs du nouveau printemps, la quatrième, l'enchantement des jardins d'Alcinoüs. Au deuxième acte, nous
eussions vu Alcinoüs, son fils et sa fille, occupés à réparer de

---

1. A Ch. v. Stein, 18 oct.; *Journal,* p. 3o4. — 2. Cf. W. Schérer, *Aufsätze
über Gœthe,* pp. 161-175; Biedermann, *Gœthe Forschungen* (Neue Folge,
pp. 15o-159); Dalmeyda, *op. cit.,* pp. 191-195.

leurs propres mains les dommages causés dans les jardins par l'orage de la veille. Nous aurions vu (II, 3) Nausikaa préparer elle-même, sous nos yeux, le linge pour son père, et nous aurions pu juger, dans le détail, de la simplicité primitive de l'hospitalité antique (II, 4; III, 1); nous aurions assisté aux ébats gracieux de jeunes vierges phéaciennes jouant à la balle au bord de la mer bleue (I, 1), et nous nous serions assis à un conseil de sages vieillards. Ainsi *Nausikaa* nous aurait révélé par mille traits la joie profonde que Gœthe avait éprouvée à vivre, un temps, comme un héros d'Homère, en face de la belle Nature, au milieu d'hommes qui ne connaissaient pas l'angoisse de la vie. Quoi d'étonnant dès lors qu'il n'ait pu se décider à terminer une œuvre où la mort cruelle de l'héroïne aurait jeté un épais voile de deuil sur tant de sourires et de clarté ?

Gœthe ne réussit pas plus à fixer dès maintenant ses impressions artistiques qu'à exprimer le ravissement que lui procure la Nature. Il ne parvient même pas à achever l'*Apothéose de l'artiste*, cette suite à son *Pèlerinage terrestre de l'artiste*[1].

Pourtant, il est une œuvre qui reflète, avec quelque précision au moins, un des aspects de la transformation morale subie par Gœthe en Italie, c'est *Faust*.

Malgré son ferme propos de l'achever avant de quitter Rome, nous savons que « après avoir retrouvé et renoué le fil », il n'y ajoute guère qu'une scène qu'il compose en février 1788 dans le jardin de la villa Borghèse, *la Cuisine de la Sorcière*[2].

Si l'on songe au souci que, durant tout son voyage, Gœthe a montré d'affirmer son renouveau, on ne peut s'empêcher de croire que ce n'est point par un pur hasard qu'il composa à Rome, de préférence à toute autre, cette scène qui précisément montre le rajeunissement de Faust[3].

---

1. Cf. *Ital. Reise*, B^d 32, p. 289. — 2. Cf. *Ibid.*, 1er mars 1788, p. 288.
3. Nous n'utilisons pas ici la scène *Wald und Höhle*, car rien ne permet de conclure de façon certaine qu'elle fut réellement composée à Rome, tandis qu'il

Les éléments de satire religieuse qu'elle contient, la parodie impertinente des cérémonies de l'Eglise et du dogme de la Trinité, les railleries à l'adresse du charlatanisme des médecins, les allusions à la passion des Italiens pour la loterie, ou encore aux difficultés politiques où la France commence de se débattre, sont des traits intéressants, mais secondaires. L'essentiel de la scène est à chercher dans le miroir magique, le philtre et ses effets.

Faust qui, jadis, comme étudiant, a peut-être connu la joie de vivre, l'a désapprise depuis longtemps. La poursuite acharnée de la vérité lui a fait oublier la Nature et la femme. A vivre parmi les vieux grimoires, son cœur s'est desséché, ses sens se sont engourdis. Un philtre préparé longuement, avec des soins minutieux, par la sorcière chez qui Méphistophélès le conduit, doit lui rendre la jeunesse et ses ardeurs. En attendant le retour de la « vieille Sibylle », Faust, impatienté, écœuré par les simagrées des serviteurs de la sorcière, s'approche d'un miroir magique ; il y aperçoit une femme indiciblement belle. C'est pour lui une révélation foudroyante. « Est-ce possible ? La femme est-elle si belle ? Y a-t-il chose pareille sur la terre ? » L'amour entre en rafale dans son cœur étonné et y soulève un ouragan de désirs. Le philtre que, l'instant d'après, lui fait boire la sorcière ne fait qu'achever l'action du miroir et la rend durable[1]. Pour arracher Faust à la contemplation du miroir, Méphistophélès lui promet que, grâce au breuvage magique, il verra bientôt Hélène dans toutes les femmes.

C'est donc de l'amour que viendra à Faust le rajeunissement que son compagnon lui a promis en l'entraînant dans l'antre de la sorcière. L'amour fera refleurir en lui la joie de vivre, en attendant qu'il lui fasse connaître des souffrances infini-

---

ne peut y avoir de doutes pour la scène de la *Cuisine de la sorcière*. Cf., sur cette question, Gräf, II, 2, note p. 43 ; Minor, *Gœthes Faust*, I, p. 286 ; Er. Schmidt, *Urfaust*, p. LVIII, et *Gœthe-Jahrb.*, 1901, article de M. Morris, p. 165.; cf. aussi Eckermann, 10 avril 1829, et dans Hempel, Bd 36, p. 675, la chronologie des œuvres de Gœthe, rédigée par Riemer et Eckermann pour l'édition de 1837.

1. Cf. Minor, *op. cit.*, p. 322.

ment plus douloureuses que celles que ses déceptions de savant lui ont jamais fait éprouver.

Mais, qu'on le remarque bien, c'est sous sa forme la plus parfaite que la femme lui est d'abord apparue; c'est sous les traits de la beauté absolue d'Hélène[1]. L'amour et la beauté sont désormais indissolublement unis aux yeux de Faust. La vision idéale d'Hélène ne le quittera plus. C'est elle qu'inconsciemment il aimera dans Marguerite, et c'est parce qu'il n'en trouvera dans l'humble fille qu'un pâle reflet qu'il ne saura goûter le bonheur à ses côtés; c'est pour atteindre Hélène elle-même que plus tard il aura l'audace de descendre au redoutable royaume des « Mères ». En excitant sa sensualité par l'image de la beauté idéale, Méphistophélès a, sans le vouloir, donné à Faust les raisons de ne pas y trouver la satisfaction suprême.

Sans prétendre établir un parallèle de tous points exact entre Gœthe et son héros, il nous semble pourtant bien qu'il y a entre leur situation et les circonstances mêmes de leur rajeunissement d'indéniables ressemblances.

En entrant en Italie, Gœthe lui aussi était fatigué de la vie qu'il avait menée jusqu'alors; il était moralement et physiquement malade; il se sentait las et vieilli, et c'est, nous nous en souvenons, avec l'espoir de guérir et de rajeunir qu'il avait mis le pied sur la terre italienne. Son attente n'avait pas été déçue et il avait pu écrire à ses amis qu'il faisait dater une nouvelle jeunesse du jour de son entrée à Rome. Or, c'est à l'art antique qu'il la devait. Celui-ci lui avait révélé par les lignes pures de ses temples et la vie de ses marbres la beauté sereine, la beauté harmonieuse. Dans le temps même où il compose *la Cuisine de la Sorcière*, il est passionné par l'étude du corps humain, qui lui semble le chef-d'œuvre suprême de la Nature.

Nous savons aussi que, par une curieuse coïncidence, c'est précisément à l'époque de son plus grand enthousiasme pour la statuaire antique que l'amour rentre dans sa vie. Comme

---

1. Cf. Minor, *op. cit.*, pp. 324, 325.

Hélène mène Faust à Marguerite, il semble que les merveilles reconnues de la plastique grecque aient rendu Gœthe sensible aux charmes de Maddalena Riggi[1], la blonde Milanaise, et plus accessible aux attraits moins chastes des « souris » romaines. Lui aussi trouvera bientôt sa Marguerite dans une humble ouvrière en fleurs artificielles de Weimar, dans celle dont l'Amour divinateur lui traçait lui-même, à l'avance, la gracieuse et séduisante silhouette, sous le prétexte de lui donner une leçon de paysage[1].

La scène de la sorcière traduit si bien l'aspiration de Gœthe, que, à sa joyeuse surprise, il constate qu'il l'a écrite avec tant de facilité, et qu'il a si bien retrouvé le ton du vieux fragment, que s'il enfumait le papier où il vient de l'écrire, personne ne saurait la découvrir dans le tas des feuillets jaunis. Il ajoute : « Ramené par le repos et l'isolement à l'étiage normal de ma propre existence, je suis frappé de voir combien j'ai peu changé et combien peu mon moi intime a souffert des années et des événements[2]. » Réflexion du vieux Gœthe, et qu'il ne faut pas prendre trop à la lettre sans doute, car entre le Gœthe de Francfort et celui de Rome, il y a toute la distance, au point de vue moral au moins, qui sépare le désir de l'accomplissement ; mais réflexion juste et profonde pourtant, car elle souligne que, même aux jours orageux du « Sturm- und Drang », Gœthe avait senti au fond de lui une aspiration forte à l'art et à la beauté, à l'harmonie et à la Nature ; c'est cette aspiration, que, après le mauvais rêve de Weimar, il retrouve intacte au bout de son séjour en Italie, plus claire seulement, plus consciente et plus sage.

Tandis, en effet, que son héros poursuivra, jamais satisfait, son rêve de beauté à travers les différents domaines de la vie, aussi bien que de la pensée, et lui sacrifiera le calme bonheur qu'aurait pu lui donner Gretchen, Gœthe, lui, qui a appris le renoncement et la mesure, saura se contenter de la fleur

---

1. *Amor als Landschaftsmaler;* cf. à Herder, 23 fév. 1788. — 2. *Ital. Reise,* 1ᵉʳ mars 1788, Bᵈ 32, p. 288.

modeste qu'il aura transplantée avec toutes ses racines à son foyer[1]. Pourtant lui non plus n'oubliera pas que c'est aux leçons de la beauté antique qu'il aura dû le retour à la santé morale et à la vie vraie, et il lui restera fidèle jusqu'au tombeau.

Ainsi, de même que, jadis, c'est à *Faust* que Gœthe a confié ses aspirations les plus chères, les idées auxquelles il tenait le plus, c'est lui encore qu'il charge de dire le résultat essentiel de son voyage en Italie : le rajeunissement de tout son être.

C'est un Faust nouveau qui sort de la cuisine de la sorcière ; c'est un Gœthe renouvelé qui, le 22 avril 1788, quittait pour jamais la Ville éternelle.

1. Cf. *Gefunden* (1813).

LIVRE VI

Le Savant. — Weimar (juin 1788-juillet 1794). A l'école de la Nature, Gœthe achève son libre apprentissage de la sagesse.

PREMIÈRE PARTIE : LES FAITS.

Gœthe rentra à Weimar dans la soirée du 18 juin. La lenteur du retour nous dit l'intensité des regrets qu'il avait éprouvés à s'arracher à l'attraction de la « montagne d'aimant » qu'avait été pour lui Rome[1]. La plainte si triste d'Ovide, prenant le chemin de l'exil, avait chanté mélancoliquement en sa mémoire[2] ; il se l'était répétée avec une obstination douloureuse, sans pouvoir se décider à la transposer en l'adaptant à son cas, de peur dit-il de « faire s'évanouir le subtil parfum des intimes douleurs[3] ». Ce sentiment que lui aussi partait pour un exil sans retour l'avait hanté pendant tout son voyage, à Florence, où il s'était attardé à emplir ses yeux, une dernière fois, de la splendeur des marbres et des toiles, à Parme, où il avait admiré le Corrège, à Milan, où la vue de la Cène de Léonard de Vinci l'avait consolé des formes « ineptes » du Dôme[5]. Pour chasser « l'amertume de la mort », il avait acheté un marteau de minéralogiste et il s'était remis à cas-

---

1. Cf. lettres à Ch.-Auguste, 6 mai, 23 Mai; à Knebel, 24 mai. — 2. A Herder, 27 déc. 1788, et *Ital. Reise*, Bd 32, p. 337. — 3. *Ibid.*, Lesarten, p. 428. — 4. *Ibid.*, p. 429. — 5. Cf. à Ch.-Auguste, 6, 23 mai 1788.

ser des pierres, se consolant ainsi, comme il pouvait, de n'avoir plus sous les yeux les pierres vivantes de Rome[1]. Une fois en terre allemande, pris d'une soudaine lassitude, il avait rapidement achevé son voyage, par Constance, Augsbourg, Nuremberg. A Constance il avait donné quelques jours à son amie Barbara Schulthess, mais il n'avait pu se décider à aller voir sa pauvre mère qui l'attendait à Francfort!

On peut aisément s'imaginer avec quels sentiments de curiosité il fut accueilli à Weimar après vingt-deux mois d'absence. Si dans les derniers temps qui avaient précédé sa fuite en Italie, il s'était à peu près complètement retiré du monde, il n'en était pas moins resté le grand homme de la minuscule capitale des bords de l'Ilm. Quand Schiller y était venu dans le courant de l'été de 1787, il avait été frappé de l'empreinte que Goethe avait laissée sur la société de Weimar. « L'esprit de Goethe, écrit-il à son ami Körner[2], a modelé tous les gens qui font partie de son cercle. On affiche un orgueilleux mépris pour toute spéculation et recherche philosophique, un attachement à la Nature poussé jusqu'à l'affectation, la résignation aux cinq sens. Bref, une certaine simplicité enfantine dans l'usage de la raison caractérise Goethe et toute sa clique. On préfère chercher des herbes ou faire de la minéralogie que de se perdre en vains raisonnements. » Il ajoute, plus loin : « beaucoup de gens ici parlent de lui avec une sorte de vénération, et c'est l'homme plus encore que l'écrivain qu'on aime et qu'on admire en lui. Herder prétend qu'il a droit à l'admiration au moins autant, sinon plus, comme homme d'affaires que comme poète; pour lui, c'est un esprit universel..... »

On n'a donc pas, en général, tenu rigueur à Goethe de sa fugue; il est toujours le Dieu aimé. Sa longue absence n'a fait qu'accroître son prestige; on écoute avec avidité ses récits, on suit passionnément les commentaires, dont il accompagne l'exhibition de ses propres dessins ou des dessins de Kniep, qu'il tire peu à peu, en gourmet, de ses portefeuilles gonflés.

1. A Knebel, 24 mai. — 2. 12 août 1787.

Il est presque journellement invité à la table ducale[1]. Mais, une fois la première curiosité satisfaite, chacun revint à ses affaires, l'existence normale reprit son cours et Gœthe dut se préoccuper d'organiser sa vie nouvelle.

Nous savons comment le duc avait généreusement répondu aux désirs de son ami, en le déchargeant de ses fonctions officielles les plus absorbantes. Sur les indications de Gœthe lui-même il l'avait remplacé par Schmidt à la présidence effective du Conseil, tout en lui laissant le titre et les privilèges de sa charge; il avait fait entrer à la Chambre l'élève préféré de Gœthe, Voigt, le mieux initié de ses sous-ordres aux affaires si compliquées d'Ilmenau[2].

En fait, l'activité administrative de Gœthe restait considérable. Il a la direction générale et la responsabilité de tous les établissements artistiques du duché, y compris l'Université d'Iéna avec toutes ses dépendances et ses étudiants turbulents[3]. La malheureuse entreprise d'Ilmenau, à tout instant compromise par d'incoercibles inondations, continue de le préoccuper. En février 1790 il commence de se soucier de la reconstruction du château, et ce sera pendant de longues années une lourde charge pour lui. En janvier 1791, lorsque le duc se résout à créer un théâtre permanent, il accepte la présidence de la commission théâtrale, et il n'y ménagera ni son temps, ni sa peine[4].

1. Cf. Düntzer, *Gœthe und Karl-Aug.*, op. cit., p. 306. — 2. Cf. C. Vogel, *Gœthe in amtlichen Verhältnissen*, Iéna, 1834, p. 5; Düntzer, *op. cit.*, p. 371. — 3. Cf. lettres mars 1790 et Keil, *Geschichte des jenaischen Studentenlebens*, Leipzig, 1858.

4. Avec un zèle et une patience inépuisables, il s'efforcera „pendant une longue suite d'années, de 1791 à 1817, de créer la scène allemande idéale dont Lessing avait vainement poursuivi la réalisation. Les ressources matérielles étaient insuffisantes, les dépenses toujours hors de proportion avec les recettes, les acteurs, venus de tous les coins de l'Allemagne, pour la plupart pauvres hères besogneux et cupides, avaient de déplorables habitudes de déclamation et une insouciance absolue de l'art, le public prenait plus de plaisir à l'opéra et à la comédie qu'aux œuvres sévères. Avec une inlassable énergie, Gœthe lutta contre tous ces obstacles. Il ne réussit pas à éviter chaque année le déficit, ni, malgré quelques représentations triomphales comme celles du *Wallenstein* de Schiller ou du

Il reste, d'ailleurs, pour ses anciens subordonnés le chef auquel ils ont toujours recours dans l'embarras, et, si par délicatesse, il ne profite pas de son droit d'assister aux séances du Conseil[1], il est bien probable que dans les affaires importantes le duc et ses nouveaux ministres firent plus d'une fois appel à son expérience et à son dévouement[2]. Il reste surtout, malgré la différence de leurs vues politiques, le confident indispensable du duc. A maintes reprises, nous le voyons forcé de s'arracher pour le service de son maître à ses chères études et aux bras de Christiane. En 1790, il va à Venise attendre la duchesse Amélie, qui revient de Rome; à peine rentré, il est obligé, malgré sa répugnance, d'aller rejoindre Charles-Auguste au camp de Silésie; deux ans plus tard, en dépit de son horreur de la guerre, il fait la campagne de France aux côtés du duc; l'année suivante, celui-ci, sourd à ses protestations, le contraint de venir lui tenir compagnie pendant toute la durée du siège de Mayence.

Goethe n'avait donc pas retrouvé toute sa liberté. Pourtant, en comparaison de ce qu'elle avait été avant 1786, sa situation lui paraît à tout prendre, fort heureuse. Si, de temps à autre, il laisse voir l'impatience et la mauvaise humeur que lui causent l'esprit aventureux du duc et son ardeur guerrière, qui trop souvent, à son gré, viennent troubler la bienfaisante monotonie de sa propre vie, la reconnaissance qu'il a pour la générosité dont Charles-Auguste a fait preuve à son égard est si vive qu'il se considère comme attaché pour

Roi Jean de Shakespeare, à amener le public à préférer ses pièces ou même celles de Schiller aux médiocres productions d'un Kotzebue ou d'un Iffland, mais, à force de ténacité, il parvint à former une troupe homogène, solide, bien stylée, à réaliser, jusqu'à un certain point, l'idéal qu'il avait formulé dans son *Prologue pour l'ouverture du théâtre*, le 7 mai 1791 : l'harmonie de l'ensemble résultant de la concordance et de la subordination des efforts individuels. (Cf. Hempel, B^d 11, p. 221; cf. aussi *Campagne de France*, Hempel, B^d 25, p. 165; *Annales*, 1791-92, Hempel, B^d 27, et surtout J. Wahle, *Das Weimarer Hoftheater unter Goethes Leitung*, Weimar, 1892 (Schriften der Goethe-Gesellschaft, B^d 6).

1. Cf. Düntzer, *op. cit.*, p. 317. — 2. Cf., par ex., lettres 8 oct. 1788, 5 nov. 1789, janv., fév., oct., nov. 1790.

jamais à Weimar. Lorsque, en octobre 1792, sa mère lui fait part du désir qu'auraient ses concitoyens de Franfort de le voir prendre au Conseil de la ville la succession de son oncle Textor, bien que, au premier moment, cette nouvelle l'émeuve et lui fasse revivre en pensée quelques-unes des plus belles heures de sa lointaine enfance, il n'hésite pas à se dérober[1]. Les liens, tissés de bienfaits, qui l'attachaient au duc et à sa famille étaient trop forts pour qu'il pût songer à les rompre. Le duc ne venait-il pas de mettre le comble à ses libéralités en achetant pour lui au major de la garnison, Helmershausen, une grande maison sur le « Frauenplan » et en prenant à sa charge tous les frais de l'aménagement[2]?

Ce n'était pas, d'ailleurs, sans doute la seule gratitude qui le retenait à Weimar. Son intérêt personnel lui en faisait un devoir. Il n'aurait pas trouvé dans la cité commerçante de Francfort un milieu favorable pour les études scientifiques auxquelles il est résolu de se livrer tout entier; il n'aurait plus eu les ressources matérielles de l'Université d'Iéna, ni l'appui moral et les conseils de ses professeurs.

Or, ces études lui apparaissent chaque jour plus essentielles ; c'est à elles qu'il voudrait consacrer tout le temps dont il peut disposer pour lui. Quand l'éditeur Göschen, méfiant, se refuse à publier son *Essai sur la métamorphose des Plantes*, Gœthe en lui exprimant ses regrets, lui donne à entendre qu'il a eu tort, car, dorénavant, sa production, dit-il, sera au moins autant scientifique que poétique[3]. Un an plus tôt déjà, il soulignait dans une lettre à Knebel que la publication de son opuscule botanique signifiait à ses yeux le début d'une nouvelle carrière[4].

---

1. Cf. *Campagne de France*, 29 oct. 1792, et W. Stricker, *Gœthe und Frankfurt a/M*, Berlin, 1876, p. 37. — 2. Cf. lettres avril 1792 à Ch.-Auguste et à Voigt, et Düntzer, *op. cit.*, p. 375. — 3. A Göschen, 4 juillet 1791. — 4. 9 juillet 1790.

II.

Malgré l'urgence qu'il y avait pour lui d'achever l'édition de ses œuvres, il s'était, dès son retour à Weimar, remis en effet à ses *recherches scientifiques*. En septembre, il demande à Knebel de lui procurer les Mémoires de l'Académie des sciences de 1751[1]; en novembre, il va à Iéna pour s'attaquer à la myologie et voir s'il pourra y faire une brèche et la prendre d'assaut[2]; il fait en décembre de belles découvertes dans le domaine de la physiognomie[3], et, d'une façon générale, il sent qu'il est, dans la science, en bonne voie et il s'en félicite[4]. L'annonce de l'apparition d'un « Essai sur la structure des fleurs » l'excite à rédiger ses observations botaniques[5], et il s'y met avec tant d'ardeur que, dès le 18 décembre, il peut envoyer une première esquisse de son propre *Essai sur la Métamorphose des Plantes* à Batsch; après l'avoir corrigé sur les indications de ce dernier, il l'achève en janvier et espère pouvoir le faire paraître à Pâques[6]. Dès cette époque il médite un ouvrage sur la forme animale. Un crâne de mouton ramassé par hasard à Venise, sur le Lido, par son domestique, lui montre des horizons insoupçonnés et lui fait faire un grand pas en avant dans la voie de l'explication de la structure des animaux[7]. Il espère que son séjour au camp de Breslau, si inopportun à tant d'égards, lui procurera au moins, en guise de compensation, un nouveau champ d'expériences[8]; il compte profiter des loisirs de cette vie inactive pour écrire la seconde partie de sa *Métamorphose des Plantes*, et essayer de rédiger son Essai projeté sur les animaux[9]. L'abstraction de ce dernier sujet le rebute, et après trois semaines de tentatives vaines, il abandonne son dessein,

---

1. 2 sept. 1788. — 2. Cf. à Knebel, 8 nov.; à Ch.-Auguste, 16 nov.; à Fried. v. Stein, 18 nov. — 3. A Herder, 27 déc. — 4. A Ch.-Auguste, 12 mai 1789. — 5. Au même, 21 nov. 1789. — 6. A Reichardt, 28 fév. 1790; à Jacobi, 3 mars. — 7. A Carol. Herder, 4 mai. — 8. A Ch.-Auguste, 1er juillet. — 9. A Knebel, 9 déc.

pour l'instant[1]. Cet échec ne le décourage pas d'ailleurs, et nous l'entendons, à quelque temps de là, affirmer à Jacobi[2] ses progrès en science et sa foi en la méthode qui lui a inspiré son opuscule botanique : il continue « de mettre en œuvre toutes les ressources de son esprit pour reconnaître les lois d'après lesquelles s'organisent les êtres vivants ».

Son inlassable pensée, son instinct de simplification ne s'arrêtent pas aux formes vivantes. Il s'aventure au domaine de la physique; il reprend ses observations faites en Italie sur la lumière et les couleurs, et il écrit une dissertation sur la couleur bleue. Une objection de Herder à sa théorie lui inspire l'idée d'un principe d'unité pour les couleurs, analogue à celui qu'il a imaginé pour les végétaux et qu'il est en train de trouver pour l'organisme animal, et, le 18 mai 1791, il écrit au duc, avec une joie débordante, qu'il l'a découvert. Aussitôt, il se met à rédiger ses observations, et il espère que sa nouvelle théorie de la lumière, de l'ombre et des couleurs, amènera plus d'une révolution dans la science aussi bien que dans l'art[3]. Il est heureux; il se sent maître de son sujet. Pendant des insomnies causées par un violent mal de dents, il a parcouru en pensée, écrit-il au duc[4], tout le cercle de la théorie des couleurs, de sorte qu'il a pu tendre les fils directeurs et qu'il a pu se mettre, tel qu'une araignée, à tisser sa toile avec diligence. Tout à son enthousiasme, il déclare à Jacobi qu'il n'est pas impossible que les sciences naturelles, auxquelles il s'attache chaque jour davantage, ne finissent par devenir son unique occupation[5].

En fait, il écrit fièvreusement ses premières *Contributions à l'optique*[6], et à peine a-t-il achevé un premier article qu'il attaque le second, bien qu'il sente lui-même que, sans avoir étudié à fond l'œil humain et le mécanisme de la vision, il ne pourra aller très loin dans cette voie[7]. Il est si confiant dans sa découverte qu'il ne doute pas que la théorie de Newton ne doive, sous les coups de ses démonstrations, s'écrouler comme un vieux

1. A Knebel, 1er janv. 1791. — 2. 20 mars 1791. — 3. A Reichardt, 30 mai 1791. — 4. A Ch.-Aug., mai (*Weimar-Ausg.*, IV, 9, n° 2872). — 5. 1er juin. — 6. *Beiträge zur Optik*, Hempel, B^d 35. — 7. A Sömmering, 12 oct.

mur[1]. Malgré qu'il soit forcé de s'avouer à lui-même qu'il passe
à ces études plus de temps qu'il ne serait bon[2], il ne peut s'y
arracher et il y consacre le plus clair de ses heures de liberté[3].
Il s'est fait installer une chambre obscure et construire toute
une série d'instruments et de machines ; il utilise même la salle
du théâtre pour ses expériences multiples sur les ombres colorées et les couleurs de l'arc-en-ciel[4] ; il ne se lasse pas de répéter
ces expériences devant ses amis de Weimar, et il envoie de véritables dissertations à ses correspondants scientifiques du dehors
pour les mettre au courant des résultats qu'il obtient[5]. Il croit
ferme que derrière les phénomènes si divers de la lumière et
des couleurs, il y a des principes simples qui les expliquent
sans reste, et les ramènent à l'unité[6].

Au milieu même des misères et des dangers de la campagne
de France, devant les murs de Verdun[7], dans la marche sur
Valmy, son idée fixe ne le quitte pas ; il accumule les observations et, sous la pluie torrentielle qui traverse la toile de sa
tente, il dicte des notes au secrétaire de chancellerie Vogel[8].
Les jeux de la lumière sur un tesson de poterie au fond d'une
source, la moisissure d'un morceau de pain[9], des cristallisa-
tions curieuses[10] suffisent à lui faire oublier les tristesses et les
déboires de cette lamentable équipée à travers les terres gluan-
tes de la Champagne. Son livre de chevet est un dictionnaire de
physique[11]. A peine échappé au désastre de la retraite, dès qu'il
est sorti de la cohue des fuyards et qu'il se trouve dans une
chambre tranquille, son premier souci est de mettre ses notes
en ordre[12]. Il ne laisse pas passer une occasion d'exposer oralement sa théorie, sachant que c'est le meilleur moyen d'y voir
clair lui-même. De même que, à l'abri d'un mur de vigne, il
avait sous Verdun, au milieu du fracas du bombardement,
entretenu de ses découvertes le Prince de Reuss[13], et qu'à Pem-

1. A Reichardt, 17 nov. — 2. A Jacobi, 2 avril 1792. — 3. A Ch.-Auguste,
18 avril. — 4. Cf. à Forster, 25 juin ; à Lichtenberg, fin juin 1792. — 5. A Reichardt, 17 nov. 1791 ; à Sömmering, 2 juillet 1792. — 6. Cf. Boucke, *Gœthes
Weltanschauung*, op. cit., p. 224. — 7. Cf. *Camp. de France*, 31 août. —
8. 12 sept. — 9. 31 août. — 10. 26 sept. — 11. 4 oct. — 12. 14 oct. — 13. 31 août.

pelfort il ne s'était pas fait prier pour dire à Jacobi et à sa
famille les résultats qu'il a atteints et ceux qu'il escompte[1], de
même, après la capitulation de Mayence, en passant par Heidelberg, il fait subir à son ancien beau-frère Schlosser un exposé
en règle de son système[2], qu'il a mûri et développé pendant
les lentes opérations du siège[3]. Il n'a rien de plus pressé, une
fois de retour à Weimar, que de reprendre ses chères expériences dans le silence de sa chambre noire. A un de ses correspondants qui lui a fait des objections sur sa méthode et la valeur
des résultats obtenus, il répond par une longue dissertation
pour essayer de le convaincre[4]. La minutie des expériences
que nous y trouvons rapportées, l'écho des nombreuses lectures
d'ouvrages français qu'elle contient, nous montrent à quel point
son sujet le passionne, avec quel sérieux aussi et quelle énergie
il se livre à ces délicates études. Pendant toute l'année suivante, il poursuit obstinément ses recherches, et, le 16 juillet 1794, il écrit à Sömmering qu'il s'est déjà avancé si loin
dans le champ de l'optique, qu'il ne peut presque plus apercevoir son point de départ; et comme, en décembre, Jacobi lui
demande s'il est vrai, ainsi que le bruit en court, qu'il se désintéresse de l'optique, il répond[5] avec une sorte d'indignation,
comme si l'hypothèse lui paraissait injurieuse : « Celui qui t'a
dit que j'ai renoncé à mes études d'optique ne sait rien de moi
et ne me connaît pas.... La matière est, comme tu sais, extrêmement intéressante, et de la travailler, cela donne à mon
esprit une souplesse que je n'aurais peut-être atteint par aucun
autre moyen.... Saisir au vol les phénomènes, les fixer par des
expériences, ordonner les résultats, apprendre à connaître les
différentes idées émises, être sur le premier point aussi attentif, et sur le second aussi exact que possible, pour le troisième,
viser à être complet et, pour le quatrième, rester assez ouvert
à toutes les conceptions, voilà l'idéal; mais, pour y réussir, il

---

1. Nov. 1792, Hempel, B^d 25, p. 133. — 2. *Ibid.*, p. 269. — 3. Cf. à Knebel,
2 juillet; à Jacobi, 19 juillet; à Herder, 15 sept. 1793. — 4. A Lichtenberg,
milieu octobre (*Weimar-Ausg.*, IV, 10, n° 3021). — 5. 29 déc. 1794.

37

faut soumettre son petit moi à une discipline dont je n'avais même pas le soupçon qu'elle fût possible. »

Et, dix-huit ans durant[1], en dépit des intérêts divers qui, surtout depuis sa liaison avec Schiller, détourneront son attention vers d'autres domaines de la pensée, il travaillera sans relâche à accumuler les preuves pour vaincre l'indifférence méprisante du monde savant, pour forcer les physiciens à proclamer avec lui la défaite de Newton.

Peu importe qu'il ait perdu tant d'heures précieuses à poursuivre une vaine chimère. Ce qu'il nous importe, pour l'instant, de retenir de ses patients efforts, c'est leur sincérité et l'esprit de suite dont ils témoignent. C'est un spectacle à la fois touchant et réconfortant que de voir ce poète, acharné à vouloir la vérité scientifique et se soumettant aux disciplines les plus rigoureuses pour l'atteindre.

Rien n'est plus caractéristique peut-être du grand changement qui s'est fait en lui au cours de son séjour en Italie. Il a appris la patience. Sans doute, c'est déjà à la suite de méthodiques comparaisons que, dès 1784, il était arrivé à découvrir l'os intermaxillaire. Mais dans les autres domaines scientifiques, où sa curiosité s'était promenée, il s'était laissé guider par l'idée et l'imagination, et il n'avait guère fait appel à d'autres instruments qu'à son œil; il avait eu des « illuminations » plutôt que des révélations basées sur une observation rigoureuse. Aujourd'hui, il a toujours la même confiance dans la luminosité et l'acuité de son regard, mais il en contrôle minutieusement les données avec toutes les aides que lui fournit la science de son temps. Il a appris en Italie que pour juger sainement des œuvres de l'art il fallait en connaître la technique, le « métier », et il ne néglige rien pour apprendre son métier de savant. Le dilettante est bien mort en lui; c'est vraiment une carrière nouvelle qu'il inaugure.

La Nature n'est plus décidément pour lui une confidente ou

---

1. Jusqu'en mai 1810, où il achève son *Traité de la théorie des couleurs*.

une source de jouissances; c'est un livre dont il cherche à déchiffrer avec méthode la mystérieuse écriture.

III.

C'est de cet esprit nouveau que procède ce qu'on peut appeler son *Esthétique théorique*.

A vrai dire, en cette période que domine l'activité scientifique, Gœthe ne s'occupe plus guère d'art, directement au moins; pourtant, il en conserve visiblement le souci. Il dit à Heyne[1] son respect pour l'art et souligne la difficulté qu'il y a à motiver l'admiration que suscitent les œuvres d'art, à les apprécier, comme il convient, sans y apporter d'excessives prétentions et sans se contenter d'un plaisir banal. Il se sent, pour l'instant encore, trop sous l'impression écrasante de la masse de ses impressions de détail pour en dégager avec sûreté des jugements d'ensemble. S'il en écrivait quelque chose, dit-il, ce serait des conclusions très simples, par exemple, ses remarques sur l'influence des matériaux divers sur les différentes formes de l'architecture et sur l'habileté dont les Anciens ont fait preuve dans l'adaptation de la forme à la matière.

En fait, bien que son milieu ne le dispose guère aux considérations et exercices artistiques, il se décide plus vite qu'il n'y pensait à tirer profit de ses notes, et, dès le mois de septembre, nous l'entendons demander à Wieland[2] s'il accepterait pour son *Mercure* quelques menus articles sur l'Italie. L'arrivée de Moritz[3], qui lui apporte un peu d'air de Rome, lui est une grande joie. Il éprouve un délicieux plaisir à revivre en de longues causeries les heures bénies de son séjour à Rome[4]. L'influence de ces conversations se fait aussitôt sentir; il rédige sans plus tarder son article sur le carnaval de Rome, il com-

---

1. 24 juillet 1786. — 2. A Wieland (*Weimar-Ausg.*, IV, 9, nº 2670). — 3. Commencement de déc. 1788; cf. Düntzer, *G. u. K. A.*, op. cit., p. 317. — 4. Cf. à Voigt, 10 déc. 1788.

munique à Meyer ses réflexions sur l'art des Anciens[1]. Sans avoir, comme les Modernes, le souci mesquin de l'exactitude historique, ils visent avant tout à donner dans leurs œuvres une impression de totalité; ils ne laissent pas à l'imagination le soin de compléter l'image; la pensée qu'ils provoquent ne dépasse pas les limites de la vision qu'ils donnent. Bien peu de Modernes, en dehors de Carrache et de Raphaël, ont su comprendre et appliquer ce principe. Il ne conçoit rien, dit-il encore[2], de plus parfait que l'art antique. Les Anciens ont porté la représentation de la figure humaine à une telle perfection que les Modernes ne peuvent guère trouver d'attitudes nouvelles sans sortir des limites du bon goût. Pour lui, montrer le corps humain dans toute sa beauté physique est le but suprême des arts plastiques, et la peinture des sujets moraux ne peut s'admettre qu'autant que la moralité sort de la beauté même des formes et des gestes. Si, à Venise, il étudie avec grande ardeur la vieille école vénitienne[3], c'est que les œuvres antiques y sont rares, car son culte pour les Anciens reste toujours aussi passionné.

Leurs principes de composition lui paraissent les seuls vrais et l'artiste moderne qui s'y soumet ne doit pas éprouver plus de gêne que le musicien qui compose selon les lois de l'harmonie[4]. Il projette d'établir un canon des proportions du corps de l'homme et de la femme, d'étudier les variations d'où naissent les caractères et d'expliquer par l'anatomie la perfection des formes extérieures[5].

Jouir de l'Art ne lui suffit plus. L'étude des chefs-d'œuvre de l'Antiquité l'a convaincu que l'Art est soumis à des lois aussi nécessaires et logiques que celles de la Nature. Le démontrer aux autres et les en convaincre sera une de ses préoccupations les plus immédiates, quand son amitié avec Schiller aura décidément orienté son esprit vers la spéculation

1. A Meyer, fin janv. 1789 (*Weimar-Ausg.*, IV, 9, n° 2717); à Jacobi, à Fr. v. Stolberg, 2 fév. 1789. — 2. A Meyer, 27 avril 1789. — 3. Cf. à Herder, 15 avril 1790; à Carol. Herder, 4 mai; *Tag = u. Jahreshefte*, Hempel, B^d 27, p. 10. — 4. A Meyer, 13 mars 1790. — 5. *Ibid.*

abstraite. Les *Propylées* et la partie artistique de sa *Théorie des couleurs* nous en fourniront la preuve.

Comprendre, dégager la loi, atteindre le principe d'unité lui est devenu un besoin impérieux. Quand il méditera avec son ami Meyer un grand ouvrage sur l'Italie[1], sur le peuple italien, sa vie pratique, son art, sa science, son plus grand souci sera de ramener à quelques faits simples la multiplicité des phénomènes, d'expliquer, par exemple, par la nature même du sol les particularités du caractère italien et de ses diverses manifestations intellectuelles ou sociales.

C'est, sans doute, ce besoin de comprendre, de pénétrer jusqu'aux principes premiers, qui l'entraîne dans un domaine où jusqu'ici il ne s'était guère aventuré, celui de la *Philosophie pure*. Assurément, nous l'avons vu à plusieurs reprises s'attaquer à Spinoza, et lire Saint-Martin et Hemsterhuys, mais nous savons aussi qu'il n'a saisi et goûté dans leurs œuvres que ce qui répondait à son propre sentiment. Ce sont leurs conceptions morales, bien plutôt que leurs théories abstraites qui l'ont séduit en eux; il les a lus plus encore qu'il ne les a étudiés et il a trouvé dans leurs livres moins des notions nouvelles que la confirmation de ses propres idées ou la justification de ses aspirations. Jusqu'ici, la métaphysique lui avait fait peur. Il n'avait point été tenté de lire, lors de son apparition, la *Critique de la Raison pure*[2], et même lorsque Jacobi avait attiré son attention d'une façon particulière sur Kant[3], il n'avait pu se décider davantage à lire le *Fondement de la métaphysique des mœurs*[4], non plus au reste, malgré l'attrait qu'aurait dû exercer sur lui le titre même de l'ouvrage, que les *Premiers principes métaphysiques de la science et de la Nature*[5]. L'aversion que Herder éprouvait à cette époque pour les idées de Kant ne l'encourageait pas d'ailleurs à faire effort pour vaincre ses propres répugnances[6].

1. Cf. à Meyer, 16 nov. 1795, et lettres, 1796-1797. — 2. 1781. — 3. Cf. Jacobi à Gœthe, 13 déc. 1785 (*Briefw. zw. Gœthe u. Jacobi*, Leipzig, 1846). — 4. 1785. — 5. 1786. — 6. Cf. E. Kühnemann, *Herders Leben*, Münich, 1895,

Mais, à son retour d'Italie, il trouve installé à Iéna, dans la chaire de philosophie, un des disciples les plus fougueux et des prosélytes les plus ardents de Kant, le professeur Reinhold, gendre de Wieland. Force lui aurait été de s'intéresser à cette philosophie, qui malgré l'hostilité de Weimar, vient de faire bruyamment la conquête d'Iéna, même si son propre besoin de réfléchir et de raisonner sur ses sentiments esthétiques n'avait diminué déjà son antipathie pour les façons abstraites de penser de la philosophie.

Il se met donc à étudier la *Critique de la raison pure*. Il n'y pénètre pas au reste bien avant. Il lui suffit, comme il le dit lui-même, de trouver dans la théorie kantienne des connaissances et des jugements synthétiques *à priori*, quelque chose qui ressemble à ses propres procédés instinctifs d'analyse et de synthèse; il s'arrête à l'entrée du labyrinthe des raisonnements[1]. Chaque fois qu'il tente de s'avancer dans le sanctuaire, son instinct poétique ou son sens commun l'arrêtent dès le seuil. Pourtant, avec une ténacité caractéristique de son nouvel état d'esprit, il ne se laisse pas rebuter. Il revient à la *Critique*, il en lit les chapitres qui lui paraissent le plus accessibles, et il a la satisfaction d'en tirer plus d'un enseignement pour son usage domestique[2].

De même que, jadis, au temps où sa raison commençait de se débattre contre son excessive sensibilité, le hasard lui avait donné un précieux maître de sagesse en Spinoza, de même aujourd'hui, où il aspire à passer de la connaissance intuitive à la connaissance rationnelle, il rencontre, pour l'aider dans son effort, le philosophe de Königsberg. La *Critique de la Faculté de Jugement*, qui paraît justement en 1790, vient à point lui fournir la lumière dont il avait besoin ou plutôt encore lui

<hr>

pp. 259-286; Vorländer, *Gœthes Verhältnis zu Kant in seiner historischen Entwicklung* (*Kantstudien hsgb. von H. Vaihinger*, Leipzig, 1897-1898, Bᵈ, I, p. 75 et sq.), ou, du même, *Gœthe und Kant*, Gœthe-Jahrb., 1898, pp. 167-185; S. Eck., *Gœthe Lebensanschauung*, Leipzig, 1902, chap. iii; G. Simmel, *Kant und Gœthe*, Berlin, 1906.

1. Cf. *Einwirkung der neueren Philosophie*, Hempel, Bᵈ 34, p. 95. — 2. *Ibid.*

donner un modèle pour les formules, où il aspirait à emprisonner sa pensée. Il voit ses occupations les plus disparates rapprochées, les productions de l'art et de la Nature traitées sur le même pied, le jugement esthétique et téléologique, la finalité interne s'éclairer mutuellement[1]. S'il n'accepte pas toutes les idées du criticisme, s'il ne les trouve pas toujours aussi complètes qu'il l'eût désiré[2], il constate, avec plaisir, que, dans tous les points essentiels, sa pensée concorde avec celle de Kant : sur la vie intérieure de l'art et de la Nature, sur la force agissante qui est en eux et qui produit du dedans en dehors[3] ; il est surtout ravi de voir le philosophe rejeter comme lui la doctrine abhorrée des causes finales, comme lui proclamer, par là même, le désintéressement de l'art et de la Nature, et sans doute aussi, encore qu'il ne le dise pas, il voit avec plaisir Kant trouver séduisante l'idée de la forme primitive, de l'archétype, et admettre l'évolution successive d'une espèce à l'autre[4].

Ainsi, malgré son désir d'objectivité, Gœthe n'apercevait dans Kant que ce qu'il y cherchait. Il ne voyait pas l'abîme qui séparait sa pensée et sa conception de la Nature de celles du philosophe. Il ne voyait pas que Kant déniait toute réalité au monde des sens, et par suite toute valeur absolue à nos idées dérivées de l'expérience, qu'en niant la possibilité pour l'esprit humain d'atteindre directement par voie de synthèse le mystère de la nature organique[5], le philosophe soutenait une théorie diamétralement opposée à la sienne et condamnait ses efforts, que même, en proclamant la supériorité absolue de la liberté humaine et de la volonté morale sur la Nature, il rabaissait celle-ci plus que lui-même n'était disposé à l'admettre[6].

1. *Einwirkung....*, p. 95. — 2. *Ibid.*, p 96. — 3. Cf. *Critique du Jugement*, §§ 45, 46, 47 (Ed. Kirchbach, Reclam). — 4. Cf. *Ibid.*, § 80, p. 308 et sq. — 5. *Ibid.*, § 77.

6. Cf. Steiner, *Gœthes Werke* (Kürschner), *Naturwissenschaftliche Werke*, I, Einleit, p. LV. L' « Optime » qu'il met en marge du 85e paragraphe, où Kant rétablit en la fondant sur la conscience morale l'idée d'un Dieu transcendant, montre à quel point Gœthe, si réellement il l'a écrit en 1790, a peu conscience de l'écart réel entre sa vraie pensée et celle de Kant, et comment il s'approprie,

Or, les divergences qui, dans son premier enthousiasme, lui échappaient ou qu'il négligeait de parti pris, sautaient, comme il nous le dit lui-même, aux yeux des kantiens purs. Ils écoutaient avec patience ses commentaires, mais ils ne reconnaissaient qu'avec peine les idées du maître sous le déguisement étrange que leur imposait le poète[1]. Schiller, qui pourtant à cette date n'est pas encore tout à fait converti au criticisme, souligne les inexactitudes de Goethe et reconnaît ce qui empêchera l'auteur de *Werther* d'être jamais un kantien convaincu[2]. Goethe lui ayant rendu visite fin octobre 1790, il écrit, en effet, à Körner[3], qu'ils ont causé de Kant et qu'il a observé avec intérêt comment il arrange tout à sa façon et reproduit ses lectures d'étrange manière... La philosophie est pour lui chose toute subjective, et dès lors il ne peut plus être question de persuasion ni de discussion. « Pour ce qui est de sa propre philosophie, elle ne me plaît pas telle quelle. Elle puise trop dans le monde des sens, tandis que moi je puise dans l'âme. En général, sa conception est trop matérielle et tâtonnante ». Körner, lui répondant quelques jours plus tard, lui dit qu'il est tout à fait de son avis : il a trouvé, lui aussi, la philosophie de Goethe trop matérielle.

Cependant, sans se laisser rebuter par les hochements de tête ou le dédain des kantiens, Goethe s'acharne à explorer, à sa façon, ce domaine ingrat.

Il revient à la *Critique de la raison pure*, en commence même une sorte de résumé analytique et dresse un tableau des « catégories[4] »; il aborde ensuite les *Principes métaphysiques de la Science et de la Nature* et il a la joie d'y trouver confirmée son

en la dénaturant, la terminologie kantienne. Il ne paraît pas, en effet, nécessaire d'y voir une infidélité prématurée à son *Credo* spinoziste, ainsi que le veulent Vorländer et Eck, *op. cit.*, p. 85. Il applique seulement, à notre sens, à son Dieu-Nature une formule qui, dans l'esprit de Kant, ne vaut que pour le Dieu transcendental.

1. *Einwirkung der neueren Philosophie*, op. cit., p. 96. — 2. Cf. K. Vorländer, *Schillers Verhältnis zü Kant* (*Philos. Monatshefte*, XXX, p. 231. — 3. 1er nov. 1790; *Schillers Briefw. mit Körner*, Leipzig, 1874. — 4. *Weimar-Ausg.*, II, *Naturwiss. Werke*, Bd 11, *Paralipomena*, II, p. 377-382; cf. Vorländer, *op. cit.*, I, pp. 89-90.

hypothèse de l'action et de la réaction, de la polarité, comme principes fondamentaux de la matière vivante[1]. Par contre, la *Religion dans les limites de la raison pure*, qu'il lit en 1793, contient à ses yeux une grosse hérésie, qui l'indispose contre le « Vieux de Königsberg », c'est la doctrine du « mal radical ». Il ne trouve pas de termes assez forts pour exprimer son indignation[2]. « Après avoir passé toute une longue vie d'homme à purifier son manteau philosophique des souillures de maints préjugés, Kant vient de le salir criminellement en lui imprimant la tache ignominieuse du mal radical, et cela pour attirer les chrétiens et leur faire baiser le bord de son vêtement ». Un mois plus tard, son émotion n'est pas encore calmée; il écrit à Jacobi[3] qu'il a entendu dire que Lavater, au cours de son expédition dans le Nord, a été présenter ses hommages aux philosophes du jour, que, pour l'en récompenser, sans doute ceux-ci lui feront, à l'occasion, le plaisir de faire rentrer, par une porte de derrière, le « miracle » dans la maison du bon sens, et qu'ainsi ils continueront à laisser traîner dans la boue nauséabonde du mal radical, au moins le bord de leur manteau, qu'ils avaient eu tant de peine à nettoyer.

Le système de Kant lui reste d'ailleurs, malgré ce qu'il y trouve à sa convenance, plein d'obscurités. C'est, nous semble-t-il, ce qui ressort d'une de ses lettres à Fichte[4]. Après avoir lu la *Doctrine de la Science* de ce philosophe, il lui dit qu'il a constaté avec plaisir qu'il le comprenait ou du moins croyait le comprendre, qu'il n'y trouvait rien qui ne correspondît avec sa façon habituelle de penser, et il ajoute cette phrase significative : « Personnellement, je vous saurai grand gré si vous finissez par me réconcilier avec les philosophes, dont je n'ai jamais pu me passer, mais avec qui aussi je n'ai jamais pu m'accorder ». Quatre jours plus tard il disait à Charlotte von Kalb qu'il se promettait grand profit du commerce de Fichte, car « il nous promet de réconcilier la philosophie avec le sens

1. *Camp. de France*, nov. 1792, Hempel, B^d 25, pp. 132-133. — 2. Cf. aux Herder, 7 juin 1793. — 3. A Jacobi, 7 juillet. — 4. 24 juin 1794.

commun ». Le philosophe de Königsberg avait donc, en somme, déçu son attente et n'avait pas réussi à lui faire goûter la métaphysique. Il était réservé à Schiller de donner à Gœthe, pour un temps au moins, l'illusion de pénétrer la pensée de Kant et de maîtriser sa terminologie[1].

Mais pour si peu satisfaisants ou si incomplets que soient les résultats des premiers rapports de Gœthe avec la philosophie kantienne, il nous a paru utile de montrer sommairement ce qu'ils furent, car ils nous semblent essentiels pour l'évolution de sa moralité. Au moins autant que ses études scientifiques, les efforts méritoires du poète pour se reconnaître dans un domaine où il se sent mal à l'aise, nous prouvent sa volonté de plus en plus ferme et consciente d'aller au fond des problèmes qui se posent à lui. De moins en moins il se contente de l'apparence, il veut pénétrer jusqu'au sanctuaire du temple où se tient voilée la mystérieuse déesse ; mais ce n'est plus, comme jadis, d'un élan impétueux qui l'emporte par-dessus tous les obstacles, c'est par étapes méthodiques et successives. Il ne redoute aucune peine, ne recule devant aucun effort, il n'hésite pas à se faire violence et à soumettre son imagination encore ardente au joug des disciplines les plus austères. Rien n'est assurément plus moral que cette poursuite acharnée de la vérité. L'histoire de sa liaison intellectuelle avec Schiller nous le fera mieux voir encore.

En attendant que Gœthe connaisse les joies pures qui naîtront pour lui des années de calme labeur fraternel avec son grand rival devenu son ami, la politique et la guerre viennent, nous l'avons vu, odieusement troubler sa quiétude présente, l'arracher à ses studieuses méditations, l'entraîner malgré lui dans la tourmente révolutionnaire. Quelle fut son attitude en face des *événements de l'heure présente?*

---

1. Sur l'insuffisance de l'interprétation de Kant par Schiller, cf. G. Jacobi, *Kant unter den Weimarer Klassikern* (*Deutsche Rundschau*, Aug., 1908. Pour Jacobi, Schiller n'a jamais été qu'un « dilettante en criticisme », p. 193.

IV.

Gœthe détestait la guerre et il n'avait guère de sympathie pour la politique, au moins pour la grande politique.

La politique qu'il s'était efforcé d'appliquer et dans les limites de laquelle il avait vainement essayé de maintenir le duc, c'était celle dont il avait jadis trouvé la formule idéale dans Möser : la politique du foyer. Son unique ambition avait été de développer, autant qu'il se pouvait, dans l'indépendance garantie aux principautés par la vieille Constitution de l'Empire, les ressources et le bien-être du petit duché[1]. Quand, à l'occasion et à la suite de la guerre de succession de Bavière, les ambitions de la Prusse se révélèrent menaçantes, non seulement pour la suprématie de l'Autriche, mais aussi pour la liberté des petits États intermédiaires, Gœthe, semble-t-il, eut un des premiers l'idée d'une Ligue des Princes du Sud de l'Allemagne pour sauvegarder contre Frédéric II leur neutralité et leur indépendance[2]. Mais lorsqu'il vit le duc vivre uniquement pour la Ligue et à la remorque de la Prusse qui, habilement, avait pris la direction du mouvement pour en détourner d'elle la menace, s'engager à fond dans la grande politique, Gœthe hocha la tête et comprit son imprudence. Charles-Auguste ne renoncerait pas facilement aux séductions d'une activité qui le passionnait et il était à craindre qu'il ne finisse par se désintéresser des affaires intérieures de son duché. Gœthe redoutait, en outre, et c'était là son plus grand souci, que les instincts belliqueux du duc ne s'en trouvassent renforcés, pour le plus grand dommage du pays[3]. L'événement justifia vite ses appréhensions. Le 10 mars 1786, Charles-Auguste signait les articles

1. Cf. O. Lorenz, *Gœthes politische Lehrjahre*, Berlin, 1893, p. 41. — 2. *Ibid.*, pp. 59, 72, 147; cf. Schöll, *Gœthe im Hauptzügen*, op. cit., p. 241 et sq.; cf. aussi Düntzer, *Gœthe u. Karl-August*, op. cit., p. 198 et sq.; P. Bailleu, *Gœthe und der Fürstenbund*, Histor. Zeitschrift, Bd 37, p. 14 et sq. — 3. Cf. Düntzer, *op. cit.*, p. 244; à Knebel, 2 avril 1785.

secrets de la Ligue, par où il s'engageait à prêter l'aide de ses troupes en cas de conflit. Gœthe avait voulu assurer la paix ; sans le vouloir, il avait travaillé pour la guerre. Dès le mois de mai, le duc allait assister aux manœuvres du printemps, à Magdebourg. Ses sympathies personnelles pour Frédéric II l'attachaient chaque jour davantage à la Prusse, qui le récompensait en lui donnant le commandement du régiment de cuirassiers prussiens en garnison à Aschersleben et en lui conférant, bientôt après, le titre de général de brigade[1]. Désormais et pour de longues années, Aschersleben sera le séjour préféré du duc, ses cuirassiers seront son souci le plus cher et la guerre deviendra sa grande passion. C'est ainsi qu'à son corps défendant, Gœthe se vit, à trois reprises, entraîné au milieu du fracas des armes.

La première fois, au camp de Breslau, il ne voit de la guerre que les préparatifs pittoresques ; il s'y intéresse et en retire quelque profit[2].

Mais, en France, la Révolution faisait d'inquiétants progrès. La Prusse et l'Autriche, se solidarisant avec l'infortuné Louis XVI, signent la convention de Pilnitz[3] et se décident à mettre leurs troupes sur le pied de guerre. Gœthe s'en inquiète, tout en espérant que, cette fois encore, le conflit sanglant pourra être évité[4]. Mais, hélas ! le 20 avril, l'Assemblée législative force Louis XVI à déclarer la guerre au roi de Bohême et de Hongrie. Le 17 juin, Gœthe écrit tristement à Knebel que le duc a déjà quitté Weimar pour prendre le commandement de son régiment, et que lui-même est sur le point de partir pour aller le rejoindre. En fait, il prenait, le 8 août, la route de Francfort.

La lettre qu'il écrit à Jacobi, le 18, au moment où il s'apprête à franchir la frontière, sur l'appel pressant du duc, nous montre la tiédeur de son enthousiasme à échanger, pour la tente et la cantine, la maison maternelle avec son bon lit, sa

---

1. Cf. Düntzer, *op. cit.*, pp. 278, 283. — 2. Cf. lettres juillet-sept. 1790. — 3. 27 août 1791. — 4. Cf. à Voigt, fin avril 1792.

bonne cuisine et sa bonne cave. Il lui en coûte d'autant plus qu'il n'a pas le moindre intérêt, dit-il, à vouloir la mort des aristocrates ou des démocrates. Dès les premiers moments de son court séjour à Francfort, il a été excédé d'entendre en tous lieux les éternelles et monotones discussions sur la Révolution, dont on a, depuis quatre ans, les oreilles rebattues. — Il regrette fort, ajoute-t-il, le calme asile de sa maison et de son jardin entre les collines de Thuringe où, du moins, il pouvait fermer sa porte aux bruits du dehors.

Une fois en pleine tourmente, il s'y comporte toutefois vaillamment. Sans s'attarder et s'énerver en vaines récriminations sur les désagréments de l'aventure où il est engagé contre son gré, il tâche, avec son habituelle sagesse, d'en tirer le meilleur parti possible.

Nous ne le suivrons pas dans ses diverses étapes, depuis son premier contact avec les émigrés, à Mayence, chez le résident prussien[1], jusqu'au jour où, ramené par la déroute jusqu'à Coblence[2], il quitte ses compagnons de misère pour aller oublier auprès de Jacobi, à Pempelfort, les souffrances et les amertumes de la défaite.

Nous ne retiendrons du détail de ses aventures ou de son attitude vis-à-vis des hommes et des choses que les traits les plus caractéristiques de ses divers états d'âme.

Ce qui nous frappe tout d'abord, c'est son apparente bonne humeur. Tandis qu'autour de lui on peste et on gémit, lui, conserve presque toujours son calme et sa gaîté. Il s'efforce de remonter les courages abattus ou de distraire les esprits accablés par les soucis. En pleine retraite, un soir que l'humeur générale est plus sombre encore que de coutume, il se met à raconter dans la tente du duc la croisade de saint Louis, la bataille des champs catalauniques et réussit à faire oublier à ses auditeurs l'heure présente[3]. Une autre fois, il régale, avec force plaisanteries, ses compagnons de bon vin qu'il a découvert

1. *Camp. de France*, 23 août. — 2. 5 nov. — 3. *Camp. de France*, 27 sept.

dans une cave[1]. On a tellement autour de lui l'habitude de le
trouver gai, et attentif à égayer les autres qu'on est très surpris, le soir du 4 octobre, de le voir abattu, la mine renfrognée, et peu sociable.

Et on ne peut pas dire que cette gaîté soit une invention du
vieux Gœthe rédigeant, en 1820, sa *Campagne de France*, une
lettre du 25 septembre à la duchesse nous prouve qu'elle
était bien réelle en 1792. Parlant de la pluie incessante, il dit :
« On accuse ouvertement Jupiter de jacobinisme ; on le traite
même de sans-culotte : il mérite d'autant plus cet ingénieux
sobriquet qu'il s'est laissé plus d'une fois surprendre dans ce
costume... Mais je ne puis céler à Votre Altesse que les gens
qui vont plus au fond des choses rejettent sans hésiter sur
Wieland la responsabilité de cette détresse, parce qu'il a fait
du roi des rois un démocrate et l'a détourné pour un temps
des affaires de ses oncles, cousins et compères... »

« En relisant ce que je viens d'écrire, dit-il pour conclure,
je m'aperçois que je suis comme le potier qui voulait faire un
pot et entre les mains duquel l'argile devient plat. Votre Altesse me le pardonnera, en songeant que j'écris dans un moment où nous sommes nous-même l'argile, qu'on pétrit, sans
que âme qui vive sache si de cette argile sortira un vase
d'honneur ou un vase d'opprobre. »

Ce dernier trait nous renseigne indirectement sur la vraie
nature de sa gaîté. S'il est gai, ce n'est pas par indifférence, car il
est inquiet autant que ses compagnons ; mais il considère,
sans doute, que c'est son devoir, à lui qui domine les événements de plus haut, d'aider ses compagnons à en porter plus
allègrement le poids. Sa gaîté, en l'occasion, était une façon de
bienfaisance.

Elle était d'autant plus méritoire que Gœthe ne pouvait se
faire illusion sur les tristesses du moment, car il les connaissait autant que n'importe lequel des soldats de l'armée, parta-
geant volontairement, comme il le faisait, toutes les fatigues

1. 19 sept.

et les misères de la campagne. — C'est là, en effet, le second
trait intéressant à relever. Gœthe, assistant aux opérations en
amateur, aurait dû ne prendre des dangers et des fatigues de la
guerre que ce que les circonstances lui en auraient imposé ; il
aurait pu suivre tranquillement l'armée dans sa chaise de poste
confortable. Or, nous le trouvons presque toujours à cheval
avec les officiers du régiment ducal qui forme l'avant-garde de
l'armée. Il connaît la mélancolie pesante des marches lentes sur
des routes délayées par des pluies diluviennes, l'angoisse de la
faim mal satisfaite par des repas d'aventure ; il connaît les
nuits lugubres passées en plein air dans des trous creusés à la
hâte dans la terre ou à même le sol boueux et glacial[1].

Il fait plus encore : il s'expose avec une téméraire bravoure
à de très réels périls que rien ne le forçait de courir. Le
14 septembre il suit le prince Louis-Ferdinand de Prusse dans
une folle équipée qui aurait pu lui coûter la vie. Mais c'est à
Valmy[2] surtout qu'il donne la mesure de son courage. Trouvant monotone de demeurer immobile sous le feu, et curieux
de connaître par expérience la fièvre du canon, il quitte la position relativement sûre qu'occupait le régiment et il pousse son
cheval jusqu'au mamelon de la Lune, à moitié démoli par le
tir de l'artillerie et dont, de temps à autre, des boulets égarés
viennent consommer la ruine. Malgré les remontrances des
officiers présents, il continue de s'avancer sur le front de la
première ligne et arrive en plein dans la zone du feu. Et là, au
milieu des boulets qui pleuvent autour de lui et s'enfoncent
dans la glaise détrempée, il observe curieusement que le bruit
du boulet semble fait du bourdonnement de la toupie, des gar-
gouillements de l'eau qui bout, des accents flûtés de l'oiseau ; il
analyse froidement et longuement la sensation qu'il éprouve,
et s'il y découvre une certaine angoisse physique, il est du
moins certain qu'il ne s'y mêle pas de peur morale. — Quelles
qu'aient pu être les vraies raisons qui le décidèrent à cet inutile défi à la mort : soif de sensations inconnues, curiosité

1. Cf. *Camp. de France*, 19, 21 sept.; 1er, 7, 8, 12 oct. — 2. *Ibid.*, 19 sept.

scientifique, peut-être désir d'affirmer en face de gens du métier son insouciance du danger, il est indéniable que son attitude fut en cette occasion d'une indiscutable crânerie. Quand sur les instances du duc il se résout à quitter l'armée en déroute, il donne une autre preuve, plus caractéristique encore, à notre sens, de son dédain de la mort : c'est dans une voiture d'ambulance, entre des dyssentériques, qu'il fait, « sans appréhension », le trajet de Consenvoye à Verdun[1].

Il pouvait donc accepter avec fierté les félicitations du vieil officier de hussards le louant de son courage à supporter des épreuves qu'il n'était ni de son métier, ni de son devoir d'affronter[2].

On ne saurait donc prendre sans injustice pour le soupir de soulagement d'un timoré ce passage de la lettre qu'il adresse de Luxembourg à Herder[3] : « Pour moi, je chante au Seigneur le plus joyeux des psaumes de David pour le remercier de m'avoir délivré de cette fange qui m'allait jusqu'à l'âme. Je me hâte d'aller retrouver les marmites de ma mère pour me remettre, auprès d'elle, de ce mauvais rêve qui me retenait prisonnier entre la boue et la misère, la disette et le souci, le danger et le tourment, les ruines et les cadavres, les charognes et les tas d'immondices. »

Tout ce que prouve cette déclaration, c'est que Gœthe n'aimait pas la guerre. Quoi de plus légitime? Quoi aussi de plus conforme à sa nature? La guerre, de son point de vue d'homme d'ordre, ennemi des violences, et d'artiste épris de beauté, ne pouvait que lui être odieuse.

« La guerre ramène l'homme à l'état bestial, Pour le soldat, la question de subsistance prime toutes les autres[4]. Nous vivions ainsi entre l'ordre et le désordre, au jour le jour, occupés tantôt à conserver, tantôt à détruire, tantôt volant, tantôt payant[5]. Et ce qui fait que la guerre est si funeste aux caractères, pourrait bien venir de ce qu'on y joue deux rôles. Tantôt

---

1. *Camp. de France*, 7, 8 oct. — 2. *Ibid*., 28 oct. — 3. A Herder, 16 oct. — 4. A Chr. Vulpius, 28 août. — 5. *Camp. de France*, 3 sept.

on s'acharne à détruire, tantôt on modère et on réconforte. On s'accoutume aux phrases, afin, même dans la situation la plus désespérée, d'exciter et de soutenir l'espérance. Il en résulte une sorte d'hypocrisie particulière, qui se distingue de celle des courtisans et des prêtres et de toutes les autres de quelque espèce qu'elles soient. » — Et ce n'est pas seulement pour sa laideur esthétique et morale, pour l'hypocrisie qu'elle engendre, qu'il déteste la guerre. Il la maudit, du point de vue humain, pour les misères innombrables qu'elle cause aux humbles. On sent quelle part sincère il prend à la douleur des paysans qu'il voit dépouiller de leur bétail[1] ou de leur unique cheval[2]. A Malancourt[3], en constatant que l'aménagement des maisons abandonnées indiquait, dans sa simplicité, que les habitants y menaient une vie tranquille, modeste mais heureuse, il s'écrie, en proie à une douloureuse émotion : « Dire que nous avons détruit toute cette calme félicité ! » Dans la mesure de ses moyens il s'efforce de prévenir le pillage ou d'en réparer les effets. Une fois, il force des soldats en maraude à restituer, malgré leurs protestations, à des paysans qu'ils viennent de dépouiller, leur linge et leurs vêtements[4]. A Sivry, en pleine nuit, il intervient pour ramener à la raison des cavaliers qui, sous prétexte de chercher du fourrage, avaient commencé de piller à tort et à travers, emportant même un métier de tisserand[5]. C'est là aussi qu'il indique à ses hôtes la tactique à employer pour prévenir, autant qu'il se peut, les excès des maraudeurs[6]. Il a grande pitié des deux jeunes garçons réquisitionnés avec quatre chevaux pour tirer des routes sa chaise de poste. Il les appelle ses compagnons de misère et leur offre de partager avec eux sa provision de pain de munition. Quand, un beau jour, ils disparaissent sans crier gare, il les excuse sans peine, malgré l'embarras où leur fuite le plonge[7]. Une seule fois il laisse apercevoir un certain endurcissement[8]. Dans les environs de Grand-pré, pendant la marche

1. *Camp. de France*, 28, 29 août. — 2. *Ibid.*, 6 oct. — 3. *Ibid.*, 11 sept. — 4. *Ibid.*, 11 oct. — 5. *Ibid.*, 4, 5 oct. — 6. *Ibid.*, 6 oct. — 7. *Ibid.*, 24 sept. — 8. *Ibid.*, 16, 17 sept.

en avant à la poursuite de Dumouriez, voyant des colonnes de
cavalerie se mouvoir dans le décor d'un agréable paysage, il
souhaiterait un Van Meulen pour fixer ce moment pittoresque,
et il ajoute : « Tout le monde était gai, alerte, plein de confiance et se sentait l'âme héroïque. Sans doute, quelques villages brûlaient sous nos yeux, mais la fumée ne fait pas mal
dans un tableau guerrier. » La note est déplaisante, mais elle
est isolée dans la *Campagne de France*, et d'ailleurs la rudesse
en est atténuée par le souci d'art qui l'inspire.

En réalité, son instinct de bienfaisance se manifeste chaque
fois qu'il en a l'occasion, et il s'exerce indifféremment au profit
des Français ou de ses compatriotes. La guerre est mauvaise
pour les uns comme pour les autres et il voudrait en diminuer
l'horreur pour tous. A Valmy[1], nous le voyons faire une distribution de pain blanc ; une autre fois, il achète à un convoi
destiné aux Autrichiens autant de tabac que ses poches peuvent
en contenir pour en faire une abondante distribution aux soldats du régiment[2]. Il regrette d'avoir été obligé de quitter
Verdun si vite, parce qu'il n'a pu soigner comme il l'aurait
voulu les malades qu'il avait avec lui[3].

Seule, la misère des émigrés ne le touche que médiocrement. Sans doute, il éprouve parfois quelque pitié à les voir
errants, ruinés, incertains du lendemain, alors que la veille
encore, comme ce marquis de Bombelles qu'il a connu deux
ans auparavant à Venise, ils étaient riches et honorés[4]. C'est
peut-être à eux qu'il pense en écrivant à Christiane[5] : « Sois
joyeuse ma chère petite, et jouis bien du calme où tu vis,
alors que tant de milliers d'hommes chassés de leurs foyers,
dépouillés de leurs biens, errent à travers le monde, ne sachant
où diriger leurs pas. » Mais, de façon générale, il les juge
sans complaisance.

Dès sa première rencontre avec eux à Grenvenmachern[6], il
est frappé par le contraste entre leur misère actuelle et l'inso-

---

1. *Camp. de France*, 19 sept. (Hempel, B^d 25, p. 57). — 2. *Ibid.*, 27 sept.
— 3. A Voigt, 15 oct. — 4. Cf. *Camp. de France*, 19 sept. — 5. A Chr. Vulpius,
14 nov. — 6. *Camp de France*, 25 août.

lence des vestiges de leur luxe passé. Il raille ces chevaliers de
Saint-Louis qui, faute de domestiques, forcés d'étriller eux-
mêmes leurs chevaux, s'encombrent, pour entrer en campagne, de leurs femmes et de leurs maîtresses, de leurs enfants
de toute leur parenté, et d'innombrables carrosses ou berlines.
— Plus tard, il note qu'en pleine retraite ils traînent après
eux de lourdes caisses remplies de cartes à jouer[1]. Pour remédier au mal d'argent ils se font faussaires, dit-il encore, et
fabriquent de faux assignats, augmentant par là la misère des
pays où ils les répandent[2]. Il rapporte les plaintes d'une brave
femme d'hôtesse des bords de la Moselle, qui lui raconte avec
indignation comment les émigrés maudits se jetaient à la tête
le bon pain de Dieu, si bien qu'elle et ses servantes avaient les
larmes aux yeux en le balayant après le repas[3]. Dans une lettre à Voigt[4], il insinue que les émigrés n'ont pas été les derniers
à tourner le dos à cet ennemi dont ils ne voulaient jadis faire
qu'une bouchée.

Cette âpreté de jugement n'a rien qui doive nous étonner:
Gœthe ne peut oublier que c'est en grande partie aux émigrés
que remonte la responsabilité de cette campagne désastreuse.
Ne sont-ce point eux qui, par la dissolution de leurs mœurs
et l'égoïsme de leur politique, ont amené la Révolution et la
guerre? Pitoyable aux individus, il est sans indulgence pour la
masse des émigrés qui ont déchaîné le mal dont tout le monde
souffre, et son attitude d'exception à leur égard ne fait que
mieux souligner l'aversion que lui inspire la guerre.

Si donc il est capable de rire au milieu de la tristesse générale, ce n'est pas, comme nous le disions plus haut, parce qu'il
ignore cette tristesse ou qu'il y est indifférent. Sa gaieté est
factice; il rit pour faire rire les autres.

Il est possible d'ailleurs, à notre avis, d'apercevoir une autre
raison à sa sérénité. Il se sent pris, avec les autres, dans un
engrenage irrésistible, et, suivant la philosophie naturelle qu'il

---

1. *Camp. de France*, 12 oct. — 2. *Ibid.*, 13, 26 oct. — 3. *Ibid.*, nov.,
Hempel, B^d 25,p. 119. — 4. A Voigt, 15 oct.

a héritée de sa mère, la bonne « Frau Aja », il se dit que puisqu'il ne peut arrêter la grande roue du Destin[1], il serait bien sot à lui de gémir à se sentir si faible. Les faits et les actes lui semblent la conséquence nécessaire des causes : les acteurs de la tragédie lui apparaissent comme le jouet des événements qu'ils croient mener. — La guerre est un mal que peut-être on pourrait éviter, mais qui, une fois déchaîné, entraîne après lui d'inéluctables suites auxquelles il est sage de se résigner.

S'il sentit aussi vivement que quiconque l'humiliation de la déroute[2], il ne fut pas de ceux que la fuite devant l'ennemi rendit furieux au point de les amener aux confins de la folie[3]. Il se résigne au désastre comme à un mal inéluctable, étant donné l'enchaînement des circonstances qui l'ont amené.

C'est qu'il ne juge pas les événements avec une âme de soldat; il les juge en philosophe du haut de sa sagesse. S'il est accessible à tous les intérêts humains, s'il vibre à toutes les misères humaines, il les domine de sa raison supérieure et, comme nous le montreront mieux encore ses drames sur la Révolution, il prend le parti de rire du mal quand il a compris qu'il ne sert à rien d'en pleurer.

C'est dans cet état d'esprit qu'il assiste au siège de Mayence l'année suivante. Nous le voyons, en effet, prendre très allègrement son parti des ennuis de la situation. L'aventure était d'ailleurs moins périlleuse et moins pénible que l'expédition en France. Les conditions de confort relatif où il se trouve, le peu d'inquiétudes qu'il a sur l'issue de la campagne, la douceur de la saison, lui laissent toute sa liberté d'esprit. Il se trouve presque heureux. Jamais il n'a vu si souvent le soleil se lever[4], il a une belle tente et il passe dans une agréable tonnelle, qui sert de salle à manger au duc, les heures chaudes de la journée; il travaille sans fièvre à corriger son *Reineke*[5], à rédiger ses observations sur les ombres colorées[6]. Aussi,

1. Frau Aja à Gœthe, 17 nov. 1794. — 2. *Camp. de France*, 28 oct. — 3. *Ibid.*, 20 oct. — 4. A Jacobi, 5 juin 1793. — 5. Aux Herder, 7 juin. — 6. A Herder, 15 juin; à Knebel, 2 juillet.

malgré la monotonie des longues journées du siège, grâce aux idées qui lui trottent toujours par la tête, il ne connaît pas l'ennui[1]. De temps à autre, il fait quelque excursion divertissante dans les environs[2], et, malgré les solennelles promesses de se ménager qu'il a faites à Christiane avant de partir et qu'il lui renouvelle dans ses lettres[3], il se laisse entraîner de nouveau en de folles équipées où il savoure avec délices l'attrait du danger et se donne le frisson de la mort[4]. Malgré la tristesse qui l'entoure, il ne laisse pas, dit-il une fois, de manger, de boire et de dormir en toute tranquillité d'âme[5]. « Ici, d'un côté, cela va gaiement, ajoute-t-il[6], et de l'autre, tristement ; nous jouons un mélodrame en règle, où je fais à ma façon le Jacques (Cf. Shakespeare, *Comme il vous plaira*.) Au premier plan, de jolies femmes et des chopes de vin, et des flammes comme fond de tableau. C'est ainsi qu'on représente Loth et ses filles. » Ces traits sont assurément déplaisants à les prendre à la lettre, et il serait trop facile d'en tirer argument contre sa sensibilité. Mais qu'on ne s'y trompe pas, celle-ci reste entière et son horreur de la guerre n'est pas diminuée. Il s'attriste sincèrement en voyant disparaître tel brave officier du régiment de Weimar[7], et, une fois le bombardement commencé, la vue des incendies allumés par les bombes prussiennes ou autrichiennes, plus tard, quand il entre dans la ville, l'aspect des ruines désolées, la pensée des misères endurées par les habitants excitent sa mélancolie et ses regrets[8].

Si donc il souligne avec plus de complaisance que naguère le côté pittoresque des spectacles de destruction et de mort[9], ce n'est pas par sécheresse d'âme, c'est parce que, plus encore que pendant la campagne de France, il se résigne à l'inévitable et s'efforce de prendre les choses par leur bon côté. « Pourvu, écrit-il à Herder[10], que le duc se porte bien, peu importe que le reste aille, comme il est écrit ou non dans les étoiles. »

1. A Voigt, 14 juin. — 2. A Herder, 15 juin. — 3. 29 mai, 22 juin. — 4. Cf. Hempel Bd 25, p. 252. — 5. A la duchesse Amélie, 22 juin. — 6. A Jacobi, 7 juillet. — 7. A Jacobi, 7 juin. — 8. A Voigt, 3 juillet. — 9. A Voigt, 31 mai. — 10. 2 juin.

C'est en se basant sur de telles déclarations qu'on a reproché à Gœthe de ne s'être montré, au cours des événements si graves auxquels il était mêlé par la volonté de son duc, qu'un observateur curieux et amusé, et d'avoir été indifférent aux grands intérêts politiques mis en cause par la Révolution[1]. « Il considérait la guerre du point de vue pittoresque, littéraire, tout au plus du point de vue de la morale générale. Bref, ce n'était pour lui qu'un spectacle varié offert à sa curiosité des mœurs humaines. »

Assurément, les jugements généraux sont rares dans la *Campagne de France* aussi bien que dans le récit du *Siège de Mayence*, et il eût été facile à Gœthe, retraçant ses aventures, trente ans après les avoir vécues, de s'aider des ouvrages déjà publiés à cette époque sur la Révolution française[2] et ses guerres, d'agrémenter, à peu de frais, son récit de considérations précises sur la conduite de la guerre et ses dessous politiques. S'il ne l'a pas fait, c'est sans doute qu'il ne voulait pas jouer à l'historien, et qu'il lui aurait répugné de s'attribuer un rôle qu'il n'avait pas tenu dans la réalité. N'étant pas soldat, il ne pouvait juger avec autorité des opérations militaires, et n'ayant pas été appelé à prendre part aux conseils secrets des grands chefs, il n'avait pas à dévoiler, même s'il le connaissait, le mystère de leurs délibérations. On peut regretter de ne pas trouver dans ses récits d'échos plus directs de ses idées propres, de celles du milieu où il vivait, sur la façon même dont les chefs de l'armée alliée entendaient la guerre ; on peut regretter notamment qu'il ait brûlé à Pempelfort les ordres du jour satiriques écrits au jour le jour sous l'impression immédiate des événements[3] ; mais de son silence, voulu d'ailleurs, on n'a pas le droit de conclure à son indifférence, ou à son ignorance. Comme on l'a dit très justement, « ses observations mêmes recèlent des jugements[4] ». C'est à nous de les démêler, et, si nous savons les voir et les interpréter sans parti pris, nous ne

<hr>

1. Cf. Baumgartner, *Gœthe*, op. cit., II, p. 129. — 2. Cf. A. Chuquet, *Études de littérature allemande*, Paris, 1902 (Gœthe en Champagne), p. 80. — 3. *Camp. de France*, nov. 1792, Hempel, Bᵈ 25, p. 135. — 4. Chuquet, *op. cit.*, p. 97.

pourrons méconnaître que Gœthe, autant que personne, a vu clair dans le jeu des protagonistes du drame, et qu'autant que personne aussi il s'est intéressé à la marche des événements du jour.

Si au début il partage l'optimisme général et croit, comme le duc de Weimar, que la campagne sera vite terminée et que l'entrée à Paris n'est qu'une question de jours[1], il ne lui a pas échappé qu'en dépit de la confiance présomptueuse affichée par les émigrés rencontrés à Mayence, ils se sentent moins rassurés qu'ils ne veulent le paraître; il a démêlé de l'inquiétude sous leurs rires insolents, et il s'en montre préoccupé[2]. Il voit très vite les conséquences funestes des lenteurs excessives de la marche de l'armée prussienne[3]; il comprend l'enseignement qui se dégage du suicide du gouverneur de Verdun[4], de la résistance acharnée des garnisons, de la fuite des paysans dans les bois. Il constate tout de suite le désaccord qui règne entre le roi de Prusse et le duc de Brunswick, et en prévoit les suites fâcheuses[5]. Il comprend la signification, sinon pour le monde, du moins pour la France révolutionnaire, de la journée de Valmy[6]; il aperçoit nettement le ridicule du deuxième manifeste du duc de Brunswick[7] et, sans en connaître tous les détails, il se rend compte de la portée des négociations engagées entre Dumouriez et les chefs de l'armée prussienne[8]. Il n'est pas la dupe de la vanité prétentieuse et de l'insuffisance des diplomates. « Bien que j'aie trouvé dans le corps diplomatique de bons et dignes amis, pourtant, chaque fois que je les voyais engagés dans de grands événements, je ne pouvais m'empêcher de les apercevoir sous un jour plaisant; ils me faisaient l'effet de directeurs de théâtre qui choi-

1. A Chr. Vulpius, 2, 10 sept.; à Voigt, 10 sept. — 2. *Camp. de France,* 23-27 août. — 3. A Voigt, 10 sept. — 4. *Camp. de France,* 3 sept. — 5. *Ibid.,* 28, 29 août.

6. Cf. ses prophétiques paroles du soir du 20 sept. : « Von hier und heute geht eine neue Epoche der Weltgeschichte aus. » Chuquet, *op. cit.,* p. 104.

7. *Camp. de France,* 28 sept. — 8. *Camp. de France,* 29 sept.

sissent les pièces, distribuent les rôles et disparaissent dans la
coulisse, tandis que la troupe doit livrer au hasard et au caprice du public le résultat de leurs efforts[1].

Il est donc faux de prétendre que le regard de Gœthe s'ar-
rêtait à l'apparence des spectacles que lui offraient les choses et
les hommes ; il ne l'est pas moins de soutenir qu'il ne fut que
médiocrement touché par la *Révolution française* elle-même.
En attendant que les œuvres qu'elle lui a inspirées nous démon-
trent plus évidemment à quel point il s'en préoccupe, nous
pouvons dès maintenant nous en faire une idée en recueillant
et en interprétant les témoignages de fait, malheureusement
trop rares, à notre gré, que nous pouvons trouver dans sa
Correspondance du temps.

V.

A en croire les *Annales*[2], Gœthe aurait, dès 1785, prévu la
Révolution. L'affaire du collier lui révèle des abîmes d'immoralité qui le font frémir ; un frisson prophétique s'empare de
lui et lui cause une telle épouvante que ses amis, à plusieurs
reprises, surpris par l'étrangeté de ses propos, le croient
atteint de folie. En Italie, il suit avec inquiétude les progrès de
la décadence française ; sa lettre au duc, du 17 novembre 1787,
nous en est une preuve. Il est d'autant plus surprenant qu'il
n'ait point dit dans ses Lettres de 1789 l'impression que
que firent sur lui les débuts de la Révolution. Ce n'est qu'en
mars 1790 que nous trouvons dans une lettre à Jacobi une
allusion aux événements de France. « Tu peux t'imaginer,
lui dit-il[3], que la Révolution française a été pour moi aussi
une révolution. » Une autre allusion plus discrète encore aux
crises constitutionnelles qui secouent la France, dans une
lettre écrite de Venise à Mme de Kalb[4], l'assurance que nous
lui avons entendu donner à Jacobi, au moment où il va franchir

1. *Camp. de France*, 10 oct. — 2. *Tag = und Jahreshefte*, 1789, Hempel,
B^d 27, p. 8. — 3. 3 mars 1790. — 4. 30 avril.

le Rhin, qu'il ne tient pas plus à la mort des républicains qu'à celle des aristocrates, voilà à peu près tout ce que nous trouvons de témoignages directs sur les sentiments que lui inspire la Révolution avant 1793. Tout au plus pourrions-nous y joindre ce passage caractéristique de la *Campagne de France*[1], où nous le voyons, pendant la retraite de Verdun, feuilleter chez un notable le cahier de doléances que ce brave homme avait portées à Paris en 1787; il le lit « avec émotion » et fait de tristes et instructives réflexions sur le contraste qu'il remarque entre la modération et la modestie des réclamations formulées alors, et la violence, l'orgueil, le désespoir, qui sont les signes du temps présent.

Une lettre du 22 juin 1793 adressée du camp de Marienborn, sous Mayence, à la duchesse Amélie, nous laisse par contre apercevoir nettement son opinion sur la Révolution à cette date. Il attend avec impatience, dit-il à sa correspondante, que ces maudits Français, nichés à Mayence comme dans un repaire d'où ils s'apprêtaient à fondre sur l'Allemagne, soient chassés jusqu'au dernier de la chère patrie allemande, où, décidément, ni leur caractère, ni leurs armes, ni leurs opinions ne sont à leur place ». Quand son désir se réalise et que les Jacobins sont forcés de déguerpir, le sort des clubistes mayençais qui les ont soutenus et que leurs victimes de la veille, les honnêtes gens, houspillent d'importance, ne lui cause aucune pitié; il espère, écrit-il à Jacobi, « que les esprits inquiets y trouveront une bonne leçon »[2]. Toutefois, et ceci n'est pas moins essentiel à noter, s'il trouve les représailles justes, il redoute les nouveaux désordres qui pourraient en sortir et, en deux occasions, il cherche à s'y opposer.

A Mayence[3], rencontrant un brave bourgeois qui, revenu en toute hâte à la nouvelle de la capitulation pour assister au départ des Français, dit très haut ses projets de vengeance contre les clubistes que la disparition de leurs alliés allait laisser

---

1. *Camp. de France*, 10-11 oct. 1792. — 2. A Jacobi, 27 juillet 1793. — 3. *Camp. de France*, 23 juillet.

sans défense, Gœthe s'efforce de le calmer. Il lui représente
que la paix à peine rétablie ne devait pas être souillée par les
atrocités de la guerre civile et qu'il fallait laisser le Prince du
pays punir les coupables selon les formes de la justice. Deux
jours plus tard, quand la population qui assiste à l'exode des
Français s'irrite de voir des clubistes détestés chercher à
échapper aux représailles qui les attendent en se mêlant aux
troupes qui s'en vont et veut faire un exemple au moment où
le cortège passe devant le quartier du duc de Weimar, Gœthe
n'hésite pas à braver la fureur populaire. et, au péril de sa vie,
lui arrache la victime qu'elle s'apprêtait à immoler. Lorsque,
après coup, l'Anglais Gore lui demande quelle mouche l'avait
piqué et pourquoi il s'était ainsi mêlé d'une affaire qui pouvait mal tourner pour lui, pourquoi il avait risqué sa vie
pour sauver un coupable, il répond par ces simples mots :
« Je suis ainsi fait ; je préfère commettre une injustice que
supporter un désordre[1]. »

Ces deux traits rapprochés du passage de la *Campagne* sur
les cahiers du notable de Verdun et de sa lettre à la duchesse
Amélie nous livrent, à notre sens, dès maintenant, le secret de
la pensée de Gœthe sur la Révolution.

L'affaire du Collier lui ayant dévoilé la corruption de l'aristocratie française, il avait observé tout d'abord avec sympathie
comment la bourgeoisie avait tenté de mettre fin aux abus par
des moyens légaux en faisant valoir pacifiquement ses droits.
N'avait-il pas lui-même, au cours de son activité administrative,
souligné et déploré la misère des classes inférieures? Mais nous
nous imaginons pourtant que la prise de la Bastille n'avait pas
dû exciter en lui un enthousiasme comparable à celui que
Klopstock avait éloquemment montré dans ses premières odes
sur la Révolution, ou même à celui que ses amis de Weimar, Knebel et Herder, avaient laissé paraître[2].

1. Hempel, B^d 25, p. 262. — 2. Cf. P. Besson, *Un ami de la France à la
cour de Weimar*, *Ch. L. de Knebel* (Annales de l'Université de Grenoble, 1897,
p. 436); Haym, *Herder, op. cit.*, II, pp. 468, 475; W. Bode, *Amalie, Herzo-*

A diriger pendant de longues années les affaires du duché,
à constater combien il était difficile de réaliser un peu de bien,
même au prix des efforts les plus persévérants, et en se souvenant de l'obstination qu'il avait dû déployer pour vaincre les
préjugés et la mauvaise volonté des gens eux-mêmes pour le
bien desquels il travaillait, Gœthe avait acquis la conviction
que le progrès ne peut être l'œuvre d'un moment et encore
moins celle de la foule impatiente, et, le plus souvent, aveugle
à ses propres intérêts. Sa foi dans la théorie historique de
l'évolution que Herder soutenait dans ses *Idées*, que lui-même
retrouvait vérifiées dans les transformations des types naturels,
l'avait encore confirmé dans cette conviction. Et, à supposer que
la nuit du 4 août ait pu un instant le faire douter de la vérité
de ses principes, l'orage montant de la folie populaire l'avait
bien vite à nouveau persuadé que la foule était incapable de se
gouverner sagement. Nous nous représentons aisément l'impression de tristesse et de stupeur que devait lui faire la lecture
du *Moniteur*, quand il y voyait la foule hurlante des femmes de
Paris ramenant de Versailles le roi et sa famille, la tentative de
fuite de Louis XVI et son arrestation à Varennes-en-Argonne,
son humiliant serment de fidélité à la Constitution, la proclamation de sa déchéance, sa captivité au Temple, les massacres
de Septembre, quand il voyait surtout, après une courte et vaine
résistance des partis modérés, le peuple, la plèbe, prendre en
mains le gouvernement, se livrer aux pires excès et inaugurer
le régime sanglant de la Terreur, en faisant tomber la tête de
« Louis Capet. » L'admirable effort de la Convention levant
quatorze armées pour faire face à l'Europe coalisée, l'élan
sublime de tout un peuple se portant aux frontières envahies,
à supposer qu'il en ait vraiment senti la grandeur et qu'il y ait
aperçu autre chose que la menace qu'ils contenaient pour
l'Europe, ne pouvaient atténuer à ses yeux l'horreur du régi-
cide. De la Révolution, il ne devait plus voir que les crimes et

gin von Weimar, op. cit., III, pp. 33, 119, 120, et *Ch. v. Stein, op. cit.*,
pp. 33o, 33i.

les désordres, que les ruines qu'elle accumule, que le danger qu'elle est pour la tranquillité de l'Europe. De la paix et de la liberté qu'elle promettait aux peuples sont sorties la guerre et la tyrannie la plus lourde qui soit, la tyrannie du peuple ; elle a, de plus, brisé ou cru briser tous les liens avec le passé.

Or, Goethe, depuis bientôt vingt ans, lutte, nous le savons, pour l'ordre, pour la règle, pour le progrès ; tout récemment encore il a trouvé dans le passé une formule de régénérescence morale autant qu'intellectuelle ou artistique. Son rêve présent est d'enseigner à ses contemporains cette religion de la beauté qu'il a rapportée d'Italie, qui lui a rendu la joie de vivre en lui donnant la paix de l'esprit. Et voilà que brusquement, bruyantes et sanglantes, les hordes révolutionnaires se dressent en travers de la route paisible où il comptait entraîner ses contemporains à sa suite, vers l'idéal. L'Europe n'a plus qu'un souci : la guerre barbare avec son cortège d'horreurs, de misères et de passions sauvages ! Goethe devait se dire que pour si criantes qu'aient été les injustices dont la Révolution était sortie, elles étaient moins fâcheuses encore que les maux déchaînés sous prétexte d'y porter remède. « Plutôt une injustice qu'un désordre ! » Plutôt le mal que le bien acheté au prix du désordre, au prix de la violation des formes normales de la justice [1] !

A côté de ces raisons d'ordre abstrait et en quelque sorte supérieur qu'il avait de haïr la guerre et la Révolution, il y en avait d'autres qui lui étaient plus particulièrement personnelles, des raisons égoïstes, nous voulons dire celles qui lui venaient des liens nouveaux qui l'attachaient à Weimar et à l'ordre de choses existant.

Il était devenu propriétaire ! — Le duc, nous l'avons vu, avait acheté pour lui la grande maison du Frauenplan, et la plupart des lettres que le poète écrit à Weimar, de France ou

____

1. Cf. le commentaire de cette célèbre formule dans *Nouvelles conversations de Goethe avec Eckermann*, Paris, 1901, pp. 90-91.

du camp de Marienborn, nous prouvent, par le souci qu'il y
laisse paraître des détails et des progrès de l'installation, à quel
point il goûte la joie de posséder. Pouvait-il s'enthousiasmer
pour une Révolution qui montrait le plus souverain mépris de
tous les droits traditionnels de la propriété? Sans doute, il ne
craignait pas de voir la Révolution pénétrer de si tôt entre les
paisibles collines de Thuringe. Pourtant, l'esprit de révolte avait
déjà soufflé jusqu'en ce coin reculé de l'Allemagne. Aux portes
mêmes de Weimar, à Iéna, les étudiants avaient montré, à
plusieurs reprises, une insolence ou au moins un esprit d'indépendance de mauvais augure[1]. En constatant avec quelle rapidité déconcertante les catastrophes révolutionnaires se succé-
daient, Gœthe pouvait craindre que de ces premiers troubles,
assez inoffensifs et facilement réprimés, ne vinssent à sortir des
événements plus graves, dont il aurait à souffrir dans ses intérêts et dans sa quiétude, qui réduiraient à néant son rêve de
vie calme et studieuse.

Au moment de quitter Francfort pour regagner Weimar,
après le siège de Mayence, il écrivait à Jacobi[2] : « Ma vie
errante, l'humeur politique de tous les gens, me font désirer
ardemment de me retrouver chez moi. Là je pourrai tracer
autour de moi un cercle où, en dehors de l'amitié, de l'art et
de la science, rien ne pourra pénétrer ».

Et effectivement, en cette fin d'année terrible et dans les
années qui vont suivre, Gœthe réalise, autant qu'il dépend de
lui, ce programme de sagesse bourgeoise. Dans la paix de son
nouveau logis, à l'embellissement duquel Christiane et Meyer
n'ont cessé de travailler en son absence, il reprend ses études
d'optique, il lime et polit son *Reineke Fuchs*[3], il lit Homère,
afin, dit-il, d' «entreprendre quelque chose d'infini[4] », il remet
sur le métier son *Wilhelm Meister*[5]. On sent qu'il est heureux,
« après tant d'heures tristes[6]», de pouvoir se livrer à son gré à

1. Mars 1790, juin 1792; cf. Düntzer, *Gœthe und Karl-August*, pp. 349, 378.
— 2. 19 août 1793. — 3. A Jacobi, 9 sept.; à Wieland, 26 sept.; à Jacobi,
18 nov. 1793. — 4. A Jacobi, 18 nov. 1793. — 5. A Knebel, 7 déc. — 6. A
Lichtenberg, oct.

ses chères études, et, « tandis que presque tout le monde souffre du mal politique », de goûter, en la compagnie de Meyer, de pures joies esthétiques[1]. Les nouvelles de la guerre lointaine pourtant arrivent, quoi qu'il fasse, jusqu'à lui et l'affectent péniblement[2]. Il en veut aux Français de menacer la tranquillité de l'Allemagne; l'erreur des Allemands qui gardent encore quelque enthousiasme pour la Révolution lui paraît incompréhensible. Fritz von Stein lui ayant sans doute écrit de Hambourg qu'un certain M. Sibeking avait fait exécuter chez lui la *Marseillaise*, il lui répond, avec une pointe d'humeur bien caractéristique[3] : « M. Sibeking a beau avoir des écus et de l'esprit, il n'a pas encore compris que le chant « Allons enfans... » ne convient, dans aucune langue, aux gens qui possèdent, et qu'il a été écrit et mis en musique uniquement pour consoler et réconforter les pauvres diables. Chanté à une table bien garnie, ce chant me fait le même effet que cette devise dans la bouche d'un riche : « pain bis et liberté », ou que celle-ci pour un juif à tous crins : « peu, mais selon la justice ». Et, par une ironie peut-être inconsciente, il charge, sans transition, son ancien élève de s'informer du prix des bons fromages anglais de Chester et des meilleures espèces de poissons séchés qui se vendent l'hiver... « Si tu voulais venir dîner dimanche avec moi, écrit-il dans les premiers jours de mai à Herder[4], j'inviterais Knebel et nous passerions quelques bonnes heures à bavarder, oublieux des innombrables têtes et jambes que le malheur des temps coûte, en tant d'endroits, à la pauvre humanité. » Alors que la peur ou l'indifférence se partagent l'Allemagne, lui ne trouve rien de plus sage que d'imiter Diogène et de rouler son tonneau, déclare-t-il encore en août 1794 à Fritz von Stein[5]. Cela ne veut pas dire d'ailleurs qu'il y parvienne. Il ne peut s'empêcher d'être péniblement affecté par des événements tragiques comme la mort de Forster[6], l'exécution de Madame Elisabeth, par l'écho des atrocités de la dic-

---

1. A Reichardt, 18 nov. — 2. A Sömmering, 5 déc. — 3. 23 oct. — 4. *Weimar-Ausg.*, IV, 10, n° 3055. — 5. 14 août. — 6. Cf. à Sömmering, 17 fév. 1794.

tature de Robespierre. Il peste contre l'esprit du siècle[1] qui
corrompt tout, même les meilleures amitiés[2], qui gâte la joie de
vivre[3]. « Tout le monde circule avec des soufflets ; il me semble
qu'il serait plus urgent de s'armer de seaux d'eau », écrit-il à
Hufeland après avoir lu deux brochures révolutionnaires[4]. Il
déplore les dissensions intérieures des Allemands et les incertitudes de leur politique[5]. A tout instant, au reste, son esprit
est ramené à la guerre. A plusieurs reprises, il reçoit des
contrées ravagées ou menacées par la guerre des objets précieux que ses amis le prient d'accepter en dépôt. Le sort de sa
mère l'inquiète, il lui prépare des chambres à Weimar[6], et lui-
même, par une ironie qu'il souligne, tout en bâtissant, il
s'apprête à émigrer au cas où, chose improbable, la guerre
s'étendrait jusqu'au cœur de l'Allemagne[7].

Mais de toutes les raisons qui, en dépit de sa volonté d'isolement et de son désir d'oublier la crise présente, le font suivre
avec une curiosité anxieuse la marche inquiétante des événements sur le Rhin, la plus forte peut-être est que l'apparition de la guerre en Thuringe détruirait la joie de son jeune
foyer. Il n'y a pas seulement sa belle chambre noire dans la
grande maison du Frauenplan, il y a aussi sa maîtresse,
Christiane Vulpius et Auguste, le fils qu'elle lui a donné !

VI.

A son retour de Rome, Gœthe avait éprouvé une grande
désillusion. Il avait dû organiser sa vie nouvelle sans Mme de Stein.
La baronne, dans l'espérance de le voir revenir au plus tard à
Pâques, avait bien pu, ainsi que nous l'avons vu, lui donner,
en toute sincérité, l'absolution, en janvier 1787, alors qu'il

1. A Meyer, 17 juillet 1794. — 2. A Car. Herder, fin sept. (n° 3090). —
3. Au duc de Gotha, 15 sept. — 4. A Hufeland, 24 juillet (cf. *Weimar-Ausg.*,
IV, 10, Lesarten, p. 397). — 5. Cf. *Tag = und Jahreshefte*, 1794, Hempel, B^d
27, pp. 16-17. — 6. *Ibid.* — 7. A Jacobi, 8 sept., 31 oct.

semble si contrit, si humble et encore tout enfiévré d'amour
pour elle ; mais il est probable qu'à mesure que les mois passaient, sans lui ramener l'infidèle, et que les lettres d'Italie
devenaient plus rares et plus banales, elle sentit renaître en
elle et chaque jour s'accroître le dépit et la colère. Par un phénomène bien naturel, Gœthe avait fini par prendre une place
prépondérante dans sa vie de femme vieillissante, qui, tout en
refusant de donner l'amour, en aime d'autant plus les apparences, que les rides toujours plus profondes lui disent impitoyablement la fuite des années. Aussi son irritation croissait dans
la proportion où l'absence du poète s'allongeait, et, quand il
revint enfin, mais tout au regret de l'Italie, mélancolique,
l'âme endeuillée, elle ne sut ni ne voulut sans doute lui cacher
son ressentiment. Elle ne lui offrit pas le refuge et les consolations qu'il s'était vraisemblablement attendu à trouver à ses
côtés. Elle lui témoigne une froideur qui le froisse et tout de
suite leurs relations sont tendues[1]. Caroline Herder en est
frappée et l'écrit à son mari. « Leurs rapports ne sont toujours
pas redevenus ce qu'ils étaient jadis. Elle ne veut pas pardonner
et lui ne veut pas implorer son pardon[2] ». En bonne com-
mère qu'elle est, Caroline se creuse la tête pour démêler les
causes mystérieuses de cette quasi-rupture, et, le 8 mars, elle
est toute joyeuse de pouvoir annoncer à son mari qu'elle est
en possession du secret et qu'elle le tient de Mme de Stein elle-
même[3]. Celle-ci a découvert que Gœthe a fait une Clairette
d'une jeune ouvrière en fleurs artificielles de la fabrique Bertuch,
une certaine Christiane Vulpius. Caroline dit que Mme de Stein
en sait très mauvais gré à Gœthe, et elle ajoute, sans que nous
sachions si la réflexion est d'elle ou de la baronne, « qu'un
homme de sa valeur, qui a atteint la quarantaine, ne devrait pas
s'abaisser comme les autres ». — C'en était trop pour la fierté
de Mme de Stein. Oubliant que l'amitié amoureuse qu'elle avait
consentie à Gœthe ne lui donnait pas de droits sur lui, elle le

1. Cf. Bode, *Ch. v. Stein, op. cit.*, pp. 264-283, et Schöll-Fielitz, *op. cit.*,
II, pp. 349-358. — 2. 23 fév. 1789, cit. Schöll-Fielitz, p. 356. — 3. Cf. *Ibid.*,
p. 357.

somma de choisir entre elle et l'humble fille[1]. Gœthe lui fit
l'affront de lui préférer Christiane. Après lui avoir fait attendre
près d'un mois sa réponse, il lui dit[2], avec une âpreté non
déguisée, tout ce qu'il a souffert par elle depuis son retour. Il
lui reproche de l'avoir accueilli avec mauvaise humeur, alors
qu'il revenait vers elle le cœur gonflé de tendresse. Il lui représente que c'est pour elle cependant et pour son fils qu'il a refusé la liberté que le duc lui avait laissée de prolonger encore
son séjour, qu'il a laissé inutilisée l'occasion qui s'était offerte
à lui de retourner en Italie, quand la duchesse Amélie y était
partie, et il lui montre, comment pour l'en récompenser, elle
l'a traité d'indigne façon, contrôlant toutes ses mines, blâmant
ses moindres mouvements, le mettant de toute manière mal à
son aise. Et pourtant, dit-il, il n'était pas question alors de
cette fameuse et bien inoffensive liaison, qui la blesse tant.
Par une ironie, inconsciente peut-être, mais singulièrement
cruelle, il insinue à la fin de sa lettre que les malentendus qui
les divisent ne peuvent venir que d'une nervosité exagérée,
qu'elle doit à l'abus du café. Quelques jours après[3], pris de
remords pour sa brutalité, il lui écrivait une lettre plus tendre
où, comme dans le bon temps, il allait jusqu'à lui demander,
non sans une certaine lâcheté, de le sauver de lui-même et il la
suppliait de lui rendre sa confiance, pour l'empêcher de faire
dégénérer sa liaison toute « naturelle » avec la modeste Christiane.

C'est en vain d'ailleurs qu'il s'humiliait. Comme il ne faisait
pas à l'orgueil de la baronne le sacrifice essentiel qu'elle voulait, celle-ci rompit tous rapports avec lui. Pendant de longues
années, elle se renfermera vis-à-vis de lui dans un silence farouche; par contre, elle dira à tous les échos complaisants sa
grande désillusion, et, incapable de pardonner, avec une perfidie déplaisante, elle se fera l'âme des cabales montées contre
Christiane, l'instigatrice des calomnies répandues à profusion
sur le compte de l'humble fleuriste[4]. Gœthe et Mme de Stein

1. Schöll-Fielitz, II, p. 357. — 2. 1er juin 1789. — 3. 8 juin 1789. —
4. Cf. Engel, *Gœthe, op. cit.*, p. 215; Ed. Höfer, *Gœthe u. Charl. v. Stein*,

s'ignoreront dès lors dans la mesure où les relations mondaines le leur permettront. Il faudra, pour les rapprocher à nouveau [1], leur amitié commune pour Schiller et surtout l'action apaisante de la vieillesse.

Cette Christiane, pour l'amour de qui Gœthe n'avait pas hésité à laisser Mme de Stein s'éloigner de lui, était en réalité une bien humble fille [2]. Son père, petit employé aux archives, était mort, en 1786, d'avoir trop bu, disait-on, laissant sa famille dans une gêne voisine de la misère. Christiane avait dû, pour gagner sa vie, entrer avec sa demi-sœur Ernestine, dans la fabrique de Bertuch, tandis que son frère Christian-Auguste utilisait au dehors, comme il pouvait, ses connaissances juridiques et son petit talent de littérateur. C'est à son travail, dans la fabrique de fleurs artificielles, que Gœthe l'avait vue pour la première fois, et on raconte qu'il avait été frappé par sa fraîcheur et surtout par la vivacité spirituelle avec laquelle elle avait rappelé aux convenances un des compagnons du poète, trop entreprenant. Sa beauté et ses manières, comme son éducation, n'avaient rien d'aristocratique ; mais selon le portrait que nous a laissé d'elle Riemer [3], le scrupuleux secrétaire de Gœthe, elle était d'un naturel naïf et aimable, sa figure était ronde et pleine, ses cheveux bouclés, son nez mutin, ses lèvres sensuelles, ses membres étaient délicats et ses petits pieds passionnés de danse. Elle représentait dans toute sa plénitude la joie de vivre. Aussi, lorsqu'un beau jour de juillet elle interrompit dans le parc la promenade de Gœthe pour lui présenter un placet de son frère, alors sans position, le poète, qui venait de réapprendre en Italie à goûter le charme des formes jeunes, fût-il irrésistiblement séduit par sa grâce naturelle. Sans hésiter, il la fit sienne.

op. cit., p. 73 et sq., et L. Geiger, *Gœthe und die Seinen*, Leipzig, 1908, p. 29 et sq.

1. En 1796. — 2. Cf., pour les détails qui vont suivre, O. Klein, *Gœthes kleine Freundin und Frau*, Strassburg, 1904, p. 19 et sq., ou L. Geiger, *Gœthe und die Seinen, op. cit.*, pp. 9-44. — 3. Riemer, *Mittheilungen über Gœthe*, Berlin, 1841, Bd I, p. 356 (Häuslicher Zustand).

Dans ses bras frais il se consola rapidement des rigueurs de la baronne de Stein, et il sentit très vite se calmer sa nostalgie du ciel de lumière de l'Italie[1]. Un peu plus d'un an après, Christiane lui ayant fait connaître les joies de la paternité, il l'installa définitivement à son foyer et n'eut plus qu'un souci : jouir en paix de son bonheur domestique.

C'est à contre-cœur qu'il part pour Venise en mars 1790. Il s'inquiète à la pensée de laisser seuls, exposés à mille ennuis ou accidents, son amante et son enfant, il les met sous la protection de Herder[2], il les recommande au duc[3]; il est affolé à la pensée que son petit Auguste a été gravement malade[4], lui étant si loin. Il se montre ému des bontés de Herder et de Caroline pour les deux êtres qui lui sont si chers. « Ils me touchent de très près, leur écrit-il de Mantoue[5], et je ne fais pas de difficultés pour avouer que j'aime passionnément la jeune fille ». Chacune de ses lettres se termine par quelque soupir disant son impatience fébrile de se retrouver chez lui. Quoi d'étonnant dès lors que les longues semaines qu'il dut passer à Venise à attendre la duchesse lui aient paru interminables et que la ville qui jadis l'avait tant intéressé ne lui apparaisse plus que comme un « trou de pierres et d'eau[6] », que la vie des Italiens lui semble « crapuleuse » (ein Sauleben[7]). Sa pensée est tout entière tournée vers « l'éroticon » et le petit être dans les langes qu'il a laissés à Weimar[8].

Revenu chez lui, le 20 juin, il devait en repartir, dès le 26 juillet, pour Breslau, sur l'invitation expresse du duc. Il en a le cœur navré. La nouveauté du paysage, le pittoresque du spectacle guerrier, la pompe des fêtes données par la noblesse silésienne à l'armée et au roi de Prusse, l'enrichissement même de son trésor d'observations scientifiques ou morales[9], ne le consolent pas de l'absence de Christiane. Il écrit à Herder[10]

---

1. Sur ces regrets, cf. à Herder, 4 sept.; à Meyer, 19 sept.; à la duchesse Amélie, 31 oct. 1788, 17 avril 1789. — 2. A Herder, 12 mars 1790. — 3. 3 avril. — 4. A Carol. Herder, 4 mai. — 5. Aux Herder, 28 mai 1790. — 6. A Herder, 15 avril. — 7. Au même, 3 avril. — 8. A Ch.-Auguste, 3 avril. — 9. Cf. lettres aux Herder et Fried. v. Stein, août. — 10. 21 août.

qu'il a hâte de retourner à Weimar. Breslau lui semble sale et puant[1], il est impatient d'en partir, il ne voit partout que « gueuserie et vilenie »; il ne se sentira heureux que quand il se retrouvera assis à la table de Herder et qu'il aura de nouveau dormi aux côtés de son amie. — Il n'a plus rien à chercher dans le monde. Pourvu que ses amis lui continuent leur affection, que sa maîtresse lui reste fidèle, que son enfant vive et que son grand poêle chauffe bien, il ne voit plus pour l'instant rien à désirer[2]. — Le danger de la guerre entre l'Autriche et la Russie ayant été heureusement détourné, Gœthe put enfin revenir à Weimar, le 6 octobre 1790. Jusqu'au 8 août 1792, où la campagne de France l'arrache de nouveau à Christiane, il vit une vie « calme et monotone[3] », mais de douce félicité[4], entre son fils qui grandit et sa peu gênante maîtresse.

Ce n'est plus dans les émotions morbides d'une passion équivoque, c'est à l'amour simple et sain qu'il demande le repos et l'oubli des soucis de la vie quotidienne. — Ses lettres les plus optimistes, au temps de sa liaison avec Mme de Stein, avaient toujours quelque chose de fiévreusement inquiet; les plaintes s'y mêlaient souvent, discrètes ou aiguës, aux affirmations de bonheur, et celles-ci étaient trop fréquentes et trop passionnées aussi pour être toujours sincères. Toutes ses lettres présentes nous disent, sans phrases pompeuses, sa sérénité d'âme et sa tranquillité d'esprit.

Il vit le plus possible retiré chez lui, comme l'escargot dans sa coquille ou la marmotte en sa demeure hivernale[5]. Il travaille sans nervosité à achever son *Tasso* pour le huitième vo-

1. Aux Herder, 11 sept.

2. A Herder, 21 août. On a prétendu que Gœthe s'était épris d'une noble Silésienne, Henriette von Lüttwitz, et qu'il l'aurait même demandée en mariage (cf. Ad. Hoffmann, *Gœthe in Breslau und in Oberschlesien*, Oppeln, 1898, et O. Klein, *op. cit.*, pp. 48, 49). Si la première hypothèse est fort admissible, la seconde l'est beaucoup moins. N'y avait-il pas Auguste entre Gœthe et Christiane ? (Cf. aussi, sur cette question, L. Geiger, *Gœthe und die Seinen*, op. cit., pp. 19, 22.)

3. A Ch.-Auguste, 18 avril 1792. — 4. A Knebel, 1er janv.; à Jacobi, 20 mars 1791. — 5. A Jacobi, 21 juillet; 3 oct. 1788; 2 mars 1789.

lume de ses œuvres; il chante son jeune amour sur les modes d'Anacréon et de Tibulle; il met en ordre ses idées et ses papiers sur l'art et la métamorphose des plantes. Il se sent parfaitement heureux.

Aussi éprouve-t-il un très grand chagrin quand il doit quitter de nouveau son pacifique asile pour s'en aller, en 1792, vers les champs où sévit la guerre odieuse.

Ses deux premières lettres à Christiane[1] nous montrent, par l'émotion qu'elles laissent discrètement paraître à travers les menus détails prosaïques qu'elles renferment, combien la séparation lui a coûté. — De Francfort, il lui annonce l'envoi de merveilleux cadeaux; il a pris grand plaisir à les emballer et il voudrait être souris pour être près d'elle, invisible, quand elle ouvrira le paquet[2]. « Ma mère m'a donné pour toi une très belle robe et un caraco; je te les envoie tout de suite, car tu sais que je ne peux rien garder. Tu trouveras aussi les rubans de fil que tu m'as demandés; le reste suivra peu à peu... *N. B.* Il y a cinq lés pour la robe et un pour le caraco; détache de l'étoffe pour le caraco la bande verte, elle doit servir de garniture. Si tu le fais faire, demande conseil à quelqu'un qui s'y entende. Adieu! embrasse le petit[3]. » — Son seul désir est de se retrouver bientôt auprès de Christiane et d'Auguste. « On n'apprécie pas tout son bonheur, dit-il, quand on vit ensemble[4]. » Chacune de ses lettres nous redit le regret qu'il a de son cher intérieur et de son amie. Il pense aux choux qu'ils ont plantés ensemble[5]. Il se propose de lui rapporter de bien jolies choses de Paris[6]; en attendant, il lui envoie de Verdun un petit panier de liqueurs et de bonbons[7]. Il lui recommande de s'appliquer, en son absence, à devenir une bonne cuisinière[8]. Il s'accommoderait mieux de sa situation présente, s'il l'avait auprès de lui; ils seraient si bien ensemble! Partout on trouve de grands lits bien larges et elle n'aurait pas à se plaindre, comme cela lui arrive souvent à Weimar, de l'étroitesse de la

---

1. 9 août, 12 août. — 2. 21 août. — 3. 12 août. — 4. 25 août. — 5. 28 août. — 6. 2 sept. — 7. 8 sept. — 8. *Ibid*, et 10 sept.

couche[1]. « Ah! mon trésor, rien ne vaut la présence d'un être cher. Nous ne cesserons de nous le répéter, quand nous serons de nouveau l'un à l'autre. » « Garde-moi ton amour, car je suis par moments tourmenté de jalouses pensées, quand je me représente qu'un autre pourrait te plaire davantage, parce que je trouve bien des hommes mieux faits et plus agréables que moi. Mais garde-toi bien de t'en apercevoir; tiens-moi pour le meilleur de tous, car moi je t'aime follement et rien ne me plaît en dehors de toi... Aussi longtemps que je n'avais pas ton cœur, à quoi me servait le reste, et maintenant que je l'ai, je voudrais bien le conserver. » Christiane ayant manifesté son mécontentement d'avoir été si méchamment soupçonnée, il lui écrit un peu confus[2] : « Si je t'ai écrit quelque chose capable de t'affliger, il faut me le pardonner. Ton amour m'est si précieux que je serais très malheureux de le perdre, et tu dois me passer un peu de jalousie et d'inquiétude. »

Bientôt, d'ailleurs, la séparation si cruelle va prendre fin. L'armée alliée bat en retraite et Goethe en témoigne une joie égoïste[3]. « La guerre ne va pas au gré de nos désirs, mais ton désir est exaucé de me savoir bientôt plus près de toi. » Il se réjouit à l'avance de l'aspect engageant et confortable de sa nouvelle maison et de la bonne vie qui l'y attend[4].

Mais, hélas! le retour n'est pas aussi rapide qu'il l'avait espéré[5]. Les Français ont suivi de près les alliés en déroute; ils occupent Spire, Worms, Mayence, Francfort. Quel que soit son désir de rejoindre Weimar, il ne peut se décider à en reprendre le chemin avant que Francfort soit redevenu libre et qu'il ait pu y revoir sa mère hors de danger. En attendant, il va retrouver, à Dusseldorf, son vieil ami Jacobi. Comme les Français s'entêtent à ne pas évacuer Francfort, il se décide, après quelques semaines, à retourner en Thuringe, en faisant un détour par la Westphalie. Après un court arrêt à Munster, chez la princesse Gallitzin. il rentre à Weimar le 17 décembre[6].

1. 10 sept. — 2. 10 oct. — 3. *Ibid.* — 4. *Ibid.* et lettres à Meyer, 27 sept., 10 oct. — 5. 4 nov.

6. Cf., sur les lenteurs de son retour et ses arrêts prolongés en route, l'inter-

Cinq mois plus tard, le duc impitoyable, le forçait encore à quitter sa douce retraite et à venir le rejoindre sous la tente devant Mayence. Les lettres qu'il écrit à Christiane du camp de Marienborn nous disent, comme l'année précédente, combien la séparation lui pèse et nous le montrent toujours aussi épris d'elle, toujours aussi préoccupé de son bien-être ou de son plaisir. Il lui promet de se ménager par amour d'elle, car elle est ce qu'il a de plus cher au monde; il ne se lasse de lui envoyer de petits cadeaux, il se soucie de mille détails domestiques qui prouvent quel amour il a pour son foyer. Il dit à sa mère combien Christiane est « brave » et le rend heureux[1]. La société de « Frau Aja » ne peut le retenir à Francfort; dès qu'il en a la latitude, il rentre en hâte à Weimar.

De toutes ces lettres prosaïques qui ne rappellent certes en rien les épîtres passionnées à Mme de Stein, il se dégage un parfum d'intimité familiale qui peut paraître vulgaire, mais dont on ne peut méconnaître le charme. On comprend, à les lire, que Gœthe se sent profondément heureux, d'un bon bonheur paisible. L'ordre, la propreté dans sa maison, la gaieté, l'amour simple, les joies de la paternité, voilà les biens que Christiane lui a donnés et Gœthe lui en a une très sincère reconnaissance.

Longtemps la liaison de Gœthe et de Christiane a paru un des problèmes de la vie morale de Gœthe les plus difficiles à résoudre. On ne connaissait, on ne voulait connaître de la petite amie de Gœthe que l'image, que les mauvaises langues de Weimar, prenant le parti de Mme de Stein, avaient léguée à la postérité[2]. Christiane, répétait-on volontiers, était une

prétation tendancieuse de Bielschowsky (*Gœthe*, II, p. 39 et sq.), nettement hostile à Christiane.

1. Cf. lettres 29 mai, 7, 14 juin, 3, 22 juillet, 9, 16 août 1793.

2. Cf. un écho caractéristique de ces bruits défavorables dans la correspondance de Schiller-Körner. Schiller à Körner, 21 oct. 1800, et Körner à Schiller, 27 oct.; cf. aussi citat. des lettres de Mme de Stein dans Schöll-Fielitz, *op. cit.*, Abschnitt, 1796-1826, pp. 369-394, ou le résumé qu'en fait Engel, *op. cit.*, pp. 215, 216.

créature insignifiante, de physique vulgaire, de mœurs équivoques et d'une fidélité douteuse, portée à l'ivrognerie comme
son père, sans culture, incapable de prendre le moindre intérêt aux travaux de son amant, bonne tout au plus à satisfaire
son besoin de sensualité, à raccommoder son linge et à lui
faire la cuisine. On citait avec complaisance la lettre à Körner, où Schiller[1] montrait l'amour féminin si souvent blas-
phémé par Gœthe, se vengeant du poète en lui faisant faire la
bêtise coutumière aux vieux garçons, c'est-à-dire en l'attachant
à une maîtresse dont il reconnaissait l'indignité, mais qu'il
finirait par épouser sous le sophistique prétexte de sauvegarder
les intérêts de l'enfant né de ses amours vulgaires. On passait sous silence ou on attribuait à une immorale complaisance
l'attitude de Charles-Auguste servant de parrain à cet enfant,
ou la protection accordée à Christiane et à Auguste par Herder
« l'Archevêque de Weimar[2] ». L'indulgence de « Frau Aja »,
pour le concubinage de son fils, était expliquée par la tendresse
maternelle, par l'horreur bien connue de la Conseillère pour
les conflits et par sa souriante philosophie. Quant aux marques
indéniables de la sincère affection de Gœthe pour sa maîtresse
et à l'hommage qu'il rend à son esprit en lui dédiant la *Métamorphose des Plantes*, on en atténuait la portée en les mettant
sur le compte d'un déplorable aveuglement[3].

Puis peu à peu une réaction s'est produite[4]. On a revisé les
pièces du procès et on a trouvé que les témoignages favorables
à Christiane l'emportaient sur les autres. On a « sauvé » Christiane. On a montré que non seulement elle avait pu séduire
Gœthe par l'ensemble de ces qualités physiques qui, selon le

1. 1er nov. 1790.

2. C'est ainsi, dit la duchesse Amélie (à Gœthe, 29 nov. 1788), qu'on appelle
Herder à Rome (*Zur Nachgeschichte der ital. Reise*, Schriften der G.-Gesell.,
B⁴ 5.

3. Parmi les biographes récents de Gœthe, Bielschowsky (*Gœthe*, II) représente encore ce point de vue.

4. Déjà marquée dans Lewes, dans Grimm (*Vorlesungen über Gœthe*, op. cit.,
mais cf. surtout O. Klein, *op. cit.*, et Engel, *op. cit.*), ce dernier met visiblement autant de zèle à faire le panégyrique de Christiane qu'il en a mis à déni-
grer Charl. von Stein.

mot d'Adèle Schopenhauer, la faisait ressembler à « un petit Bacchus[1] », mais encore qu'elle avait été vraiment, à tous égards, la digne compagne du poète; on s'est aventuré jusqu'à dire qu'elle avait fait preuve de plus d'esprit, de cœur et même de saine culture que l' « idéale » baronne de Stein, que, plus que celle-ci, elle avait été la véritable muse du poète[2].

Nous étant astreint jusqu'ici à ne pas devancer les temps, nous ne pouvons dès maintenant nous prononcer définitivement entre ces deux opinions extrêmes et porter un jugement motivé sur une liaison qui n'est qu'à ses débuts. Mais nous pouvons au moins conclure des faits que nous avons présentés, que Gœthe a trouvé dans l'amour de Christiane le bonheur intime auquel il aspirait vainement depuis de si nombreuses années. Il a connu enfin, à ses côtés, la joie d'aimer sans remords et sans tourments. Il a réalisé l'idéal amoureux auquel il aspirait depuis qu'il a commencé de s'assagir. Il a trouvé une femme toute de dévouement et de soumission, sachant lui donner toutes les joies qu'il demande à l'amour, mais sachant aussi se contenter du rôle qu'il lui a assigné dans sa vie. La façon dont il chantera d'ailleurs cet humble amour nous prouvera mieux que de longs raisonnements, les bienfaits qu'il en ressentait et le prix qu'il y attachait.

VII.

Ainsi qu'au temps où il était ou se croyait heureux par Mme de Stein, son bonheur ne le rend pas égoïste. Il semble, au contraire, que son *instinct de bienfaisance* en reçoive, comme jadis, un élan nouveau; il éprouve plus que jamais le besoin de travailler à faire des heureux autour de lui.

Pas plus que nous n'avons voulu faire un grand mérite à Gœthe des soins touchants dont il avait entouré la première

---

1. Cf. Lewes, *op. cit.*, B^d II, p. 120. — 2. Cf. Engel, *op. cit.*, pp. 298, 310.

jeunesse de Fritz von Stein, nous ne pouvons retenir comme une preuve particulière de sa bonté les efforts qu'il tente en faveur de Christian-Auguste Vulpius, le frère de son amie[1]. Ne lui devait-il pas en quelque sorte une reconnaissance spéciale pour avoir mis Christiane sur sa route? Mais l'intérêt qu'il continue de porter à la destinée de ses amis de Rome, Kniep, Tischbein, Bury, Meyer, Lips[2], le mal qu'il se donne pour attirer sur eux l'attention des amateurs d'art, capables de les encourager et de les soutenir, la chaleur avec laquelle il prend leur cause en main quand il arrive à l'un d'eux, à Tischbein par exemple, de mécontenter un puissant protecteur[3], ses nombreuses recommandations pour faciliter la carrière de jeunes gens dans l'embarras[4], ou la part qu'il prend aux ennuis de vieux amis comme Knebel[5], Einsiedel[6] ou Merck[7], nous le montrent inlassablement préoccupé à aider les autres à triompher des difficultés de la vie. Rien n'est plus caractéristique à cet égard que son attitude vis-à-vis de *Herder* et de *Schiller*[8].

Tandis que Herder était en Italie dans la compagnie de Hugo von Dalberg et de sa coquette maîtresse, aux prises avec les

---

1. Cf. lettres à Jacobi, 9 sept.; Hufnagel, 26 nov. 1788; à Göschen, 15 avril, 22 juin, 20 août 1789; à Breitkopf, 31 août 1789. — 2. Cf. Schrift. der G.-Gesellschaft, Bd 5, *Zur Nachgeschichte der ital. Reise.* — 3. Cf. à Herder, 2 mars 1789. — 4. Cf. lettres à Voigt, pour Hunnius, janv.-fév. 1789; à Körner, 12 sep. 1791; au duc, 17 mai 1791, pour Facius; à la duchesse Amélie, 7 avril, 14 déc. 1789, etc... — 5. A Knebel, 4 mai 1790. — 6. A. Einsiedel, 26 juil. 1790. — 7. Cf. Düntzer, *Goethe u. Karl-August*, pp. 311, 329.

8. Non moins instructive est, comme nous le verrons plus tard, la façon dont il comprend son rôle de directeur du théâtre. Sans chercher ici à en faire la preuve, puisque cette partie de l'activité de Goethe intéresse surtout les années 1795-1817, indiquons seulement, dès maintenant, que s'il réussit à élever le modeste théâtre de Weimar au rang d'une scène modèle, si, malgré les obstacles qu'opposaient à ses efforts pour créer un « style » dramatique la tradition naturaliste, l'indifférence artistique et la vanité personnelle des acteurs, il réussit par degrés à obtenir de ces derniers la docilité et l'abnégation nécessaires, ce fut moins encore par la discipline sévère qu'il fit régner dans ce milieu turbulent qu'à force de bonté et d'affectueuse sollicitude. Cf. J. Wahle, *Das Weimarer Hoftheater unter Goethes Leitung*, Weimar, 1892, Schriften der Goethe-Gesellschaft, Bd 6; Ed. Genast, *Aus Weimars klassischer und nachklassischer Zeit. Erinnerungen eines alten Schauspielers*, Stuttgart, 1904.

ennuis d'une situation équivoque[1], le philologue Heyne lui
avait écrit pour l'attirer à Gœttingen, lui offrant une chaire
de théologie à l'Université, ainsi que le titre de premier pasteur et de conseiller du Consistoire[2]. Herder, qui toujours mécontent et toujours disposé à se croire la dupe de la perfidie
des hommes, aspirait depuis longtemps à quitter Weimar, était
fort enclin à accepter les propositions de Heyne. Avec sa ver-
satilité habituelle, il oubliait sans peine les marques d'amitié et
d'estime dont on l'avait comblé à Weimar pour ne se souvenir que des difficultés qu'il y avait eues. Gœttingen lui apparaissait comme la terre bénie de la liberté. Gœthe mit tout
en œuvre pour le retenir. Sans doute il voyait que c'était l'intérêt du duc de conserver à Weimar le génial écrivain, et il
sentait que pour lui-même le départ de Herder serait une
perte irréparable. Mais il se rendait compte aussi que dans le
milieu tout agité de mesquines intrigues qu'il trouverait à
Gœttingen, Herder, avec son hypocondrie et sa susceptibilité
naturelles, serait encore plus malheureux qu'il ne l'était à
Weimar; il lui paraissait évident que l'intérêt de Herder était
de rester aux bords de l'Ilm[3]. Avec un zèle où il entrait assurément au moins autant de sincère attachement et de dévouement désintéressé que de calculs égoïstes[4], il réussit peu à peu
à arracher au duc toute une série de mesures bien faites pour
toucher Herder et l'amener à renoncer à son projet de départ[5].
Le duc payait ses dettes, lui accordait un supplément de traitement, s'engageait à prendre à sa charge les frais d'éducation
de ses fils et à pourvoir à leur établissement, il le nommait
vice-président du Consistoire avec la promesse de lui donner
la succession du président actuel. Toutefois, ce n'est qu'au
prix de longs et obstinés efforts que Gœthe avait obtenu ce
résultat. Ses lettres au duc et surtout à la duchesse Amélie, de
mai à août, sont à cet égard fort instructives et nous prouvent

---

1. Haym, *Herder*, II, p. 382. — 2. En mars 1789. Cf. *Ibid.*, p. 419. —
3. Cf. à Herder, 10 mai 1789. — 4. Cf. l'interprétation contraire dans Baumgartner, *Gœthe*, op. cit., II, pp. 37-38. — 5. Cf. Düntzer, *Gœthe u. Karl-
August*, p. 330, et Haym, *op. cit.*, II, p. 422 et sq.

de quel dévouement vrai était capable ce Gœthe dont on a voulu faire, à cette occasion même, un égoïste raffiné[1].

Gœthe avait eu d'autant plus de mérite à s'employer aussi activement pour Herder, qu'il ne pouvait faire se faire d'illusions à l'avance sur la reconnaissance qu'il avait à attendre de lui. Pour la nature inquiète et maussade de l'auteur des *Idées*, la gratitude était un lourd fardeau et il cherchait tous les prétextes pour s'en décharger les épaules. Les ennuis que son humeur atrabilaire lui avaient causés à Weimar, il en rejetait les responsabilités sur Gœthe, puisque c'est lui qui l'y avait attiré, et cela le dispensait à ses yeux de remercier son ami pour les services reçus. Il était toujours disposé à interpréter les manifestations de Gœthe dans leur sens le plus défavorable. Tandis que celui-ci use pour lui de toute son influence, Herder ne voit dans son attitude que fourberie et égoïsme. « Tout ce que tu peux dire pour l'excuser, écrit-il le 7 avril 1789[2] à Caroline, ne vaut rien contre mon sentiment. Qu'il aille au diable ce Dieu pour qui tout ce qui l'entoure n'est qu'une farce qu'il mène à son gré, ou si tu veux, pour dire la même chose en termes moins forts, je ne veux plus rien avoir de commun avec ce grand artiste, l'unique reflet du grand Tout, pour qui ses amis eux-mêmes et tout ce qui gravite dans son orbe n'est que vulgaire papier sur lequel il écrit, ou couleurs de la palette avec laquelle il peint. » Caroline, que Gœthe vient chaque soir entretenir amicalement de l'absent, n'ose pas dire ce qu'elle pense du fidèle ami, et jouant double jeu, elle écrit à son mari : « J'avoue que mes jugements sur Gœthe ont été jusqu'ici trop optimistes ; je le sentais d'ailleurs moi-même. Oui, cher ange, tu as mille fois raison de le juger comme tu le fais, tu le juges en homme... Son autoritarisme et ses mille petites vanités ont été sensibles à ses amis comme à ses ennemis et mon idolâtrie pour lui n'a jamais été telle que j'y aie vu des vertus divines. O mon unique trésor, ne te

<hr>

1. Baumgartner, *op. cit.*, II, p. 39. — 2. Cf. *Herders Reise nach Italien*, hrsgb von G. v. Herder u. H. Düntzer, Giessen, 1859.

trompe pas sur mes véritables sentiments[1]. » Il est vrai que,
malgré tout son désir de ne pas déplaire à son mari, elle ne
peut s'empêcher à quelques jours de là de regretter son injustice, et elle avoue : « Que j'ai de remords de l'avoir méconnu,
ne fût-ce qu'un instant; c'est une âme fidèle et virile[2]. »
« Crois-moi, dit-elle encore[3], Gœthe t'aime, et entre tous il est
digne que tu l'aimes. Ne te détourne pas de lui; ce que tu
estimes et aimes en Angelica, c'est son heureuse et sainte
nature; à cet égard, il est son frère; nous ne voulons pas le
perdre, ainsi que tu en faisais toi-même, il y a six ans, la promesse sacrée. » Mais bientôt, hélas! la sensible Caroline n'osera
plus tenir ce langage, elle cessera de contredire son ingrat
époux et son « salon » sera bientôt le lieu de rendez-vous
préféré des calomniateurs de Gœthe.

En travaillant au bonheur de Herder, Gœthe ne croyait pas
sans doute récolter tant d'ingratitude; mais il connaissait assez
son ancien mentor pour savoir que celui-ci ne lui saurait en
tout cas qu'un gré médiocre de son dévouement. Son désintéressement n'en a qu'un plus grand prix[4].

Son attitude à l'égard de Schiller nous paraît plus caractéristique encore, car si, à tout prendre, on peut apercevoir à ses
efforts pour retenir Herder à Weimar des motifs intéressés
(Herder était en fait, sinon le plus sympathique, du moins le
plus intelligent de ses amis, celui dans le jugement duquel il
avait le plus confiance[5]), on ne peut guère, semble-t-il, trouver

1. Cit. Baumgartner, *op. cit.*, II, p. 36. — 2. 10 mai 1789. — 3. 29 mai.
4. Les détracteurs de Gœthe ont naturellement cherché à montrer que le
dévouement de Gœthe avait sa source dans l'égoïsme le moins noble. N'est-on
pas allé jusqu'à dire (Baumgartner, II, p. 37) que si Gœthe tenait tant à retenir
Herder à Weimar, c'est qu'il se serait mal accommodé d'un surintendant orthodoxe et sévère, influent et énergique, tandis que Herder était bien l'homme qu'il
lui fallait. Par faiblesse de caractère et par les obligations qu'il avait à Gœthe,
Herder fermait les yeux sur son concubinage et sur les manifestations théoriques
ou pratiques de sa libre-pensée. Comme si, en 1789, Gœthe, le favori tout-
puissant du duc, le « second homme du duché », avait eu à se préoccuper
d'aller demander à un surintendant, quel qu'il fût, des certificats d'orthodoxie
et de bonnes mœurs!
5. Il ne publie pas ses *Elégies* et ses *Epigrammes*, bien qu'elles soient en

de raisons analogues à sa conduite vis-à-vis de l'auteur des *Brigands*.

A son retour de Rome[1], Gœthe, à tout jamais guéri des tendances morbides du « Sturm-und-Drang », l'âme enivrée de la beauté classique et se flattant vraisemblablement de convertir au plus vite à sa foi nouvelle ses amis et ses admirateurs, eut la désagréable surprise d'apprendre que, à peu d'heures de Weimar, à Iéna, le représentant le plus en vue de l'idéal qu'il avait lui-même abjuré et qui lui était devenu odieux, Schiller, s'était installé avec l'intention avouée de tirer parti sur place de son titre de Conseiller de Cour que le duc lui avait octroyé naguère[2]. On lui avait dit sans doute, il est vrai, que la première impression faite sur la Cour par l'auteur des *Brigands* n'avait pas été très favorable et que son *Don Carlos* n'avait été que médiocrement goûté. Ceci était fait pour le rassurer, en lui prouvant que les révoltes déclamatoires, les satires sociales et les espoirs républicains de Schiller ne pouvaient obtenir auprès de la société policée et loyaliste de Weimar qu'un succès de curiosité passagère, même s'il parvenait à triompher de la froideur première. Mais il sentait par ailleurs que l'auteur de la fière *Critique d'Egmont*, parue dans *la Gazette littéraire d'Iéna*[3] était homme à lui tenir tête et qu'il y avait dans cet esprit turbulent, qui entreprenait avec tant d'ardeur de sauver de la mort lente dont il était menacé *Le Mercure de Wieland*[4], une force avec laquelle il faudrait compter. Il éprouvait d'ailleurs pour lui une sorte d'aversion instinctive qui l'empêchait de répondre au désir d'amis communs qui cherchaient à amener un rappprochement[5]. Plus tard, il s'en éton-

ordre, parce qu'Herder le lui avait déconseillé et qu'il lui obéit aveuglément (A Knebel, 1er janv. 1791). En envoyant à Herder lui-même les deux derniers actes du *Grand-Cophte*, il lui dit qu'il aime le titre et le conservera si lui, Herder, ne le désapprouve pas (5 sept.).

1. Cf., pour ce développement, *Erste Bekanntschaft mit Schiller* (Biographische Einzelnheiten), Hempel, Bd 27, p. 309 et sq.

2. 27 fév. 1784; cf. Palleske, *Schiller*, Stuttgart, 1886, p. 353. — 3. 20 sept. 1788. — 4. Cf. Schiller à Körner, 14 nov. 1788. — 5. *Erste Bekanntschaft*, op. cit., p. 309.

nera lui-même et y trouvera quelque chose d'inexplicable, de démonique[1]. Toujours est-il que pour bien des raisons il aurait pu et même dû, selon la sagesse commune, se désintéresser du sort de ce gêneur.

Or, selon le témoignage de Schiller lui-même[2], nous le voyons s'occuper très activement à lui obtenir la succession de Eichhorn à la chaire d'histoire d'Iéna. Non seulement il rédige un *pro memoria* pressant pour présenter au Conseil et soutenir la candidature de Schiller[3], mais il s'emploie fort amicalement auprès de ce dernier pour vaincre ses hésitations et ses scrupules et pour lui donner confiance[4]. On a voulu voir ici encore dans ces démarches de Gœthe un calcul d'égoïsme mesquin. On l'a accusé d'avoir voulu, en faisant de Schiller un fonctionnaire ducal, le mettre sous sa dépendance, et, en l'obligeant à faire des cours sur une matière que rien ne le préparait à enseigner, on a dit qu'il avait escompté qu'il lui enlèverait ainsi le temps et le goût de poursuivre sa carrière littéraire. En provoquant la nomination de Schiller à Iéna, Gœthe n'aurait donc eu d'autre but que de se débarrasser d'un rival fâcheux[5].

Schiller lui-même, malgré le peu de sympathie qu'il éprouvait pour Gœthe, malgré la haine que, par instants, il ressentait pour ce rival fortuné[6], ne le soupçonna pas de si noirs desseins. Sans doute, il se plaint avec amertume des conditions pécuniaires qu'on lui fait, — il ne doit avoir pour tout traitement en sa qualité de professeur « extraordinaire[7] », que les honoraires que lui payeront ses auditeurs, — et, s'affolant à la pensée de l'insuffisance du délai qui lui est accordé pour se préparer à sa nouvelle tâche, il accuse tout le monde et surtout Voigt de l'avoir mis dedans (übertölpelt[8]). Mais il est à remarquer qu'il ne s'en prend pas directement à Gœthe;

---

1. Eckermann, 24 mars 1829. — 2. A Körner, 15 déc. 1788. — 3. 9 déc. 1788, cit. Baumgartner, *op. cit.*, II, pp. 62, 63. — 4. Schiller à Körner, 15 déc. — 5. Cf. Baumgartner, *op. cit.*, p. 60. — 6. Sch. à Körner, 2 fév. 1789. — 7. Prof. adjoint. — 8. Schiller à Körner, 15 déc. 1788.

il n'eût certes pas manqué de le faire s'il l'avait cru responsable de la situation qu'on lui créait.

En effet, il juge Gœthe sans indulgence; il est jaloux de sa gloire, il la trouve encombrante. « Cet homme, dit-il[1], ce Gœthe est en travers de ma route, et il ne me rappelle que trop souvent avec quelle dureté le Destin m'a traité. Comme la fortune a porté légèrement son génie, tandis que moi j'ai toujours à lutter et je dois lutter encore en ce moment même ». Aigri par la vie de misères, de privations, de déboires qu'il a menée depuis qu'il a quitté « la Solitude », Schiller est froissé douloureusement par le spectacle du bonheur apparent de son rival. Et comme celui-ci, par surcroît, n'ouvre pas tout grands ses bras pour l'accueillir, son irritation se mêle de dépit. Il l'accuse d'être un virtuose de l'égoïsme[2]. « Il possède, dit-il, le talent de captiver les hommes et de les obliger par de grandes et petites attentions, mais lui-même sait toujours garder sa liberté entière. Il manifeste son existence par ses bienfaits, mais à la façon d'un Dieu, sans se donner lui-même.... Aussi, je le déteste, encore que j'aime son esprit de tout mon cœur et que j'aie une haute opinion de lui. Il a fait naître en moi un singulier mélange de haine et d'amour, un sentiment assez analogue à celui que Brutus et Cassius ont dû éprouver pour César. Je serais capable de tuer son esprit et, l'instant d'après, de l'aimer passionnément ». De tout ceci, il ressort assez clairement, nous semble-t-il, que Schiller ne reproche à Gœthe qu'une chose, c'est qu'il ne se donne pas lui-même. Et, dans son état d'esprit, il attachait plus d'importance à ce qui lui était refusé qu'à ce qui lui était accordé; il ne pouvait apprécier, à leur juste prix, les efforts que Gœthe faisait en sa faveur. Mais indirectement, et sans peut-être le vouloir, il souligne lui-même pourtant l'heureux effet pour lui de l'intervention de Gœthe dans sa vie, quand, en un moment d'optimisme, il dit à Körner ses espoirs pour l'avenir[3]. Il se félicite de sa situation présente,

---

1. Sch. à Körner, 9 mars 1789. — 2. Sch. à Körner, 2 fév. 1789. — 3. Sch. à Körner, 5 janv. 1789.

parce qu'il n'y voit qu'un début dans une carrière qui pourra
lui apporter honneurs, profit et tranquillité d'esprit. « Il m'importe avant tout d'arriver, d'ici deux ans, à avoir un traitement
fixe, qui puisse m'assurer la vie matérielle et me permettre
d'éteindre peu à peu mes dettes. Ces dettes me gâtent ma vie,
et dans la situation d'esprit où je suis, il ne peut être question
pour moi de travaux littéraires. J'ai soif de repos, de liberté,
et seule la décision actuelle pouvait me les procurer. Tu ne
peux t'imaginer combien, à l'heure présente, on recherche les
professeurs de quelque renom. Le plus souvent on leur fait
les offres les plus avantageuses. Il ne peut manquer que, d'ici
quelques années, je ne sois l'objet de propositions analogues, et
alors je commencerai vraiment à vivre. Je dépérissais littérale-
ment dans ma situation actuelle, je n'aurais pu la supporter
plus longtemps. »

Gœthe l'aidant énergiquement à en sortir lui rendit donc un
très grand service. Il y eut d'autant plus de mérite que ce
n'était ici ni l'amitié, ni même la sympathie, encore moins
l'intérêt bien entendu qui avaient pu lui dicter sa conduite.
C'est vraiment faire trop bon marché des faits, du bon sens et
de l'esprit de justice que de vouloir chercher dans son attitude
en cette occasion des preuves d'un égoïsme méphistophélique.
Voyons-y tout simplement ce qu'il convient d'y voir, une nouvelle marque de cette large sympathie humaine qui de tout
temps avait poussé Gœthe à tendre la main aux malheureux.

Cette fois, d'ailleurs, il ne devait pas retirer seulement de
sa générosité la satisfaction platonique du devoir accompli. Le
voisinage de Schiller aura pour lui les conséquences les plus
heureuses et les plus imprévues. Il trouvera dans l'auteur des
Brigands un ami sûr, un compagnon de pensée et de lutte
digne de lui, un mentor même et un guide au domaine de la
spéculation philosophique, un réconfort enfin et un soutien
à une époque où la conscience d'être seul à suivre la voie où il
s'était engagé commençait de lui être douloureuse et aurait pu
devenir fatale à son génie.

40

VIII.

De son propre aveu, en effet, à aucun moment de sa longue vie, Gœthe ne se sentit aussi complètement *isolé*, comme homme et comme écrivain, que dans les premières années qui suivirent son retour de Rome.

La rupture de ses relations avec Mme de Stein lui fut sans doute très pénible[1] tout d'abord; pourtant, elle ne fit pas dans sa vie intime un vide aussi grand qu'il eût pu le craindre, Christiane eut vite fait de le combler de sa tendresse.

Mais l'amitié lui fut moins douce que l'amour. Il ne retrouva pas à Weimar l'équivalent de ce qu'il avait quitté en partant de Rome, il n'y retrouva même pas ce qu'il croyait y avoir laissé en 1786.

Au lieu des amis dévoués et aimants, dans la libre et rieuse compagnie desquels il venait de passer près de deux ans, recevant et donnant sans compter témoignages d'affection, conseils et enseignements, il ne vit, une fois les premières effusions calmées, que visages soucieux et mines renfrognées.

La duchesse Amélie, qui aurait pu le comprendre et trouver dans son propre désir de l'Italie une excuse aux regrets qu'il en laisse paraître, part dès le 15 août, emmenant avec elle Mlle de Göschhausen qui aurait prêté une oreille favorable à ses récits et Kayser avec lequel il aurait pu s'entretenir de la composition musicale de ses *Opérettes.* Le duc est presque toujours absent et trop préoccupé de ses cuirassiers pour prendre un intérêt bien vif aux choses d'Italie. La duchesse Louise continue

---

1. W. Bode (*Charl. v. Stein*, op. cit., p. 266), voit, par un rapprochement ingénieux, un écho de la désillusion de Gœthe à son retour dans un passage des *Guten Weiber* (Hempel, B^d 16, p. 175) : « Auch ich liebte, auch ich verreiste... » Sinclair, le héros, raconte comment, à son retour, il espérait trouver l'amie qu'il avait laissée attentive à ses récits. Or, celle-ci feignit l'indifférence la plus complète pour ses aventures et affecta de ne l'entretenir que de son chien... Or, Mme de Stein avait, elle aussi, un chien pour qui elle avait une tendresse particulière, Lulluchen.

bien, malgré la rupture de Gœthe avec sa grande amie Mme de
Stein, de lui témoigner une bienveillante amitié et de prendre
un vif intérêt à ses productions[1]; mais entre le poète et la duchesse il ne pouvait y avoir de véritable intimité; d'ailleurs,
comme elle l'avoue elle-même à Herder[2], la duchesse sent chaque
jour son cœur se fermer davantage. « Je constate que je deviens
toujours plus froide et plus méfiante. » Herder, en qui Gœthe
avait compté trouver le meilleur confident de ses expériences
italiennes, lui a fait un accueil glacial qui l'a froissé; au reste,
il part lui aussi dès le 7 août pour l'Italie; quand il reviendra,
mécontent des avantages que Gœthe lui a obtenus, il montrera
à celui-ci une mauvaise humeur blessante, qui se changera en
hostilité marquée le jour où Gœthe se liera avec Schiller et se
fera kantien[3]. Knebel, toujours plus hypocondriaque et plus
misanthrope ne songe qu'à fuir Weimar où il se déplaît; Gœthe ne peut avoir avec lui que des rapports très intermittents[4].
Wieland n'a qu'un souci : assurer la vie précaire de son *Mercure*, d'où il tire le plus clair de ses maigres ressources. Caroline
Herder seule lui témoigne un intérêt véritable, et encore, sous
l'influence de son mari, se montre-t-elle plus que de raison
inconstante en son humeur à son égard; bientôt, comme nous
l'avons vu, elle aussi sera de ses ennemis.

La société de Weimar marque à sa petite amie une hostilité
haineuse et cherche, avec une curiosité malveillante qui l'irrite,
à pénétrer dans le secret de sa vie privée.

Ses idées nouvelles, si chèrement acquises, n'éveillent pas
d'échos dans son entourage. On hoche la tête en le voyant transformer sa maison en une sorte de musée d'art et d'histoire naturelle. Le temps est passé où toute la Cour se mettait, à son
exemple, à collectionner des plantes ou à casser des pierres. On
s'indigne de le voir perdre tant d'heures précieuses à de vaines
spéculations sur les plantes ou sur les couleurs; on écoute avec
dédain ses démonstrations et on s'en tient obstinément à Bon-

<hr>

1. El. v. Bojanowsky, *Die Herzogin Luise, op. cit.*, p. 180. — 2. *Ibid.*,
p. 182. — 3. Haym, *op. cit.*, II, pp. 334, 398, 616. — 4. Düntzer, *Gœthe u.
Karl-August*, p. 305; Besson, *Knebel, op. cit.*, pp. 428, 429.

net et à Newton ; on ne se laisse même pas toucher par son *Élégie* sur la métamorphose des plantes, on n'y voit que prétexte à des plaisanteries douteuses et à de taquines allusions[1]. On ne se montre pas plus disposé à partager son enthousiasme pour l'art antique. Comment, d'ailleurs, pourrait-on admirer sur parole des choses qui ne valent que par la vision qu'on en a, et les finances du duché ne permettent pas à Gœthe de créer les collections qui lui permettraient de justifier son engouement exclusif pour l'antiquité ?

Fait plus grave, Gœthe n'a même plus l'oreille de ses amis pour ses productions poétiques. Son *Iphigénie* n'a guère été goûtée à Weimar. Tandis que Angelica Kaufmann montrait pour cette œuvre si pure une compréhension délicate, les amis dont il attendait, à Rome, l'avis avec impatience ne laissent paraître pour la forme nouvelle qu'il a donnée à son drame qu'un enthousiasme très modéré[2]. Seidel lui-même, se faisant sans doute l'écho des conversations entendues, ne lui a pas caché qu'à son sens le drame avait perdu à être mis en vers[3]. *Egmont* a plu davantage[4], mais, nous le savons déjà, on ne lui a pourtant pas ménagé les critiques ; le duc s'est même montré très dur en son jugement[5]. Et cependant Gœthe avait donné à ce drame plus de soin peut-être qu'à aucune de ses autres œuvres ; il avait espéré que, comme jadis *OEdipe à Colonne* avait démontré aux Athéniens l'injustice de leur croyance en une décadence du génie poétique de Sophocle, son *Egmont* réfuterait la mauvaise opinion qu'on avait de son cerveau à Weimar et prouverait qu'il était encore maître de sa pensée[6]. Les *Elégies romaines* et les *Epigrammes vénitiennes*, toutes frémissantes de la joie d'aimer, déplaisent franchement à Herder, qui en déconseille la publication[7]. Bientôt nous verrons le farouche critique, qui n'a pas hésité à faire le voyage de Rome dans la

1. Cf. *Schicksal der Handschrift*, Hempel, Bd 33, pp. 80, 82. — 2. Cf. *Ital. Reise*, Weimar-Ausg., Bd 31, 3 mars, 16 mars 1787, pp. 25 et 53. — 3. Cf. réponses de Gœthe à Seidel, 15 mai, 27 oct. 1787. — 4. A Ch.-Auguste, 17 nov. 1787, et *Ital. Reise*, 3, 10 nov., Bd 32, pp. 135-138. — 5. A Ch.-Auguste, 28 mars 1788. — 6. A Seidel, 8 déc. 1787. — 7. Gœthe à Knebel, 1er janv. 1791.

même voiture que Dalberg et sa maîtresse[1], jeter feu et flamme contre l'immoralité de *Wilhelm Meister*[2].

Ainsi, à Weimar même, où, si longtemps, il a régné en maître incontesté, Gœthe a la douloureuse surprise de constater qu'il n'est plus l'oracle toujours écouté et que personne ne fait plus effort pour le suivre aux voies nouvelles où le portent ses pas aventureux.

Ses amis du dehors ne lui offrent guère de dédommagements. Merck, qui jadis lui a été tant de fois de bon conseil et qui suivait son évolution avec un intérêt si intelligent, se débat au milieu de difficultés financières inextricables[3]. Il est si déprimé, que lorsqu'il écrit à Gœthe pour implorer son secours ou plutôt celui du duc, il n'ose plus le tutoyer[4]. Bientôt Gœthe apprend son suicide[5]. — Lavater, nous l'avons déjà marqué, n'existe plus pour lui. Comme nous le lui avons entendu déclarer à Mᵐᵉ de Stein dès 1786, il a fait un grand trait sous l'existence de l'auteur de *Ponce-Pilate*, et depuis, son aversion pour le prophète n'a fait que s'aggraver. L'obstination touchante avec laquelle Lavater, dans son *Nathaniel*, cherchait à l'amener à sa foi, n'avait eu d'autre résultat que d'échauffer sa bile. Outre que rien ne lui était plus odieux que ces tentatives de pression sur sa conscience et sa pensée, l'ouvrage soulignant « que tout ce qui vit, vit en vertu d'un principe extérieur », lui avait paru blasphématoire[6] et lui avait prouvé une fois de plus qu'entre lui et son ancien ami il n'y avait plus de terrain d'entente possible. Aussi, à son retour d'Italie, avait-il soigneusement évité Zürich. Nous avons vu, d'autre part, avec quelle âpreté il reproche à Kant d'avoir paru faire des concessions à la doctrine du Prophète. En 1793 encore, il dit aux Herder[7] sa joie de ne pas s'être trouvé à Weimar quand Lavater y était allé. « Le monde est grand; qu'il y promène son mensonge. Il n'est pas difficile de dire à l'avance de quel côté les gens de son espèce se tournent. Comme une baguette ma-

---

1. Cf. Haym, *op. cit.*, II, p. 619. — 2. Düntzer, *Gœthe u. Karl-August*, p. 411. — 3. *Ibid.*, p. 307. — 4. *Ibid.* — 5. 27 juin 1791. — 6. *Ital. Reise*, Weimar-Ausg., Bᵈ 32, p. 107. — 7. 7 juin.

gique, leur nez se dirige vers la puissance, le rang, l'argent, l'influence, le talent... » Et, un mois plus tard, il écrit à Jacobi[1] : « Lavater a aussi espionné à Weimar, mais notre paganisme déclaré, ainsi d'ailleurs que la méfiance générale, l'en ont vite chassé. » — Son aversion pour son ancien « frère » va jusqu'à la haine. L'indifférence seule serait insuffisante pour expliquer, non seulement la violence de ses épigrammes de 1796, mais son attitude insultante quand, en 1797, pendant son séjour à Zürich, il feindra d'ignorer l'existence de Lavater[2].

Lui reste-t-il au moins Jacobi? — Lorsque, revenant de France, en 1792, Gœthe se décide[3] à céder à l'appel séducteur

---

1. 7 juillet.

2. L'âpreté mauvaise dont Gœthe fait preuve vis-à-vis de Lavater nous surprend chez lui. Elle ne peut s'expliquer que par l'irritation qu'il éprouve à voir le Prophète le poursuivre de ses tentatives de conversion et par le fait qu'il s'agit précisément d'une question de foi, c'est-à-dire d'une de ces questions où le sentiment seul décide et où l'impossibilité de convaincre l'adversaire mène fatalement à l'exaspération et à la haine les esprits les plus sages. Nous ne pouvons toutefois nous empêcher de regretter que Gœthe n'ait pas su, ici, se montrer supérieur au vulgaire. Nous le regrettons d'autant plus que l'attitude de Lavater laisse voir plus de douce patience et d'amicale résignation. Même après que Gœthe lui a déjà dit avec brutalité son sentiment à propos de *Ponce-Pilate* et que, par l'accueil qu'il lui a fait à Weimar, il lui a prouvé combien son cœur s'était fermé, Lavater ne cesse de vanter le caractère et le génie de son ami. Il fait de lui un éloge enthousiaste à Tischbein ; il le « caractérise » à la duchesse Louise en termes lyriques, et, à travers la rhétorique pompeuse des métaphores et des antithèses, paraît la sincérité de son admiration et de son amitié. Quand, deux ans plus tard, il ne peut plus douter de l'antipathie de Gœthe, c'est bien discrètement et sans amertume qu'il s'en plaint à la duchesse ; il se refuse à le juger. Les *Confessions d'une belle âme* le ravissent, et il faudra, pour lui arracher une protestation, toute la violence venimeuse des épigrammes que Gœthe lui décoche dans les *Xénies*. Il éprouve d'ailleurs plus de douleur que d'indignation. « O toi, l'Unique, le Chef, le Héros ! le conducteur d'armées ! le souverain couronné ! Pourquoi, Gœthe, t'abaisses-tu à jouer le rôle de policier ? » Et, malgré le dédain injurieux dont Gœthe fera preuve en 1797, en passant devant sa porte sans y frapper, malgré l'amertume qu'il en ressentira, il ne pourra renoncer à l'espoir de le voir revenir à lui, de le voir un jour marcher dans la voie du salut. Il y a en même temps de la puérilité et de l'héroïsme dans cette foi invincible de Lavater en Gœthe. (Cf., pour cette question, *Gœthe und Lavater*, Schriften der Gœthe-Gesellschaft, Bd XVI, pp. 364, 365, 367, 368, 370, 371.)

3. *Camp. de France*, Hempel, Bd 25, p. 124.

des flots du vieux Rhin qui semble l'inviter à se laisser porter
jusqu'aux bords où, dix-huit ans plus tôt, au sein de l'heureuse
famille de Jacobi, il avait goûté les joies ineffables de l'amitié
et de la communion des âmes, il sait qu'il n'y a plus entre lui et
l'ami de sa jeunesse l'harmonie passée. Pourtant, malgré quelques froissements et la divergence croissante de leur philosophie, comme il ne s'est rien produit d'irréparable entre eux,
qu'au contraire des relations affectueuses ont subsisté entre
Weimar et Pempelfort, Gœthe espère trouver auprès de Jacobi,
non seulement le repos physique, mais aussi un réconfort
moral, et il peut croire que dans le cercle intelligent dont son
ami est le centre, on fera un accueil au moins sympathique à
ses idées nouvelles.

Or, dès les premiers jours, Gœthe s'aperçoit que sur tous
les points qui lui importent il est en désaccord avec ses hôtes
et leurs amis[1]. Tant qu'il ne fait que raconter ses aventures
guerrières et dire les impressions qu'il avait retirées des événements auxquels il vient d'être mêlé, on l'écoute avec recueillement; mais dès que les hasards de la conversation amènent
aux questions littéraires ou morales il remarque combien grand
est l'écart qu'il y a entre lui et son entourage.

Tout naturellement, on l'interroge sur ses préoccupations littéraires du moment, sur ses œuvres en train, sur ses plans.
Au lieu de l'entendre parler de travaux où il aurait cherché à
exprimer sa foi nouvelle en la beauté antique dont, après
Iphigénie, on le croit passionnément et exclusivement épris,
on est surpris de le voir tirer de ses papiers une étrange production : *Le voyage des fils de Megaprazon*, où, dans un cadre
fantastique, en termes mystérieux, il semble vouloir dégager
la portée symbolique de l'heure présente. On a eu du mal naguère à se résigner à l'idée qu'il ne fallait pas attendre de lui
un second *Götz* ou un second *Werther ;* mais si on a consenti
à le suivre dans la voie qui l'a mené à *Iphigénie*, on se refuse
à l'accompagner dans sa nouvelle évolution. On se montre si

1. Cf, *Camp. de France,* pp. 130-136.

peu édifié par son *Voyage* qu'il renonce, de lui-même, à en poursuivre la lecture. Le scandale est plus grand encore quand, à la stupéfaction générale, on le voit montrer de l'aversion pour son *Iphigénie* et en témoigner davantage encore pour l'*OEdipe à Colone*. On ne le comprend plus, et on est d'autant moins disposé à lui pardonner son *Grand-Cophte*. — Quand, par ailleurs, il essaie de convertir, ou du moins d'intéresser ses auditeurs à ses études scientifiques, il ne rencontre que curiosité narquoise. On ne se rend pas compte qu'elles sont un besoin de son être, on n'y voit que caprice et folie; on lui dit, ou on lui laisse entendre qu'elles ne sont qu'un obstacle malencontreux au développement normal de son génie poétique. On ignore sa *Métamorphose des plantes*, parue depuis un an; on sourit à ses théories sur la lumière, et, malgré la chaleur qu'il met à exposer ses idées, il ne réussit pas à convaincre ses auditeurs que la lumière est simple, que la matière est vivante de toute éternité, à les arracher à leur idée fixe que « rien ne peut naître que ce qui est déjà », et à les faire renoncer à leur doctrine étroite de « l'emboîtement[1] ».

Gœthe, de son côté, se refuse à partager l'admiration de ses hôtes pour la littérature française; il est froissé par les tendances démocratiques qu'ils laissent paraître; il s'étonne de voir les bustes de La Fayette, de Mirabeau, exposés aux places d'honneur comme des statues de dieux; il s'effraye d'entendre des Allemands faire l'éloge des tribuns révolutionnaires et s'appliquer à les singer. Aussi, malgré l'atmosphère générale d'urbanité et de cordialité qui règne à Pempelfort, malgré l'affection témoignée par Jacobi à Gœthe et ses efforts pour lui rendre aussi doux et agréable que possible le séjour à son foyer, à tout instant les propos se font amers et des froissements pénibles se produisent. Irrité par l'hostilité que rencontrent ses idées, Gœthe devient incisif, pousse ses démonstrations à l'extrême, soutient des paradoxes dont l'outrance seule atténue l'âpreté, et permet à Jacobi et aux siens de se réconcilier avec lui, en les persuadant qu'il s'amuse à jouer la comédie.

1. Cf. *Camp. de France*, p. 133,

Entre Gœthe et le maître de la maison lui-même, il n'y a plus d'ailleurs qu'un lien unique, celui que le cœur a jadis si solidement noué entre eux ; leur pensée n'a plus rien de commun.

Jacobi s'enfonce toujours davantage dans la métaphysique ; il recherche, avec une passion croissante, la solution du problème qui domine toute sa vie philosophique, la conciliation de la foi et de la raison ; il laisse pressentir que le temps n'est plus loin où il affirmera définitivement la supériorité absolue de la foi[1], où, à la philosophie panthéistique de la Nature il opposera sa théorie de la croyance basée sur l'affirmation d'un Dieu supérieur à la Nature qui n'existe que par lui, encore que pour nos faibles yeux elle semble le cacher[2], où, enfin, il confessera bien haut son christianisme[3].

Gœthe, au contraire, nous l'avons vu, est plus que jamais persuadé que toute recherche métaphysique sur l'origine du monde est vaine, que toutes les religions positives sont mauvaises parce qu'elles sont fondées sur la foi en un principe supra-sensible indémontrable, parce que, nées de l'erreur, elles ne se sont développées et ne se conservent que par l'intérêt des gens qui en vivent. Pour lui, il n'y a qu'une religion vraie, celle de la Nature. C'est dans la Nature que les esprits altérés de Divin le trouveront s'ils savent et veulent sincèrement l'y chercher. Ce n'est point par un fumeux idéalisme que l'homme atteindra à la connaissance du monde et à la paix de l'esprit et de l'âme, mais par un réalisme sain, reposant sur l'observation méthodique et impartiale des phénomènes de la vie. Sans doute, Gœthe s'illusionne sur la rigueur de son réalisme. Comme bientôt Schiller va le lui laisser entendre avec une franchise quelque peu brutale, il entre dans ce réalisme plus de métaphysique qu'il ne se l'imagine. Une idée *à priori* est à la base de toutes ses recherches scientifiques et influe, à son insu, sur le sens de ses observations.

1. Il commence, en 1796, à Hambourg, son ouvrage sur *Les vérités divines et leur révélation* (paru en 1812); cf. Deycks, *Jacobi im Verhältnis zu seinen Zeitgenossen*, op. cit., p. 151. — 2. *Ibid.*, p. 153. — 3. *Ibid.*, p. 154.

Mais peu importe qu'il s'abuse sur ce point, ce qu'il est essentiel de remarquer, c'est moins encore sa méthode que ses intentions. Or, il est indéniable que son unique souci est d'atteindre la réalité derrière l'apparence, que dans la multiplicité des phénomènes il croit réellement *voir* l'unité qu'il lui tient à cœur d'y découvrir, et qu'il croit aussi *voir* dans la Nature la vie palpiter éternellement agissante et créatrice.

Entre cette foi naturiste et le déisme de Jacobi il y a un abîme. En quittant Pempelfort, Gœthe a compris, mieux encore qu'il ne l'avait fait jusque-là, que cet abîme est infranchissable. S'il emporte la conviction que Jacobi restera pour lui un ami tendre et dévoué[1], il sait, à n'en plus douter, qu'il n'a plus en lui un compagnon de pensée et de luttes.

Pouvait-il s'attendre à rencontrer plus de sympathie pour son *credo* chez la très chrétienne princesse de Gallitzin auprès de laquelle, nous l'avons vu, il s'arrêta quelques jours en retournant à Weimar?

S'il faut en croire Jacobi, l'intransigeance avec laquelle Gœthe avait tout d'abord, à Pempelfort, affirmé son aversion pour le christianisme se serait peu à peu amollie et, vers la fin de son séjour, sa haine pour la religion chrétienne et les chrétiens de marque, qui, par sa vigueur, rappelait celle de Julien l'Apostat, aurait cédé le pas à un sentiment plus équitable. « Tu avouais, dit Jacobi[2], en parlant d'un certain christianisme qu'il constitue le plus haut degré de sentiment d'humanité, tu voulais même, une fois revenu chez toi, quand tu aurais retrouvé le calme, relire toute la Bible, et de même que je préférais ton paganisme à ce christianisme qui t'est odieux et que je n'aime guère non plus, ainsi, en retour, tu préférais à ton propre paganisme ce que tu appelais mon paganisme, sans toutefois pouvoir le faire tien. » D'autre part, l'historien Dohm, que Jacobi avait invité à Pempelfort pour lui faire faire la connaissance de Gœthe, note dans son *Journal :* « Gœthe

1. Cf. à Jacobi, 10 déc. 1792. — 2. Jacobi à Gœthe, nov. 1815 (Entwurf), *Briefw. zw. Gœthe u. Jacobi*, op. cit., p. 273.

parle beaucoup et bien ; vues profondes sur la religion chrétienne[1] ».

Cela n'a rien qui soit fait pour nous étonner. Nous savons
que l'auteur des *Mystères* était capable de rendre justice à la
valeur morale du christianisme, et nous pouvons admettre sans
peine que, froissant sur tant de points les sentiments de son
hôte et de ses amis, il ait pu, sans avoir besoin d'ailleurs de se
faire violence, leur accorder, au moins au point de vue historique et moral, que le christianisme marquait une étape essentielle de l'humanité. Mais cela ne veut pas dire qu'il faille
prendre à la lettre le mot de Jacobi disant que Gœthe aurait
paru sur le point de s'écrier avec l'intendant de l'histoire des
Apôtres « Qui m'empêcherait d'être baptisé[2] ? » En réalité, à
aucune époque de sa vie, Gœthe n'a été plus éloigné de toute
religion positive, plus hostile aux dogmes.

En entrant dans la maison de la princesse Gallitzin, Gœthe
savait qu'il pénétrait dans un milieu où il régnait une grande
piété et une atmosphère de haute moralité[3]. Par déférence
pour une femme du rang de la princesse, par estime pour la
noblesse de son caractère et la pureté de sa vie, Gœthe accommoda son ton à celui de son hôtesse et se garda de tout propos
ou de toute polémique susceptibles de blesser la piété de ses
auditeurs ; il respecta leur souci presque exclusif de l'au-delà,
leur croyance absolue en un avenir meilleur ; il leur parla avec
une si sympathique chaleur des fêtes religieuses de Rome,
qu'un des hôtes de la princesse, qui n'était pas au courant des
idées réelles du poète, demanda derrière son dos s'il était vraiment catholique.

La princesse lui ayant laissé voir elle-même sa surprise et
lui ayant témoigné quelque inquiétude sur sa sincérité, en lui
rapportant qu'on l'avait prévenue qu'il savait à l'occasion se
donner les dehors d'un homme religieux et même d'un bon
catholique, Gœthe l'assura qu'il n'y avait pas la moindre hypo-

---

1. Biedermann, *Gœthes Gespräche*, I, p. 138. — 2. *Briefw. zw. Gœthe u.
Jacobi*, p. 273. — 3. Cf. *Camp. de France*, p. 153 et sq.

crisie dans son cas, qu'il était parfaitement capable d'admettre des choses qu'il n'approuvait pas, et de reconnaître aux autres le droit d'avoir leurs idées propres et de s'y tenir, comme il en avait le droit lui-même. Nous ne doutons pas qu'il n'ait été vraiment sincère en ces déclarations, car il n'abandonnait rien de ses propres idées ; il le souligne lui-même quand il nous dit qu'en quittant la princesse il lui redit avec douceur et calme son *credo* habituel[1].

Ce qui semble vrai ou du moins fort admissible, c'est que, à vivre au milieu de gens d'une incontestable noblesse de caractère, qui mènent une existence exemplaire, d'une simplicité édifiante, entièrement consacrée à la bienfaisance et au culte du Divin, Gœthe, tout le temps sensible aux influences morales extérieures, surtout quand elles sont féminines, sent se fondre peu à peu cette violente antipathie que lui avait inspirée le catholicisme du clergé italien ou l'intransigeance, intéressée à ses yeux au moins, d'un Lavater. Ce qui, à travers l'Italie et à Rome notamment, l'avait choqué, c'était, nous l'avons constaté, avant tout, les excès des prêtres catholiques, leur rapacité, leur habileté éhontée à exploiter la crédulité populaire ; il avait respecté le catholicisme des humbles, où se traduit avec grossièreté, mais aussi avec une touchante naïveté, ce qu'il a toujours respecté, le sentiment religieux. Or, ici, il voit le catholicisme se refléter dans de belles âmes, il voit le sentiment religieux se manifester dans toute sa pureté, et, comme au temps où il subissait le charme de Mlle de Klettenberg, il incline à une tolérance sympathique.

Il y est d'autant plus disposé que la princesse montre plus d'intelligence à le comprendre lui-même. « Mon opinion sur vous, mon cher Gœthe, lui dira-t-elle un peu plus tard[2], se fondait non sur ce que vous disiez du christianisme et de la religion, ni sur ce que vous en taisiez et en pensiez secrètement, mais sur la conviction que vous vous efforcez d'attein-

1. *Camp de France*, p. 161 ; cf., pour les rapports de Gœthe et de la princesse Gallitzin, Gœthe-Jahrb., 1882, Bratanek, *Aus Gœthes handschriftlichem Nachlass*, pp. 276-307. — 2. 24 janv. 1795, cit. Bratanek, *op. cit.*, pp. 286, 287.

dre le beau sous toutes les formes où il se manifeste... et que
dans la mesure, où vous le pouvez, selon l'expression de Platon dans sa belle lettre à Dion... vous tâchez aussi de le réaliser..... Et l'homme qui fait ainsi un effort constant... aperçoit
tôt ou tard la beauté première. Tout d'un coup, comme allu-
mée par une étincelle, une lumière jaillit de son âme, se maintient vive, se nourrit par sa propre force, et cette lumière éclaire
alors en lui tout ce qui était plongé dans les ténèbres. » Elle a
foi en lui ; ce qui dans la vie ou la pensée de Gœthe, lui paraît
laid, elle se dit que le poète ne l'aperçoit pas sous le même
angle qu'elle et qu'elle ne tardera pas à en reconnaître elle-
même la beauté cachée. C'est ainsi qu'elle juge avec une
grande indulgence et une absolue confiance en l'avenir sa liaison avec Christiane. Le laid en Gœthe lui ferait l'effet d'un
ulcère sur le visage d'Apollon ou de Vénus[1].

Comment Gœthe aurait-il été insensible à tant de bienveillante et intelligente sympathie? Après avoir entendu la princesse elle-même nous comprenons mieux le passage de la *Campagne de France*[2], où il nous dit que dans un milieu si délicat
il aurait été impossible de se montrer rude et malhonnête,
qu'au contraire il se sentait plus disposé à l'indulgence qu'il ne
l'avait été depuis longtemps, et qu'après les horreurs de la
guerre et les tristesses de la route, il n'aurait pu lui arriver de
plus grand bonheur que de sentir s'exercer sur lui la douce
action de la pieuse et humaine morale de la princesse.

Mais qu'on ne s'y trompe pas, cet attendrissement ne pouvait entamer le fond de la pensée de Gœthe ni même lui faire
illusion sur la valeur de l'intérêt qu'on avait paru porter à ses
études naturelles en reconnaissance de la délicatesse déférente
dont il avait fait preuve dans les conversations sur la religion. Son
« hylozoïsme » a encore moins convaincu la princesse et son
ami Fürstenberg qu'il n'a réussi à faire impression sur Jacobi.
En quittant Munster il laisse donc derrière lui de très vives
sympathies, il emporte le souvenir de journées heureuses et

1. Bratanek, *op. cit.*, p. 288. — 2. *Camp. de France*, p. 160.

bienfaisantes[1], il a appris à mieux connaître et à mieux apprécier que jadis, à Weimar, la « belle âme » de la princesse,
peut-être même emporte-t-il en lui, sans s'en douter, le germe
de sa tolérance future pour les manifestations positives du sentiment religieux ; mais il sait aussi que la princesse, — elle ne
le lui a pas caché, — le croit dans l'erreur ; sa confiance en lui
vient de l'espoir qu'elle a, que Dieu, reconnaissant son effort
confus, l'amènera un jour à la lumière. S'il peut se flatter de
l'assurance qu'elle suivra désormais avec une curiosité attentive
son évolution, il sait que cette curiosité est intéressée et il ne
peut se dissimuler que la grande route où elle marche, va dans
un sens opposé à celui du chemin étroit et difficile qu'il suit
lui-même. En dépit de la confiance de sa nouvelle amie, il ne
peut espérer que jamais ils puissent se rencontrer à un carrefour.

Dans le monde des lettres et dans le grand public, Gœthe
trouve encore moins d'indulgence et de sympathie pour son
idéal actuel que chez la plupart de ses amis[2].

La critique n'est pas encore revenue de la surprise que l'évolution du poète lui a causée. *Götz* et *Werther* lui avaient fait
espérer une lignée de chefs-d'œuvre fougueux ; or les années
avaient succédé aux années, sans que Gœthe fît rien paraître.
Un temps, dans les environs de 1775, on avait parlé d'une nouvelle œuvre géniale dont le vieux héros populaire, Faust,
devait être la principale figure ; mais c'est en vain qu'on avait
attendu sa publication et peu à peu, quand on avait su que le
poète donnait tout son temps et vouait toute son activité à
l'administration du duché de Weimar, on avait fini par se
désintéresser de lui. Détail caractéristique, quand, en 1780,
Frédéric II, dans son écrit sur *la Littérature allemande*, avait
proclamé la faillite de cette littérature, et plus particulièrement
du drame allemand, personne de ceux qui lui répondirent,

1. Cf. à Jacobi, 31 déc. 1792. — 2. Cf. V. Hehn, *Gedanken über Gœthe*,
Berlin, 1895 (Gœthe und das Publicum), pp. 50-189, et O. Harnack, *Wandlun-
gen des Urteils über Gœthe*, Berichte des fr. d. Hochstifts, 1901, pp. 47-65.

sauf J. Möser, n'avait songé à se réclamer du nom de Gœthe[1]. D'autres astres, Schiller, Heinse, attirent et retiennent les regards[2]. Lorsque, en 1786, Gœthe éprouve le besoin de se rappeler à son peuple et commence la publication de ses œuvres complètes, il produit l'effet d'un revenant. La critique lui fait, en général, tout d'abord au moins, bon accueil; elle signale en les approuvant les changements apportés aux œuvres anciennes, et elle loue souvent avec chaleur les œuvres nouvelles, *Iphigénie*, *Egmont*, *Tasso*, le fragment de *Faust*, le *Grand-Cophte* lui-même et jusqu'aux *Essais scientifiques*[3]. Pourtant quelques voix font entendre des réserves. C'est Schiller qui dans l'*Allgemeine Litteratur-Zeitung* soumet *Egmont* à une critique sévère[4]; c'est encore et surtout le critique de la *Neue Bibliothek der schönen Wissenschaften und der freien Künste*[5] qui reproche au poète de *Tasso* d'avoir donné une œuvre qui n'est ni un roman, ni une tragédie, ni un drame, qui ne vaut que par des beautés de détail et qui souffre du tort grave d'être dépourvue de toute action. Et, d'année en année, ces voix discordantes deviennent plus nombreuses, comme si la critique était influencée par l'attitude du public[6].

Celui-ci semble, en effet, avoir montré, dès le début, beaucoup de froideur aux productions nouvelles de son ancien favori. Le classicisme d'*Iphigénie* et de *Tasso* ne le touche guère[7]. Il est de l'avis d'Iffland[8] qui, de son point de vue d'homme de théâtre, trouve que la prétendue simplicité d'*Iphigénie* n'est souvent que trivialité, que les assemblages de mots et les néologismes antiquisants qu'y ose Gœthe sont pour le moins étranges, que le soi-disant sublime qui s'en dégage n'est que froideur, et que la diction rappelle le style de tel discours du ministre Gœthe à Ilmenau. En 1790, le critique de

---

1. Hehn, *op. cit.*, p. 67. — 2. Cf. *Ein glückliches Ereignis*, Hempel, B[d] 33, p. 91. — 3. Cf. Braun, *Gœthe im Urtheile seiner Zeitgenossen*, Berlin, 1884, B[d] II, pp. 50-76, 80, 111, 118, 118-126. — 4. *Ibid.*, pp. 28-38. — 5. *Ibid.*, pp. 85-93. — 6. Cf., sur le *Gross. Cophta, Ibid.*, pp. 148, 152.

7. Cf. le témoignage de Gœthe lui-même, *Eckermann*, 27 mars 1825.

8. Iffland à Dalberg, 2 oct. 1785, cit. Braun, *op. cit.*, I. p. 408.

l'*Allgemeine Oberdeutsche Literatur-Zeitung* se plaint qu'*Iphigénie* n'ait pas encore trouvé droit de cité sur les scènes allemandes[1]. Le gros public, qui va au théâtre pour rire franchement ou être violemment ému, ne peut se faire à cette technique nouvelle, dont l'idéal suprême paraît être d'atténuer les éclats de passion, d'éviter les mots sonores et les gestes fougueux. Il ne sait pas davantage gré à Gœthe de ses efforts pour lui présenter les événements contemporains, si angoissants, sous des déguisements de comédie. Alors que les critiques qui les premiers parlent du *Grand-Cophte* ne trouvent guère qu'à y louer[2], les spectateurs de Leipzig, malgré les séductions de la mise en scène et l'art déployé par les acteurs, lui font froide mine, et quand, deux jours plus tard, la Direction veut redonner la pièce, ils s'ameutent, réclament à grands cris qu'on joue autre chose[3]. Des œuvres gœthiennes de l'époque, il n'y a guère que *Reineke Fuchs* qui ait un franc succès ; *Faust* lui-même cause une déception par son caractère fragmentaire. Quant aux œuvres scientifiques, il n'était guère possible qu'elles excitassent autre chose que la curiosité railleuse de la foule et, par les expériences qu'il avait faites avec sa *Dissertation sur l'os intermaxillaire*, en 1785, Gœthe ne pouvait douter de l'accueil que les spécialistes feraient à ses autres publications du même ordre.

Eût-il pu d'ailleurs conserver quelques illusions sur les sentiments de la masse à son endroit, que le très médiocre succès de l'édition de 1786 l'eût cruellement détrompé. Il ne s'était trouvé que 602 souscripteurs à l'ensemble de l'édition ; ayant coûté 7087 thalers, elle n'en rapporta, à l'éditeur Göschen, tout d'abord au moins, que 5637[4]. Aussi, quand Gœthe lui demanda d'éditer la *Métamorphose des plantes*, Göschen refusat-il net, et force fut au poète de s'adresser à Ettingen de Gotha[5]. Et pourtant Göschen, pour attirer les souscripteurs,

<hr>

1. Braun, *op. cit.*, II, p. 83. — 2. Cf. *Ibid.*, pp. 108, 109, 110. — 3. *Ibid.*, p. 107. — 4. Cf. L. Geiger, *Gœthe, sein Leben und Schaffen*, Berlin, 1910, p. 175. — 5. A Göschen, 4 juillet 1791, et *Schicksal der Handschrift*, Hempel, Bd 33, pp. 76, 77.

avait-il pris la précaution de publier à côté d'une édition de luxe à 12 thalers et de l'édition ordinaire à 8 thalers, une édition en quatre volumes au prix réduit de 4 thalers 16 groschen [1].

C'est donc avec raison que Gœthe, en 1817, pouvait écrire que ni ses amis, ni le public ne le comprenaient et ne faisaient effort pour le suivre, et qu'aux environs de 1792 l'Allemagne ne savait et ne voulait rien savoir de lui [2].

Quelles que fussent à cette époque sa confiance en la bonté de ses principes nouveaux et son dédain de l'opinion publique, sa solitude lui était douloureuse. L'intérêt naïf que Christiane pouvait prendre à ses théories sur la métamorphose des plantes et à ses expériences d'optique, pour si sincère, touchant et réconfortant qu'il fût, ne pouvait pas, à la longue, suffire à son besoin d'expansion [3]. Son heureuse fortune le rapprocha, à l'instant opportun, de son rival Schiller. Celui-ci, avec la lucidité ordinaire de son esprit, ne se méprit pas sur la vraie raison qui amena Gœthe à vaincre l'antipathie qu'il ressentait pour lui. En annonçant joyeusement à Körner que Gœthe avait enfin déposé la méfiance qu'il lui avait jusqu'ici témoignée, il ajoutait ces paroles si caractéristiques et si vraies [4] : « Il sent maintenant le besoin de se joindre à moi et de continuer en ma compagnie la route qu'il faisait seul et sans encouragement ».

---

1. Cf. Braun, *op. cit.*, II, pp. 79, 80. — 2. *Schicksal der Handschrift*, op. cit., pp. 76, 82, 83.

3. Les « réunions du vendredi », qu'il fonde en 1791, n'étaient pas faites pour atténuer sa sensation d'isolement. Il y trouve sans doute un auditoire complaisant, mais ni Voigt, ni Bertuch, ni Knebel, ni Wieland, ni Bode, ni Buchholtz, ni même la duchesse Amélie ne sont vraiment des capitaux dont il puisse tirer des intérêts.

4. 1er sept. 1794.

LIVRE VI (*suite*).

DEUXIÈME PARTIE : LES ŒUVRES

Des développements qui précèdent, il ressort que toute l'activité morale et intellectuelle de Gœthe, après son retour d'Italie, converge vers quatre centres principaux d'intérêts : l'*amour*, la *politique*, l'*art* et la *science*. C'est sous ces rubriques essentielles que nous allons rechercher, dans les œuvres composées de 1788 à 1794, les traits qui nous permettront d'achever le tableau que nous venons d'esquisser de l'évolution de la personnalité morale de Gœthe dans les limites de cette période.

Un certain nombre des œuvres où nous puiserons nos renseignements, comme *Tasso*, les dissertations sur l'art, comme les premiers livres au moins de *Wilhelm Meister*, plongent d'ailleurs leurs racines dans les périodes précédentes, et sont en quelque sorte comme une liquidation du passé, tandis que d'autres, telles que la *Fille naturelle*, *Hermann et Dorothée* et les *Contributions à l'optique*, ne seront achevées ou même entreprises et exécutées que dans la période suivante. Mais nous croyons légitime d'utiliser les unes et les autres à cette place, parce que seul l'état d'esprit présent de Gœthe en explique le tardif achèvement ou la conception première.

I, 1.

Tasso est de celles qui appartiennent surtout au passé. Le drame se présente à nous sous deux aspects principaux. C'est, à certains égards, ainsi que nous le verrons plus tard, en quelque sorte un résumé des expériences politiques de Gœthe à la cour de Weimar et la conclusion de ses idées sur le rôle qui revient au poète dans la vie, mais c'est peut-être au moins autant, sinon davantage encore, le reflet fidèle et la conclusion de sa vie amoureuse de 1775 à 1786, et même, à un certain point de vue, jusqu'à 1789.

Pour si divergentes, en effet, que soient les opinions de la critique sur la signification dernière et la portée morale de l'œuvre, sur l'idée qui s'en dégage et sur les caractères eux-mêmes, il est un point sur lequel tout le monde s'accorde, c'est que les sources des souffrances du héros sont le monde et l'amour, représentés essentiellement par Antonio et la Princesse.

A nos yeux, *Tasso* est, avant tout, une tragédie d'amour.

C'est à l'amour que se rapportent toutes les pensées de Tasso, c'est de l'amour que dérivent toutes ses joies et les maux dont il souffre sous nos yeux; ses conflits avec la réalité ne semblent le toucher que dans la mesure où ils se rattachent à son amour, où ils réagissent sur ses rapports avec la Princesse.

Sans doute, c'est le poète qui, tout d'abord, nous apparaît dans la caractéristique que donne de lui la Princesse[1], mais Léonore Sanvitale rappelle aussitôt à son amie, non sans malice au reste, que le poète ne vit pas seulement dans le monde idéal de la poésie. Elle le montre errant sous les arbres du parc de Belriguardo, y attachant comme des pommes d'or les douces chansons où il célèbre l'aimée, et confiant, comme le chantre des nuits, aux bosquets et aux zéphyrs, son tourment d'aimer. En dépit de leurs réserves coquettes, la Princesse et la Comtesse savent bien l'une et l'autre, malgré l'équivoque du nom de Léonore, à qui vont ses soupirs. L'attitude du poète dans la troisième scène du premier acte, où la Princesse le couronne, sur l'invitation du duc, son frère, pour l'achèvement de son épopée, nous en serait une preuve si nous pouvions avoir

1. I, 1, v. 159-172.

quelque doute. Si le ravissement qu'il montre peut paraître, au premier abord, celui d'un poète fier de son œuvre et de la récompense qu'elle lui vaut, nous comprenons que c'est davantage encore l'émotion délirante d'un amoureux qui reçoit une faveur insigne de la main qu'il chérit, quand nous le voyons, peu après, s'irriter de n'être qu'un ciseleur de vers[1]. Si au lieu de n'être qu'un simple poète il savait briller aux tournois chevaleresques ou, comme Antonio le diplomate, remporter pour elle des triomphes dans l'arène politique, la distance qui le sépare de la Princesse serait moins grande, il pourrait espérer s'élever jusqu'à elle. C'est à son amour pour elle que, depuis l'instant où il la vit pour la première fois apparaître, pâle, au sortir d'une douloureuse maladie, dans l'éclat d'une fête de cour[2], toute sa vie est suspendue. Écoutons sa plainte quand il croit que la Princesse l'abandonne dans sa détresse[3] : « O mon pauvre cœur, toi qui trouvais si naturel de l'adorer ! Quand j'entendais sa voix, quel inexprimable sentiment me pénétrait ! Quand je l'apercevais, la claire lumière du jour me semblait obscurcie ; ses yeux, sa bouche exerçaient sur moi un irrésistible attrait ; mes genoux chancelaient et j'avais besoin de toute la force de ma volonté pour rester debout, pour ne pas tomber prosterné à ses pieds. » Et nous savons, dès lors, que, dans l'instant du couronnement, la main qni le couronnait lui était plus chère que la couronne elle-même, la voix qui le louait lui importait plus que les paroles qu'elle prononçait. De tous ceux dans l'ombre de qui il vit, la Princesse est la seule personne en qui il ait pleine confiance. Le duc lui paraît trop élevé pour être son ami[4] ; Antonio le rebute par son air hautain ; la comtesse Sanvitale calcule trop tous ses actes. Aussi tremble-t-il de perdre son idole ; la pensée qu'un époux pourrait l'emmener loin de Ferrare lui cause un sentiment d'angoisse qu'il ne craint pas de lui avouer[5]. Il lui doit tout ; elle est pour lui l'idéal de toutes les vertus ; c'est elle qu'il avait

---

1. II, 1, v. 92. — 2. II, 1, v. 125. — 3. IV, 5, v. 55 et sq. — 4. II, 1, v. 179. — 5. *Ibid.*, v. 302 et sq.

devant les yeux[1] quand il peignait Chlorinde, la vierge héroïque, la douce et fidèle Erminie, la magnanime Sophronie et la douloureuse Olinde. Il sent que ce qui rendra son œuvre immortelle, c'est le secret d'amour qu'il lui a confié, qui en est l'âme mystérieuse[2]. Aussi, quand, tout en s'efforçant de modérer l'ardeur de ses déclarations, la Princesse lui laisse entendre qu'elle n'est pas insensible à ses hommages[3], sa joie atteint-elle aux confins de l'extase, et encore ne fait-il que deviner son bonheur ; son exaltation serait allée jusqu'à la folie s'il avait pu, dès lors, voir l'émoi de la Princesse à la pensée que l'éloignement du poète aimé est nécessaire, et s'il avait pu entendre les pudiques aveux que lui arrache son astucieuse amie[4]. Ses moindres désirs sont pour lui d'impérieux commandements. C'est pour lui obéir qu'il recherche avec tant d'insistance l'amitié d'Antonio qui toujours lui fut antipathique, et que si longtemps il subit sans colère les rebuffades du diplomate[5]. Après sa querelle avec Antonio, sans doute son instinct de justice est brutalement froissé par la punition, imméritée à ses yeux, que lui inflige le duc ; mais n'est-ce pas à la Princesse qu'il pense, avant tout, quand au sortir de la stupeur où l'a plongé sa disgrâce, il renaît à une demi-conscience[6]? L'idée qu'il a perdu la faveur ducale ne lui est si douloureuse que parce qu'il comprend que son éloignement de Ferrare marquera la fin du rêve d'amour qu'il vivait si délicieusement[7].

Quand, quelques instants plus tard[8], Léonore Sanvitale s'efforce, adroitement, de l'amener lui-même à s'avouer qu'il ne peut rester à Ferrare, ne pense-t-il pas, avant de prendre une résolution, à s'informer des sentiments de la Princesse pour

---

1. II, 1, v. 345 et sq. — 2. *Ibid.*, v. 358. — 3. *Ibid.*, v. 370. — 4. III, 2. — 5. II, 3. — 6. IV, 1.

7. Que; avec son imagination plastique, il se voie errant, misérable, loin des regards bienveillants du duc, privé de son appui, devenu la proie de ses ennemis et qu'il en éprouve un frisson d'angoisse, cela est assurément indiscutable, mais nous ne croyons pas que, ainsi qu'on l'a prétendu (Kern, *Torquato Tasso*, Berlin, 1893, p. 17), ce sentiment soit la véritable raison de son désespoir. Le regret de perdre la présence de sa chère Princesse est plus fort en lui que toutes les autres considérations.

8. IV, 2,

lui? Et ne voit-il pas précisément un argument décisif dans
le fait que celle-ci, dans l'épreuve qu'il traverse, ne lui a pas
envoyé une seule marque de sa faveur et qu'elle paraît ne rien
vouloir tenter pour s'opposer à son départ? Qu'est-ce qui pourrait désormais le retenir à Ferrare? Où trouverait-il la force
de lutter contre ses ennemis, puisqu'elle est avec eux contre
lui? Il partira donc. Son œuvre lui fournira la raison apparente, qu'il ne peut se dispenser de donner, pour obtenir d'Alphonse le congé nécessaire. Mais lui-même souligne que le
souci de l'achèvement de son œuvre n'est qu'un prétexte[1]. Et,
en effet, dès qu'il peut croire qu'il a calomnié la Princesse et
que celle-ci a, en réalité, pour lui une sincère affection, il est
tout de suite prêt à oublier son œuvre pour rester auprès d'elle
ou au moins dans son voisinage, fût-ce comme jardinier,
comme régisseur ou portier d'un château ducal[2]. Si humble
que soit le travail qu'on lui imposera, il le fera avec joie,
pourvu qu'il retrouve la faveur de sa bien-aimée, qu'il puisse
au moins respirer l'air qu'elle respire. — Les paroles de pitié
et de tendresse contenue de la Princesse l'affolent jusqu'à
lui faire perdre toute conscience, jusqu'à le jeter, dans une
minute d'égarement, aux bras de celle qui est tout pour lui.

Cette fois, c'en est fini à jamais de son beau rêve d'amour.
Il l'a brutalement fait s'évanouir au souffle de sa passion in-
sensée. Dans le premier instant qui suit la catastrophe, emporté par l'esprit de folie qui s'est emparé de lui, il blasphème
non seulement contre le duc, contre Antonio, contre la comtesse Sanvitale, mais aussi contre la Princesse, et l'excès même
de son injustice prouve la grandeur de sa désillusion[3]. Peu à
peu, sous l'influence des sages paroles d'Antonio, il reprend
ses esprits, il mesure avec effroi la profondeur de l'abîme où il
est tombé, et n'aperçoit plus d'autre but à sa vie que de chanter ses souffrances. Pouvons-nous douter qu'il pense avant
tout, sinon exclusivement, quand il parle de ses souffrances,
à son désespoir de perdre la Princesse? C'est elle, c'est son

1. IV, 4, 5 et V, 2. — 2. V, 4. — 3. V, 5, v. 48-50, 62-66.

amour brisé qu'inlassablement il chantera, pour tromper la longueur des jours mornes qui l'attendent.

L'amour apparaît donc bien comme l'idée fixe de Tasso, le mobile de tous ses actes, sa raison d'être. Plus encore que l'histoire d'un poète à la cour, le drame dont il est le héros semble nous dire l'histoire d'un amour de poète. — Le poète, prenant ses chimères et ses désirs pour des réalités, ose aimer plus haut qu'il ne le devrait, et, au moment où il croit pouvoir saisir son bonheur, celui-ci s'évanouit au contact de sa main avide.

La Princesse, de son côté, est elle aussi une victime de l'amour et, à certains égards, une plus lamentable victime encore. Sa première rencontre avec Tasso ne lui a pas été moins fatale qu'au poète lui-même. Dès qu'au sortir de sa chambre de malade où, si longtemps, la maladie l'avait retenue loin du monde, il lui est apparu paré de grâce mélancolique, rayonnant de jeunesse, avec, au front, l'auréole du génie, son cœur est allé vers lui[1]. La souffrance l'a spiritualisée à tel point, sa pureté morale est si grande, le renoncement lui semble si naturel par l'habitude qu'elle en a, qu'elle s'abandonne sans méfiance au doux sentiment qui la porte vers le délicat poète. Elle ne s'aperçoit pas que, peu à peu, elle s'éprend de l'homme en Tasso, alors qu'elle se croit uniquement touchée par son génie. Elle vit ainsi de paisibles et insouciantes années, inconsciente des progrès que l'amour fait en elle, ignorant également le désir et le mal. Pour l'arracher à sa molle illusion, pour lui révéler à elle-même le secret de son cœur, il faudra la menace du départ de Tasso. Encore ne s'avoue-t-elle pas qu'elle aime le poète d'un amour humain. Mais son émotion quand elle apprend la querelle d'Antonio et de Tasso, la vivacité des remords qu'elle éprouve à la pensée qu'elle en est la cause involontaire[2], ses regrets surtout de devoir renoncer au bonheur si cher de la présence du poète, les efforts que, malgré son instinctive horreur de l'action, elle tente[3] pour retenir Tasso,

1. II, 1, v. 109 et sq. — 2, III, 2. — 3. V, 4.

l'émoi qu'elle ne peut dissimuler quand elle essaye de le convaincre qu'il ne doit pas partir, nous font voir d'évidente façon que l'amour est en elle comme il est en Tasso. — Pour être moins violent en ses manifestations, pour ne pas s'exprimer en cris passionnés ou en plaintes élégiaques, pour ignorer l'émoi du désir matériel, il n'en est pas moins profond. Nous pouvons nous représenter que les suites de l'embrassement de Tasso seront aussi cruelles pour la Princesse que pour le poète. Le geste dont elle repousse son adorateur affolé n'est pas moins tragique pour elle que pour lui. Elle est même plus à plaindre que Tasso, car lui pourra peut-être calmer sa souffrance en la chantant, tandis qu'elle, retombée brusquement à sa solitude morale, elle ne pourra, par son rang et son caractère, trouver d'autre consolation que celle des larmes secrètes[1].

Comme nous le disions en débutant, *Tasso* est donc essentiellement une tragédie d'amour. Considéré en lui-même, le conflit qui la constitue semble avoir une portée sociale. En effet, par son dénouement, au moins au point de vue du dix-huitième siècle, il paraît imposer la conclusion que l'amour ne peut impunément oublier les barrières que les conventions humaines ont dressées entre les classes de la société. Une princesse, si pure qu'elle soit, ne peut, sans danger pour sa sécurité et sa dignité, aimer au-dessous d'elle, et un bourgeois, fût-il comme Tasso grand parmi les poètes, n'a pas le droit d'élever ses regards vers les mortelles fortunées que leur naissance a placées sur les marches d'un trône[2]. — Mais ceci n'est que

1. Cf. A. Stahr, *Gœthes Frauengestalten*, Berlin, 1872, p. 177.
2. On a d'ailleurs prétendu que le véritable prototype de la Princesse fut la duchesse Louise et que dans la catastrophe de son drame Gœthe aurait peint, non pas ce qui fut, mais ce qui aurait pu advenir, s'il n'avait réussi à triompher de la passion que lui avait inspirée à lui-même la femme de son souverain (M. Morris, *Gœthe-Studien*, Berlin, 1902, II, p. 23). Il est possible, assurément, que la duchesse ait fourni plus d'un trait à Gœthe pour la figure de la Léonore d'Este. Nous avons nous-même marqué que Gœthe, au début de son séjour à Weimar, avait montré pour Louise de Weimar une sympathie qui, plus d'une fois, avait, pour s'exprimer, emprunté à la langue de la passion ses images les plus ardentes (Cf. lettres 24 mai 1775, 3 janv. 1776, 14 fév. 1776 ; *Journal*

l'apparence ; pour que nous puissions nous y tenir, il faudrait
que nous ne sachions pas que, de toutes les œuvres de Gœthe,
Tasso est une des plus personnelles, une de celles où il a mis
le plus de sa chair et de son sang[1], et que nous ignorions surtout que le poète a lui-même souligné le rapport intime qu'il
y a entre son œuvre et son amour pour Mme de Stein[2].

En réalité, c'est sa liaison avec cette dernière qui nous donne
la clef du problème amoureux de *Tasso*.

On sait de façon certaine, d'après les indications du *Journal*,
que l'œuvre fut sinon conçue, du moins commencée en 1780.
Le 30 mars, il en établit le plan ; le 14 octobre, il commence
de l'écrire ; le 10 novembre, il lit la première scène à Mme de
Stein et, deux jours plus tard, il annonce l'achèvement du premier acte ; le 15, il se met au deuxième acte. — Détourné de
ce travail par des tâches administratives urgentes, obligé,
comme il le dit, de faire passer la cuisson du pain de munition
avant celle du pain blanc, il l'abandonne momentanément,
quelque regret qu'il en éprouve. Mais, en mars de l'année suivante, il le reprend, et nous le voyons y travailler avec suite
tout le mois d'avril ; puis le silence se fait sur l'œuvre jusqu'en
mars 1787.

Rien ne permet de dire d'une façon certaine si, selon l'hypothèse de Kuno Fischer[3], ce deuxième acte fut complètement

30 oct. 1775). Il est indéniable, par ailleurs, que la jeunesse sans mère de la
Princesse, son effacement, sa gravité un peu triste, son besoin de chercher aux
heures navrées un soulagement dans de discrètes confidences à des amis dévoués
(cf. par exemple, pour les rapports de la duchesse Louise avec Herder et Lavater, El. von Bojanowski, *Louise... von Weimar, op. cit.*), son goût pour les
choses de l'esprit, sa prédilection pour les savants et les artistes, nous rappellent étrangement des traits essentiels de la personnalité de la duchesse Louise.
Mais ce ne sont là que des détails extérieurs, et, si au lieu de considérer les caractères nous envisageons les situations, il ne nous semble guère possible d'admettre l'hypothèse de M. Morris. En 1781, Gœthe ne paraît plus éprouver pour
la duchesse qu'un sentiment de respectueux dévouement (au moins à en juger
d'après sa *Correspondance*) ; sa pensée est toute à Mme de Stein, et c'est d'elle
et de son influence qu'il s'agit avant tout dans *Tasso*.

1. *Eckermann*, 6 mai 1827. — 2. Cf. lettres à Ch. v. Stein, avril, oct.,
nov. 1780. — 3. K. Fischer, *Gœthes Tasso*, Heidelberg, 1890, p. 179.

achevé à ce moment, et s'il contenait déjà les scènes du duel
et de la punition infligée à Tasso ou des scènes analogues. Mais
ce dont il n'est pas possible de douter, c'est que les scènes
d'amour constituaient l'essentiel de ces deux actes primitifs, et
ce qui est non moins certain, c'est que Gœthe, en les écrivant,
avait conscience d'y exprimer ses propres sentiments. « Voyez,
disait-il à Mme de Stein[1], comme l'amour prend soin de votre
poète. Il y a quelques mois, je n'aurais pu composer la scène
que je vais écrire; maintenant, elle coulera sans effort de mon
cœur »; il lui dit encore : « Si vous voulez vous approprier
tout ce que dit Tasso, alors je vous ai aujourd'hui tant écrit
déjà que je n'ai plus rien à vous dire[2] », ou : « Comme invo-
cation à ton adresse, ce que j'ai écrit ce matin est certainement
bon[3] ».

Or, les scènes auxquelles le poète fait allusion sont les premières scènes du deuxième acte. C'est d'abord celle où Tasso
dit à la Princesse l'impression profonde et salutaire qu'elle fit sur
lui quand il la vit pour la première fois : « Ainsi que l'infortuné
qu'égaraient d'enivrantes erreurs est aisément guéri par
l'approche de la divinité au charme de laquelle il s'abandonne,
ainsi je fus guéri de toute folle imagination, de tout désir
malsain, de tout instinct pervers aussitôt que mon regard eut
rencontré le tien. Tandis qu'auparavant mon inexpérience, mes
vœux ardents s'égaraient à la poursuite d'objets infiniment
divers, pour la première fois je rentrai tout confus en moi-
même, j'appris à connaître le bien et à le désirer[4] »; — la
Princesse, de son côté, s'efforce d'y démontrer à Tasso que la
devise de l'homme digne de ce nom doit être non pas comme
le voudrait le poète en son génial égoïsme : « ce qui plaît est
permis », mais « est permis, ce qui est selon la règle », selon
cette règle dont les nobles femmes sont les gardiennes sacrées[5].
C'est encore la scène suivante[6] où Tasso, tout à l'enivrement de
l'aveu déguisé, qu'il a cru apercevoir sous la réserve délicate

----

1. 25 mars 178⁴. — 2. 19 avril. — 3. 23 avril. — 4. II, 1, v. 127-138. —
5. *Ibid.*, v. 257 et 265. — 6. II, 2, v. 30 et 35,

des paroles de sagesse de Léonore d'Este, voyant se lever à ses yeux éblouis l'aurore d'une nouvelle vie, la promesse d'un bonheur qui dépasse ses rêves les plus téméraires, se promet de renoncer et d'apprendre la modération, comme elle le lui a demandé, et nous dit sa volonté de s'abandonner tout entier à elle, car il est sien. « Je suis à elle, elle me formera et je serai sa chose ».

N'avons-nous pas là un écho direct de la grande crise de 1781 qui, nous l'avons vu, décide du caractère des relations de Gœthe et de Mme de Stein? La longue lutte que cette dernière a soutenue contre la passion du poète s'est terminée par une victoire. Le poète se résigne à ne plus exiger ce qu'on lui refuse, à se contenter de ce qu'on lui accorde; après les orages qui si longtemps ont profondément agité son cœur rebelle à la voix de la raison, la paix qui lui vient de son renoncement lui procure, pour le moment au moins, un bonheur inconnu, dont il dit et redit avec ivresse la douceur insoupçonnée. Il s'abandonne lui aussi tout entier aux mains de son amie, il la supplie de le former, de le rendre bon, et nous n'avons pas oublié comment il note, pour lui en faire hommage, les moindres signes des progrès qu'il croit faire, grâce à elle, dans sa lutte contre ses instincts. Comme Tasso, il sent jaillir en lui de nouvelles sources de vie active et bienfaisante.

Le parallélisme est évident entre les sentiments de Gœthe et ceux de son héros, et il est bien vraisemblable de croire que l'*Urtasso* tendait à célébrer essentiellement le triomphe de la raison sur la passion, du cœur sur les sens, de l'esprit de vérité sur l'esprit d'erreur [1]. C'est pourquoi le poète avait mis tout d'abord tant de zèle à travailler à son drame. C'était comme un ami dans le sein duquel il déversait l'excès de son allégresse. « Je rends grâces aux Dieux, écrivait-il à Mme de Stein [2], de m'avoir gratifié du don de résumer en des chants que les hommes rediront les sentiments dont mon âme est émue ».

---

1. « En lisant le livre *de l'Erreur et de la Vérité*, j'eus de belles lumières sur mon propre état » (à Ch. v. Stein, 7 avril 1781).

2. Cf. Schöll-Fielitz, *op. cit.*, I, p. 352, n° 654.

C'est peut-être aussi la raison principale pour laquelle, brusquement, Gœthe abandonna son œuvre. Une fois qu'il y eut exprimé son bonheur en termes idylliques et qu'il lui fallut revenir au drame tel que ses sources, Manso et Muratori, l'y conviaient, il s'en désintéresse. Pour peindre les situations et les sentiments nécessités par l'intrigue tragique de la tradition, il aurait dû les « imaginer », ne les ayant pas encore vécus. En 1781, il croit fermement que son amour pour Mme de Stein sera éternel! Ajoutons que, d'autre part — Tasso étant par ailleurs une sorte de drame de la politique, il nous faut bien tenir compte de cet élément, — il n'a pas encore, à cette époque, bu jusqu'à la lie le calice du pouvoir; les joies que lui procure le gouvernement pèsent encore plus dans la balance que les ennuis qu'il en retire, et à ce point de vue même, pas plus qu'au point de vue sentimental, il n'éprouve le besoin de terminer son drame.

Quand, après une interruption de près de sept années, dans le flanc du bateau qui le mène de Naples en Sicile[1], il reprend le manuscrit de *Tasso*, sa situation et son état d'esprit ont bien changé. Il a secoué la double chaîne des affaires et de l'amour; il s'en est libéré par un « salto mortale » audacieux. Le premier séjour à Rome lui a rendu une seconde jeunesse, et, à Naples, il vient de se griser de lumière, de belles formes harmonieuses, de savourer en gourmand la joie de vivre, comme un malade qui sort à peine d'une périlleuse maladie. En parcourant les feuillets jaunis, où Tasso dit en termes voilés, mais tout frémissants de révoltes contenues, de désirs refoulés, ses joies qu'il veut s'imaginer parfaites, Gœthe a la sensation de pénétrer dans un monde de brumes aux vagues contours[2]; il s'y sent mal à l'aise. Pourtant, ne pouvant se décider à sacrifier une œuvre où il a mis tant de lui-même, il médite un plan nouveau, dans la conviction qu'il ne peut achever son drame dans le sens où il l'a commencé[3].

---

1. Cf. *Ital. Reise*, 3o mars 1787, *Weimar-Ausg.*, B^d 3i, pp. 82, 83. — 2. *Ibid*. — 3. *Ibid.*, 10 janv., 1er fév. 1788, B^d 32, pp. 210, 272.

C'est que, alors, il n'a plus guère d'hésitations sur le rôle qu'il lui convient de jouer dans la vie; il n'a plus d'illusions sur la politique et il sait ce que décidément il doit demander à la femme. Nous nous souvenons que c'est précisément vers l'époque où il revient pour tout de bon à son Tasso (deuxième séjour à Rome) que, se départant de la réserve prudente qu'il a montrée jusque-là dans ses rapports avec les « souris » de Rome, il se décide à suivre les conseils du duc et à ne plus refuser à sa virilité les satisfactions qu'elle réclame. Il peut très bien, sans aucune invraisemblance, avoir conçu, dès ce moment, le dénouement actuel de l'intrigue amoureuse de Tasso, et avoir songé, à cette date déjà, qu'un amour sans espoir, un « amour de tête » peut mener à la folie. Il n'est pas absolument nécessaire d'admettre, nous semble-t-il, que pour imaginer ce dénouement ou plutôt pour en voir la possibilité, Gœthe ait eu besoin de « vivre » l'issue de ses relations avec Mme de Stein.

Sans doute, quand, à Florence, sur le chemin du retour, Gœthe travaille au cinquième acte de son Tasso, il ne pouvait penser que ses rapports avec Mme de Stein allaient prendre une fin si brusque; et sans doute il n'en entrevoyait même pas la possibilité. Si, au lieu de reprendre son fragment où il l'a laissé, il s'attaque d'abord au cinquième acte[1], c'est évidemment, comme il le dit d'ailleurs lui-même, parce que c'est là, en dépeignant le désespoir éprouvé par Tasso de se voir contraint de quitter Ferrare, qu'il peut le mieux traduire la douleur que lui-même ressent à s'éloigner de Rome[2]. Mais pour qu'il ait songé dès lors à exiler son poète, il faut, de toute évidence, qu'il n'éprouve plus de répugnance à donner à ses amours une issue tragique. Et le fait même que, avant son retour à Weimar, il condamne ainsi l'amour du poète, nous est une preuve de plus que lui, de son côté, est résolu à ne plus reprendre docilement le joug de Mme de Stein, dans les conditions au moins

---

1. Cf. Ed. Scheidemantel, *Zur Entstehungsgeschichte von Gœthes Torquato Tasso*, Weimar, 1896, pp. 11 et 12. — 2. Cf. *Ital. Reise*, Weimar-Ausg., Bd 32, Lesarten, pp. 428, 429; lettres au duc, 28 mars; à Bertuch, 5 avril; à Knebel, 24 mai 1788.

où elle le lui faisait porter avant 1786, qu'il n'est plus d'humeur à recommencer de soupirer languissamment aux pieds de la baronne et à se jouer à lui-même la comédie de l'amour satisfait. Il espère retrouver en Mme de Stein une amie tendre, mais il sait à l'avance qu'il ne se prêtera plus au jeu périlleux et morbide de l'amitié amoureuse, il est décidé à ne plus aliéner son indépendance reconquise.

La meilleure preuve nous en est donnée par la facilité avec laquelle il se laisse prendre au charme des yeux rieurs de la petite fleuriste, un mois à peine après son retour à Weimar[1], alors que rien ne pouvait encore lui faire prévoir, avec certitude au moins, que la rupture avec Mme de Stein était prochaine et que chaque tentative de rapprochement n'allait qu'élargir l'abîme qui s'était creusé entre lui et l'ancienne confidente de ses pensées[2].

Et, en fait, *Tasso* est « presque achevé[3] », lorsque l'irréparable se produit. Il n'y manque plus que trois scènes, ces trois scènes qui se jouent de lui, comme des nymphes taquines, qui tantôt le provoquent de leurs sourires et se montrent de près, tantôt font les prudes et se sauvent[4].

Selon une hypothèse très vraisemblable[5], il est probable que ces scènes sont la deuxième du troisième acte, la quatrième et la cinquième du quatrième acte. Or, il n'est guère contestable, nous paraît-il, que la première et la dernière de ces scènes ne dépeignent l'état d'esprit de Mme de Stein et non moins celui de Goethe.

La Princesse dit à Léonore Sanvitale[6], en termes qu'on ne peut imaginer plus touchants, la douleur profonde que lui cause le départ du poète aimé, et nous croyons entendre les lamentations de Mme de Stein elle-même quand nous lisons : « Qu'il parte ! Mais déjà je sens quelle sera la longueur, l'immense tristesse des jours quand je serai privée de ce qui faisait ma joie. Le soleil ne chassera plus de mes paupières sa

---

1. 13 août 1788. — 2. Cf. K. Fischer, *op. cit.*, p. 193. — 3. Cf. à Ch. v. Stein, 8 juin 1789. — 4. A Ch.-Auguste, 6 avril 1789. — 5. Scheidemantel, *op. cit.*, p. 17 et sq. — 6. III, 2, v. 198-237.

brillante image encore embellie dans mes songes ; l'espérance de le voir n'emplira plus d'un doux et joyeux désir mon esprit à peine éveillé ; mon premier regard, là-bas, dans nos jardins, le cherchera vainement sous les humides ombrages. Qu'il se sentait doucement satisfait mon désir de passer avec lui chaque belle soirée ! Comme dans ces entretiens s'augmentait le besoin de se mieux connaître, de mieux se comprendre ! Et chaque jour, nos cœurs s'unissaient, plus doucement, dans une harmonie plus pure. Quelles ombres descendent maintenant devant mes yeux ! La splendeur du soleil, le joyeux sentiment de l'éclat du jour, l'univers qui m'apparaissait radieux en ses multiples spectacles, tout disparaît dans la nuit ténébreuse qui m'environne. Autrefois, chaque journée était pour moi une vie entière ; le souci se taisait, la pensée de l'avenir même ne faisait pas entendre sa voix ; heureux passagers, le fleuve nous emportait sans rames sur ses vagues légères. Maintenant, dans la tristesse de l'heure présente, la peur de l'avenir se glisse secrètement en mon sein. ...Il me fallut l'aimer, parce qu'avec lui je vivais d'une vie inconnue. D'abord, je m'étais dit : « Eloigne-toi de lui. » Je fuyais, je fuyais, et je ne faisais que m'approcher toujours davantage, si doucement attirée, si cruellement punie !... Il est si rare que les hommes trouvent ce qui leur semblait destiné ; si rarement ils conservent ce que leur main, favorisée par la fortune, put saisir une fois... Le bonheur existe, mais nous ne le connaissons pas ; que dis-je ? Nous le connaissons et nous ne savons pas l'estimer. »

Et n'est-ce pas Gœthe lui-même, qui nous avoue[1] le regret de voir se briser le lien qui, si longtemps, lui fut cher plus que tout au monde, de voir l'amie fidèle de tant de jours se détourner de lui, comme les autres ? « Oui, tout me fuit maintenant. Toi aussi !... Toi aussi, Princesse aimée, tu te dérobes à moi !... Oui, elle aussi ! Osé-je le dire ? Je le crois à peine ! Ah ! je le crois et je voudrais me le dissimuler. Elle aussi ! Elle aussi ! »...

----

1. IV, 5, v. 51 et sq.

Nous avons vu que, dans la réalité, Gœthe n'éprouva sans doute pas, de sa rupture avec Mme de Stein, une douleur aussi vive que celle qu'il laisse voir dans cette scène de *Tasso*, mais il est bien probable qu'il ressentit pourtant une mélancolie réelle à voir sombrer au néant, si tristement, un amour qui avait empli dix ans de sa vie. Selon sa coutume, il s'en libère en la confessant. Mais, fait caractéristique, si en dépeignant indirectement les souffrances de Mme de Stein il montre qu'il les comprend et avoue en quelque sorte qu'il regrette de les avoir causées, quand il dit son propre chagrin. il ne semble pas s'accuser comme il l'a fait dans ses précédentes confessions amoureuses. Vis-à-vis de Mme de Stein, il n'a pas les remords qu'il a éprouvés en songeant à Frédérique ou même à Lili. Il ne se sent pas coupable ; il n'accuse que le sort cruel.

Sacrifier Mme de Stein était pour lui, du moment qu'elle lui refusait le droit de vivre selon sa nature, une nécessité pénible, mais fatale.

Si, en jetant les yeux en arrière sur les années passées dans la sujétion de la baronne, il en aperçoit nettement les heures lumineuses, les joies rares, et se plaît à les évoquer, il en voit aussi et surtout, peut-être, les journées sombres, quand le désir affolé déchaînait en lui des crises de passion où il sentait sa raison s'obscurcir. A sonder du regard les abîmes qu'il a côtoyés, il se sent, après coup, pris de vertige. Il se dit que s'il n'avait pas eu son activité politique pour faire contre-poids au dérèglement de son cœur, il aurait peut-être succombé à l'attrait du gouffre, et il se délivre de cette peur en quelque sorte rétrospective en l'extériorisant dans son héros. Celui-ci succombe là où lui-même a triomphé, parce que sa raison est l'esclave et le jouet de sa sensibilité.

Si donc Gœthe composa vraiment, avant la crise suprême de juin 1789, les scènes décisives des quatrième et cinquième actes, où la folie s'empare de l'âme de Tasso et l'égare, cela ne ferait que montrer davantage que ce n'est point seulement dans l'attitude de Mme de Stein, mais dans un changement profond de la conception même que Gœthe se fait alors de l'amour, qu'il faut chercher un des motifs essentiels du dénouement de *Tasso*.

Le poète est victime de la lutte que les conventions mondaines et la réserve de la Princesse l'obligent à soutenir contre lui-même, contre ses sentiments les plus naturels. Mal armé pour résister à ses instincts, il devient leur proie pitoyable, le jour où, sous une poussée de passion, ils brisent le fragile obstacle de l'étiquette qui le tenait éloigné des lèvres de la Princesse. Le baiser fatal qui brise sa vie est une faute bien vénielle, à coup sûr, et on serait en droit de reprocher à Gœthe d'avoir disproportionné le châtiment au crime, s'il avait vraiment donné à l'étiquette une importance aussi excessive, presque monstrueuse ; on serait même justifié à trouver, comme on l'a fait, la Princesse bien mesquine, bien « vieille fille » et « bas-bleu[1] », si elle poussait Tasso à l'abîme, uniquement parce qu'il a oublié qu'elle était princesse avant d'être femme. En réalité, le baiser ne signifie pas seulement l'oubli d'une convention, il est la manifestation extérieure de la folie de Tasso, la marque visible que l'équilibre est définitivement rompu en lui. Mais d'où vient la folie du poète si ce n'est, en dernière analyse, de l'aveuglement de la Princesse ?

C'est là, nous semble-t-il, qu'il faut chercher la leçon finale, qui, au point de vue de l'amour, se dégage de l'œuvre de Gœthe.

Tasso a tort de n'avoir pas su renoncer et le poète le condamne ; mais à regarder moins les faits que les intentions, il paraît, à notre avis, qu'aux yeux de Gœthe lui-même, la Princesse est encore plus coupable que Tasso. Elle a cru à la possibilité de l'amitié amoureuse entre l'homme et la femme ; elle a follement pensé qu'elle pourrait impunément écouter des propos d'amour et tenir elle-même le langage de l'amour[2]

1. Cf. Luther, *Gœthe-Vorträge, op. cit.*, p. 127.
2. Sur l'élément érotique du sentiment de la princesse pour Tasso, cf. A. Kern, *Gœthes Tasso und Kuno Fischer*, Berlin, 1892, p. 52 et sq.

sans en déchaîner les passions et a naïvement supposé que
la « convenance » lui serait un abri sûr contre les emportements naturels de la jeunesse. Elle l'a cru candidement, presque
inconsciemment, et c'est son excuse ; mais elle n'en a moins gravement méconnu la loi primordiale du désir. C'est là son erreur,
sa faute tragique, et c'est en ce sens qu'elle est responsable de
l'égarement de l'infortuné Tasso[1].

Gœthe condamne la conception d'amour qu'elle incarne, et
indirectement il condamne par là même l'attitude de Mme de
Stein à son égard.

Ainsi *Tasso* nous apparaît comme un épisode de la longue
lutte que nous avons vu Gœthe soutenir contre les aberrations
amoureuses, contre la sentimentalité passionnelle, comme une
suite à toutes ces œuvres graves ou plaisantes, où toujours
plus clairement, à mesure que lui-même progressait dans les
voies de la saine nature, il a fait le procès de l'amour faux.

I, 2.

Par un de ses éléments essentiels, *Wilhelm Meister* nous
offre une variation analogue du même thème. Si, comme Gœthe
semble l'indiquer lui-même, l'énigmatique figure de Mignon
représente son aspiration à l'Italie[2], aspiration obscure et sentimentale d'abord, puis toujours plus précise et plus ardente,
plus consciente et plus douloureuse, si même on peut — provisoirement au moins — croire que ce fut dans le plan primitif
sa seule fonction, en fait elle symbolise aussi dans l'œuvre,
sous sa forme définitive, le désir inassouvi. C'est d'avoir aimé
en vain que mourra Mignon. Lorsque Meister l'arrache aux
mains brutales des saltimbanques[3], aussitôt elle s'attache à lui

1. Cf. Ch. Schrempf, *Gœthes Lebensanschauung, op. cit.*, II, p. 172. —
2. Cf. à Ch. v. Stein, 20 juin 1785 ; cf. Eug. Wolff, *Mignon, Ein Beitrag
zur Geschichte des Wilhelm Meister*, München, 1909, particulièrement ch. IV,
VII et IX (p. 207 et sq.). — 3. *Wilhelm Meisters Lehrjahre*, IItes Buch., 4tes
Kapitel.

de toutes les forces de sa petite âme élémentaire. Gœthe a
montré avec beaucoup d'art comment la reconnaissance passionnée du début devient très vite de l'amour, un amour imprécis, équivoque d'abord, un amour d'enfant précoce, mais tout
de suite violent, démonique, avec tous les caractères d'une
force de la Nature, Et bientôt, sous l'influence des spectacles
que lui donnent les comédiens aux mœurs faciles, parmi
lesquels elle vit avec Wilhelm, sous l'action des chansons
libertines qui insinuent en elle le désir, ses sens s'éveillent.
Poussée par un obscur instinct, elle veut se glisser, un soir,
dans le lit de son grand ami; un hasard l'en empêche, une
rivale la devance. Elle a la révélation du mystère d'amour
qu'elle ne faisait que pressentir, et elle qui, jusqu'alors, avait
vécu d'une vie à demi-consciente seulement, ne connaissant
que des joies et des douleurs incomplètes, elle apprend la véritable souffrance[1], Son cœur fragile en reçoit une blessure
inguérissable[2]. Le regret amer de voir Wilhelm dédaigner le
don qu'elle veut lui faire d'elle-même, la douleur de comprendre qu'elle lui est devenue un fardeau dont il semble aspirer à se débarrasser, la jalousie qu'elle éprouve de ses amours
avec d'autres femmes la minent sourdement, épuisent lentement en elle les sources de la vie. Le baiser de fiançailles que
donne devant elle Wilhelm à Thérèse la tue[3].

Assurément, si on considère cette figure de Mignon dans ses
rapports avec Wilhelm, en la voyant disparaître de la vie du
héros du roman presqu'en même temps qu'en disparaît aussi
le harpiste, il est très possible, ainsi que nous le verrons plus
tard, d'y découvrir autre chose qu'un symbole d'amour; mais,
en elle-même, elle nous paraît bien se rattacher à l'inspiration
du *Tasso*. L'amour ne vit que de réalités. Quels que soient
les obstacles qui s'opposent à la satisfaction normale de ses
légitimes et naturels désirs, ceux-ci se vengent toujours cruellement de se voir méconnus.

1. *Lehrj.*, V, 11, 13. — 2. VIII, 2, 3. — 3. *Ibid.*, VIII, 5.

Le désir, d'ailleurs, n'est pas infaillible, il peut porter l'un vers l'autre des êtres qui ne se conviennent pas comme Lothario et Aurélie ; il peut même amener des rapprochements monstrueux comme ceux des parents de Mignon, Augustin et Sperata, le frère et la sœur[1] ; mais si fâcheuses ou tragiques que soient les conséquences de ces égarements, elles ne prouvent rien contre la légitimité du désir en lui-même. Elles marquent tout au plus la nécessité de le surveiller, de le diriger, de l'éduquer. L'erreur doit contribuer à guérir de l'illusion. Avant de trouver l'amour qui lui convient, Wilhelm doit connaître divers amours, l'amour à la fois naïf et roué de Marianne, la sentimentale comédienne, l'amour sensuel de la folle et capricieuse Philine, l'amour imaginatif de la sensible Comtesse, l'amour calme de la sage et active Thérèse. Le hasard bienveillant lui découvre des nuances d'amour qu'il n'éprouve pas par lui-même, l'amour terre-à-terre, l'amour dépoétisé par les difficultés matérielles de la vie, sous la figure de Mme Melina, l'amour fougueux et sombre d'Aurélie, l'amour éthéré, mystique de la « Belle-Ame », l'amour naïvement passionné et larmoyant de Lydie, l'amante délaissée de Lothario[2], l'amour idyllique de la fille du fermier pour le grand seigneur[3]. Enfin, Nathalie, l'amazone dont la svelte silhouette, entrevue par son œil mourant, le poursuit à travers ses nombreuses aventures comme un idéal qu'un instinct secret le pousse à rechercher obstinément, lui apparaît comme l'incarnation de la grâce et de la vertu féminines. C'est dans cet amour, où les besoins des sens et de l'esprit, de la passion et de la raison se trouveront à la fois satisfaits, que son cœur, éduqué à la sagesse par la vie, par ses erreurs et par ses expériences sentimentales trouvera le bonheur rêvé.

Ce n'est pas d'ailleurs Wilhelm seulement que Gœthe mènera au port des joies paisibles. Les autres héros de son roman, eux aussi, auront en fin de compte le bonheur auquel ils tendaient à travers leurs égarements : Lothario épousera Thérèse, Jarno

1. *Lehrj.*, VIII, 9. — 2. VII, 4, 6. — 3. VII, 7.

donnera sa main à Lydie, la coquette Philine elle-même trouvera un tendre mari dans le pétulant Frédérique. Les seules victimes qu'il sacrifie à l'amour sont Marianne, Mignon et Aurélie. Toutes trois disparaissent, parce que, avec des nuances diverses, elles se sont obstinées à demander à l'amour plus qu'il ne pouvait ou ne voulait leur donner, parce qu'elles n'ont pas eu la sagesse de renoncer à un idéal irréalisable. Mignon et Aurélie n'ont pas su se résigner à n'être pas aimées comme elles l'avaient rêvé; Marianne a voulu imprudemment concilier, un temps au moins, l'amour et la galanterie[1].

Si donc nous cherchons à dégager la morale amoureuse des *Années d'apprentissage*, nous pouvons dire, nous semble-t-il, que, aux yeux de l'auteur, le désir est chose sacrée, primordiale, que personne n'y échappe, que les erreurs où il entraîne les hommes ne sont avilissantes pour personne[2], qu'elles ne sont mortelles que pour ceux qui ne savent les reconnaître au moment opportun et qui se refusent à voir les compensations ou les consolations que leur offre un destin bienveillant, qui veulent faire violence à leur nature et à la Nature, et surtout qui ne savent pas voir que l'amour n'est pas la fin suprême de l'homme.

L'amour-passion est dans la vie de l'homme une crise inévitable, que tous subissent en lui offrant une plus ou moins grande résistance, selon que la Nature les a plus ou moins bien armés pour la lutte contre l'instinct, mais dont tous doivent aspirer à triompher pour utiliser leurs forces en vue des fins plus hautes qui semblent réservées à l'activité humaine.

L'union de Wilhelm avec Nathalie, comme le montreront les *Années de voyage*, ne signifie pas l'engourdissement prochain dans la paix du foyer, mais au contraire le début d'une nouvelle existence, d'une vie active et dévouée au bien de la société. Les autres unions qui se concluent à l'issue des *Années d'apprentissage* reposent sur la même vision d'avenir.

1. Cf. Ad. Stahr, *Gœthes Frauengestalten*, Berlin, 1872, II, pp. 48-65.
2. Cf. ce que dit Jarno de Lydie, *Lehrj.*, VIII, 7, Hempel, B^d 17, p. 530.

Ainsi, Gœthe reste fidèle à l'idéal d'amour que nous avons vu se former en lui au cours des dernières années de Weimar, avant l'Italie, et qui s'est toujours précisé davantage à mesure qu'il abjurait plus complètement et plus sincèrement la sentimentalité passée. — En ce sens, on peut dire que *Wilhelm Meister*, plus encore que *Tasso*, marque avec netteté le progrès accompli. *Tasso* ne nous montre encore que les dangers et les conséquences funestes de la fausse sentimentalité ; *Wilhelm Meister* nous indique dans quel sens nous devons chercher le salut et la vérité. *Tasso* ne regardait, en quelque sorte, que le passé ; *Wilhelm Meister* a deux faces, l'une tournée vers la région d'erreur que le héros vient de traverser, l'autre vers les horizons lumineux où se lève la promesse de l'avenir.

Or, si Gœthe peut mener son Wilhelm à la lumière, c'est qu'il y est parvenu lui-même. Au moment où il achève les *Années d'Apprentissage*[1], il vit depuis huit ans selon l'idéal nouveau qu'il a rapporté d'Italie. Il connaît, aux côtés de Christiane, le bonheur d'un amour qui, s'il ne réalise pas dans leur intégralité toutes les nuances de cet idéal, lui a du moins donné les joies saines qu'il demande à l'amour sans porter la moindre atteinte à sa liberté d'action ou de pensée ; il y a trouvé une source d'énergie nouvelle qui, pour être cachée et menue, n'en est pas moins féconde.

De cette source vivifiante ont déjà jailli de délicieux poèmes qui disent, avec une savante ingénuité, la douceur d'aimer selon la Nature et la sagesse, *les Elégies romaines*.

I, 3.

A Rome, nous le savons, il n'avait pu sacrifier à Vénus, comme son désir l'y portait. Certaines particularités de la galanterie romaine, le souci bien entendu de sa santé avaient mis à son ardeur des bornes qui lui semblaient fort inopportunes,

1. Cf. à Schiller, 26 juin 1796.

à en juger d'après ce qu'il nous dit, en termes d'un réalisme
peu équivoque, dans sa lettre au duc du 29 décembre 1787 et
dans la deuxième de ces quatre élégies[1] que, par respect pour
la pudeur de ses compatriotes, il ne livra pas au public. —
Aussi avait-il été ravi, de retour à Weimar, de trouver, contre
toute attente, à portée de sa main, une humble fille qui lui per-
mît de réaliser, sous le ciel maussade de Thuringe, son idéal
romain en toute sécurité et avec une perfection inespérée.
Christiane, qui avait quelque chose d'une Romaine égarée à
Weimar[2], lui était apparue comme un dédommagement que
lui offraient les dieux compatissants.

Tout naturellement, il éprouva un impérieux besoin de
chanter son bonheur. Il en dit d'abord les débuts dans deux délicieuses poésies qui, avec un naturel parfait et une délicatesse
exquise, peignent la longue nuit passée dans l'attente vaine de
la bien-aimée[3], l'amant surprenant son amie endormie, se réjouissant de la voir si belle, si pure dans son sommeil innocent, ne pouvant se décider à l'éveiller et lui laissant sur la
table deux oranges et deux roses, indices discrets de sa furtive
visite[4]. Puis, dans les *Elégies* elles-mêmes, il dépeint les joies
de l'amour triomphant.

On s'est demandé dans quelle mesure Gœthe avait mêlé,
dans ces poésies, le souvenir de ses aventures de Rome à la
peinture de son amour actuel et on a varié d'opinion sur l'identité de l'héroïne principale. Est-ce l'énigmatique Faustine?
Est-ce Christiane[5]? La question est insoluble et peut paraître
oiseuse. Il est possible, il est même certain que, selon son habituel procédé, Gœthe a, pour son tableau total, emprunté des
traits à diverses réalités et qu'il l'a même embelli d'enjolivements tirés de son imagination ou de l'étude des élégiaques

1. M. Mendheim, *Gœthe (Vier unterdrückte Elegien)*, Bibliothek litterarischer
u. kulturhistorischer Seltenheiten, Leipzig, 1904, pp. 44-45. — 2. H. Grimm,
Gœthe Vorlesungen, op. cit., p. 315. — 3. *Morgenklagen.* — 4. *Der Besuch.*
— 5. Cf. Düntzer, *Gœthe lyr. Gedichte erläutert*, Bd III; E. Lichtenberger,
Etude sur les poésies lyriques, op. cit., p. 187 et sq., et H. J. Heller, *Die
antiken Quellen von Gœthes römischen elegischen Dichtungen*, Neue Jahrb,
für Philol. u. Pädagogik, 1863.

romains ; mais la lecture la moins prévenue des *Elégies* montre, d'incontestable façon, que c'est de Christiane qu'il s'agit avant tout dans ces délicats petits poèmes[1]. Seulement, par une fiction poétique ingénieuse, en quelque sorte pour aviver encore son plaisir en imaginant qu'il le goûte à Rome ou, tout simplement, pour dérouter la malignité publique, il transforme Christiane en rieuse romaine. Dans une série de gracieux petits tableaux de genre, il évoque pêle-mêle des scènes voluptueuses, des scènes de jalousie et de reproches[2], l'attente impatiente de la maîtresse désirée, au coin de l'âtre où pétille un feu clair[3], dans la chambre où il a fait l'obscurité en plein jour[4] ; il nous mène à l'auberge où son espiègle et tendre amie, à la barbe de son brave homme d'oncle, qu'elle est si habile à berner, indique, en traçant de son doigt mutin des chiffres dans le vin répandu sur la table, l'heure du rendez-vous imploré[5] ; ou il nous montre le galant prenant plaisamment un épouvantail à moineaux pour l'oncle importun et manquant ainsi un rendez-vous dans la vigne[6].

Qu'importe le degré de vraisemblance des fictions et la part exacte qui, dans ces aventures, revient à Christiane, l'essentiel est le sentiment dominant qui s'en dégage. Or, ce que nous lisons entre les vers des *Elégies*, c'est incontestablement la joie de goûter le plaisir d'amour aux bras d'une créature saine, jeune, rieuse, qui s'est donnée tout entière à son vainqueur, sans réticences et sans mièvrerie[7] ; le ravissement d'avoir enfin trouvé dans la réalité l'idéal qu'il avait incorporé en sa Gretchen, non l'amour inférieur (die niedere Minne), comme on l'a dit dédaigneusement[8], mais l'amour complet, l'amour purement humain. — Sa béatitude est telle que, dépouillant toute pudeur puritaine, il n'hésite pas, malgré sa prudence habituelle, à confier, selon l'exemple de ses illustres devanciers, les élégiaques de Rome, à l'hexamètre et au pentamètre

---

1. Cf *Elég.*, IV, le portrait de l'amante ; VI, l'enfant, la scène de jalousie ; XII, le vers final : « Notre joie ne fait de tort à personne. »
2. *Elég.*, VI. — 3. IX. — 4. XIV. — 5. XV. — 6. XVI. — 7. IV. — 8. Bielschowsky, *Gœthe*, op. cit., I, p. 409.

le secret de sa félicité[1]. Et s'il ne le dit pas plus ouvertement encore, c'est que, malgré tout, il redoute pour son amie, plus encore que pour lui, les effets de l'antique désaccord, si funeste aux amants, entre la Renommée et l'Amour ; ce n'est point par fausse honte. L'amour est une loi sainte que proclament bien haut les mythes antiques[2] et dont la pensée de la mort doit nous montrer qu'il est urgent de se soucier quand il en est temps[3]. — L'amour embellit la vie et lui donne son prix ; sans l'amour, le monde ne serait pas le monde et Rome ne serait pas Rome[4]. — Son amour à lui n'est pas de nature vulgaire ; il ne l'est pas, non seulement parce que, tout en étant une simple fille du peuple, son amie est délicate et a su résister honnêtement aux séductions des bas rouges et violets et des vils entremetteurs dont Rome foisonne[5], mais surtout parce qu'elle lui donne de précieuses leçons de beauté. En la regardant dormir, à caresser du regard la souveraine beauté de ses formes, la noblesse de ses membres délicats, il éprouve « la joie calme de la pure contemplation », il en oublie le désir et regrette que le réveil de l'enfant vienne troubler son extase[6]. » « N'est-ce pas m'instruire que d'observer les contours d'un beau sein et de promener ma main le long des hanches ? Pour la première fois, je comprends vraiment le marbre ; je songe et je compare, je vois d'un œil qui sent, je sens d'une main qui voit[7]. » — La chair vivante achève de lui révéler les secrets de la beauté du marbre ; l'amour complète l'éducation de ses yeux et de son esprit. Bien plus, il inspire sa verve poétique, et souvent, pendant le sommeil de son amie, dans l'asile de ses bras, il a, du bout d'un doigt léger, doucement scandé plus d'un hexamètre sur son dos.

Ce n'est donc point un amour malsain et vil que Gœthe chante dans ses *Elégies* ; c'est un amour purifié par le souci de la beauté. Les rigoristes n'ont point manqué de déplorer que Christiane ait été la conclusion pratique de Rome, et ils ont âprement blâmé Gœthe de n'avoir point tenu secrètes ses ex-

1. *Elég.*, XX. — 2. XII. — 3. X. — 4. I. — 5. VI. — 6. XIII. — 7. V.

périences d'amour païen[1]. — Selon la position que l'on prend
vis-à-vis de la morale ascétique et aussi selon l'opinion qu'on
professe sur le droit de l'artiste à la sincérité, on peut différer
d'avis sur l'opportunité et la valeur des protestations soulevées
par les *Elégies*. Mais il nous semble, pour notre compte, difficile de prétendre que, pour si osés que puissent paraître certains détails, il se dégage de l'ensemble une impression d'immoralité[2]. La naïveté des peintures les rend inoffensives et,
ainsi qu'on l'a très justement dit[3], les *Elégies* ne sont pas
moins pures et innocentes que la nudité de marbre de Vénus.
— Loin d'être un panégyrique de la volupté, elles semblent
un hymne à la Beauté, à la Nature.

C'est de la même inspiration que sont sorties un certain
nombre des *Epigrammes vénitiennes*. Dans la voiture qui lentement le porte vers Venise, ce n'est plus comme jadis la pensée
de Rome qui l'obsède, c'est le regret de la bien-aimée, la
seule joie de sa vie[4]. Mai, avec ses arbres fleuris, sa verdure
naissante, lui paraît moins charmant qu'à l'ordinaire, puisque
des fleurs qu'il prodigue, lui ne peut caresser le sein de son
amie[5], de son humble amie, perle modeste trouvée par hasard
au bord de la mer et que, depuis, il garde précieusement contre son cœur[6]. Lui sur qui, jadis, le Sud exerçait un attrait si
puissant, voit d'un cœur sans désirs le miroitement des flots
et les voiles gonflées au vent, lui qui, mieux que personne, sait
quels trésors renferment les lointaines contrées vers où s'en
vont les vaisseaux rapides, il n'a qu'un souci, aller retrouver
par delà les monts couronnés de neige le trésor qui l'appelle
comme un irrésistible aimant[7]. Si ce bonheur, à qui il doit de

1. Cf., par ex., Rosenkrantz, *Gœthe und seine Werke*, Königsberg, 1856,
p. 232, et Baumgartner, *Gœthe*, op. cit., qui appelle la tendance des *Elégies*
« der Humanismus des Bordells », I, p. 630.
2. Cf. E. Lichtenberger, *op. cit.*, p. 206 et sq.; A. Mézières, *Gœthe*, op. cit.,
I, p. 361 et sq. —3. R. M. Meyer, *Gœthe*, op. cit., p. 213. — 4. *Epigr.*, 3. —
5. 13. — 6. 28.
7. 97 (Strehlke, *Lyr. Ged.*, Hempel, B^d 2, p. 153, dit que « l'aimant » est
Ch.-Auguste. Combien invraisemblable!).

si douces joies, est une erreur, que les dieux ne le détrompent
qu'aux froids rivages du Styx[1]. C'est que la petite amie qu'il
a prise pauvre et nue ne lui a pas seulement donné les plaisirs
de l'amour, elle lui a fait goûter les joies de la paternité[2]. Et
le recueil d'*Epigrammes* nous laissant sur cette impression
d'un amour sanctifié par l'enfant, nous ne sommes pas tentés
d'attacher plus d'importance qu'il ne convient à celles des
épigrammes où Gœthe nous donne à entendre qu'il n'a pas été
insensible aux charmes ondulants des vendeuses d'amour de
la ville des lagunes[3]. Qu'importe qu'il ait pu une fois ou l'autre leur demander d'équivoques distractions à son ennui?

Dans les *Epigrammes* comme dans les *Elégies*, quoique à un
degré moindre, la nuance d'amour qui domine est celle de
l'amour normal, de l'amour sain, considéré comme une noble et légitime nécessité de la Nature.

C'est celui auquel, quelques années plus tard, confortablement installé à un foyer solidement assis, entre le tendre dévouement de Christiane et l'espièglerie d'Auguste grandissant,
le poète rendra un grave et solennel hommage dans *Hermann
et Dorothée*.

Ainsi que nous le verrons plus en détail, *Hermann et Dorothée*, par un de ses aspects essentiels, aboutit à la glorification
du mariage comme *Wilhelm Meister*. Mais il est à remarquer
que, malgré toutes les différences qui séparent les chastes héros de l'épopée de ceux du roman, comme ceux-ci, Hermann et
Dorothée n'arrivent à l'amour assagi qu'après avoir traversé
ou côtoyé au moins la région trouble de la sentimentalité. Dorothée a connu l'amour passionné et, dans ses yeux voilés de
tristesse, elle garde l'image de celui qu'un fol enthousiasme
pour la Révolution a arraché de ses bras. Hermann, de son
côté, a langui et soupiré gauchement pour une jeune coquette,
et il a souffert cruellement d'être dédaigné. Ni Hermann ni
Dorothée n'ont plus la naïveté absolue du cœur. On dirait que

1. *Epigr.*, 100. — 2. 99. — 3. 69, 70, 71.

Gœthe y a vu la condition de la vraie félicité dans le mariage. L'homme n'arrive en amour à la sagesse qu'après avoir connu l'erreur ou du moins les épreuves de la passion.

Quoiqu'il en soit, il apparaît bien que, à l'époque où nous en sommes de sa vie, la sagesse est pour Gœthe dans le mariage, c'est-à-dire, en dernière analyse, dans l'ordre, dans la soumission à la loi[1].

II, 1.

L'idée de l'ordre et de la loi se retrouve au fond de toutes les œuvres de Gœthe, qu'on peut appeler les *Œuvres politiques*, c'est-à-dire de celles où, comme dans *Tasso* ou *Wilhelm Meister* ou dans *Hermann et Dorothée* et le *Conte*, il définit les rapports de l'individu et de la société et marque l'idéal qu'il se fait de la société de l'avenir, et de celles où, comme dans les *Epigrammes véniliennes* et dans les drames ou comédies inspirées par la Révolution française, il exprime son opinion sur les événements contemporains.

---

1. Sa libre liaison avec Christiane ne saurait fournir une objection à cette conclusion. Du jour où il avait installé à son foyer la mère de son enfant, il l'avait considérée comme sa compagne légitime. Il avait coutume chaque année de célébrer, le 12 juillet, ce qu'il appelait l'anniversaire de son mariage. En juillet 1796, il écrit à Schiller : « Voilà huit ans que je suis marié. » Comme, cette année même, il conseillait à un ami de se marier et qu'on lui demandait pourquoi lui-même n'en donnait pas l'exemple, il répondit gravement : « Je suis marié, seulement sans cérémonie », et, quand en 1806, après que Christiane, nouvelle Dorothée, lui eût sauvé la vie, lors du sac de la ville par les Français, il se résoudra à l'épouser enfin, nous l'entendrons répondre aux félicitations qu'on lui adressait : « Elle a toujours été ma femme. » Si, comme nous le verrons au moment opportun, il est facile d'apercevoir les raisons qui le décidèrent alors à ce pas décisif, il est moins aisé de comprendre pourquoi il différa si longtemps — dix-huit ans — de donner officiellement son nom à Christiane. Parmi toutes les hypothèses possibles, la plus vraisemblable nous paraît être que Gœthe ne voulut pas, précisément par tendresse pour elle, exposer Christiane directement aux dédains de la société où son titre et son rang l'eussent forcée de faire figure officielle. En 1806, même, il aura grand'peine encore à l'imposer au monde de Weimar (Cf. Klein, *Gœthes kleine Freundin u. Frau*, op. cit., p. 129 et sq.

La Révolution, nous l'avons marqué, avait dès ses débuts paru très fâcheuse à Gœthe. Les témoignages que nous avons pu relever dans sa *Correspondance* sur les sentiments qu'elle lui inspire au premier abord, nous ont montré, par leur rareté même, que s'il ne s'en était certes pas désintéressé, c'était un des sujets dont il n'aimait pas à s'entretenir, parce qu'il lui était désagréable. Il n'y trouvait que matière à réflexions tristes ou angoissantes. Or, comme sa mère, il ne s'attardait pas volontiers à déplorer ce qu'il ne pouvait empêcher. Pourtant, comme nous nous en souvenons, les progrès de la Révolution, la part personnelle qu'il avait dû prendre, à deux reprises, à la guerre qu'elle avait déchaînée, l'avaient forcé de regarder les faits en face.

Dès 1790, il avait, dans les *Epigrammes vénitiennes*, souligné l'aversion que lui causaient les démagogues, les soi-disant apôtres de la liberté qui, sous couleur de libérer le peuple, ne cherchent que l'arbitraire pour eux-mêmes[1], pour les énergumènes qui s'en vont pérorant dans les rues et sur les places de France[2], et abusent la foule ignorante et crédule[3].

Quand les événements tragiques s'étaient précipités et avaient dépassé en horreur les prévisions les plus pessimistes, les impressions qu'il en avait retirées avaient été si fortes que, contrairement à son habitude de ne transformer en poésie que les états d'âme qu'il avait dépassés, il cherche à s'en libérer tout de suite en les déposant dans de faciles œuvres de circonstance. C'est ainsi qu'il écrivit, dans une succession rapide, le *Grand-Cophte*, le *Citoyen Général*, les *Révoltés*, la *Jeune fille d'Oberkirch*, les *Entretiens des émigrés allemands*, sans compter le *Voyage des fils de Megaprazon* et son adaptation de *Reineke Fuchs*. Ces œuvres sont fort inégales par l'intérêt qu'elles offrent et leur valeur propre ; quelques-unes mêmes peuvent paraître, du point de vue esthétique, franchement médiocres, mais elles nous sont d'autant plus précieuses que, nées du moment, elles reflètent plus sincèrement l'état d'esprit

1. *Epigr.*, 51. — 2. 58. — 3. 56.

du poète sous l'action des faits du jour et complètent heureusement les données trop rares de la *Correspondance* et des *Annales*.

En écrivant ses comédies ou ses nouvelles, Gœthe ne voulait pas seulement calmer ses inquiétudes ou s'en distraire[1] et fournir le répertoire de la scène de Weimar[2], il prétendait aussi faire œuvre de bonne et saine politique[3]. Il caressait l'epoir de mettre ses contemporains en garde contre les chimères révolutionnaires et leurs faux prophètes, en les ridiculisant.

Dans l'impudent barbier de village Schnaps[4] qui, affublé d'un uniforme français joue au Citoyen-Général, il montre un représentant grotesque des Jacobins. Il personnifie leur rapacité, leur vanité, leur insolence qu'ils déguisent mal sous le manteau d'hypocrisie, où flamboient en grandes lettres aveuglantes les mots menteurs de liberté et d'égalité. Ils ne connaissent qu'une liberté, celle qui leur permet d'assouvir impunément leur appétit de jouissances, qu'une égalité, celle qui hausse leur médiocrité boursouflée au rang des gens qui leur sont supérieurs par l'intelligence et le mérite. Toute leur force vient de la bêtise ou de la lâcheté de leurs dupes. Le plat de laitage que Schnaps prend de force au stupide Märten[5] devient symbolique des classes de la société et de leur exploitation éhontée par les gens de la Terreur. La crème, c'est l'élite qui a la richesse ; le petit-lait, c'est le tiers ; le pain représente les nobles, possesseurs de terres grasses, et le sucre, le clergé. Le Citoyen-Général mêlant le tout et n'en voulant faire qu'une bouchée, c'est la Révolution ou, plutôt ce sont les révolutionnaires bouleversant tout l'ordre social et profitant du trouble général pour satisfaire leur appétit aux dépens de leurs victimes, qu'ils choisissent dans tous les partis.

Les apôtres de la liberté qui paraissaient dans les *Révoltés*[6] ne sont pas de vulgaires escrocs, de ridicules fantoches comme

---

1. Cf. *Camp. de France*, Hempel, B^d 25, pp. 173-174. — 2. A Reichardt, 29 juillet 1792. — 3. A Bertuch, 6 juin 1793. — 4. *Der Bürgergeneral.* — 5. Scène 9. — 6. *Die Aufgeregten.*

Schnaps. Ce sont un chirurgien-barbier qui a servi sous
Frédéric II et qui a des manières et de l'expérience, un précepteur dans une famille noble, jeune ecclésiastique intelligent. Les
paysans qui se lèvent à leur appel contre leurs seigneurs ne
sont pas des simples d'esprit comme Märten. Mais le chirurgien et le précepteur sont poussés à prendre la tête du mouvement révolutionnaire dans leur village, beaucoup moins,
semble-t-il, par une conviction sincère que pour des motifs
égoïstes. Le précepteur donne l'impression de se passionner
pour les idées subversives moins pour leur beauté propre, que
par haine des privilèges dont il est exclu, que par le sentiment que sa situation est inférieure à son mérite. Il semble
d'ailleurs plus hardi en paroles qu'en actions. S'il est capable,
dans une minute d'emportement, d'excès de langage comme
celui qui le fait chasser du château, s'il affirme bien haut sa
farouche résolution de se venger de ses maîtres ingrats[1], il se
montre peu rassuré en songeant aux conséquences de la révolte
pour les insurgés, et, en réalité, d'après le schème du dernier
acte, malgré les solennelles promesses qu'il a faites au chirurgien, il se terre ou disparaît quand les paysans marchent à
l'assaut du château. C'est un fanfaron de paroles. — Breme
von Bremenfeld, le chirurgien, montre plus de décision et de
courage. Il joue jusqu'au bout le rôle qu'il a assumé ; c'est
lui qui mène les révoltés en armes, mais pas plus que le précepteur, il n'est guidé par l'amour vrai et désintéressé de la
cause qu'il a prise en main. Il est vaniteux ; il est fier de son
autorité sur les paysans ; leur admiration pour son génie le
flatte délicieusement ; il renchérit volontiers lui-même sur les
éloges qu'on lui décerne ; mais la gloire de jouer un grand
rôle ne lui fait pas oublier ses petits intérêts personnels, et,
après la victoire, il espère bien se faire payer assez grassement
par la commune les services qu'il lui aura rendus[2]. Entre
Schnaps et lui, il y a un air de famille. S'il est infiniment
supérieur, par l'éducation et la tenue, au Citoyen-Général, s'il

1. *Die Aufgeregten*, IV, 2. — 2. I, 7.

a de la lecture et connaît sur le bout des doigts son *Theatrum Europäum*[1], s'il a la langue plus subtile, sa pensée, toutes proportions gardées, n'est guère plus élevée et plus lucide que celle du barbier. Il admire à la fois les révolutionnaires français et Frédéric II ; il voudrait que tous les vrais démocrates adorent, comme leurs saints, Frédéric II et Joseph II ; le plus beau titre de sa gloire passée, est, à ses yeux, d'avoir été distingué à deux reprises par Frédéric[2]. Il a le respect inné de l'autorité et l'âme d'un courtisan. En réalité, il est de ces gens qui, ainsi que le dit la sage Louise, ne se font les champions de la liberté et de l'égalité que pour faire une exception en leur faveur et pour jouer un rôle, quel qu'il soit[3]. Il n'aime la cause qu'il soutient que pour l'importance qu'elle lui donne et pour les avantages qu'il escompte qu'elle lui rapportera.

La *Jeune fille d'Oberkirch*[4], autant qu'on peut en juger par les intentions qui se dégagent des deux scènes réalisées, nous aurait de même, sans doute, montré la tyrannie de la populace envieuse, l'acharnement haineux des Jacobins, cupides et sanguinaires, à poursuivre les honnêtes gens sans trêve et sans pitié.

Dans son introduction aux *Entretiens d'émigrés allemands*[5], Gœthe souligne à nouveau l'insupportable hypocrisie des meneurs révolutionnaires. Tout en ayant sans cesse à la bouche les grands mots de loi et de liberté ceux-ci sont les pires des despotes et des oppresseurs[6] ; dans leur inintelligence du monde et d'eux-mêmes, ils prennent au sérieux le rôle à la fois sinistre et ridicule qu'ils jouent, incapables de prévoir que le peuple dont ils déchaînent les instincts se retournera contre eux et les écrasera comme des bêtes malfaisantes, quand, une fois l'orage passé, on verra qu'ils ont contribué à en rendre les dégâts plus graves[7].

Dans *Hermann et Dorothée* encore, Gœthe rappellera, avec une indignation attristée les excès de la tourbe révolution-

1. IV, 1. — 2. I, 6. — 3. II, 4. — 4. *Das Mädchen von Oberkirch*, cf. *Weimar-Ausg.*, B^d 18, pp. 81-89. — 5. *Unterhaltungen deutscher Ausgewanderten*, Hempel, B^d 16. — 6. *Ibid.*, p. 31. — 7. *Ibid.*, p. 33.

naire, altérée de pouvoir, sanguinaire, bassement jouisseuse et cupide[1].

Egoïsme et rapacité, étroitesse de vues, défaut absolu de sens politique, mesquinerie et vilenie des sentiments, voilà pour Gœthe les moindres défauts des apôtres de la liberté et de l'égalité.

Ils symbolisent à ses yeux l'anarchie, le désordre, le déchaînement hideux des appétits vulgaires, le mépris de toute tradition, la destruction de l'ordre social et l'incapacité de reconstruire sur les ruines. C'est pourquoi il les déteste et les condamne en bloc. Si parfois il lui arrive de concéder qu'il peut y avoir parmi eux des gens de tête et de cœur[2], c'est pour mieux souligner que ce sont des dévoyés et pour mieux marquer leur impuissance.

Cette sévérité de son jugement nous paraît d'autant plus caractéristique, que Gœthe n'était pas insensible à la part de vérité que lui semblaient contenir les revendications révolutionnaires, et que, à l'occasion, il marque lui-même avec assez de netteté les tares de l'ancien régime.

Malgré l'aversion que, déjà en 1790, il éprouve pour les démagogues, il ne peut s'empêcher d'avouer que leurs déclamations ne sont pas toutes creuses et qu'elles comportent une leçon utile. « Ces gens-là sont fous, dites-vous des orateurs virulents que nous entendons pérorer bien haut sur les places et dans les rues de France. A moi aussi, ils me semblent fous; mais un fou en liberté débite de sages maximes, tandis que la sagesse, hélas! se tait dans l'esclave[3] ». Et il y avait aux environs de 1789 tant de choses à dire, tant d'avertissements à donner? L'histoire du Collier n'en avait-elle pas été une preuve éclatante! Nous avons noté l'impression de stupeur que produisit ce procès sur Gœthe[4]. L'acquittement du cardinal de Rohan, l'acharnement surtout avec lequel l'opinion et une

---

1. Chant VI, v. 1132 et sq. — 2. *Unterhaltungen...*, *op. cit.*, p. 34. — 3. *Epigr.*, n° 58. — 4. *Tag. = und Jahreshefte*, 1789.

partie des juges s'attaquèrent à la réputation de la reine, lui
avaient paru des marques certaines que la monarchie française
était vouée à sa perte. Il avait eu comme une vision prophétique de la révolution prochaine et de ses horreurs, et c'est de
l'angoisse qu'il en avait éprouvée que serait sorti le *Grand-
Cophte*. Si, dans cette comédie, on peut apercevoir d'autres
intérêts que l'intérêt politique ; si, par exemple, on peut y voir,
à côté de l'étude curieuse d'une personnalité originale comme
celle de Cagliostro, une satire d'ordre général contre les charlatans qui abusent de la crédulité humaine et l'exploitent sans
vergogne à leur profit, une satire aussi de la soif maladive de
mystère et d'erreur, si répandue en cette fin de siècle, et qui
seule rend possible les succès inouis d'un Joseph Balsamo, ou,
dit Gœthe lui-même, d'un Lavater[1] ; si même il est possible d'y
voir un reflet des désillusions que la Franc-maçonnerie avait
causées au poète[2], il n'en est pas moins vrai que l'intérêt politique domine la pièce entière. On peut regretter, du point de
vue esthétique, que l'action elle-même ne le souligne pas avec
assez de netteté[3], mais ce que nous savons des origines du drame
ne nous permet guère de douter des intentions de l'auteur. La
cohue d'intrigants, de voleurs, de naïfs, qui, complices ou
victimes, s'agitent, pitoyables pantins, au bout des ficelles que
tient le Grand-Cophte symbolisent la corruption, l'absence de
sens moral, la soif d'or et de jouissance de la noblesse et du
clergé à la veille de la Révolution. Un personnage semble, au
premier abord, échapper à la condamnation générale. Le jeune
chevalier vaut mieux que le monde où il vit ; il se sent pris
dans un réseau d'imposture, il se débat pour y échapper, il
cherche à pénétrer le jeu mystérieux et criminel de ses compagnons ; il se révolte contre la morale du Chanoine qui lui
enseigne que la sagesse consiste à tirer profit de la folie des
autres, sans chercher à les en guérir, car jamais un fou n'a su
gré à son guérisseur de l'arracher à son illusion[4] ; il a la fran-

1. Cf. R. M. Meyer, *Gœthe*, p. 216 ; Rosenkranz, *Gœthe, op. cit.*, p. 243
et sq. — 2. Pietsch, *Gœthe als Freimaurer, op. cit.*, p. 41. — 3. Bielschowsky,
Gœthe, II, p. 45. — 4. Cf. III, 5.

chise de dire au Grand-Cophte lui-même ses soupçons injurieux[1]; mais malgré ses accès de vertueuse indignation, nous le
voyons au quatrième acte se convertir avec une singulière facilité à la doctrine de l'égoïsme et de l'intérêt bien entendu qu'il
repoussait naguère avec tant de fougue[2]. Il se résout sans doute
à aller révéler au Ministre l'odieux complot de ses indignes
amis, mais c'est moins par vertu que par le désir de se venger
de la Nièce qu'il aimait, qu'il croyait pure et en qui il ne
voit plus qu'une comparse éhontée; c'est aussi après avoir
longuement délibéré avec lui-même et s'être rendu compte qu'il
servirait mieux ses propres intérêts en dénonçant l'intrigue
qu'en cherchant à tirer le Chanoine de son erreur. Au dénouement amené par ses révélations, il ne peut que baisser la tête
et rougir quand la Nièce lui reproche avec un mépris cinglant
d'avoir acheté sa fortune d'une trahison intéressée[3]. La corruption générale est telle que les âmes qui pourraient être nobles
en sont elles-mêmes atteintes.

Malgré l'imprécision des données politiques, le *Grand-Cophte*
nous prouve donc déjà que Gœthe voyait bien dans l'immoralité des hautes classes une des causes essentielles de la Révolution.

C'est la même conviction qu'il exprimera plus tard[4] dans la
Fille Naturelle. Ici encore, il montrera la soif de l'or, l'appétit
de jouissances, l'égoïsme effréné, viciant les consciences et les
poussant au crime.

C'est par intérêt, pour ne pas perdre une partie de l'héritage
paternel impatiemment attendu que le fils du Duc veut faire
disparaître sa sœur illégitime, Eugénie; c'est par intérêt que le
machiavélique Secrétaire se fait l'âme du complot qui doit
perdre la malheureuse, et que la Gouvernante d'Eugénie,
malgré son affection pour son élève et les protestations de sa
conscience, sera entre les mains du Secrétaire, son amant, un
instrument docile. « Ma bien-aimée, dit le Secrétaire[5] à sa trop
scrupuleuse maîtresse qui, tout d'abord, ne semble pas com-

1. III, 6. — 2. IV, 8. — 3. V, 8. — 4. 1799-1803. — 5. II, 1.

prendre le prix de l'argent, tu parles bien légèrement de la valeur des biens de la terre, comme si ces murs qui te séparent du monde étaient ceux d'un cloître. Jette les yeux au dehors : là on apprécie mieux de si nobles trésors. Le père les envie au fils, le fils compte les années de son père ; un droit incertain divise les frères et une haine mortelle les jette l'un contre l'autre. Le prêtre lui-même oublie le but où il devrait tendre, et il poursuit l'or. Agir selon son caprice est le bonheur du riche. Il résiste aux exigences de la Nature, à la voix de la justice, de la raison. Ne posséder que le nécessaire serait la pauvreté. Ce qui nous est utile est notre loi suprême ». Et plus encore que le Secrétaire, le Prêtre nous fait descendre dans les abîmes d'une âme dont le besoin de jouir s'empara, quand il nous explique comment et pourquoi il prête l'appui de son autorité à l'infâme complot dirigé contre l'innocente Eugénie [1]. Il vivait jadis, modeste curé, heureux de sa pauvreté, ne connaissant que les joies sereines du jardinage et la satisfaction intime de répandre autour de lui les bienfaits de la parole divine, d'être à la fois un père et un ami pour ses paroissiens. Or, un jour, la tentation, sous les traits du Secrétaire, est venue frapper à sa porte ; il n'a su y résister, et depuis il n'est plus qu'un esclave, il a pris une âme vile où la soif de pouvoir et d'honneurs grandit inextinguible ; il connaît le regret, mais il ignore le remords ; sans hésiter, il se fait solidaire d'un crime dont il voit toute l'atrocité, parce qu'il compte que la récompense sera proportionnée au service qu'il rend. La conduite du Duc lui-même est dictée par l'intérêt, non pas assurément par un intérêt vil et méprisable comme celui sous l'empire duquel agissent son fils, le Secrétaire ou l'Abbé ; mais s'il se rapproche du Roi, c'est moins par la conviction qu'il fera ainsi œuvre bonne et utile du point de vue général que parce qu'il y voit le seul moyen de procurer à sa fille naturelle les droits et les privilèges de la légitimité. Il jouit à l'avance des triomphes d'Eugénie à la cour, il en oublie ses

1. III, 1.

griefs contre le Roi, il est prêt à trahir la cause du parti aristocratique dont il est le chef[1]. Pour le rappeler à ses devoirs,
il faudra la disparition tragique d'Eugénie et la poussée des
événements[2]. Il n'est pas jusqu'au Conseiller qui, au moins
dans la partie réalisée du drame, ne semble, malgré la noblesse
de son attitude, légitimer l'arbitraire égoïste en en montrant la
nécessité fatale. A la Gouvernante qui cherche à lui prouver
que la cruauté dont on fait preuve à l'égard d'Eugénie était
indispensable au bien même de l'Etat, il répond avec une résignation triste : « Je ne conteste guère les droits des puissants,
qui peuvent se permettre une telle action. Hélas ! ils sont eux
aussi enchaînés et contraints. Ils agissent rarement par libre
conviction. Le souci, la crainte de plus grands maux arrachent
à ceux qui gouvernent des actes injustes, mais utiles[3] ». Et
comme lui, le Peuple, le Gouverneur, l'Abbesse, s'inclinent
devant la puissance souveraine de l'arbitraire, qui peut impunément vouloir et faire le mal[4]. Le Roi, qui devrait être le
refuge de la justice, est bon, généreux, mais il ne peut rien
contre la discorde hypocrite, contre les puissances qui devraient
obéir à sa voix pour travailler au bonheur commun, mais qui
s'appliquent, par vanité ou par intérêt, à saper traîtreusement les
bases du trône pour s'élever sur ses débris. Il ne peut que
soupirer sur la vanité de ses intentions pures, sur son impuissance à réaliser le bien qu'il conçoit, et dire les craintes qu'il
éprouve de ne pouvoir conjurer l'orage, dont il voit monter la
menace à l'horizon[5].

La société française est sourdement minée par l'égoïsme.
Grands et petits ne connaissent d'autres mobiles à leurs actes.
L'impudence avide des grands n'a d'égale que la lâcheté intéressée des petits. Le Moine dont le regard prophétique pénètre
l'avenir, voit la magnifique apparence prête à s'écrouler en
informes débris[6].

<hr>

1. III, 4. — 2. Cf. Hempel, B^d 10, p. 113 : *Schema zur Fortsetzung*, I, 3, et
Jubil. Ausg., B^d 12, 2tes Schema, I, 3, p. 361. — 3. IV, 1. — 4. V, 1, 2, 4.
— 5. I, 5. — 6. V, 7.

Mais ce n'est pas en France seulement que l'immoralité des classes dirigeantes apparaît à Gœthe dangereuse pour l'ordre social.

En Allemagne même, bien des nobles sont inférieurs à leur mission. S'ils sont en général moins corrompus que leurs voisins de France, ils ne sont guère moins légers et moins imprudents. Ils tremblent et s'indignent de voir les idées françaises pénétrer dans la masse du peuple et les troubler eux-mêmes dans leur quiétude. Mais à qui incombe la responsabilité de l'état d'esprit nouveau de la foule si ce n'est à eux? « Les grands ont longtemps parlé la langue des Français; ils estimaient peu l'homme à qui elle n'était pas familière; maintenant tout le peuple ravi bégaye la langue des Francs. Hommes puissants, ne vous fâchez pas! ce qui arrive, vous l'avez voulu[1]! »

Le Baron des *Révoltés* est un type de noble comme il s'en rencontrait beaucoup en Allemagne à la fin du dix-huitième siècle. Il est grand amateur de belles filles, et tandis que la révolte qui gronde autour du château devient chaque jour plus menaçante, il n'a qu'un souci : faire la cour à Caroline, la fille du chirurgien. La Révolution n'est à ses yeux qu'une farce dont il s'amuse. C'est lui qui a l'idée de parodier l'Assemblée nationale, et, au milieu des passions populaires, qu'il prend un diabolique plaisir à déchaîner et à aggraver, son unique pensée est de se rapprocher de Caroline et de lui conter fleurette[2]. Selon un mot piquant et juste, « au besoin, il abandonnerait tous ses droits pour garder le droit du seigneur[3]. »

Dans la galerie si riche des représentants de la noblesse que nous offre *Wilhelm Meister*, nous trouvons plus d'un aristocrate qui rappelle le Baron et sa facile morale. Dans le château du Comte où Gœthe mène son héros au quatrième livre, nous voyons dans un brouhaha de fêtes et dans un décor

---

1. *Epig.*, n⁰ 59. — 2. Cf. *die Aufgeregten*, Hempel, B^d 10, p. 275, Schème de l'acte III. — 3. Mézières, *op. cit.*, I, p. 457.

luxueux tout un monde de nobles personnages, aux manières élégantes, au langage distingué, s'agiter avec l'assurance et la désinvolture que donnent le rang et la richesse. Mais leurs pensées sont futiles, légères, comme leurs mœurs; ils vivent pour leur plaisir et l'apparence; leurs soucis les plus graves sont l'amour et le théâtre. Officiers, coureurs de cotillons, grandes dames coquettes avec effronterie comme la Baronne, ou avec une pointe de sentimentalité comme la Comtesse, grands seigneurs qui jouent aux Mécènes, comme le Baron et le Comte, tous vivent uniquement occupés à jouir de l'existence que leur naissance leur a faite facile et dorée. Ils ignorent le peuple et sa misère, ils ignorent leur temps, et si la Révolution venait heurter rudement à leur porte, ainsi qu'elle a frappé à celle de leurs cousins de France, comme ceux-ci ils fuiraient apeurés devant la gueuse, choqués de ses façons brutales, et ils emporteraient jusque dans l'exil leurs mesquines vanités, leurs incoercibles préjugés et leurs cartes à jouer.

Pourtant, il faut nous hâter de le dire, ce type d'aristocrate insouciant est rare dans les œuvres de Gœthe directement nées de la Révolution, La gravité des événements ne permet guère l'indifférence et force les nobles comme les simples bourgeois à prendre parti pour ou contre les idées nouvelles.

Frédérique, la jeune Comtesse des *Révoltés*, représente l'aristocratie intransigeante qui ne veut rien céder de ses privilèges héréditaires. Elle a l'âme ardente, le geste brusque, des allures hautaines et un orgueil sans bornes. Pour elle, le peuple est toujours la canaille qu'elle n'aurait pas le moindre scrupule à cravacher ou à fusiller comme les lièvres et les perdrix qu'elle massacre sans pitié à travers les moissons encore sur pied[1]. Elle tient le Bailli au bout de son fusil de chasse et a grand peine à s'empêcher d'abattre comme un chien le fourbe aux menées tortueuses[2]. Ne sait-elle pas que sa noblesse et son argent lui assurent l'impunité? Quand les paysans ameutés par

1. II, 5. — 2. IV, 2.

le Chirurgien montent à l'assaut du château, bien qu'elle ait entre les mains le document qui reconnaît leurs droits et qu'il lui suffirait de le leur montrer pour les calmer, en dépit des efforts de sa mère, elle se refuse à rester au château pour ne pas avoir l'air de céder à la force[1]. Son orgueil lui interdit d'accepter jusqu'aux apparences d'une capitulation. — Avec moins de fougue juvénile, mais non moins d'entêtement, la Comtesse de la *Jeune fille d'Oberkirch* aurait sans aucun doute représenté l'orgueil de caste dans son inébranlable âpreté. L'idée que son neveu, le Baron, veut épouser Marie, une fille du peuple à son service, la plonge dans la stupeur, et nous la sentons résolue à ne jamais donner son consentement à une mésalliance.

A côté de ces nobles, incapables de la moindre concession aux temps nouveaux, il y a ceux qui, au contraire, inclinent à sympathiser avec les idées révolutionnaires. Charles, le neveu de la Baronne des *Entretiens*, s'est laissé séduire par les charmes trompeurs de cette beauté captieuse qui, sous le nom de Liberté, avait su gagner le cœur de tant de naïfs. Il se réjouit sincèrement des progrès de la Révolution, malgré les dommages matériels qui en résultent pour les siens et pour lui-même; il espère des bouleversements présents guérison et vie nouvelle pour le vieux corps malade de l'Etat actuel. Il aperçoit bien les défauts des Jacobins, leur inintelligence, leur ignorance absolue d'eux-mêmes et du monde, mais il les excuse pour leur passé de servitude et de souffrance et s'efforce de montrer qu'il est en tout cas injuste de les condamner en bloc, parce qu'il y a parmi eux des hommes de valeur capables de sagesse et d'idées généreuses. Poussé par les contradictions du Conseiller, conservateur convaincu, à dévoiler le fond de sa pensée, il va jusqu'à dire que non seulement il souhaite de tout cœur le succès des armes françaises, mais qu'il ne serait pas fâché de voir mettre à la raison les plus insolents des aristocrates allemands[2]. On peut prévoir le jour où il donnera à la

---

1. Cf. Schème, acte V. — 2. Cf. *Unterhaltungen*, Hempel, B^d 16, pp. 29, 32, 33, 35.

cause de la Révolution plus que de vaines sympathies. C'est ce qu'a déjà risqué le Baron de la *Jeune fille d'Oberkirch*. Non seulement lui n'a pas fui devant la Révolution, mais il lui a donné des gages, il s'est déclaré pour elle.

Fait caractéristique, Gœthe semble vouloir indiquer que c'est là une inutile folie. Que retire le jeune Baron de ses avances à la Révolution? Sans doute, il a pu par là rendre des services appréciables à ses parents en sauvant une grande partie de leur fortune[1], mais il commence à craindre les excès de ses nouveaux amis; les nouvelles de Paris l'inquiètent. Et ce qu'il ne fait que pressentir, ce qu'il n'ose s'avouer, sa tante et son ami Manner le voient clairement pour lui et le lui disent sans détours[2]. Pour les révolutionnaires, malgré la sympathie qu'il témoigne à leur cause, malgré la nouvelle preuve qu'il veut leur donner de sa sincérité en épousant une fille du peuple, il sera toujours le « Baron ». On ne lui saura pas gré de son abaissement volontaire, bien plus, on lui en fera un crime, car on y verra de la condescendance injurieuse ou un calcul d'astucieuse politique. Les Jacobins qui veulent détruire verront toujours en lui celui qui veut conserver.

La morale qui en résulte est que, une fois le monstre déchaîné, il n'y a qu'à le laisser épuiser sa fureur, il est vain de vouloir essayer de le diriger en lui faisant des concessions. Que les nobles d'Allemagne profitent de la leçon et qu'ils comprennent leur devoir et leur intérêt.

Leur intérêt et leur devoir s'accordent. Ils doivent s'appliquer à reconnaître dans l'esprit nouveau qui souffle de France en tempête, ce qu'il y a de juste et de bon, et lui faire, alors qu'il en est temps encore, les sacrifices nécessaires.

Le peuple, dit Gœthe, est plus digne de pitié que de blâme; « il est la mince feuille de métal qui entre l'enclume et le marteau se tord et se déforme sous les coups incertains dirigés au hasard[3] ». La foule ne sait pas se gouverner toute seule; c'es

1. *Jubil-Ausg.*, B^d 15, p. 123. — 2. *Ibid.*, p. 127. — 3. *Epig.*, n° 14.

que personne ne le lui a appris[1]. Sous prétexte qu'elle est inepte et farouche, on se croit autorisé à la tromper. Sottise, s'écrie Gœthe : « Ineptes et farouches sont tous les ignorants qu'on dupe ; soyez seulement honnêtes et vous amènerez la populace à l'humanité[2]. »

« Amener la populace à l'humanité », voilà, aux yeux de Gœthe, le vrai rôle de la noblesse, la meilleure sauvegarde contre les bouleversements sociaux.

C'est ce que nous disent surtout la Comtesse des *Révoltés* et aussi les nobles du cercle de Lothario dans les *Années d'apprentissage*.

Lorsqu'il écrit le *Citoyen Général*[3], la menace de l'envahissement de l'Allemagne par les idées révolutionnaires est encore vague ; le poète ne la prend pas très au sérieux. Il croit qu'il suffit de mettre le peuple en garde contre la vanité creuse des chimères d'Outre-Rhin, en lui en montrant le ridicule et en lui rappelant ses devoirs immédiats[4] : cultiver tranquillement et méthodiquement son champ, tenir sa maison en ordre, ne tourner les yeux vers l'horizon politique que les jours de fête et les dimanches ; le reste de la semaine, on a assez à faire de chercher à se procurer à soi et aux siens de légitimes avantages. Il estime d'ailleurs nécessaire aussi de souligner les devoirs des classes dirigeantes. Que le Prince et les grands se considèrent comme les serviteurs du pays, fait-il dire au gentilhomme ; qu'ils s'efforcent de faire régner entre les classes l'esprit de bienveillance réciproque ; qu'ils tiennent la main à ce que personne ne soit empêché d'exercer son activité selon ses goûts et ses aptitudes ; qu'ils travaillent à répandre les idées et les connaissances utiles, et alors, ils ne verront pas se former des partis séditieux. L'attention qu'excitera ce qui se passe dans le monde n'aura point de répercussion fâcheuse sur l'esprit du peuple ; le ciel restera serein en dépit des éclairs dévastateurs qui traversent les nuages amoncelés à l'horizon ; qu'ils évitent

_____

1. *Epigr.*, 52. — 2. *Ibid.*, 56. — 3. Avril 1793. — 4. *Der Bürgergeneral*, Hempel, B^d 10, sc. 14, p. 242.

de susciter les colères par des ordres maladroits et des punitions intempestives, et alors on n'aura rien à craindre de la cocarde tricolore et du bonnet phrygien.

Mais à peine avait-il ainsi exprimé sa foi en la sagesse allemande, que sans doute il se rendit compte que les faits donnaient chaque jour des démentis à son optimisme, et **qu'il était vain** d'espérer que de platoniques appels à la modération **suffiraient** à détourner la menace des revendications populaires. Il voyait autour de lui la folie monter rapidement dans les cerveaux les plus sages et les gens les plus pondérés se griser toujours davantage à la lecture des journaux qui faisaient pénétrer jusque dans les coins les plus paisibles les troublantes nouvelles de France[1]. Il comprit qu'il était urgent d'inviter la noblesse à regarder la situation bien en face et à opposer à l'invasion des principes de désordre autre chose que la fragile barrière des conseils paternels.

Il faut qu'elle reconnaisse, non pas seulement en paroles mais effectivement, les droits de ceux à qui jusqu'ici elle n'a parlé que de leurs devoirs.

II, 2.

Dans ses *Révoltés* il lui montre que ce n'est point là pour elle un idéal inaccessible. Déjà le Prince a reconnu que le peuple était injustement opprimé et, souvent, il a condamné avec force l'iniquité de la noblesse et a blâmé de façon formelle la lenteur des procès, les chicanes des avocats et des gens de justice[2]. S'il ne peut réaliser le bien qu'il veut, c'est qu'il est prisonnier des aristocrates. Que ceux-ci donc commencent par se réformer, qu'ils suivent l'exemple de la Comtesse. Cette noble femme s'efforce en toutes choses d'être juste et bonne. Si elle n'était pas seulement la représentante des intérêts de son fils, si elle était libre de ses actes comme de ses opinions, il y a

1. Cf. *die Aufgeregten*, I, 2. — 2. I, 7; IV, 2.

longtemps qu'auraient disparu les causes mesquines du conflit qui divise le château et les communes, et qui entretient dans le pays un dangereux malaise[1]; il y a longtemps qu'elle aurait écouté son cœur et sa raison qui lui conseillent la générosité et qu'elle aurait renoncé à faire valoir un droit apparent qui repose sur une réelle injustice[2]. L'annonce que le pays s'agite ne l'inquiète pas, car elle a l'espoir qu'elle saura trouver dans son propre sentiment de l'équité des raisons d'apaisement[3]. Et bientôt elle nous révèle directement toute la vraie noblesse de son âme et le libéralisme de ses idées. Depuis, dit-elle à son ami le Conseiller[4], qu'elle a vu les méfaits de l'injustice, de l'égoïsme surtout, qui tandis que les actions généreuses sont purement personnelles, lui, est en quelque sorte héréditaire, elle s'est promis d'éviter pour son compte toute action qui lui semblera contraire au bon droit; elle a résolu de dire hautement parmi les siens, dans la société, à la cour, à la ville, sa façon de penser, de dénoncer sans peur toutes les iniquités. Au risque de se voir infliger le nom odieux de démocrate, elle ne veut plus souffrir aucune petitesse sous une apparente grandeur. Dans la réunion publique indiquée par le schème du troisième acte, elle aurait représenté la « Souveraine » dont l'autorité doit être amoindrie, et qui, personnellement, par ses inclinations libérales, est disposée à céder. Et, en fait, nous la voyons à l'acte IV sincèrement préoccupée de retrouver le document qui établit les droits des paysans[5]. Le schème du cinquième acte ne nous permet pas de comprendre les raisons pour lesquelles elle cède à la violence de sa fille Frédérique et consent à s'enfuir du château, mais il est dit que c'est contre son gré. Personne, en tout cas, ne devait se réjouir plus qu'elle de voir le conflit se résoudre d'une façon pacifique et si conforme à sa morale[6].

Malgré la sincérité de son libéralisme actuel, la Comtesse peut toutefois donner l'impression que son idéal de justice est

1. II, 1. — 2. II, 2. — 3. II, 5. — 4. III, 1. — 5. IV, 7.

6. Cf. le mot de Gœthe à Eckermann, disant que les *Révoltés* et surtout les déclarations de la Comtesse contiennent en quelque sorte son *credo* politique au temps de la Révolution (4 janv. 1824).

né moins d'un mouvement spontané de son âme que du spectacle des événements. Ne dit-elle pas elle-même que jadis elle s'inquiétait moins des torts des favoris de la fortune, qu'elle avait longtemps pensé que le monde pouvait marcher tel quel, et que les riches n'avaient qu'à se féliciter de leurs privilèges? Elle est sage, sans doute, de tirer des faits du jour la leçon qu'ils comportent, et il serait à souhaiter que beaucoup de ses pairs suivissent son exemple; mais le fait que sa vertu peut paraître faite de nécessité en diminue un peu le mérite et risque, dans une certaine mesure, d'en atténuer la salutaire portée.

L'altruisme de Lothario, dans les *Années d'apprentissage*, ne peut même pas être effleuré de ce soupçon. C'est de lui-même, et sans qu'aucune contrainte extérieure semble s'imposer à son esprit, qu'il songe à réformer le régime de la propriété sur ses domaines[1]. Sans rien abandonner de ses droits légitimes, il veut renoncer en faveur de ses paysans, dont le travail lui est indispensable, aux privilèges qui ne lui sont qu'agréables. Il lui paraît simplement équitable, même au prix de sacrifices passagers, de faire profiter des progrès des temps ceux qui peinent avec lui et pour lui. Jadis il a cru que ce n'était qu'au delà des mers qu'il trouverait un champ assez vaste pour son activité. Mais il a reconnu qu'il y a assez à corriger dans la vieille Europe pour qu'un esprit actif puisse utilement s'y exercer. « C'est ici ou nulle part qu'est l'Amérique[2] ». Abandonner par dégoût ou par résignation ce qu'on possède est vain et immoral, mais sacrifier volontairement une partie de son bien en vue d'une activité plus féconde et plus juste est noble et sage. La joie de posséder n'est pas complète pour lui s'il n'y joint celle de posséder légitimement. Bien qu'il n'y soit pas forcé, il veut que ses biens soient, comme ceux du paysan, astreints à l'impôt. L'égalité des charges fait seule à ses yeux l'égalité des droits[3].

1. *Lehrj.*, Hempel, B[d] 17, VII, 3, p. 4o6. — 2. *Ibid.*, p. 4o7. — 3. *Ibid.*, VIII, 2, pp. 475, 476; cf. F. Gregorovius, *Gœthes Wilhelm Meister in seinen socialistischen Elementen*, Schwäb-Hall, 1855, p. 78 et sq.; J. Schubert, *Die philosophischen Grundgedanken in Gœthes Wilhelm Meister*, Leipzig, 1896, chap. v, die Sozialaristokratie der Lehrjahre, p. 58 et sq.

L'intelligente grandeur de ces vues est encore rehaussée, en contraste, par l'égoïsme de la propriété telle que la conçoit le négociant Werner qui, ne songeant qu'à ses propres intérêts ou tout au plus à ceux de sa famille, avoue ingénûment que l'idée de l'Etat et des devoirs de l'individu vis-à-vis de la communauté est pour lui toute nouvelle[1].

La charité active de Nathalie n'est autre chose que l'idée de solidarité de Lothario adaptée à la nature féminine. Dès son enfance, elle a eu le sentiment très vif des infirmités, des misères humaines, et elle a éprouvé le besoin d'y porter remède. L'instinct de charité s'est développé en elle, spontanément, presqu'en même temps que la conscience de sa personnalité[2]; sa bienfaisance se manifeste non pas sous la forme égoïste de l'aumône indifférente, mais sous la forme du secours direct, personnel, qui prouve à celui qui le reçoit que celui qui le donne y met un peu de son cœur. — Thérèse, avec toutes ses qualités précieuses de ménagère, avec son amour méticuleux de l'ordre, son sens pratique si avisé, n'est auprès d'elle, selon le mot de Lydie, qu'une « très intéressante personne[3] ». Elle a quelque chose de sec et de viril. Sa charité n'a pas l'élan cordial qui distingue celle de Nathalie; elle est voulue et un peu raide. Toutefois, si ce caractère rationnel de sa bienfaisance diminue la grâce de son activité altruiste, elle n'ôte rien de son prix. Thérèse est digne de figurer à côté de Lothario et de Nathalie dans la galerie des bons nobles de *Wilhelm Meister*.

C'est de cette noblesse éclairée que Gœthe attend le salut. C'est l'état d'esprit qu'il lui prête, qu'il voudrait voir se répandre en Allemagne. — Le jour où la noblesse allemande s'inspirerait de l'exemple de Lothario, l'Allemagne n'aurait plus rien à craindre de l'esprit révolutionnaire. Sous sa direction et en s'inspirant de sa conduite, le peuple s'élèverait par degrés à une plus haute humanité, à la conception de la solidarité des efforts individuels en vue du bien commun. Une sage et pacifique évolution ferait peu à peu et plus sûre-

---

1. *Lehrj.*, VIII, 2, p. 476. — 2 VIII, 3, pp. 493-494. — 3. VII, 4, p. 414.

ment ce que la Révolution veut réaliser d'un coup par la violence.

La Noblesse est-elle seule appelée, dans son élite, à cette haute mission de l'éducation de la masse? La bourgeoisie paraît-elle à Gœthe indigne d'y participer? A côté du héros principal, que nous nous réservons d'étudier plus en détail à une autre place, le seul type de bourgeois un peu développé que nous rencontrions dans *Wilhelm Meister* est Werner. Avec son visage maigre, son long nez, son crâne chauve, sa voix criarde, sa poitrine plate, son dos voûté, ses joues blafardes[1], il personnifie le commerçant qui ne connaît d'autre ambition que celle d'amasser beaucoup d'or. Il ne s'accorde d'autre plaisir qu'une partie de cartes le soir après dîner; sa petite vanité trouve son compte dans la coquetterie de sa femme, et quand il lui arrive de rêver de l'avenir de ses enfants, c'est pour se les imaginer assis comme lui derrière un comptoir, courbés sur des chiffres. Incapable d'idées générales, il ne connaît, nous l'avons vu, qu'un intérêt, le sien; il n'est sensible qu'à une poésie, celle de la spéculation. C'est une âme médiocre, un esprit vulgaire, et s'il contribue à l'œuvre de culture, c'est indirectement et involontairement en tant que producteur de richesse. — Le père de Wilhelm, dont la silhouette se profile assez nette sur le fond de toile du premier livre, n'est pas beaucoup plus sympathique. Il aime le luxe, mais moins pour le plaisir qu'il y trouve que par désir de montrer sa richesse[2]; quand il reçoit des amis, c'est plutôt pour les éblouir de sa vaisselle plate que par cordialité et esprit de société. Vis-à-vis de ses enfants il est inutilement tyrannique; il leur mesure parcimonieusement le plaisir, sous prétexte de leur en faire mieux sentir le prix[3]; il croit de bonne éducation de ne pas leur laisser voir qu'il les aime, de ne pas rire avec eux, au besoin de leur gâter leurs joies pour leur apprendre la modération[4]; il cache soigneusement le plaisir que peuvent lui causer leurs aptitudes naturel-

1. VIII, 1, p. 468. — 2. I, 2, pp. 11, 28. — 3. I, 4, p. 33. — 4. I, 5, p. 37.

les et il s'applique à les critiquer plus souvent qu'à les louer[1]. Il n'a pas le moindre sens pour les plaisirs délicats de la vie ; à la mort de son père, grand amateur d'œuvres d'art, il se hâte de convertir en argent la riche collection que celui-ci avait réunie à grand'peine et à grands frais[2] ; il ne peut comprendre la passion de son fils pour le théâtre. — L'idéal du père de Werner n'est pas plus élevé. Il jouit mieux de la vie que le vieux Meister, mais les plaisirs qu'il s'accorde sont sans beauté ; toute son ambition, sa journée d'obscur labeur terminée, est de bien manger et de mieux boire[3]. L'un comme l'autre, d'ailleurs, s'accordent pour aimer l'argent, et tous deux mènent une vie terne, sans horizon.

Le riche négociant d'*Hermann et Dorothée* est, à cet égard, leur proche parent. Sa maison neuve est la plus belle de la ville[4] et il mène grande vie. Il se promène avec ses trois filles, orgueilleusement étalé dans un beau landau ; le dimanche, on joue chez lui la comédie ou même l'opéra et les petits commis viennent y faire la roue. Il a les manières et l'âme d'un parvenu ; il ne vit que pour l'ostentation[5]. — Il y a plus de bon sens, de saine raison et de cœur chez les braves bourgeois que nous trouvons à l'auberge du Lion d'or, devisant gravement des événements du jour sur les bancs de bois de la porte cochère ou dans l'ombre fraîche de la petite salle, autour de la table brune, en face des « Römer » verdâtres, où le vin du Rhin met sa couronne de perles. Ils symbolisent les défauts et les vertus de la classe moyenne.

L'Aubergiste, le père d'Hermann, est un honnête homme qui a vaillamment joué son rôle dans la vie. Il n'a pas hésité jadis à jeter les bases de son bonheur domestique sur les ruines encore fumantes de sa maison incendiée[6] ; depuis, il a lentement, à force de travail et d'ordre, acquis une imposante aisance. Mais il a, lui aussi, quoique à un degré moindre que son voisin d'en face, le négociant, un des défauts essentiels du

1. I, 6, p. 37. — 2. I, 11, p. 54. — 3. I, 11, p. 55. — 4. Ch. III, v. 567. — 5. Cf. Ch. II, v. 425 et sq. — 6. Ch. II, v. 325 et sq.

parvenu : l'égoïsme. Il a un sentiment exagéré de ses mérites ; devant tout à lui-même, il ramène tout à lui. Il écarte avec précaution de son moi aimé tout ce qui pourrait troubler sa quiétude et son bien-être. Il redoute la guerre ; le spectacle de la douleur d'autrui lui est odieux[1] ; il se serait bien gardé d'aller, comme ses concitoyens, voir sur la chaussée le défilé lamentable des fugitifs chassés de leurs foyers par la Révolution et de leur porter lui-même un adoucissement à leurs maux. S'il s'irrite de voir son fils, timide, gauche, sauvage[2], insensible à l'attrait des voyages, sans ambition ; si, surtout, il s'indigne tant à la pensée que, au lieu de la bru rêvée, de la jeune fille riche, musicienne, aux manières distinguées, Hermann pourrait, avec ses goûts de valet de ferme, lui amener une fille de paysan, quelque vachère[3], c'est, semble-t-il, moins encore par un souci vrai de l'intérêt du jeune homme que pour la désillusion et l'humiliation que lui-même en aurait. Considérant ce qu'il était et ce qu'il est devenu, il se dit que si son père lui avait donné une instruction comme celle qu'il a lui-même assurée à Hermann, il ne serait certes pas un simple aubergiste[4]. Il aurait voulu au moins avoir la consolation de voir ses ambitions réalisées par son fils[5]. Il éprouve une grande amertume d'avoir dû renoncer à l'espoir de voir celui-ci s'élever plus haut que lui dans l'échelle sociale par son seul mérite, et c'est pourquoi il est dur en ses propos et partial en ses jugements quand il parle d'Hermann. Qu'au moins, ce benêt se laisse marier richement ! Aussi est-il cruellement déçu quand il le voit, non seulement refuser l'héritière qu'il lui a proposée, mais émettre la prétention impie de faire passer ses propres préférences avant les convenances paternelles. Sa stupeur se change en colère indignée quand il apprend que la bru que sa femme et ses amis, de concert avec son fils, veulent lui imposer, est une pauvre fille, fugitive, sans sou ni maille. Tous ses rêves orgueilleux d'avenir s'écroulent ; il connaît la

---

1. Ch. I, v. 153. — 2. *Ibid.*, v. 206 et sq., et Ch. II, p. 460 et sq. — 3. Ch. II, v. 475 et sq. — 4. Ch. II, v. 469 et sq.
5. Cf. sa théorie du progrès, Ch. III, vv. 487-529.

plus grande désillusion de sa vie[1]. S'il finit par accorder son consentement au mariage de son fils avec Dorothée, c'est à contre-cœur, et, malgré le baiser attendri qu'il donne à cette dernière[2], nous pouvons penser qu'il ne se consolera pas de sitôt de la mésalliance de son fils, et que, plus d'une fois, il fera porter aux jeunes époux le poids de la grande défaite qu'ils auront infligée à son amour-propre et à son égoïsme. Certes, Gœthe a atténué, dans une large mesure, les traits déplaisants de ce caractère. Il a jeté sur cet égoïsme un voile de bonhomie qui en adoucit à l'œil les aspérités. Sa tendresse pour sa robe de chambre à grands ramages[3], la naïveté un peu comique avec laquelle, en toute occasion, il laisse paraître son contentement de lui-même, nous réconcilient avec lui, en nous faisant sourire. Sa femme, d'ailleurs, nous prévient qu'il est moins redoutable qu'il n'en a l'air. Quand il parle si fort et contredit d'un ton si tranchant ses interlocuteurs, c'est surtout après table, quand le bon vin, pour lequel il a une particulière tendresse, échauffe ses esprits. Mais, vers le soir, quand il a repris son sang-froid, il devient plus doux, plus maniable, il est même capable de reconnaître ses torts et de les regretter[4]. Ses dehors sont plus bourrus que son âme ; il fait plus de bruit que de mal, et avec de la patience et de l'astuce, on réussit toujours à lui faire entendre raison. Ces excuses, toutefois, soulignent ses défauts plus encore qu'elles ne les pallient, car elles nous montrent que ses emportements sont quotidiens et qu'en somme il est malaisé à vivre[5]. Ce gros homme violent que nous nous imaginons volontiers apoplectique est donc en réalité, malgré ses qualités, un type de « philistin » assez médiocre et un peu ridicule[6].

Le Pharmacien nous offre une nuance moins sympathique encore de l'égoïsme bourgeois. Célibataire endurci, il est plus amoureux de sa petite personne et plus gonflé de son

1. Ch. V. — 2. Ch. IX, v. 1952. — 3. Ch. I, v. 32 et sq. — 4. Ch. IV, v. 835 et sq.

5. Cf. ce qu'Hermann dit de son père, Ch. IV, 753 et sq., et VIII, 1639 et sq.

6. Cf. P. Stapfer, *Gœthe et ses deux Chefs-d'œuvre classiques*, Paris, 1882 (Hermann et Dorothée), p. 240.

importance que l'aubergiste du Lion d'or. Il est bon, serviable et sensible, a-t-on dit[1]. Sans doute, il court voir le défilé des émigrants ; mais s'il affronte, pour aller jusqu'à la chaussée où ils défilent, la chaleur torride et la poussière, c'est par curiosité bien plutôt que par sympathie, et s'il paraît si ému du pitoyable spectacle qui s'est offert à ses yeux, s'il trouve pour le décrire des accents si pathétiques[2], c'est moins par une pitié désintéressée que par un égoïste retour sur lui-même.

Il frissonne à la pensée que lui aussi pourrait, un jour, comme les infortunés émigrants, être obligé d'abandonner sa chère maison et ses herbiers précieux[3] ; il se félicite d'être seul dans la vie, par ces temps incertains, de n'avoir ni femme ni enfants dont il devrait assurer le salut avant de penser à lui-même[4]. S'il est le premier à proposer d'aller prendre des renseignements sur Dorothée, c'est moins par serviabilité vraie que par « besoin d'agitation, d'ingérence, d'ubiquité[5] », par le désir de prouver sa prudence et la sûreté de son jugement[6]. Il n'éprouve qu'un médiocre plaisir à voir Hermann demander au pasteur de se joindre à lui, car son importance en sera diminuée[7]. C'est de ce besoin presque maladif de s'étaler, de se faire valoir que vient la jalousie qu'il porte au riche marchand[8]. Jadis, sa pharmacie de l'Ange était, avec l'auberge du Lion-d'Or, la plus belle maison de la ville, son jardin était renommé. Mais maintenant, il est écrasé par le luxe de son opulent voisin ; il se sent rapetissé, humilié ; il laisse pousser l'herbe dans ses allées droites et s'écailler les mendiants de pierre et les nains coloriés, qui en faisaient l'ornement, depuis que toute l'admiration de la ville va au jardin anglais du marchand. De temps à autre, l'idée lui vient de faire quelque réparation ou quelque enjolivement chez lui, mais il recule à la pensée qu'il lui faudrait donner aux ouvriers d'aujourd'hui, si rapaces, un peu de son or qu'il garde précieusement[9]. Car, —

1. J.-J. Weiss, *Essai sur Hermann et Dorothée*, Thèse, Paris, 1856, p. 36. — 2. Ch. I, v. 102 et sq. — 3. Ch. I, 75. — 4. Ch. II, 295. — 5. Stapfer, *op. cit.*, p. 243. — 6. Ch. V, v. 930. — 7. Ch. VI, v. 1252. — 8. Ch. III, v. 566 et sq. — 9. *Ibid.*, v. 592.

ce trait complète sa physionomie, — il est avare ; il l'est presque sordidement. Quand il va avec le pasteur au campement des émigrants, il a bien garde d'emporter de l'argent sur lui ; tandis que le pasteur tire de sa bourse une pièce d'or, lui n'a à distribuer aux malheureux que quelques prises de tabac[1]. Et qu'on n'aille pas croire que, ainsi que son compagnon, il a tantôt vidé ses poches au passage du cortège sur la chaussée, — il n'eût certes pas manqué de nous le faire savoir. Assurément, bien qu'il aime peu les hommes et les juge sans indulgence, il n'est pas méchant, lui non plus, et son égoïsme est si naïf, si ridicule même, qu'il n'est presque plus odieux ; mais son âme n'en est pas moins étriquée et falote et sa vie inutile.

À ces types d'égoïstes plus ou moins mesquins, Gœthe oppose les deux figures attachantes du Pasteur et de la femme de l'aubergiste.

Cette dernière est un modèle de toutes les vertus domestiques. Epouse indulgente, sincèrement attachée à son mari, malgré ses défauts, mère aimante et perspicace, ménagère diligente et économe, esprit clair, conscience droite, elle est vraiment l'idéal de la bourgeoise moyenne. Son horizon n'est pas vaste, mais elle remplit complètement le cercle de son activité. Dorothée fait, sans le savoir, le portrait de cette brave femme, quand, en termes un peu sentencieux, elle définit le rôle de la femme[2] telle qu'elle le comprend. La femme doit apprendre de bonne heure à servir, car c'est sa destinée. Ce n'est qu'en servant qu'elle arrive à exercer la souveraineté, le pouvoir qui lui reviennent à la maison. Sœur, elle sert déjà ses frères ; fille, elle sert ses parents. Toute sa vie, elle va, vient, soutient, supporte, prépare, travaille pour autrui. Le bonheur consiste pour elle à s'habituer à ce rôle, à ne trouver jamais trop rude le chemin qu'elle suit, à ne point faire de différence entre les heures de la nuit et celles du jour, à ne mépriser aucun travail, à ne trouver aucune aiguille trop fine, à s'oublier elle-même et à n'aimer vivre que dans les autres.

---

1. Ch. VI, v. 1300. — 2. Ch. VII, v. 1250 et sq.

— Le Pasteur est, lui aussi, un modèle de belle humanité ; sa sagesse n'est pas très vieille, mais son expérience des hommes s'est mûrie aux leçons des livres sacrés et profanes[1], elle est souriante dans sa gravité ; il a la foi dans la bonté foncière de la nature humaine[2] ; pratiquant une large tolérance, il croit à la légitimité de tous les bons instincts, c'est-à-dire de tous ceux qui sont conformes à la Nature et à la raison, il comprend également l'esprit de curiosité et de progrès qui pousse l'homme au mieux ou au nouveau, et l'esprit de conservation et de mesure qui inspire au paysan son fervent amour de la terre et qui garde les bourgeois des petites villes des ambitions démesurées[3]. Lui-même sait se contenter de la condition modeste que le sort lui a assignée dans une petite ville, bien qu'il se souvienne, non sans une pointe d'attendrissement et d'orgueil, du temps où, à Strasbourg, il menait grand train les chevaux de son élève, le jeune baron[4]. Comme la mère d'Hermann, il trouve sa joie dans l'accomplissement de son devoir quotidien, qui est de prêcher aux hommes l'union et l'amour, de leur enseigner à aimer la vie et à ne pas craindre la mort.

Mais il semble que Gœthe ait tenu à montrer qu'à cet homme sage qu'est le Pasteur et à cette brave femme qu'est la mère d'Hermann, il manque quelque chose cependant, pour qu'ils soient tout à fait à la hauteur de leur mission humaine. Malgré toutes leurs vertus, leur conception de la vie a une légère teinte d'égoïsme.

La mère d'Hermann ne vit que pour son mari et pour son fils. Elle est charitable, certes, et de la meilleure façon, ses larges aumônes aux émigrants nous le prouvent ; mais c'est par instinctive bonté plutôt que par le sentiment que la charité est un devoir social. Elle ne sait pas davantage s'élever à l'idée générale de la patrie. Ce n'est pas elle qui penserait à envoyer son fils à la frontière pour la défense du pays. Les déclarations belliqueuses d'Hermann la trouvent indifférente et sceptique[5]. Elle croit que son Hermann est, comme elle, fait

1. Ch. I, 78 et sq. — 2. Ch. I, v. 84 et sq. — 3. Ch. V, v. 854 et sq. — 4. Ch. VI, v. 1395 et sq. — 5. Ch. IV, v. 717 et sq.

pour l'activité paisible auprès du foyer. Le Pasteur, de son côté, pour si supérieur qu'il paraisse à sa digne amie et par la culture de son esprit et par la portée de ses idées, ne donne pas à la société tout ce qu'elle serait en droit d'attendre de lui. Il ne lui ménage pas ses conseils et la fait profiter de sa sagesse, mais c'est là, en quelque sorte, une activité négative. Il vit seul, il n'a point eu le souci de fonder une famille. Il n'a de valeur que pour le présent; il ne travaille pas vraiment à préparer l'avenir. Malgré tout ce que ce caractère a de sympathique et de noble, nous ne pouvons croire que ce soit par un simple hasard que Gœthe a fait du Pasteur un célibataire. Comment, à l'époque où toutes ses œuvres aboutissent à une glorification du mariage, aurait-il, sans le vouloir, donné à cette figure idéale cette imperfection? Il nous semble, au contraire, que la forme d'égoïsme qu'il prête au Pasteur souligne avec une plus grande netteté encore l'intention secrète de son œuvre. Après les différentes formes de l'égoïsme bourgeois qu'il nous a fait voir dans le pharmacien, l'aubergiste et sa femme, s'il tient à nous en montrer cette nuance si atténuée, n'est-ce pas, pourrait-on croire, pour nous faire mieux apercevoir la leçon de morale sociale qui se dégage de l'union d'Hermann et de Dorothée?

Leur amour est viril et sain; il est, dès l'abord, ennobli par l'idée de la famille; il ne l'est pas moins par la conscience des devoirs envers la patrie qu'éveille dans l'âme lente d'Hermann son héroïque fiancée. — La vue des émigrés fuyant misérablement devant l'ennemi l'a ému et l'a fait regretter, dit-il à sa mère[1], de n'avoir pas été compris dans le nombre des jeunes soldats fournis par la ville. Il brûle, affirme-t-il, du désir de vivre et de mourir pour la patrie, d'opposer à l'envahisseur le rempart de sa large poitrine. Mais, à ce moment, il se fait illusion, ainsi que sa mère perspicace le force de l'avouer; ce n'est point le patriotisme vrai qui lui inspire son dessein, mais bien la lassitude qu'il ressent de la vie solitaire et humiliée

1. Ch, IV, v. 668 et sq.

qu'il mène sous le joug despotique de son père. S'il veut partir pour la frontière, c'est sous l'empire d'une révolte de son amour-propre froissé, c'est par le désir de montrer que lui aussi est sensible à l'honneur et capable de nobles ambitions, c'est par désespoir de se voir refuser le droit d'aimer celle que son cœur a choisie d'un élan instinctif. Et, en effet, quand sa bonne mère a réussi à briser l'opposition farouche de l'hôtelier, son humeur batailleuse se calme vite, et tout de suite il oublie ses généreuses résolutions, il ne songe plus qu'à son amour. Mais lorsque Dorothée, au moment des fiançailles, explique la présence à son doigt d'un anneau d'or[1], quand elle raconte l'histoire de son premier fiancé et montre celui-ci n'hésitant pas à la quitter, à sacrifier leur jeune amour pour courir à Paris prêter aux défenseurs de la liberté l'appui de son bras et de sa vaillante pensée, Hermann sent son âme se gonfler sous l'empire d'un sentiment nouveau[2]. Il comprend la grandeur du sacrifice à une noble cause. Des horizons insoupçonnés se découvrent à ses yeux éblouis. Il voit la vraie beauté de la vie de famille; elle n'est pas seulement dans la jouissance timorée d'un bonheur égoïste; elle est dans l'accomplissement joyeux et viril du devoir, de tous les devoirs, des plus doux comme des plus redoutables; elle est dans l'esprit d'abnégation qu'elle inspire et qui sait, aux heures tragiques, aller jusqu'au sacrifice du bonheur particulier pour la défense du bonheur commun. Hermann, dans son réalisme pratique, ne conçoit certes pas, comme le premier fiancé de Dorothée, la nécessité du dévouement à l'idée pure; la pensée ne lui viendrait pas de quitter les siens pour se jeter dans une lutte où un devoir impérieux ne l'appellerait pas. Mais si, quelque jour, son foyer et le sol de la patrie venaient à être menacés, il n'hésiterait pas à voler à la rencontre de l'ennemi. Il demanderait lui-même à sa femme de lui tendre ses armes. — Celle-ci de son côté, qui a vibré à l'unisson de son siècle, qui a jadis partagé les folles illusions qui ont arraché de ses bras son premier fiancé, qui a

1. Ch. IX, v. 1972 et sq. — 2. *Ibid.*, v. 2015 et sq.

sans doute dansé avec lui autour de l'arbre de la liberté, a conservé dans tout son être quelque chose du frisson autrefois éprouvé. Les excès commis au nom de la fausse liberté n'ont fait que lui inspirer un amour plus vif de la liberté vraie. C'est un sentiment que la mère d'Hermann ne connaissait pas et, par là, l'exilée dépasse la petite bourgeoise. La femme de l'aubergiste du *Lion d'Or* s'était réjouie de voir son fils échapper au devoir de prendre les armes ; Dorothée sera une de ces épouses et de ces mères qui, en 1813, armeront elles-mêmes la main de leur mari et de leurs fils pour la défense du foyer domestique et de la patrie. — En entrant dans le cercle étroit et mesquin des braves bourgeois réunis sous le toit du *Lion d'Or*, elle y a fait pénétrer, comme un souffle vivifiant, la grande idée de solidarité et de sacrifice. La famille qu'elle va fonder avec Hermann ne sera pas la famille fermée, resserrée sur elle-même, ne connaissant d'autres intérêts que les siens ou tout au plus ceux du clocher à l'ombre duquel elle mène sa vie monotone et lente ; ce sera une famille où chacun non seulement fera son devoir présent avec courage et bonne humeur, mais saura aussi, sans vaine ostentation ni témérité inutile, aux heures graves, se dévouer au bien commun.

Remarquons d'ailleurs que, bien que *Hermann et Dorothée* s'achève sur une pensée belliqueuse, l'esprit de l'œuvre entière est profondément pacifique et conservateur. La guerre y est présentée sous son aspect le plus farouche et le plus odieux ; c'est par esprit d'impartialité et non pour en atténuer l'horreur que le pasteur, au VIe chant[1], fait observer au juge que la guerre ne montre pas seulement les égarements de la bête humaine déchaînée, mais qu'elle révèle aussi, souvent, des héroïsmes et des générosités là où on ne les aurait pas soupçonnés. — La guerre pour laquelle Hermann partirait joyeusement est seulement celle dont l'enjeu est la sécurité du foyer, la liberté du sol natal. Et si, d'autre part, le juge rappelle la splendeur du rêve que fit naître chez tant de contemporains

---

1. Ch. VI, v. 1174.

l'aurore de la Révolution, c'est pour mieux souligner la désillusion que leur causèrent, par la suite, son despotisme sanglant, sa rage de destruction et de nivellement[1]. Hermann marque d'ailleurs avec une indiscutable netteté son aversion pour les idées révolutionnaires quand, après avoir échangé avec Dorothée l'anneau des fiançailles, il nous dit avec une mâle émotion sa conception de la vie nouvelle où il va entrer[2]. « Si l'ébranlement est général, que notre union n'en soit que plus ferme. Résistons et nous durerons; tenons ferme l'un à l'autre, gardons intact notre beau patrimoine; car l'homme dont l'esprit est trouble aux époques troublées augmente le mal et contribue à le répandre toujours davantage. Mais celui qui est ferme en ses desseins façonne le monde à son image. Il ne convient pas à l'Allemand de propager la redoutable agitation et d'errer incertain d'une idée à l'autre. Disons bien haut : « Ceci est à « nous » et ne le laissons pas contester. Car, aujourd'hui encore, on chante les louanges des peuples résolus qui luttèrent pour leur Dieu et pour leurs lois, pour leurs parents, leurs femmes et leurs enfants, et succombèrent unis devant l'ennemi. »

Le rôle de la bourgeoisie consiste donc essentiellement à maintenir dans toute leur intégrité les fondements de la société la famille et la propriété, mais elle doit se rendre compte de la grandeur de sa mission. Elle doit être pacifique et conservatrice, non par un égoïsme vulgaire, mais parce qu'elle a conscience que c'est là sa vraie tâche. Elle doit se garder de laisser entamer cette foi, qui fait sa force, par des idées malsaines venues du dehors; si on veut porter atteinte par la violence à sa liberté et à son droit, qu'elle n'hésite pas à repousser par la violence les menaces d'oppression.

Ce rôle a certes sa noblesse, mais il est passif. La bourgeoisie ne peut-elle pas contribuer plus directement au progrès, à l'œuvre de l'avenir? Ne marchera-t-elle en avant que sous l'im-

_____
1. Ch. VI, v. 1098 et sq. — 2. Ch. IX, v. 2015 et sq.

pulsion que lui donnera la noblesse, son guide naturel? Il nous
semble que l'histoire du héros de *Wilhelm Meister* nous fournit la réponse aperçue par Gœthe à cette question délicate.

Dans les *Annales*[1], Gœthe nous dit que les débuts de son
roman prennent leur source dans l'obscur pressentiment de
cette grande vérité que l'homme est souvent tenté d'entreprendre des tâches pour lesquelles la Nature ne lui a pas donné les
aptitudes nécessaires; de temps en temps, il a conscience qu'il
fait fausse route et il en éprouve une sorte de désespoir, mais
il n'a pas l'énergie nécessaire pour résister à la vague qui l'emporte vers les rives de l'erreur et pour en triompher. Pourtant, il est possible que de l'erreur même sorte la vérité et c'est
ce sentiment qui se marque avec une clarté toujours croissante
dans *Wilhelm Meister*. Le héros rappelle Saül qui, parti pour
chercher les ânesses de son père, trouva un royaume.

De cette déclaration il ressort que *Wilhelm Meister* aurait
été, dès l'origine, un « roman d'éducation » suivant la formule
qu'en avaient déjà donnée le *Tom Jones* de Fielding, l'*Agathon*
et le *Don Sylvio de Rosalva* de Wieland[2]. — Les *Annales* ayant
été rédigées en 1820 seulement, on s'est demandé toutefois
si Gœthe n'avait pas indiqué à tort, comme intention première
de son roman, l'idée qu'il en vit se dégager, après coup, lorsqu'il l'eut achevé. Une des raisons principales de ce doute est
qu'on savait que le titre primitif de son œuvre était la *Mission
dramatique de Wilhelm Meister*.

On était porté à croire que Gœthe n'avait nullement voulu,
au début, présenter cette mission comme une erreur, comme
un de ces égarements utiles dont nous venons de l'entendre
parler, mais au contraire qu'il avait projeté de montrer comment, à son sens, devait et pouvait se continuer l'œuvre de réforme du théâtre allemand entreprise par Lessing. — Cette
hypothèse n'avait assurément rien d'invraisemblable, étant

---

1. *Tag = und Jahreshefte*, Hempel, Bd 27, p. 6. — 2. J. Minor, *Die An-
fänge des Wilhelm Meister*, Gœthe-Jahrb., 1888, pp. 173, 174.

donné que, précisément à l'époque où remontent, semble-t-il, les premiers débuts de Wilhelm Meister, c'est-à-dire vers 1776, Gœthe, comme régisseur du théâtre de la cour, s'occupe effectivement beaucoup de questions dramatiques et qu'il est d'ailleurs à peine sorti de cette crise de croissance du « Sturm-und-Drang », pendant laquelle toute la sagesse humaine lui avait paru condensée dans Shakespeare.

Pourtant, même à supposer que Gœthe ait eu vraiment, en commençant d'écrire son roman, l'intention qu'on lui prête[1], nous avons peine à croire qu'il s'y soit longtemps tenu. Ne l'avons-nous pas vu marquer lui-même avec un soin scrupuleux les étapes de sa marche lente à la vérité au travers de l'erreur, et considérer ses diverses expériences comme autant d'épreuves salutaires et fécondes ; ne savons-nous pas aussi que, à partir de l'année 1782, qui marque l'apogée de son activité politique, se multiplient les marques de lassitude et les doutes sur sa vraie vocation ? Comment aurait-il pu, contrairement à toutes ses habitudes, mener son héros à la clarté, alors que lui-même tâtonnait encore dans l'ombre, comment l'aurait-il attardé longtemps à chercher la vérité là où il ne voyait plus qu'illusion[2] ?

La découverte récente d'une copie de la *Mission Dramatique* ne semble pas, d'après ce qu'on en a communiqué jusqu'à ce jour, donner à ce problème la solution espérée[3]. Le fragment s'arrête avant de nous donner le mot de l'énigme, avant de nous dire à quel résultat devaient aboutir les expériences théâtrales de Wilhelm Meister. Pourtant le fait, certain maintenant, que Gœthe y prenait son héros dès ses premières années, que déjà il le faisait pénétrer au château du Comte, c'est-à-dire dans la société noble, et qu'il lui donnait Mignon pour compagne, nous semble une preuve assez évidente que, dès l'origine, il avait

1. Cf. Bielschowsky, *Gœthe*, II, 690.
2. Cf. ses plaintes sur la misère théâtrale que lui révèle le *Theater-Calender* de 1786, à Ch. v. Stein, 26 janv. 1786.
3. H. Maync, *Der « Wilhelm Meister » und der grosse Züricher Gœthe-Fund*, Deutsche Rundschau, mai 1910, p. 172.

dû songer à faire de son Wilhelm autre chose qu'un régisseur ou un directeur de théâtre.

Quoi qu'il en soit de cette question, qui a d'ailleurs surtout un intérêt historique, il est incontestable que, sous sa forme actuelle, *Wilhelm Meister* apparaît nettement comme un roman d'éducation, et c'est la leçon qui semble s'en dégager qu'il nous importe de rechercher.

Nous avons défini le milieu où est né et où a grandi Wilhelm, et constaté que Gœthe l'a marqué au coin de la médiocrité égoïste[1]. Comme son aîné Werther, de tempérament sentimental et poétique Wilhelm souffre de l'utilitarisme mesquin où son père prétend le confiner[2]. Dès sa plus tendre enfance, il a éprouvé le besoin d'échapper à la réalité plate où il vivait, en se réfugiant dans le monde idéal d'un théâtre de marionnettes[3], et, un peu plus tard, dans celui de vrais jeux dramatiques où il était à la fois acteur et régisseur. Dans une poésie symbolique[4], il a opposé la muse de la poésie dramatique, gracieuse et fière, aux habits et au port de reine, une vraie fille de la liberté, à une vieille femme personnifiant l'esprit mercantile, avec ses clefs aux côtés et ses lunettes sur le nez, toujours active et agitée, querelleuse, occupée de questions domestiques, aux idées mesquines, et engendrant l'ennui. Au temps où le roman nous fait faire sa connaissance, Wilhelm est décidé à se vouer au théâtre, et il a trouvé aux portes de la carrière où il veut entrer une déesse plus douce et plus séduisante encore que celle qu'avait conçue son imagination. Une tendre actrice, Marianne, l'initie aux délices de la liberté dramatique[5] en se donnant à lui d'un amour qu'il peut croire désintéressé. Wilhelm conçoit le dessein de fuir la maison paternelle et la vie bourgeoise, morne et stagnante, qui l'y

---

1. Les premiers chapitres de la *Theatralische Sendung*, communiqués par Billeter, *op. cit.*, ne font que renforcer cette impression ; la figure ingrate de la mère indigne qu'ils nous font connaître fait paraître plus sombre encore la maison paternelle où grandit, sans joies, le jeune Wilhelm.

2. *Lehrj.*, Hempel, Bd 17, I, 2, p. 27. — 3. I, 3-7. — 4. I, 8, p. 46. — 5. I, 9, p. 48.

attache; la blanche main que lui offre Marianne lui semble celle du Destin[1]. C'est en vain qu'au cours d'un voyage d'affaires ce même Destin lui procure l'occasion d'apercevoir, en mettant sur son chemin l'acteur Melina, la triste réalité du métier d'acteur et lui donne un salutaire avis quand il lui révèle brusquement les misères et les déboires de la carrière dramatique[2]. Il revient près de Marianne plus enflammé que jamais, et plus que jamais aussi décidé à tenter de réaliser son idéal le plus cher : travailler au bonheur de Marianne et en même temps à l'amélioration des hommes par le théâtre[3]. Mais, hélas! brusquement, le bel échafaudage de ses rêves naïfs s'écroule. Il acquiert ou croit acquérir la certitude que sa bien-aimée le trahit[4]; il en ressent une douleur profonde, traverse une crise de désespoir qui le laisse abattu, mais en apparence guéri de ses chimères[5]. Il fait un holocauste de tous ses papiers, lettres ou essais poétiques qui lui rappellent le passé et qui lui semblent aussi ridicules que ses projets de réforme dramatique[6]. Il revient aux affaires sans joie intérieure, mais il s'y applique. Son père, pour achever sa guérison, profite de ces dispositions pour l'envoyer faire un nouveau voyage dans l'intérêt de sa maison de commerce. Mais le Destin semble acharné à le rejeter dans les voies du théâtre. A sa première étape, alors qu'il est tout à la joie de sentir autour de lui palpiter la grande Nature, il assiste aux jeux dramatiques de naïfs montagnards, et il ne peut s'empêcher d'y prendre un vif plaisir[7]. Puis, c'est au second gîte la rencontre de l'actrice Philine et de son compagnon Laërte, bientôt après l'arrivée de Melina et de sa femme, d'un vieil acteur et de ses filles, entrevues jadis dans l'entourage de Marianne, qui le replongent, avant qu'il ait pu y prendre garde, dans un milieu de comédiens et l'atmosphère théâtrale[8]. Une vague inclination pour l'entreprenante Philine, une incertaine amitié pour Laërte, l'y retiennent; un prêt d'argent qu'il fait à Mélina pour l'aider à constituer une troupe[9],

---

1. *Lehrj.*, I, 9, p. 49. — 2. I, 13. — 3. I, 16, p. 77. — 4. I, 17. — 5. II, 1 — 6. II, 2, p. 88. — 7. II, 3. — 8. II, 4. — 9. II, 6.

la part enfin qu'il prend aux représentations de ses camarades de rencontre dans un château voisin, finissent par faire de lui, presque à son insu, un membre de la troupe[1]. Il semble qu'il doive être au comble de la joie, puisque l'occasion se présente à lui, inespérée, de réaliser le rêve de son enfance : monter sur de vraies planches, jouer sur un vrai théâtre. En fait, à notre étonnement, ce n'est pas sans peine qu'il s'y décide, et encore semble-t-il que ce soit moins par amour de l'art que pour se rapprocher de la maîtresse du château, la Comtesse, pour faire plus sûrement impression sur les beaux yeux de la noble dame[2]. Peut-être cette répugnance lui vient-elle simplement de ce que, maintenant que l'amour pour une actrice n'aveugle plus son regard, comme dans le temps de sa liaison avec Marianne, il s'est rendu compte de la lamentable médiocrité d'esprit et de cœur des comédiens de bas étage auxquels, pour l'instant, sa fortune est associée. Son amour-propre de bourgeois cossu et de bel esprit souffre à la pensée qu'on pourrait le confondre avec eux. Il ne se résigne, d'ailleurs, à participer à leurs représentations que du moment où les maîtres du château et leurs amis l'ont distingué et ont reconnu son mérite[3].

Wilhelm a en effet, *a priori*, une haute opinion de la noble société où le hasard l'a amené. Ce n'était pas seulement le désir de se rapprocher de la Comtesse qui l'avait fait se résoudre à suivre les comédiens au château; il y avait vu une occasion rare de connaître de près le grand monde; il espérait trouver « maints éclaircissements sur la vie, sur lui-même et sur l'art[4] » chez ces favoris de la fortune qui, selon lui, n'ayant pas à se préoccuper des vils soucis matériels, au milieu desquels les bourgeois se débattent et usent leurs forces, peuvent d'un regard sûr et libre diriger leur barque au gré de leurs désirs. — La réalité ne répond pas de tous points à son attente. Le Comte est sans doute intelligent, assez entendu des choses d'art, mais il n'est pas exempt de préjugés et de manies qui rendent son commerce pénible pour ceux qui l'entourent. Le Baron est un

---

1. *Lehrj.*, III. — 2. III, 2, p. 155. — 3. III, 5. — 4. III, 2, p. 155 et sq.

joyeux dilettante qui aime le théâtre surtout par amour de ses propres productions. La Comtesse est un modèle de grande dame coquette, gracieuse, mais sans personnalité très marquée. Elle mène, à côté de son tyrannique et ennuyeux époux, une vie sans joie et sans lumière. Elle se consume lentement d'une tendresse inoccupée. La caresse des regards langoureux de Wilhelm s'insinue en elle, lui fait oublier la distance qui la sépare de son adorateur bourgeois[1]. Elle glisse au baiser[2], mais pour se reprendre aussitôt dans un sursaut de pudeur, où il entre, semble-t-il, plus d'orgueil de caste que de vraie vertu. La Baronne n'est qu'une habile et sémillante mais peu délicate coquette, qui se complaît à tramer des intrigues amoureuses et qui, pour son compte, aime plus l'apparence et les minauderies de l'amour que l'amour lui-même[3]. Quant aux jeunes officiers de la suite du Prince, l'hôte momentané du Comte et de la Comtesse, ils apparaissent frivoles et libertins à souhait. Mais Wilhelm, sous l'empire de l'impression qu'a produite sur lui la châtelaine et dans sa joie naïve de fréquenter des grands, ne voit pas les défauts de tous ces nobles personnages. La pensée des affaires graves qui se discutent autour du Prince, derrière les portes closes, élève son esprit à des hauteurs inconnues, et il est frappé par la tournure aisée que les grands savent donner aux affaires les plus importantes et les plus sérieuses[4]. Aussi, avec sa faiblesse naturelle de caractère et son extrême sensibilité aux influences qui flattent ses désirs, serait-il prêt à renoncer au théâtre, quand Jarno, le favori du Prince, lui laisse entrevoir la possibilité pour lui de prendre du service dans l'armée, et lui fait honte de perdre son temps dans une société qui ne convient ni à son éducation ni à sa naissance[5]. Pour l'arrêter au seuil de cette nouvelle voie, il faut une réflexion désobligeante de Jarno sur ses deux étranges compagnons, Mignon, l'équivoque enfant, et le vieux harpiste miséreux[6]. Toutefois, bien que, sans le vouloir, il l'ait rejeté dans le milieu

1. *Lehry.*, III, 8. — 2. III, 12. — 3. III, 8, p. 176. — 4. III, 8, p. 179. — 5. *Ibid.* — 6. III, 11, p. 191.

d'où il voulait le tirer, Jarno lui a rendu deux grands services :
il lui a fait entrevoir un idéal de vie active différent de celui
qu'il avait jusqu'alors conçu comme le plus haut, et il lui a
ouvert le monde de Shakespeare[1].

Aussi semble-t-il que ce soit plutôt sous la pression des circonstances que de son plein gré qu'en quittant le château,
Wilhelm suit le cupide Melina et sa troupe[2]. Deux pensées
seules lui rendent leur commerce supportable. Il a lu, dans
Shakespeare, qu'un prince avait bien pu, sans déchoir, vivre un
moment dans la compagnie de rustres grossiers, et il espère,
d'autre part, qu'en les initiant aux beautés de l'auteur d'*Hamlet*,
il relèvera le niveau moral et artistique de ses compagnons[3].
Une blessure grave, reçue au cours d'une attaque de brigands
dans une forêt, le sépare de ceux-ci pour un temps. Une fois
guéri, pour se libérer d'une promesse qu'il leur a faite[4], il va
trouver Serlo, un directeur de théâtre qu'il a jadis connu, et le
prie de s'intéresser au sort de Melina et des siens[5]. Serlo et
sa sœur Aurélie lui apparaissent comme des acteurs d'une
essence supérieure. Il trouve en eux des esprits vifs, cultivés,
capables de comprendre et de critiquer ses dissertations sur
Shakespeare[6]. La troupe de Serlo lui donne l'impression d'une
troupe homogène[7], presque idéale, où les acteurs se soutiennent, et, sous une habile direction, savent se faire valoir les
uns les autres. Après de longues hésitations, il finit, profitant de
l'indépendance où le laisse la mort de son père, par accepter
les offres de Serlo et par s'engager à lui[8]. Le voilà donc, cette
fois, acteur pour tout de bon ; il réussit à faire jouer *Hamlet*
selon ses vues, devient régisseur du théâtre, et découvre, par
son expérience personnelle, toutes les misères de la vie et du
métier d'acteur.

Il apprend surtout, au contact de la réalité, que l'enthousiasme artistique n'est pas plus durable dans le public que chez
les acteurs ; il se heurte aux préjugés en faveur du théâtre

1. *Lehrj.*, III, 8 et 11. — 2. IV, 1. — 3. IV, 2. — 4. IV, 8. — 5. IV, 13. —
6. *Ibid.* — 7. IV, 15. — 8. V, 1.

français, et il est forcé de reconnaître que cette activité à laquelle il s'est donné corps et âme ne vaut ni le temps ni les forces qu'elle coûte[1]. — Enfin, rebuté par les avanies quotidiennes que ne lui ménagent pas ses ingrats compagnons, il prend prétexte d'une mission à remplir auprès de l'infidèle amant d'Aurélie qui vient de mourir à la tâche, pour se séparer d'eux. Il ne reviendra de son voyage que pour rompre définitivement avec le théâtre[2]. Il aura reconnu la vanité de son rêve dramatique et renoncé à en poursuivre plus longtemps la chimérique réalisation.

Si, avant de le suivre dans le monde nouveau où il va pénétrer, nous jetons un regard en arrière sur sa vie passée, il peut nous paraître qu'il n'a été jusqu'ici que l'inerte jouet d'un mystérieux destin. Sa grand-mère décide de sa passion dramatique en lui donnant un jeu de marionnettes. C'est le hasard d'une amourette avec une actrice qui le fait pénétrer dans les coulisses d'un vrai théâtre, ce sont des rencontres imprévues, de menues circonstances fortuites qui l'y retiennent. Indécis, se laissant mener par les événements, sans volonté pour résister aux influences extérieures, il n'a montré d'esprit de suite que pour trouver des prétextes raisonnables à ses défaites, pour atténuer à ses propres yeux les capitulations de sa volonté.

Ce n'est pas que les avertissements lui aient manqué, qui lui disaient qu'il faisait fausse route. A plusieurs reprises, d'énigmatiques personnages ont surgi en travers de son chemin[3], qui ont tenté de lui ouvrir les yeux sur son illusion. Mais il est resté insensible à leurs avertissements, il s'est laissé porter sans résistance par le courant où il se sentait pris. Il ne renonce au théâtre que lorsqu'il a bu jusqu'à la lie le calice de l'erreur, lorsqu'il s'est rendu compte lui-même que l'idéal qu'il espérait

---

1. *Lehrj.*, V, 16, p. 328. — 2. VII, 8.
3. I, 17; II, 9; cf. surtout V, 13 (le voile du spectre d'Hamlet), sans compter les conseils de Jarno et les efforts de Mignon pour l'empêcher de monter sur les planches, III, 7, et V, 4.

réaliser au théâtre et par le théâtre est vain et inaccessible.

En réalité, son attachement au théâtre n'était pas fait que de la faiblesse de sa volonté, et ce n'est point le seul hasard qui lui avait inspiré son engouement pour l'art dramatique. Jeune bourgeois, se croyant supérieur à son milieu, il avait eu très tôt le désir de vivre selon son instinct et non selon les traditions de la classe à laquelle il appartenait par sa naissance. Comme il le dit à son ami Werner, quand celui-ci lui expose complaisamment sa théorie du bonheur bourgeois[1], qui est de « faire bien ses affaires, de gagner de l'argent, de se divertir avec les siens et de ne s'occuper des autres que dans la mesure où ils peuvent nous servir », son idéal à lui a été, dès ses jeunes années : se développer lui-même tel que l'a fait la Nature[2]. C'est le sentiment obscur qu'il n'y parviendrait pas en restant derrière son comptoir de marchand, qui lui a fait prendre le commerce en horreur et a transformé en vive passion son goût précoce pour le théâtre. Le théâtre lui donnait l'illusion de la grande vie, de la vie libre telle que, dans sa candeur bourgeoise, il s'imaginait que les nobles la menaient, ces nobles dont, du milieu des ballots de marchandises du magasin paternel, il enviait la brillante et facile destinée. « Heureux, trois fois heureux, ceux qui, par leur naissance, dominent dès l'abord les autres classes de la société. Ils n'ont pas besoin de traverser, de subir même pour un temps, comme des hôtes, ces situations difficiles dans lesquelles tant d'hommes de mérite se débattent péniblement toute leur vie. Dans la position élevée qu'ils occupent, leur coup d'œil doit être vaste et sûr, facile chacun de leurs pas dans la vie. Dès leur entrée dans cette vie, ils sont pour ainsi dire placés sur un navire, afin que dans la traversée à laquelle nous sommes tous soumis, ils puissent profiter des vents favorables et attendre patiemment que les vents contraires cessent de souffler. Les autres mortels, pendant ce temps, obligés de

1. *Lehrj.*, V, 2, p. 276. — 2. V, 3, p. 278.

nager péniblement, ne tirent guère de profit des vents favorables et, dans la tempête, périssent, vite au bout de leurs forces[1]. »

Il est tellement persuadé de la supériorité des nobles que, lorsque le hasard lui permet de les observer de près pour la première fois, il ne voit, ainsi que nous l'avons marqué, que la facilité, la sûreté et l'agrément de leurs manières ; il est ébloui par la beauté du décor où ils vivent, par la liberté que leur donne leur fortune de développer leur personnalité dans le sens qui leur convient, comme le Comte et le Baron, par exemple, qui peuvent, sans arrière-pensée, satisfaire leur goût du théâtre. Il n'aperçoit pas le vide de leur existence futile et vaine[2]. Il ne trouve, au contraire, dans leur commerce que la confirmation de l'idéal qu'il s'était fait d'eux et de leur vie ; il n'en retire qu'une vision plus angoissante de l'abîme qui sépare la bourgeoisie de la noblesse.

« Le noble, dira-t-il à son ami Werner, en lui annonçant son intention de se vouer au théâtre[3], vaut par lui-même, par son geste, sa voix, ses manières ; tout ce qu'il possède par surcroît, capacités, talents, richesses ne paraît que des suppléments... Il ne connaît aucune limitation dans la vie, il peut se pousser partout. La plus grande vertu du bourgeois est de reconnaître la limite qu'il ne doit pas dépasser. Il ne doit pas se dire : « Qui es-tu ?, mais seulement : que possèdes-tu ? Quelle intelligence ? quelles connaissances ? quels talents ? quelle fortune ? Si le gentilhomme a tout donné quand il a produit sa personne, le bourgeois, en produisant la sienne, ne donne rien et ne doit rien donner. Le noble peut et doit *paraître*, le bourgeois doit *être* seulement, et quand il veut paraître il ne réussit qu'à être absurde et ridicule. Le noble doit agir et influer,

---

1. *Lehrj.*, III, 2, pp. 155-156.

2. Cf., sur cette aristocratie de « la vaine représentation », F. Gregorovius, *Gœthes Wilhelm Meister in seinen socialistischen Elementen*, op. cit., ch. III, p. 41 et sq.; J. Schubert, *Die philosophischen Grundgedanken in Gœthes Wilhelm Meister*, op. cit., p. 44 et sq.

3. V, 3, pp. 278, 279.

l'autre travailler et produire ; il doit développer des facultés isolées pour devenir utile, et il est entendu à l'avance qu'il ne peut et ne doit exister dans son être aucune harmonie, car pour se rendre utile dans un sens donné il doit négliger tout le reste. » — Or, Wilhelm, en vrai cousin de Werther, aspire de toutes les forces secrètes de sa nature de « Stürmer » égaré dans le mercantilisme, à agir, à paraître, à jouer un rôle brillant, à développer harmonieusement toutes les facultés que la Nature lui a données et dont sa naissance condamne à la stérilité celles qu'il estime les plus précieuses. Après ses premières aventures, il constate avec plaisir que grâce aux exercices physiques que les hasards de son voyage lui ont donné l'occasion de pratiquer, il s'est guéri, en grande partie, de sa gaucherie ordinaire et se présente assez bien. Et précisément l'estime qu'il croit qu'on lui a témoignée dans la société noble où il vient de faire figure renforce en lui et rend plus impérieux son désir de « paraître en public, de plaire et d'agir dans une sphère plus vaste[1] ». Or, le théâtre est, selon lui, la seule scène où il puisse se faire valoir et se donner l'illusion de participer à la grande vie, de vivre en totalité comme les grands. « L'homme cultivé paraît sur le théâtre aussi bien que l'homme des classes supérieures, avec tout son éclat personnel ; là, tout effort pour être estimable suppose l'accord intime entre le corps et l'esprit ; là, je pourrai être et paraître aussi bien qu'en aucun lieu du monde. »

Aussi, est-ce en vain qu'au moment où il va signer le contrat qui doit le lier à Serlo, son bon génie semble lui envoyer un suprême avertissement en évoquant à ses yeux l'image de l'amazone qu'après l'attaque des brigands il a entrevue dans la forêt et qui, depuis, hante sa pensée comme un inaccessible idéal ; c'est en vain aussi que Mignon s'efforce d'arrêter sa main, il signe et se voue à la scène[2]. Mais, remarquons-le bien, s'il se décide à ce pas solennel, ce n'est plus tant par amour de l'art dramatique que par le désir de mettre son individua-

---

1. *Lehrj.*, V, 3, p. 280. — 2. *Ibid.*, p. 281.

lité en relief, de jouer sur les planches le rôle que sa naissance ne lui permet pas de tenir dans la réalité. S'il pouvait vivre son idéal, il se soucierait sans doute peu de le jouer. Ce n'est point par hasard, par simple préférence esthétique qu'il se passionne toujours davantage pour Shakespeare[1]. C'est que, ainsi qu'il le disait lui-même à Jarno[2], il y voit, dès qu'il pénètre dans le théâtre shakespearien, la réalisation de tous les pressentiments sur l'homme et la destinée qui l'ont poursuivi confusément dès son enfance; il y trouve la clef de la vie, et son désir de « s'avancer d'un pas plus rapide dans le monde réel, de se plonger dans le flot des événements », n'en devient que plus ardent. La grande personnalité de l'auteur d'*Hamlet*, l'intensité de vie qu'il trouve dans ses drames, voilà ce qui, avant toute considération de mérite littéraire, l'attire vers Shakespeare et le retient sous son empire. — Son rêve le plus cher est, pour l'instant, de « puiser quelques coupes dans la vaste mer de la Nature vraie, telle qu'il la trouve dans le monde du grand dramaturge, « pour les verser du haut de la scène au public de sa patrie » qu'il croit « altéré de ce breuvage[3] ».

Il joue, en effet, Hamlet[4] et remporte en apparence une éclatante victoire sur le goût du public et les manies des acteurs. Mais bientôt, une fois que l'enthousiasme de l'œuvre à réaliser ne le soutient plus, il s'aperçoit que ni les acteurs ni le public ne sont capables de se maintenir au niveau où il les avait élevés pour un soir. Les uns et les autres retombent vite à leurs goûts et à leurs soucis vulgaires, et trouvent rapidement en Wilhelm un gêneur importun. Celui-ci commence à comprendre qu'il n'a étreint qu'une chimère.

Déjà d'ailleurs, et ceci nous paraît caractéristique, avant même qu'il ait fait le pas décisif qui l'avait lié au théâtre, le doute avait fait une première et timide apparition en son âme trouble. Quand, avec l'aide de son ami Laërte, à l'esprit fertile, il s'était mis à rédiger pour son père une relation fictive de son

1. Il met la représentation intégrale d'*Hamlet* comme condition absolue à son engagement dans la troupe de Serlo. *Lehrj.*, V, 4, p. 281.
2. III, 11. p. 189 et sq. — 3. III, 11, p. 190. — 4. V, 11.

voyage supposé[1], la nécessité de donner autre chose que des impressions, des sentiments, des idées, l'avait amené à regarder le monde de la réalité avec plus d'attention qu'il ne l'avait fait jusque-là. Non seulement il avait interrogé les voyageurs de commerce sur les contrées et sur les villes qu'il était censé avoir traversées et étudiées, mais encore il avait parcouru en tous sens la ville de commerce où il se trouvait, et, pour la première fois, il avait senti « combien ce pouvait être une chose agréable et utile de se faire le centre de tant d'industries et de besoins, et d'aider à répandre la vie et l'activité jusqu'au fond des bois et des montagnes » ; pour la première fois il avait été sensible à la beauté de l'activité commerciale. Si bien que, lorsque Serlo lui avait proposé de l'engager dans sa troupe, il était resté un instant indécis[2]. Les deux femmes qui lui étaient apparues jadis, le Commerce et la Poésie, s'étaient de nouveau présentées à lui, et, si l'une ne lui avait plus paru aussi méprisable, l'autre ne lui avait plus semblé aussi prestigieuse qu'autrefois. Pour le décider à accepter les offres de Serlo, il avait fallu même qu'il s'imaginât voir dans le concours de circonstances qui l'avaient conduit par degrés jusqu'à la possibilité de monter sur un théâtre vrai, un arrêt du Destin[3].

Mais qu'il ait pu douter, même un court instant, de sa vocation, qu'il ait pu entrevoir, ne fût-ce que la durée d'un éclair, la poésie de la vie pratique, c'était la marque que les temps approchaient où ses yeux devaient s'ouvrir.

La lecture qu'il fait à Aurélie moribonde du manuscrit des *Confessions d'une Belle-Ame* contribue de façon indirecte mais efficace, à augmenter en lui la conscience des dangers de la voie où il est entré.

Le lien qui rattache les *Confessions* au reste du roman semble être au premier abord bien ténu, et plus d'un lecteur, ainsi que la majorité des contemporains de Gœthe, n'y a vu

---

1. *Lehrj.*, IV, 17. — 2. IV, 19, p. 266.
3. *Ibid.* « Geschieht nicht Alles, was ich mir ehemals ausgedacht und vorgesetzt, nun zufällig ohne mein Mitwirken ? »

qu'un hors-d'œuvre, un remplissage qui annonce la fâcheuse technique des *Années de voyage*[1]. La suite du roman montre d'ailleurs que la relation entre ce long intermède et l'action postérieure est en fait plus étroite qu'il ne le paraît dans le premier moment, puisque nous apprenons à y connaître le milieu même où ont grandi Lothario et Nathalie, les héros des derniers livres, et qu'ainsi, de son côté, Wilhelm, avant.de vivre en leur société, a sur eux de précieuses indications.

Mais les *Confessions* pouvaient donner à notre héros un enseignement bien plus utile encore[2]. Il pouvait y voir d'abord les effets funestes d'un idéalisme morbide. La Belle-Ame, malgré la noblesse exquise de ses sentiments, la pureté et la fermeté de ses intentions, la délicatesse de ses scrupules, mène une vie malsaine et fausse. Elle se réfugie dans un monde où le corps est à peine toléré, où l'âme elle-même se dissout dans l'extase. Elle vit inutile, en marge de l'existence, usant, sans profit pour les autres, toute son activité à se torturer par de vides et angoissantes spéculations sur un bien et un mal imaginaires. Sa ténacité à atteindre son idéal suprême : la paix et la joie en Dieu, son renoncement volontaire et absolu aux joies de la terre, ne manquent pas de grandeur et commandent le respect sinon l'admiration. Mais le bonheur qu'à travers tant d'épreuves pénibles, qu'elle a rendues inutilement doulou-reuses, elle réussit à atteindre, est égoïste et précaire ; il est tou-jours à la merci d'un scrupule de sa conscience de piétiste apeurée et elle est seule à en jouir. Rien n'a survécu d'elle que le souvenir un peu vain de son âme séraphique[3].

Peut-être Wilhelm n'aurait-il pas de lui-même compris la leçon de cette vie, peut-être aurait-il été plus séduit que choqué par cette peinture touchante des conséquences fâcheuses du mysticisme, car lui aussi a jusqu'alors vécu pour une idée, pour un rêve ; il s'est lui aussi détourné de la vie quotidienne et a

---

1. Cf. Hettner, *Deutsche Litteraturgesch. des 18 ten Jahrb.*, op. cit., p. 120 ; cf. encore, par ex., Mézières, *op. cit.*, II, p. 54. — 2. Cf. W. Scherer, *Geschichte der deutschen Litteratur*, Berlin, 1889, p. 564. — 3. Cf. Bielschowsky, *Gœthe*, II, p. 161.

renoncé à remplir sa destinée normale sous le prétexte d'en accomplir une autre plus belle. Mais les *Confessions* l'avertissaient elles-mêmes de la morale qu'il devait tirer de leur lecture. Des hommes graves, l'oncle, un abbé, un médecin, lui montraient les dangers de l'état d'esprit de la Belle-Ame, et, en lui dénonçant le péril, lui indiquaient les moyens d'y échapper lui-même. Il pouvait apprendre de la bouche de l'oncle[1] que rien n'est plus honorable que l'homme qui domine les événements au lieu de s'y soumettre, qui sait clairement ce qu'il veut, qui marche en avant sans connaître la fatigue, qui se rend compte des moyens qui conviennent à son but, sait les saisir et les mettre en œuvre; il l'entendait encore dire que rien n'est plus estimable que la décision et la persévérance, que rien n'est possible dans le monde sans une ferme volonté et sans esprit de suite, qu'on a tort de travailler à sa culture morale isolément et sans tenir compte du reste, que l'homme qui aspire à cette culture doit cultiver en même temps toutes ses facultés. Il entendait le médecin déclarer de son côté que l'activité est la première destination de l'homme[2], et il apprenait enfin de l'abbé[3] que pour réussir dans l'éducation de l'homme il faut non pas chercher minutieusement à discerner où le portent ses penchants et ses désirs, mais le mettre aussi vite que possible à même de satisfaire les uns et de réaliser les autres, afin que, s'il s'est trompé, il puisse reconnaître assez tôt son erreur, et que s'il a rencontré ce qui lui convient, il s'y attache avec plus d'ardeur et travaille avec plus de zèle à son développement.

De ces maximes diverses, qui toutes, directement ou indirectement, tendaient à dégager la vertu de la volonté, de l'esprit de suite, de l'activité, qui toutes soulignaient la nécessité de ne rien négliger pour se garder de l'erreur ou pour la reconnaître et s'en guérir, Wilhelm pouvait faire son profit. Sans y trouver une condamnation déprimante de ses erreurs

---

1. *Lehrj.*, VI, p. 382 et sq.; cf. Schubert, *op. cit.*, pp. 56, 57. — 2. VI, p. 386. — 3. *Ibid.*, p. 395.

passées, puisque l'indulgence du jugement porté par l'oncle sur le mysticisme de sa nièce, à cause de l'esprit de suite qui s'y montrait, pouvait lui faire croire que ce sage lui aurait pardonné à lui-même son illusion dramatique pour sa sincérité et son obstination, il y voyait pourtant qu'il avait commis une erreur voisine de celle de la Belle-Ame, en s'attachant exclusivement à une idée, en prenant pour la vie ce qui n'en était que l'apparence.

D'ailleurs, les *Confessions*, même par leur partie positive, le renseignaient plus encore sur ce qu'il devait éviter que sur ce qu'il devait faire ; elles lui prêchaient l'action sans lui dire le genre d'activité qui lui convenait.

En effet, il ne pouvait guère se proposer comme idéal l'activité de l'oncle. Celui-ci, dans un cadre merveilleux, inspiré de la plus belle architecture italienne, vit pour la beauté ; il a réuni avec amour de superbes collections artistiques, une riche bibliothèque, un cabinet d'histoire naturelle intéressant, il est épris de belle musique, il aime la vie de l'univers, en voit la splendeur harmonieuse, essaie de la faire passer dans sa propre vie et de la révéler aux autres. Mais une telle existence n'est permise qu'aux plus heureux et aux plus riches d'entre les hommes, qu'à une élite rare de privilégiés dont Wilhelm le bourgeois ne pourra jamais être. Au reste, si la mentalité de l'oncle est infiniment supérieure à celle du Comte et de son entourage, il n'en est pas moins vrai que l'oncle est à sa façon un dilettante de la vie. Ses conseils sont sages, la haute vertu morale qui se dégage de toute sa personnalité peut exercer une action salutaire, mais son existence même ne saurait servir de modèle à l'humanité moyenne ; elle est trop exclusivement esthétique, un bourgeois ne peut prétendre à en mener une semblable.

L'enseignement que Wilhelm avait pu retirer de la lecture des *Confessions* était donc tout théorique et en quelque sorte négatif ; mais, en élevant son âme au-dessus d'elle-même, en la purifiant par le spectacle de la beauté morale diversement réalisée par l'oncle et par la nièce, cette lecture l'a préparé à mieux comprendre les leçons de haute sagesse pratique que son destin favorable va bientôt lui donner.

Il ne s'en rend d'ailleurs pas compte lui-même, car tandis que, par une orageuse journée de printemps, il chevauche mélancoliquement vers le château de Lothario, il n'éprouve guère que de l'inquiétude. Il repasse en pensée la vie étrange qu'il a menée depuis qu'il a quitté la maison paternelle, il songe à ses aventures extraordinaires, à ses expériences dramatiques, et il a l'impression d'un vide immense[1]. Ainsi qu'il en fait l'aveu à un ecclésiastique qui se joint à lui et en qui il reconnaît un des énigmatiques personnages qui se dressèrent plusieurs fois en travers de sa route pour lui donner de mystérieux et sages avis, il lui semble qu'aventures et expériences ne lui ont rien laissé. Son passé lui pèse lourdement sur les épaules, et c'est d'un œil voilé qu'il regarde l'avenir incertain. Mais l'abbé le rassure. Tout ce qui nous arrive, lui dit-il[2], laisse des traces; tout contribue imperceptiblement à notre éducation, mais il est dangereux de vouloir en raisonner; cela nous rend orgueilleux et négligents, ou timides et découragés. Il est donc inutile et mauvais de regretter le passé. Attachons-nous aux tâches les plus urgentes; ne songeons qu'au présent qui prépare l'avenir.

C'est la morale pratique qu'il voit appliquer par les deux principaux personnages qu'il apprend d'abord à connaître dans le cercle nouveau où il pénètre : Lothario et Thérèse. Ni l'un ni l'autre ne sont des êtres d'exception; ils vivent dans la réalité la plus concrète. Lothario a été jadis la proie d'illusions vaines; il a, nous l'avons montré ailleurs, poursuivi, au loin, en Amérique, la réalisation d'une chimère; il a un passé sentimental orageux et son cœur erre encore aux régions troubles de la passion; mais il a eu la sagesse de reconnaître ses erreurs, d'en tirer les leçons qu'elles comportaient; il ne s'est pas attardé en regrets superflus, il ne laisse pas son cœur empiéter sur

---

1. *Lehrj.*, VII, 1, p. 398. — 2. *Ibid.*

sa raison, ses intrigues amoureuses ne font point tort à son activité, et dans le temps même où une blessure reçue dans un duel,
qu'il s'est attiré pour une histoire d'amour, le retient au lit, il
médite sur les réformes qu'il veut apporter, pour le bien des
autres autant que pour le sien, dans l'administration de ses
domaines[1]. Thérèse, de son côté, malgré de tristes souvenirs
d'enfance, malgré une douloureuse désillusion d'amour, est un
modèle de sens pratique, de raison aimable et ferme. Elle ne
s'est pas laissé consumer, à en mourir, par l'inutile regret de
son bonheur brisé comme la pauvre Aurélie; elle a cherché
et a trouvé une consolation dans une sage activité[2].

Pour la première fois Wilhelm rencontre sur son chemin
des êtres chez qui la raison et la sensibilité semblent dans une
parfaite harmonie ou du moins se font un salutaire équilibre,
et qui vivent d'une vie vraie, d'une vie complète. Au contact
de ces deux personnalités vigoureuses, il éprouve un ardent
désir de faire enfin, comme eux, œuvre utile. Il accepte avec
mélancolie, mais sans s'indigner, le jugement de Jarno qui lui
déclare qu'il n'a pas de talent véritable pour le théâtre[3], et il se
décide à rompre définitivement les derniers et faibles liens qui
le rattachaient à Serlo et à ses comédiens[4]. Il revient trouver
ceux-ci pour leur annoncer sa résolution et il a la consolation
un peu amère de constater à la joie avec laquelle on accueille
sa décision qu'il ne laissera pas de regrets derrière lui. De ses
expériences dramatiques il ne lui restera bientôt plus que le
souvenir d'une erreur passée.

Aussi, malgré la mélancolie qu'il éprouve de l'ingratitude de
ses anciens compagnons, et le regret cuisant qu'il ressent d'avoir
appris de la bouche de l'ancienne servante de Marianne la fin
lamentable de celle-ci, victime de sa propre précipitation à la
mal juger, malgré enfin l'incertitude où il est sur sa paternité
à l'égard de Félix, l'enfant que son infortunée maîtresse lui a
légué en mourant[5], il retourne joyeusement vers le château de
Lothario « pour s'associer à des hommes, dont la société doit

1. *Lehrj.*, VII, 3. — 2. VII, 5, 6. — 3. VII, 7, p. 441. — 4. VII, 8. — 5. *Ibid.*

le conduire de toute façon à une activité pure et tranquille [1] ».
Il a l'espoir d'être enfin sur le chemin du bonheur; il rêve
secrètement d'unir sa destinée à celle de la sage Thérèse.

Pourtant, avant d'être digne de la nouvelle vie à laquelle il
aspire, il a encore, pour y avoir droit, une étape à franchir. Il
a vécu jusqu'ici en égoïste, uniquement préoccupé de lui-
même. Ses tentatives de réforme dramatique lui ont été, en
réalité, inspirées moins par la volonté sincère et consciente de
servir la cause du théâtre allemand que par le désir de se « faire
valoir », de jouer un rôle en proportion avec son mérite. La
charité même dont il a fait preuve vis-à-vis de ses deux étranges protégés, Mignon et le harpiste, a eu quelque chose d'irréfléchi, d'involontaire, de romanesque. Mignon lui est devenue
très vite un fardeau gênant. Il l'a tolérée d'abord, s'est attaché
à elle d'une affection sincère; mais, comme il se le reproche
lui-même, il n'a, en vérité, rien fait pour elle [2]; il a laissé grandir à ses côtés cette énigme sans chercher vraiment à en pénétrer le secret. Or, ainsi que le lui dit solennellement Jarno, au
moment de l'introduire dans le mystère de la Tour : « Il est
bon, quand l'homme a atteint à un certain degré de son développement, qu'il apprenne à vivre pour les autres et à s'oublier
lui-même dans une activité réglée par le devoir [3] ». Wilhelm
montre qu'il a compris le sens de cette grande leçon, quand,
une fois dans le sanctuaire de la Tour, après s'être entendu
annoncer en de brèves et troublantes formules qu'il va récolter
les fruits de ses erreurs et après avoir lu les aphorismes étrangement sentencieux de sa « lettre d'apprentissage », au lieu de
s'inquiéter de lui-même, du sort qui lui est réservé, il se préoccupe avant tout de savoir si Félix est vraiment son fils. Ainsi
que l'abbé le lui déclare avec une gravité emphatique : « ses
années d'apprentissage sont finies, la Nature l'a affranchi [4]. »

Dès lors sa vie a un but qui n'est pas lui-même. Il s'intéresse à sa fortune, dont jusque-là il s'est peu soucié, car « tout

----

1. *Lehrj.*, VII, 8, p. 461. — 2. VIII, 1, p. 472. — 3. VII, 9, p. 462. —
4. VII, 9, p. 466.

ce qu'il se proposait d'établir devait grandir pour l'enfant », tout ce qu'il voulait fonder devait durer plusieurs générations. Avec les sentiments d'un père, il avait acquis du même coup toutes les vertus d'un citoyen[1]. Mais ayant vécu jusqu'alors en dehors de la vie réelle, il se sent dépaysé en face de la réalité. Les questions naïves et curieuses de son Félix, auxquelles il ne sait le plus souvent quoi répondre, lui font voir combien il lui reste à apprendre, combien il est inapte à diriger seul l'éducation de son fils. Le désir se précise en lui d'appuyer son inexpérience sur la sagesse de Thérèse. N'a-t-elle pas toutes les qualités de ses défauts à lui, la méthode, la décision, la raison? Il demande sa main.

Mais cet amour était une nouvelle erreur. Thérèse n'était pas la femme qui lui convenait. D'un extrême idéalisme, il était brusquement passé à un réalisme excessif. Or, Thérèse, malgré la passion fougueuse dont elle fait preuve quand on prétend lui arracher Wilhelm, alors qu'elle vient à peine de se fiancer à lui, est, ainsi qu'elle se définit elle-même, tout « ordre, discipline, règle[2] »; la raison l'emporte en elle sur le sentiment et, à ses côtés, Wilhelm risquerait d'oublier son culte passé pour l'idéal, de ne vivre que pour l'utile. D'ailleurs, c'était la raison qui l'avait poussé vers l'ancienne fiancée de Lothario plus encore qu'une inclination réelle, et Thérèse, de son côté, voit en lui, encore qu'elle ne se l'avoue pas, moins l'élu de son choix qu'une compensation que lui offre le Destin pour la perte de Lothario[3]. Avant d'en avoir la certitude, Wilhelm en a l'obscur sentiment, quand le hasard, acharné à son bien, le met soudain en face de l'amazone de la forêt. Il reconnaît en elle une des figures les plus attachantes des *Confessions*, la nièce de la Belle-Ame, cette Nathalie, qui unit en elle toutes les vertus féminines, la grâce, la sensibilité, le besoin de dévouement, la raison souriante et ferme, la bonté active, l'amour de la beauté morale, qui vit, nouvelle Iphigénie plus pure et plus sereine encore, comme la prêtresse et l'incarnation de la belle

1. *Lehrj.*, VIII, 1, p. 471. — 2. VIII, 4, p. 498. — 3. VIII, 6, p. 526,

humanité[1]. Et, après bien des péripéties douloureuses, au moment où, croyant qu'il va être forcé de se séparer d'elle sitôt après l'avoir retrouvée, il s'apprête à se rejeter avec son fils dans les aventures incertaines d'une course sans but à travers le monde, contre toute attente, il se voit uni à elle pour la vie[2]. Lui, le bourgeois, le fils de marchand, le beau-frère du « philistin » Werner, devient l'époux de la plus belle, de la plus noble, de la plus parfaite des créatures qui soient jamais sorties d'une souche noble. Ainsi que le dit l'espiègle Frédéric, comme Saül, le fils de Cis, il était parti pour chercher les ânesses de son père et il trouva un royaume[3].

Quoi qu'on pense du point de vue esthétique de la fin des *Années d'apprentissage*, pour si insuffisante qu'elle puisse paraître[4], quelque étonnement qu'on ressente à voir Wilhelm oublier si vite qu'il a maintenant des propriétés à gérer, des intérêts à surveiller, et à le voir aussi au moment où un lien si doux et si fort devrait le rattacher à l'Allemagne, se disposer à partir à l'étranger pour de nouvelles expériences, quelques réserves qu'on puisse faire sur l'habileté avec laquelle Gœthe a posé les pierres d'attente des *Années de voyage*, on ne peut hésiter, semble-t-il, sur le sens de la conclusion qu'il a donnée à la première partie de la vie de son héros.

Gœthe accorde Nathalie à Wilhelm comme une récompense. Mais, comme dans la vie décousue que ce dernier a menée sous nos yeux, rien ne semble légitimer cette générosité, il faut bien croire que ce que Gœthe appréciait dans son jeune bourgeois, c'était moins ses actes que ses intentions.

Or, non seulement Wilhelm lui-même nous a affirmé, dans sa lettre à Werner, la pureté de ses desseins, la volonté du mieux qui depuis sa plus tendre jeunesse guide sa conduite, mais Thérèse, dont l'œil est pénétrant et le jugement sûr, a découvert à travers les erreurs, dont toutes les étapes de la vie

---

1. Cf. *Lehrj.*, VIII, 3, 5. — 2. VIII, 7. — 3. VIII, 10, p. 570. — 4. Cf., par ex., Scherer, *op. cit.*, p. 565; Bielschowsky, *op. cit.*, II, p. 173; R. M. Meyer, *op. cit.*, p. 265; Hettner, *op. cit.*, p. 124

de son ami sont abondamment semées, le désir constant du
bien, du progrès ; il a cherché sans trouver, dit-elle, mais sa
recherche n'a pas été vaine, elle a été admirable dans sa naïveté[1].
Les sages de la Tour, de leur côté, ne se sont attachés à lui et
ne se sont appliqués à surveiller sa destinée que parce qu'il leur
a paru de la race de ceux qui se préoccupent de leur perfectionnement moral[2], qui cherchent à sentir et à reconnaître clairement pourquoi ils sont nés, qui sont capables d'apprendre à
limiter leurs aspirations infinies, à qui il est salutaire de « boire
l'illusion à longs traits[3] ». Peu importe qu'il ne se soit pas lui-
même rendu un compte exact de son progrès, si bien qu'au
moment de rédiger l'histoire de sa vie pour sa fiancée Thérèse[4], il s'effraie de n'y voir qu'une suite d'erreurs, d'égarements. L'essentiel est que par un effet des forces saines de sa
propre nature, plus encore, en dépit de ce qu'il s'imagine, que
par une suite heureuse d'événements ou sous l'influence de
volontés étrangères, il se soit peu à peu dégagé, en réalité, des
liens de l'illusion et que, à chaque tournant de sa route, le but
auquel il tend paraisse plus proche aux yeux de ceux qui, du
haut de la Tour, suivent sa course inquiète et d'apparence
désordonnée.

Mais son triomphe final n'a pas seulement une valeur
humaine générale ; il ne signifie pas seulement, comme il est
dit dans *Faust*, « qu'un homme bon dans son effort confus ne
perd jamais le sens du droit chemin », il signifie aussi que la
culture personnelle, le développement harmonieux des facultés innées n'est pas seulement l'apanage des classes privilé-
giées. Tous les hommes de bonne volonté peuvent y prétendre, les bourgeois comme les nobles. Par leur naissance, les
nobles y atteignent presque sans effort, mais à la condition
toutefois, nous l'avons vu, qu'ils comprennent les devoirs
sérieux que la vie leur impose. Les bourgeois devront avant
d'y parvenir gravir des sentiers escarpés ; mais ceux qui auront

1. *Lehrj.*, VIII, 4, p. 498. — 2. VIII, 5, p. 514 et sq. — 3. VII, 9, p. 464. —
4. VII, 6, p. 420.

assez d'énergie pour tenter l'aventure et ne se laisseront pas
décourager par les obstacles, finiront eux aussi par arriver au
sommet, et, une fois là, à côté des nobles qui leur auront dans
l'ascension tendu une main secourable et les aideront à s'organiser dans le domaine conquis, ils travailleront à l'œuvre de
l'avenir, c'est-à-dire au progrès de l'humanité, à l'amélioration
de la condition humaine.

C'est là, nous paraît-il, la signification profonde de l'union
de Wilhelm et de Nathalie. Cette union est symbolique du
rapprochement qui doit se faire entre la noblesse nouvelle et
la bourgeoisie ou au moins l'élite de la bourgeoisie.

En ce sens, *Wilhelm Meister* n'est pas seulement une œuvre
d'émancipation individuelle[1], une simple satire du dilettantisme[2], c'est une œuvre d'une haute portée sociale et politique.
Bien que la Révolution n'y joue aucun rôle direct, on peut
dire que ce roman se rattache, sinon par son idée première du
moins par son dénouement, aux œuvres qu'elle a inspirées à
Gœthe[3]. Celui-ci nous y laisse entrevoir comment, à ses yeux,
une sage évolution pourrait prévenir le danger d'un boulever-
sement brutal. Les temps nouveaux créent des devoirs nouveaux pour la bourgeoisie et pour la noblesse. La noblesse n'a
plus le droit de vivre seulement pour la représentation et pour
la jouissance; elle ne vaut plus uniquement parce qu'elle *paraît*,
elle a besoin *d'être*, de participer directement à la vie générale,
de seconder et de diriger les efforts incertains de la masse.
D'autre part, si la mission de la bourgeoisie est, comme nous
l'a montré *Hermann et Dorothée*, avant tout de maintenir par
ses vertus solides l'ordre social existant, elle ne doit pas se
désintéresser de l'avenir et laisser à la seule noblesse le soin de
le préparer; par son élite au moins elle doit chercher à s'élever vers les classes supérieures, à y pénétrer pour travailler
avec elles au bien commun. Ainsi, grâce à une union sympathique de toutes les forces vives de la nation, l'avenir sortira peu

1. Rosenkranz, *op. cit.*, pp. 354, 355; Mielke, *der deutsche Roman des
19ten Jahrhunderts*, Braunschweig, 1900, p. 33. — 2. R. M. Meyer, *op. cit.*,
p. 268. — 3. Hettner, *op. cit.*, p. 110.

à peu du présent, sans secousses, sans bouleversements des-
tructeurs, par la voie du développement progressif.

Wilhelm Meister, loin d'être comme on le lui a injustement
reproché, une œuvre en dehors de son temps[1] y plonge de
profondes racines[2]. Mais au lieu de se contenter de peindre
son époque telle qu'elle était, Gœthe s'attache surtout à nous
montrer ce qu'il voudrait qu'elle fût, ce qu'il espère que sera
l'avenir prochain.

Nous croyons en voir une preuve indirecte dans l'œuvre
énigmatique qui termine les *Entretiens d'émigrés allemands*,
dans ce *Märchen* qui a tant intrigué la curiosité et tant excité
la verve inventive des critiques. Contemporaine de la conclusion de *Wilhelm Meister*, elle peut paraître l'expliquer en
même temps qu'elle en reçoit elle-même une lumière inattendue.

III.

Si l'on ne s'attarde pas au détail infiniment obscur[3], si on
s'en tient aux grandes lignes du récit, il semble que l'idée

1. Mielke, *op. cit.*, p. 30 ; Baumgartner, *op. cit.*, II, p. 231.
2. G. Witkowski, *Gœthe*, Leipzig, 1899 (W. M. = der Bildungsprogess eines
Menschen der Gegenwart), p. 189 ; Hettner, *op. cit.*, p. 125. Hettner, à vrai
dire, prétend que Gœthe ne l'a pas voulu consciemment ; c'est par la force des
choses que son œuvre reflète les soucis de l'époque. Le contenu politique de
W. M. avait au reste été déjà nettement souligné par un contemporain de Gœthe ;
Fr. Schlegel, dans sa pénétrante caractéristique des œuvres de Gœthe (*Heidel-
bergische Jahrbücher der Literatur*, Heidelberg, 1808, cit. Braun., III, p. 195),
écrivait : « Wir sehen in dem Meister die ganze Verworrenheit des Zeitalters
mit Allem, was ihm von alter Vernachlässigung geblieben und zufällig gewor-
den war, und was es schon an kaum noch sichtbaren gährenden Bewegungen
für Keime eines Neuen enthält, so objektiv ergriffen, dass man schwerlich eine
reifere und wahrhaftere Darstellung dieser Zeit begehren kann. »
3. Cf. Düntzer, *Gœthes Unterhaltungen deutscher Ausgewanderten*, Erläuterungen, Bd XV, pp. 107-141 ; A. Baumgart., *Gœthes Märchen*, Königsberg,
1875, et surtout F. M. von Waldeck, *Gœthes Märchendichtungen*, Heidelberg,
1879, pp. 123-249 ; M. Morris, *Gœthe-Studien*, op. cit., II (Herzogin Luise in
Gœthes Dichtung), pp. 29-73 ; P. Pochhammer, *Gœthes Märchen.*, Gœthe-
Jahrb., 1904, pp. 116-127 ; cf. *Auslegungen des Märchens*, Gœthe-Jahrb.,
1904, pp. 37-44, tableau dressé par Gœthe lui-même, 24 juin 1816.

générale s'en dégage avec assez de netteté. L'action aboutit incontestablement à la réconciliation de deux principes opposés, de deux forces antithétiques, l'idéalisme et le sens du réel ; leur antagonisme paralysait la vie du grand pays où se déroule l'intrigue imaginaire, leur union finale lui promet, au contraire, un avenir heureux et fécond.

Un grand fleuve sépare en deux contrées bien distinctes un vaste pays aux contours imprécis. Dans l'une d'elles règne une belle princesse de conte de fées, Fleur-de-Lys. Au milieu de jardins aux végétations variées, mais qui ne donnent ni fleurs, ni fruits, au bord d'un grand lac aux eaux lisses, elle passe oisive, loin de la société des hommes, des jours mélancoliques. Elle écoute les chants d'un canari, son oiseau préféré, et elle berce sa tristesse aux accents mélodieux de sa harpe. Ses seules compagnes sont trois belles suivantes attentives à prévenir ses moindres désirs. Son sort est étrange ; son charme est irrésistible, mais sa vue paralyse, et son contact tue tout ce qui vit. Aussi son royaume est-il solitaire : l'unique habitant paraît en être un vieux batelier qui demeure dans une hutte sur la rive du fleuve. Sur l'autre rive habitent de non moins étranges personnages. C'est d'abord un vieillard vénérable qui porte partout avec lui une lampe merveilleuse, dont la lumière ne fait pas d'ombre, et qui a la singulière propriété de changer les pierres en or, le bois en argent, les animaux morts en pierres précieuses ; il partage avec sa vieille femme bavarde et vaniteuse et un petit carlin, dont elle raffole, une cabane modeste d'apparences, mais dont les parois intérieures sont resplendissantes d'or pur. Près du fleuve, dans une crevasse profonde, réside un serpent, curieux des mystères du monde souterrain et avide d'or. Non loin de là hante un géant dont l'ombre est redoutable. Sous terre, dans une caverne où ne pénètrent pas les rayons du soleil, se dressent, en des niches, les statues de quatre rois. Le premier, petit et vénérable, est tout en or, il a une couronne de feuilles de chêne sur la tête et un simple manteau s'enroule autour de ses membres bien proportionnés ; le second, long et mince, est d'argent et richement paré, des pierres précieuses sont enchâsssées dans sa couronne, sa ceinture et son sceptre; le troisième, à l'aspect farouche, est d'airain et il s'appuie sur une massue, une couronne de lauriers orne sa chevelure; le quatrième, adossé à une colonne est imposant mais lourd, et semble fait d'un mélange imparfait des métaux dont sont formés ses trois frères. Enfin, un jeune fils de roi, très beau, la poitrine couverte d'une armure étincelante et souple, un manteau de pourpre aux épaules, erre tête et pieds nus le long du fleuve, visiblement en proie à une douleur profonde. Entre les deux rives, il n'y a point de pont. La barque du batelier porte bien les passagers qui viennent du royaume de Fleurs-de-Lys, mais, par contre, elle n'y fait aborder personne, et, pour arriver jusqu'à la belle Princesse, il n'y a que deux moyens de traverser le fleuve : il faut le franchir sur le pont étroit et hardi que fait le serpent à midi ou sur celui que jette à l'heure où le soleil s'incline à l'horizon l'ombre du géant.

Sur les deux rives du fleuve règne une vague inquiétude. Tous les étranges personnages qui y demeurent, même le vieillard à la lampe, même les rois de métal dans leurs ténèbres semblent dans l'attente d'événements annoncés, d'où doit sortir un grand changement qui mettra fin au malaise qu'ils éprouvent les uns et les autres à des degrés divers. Fleur-de-Lys et le Fils de roi ne sont pas les moins angoissés. Elle, souffre de sa solitude, elle est désespérée de son pouvoir fatal, dont les êtres qui lui sont le plus chers sont les premières victimes. Son canari, malgré tous les soins qu'elle avait apportés pour le dresser à ne point la toucher, vient de mourir à son contact; elle n'ose espérer en l'avenir meilleur qu'elle appelle de tous ses vœux. Le Fils de roi, jadis valeureux et puissant, a perdu, pour s'être épris des yeux bleus de Fleur-de-Lys, sa couronne, son sceptre, son épée; il est pauvre, misérable et préférerait la mort à la langueur indigne où il se traîne.

Pourtant, des signes apparaissent qui indiquent que les temps sont proches. Le fleuve est agité, il a débordé; le vieillard à la lampe est venu voir les rois souterrains, il se rencon-

tre dans leur caverne avec le serpent, et celui-ci lui murmure
de mystérieuses paroles qui lui permettent d'annoncer aux
rois qu'en effet les temps vont s'accomplir. L'intervention
de deux Feux-follets vient précipiter les événements. Turbulents, rieurs, hâbleurs, ils troublent la paix morbide de l'attente passive où sont plongés les héros du *Conte*. Egarés sans
s'en douter au royaume de Fleur-de-Lys, ils réveillent en
pleine nuit le passeur et se font transporter par lui sur l'autre
rive. Le passeur ne veut pas garder l'or qu'ils lui ont laissé,
malgré ses protestations, en guise de payement; il va le jeter
dans la crevasse, où dort le serpent. Celui-ci l'avale avidement et, soudain, se voit rayonner d'une lumière inconnue; il
se hâte d'en profiter pour aller explorer à nouveau la caverne
souterraine où il a dans les ténèbres senti, sans les pouvoir reconnaître, les formes mystérieuses des rois. Pendant ce temps,
les Follets ont pénétré dans la cabane du Vieux à la lampe; ils
y ont trouvé la vieille et ils ont obtenu d'elle la promesse
qu'elle payerait pour eux le tribut en fruits de la terre qu'ils
doivent au passeur. Heureux de cette promesse, ils se comportent de façon fort impertinente vis-à-vis de leur hôtesse; ils
lèchent tout l'or des murs, et celui qu'en sautant à travers la
chambre ils sèment à terre cause la mort du carlin. Pour
s'acquitter de sa promesse, la vieille s'en va vers le fleuve avec
trois choux, trois artichauds, trois oignons; elle emporte en
même temps son chien transformé par la lampe du Vieux en
un merveilleux onyx, afin de prier Fleur-de-Lys de lui rendre
la vie, car la Princesse, si elle tue tout ce qui est vivant, a le
singulier pouvoir de donner l'existence aux objets inanimés.
L'ombre du géant lui vole au passage un sur trois des légumes
qu'elle a dans sa corbeille. Le passeur n'accepte le restant qu'à
la condition que la vieille lui apportera les trois légumes man-
quants avant que vingt-quatre heures se soient écoulées. Au
bord du fleuve, elle rencontre le lamentable Fils de roi et l'emmène avec elle au domaine de Fleur-de-Lys, et là se produit
le grand événement d'où sortent les changements escomptés.
Le Fils de roi voyant les tendresses dont Fleur-de-Lys, dédai-

gneuse de ses soupirs, accable le carlin qu'elle a rappelé à la vie, se précipite sur elle pour mourir de son contact et, en effet, il tombe inanimé à ses pieds. Le serpent, témoin de la scène, envoie les Follets, — qui, eux aussi, se sont glissés chez Fleur-de-Lys à la suite de la vieille et du Fils de roi —, à la recherche du Vieux à la lampe, car c'est de lui seul, que, en cette heure de suprême détresse, on peut attendre le salut. Pendant la veillée funèbre auprès du cadavre du Prince, en attendant l'heure propice marquée par le Vieux à la lampe pour transporter le corps sur l'autre rive du fleuve, les Follets distraient la société et atténuent la tristesse de Fleur-de-Lys par leurs propos courtois. Quand celle-ci, sur les indications du Vieux, a rendu la vie au Prince, transporté grâce au pont du serpent sur l'autre rive, et que le cortège se dirige vers le temple souterrain où doivent s'accomplir les destinées, ce sont les Follets encore qui sont chargés d'ouvrir les portes d'airain qui en défendent l'entrée. Et dans le temple même, tandis que l'édifice mû par une force mystérieuse passe sous le fleuve et va surgir aux bords du royaume de Fleur-de-Lys, en absorbant dans son sein la cabane du passeur, transformée par la puissance de la lampe en un merveilleux et délicat sanctuaire, d'où sortent rajeunis le passeur, le Vieux à la lampe, en même temps que le Fils de roi, les Follets ne sont pas restés inactifs ; ils se sont attaqués au quatrième roi et ont léché tout l'or qui, tant bien que mal, retenait assemblés les métaux inégalement répartis de son corps, de sorte que, à l'heure solennelle de la consécration du jeune Prince par les rois, il s'écroule piteusement. Enfin, tous les actes du drame se sont déroulés : le jeune Prince a reçu des trois rois qui survivent, l'épée, le sceptre et la couronne ; il est revenu à la conscience ; son union avec Fleur-de-Lys est consommée ; au bras de sa bien-aimée, il contemple le pont majestueux qui, selon les promesses des prophéties, grâce au sacrifice du serpent, — celui-ci a donné les pierres précieuses de son corps pour en former les piliers, — a surgi du sein du fleuve et apparaît grouillant de passants et de voitures ; il voit, avant de rentrer dans le palais, la suprême merveille se réaliser : le géant, après un dernier mais inoffensif méfait de son ombre, s'immobilisant en une colonne de granit rose qui marquera les heures de l'ère nouvelle. Les Follets, avant de partir, s'amusent à jeter au milieu de la foule, extasiée par tant de mirifiques nouveautés, l'or qu'ils ont ravi au quatrième roi.

Un fait dans cette rapide analyse nous frappe qui mérite d'être retenu. Les Follets jouent dans toute cette merveilleuse intrigue un rôle considérable. Ils inaugurent l'action et ce sont eux qui en constituent le dernier épisode.

Sans doute, ils donnent au premier abord l'impression d'espiègles légers et futils; ils semblent abuser de leur habileté de parole et de leur esprit pour duper les naïfs (la femme du Vieux à la lampe); s'ils sont respectueux de la force vraie (les rois d'or, d'argent, d'airain), ils sont effrontés et sans gêne vis-à-vis des faibles ou des grandeurs d'emprunt (le quatrième roi); ils prennent partout sans vergogne leur bien où ils le trouvent (l'or de la cabane, l'or du quatrième roi), mais ils n'en sont point avares et ils rendent au centuple les richesses qu'ils ont ravies. Ils ne font pas l'action, ils ne la dirigent pas effectivement, mais ils la provoquent et au besoin ils y contribuent volontiers. Ils agissent à la façon d'un ferment.

A notre sens, ils symbolisent ces idées-forces du dix-huitième siècle qui, par la plume des Encyclopédistes, s'insinuent séduisantes, captieuses, effrontées, jusque dans les asiles les plus respectés, et avec une perfide obstination, s'attaquent aux fausses puissances, travaillent à miner leur vain prestige et à préparer leur ruine.

Leur action, d'apparence inquiète et capricieuse, peut paraître suspecte et mauvaise quand elle s'exerce sur des esprits de culture insuffisante, qui ne peuvent discerner l'erreur qui voisine en elles avec la vérité. Mais les gens sages savent reconnaître leur utilité et tirer parti de leur pétulante hardiesse.

Ces idées ont pénétré en Allemagne. Qu'y ont-elles trouvé ? Un peuple jadis grand et fort (le Fils de roi) qui, s'étant égaré au domaine séduisant mais stérile de l'idéalisme, de la rêverie contemplative (les jardins de Fleur-de-Lys, sans fleurs ni fruits), n'a gardé que les vains simulacres de son ancienne splendeur (la cuirasse, la pourpre) et a perdu toute énergie, toute volonté d'agir. Il ne sait plus que se plaindre et regretter son antique valeur, il n'a pas la force de s'arracher à la fascination des yeux bleus du rêve et il en meurt. Mais sa mort n'est qu'apparente. Les forces diverses de la nation, réveillées de leur somnolence par les idées venues du dehors (les Feux-follets), s'unissent sous la conduite de la raison pratique (le Vieux) appuyée sur la claire connaissance des choses (la lampe) pour ramener dans le monde de la réalité et rappeler à la vie consciente le génie de la race (le Fils de roi) ; celui-ci reçoit à son réveil la couronne, le sceptre et l'épée que les vieux rois, c'est-à-dire la saine tradition monarchique (le quatrième roi en représentant la vaine apparence, le Saint-Empire romain germanique) gardaient précieusement dans le temple du passé, en attendant l'heure propice pour les rendre à leur héritier régénéré. La raison et les formes traditionnelles de l'État (le Vieux et sa femme, le passeur) rajeunies du même coup par l'activité nouvelle, deviennent les plus fermes soutiens du monarque restauré. L'idéalisme, le vieux fléau de la nation allemande en même temps que son plus bel apanage, perd sur une âme forte et agissante son pouvoir néfaste ; il s'assied à côté du jeune roi sur le trône nouveau et l'embellit du rayonnement de la grâce et de l'amour. Mais pour que cette union fût possible et vraiment féconde, il a fallu un sacrifice.

La raison abstraite, la spéculation philosophique (le serpent), qui, si longtemps, avait été comme un pont de rêve entre le domaine de la réalité et celui de l'idéalisme vain, comprenant que, désormais, dans un monde nouveau où l'idée et l'action vont la main dans la main, elle n'a plus rien à faire, qu'elle ne pourrait plus être qu'un obstacle dangereux, disparaît volontairement ; de ses débris jetés au fleuve de la vie nationale se construit le large pont qui assure entre les deux rives réconciliées une communication permanente et aisée. L'État nouveau n'a plus rien à craindre de l'influence pernicieuse des forces révolutionnaires (le Géant). Celles-ci pourront encore, à l'occasion, jeter un trouble passager dans la vie du peuple (l'ombre mettant la confusion dans la foule sur le pont), mais il ne vaudra même plus la peine que le souverain mette la main à l'épée pour repousser le fantôme menaçant ; il sera bientôt impuissant. Comme l'aiguille énorme d'un gigantesque cadran solaire, son souvenir figé marquera seulement aux générations nouvelles le début des temps nouveaux. De même les idées nouvelles (l'or) que de turbulents écrivains (les Feux-follets) pourront jeter au milieu de la foule, ne pourront plus y provoquer qu'une agitation vite calmée. Car la nation rétablie dans sa gloire et sa force antiques ne connaît plus qu'une morale, celle de la solidarité, cette morale dont le Vieux à la lampe donnait le début à ses compagnons pendant la veillée funèbre auprès du cadavre du jeune Prince : « Un individu isolé ne peut rien, mais celui-là peut beaucoup qui, à l'heure propice, unit ses forces avec celles de beaucoup d'autres. Que chacun fasse son devoir et les douleurs particulières se dissoudront dans le bonheur de tous. »

De toutes les interprétations possibles du *Märchen*[1], l'explication politique nous paraît la plus vraisemblable. On a dit, pour en démontrer l'impossibilité, que le *Conte* appartenant à la série des *Entretiens* nés du désir d'oublier ou de faire oublier, pour un temps au moins, la Révolution, il était inadmissible que Gœthe ait pu vouloir faire rentrer indirectement la politique dans le cercle des émigrés allemands sous la forme de l'apologue[2]. Certes, nous ne croyons pas non plus que Gœthe ait eu le dessein, ainsi qu'on l'a prétendu[3], de donner une sorte de tableau symbolique des événements de France et qu'il ait été jusqu'à prédire le retour des Bourbons. Mais il

1. Cf. M. v. Waldeck, *op. cit.* — 2. *Ibid.*, p. 188. — 3. Göschel, cf. M. v. Waldeck, p. 174.

nous paraît excessif de soutenir qu'il n'ait pu avoir, en composant son *Conte*, le moindre souci politique. Si la Révolution française lui est odieuse, il n'en est pas moins vrai, nous l'avons marqué, qu'elle hante malgré lui sa pensée, comme elle obsède, en dépit de tous leurs efforts pour l'oublier, les émigrés réunis autour de la baronne. Quoi de plus naturel de supposer qu'il ait cherché à nous dire, comme dans son *Wilhelm Meister*, en se plaçant seulement à un point de vue général, son rêve d'avenir? N'est-ce pas encore le meilleur moyen d'oublier les tristesses du présent que de se représenter que la misère actuelle n'est pas durable et que l'idéal qu'on conçoit sera réalisé dans un avenir peut-être prochain?

Dans *Wilhelm Meister*, Gœthe nous confiait sa conception des devoirs personnels et sociaux des individus et des classes ; dans le *Conte*, il nous laisse entrevoir comment il s'imagine l'État de l'avenir, et comment il espère que dans cet État, où toutes les forces qui en sont la base naturelle agiront dans une solidarité éclairée, les puissances hostiles et nuisibles seront domestiquées et asservies au bien commun.

Que Gœthe ait fait ce rêve pour l'humanité entière et que son *Conte*, par suite, ait, en quelque sorte, une portée mondiale, la chose n'est pas impossible, — au delà de l'Allemagne il voit toujours l'humanité — mais nous croyons pourtant que cette fois, sous la pression des circonstances extérieures, il pense surtout à son pays particulier[1]. La paix de l'Allemagne,

---

1. Bien que Gœthe se soit toujours obstinément refusé à lever le voile de mystère, dont il a soigneusement entouré son *Conte* — en 1830, encore, il se dérobe aux questions de sa chère Marianne-Suleika — il semble que lui-même nous ait donné le droit d'interpréter son œuvre dans le sens où nous l'avons fait lorsqu'il en applique un des passages les plus caractéristiques à un fait politique. Il écrit, le 26 sept. 1795, à Schiller : « Le Landgrave de Darmstadt est arrivé à Eisenach, et les émigrés qui y résident font mine de se replier sur nous... Ah! pourquoi le temple ne se dresse-t-il pas au bord du fleuve! Ah! pourquoi le pont n'est-il pas bâti! » Qu'est-ce à dire, si ce n'est « Quand la guerre sera-t-elle finie? Quand la paix et l'ordre règneront-ils de nouveau? Quand l'État de l'avenir sera-t il fondé, où les maux présents n'auront plus de place? » Par une coïncidence au moins curieuse, à quelques semaines de là (16 oct. 1796), Schiller de son côté écrit à Gœthe, au moment où celui-ci hésite à mettre à exécution son projet de voyage à Francfort : « Je suis heureux de

sa prospérité ne sont-elles pas pour lui questions vitales? Elles seules permettront aux savants, aux poètes comme lui, de travailler, en toute liberté d'esprit, à la lente édification de la cité ou plutôt de l'humanité future.

Il nous reste à nous demander quelle place doivent occuper, quel rôle doivent jouer dans la Cité future rêvée par Gœthe, à côté de l'altruisme ainsi que de l'activité sociale et politique proprement dite, trois facteurs non moins essentiels de la civilisation : la *Religion*, l'*Art* et la *Science*.

vous savoir encore loin des querelles qui se vident aux bords du Rhin, l'ombre du géant pourrait facilement vous malmener » Peut-on douter que, par l'ombre du géant, Schiller n'entende pas la guerre et, naturellement, la Révolution qui l'a déchaînée? Nous ne pouvons ici passer en revue et critiquer dans le détail les diverses interprétations proposées. Disons seulement que de toutes les solutions imaginées, celle qui, dans l'ensemble au moins, nous a paru se rapprocher le plus de la vérité probable est celle de Baumgart, qui souligne le sens allemand du *Conte*. La plus hasardeuse, par contre, nous semble être celle de M. Morris, qui ne voit dans l'œuvre qu'une sorte d'allégorie de l'histoire et de l'avenir de la famille ducale de Weimar. Si, à la rigueur, il ne serait pas impossible de reconnaître avec l'auteur dans les trois rois souterrains les ancêtres de Charles-Auguste, il nous semble tout à fait inadmissible d'apercevoir la duchesse Louise sous le masque de Fleur de Lys ou le duc Charles-Auguste sous celui du Fils de Roi. Le mystère dont il a entouré son œuvre, son obstination à n'en pas révéler le secret, ne sont pas, à nos yeux, des arguments convaincants à l'appui de cette thèse. Gœthe n'aimait-il pas à « mystifier » le public, à le laisser chercher, sans rien faire pour l'éclairer, l' « idée » de ses œuvres? Ce n'est guère que sur ses vieux jours qu'il se décidera, dans ses conversations avec Eckermann, surtout, à donner sur les intentions de quelques-unes de ses œuvres des indications, d'ailleurs vagues. Pour ce qui est du *Conte*, si même en 1830 encore il ne veut pas en livrer le secret, ne serait-ce pas justement parce que les événements politiques ont donné à ses vues un éclatant démenti? Ajoutons que s'il est une interprétation qui, en tout cas, doive être écartée, c'est la mystique. Le duc de Gotha ayant proposé à Gœthe (cf. sa lettre, *Gœthe-Jahrb.*, 1904, pp. 40-43) une explication de ce genre et celui-ci en ayant fait part à Schiller, ce dernier répond de façon très caractéristique : « C'est tout à fait amusant de voir comment le Prince perspicace s'obstine à découvrir le sens mystique du *Conte*. J'espère que vous allez l'y laisser se débattre quelque temps; même si vous vouliez le détromper, il ne vous croirait pas et n'avouerait pas qu'il n'a pas eu bon nez. » (17 déc. 1795.)

IV.

Gœthe avait, nous nous en souvenons, rapporté d'Italie une aversion très vive, presque de la haine pour la religion, ou, plus exactement, pour l'orthodoxie catholique. Cette aversion se fait jour surtout dans les *Epigrammes vénitiennes*. La vue du nonce procédant à côté du doge à la cérémonie du scellement du tombeau du Christ, le vendredi saint, lui arrache cette boutade : « Ce que pense le doge, je l'ignore; mais l'autre se gausse sûrement de la gravité de la cérémonie[1]. » — Quatre choses, dit-il encore, lui sont particulièrement odieuses, aussi odieuses que le poison et les serpents : la fumée de tabac, les punaises, l'ail et la ┼[2]. Il s'afflige que des hommes puissent demander le bonheur à l'illusion religieuse. « Quand je vois un pèlerin, je ne puis jamais retenir mes larmes. Pauvres humains que nous sommes, comme la moindre idée fausse peut nous rendre heureux[3] ! » Et la pensée de la bêtise des hommes va jusqu'à lui faire apercevoir une excuse aux efforts des prêtres pour les duper. « Comme ils carillonnent ces prêtres ! Quelle peine ils se donnent pour que l'on vienne, que l'on bavarde seulement aujourd'hui comme hier ! Ne leur en faites pas un reproche. Ils connaissent les besoins de l'homme. N'est-il pas heureux pourvu qu'il bavarde aujourd'hui comme il bavardait hier[4] ? »

Dans *Tasso*, il souligne l'avidité de l'Eglise[5]. Alphonse sait que Rome veut tout prendre sans rien donner; il se méfie des protestations d'amitié du Pape; « Je me réjouis de son estime, dit-il à Antonio qui lui en porte l'assurance, dans la mesure où elle est loyable[6]. »

L'ambition, la cupidité d'un prince de l'Eglise sont, à côté de sa naïveté, un des principaux leviers de l'action du *Grand-*

1. *Epigr.* n° 9. — 2. *Ibid.*, n° 67. — 3. *Ibid.*, n° 21. — 4. *Ibid.*, n° 11. — 5. I, 4, v. 29. — 6. *Ibid.*, v. 44, 45.

Cophte, et on sait le rôle odieux que joue le Prêtre dans la *Fille naturelle*. Sans doute, s'il avait mené à terme son *Voyage des fils de Megaprazon*, Gœthe aurait-il montré, dans l'île des Papimanes, un pays dominé par les prêtres et ses habitants courbés sous le joug de l'Eglise, vivant dans la paresse et l'hébêtement intellectuels, fermés à toute influence civilisatrice, hostiles aux étrangers qui pourraient vouloir introduire chez eux des idées nouvelles ; nuls présents de la part des étrangers qui les visitent ne peuvent leur être plus agréables que quelques chapelets, scapulaires et *Agnus Dei*, encore qu'ils en aient déjà en abondance[1]. — Un des deux passages ajoutés par Gœthe à son adaptation de *Reincke Fuchs* est précisément, fait assurément caractéristique, une satire à l'adresse du clergé. « En vérité, Messires du clergé, dit maître Renard, se devraient mieux comporter ; si seulement ils se cachaient ; mais tout en étant sans pitié pour nous, pauvres laïques, ils font tout ce qui leur plaît, sous nos yeux, comme si nous étions aveugles. Or, nous ne voyons que trop clair dans leur jeu ; leurs vœux plaisent à ces bons messieurs, tout aussi peu qu'ils conviennent au pécheur, ami des joies du monde[2]. » — Le dernier livre des *Années d'apprentissage* contient une critique non déguisée de l'ascétisme et de ses suites funestes[3]. Nous y voyons un moine, l'infortuné Augustin, fils de grande famille, entré dans les Ordres, rompre son vœu de chasteté et revendiquer, au nom de la Nature, le droit à la virilité, même le droit d'aimer sa sœur Sperata, quand il découvre quel lien redoutable de parenté l'unit à sa bien-aimée. Toutes les forces de l'Eglise se dressent entre ces deux tragiques amants, pèsent de tout le poids de la discipline ecclésiastique sur ces deux pauvres âmes et les déchirent sans pitié, les jetant l'une et l'autre aux bras de la folie[4].

Nous avons vu déjà, par ailleurs, comment Gœthe a fait, du point de vue de la vie pratique, dans les *Confessions d'une*

---

1. Cf. Düntzer, *Studien zu Gœthes Werken*, 1852, p. 7. — 2. Chant VIII, v. 171-177. — 3. VIII, 9. — 4. Cf. A. Böthlingk, *Gœthe u. das kirchl. Rom.*, *op. cit.*, p. 18,

Belle-Ame[1], le procès du piétisme mystique, et ceci malgré toute sa piété pour le souvenir de Mlle de Klettenberg et malgré son intention évidente d'élever un monument touchant à la mémoire de son amie de jeunesse. Il montre la religiosité de la Belle-Ame dérivant d'un état maladif, d'une sensibilité dévoyée et précocement développée par une crise physique, d'une imagination facticement échauffée par de pieuses et amollissantes lectures, née d'une conscience délicate, prématurément avertie de la fragilité de la vertu par un maître trop scrupuleux et affinée à l'excès par un amour malheureux. Nous assistons à la lente et progressive pénétration de cette âme tourmentée, par la hantise du péché, par l'angoisse mystique du mal, par le désir maladif de Dieu ; nous la voyons s'engager dans les liens de la doctrine morave et passer son temps à appliquer toute l'activité de son esprit à essayer de « sonder » son âme ; malgré les avertissements d'un sage, son oncle, qui cherche à lui faire prendre goût à la beauté, à l'art, malgré l'obligation où la vie la place de jouer un rôle positif, pour un temps au moins, malgré l'exemple presque humiliant de la charité active d'une jeune nièce, elle reste repliée sur elle-même, sinon indifférente à tout ce qui n'est pas son salut, du moins faisant de ses rapports avec Dieu son souci le plus urgent, mettant toute sa gloire à dominer du haut de sa vertu la nature humaine dont elle a reconnu la profonde corruption[2].

---

1. *Lehrj.*, VI.

2. Sur la question de savoir si Gœthe a composé de toutes pièces les *Confessions* ou s'il n'a fait qu'insérer en les modifiant plus ou moins de véritables confessions de Mlle de Klettenberg, cf. H. Dechent, *Gœthes schöne Seele, Suzanna Katharina von Klettenberg*, Gotha, 1896, p. 72 ; cf. aussi Burggraf, *Gœthe u. Schiller im Werden der Kraft*, op. cit., pp. 409-423 (B. croit à la paternité de Gœthe). D'après Dechent (p. 75), l'oncle serait, en tous cas, une invention de Gœthe. Les jugements que porte ce personnage sur le mysticisme de la Belle-Ame n'en sont que plus caractéristiques. Que Gœthe ait su peindre avec une si grande délicatesse les états d'âme de l'héroïne des *Confessions*, cela ne prouve pas qu'il y ait encore en lui des traces de son mysticisme passé comme on l'a prétendu (Filtsch, *Gœthes relig. Entwickl.*, op. cit., p. 191). Si nous pouvions avoir quelque doute sur le sens et la portée des *Confessions*, ce que dit Lothario de la folie mystique du Comte nous les enlèverait. Le Comte donne à la communauté Morave tout ce qu'il peut aliéner de sa fortune, dans

A cette religion du renoncement, stérile pour la communauté, Gœthe oppose celle de l'oncle, résumée dans la formule, si lourde de sens en sa simplicité lapidaire, de la salle du passé[1] : « n'oublie pas de vivre », celle dont ce sage essayait de lui faire comprendre la valeur quand il lui montrait que nous devons chercher à voir les beautés de la vie plutôt que ses laideurs, qu'il faut nous efforcer de dominer les circonstances, de connaître toute notre nature, de donner une direction ferme et consciente à ses forces actives, de découvrir le genre d'activité qui convient le mieux à nos aptitudes, de nous y donner avec une volonté tenace, quand il lui répétait enfin que nous devons, au lieu de poursuivre la chimère d'une culture morale abstraite, donner satisfaction à tous les besoins légitimes, à toutes les aspirations saines de notre être.

Notre perfectionnement doit être total et toutes nos facultés doivent y contribuer. Cette religion, exclusivement morale, est celle que pratiquent sans effort, d'instinct, la noble Nathalie et aussi, par raison, la sage Thérèse, elle qui n'aperçoit Dieu que dans la Nature. C'est celle à laquelle la Société de la Tour travaille à amener les jeunes hommes qu'elle a distingués dans la foule. Fait bien digne de remarque, l'âme de cette Société est précisément un abbé, mais un abbé qui n'a conservé de la religion catholique, à laquelle il appartient, que la tonsure et le goût des symboles. Les cérémonies d'initiation aux secrets de la Tour auxquelles il préside, comme l'organisation même de la Société, sont nettement maçonniques, et les obsèques de Mignon sont toutes païennes. Si, selon les usages de l'Eglise, l'abbé a consacré le sarcophage où repose le corps de l'enfant et le peu de terre que renferme son oreiller, c'est uniquement par respect pour le vœu de la morte d'être inhumée en terre sainte[2]. La morale de cet étrange ecclésiastique, telle qu'elle apparaît

l'unique et égoïste pensée d'assurer le salut de son âme, et Lothario représente ce renoncement comme vain et immoral. Comme il eût mieux fait, dit-il, de sacrifier une faible partie de ses revenus pour faire du bonheur autour de lui et s'assurer à lui-même et aux autres le ciel sur la terre! (VII. 3, p. 407.)

1. VIII, 5. — 2. VIII, 8.

dans tous ses actes et ses propos, telle qu'elle se montre dans ce que Jarno nous rapporte de l'action qu'il exerça sur la Société de la Tour à ses débuts[1], telle surtout qu'elle se manifeste dans la « lettre d'apprentissage » qu'il remet à Wilhelm est purement humaine et pratique[2]. Les deux principes fondamentaux sur lesquels elle repose sont la solidarité et la nécessité de développer toutes les facultés que la Nature a mises en nous. « L'humanité se compose de tous les hommes, le monde de toutes les forces réunies[3]. » — « Chaque aptitude est importante et doit être développée. Si l'un ne cultive que le beau et l'autre que l'utile, ce n'est que l'un et l'autre ensemble qui font un homme complet[4]. »

On peut donc dire que la religion, au sens ordinaire du mot, ne joue pas un rôle direct dans *Wilhelm Meister*. Elle n'y figure pas comme un des facteurs importants du développement moral de l'individu, non plus que de la société. Elle semble bien plutôt, au contraire, là où elle se manifeste avec précision, constituer pour la culture individuelle et le progrès social un danger grave. Elle paralyse les forces actives ou les détourne de leur emploi normal. Les héros de *Wilhelm Meister*, qui poursuivent avec conscience un but moral, ne connaissent qu'une religion, celle de l'altruisme et de l'action.

La place que la religion proprement dite tient dans *Hermann et Dorothée* n'est guère plus importante. Aucun des personnages n'est vraiment préoccupé par le souci religieux. L'hôtelier et sa femme ont sans doute la piété confiante et égoïste de bons bourgeois pour qui la vie a été, somme toute, souriante. Ils espèrent que la Providence, qui les a si visiblement protégés, ne voudra pas détruire une seconde fois la prospérité qu'elle leur a accordée[5]. Ils vivent tranquillement dans cette assurance et se contentent de faire honnêtement leur devoir quotidien. Il est bien probable, d'ailleurs, que le pasteur

---

1. *Lehrj.*, VIII, 5, p. 514. — 2. VII, 9, et VIII, 5. — 3. VIII, 5, p. 517. — 4. *Ibid.* — 5. Chant I, v. 174.

ne leur prêche pas d'autre morale religieuse. — Il n'y a pas
en lui la moindre trace de fanatisme ou même de particula-
risme confessionnel[1]. Il croit en la bonté foncière de l'homme[2];
par nature et par raison, il cherche toujours à dégager le
bon côté des événements humains[3]. Il croit en l'immortalité[4];
mais si on lui demandait de préciser sa foi, on apprendrait,
vraisemblablement, qu'elle se rapproche beaucoup plus de
la foi de Herder en la survivance pour une activité plus haute
et plus noble, que de la croyance orthodoxe en une seconde vie
passive, où chacun est récompensé pour ses mérites ou châtié
pour ses fautes. Son Dieu même rappelle étrangement celui
que Faust se refuse à nommer pour ne pas l'enfermer dans
une formule trop étroite. A deux reprises, au moment où on
peut croire qu'il va parler de Dieu, on l'entend parler de la Nature, de la mère Nature[5]. Quand il fiance Hermann et Dorothée, il ne songe même pas à demander à Dieu sa protection
pour le jeune couple[6]. Il ne nous dit pas ce qu'il pense de la
Bible, mais il est probable que son point de vue est celui de
Gœthe, vers 1797, étudiant la « marche d'Israël à travers le désert », c'est-à-dire le point de vue critique; il a plus confiance
en sa raison que dans le principe d'autorité. Comme l'abbé
de *Wilhelm Meister*, il ne connaît et ne professe qu'une religion, celle de la « belle humanité », également éloignée du rationalisme sec et du mysticisme vaporeux ou de l'orthodoxie
étroite. Il est avant tout un maître de morale pratique, un maître de sagesse quotidienne. Volontiers sans doute, au fronton
du temple où il officie comme un prêtre de l'humanité, il ins-
crirait la formule de la salle du passé : « Gedenke zu leben. »
   Si donc, pas plus que dans *Wilhelm Meister*, la religion
commune n'apparaît dans *Hermann et Dorothée* comme une
des bases fondamentales de la société telle que la conçoit
Gœthe, et de l'éducation des individus en vue du rôle qu'ils
doivent y jouer, c'est que le poète la considère, pour l'instant

---

1. Cf. Filtsch, *op. cit.*, p. 204. — 2. Ch. I, v. 85. — 3. Ch. VI, v. 1173. —
4. Ch IX, v. 1763. — 5. Ch. I, v. 85, et VI, 1243. — 6. IX, v. 1959.

au moins, comme inutile. Il croit que la religion de l'activité altruiste suffit pour guider la masse dans la voie du progrès et, pour son compte, pour la petite élite de penseurs, qui ont mission de préparer l'avenir, il en sait une supérieure et plus noble, celle de l'Art et de la Nature[1].

V, I.

De tous les conflits où Gœthe s'était trouvé engagé à Weimar, celui ou l'avait jeté avec lui-même et avec le monde son double caractère d'artiste et d'homme politique n'avait pas été un des moins douloureux, et nous avons souligné naguère qu'une des raisons les plus impérieuses qui, en 1786, l'avaient poussé à fuir de Weimar, avait été le besoin d'échapper aux affaires, de secouer l'homme d'Etat, de se retrouver ce que, par moments, il inclinait à croire qu'il n'aurait jamais dû cesser d'être, un libre artiste, un poète créateur.

---

1. On peut se demander si dans cette sorte d' « Atlantide » qu'il nous a présentée dans son *Märchen*, Gœthe n'a fait aucune place à la religion. Quelques critiques, Giesebrecht, Düntzer, Baumgart. (cf. M. v. Waldeck, *op. cit.*), ont cru apercevoir sous quelques-uns des personnages des symboles religieux. Giesebrecht voit dans le Vieux « à la lampe » la Foi, et dans sa femme l'Eglise. Pour Düntzer, le Vieux symbolise la Providence. Aux yeux de Baumgart., la femme du Vieux représente les idées religieuses, tandis que son Carlin incarne le mysticisme, la superstition religieuse. La démonstration de Baumgart nous paraît en soi assez spécieuse, bien que nous soyons forcé d'avouer que nous ne comprenons pas très bien comment Gœthe, étant donné ses idées religieuses du moment, pourrait avoir songé à donner la religion et le mysticisme comme compagnes à la science (le Vieux). Cette démonstration n'a d'ailleurs que la valeur d'une hypothèse ingénieuse mais fort contestable. En tout cas, si la Vieille devait représenter réellement un élément religieux, il nous semble que ce serait plutôt encore l'Eglise que l'idée religieuse. Son rajeunissement final aurait au moins un sens plus satisfaisant. Dans l'Etat nouveau, l'Eglise régénérée, au lieu de vivre une vie mesquine, inquiète des progrès de l'esprit du siècle, uniquement préoccupée à maintenir son intégrité menacée et déjà entamée par cet esprit, s'y plongerait résolument, rejetterait tout ce qu'il y a de vieux, de suranné, de superficiel en elle; elle deviendrait une des servantes et une des auxiliaires du présent. Elle offrirait à la masse, qui ne peut suivre l'élite aux sommets et renoncer d'un coup à ses anciennes chimères, un idéal de transition.

Quelle qu'ait été l'intention première de *Tasso*, en fait, l'œuvre, telle que nous l'avons, pose non seulement le problème de l'amour, mais aussi celui des rapports du poète idéaliste avec le monde du réalisme politique, sous la forme de l'antithèse Tasso-Antonio.

L'histoire extérieure de leur conflit est simple. Tasso vient de terminer sa *Jérusalem délivrée* et de recevoir de ses bienfaiteurs, le duc de Ferrare et sa sœur, les marques les plus précieuses d'estime et d'admiration. Il paraît au comble de la félicité et il a peine à supporter le fardeau de son bonheur. Arrive le diplomate Antonio qui vient de remplir avec habileté et succès une difficile mission auprès du Pape. L'homme d'État ne peut cacher qu'il trouve excessifs les honneurs accordés au poète; il s'applique à rabaisser le mérite de Tasso, dédaigne les avances aimables que celui-ci lui fait[1]. La Princesse s'en afflige, car elle voudrait voir réunis en une noble amitié ces deux hommes qu'elle dit estimer également. En réalité, elle redoute pour son poète aimé les conséquences de l'hostilité d'Antonio, elle craint que Tasso n'y trouve de nouvelles raisons de souffrir et elle engage le poète à s'efforcer de gagner l'affection d'Antonio[2]. Tasso lui obéit, mais sa démarche a pour résultat de découvrir l'abîme qui le sépare du diplomate[3]. La querelle qui s'élève entre eux a pour lui les conséquences les plus funestes. Condamné par le duc aux arrêts à la chambre[4], il s'exagère la gravité de la punition. Son amour-propre, son sentiment de la justice exaspérés lui font croire qu'il est victime d'une odieuse cabale montée par son ennemi. Il soupçonne de perfidie tous ceux qui l'entourent; il n'a plus qu'une pensée, fuir Ferrare[5] Les efforts que tente Antonio, sur l'ordre du duc, pour le retenir, ne font que le confirmer dans son dessein, car il ne voit dans ces efforts que noir calcul et cruauté raffinée[6].

Mais nous savons, d'autre part, comment le tendre regret que lui laisse voir la Princesse en apprenant son départ prochain lui fait oublier ses griefs et ses projets de fuite et le jette

1. I, 4. — 2. II, 1. — 3. II, 3. — 4. II, 4. — 5. IV, 1, 2, 3. — 6. IV, 4, 5.

en un transport amoureux, qui, dans un mouvement de folie,
le précipite sur la poitrine de la Princesse[1]. Cette fois, c'en est
fait à jamais de son bonheur; il le comprend, et dans son désespoir furieux, sa raison menace de sombrer; il doute de tout et
de tous, il doute de lui-même. A cette heure tragique, Antonio
lui offre l'appui de son bras, lui rappelle qu'il lui reste le plus
précieux de ses biens, son génie, et, Tasso, en apparence récon-
forté, rendu à lui-même, se raccroche à ce sentiment. Le navire
qui portait ses rêves s'est brisé, mais Antonio lui apparaît
comme le rocher sauveur et il l'entoure éperdûment de ses
bras meurtris[2].

De ce rapide rappel des faits, il résulte, semble-t-il, que
d'une part Antonio est bien la cause première des malheurs de
Tasso, mais que de l'autre aussi c'est ce même Antonio qui le
sauvera après l'avoir perdu.

Quel est le sens de cette fable et de son épilogue inattendu?
Devons-nous en conclure, comme il paraît naturel de le faire,
que, pour vivre dans le monde, le poète doit se mettre à l'école
de l'homme d'Etat, en d'autres termes, que l'idéalisme doit se
subordonner au réalisme? Pour répondre à cette question, il
faut auparavant nous demander ce que représentent vraiment
les deux antagonistes.

Il ne peut guère y avoir de doutes, semble-t-il, pour Antonio. C'est, à première vue, un homme d'Etat, un homme d'action, à l'esprit clair, aux décisions nettes, un diplomate de
grande habileté, dont le duc apprécie à leur pleine valeur les
services éminents. La Princesse, elle aussi, rend entièrement
justice à son mérite[3]; elle sait que son commerce est sûr et son
conseil bon à suivre. La meilleure preuve de l'estime qu'on a
pour lui à la cour de Ferrare c'est que le duc lui confie le soin
de réparer lui-même le désordre qu'il a causé en provoquant
la colère de Tasso[4]; quand il n'y réussit pas de prime abord, le
duc est tout de suite convaincu que la responsabilité de l'insuccès ne doit pas lui être attribuée[5]. Sa sagesse pourtant ne

1. V, 4. — 2. V, 5. — 3. II, 1, v. 202 et sq. — 4. II, 5, v. 30 et sq. —
5. V, 1, v. 35 et sq.

le met pas à l'abri de l'erreur. Son attitude à l'égard de Tasso, lors de leur première rencontre et surtout dans la scène de la querelle est incontestablement déplaisante. Ses amis eux-mêmes soulignent ce que son caractère a de raide et d'âpre. « Jamais, dit la princesse, Antonio ne m'a paru plus inaccessible, plus renfermé en lui-même que ce matin[1] ». « Voici notre farouche ami, dit de son côté la comtesse Sanvitale quelques instants plus tard[2], voyons si nous pourrons l'apprivoiser ». Le duc, après la scène de la dispute, ne lui cache pas qu'il a eu tort de manquer de sang-froid et de modération. « Quand deux hommes se querellent, on regarde avec raison le plus sage comme le plus coupable[3] ». Lui-même, d'ailleurs, ne fait pas de difficultés pour reconnaître qu'il a commis une faute fâcheuse en se laissant aller à un mouvement d'humeur et en ne gardant pas la mesure qu'il aurait dû observer[4]. Les raisons mêmes qu'il invoque nous laissent apercevoir une âme sur laquelle l'orgueil et l'envie ont prise, en même temps qu'elles nous montrent les limites de son intelligence. Il éprouve du dépit à se voir obligé de partager les marques de la faveur princière et de la faveur des femmes[5] avec un jeune homme dont le mérite ne saurait, selon lui, se comparer au sien. Il n'a pas pour Tasso l'indulgence que montrent à celui-ci ses amis parce qu'il ne voit que ses défauts ; il ne comprend pas l'âme du poète. Léonore Sanvitale est obligée de lui faire remarquer que la couronne de lauriers qu'il jalouse au front du poète est plutôt un symbole de la souffrance que du bonheur[6]. Dans toute son attitude à l'égard de Tasso, il y a, semble-t-il, une sorte de cruauté froide qui, au premier abord, nous surprend et nous froisse. Dans la scène de la querelle ne s'attache-t-il pas visiblement à humilier son adversaire, à le pousser à bout par ses railleries méprisantes? L'âpreté même avec laquelle il cherche à prouver au duc et à la comtesse Sanvitale la puérilité, l'indigence morale de leur héros[7], peut

1. III, 2, v. 19 et 20. — 2. III, 3, v. 51. — 3. II, 5, v. 21. — 4. III, 4. — 5. *Ibid.*, v. 54. — 6. *Ibid.*, v. 72, 73. — 7. II, 5 ; III, 4 ; V, 1.

paraître une faute difficile à comprendre et à excuser chez un diplomate, chez un courtisan avisé. La générosité apparente, dont par la suite il fait preuve vis-à-vis de Tasso, quand il s'efforce de le retenir à Ferrare[1] et surtout la pitié qu'il témoigne et l'assistance qu'il offre au poète après la catastrophe[2], peuvent aussi nous être suspectes, quand nous nous souvenons qu'il a déclaré à la comtesse Sanvitale[3] que s'il tient à ce que Tasso reste à Ferrare, c'est que lui-même ne veut pas paraître la cause de son départ. Le courtisan a retrouvé son sang-froid et sa prudence. « Tasso est cher à notre prince, donc il faut qu'il reste[4]. »

Bref, les traits déplaisants sont nombreux dans son caractère; il est facile de les pousser au noir, et rien n'est plus aisé que de faire de lui une sorte de monstre d'égoïsme cruel, le type du courtisan hypocrite, qui a pu, par un mouvement de passion, se laisser entraîner à commettre une faute contre son intérêt, mais qui sait vite trouver dans son expérience et la souplesse de son caractère les moyens de la réparer[5].

Et pourtant, si l'on s'efforce de considérer ce personnage objectivement, sans parti pris, il semble bien que Gœthe se soit attaché, au moins dans les derniers actes, à pallier, autant qu'il était en son pouvoir, les effets fâcheux de son attitude première.

Si l'on peut ne pas être touché par les excuses qu'il lui fait trouver à son attitude hautaine lors de sa première rencontre avec le poète, il nous paraît difficile de ne pas reconnaître que, au début de la scène de la querelle, la passion avec laquelle Tasso lui demande, veut lui imposer même son amitié, était bien faite pour lui déplaire et le mettre en défiance. Quel prix, d'ailleurs, pouvait-il attacher aux protestations du poète, du moment que celui-ci, dès les premiers mots, lui avait donné à entendre qu'il venait à lui non point spontanément, mais pour obéir à la Princesse[6]? Sans doute, Tasso ajoute que l'ordre de

---

1. IV, 4. — 2. V, 5. — 3. III, 4, v. 187 et sq. — 4. III, 5, v. 200.
5. Cf. toute l'interprétation de ce caractère par Bielschowsky, *Gœthe*, I, pp. 476-482.
6. II, 3, v. 21; cf. F. Kern, *Gœthes Tasso*, op. cit., p. 52.

sa bienfaitrice n'a fait que prévenir un désir de son propre
cœur et que de lui-même il serait venu lui demander l'appui de
son expérience et de sa sagesse[1]. Mais Antonio, conscient de
l'opposition radicale qu'il y a entre sa nature et celle du poète,
ne peut pas prendre au sérieux les affirmations de celui-ci et
il cherche à le ramener à un sentiment plus juste de la situation,
en lui faisant sentir l'indiscrétion de son insistance. En somme,
il faut bien le remarquer, il ne perd vraiment patience que
lorsqu'il voit l'inutilité de ses efforts pour faire comprendre au
poète que l'amitié ne saurait être l'œuvre d'un moment et que,
pour qu'un lien solide puisse se nouer entre l'homme expéri-
menté qu'il est et le jeune homme fougueux qu'est Tasso[2], il
faudrait des raisons plus profondes qu'un désir né d'un caprice
et irrité par la résistance[3]. Il a tort de s'exprimer en paroles
blessantes pour l'amour-propre du poète, il a tort surtout de
faire trop bon marché du mérite de son rival, mais son irritation est humaine et, en y réfléchissant, on peut accepter les raisons qu'il en donne lui-même; quant à son refus de se laisser
contraindre à l'amitié par Tasso, il faut avouer qu'il est très
légitime. Dans la franchise même avec laquelle il dit au duc
ouvertement, brutalement son opinion sur Tasso, ne peut-on
pas voir une preuve de noblesse ou au moins d'indépendance
de caractère tout aussi bien qu'une marque d'involontaire maladresse? Ne courait-il pas le risque d'irriter le duc en critiquant
devant lui sans ménagements les défauts d'un poète cher à
Alphonse malgré ses imperfections, en soulignant surtout la
disproportion entre le mérite et la récompense, entre la valeur
du poète et l'estime qu'on lui témoigne[4]? Remarquons que, de
même, l'éloge qu'il fait du Pape déplaît visiblement au prince
et pourtant il dit sa pensée jusqu'au bout[5]. Quand il s'emploie
à retenir le poète à Ferrare, pourquoi faudrait-il n'y voir qu'un

---

1. II, 3, v. 55. — 2. *Ibid.*, v. 168, 169.
3. Cf., sur la question accessoire mais intéressante des rapports antérieurs
de Tasso et d'Antonio, F. Kern, *Gœthes Tasso und Kuno Fischer*, Berlin,
1892, pp. 7-14.
4. I, 4, v. 132. — 5. *Ibid.*, v. 50 et sq.

calcul mesquin? Il ne fait pas mystère, somme toute, du sentiment qui l'y pousse. Il ne veut pas être la cause du départ de Tasso, dit-il; mais pourquoi ne pas croire que c'est plutôt, ainsi qu'il le marque lui-même, par affection pour le duc que par souci de son propre intérêt? Le duc tient trop à lui pour qu'il puisse craindre pour son crédit, mais il sait que le départ de Tasso causerait un réel chagrin à son maître et, en bon serviteur, il a la préoccupation de le lui éviter. Quoi de plus naturel? Pourquoi, d'ailleurs, voudrait-on que de lui-même il ait eu le désir de garder à ses côtés un homme, dont les manières d'enfant gâté révoltent sa virile nature de lutteur, qui lui est personnellement antipathique, et qui par ses excentricités peut lui paraître un danger perpétuel pour la tranquillité commune? Est-on enfin vraiment en droit de douter de sa sincérité, quand après la catastrophe finale il offre à Tasso, sur le point de sombrer au gouffre de la folie, l'appui de sa claire raison? Pourquoi ne pas le croire capable de pitié? Ce qui dans Tasso l'avait tant irrité, c'était ce qui lui semblait de l'outrecuidance, de la suffisance injustifiée, de la passion désordonnée, c'était la volonté uniquement appliquée à la satisfaction des désirs et des caprices.

Mais après le baiser fatal, le fier, l'impétueux et puéril Tasso, qu'on prétendait égaler à lui n'est plus qu'une lamentable épave, un pauvre homme que le malheur qui fond sur lui laisse désemparé, à la merci de la vie impitoyable. Tout naturellement, Antonio s'émeut de sa détresse. Cette sympathie est-elle d'ailleurs vraiment si imprévue, et est-il besoin d'y voir une inconséquence, une contradiction? Par les défauts qu'il lui a prêtés, Gœthe a fait de lui un homme au sens plein du mot. Son irritation et ses excès de langage mêmes prouvent sa sensibilité. L'évolution de ses sentiments vis-à-vis de Tasso n'a rien que de très normal.

Il est bien possible, assurément, que lorsqu'il commença d'écrire son *Tasso*, Gœthe ait eu l'idée d'opposer au poète, qui avait alors toutes ses sympathies, un courtisan envieux, au cœur sec, à l'esprit étroit, comme ceux dont il eut lui-même à souffrir dans les premiers temps de son séjour à Weimar[1], et qu'il ait laissé à son Antonio, dans la rédaction définitive, plus d'un des traits de ce Giambattista Pigna qui devait être l'adversaire primitif du héros de son drame[2]. Mais il nous paraît en tout cas indéniable que, lorsqu'il acheva sa pièce, Antonio n'était plus pour lui le type du courtisan odieux, et, qu'au contraire, il s'est efforcé de nous faire apprécier la raison lucide, la sagesse, la belle humanité du diplomate. Les premières faiblesses d'Antonio doivent nous faire mieux comprendre la beauté morale et toute humaine de son caractère ; s'il est capable de commettre des fautes, du moins il sait les confesser et les réparer. Sa sensibilité peut, à l'occasion, lui faire perdre la mesure ; sa raison la lui fait vite retrouver. Ajoutons, enfin, que Gœthe ne l'a pas voulu insensible à la beauté pure. La Princesse ne doute pas qu'il n'apprécie à sa juste valeur le poème de Tasso, quand il le connaîtra, et qu'il ne sache y reconnaître des beautés que les autres ne font qu'y pressentir[3]. Il prouve, par son éloge délicat d'Arioste[4], que la bonne opinion que Léonore d'Este a de son goût n'est pas excessive, et nous apprenons par Tasso qu'il a lui-même des prétentions à la poésie[5].

Antonio est donc un honnête homme, au sens le plus large du mot, avec de grandes qualités et de légers défauts. Le réalisme est le fond de sa nature, mais un idéalisme discret en atténue l'austérité[6]. Il sait goûter, lui aussi, les sourires de la vie, les joies de la poésie et la faveur des femmes. Il vise à l'harmonie et s'en approche ; s'il ne la réalise pas tout à fait, c'est qu'il est un homme.

Tasso, par contre, se présente à nous, dès l'abord, comme l'antithèse vivante d'Antonio. Le sens du réel et surtout celui de la mesure lui font défaut. « Son œil s'arrête à peine aux

<hr>

1. Cf. K. Fischer, *Gœthes Tasso, op. cit.*, p. 451.

2. *Ibid.*, p. 469 ; cf., dans Scheidemantel, *op. cit.*, p. 8 et sq., les preuves métriques tirées du nom même d'Antonio.

3. I, 4, v. 135, 179 ; II, 1, v. 26. — 4. I, 4, v. 144-169. — 5. IV, 2, v. 90, — 6. Cf. K. Fischer, *op. cit.*, p. 454.

choses de la terre [1]. » Il vit dans le monde que se crée son imagination ; c'est ce monde qui, pour lui, est la vraie réalité [2], et il ne sait s'accommoder du commerce des hommes. Il fuit la société, même celle de ses amis les plus dévoués [3]. Ne connaissant pas les hommes, il les méconnaît [4]. Il se méfie de tout le monde, non seulement de ses serviteurs, de son médecin, mais du duc lui-même, son bienfaiteur [5] ; il est toujours prêt à soupçonner ceux qui l'approchent de trahison et de ruse [6]. Il est l'esclave de son imagination et de ses nerfs. Tantôt il s'abîme en lui-même et tout disparaît à ses yeux, tantôt, sous l'impulsion subite d'une joie ou d'une douleur, d'une colère ou d'un caprice, il sort brusquement de son monde de rêve, il se jette éperdument dans la réalité [7] et veut tout saisir, tout posséder ; il ne peut supporter la pensée que ce qu'il s'imagine ne s'accomplira pas, il veut du « moment » ce que les années seules peuvent donner ; il exige l'impossible de lui-même comme des autres. L'impétuosité avec laquelle il prétend forcer Antonio à lui accorder son amitié nous en est une preuve. Il a des manières et des caprices puérils ; il aime le beau linge, les riches vêtements, mais il est incapable de se les procurer ou de les conserver ; en voyage, il perd régulièrement un tiers de ses effets [8] ; il gaspille ou se laisse voler son argent. Il se conduit dans la vie comme un enfant gâté [9], passant, sans transition, d'une joie excessive à une excessive douleur, du découragement aux espoirs les plus fous. La couronne que dépose sur son front la Princesse le brûle comme un rayon de soleil trop ardent et le plonge en une extase de joie délirante [10]. La légère punition que lui a infligée le duc pour avoir tiré l'épée dans l'enceinte du palais le précipite dans un abîme de désespoir [11] ; l'univers, que, l'instant d'avant, il voyait radieux de toute la splendeur qu'il y mettait [12], lui semble soudain vide et lugubre [13] ; lui qui

---

1. I, 1, v. 159. — 2. II, 1, v. 225. — 3. I, 2, v. 5. — 4. *Ibid.*, v. 73. — 5. *Ibid.*, v. 84. — 6. Cf. II, 1, v. 220 ; V, 1, v. 90 et sq. — 7. III, 4, v. 153. — 8. III, 4, v. 105 et sq. — 9. V, 1, v. 55. — 10. I, 3. — 11. II, 3. — 12. II, 2. 13. IV, 1. — Tous ces traits sont, selon J. Möbius (*Goethe* Ausgew. Werke, Leipzig, 1909, Bd II, pp. 83-92), autant de symptômes pathologiques d'une

rêvait naguère d'exploits glorieux, d'actes inouïs, il voit soudain s'ouvrir devant lui « la porte noire d'un long avenir de deuil [1] », et il croit sentir autour de sa tête « le frôlement répugnant des fantômes hideux de l'antique nuit » ; il se voit entouré de gouffres béants ; il s'enfonce avec une passion sauvage dans sa douleur, et il n'aperçoit autour de lui que perfides ennemis acharnés à sa perte ; il veut rivaliser de dissimulation avec eux, mais il suffira que la Princesse lui donne une marque de tendre sympathie, lui dise une parole de pitié affectueuse, pour que l'espoir rentre à flots tumultueux dans son cœur ulcéré, et le submerge, et l'entraîne de nouveau au delà des limites du monde réel [2]. Quand il retombe sur la terre la chute est si rude, que sa raison en paraît ébranlée à jamais. — Il n'a même pas la foi souveraine en son génie. Non seulement il se méfie de son talent poétique plus qu'il ne serait bon [3], mais, en entendant Antonio louer l'activité du Pape et la grandeur de sa politique, il se sent humilié de n'être qu'un poète [4], il lui semble qu'il disparaît à ses propres yeux et il craint de s'évanouir comme la nymphe Echo le long des rochers, de se perdre comme une vaine résonnance, comme un néant. On dirait même, nous l'avons vu, que la poésie n'a jamais été pour lui qu'un moyen pour conquérir le cœur de celle dont l'affection lui paraît le bien suprême au monde, et le moyen lui semblant insuffisant, il en vient à la dédaigner, il rêve de remplacer sur son front la couronne de lauriers par la couronne de chêne réservée aux héros de la vie pratique, aux esprits fermes qui savent la dominer [5]. Ce n'est pas spontanément que, dans sa détresse finale, il songe que la poésie lui sera une consolation, un refuge. Il faut qu'Antonio le fasse souvenir que Dieu lui a donné le pouvoir de dire combien il souffre [6].

Tout dans la conduite de Tasso nous prouve donc qu'il est un malade, et ce n'est pas seulement dans les derniers actes

forme typique de la folie, de la folie de la persécution. Gœthe, sans le vouloir, aurait simplement décrit un cas d'aliénation mentale, de « paranoia ».

1. IV, 1, v. 47-52. — 2. V, 4. — 3. I, 2, v. 27 et sq. — 4. II, 1, v. 48-51. — 5. Cf. Kern, *op. cit.*, p. 34. — 6. V, 5.

qu'il nous apparaît comme tel. Sa querelle avec Antonio n'est point la cause première de sa folie, elle ne fait que déchaîner les démons obscurs de son âme. L'excès de son enthousiasme, dans la scène du couronnement, nous avait déjà montré le trouble de son esprit, et, dès l'abord, avant même que Tasso n'entre en scène, ce que le duc nous dit de lui nous met en défiance. Alphonse considère et dépeint le poète comme un malade difficile qui a besoin d'être traité avec prudence, et il se produit l'effet d'un médecin qui s'efforce d'obtenir une guérison délicate[1]. Peu d'instants avant la catastrophe, la Princesse sentant grandir la folie au cerveau de son poète aimé, se demande avec anxiété où elle pourrait trouver un remède pour calmer sa fièvre[2]. Tasso lui-même ne se condamne-t-il pas et ne souligne-t-il pas son état morbide quand, parlant à la Princesse de ce qui l'attend à Rome, il lui dit : « Oui, je le sens, l'art sublime qui nourrit tout le monde, qui fortifie et restaure une âme saine, achèvera ma ruine, il me bannira... [3] »

Ainsi tandis qu'Antonio, grâce à sa sagesse bien équilibrée, sort vainqueur de son conflit avec le poète, celui-ci y perd sa félicité présente et, semble-t-il, toute chance de bonheur pour l'avenir. Il ne sortira pas guéri de la crise qu'il traverse.

Il nous paraît difficile, en effet, d'admettre qu'on ait le droit, comme l'ont fait tant de critiques[4], d'interpréter la conclusion du drame dans le sens de l'optimisme. Est-il vraiment possible de croire que dans le monde étranger et froid où sa folie l'exile, il sera plus sage et plus habile qu'il ne l'a été, sous nos yeux, dans le milieu idéal où il a vécu jusqu'ici? Où peut-il espérer rencontrer à la fois tant d'estime sincère pour son talent et d'indulgence affectueuse pour ses défauts? Où trouvera-t-il la force de suivre le conseil du duc, de s'arracher aux abîmes de

<hr>

1. I, 2, vv. 90-96. — 2. V, 4, v. 104, 105. — 3. V, 4, v. 21, 23. — 4. Cf. par ex. : Hillebrand, *Die deutsche National litteratur im 18 u. 19 Jahrh.*, Gotha, 1875, II; Rosenkranz, *Gœthe und seine Werke*, op. cit.; Düntzer, *Erläuterungen*; Schröer (Ed. Kürschner); Kern, *op. cit.*; K. Fischer, *op. cit.*; Bielsckowsky, *op. cit.*; Viehoff, *op. cit.*, etc...

son propre cœur, les plus dangereux pour lui? Comment peut-on s'imaginer qu'il saura dépouiller sa nature soupçonneuse et inquiète à l'excès et voir la réalité à travers le voile de ses chimères?

Sans doute, nous pensons qu'Antonio saura l'aider, matériellement au moins, à triompher, pour l'instant, de l'effroyable crise où il se débat; mais lorsqu'il se retrouvera seul dans la vie, nous en avons la conviction, il ne saura pas plus que par le passé se diriger à travers les périls dont elle est semée pour les rêveurs.

Si Gœthe avait réellement voulu nous faire croire à la possibilité d'une réunion définitive et féconde des deux principes différents que représentent Antonio et Tasso, il faudrait avouer qu'il a bien gauchement réalisé son intention[1]. Ainsi qu'on l'a fait justement remarquer, ce n'est pas sur la perspective de salut par la poésie que le drame se termine, mais bien sur l'image du naufragé se raccrochant au rocher contre lequel s'est brisé le navire qui portait ses rêves[2]. C'est le désespoir et non la confiance qui le pousse sur la poitrine d'Antonio.

Même, si par suite de circonstances favorables, que rien ne nous autorise à croire possibles, Antonio devait rester aux côtés de Tasso et continuer de le soutenir, est-il vraisemblable que celui-ci se soumette longtemps à sa tutelle? Gœthe n'a-t-il pas pris soin de nous montrer, de façon à nous en convaincre, que l'abîme qui s'ouvre béant entre les natures de Tasso et d'Antonio est de ceux qui ne se peuvent combler? « Observe seulement leur extérieur à tous deux, dit la Princesse à la comtesse Sanvitale; le visage, le ton, le regard, la démarche. tout se repousse; ils ne pourront jamais faire échange d'amitié[3] ». Et la Comtesse souligne, de son côté, que si la querelle qui a surgi entre eux peut s'apaiser pour le présent, cela ne doit pas rassurer pour l'avenir[4]. Une fois la crise passée, Tasso se révoltera de nouveau contre la pédagogie d'Antonio, contre cette

1. Cf. Schöll, *Gœthe in Hauptzügen*, op. cit., p. 318. — 2. W. Büchner, *Selbsterlebtes in Gœthes Tasso*, Gœthe-Jahrb., 1894, p. 183. — 3. III, 2, v. 22-25. — 4. *Ibid.*, 56-58; cf. Schrempf, *op. cit.*, II, p. 271.

« sagesse empesée » qui lui a toujours été odieuse[1]. Ses dernières paroles elles-mêmes ne contiennent-elles pas les germes des révoltes futures? « Noble Antonio, tu demeures ferme et calme, tandis que je ne parais que le flot agité par la tempête; mais réfléchis et ne triomphe pas de ta force. La puissante Nature qui créa ce rocher a donné aux flots leur mobilité; elle envoie sa tempête, la vague fuit, se balance et s'enfle et saute par-dessus, écumante[2] ».

Antonio ne sera jamais pour Tasso qu'un rocher, un refuge dans la détresse, mais non un asile chaud[3].

Pourquoi, d'ailleurs, vouloir à tout prix que Gœthe ait eu l'intention de « sauver » Tasso?

Parce que Tasso est un poète, dit-on communément[4], et qu'il est inadmissible que Gœthe ait pu penser à condamner le poète en son héros.

Certes, nous croyons, nous aussi, que Gœthe avait une trop haute idée de la poésie et de sa vertu libératrice pour qu'il ait voulu proclamer la faillite de la poésie et le triomphe absolu de la prose de la vie. Ne prouve-t-il pas lui-même dans son *Wilhelm Meister* tout son respect pour la poésie quand il définit le poète « le maître, le prophète, l'ami des Dieux et des hommes[5]? »

Mais Tasso est-il donc l'incarnation de la poésie? Assurément non. Ce n'est pas *le* poète, c'est *un* poète dont les traits individuels sont nettement accusés; c'est un poète qui n'a pas su s'accommoder de la vie, parce que son imagination s'est développée à l'excès, aux dépens de ses autres facultés, et a détruit en lui le sens du réel.

Si on peut admettre que Gœthe a eu, en entreprenant son *Tasso*, sous l'influence de ses premières désillusions politiques, l'idée de montrer combien la réalité est dure et hostile pour une sensibilité particulièrement délicate comme celle d'un poète, mais comment aussi le poète en triomphe par la supériorité de

1. IV, 2, v. 49. — 2. V, 5, v. 149-156. — 3. Cf. Bielschowsky, *op. cit.* I, p. 483. — 4. *Ibid.*, p. 484. — 5. II, 2, p. 91.

son esprit[1], il semble indéniable que, par la suite, il a renoncé à cette intention première. Ainsi qu'on l'a souligné[2], ce n'est pas une raison parce que Gœthe revient d'Italie « sauvé par l'art », pour qu'il ait voulu que Tasso soit lui aussi sauvé par la poésie. Pourquoi refuser à Gœthe le droit de séparer son sort de celui de sa création ? Pourquoi vouloir que Tasso soit de tous points Gœthe ? De Tasso, Gœthe n'a plus les folles et fiévreuses illusions, l'incapacité de se plier aux nécessités de la vie réelle. Pourquoi ne pas admettre qu'en conduisant Tasso jusqu'à la folie, Gœthe a non seulement respecté la donnée historique telle que la lui fournissait Serassi[3], mais qu'il s'est procuré en quelque sorte à lui-même le spectacle de ce qu'il aurait pu devenir, comme tant de ses compagnons de « Sturm und Drang », comme Lenz, — chassé de Weimar pour une « ânerie » semblable sans doute à celle de Tasso[4], — si son bon sens naturel et sa volonté de lutter contre son instinct ne l'avaient gardé des excès où tombe son héros, et si sa fuite héroïque en Italie ne l'avait ramené à la vie saine de l'humanité normale ?

En effet, et c'est là un point essentiel, si dans le drame tel que Gœthe l'a réalisé, le génie poétique de Tasso peut, jusqu'à un certain point, expliquer ses faiblesses d'homme. ce sont exclusivement ces faiblesses, les défauts de caractère qui apparaissent dans la lumière crue des faits. C'est de ses défauts que tous ses amis voudraient le guérir, c'est

1. Hettner, *op. cit.*, III, 2, p. 81. — 2. Büchner, *op. cit.*, p. 186. — 3. Cf. K. Fischer, *op. cit.*, p. 38 et sq.

4. A. Böthlingk (*Shakespeare und unsere Klassiker*, II[ter] Band : *Gœthe*, Leipzig, 1909), publie (p. 167) un curieux document qui semble donner la clef de l'énigmatique « ânerie » de Lenz. C'est une lettre de l'historien russe Karamsin qui rapporte l'anecdote suivante, qu'il tenait sans doute de Wieland. « Die junge Herzogin (Luise) war damals (als Lenz nach Weimar kam) in Trauer um ihre Schwester : er verfasste in dieser Veranlassung herrliche Verse, aber er konnte es nicht unterlassen, sich in denselben mit Ixion zu vergleichen, der es gewagt habe, zu Jupiters Gemahlin in Liebe zu entbrennen. — Einst begegnete er der Herzogin vor der Stadt, und statt sich zu verbeugen, fiel er auf die Knie, erhob die Hände und liess sie so an sich vorbeifahren. *Am anderen Tage sandte Lenz allen Bekannten ein Papier, worauf die Herzogin und er, auf den Knien und mit erhobenen Händen, dargestellt waren.* »

de ces défauts que sortent les conflits dont il est victime.

Tous les personnages qui l'entourent ne ménagent pas leur sympathie et leur admiration au poète et à son œuvre; Antonio lui-même, malgré le peu de sympathie qu'il éprouve pour le genre de poésie de son rival, reconnaît son grand talent et sait, à l'occasion, en faire l'éloge[1]. Mais tous également, nous l'avons vu, soulignent, avec des nuances diverses, que l'homme est aussi pitoyable que le poète est grand. C'est bien l'homme qui sombre en lui et non le poète, et si l'avenir doit lui donner encore des raisons de vivre, ce n'est que dans la poésie, pouvons-nous croire, qu'il les trouvera.

On a dit[2], nous y avons déjà fait allusion, que la défaite de Tasso signifiait le triomphe de l'étiquette sur la sincérité et la spontanéité du sentiment; c'est parce qu'il a péché gravement contre l'étiquette qu'Alphonse le punit et que la Princesse le fuit. Le croire, serait, selon nous, prêter au duc et à sa sœur une mesquinerie de sentiment que rien ne nous permet de leur attribuer[3]. Ce n'est pas l'étiquette vulgaire que Tasso viole en provoquant son adversaire dans l'enceinte du palais ducal et en serrant dans ses bras la Princesse, c'est la Loi. Il suit sa passion sans souci des barrières que la sagesse humaine s'est appliquée à opposer à l'instinct. Il agit à la façon d'une de ces forces élémentaires de la Nature qui, une fois déchaînées, ne semblent connaître que leur caprice et portent aveuglément le ravage autour d'elles, bouleversant l'ordre et l'harmonie, à grand peine établis par la prudence des hommes. Le « loin de moi » d'Eléonore d'Este n'est pas l'expression de la stupeur indignée éprouvée par la pruderie d'une Princesse, c'est la révolte de cette loi de décence qu'elle trouve au plus profond de son être et qu'elle veut y garder pure, avec un soin aussi jaloux que les vierges solitaires de Rome mettaient à surveiller la flamme sacrée[4].

<hr>

1. IV, 2, v. 73-77; V, 2, v. 138-139. — 2. Cf. Bulthaupt, *Dramaturgie der Schauspiels*, Oldenburg, 1897, I, p. 186; Luther, *Gœthe-Vorträge*, op. cit., p. 127. — 3. Cf. Schöll, *op. cit.*, pp. 316, 321. — 4. H. von Hofmannsthal, *Prosaische Schriften*, Berlin, 1907, Bd, II, p. 146.

C'est là, croyons-nous, le véritable sens de la dureté, de la cruauté même dont Goethe a fait preuve vis-à-vis de son héros[1]. Il le punit sans pitié, il fait de lui un vaincu de la vie, parce qu'il ne reconnaît pas la règle, parce qu'il prétend vivre en dehors de la Société; il le punit pour son orgueilleuse prétention à n'accepter d'autre norme que son caprice, pour son imprudente parole « Erlaubt ist, was gefällt. »[2] Ce qu'il condamne en lui, ce n'est pas la poésie, ce n'est pas son idéalisme, mais son individualisme outrancier, son Werthérisme. Ce ne sont ni Antonio, le politique et le courtisan, ni l'étiquette étroite qui triomphent de Tasso, c'est l'esprit d'ordre et de mesure, c'est la loi.

Si donc du fait que Tasso est un poète il doit se dégager pour l'artiste une leçon du drame dont l'auteur de la *Jérusalem délivrée* est le héros, elle pourrait, à notre sens, se formuler ainsi. Le poète, si grand qu'il soit, n'a pas le droit d'oublier que, homme, il lui faut vivre parmi les hommes et se soumettre aux nécessités de la vie sociale. Il doit se garder de sa sensibilité et ne pas lui laisser prendre un empire excessif sur sa raison; il doit tendre à mettre dans sa vie l'harmonie qu'il vise à réaliser dans son œuvre, il doit chercher à unir en lui Tasso et Antonio, et alors, selon le vain rêve que Léonore Sanvitale avait formé pour son ami, « il traverserait la vie avec puissance, bonheur et joie[3] ». L'art comme l'amour doit embellir la vie, mais non la dominer; l'artiste comme l'amant doit s'incliner devant la loi commune, tout autant que l'homme politique. Le poète ne doit pas s'isoler dans le monde fictif que crée son imagination, il doit se mêler à la réalité, et, au contact des hommes, il apprendra à les connaître et à se connaître lui-même. Dans le torrent de la vie, son caractère se formera comme s'est formé son talent dans le silence[4]; les fruits de son génie n'en seront que plus savoureux[5].

1. Cf. Rössler, *das Tasso-Rätsel*, Preuss-Jahrb., 1896, p. 230. — 2. Cf. Fr. Paulsen, *Gœthes ethische Anschauungen*, Gœthe-Jahrb., 1902, Anhang, p. 18. — 3. III, 2, pp. 53, 54. — 4. I, 2, v. 66, 67.
5. S'il fallait à tout prix chercher celui des personnages de son drame où

V, 2.

S'il pouvait subsister un doute sur l'intention de *Tasso*, *Wilhelm Meister*, nous semble-t-il, devrait le dissiper.

Gœthe a mis le plus de lui-même, de son idéal nouveau d'équilibre harmonieux, d'activité à la fois utile et belle, d'humanité complète, il nous semble qu'on pourrait dire que c'est le duc de Ferrare qui traduit le mieux ses idées de l'heure présente. Le duc apparaît comme un modèle de belle humanité. Il domine l'action du haut de sa sagesse souriante. Si le cercle de son activité est borné, il le remplit du moins pleinement. Le Pape, qui se connaît en hommes, dit Antonio, le tient en haute estime (I, 4). Il unit la raison grave et sereine à une délicate sensibilité. Il estime également les mérites du poète et l'habileté de l'homme d'Etat. Mieux que personne il connaît les défauts 'du poète qu'il protège en Mécène éclairé, mais il les supporte avec patience et il espère les guérir. Il est le juge impartial de la querelle d'Antonio et de Tasso ; il démêle leurs torts réciproques à travers la fièvre de leurs plaidoyers ; il fait à chacun les reproches qui conviennent. L'entêtement de Tasso à rester sourd à ses sages avis et son ingratitude l'attristent plus qu'ils ne l'étonnent et ne l'irritent. C'est un sage, mais sa sagesse n'a rien d'austère ; il sait, à l'occasion, user avec aisance et délicatesse d'une aimable raillerie. Il sourit de l'ardeur combative d'Antonio (II, 5, v. 43-45), non moins que de l'humeur intrigante de la comtesse Sanvitale (I, 2, v. 81-84). En lui donc, l'idéalisme et le réalisme s'unissent dans une belle harmonie. Son rôle dans l'action n'est pas essentiel, mais il est symbolique ; il représente la norme d'après laquelle les actes et les attitudes des autres personnages se peuvent juger. En lui seul, dans le drame, est réalisé l'équilibre entre la raison et le sentiment, vers lequel Gœthe tend depuis l'époque où il écrivait *Werther*, depuis que les passions de son orageuse individualité se sont calmées au contact de la vraie vie, sous l'influence apaisante de Mme de Stein, depuis surtout qu'il a vu en Italie cet idéal réalisé plastiquement dans les œuvres de l'antiquité grecque. Il nous semble tout à fait inexact de voir en lui un personnage froid, « raidi à l'excès » (Dalmeyda, *op. cit.*, p. 221).

Il y a, d'ailleurs, assurément beaucoup plus de Gœthe que de Charles-Auguste dans le caractère d'Alphonse. En 1789, le duc de Weimar est loin d'avoir dépouillé toute l'impétuosité de sa nature violente et d'avoir atteint l'idéal de raison et de modération du duc de Ferrare. Sans doute, les traits de ce dernier qui peuvent s'appliquer à Charles-Auguste sont assez nombreux. Comme son cousin de Ferrare, le duc de Weimar a accueilli généreusement le poète étranger, l'a soutenu de sa faveur constante contre les curieux ; comme lui, il aime les arts, quoique à un degré moindre, et il protège les artistes ; lui aussi aurait pu dire : « Il me fait l'effet d'un général sans armée le prince qui n'a pas le souci de rassembler des grands hommes autour de lui. Quiconque est sourd à la voix de la poésie est un barbare, quels que soient par ailleurs ses mérites » (V, 1, v. 17-20). Mais il serait dangereux de pousser plus loin le

Encore que les *Années d'apprentissage* puissent, à certains égards, paraître une protestation contre l'éducation exclusivement esthétique, on ne peut guère méconnaître que par la place qu'il y fait à l'art, Gœthe nous prouve qu'il l'estime nécessaire pour le développement des individus, et dans la constitution d'une société qui aspire à réaliser un idéal de culture supérieure.

C'est, nous l'avons vu, le goût du théâtre qui a fait entrevoir à Wilhem, dès sa plus tendre enfance, un monde plus élevé que celui ou s'étaient écoulées ses premières années et concevoir d'autres horizons que celui du comptoir paternel. Si, par la suite, ses expériences théâtrales ne lui rapportent pas tout ce qu'il en attendait, c'est moins par la faute du théâtre lui-même que par la sienne. Il a eu le tort de lui demander plus que celui-ci ne pouvait lui donner ; il a pris le moyen pour le but. Il croyait saisir la réalité sur les planches et il doit reconnaître qu'il ne pouvait y trouver que le reflet, l'ombre de la vie. Mais son passage à travers les différents cercles de comédiens, où le hasard l'a mené, ne lui aura pourtant pas été inutile. Non seulement il a pu étudier sur le vif quelques exemplaires d'humanité d'autant plus curieux et instructifs que leur insouciance des conventions, le sans-gêne de leur vie laissent paraître leur âme dans toute sa naïveté, mais c'est leur commerce qui lui procure l'occasion de pénétrer, à deux reprises, dans les milieux aristocratiques, où se fait sa véritable éducation. Peut-être pourtant n'eût-il pas profité, comme il l'a fait, des leçons qu'il y reçoit si Shakespeare ne l'avait d'abord préparé à les comprendre. C'est Shakespeare qui lui fait entrevoir la vanité du monde conventionnel qu'il a tout d'abord appris à connaître au château du Comte. En l'étudiant jusque dans le plus infime détail, il a découvert une humanité plus

parallèle, et si le duc de Ferrare devait, dans l'ensemble de son caractère, représenter vraiment Charles-Auguste, il faudrait y voir bien plutôt le Charles-Auguste tel que Gœthe le rêvait plutôt que celui de la réalité. Pour en douter, il faudrait avoir oublié les désillusions diverses que le duc de Weimar causa à à son ministre et que nous avons naguère rapidement notées.

virile, une forme d'art plus vivante et plus forte, et d'étape
en étape il en est venu à désirer non seulement de donner aux
autres le spectacle et l'illusion de la vie vraie, mais aussi celui
d'en connaître pour son compte la réalité.

Si brusquement il s'était trouvé transporté de son milieu de
commerçants bourgeois dans le cercle de Lothario, peut-être
n'eût-il pas vu la différence entre l'utilitarisme de ses hôtes et
celui de son père ou de son ami Werner, mais, à l'école de
Shakespeare, il a appris à voir grand.

Toutefois, quelqu'un qui ne verrait le monde qu'à travers
Shakespeare, risquerait, ainsi que Jarno, d'attacher plus d'importance qu'il n'est bon à la réalité et d'en retirer comme lui
une philosophie un peu âpre où il entre, semble-t-il, plus de
résignation que de saine joie de vivre.

Aussi Gœthe, tout en éduquant son héros à la vie pratique,
en cherchant à le guérir de son idéalisme excessif, a-t-il eu
soin de ne pas laisser s'éteindre en lui le don du rêve, l'instinct poétique, dont il l'avait gratifié à sa naissance.

Lors du grand holocauste que Wilhelm avait fait des souvenirs de Marianne et de ses propres œuvres, Gœthe lui avait
fait trouver, pour définir le poète qu'il renonçait à être, des
accents d'une précision et d'une éloquence, qui étonnent
dans la bouche de ce jeune commerçant[1]. « D'où vient que
les hommes sont si inquiets si ce n'est de ce qu'ils ne savent
accorder leurs idées avec les choses, que la jouissance se
dérobe sous leur main, que leurs désirs sont trop tard exaucés,
et que ce qu'ils atteignent et obtiennent ne produit pas sur
leur âme l'effet que le désir leur fait escompter à l'avance ?
La destinée a placé le poète, comme un Dieu, au-dessus de
toutes ces misères... Quand l'homme qui mène la vie du
monde traîne ses jours, consumé par la mélancolie d'une
grande perte ou marche avec une joie désordonnée au devant
du sort qui l'attend, ainsi que le soleil poursuit sa course,
l'âme impressionnable et mobile du poète passe de la nuit au

1. *Lehrj*., II, 2, p. 91.

jour, et avec de faciles transitions accorde sa harpe pour la joie et la douleur. La fleur de la sagesse sort épanouie de son âme où l'a semée la main de la Nature, et, quand les autres rêvent tout éveillés et sentent en eux l'angoisse des idées monstrueuses, lui, vit, avec lucidité, le rêve de la vie ; dans les événements les plus étranges, il voit à la fois le passé et l'avenir ». Et nous pouvons être assurés qu'un homme qui a eu, dans sa jeunesse, une si haute idée de la poésie et un si grand respect pour elle n'en perdra jamais le sens.

Fait plus caractéristique encore, quand Gœthe conduit son héros dans la société équivoque d'acteurs médiocres ou dans le cercle de nobles, futils ou libertins, qui ne demandent à la vie que de faciles jouissances, il lui donne pour compagnons deux étranges personnages qui, dans ces milieux d'un réalisme sans élévation ou d'une élégance superficielle, représentent l'aspiration à l'idéal, le mystère troublant, la poésie et le chant : Mignon et le vieux harpiste. C'est près d'eux que Wilhelm se réfugie quand la réalité le froisse trop rudement[1]. En voyant Mignon danser la danse des œufs ou en l'entendant dans ses chants tout vibrants de passion mélancolique dire son désir maladif du monde radieux et parfumé dont elle a gardé au fond de son œil énigmatique la vision enchanteresse[2], en écoutant le vieillard célébrer la puissance de la poésie[3] ou faire gémir sur sa harpe la douleur secrète qui le mine sourdement[4], il retrouve intact en lui le sens de la beauté qu'il tient de la Nature et que la contemplation des œuvres d'art de la collection de son grand-père a précocement affirmé et développé en lui[5].

Si son évolution l'entraîne toujours plus loin du monde de rêve où vivent le harpiste et Mignon, s'il en arrive à se séparer d'eux, presque sans regrets, quand il aura été pris par le charme viril du commerce de Lothario et de Thérèse, il gardera tout de même au fond de son âme le goût du beau que, avec des nuances diverses, symbolisaient le vieillard et l'enfant.

1. *Lehrj.*, II, 8. — 2. III, 1. — 3. II, 11. — 4. V, 14. — 5. I, 17.

C'est sans efforts qu'il admire la belle ordonnance du château
de l'Oncle, la noble architecture de la salle du passé, les statues,
les tableaux pleins de sens qui la décorent[1], et c'est tout naturellement aussi que, malgré les liens qu'il vient de contracter
avec la raisonnable Thérèse, il sent son cœur porté vers
Nathalie, la pure prêtresse de ce temple de la sagesse et de la
beauté.

Il est converti au réalisme, à la religion de l'activité, mais
il conserve la foi de sa jeunesse en la vertu de l'art. Sans
Mignon et le harpiste, au contact des Melina et des Serlo,
sinon des Philine et des Aurélie, il l'eût peut-être perdue.

La conception artistique de l'Oncle nous montre d'autre
part quel rôle, selon Gœthe, l'art devait jouer dans la culture
des classes supérieures. L'art doit mettre à l'indépendance de
l'homme que la fortune a placé au-dessus de ses semblables
un cadre de beauté. Cette beauté ne doit pas être vaine et simplement flatter les sens ; elle doit être un emblème et un
auxiliaire de la culture morale, elle doit lui enseigner à vivre
selon les lois du beau, et, par le spectacle de la mesure et de
l'harmonie, l'empêcher de s'abandonner aux séductions d'une
imagination déréglée, le garder de prendre plaisir à des niai-
series sans goût[2].

Ses neveux, Nathalie et Lothario, ce dernier surtout, ne
semblent pas, au premier abord, accorder à l'art une grande
place dans leurs préoccupations. Nathalie n'avoue-t-elle pas
elle-même qu'elle est peu sensible au charme des beaux-arts ?
Mais ne peut-on pas dire de l'un et de l'autre que, à des degrés
différents, ils ont transporté dans leur vie pratique la morale
esthétique de leur sage parent ? Ils aiment tous deux le bien
pour sa beauté. Le mal et la souffrance représentent dans le
monde moral la laideur, et Lothario en est choqué autant que
Nathalie. Si celle-ci applique toute son activité à soulager les
misères humaines, à rendre dans la mesure de ses forces et de
ses moyens, la vie belle pour tous les infortunés qui l'appro-

1. VIII, 5. — 2. *Lehrj.*, VI (*Bekenntnisse*), p. 385.

chent, Lothario de son côté, nous l'avons souligné, cherche de lui-même, sans que rien ne l'y force, à répartir plus harmonieusement la richesse autour de lui, pour que le plus grand nombre possible des gens qui dépendent de lui, puissent connaître la joie de vivre.

L'art a donc une noble mission à remplir dans la société. Sans doute, les jouissances qu'il procure apparaissent comme l'apanage d'une élite privilégiée, et les bourgeois d'*Hermann et Dorothée* ne lui demandent guère que quelques ornements extérieurs pour parer leurs prosaïques demeures. Toutefois, on peut imaginer que ce qui — du point de vue social au moins — est essentiel dans l'art, c'est-à-dire le sentiment de la beauté et son influence civilisatrice descendront peu à peu, par une évolution lente mais nécessaire jusqu'aux classes moyennes ou inférieures, si l'élite comprend que son devoir est de transformer en beauté morale pour tous les leçons d'ordre, d'harmonie, de mesure et de grâce que sa richesse lui permet de puiser directement aux sources mêmes de l'art.

V, 3.

En fait, Gœthe, qui était de cette élite et en avait conscience, voulant joindre l'exemple au précepte, s'était mis, dès son retour d'Italie, à essayer de faire passer dans la masse de son peuple les enseignements que lui-même avait tirés de son long séjour au pays du Beau. — Dans la série d'articles qu'il publie sur l'Italie dans le *Mercure* de 1788 et 1789, dans ses réflexions sur la vieille école de peinture vénitienne[1], il jette les bases de ce système d'esthétique qu'il exposera bientôt avec rigueur et suite dans les *Propylées*[2], et auquel il restera fidèle jusqu'à sa mort[3].

1. *Zar Theorie der bildenden Künste; Stundenmass der Italiäner; Frauenrollen auf dem Römischen Theater durch Männer gespielt; Einfache Nachahmung der Natur, Manier und Stil; Von Arabesken; Volksgesang; Naturlehre; Altere Gemälde.* — 2. 1798-1800. — 3. Cf. O. Harnack, *Gœthes Kuns-*

Il formule sa distinction, devenue célèbre, entre la simple imitation de la Nature, la manière et le style. — La reproduction servile de la Nature lui paraît une forme d'art appréciable, mais inférieure. Chercher à démêler dans la Nature les éléments épars de la beauté, les rendre selon son tempérament dans la langue qu'on s'est faite, vaut mieux, mais la méthode est dangereuse et l'artiste court le risque de se laisser trop facilement entraîner dans les voies de l'interprétation arbitraire. L'idéal est d'arriver, par une étude scrupuleuse de la Nature, par l'observation attentive des propriétés des choses et des conditions de leur existence, à pénétrer jusqu'au cœur même des faits donnés par l'expérience, à voir leur enchaînement nécessaire. L'artiste qui y sera parvenu réunira en lui les qualités du copiste servile et de l'individualiste, tout en évitant leurs défauts. Il atteindra à la forme supérieure de l'art, à la vérité vraie, au style. Il créera une œuvre d'art qui sera belle comme une œuvre de la Nature, parce qu'elle aura une vérité intérieure qui se suffit à elle-même, et qu'elle sera, comme les produits de la Nature, un tout organisé où apparaîtront les rapports qui, dans la Nature elle-même, unissent les parties au tout[1]. Bien plus, il créera une œuvre d'art supérieure à celles de la Nature, parce qu'elle écartera le laid ou le vulgaire que, dans sa hâte créatrice la Nature, ne prend pas toujours la peine et le temps d'amener jusqu'à la beauté[2]. Déjà. Gœthe nous laisse pressentir que bientôt il dira que le vrai est supérieur au réel, quand, dans son article sur les *Rôles de femmes tenus par des hommes sur la scène romaine*, il montre que l'art d'imitation que ces hommes déploient pour donner l'illusion de la souplesse et de la coquetterie féminines lui paraît plus accompli, lui procure une jouissance plus vive que l'art réel des meilleures actrices.

En attendant que, grâce aux encouragements qu'il trouvera

tanschauungen in ihrer Bedeutung für die Gegenwart, Gœthe-Jahrb., 1894, p. 189.

   1. *Über die bildende Nachahmung des Schönen*, von K. P. Moritz, Hempel, Bd 24, p. 491. — 2. *Ibid.*, p. 495.

dans la *Critique de la faculté de jugement*, et surtout grâce aux commentaires que lui en fera Schiller, il perfectionne sa théorie du Beau et en tire toutes les conséquences qu'il ne fait encore qu'apercevoir assez confusément pour l'instant[1], Gœthe commence d'en faire d'ingénieuses applications de détail.

Il s'efforce de démontrer comment rien dans l'art antique n'est arbitraire, mais se justifie par des lois analogues à celles de la Nature. De même qu'il a remarqué que les mœurs et la vie matérielle des Italiens, non moins que la flore de leur pays, sont conditionnées par la nature du sol sur lequel ils vivent et par le climat, que, par exemple, c'est la lumière du soleil et non le système factice de notre division arbitraire du temps qui règle leur activité quotidienne[2], de même il fait voir que l'art est subordonné à la matière qu'il emploie[3]. Il esquisse une histoire rapide de l'évolution des styles grecs, indiquant de quelle façon les particularités de l'architecture des temples grecs, les colonnes, les métopes s'expliquent par le bois dont furent faits les premiers sanctuaires, tandis que le granit a imposé aux Egyptiens l'obélisque[4]. Il croit même trouver dans l'usage des ornements en bois sculpté à l'intérieur des premières églises catholiques l'origine des fioritures de l'architecture gothique. Il recherche les raisons premières de l'arabesque[5] et les découvre dans le souci des « propriétaires » de l'antiquité, de décorer à peu de frais les murs nus de leurs maisons.

Partout, il vise à remonter jusqu'à la manifestation première, jusqu'à la cause, partout il cherche à ramener la diversité à un principe simple.

Et il ne se contente pas d'enseigner ainsi la nécessité de l'étude historique des diverses formes de l'art, il montre que pour bien comprendre et bien goûter les œuvres artistiques il faut, comme il l'a fait lui-même en Italie, essayer de pénétrer les secrets de la technique des maîtres. Dans son article sur de

1. *Einwirkung der neueren Philosophie*, Hempel, B^d 34, p. 95. — 2. *Stundenmass der Italiäner*, Hempel, B^d 24, p. 519. — 3. *Material der bildenden Kunst*, ibid., p. 518. — 4. *Baukunst*, ibid., pp. 515-518. — 5. *Von den Arabesken*, ibid., p. 530 et sq.

médiocres copies des gravures exécutées par Marc-Antoine d'après le Christ et les douze apôtres de Raphaël[1], ou encore dans ses réflexions sur les vieux peintres vénitiens[2], en même temps qu'il donne des modèles de délicate et minutieuse critique d'art, il prouve l'importance qu'il a appris à attacher au « métier ». Ce ne sont pas uniquement le peintre et le sculpteur qui ont besoin de se livrer à de patientes études; l'amateur qui veut vraiment goûter leurs œuvres et en retirer un profit réel et durable doit chercher, non seulement à jouir, mais à comprendre.

Par là il fait voir que le dilettantisme est condamnable et proclame que l'art est une force sociale dont il convient d'aborder l'étude avec gravité et respect. A cet égard, *Wilhelm Meister* encore ne laisse pas d'être caractéristique. Par ses pénétrantes analyses d'*Hamlet*[3], par ses minutieuses observations sur l'art dramatique, par le soin qu'il apporte à souligner la nécessité pour les acteurs de travailler à augmenter et à perfectionner sans cesse, grâce à des exercices méthodiques, les ressources de leur talent, et d'apprendre à se subordonner à l'ensemble, à essayer de pénétrer l'esprit des pièces qu'ils jouent[4], surtout par l'énergie avec laquelle il souligne, d'une façon générale, que le génie qui ne se soumet pas à une forte éducation et à une discipline sévère peut être inférieur au simple talent[5], Gœthe nous montre avec évidence que non seulement le souci de la tâche accomplie avec conscience et méthode s'impose de plus en plus à lui, mais aussi qu'à ses yeux le dilettantisme, l'individualisme absolu ne sont pas plus tolérables dans le domaine de l'art que dans celui de la vie pratique. L'artiste doit suivre la règle comme l'homme d'action doit s'incliner devant la loi. Cela revient à dire que tous deux doivent s'inspirer également de la Nature.

Par tous ses phénomènes, celle-ci enseigne que l'ordre,

---

1. *Uber Christus und die zwölf Apostel nach Raphael von Marc-Anton gestochen* (der Teutsche Merkur 1789), Hempel, B^d 28, p. 477. — 2. *Ältere Gemälde*, Hempel, B^d 24, pp. 555-563. — 3. *Lehrj.*, IV, 13, 14, 15, 16; V, 6, 7, 9. — 4. II, 9, 11; III, 1, 2; IV, 1; V, 7, 8. — 5. II, 9, Hempel, B^d 17, p. 125.

l'harmonie dont, dans son ensemble, elle donne l'impression, résultent de la belle nécessité qui la domine et la règle. Le hasard, l'arbitraire que l'homme croit y découvrir ne sont que vaine apparence ; en réalité, tout s'y enchaîne et tout s'y subordonne, tout y agit et s'y meut selon des lois inéluctables. S'efforcer de reconnaître les lois organiques de l'univers est le premier devoir de l'homme qui veut lui-même produire de la beauté ou agir en beauté.

VI.

Ici encore, Gœthe donne lui-même l'exemple en publiant les premiers résultats de ses observations sur les plantes et sur les couleurs.

Mais, auparavant, il prend soin de marquer avec netteté les limites qu'il avait imposées à ses recherches et de définir la méthode qu'il appliquait.

Il publie dans le *Mercure*, en les modifiant légèrement, une lettre que Knebel lui avait écrite en janvier 1789 et la réponse qu'il y avait faite, sous le titre : *Science de la Nature*[1].

Avec notre esprit borné, nous ne pouvons saisir ni même pressentir la totalité de la vie, l'infinité de ses manifestations. Nous devons donc chercher à atteindre ces manifestations isolément ; mais, pour les étudier, il faut nous méfier des analogies superficielles *a priori*. Il faut, en face des choses, nous efforcer tout d'abord de voir leurs différences plutôt que leurs ressemblances. Alors les points de contact ressortiront d'eux-mêmes et l'harmonie de l'ensemble se dégagera pour nous avec plus de sûreté que si nous nous contentions de l'affirmer « par un mysticisme commode qui se complaît à dissimuler sa pauvreté sous le voile d'une respectable autorité[2] ». — Quatre ans plus tard, en 1793, dans son *Essai sur l'expérience comme*

---

1. *Zur Naturlehre*, Hempel, Bᵈ 24, p. 551 ; cf. note Düntzer, p. 968. —
2. *Ibid.*, p. 553.

médiatrice entre l'objet et le sujet[1], il marque avec plus de précision les conditions de l'observation scientifique. Il expose les différentes méthodes en présence, celle de l'analyste timoré qui ne voit dans la Nature que des phénomènes isolés et établit entre eux des rapports arbitraires parce qu'il ne sait s'élever aux vues générales, celle du métaphysicien qui part d'idées préconçues et ne recherche guère dans la Nature que la justification de ses manières de voir, le reflet de sa propre personnalité. La vérité est entre ces deux extrêmes. Il faut partir de l'expérience isolée faite avec soin, mais se garder d'en tirer des conclusions hâtives ; il ne faut pas se lasser de la répéter pour arriver à la certitude ; il faut en contrôler les données en la suivant dans toutes ses modifications possibles, en tâchant de découvrir les phénomènes qui se rattachent immédiatement à ceux dont nous avons été témoins, et de déterminer les conséquences qui en résultent. Toutes les expériences partielles isolées, du même ordre, ne formeront qu'une expérience unique. Ces expériences synthétiques, généralisations prudentes des observations de détail, sont d'un degré plus élevé, et, par leur ensemble, elles constituent la science. Par ce procédé, qui s'inspire de la méthode rigoureuse des sciences mathématiques, on aboutit à une série de « propositions courtes, claires, disposées et enchaînées suivant l'ordre de leur développement, coordonnées dans de tels rapports, que, ainsi que des propositions mathématiques, elles sont inégalement inattaquables, soit isolément, soit dans leur ensemble ». Comme chacun peut en examiner et en critiquer les éléments, « il n'est pas difficile de juger si la proposition générale est bien l'expression de l'ensemble des cas individuels ; ici, rien n'est laissé à l'arbitraire ». — L'interprétation des expériences est de la synthèse, c'est-à-dire une opération où la raison, l'imagination, l'esprit même reprennent leurs droits, mais c'est une synthèse appuyée sur des faits indiscutables et qui mène, avec sûreté, aux lois géné-

---

1. *Der Versuch als Vermittler von Objekt und Subjekt* (1793), Hempel, B^d 34, pp. 74-83.

rales. Si d'aventure notre imagination nous entraîne à devancer parfois les conclusions légitimes, nous nous en apercevrons vite, et la méthode même de nos recherches nous fera retrouver sans peine la vraie voie[1].

En même temps qu'il indique ainsi la méthode qu'il suit[2], il marque, au passage, sa foi en la vertu de la solidarité scientifique[3]. Il souligne comment il sollicite la collaboration de ses amis et en tire souvent un heureux parti. Il a remarqué que les profanes distinguent parfois des phénomènes inconnus au savant ou qui lui ont échappé, lui donnant ainsi l'occasion de réformer ses propres idées ou de faire des progrès qu'il n'escomptait pas. Il faut toujours en revenir, dit-il, à ce qui est vrai pour la plupart des entreprises humaines. C'est par les efforts de plusieurs, dirigés vers un même but, qu'on peut atteindre les plus grands résultats. Il sait que les plus belles découvertes sont la somme de l'effort collectif de la masse plutôt que le mérite d'individus isolés[4].

Par ce souci de l'effort solidaire, Gœthe nous montre quel lien étroit rattache son activité scientifique à sa théorie générale du progrès de l'humanité par l'union des forces, telle que nous l'avons vue se dégager de la plupart de ses œuvres sur la Révolution, du *Märchen*, de *Wilhelm Meister*.

Il nous montre en même temps quel sérieux il apporte à ses propres recherches. L'étude de la Nature n'est pas pour lui un passe-temps, une vaine spéculation, dont une curiosité futile de dilettante, ou une passion de savant égoïste est le mobile principal ; il la considère comme un devoir moral. L'homme ne doit pas se contenter de vivre d'une vie terne au jour le jour avec l'unique préoccupation de ses intérêts matériels, il doit encore moins se perdre en de nébuleuses considérations sur l'au-delà, sur l'inconnaissable, il doit vivre sur terre, mais avec la volonté de vivre aussi noblement et aussi utilement

---

1. *Der Versuch...*, p. 83. — 2. Cf. E. Faivre, *Œuvres scientifiques de Gœthe*, Paris, 1862, p. 354 ; Caro, *La Philosophie de G.. op. cit.*, pp. 100-101. — 3. *Der Versuch...*, p. 76. — 4. Cf. Brix Förster, *Methode und Ziel in Gœthes naturphilosophischer Forschung*, Gœthe-Jahrb., 1906, pp. 226-242.

qu'il le peut. Il ne saurait pour cela avoir de meilleur maître de
vertu que la Nature.

Et, fort de cette conviction, Gœthe continue de marcher,
sans hésiter, toujours de l'avant et avec une confiance toujours plus sereine dans la carrière où, une dizaine d'années
plus tôt, il avait débuté par une bruyante manifestation avec sa
Rapsodie sur la Nature et par sa grave *Dissertation sur l'os intermaxillaire*. C'est vers la fin de 1789 que, selon sa propre
expression[1], pour soulager son cœur, il écrit son *Essai sur la
Métamorphose des Plantes*. Nous n'avons pas à montrer ici
dans le détail par quels raisonnements délicats et qui témoignent de longues recherches, minutieuses et méthodiques,
Gœthe s'efforce de prouver de quelle façon toutes les modifications du végétal, toutes les variations de ses formes extérieures, depuis la germination jusqu'à la production des semences nouvelles, s'expliquent par la métamorphose graduelle
d'un seul et même organe, c'est-à-dire comment des cotylé-
dons primitifs ou feuilles séminales attachées à la tige par le
premier nœud vital se développent progressivement par
expansion ou contraction alternatives les divers organes de
la plante, comment ainsi, feuilles caulinaires, bourgeons,
corolle, étamines, nectaires, style, fruits et graines ne sont que
les formes diversifiées extérieurement, mais identiques en leur
constitution essentielle de la feuille-mère. Nous n'avons pas
davantage à faire ressortir la valeur scientifique et littéraire de
cette théorie de la métamorphose[2] et à préciser la place que,
malgré des erreurs de détail, elle occupe dans l'histoire de la
botanique. Ce qu'il nous importe de retenir, c'est seulement
l'intention d'où elle dérive, le souci toujours croissant de ramener à l'unité et à la loi l'infinie diversité de ce monde végétal

---

1. *Tag = und Jahreshefte*, 1790, Hempel, Bd 27, p. 9. — 2 .Cf. M. Büsgen,
Uber Gœthes botanische Studien, Gœthe-Jahrb., 1890, p. 149 et sq.; A. Hansen, *Die angebliche Abhänzigkeit der Gœthischen Metamorphosenlehre von
Linné*, Gœthe-Jahrb., 1904, pp. 128-141 ; du même, *Gœthes Metamorphose der
Pflanzen*, ibid., 1906, pp. 207-225, ou son important ouvrage *Gœthes Metamorphose der Pflauzen, Geschichte einer botanischen Hypothese*, Giessen,
1907, Bd II.

où la Nature paraît, au premier abord, avoir mis le plus de
fantaisie désordonnée, la préoccupation toujours plus marquée
d'atteindre au phénomène primitif, au type, de saisir dans les
manifestations particulières de la Nature le reflet des lois
éternelles qui régissent la vie totale[1].

C'est le même besoin de prouver l'unité des phénomènes
physiques, qui, nous l'avons vu, l'avait attiré dans le domaine
si périlleux pour lui de l'optique. Quand, préoccupé de trouver
les lois qu'instinctivement il pressentait derrière les combinaisons de couleurs, où ses amis, les peintres de Rome ne voyaient
qu'arbitraire et hasard, il avait commencé de s'occuper scientifiquement des couleurs dans la Nature[2], il avait trouvé sur
son chemin, admise par la presque totalité des physiciens de
l'époque, la théorie de Newton[3], d'après laquelle la lumière
blanche n'est qu'un composé de sept couleurs primitives qui
vont du violet au rouge, et d'où il résulte, par une conséquence
nécessaire, que la couleur est un produit de la lumière. Cette
théorie qui trouvait la pluralité dans l'unité[4] ne pouvait que
le froisser, en contredisant son instinct de simplification à
outrance. Nous en avons la preuve dans la hâte avec laquelle,
en dépit du soin qu'il avait mis lui-même à souligner le danger des conclusions précipitées en science, il tira d'une expérience mal interprétée la conséquence que Newton s'était grossièrement trompé. La couleur, affirme-t-il, n'est pas le produit de la lumière, qui reste simple, indécomposable, mais un
produit de l'opposition entre deux phénomènes également primitifs, la clarté et l'ombre[5]. Les couleurs sont produites par
la lumière, mais elles n'y sont pas contenues[6].

Ses premières *Contributions à l'optique*[7], ainsi que l'*Essai sur
les éléments de la théorie des couleurs*, posent ces principes

---

1. Cf. *Die Metamorphose der Pflanzen* (Lyr. Ged.), Hempel, B^d 2, p. 227.
— 2. Cf. *Geschichte der Farbenlehre, Confession des Verfassers*, Hempel,
B^d 36, p. 411. — 3. *Ibid.*, p. 413. — 4. *Ibid.*, p. 420. — 5. *Ibid.*, p. 415. —
6. Cf. à Jacobi, 15 juillet 1793. — 7. *Beiträge zur Optik*, 1791-1792. —
Versuch die Elemente der Farbenlehre zu entdecken, 1793, Hempel, B^d 35 ;
cf. J. Stilling, *Über Göthes Farbenlehre* (Strassburger Gœthevorträge) Strassburg, 1899 ; A. Peltzer, *Asthetische Bedeutung von Gœthes Farbenlehre*, Hei-

généraux et essaient d'en prouver la vérité par la description
détaillée de multiples expériences. Ce n'était qu'un prélude.
Durant de longues années, avec une ténacité méritoire, Gœthe,
soutenu par l'intérêt qu'y prendra Schiller, accumulera observations et expériences. Le dédain et les railleries du monde
savant ne feront qu'accroître en lui le désir de faire triompher
ses idées.

Il n'apportera pas moins d'ardeur à chercher à découvrir
l'unité dans le monde animal, à saisir le type anatomique.
En 1795, il publiera son *Esquisse d'une anatomie comparée
basée sur l'ostéologie*[1], où, ainsi que dans les conférences sur
les trois premiers chapitres de cette esquisse, parues l'année
suivante[2], partant de ses observations sur un crâne de mouton
trouvé en 1790 sur le Lido, il essaiera de démontrer l'analogie du crâne et de la vertèbre et laissera paraître l'espoir qu'il
a de trouver pour l'animal comme pour la plante un principe
simple qui ramène à l'unité les variétés nombreuses des séries
animales et les explique par une métamorphose analogue à la
métamorphose végétale.

Nous verrons par la suite qu'il n'y réussira pas, pas plus
qu'il n'arrivera à ruiner la théorie de Newton, mais qu'importent ces insuccès? Ils ne diminuent en rien l'intérêt moral que
nous prenons aux efforts dont ils témoignent et à l'idée dont
procèdent ces études. C'est un spectacle rare que celui de ce
poète penché sur la Nature, moins encore pour lui arracher le
mot de l'énigme qu'elle cache sous le voile brillant des phénomènes, que pour apprendre d'elle l'art de créer de la beauté
impérissable, et surtout l'art de vivre.

Là, en effet, réside le grand intérêt des études scientifiques
de Gœthe, telles qu'elles nous sont apparues à travers les

delberg, 1903; H. Siebeck, *Gœthe als Denker, op. cit.*, p. 120 et sq., et Introductions Kalischer et Steiner aux édit. Hempel et Kürschner (œuvres scientifiques).

1. *Erster Entwurf einer allgemeinen Einleitung in die vergleichende Anatomie, ausgehend von der Osteologie*, Hempel, B^d 33, p. 189. — 2. *Ibid.*,
p. 257 et sq.

années si riches de la première moitié de sa vie. Elles se rattachent étroitement à l'ensemble de ses préoccupations artistiques et morales; elles nous prouvent à quel point étaient vifs
et sincères en lui le souci du perfectionnement, le besoin de
progrès.

Qu'il étudie des squelettes ou des plantes, qu'il manie le
scalpel de l'anatomiste, le prisme du physicien, ou le marteau
du géologue, qu'il contemple les vestiges d'un temple grec,
les fresques de Michel-Ange ou les tableaux des vieux maîtres
vénitiens, qu'il cherche à pénétrer dans les arcanes de la pensée de Spinoza et de Kant ou médite sur les principes et les
conditions de la poésie, une même idée le hante et le guide :
il veut arriver à plus de vérité et plus de lumière.

Mais le chemin étroit qui mène aux sommets altiers où il
tend est long et pénible. Par moments Gœthe se sent envahir
par l'angoisse de la solitude; il vieillit, sa démarche se fait
lourde. Aussi est-ce avec une allégresse profonde qu'il rencontre, à mi-côte, un compagnon de route imprévu, aux jarrets
vigoureux et à l'esprit ardent, dans la personne de son rival
Schiller.

ÉPILOGUE

Un fait évident ressort, si nous ne nous abusons, de la longue étude qui précède : depuis le temps où, à Francfort, adolescent à peine sorti de l'enfance, Gœthe a commencé de prendre conscience de sa valeur, depuis que son jeune orgueil s'est affirmé outrecuidant dans ses lettres à Louis Ysenburg de Buri[1], il n'a cessé de travailler à son propre développement.

A Leipzig même où, en tous les sens, la tradition pèse lourdement, de sa pesante autorité, sur ses façons de penser et de sentir non moins que sur sa production poétique, il se révolte déjà contre les entraves qui s'opposent au libre épanouissement de ses riches facultés. Ses protestations et ses tentatives de libération sont encore timides et gauches, mais elles laissent pourtant apercevoir clairement qu'il ne se contentera plus longtemps des formules toutes faites et des formes conventionnelles de la morale et de la poésie.

Quelques mois plus tard, en effet, à Strasbourg, dans le sentiment croissant de sa personnalité, au contact et sous l'action de Herder, sous l'influence aussi des grands maîtres d'individualisme que sont ou lui paraissent les Grecs, Shakespeare, Rousseau, Hamann, toutes les forces de son être ardent s'épanouissent, se dilatent, et brisent, comme en se jouant, les barrières où jusqu'alors les puissances du passé les avaient contenues. Il a la fière prétention d'être tout entier lui-même, de vivre toute sa pensée, de goûter dans leur plénitude la joie

---

1. Cf. pp. 52, 53.

et la souffrance humaines ; il n'admet d'autres règles et d'autres limitations que celles que son propre génie lui impose.

Très tôt pourtant, il comprend que le pouvoir de l'homme n'est pas à la mesure de ses désirs et de ses aspirations. A l'époque même où il écrit *Götz von Berlichingen* et *Werther* et où il médite son *Prométhée,* il est forcé de s'avouer la nécessité de la mesure et la vertu de la loi. Toutefois, la mesure et la loi qu'il reconnaît ne sont pas celles devant lesquelles le vulgaire s'incline, ce sont celles dont il a lui-même aperçu l'urgence et défini la portée. Il n'abdique rien des droits de sa personnalité ; il ne songe pas un instant à suivre l'ornière commune ; il va droit devant lui par le chemin qu'il a choisi, instinctivement plus encore que par un acte lucide de sa raison ; il accepte les conseils comme ceux de Merck, il ne se ferme pas aux salutaires suggestions de Spinoza, mais, en réalité, il n'a d'oreille que pour les avis et pour les insinuations qui correspondent à ses besoins. Son génial égoïsme reste entier ; il lui sacrifie, sans hésitation sinon sans remords, les être aimés qui pourraient en gêner la libre expansion.

Il croit avoir réalisé la sagesse.

Weimar lui apprend qu'il est encore engagé dans l'erreur et que la clarté qu'il prenait pour le grand jour n'était qu'une aurore. Dans le maniement des hommes, à l'école de la réalité, par la nécessité de servir de modérateur à un prince encore plus fougueux que lui, grâce aussi à un amour qui le force au renoncement, il s'aperçoit que la loi qu'il s'était dictée à lui-même n'aurait de valeur que pour un « génie » à qui les circonstances permettraient de vivre en dehors des contingences ordinaires de la vie. L'étude de la Nature qu'il entreprend vers le même temps lui montre, par surcroît, que l'« anormal », en dépit des apparences trompeuses, n'a point de place dans la Création. Alors, avec une méritoire franchise, il s'avoue qu'il a erré jusque-là aux rives de l'illusion, qu'il a bâti sur le sol mouvant de l'erreur. Sans hésiter, montrant une énergie rare, il se met à reconstruire, sur une nouvelle base plus solide, l'édifice de son existence. Il s'applique sincèrement à maîtriser son individualisme, à « renoncer » à ce qu'il ne peut ou ne doit obtenir, à songer aux autres autant sinon plus qu'à lui-même. Il n'y réussit pas d'ailleurs du premier coup ; son « démon » intérieur se cabre plus d'une fois contre la bride qui le tient en respect ; mais, en dépit de quelques crises passagères, de quelques retours offensifs de sa « génialité » désordonnée, de mois en mois, d'année en année, sa volonté de perfectionnement, son désir d'atteindre à la « pureté » s'affirment avec plus de force, deviennent plus conscients.

La culture de son moi reste toujours son objectif suprême, et nous l'avons vu s'appliquer à noter avec soin les victoires qu'il remporte sur ses instincts et ses passions. Mais il désapprend par degrés la volupté de l'égoïsme, il croit que c'est au bien de tous qu'il doit faire servir les progrès qu'il réussit à obtenir pour son propre compte. Ainsi, de longues années, il use le meilleur de son énergie en d'ingrates besognes de bureau.

Cependant, la joie qu'il avait éprouvée d'abord à se sacrifier avait été mêlée de doute, presque dès l'origine. Son génie poétique s'indignait secrètement de rester inactif, et, toujours plus haute, une voix protestait en lui qu'il était la dupe d'un dangereux sophisme ; elle lui disait, chaque saison plus pressante, que l'activité où il s'épuisait n'était pas celle qui lui convenait et qu'il servirait mieux les hommes en travaillant à fixer pour lui et pour eux son rêve intérieur de beauté et d'humanité plus noble qu'en s'ingéniant vainement à leur donner un peu plus de bonheur immédiat. Alors, il connaît l'angoisse de la vocation manquée et de l'avenir compromis ; sa pensée s'effare et son regard se trouble. Toutefois, cette crise pénible dure peu. Il comprend qu'il se doit à lui-même de se ressaisir, de chercher à se dégager des demi-ténèbres où il tâtonne. Or, pour cela il a besoin d'air, de lumière, de liberté. Les chaînes diverses dont il a jadis joyeusement chargé sa jeune vigueur insolente, chaînes de la politique et chaînes de l'amour, lui sont devenues presque également douloureuses et funestes ; un beau jour, il les secoue d'un geste brusque et il s'enfuit, à la fois allègre et inquiet, pour l'Italie.

Il ne regrette rien du passé, mais il met tout son espoir en l'avenir.

Au milieu des ruines austères de Rome ou sur les rivages enchantés de Naples et de la Sicile, à la double école de l'Art antique et de la Nature méridionale, après toute une série de tâtonnements et d'études souvent pénibles, à force de bonne volonté sincère et d'application soutenue, après être parvenu à « effacer les plis de son âme », il se retrouve ou plutôt il se découvre enfin tel que la Nature l'a créé, fait pour agir par la pensée, pour conduire les hommes vers la lumière.

Il sait maintenant, à n'en plus douter, quelle doit être son attitude vis-à-vis de lui-même et des autres ; il sait que son vrai devoir est de vivre pour lui, de se développer intégralement dans le sens de ses facultés, sans s'imposer d'inutiles contraintes, sans se soumettre à des disciplines en contradiction avec ses aspirations profondes et ses capacités réelles. Il n'a d'ailleurs plus besoin de se faire violence pour se mettre en harmonie avec le monde qui l'entoure, car l'individualisme qu'il professe maintenant a dépouillé tout égoïsme « génial ». Il ne risque plus d'entrer en conflits avec l'ordre général, car les lois qu'il observe ne sont plus celles que lui a suggérées son caprice ou sa prétention de vivre en dehors de toute convention ; ce sont des lois dont la Nature elle-même lui a fourni la formule.

Il en a pleinement conscience. Aussi, une fois de retour à Weimar, organise-t-il sa vie en toute liberté, sans se préoccuper de l'opinion publique, sans autre souci que celui de faire fructifier le mieux possible le capital qui est en lui et dont il a reconnu l'exacte valeur.

Il n'a certes pas encore atteint à la sagesse, et il ne l'ignore pas, mais il a confiance qu'il y parviendra, car il se sait sur la voie qui y mène.

Dans cette lente ascension vers le mieux, rien d'ailleurs de figé ni d'arbitraire, rien de systématique, si ce n'est la constance de l'effort. Gœthe fait docilement les expériences dont la vie lui procure l'occasion, et il en tire, sans parti pris, les conclusions nécessaires. On ne peut guère apercevoir d'idée préconçue dans sa conduite que lorsqu'il part pour l'Italie ; encore est-il visible, dès l'abord, qu'il ne s'astreint à suivre un plan tracé à l'avance que dans la crainte d'être submergé par la masse d'impressions qui se précipitent sur lui. — Ce plan est d'ailleurs très souple. Consciemment au moins, Gœthe n'oppose pas de résistance aux enseignements qui lui viennent des choses et des gens parmi lesquels il promène sa lucide curiosité ; quand il leur témoigne de l'indifférence, c'est qu'il a l'intuition qu'il ne peut retirer aucun profit de leur étude ou de leur commerce. — Les lacunes de son observation ne sont pas moins caractéristiques que ses gains ; elles nous montrent qu'il garde entière son indépendance de jugement. Il ne s'inféode à aucun système ; il ne s'incline aveuglément devant aucune autorité quelle qu'elle soit. En tout, il cherche à démêler ce qui lui est utile, ce qui est susceptible d'enrichir sa propre personnalité, d'exalter son énergie vitale.

Aussi ne peut-on pas parler d'une « Morale de Gœthe », et c'est pourquoi nous n'avons pas voulu donner ce titre à notre étude. Plus tard seulement, bien après la mort de Schiller, quand l'âge, tout en laissant intact son désir d'enrichissement, aura diminué sa souplesse d'adaptation et sa faculté de renouveau, lorsqu'il s'ingéniera à faire la somme de sa vie et à réduire en formules lapidaires les résultats de son long apprentissage de la sagesse, il fixera sa pensée et l'exprimera en aphorismes guindés, qui feront songer aux articles d'un code de morale. Mais à l'époque que nous avons étudiée, il ne saurait être question de systématisation et d'immobilité. Le spectacle que nous offre alors la vie extérieure comme la vie intellectuelle et morale de Gœthe est celui d'une évolution constante dans le sens du mieux, d'une montée ininterrompue vers un idéal toujours plus élevé.

Nous ne nions certes pas qu'il soit possible de démontrer

qu'il s'est fait souvent illusion sur les résultats acquis, qu'il s'est même trompé plus d'une fois sur le choix des moyens pour arriver au but ; nous admettons, par exemple, qu'on puisse trouver que, à beaucoup d'égards, l'assagissement, « l'embourgeoisement » de Gœthe, après son retour de Rome, signifie un recul au regard de l'exubérance géniale et de l'insolence prométhéenne du « Stürmer » d'antan ; nous comprenons et nous trouvons fort légitime qu'on préfère *Werther* à *Wilhelm Meister*, *Götz* ou l'*Urfaust* à *Torquato Tasso* ou au *Grand-Cophte*, de même que nous ne nous étonnons pas qu'on estime que, en installant Christiane Vulpius à son foyer, Gœthe a prouvé qu'il demandait vraiment trop peu à l'amour ; mais ce qu'il ne paraît pas possible de méconnaître, c'est que le poète, à travers ses tâtonnements et ses faiblesses, a sincèrement aspiré à une moralité toujours plus pure.

C'est là ce qui fait, en réalité, le grand intérêt et la très haute valeur éducative de ce que nous avons appelé « les années de libre formation » de Gœthe. Nous y voyons comment un homme, parti de l'erreur ou au moins de la confusion, arrive, par étapes successives et souvent ardues, à s'élever de sommets en sommets jusqu'aux régions sereines qui dominent les brumes où s'agite le grouillement de l'humanité commune. Nous assistons, captivés, aux longues luttes qui se livrent dans une nature d'élite entre la sensibilité la plus capricieuse et le sens inné de l'ordre et de la discipline, entre l'individualisme le plus exalté, que travaillent tous les ferments du présent et de l'avenir, et le respect héréditaire de la loi, le besoin instinctif de mesure et de décence. Rien de plus curieux et de plus instructif que cet appétit d'harmonie, de paix, de clarté, qui, d'abord inconscient chez le jeune révolutionnaire avide d'étreindre toute la vie, se fait, avec les années, toujours plus vif et plus impérieux, au point de décider le ministre assagi à déserter son poste et à risquer l'audacieux *salto mortale* que fut, à ses yeux, la fugue italienne. — Rien de plus touchant aussi que l'allégresse éprouvée par Gœthe,

quand il croit avoir enfin trouvé le chemin du Vrai, et rien
de plus moral que l'ardeur méthodique avec laquelle, ayant
reconnu les limites du domaine qui lui paraît réservé par le
Destin, il se met en mesure d'en exploiter les précieuses richesses.

Ce n'est point seulement, au reste, dans ses tendances générales, dans les grandes lignes de sa conduite que se montre
chez Gœthe cette volonté de progrès ; nous la retrouvons non
seulement dans le détail quotidien de son existence, mais
aussi dans toutes les manifestations concrètes de sa pensée.
De même que ses amitiés et ses amours ou ses rapports sentimentaux avec la Nature et le Divin changent de caractère aux
différents moments de son évolution et en suivent la courbe
sinueuse mais constante, de même sa création poétique ou ses
spéculations scientifiques laissent paraître son souci persévé-
rant d'une clarté plus grande. Ses œuvres, non moins que les
faits de sa vie, sont comme autant de pierres milliaires qui
marquent les étapes franchies. Quand nous opposons *Iphigénie* et *Torquato Tasso* à *Prométhée*, à *Stella* ou à *Götz*, la
Dissertation sur l'Os intermaxillaire ou l'*Essai sur la Métamorphose des plantes* à la *Rapsodie sur la Nature*, ou encore
Wilhelm Meister à *Werther*, nous comprenons de combien
de degrés Gœthe a élevé la « pyramide de son existence »,
tout autant que lorsque nous comparons les années lumineuses
qui suivent l'hégire italienne, avec l'époque trouble de Strasbourg et de Francfort ou les premiers temps de Weimar.

Nous comprenons surtout comment toute l'activité intellectuelle ou pratique de Gœthe gravite autour de l'idée centrale
du développement intégral des forces utilisables de son être,
comment il ramène tous les problèmes, que lui pose la vie,
au problème moral de la plus grande culture possible de son
moi, non seulement quand nous le voyons se mettre tout
entier dans ses œuvres et chercher à se mieux connaître, à se
corriger, en s'incarnant, en s'objectivant dans les personnages
de ses œuvres dramatiques ou de ses romans, mais aussi

quand nous constatons avec quel esprit il aborde et poursuit ses études diverses sur la Nature, l'Art, la Philosophie.

Ainsi que nous l'avons marqué, c'est un intérêt moral bien plus qu'une curiosité purement scientifique, esthétique ou philosophique, qui l'amène à se pencher sur l'énigme de l'univers avec les scrupules et les méthodes du savant, qui le pousse à chercher à découvrir le secret de la beauté des marbres ou des temples antiques, ou qui lui donne le courage de s'aventurer, malgré ses répugnances, au domaine ténébreux des philosophes.

Il a constaté que dans la Nature rien n'est arbitraire, que son inlassable activité apparaît soumise à de grandes lois immuables et simples qui la règlent et lui confèrent cette apparence de calme hautain, de souveraine impassibilité qui font sa beauté extérieure. Comme il vise à faire passer cette sérénité dans sa propre vie, il essaie de se rendre compte de la vraie nature et du mécanisme des lois qui régissent le monde des phénomènes, afin de pouvoir s'en inspirer pour sa propre conduite. S'il n'avait pas pris soin de marquer lui-même avec une si évidente clarté, en tant d'occasions, le lien étroit qui existe entre ses préoccupations morales et sa spéculation scientifique, les joies qu'il témoigne de ses découvertes ou de ses progrès nous prouveraient déjà à elles seules que ses recherches ne lui sont pas dictées par un souci de science désintéressée. — De même, s'il s'acharne avec tant d'obstination, en Italie, à découvrir la raison profonde de la calme grandeur des œuvres de l'Art antique, ce n'est pas seulement par le vain désir de résoudre un problème d'esthétique, c'est que les Grecs lui paraissant des maîtres incomparables de vie harmonieuse et, leur art lui semblant réaliser symboliquement leur idéal, il veut arriver à pénétrer jusqu'au centre de leur technique, dans l'espoir d'atteindre en même temps au principe de leur virtuosité à vivre en beauté. — C'est, enfin, la même raison qui l'attire, presque à son corps défendant, vers les philosophes. Il espère trouver chez ces penseurs, qui font profession de méditer sur la vie, des éclaircissements aux problèmes qui le préoccupent. Mais nous avons noté — et ceci nous paraît la meilleure preuve à l'appui de nos dires — qu'il n'a, à aucun degré, le désir vrai d'arriver au cœur même de leur doctrine. Ce qu'il leur demande, c'est seulement de l'aider à raisonner ses intuitions, à consolider les assises de ses propres théories.

Voilà comment, cherchant à marquer les étapes essentielles de l'évolution morale de Gœthe dans la première partie de sa vie, ou, en d'autres termes, à déterminer la genèse de son caractère, nous avons été conduit à étudier son activité totale.

L'homme et le penseur ne se peuvent séparer en lui. La vie de l'homme ne prend tout son sens que si on l'éclaire constamment par l'effort de sa pensée, et, d'autre part, toute la valeur et l'originalité de cet effort ne se comprennent bien que si on se rend compte qu'il dérive avant tout du souci qu'a le poète d'arriver à vivre sa vie avec toute la perfection dont la Nature lui a donné la possibilité.

« Me développer moi-même, tel que m'a fait la Nature, fut obscurément, dès mes jeunes années, mon désir et mon dessein », écrit Wilhelm Meister à son ami Werner ; ce désir que Gœthe prête à son héros, c'est en lui-même qu'il en avait trouvé la réalité.

C'est cette aspiration qui fait l'unité des différentes formes de son activité ; c'est elle qui donne leur physionomie originale à ses propres années d'apprentissage.

L'histoire des périodes qui suivent sera plus riche en résultats positifs ; la moisson que nous y ferons de maximes de sagesse aux suggestions bienfaisantes sera plus fructueuse ; mais s'il est vrai que la contemplation des luttes morales est plus féconde que celle des victoires qu'elles assurent, si l'action des grands hommes réside plutôt dans la vertu de leur exemple que dans la valeur du nouvel idéal qu'ils nous proposent, il n'est pas de spectacle plus réconfortant et qui stimule davantage notre énergie, qui soit plus capable d'accroître à un plus

haut degré notre vouloir-vivre, que celui de cette longue suite
d'années si remplies et si tourmentées où Gœthe peine et
souffre pour trouver une forme de sagesse qui lui convienne,
pour découvrir la Loi devant laquelle son génie puisse s'incliner sans aversion.

Cette Loi, il la trouve proclamée par la Nature entière. C'est
celle du plus grand développement possible qui ne s'obtient
que par le « renoncement » à l'inaccessible, à l'individualisme
égoïste, que par la connaissance lucide des « limitations »
nécessaires. — « Il s'affranchit de la puissance qui enchaîne
tous les êtres, l'homme qui triomphe de lui-même. »

> Von der Gewalt, die alle Wesen bindet,
> Befreit der Mensch sich, der sich überwindet

Vu :

Le 12 juillet 1910.

*Le Doyen de la Faculté des Lettres
de l'Université de Paris,*

A. CROISET.

VU ET PERMIS D'IMPRIMER :

Le Vice-Recteur de l'Académie de Paris,

L. LIARD.

I

INDEX DES NOMS PROPRES ET DES ŒUVRES.

N. B. — Les chiffres entre parenthèses renvoient aux notes.

II

INDEX DES NOMS GÉOGRAPHIQUES

A

Afrique, 482.
Alger, 205.
Alpes, 270, 466.
Alsace, 121, 126, 135, 136, 148, 161,
344.
Amérique, 193, 342, 685.
Amsterdam, 226.
Apennins, 480.
Apolda, 345.
Artern, (5).
Aschersleben, 349, 588.
Asie, 482.
Assise, 492, 499.
Augsbourg, 304, 570.

B

Bavière, 516, 587.
Belvédère (château de), 322.
Berg et Juliers (duché de), 209.
Berka, 342.
Berlin, 232, 326, 333, 354, 542.
Berne, 390.
Bockenheim, 21.
Bologne, 480, 491, 563.
Brenta (la), 518, 525.
Breslau, 574, 588, 611, 612.
Brocken (le), 355, 465.
Bückebourg, 200.

C

Caltanisetta, 513.
Carlsbad, 337, 382, 393, 409, 554, 558.

Cenis (mont), 145.
Cento, 491, 519, 563.
Coblence, 175, 589.
Cologne, 206, 207, 221,
Consenvoye, 570.
Constance, 570.
Copenhague, 198.
Courlande, 242.
Darmstadt, 14, 22, 162, 163, 164,
166, 171, 178, 179, 201, 237, 334,
384.

D

Dölitz, 75.
Dordrecht, 304.
Dresde, 75, 82, 91, 344, 488.
Düsseldorf, 206, 207, 209, 299, 614.

E

Eberstadt, 313.
Écosse, 136.
Einsiedeln, 192, 516.
Eisenach, 320, 346, 390, (729).
Emmendingen, 191.
Ems, 204, 205, 211, 225, 229, 299.
Etna (l'), 482.
Ettersberg (l'), 482, 555.
Ettersburg (château d'), 322.

F

Florence, 569, 653.
France. Cf. 1er Index.
Francfort, 2, 18-22, 24 et sq., 33,
47, 48, 53, 54, 59, 62, 65, 68, 72,
85-94 *passim*, 107-121 *passim*, 127,

III

INDEX DES « CRITIQUES » CITÉS

TABLE DES MATIÈRES

ERRATA

Page	Ligne	Au lieu de :	Lire :
3	6	princesse « heureuse »	« princesse heureuse »
6	1 (notes)	*Mémoires* I, 12	*Mémoires* I, 1, p. 12
73	27	*Yackle et Yariko*	*Ynkle et Jariko*
86	16	*Ruth et Sélima*	*Ruth* et *Sélima*
177	4	*Annales savantes*	*Annonces savantes...*
294	11	Prométée	Prométhée
294	16	Mendelsoshn	Mendelssohn
350	10	Comtesse de Werther	Comtesse de Werthern
355	19	Broken	Brocken
364	32	Martin Schöns	Martin Schön
365	21	*Odysée*	*Odyssée*
413	1 (notes)	Trähnen	Thränen
495	18	donné	donnée
558	5	Kauffman	Kauffmann
590	7	Duchesse	Duchesse mère
628	23	*Colonne*	*Colone*
640	31	Ettingen	Ettinger

Typ. Édouard Privat, 14, rue des Arts, Toulouse.